赤道回聲

馬華文學讀本 II

陳大為、鍾怡雯、胡金倫 主編

序：鼎　立

前　言：以西馬為中心的論述與想像

馬來西亞可區分爲西馬（馬來半島）和東馬（婆羅洲北半邊），西馬的面積比較小但歷經六百年的開發，人口還比東馬來得稠密。文學人口也一樣，所以西馬文學在近百年來都堂而皇之地代表馬華現代文學的「全貌」。雖然西馬的重要副刊和雜誌，在近十年來曾經製作「幾次」砂勝（拉）越文學專輯，向西馬讀者介紹這塊陌生的土地，但東馬文學依舊沒有受到該有的重視，彷彿它只是「西馬的一部分」，不必太過強調它的存在。西馬詩人傅承得的說法最赤裸：「東西馬的關係也充滿掃在地毯下的問題：例如西馬中心和東馬邊陲論，當西馬人提起『馬來西亞』，絕大多數是指西馬（甚至只指吉隆坡）；西馬作家談馬華文學，大多時候只局限在馬來半島。因此，東馬對許多西馬人來說，似乎是個不同的國度，東馬很陌生，也許還很落後。東馬人提起西馬呢？他們稱西馬人爲『西馬仔』，西馬有雙峰塔和東西南北大道，高速公路上竟還有天橋餐廳。但是東馬呢？修建一條州際公路講了幾十年還在講。所以，他們說東、西馬之間有一條牛，牛頭在東馬吃草，牛屁股在西馬，任由西馬人擠奶」[1]。話雖草莽，卻道盡事實。

這個現象不僅止於西馬作家的心態，同樣存在於眾多評論家的潛意識裡。

---

[1] 身爲吉隆坡大將書行社行，傅承得對東馬文壇卻有一股令人敬重的熱忱，他跟田思、沈慶旺、石問亭得等東馬作家合作推出一系列婆羅洲的文學作品。這篇名爲〈西馬是馬，東馬也是馬〉（2003/12/04）的文章，是他在二○○三年十二月的「婆羅洲書系」推介禮暨「隔閡與溝通」座談會上的開場白。摘錄自：《大將書行（網頁）‧文章閱讀》（http://www.mentor.com.my/bestessay/borneo.htm）

九〇年代末期，學術研究氣氛一向低迷的馬華文壇，先後舉辦了三場重要的學術研討會：馬華文學國際學術研討會（留台聯總主辦，1997）、第一屆馬華文學國際學術研討會（馬華作協與馬大中文系聯辦，1997）、九九馬華文學國際學術研討會（南方學院主辦，1999），共發表七十四篇論文，其中專論東馬文學的只有兩篇[2]，一篇討論梁放（林建國〈有關婆羅洲森林的兩種說法〉，1997），一篇討論吳岸（陳月桂〈吳岸的哲理詩〉，1997）。在同一場留台聯總主辦的研討會上，西馬文壇最重要的評論家張光達在〈試論九十年代前期馬華詩歌風貌〉的宏觀敘述底下，完整地討論了當代西馬及旅台詩人的創作概況，卻忽略了整個東馬詩壇；西馬中生代詩人葉嘯的〈論馬華現代詩的發展〉跨越了五十年的馬華詩史脈絡，也同樣忘掉了東馬。其他與會學者有關馬華文學宏觀論述的文章，東馬作家的討論只佔很低的比例。

於是東馬消了，偌大的婆羅洲從「馬華文學（論述）」的版圖上悄然陸沉，只剩下三幾個重要作家的名字，進入以西馬為中心的「馬華」論述。

一、遺跡重現：不再陸沉的婆羅洲

隸屬於馬來西亞聯邦的砂拉越和沙巴州，面積十分遼闊，但人口相對稀少。西馬文人習慣將 Sarawak 譯成「砂勝越」，當地文人則慣稱「砂拉越」，從砂州的慣稱便可辨別發言者的身分。對極大部分西馬人民而言，東馬只是一個地理名詞，也許他們活了一輩子也沒有機會讀到東馬的報紙，甚至連有哪些報紙都不曉得。一個南中國海，便把馬來西亞分割成以西馬為中心的兩個地理世界，各種資源的分配都很不公平，其中最明顯的差異是：所有的國立大學都在西馬。多年來兩地的文學活動大多是各自為政，為了振興／維持東馬文壇的創作力，砂華文壇唯有自力救濟，先後由砂拉越星座詩社、詩巫中華文藝社、砂拉越華人作家協會等文藝社團，設立了常年文學獎和東馬文學獎，以及一系列的文學出版和朗誦活動。從創作活力和成果看來，砂拉越文壇幾乎等同於東馬文壇，沙巴一向黯啞無

[2] 王潤華〈自我放逐熱帶雨林以後：冰谷《沙巴傳奇》解讀〉討論的是西馬作家冰谷的《沙巴傳奇》（新山：彩虹，1998），但從西馬詩人的身分及出版地點，乃至他觀照沙巴的視角，都不能把此書定位在東馬文學。

聲，或許是當地文人稀少又沒有凝聚力，所以在諸多以東馬爲名的活動紀錄和文獻裡，沙巴永遠是一個安靜的缺席者。經過砂華文壇數十年的努力，以西馬中心的現象仍然沒有平衡過來。

一九九三年，東馬作家阿沙曼在〈璀璨年代文學的滄桑——拉讓文學活動的回顧與探討〉一文中明言：「許多人或有同感，此即大馬文壇一提及馬華文學，往往即將西馬的文學，及其歷史背景、目前的發展情況，當成整個馬華文學」（阿沙曼：645）。這種以偏蓋全的不平現象，讓東馬作家感觸很深。九年後，東馬詩人田思在西馬兩大副刊之一的《星洲日報·文藝春秋》，談到近年東馬與西馬文壇的互動：「在政、經、文化等方面，東馬砂沙兩州被『邊緣化』是我們長期以來深覺不平的感受。在文學方面，由於文藝作者的互動與交流，近年來的情況有所改善。……過去，我們常抱怨西馬作者在大談『馬華文學』時忽略了東馬文學，今後這種抱怨應可以減少，反而需要更多的反躬自省：我們是否已寫出質量俱佳、引人注目的作品？我們是否有更多可與西馬較優秀作家相頡頏的作者群？」（沈慶旺整理：634）。在田思的潛意識裡，或許存在「東馬 vs.西馬」的對抗意識，但難能可貴的是他同時反省了東馬文壇的創作實力，並進一步針對如何創作具有婆羅洲地方色彩的作品提出他的看法——書寫婆羅洲。

首先，他對馬華旅台小說家張貴興那幾部以婆羅洲爲背景的雨林小說，提出諸多負面的批評，尤其《群象》對婆羅洲真實面貌與（砂共）歷史事實的扭曲，遠遠超出他（們）可以忍受的程度。田思明白指出：「由外國人來書寫婆羅洲，讀起來總有一種『隔了一層』的感覺（李永平與張貴興出身砂州，長期定居台灣）。真正的婆羅洲書寫，恐怕還是要靠我們這些『生於斯、長於斯、居於斯』，願意把這裡當作我們的家鄉，對這塊土地傾注了無限熱愛，對它的將來滿懷希望和憧憬的婆羅洲子民來進行。文學允許想像和虛構，但太離譜的編造與扭曲，或穿鑿附會，肯定不會產生愉快而永久的閱讀效果。我們要求的是在真實基礎上的藝術加工」（沈慶旺整理：635）。

從史料的整理和典藏，到各文類作品的創作，田思提出的「書寫婆羅洲」確實是一項令人驚喜的全方位工程。二○○三年十二月，他們在「西馬」出版了第一批著作：楊藝雄《獵釣婆羅洲》（2003）、田思《沙貝的迴響》（2003）、薛嘉元《貓城貓語》（2003）；更令人振奮的是，在這三本書後面還有許多進行中的「半成品」，包括幾部長篇小說。相信這項工程在田思、沈慶旺、石問亭與傳承得的推動下，會有令人側目的成果。況且它已經建立了最起碼的研究基礎：田農曾經以砂華為論述主體，寫下《砂華文學史初稿》（1995）；房漢佳接連推出非常重要的砂州史學著作：《砂拉越拉讓江流域發展史》（1996）和《砂拉越巴南河流域發展史》（2001）；年輕一輩的學者黃妃，則交出一部《反殖時期的砂華文學》（2002）。

東馬作家選擇「雨林」為婆羅洲文學的「地標」，隱然有一種重建（或重奪）「雨林發言權」的意圖。赤道雨林本來就是他們最大的創作資源，也是最宏偉、迫切的主題。近幾年來卻被離鄉背鄉（甚至入籍台灣）的張貴興，在台灣用一套獨家的——卻被他們認為是失真的——婆羅洲圖象建構了一系列以雨林為舞台的家族史傳奇小說。挾著台灣出版市場的強大優勢，以及各種年度十大好書和中國時報文學獎的肯定，張貴興儼然成為婆羅洲雨林真正的代言人，在馬華文學版圖上矗立他的雨林王國，完全掩蓋掉雨林真正的擁有者——東馬作家——的鋒芒。

現實世界中不斷消失的雨林，在文學世界裡不斷擴展它的面積，馬華文學在台灣被「雨林化」的現象一如鍾怡雯在〈憂鬱的浮雕：論當代馬華散文的雨林書寫〉的分析：「對非馬來西亞讀者而言，『雨林』或許是他們對馬華文學最粗淺而直接的印象。至少在台灣，論者慣以『雨林』概括馬華文學的特質。雨林，或熱帶雨林，是一種簡便／簡單的方式，用以凸顯馬華文學的特徵，也彰顯讀者對馬華文學的想像和慾望。雨林印象大多來自馬華小說，其中又以張貴興的小說為大宗」（鍾怡雯：299）。這個現象看在東馬作家眼裡，卻是憂心忡忡。不過，東馬作家的重建／重奪發言權的意圖，不能解讀成「失寵」心態的反撲，因為他們最大的憂慮來自張貴興的「失真」。所以「書寫（或重寫）婆羅洲」應該視為一項「正本清源」的行動，從東馬文壇的角度而言，它確實有其正當性和迫切性。

雨林的還原或失真是一個見人見智的問題，但閱讀／書寫婆羅洲應該有許多不同的層次或角度。旅台學者兼小說家黃錦樹在〈從個人的體驗到黑暗之心——論張貴興的雨林三部曲及大馬華人的自我理解〉對張貴興的解讀與評價跟田思完全不同，真正吸引他的並非雨林的視覺形象，而是張貴興那「高度美學化的文字技術」（黃錦樹：481），以及強烈而深邃的寫作意圖。黃錦樹認為張貴興「到了《群象》，『以文字為群象』；雨林的情慾化及文言化更形擴大，從侷限於雨林邊緣的《賽蓮之歌》更往內延伸，舞台加大，嘗試駕馭一個更大的對象：砂共與中國性；《猴杯》體驗的規模更大，調動的資源更多，視域也更大，深入到達雅克人的長屋裡去，召喚華人移民史、華人與原住民族群恩仇愛恨，更多的要素與材料」（黃錦樹：488）。旅台觀點盤踞在美學層次，東馬視角抓緊歷史與現實的考察，正好構成抽象與具象的辯證，對文學創作或評論而言，都是一件好事。從壯大馬華文學的立場來看，我們當然期待出現一批「東馬製造」的，足以跟張貴興分庭抗禮的雨林小說。

除了揭竿起義式的創作意圖，「書寫婆羅洲」的工程必須包含文學評論，唯有嚴謹、深入的評論才能發掘出隱藏在文本裡的書寫策略和主體思維活動，否則東馬作家在雨林中埋頭創作，到頭來卻埋沒在林蔭之中，豈不可惜？但東馬本身的評論家和學者一向不足，偏偏在西馬評論家眼中，好像只有巍萌、吳岸、田思、梁放，外加郝眉、李笙、楊錦揚、沈慶旺、雨田等幾個名字，他們也從來沒有進行過宏觀的東馬文學研究或評論。結果，竟然是台灣學者李瑞騰比極大部分馬華評論者更關心、更了解東馬文學[3]。

東馬文學除了急於創造自己的特色之外，必須結合東馬華人社團和西馬各所中文系及旅台的學術力量，定期舉辦一系列以東馬文學為主題的學術研討會（像二〇〇〇年六月由砂拉越華族文化協會在詩巫舉辦的「巍萌．黑岩小說研討會」），有系統地進行宏觀與微觀的論述，找出東馬文學的核心價值，並結集成冊使之流通，才能讓陸沉多年的婆羅洲，恢復應有的面積。

二、異域的孤軍：旅台的想像與真相

形同一支駐外兵團的「旅台文學」[4]，是一支讓西馬文壇產生敵意的隊伍。

旅台文學的人數不多，同時期活躍在台、馬文壇上的名字，通常保持在個位數。根據旅台作家在台灣文壇的活躍時間來劃分，第一代的旅台作家主要有的陳

---

3 李瑞騰長期關注東南亞華文文學，近幾年他透過台灣國科會的研究計畫去東馬實地考察，蒐集了可觀的資料，並先後發表了三篇砂華文學的論文。

4 本文沿用「旅台」一詞，只為了涵蓋所有在台求學、就業、定居的寫作人口（雖然主要的作家和學者都定居台灣），就筆者而言，構不上任何潛意識裡的「流浪」、「飄移」、「離散」。它只是一個「權稱」。「兵團」一詞，倒是很符合旅台作家的戰鬥性格。以西馬中心的觀點來看，他們算是「駐外」，所以經常聽到「回歸」與否的討論。

慧樺（陳鵬翔）、王潤華、淡瑩、林綠、溫瑞安、方娥真等六位詩人（前四人兼具學者身分），他們主要以結社方式來發聲，先後組織了星座詩社、大地詩社、神州詩社，這三個包含台灣本地作家在內的詩社，連結在一起，便代表了六〇及七〇年代旅台文學的活動形態，是旅台新詩的第一個黃金時期。第二代是商晚筠、李永平[5]、潘雨桐[6]、張貴興等四人，從一九七七年到一九八七年爲止，十年間，四人共奪下十三項台灣小說大獎，其中十二項爲兩大報小說獎，不但創造了旅台小說的第一個黃金時期，也開拓了未來旅台作家進軍台灣文壇的主要路徑。第三代可以從一九八九年林幸謙[7]奪得中國時報散文獎開始，翌年黃錦樹也開始以小說爲主的得獎歷程，接著是陳大爲的詩和鍾怡雯的散文加入文學獎的征伐行列，全面掀開旅台文學在三大文類的得獎時期。十年下來，四人共贏得十一次兩大報文學獎，以及數十種其他公開性文學獎。第三代的旅台作家共有七人，除了創作與學術雙管齊下的林幸謙、黃錦樹、鍾怡雯、陳大爲、辛金順，還有在大眾文學創作方面表現非常傑出的的歐陽林和張草[8]。進入二〇〇〇年以後，李永平和張貴興再度展現他們旺盛的創作力，一連拿下多項十大好書獎，壯大的旅台文學在台灣文壇的聲勢。原本孤軍作戰的旅台作家，累積到九〇年代不但完成較大的陣容[9]，而且其中多人兼具學者身分，再加上在大學任教的評論家張錦忠和林

[5] 李永平雖爲外文系學者，但從不涉及馬華文學評論。

[6] 潘雨桐身爲農產業學者，也從不參與馬華文學的評論。他的創作生涯比較晚成，所以便根據一九八一年他首次在台得獎的時間點，歸在這一代。

[7] 當年十月二日，時報文學獎公佈的時候，林幸謙剛從馬大中文系畢業來台就讀政大中文所碩士班，畢業後到香港攻讀博士，目前雖居住在香港，但大半的作品仍在台灣出版。

[8] 曾經出版過十餘本大眾文學讀物的歐陽林，他的「醫生文學」作品受到廣大讀者的歡迎，最具市場價值。以科幻小說爲主的張草（一九七二年生於沙巴），目前的代表作爲「滅亡三部曲」——《北京滅亡》（獲得獎金一百萬台幣的皇冠大眾小說獎首獎）、《諸神滅亡》、《明日滅亡》，以外還有《夜涼如水》和「雲空行系列」八本，共十二部長篇小說。他們的馬華身分不並明顯，經常遺漏在台灣文壇的「旅台作家」印象之外，也沒有受到評論的關注

[9] 真正活躍在九〇年代後期台灣文壇的名單，必須扣除停筆多年的林綠、回馬發展的潘雨桐、英年早逝的商晚筠、轉戰香港的溫瑞安、方娥真、林幸謙三人、入籍並長年定居新加坡的王潤華、淡瑩二人（雖然王潤華今年回台任教，不過應該算是新華旅台作家）。

建國，旅台「學者」人數達到空前的高峰——八人（作家九人）。學者比例的提高，讓九〇年代的旅台文學同時以創作和評論的雙重優勢，正面衝擊沉寂多時的馬華文壇。

嚴格來說，旅台文學跟馬華本地文學只有血緣上的關係，極大部分的旅台作家都是「台灣製造」[10]。他們的創作源泉，或來自中國古典文哲經典，或來自在台灣出版的中、台、港現代文學著作，以及各種翻譯書籍。所以從另一個角度而言，馬華旅台文學也算是台灣現代文學的一環，儘管他們關注的題材、文學視野、發聲的姿態有異於一般台灣作家[11]。

從九〇年代初期的馬來西亞客聯小說首獎、鄉青小說首獎、花蹤新詩首獎、新加坡金獅獎散文首獎等重要獎項開始，第三代旅台作家逐步展開在台、港、新、馬各地的文學獎攻城掠地，西馬兩大副刊曾經多次策劃「旅台文學專輯」，大篇幅刊載他們的得獎作品。雖然人數極少，但旅台作家的創作量一向都很龐沛，動輒七八十行的詩、四五千字的散文，和逾萬字的小說，長篇大幅地刊載在兩大副刊上，一度造成西馬副刊「淪陷」的假象。尤其在九〇年代下半葉，旅台作家參與花蹤文學獎推薦獎的角逐，集中火力輪流攻佔《星洲日報·文藝春秋》的版面，無形中造成其他本土稿件的排擠效應；加上國內外頻頻得獎的聲勢[12]，「旅台作家」（或被稱爲「留台生」）在許多馬華本地作家眼中，漸漸成爲一群侵略者。此外，黃錦樹自一九九二年在《星洲日報．星雲》發表〈馬華文學「經典缺席」〉之後，陸續發表多篇針對中國性與馬華性、馬華現實主義文學的學術評論，以及

---

[10] 其實馬華本地比較出色的六、七字輩作家，大都是「台灣技巧轉移，馬華改裝生產」，他們同樣透過台灣出版品，吸收主要的文學養分。尤其台灣現代詩作品對馬華年輕詩人的影響，一直以來都非常明顯。

[11] 唯有散文創作能夠卸除馬華色彩，新詩次之，小說的馬華化較明顯（大眾小說除外）。

[12] 就以具有指標性意義的花蹤推薦獎而言，在旅台作家「主動／積極」參賽的前五屆當中，三大文類共十五項次，旅台作家（林幸謙、鍾怡雯、陳大爲）獲得四項次，歸馬多年早已「本地化」的留台作家（潘雨桐、陳強華）獲得三項次，其餘八項次爲本地作家所得。後來的兩屆，鍾怡雯（旅台）、林幸謙（旅港）、陳強華（留台）共得三項次。詳閱：〈星洲日報花蹤文學獎歷得獎名單（1991-2003）〉，收入《馬華文學讀本 II：赤道回聲》，頁 673-677。

對馬華文壇諸多現象的深度批評，企圖爲馬華文學重新作一次全盤大體檢，遂引發本地作家的強烈反彈。後來由旅台作家編選的《馬華當代詩選》（陳大爲編，1995）、《馬華當代散文選》（鍾怡雯編，1996）陸續出版，由於審美角度上的「差異」，本地作家入選的人數不多，遂引發另一場爭議。

從國內外近百項次的得獎聲勢、副刊大篇幅且頻密的刊載、直指核心的犀利論述、被誤讀成權力爭霸的選集出版，到上述三場研討會的尖銳發言，旅台作家漸漸與本地作家（東馬與西馬）形成敵對狀態，「黃錦樹等人」皆成爲馬華文壇的異議分子和問題人物。尤其某些慣以文壇主流自居，卻交不出像樣成績的前輩文人，以及被佔去得獎名額出不了頭的七字輩新秀，對旅台作家的敵意最深。即使在九〇年代末期，旅台作家不主動參加本地文學獎，情況依然沒有改善。「黃錦樹現象」對當代馬華文學的衝擊非常深遠，儘管他有部分言談過於激進，殺傷力太驚人，但那股「恨鐵不成鋼」的悲憤之情，卻有效激起許多六、七字輩作家對馬華文學的反省和討論。至於他在馬華文學重要議題上的論述，確實累積出非凡的成果與貢獻。

回顧過去十幾年旅台作家在西馬文壇的「活動」，除了王祖安主編期間的《星洲日報．文藝春秋》和張永修主編的《南洋商報．南洋文藝》兩大副刊，最支持旅台作家的刊物便是先後由小黑和朵拉夫婦，以及林春美主編的《蕉風》（它是馬華文學史上最長壽的期刊）。這三個副刊／刊物是馬華文壇最重要的發表園地，甚少對西馬作家而言，它們的版面象徵著當代馬華文壇的「主流」舞台。旅台文學得以「回歸祖國」，三大文學媒體確實扮演著決定性的角色。

近兩年在馬華本地副刊上不時讀到有關旅台文學的評述，偶有不知所謂的座談，講一堆自以爲深具顛覆性其實膚淺至極的笑話。其中唯一具有討論價值的，是張光達發表在二〇〇二年底的〈馬華旅台文學的意義〉。他在文中提出一種具有高度包容性的宏觀見解——「旅台作家於整體馬華文學的長遠發展來看，可謂深具意義，它在地理位置的雙重邊緣／弱勢化可以衍生爲特殊的發言位置與論述實踐，豐富了馬華文學的多元化面貌和聲音，也爲本地學者提供並拓展馬華文學／文化研究的範圍」（《南洋文藝》，2002/11/02）。「雙重邊緣／弱勢化」是馬華文壇對「旅台文學」最典型的「想像」，在理論上可以成立，但這個現象不是區區七個字說得清楚的。

由對台灣文壇與出版市場完全不了解的「非旅台人士」來討論「旅台現象」

其實很危險，因爲他們對旅台的了解是非常片面而武斷（一如我們對東馬的了解）。研究異地文學，本來就不能光憑片面的資料和想像，不但要長期追蹤、掌握最新的一手資料，更得實地考察，去了解當地的文學氛圍和最真實的創作情況，往往這些關鍵性的資訊都無法準確地記述在文章裡面。所以只有親自到台灣考察過一段時間的學者，比較能夠準確地研讀旅台文學。除非他們只針對作品進行寫作技巧層面的美學分析，不涉及意識型態或國族文化的主觀評斷，否則貿然引用各種西方文學或文化理論，跟盲人騎瞎馬沒甚麼兩樣。反過來說，擁有近二十年大馬生活經驗，並長期追蹤，甚至參與「祖國」文學活動的旅台學者，在評論西馬文學時，自然佔了較大的優勢，不過一但涉及族群政治或意識型態層面的問題，就不見得能夠準確掌握／揣測到「實況」。實況往往可以糾正許多自以爲是的偏見，或想像。

近十年來的旅台文學的「實況」至少可以從兩個層面來觀察：

（一）學術研究：自民進黨執政以來，台灣本土論述成爲研究的主流，更掌握了最重要的學術資源，當年的「被壓迫者」如今成了更苛刻的「壓迫者」，形成一股排他性很強的文學政治力。在這種「以台灣本土文學爲尊」的學術環境之下，莫說馬華文學，連當代大陸文學都淪爲冷門學科。在缺乏資源和誘因的情況下，馬華文學在台灣的研究不可能成氣候。何況馬華旅台作家不到十人，作品數量當然不能跟兩千多位台灣本地作家相提並論。再加上一般台灣學者對海外華人社會的文化境況完全陌生，面對某些觸及族群或歷史文化議題的馬華文學作品時，不敢貿然動筆。當張貴興和李永平的小說集榮登兩大報「每周好書金榜」時，受邀撰文評述的不外乎黃錦樹、張錦忠、林健國三人（雖然陳大爲和鍾怡雯的書評通常交由台灣作家來寫，但自家人評自家人的窘境還是免不了）；至於那些被選入《台灣文學辭典》的旅台作家及其作品的詞條，同樣是「優先」交給旅台學者來撰述。張光達所謂「弱勢族群」之說，在此可以成立。

台灣年輕學者楊宗翰在〈從神州人到馬華人〉一文中，討論了馬華旅台文學在台灣文學史上的價值與意義，他站在台灣學界的立場指出：「此刻人們更該清楚地認識到：旅台詩人的『台灣經驗／創作』也是文學史的重要組成部分，不該再讓他們在台灣詩史裡『流亡』了。文學史家除了要精讀文本，尙需努力思考他們的適切位置；而非藉『台灣大敘述』尙未竣工、仍待補強此類理由，再度使這群旅台作家成爲被放逐者——若真是如此，逐漸成熟的新一代台灣作家與史家，難保不會也把這類殘缺的史著一起放逐」（楊宗翰：182）。沒有人知道撰述中的台灣文學史會採取甚麼樣的態度／策略來處理馬華旅台文學，所以楊宗翰才感到憂心。由個人撰述的「文學史」並非一本定案的事實，後人若不滿可以隨時重寫。或許我們可以從更廣義的角度來界定「文學史」——由文學史專著、文學辭典、文學年鑑、年度選集、文學大系，乃至高中、高職及大專教科書，多層面構成的一個「大時代的文學史觀」。在上述八大類書籍的編選成果當中，除了太老舊與未出爐的文學史專著，旅台作家不但沒有缺席，他們還受邀主編了三部台灣現代文學的選集：《天下散文選：1970-2000 台灣》、《台灣現代文學教程 2：散文讀本》、《台灣現代文學教程 5：當代文學讀本》。

（二）文學獎：一直以來台灣各大報文學獎的包容性都很廣，幾乎每一位第二、三代的旅台作家，都從大型文學獎中崛起[13]。台灣的兩大報文學獎——中國時報文學獎和聯合報文學獎——原是最重要的舞台，贏得兩大獎的次數越多，在文壇上的曝光率自然越高，後來又有中央日報文學獎和台北文學獎的加入，一時間台灣文壇變得很熱鬧。不過近兩年台灣的文學獎已經失去了原來的重要性，得獎作品的水準大幅滑落，得獎者的光芒也黯然失色[14]；歷史也算悠久的中央日報文學獎已經停辦，兩大報文學獎先後取消了部分水準下滑的文類，文壇的注意力轉移到一年一度的「十大好書榜」。一九九九年以後，旅台作家陸續退出參賽者的行列進入評審體系，短期內很難再看到以往的得獎盛況。旅台作家相對於整個台灣文壇，也許呈現 1：200 的人數比例，但在形同金字塔頂端的「兩大報得獎作家群」中，旅台作家的得獎次數大幅縮小了原來的比例。而且每個旅台作家幾乎都得過兩次以上，有效強化了旅台作家的「得獎印象」。在兩大報文學獎創辦二十幾年來，共四十九屆次的得獎名單上，旅台作家共得二十八個獎項，這個得獎頻率足以讓旅台作家在台灣主流文壇取得一席之地。如果再加上旅台作家在皇冠大眾小說獎、台北文學獎年金、華航旅行文學獎、中央日報文學獎、梁實秋散

---

[13] 旅台作家在台灣得獎的情況，參閱：〈馬華作家歷年「在台」得獎一覽表（1967-2003）〉，收入《馬華文學讀本 II：赤道回聲》，頁 669-672。

[14] 最近一位贏得聯合報新詩獎的冼文光，其作品水準實在令人失望，恐怕無法替「在台」的馬華文學加分。所謂的年度優秀詩人獎，不但名額多達八人，更常出現名不見經傳的寫手。各大文學獎評審對台灣文壇近兩三年來的得獎作品，大都抱持負面的評價。

文獎、吳魯芹散文獎、洪醒夫小說獎、教育部文藝獎、行政院新聞局圖書金鼎獎、年度十大好書獎等重要大獎上的「豐收」（共五十一項次）。正好經歷台灣文學獎盛世的「馬華旅台作家」，更像一支專業得獎的勁旅[15]，旅台作家群則被歸納成一個族群，全台灣最小，也是亮度最夠的小族群。很多時候，當其中一位旅台作家接受採訪或被評論時，在藝文記者與學者筆下，往往是論一人而兼及全體[16]。無形中產生「連帶加分」的廣告效益。回顧過去二十年的旅台文學發展概況，各種高曝光率的文學大獎，是成就當代旅台文學的一大關鍵。

然而，部分西馬作家對旅台作家夠能在台灣頻頻得獎，深感不以爲然。他們認爲那是旅台文學作品的異國題材，迎合了台灣評審的獵奇心理。這個現象在小說方面比較容易引起誤解，可是極大部得獎散文的馬華背景淡得幾乎不起作用，馬華色彩在散文評審過程中根本不受矚目，真正讓這些作品得獎的是作者的創意、語言和技巧本身。以鍾怡雯爲例，雨林色彩較重的《河宴》並沒有受到文壇的矚目，讓她晉身主流文壇的是台北背景的〈垂釣睡眠〉；她後來被收入台灣高中及高職教課書、大學國文課本和各種散文選的多篇散文，全是以台灣爲背景的故事。詩也一樣，陳大爲曾經獲得四次兩大報新詩獎，前三首都是「古代中國」歷史、神話、佛典中的題材，第四首才是南洋主題。他的「南洋史詩」系列作品，只佔第三本詩集三分之一的篇幅。其實南洋歷史反而形成一種文化隔閡，而不是吸引力。

從西馬文壇對旅台文學的諸多誤讀，讓我們意識到：除非實地了解過台灣，否則馬華本地（以及大陸）學者根本不能了解台灣文壇、出版界和書市的習性。同樣道理，旅台學者也無法「百分之百精確」地掌握馬華本地作家在馬來西亞國

---

[15] 齊邦媛的觀察可以作爲一項參考：「馬華旅台作家就在七〇年代開始引人重視。一九七七年後的十年間，《中國時報》及《聯合報》二大文學獎，把諸如李永平、商晚筠、張貴興、潘雨桐等名字，推上萬眾矚目的舞台。到了九〇年代，馬華旅台作家已幾乎都是得獎作家。」（《雨雪霏霏．序》，頁VIII）

[16] 如齊邦媛在李永平《雨雪霏霏．序》中所言：「談及李永平的成就，不禁令我想起來自馬來西亞的那一系書寫血脈——馬華文學。馬華旅台作家從早期的潘雨桐、林綠、李永平、溫瑞安、方娥真，而中生代的商晚筠、林幸謙、張貴興、黃錦樹，以至晚近的陳大爲、鍾怡雯，那真是一支浩浩蕩蕩、星光閃耀的文學勁旅。」（頁VII-VIII）

家文學版圖裡，尋求「國家認同」的焦慮與困境。這種問題必須交給像莊華興那樣長期關注「馬來文學」的學者來處理，他那篇〈敘述國家寓言：馬華文學與馬來文學的頡頏與定位〉（2003）便是「非常內行」的專業論述。文化語境並非透過資料便能還原或重製的東西，它是一種必須長期親身體驗的抽象氛圍。除此之外，其他核心的文學史議題，或文本詮釋，旅台學者都可以透過本身的「雙重歷經」貼近事實。

自立於馬華文學土壤之外的旅台文學，並不是一個群體（唯有「神州」例外），它只是「幾個各自爲政的旅台作家」的歸類，非但沒有形成一套「世代傳承」的書寫傳統或精神，他們對很多議題的看法、創作理念也不盡相同，沒有誰可以成爲「代言人」。更精確的說法是：他們的創作都是自己的選擇，各自累積，最後被論者「歸納」出一個具體的成果。我們很難去討論旅台文學作品對馬華文學的影響，雖然在某些七字輩作家的得獎作品中，可以輕易找到「旅台的影子」（甚至出現過被大量盜取文句改寫成文，再得獎的事情）；旅台作品在馬華得獎的「量化統計」只能說明它在主流文壇的比重，談不上影響。但陳鵬翔、張錦忠、林建國、黃錦樹等幾位旅台學者，對馬華文學重要議題和重要作家的討論，不但更新了文學批評的視野和理論方法，深化了「馬華／華馬文學的定義」、「馬華性與中國性」等核心議題的討論。林建國的〈爲什麼馬華文學？〉（1991）、張錦忠〈中國影響論與馬華文學〉（1997）、黃錦樹〈中國性與表演性——論馬華文學與文化的限度〉（1997）等三篇論文，用前所未見的深度和廣度，針對中國文學支流論進行高層次的理論辯證，並進一步確立了馬華文學的主體性。尤其張錦忠所運用的「複系統」理論，足以解決「中國－馬華」、「台灣－旅台」之間的諸多問題。陳鵬翔則借助多種西方文學理論，對小黑、吳岸、韋暈、姚拓等多位本地作家的文本詮釋，不但展現精闢的理論操作，更發掘出本地作品被粗略的評論文章長期掩埋的美學價值。

從議題討論到文本詮釋，旅台評論力量的「回歸」，對整個馬華文學評論水準的提升，有非常顯著的影響。即使不加上「偶爾」發表一兩篇馬華評論的辛金順、陳大爲、鍾怡雯等人，單憑陳鵬翔、張錦忠、林建國、黃錦樹等四人組成的旅台學術團隊，也足以成爲當代馬華文壇的評論主力。就學術能力而言，他們更是目前極少數有能力重寫「馬華現代文學史」的頂尖學者。這一點，沒有人可以否認。

不過，即使旅台作家群得再多的獎，我們還是無法將它界定爲台灣文壇的強勢族群，只能視爲強勢的個體，「偶爾」被化零爲整，歸納成一個創作力非常活躍的小族群。這一點，是馬華本地文壇看不到的「真實」。研究旅台文學，跟研究東馬文學一樣，必須捨棄西馬文學的觀點與成見（以及可能的想像），「實地」了解之後，再下筆。

三、花叢裡的蜂鳥：西馬文學的創作慾望

一向以中心自居的西馬文壇，在作家「人數」上占有絕對的優勢。不過就人數而言，這個由五百多萬華人產生出來的馬華（西馬）文壇，比起大台北六百多萬人在國家機器和眾多文學媒體的滋養下產生的台北文壇，還是略遜一籌。西馬文壇的「容量」並沒有很大，只要一項較重大的文學活動，便足以沸騰「舉國文人」。星洲日報花蹤文學獎，對九〇年代以降的馬華文學創作影響最爲深遠，它甚至成爲創作的動機和部分體質。這是很嚴重的病癥。

由現今馬華第一大報——《星洲日報》——創辦於一九九〇年的花蹤文學獎，在九一年頒獎前夕，以空前的版面，和奧斯卡頒獎禮的方式，引爆了馬華本地作家鬱結多年的創作慾望。實在很難想像哪一個文學獎能夠以頭條新聞的架勢，佔據第一大報的頭版位置。「一獎成名天下知」加上高額獎金的巨大誘因，徹底改變一向自嘲資源貧瘠的馬華文壇。

馬華本地的文學獎不少，從鄉青小說獎、潮青文學獎、客聯小說獎、嘉應散文獎、綠禾散文獎，到大專文學獎，多半因爲缺乏大眾傳媒的配合，以及徵文的規模太小、獎金不高，沒有形成「大獎」的氣勢與格局。而兩年一度的「花蹤大戲」，以空前的規模和歷時七屆（十四年）的努力，替馬華文學催生了不少優秀的作品。沒有花蹤文學獎，當代馬華文壇鐵定損失半的創作力與活力。在巨大的文學貢獻之餘，花蹤同時造就了一批逐獎而生的新生代寫手——得獎後沉寂兩年，鮮少甚至完全不發表任何作品，直到下一屆徵稿時再重出江湖。很多年輕寫手經常批評老作家的作品如何保守、落伍、不入流，但前行代作家在文學創作條件極差的情況下，持之以恆地創作了數十年，這種動機純粹且後勁十足的創作精神，早已絕跡江湖。眾多「一獎文人」的出現，無形中阻斷了那些長期用心創作、有待鼓勵的新人。而且花蹤文學獎極大部分獎項只限馬來西亞國民參加，在初期

有助於栽培本地的新人，但自家人長期關起門來較量的結果，造成得獎者與入圍者永遠是那串名單，再也無法透過「競技」來提昇馬華文學水平，除非全部獎項一起開放給國外華文創作者參加，像台灣的眾多大獎一樣。至少，開放給全東南亞。

這群老想逐獎維生，一年下來卻沒幾個獎可以參加的新生代寫手，征戰十年也湊不出一本像樣的著作。當然，這不是花蹤的錯，花蹤的存在反而暴露了另一個事實——馬華文壇最大的危機不是發表園地的不足，年輕作家的創作生命之所以很容易夭折，乃「惰性」使然。以六字輩詩人呂育陶為例，他在歷經十餘年的寫詩生涯之後，總算累積出第一本詩集；張光達在詩集的序中給予極高的評價：「他將帶領其他新生代的詩人作者邁進 21 世紀，成為世紀交替裡一個分水嶺的文學標杆」（張光達，1999：18）。呂育陶的創作水平早已深受馬華文壇的肯定，也曾獲得中國時報新詩獎，張光達當時的評價相當接近於事實。但詩集出版後，四年來呂育陶除了參加過兩三次徵文之外，幾乎不太發表詩作（所以他始終未能獲得象徵著「質實兼備」的花蹤推薦獎）。能夠長期維持高質量創作表現，不斷進步的七字輩作家，似乎只有寫小說的黎紫書和寫詩的林健文。其他體積原本細小的蜂鳥，集體休憩以待下一屆的「花季」。反而是潘雨桐等前輩及中生代作家，持續展現以一當十的創作力。

九〇年代以降的西馬文壇雖然人多勢眾，但個人創作成果的累積是令人失望的；況且近十幾年來西馬文壇似乎沒有創造出自己的「品牌」，相較於東馬作家對「書寫婆羅洲」的自覺，西馬作家有必須尋找一個較恢宏的創作方向。

西馬文學的發展歷程頗長，在不同時期有不同的「營養來源」。戰前透過中國現代文學（1919-1949）吸收了寫實主義，五〇、六〇年代受到香港文學的影響，七〇年代以後轉向台灣現代文學取經。尤其八〇年代中期以後，陳強華、傅承得等留台生回馬任教，在中學培育出一批又一批讀台灣文學作品長大的文壇新秀，其中表現最突出的莫過於趙少傑、邱琲鈞、周擎宇、王德志、盧佛寶等人組成的「魔鬼俱樂部」。第二代魔鬼成員周擎宇，如此記述他們在陳強華的指導下的學習情況：「強華老師印一些比較經典的詩來給我們當教材，我們則不停地消化複印來的詩集，有陳克華的《騎鯨少年》、夏宇的《腹語術》、《備忘錄》等，實在太多了」（周擎宇：83）。翻開八〇年代末期最受校園寫手喜愛的《椰子屋》，再篩除掉佔總篇幅七成的輕薄短小的呢喃文字，剩下的那三成「相對」優秀的佳作，盡是陳克華、夏宇、林燿德、羅智成、楊澤、楊牧的影子。影響並不可恥，這裡只想說明台灣現代文學對西馬文壇六、七字輩的影響實況。主要原因只有一個：在這些新秀眼裡，馬華文學還沒有累積出自己的經典。

就文學營養的汲取源泉來說，西馬和旅台的六、七字輩作家根本上是殊途同歸，只有吸收總量上的差異，以及前者在自己作品中「殘留過量」的台灣影子，無法像後者轉化成自己的風格。西馬的年輕詩人或繞過旅台詩作直接取經自台灣，或透過旅台／西馬的同輩詩人的作品「間接」進修，成爲另一種「隱形」的旅台形式，這種例子不勝枚舉。由於旅台作家大多來自西馬，而且極大部分在畢業後都回西馬，融入本地文壇。從潘雨桐、商晚筠、黃昏星、王祖安、陳強華、傅承得，到劉國寄、廖宏強、林惠洲、許裕全等數十人，現在都被視爲本地作家了。西馬與旅台的密切關係，由此可見。

但西馬文學的發展遠比旅台和東馬來得多元，所掌握的華社資源更是豐厚。各種文叢、選集，甚至大系的出版，以及多次國際研討會的舉行，都顯示出西馬文壇的「財力」。這也是它對整個馬華文學的責任。但我們比較關心的是：跨入二十一世紀的西馬文壇，是否已經找到一個像「書寫婆羅洲」一樣的文學動力和地標？

回顧八〇年代的馬華文學成果，最突出的文學地標可能是後來磨練出眾多新蛻作家的校園文學。一直以來，馬華本地的大專生都揹負著華社對他們（知識分子）的期待，所以當「八〇年代的華社，充滿頹喪黯然的情緒；作爲社會縮影的大專院校，華裔學生不免也有同樣的感受。他們通過正式與非正式的活動，力圖在劣勢中，傳達他們的憂患和期望。這一個時期，大專院校前所未有的剛好雲集了一批文學愛好者，或結社，或出書，作者之眾與作品之多，造就風氣即盛的校園文學。處於風起雲湧的時代，在他們的作品中，也不免反映出社會的不安的面貌和人們焦慮的情緒」（潘碧華：292-293）。這一波風潮，替馬華新詩和散文催生了不少出色的作家：林幸謙、祝家華、潘碧華、程可欣、林春美、禤素萊、何國忠。人才輩出的馬大中文系，儼然成爲當代馬華文學的「重鎮」。

那個充滿政治憂患意識的校園散文時代已經過去、張揚中國意識的邊緣書寫沒有剩下多少發揮空間、沉溺於中國意象的僞古散文只能蹲在中文系裡自賞、所謂的政治散文常常淪爲知識分子老掉牙的社論. 雨林散文缺乏一座可以跟婆羅洲相提並論的莽林、情色詩和都市詩又籠罩在台灣詩人的陰影底下、馬共的素材被張貴興和黃錦樹推到很難超越的高峰，西馬文學可以處理的大題材所剩無幾了嗎？其實不然。最起碼在散文或新詩的地誌書寫方面，很有開拓空間。

筆者曾在〈空間釋名與味覺的錨定：論林春美的地誌書寫〉（《南洋商報・南洋文藝》，2001/09/08）一文中，討論過林春美的系列小品〈我的檳城情意結〉（1994），那是最早被討論的「地誌書寫」。今年，又陸續讀到幾篇以檳城爲書寫對象的散文和小品：杜忠全〈路過義興街〉（《星洲日報・文藝春秋》，2003/11/15）、鍾可斯〈那一條街、那一座城、那一叢書〉（《南洋商報・南洋文藝》，2003/11/29）、方路〈七月鄉雨〉（《星洲日報・文藝春秋》，2003/11/23）、〈茶室觀雨記〉（《自由時報・自由副刊》，2003/01/12）、〈春天〉（《星洲日報・星雲》，2003/01/23）、〈第二月台〉（《星洲日報・星雲》，2003/01/30）等。他們顯然意識到檳城作爲歷史古城的書寫價值，並以一種記錄人事、節慶、風俗，回顧歷史，進而建構都市空間質感（或地方感）的策略，來描寫他們的故鄉檳城。這是西馬散文最值得發展的強項。西馬的幾座重要都市——檳城、馬六甲、怡保、吉隆坡、新山——都是殖民史、族群文化等集體記憶的沖積層，很值得一寫。但要充分開採這些珍貴的歷史資產，除了仰賴個人的才情與生活經歷，以及相關史料的研讀，恐怕還得借助都市空間理論、文化地理學、地誌學、甚至消費文化理論等學術研究成果與視野，免得浪費了如此珍貴的資產。西馬的兩大報副刊，應該可以鼓勵地誌書寫的風潮，爲馬華文學打造一座嶄新的地標。

翻開第七屆花蹤文學獎的得獎名單，我們雖然看到一批新秀躍上舞台，也看到那些兩年寫一次的專業得獎作家。馬華作家不但要擺脫文學獎的創作誘因，更要超越以「單篇」作品累積成書的創作策略，晉級到系列創作或單一主題的「單本」創作。從隨意而爲的「單篇」到「系列」，再到全盤規劃的「單本」，甚至「三部曲」，必然可以全面提升創作的質量。相對於東南亞各國的華文文學，馬華文學的創作、發表、出版環境是最好的；環境不再是馬華作家的殺手，只剩下自身的惰性和藉口。

小　結：去中心後的鼎立態勢

過去一直作爲當代馬華文學中心的西馬文學，在面對東馬文學和旅台文學時，必須調整心態和視野。旅台作家一向以台灣文壇爲根據地，發展出另類的馬華文學面貌，他們至少創立了：歷史反思、雨林傳奇、南洋敘述、邊陲書寫等突出的文學地景。東馬作家也有一塊豐碩的婆羅洲雨林，光是自然寫作的素材就取之不盡了，何況還有砂共事蹟、多元種族文化等創作原料。西馬獨享六百年的殖民地歷史資源，既可回溯城鄉發展下的社會、文化結構之變遷，又可發展潛力無窮的（都市）地誌書寫，當然也可以直探難度最高的族群和政治問題。

一個南中國海把戰後的馬華文學分割成——西馬、東馬、旅台——三大板塊，三足鼎立，不必存在任何從屬關係。去中心之後的當代馬華文學研究，應該可以更準確地掌握各地區的文學風貌和實況。因爲三地的歷史、政治、社會與文化語境不同，用同一套標準去評斷「異地」的陌生事物，恐怕會失之主觀。否則，在西馬觀點裡的旅台作家永遠處於游離、飄泊的狀態，然後再以這個角度去追究、去曲解他們爲何不寫馬來西亞的現實社會？爲何要回過頭來書寫婆羅洲雨林或南洋，是否對台灣依舊存在著異鄉情感與文化隔閡？甚至對張貴興等人入籍台灣的原因進行一番學理分析。難道選擇「定居」台灣的旅台作家，就不可能產生「安定感」？台灣有沒有可能成爲落地生根後的「第二故鄉」？他們在面對台灣本土勢力時，究竟是採取甚麼樣的姿態？諸如此類的「旅台想像」，不宜用目前西馬文壇一慣操作的思考邏輯和角度來論斷。

儘管旅台文壇加起來才十餘人，但他們的創作力卻不能以人數來評量。且以跟呂育陶同屬六字輩的作家來比較，便可看出他們的創作活力。在同樣十餘年（或稍短兩年）的創作生涯中，他們的出書量（僅包含個集、學術和學位論文集）：林幸謙七部、黃錦樹六部、鍾怡雯六部半、陳大爲八部半，平均每人七部。此外，由他們主編出版的選集多達十部。四十餘年來各世代旅台作家累積的著作出版量，更高達百部（不含溫瑞安〔旅港〕的四百本武俠小說）。其次，近十餘年來旅台學者所發表的馬華文學論文，不但處理了馬華文學史的核心問題、重要文類和作家，總篇幅粗估超過七十萬字，早已成爲當代馬華文學評論的主力。

不管從創作或研究的角度來評量，旅台文學已經擁有足夠的「質」量自成一個板塊，跟五十年來至少累積了五百多部的創作與論述性著作的東馬文壇、作品產量更爲龐大的西馬文壇[17]，鼎足而三。

---

[17] 南方學院馬華文學館在二〇〇三年十二月十八日的藏書量，含西馬、東馬、旅台，以及一九六五年以前出生的新華作家在內，共六千八百種，另有待補書目八百五十種以上，

當代馬華文學，本來就是三個獨立發展的文學板塊，如同一個文學的「聯邦」，沒有所謂「中心」和「邊緣」之分，它們一起構成「當代馬華文學」的全部內容。

【引文篇目】

沈慶旺整理〈雨林文學的迴響——1970-2003 年砂華文學初探〉，收入陳大爲、鍾怡雯、胡金倫編《馬華文學讀本 II：赤道回聲》，台北：萬卷樓，2004，頁 505-643。

周擎宇〈第 2 代魔鬼〉《蕉風》第 484 期，1998/05-06，頁 82-83。

阿沙曼〈璀璨年代文學的滄桑——拉讓文學活動的回顧與探討〉，收入《赤道回聲》，頁 644-656。

張光達〈馬華旅台文學的意義〉《南洋商報．南洋文藝》，2002/11/02。

張光達〈詩人與都市的共同話題——序呂育陶詩集《在我萬能的想像王國》〉，呂育陶《在我萬能的想像王國》，吉隆坡：千秋，1999，頁 1-18。

傅承得〈西馬是馬，東馬也是馬〉（2003/12/04），《大將書行〔網頁〕．文章閱讀》（http://www.mentor.com.my/bestessay/borneo.htm）

黃錦樹〈從個人的體驗到黑暗之心——論張貴興的雨林三部曲及大馬華人的自我理解〉，收入《赤道回聲》，頁 408-424。

楊宗翰〈從神州人到馬華人〉，收入《赤道回聲》，頁 156-182。

齊邦媛〈《雨雪霏霏》與馬華文學圖象〉，收入李永平《雨雪霏霏》，台北：天下文化，2002，頁I-X。

潘碧華〈八〇年代校園散文所呈現的憂患意識〉，收入《赤道回聲》，頁 292-304。

鍾怡雯〈憂鬱的浮雕：論當代馬華散文的雨林書寫〉，收入《赤道回聲》，頁 305-317。

陳大為

2003/12/22．中壢

雜誌二百五十三類（約四千冊）。是目前馬華文學最完整的藏書，或可由於「推算」出歷來馬華文學出版品的規模。

編輯理念與體例

這部選集的編選形式經過兩年的評估，決定放棄原來計畫中針對《馬華文學讀本I：赤道形聲》進行評析的部分，主要是因爲至今完成評析的篇幅大約只有三分之一，而且一千五百冊的《赤道形聲》已經沒有庫存可以搭配評析文章一同銷售，所以不得不改變方向。我們最後決定朝學論文選的方向著手，擴大編選的時間範圍，收錄十四年來（一九九〇～二〇〇三）在馬華或海外發表的文學評論。

這部選集的架構設計和論文選取，除了學術水準或史料價值之外，還隱含了主編對當代馬華文學史的觀感與評價。然而，難免碰到相同主題的論文，只能就整體的編選理念加以取捨，遺珠實在不少。可惜這部選集僅能容納七十萬字，如果再多三十萬字，能夠展現的研究成果將會更完整、更恢宏。

此書共收錄三十九篇論文，最初由編委們選出數十篇論文，經過分類整理後，再擴大蒐尋海外的網站、刊物和學報，進行各種議題和主題的評估，最後擬定出四個方向：【卷一：重要議題】、【卷二：文類綜論】、【卷三：作家個論】、【卷四：現象與史料】，其中包含了學術論文和史料記述，而且不限作者的國籍，希望透過馬華、台灣、中國大陸的多元視角，交織出一幅眾聲喧嘩的當代馬華文學史藍圖。

我們設定每位入選者不得超過三篇的上限，並針對某些重要主題或議題，請作者重新修訂舊作，或由編委負責撰述。其中張光達〈陳強華論：後現代感性與田園模式再現〉、陳大爲〈詮釋的差異：論當代馬華都市散文〉、鍾怡雯〈憂鬱的浮雕：論當代馬華散文的雨林書寫〉等三篇論文，便是根據預設的文學史藍圖所需而寫的。陳強華是馬華本地創作實力最強的詩人，而馬華散文方面的論述也明顯不足，遂由編委們肩負起「補強」的工作。

其次我們特別重視東馬文學的宏觀論述，除了收錄陳鵬翔〈論吳岸的詩歌理論〉、林建國〈有關婆羅州森林的兩種說法〉、李瑞騰〈詩巫當代華文新詩——以草葉七輯爲主要參考對象〉三篇「能見度較高」的論文之外，特別選錄阿沙曼那篇記述五〇～六〇年代砂華文壇概況的〈璀璨年代文學的滄桑——拉讓文學活動的回顧與探討〉，再請沈慶旺（以及田思、石問亭）著手整理一九七〇～二〇〇三年間東馬文學的重要資料，銜接成半世紀的東馬文學鳥瞰圖。後來他們主動融入多篇記述／討論東馬文學的文獻，更正原始資料的錯誤，重新整合成篇。於是一篇在史料中沉思的〈雨林文學的迴響——1970-2003 年砂華文學初探〉得以順利面世。我們本來就打算將砂華重要的文學獎資料保留在書中，不過砂華作家的附錄卻是意外的收獲，能留下這些作者資料，對東馬文學的研究必有助益。這部選集因爲有了五篇東馬文學的論述，而充實了不少。

此外，爲了完整陳述國家文學的問題，莊華興將兩篇論文「合訂」成〈敘述國家寓言：馬華文學與馬來文學的頡頏與定位〉；爲了讓讀者更了解作爲「文學人口」重要基石的華文教育和文化精神，安煥然也將兩篇論文「合訂」成〈馬華文學的「背後」——華文教育與馬華文化〉；魏月萍的〈馬華通俗文學普及化探析〉，則是一篇比原版更深入和完整的修訂版。唯一沒有完成的是：四十幾年來《蕉風》在馬華文學史上扮演的角色，及其編輯風格的演變。那是因爲我們始終無法掌握完整的四百九十期《蕉風》，雖然可以找到多篇回憶、記述、討論《蕉風》的文章，始終無法有效整合出一篇架構清晰的文章，最後不得不放棄。

爲了保存「選集」的感覺，我們沒有採取統一的論文格式，只在「非常必要的時候」，主動替部分論文或文論重新查證引文、校正／增補注釋、修訂論文與參考書目的格式，甚至以「編按」的方式進行補充說明。至於部分論文引用的資料的出處（尤其頁碼或日期）無從追溯，作者亦無法修補缺漏，也只好**原樣擱置**。

必須說明的是《蕉風》的特殊情況。這本刊物經歷月刊、雙月刊及半年刊的形式，相當複雜。當論述者引用《蕉風》（雙月刊）時，以四二七期（一九八八年十一、十二月號）爲例，其書目格式爲：《蕉風》427 期，1988/11,12。

這部厚達七百頁的《馬華文學讀本 II：赤道回聲》，歷經一年多時間的編選與校對，力求做到盡善盡美，選集中的每一篇論文都是最嚴謹的校對版本。

在此要特別感謝萬卷樓出版社和財團法人海華文教基金會的支持、砂華作家沈慶旺、田思、石問亭的鼎力相助、馬華文學館副主任許通元的協助查核資料，以及每一位參與編校工作的元智大學中語系、台北大學中文系的學生（我們的編輯群除了就讀政大中文所博士班的高嘉謙，全是台灣本地生）。

目　錄

【卷三：作家個論】

【卷四：現象與史料】

【附錄】

卷一：重要議題

東晉　王獻之　淳化閣帖

為什麼馬華文學？

＊林建國

長久以來馬華文學研究，一直深受馬華文學本身的屬性和定義問題所困擾[1]。今天我們問到什麼是馬華文學？大概可聽到兩種回答。馬來西亞的華文作家會說：她是大馬地區的華文文學，應屬馬來西亞文學的一環[2]。以中國爲本位的的學者和作家則以爲：馬華文學不過是中國文學的一支而已。他們的理由很簡單，似乎很有說服力：馬華作家使用中文寫作，切不斷和母國的文化關係。此一說法深深困擾馬華作家，使他們與中國文學（不論當代古典）發生比較文學上「收受」和「影響」的關係時，急於與之劃清界線：政治上不接受中國爲祖國，意識型態上不能同意馬華文學隸屬中國文學。「劃清界線」是出於自覺的政治表態，並沒有切斷對中華文化的認同，因此也無力反駁上述以中國爲本位之學者作家，從文化角度，認定馬華文學爲中國文學「支流」的理由。

新加坡的崛起，以及新華作家鮮明的政治歸屬，在面對東南亞華文文學屬性和定義的爭論時，一定的程度上打壓了上述「支流」論調。至少在新加坡是如此，使國外的中國本位學者不得不調整態度。周策縱一九八八年在新加坡提出「多元文學中心」說，便很有代表性。他認爲東南亞各國華文文學可以自成「中心」，「也許」再也不能是中國文學的「邊緣文學」，更不能是「支流文學」（360）。十幾年前認爲馬華作者不可能在中國文化之外自創傳統的張錯（翺翔 181），如今態度轉爲謹慎，認爲海外（特別是東南亞地區）華文文學的「性質和源流」與中國地區的（如台灣）不盡相同，並以爲有進一步釐清「中華性」與「中國性」的必要

---

[1] 「馬華文學」從一般用法，指馬來西亞地區（包括一九六五年之前的新加坡）的華文文學（Wong，1986：110）。此概念亦適用於馬來文學與馬英文學。

[2] 例如最能代表馬華社會文化觀點的《國家文化備忘錄》便如此宣示（23）。

（1991b，02/20：27），雖然他同時堅持各地區海外文學都是「中國文學」（1991a：28）。劉紹銘的態度最爲保留：從認定馬華文學屬於中國文學開始（1981：4），而至將之視爲「現代中國文學一個流派（不是支流）」（1986：891），其間用詞從「支流」到「流派」，似無不同，顯得姿態模糊。反而他在編選《世界中文小說選》，建立取捨單位地區的標準時，採取了「務實」的作法。他說：「第一個考慮是自立自足的環境。換句話說，入選地區得有讓作家發表的獨立條件」（1987：（7）），因此馬華小說入選，顯然著眼於外在環境的經驗實證因素。然而深層地看，劉紹銘的取捨標準並未推翻其「支流」觀；同樣的周策縱的「多元文學中心」看法，亦未否認那個背後支撐「支流」說的「事實」：馬華作家使用中文寫作，切不斷和母國文化關係的「事實」。只要這個「事實」存在，「支流」觀便有立足之地，便能復辟，與「多元文學中心」說相齟齬，使「多元」成爲「萬流歸宗」不折不扣的表象。

這種屬性和定義、主流與支流的問題，「當然」是比較文學的課題。然而就馬華文學的個別狀況而言，傳統比較文學方法似乎提不出一個「通則」，來解決其屬性和定義的困擾。謹慎的學者如韋斯坦因（Ulrich Weisstein），面對世界上各源流、各語系和各民族文學的屬性、分類與定義時，也只能表示：「每一個問題都構成了一種特殊的情況，要求謹慎地按照歷史環境〔historical circumstances〕和文學史家通用的標準作出解答」（中 10；英 12-13）。說不定還不能作出解答。這膠著局面，固然可見韋氏「實事求是」的學術倫理與堅持，但同時也顯示了比較文學當初在歐洲建立以來，作爲實事求是／經驗實證學科的侷限。如此建立起來的學科，首先假定了研究者主體的先驗本質，無力檢討（甚至從未想過檢討）研究者主體性由來與存在的歷史條件，以及這主體面對其研究客體時所產生的移情作用。擺在眼前的既然只是「事實」，比較文學學者的主體既然也是那麼透明、「自然」、「客觀」和「邏輯」，學者在「實事求是」過程中產生的疑惑和問題，以及爲了因應這些疑惑和問題而發生的學科（比較文學），當然一樣先驗地取得合法性。這情形下，比較文學看似一門文學史學科，可以解決各源流文學的屬性和定義，實則已事先假定一個封閉和統一的文學史觀：在歐洲爲「歐洲心靈」，在其他以平行／類同研究爲主流的地區如美國，則爲「共同詩學」。「歐洲心靈」也好，「共同詩學」也好，前者只承認形上學意義的主體（心靈），後者則沒有擺放主體的位置；兩者都把複雜的主體與歷史的問題排拒在外。

因此在馬華文學研究上，比較文學有所不足，並不因爲馬華文學有太過特殊的「歷史環境」，反而因爲比較文學無法指出，我們——馬華文學研究者——的主體位置在當下的歷史情境中應該擺在哪裡？應該如何提問？如何拆解擺在眼前所有「事實」背後之意識型態？既然如此，比較文學也無力解決以中國爲本位的學者作家，他們的偏見在哪裡。

打開盤根錯節的第一步，是必須認識馬華文學所謂的「屬性」和「定義」困擾，不是超然和自然的問題，反而有其歷史因由在。更具體地說，只有在某一歷史情境下，馬華作家才會問到：「什麼是馬華文學？」也只有在某一歷史情境下，以中國爲本位的學者作家才選擇回答這個問題。因爲兩造的歷史情境不同，相同的問題對雙方是不同的涵義，答案也就不一樣。對馬華作家，這個問題標示尋求和解釋自我歷史主體位置的開始，也等於解釋這主體當下的歷史情境。中國本位的學者則沒有這層包袱；反而這問題的存在，彷彿爲他們預設，鞏固他們自戀情緒中大中國意識的循環論證。

我們可以舉個例子說明。在所有以中國爲本位定義馬華文學的文獻中，陳義最完整的來自出身馬來西亞的溫瑞安。他短短兩千五百字的〈漫談馬華文學〉，宣示了馬華文學「自決」無望，理由迄今似乎還找不到有力的反駁。他說馬華文學「不能算是真正的馬來西亞文學」，它只是「中國文學的一個支流」而已，原因有三：第一，「沒有中國文學，便沒有馬華文學」；第二，馬華作家使用的仍是標準的中國文字；第三，馬華作品中的傳說和神話，乃至心理狀態，仍是中國的。其中溫瑞安著筆最多的是第二項原因。他說「馬來西亞華文」的本質「仍是中文的本質，如果用它來表現馬來西亞民族思想、意識及精神，那顯然是不智而且事倍功半的事」。顯然中文如果要「表現馬來西亞民族精神和意識」，便得脫去「中文的本質」而「馬來西亞化」，把「本質異族化」。可是這有一個後果：「既喪失了原有的文化價值，又無法蘊含新的文化價值。」所以他的結論是：「華文難以表現別種國家的民族性，反之亦然。」

溫瑞安看來把中國本位的學者作家的立場表達的一清二楚，可是他們（包括溫瑞安）恐怕未察覺到這番話另一層陰暗面：它完美應合了馬來菁英分子五一三事件之後主導大馬政局下，所制定的「國家文化」政策和論調。馬華文學「不能」也「不該」屬於大馬「國家文學」，其中的官方理由溫瑞安已交代清楚了。更確切地說，溫瑞安彷彿採信了大馬的「官方說法」，將自己——佔大馬人口百分之四十五的非馬來人——的歷史主體放逐在大馬歷史之外。有關此課題，本文下半將有詳論，且按下不表。可是就眼前所見仍嘆爲觀止：何以中國本位學者作家，竟與大馬官方共享同樣一種意識型態和邏輯？

這到底是怎樣的邏輯？我們不妨從溫瑞安使用的隱喻「支流」開始拆解。馬華文學是中國文學的「支流」，根據溫瑞安並不是說：馬華文學可從中國文學分「支」出去自己「流」，而是說：中國文學是一條大河，馬華文學是流向這條大河的小溪，彼此共享一個命運。可是這不正確：我們看不出中國文學的命運是馬華文學的命運；中國文學如果現在破產、完蛋或結束，馬華文學仍然可以活下去，中國文學的死亡操縱不了它。我們更看不出馬華文學的命運是中國文學的命運：別說馬華文學完蛋了中國文學不會怎樣，事實是中國文學對馬華文學一無所知仍可運作得很好。顯然「支流」這個隱喻不適用，除非它指分「支」出去自己「流」。自己「流」便有自己的命運，源頭切斷了還有天地帶來的造化，可以自滅，可以自生，與「主幹大河」無關了。如果有所謂「萬流歸宗」的說法也無所謂了，因爲「宗」有如死人牌位的供奉，「萬流」早已各自向前奔流，各自照應自己的命運去了。

命運在這裡指存有開展的不可逆性，而存有開展的是存有的可能性；也唯有在存有開展其可能性時才能展現此不可逆性，展現命運，這過程便是歷史。任何終結譬如死亡，都是命運和歷史的終結；換言之，死人沒有命運可言，活者的事物方有命運[3]。然而在溫瑞安的陳述中，中國文學彷彿沒有命運。他不斷強調中文的純粹「本質」，不斷強調中文（除了展現「本質」之外）種種的不可能性。中文的「本質」在哪裡呢？絕對不是未來，而是過去，在種種過去的中國傳說、神話、寓言和傳奇中（溫瑞安 14）；在虛構之中，在「源頭」之中[4]。溫瑞安這

---

[3] 這裡的討論刻意避開將死亡視爲「命運的實現」這定義，反而傾向「悖逆或終結命運」的定義，可和自殺互通。下同。

[4] 溫瑞安言行仿若唐吉訶德。傅柯：「他〔唐吉訶德〕自己像一個剛從書中脫逃的符號、又瘦又長的書寫體和字母。他整個人除了是早被人寫下的語言、文本、印刷書頁和故事之外，什麼都不是。他由交織的文字構成；他是書寫本身，漫遊於諸事物的相似性徵之中。」（Foucault 1966：46。筆者中譯）。循此邏輯，唐吉訶德堅信書中世界就是現實世界，並在沒有騎士的世界裡充當騎士。四百年後在東方，「唐・溫瑞安」以真人真事，在沒有

篇文章題爲〈漫談馬華文學〉，實則定義中國文學，把中國文學閉鎖在「源頭」，沒有可能性，不能開展，沒有命運，更無歷史。當馬華文學兀自活的好好的時候，溫瑞安——以及其他以中國爲本位的學者作家——憑什麼要它分享他人的死亡？

我們如果要確定馬華文學與中國文學的關係，便不能假設中國文學已經「完成」和「結束」。如果我們仍然堅持支「流」這個隱喻，便不能忽視其間「流動」的意象：中國文學和馬華文學都各在「流動」，在開展可能性，在展現各自的命運和歷史。於是「主流」與「支流」或者「源」與「流」的使用，便大有商榷的必要。我們可以承認「沒有中國文學，便沒有馬華文學」（此說法尤其用在解釋馬華新文學的發生，詳本文下半），可是這因果解釋無法把握何以其後馬華文學有不同的經驗、滄桑和命運，於是「源」與「流」概念的使用也就到此爲止。「主流」與「支流」的比喻則不正確（除非後者指分「支」出去自己「流」），因爲中國文學與馬華文學的關係從此是詮釋學上的對話關係，是比較文學上影響／收受的關係，雖然這種關係對馬華學而言一直是入超。

可是問題沒有結束。首先我們並未切入馬華文學的歷史情境，具體解釋何以馬華文學有自己的命運。第二，中國文學的影響不斷入超，有時儼然成爲支配地位的論述，馬華文學和它的關係仍然可能是「對話」關係嗎？馬華文學仍然可能自成「主流」嗎？第三，假設中國文字的「本質」是「可能性」，能向前開展，有自己的命運，「馬」華文學的命運又怎麼與它相連？「中國」文字的命運怎麼可能是「馬」華文學的命運？

這幾個問題，將是底下我鋪陳論點的重要依據，並在嘗試回答這些問題之後，回到本文題目所提出的問題架構——爲什麼馬華文學？——確立其妥當性。由於第一個問題最終極，牽涉大馬的歷史情境與其他語族文學，將留置到最後才討論。第二與第三問題似較優先和迫切，而且也必須穿越它們，才能抵達第一個問題所在的位置。因此我的論述將從第二個問題討論兩位作者開始，以迂迴繞道（detour）的策略，透過他們的作品文本，走近我們急欲前往的歷史情境。

武俠的世界裡（台北）搬演武俠，也算塞萬提斯的先見之明了。只是溫瑞安的演出版本缺乏發喜劇效果，迷信中華民國台灣官方的大中國意識之際，淪爲其政治祭品。詳黃錦樹（1991）。

一、子凡與中國文學／中國文字的對話

一九七九年子凡（游川）出版了一本具有里程碑意義的詩集《迴音》。這本詩集重要，不僅因爲它成功在當時馬華詩壇雕琢晦澀與刻板粗淺的修辭兩極之間，開發出簡潔精緻兼具的語言風格，也因爲它成功透過四十八首詩作展現一個相當完整的歷史主體。詳細說明需要更長篇幅，這裡只討論子凡與中國文學／中國文字的對話關係。子凡熟悉台灣現代詩[5]，但是可能並不知曉詩人背後的意識型態。無論如何，子凡與台灣現代詩展開了非常有意思的對話，譬如他的〈看史十六行〉是這樣開始的：「在心中澎湃沖擊的／莫非就是血管中沸騰的／長江黃河／這些日子／我總徘徊／在史書和文物之間」（1978c：83）。這個開頭出自洛夫的〈獨飲十五行〉：「令人醺醺然／莫非就是那／壺中一滴一滴的長江黃河／近些日子／我總是背對著鏡子／獨飲著／胸中的二三事件」（1971：79）。可是兩首詩的結論／結局／命運卻完全不一樣。洛夫詩末有後記言「此詩寫於我國〔中華民國〕退出聯合國次日」（80）顯然有深層的政治性的哀悼意味。就詩論詩，這不必是語調悲沉的〈獨飲十五行〉唯一的詮釋，可是身爲作者的洛夫有意將他的政治性哀悼，作其詩最重要一個詮釋根據。不論是否成功，作者的政治意象卻可斷定。

子凡的〈看史十六行〉調子同樣低沉，可是哀悼的卻是華裔公民在馬來西亞逐漸坍塌的政治地位：當「祖先的臉譜」「日漸被剝單薄」，「祖先的血汗」「日漸被吮吸乾」之後，「竟還有人瞎嚷／一再保證我們明日的輝煌」。子凡關心所在並非「中華民國」，亦非整個中華民族的前途，而是大馬華人的命運。於是他詩中的「長江黃河」便與洛夫有所不同的指涉。對於「中國」，子凡另一首〈我們〉則表示很清楚：「故國錦繡山河／只是幾掠浮光幾筆潑墨／所謂國恨家仇／真不知恨些什麼仇些什麼／我們所讀的是人家的神話傳奇／不是自己的歷史辛酸悲愴／至於鄉愁，我們土生土長／若有，也不過是一絲／傳統節日的神傷／在粽子裡。沒有詩人忠魂話淒涼／切開月餅。沒有殺韃子的悲壯／⋯⋯」（1978d：89）。

如果我們不堅持上述洛夫／子凡組合中的影響／收受模式的閱讀，則子凡的

---

5 除了接下要談的〈看史十六行〉，子凡的〈酬神戲〉是另一首仿效台灣詩人的作品（杜潘芳格的〈平安戲〉），雖然兩首詩語調不一樣。

〈當我死後〉（1978e）和余光中的〈當我死時〉（1966），便能提供我們平行／類同的模式，透過兩個詩人同樣討論死後他們的軀體的處理方式（遺書？），讀出兩種完全相異的主體性呈現：一是因商品造成身分不明的反諷，一是時空錯置產生無法克服的鄉愁。兩人背後各有錯綜複雜的歷史因素與情境，對中華性／中國性的思考，於是便完全不同了：這思考在余光中詩裡是全部，在子凡詩中卻不存在。換言之，子凡與中國文學進行對話時，不是忽視所謂的中華性／中國性，就是反擊變造，貌合神離，似是而非。[6]

然而不論我們如何解析子凡與中國詩人如何不同，這種「不同」仍然停留在詩句的「意義」層面，即一般所謂相對於「形式」的「內容」層次。雖然單憑「意義」的不同，已足夠確定馬華文學具有和中國文學不同的歷史情境（因爲所有的「意義」正是被歷史情境所決定），可是問題並未解決。我們仍然具備強有力的理由認爲子凡的作品屬於「中國文學」：不論子凡如何否認他對中國的認同，他操作的仍是中國文字。不論堅持的是什麼意見，他也只能在中國文字裡表態。我們能夠同意「中國」文字可以產生「非中國」的意識型態，可是先決條件是詩人必須先存在於中國文字之中，接受那個維繫中國社會之社會性的象徵體序（symbolic order）：中國文字同時接受這個文字的表義邏輯（如語法，但不只語法）和表義結果（如意識型態，可有多種）。換言之，子凡的否定也等於肯定，他的否定（否定中國性）在中國文字裡具現，他的否定使中國文字在他筆下開展，使中國性重新獲得肯定。

這個觀點，顯然將戰場轉向形式／語言的層面，並堅持符表（signifier）的「封閉性」（我的造詞）。所謂符表——中國文字的物質層面——的「封閉性」，指漢文字保存了中國文化／社會／歷史流變中的各種印記（漢民族的社會習俗如父權制度等各種意識型態）而「定型」之後，以圖騰、以遺蹟、以歷史運作的結果流傳下來的方式。符表的「封閉性」，使我們今天只能變動或調整與符表相連繫的符義（signified）或意義，以及這符義的語意厚度，而非符表本身[7]。

---

[6] 子凡並非沒有討論「中華性」的詩，只是都是以馬華社會爲文脈（context），有特殊的指涉。特別請留意〈盲腸〉和〈梅花〉二首。

[7] 這有反證。就二十世紀，且不說失敗的漢字拉丁化運動，便有簡體字和女書，都是意識型態促成的產物，可是都是不尋常的例子。

中國文字／符表的「封閉性」，真的就是符表中華性／中國性的保證嗎？我們能夠同意中國文字／符表是中國歷史的產物，可是憑這一點我們能說符表本身具備中華性／中國性嗎？如果答案是肯定的，顯然我們忘了中華性／中國性只是符義而已，並非符表的組成部分；沒有中華性／中國性，符表仍然可以是符表／才是符表。符表之爲符表因爲它有自身的運作的邏輯（如與符義的關係是任意的 arbitrary）；不論「中國歷史產物」是多具體的事實，這個事實無法干預和決定中國文字／符表本身的語言學／符號學邏輯。中華性的結束並非符表歷史性的結束；反而只有中華性的結束，才是符表歷史性的開始。中國文字儲蓄中國人意識型態的方式，是按照符表運作的邏輯進行，而非中華性／中國性的邏輯——如果後者有所謂邏輯的話。中國文字／符表是中國歷史的產物，可是一旦符表系統建立起來，中華性／中國性便須服從符表的邏輯，不能佔據符表（否則符表不能運作），反而由符表，在歷史的流變中，爲中華性／中國性命名。

這個說法可能招致如是反駁：我已將索緒爾（Ferdinand de Saussure）的符號學概念過度引申與化約；索緒爾的意見並不盡符合中國文字的狀況。不錯，索緒爾的整套概念是建立在印歐語系的拼音語言上，也因此他將符表定義爲聲音意象（sound-image），而非我申論中的書寫意象（graphic image）（Saussure 66）。然而我的目的並非要爲中國象形文字建立一個符號學論述，能力上篇幅上也辦不到，只想透過索緒爾，說明中國文字一如任何文字，如果要作具有表達能力的符號時，所需存在一個邏輯上的先決條件。

我如此強調，目的在打擊中國文字「本質」論者。他們非常天真地以爲，中國文字／符表與其指涉物（中國歷史情境）未曾切分；他們不曉得若不切分，表義活動將是不可能的事，中國文字被鎖在它生發的源頭，惟有停頓和死亡。也惟其表義活動的可能，中國文字／符表的命運，才是一條或多條不斷生產論述和意識型態之旅；中國文字的命運便在它之不斷遠離「源頭」，不斷指涉和進入與「源頭」不相同的歷史情境，陌生的歷史情境，甚至喪失中華性／中國性的歷史情境。

二、李永平與「南洋」的對話

我們現在面對一個弔詭：何謂中華性／中國性？每一代人，甚至同一代不同地域、立場和背景的人，都有各自的定義，甚至相矛盾的定義。姑且假設每人定義並不矛盾，我們也無法想像，他們定義相加的總和是中華性／中國性的「全部」，最多只能說，他們共同具現了同一代人的詮釋學視野。詮釋學視野有強烈的時空暗示，暴露了解釋和定義中華性／中國性的主體之歷史位置[8]。「本質」論者，「真理」論者，其實都在闡述他們的歷史位置，展現他們作爲歷史主體的命運。

我將從這裡返回有關中國文學／馬華文學關係的討論。我要舉例說明的人比子凡複雜和困難，但是也更有意思：這人是李永平。李永平出生馬來西亞砂勝越州的古晉，卻在《吉陵春秋》中創造了迷人曲折的中國原鄉世界，很獲批評家好評，咸認他成功以最本土的材料（「純粹」的中文）建構出最完整最真實的「中國小鎮的塑像」（詳余光中（1986）和龍應台（1986））。然而看法最爲犀利獨到的卻是王德威。首先他認爲「原鄉」主題只是政治文化上的神話（1988：2），而「李永平以海外華人身分選擇居住台灣，並且『無中生有』，於『紙上』創作出鄉土傳奇，當是對中國原鄉傳統最大的敬禮與嘲諷」（1988：3）。換言之，《吉陵》「是原鄉傳統流傳數十年後，一項最弔詭的『特技表演』……」（1988：21）。其實我們可以加上一句：這是李永平最誠實最有遠見的表演，徹底暴露他的歷史位置。

暴露了他的歷史位置？這是怎麼回事？李永平不是最否定任何與「歷史」扯上關係的概念嗎？他的《吉陵》世界難道不是在刻意模糊任何歷史背景的暗示嗎？誠如王德威在《吉陵》的書評裡指出的：「李永平刻意抽除明顯時空背景……，造成〔全書〕細膩晦澀有餘，卻總似缺少福克納、馬奎斯般源於深厚歷史感的魅力」（1986：219）。李永平稍後以天主教教義問答方式寫下的反駁中，第一句話便是：「《吉陵春秋》是一個心靈世界」（1987：124），並對歷史感百般否定和譏諷（125）。這非常有趣，何以「歷史」或「歷史感」是那麼可怕的字眼？犀利如李永平者，顯然並非不知道「歷史感」的重量，並非對它毫無企圖，否則不會爲《吉陵》冠上「春秋」的書名。可是何以他在面對《文訊》編者第一個觸

---

8 在文學研究方面，當代有關中華性／中國性的看法正在改變。最近山東教育出版社出版了山東社會科學院文學所所長郭延禮的《中國近代文學發展史》第一卷，論述涉及中國境內各民族文學，有意修正歷來以漢語民族爲中心的中華性／中國性的定義（梁山 27）。

及「歷史」和「歷史感」的問題時，避而不答，反而「轉進」教導讀者如何閱讀小說（1987：124-125），藉著具有「教學功能」的談話（教義回答？）規避歷史感？他面對歷史感有著強烈的抗拒機制，是他無力面對，還是歷史感是創痛？是尷尬？

當李永平不斷強調他創作上的「仰望對象」是中國「大觀園」時（1987：125），恐怕最令他尷尬的莫過於有人說《吉陵》具有南洋色彩；李永平最要否認的歷史感恐怕就是它。「南洋」是李永平出生、成長和長大後被他透過社會實踐（寫作《吉陵春秋》）所「遺棄」的世界，「南洋」對他的歷史意義再明顯不過。可惜一般批評家提及「南洋色彩」時都將他放過，因爲大家對這名詞一籌莫展。對他們來說，「南洋」是個沒有內容的名詞，是個沒有歷史的地方，跟世界上其他地方一樣平板空洞。似乎只有大中國以外的作家或批評家才願意面對歷史感的問題。而馬奎斯《百年孤寂》狡黠的開場不過是晚近的例子。跟李永平相反，馬奎斯懷著強烈的歷史觀照，讓邦迪亞上校臨刑前在回憶中。不只回到童年的亞馬遜森林，也回到歷史開始的那一刻，生動再現語言進入這世界的姿態；其中的關鍵字眼是「命名」：

> 這是個嶄新的新天地，許多東西都還沒有命名，想要述說還得用手去指。（25）
>
> The word was so recent that many things lacked names, and in order to indicate them it was necessary to point.（11）

對「南洋」的認知一片空白使中國本土出生長大的批評家，無力參透李永平在《吉陵春秋》中體現了這樣一個特殊的「命名」過程，深深觸及有關歷史的根本問題。我們當然可以從文字遊戲開始，「傾聽」其開隱密的話語，作一些並非沒有道理的「猜測」。譬如吉陵與李永平出生地古晉（Kuching）諧音，「吉」字不論方言古音，子音都與「古」字同爲舌根音，兩字同時還形貌相似；至於「陵」「晉」則疊鼻韻。換言之，從「古晉」到「吉陵」，歷經了語音上的換喻移位（metonymic slide），分享了夢運作的若干機制。我們如果將「夢」的邏輯推遠一點，便來到桃花源。〈桃花源記〉是這樣開始的：「『晉』太原中，武『陵』人，捕魚爲業……。」古晉是李永平日夜懸念的桃花源呢，還是吉陵是現實世界裡赤裸的夢魘？似真似幻，哪個是真哪個是幻？哪個已經遺失而哪個正被遺棄？古晉和吉陵之間所展現的，正是「世界」與「命名」之間激烈的辯證。

當然我們可以輕易駁斥這段「文字遊戲」，說它毫無「事實根據」。如果需要「事實根據」，我們也有，雖然與前面的「文字遊戲」沒有直接關連。李永平之妻景小佩多年前隨他到她所陌生的「南洋」時寫道：

> 古晉那個鳥不拉屎的地方，叫我簡直駭然。永平一路走、一路指給我看他在「吉陵春秋」裡所提到的「萬福巷」、劉老實的「棺材店」……然後，回到那座巒山，他告訴我：「我就是在這兒出生長大的！」（1989/08/02：27）

吉陵鎮的世界不也是很「駭然」嗎？景小佩特殊的敘述方式，加上轉折太快（引文中省略號是她自己的），產生了縮合（condensation）的效果，使人以爲李永平就是在吉陵鎮長大的[9]。可是當李永平極力否定「歷史感」時，他當然不會如此承認，更不願承認他「騙」過了所有批評家的耳目，以一個非中國的世界捏造非常中國的世界。這也可以解釋何以吉陵以古晉爲摹本的「事實」，只能存在於夫妻間的私生活論述中。私生活從來不屬於大寫的歷史（History），最多只在景小佩的故事（her story）裡顯現，於是古晉——李永平來自的世界——當然也不屬於歷史。一面倒地擁抱中華性／中國性之刻，他心中的歷史是在「大觀園」中，至少是「桃花源」裡。

然而李永平的實踐有濃烈的桃花源性格，並不僅僅因爲桃花源中存在著懸滯不前的歷史。歷來批評家多留意桃花源的烏托邦性質，停留在現實政治批判的層次；這樣的觀點低估了桃花源的分量。擺在李永平的古晉／吉陵轉換配對中，桃花源的分量立即揭顯：它和「大觀園」不同，是個「方外」或「域外」之地，是沒人走得到和可以想像的地方；更重要是，只有漁夫走得進去，之前沒有預警，之後不復得之，有如一場夢。漁夫離開桃花源後，有如夢者醒來，只能用話語敘述所見所聞，以話語建立敘述，替代不能分享兼不能重複經歷的經驗（「不足爲外人道」應該這樣理解）；一如夢之不能重複，亦無第二者可分享，永遠隱私，永被強烈尋求共通性的「歷史」概念或論述排拒。從這角度，「方外」或「域外」

---

[9] 黃錦樹作了非常精采的聯想：景小佩的「駭然」顯然出自她的 hairan（馬來文驚訝不解之意）（黃錦樹 1991）。她不安的情緒，在在顯示她觸及到了被李永平以《吉陵》粉飾掉的身世——他個人和《吉陵》兩者的歷史場景。然而這一切又是那麼「駭然」（hairan），使她只能以失言、筆誤的方式說出。

深含比字面上更深沉的流放、流失和不可溝通的意味，話語和敘述成爲集體歷史意識和私生活之間薄弱無力的聯繫。

但是，「桃花源」這概念一點也不「域外」；一如「大觀園」，「桃花源」處於中原文化的核心，因爲〈桃花源記〉和《紅樓夢》穩坐中國文學「正統」的寶座。而「古晉」卻不是這麼回事。這南洋地名的中譯雖帶中國風味，但只能提供李永平作有關的中國的聯想，進行語音上的換喻移位以觸發中原地名的隱喻代換，使中華性／中國性得以運作，一任這南洋地名的背後終究只是不可知。惟有李永平知道這些「不可知」的內容，因爲他就是這些「不可知」；桃花源提供他方便，在他屈從於中原集體歷史意識之刻，可以合法地使他自己不遁形、不流放、不「域外」、不「不可知」（不似景小佩文可遭中原集體歷史意識以「傳記材料」之名擱置和放逐）。這不是「翻譯」的問題，因爲「不可知」是不能翻譯的，只能僭用（appropriate）已知可知的一切以存顯「不可知」。換言之「桃花源」成爲通往古晉之路，但是聽說過桃花源、據桃花源爲已有的人永遠找不到古晉。作爲來自域外的人士，這是李永平的自我保護機制，否則他將消失；桃花源成爲李永平與中原人士之間薄弱無力的聯繫。

這聯繫或「翻譯」之所以可能，因爲桃花源和古晉都屬「域外」；更確切說，因爲桃花源（不論它是如何虛構的概念）保存了拓樸斯（topos，從希臘文原意，「位處」之意），而桃花源與古晉正同屬一條拓樸斯的聯想代換軸（paradigmatic axis），也憑此軸我們可以更清楚解釋古晉／吉陵轉換配對的原理。但是對李永平，他最初的拓樸斯是古晉，這認識是貼近歷史，一反李永平否定歷史感的歷史概念。也憑這原初拓樸斯，我們找到李永平「中國論述」（《吉陵春秋》）成立的依據。如前所述，這原初拓樸斯以桃花源爲薄弱無力的聯繫，被「翻譯」到已知和可知的世界；這「翻譯」和聯繫是「中國論述」的成因，論述中的「中國風」不過是這場遊戲的經濟結果——向已知和可知世界短暫妥協的結果。黃錦樹非常準確指出，《吉陵》與中國文學／中原文化（已知和可知世界）有深厚的淵源和互涉[10]，可惜未進一步回答是否被流放的「域外」真有如表面所見已經妥協，可

---

10 「……《吉陵》不止是砂勞越（古晉），不止是台灣（台北、高雄），而且還是中國。不是近現代的中國，是晚明、淸初的中國。是三言、二拍和《金瓶梅》裡的世界。……這裡不是說李永平受了這幾部書多少影響（因爲無從證明），但是當李永平強調《吉陵》

完全爲已知和可知的世界僭用？甚至或者，我們是否只有已知和可知的世界？若是，被放的不僅是「域外」，還有歷史，我們會錯信李永平有如溫瑞安，尋求自殺式的死亡，因爲只有死亡才願意承諾和超越歷史的「永恆」結合，用死亡放逐歷史。在李永平，放逐歷史只是他和已知和可知世界的溝通語言；他來自域外，知道的遠比已知和可知的世界還多，使他無法像自閉的溫瑞安一般自殺，無法放逐歷史，雖然他又多麼希望能像溫瑞安一般死去。在放逐歷史與無法放逐歷史之間，李永平必須尋找短暫的妥協，這便是他的歷史位置。

李永平不是溫瑞安，因爲他有來自「域外」——原初拓樸斯的召喚。一九八九年八月《海東青》在台灣發表，李永平母親在古晉下葬，他「哭醒昏醉好幾回」（小佩 1989/08/02：27）：我們似乎一直錯估了——因爲《吉陵》的緣故——李永平與「域外」的聯繫，以及他投注「域外」的強烈情感，以爲他清潔溜溜，切除了私生活，在中原集體意識裡純化。在這脈絡下，原初拓樸斯重要，倒不在其傳記材料和經驗實證的價值，而在於它是李永平私生活之源，同時以進行式而非傳記材料的過去式存顯。而文學創作不正是私生活的諸種活動之一嗎？當李永平在他文學作品中保存了一個拓樸斯，我們再也很難相信「它是中原集體意識的公共空間」是唯一的解釋，甚至是最終極的解釋。這解釋通常基於這樣的堅持：語言，或邏各斯（logos），是公共空間的私有財產，不屬私生活。李永平寫作《吉陵》正是抱持這個信念，但除非他真能切除私生活，這信念永無法實現。於是實際操作時，李永平做的是相反的事，而且有其必然性——如果我們沒忘記文學創作來自私生活。從景小佩文中所述，我們可以想像李永平寫作《吉陵》時，是如何不停召喚其原初拓樸斯；或者這原初拓樸斯不斷縈繞他腦際，不斷反過來召喚他。他們相互召喚和應答，原初拓樸斯賜他以記憶和他投注和儲存在那裡的情感（但不止這些），而李永平則回贈之以邏各斯。邏各斯有如桃花源，本身是拓樸斯而通往「域外」，或者，是個保存了流放和不可溝通的拓樸斯。換言之，一如桃花源，這邏各斯是存顯也是掩蔽，不再只是任何公共空間的私有財產，但保存卻也隱去前往不可知的隱私空間的通路。「吉陵」出自「古晉」的換喻和隱喻，所揭示的正是這層道理。然而我們並不能因此而化約地說吉陵「指涉」古晉；「命名」是較好的字眼，因爲深涵「贈予」之意，給了古晉隱蔽，也給了它存顯。在

是一個『心靈世界』時，這種比附便有了意義」（黃錦樹 1991）。

歷史的夾縫間，古晉在隱蔽和存顯之間穿透，成爲迷離的拓樸斯；更確切說，古晉在穿越隱蔽和存顯之際，開展了歷史。藉著中國文字的「命名」，古晉（以及它所表徵的「南洋」）有了歷史，在我們面前打開一個嶄新的世界。但是因爲「命名」意味著贈予，被送出去的是邏各斯，中國文字終於進入不可知的地域，同樣被流放，同樣在隱蔽和存顯之間穿透，同樣在開展它自己的歷史，不再爲溫瑞安陪葬。

當中國「文字」居住在另一個世界裡，在那裡使歷史成爲可能時，它再也不是「中國」文字；中國「文字」的命運，於是是「馬」華文學的命運。

然而並非所有馬華文學作品都能輕易讓我們作類似的理論爬梳。《吉陵》是個漂亮的例子，輕易洩漏隱蔽和存顯諸相，而其他馬華作品，由於需要更多相關歷史情境論述的配合，便沒那麼容易理論化。但是透過《吉陵》建立的理論基礎，足夠讓我們知道，中原集體意識不能取代歷史，對其他馬華作品的理解，也就沒有化約了的框框可用。我們現在逼近了「不可知」的地域。

三、「馬華文學」怎麼來

馬來亞地區的中文白話文學於一九一九年十月首次出現（方修 1986：1）。以後十年間雖然描寫中國的作品很多，可是以馬來西亞爲背景的各文類作品已更迭出現（方修 1986：59）。換言之，初期馬華文學不只是中國本土新文學的延伸和海外分部，同時也是華人移民社會的文學——注意兩者並不一樣。「把南洋色彩放進文藝裡去」首度於一九二七年由〈荒島〉(《新國民日報》副刊）同仁提出，可是口號提出前，不少作家已實際如此操作（方修 1986：59）。馬華文學界當時的左傾意識，可能是「南洋色彩」口號風行的重要助力之一。當時馬來西亞地區是典型的英國殖民地社會，可是根據黃森仝的說法，二〇年代末期馬華文學界壓倒性的左風，並非由馬來亞的政治氣候直接觸發，而有其外來影響（Wong 1978：69 - 70）。當時蘇聯、美國和日本文壇左傾意識瀰漫（Wong 1978：73-79），可是這裡的「外來影響」卻指中國（Wong 1978：80,95,105）。左傾意識從中國的輸入具體而直接；不只中國左派作家圍剿魯迅時，馬華文學界也群起仿效（Wong 1978：91-94），而且有大批左傾作家，因國民黨清共的緣故，南逃到馬來亞（Wong 1978：133-135）。其中有人很快便進入狀況，參與了「南洋文壇」的「改造」。

譬如一九二七與二八年間南來的羅伊夫（Wong 1978：134），一九二九年五月發表了〈充實南洋文壇問題〉，便把「充實南洋文壇」與「改造社會」視爲等同（方修 1986：79）。其後有關「南洋文藝」「創作方向」的討論，莫不以階級鬥爭爲圭臬，滔滔是一位（方修 1978：81），江上風是另一位。後者一九三一年三月發表的〈南洋作家應以南洋爲戰野〉便挪用了郭沫若普羅文藝的口號，要求作家放眼眼前的處境（Wong 1978：96）。顯然左傾意識是其中一個因素，使早期馬華作家（多半還是中國移民）將關懷視野放在馬來亞，而非僅僅中國，因爲「南洋作家應以南洋爲戰野」。左翼文藝評論同時要求作家有時代意識，使不少以中國爲背景的左派作品紛紛出籠（Wong 1978：101-104），同時也有不少以馬來亞爲背景的階級鬥爭文學和反殖文學出現，前者如寰遊的〈十字街頭〉(1930)，後者如海底山的小說〈拉多公公〉(1930)（方修 1986：82,78）。這兩例子俱非孤證，使人不得不將當時殖民地背景納入，視爲直接觸發馬華左翼文學的一個理由。於是馬華文學的發生，不能只從中國新文學的影響的角度看待，也須從中國以外被殖民的第三世界角度審視。因此與其認爲「南洋色彩」的提倡是中國作家反侵略情緒在南洋的移位（displacement），不如說是殖民勢力下可以理解的姿態。

所以等到丘士珍於一九三四年三月，第一次提出具有「馬來亞」地理概念的「馬來亞地方文藝」這名稱時（方修 1986：133-134），已是相當晚的事了。然而可能因時值殖民政府各種「文字案」之後——〈十字街頭〉是最有名的一宗（方修 1986：81-82）——「馬來亞文藝」這概念在各作者的使用中降低了左傾色彩，可是也正是這名詞，在一九三六年一場意外的爭論而深入人心，確定下來（方修 1986：135）。這場有關「兩個口號」(「國防文學」與「民族革命戰爭的大眾文學」)的論爭，原由曾艾狄引起，他指責「馬來亞文藝界」動不動就由中國文藝界借來各種口號，無疑「搬屍」，完全是「移民觀念」作祟（王振科 42）。這場論爭後來雖然轉移到討論「兩個口號」的正確性去（方修 1986：135），可是馬華作者對中國文學的「影響焦慮」[11]已經很明顯，並且恐怕很有普遍性，否則便無法解釋郁達夫剛抵馬來亞未一個月，馬華文藝界請教他的「幾個問題」中，何以頭兩

---

[11] 「影響焦慮」(the anxiety of influence) 語出布魯姆（Harold Bloom）同名書，原指作家受前輩影響而造成的創作上的焦慮，本文用法稍有不同。

個與上述「影響焦慮」有關了[12]。

「馬華文藝獨特性」的爭論——它是不是「僑民文藝」？它和「中國文藝」的關係是什麼？——終於在戰後搬上檯面。這場論爭從一九四七年一月以一場座談開始，至一九四八年三月也已一場座談結束（方修 1987：29,72），其間無數馬來亞作者參與討論，規模之大前所未有，以致論戰後期（一九四八年初），連遠在香港的郭沫若和夏衍都發表了意見（方修 1987：69-72）。這場論爭雖發生在馬來亞政局多變的時刻[13]，可是看不出有任何政治實體以外力方式介入，反而論戰顯示中國文學帶來的「影響焦慮」已達到極端強烈的程度，使得「馬華文藝獨特性」的問題必須解決[14]。

這場論戰另一條軸線是左傾意識，矛頭對準英國殖民地政府[15]。也正是這條

---

[12] 這兩個問題是「在南洋的文藝界，當提出問題時，大抵都是把〔中國〕國內的問題全盤搬過來的，這現象不知如何？」和「南洋文藝，應該是南洋文藝，不應該是上海或香港文藝。南洋這個地方的固有性，就是地方性，應該怎樣的使它發揚光大，在文藝作品中表現出來」（郁達夫 64, 66）留意這兩個問題（特別是第二問題）所要傳達給郁達夫的訊息：它們要告訴郁達夫說：「有些事情如南洋文藝有其地方性，它並非中國文藝，是你們這些中國作家所不知道的。」於是表面上是請益，事實上暗涵對「南洋文藝」解釋權的角力，郁達夫也即成爲「南洋」作家進行對話的對象，而不僅僅是「啓蒙」的「導師」而已。

[13] 一九四六年英人之「馬來亞聯邦」（Malayan Union）計劃遭受馬來社會強力杯葛，其中一個理由是因爲非馬來人取得公民權條件過於寬鬆。一九四八年二月「馬來亞聯合邦」（Federation of Malaya）成立，這是折衷的新方案，雖然仍允許非馬來人成爲公民，但條件轉爲嚴苛。這其間華人的態度有激烈的轉變，從冷漠轉爲徬徨，一九四七年《南僑日報》的民意測驗中，百分之九十五作答人士願取雙重國籍可以爲證，而馬華文學與僑民文學的論爭正是「身分認同」所引發的徵候（陳劍虹 96-101）。有關此時政局進一步資料詳 Andaya et al（247-258）。

[14] 因手頭缺乏原始資料，本文有關此論爭的討論，完全仰賴方修的轉述（1987：27-78）。

[15] 馬華左翼文學當然可以和當時公開活動的馬來亞共產黨聯想，可是彼此關係有待釐清。不過「馬華文藝獨特性」的論爭，因爲觸及了困難的文學理論課題，並迭有精采的對話，顯然不像口徑一致、又紅又專的共黨文宣攻勢和造勢，因此若說馬共操縱了「馬華文藝獨特性」的論爭並不正確。然而會議上，楊松年教授的看法較爲保留，並指出此

軸線，使馬華作者初步解決了中國文學帶來的「影響焦慮」：因爲堅信進行「文藝任務」不能脫離時空，他們將「馬來亞人民」當作最優先「服務」的對象；既然「中國人民」與「馬來亞人民」同樣是國際間等待「解放」的「民族單位」，則這兩個「民族」相互扶持，兩地文藝工作者亦互爲「戰友」。中國人與馬來亞華人之間的血緣關係乃降至最低，而「馬華文藝」的定義在意識型態上，也由政治取向取代了血緣觀念[16]。

論爭結束同年的六月，殖民地政府宣佈馬來亞進入緊急狀態，以整肅日益坐大的馬共。一九五七年馬來亞獨立，對共產黨的文批武鬥並未終止。此後馬華左翼文學雖時有起伏，但也從戰後初期的主導地位，漸次衰退，轉爲收斂含蓄，迄

論爭與馬共關係比想像中密切。感謝楊教授的提示。

[16] 在此只能簡單列舉幾個例子交代論戰過程。凌佐的〈馬華文藝的獨特性及其他〉(1947)很能代表論爭初期反對「僑民文藝」的看法：「……戰爭〔二次大戰〕帶給馬華社會新的認識，即本身的命運和馬來亞各民族人民的命運是利害一致的新的認識；同時，戰爭也確定了馬華文藝運動，應該和馬來亞民族解放運動結合在一起。馬華文藝的新的階段的開始，在性質上是否定了失去現實意義的「僑民文藝」，從抗日衛馬的壯烈的流血鬥爭獲取了基點起程，而以實現馬來亞民主自由獨立的這一歷史任務的鬥爭，作爲馬華文藝的新的實際的具體的內容的。」（方修轉載 1987：30）。
有關「中國」在政治上的定位，凌佐說，既然「馬華文藝作者以馬來亞人民的立場爲出發點，……對於中國的義務，雖然仍應負擔，卻不能不放在第二位」（方修轉述 1987：31）。稍後海朗更細緻闡述了馬華文藝與中國文藝的關係。他說，這次論爭應是「現實主義寫作態度與非現實主義寫作態度問題的論爭」，故將馬華文藝與僑民文藝對立起來並不正確；僑民文藝也可以非常寫實。於是「馬華文藝應該把中國文藝看成同志、戰友，或先生，但絕對不是附庸」，雖然「馬華文藝不能也不應該擺脫中國文藝的影響」（方修轉述 1987：47-48）。最後大家有關論爭的結論，大抵和海朗相去不遠，但是對「民族」和「中國的局勢」卻有更激進的定義。結論「把民族解釋做國際一般的特殊，即國際性民族性統一的一個單位」（方修轉述 1987：74），即相對於殖民階級的一個「單位」，於是，中國的改革運動既然屬於國際局勢的一環，則中國「民族」與馬來亞「民族」是相互支持的。因此馬華文藝工作者的任務，雖然是「努力去反映馬華的現實」，事實上並未與中國文藝分道（方修 1987：75）。這個結論顯然有妥協爭端兩造的意味，但是有關「馬華文藝」的定義，卻因此有了比戰前更豐富的指涉。

今只剩對「現實主義」的堅持，已非原來面貌。其實馬華左翼文學早該結束其「歷史任務」：戰後以來這批作者在美學上的革命成果，與他們在政治上的革命願望並不成比例；馬雅考夫斯基（Vladimir Majakovskij）之類美學與政治理念同樣前衛的作家，對他們是不能想像的事。反而真正帶動詩語言改革的現代詩，卻從「反共堡壘」台灣輸入[17]；更反諷的是，馬華文壇上反對現代詩最力的，卻是曾經激進過的「寫實派」。他們已成爲不折不扣的保守末流。

可是馬華左翼文學的貢獻卻無可替代：是他們使「馬華文學」這個名詞變得可能。「馬華文學」並非中國文學爲其「海外支部」所取的名稱，也非英國殖民地政府封賜的爵位，更非星馬政府立國後的官方設計。「馬華文學」是馬來亞中文作者在解釋他們的歷史情境時所產生的概念；這概念甚至在這名詞產生前便有了（如二〇年代末期的「南洋色彩」），並在戰後有了周延完整的內容。換言之，「馬華文學」是早期馬華作者對他們歷史位置的解釋，因此是馬來亞部分人民記憶（popular memory）的具體呈現[18]。這樣理解加深了「馬華文學」這名稱的語意厚度，超出中國本位學者作家的「支流觀」偏狹的血緣視野所能掌握。於是馬華文學產生的過程，再現的是布萊希特《高加索灰闌記》對李行道元雜劇《灰闌記》結局的顛覆：血緣和屬性之間的虛構關係，可以在布萊希特那裡解決[19]。

四、馬華文學哪裡去

馬華文學所呈現的人民記憶與殖民地統治者的對抗，在馬來亞獨立之後，尤其是一九六九年種族大暴動（五一三事件）之後，變成是人民記憶與官方記憶的對抗[20]。首先在文化上，由新崛起的馬來菁英領導的政府，透過一九七一年召開的國家文化大會所得結論，「強調國家文化必須以本地區土著文化爲基礎；其他

---

[17] 馬華文學的現代主義不盡然來自台灣。早年《蕉風》作者如梅淑珍和陳瑞獻等，具備英文和／或法文原典閱讀能力，便開創了別具一格的中文文學風貌；溫任平雖屬他們一分子，但相形之下，承受了台灣較多的影響。可是此後馬華現代詩的進展，卻和來自台灣的輸入有很大的關係。感謝前《蕉風》編輯張錦忠的提示。

[18] 人民記憶是傅柯（1974）提出的概念。

[19] 感謝張漢良教授在他比較文學課上，對此二劇精采的解說，引發這裡援用的靈感。

[20] 有關大馬建國迄今的政經文教互動，詳張錦忠（1991）。

文化只有在土著文化及回教的觀點下認爲『適合』，才能納入國家文化範疇」（陳志明 1985：57-58）[21]而「國家文化」中與文學相關的設計是「國家文學」。「國家文學」由國家文學獎（Anugerah Sastera Negara）這台意識型態國家機器維持運轉。此獎項每年表揚一位優秀馬來文資深作家，給予優渥的待遇和一切出版著作的方便。由於規定必須使用國語（官方語文），也即馬來西亞語文（馬來文）寫作才具備申請的資格，「國家文學獎」挾其優渥的經濟報酬（各族納稅人的錢），使官方介入並分裂了大馬人民的記憶。馬來文作家與馬華作家共享一個歷史情境，可是因爲官方的操作，他們必須相齟齬。其實一九八三年大馬各華人民間社團共同呈交政府的《國家文化備忘錄》中，已指明「國家文學」這概念出了問題，只差沒點出它背後的官方意識型態：

> 對本地公民來說，「國家」指的就是「馬來西亞」，兩者是同一的概念。這是普通常識。但是按照某些人給大馬的「國家文學」下的定義，「國家」和「馬來西亞」卻劃不上等號，因為他們宣稱，凡是非以國語創作的作品，就不是國家的文學，而是馬來西亞文學，「國家」在這裡和「馬來西亞」變成了對立的概念。很顯然，這個定義在邏輯上是荒謬的………。(23)

結論是：「國家文學」當然不是馬來西亞文學；馬華文學作爲大馬文學的一環，便註定被官方記憶排拒在外。

其實如果只從文學角度檢驗，便足夠證明「國家文學」是外行人的設計；如果「國家文學」指的是使用馬來文寫作的作品，則「國家文學」也因此定義而自行瓦解。十九世紀末至二十世紀中葉，星馬峇峇華人受印尼土生華人的影響，使用峇峇馬來文大量翻譯了中國古典小說與民俗文學近八十種，約數百冊，兼有故

[21] 這個官方說法與同年提出的新經濟政策（Dasar Ekonomi Baru）齊頭並進。此經濟政策目的在藉社會重組，消除全馬人民（特別是馬來人）的貧困。實行結果頗受知識分子物議，陳志明的批評可爲代表：「『新經濟政策』體現的是以種族觀點去對待社會經濟問題，它助長了沿著種族路線進行社會與經濟競爭的機會，並且強化了種族集團政治。毫無疑問，這些馬來菁英分子和少數富有權勢的非馬來人（主要是華人），可以從政策中獲益，但其他大多數窮人依然窮困」（1985：57）。更全面的批判詳 Mehmet（1987）。某種程度上，所謂「國家文化」，也是爲這樣的政經利益服務，再生產維護此政經利益所需要的意識型態。

事與詩歌的創作[22]，此一重要的文學現象，並未出現在「國家文學史」的論述中[23]。排除「翻譯不是文學」的偏見之外，可能因爲峇峇馬來文並非「正統」馬來文。它挾雜不少閩南語字彙，文法上是馬來文與閩南方言語法的混合，然而要讀懂峇峇馬來文必須先懂馬來文，僅憑閩南語知識並不足夠。因此嚴格說來峇峇文是馬來方言，雖然人類學上，幾乎已消失的峇峇華人族群屬於華人（陳志明 1984：187-188）。然而馬華文學從不將峇峇文學視爲它一部分，只因它並非使用中文寫作。於是峇峇文學在堅持正統馬來文的「國家文學」和堅持正統中國語文的馬華文學之間，成爲不折不扣的他者（other）。峇峇文學的存在揭顯了背後支撐「國家文學」和馬華文學的「陰謀」：純正語文，純正血統，並假純正之名維繫與虛構種族主義的正當性。於是在馬來西亞，峇峇文學整個顛覆了文學上固有的中間／邊緣的分類，使得「國家文學」和馬華文學的定義劃分必須重新檢討。

有關馬華文學重新定義的問題，很早便有人提出[24]，而黃錦樹（1990）是陳義最完整的一位，本文前段論述是在他所建立的問題架構上開展。黃錦樹仰賴陳志明對大馬華人所作的人類學觀察，認爲馬華文學應指大馬華人文學。這個新的定義，不僅涵蓋馬華「新」文學，也涵蓋一九一九年以前及以後的「舊」文學，並延伸到峇峇文學，華人寫作的馬來文文學和英文文學去，雖然以中文寫作的馬華文學作品，在量上仍是壓倒性的多數。這個作法，顯然不在尋求「馬華文學」定義的穩定性，反而將其定義與語意範圍轉爲動態，時態上是未完成式，空間上則可與其他語系文學（如馬來文學）重疊，並能指涉不被任何一元論所接受的他者（如峇峇文學），使「馬華文學」成爲異質性空間。黃錦樹的概念雖有人類學支撐，可是視野超乎陳志明的設計，使「馬華文學」成爲更廣延、更具動力和顛覆力量的概念，使馬華文學既在馬來文學之內，又在其外，整個搖憾了「國家文學」的族群語言中心論。換言之，黃錦樹重新定義馬華文學的同時，也重新解釋了馬來文學，並將「國家文學」解構。

---

[22] 詳陳志明（1984：182－184）楊貴誼（1986）和梅井（1983）。

[23] 譬如手頭上兩分有關馬來西亞文學史（Muhammad Haji Salleh 1988b）和戰前馬來文學史（Safian Hussain et al. 1981）的論述，便未提及峇峇文學。

[24] 張錦忠：「筆者若干年前即曾〔在《蕉風月刊》上〕爲文質疑馬華文學的定義，並建議用『華馬文學』作文華裔馬來西亞文學的簡稱」（1991：42）。

在大馬以馬來文創作的華人並不多，其中最受馬來文學界肯定的是詩人林天英（Lim Swee Tin，1952-）。然而林天英的詩風、取材和意識型態，撿的是當代馬來文學的現成。譬如在〈我們的長輩〉（"Orang-orang tua kami"）一詩中，他對家族的記憶與一般馬來詩人所呈現的並無二致，顯然「華人」這標籤用在林天英身上只有人類學的意義。從他保留自己的中文名字，到他對馬來文學的全盤接受，顯示林天英既在邊緣又在中心的位置，彷彿黃錦樹定義下的馬華文學之隱喻。至大馬華人的英語文學，則呈現另一極端。陳文平女士（Woon-Ping Chin Holaday）比較了余鼎洪（譯音，Ee Tiang Hong）和穆罕默•哈芝•沙烈（Muhammad Haji Salleh）兩位學者詩人的英文詩作，發現前者以強烈的英國詩風（特別是奧頓與拉金），表達他對大馬統治階層種族主義政策的不滿（Holaday 141），於是相同一片大馬山河，兩位詩人便有不同的再現，佔據了對立的政治立場。穆罕默詩中的祥和土地，是其馬來族群最初的來處與最後的歸屬（139），而余鼎洪詩中卻只有瘴癘之地，充滿政治壓迫與禁忌，他甚至悔怨其祖先之渡海南來（143-145）。顯然大馬多元文化和多種族的社會，同時令馬來詩人和華裔詩人產生強烈的錯置感（133,146），使兩造對相同的土地／歷史有相反的詮釋。也正是這分錯置感，證實多元文化和種族的社會在大馬是無法否認的事實，並讓我們找到支撐「國家文學」的真正源頭。

經變動後的「馬華文學」定義，正是能採取這個宏觀角度（某種程度上亦是比較文學的角度），察覺到這分錯置感正是大馬一個歷史現實。余鼎宏的錯置感我們容易體會，因爲中文詩人有子凡呈現相近的主體性，雖然子凡比較含蓄內斂。至於穆罕默「版本」的錯置感，馬華華文文學有溫瑞安爲現成的例子。穆罕默與溫瑞安遵循了相同的邏輯，雙雙承受不了錯置感帶來的痛楚，而回頭擁抱個己的文化「源頭」，各自以無比的勇氣構築「鄉愁」與烏托邦。鄉愁（nostalgia），或懷鄉病，源於十七世紀末臨床上的精神疾病，屬憂鬱症一種（Jackson 373）：相同的疾病，同樣導源於愛戀物（loved object）的失落，襲擊了不同語族的作家，使馬華文學與馬來文學的分野顯得無謂和累贅。疾病成了大馬境內比較文學研究的一個切入點。

如果穆罕默式的錯置感正是造成當今馬來知識分子高漲的民族主義情緒，那麼余鼎洪的錯置感則是此一民族主義的開花結果。基本上這是陳文平的看法，可是這個因果解釋稍嫌簡單，不夠完整。馬來知識分子的錯置感與挫折感由來已久：幾個世紀以來，歐洲殖民勢力不斷進出馬來亞，欺詐、掠奪和剝削，而且從未問過他們，即從中國和印度引入大批奴工從事開發。英國人搜括走後，並未把這群十九世紀湧入的移民帶走，使家園不成家園，住滿了外邦人。於是馬來知識分子在自己的家園感覺像外邦人；而取得公民身分的移民後代，也在馬來菁英分子主導的政局下，同樣覺得自己是外邦人。換言之，穆罕默與余鼎洪感受了相同的外邦人情結和類近的被迫害妄想狂，相互折磨，有如鏡像關係，相互成為對方的雙生體（double）。因為對方的存在，他們不得不幻想自己為外邦人，共同生產能夠觸發自虐快感的錯置感，不是視血緣為最後的救贖，便是視血緣為唯一的原罪，誰也少不了誰。

陳文平能將穆罕默與余鼎洪作比較文學的觀察，是了不起的樣品選擇，可是她未能指出他們之間看似很大矛盾，其實共同呈現了這一代知識分子對大馬歷史的詮釋學視野。只是這是個有問題的視野：他們利用血緣來確認或否認他們和土地的關係，也用土地來肯定或否定自己的血緣。他們圍繞著血緣建立起一個套套邏輯，土地（他們生存的「世界」）只堪被此邏輯操縱和僭用。也似乎如此，才能撫平馬來知識分子被殖民的屈辱感；西方殖民主義在馬來西亞土地上留下的創痛，似乎終於可以回到血緣觀念去解決。「國家文學」正是循此邏輯建立起來；當土地失去歷史意義，只作血緣解釋時，「國家文學」當然也就是「馬來西亞文學」了。穆罕默晚近編纂的英文版《當代馬來西亞文學選集》（*An Anthology of Contemporary Malaysian Literature*），便是這種邏輯的實踐，可以想像它只是一部馬來文學選集而已。這個實踐結果立即暴露出血緣觀念對當下歷史情境的無能——無力回答這些問題：馬來西亞土地上另一半人口（包括原住民）去了哪裡？他們沒有語言文字，沒有文學？將他們的記憶排拒出去，可以撫平殖民主義帶來的創傷？……換言之，穆罕默為首的馬來知識分子，以血緣建立起了他們對歷史的妄想症論述[25]。其實從歷史到血緣的移位，已注定了這種認識論上的悲劇結局，一方面固然證實了殖民主義是可怕的夢魘，但另一方面，誇大了這夢魘，使馬來知識分子與土地永遠脫離。

穆罕默是雙語（馬來語與英語）詩人，並是密西根大學比較文學博士，可是

---

[25] 並非所有馬來作家和知識分子都採取穆罕默的立場，這點請詳張發（1985：33-36）。本文集中討論穆罕默，因為他最能代表大馬官方的意識型態。

他對血緣的迷戀卻是非常駭人地「原始」。他在以外邦人語言（英文）寫下的〈稻種〉（ “Seeds” ）中[26]，描述他家鄉水稻全憑他的血液生長，而水稻生長的過程也是水稻潛入他血液的過程。未被詩人寫出的字眼是「吃」。事實上「吃」才是關鍵：只有「吃」才能使詩人和水稻合成一體，共享相同的血液，完成認同。精神分析上，「吃」是認同的重要機制（如「併入體內」incorporation）。而「血液」一字貫穿了水稻整個成長過程，在詩中重複了四次；重複是爲了重溫這字眼帶來的快感，回到原初，回到子宮裡去（所以土地不是 warm earth 便是 earth-womb）；重複成了詩人回縮的姿態。可是不斷重複也表示慾求的無限延宕，以重複產生的語言拜物癖的同時，用語言佔據慾求所指向的位置。事實上詩人所有「劇情」都由說話主體「我」發動，「我」操作的是語言，「我」用「我」的語言拜物癖完成「我」對血液的朝拜；血液既是「我」的，「我」乃借了一系列的拜物儀式（語言的演出）完成「我」的自戀表演。

---

[26] 全詩如下（引自 Holaday 138）：

These seeds in the hope-bowl of my palms
I wet with the new water of the new season
In my grip I feel their skins burst and slap my hands,
Their yellow shoots creeping into my bloodstream
Now as I let them drop singly into the warm earth,
They are already plants in me,
Growing and feeding on my blood and my sweat-salt.

And as I patiently wait for them to emerge
From the night of the earth-womb,
I feel the youth of my blood return to my limbs
And I re-live this seasonal love affair.
The evenings and the mornings quench me,
And I grow with them,
Inevitably aging, bearing fruit
And jumping back into life,
To repeat the life-cycle of my blood.

穆罕默的演出，不止再次體現血緣主義者對土地的操縱和控制，並展示他們無法／不知如何在他們的血緣論述中理解土地。譬如詩中土地和勞動是分開的；它們也必須分開，土地才能納入血緣觀的形上思考中。這樣思考當然脫離了具有物質基礎和客觀規律（歷史）的土地。於是，血緣觀固是歷史的產物，血緣觀同時也在封閉對歷史的理解——雖然血緣觀誤以爲，操縱和僭用土地以完成其妄想症論述是它的歷史詮釋視野。

就普通經驗層次，穆罕末的蒙蔽容易理解。知識分子與土地之間本來便有距離，也許小的時候距離很近，但長大後這些只是回憶，他與土地只剩下想像關係[27]。不論他現在如何親炙土地，至少他不再仰賴土地生活；他現在的知識分子處境決定了他的意識，使他深信血緣（形而上）先於土地（形而下），對當下歷史情境甚至對歷史（如殖民主義）的解釋，都可尋求形而上的解決。一片未知領域持續遺棄在封閉的血緣論述之外。如果此時有了被知識分子所遺忘的人們，特別是那些仰賴土地和勞動生活的人，能將他們的記憶書寫，「未知」與「封閉」之間可不可能打開一扇門？至少彼此有通道，能讓土地和血緣對話？

丁雲的短篇小說〈圍鄉〉可能不是突出的例子，可是卻提供了一個知識分子所無法虛構的對話場景[28]。小說略顯陳舊的敘事策略，使人容易忽略丁雲的用心，忽略他何以用去那麼多筆墨，流水帳式記錄山林伐木工人的工作細節。這是一座沒有神性的山林；山中唯一觸目驚心的場景是幾個華裔和馬來裔工人，協助山族人（原住民）絞死中了陷阱的山豬，純粹是死亡的血淋淋景象，缺乏修辭（象徵或隱喻）的厚度。在這個極其「簡單」可是很難形容的世界裡，連稍後以媒體傳入山區的五一三種族衝突消息，也只是稀薄的話語。可是各族工人還是分頭「避難」了；並非血緣讓他們產生要避難的念頭，而是死亡的恐懼，甚至只是非常低階的恐懼情緒，使他們逃離這世界。山區立即「陷入可怕的深寂裡」（16），似乎只有死亡和恐懼深具神性，但是死亡也如絞殺山豬的場景那般只令人覺得「噁心」（7），簡單，沒有厚度，缺乏形上意味。林拓一家三口終於決定「避難」去了。

[27] Yahaya Ismail 早在七〇年代中期指出，當代重要的馬來文鄉土小說家和詩人已住都會，要描寫鄉土已覺生疏爲難（323）。

[28] 丁雲只有很低的學歷，早年（如寫〈圍鄉〉時）是勞工，工作不固定。這「資歷」在馬華文學作者中甚特殊。

他們開著運載木桐用的大卡車，在山區裡盤旋尋找出路，可是最後天色暗下，決定折返家園。後來屋外馬來工友的呼叫令林拓一家大驚，可是馬上鬆下一口氣，因爲這兩位工友戒嚴的緣故，糧食用完，怯生生前商借林家種植的木薯豆類充饑。丁雲以生之喜劇避開了他小說可能的相殘結局；這當然是敘事上一個政治動作，隱藏幾許無奈。可是丁雲仍然成功寫出他小說中的「簡單」世界裡，只有粗暴的生死兩極；換個沒有形上意味的說法，只有「吃」（結局中借取土地上生長的糧食）和「血」（屠殺山豬）的對立。血，以及血緣，在這山中的土地上，只和死亡聯想。

這裡引述丁雲的小說，用意不僅僅在展示穆罕默對他居住的土地所不理解的一面；我的目的還在透過這兩位不同語族作家，以彼此對土地的再現進行對話，尋找／確立書寫大馬文學史的適當位置。這位置正是馬華文學的去處。這新的位置，已非四十年前「馬華文藝獨特性」論爭所建立的位置，因爲當時所欲和中國文學「劃清界線」的問題，今天已大致得到／可以解決。毋寧說，今天的問題架構，同樣在解釋當下歷史情境的堅持下，去思考當年論戰在學理上無力圓滿處理的另一個問題：馬華文學與馬來文學，以及其他語族文學（包括原住民文學）的關係。我們知道，此非傳統比較文學上的「影響」、「收受」等概念足以涵蓋，更非進入國家機器（如「國家文學」）就可以解決。反而我們必須先行暴露國家機器的運作邏輯，才能走出第一步，找出適當位置建立全新的問題架構。

五、為什麼馬華文學

今天不論我們如何定義（納入既有知識論述中操作和既有詮釋視野中對話）馬華文學，任何一元論都沒有幫助。這裡我們找到馬華文學與中國文學的相對位置。中國文學若是一元論意義的傳統，則是死去的傳統，馬華文學大可輕易脫離，一如我反駁中國本位學者作家時所暗示；如果中國文學是未完成、進行中和保持開放的傳統（這是事實），則馬華文學當然「屬於」這傳統，但是同時也以自己的詮釋視野與傳統對話。我們看到這對話關係中的影響／收受過程，滿是傾軋糾葛，一如子凡和李永平所展示的動人場景，可惜的是，這些並不爲中國本位學者作家所探知。他們以傳統代言人自居，卻掌握不到馬華文學運作的規律，是否意味馬華文學不僅不在他們的詮釋視野之內，甚至還在中國文學傳統之外，同時隸屬他們所不知道的「傳統」和「歷史」？如果答案是肯定的，那麼馬華文學與中國文學傳統的對話，便不再能夠與中國本土（大陸、台灣和香港）新／舊文學或當代／五四文學的對話視爲同一回事。

這裡我們需要爲文學的定義引進一個重要的歷史概念，此概念正是所有中國本位學者所欠缺的：這歷史透過主體、符表和指涉（和土地）之間的運作展現，所留下的物質痕跡（traces）是文學（巴爾特 1977：191）。這些「痕跡」作爲特定時空的產物（如馬華文學），以其前所未有，持續了存有論歷史的開放性和未完成姿態，但因爲同時是特定時空（大馬歷史）的產物，馬華文學不屬於中國。我是這樣看待《吉陵春秋》的「命名」工程，將一塊「鳥不拉屎」的砂勞越土地引入歷史成爲嶄新的世界。任何人大可將《吉陵》劃入中國文學，可是那體現的是中國文學研究詮釋視野的侷限，只能作失去歷史指標的論述，無力觸及李永平操作符表的歷史意義。這歷史意義必須在馬華文學史／書寫史中去理解。

於是馬華文學劃出了中國文學的一段邊界，這邊緣地帶正往幽暗不明的域外延伸，終至不可知的黑暗之處。中國文學詮釋視野在這黃昏地段活動，檢視馬華文學，甚至將它納入中國文學傳統去理解，但是同時也抵達了這視野的邊緣。掌握「南洋」的歷史，特別是大馬（華人）的歷史，是擴大原有視野的唯一辦法。也是在這新的詮釋視野之下，黃錦樹更動了馬華文學的定義。這動作有深層的政治意涵，宣示馬華文學從此成爲中國文學詮釋視野不能捕抓的他者，宣示馬華文學源於大馬歷史，屬於大馬文學。這動作在大馬國內尤其重要，表面上它以血緣界定華人族群文學，實則藉這族群的多語與多元文學現象，突顯大馬人書寫活動的真實面貌。這是倫理和道德的問題，旨在打破官方的血緣中心歷史詮釋視野，免受意識型態國家機器收編、分裂和操縱，使最後受傷害的還是文學和人民記憶。血緣從來不是歷史的存在條件；血緣只是歷史的產物。如此暴露血緣觀意識型態的邏輯是一石二鳥之計，劃出了馬華文學與中國文學的相對位置，也摧毀了大馬「國家文學」的依據。

在可預見的將來，血緣觀仍可能是中國本位論述與大馬「國家文學」論述的主流，而馬華文學在新的定義下處於穿透性的位置，便很具顛覆力量。維持其顛覆性成了馬華文學研究者的「作戰」任務，也出於必要，以免上述一元論述在學院內外都成爲法西斯主義——誰能想像不崇拜純粹血緣的法西斯主義？此時如果只問「什麼是馬華文學？」是很無力的，容易被各種意識型態宰制；更徹底的問題恐怕是：爲什麼馬華文學？這問題有多重意思：馬華文學爲什麼存在？爲什麼我們質詢／研究對象是馬華文學？爲什麼我們要問「什麼是馬華文學」？甚至，爲什麼更徹底的問題是「爲什麼馬華文學」？那麼，又是誰在提問？他們爲什麼提問？如果是我們提問，我們爲什麼提問？我們又是誰？……這些問題處理下來，不只檢視了馬華文學研究者主體性的由來與歷史位置，同時也發現有關馬華文學的論述，實爲各種意識型態交鋒的場域，馬華文學也找到了它的歷史位置。

本文並未回答上面這些問題，目的也不在尋找解答，而是建立這些問題的妥當性。於是論述過程中，檢視各種意識型態論述的邏輯成爲本文內容。論述過程引述了一些大馬作者，關懷不只在「舉例說明」而已，因爲「爲什麼馬華文學？」同時也在問：他們爲什麼書寫？書寫是準備被遺忘還是被操縱？將關懷放到作家身上，因爲他們關懷、思考和實踐，就是馬華／大馬文學的命運；他們身爲歷史主體的命運，決定了歷史有沒有向前開展的可能。被遺忘和被操縱都是妥協，作爲異質性空間的文學只有失去存在的條件。文學一旦失去對話和認識的價值，我們便永遠被放逐在歷史之外。

後記：本文原爲一九九一年九月「東南亞華文文學國際學術研討會」上宣讀之論文本文承蒙各位師友等惠借資料方得完成特此致謝：呂興昌教授、陳鵬翔教授、林煥彰先生、黃錦樹、陳嫻如、祝家華、張淑芬與大馬旅台同學總會。

【引文書目】：

Andaya , Barbara Watson and Leonard Y.Andaya.1982. *A History of Malaysia.* London and Basingstoke : Macmillan.

Foucault, Michel. 1966. *The Order of Things: An Archaeology of the Human Sciences* .New York : Vintage,1973.

Holaday, Woon-Ping Chin. 1985. “Hybrid Blooms: The Emergent Poetry in English of Malaysia and Singapore.” *The Comparative Perspective on Literature: Approaches to Theory and Practice*. Eds. Clayton Koelb and Susan Noakes. Ithaca and London: Cornell Up, 1988.130-46.

Jackson, Stanley W. 1986. "Nostalgia." *Melancholia and Depression: From Hippocratic Times to Modern Times.* New Haven and London: Yale UP. 373-380.

Lim, Swee Tin. 1985. "Orang-orang tua kami: kenangan kecil kepada datuk nenek dan keluarga." *Akrab*. Kuala Lumpur: Dewan Bahasa dan Pustaka. 53-54.

Marquez, Gabriel Garcia. 1967. *One Hundred Years of Solitude*. Trans. Gregory Rabassa.New York:Avon, 1971.

Mehmet, *Ozay. 1987. Pagar Makan Padi: Amanah, Kemiskinan dan Kekayaan dalam Pem -bangunan Malaysia di bawah Dasar Ekonomi Baru*. Trans. Jomo, Mohamad Redha Ahmad and Shamsulbahariah Ku Ahmad. Kuala Lumpur: Insan.

Muhammad Haji Salleh, ed. 1988a. *An Anthology of Contemporary Malaysian Lterature*. Kuala Lumpur: Dewan Bahasa dan Pustaka.

——. 1988b. Introduction. Muhammad Haji Salleh 1988a, xiii-xlv.

Safian Hussain, Mohd. Thani Ahmad and Johan Jaafar. 1981. *Sejarah Kesusasteraan Melayu Jilid 1*. Kuala Lumpur: Dewan Bahasa dan Pustaka.

Saussure, Ferdinand de. 1915. *Course in General Linguistics*. Eds. Charles Bally and Albert Sechehaye. Trans. Wade Baskin. London: Fontana / Collin, 1959.

Weisstein, Ulrich. 1973. *Comparative Literature and Literary Theory: Survey and Introduction*. Trans. William Riggan. Bloomington and London: Indiana UP.

Wong, Seng-tong. 1978. "The Impact of China's Literary Movement on Malaya's Vernacular Chinese Literature from 1919 to 1941." Diss.U of Wisconsin at Madison.

——.1986."The Identity of Malaysian-Chinese Writers." *Chinese Literature in Southeast Asia*. Eds. Wong Yoon Wah and Horst Pastoors. Singapore: Goethe-Institut Singapore and Singapore Association of Writers, 1989. 110-126.

Yahaya Ismail. 1976. "Return to the Village? Or ……" Trans. Muhammad Haji Salleh. Muhammad Haji Salleh 1988a, 320-324.

〔景〕小佩。1989。〈寫在「海東青」之前：給永平〉。《聯合報》。08/01：27；08/02：27。

丁雲。1982。〈圍鄉〉。《黑河之水》。吉隆坡：長青書屋，1984。1-20。

子凡。1975。〈酬神戲〉。子凡，1979：25。

子凡。1975。《迴音》。吉隆坡：鼓手。

子凡。1978a。〈盲腸〉。子凡，1979：71。

子凡。1978b。〈梅花〉。子凡，1979：75。

子凡。1978c。〈看史十六行〉。子凡，1979：83。

子凡。1978d。〈我們〉。子凡，1979：89。

子凡。1978e。〈當我死後〉。子凡，1979：93。

巴爾特（Roland Barthes）。1977。〈法蘭西學院文學符號學講座就職演講〉。李幼蒸譯。《寫作的零度：結構主義文學理論文選》。台北：時報，1991。185-206。

方修。1986。《馬華新文學簡史》。吉隆坡：馬來西亞華校董總。

方修。1987。《戰後馬華文學史初稿》。吉隆坡：馬來西亞華校董總。

王振科。1989。〈在歷史的回顧中反思：一九三六年「兩個口號」的論爭在新馬文壇的餘波〉。《亞洲文化》。13（1989）：42-46。

王德威。1986。〈小規模的奇蹟〉。《聯合文學》。2 . 10（Nov. 1986）：219-20。

王德威。1988。〈原鄉神話的追逐者：沈從文、宋澤萊、莫言、李永平〉。《中國現代文學新貌》。陳炳良編。台北：學生書局，1990。1-25。

余光中。1966。〈當我死時〉。《余光中詩選》。台北：洪範，1981。206-207。

余光中。1986。〈十二瓣的觀音蓮：我讀《吉陵春秋》〉。李永平，1986：1-9。

李永平。1986。《吉陵春秋》。台北：洪範。

李永平。1987。〈李永平答編者五問〉。《文訊》。29（Apr. 1987）：14-27。

杜潘芳格。1986。〈平安戲〉。《淮山完海》。台北：笠詩社。

周策縱。1988。〈總結辭〉。《東南亞華文文學》。王潤華與白豪士主編。新加坡：新加坡哥德學院與新加坡作家協會，1989。359-362。

林木海主編。1983。《國家文化備忘錄》。吉隆坡：全國十五個華團領導機構。

林水檬與駱靜山編。1984。《馬來西亞華人史》。吉隆坡：馬來西亞留台聯總。

洛夫。1971。〈獨飲十五行〉。《因爲風的緣故：洛夫詩選（1955-1987）》。台北：九歌，1988。78-79。

郁達夫。1939。〈幾個問題〉。《郁達夫南洋隨筆》。秦賢次編。台北：洪範，1978。64-69。

韋斯坦因（Ulrich Weisstein）。1973。《比較文學與文學理論》。劉象愚譯。瀋陽：遼寧人民，1987。

馬奎斯（Gabriel Garcia Marquez）。1967。《百年孤寂》。楊耐冬譯。台北：志文，1984。

張發。1985。〈馬來西亞華人社會與馬華文學〉。《亞洲華文作家》。6（Sept. 1985）：27-41。

張錯。1991a。〈國破山河在：海外作家的本土性〉。《聯合文學》。7 . 3（Jan. 1991）：24-28。

張錯。1991b。〈詩的傳世〉。《中國時報》。 02/15：3；02/17：3；02/19：11；02/20：27；02/21：27。

張錦忠。1991。〈馬華文學：離心與隱匿的書寫人〉。《中外文學》。19.20（May. 1991）：34-36。

梁山。1991。〈中國第一部多民族近代文學史〉。《中國時報》。02/03：27。

梅井。1983。〈峇峇翻譯文學與曾錦文〉。《亞洲文化》。2（1983）：3-14。

陳志明。1984。〈海峽殖民地的華人：峇峇華人的社會與文化〉。林水檺與駱靜山，167-200。

陳志明。1985。〈華人與馬來西亞民族的形成〉。葉鍾鈴、黃志鴻、陳聲華與陳啓田合譯。《亞洲文化》。9（1987）：54-68。

陳劍虹。1984。〈戰後大馬華人的政治發展〉。林水檺與駱靜山，91-137。

傅柯（Michel Foucault）。1974。〈電影與人民記憶：《電影筆記》訪傅柯〉。林寶元譯。《電影欣賞》。第四十四期。44（Mar. 1990）：8-17。

黃錦樹。1990。〈「馬華文學」全稱之商榷：初論馬來西亞的華文文學與華人文學〉。《新潮》（台大中學會）。49（1990）：87-94。

黃錦樹。1991。〈神州：文化鄉愁與內在中國〉。淡江大學「東南亞華文文學國際學術研討會」宣讀論文。

楊貴誼。1986。〈華、馬譯介交流的演變〉。《亞洲文化》。9（1987）：167-176。

溫瑞安。1977。〈漫談馬華文學〉。《回首暮雲遠》。台北：四季。12-15。

劉紹銘、馬漢茂編。1987。《世界中文小說選》合上下二冊：台北：時報。

劉紹銘。1981。〈唐人街的小說世界〉。《唐人街的小說世界》。台北：時報。

劉紹銘。1986。〈靈根自植：寫在現代中國文學大會之前〉。劉紹銘、馬漢茂，下冊：891-894。

劉紹銘。1987。〈有容乃大：寫在《世界中文小說選》之前〉。劉紹銘、馬漢茂，上冊與下冊：（7）-（9）。

翱翱（張錯）。1976。〈他們從來就未離開過〉。《從木柵到西雅圖》。台北：幼獅。

龍應台。1986。〈一個中國小鎮的塑像：評李永平《吉陵春秋》〉。《當代》。2（June. 1986）：166-172。

（書目中僅列一個年分者，指版本年分；列兩個年分者，前者指首刊、寫作或原文年分，後者則置版本年分。中文書目係按姓氏拼音排列）。

原發表 1991；修訂 1993

中國影響論與馬華文學

＊張錦忠

一、馬華文學複系統再界定

在世界文學的脈絡裡，「馬華文學」和其他亞太或歐非地區的中文文學一樣，爲存在於中國、台灣、港澳境外的一支中文文學，一支小文學（minor literature）。但是，在馬華文學複系統經營運作的地理空間－馬來亞／馬來西亞，卻至少同時並存著馬來文、華文、淡米爾文、英文四個文學複系統（literary polysystems）。這四個複系統，關係複雜，地位不等，構成了一個多元語文的「馬來西亞文學大複系統」(mega-polysystem)，儘管官方論述與文化計畫機構（如教育部、語文出版局）的立場是只有馬來文書寫的作品才有資格被視爲國家文學。

另一方面，純粹從語文的角度來界定馬華文學、並無法彰顯其複系統性質。它相當一廂情願地假設華人書寫馬華文學、印度裔寫淡米爾文文學、馬來人寫馬來文學、馬英文學呢，則是三大種族作家皆有，或英亞混血兒的專利。但是，馬華社群所生產的文學成品，其實並非只以白話中文（漢語）書寫。早在十九世紀，就存在土生華人（或稱峇峇、海峽華人）以峇峇馬來文及英文創作及翻譯的作品。同樣在十九世紀，在中國駐新加坡各任領事的提倡之下，再華化運動興起，新馬古典詩文活動盛行一時。二十世紀中葉，本地創作英文文學興起，馬英詩人中尤多受英語教育的華裔。獨立以來，國語（馬來文）日漸普及，也不乏以馬來文創作的華裔作家。因此，我們應該從一個人類學的角度重新出發，視馬華文學爲一包含白話中文文學、古典中文文學、峇峇馬來文學、英文文學、馬來文學的複系統。若有華裔作家以淡米爾文或其他語文書寫，也可在這複系統下自成一系統。也唯有從這樣的論述脈絡來書寫或重寫馬華文學史，方能淡化或異質化中國文學影響論的歷史陰影。

不過，在歷史、社會、文學進展的過程中，馬華文學複系統中的若干系統或次系統之命運也不盡相同。峇峇馬來文學早已終止運動，成爲歷史現象，如今沒有人會再稱當代華裔作者以標準馬來文書寫的產品（例如林天英的詩作）爲峇峇馬來文學；古典文學則在二、三〇年代漸漸退居邊陲，雖然寫古典詩的馬華作者到今天還在書寫舊詩或出版舊體詩集，而且不乏名家（例如李冰人）；由於英文教育在七〇年代以後日趨沒落，馬華英文文學始終在主流之外，若干知名詩人，如 Ee Tiang Hong（已故），陳文平（Chin Woon Pin）、林玉玲（Shinley Geok-lin Lim）早已移居他鄉，小說家 Lee Kok Liang 也已辭世。如今在馬華文學各種論述與建制空間當道的，是以白話文爲主的現代中文文學。因此，在許多論述裡，「馬華文學」，指的就是白話文學；這完全是以華文爲唯一界定標準的結果。而受此界定標準影響的馬華文學論述，也就難免獨尊中國文學影響論了。

二、現代馬華文學與中國影響

我們其實不必重新設論中國文學對馬華現代中文文學的影響如何如何。歷來書寫馬華文學史的人，莫不持中國文學影響論，以中國五四文學運動以降的新文學對馬華白話文學的影響爲切入點。不過，兩個現代中文複系統之間，到底存在怎樣的影響關係，則有待進一步釐清。影響研究，向爲比較文學之重要課題，但像「中國文學對馬華文學的影響」這樣的陳述，顯然失之模糊籠統。比如說，這種影響，是單向的，還是雙向的？是進出口式的依存關係，還是中國文學以南洋爲境外營運中心？

我的看法是，中國文學左右了馬華文學的發展。這裡的「左右」，我指的是「干預」（interference），而非「影響」（influence）。根據以色列理論家易文—左哈爾（ltamar Even-Zohar 1978, 1990）的說法，「干預」乃指「不同文學間的關係，依此關係，甲文學（溯始文學 [source literature]）可能成爲乙文學（轉達文學 [target literature]）直接借貸的源頭」（1990: 54）。在複系統文學理論中，以域外系統爲其崛起和發展的條件之文學系統爲「依賴」系統。依賴系統在崛起之際，由於各重因素，往往受到另一獨立自主的系統的干預，結果溯始文學系統的文學特質、準繩被移植到轉達文學系統。所謂各種因素，包括㈠該文學尙新嫩；㈡該文學正處於緊要關頭或真空狀態；㈢該文學或位居邊陲地帶或文庫虛弱。乙文學選甲文學爲溯始文學，主要是因爲甲爲正統、當道、主流或耕耘有成的文學系統。白話系統的馬華文學在新興伊始，以中國白話文學爲師，借用其文庫典律，吸取其養分，原因即在此。

馬來亞（含新加坡）的移民華人社會在十九世紀出現後，漸趨穩定、社會建制（如宗鄉會館、商會、報館、宗教組織、方言及華文學校、文藝社團等）遂應時而興。這些基層結構也提供馬華文學形成系統的條件（消費者〔讀者〕、生產者〔作者〕、產品、市場、建制、文庫〔文化類編〕）。而這個文學系統，一開始就是眾聲雜沓的複系統。一方面，南來文人（多爲學校教員、書記、報社文人等）吟詩作詞，寫的是文言文學，繼承和散播的是中國文學傳統。另一方面，生長在峇峇商人世家的土生華人，自幼通曉馬來語，後來或受私塾華文教育，或受西方英文教育，一旦投身文化志業，便自成一多聲帶的次系統，既有翻譯或改編自中國傳統章回說部的峇峇馬來小說，也有以馬來文創作的詩歌（班敦）以及英文詩文，其中以峇峇馬來翻譯小說的規模最大，產量最豐富，直到三〇年代後才告式微，近年來已成爲學術研究課題。

從中國文言文學的發展邏輯及其和社會互動的情形看來，晚清以來的文言文學系統勢必走上白話之途，五四新文化運動只是加速其發展罷了。比較之下，馬華文言文學系統處於變動緩慢的馬來亞社會，除了若干切身利益，殖民地的現實政治不是當時華人的關注對象，關懷祖國的人留心的是故鄉的動亂及親人的安危，響應遠在中國的知識分子提出的現代化主張與運動，自是理所當然的事。在中國，語言文字因爲具備傳達資訊的實用功能，首當其衝，成爲改革的對象或現代化的先鋒，隨即負起散播愛國、改革與現代化理念的任務。這對馬來亞的華文報紙自是一種衝擊與啓示。《新國民日報》就幾乎和中國報章同步，一九一九年十月即開始在若干版面使用白話文。

由於白話文普及，中國的新文學迅速取舊文學而代之，成爲中國文學系統的當道主流，同時也是現代化的象徵。在馬來亞，中國白話新文學不只是一套外來的文本，更是負載新思潮的器具，深具實際效益。華人社會教育不普及，文化階層結構脆弱，沒有條件產生魯迅這樣的作家或胡適這樣的學者，卻又迫切需要傳播新思潮改造社會啓蒙民智，而馬華文學系統仍處於發軔期，文庫空虛，借用他山之石爲干預舊文學發展的力量，比本身發動內部革命運動，更能左右系統發展的方向。中國的新文學遂成爲馬華文學系統求新求變的範例（model）與典律。

馬華文學複系統內部語體、文類、文體準則受到外力的干預而產生權力結構變化：從獨尊舊體詩文言說部的小康局面，到漸以白話創作爲主流，古典詩文言的發展受到干預，結果退居邊陲。不過，正如前文所述，如同在中國或台灣的情形一樣。舊體詩的書寫活動從來不曾終止。

中國文學複系統如何干預遠在南洋的馬華文學複系統之發展？一般不同文複系統間的干預多半是透過翻譯。而中國文學和古典或白話馬華文學爲同文複系統，馬華文學可以直接借用中國文學文庫，或成爲中國文學在海外的市場，不需假手舌人，直接消費和利用「中國製造」的文學產品。不過，在文學運動方面，「南來作家」是很重要的仲介，雖然這些中國作家並不一定是爲了要散播文學思潮而下南洋。

古典文學盛行時期前往新加坡的左秉隆、黃遵憲固然也是南來作家，二人其實更是駐外的外交人員，任期一滿便得打道返國，所推行的藝文活動也屬文化計畫，旨在宣揚中華文化。這時期的南來作家中，一度是康梁維新運動的熱心支持者的邱菽園，是移居南洋、耕耘本土文壇的先驅者之一。他創辦或主持過新加坡不少古典詩社，自己也留下至少一千四百多首詩的豐富文化遺產，被譽爲「南洋中文古典文學第一人」（Edwin Lee 1984）。二〇世紀初，中國正值多事之秋，南來的讀書人，除了那些爲求生計或應學校之聘而來者外，多半不是前來鼓吹革命推翻滿清，便是逃避政治迫害。這樣的「下南洋」模式到了民國成立之後並未中斷，只是鼓吹民族主義革命推翻滿清改成鼓吹馬列社會主義罷了。一九二五年底五卅慘案之後，中國文壇從文學革命步入革命文學。文學團體如創造社即以落實普羅文學爲己任，左傾的未名社、太陽社及左聯也先後成立。一九二八年，短篇小說家許傑抵達吉隆坡，擔任《益群日報》主筆兼文藝副刊《枯島》編輯。其後約一年間，到他於一九二九年十月返回中國爲止，許氏大力鼓吹新興文學，對新興文學成爲新馬二、三〇年代白話中文文學系統的一個重要運動，起了推波助瀾的作用。

新馬新興文學，呼應的正是中國普羅革命文學的口號，只是礙於英殖民政府的法令，不敢在本地明目高舉激進的革命旗幟罷了。儘管如此，許傑抵馬後的三、四年間，殖民政府當局還是驅逐了數以千計的左派嫌疑者出境。不過，新興文學終究還是二、三〇年代的馬華主流文學思潮，也爲馬華文學其後風行四、五十年的現實主義路線奠下了基礎。南洋色彩文學、抗戰文學、愛國主義文學等主張，大致上還是走反映現實、反對個人主義的基調。只有到了六〇年代，受歐美與港台影響的新馬現代主義文學崛起，馬華文學系統才有足以與現實主義抗衡的文學思潮與文庫。我們可以說，中國二〇、三〇年代的普羅、革命文學，透過南來文人與中國文藝書刊進口的仲介，左右了馬華文學運動的方向。另一方面，中國二、三〇年代引進的西方象徵主義與現代主義文學思潮，雖未蔚成主流，在當時的新馬也不是完全沒有回響，只不過在現實主義當道路線的籠罩下，加上南來文人中熱心現代主義文學而掌權的仲介者不多，只能在邊緣地帶發出微弱的聲音。許多年後，文學史家／選家如方修（1974），在編選詩文集或編撰文學史時，仍一本其現實主義文學觀，視這些非主流文本爲「病態」、「頹廢」之作。

三、中國影響論的影響

馬華新興文學以降的主流思潮，莫不呼應以上海、北京爲主的中國文壇的文藝潮流，以致有人認爲三〇年代前後的馬華文學，其實是中國文學的副產品。或只是華僑文學，即中國人僑居海外之作。這個說法既涉及中國文學、馬華文學的定義問題範疇，也可在文學與地方色彩、作家的身分認同等課題範疇內討論。無論如何，儘管在中國文學論述中不易找到這些作家的足跡，或只有在海外文學這樣的特區論述中才會見到，在新馬的華文文學建制內，三〇年代前後中國人僑居海外之作，包括郁達夫、胡愈之等中國作家的文章，早已被視爲馬華文學，收入馬華文學的大系或選集。換句話說，馬華文學不可能從馬來亞獨立那年算起，不可能切斷馬華文學後殖民文本與中國文學文本和中國影響論的系譜關係。而探本溯源，中國文學左右馬華文學的發展，早在十九世紀新馬華人社會形成之際就發生了。其後《新國民日報》在一九一九年十月開始採用白話文，已是大家耳熟能詳的歷史或「史前史」。

將馬華文學擺在中國影響論的脈絡細察，我們可以說，中國的白話文學固然是五四運動的豐收碩果，馬華白話文學自也是該新文化運動輝煌的一面。易言之，與其說馬華白話文學是中國白話文學影響下的產物，不如說兩者都受惠於五四運動。但是，馬華白話文學崛起之初，文言仍當道，華文教育不普及，沒有產生魯迅、徐志摩這樣的作家的條件，也沒有胡適、陳獨秀這樣的文學革命軍或文化計畫者，只有副刊，沒什麼文學雜誌或出版社，因此必須依賴同一語文之源頭系統的生產建制與市場支援。該溯始文學—中國文學—的生產模式、美學標準、典律等遂成為轉達文學系統所樂用的典範。

但是，另一方面，中國影響論主導了我們對馬華文學發展方向認知。一直到馬來亞獨立前後，戰後亞洲與國內政治結構改變，中國書刊被限制進口，馬華文學才不得不另謀出路，於是有人進一步正視現實生活環境，歌頌新加坡與馬來亞，有人或假道港台，或直接涉獵原典，向西方現代主義文學取經。到了六〇年代中葉，現代主義文學系統漸漸成形，中國影響論影響下所產生的刻板、平面的馬華現實主義文庫（含文本、意識形態、表現技巧、母題等）才受到空前的挑戰。

【引文書目】

Even-Zohar, Itamar（1978）*Papers in Historical Poetics.* Tel Aviv: Porter Institute for Poetics and Semiotics.

Even-Zohar, Itamar （1990） *Polysystem Studies.* Topical Issue. Poetics Today 11.1: 1-269.

方　修（1974）《馬華新文學簡史》。吉隆坡：華校董總。

Lee, Edwin. (1984) "Introduction." Song Ong Siong. *One Hundred Years History of the Chinese in Singapore*. Singapore: Oxford UP. v-xv.

原發表 1997

中國性與表演性：

論馬華文學與文化的限度

＊黃錦樹

一、引言：傳火

> 最先亮起的是系主任手上那根蠟燭，下來是講師們，火苗傳開去，回到同學手中，都成了待傳的火種。傳與接時，把傳與接的人的擔憂都表露無遺。傳的人小小心心，接的人也殷殷勤勤。我們都把手掌彎成呵護的手勢護著燭火。[1]

而這「護火的手勢」是「在我們燃香祭神時，一個千古不變的手勢」（同前）。這是馬大中文系畢業生潘碧華的散文〈傳火人〉的一幕核心場景，描繪的是馬大「中文系之夜」的傳火儀式，也是身爲中文系的人的一種「入門儀式」，一種「通過儀式」（rites of passage）。在這樣的儀式中，包含了重大的象徵行爲：「從第一根蠟燭亮起開始，分頭燃亮其他的，許多的奮鬥故事和血淚已終濃縮在傳與接之間」（同前）。同樣的儀式性行爲也出現在許多其他重大的文化活動中（如：花蹤文學獎、馬華文化節等等），甚至一些華文獨中校內與文化有關的活動，都慣常的以傳火儀式做結，以示薪火相傳，精神不死之意。這種帶著劇烈情緒的象徵行爲在大馬華人的社會生活中業已普遍化、日常化，幾乎已等同於華人的傳統節慶，而華人的諸多傳統節日也被這種表演的情

---

[1] 潘碧華〈傳火人〉（1989：157）

緒所強化（如中秋節夜晚之提燈籠，端午節之賽龍舟，農曆新年之放鞭炮[2]及舞獅等），而使得（中華）文化裸露於大馬華人社會生活的肌理之中。同時，文化的象徵表演更以最爲激情的方式展現於華人在國家獨立前、獨立後對華文教育的持續爭取中，這便是所謂的「華教運動」（華文教育運動）[3]。凡此種種，在林開忠的論述框架中（1992）被稱爲「傳統中華文化之創造」。

林開忠的碩士論文《從國家理論的立場論——馬來西亞華文教育運動中「傳統中華文化」之創造》（1992，清大社人所）在國家形成的架構下直接將華教運動與馬華文化結合起來談，爲我們提示了深入了解馬華文化內在機制及其性質的可能途徑。以下從幾個關鍵詞（以我自己的話）撮述其議題架構及基本論點。

a. **國家形成**（nation-building）：指馬來（西）亞建國之後馬來化的馬來西亞之形塑的過程。一個在政治上占優勢的種族（馬來人，「土著」[4]）主導下企圖以己族的語言、宗教、文化來統一其他種族，以構成單一的民族、語言、文化，以建構出來的「馬來特質」（malayness）來建構國家。在這種同性質文化的形塑過程中，文化被客體化，過去的傳統被創造出來——重建一個種族（race）之過去，構造一個國族（nation）的未來——而其他民族的文化被強制收編、類化、歸位。

b. **華教運動作為一種對國家形成的反應**（reaction），爲馬來西亞國家形成所逼出。主要論點：「華文教育運動並非憑空造成的，而是由許多歷史條件湊合下之產物，其中馬來西亞國家的形成是主要的」（頁10）。

---

[2] 自一九九五年起官方規定不論任何節日均不許放鞭炮。有趣的是在英殖民時代（1948年）殖民政府也曾禁止華人在節慶燃放鞭炮，卻引起華人強烈的反對，最終雖受到某種程度的限制，卻未被禁止。（顏清煌，1992：19-20）

[3] 泛指獨立前後迄今大馬華人民間社團及反對黨等對於大馬華人合法的使用及教授華文的權利之爭取，在形式上除了對所有不利華文教育的官方法令所提呈的華社備忘錄之外，還包括了常態性的籌款活動等等。

[4] 馬來西亞政府把馬來西亞內的種族群體劃分爲兩大陣營：「土著」與「非土著」。前者包含了馬來族及馬來西亞所有的原住民，後者主要是華人、印度人及其他少數的外國定居者。

c. **傳統中華文化之創造**：在國家形成—國家文化塑造的過程中，華人社會以華教運動作爲抗拒反應之外，同時也進行「傳統中華文化之創造」：[1] 傳統中華文化以一些可選擇的要素被呈現，其篩選原則爲「去蕪存菁」（頁140），以代表一個民族在國家或民族重大的節日中公開表演。其結構與意識和國家文化類似，互爲對立面。[2] 「局部保衛」[5]：如對招牌上中文字的大小、舞獅活動之爭取等等。

三者之間有著結構上的因果關係，b 是對 a 的反應，c 是 b 的必然產物，從 b 的過程中自然延伸而出，其實也是針對 a 的國家文化塑造。在理論上他所依傍的主要是 G. Benjamin（1980），Gellner（1984）的國家理論，Anderson（1983）的「想像的共同體」（Imagined community）概念，Cohn 的印度研究、Handler 的魁北克獨立運動研究所運用的「文化之客體化」概念（林開忠，10-18）。林的論文有趣之處在於把一般華人習以爲常、認爲理所當然的、甚至先於存在的「事實」——華人—華語（文）—中華文化的一體結構加以拆解，將之還原至它之所以形成的歷史政治情境中去，展示它的形成過程，也暗示了這種結構之形成並非先天的，而是有它的歷史性，有它之所以如此的條件。這些隱蔽的條件在華人的民族情感下一直無法浮現，被賦予了道德及政治的正當性，而難以被拿出來討論（尤其在大馬發表的華文著作中），更別說是嘗試去

[5] 筆者杜撰。指陳一種現象：大馬華人對於自身文化的被動性，一則是對政府企圖禁止的華人活動的保衛及搶救，例如當政府官員意圖禁止華人在公開場合表演舞獅舞龍並且譏諷該活動「不文明」時，華社群起而護衛，將它提昇爲華人文化的重大活動；發展之蓬勃，更甚於台、港、大陸。這並非孤立的個案。最近（1995）年政府禁播台灣電視劇包青天一事，也被華社在媒體上炒熱，爲保衛之，不惜賦予它超高的文化、教育等等價值，在成功的爭取到之後，華人也以收視率顯示團結。有趣的是，鞭炮被禁止華人倒是毫無「保衛」的跡象。再則是盲目的附和官員的「善意」。如一九九五年副首相安華訪問大陸回馬後，突然大談王安石的重要性，華社也隨之起舞，王安石突然變成媒體的寵兒；同年，政府突然倡導「回儒對談」（回教儒教對談）知識分子也紛紛起而爲之附和、背書，絲毫不見任何質疑、反省或批判的言論。換言之，只有被政府否定或肯定的，才是重要的，這或許也反映了大馬華人文化視野上的限度：其視野爲他者的目光所限。

檢討它。長久下來，在執行著意識型態的功能（不能反省批判，只能信服）之外，更不無教條化的可能。暴露它的構成條件也就是暴露華人社會相對於國家的意識型態機器（Ideological State Apparatuses）[6]已長久的建構出作爲敵體的對抗性「類國家意識型態機器」，而這可能已漸漸成爲華人文化意識內在的危機。進行一番內部的清洗，已是當務之急。

雖然林開忠的議題架構並非首創——之前有 Chai Hon Chan 的大馬華人教育個案研究（1979）、陳志明關於 Baba（土生華人）的研究（1982），且已得出近似的結論（「大馬華人的文化認同是特殊政經條件所促成的」）——然而林的真正創意在於更進一步把馬華文化看做是大馬華人「傳統中華文化之創造」的產物，暗示了大馬華人引以自豪的「五千年中華文化」不過是一場千古招魂。在強調華教運動及傳統中華文化之創造的被動性（不過是一種特殊歷史政治情境下的反應）的同時也蘊含了以下的論點：換一種情境，將會產生不同的結果——華人與中華文化之間而今如此緊密的關係、它們之間的「必然性」完全是特殊環境造成的。

然而遺憾的是，在他的討論中，「馬華文學」完全缺席，而且爲了遷就「國家形成」的論點而把討論的時間侷限在馬來亞獨立之後，而沒有追溯得更遠——馬來亞獨立前、英殖民晚期，中國從晚期中華帝國向民國過渡的另一個「國家形成」（Nation-formation）時刻。從那一個更廣大的歷史場景往下看，也許更能理解林開忠所欲解釋的事物及現象之本源。因而本文企圖：[1] 對林的論述內容及議題架構做一番評論、補充、及再解釋；[2] 從林論文的侷限處延伸一

[6] 據于治中教授指出，「意識型態國家機器」法文原文爲 l‘apparial ideologiques d‘Etat，直譯應爲「國家的意識型態機器」。然而在阿圖塞〈意識型態與意識型國家機器〉（Althusser 英譯，1971；中譯，1990）中「意識型態國家機器」之修辭是相對於「鎮壓型國家機器」（Repressive State Apparatus）。換言之，是強調兩種「國家機器」的不同，重點在於「國家機器」。而據于教授的翻譯，重點卻在強調「意識型態機器」，「國家」退而爲「意識型態機器」的修飾語。就後者而言，在語意上倒隱含了另一個對立面：在國家的意識型態機器之外還有「非國家」的意識型態機器。大馬的華文教育機構（及華團組織等）是純粹民間性的，而其系統龐大、組織嚴密且在功能上發揮的是近乎國家機器的意識型態教化功能，故本文姑稱之爲「類國家意識型態機器」。

些議題出來討論，尤其是林文所未觸及的（作爲論述場域的）馬華文學。就林的議題架構而言，馬華文學特殊的存在樣態恰可以提供一個不同的切入點，以深入他所討論的問題。希望這樣的補充可以讓我們更深入的理解馬華文化—文學的限度，以尋求新的可能。在此一前提下，試著提出一些值得討論的問題：

a. 華人—華語（文）—中華文化此一「三合一」結構的歷史合理性、它的內在邏輯是怎樣的？涉及了哪些相關問題？（華人文化優越感的由來及相應的歷史情境中中國性之召喚等問題）

b. 從「華教運動」到「傳統中華文化之創造」是否具有邏輯（結構）上的必然性？為什麼？

c. 傳統中華文化之創造中普遍的文化「興亡」之感中具有怎樣的意識結構？

d. 在傳統中華文化之創造中的「文化被客體化」操作中除了一些傳統文化項目（如書法、華樂、中秋等等）之外，馬華文學也被包含在內，馬華文學在其中占有一個怎樣的結構位置？

e. 在馬華文學中傳統中華文化或中國性[7]又占有一個怎樣的位置？其展現方式為何？它又為本土華人文化的形成造成了怎樣的困難？

二、華人「想像的共同體」之建構：語言—文化—種族—國家

以中國華南遷民爲主體的大馬華人社會並非一開始就已具有集體意識，而是經過某個歷史過程而被歷史化。因而詢問被「華僑爲革命之母」的命名者孫中山先生嘆稱爲「一盤散沙」的新馬華人在怎樣的情況及條件下竟可以克服地域—血緣主義（以方言群祖籍及宗族爲分化聚合的原則[8]）而形成想像的共同體是一件重要的事。同樣的問題可以再細緻化爲「文化或種族血統的純粹性在怎

---

[7] 「中國性」是一個權宜性的稱謂，英譯爲 Chineseness，也可譯爲「中華性」，或「中國特質」，強調的是它在文化想像上的純粹性。在這一點上有別於「馬華性」（Malaysian chineseness）（何啓良，1994）。

[8] 詳細的討論參麥留芳，1985，第二章「海外華人的分類」；顏清煌，1991，第二章「方言組織：結構及職能」及第三章「宗親組織：結構及組能」。

樣的歷史環節中變得重要」？「原先以賺錢爲目的[9]的華人何以突然覺得文化對他們而言切身或不可或缺」？

早期遷往馬來半島的華人移民數量有限，並不構成大的群體，以種族及文化所強化界定的「中國性」並不突顯，或至少不是問題[10]，十九世紀末葉迄廿世紀初葉的移民在殖民主義的驅使下（開發殖民地需要數量龐大的廉價勞工）及中國境內本身問題叢生以致移民數量龐大，且因利益上的需要而成立各種性質不同的組織（以私會黨或宗、鄉、親等等不同的血緣、地緣組織起來，各種性質不同會館的普遍設立是其標杆）。群體的凝結方式就蘊含著一種文化意識，集體的力量也讓文化的儀式性召喚成爲可能，「遵奉中國的節日慶典，對於保持華人社會的『中國化』起著決定性的作用」（顏清煌，1991：17）。而且這些晚期移民和中國的聯結依然十分密切，移民時間的短暫讓他們在身分上只是暫居的中國人而猶不確定是否會成爲定居者，甚至對大部分人而言「回唐山」的意念仍十分強烈[11]（顏清煌，1982：2）。就想像的共同體之建立而言，更重要的是，早期移民之外移基本上是處於中國不是問題（中國的存亡不成為

---

[9] 華人之從中國外移，謀生是主要的考量，而且往往是爲了解決最基本的生存問題。因而在國民革命之前，南洋華人的階級只有工、農、商而沒有士。顏清煌，前揭書第五章「階級結構與社會的變動」。本文的不同中文譯本又收入林水檺、駱靜山合編，1984，及顏清煌著，1992。

[10] 據陳志明研究，就大馬華人移民歷史最早的區域馬六甲而言，從資料上判斷「只能證明華人於十七世紀定居於馬六甲，十七世紀之前的情形則不詳」（陳志明，1984：171）。從十七世紀到十九世紀之間，華人文化的問題並不突顯，華人對於「種的純粹性」的要求也沒十九世紀後嚴重，兼之清廷禁止婦女移民，且馬來人對於回教徒的限制也沒有獨立後那般沒有彈性（如女性回教徒嫁與華人後可脫離回教），因而華巫之間的通婚頻繁，而自然形成一種混種文化（峇峇文化）。陳志明：「到了十八世紀，峇峇文化已經形成了，而其認同是產生於十九世紀華人移民人口大增後。這是因為有了兩種不同的華人移民文化模式所致」（前揭書，175）。

[11] 另外就人口結構而言，據一九四七年的人口調查，不論是在馬來聯邦還是新加坡，當地出生的華人人口都已超過華人總人口的半數，也就是說，一直到一九四七年，星馬華人社會才逐漸「由移民社會轉變爲定居社會。」（崔貴強，1989：5）

問題）的情境，而後期的移民情境則是中國的存亡成為問題（清末及民初，革命情境，及中華人民共和國成立之前）。當中國的存在成為問題，中國人的存在相應的也就成了問題。

雖然晚期移民的移民情境是如此，可是卻並不必然導致想像的共同體之建立。誠如顏清煌教授所指出的，身爲移民，他們遠渡重洋的首要目的是改善經濟環境，因種種現實的考量而對政治事務往往持保留的態度（顏清煌，1982：1-3），明哲保身，只關心切身的利害。究竟是怎樣的歷史契機讓這些人把中國國族及國家的興亡和自身的存亡視爲同一回事？從現有的研究成果可以大致下斷言：不是別的，正是晚清中國的政治革命。就歷史過程而言，大致可以分爲幾個階段：[1] 維新；[2] 國民革命；[3] 民國危機。重點並不在於政治立場或事件的大小，而在於戰場延伸至南洋的中國革命運動過程中，所共同建構的「類國家意識型態機器」（也就是後來被國民黨宣傳機構稱爲「僑社三寶」的報紙、會館、華校），它爲馬來亞華人想像的共同體的建立及延存提供了可能性的條件。在維新派首腦康有爲逃亡南下之前，在星馬的維新分子就已有意識的透過辦報紙來鼓吹理念（顏清煌，1982：63），而從一九○○年以降，新馬報紙林立，革命派勢力進入星馬之後，也立即透過辦報來展開活動（123-138）[12]。此外新式[13]學校教育的建立方面，康有爲及其在當地的支持者「扮演著重要的角色」（183）[14]，和革命派展開角力[15]。從維新派與革命派的鬥爭中也可看出這些機制的重要性：

---

[12] 除此之外，革命派還透過書報社、公開演講、群眾聚會、劇團表演等等來凝聚群眾（顏清煌，1982：131-162）這些形式後來爲左翼運動所承繼。

[13] 相對於之前爲各方言族群所把持的方言學校。

[14] 顏清煌在另一本著作中指出「新馬現代華文學校的開辦，是與中國大陸現代教育的發端緊密地聯繫在一起的」（1991：280）。意即清廷在意識到南洋華人的財力對他們有用之後，也有限度的展開了護僑的工作，同樣的也試圖掌握意識型態機器。當康有爲等流亡星馬時，支持清廷的富商及當地華人領導層卻漸漸爲維新派所吸收。一九三一年後國民政府成立僑務委員會，其功能之一正是參與海外華文教育的規畫，甚至課本都和中國境內沒有兩樣（崔貴強，1989：19-20；古鴻廷，1994：73-75）。有趣的是，柯嘉遜在

> 維新派與革命派都知道他們雙方的競爭，將是長期性的；因此，雙方都需要有些長期性的計畫。……要想維持在華僑社會內較為持久的影響力，勢必經由控制現有的一些社團機構不可。學校與其他教育機構乃成為兩派競相滲透與控制的首要目標。（同前，1982：182）

不論維新還是革命分子都重視新馬華人的教育問題，新式教育在教學媒介語上以華語代方言[16]，突破了方言群的藩籬，不論維新還是革命派都以此為基礎倡導華人團結，「鼓勵形成一種全國性的國家意識」（頁329），並且藉以灌輸一些和傳統封建社會不同的新價值觀念，如愛國、自由、平等（頁331），企圖逐漸的把星馬華人形塑成「新華人」。而「隨著現代華文教育的興起，新馬華人社會對中國認同的連貫性得到了保證」（顏清煌，1991：284）。總結而言，維新派與革命黨人「在海外華人當中引進了強烈的中國人的意識」，「他們的強有力的宣傳活動，使當地華人比過去更加清醒的意識到，中國是一個整體，而不止是一個省或地區。該地區的國語的引入，則進一步有助於打破這種地方狹隘主義」（顏清煌，1991：284-285）。打破地方主義為的是建立國族主義，以語言為工具，透過傳播媒體、教育、革命活動等等，以建構出華人與廣大中國及中國人的「想像的共同體」。

從以上的論述可以看出，林開忠所謂的 imagined community 並不是馬來亞國家獨立之後相對於馬來人 imagined community 的建立才建立，而是早在一九〇〇年至一九三〇、四〇年間在延伸的中國革命情境中就已形成。維新－革命派的操作把南洋華人和中國連成一體，以南洋為後方，在年輕人中構建起祖國意識。現代國家獨立前的南洋一直是大中國意識上的延伸，就如同馬來半島是大英帝國的延伸。從國民革命到一九二八年後的支援中國抗日（抵制日貨運動

《馬來西亞華教奮鬥史》（1991：24）這部鬥爭性甚強的著作中談及馬來亞華文教育的起源時，把與中國有關的政治背景給檢禁掉了。

[15] 一九三〇年代之後國共兩黨延續了這樣的爭奪。兩派爭奪的除學校外，同樣重要的是一些超方言群的華人社團（如各州的中華總商會）（189）。

[16] 海峽華人林文慶早在五四運動之前為了解決星馬華人方言分化的實際問題即已大力倡導華語運動及華語教育（顏清煌，1982：329，李元瑾，1991：62-65）。

等）[17]、左翼運動[18]等，華人和中國的一體感經由整體的危機意識及個人的主動參與而一再被強化。中國的命運等同於他們自身的命運，而一些革命派的意識型態建構也源源進入他們的意識結構，藉著報刊、演講、教育等等；其中尤爲重要的如帶著種族主義意味的排滿論述，文化民族主義。革命派的中國性論述（語言文字—國學—中國人）是一種民族主義構造，產生於排滿論述中，以蠻夷爲敵體而構建（如章太炎的革命理論建構）[19]。在星馬的環境中，文化民

[17] 參黃枝連，1992，上篇〈馬來西亞華僑的援華抗日行動〉及顏清煌〈新加坡和馬來亞華人對一九二八年濟南慘案的反響〉。顏：「對濟南慘案的反響處於一九一九年的五四運動和一九三七年七七事變之間。它繼承了五四運動期間有關發動群眾的方式與辦法，並過渡到七七事變。在這次反響中，新馬華人的精神境界已開闊到全中國。他們不再局限於以捐款來救濟他們所屬地區和省分的親友，而擴大到救濟山東省的受害者，而山東卻距離他們所屬的省分甚為遙遠」（1992：136）。方言地域主義並不易根除，常會在不同的情況下以不同的形式復返，引文中所舉的幾個大事件，星馬華人都有激烈的反響，可視爲跨地域主義的整體情感的強化樞紐。其方式，在群眾運動之前，以報紙宣傳爲其先導。

[18] 左翼運動情況較爲複雜，因爲南洋的共產黨涉及中國共產黨與第三國際之間的勢力交替。在第三國際主導下於一九三〇年四月南洋共產黨改組爲馬來亞共產黨，明顯的把當地本身視爲鬥爭的目標，這和星馬國民黨的泛中國是大爲不同的。一九四〇年更區分當地華人爲中國傾向的「華僑」，與馬來亞傾向的「馬華」（崔貴強，1989：207-209）。幾乎同時期在文學上也有類似的爭論（方修，1989：132-135）。然而只要他們仍無法跨越種族的藩籬，在那中國成問題的情境中，要切斷和中國的一體感是不容易的。舉例而言，一九四一年李秋在報章上提出馬來亞華人的「雙重屬性論」（馬華，中國人）卻飽受駁斥，被認爲提出得「過高與過早。」（崔貴強，1989：166-168）

[19] 大致可參考小野川秀美著，李永熾譯〈章太炎的排滿思想〉（李國祈等，1980：207-260）。唯更重要的是，章太炎在建構排滿革命論時，一個首要解決的是清初士大夫對於滿人異族政權從激烈反抗到後來採取的默認（如明〔文化〕遺民顧炎武、黃宗羲等人晚年默許的「遺民不世襲」說）或擁抱（如毛奇齡、閻若璩等），這和清政權之高揚、吸納漢文化的政策有關，它讓顧炎武等人在明亡時提出的「亡天下」之說失卻了著力點。面對這樣的問題，章太炎不得不強化種族差異、及因爲這樣的差異而造成的歷史仇恨（如強調清初的幾場大屠殺及清代的文字獄等）以跳脫清初諸儒文化主義的困境。然而如

族主義有共同的敵體：殖民主（英國人），及其他被殖民者（馬來人、印度人、原住民）。華人的種族優越感，在意識結構上，是否根生於斯時，而一直延存下去？

二〇年代以降左翼的國際主義仍無法跨越種族的藩籬而消融於華人民族主義中（崔貴強，1989：207）。南洋華人的文化優越感在某種程度上繼承了這種夷夏的二分結構。優越感和其反面同構，近代中國的積弱和恥辱他們也無可選擇的共同分享，因而五千年中華文化就成爲民族自尊的最後堡壘。華人的文化優越感在中國人的自卑感中被催生強化。也可視爲是對殖民現實的反應。同時，革命派的革命理論建構中，文化被等同於一個民族的血緣，保國保種和文化的保存是同一個問題，因而在革命派所建構的國族主義中，國家、民族、文化、語言是一體的。革命派理論大將章太炎在一九〇七年中華民國成立之前爲那未來的國家命名時寫的〈中華民國解〉中，對此有完整的表述。首言族、國在一名之中合爲一體：

> 是故華云、夏云、漢云，隨舉一名，互攝三義。建漢民以為族，而邦國之義斯在；建華國以為名，而種族之義亦在。此中華民國之所以謚。（章太炎，1985：95）

在種族與國家的一體中，再補進文化。單名漢、或夏、或華互攝種族與邦國二義，複名「中華」則更強調文化與夷夏之分：

> 中華云者，以華夷別文化之高下也。即此以言，則中華之名詞，不僅非一地域之國名，亦且非一血統之種名，乃為一文化之族名。……故知中華民族為何等民族，則於其民族命名之頃而已含定義於其中。（頁96）

章太炎曾於一九一六年九月南遊南洋，於斯地倡導華文教育[20]，更何況他的革命理論深入整個革命派的宣傳機器中。另一方面，南洋移民多從事工商，在中國原有的「民」的分類中原居末下，普遍未受多少教育，原就缺乏「士」的階

此卻極端強化了種族仇恨，而超越了傳統上「蠻夷之進而中國者，則中國之；中國之退而夷狄者，則夷狄之」的認知框架。

[20] 參葉鐘鈴，〈章太炎與南洋華僑教育〉《中教學報》（新加坡中學華文教師會，1990）。

級[21]。在革命號召中，能奉獻祖國者不過是金錢或生命，教育對他們而言是一種價值上的需求。代表祖國而來的知識分子代祖國賜予的是抽象的文化意識及相應的心理滿足，這種文化上的整體自卑感或許也可以部分解釋星馬華人對於中國名人（不論政治還是文化）的英雄崇拜[22]。對當地華人而言這或也可稱之爲「士的召喚」罷。

華人對祖國事務持續性的直接或間接參與讓他們在意識上一直無法離開中國，甚至把南洋的版圖在內心裡歸併入中國的想像共同體中[23]。此後教育的選擇不僅僅是爲了讓子女可以突破原有的社會階層，教學媒介語的選擇更是一種具民族主義意味的道德選擇。一直到國家獨立之後，政治環境改變，可是業已被歷史化的想像共同體卻在持續存活的「類國家意識型態機器」的持續運作中再整合，深化，分歧，然而卻有意無意的忘卻了起源。

三、華教運動的階段：公民權、官方語與最低限度的中國性

在二次大戰後，英殖民統治在多重因素交互作用下已成強弩之末，馬來人國族意識覺醒，馬來西亞邁向建國之路，華人群體中的有識之士也漸漸意識到過去不成問題的「中國人」身分在馬來亞獨立爲一個現代國家之後將成爲大問

[21] 原本在王賡武教授對南洋華人的分類中就只有商、工二階級，後來顏清煌再補進「士」的階級，只是他所補進的所謂的「士」其實和傳統中國所要求的傳統文化教養及文化承擔毫不相干，純就社會階層立論，只是一種最低標準的「士」——「受過教育的階層」（1991：131）「包括外國和華人公司的職員、政府低級官員、譯員、學校教師和專業人士。」（132）這種程度的「士」和來自中國的「名士」（革命派如章太炎孫中山，維新派如康有爲梁啓超，文人如郁達夫等等）一比，相差不可以道理計。這種對「土士」與「唐士」的差別態度，今日依然。「唐士」往往被當成中國文化的代言人，或中國文化的象徵。

[22] 顏清煌在研究星馬華人對辛亥革命的反響中即已注意到，華人在選擇支持的對象時，對象的被崇拜與否比他們的「主義」更重要（1982：196）。

[23] 陳嘉庚之回福建辦教育，從小學辦到大學，因辦學而破產，是一個很好的個案，又是一個象徵。

題——過去大中國版圖的自然延伸此後將只存留於深層意識裡，事實是華人只要選擇留在斯土生活，將無可避免的必須爭取一個較爲合理（和馬來人相等的，或至少不比殖民時代差）的「身分」，爲他們自己，或後代子孫。在此一目的下，馬華公會誕生（1949），可是作爲以土生華人資本家及某些國民黨政客爲主幹的這個政黨，在協商爭取華人的政治權益的同時，對於華人的文化權益並不太措意[24]，因而兩年後（1951）馬來亞聯合邦華校教師會總會（馬來西亞成立後改稱爲「馬來西亞華校教師會總會」，簡稱「教總」）成立，和馬華公會共同代表華人爲新的「身分」和殖民官員、馬來政客斡旋。而所謂的「華教運動」便是此後以教總爲主帥而展開的一連串爭取大馬華人基本權益的活動，它和政黨之間或合或離，卻終究不離文化教育本位。而華文教育問題在馬來（西）亞獨立後的這四十年來，一直是兩族政治衝突的焦點，也是每一回選舉在野黨與執政黨爭論最熾的政治議題。文化教育問題的重要性也可以從馬來西亞教育部長的重要性中可以看出——舉凡未來的首相接班人，都必須先當過教育部長。

而作爲華人想像社群的凝聚機器之一的統帥的教總，在新的歷史情境中它隨著不同的環境變遷而有其階段性，致使華教運動在不同階段在不同戰鬥目標上有所調整。大體而言可分爲三個階段，借用楊建成的概括：

> 第一個階段爭論的焦點在爭取華文為官方語言之一，議會及官方文書用語及華文教育之合法地位。第二階段是爭取華文為官方應用文即法庭、官方文書、通告、街名、招牌文字等（公共場合用語），並允許華文中小學中使用華文為主要教學媒介語及創辦華文大學。第三階段是確保華小永不變質。（楊建成，1982：134）

---

[24] 這種「不措意」一般而言和馬華公會的基本結構有關，它一直是華裔大商人所主導，對他們而言，自身的商業利益和「國家的穩定」（馬來群體不發怒）是首要的關切。況且，馬華公會在創立之初它的領導人還是不曉中文的土生華人，華文的堅持對他們而言不是那麼切身。因而在華人之間，當馬華公會一直號稱代表五百萬華人而持續的和政府應聲蟲似的合作，「新客」和土生華人，或小市民和大商人之間的矛盾此後更加的被結構化。

究其實第一階段的爭取不止於楊氏所言，而是一種整體華人權益的爭取，包含了華人公民權、華文列爲官方語文、華文教育在國家教育體系中的合法存在等等，涉及的是憲法層次的爭取。第二階段較諸第一階段已次了一級，爭取的是華語華文在「公開場合」的使用，包含了在公私人機關、公共場合中及作爲教學媒介語。第三階段已是最小要求。

第一、二階段在時間上從教總的成立開始，至大馬政治的分水嶺——一九六九年——華人和馬來人在馬來亞政治地位上「客／主」結構的確立。馬來亞在一九五七年獨立，實際上英殖民政府在二次大戰之後就已準備放棄馬來半島的殖民統治，打算把政權移交給當地人。從一九四六年提出的較具平等意味的馬來聯合邦計畫，到一九四八年二月實行的全然偏袒馬來人的馬來聯合邦計畫，當親馬來人的英國官員取得全面勝利之後，當他們決定以嚴苛的標準（馬來人具絕對優先權）來讓住民獲取公民權，華人這才意識到問題的嚴重性。其時是在制憲過程中，是在「爲後世百代立法」的最爲關鍵的時刻，華文教育不過是諸多華人權益的其中的一環，且並非最迫切的。最爲迫切的是公民權問題，也就是華人在何種條件下可以合法的取得當地的公民權利，而華文的使用被認爲是作爲在地居民的華人的基本權利之一，因此又涉及爭取華文被列爲官方語。在一九五六年四月廿七日的〈全馬華人註冊社團代表大會爭取公民權宣言〉中提出了四項「基本要求」：

> [1] 凡在本邦出生的男女均成為當然公民。[2] 外地人在本邦居住滿五年者，得申請為公民，免受語言考試。[3] 凡屬本邦的公民，其權利與義務一律平等。[4] 列華、巫、印文為官方語言。（《教總33年》，頁373）

這四個「基本要求」把問題說得十分清楚。因而此一階段的華教運動是把華文教育問題和華人的公民權、華語被列爲官方語的要求連結在一起。然而，在制憲過程中的初始的華教運動在種種政治因素作用之下，幾乎全盤失敗。馬來人提出的要求全盤通過，回教定爲國教，馬來語被定爲唯一的官方語，馬來人的特權無限期的延長，而公民權申請是有著嚴格條件的（參楊建成，1972：169-173）。一九五八年，在國家剛獨立，基於種族間的協商，華文小學被列入國家教育體系，享有全津貼；可是在一九六一年教育法令中卻立即立下一個令華人永遠不安的伏筆：在第廿一條B項中公然列入馬來化的「最終目標」：

> 任何一個時候，只要教育部長認為某一間國民型小學已適當轉變為國民小學時，他可以直接命令該學校改制為國民學校。（轉引柯嘉遜，1991，98）

國民學校以馬來文爲教學媒介語，而國民型小學則可以華文爲教學媒介語。假使上述條款真的實施，則華文小學要麼全部變爲政府小學（華文小學在馬來西亞消失，如此，華文中學也必然同時滅亡），要麼獨立於國家教育體系之外，教育經費全由華人社會自行負擔（如此，華人雖盡了納稅義務，如果要受教育，必須接受馬來化）。一九六一年教育法令通過後，中止了華文中學的撥款（除非接受改制——改爲國民型中學，以英文爲教學媒介語[25]，受政府支配），造成了大馬華文教育史上空前的災難，半數以上的華文中學被迫改制，嗣後雖經一九七三年的獨中復興運動，有部分華文中學卻已永遠失去了。同樣在一九六一年，政府突然下令褫奪其時華教運動的領導人、教總主席林連玉的公民權及吊銷他的教師執照（一九六四年正式生效），並且被其時的總理東姑稱爲「華文沙文主義者」、「非馬來亞的」（《教總33年》，頁461）並於次年（一九六二年）把教總教育顧問顏元章博士驅逐出境，永遠禁入馬來西亞聯合邦。一九六九年更發生了象徵大馬種族政治分水嶺的「五一三事件」，此後因而馬來人特權、官方語、回教等問題都被政府列爲「敏感問題」而使得所有的「最高要求」都強迫定案，毫無商談的餘地。在基本原則上的爭取（可視爲是「最高要求」）失敗了，此後的華教運動注定了只能是一種保衛式的、收復失地式的陣地戰，不可能再是全面戰爭。所以第三階段的華教運動（一九六九年迄今）戰場就只能被迫縮約至教育本身，也因爲那是一個最後的戰場，它也具有一定程度的象徵性。

總而言之，第一階段的鬥爭是和華人爭取公民權及華文作爲馬來亞的官方語言是一體的，企求的是一個比較高的目標；此後標準不斷放低，然而基本結構一致：華人和華語（文）是不可分割的整體。華語（取代方言而被稱爲華人的母語）的保存又象徵了中華文化可以存續，被看做是中華文化在大馬華人中

---

[25] 英文作爲教學媒介語只限於獨立後十年間的過渡時期，一九六七年的「國語法案」明確的立馬來文爲唯一的教學媒介語。因此所謂的「改制」，就等於是馬來化。

存續的可能條件。而這種認知基本上是華人自晚清以來對中國政治的直接或間接參與的結果，一種承繼。從第一階段的爭取可以看出，華人把華語華文列入官方語文和公民權的取得視為同一回事，且將華文華語的公開使用視為華人的基本人權，這說明了他們關切的是華人將以怎樣的「人」（擁有怎樣的基本權益）而作為大馬的國民。獨立之後的華教運動始終沒有離開此一基本目標。然而對馬來群體而言，中國文化是外國文化，所以堅持外國文化的族群就是外國人，而保有外國人的特性而宣稱是本國人是對馬來民族的嚴重冒犯（林連玉事件和嚴元章事件赤裸裸的展現了馬來政府對「非我族類」的「決心」）。成爲大馬國民的先決條件是放棄外國人的特性（後經妥協在一九六一年教育法令中被列爲國家的「最終目標」）換言之，不管是華人的自我認定或是在馬來人的認知中，華教運動中「中國性」先在地具有，甚至是一種核心的成分。這涉及一個嚴重的問題：對「華人」的界定。華人內部的爭議：究竟什麼是華人？這裡頭存在著兩個極端：最嚴格的定義與最寬鬆的要求。晚期移民（華教運動的倡導者及支持者）以文化來定義種族，而土生華人（較早移民的華人）則以最寬泛的標準來定義華人（如膚色、生活習慣等）。前者對於華人的要求非常強調文化（中華文化）：講華語、寫華文、讀中文書、了解中國歷史。可以發現，假使扣除了對中國政治實體的忠誠，那也就是對「中國人」的要求。而後者的自我認定比較上是「人類學似的」，不涉及道德的強制性。比較之下，後者或許可以稱之爲最低限度的中國性，其限度在中華文化的邊界（華／番之間）。對後者而言，生存得更好優先於文化血緣的堅持。對前者而言，那卻是一個民族道德的問題。

對前者而言，從華教運動到傳統中華文化之創造不過是一步之遙，而後者也可視爲前者的策略性轉換。林開忠的論文所論述的傳統中華文化之創造的活動都發生於獨立之後，甚至是一九六七年馬來人以刀和血「教訓」華人（五一三事件）之後，其時政治大結構被強制制定，一些之前被華人列爲基本權益的問題被官方列爲不可公開討論的「敏感問題」（如馬來人的特權、官方語文問題）。華人的政治戰場減縮至文化與教育，而且已退爲消極的保衛與防衛。所謂的大馬華人文化的客體化其實不過是一種消極的收復失地（馬來政客反對什麼就爭取什麼），傳統文化之創造不過是一齣垂死鳳凰之舞，一齣象徵劇。文化與教育成為政治鬥爭的象徵場域，因為其他的政治鬥爭的場域已經關閉，其實體已隱遁在「敏感」的迷霧中。

從整體來看，華人對自身權益的爭取，也隨著歷史的發展而從整體走向局部，政府的策略則是越來越走向全面的馬來化（以「馬來西亞化」之名）。情況並不樂觀，不過戰爭必須繼續。林連玉在一九六一年喊出了此後標誌華文獨立中學的口號「華文中學是華人文化的堡壘」（《教總33年》，頁447），在這常被華文教育擁護者掛在口中的口號同時也點出了華人的文化憂慮：擔心華人文化失卻了它的再生產機制（類國家意識型態機器），而使得華人在馬來人主導的國家意識型態機器中被漸進式的同化。從教育到文化到所有的領域，馬來官僚企圖把一切都馬來化，盡可能的不留餘地。一九七一年馬來官僚學者等共同提出了公然把國家文化種族化的「國家文化的三大原則」：

> （A）國家文化必須以本地區原有文化為基礎；（B）其他適當和恰當的文化因素可以為國家文化之原素；（C）回教是塑造國家文化的重要原素。（華社資料研究中心，76）

且強調在以（A）和（C）爲大前提的情況下，才可以談（B），也就是公然一族獨尊，把其他民族的文化排除出去。此後，於法有據，華人的文化項目如果要在有其他種族在場的公共場合演出，必須先經過申請；馬華文學在馬來西亞國家文學中的地位此後確立下來——它沒有地位，因爲它不是「本地區原有文化」，當然也因爲它是用「外文」——華文書寫的緣故。其實，如果以馬華文學與文化做象徵，大馬華人的問題是更爲直接和清楚：他們被內在的置於外部。在某種程度上，馬華文化與文學之所以會以那樣的侷限型態展現，是和這樣的政治現實有著隱匿的互動。

四、垂死鳳凰之舞：「收復失地」與馬華文化的「表演性」

文化客體化、傳統中華文化之創造往往是一種公開化的表演式的活動，表徵爲一種集體性的公開演出，如何啓良先生所觀察到的，馬華文化活動的重點是「文化表演」；文化節項目如舞獅、風箏展、大旗鼓隊、廿四節令鼓、以及展銷會如手工藝、茶藝、花燈等，皆是以「表演」、「展示」為主的。頻頻的

「文化表演」逐漸地變成一種「表演文化」了（1994）。

「表演文化」化的「文化表演」不僅僅在文化節，而有其普遍性，如文學節、中秋及端午、農曆年等節日的各種活動，或如各種文化項目的競賽，如書法、象棋、文學等，已深入大馬華人的生活之中。其大者往往有一定數量的群眾參與，經由傳媒的渲染，致使某些項目猶如全民族的集體活動，部分且和華文中學的日常化的籌款活動重疊。週期性的文化活動與日常化的華教運動及「收復失地」的文化保衛活動共同構成了華人集體的儀式：一種具中國性的「華人」身分之再確認，文化與血緣的重新確認，以文化節日與文化保衛爲其高潮。從活動的性質來看，有一點可特別注意：華樂、書法、相聲、國畫、民歌、舞獅、舞龍、春聯等活動都是「讓文字缺席」的，在書法和春聯中，文字的功能不過是符咒；而在詩歌表演（「動地吟」[26]）中，詩歌如咒語般存在。過度隆重的文學獎頒獎典禮、馬華文學節、馬華文化節等等，讓文學成爲民族道德的象徵。具祭儀作用的表演性凌越了一切，甚至反過來使得表演性成為文化活動的內在屬性。表演的現場性，群眾的激情，及幾乎每一次大型演出必有的壓軸儀式：全場挨個的傳火（燭火）或傳燈（燈籠），薪盡火傳的傳統意象暗示了文化將亡的悲憤與匹夫有責、甚至捨我其誰的集體文化道德責任。如何乃健的〈燈籠〉末節所云：

> 我的心為燈籠的將熄而哀傷／哀傷中我緊握同伴們的掌／互握的手掌互相交流著熱量／來吧，讓我們為燈籠把塵埃揩淨／把雨水抹盡，把破簷修葺／把風雨遮攔，還有別忘了，／去把火相傳，把更多的燈籠點亮！（吳岸等，1994：68-69）

每一盞燈都是一個火種，傳火是其宿命。相同的邏輯，每一根「薪」都是未來的火種，它之被「燒」（傳火）有其道德上的強迫性及因果上的必然性，它們都是潛在的火種，「等風的根」：

> 身在土中／我是等風的根族／祖先　是年輪圈著／重重傷痕的／斷木／祖先的祖先／已化為護根的土（小曼，〈等風的根〉[局部]，1993：116）

---

[26] 一九八〇年代末期，一些馬華中生代詩人如傅承得、小曼、游川等常全馬各地巡迴舉辦詩歌朗誦，自名之爲「動地吟」，朗誦他們自己的「感時憂國詩」。

「等風的根」待風而芽，而綠上「朱穆朗馬峰的白頂」（頁117），而爲薪材，而膨脹而越乎爲薪材，而爲文化血脈之所繫（小曼，〈火胎〉[局部]，頁124）。在表演的儀式性場域，在群體的血氣沸騰中，血氣化爲狂焰，在真實或想像的鼓聲中，被惡劣現實環境麻痺的心，因「風起八方／黑藤化燼，鬱悶成灰／一燒／就燎出／一只鼎」（小曼，〈鼎〉[局部]，127-128）昇華爲文化客體化的物質表徵，「去蕪存菁」而提煉爲古中國文化的象徵：「古文物」。詩的期待視野是如此，在現實裡昇華可就沒可能來得那麼容易。相反的，因薪火將熄，故無暇顧及其他，只要「有」（只要「被保存」，只要它繼續存在），好不好是另外的事。如此一來，（被搶救而來的）文化的水平保持在一個易於理解的、易於表演且易於被大多數人接受的程度，而展現出「傳統中華文化」的「商人性」[27]（或「商品性」，廣告性，消費性——贊助者慾望的投射）及移民性（表演者慾望的投射）；另一方面，贊助者在商言商，也不可能進行更大的、短期內看不到成果的投資，以讓學者進行高層次的研究[28]。這麼說來，「收復失地」與「去蕪存菁」這兩種選擇的標準之間其實存在著頗大的內在矛盾，只因爲它們是在不同的現實情境下（好比一是「晴天」時所採用，一爲「雨天」時所採用）運作，它的矛盾性才被遮蔽。

如此的文化表徵型態注重的其實是文化的情緒功能，但往往在效果上也僅止於滿足一時的情緒，然而在情緒上又一再揚升至文化將亡的集體悲哀，甚至把大馬華人的傳統文化將亡混淆為傳統中華文化將亡，在意識上回到國家獨立前大馬華人與中國的一體感中去[29]，其時華人的舉措確實對將亡的中國之存亡有所影響，而此時中國是中國，華人是華人，影響所及不過是大馬之內的華人

---

[27] 林開忠在論文中特別提醒讀者注意馬華後移民社會的「商人性」問題，見頁25。

[28] 華社資料研究中心成立十年以來一直無法從「資料中心」提昇至「研究中心」部分原因也在於華社主導者這種商業取向的期待視野。類似的意見參何國忠，頁10。

[29] 就「病例」而言，最佳的例子，也是最極端的例子——把他們的行動邏輯推至極端——當然是神州詩社。詳筆者〈神州：文化鄉愁與內在中國〉，原刊於《中外文學》第22卷2期，收入黃錦樹，1996。

傳統中華文化的「國中之國」（相對於政治上的「國中之國」[30]），甚至只是華人集體的「內在中國」[31]，換言之，危及的是內在於「華人」定義的中國性。然而在抽象層次上，卻某種程度的複製了晚清革命派如章太炎亡國／亡天下的情緒結構，把文化、語言、歷史提升爲民族之所以爲民族的最終保障（黃錦樹，1994：59-63），也因而它必須獲得徹底的保衛（而非「局部保衛」）。差別在於，中國士大夫因民族危機而把文化責任往自己肩上扛的道德勇氣具體化爲清初三大家（顧炎武、王夫之、黃宗羲）及章太炎的「著書待後」，因以存亡繼絕爲己任，故而著述近乎涉及所有傳統學術領域，而爲百科全書式的巨著；大馬華人在客觀條件限制下無法做到，只能抽象的繼承了類似的情緒；在著述的實踐上，僅僅是草草幾筆，彷彿是滅亡前的匆促留言，沒能詳述事件始末，留下的反而是無法盡情表達的壓抑的痛苦。

文化不能亡，民族的薪火不能絕，「肉體的詛咒」必須由肉體來痛苦的承擔。書寫者的局部保衛和收復失地的戰場，最終必然落在膚表上：

> 五十年父親渡海而來／留給我這一身土黃色的皮膚／拓荒時烈日曬過的／闢地時風雨打過的／黃還是黃絕不變色，絕不！／……／而皮膚下／血肉建構結實而不屈的歷史／不管多苦多難／總依舊會以中文，和淚吐出／自己亮麗的名字……（辛吟松，〈獨白〉[局部]，1992：33-34）

從皮膚到名字，卑微的個體在承擔文化的絕繼之後，一變而爲膨脹的小我，縮小的國族。而這也是中國改朝換代傳統士大夫文化主義的某種變體，華教運動中華教鬥士的絕食落髮（如陸庭諭），他們的象徵行爲和咒語般的言辭，和年輕詩人激情鬱結的、絕命辭似的歌詩，相互折射，共同表徵了前述士大夫情結的存在樣態。表演，以肉身去演出，以詩爲祝詞，所以詩中充滿了燃燒、燈火的意象。舉辛吟松的一些詩爲例：

---

[30] 修辭借自 Victor Purcell，郭湘章譯，1974：519, 521。原意是指中國國民黨在二次大戰前於新馬發展勢力，被英殖民者認爲是在馬來半島搞「國中之國」。此一稱謂後來也延伸到以華人爲主體的馬共的活動，在某種意義上，華人之堅持華語華文對於馬來族而言，就是一種「國中之國」的建構。

[31] 「內在中國」的談法，詳筆者〈神州：文化鄉愁與內在中國〉。

必須燃燒自己／我是火和煙／必須燃燒自己／尋找重生的灰燼（〈火和煙〉[局部]，1992：39）

而我是暮色中／你無言守著的／一盞漸亮起的／憤怒的燈火（〈暮色中的燈火〉[局部]，44）

多少年了，憑欄／依舊是為了那盞燈火／歡笑也是／受傷也是（〈只為了一盞燈火〉[局部]，145）

這樣的詩作和表演化的馬華文化互爲表裡，以清楚、直接的比喻，不求深致難懂，草草留言，反映的正是書寫的急迫。在那「一點謠傳便能搖落所有血汗換來的未熟成果」的「動輒得咎」的種族緊張的國度[32]，燈火正是爲了驅走黑暗。急於點燈，因黑暗逼迫而來；有詩爲證——游川的〈彩筆昔曾干氣象〉有清楚的表述：

詩人，我們等不及／你的詩句在酒中／發酵成千古的絕句了／／我們已高舉／俚俗的口號／走上街頭／吶喊抗議示威自救（[局部]，1993：59）

然而這也是馬華「感時憂國詩」及所有表演性的文化的侷限所在。爲長遠計，不應所有的書寫都如此急切、急於發言，否則只怕難以成爲真正傳之久遠、抗拒時間的腐蝕的「火種」。

另一方面，就學術研究的角度而言，在缺乏研究機構、經費贊助及研究人員的情況下，馬華的「傳統中華文化」只可能是一種相對抽象的存在；它抽象，是由於經典系統、文獻系統的全盤缺席，文化只能以有限的、具體的、物質的方式展現。而華人在傳火的急切下在抽象的繼承傳統中華文化時，所堅持

---

[32] 截引傅承得的詩〈驚魂〉（1988：37）。馬華「感時憂國詩」大盛於八〇年代末華巫種族關係再度緊張的時刻，那也是部分馬華年輕作家勇於突破過往的政治禁忌，抒發老作家們不敢抒發的苦悶的時刻。談馬華文學，如果不理解相關的政治背景是不可能搔到癢處的。〈驚魂〉詩中有數行可引以爲詮註：「三十年來家國仍由／不安，狐疑，和欺壓／統治每一吋美麗的河山」（頁37）大體寫出了大部分華裔知識分子的隱痛。作家之逃向內在中國尋求慰藉往往和政治現實有直接的關係。林幸謙的部分散文沉痛的道出大學內公然的種族歧視及華裔大學生身居妾位的切膚之痛（尤其是〈溯河魚的傳說〉及〈群雨低濕的海岸〉二文。1995：39-46，47-57）也間接的說明了爲何他在大馬時是那麼的大中國、民族主義與自傷流放——向「母親」呼痛。

的純粹的中國性，在意識上也等於陷入傳統中國文化傳承（尤其是經典傳承，經、注、傳、疏的傳承結構）對經典正文的「述」的結構（孔夫子「述而不作」，《論語》：「夫孝者，善述人之志，善繼人之志」）[33]，差別在於，華人對傳統中華文化的承繼大體而言是一種「正文缺席」下的「述」：對空白正文的盲目引述。因正文的匱乏缺如而造成內在的深層恐懼，卻毫無對治之方，只有一再的以無法引述的方式去進行引述活動，以活動本身抽象的填補對於正文匱乏所造成的深層主體危機——一種類似死亡的焦慮。最終，活動的本身變成了目的，儀式的祭者占據了神的位置，以近乎犧牲的方式演出了缺如本身，而本體化了缺如，死亡的焦慮成功的與死亡的慾望交織。這一種意識的高潮表徵在文學作品裡便是溫瑞安的〈龍哭千里〉與〈八陣圖〉及一連串的感時憂國詩[34]，它可以說是一再的急性強迫回返到國家獨立前的那種假想的亡天下的情境中去，在無意識裡企圖追回那一段早已失落的、華人對中國有實際作用，在國家的形成中也有可能獲得和馬來人同等的權益的時光。

五、在傳統中華文化之創造中的馬華文學：現實主義、現代主義與中國性

華文教育是馬華文學存在的必要條件（馬華文學存在的基礎），華文教育如果滅亡了，馬華文學只怕就要陪葬了。印尼及新加坡是最明顯的例子[35]。然而，「中華文化」卻不必然如此，文化有其他的表徵形式：諸如各種器用的、內在於生活方式的、及音樂、象棋、飲食等等非文字的形式。在許多華語華文抵抗不了現實壓力而消亡的地方，華人文化仍然以器用的方式頑強的存活著。

[33] 從這一個觀點來看，台灣的中國文學及中華文化研究在意識結構上也同樣的也陷入上述「述」的認知結構。他們和大馬華社的差別在於：他們在一定程度上掌握了經典正文，而非讓正文缺席以致淪爲空白。

[34] 詳細的分析請參考筆者〈神州：文化鄉愁與內在中國〉（1996：95-97）

[35] 印尼在自一九六五年以後完全禁絕華語華文的公開使用——當然包括華文教育及華文出版品——此後華文文學便完全滅絕。新加坡在獨立建國之後把教育英文化，之後華文文學也難以爲繼。

印尼及新加坡、及十七、十八世紀的馬來亞華人（Baba, peranakan）都是活生生的例子。然而，當文字不存在，「華人」的定義很可能隨之而變，也就是必須以最寬泛的標準來定義華人。因在這樣的情況下「中國性」似乎降至最低。這似乎說明了文字是文化中最頑固的一環。文字有雙重功能：（1）閱讀中文典籍的可能，進入「中國性」典藏的寶庫；（2）藉由文字進行文化生產，如馬華文學，讓「中文」經驗嶄新的歷史實在。然而，除了「運用中文」這一點之外，馬華文學其實和「傳統中華文化」是不相容的，除非馬華文學存在的目的僅僅是爲了保存中文，是爲了保存「純粹」的中文而複製古老中國的感性和美學意趣，以大馬的條件那更不可能（弔詭的是，那需要更多的文化資源，必須閱讀更多古文經典，而往往成爲中文系高材生的專利）[36]。漢字的頑固性使得具地域色彩的馬華文學在馬華文化的形成中成爲最艱難的一環：方塊字和拼音文字之間的不可相融性[37]。馬華文學的存在可能成爲「傳統中華文化之創造」內部的矛盾，但卻似乎是必要的矛盾。它反映了馬來西亞華人（文）文化的矛盾。其矛盾性可從馬華文學發展的歷史中看出。

稍後於五四新文學的馬華「新」文學（在獨立前）一直隨著中國內部的政治運動與文化運動起舞[38]，原因很簡單，在馬來亞獨立前在馬來半島與新加坡的文藝工作者多爲中國南來文化人，寄身報章雜誌社或華文中學，不少即肩負著政治啓蒙的使命[39]。在延伸的革命情境中，文學藝術一直是政治啓蒙與鬥爭的手段之一，大馬華人文藝思潮和文學作品的特徵在發展上經過幾個重要的階

[36] 不論是在台灣還是大馬，中文系高材生在所謂的創作中複製唐詩宋詞的美感情調、襲其華詞故典以展示所謂的「純正中文」及哀嘆文化盛世之不再，都是極普遍的事。差別在於，大馬的中文系才子才女之哀時傷世，往往自覺的和中華文化在大馬之現實境遇接連起來。參潘碧華，1989；辛吟松，1992；林幸謙，1996。

[37] 一般性的討論參筆者〈「失語的南方」與語言再造〉（黃錦樹，1996）。

[38] 參方修〈馬華文藝思潮的演變（1919-1942）〉，〈中國文學對馬華文學的影響〉（方修，1986）

[39] 此一論題（作家及文化人的政治背景及使命）的詳細的綜合性研究迄今未見，唯大致可參考林萬菁《中國作家在新加坡及其影響（1927-1948）〔修訂版〕》及崔貴強，1989，第三章「中國民主同盟在星馬 一九四六——一九四九」。

段：（1）僑民文學：一九二〇至四〇年代，作者大多爲中國南來作家，以中國爲書寫題材及背景，被後人稱之爲「僑民文學」。把馬來亞文化界視爲中國文化界的延伸，地域之分不構成國界之別。（2）一九四五年二次大戰之後「馬華文藝獨特性」的提出，一方面是對同時及之前馬華文學的「僑民意識」的淸算，一方面卻也確立了此後馬華文學的「正規」的、「現實主義」道路：[a] 書寫「此時此地」；[b] 以馬來亞人民的立場以文學進行戰鬥，馬來亞事務優先於中國事務。[40]

在左翼思潮下，文學是左翼戰鬥的一環，文藝作品具有極強的（政治）道德色彩，反殖民、反帝國主義、反資本主義[41]（尤其是華人資本家）。此階段的文學有兩點值得注意：[a] 有意識、有條件的把「中國性」驅逐出去，讓文字保持純粹的透明度，以「反映現實」[42]；[b] 和華人的領導層（商人）產生對抗（商人面目的刻板化，一律是剝削者，與馬來人共同分享了此一刻板印象），在經濟基礎上卻又必須依賴之；（3）一九六〇年代末葉至八〇年代初現代主義風潮。一九六九年以後大馬政治結構的大轉變，左翼的鬥爭在現實上已被全面封殺，已屬不可能，甚至在文學上進行「暴露」也可能會惹麻煩，這一點當前最富盛名的馬華文壇老前輩方北方先生在〈《樹大根深》自序與後記〉（1984）有過一番感慨：

> 所以今日的馬華創作，屬敏感範疇的題材，還沒有人熱心觸及，而讓其空白，可說是寫作人處於文藝困境中，還有所顧忌！（1979a：206）

當然不能截斷他接下來的話：「筆者不自量力，本客觀的看法，將之概括的寫入根、幹、葉三個長篇中」（頁206）。所謂的「根、幹、葉三個長篇」指的是他的「馬來亞三部曲」：《樹大根深》、《枝榮葉茂》（又題《頭家門下》）、《花飄果墮》。而他在實踐上是否真的有搔到「敏感問題」的癢處，

---

[40] 詳細的爭論內容及其討論參楊松年〈本地意識與星馬華文文學——一九四九年以前的星馬華文文學分期芻議〉（1982：5-18），及方修，1987，第三、四、五章。

[41] 詳細的概括參方修爲《馬華新文學大系》寫的〈導論〉（方修，1970）。

[42] 同註30引文。他們的討論仍然十分素樸，只注意到文字跟題材的關係，尚未涉及文字本身的異化作用——刻意的中文，足以抹除現實的具體性。參黃錦樹，1996中多篇文章。

倒是十分可疑。方北方是相當有反省能力的老前輩，對於所謂的「敏感問題」他在一九八七年寫的自我批評〈內容落實．文字草率——評松柏書系之一的《樹大根深》〉中說道：「緊急法令宣佈的背景，以敘述的手法寫出是一大敗筆」（頁56）[43]，該書的內容是「反映華人南來求生的企圖和遭遇」，因此「在主題之下，小說內容所出現的，主要的是概括性的人物和寫照」（1987b：54）。所謂的「概括性的人物和寫照」也就是他在〈答李興全先生所問——有關《頭家門下》電視劇問題〉（1984）中所表白的：「《頭家門下》的人物，雖是一個大家庭中的成員，卻都是典型的人物，每一位的性格和行為都具有華社各階層的代表性」（1987a：215）。換言之，他是以盧卡奇的「典型人物」的主張作爲小說寫作的指導，是典型的意念先行。小說是寫作者意識型態的反映而非具體現實的反映。而這，也是馬華現實主義的履踐者共同的盲點。一九八一年溫任平在《馬華當代文學選》的〈總序〉裡對「現實主義文學」進行負面的概括時，即已指出它們的問題「出在思想主題狹窄化，以及對文字技巧的普遍忽視」，「主題簡單化，思想公式化」，造成的結果是：

> 讀現實主義作品往往翻了兩三頁，隨著幾個人物的先後出現，其下一步發展如何，其批判重點在哪裡便不難預知……。這樣的作品沒有感人的力量，甚至「可讀性」都成了問題，因為它們所著力描寫的並不是真實的人生，而是經過某種意識蓄意扭曲了的人生。一旦文學反映或刻劃的是人生的假相，而非人生的真相，就會與社會實況嚴重背離，更無能「反映時代」了。（1981：五~六）

出生於一九一九年的方北方和馬華文學同齡，他個人的限制反映了一整個世代的馬華文學作家在期待視野及文學實踐上的總體限制，他自己對這一點有非常清楚的認知，坦率的表述——在文化沙漠中他對自己的期許是「只要能盡筆耕的責任；追隨前輩在荒蕪的耕地、協助播種的工作，並不敢奢望自己在寫作上

---

[43] 雖然他透露的原因是「作者雖爲了適應出版商印行的頁數，而將刻劃和描寫的文字刪棄萬七千言，改用三幾千字的敘述，無疑是小說創作的一大失敗」（頁56）。問題在於，那麼多地方可以刪，爲什麼偏偏刪去「敏感」的部位？換言之，即使作者敢嘗試，可能也過不了出版或發表的那一關。

有什麼收獲」（1991）。非常謙虛的認定自己的努力是具有階段性意義的，是可以被超越的。雖然如此，仍有不少人仍然堅持過去的世界觀，如馬華詩界現實主義重鎭吳岸[44]仍然認爲「富有時代使命的現實主義文學，毫無疑問的是馬華文學的主流」（1987：30）強調「我們」「也有很豐富的文學傳統。我指的馬華文學的傳統。很多人覺得傳統應該到中國文學去汲取，不知道我們自己也有」（1991：9）。然而從他其他的言論中卻也可以讀出他無意識中道出了馬華現實主義者在主觀願望和客觀實踐之間其實存在著嚴重的不協調，一方面在評當前東馬最優秀的小說家梁放具現代主義意趣的短篇小說時提出現實主義的世界觀以作爲進一步的要求：「問題是，如果作者要使其作品的藝術形象更具有典型性，他就必須對社會有更深入的瞭解，以社會科學的觀點來解剖人性，使作品中的人性更具有社會性」[45]（1987：92）。一方面卻也發現現實主義作家「往往跟不上迅速發展的現代社會，特別是對現代人的思想和心態缺乏瞭解。現實主義作家不但面對如何突破舊形式的束縛的問題，同時也面對一個理解現實社會的問題」（1991：10）。技術與題材兩者都無法有效的掌握，使得「馬華文藝的獨特性」頓時失去著力點，「現實主義」也淪爲空殼，更嚴重的是（如方北方所言）象徵著「大我」之場域的「外在現實」已成禁忌，似乎只有小我的場域可盡情書寫。在這種思想氛圍下，以溫任平兄弟爲首的、以台灣余光中、葉珊、白先勇等人的帶著中國意識的文學實踐爲楷模的現代主義風潮隨之而起[46]，「中國性」在華教運動如火如荼之際、在華人文化的興亡之感中悄然

---

[44] 一九九一年時爲大馬華文作家協會副會長、砂朥越華文作家協會會長，故其言論有一定的「典型性」。

[45] 「社會性」加上後文的「典型性」、「典型形象」是老現們永遠也炒不爛的陳腔濫調，幾乎每個「重鎭」在談文學時就要炒它一遍（又參孟沙，1986），以之來要求別人，而自己從來就沒做到。其實這種論調早在戰前最有才氣的馬華小說家鐵抗（死於日軍之手）手上（寫於一九四〇年前後）就已有最完整詳備的陳義（詳方修主編，1979）。換言之，老現們五十幾年來不但沒半點進步，反而退化成原教旨主義。

[46] 關於馬華現代主義文學興起的較完備的討論參溫任平，〈馬華現代文學的幾個重要階段〉及〈馬華現代文學的意義與未來發展：一個史的回顧與前瞻〉（溫任平主編，1980）。

歸來[47]。現實主義所象徵的集體性破產，文學回歸到渺小多愁的個人身上，以個體的哀傷隱喻集體的處境[48]。而外在「現實」本身卻從此在文學中化爲迷霧。然而「現實主義者」們在意識上仍停留在過去，堅持表現手法及文字透明的道德性，技術及意識上的雙重破產，空（白）洞的現實，自我複製的語言，文學創作淪爲過去的信仰的一再強迫性重述，置文學性於不顧而以總體的貧乏來表徵現實的不可碰觸及不敢碰觸，挪用詩人游川的話，這樣的集體寫作無非是一種「撇開此事不談」[49]的寫作，他們的信仰所尊奉的真正精神和題材——現實主義活力最強的時刻也是大馬左翼勢力最強大的時候，文學作爲介入社會革命的形式之一，寫作意味著和強權或統治者赤裸裸的宣戰，對社會黑暗面的暴露[50]——的寫作文學一變而爲表達不可表達之表達，禁慾。甚至進而表現出一種文化上的排他性：對中國文字生產的文化的排斥——包括對中、台現代文學的敵意[51]。

---

[47] 詳筆者〈神州：文化鄉愁與內在中國〉（1996：88-89）。

[48] 詳筆者〈神州：文化鄉愁與內在中國〉（1996：94-101）。這篇文章只以溫瑞安的作品爲例，實際上可以討論的例子很多，從溫任平到傅承得（1988），林幸謙（1996）、辛金順（1992），都是代表性的例子。之所以用隱喻的方式，除了藝術上的考量之外，避免直接觸及「敏感問題」也是重要的原因。對於近年來馬華作家中國情懷與家國之思在文學上的展現，詳林春美，1995。

[49] 游川〈此事不談〉（局部）：「撇開此事不談／馬來西亞真是／生活的好地方」（1993：66）。

[50] 文學史家方修在概括馬華現實主義時將它區分爲五種：[1] 客觀的現實主義作品；[2] 批判的現實主義作品；[3] 徹底的批判現實主義作品；[4] 新舊現實主義過渡期的作品；[5] 新現實主義作品（〈馬華文學的主流——現實主義的發展〉〔講於1977〕，1986：357）。強調馬華尚缺第三種，也就是「舊現實主義最高級的一種」。新舊的差別在於有否爲普羅群眾指出一條金光大道。筆者這裡指的正是所缺的第三種。

[51] 吳岸在〈馬華文學的再出發——一九九〇年五月廿六日在《全國寫作人交流會》上的演講〉中談現階段馬華文學的兩大隱憂：一、「文學作品社會性的低落」；二、「馬華文學獨特性的逐漸喪失」（1991：4-5）分析其原因，乃是由於「副刊大量轉載香港台灣有味道的文章。一些年輕作者，在外來思想的影響下，媚外和殖民懸想日益濃厚，他們的文章，越來越遠離馬華文學的傳統與我國的社會現實。」（5）而哀嘆「在我們的國家

相對於華教運動塑造出一個當地的精神共祖、華文教育之父「族魂」林連玉，現代主義者們也召喚出他們「中國性」之父，屈原（集體書寫屈原），從馬華中國性現代主義的扛鼎人溫任平開始，他發現了我群與三閭大夫的文化血緣關係[52]：

> 我常認為現代詩的傳統實可以追溯到楚辭去，如果我的看法正確，那麼屈靈均是站在河的上游，而我們是站在河的下游，是一個古老的傳統的承續了。（溫任平，〈後記〉，1978：162）
>
> 七五年的「端午」與七六年的「再寫端午」都是寫給他老人家的。散文方面我也寫成了「致屈原書」，……。（同前）
>
> 詩人節又快到了，我也不自禁的懷念起菖蒲、雄黃酒、古老的拐杖，哀愁的香草，以及三閭大夫的水鄉。（溫任平，〈存在手記〉，（1977）1982：165）

脫離了英國殖民統治獲得獨立後三十多年的今天，『馬華文學』的特徵卻顯然地悄悄被另一種『殖民文學』所取代」（7）。講來講去不過是「現實主義萬歲」，對於老現實主義者們而言，內／外可是分得十分清楚，像我們這些來台留學生的文學表現，正是他們所影射的「殖民文學」之超級買辦，筆者曾返馬與陳雪風之流的「現實主義文學批評重鎮」座談，舉例子時舉李永平、張貴興都被質疑「爲什麼眼前那麼多例子不舉，偏偏舉離我們那麼遠的？」

[52] 有趣的是，這一「發現」似乎是和他們的精神導師余光中的「認可」頗有關係：「前述『風景』一詩，它曾與『水鄉之外』聯袂以『近作兩首』爲題刊『中外文學』七二年十一月號，余光中學長閱後曾來信表示……他比較讚賞後者的『自然流露，語言的節奏控制得宜，最末數行寫三閭大夫自沉之後，仍「有一塊全白的頭巾，如最初的蓮台／冉冉昇起」，暗示精神之不死，已臻象徵的層次。』我覺得我的「屈原情意結」大概就在那時候開始醞釀，蓄勁待發的」（1978：162-163）。這一段文字有幾點値得注意，溫任平兄弟之所以能有效引入台式中國性現代主義，和台灣的「大師」的支援有關，發表園地的提供是一點，藝術成就的認可是另一點，文化精神的肯定是又一點。在這段文字裡，余光中的讚賞有意或無意的瞄定溫任平的屈原詩，對他而言卻有著心理學上的「銘刻」作用。同情的了解的討論，詳其弟子謝川成的〈現代屈原的悲劇——論溫任平詩中的航行意象與流放意識〉（1981：94-111）。

不論是寫端午，再寫端午，寫屈原，真正的主題卻是「流放」。於是在〈流放是一種傷〉裡達到情緒的最高點，他哀吟：

> 我只是一個無名的歌者／唱著重複過千萬遍的歌／……／你聽了，也許會覺得不耐煩／然而我是一個流放於江湖的歌者／我真抱歉不能唱一些，令你展顏的歌／我真抱歉，我沒有去懂得，去學習／那些快樂的，熱烈的，流行的歌／我的歌詞是那麼古老／像一闕闕失傳了的／唐代的樂府／……／然而我還得走我的路，還在唱我底歌／我只是一個獨來獨往的歌者／歌著，流放著，衰老著……／……疲倦，而且受傷著（溫任平，1978：141-143）

流放，堅持唱著傳統、古老、不合時宜的歌，出之以一種乞兒或算命佬的形象，彷彿一人承擔了整個文化的血脈，爲理想而肉體衰敗如苦行僧，或正是三閭大夫如果投水不死而自我流放的形象。如此，馬華現代主義者經由現代主義與中國性而得以表達其痛苦的慾望，甚至自我膨脹爲中國文化的選民，自詡爲被流放的中國文化之子。

自溫任平把屈原和「我群」的關係抬至文化血緣的高度之後，書寫屈原業已是馬華詩人「向父親致意」的舉措。舉例而言，在最近出版的《馬華七家詩選》中，七個作者（吳岸、溫任平、何乃健、田思、方昂、游川、傅承得）的作品中就有三人直寫屈平或端午（何乃健，〈粽子〉，〈端午〉；方昂，〈投江〉；游川，〈粽子〉）[53]，所取的無非是父的精神：「悠悠逝水沖走了投江的詩人／沖不走的是他不屈的靈魂」（何乃健，〈幾朵小野菊〉，73）。

馬華文學的現代主義透過中國性而帶入文學的現代感性（雖然還談不上「現代性」）有其不可磨滅的積極意義：細緻化、提煉了馬華文學的藝術質地，重新以中國文化區（台灣）的現代經典爲標杆，一洗現實主義的教條腐敗氣，然而卻也在毫無反省、警覺之下讓老中國的龐大鬼影長驅直入，幾致讓古老的粽葉包裹了南國「懦弱的」米[54]，極易淪爲古中國文學的感性註釋。如此，中

---

[53] 印象中此類作品繁多，多見於報紙副刊，手邊資料不足，俟補。

[54] 溫任平，〈端午〉：「你是那裹得緊緊的竹衣／裡面是煮得如火如荼的／懦弱的米」（1978：103）

國性現代主義讓馬華文學溶入「傳統中華文化之創造」的大流，甚至位居主導的位置，陰差陽錯的實踐了華教運動內在的（召喚亡靈的）需求，也在感性的層次上表徵了他們的哀傷憤懣、孤憐自苦。表徵了他們的集體意志及其情緒上的脆弱。然而，如此的文學寫作方向在內在邏輯上卻又隱含了另一危機：為大中國所吞併。某些大中國主義者會以「馬華文學是中國文學的一條支流」[55]來收編吸納馬華文學，表面上似乎消除了馬華文學在「傳統中華文化之創造」中的矛盾位置，讓二者密合無間，實際上卻讓馬華文學在意識上只有持續流放，永繼流亡，永遠也找不到可以自我安頓的「家」。

從比較超越的角度來看，現代主義和中國性的親密關係其實並不具必然性，它和馬華現實主義一樣，都是歷史的產物，它的功能也有其歷史性，在它的問題逐漸暴露、負面的作用漸強於正面作用之後，勢必被挑戰，以重尋出路。因而在新一代的文學實踐中，雖有人擁抱它，卻也有人有意的讓它們分離，或轉化現實主義，在教條之外重尋實踐的可能，企圖把中國性降至最低。然而結構性的矛盾似乎依然存在：中國性是無法去除盡的殘餘，它就在文字裡頭。

六、結　語：可能的生機

方北方在一九八九年〈看馬華文學生機復活〉（方北方，1995）中指出，馬華文學「是華族的靈魂」，它的存在「深具捍衛馬來西亞國家精英文化的意義」（38），而且它還是某種指標：馬華文學蓬勃，華文教育發達；馬華文學低落，華文教育不振。而以此為據，認為馬華文學「深具最高的教育作用」（同頁），雖然這種說法信仰的成分多於事實[56]，卻也多少說明了資深馬華作家對自己在捍衛華人文化上的定位：以華文寫作在敵意的環境裡是一項道德實

---

[55] 這是一個一再被有心人重複提起的老掉牙課題，有心把自己向中國（文化）認祖歸宗者倡之（如溫瑞安），有心收編馬華文學的大中國主義者也會時時以此為理由「招安」或「撫慰」。詳細的批判參黃錦樹〈『馬華文學』全稱：初論馬來西亞的『華人文學』與『華文文學』〉（1996）及林建國〈為什麼馬華文學？〉（1993）。

[56] 至少我看不出這樣的因果關係。

踐。而它和華文教育一樣，具有教育華人的神聖功能，這也是馬華文學之所以不可批評的根本原因：它的存在本身就已經十分神聖，追究實質反而是一種道德上的冒犯[57]。它是某種事物的象徵，它因爲象徵了該種理應存在、在現實狀況中難以存活的崇高事物而具有無比的神聖性，它因象徵而神聖，而非因爲它本身的質地。這或許是馬華文學（文化）最大的危機所在：它被一個缺席之物賦予了崇高的價值，它「自然」獲得了神性（以「語言是民族的靈魂」爲前提）。缺席者之所以缺席是因爲大環境的惡劣，可是在歷史的長期發展中這種缺陷卻被非歷史化、神秘化、自然化，所以它也被「昇華」了。這種不在而在的物顯然和中國性有著直接的關聯，像是一種遙遠過去的隱痛，一旦被觸及，就會造成情緒上的整體崩潰。以地域色彩爲立足點的「馬華文藝的獨特性」原爲和中國性保持距離而設，誰也沒料到真正的問題過於複雜，無法以這麼簡單的方式解決。

[57] 目前馬華文學評論之所以異常貧乏，除了受過學院訓練的專業評論者嚴重欠缺之外，同樣重要的原因是：即使受過專業訓練，也不敢隨意碰觸馬華文學——即使明知道從專業的標準來衡量，很多作品是不合格的，在道德上也不能說破，否則會傷了很多人的心。對於一直以捍衛馬華文學的神聖性的「民族英雄」似的馬華「本土」評論者而言，對於馬華文學是否受到批評也保持著高度的警戒，動輒予以強烈的反擊；而對於一直在國外（包括台灣、新加坡、香港）生活、出生大馬的人文學者而言，除了資料難以收集（這並非完全不可克服）、馬華文學研究欠缺學術市場效益之外，或許也面臨了道德上的尷尬：除非馬華文學有它獨立的、與其他世界文學相異的判準，可以讓它在理論上成立（近似於文化相對論的立場），否則在研究中難免會涉及對它的批評（以現有的西方理論）。對於某些人而言，這會造成嚴重的內疚（如同三、四〇年代大陸知識分子對於工農階級產生的「資產階級的內疚」）。因而乾脆對馬華文學的存在緘默不言（當然，學者們的緘默可能的因素不僅於此，也可能非常單純：懶，或忙，或沒興趣）。這和大陸從事馬華文學的研究者所採取的態度恰成對照，如潘亞暾、王振科、欽鴻等，在論及馬華文學作品時，其修辭方式是「五體投地」似的，一般而言不是在談問題，而是在進行文化表揚。不論是緘默還是表揚，對於馬華文學未來的發展都沒有多大的幫助，只是讓它安於現有的道德格局，以「困境」爲其成就得失的保護殼。

在意識層面上，一般而言，可以華人對待中國性的態度而區分出兩種華人：（1）擁抱之，認為沒有它，華人就無法自我確認為華人，所以是無條件的擁護（如華文教育的支持者）；（2）避之唯恐不及，視為身為華人最為沉重的包袱。在後者，認為華文之堅持也必須在它是有用的（有利於他們的商業的發展，譬如與中國的貿易）、並不足以妨礙他們的生存的情況下。有者認為中國性妨礙華人融入當地社會，或者阻礙了具有當地特色的馬華文化之產生。在這兩種態度底下，他們往往共同分享了一種身為異地華人的不得已和不得不然，一個無從剔除的巨大的空洞：彷彿凝結於物種性上的被深深壓抑的慾望。

在文化上，真正的問題或許在於，不論是「去蕪存菁」還是「收復失地」，「傳統中華文化之創造」其實是很難具有多少「創造性」的，以馬華文學為例，如果在語言文字的實踐上過度強調傳統中國美學的意趣，或甚至耽溺於文化流放的自哀自憐裡，一個直接的後果是以當地地域生活與歷史的存在具體性為參照的文學（或文化）寫作的「對象性」會被層層遮蔽，而使得「馬華文藝的獨特性」之成立一再的被遲延[58]。再者，在大中國的視域中（不論是大陸還是台灣），對馬華文學與文化或出之以悲憫的同情，或出之以自大的鄙視，都是一種「往下看」的恣態。而當地華人或以「地域性」（「其味不同」[59]）自豪，對於它和「中國性」之間的衝突（「橘生南國」[60]）及彼此間的複雜辯證關係無能察覺，往往因大環境的惡劣而哀傷自憐，對於改善「困境」實毫無幫助。不論是自我凝視還是被凝視，看到的都是貧弱的存在。而未來的戰略圖景又該如何？（1）中國性可以是一種負擔，但也可以不——它也可以是一項重要的資源。大馬華人承擔不起中國文化的興亡，也沒有必要去試圖承擔。然而作為語文之最精緻示範的文學寫作，文字必須具有相當程度的純粹性，它自身必須是目的之一，而非老是以半透明之混濁語言，載不可載之道。（2）被

[58] 詳筆者，〈華文／中文：『失語的南方』與語言再造〉（1996：64-74），及1995。

[59] 《晏子春秋》：「橘生淮南則為橘，生於淮北則為枳。葉徒相似，其實味不同。所以然者何？水土異也。」

[60] 屈原《九章・橘頌》：「后皇嘉樹，橘徠服兮。受命不遷，生南國兮。深固難徙，更壹志兮。」

當成敵體的他族一直沒有被認真的對待過，他們的歷史、文化、宗教、思想、行爲模式等等一直沒有被華人深入研究以增進華人集體的普通常識的厚度，大部分人仍以代代相承的刻板印象及個人接觸得來的有限經驗作爲對象的生存實在。馬來人和他們的文化一直沒有被華人消納爲文化資源[61]。在這一點上，重複了馬來人對境內民族視野上的閉塞：對他們而言，華人和中國在學術研究領域內一直沒有被當成重要的對象。種族隔離在精緻文化上甚於生活上，這是極大的悲哀。（3）作爲象徵意義存在馬華文化與文學必須去除其神秘化的神聖性，還原其實質，未來的馬華文學不能再陷在老舊的意識架構內，而與迫害者認同。唯有走向專業性才能突破自憐的貧乏格局。（4）馬華文學與文化在學術研究上的總體貧乏，始終停留於普遍常識、想當然爾的層次，許多基本問題（如馬華現實主義和中國三〇年代左翼文學思潮的淵源、大馬華裔左翼文學思潮的整體狀況等）都一直沒有在學術上獲得清理，討論問題的基本規範也沒有建立，在文學及文化方面，也沒有一本像樣的中文刊物。因而老舊的問題、話頭、言辭一直在重複著，當馬來人在國家機器的強勢運作下抬頭挺胸向世界文學進軍時，華人仍在守護著那有限的營養不良的文化果實，讓時間停滯在「困境」最深的過去中。是否宿命的以無盡的死亡之舞來表徵創傷，一再的把總體的具體存在捲入神話時間的循環往復中，還是以更大的勇氣跳脫出這非生產性的輪迴，重開新局？

在可以預見的將來，華教運動還是會以原有的模式繼續下去；雖然在「華人已沒有東西可以出賣」[62]的九〇年代，憲法中凶狠的伏筆仍白紙黑字的具在[63]，目前的狀況表面上是可以接受的開放結局，然而在幾乎所有領域都沒有法律保障的情況下，華人的命運在某種程度上只能以較低的姿態仰望當權者「垂憐」，而誰也不知道何時官方會突然劃下那巨大的黑色句點。華人文化與華文文學和華文教育有著不可分割的依存關係，唇亡齒寒，因而所有局部領域內的

---

[61] 這種論調在馬華華裔知識分子間並不鮮見（如何啓良，1994），只是「知易行難」，在實踐上一直無法突破。

[62] 「堂聯」主席林玉靜語，《南洋商報》，1991/12/17。轉引自何國忠，1994：5。

[63] 指馬來西亞憲法21條 B。

戰役，在象徵的層次上，都是整體戰爭。國內的學術資源雖經單一種族長期壟斷，可是作爲廿一世紀的海外華人之一支大馬華人，在家國之外，似乎有著更爲廣大的取資空間，在既有的限度之外，仍是大有可爲。

【參考及引用資料】

Anderson, Benedict. （1983）1991. *Imagined Communities: Reflection on the Origin and Spread of Nationalism.* （London: Verso）

Althusser, Louis. 1971. *Lenin and Philosophy.* （London: New Left Book）

Chai Hon-Chan.1979. *Education and Nation-buiding in Plural Societies: West Malaysian Experience.* Australia: Australian National University.

小　曼。1993。《繭》。吉隆坡：千秋事業社。

巴　索（Victor Purcell）著，郭湘章譯。（1965）1974。《東南亞之華僑》。台北：國立編譯館。

方北方。1987a。《方北方文藝小論》。吉隆坡：大馬福聯會暨雪福建會館。

方北方。1987b。《馬華文學及其他》。三聯書店香港分店、新加坡文學書屋聯合出版。

方北方。1991。〈拓荒播種〉。《聯合報．聯合副刊》。1991/01/10。

方北方。1995。《生機復活看馬華文學》。吉隆坡：烏魯冷岳興安會館。

方　修。（1986）1989。《馬華新文學簡史》。大馬：董總。

方　修。1986。《新馬文學史論集》。三聯書店香港分店、新加坡文學書屋聯合出版。

方　修編。1979。《鐵抗作品選》。新加坡：新加坡上海書局。

方　修編。1970。《馬華新文學大系（1）》。新加坡：世界書局。

王賡武著，姚楠編。1987。《東南亞與華人：王賡武教授論文選集》。北京：中國友誼出版社。

王賡武著，姚楠編譯。1988。《南海貿易與南洋華人》。香港：中華書局香港分局。

古鴻廷。1994。《東南亞華僑的認同問題（馬來亞篇）》。台北：聯經出版社。

何國忠。1994。〈馬來西亞華人社會與文化傳承過程中的邊緣心態〉。新加坡亞洲研究學會等主辦「東南亞華人文化、經濟與社會國際研討會」論文。1994/01/21-23。

何啓良。1994。〈文化馬華：略說馬華文化認同困擾和復歸〉。《星洲日報·言路》。1994/08/11-12。

何啓良。1995。《政治動員與官僚參與》。吉隆坡：華社資料研究中心。

何啓良編著。1994。《當代大馬華人政治省思》。吉隆坡：華社資料研究中心。

吳　岸。1987。《到生活中尋找謬斯》。吉隆坡：大馬福聯會暨雪福建會館。

吳　岸。1991。《馬華文學的再出發》。吉隆坡：大馬華文作協。

吳岸等。1994。《馬華七家詩選》。吉隆坡：千秋事業社。

李元瑾。1991。《林文慶的思想：中西文化的匯流與矛盾》。新加坡：新加坡亞洲研究學會。

李國祈等。1980。《中國近代思想人物論：民族主義》。台北：時報文化。

辛吟松。1992。《風起的時候》。大馬：雨林小站。

孟　沙。1986。《馬華文學雜碎》。吉隆坡：學人出版社。

林水檺、駱靜山編。1984。《馬來西亞華人史》。八打靈再也：留台聯總。

林幸謙。1995。《狂歡與破碎：邊陲人生與顛覆書寫》。台北：三民書局。

林建國。1993。〈爲什麼馬華文學？〉。《中外文學》21卷10期。

林春美。1995。〈近十年來馬華文學的中國情結〉。《南洋商報·南洋文藝》1995/11/03, 07。

林開忠。1992。《從國家理論的立場論——馬來西亞華文教育運動中「傳統中華文化」之創造》。台灣：清大社人所碩士論文（未刊）。

林萬菁。1994。《中國作家在新加坡及其影響（1927-1948）修訂版》。新加坡：萬里。

阿圖塞著，杜章智譯。（1969）1990。《列寧和哲學》。台北：遠流出版社。

柯木林，吳振強編。（1972）1984。《新加坡華族史論集》。新加坡：南洋大學畢業生學會。

柯嘉遜。1991。《馬來西亞華教奮鬥史》。吉隆坡：雪蘭莪中華大會堂。

馬來亞華校教師會總會。1987。《教總33年》。吉隆坡：馬來亞華校教師會總會。

崔貴強。1989。《新馬華人國家認同的轉向 1945-1959》。福建：廈門大學出版社。

陳志明。〈海峽殖民地華人——峇峇華人的社會與文化〉。林水檺、駱靜山編。1984。

章太炎。1985。《章太炎全集（四）》。上海：上海人民出版社。

麥留芳。1985。《方言群認同：早期星馬華人的分類法則》。台北：中央研究院民族學研究所。

傅承得。1988。《趕在風雨之前》。吉隆坡：十方出版社。

游　川。1993。《血是一切真相》。吉隆坡：千秋事業社。

華社資料研究中心編著。1987。《馬來西亞種族兩化極之根源》。吉隆坡：雪蘭莪中華大會堂。

黃枝連。1992。《東南亞華族社會發展論：探索走向二十一世紀的中國和東南亞的關係》。上海：上海社會科學院。

黃建淳。1988。《新加坡華僑會黨對辛亥革命影響之研究》。新加坡：新加坡南洋學會。

黃錦樹。1994。《章太炎語言文字之學的知識（精神）譜系》。台北：淡江大學中研所碩士論文。

黃錦樹。1995。〈中國性，或存在的歷史具體性？——回應〈窗外的他者〉〉。《南洋商報・南洋文藝》。1995/09/26。

黃錦樹。1996。《馬華文學：內在中國、語言與文學史》。吉隆坡：華社資料研究中心。

楊松年。1982。《新馬華文文學論集》。新加坡：南洋商報。

楊松年。1988。《新馬早期作家研究（1927-1930）》。三聯書店香港分店、新加坡文學書屋聯合出版。

楊建成。1972。《華人與馬來亞之建國（一九四六——九五七）》。台北：文史哲出版社。

楊建成。1982。《馬來西亞華人的困境——西馬來西亞華巫政治關係之探討1957～1978》。台北：文史哲。

溫任平。（1977）1982。《黃皮膚的月亮》。台北：幼獅文化。

溫任平。1978。《流放是一種傷》。吉隆坡：天狼星詩社。

溫任平主編。1980。《憤怒的回顧》。美羅：天狼星詩社。

潘碧華。1989。《傳火人》。吉隆坡：澤吟書坊。

蔣永敬編。1977。《華僑開國革命史料》。台北：正中書局。

謝川成。1981。《現代詩詮釋》。吉隆坡：天狼星詩社。

顏清煌著，李恩涵譯。（1976）1982。《星馬華人與辛亥革命》。台北：聯經。

顏清煌著，張清江等譯。1992。《海外華人史研究》。新加坡：新加坡亞洲研究學會。

顏清煌著，粟明鮮等譯。（1986）1991。《新馬華人社會史》。北京：中國華僑出版社。

原發表1997

敘述國家寓言：

馬華文學與馬來文學的頡頏與定位

＊莊華興

1、前言

在「國家文化」[1]這一概念被正式提出來之前二十年（1950），馬來西亞「國家文學」[2]這概念便已經誕生，並引起廣泛的討論。時值戰後馬來民族主義思潮

---

[1] 國家文化計畫是國家文化大會的產物。大會於一九七一年八月十六至二十日在馬來亞大學召開，會上討論了六十篇論文，內容以馬來文化、藝術各面向爲核心。大會議決下的國家文化概念，作爲國家機關施行文化政策的藍本：一、馬來西亞的國家文化必須以本地區原住民的文化爲核心；二、其他適合及恰當的文化元素可被接受爲國家文化的元素，惟必須符合第一及第三項的概念才會被考慮；三、伊斯蘭教爲塑造國家文化的重要元素（見 Kementerian Kebudayaan, Belia dan Sukan ed.，1973：7）。針對這項文化計畫，馬來西亞十五個具代表性華團於一九八三年三月三十日向文化、青年及體育部提呈了《國家文化備忘錄》，傳達華社對發展語文教育、文學、藝術和宗教的看法與建議。（詳參林木海主編，1983）

[2] 馬來文有三種稱法：Sastera Nasional、Sastera Negara 和 Sastera Kebangsaan。按慣例，馬來左翼作者慣用 Sastera Nasional 一詞，此詞彙也通行於六〇和七〇年代；Sastera Negara 的意義比較狹窄，一般上與國家最高文學殊榮結合使用，如 Anugerah Sastera Negara／Hadiah Sastera Negara（國家文學獎）、Sasterawan Negara（國家桂冠作家）。近年來 Sastera Kebangsaan 一詞比較通用，語文廳與藏書閣（Dewan Bahasa dan Pustaka，簡稱 DBP）屬下的文學部即設有 Bahagian Pengembangan Sastera Kebangsaan（國家文學促進小組），著力提升與鞏固馬來文學爲國家文學。Sastera Kebangsaan 一般譯爲「國民文學」，我以爲

最高漲的時刻。馬來民族經歷了一九四八年馬來亞聯邦計畫（Malayan Union Plan）之後，終於覺悟到民族自救的迫切性——面對殖民主義與帝國霸權，民族陷於存亡關頭，捍衛母語不被消滅是當務之急，同時也對馬來語作爲政治抗爭的工具寄以厚望。自然的，馬來（語）文學在那異常政治化的年代被視爲最能呼應時代需求的工具。

一般馬來學界都認同文學是文化範疇的核心部分，它不僅是文化的深層結構，更是觸發新文化（peradaban baru）萌芽與成長的主要媒介[3]。在此前提之下，國家文學這一概念的內涵便必須加以鞏固和充實，使它名正言順，並能對所謂具備本土傳統（tradisi kedaerahan）的馬來文學的發展和提升發揮作用。

歷經三十餘年後，回顧國家文學從濫觴至今，其名目之更替[4]，內涵之逐步具體化，理論之累積與推陳出新，說明馬來文化界與知識界對這課題的關注。可以這麼說，國家文學是被建構的產物，它至今仍是馬來學術界的未竟之業。

在比較文學學界，國家文學經已形成一個普遍的概念。它假定一種文學因使用的語言媒介而擁有異於其他文學源流的性質。劉介民認爲：國家文學是一個遵循相同的美學標準，且以相同語言寫成的作品，作者的文化背景相同。國家文學就是集合了那些以共同字彙及語法寫成，咸認是表達某種文化的作品，例如美國文學是以美國的語言創作於美國文明的模子裡，其語言有別於英國語言（1990：625）。他更進一步指出，國家文學的特徵就是文化的及語言的團體，雖然各地方獨立的地區主義也可在其中任意發展（625）。

上述釋義與當下馬來西亞的國家文學概念有兼容，也有互斥之處，對詮釋整體馬來西亞文學現象仍嫌不足。譬如社會文化的多元本質如何透過文學書寫的語言媒介獲得正確的反映。無論如何，劉介民的重點：「通過某種語言表達某種文化」卻頗切合當下馬來西亞整體文學生態。

譯成「國族文學」似乎更恰當。爲了遷就行文脈絡，本文均采用「國家文學」。

[3] 莫罕默泰益奧斯曼認爲，文學通過語言作爲標準的社會溝通工具，以編制符號與標誌，建立文化主體，較之其他藝術媒介更爲有效。它同時也是文化價值觀、世界觀、社群的理想與願望的具體表徵（1981：231-232）

[4] 從最初的 Sastera Nasional 演變到如今 Sastera Nasional、Sastera Negara、Sastera Kebangsaan 三者參雜使用，間接說明國家文學概念的模糊與未完成狀態。

2、國家文學論述在馬來學界

在「國家文學」論述之下，馬來學界幾位著名的學者幾乎都嘗試從個別的專業角度參與了討論，顯示其對此議題的關注。其中，非常積極的有文化營運家美譽，即語文廳和藏書閣[5]前總監（現任經典基金會總執行長）哈山阿末博士（Dr. Hassan Ahmad）、文化學家兼馬大前校長莫罕默泰益奧斯曼教授（Prof. Dr. Mohd. Taib Osman）、馬來作家協會聯合會主席依斯邁胡辛教授（Prof. Emeritus Ismail Hussein）、左傾知識分子賽胡欣阿里教授（Prof. Dr. Syed Husin Ali）、阿都拉曼哈茲恩蓬教授（Prof. Dr. Abdul Rahman Haji Embong）和著名文學評論家翁姑麥慕娜教授（Prof. Dr. Ungku Maimunah Mohd. Tahir）。其他如伊斯蘭學者賽莫罕默納古益阿拉達斯教授（Prof. Dr. Syed Muhhammad Naquib Al-Attas）、社會學家魯斯旦沙尼博士（Dr. Rustam A. Sani）、翟納克靈教授（Prof. Dr. Zainal Kling）和左傾知識分子卡辛阿末（Kassim Ahmad）亦有闡述，林林總總，累積了相當的論述資源，亦奠定了相當的理論基礎。他們的論點或有出入，但立論基礎與基本框架衝突不大。他們的理論建設工作是爲馬來文學朝向普及化與全民化發展的道路努力。其中的代表首推執當今馬來學界與文化界牛耳的依斯邁胡辛教授[6]。他在就任全國馬來作家協會聯合會主席不久，旋於一九七一年九月分《文學月刊》發表了一篇闡釋國家文學概念的重要文獻〈馬來西亞的國家文學〉。後來收入安華立端編《有關馬來西亞文學的思考（1957-1972）》（1981）。他在這篇文章

---

[5] 過去中文譯名皆沿用「語文出版局」，望文生義，易使人誤解爲一家商業性出版機構。「語文廳與藏書閣」含搜集、研究之意，至於馬來文著作的出版，如今已不是它的主要工作。

[6] 依斯邁胡辛，一九三二年一月三十一日生於吉打。一九五九年以一等榮譽學位畢業於新加坡馬來亞大學。一九六四年考取荷蘭萊登大學副博士，一九八四年獲印尼國立雅加達大學頒予榮譽博士學位。他曾擔任馬來亞大學馬來學系主任（1976-1980）、國民大學教授、國家文學獎評審委員、語文廳與藏書閣署理董事、馬來作家協會聯合會首席主席等重要職位。後者於一九七〇年成立，由他擔任主席至今，足見他在馬來文學界的崇高威望。除了積極推動馬來文學與文化發展，他也是一個文化思考與策略家，馬來文學與文化能有今日景象，他的貢獻很大。重要的著作有《戰後新加坡馬來作家（1945-1948）、《馬來古典文學編目》（1974）等。

集中討論馬來文學在國家文學中的定位以及其即將面對的各種問題。綜合論之，他是通過文化傳承過程中馬來語文的地域性（kedaerahan）、歷史悠久性、通用性、開放性、前瞻性（抛棄歷史的包袱）／創造性和去階級性爲立論基礎的。

他開宗明義指出，馬來（語）作家和馬英作家[7]在五〇年代初期即已開始針對建構「國家文學」進行深入而慎密的思考。反觀華文文學仍停留在族群內部的矛盾之中；當時的僑民作家和土生作家仍然針對是否要延續大中國傳統或創造本土傳統、以關照出生地問題而爭論不休。基於此，他斷言：華文作家在針對國家文學概念的思考與討論中從未現身，無法對超族群的國家文學概念發揮建設性思考，自然的華文文學被排除在國家文學論述場域之外。

至於英語作家，受英殖民政府的庇蔭而享有精英階級的待遇，在五〇年代首先以馬來西亞人身分自居，以超族群的思考模式而深感自豪，但是他們被指缺乏地緣性根基，且缺乏時空感，這種種因素都被認爲是獨立前馬英作家的致命性弱點。在語言取捨方面，馬英作家所推崇的多元創作媒介語被視爲企圖以多元確立英語作爲文化和溝通語言的固有地位和優勢。他們孜孜經營的世界主義（kosmopolitanisme）只是個托辭，崇洋持舊才是真用心。因此，他把有關國家文學的思考歸功於馬來（語）作家便不奇怪了。

地緣性、平民性 vs.世界主義、精英化的矛盾對立終不免導致馬來文學與馬英文學在面對國家文學的語言關鍵時產生直接的抗衡。一九六八年年中，在馬來亞大學發生的馬英和馬來作家的爭論可謂是最激烈的一次。對馬來文化界來說，這事件的發生被視爲當政者對貫徹馬來語文作爲國語的立場有欠堅決，而有關國家文學應容許自由選擇創作媒介語的論述更被視爲瑣屑，或無關宏旨。

對於馬來文學在國家文學中的定位以及它和其他民族文學的關係，他如此界

---

[7] 馬英文學是馬來西亞英文文學的簡稱，寫作人以英語教育背景出身爲主，當中有土生華人、印裔、馬來人、歐亞混血後裔等。出色的作家有 Wong Phui Nam、Lee Kok Liang、Shirley Geok-lin Lim、Ee Tiang Hong、Kee Thuan Chye、K. S. Maniam、Cecil Rajendra、Saleh Ben Joned、Muhammad Haji Salleh、Dina Zaman 等等。部分移居國外，並揚名世界文壇，如 Shirley（美國）、Ee Tiang Hong（澳洲，已故世）。至於 Muhammad Haji Salleh，六〇年代後選擇「回歸」馬來文壇，並從馬來典籍汲取創作滋養，出版了多部詩集、評論集，論者視爲歸根（menyusur akar）作家。

定：只有以馬來西亞的馬來語創作的文學作品才可稱爲馬來西亞的國家文學。以其他土著語文（諸如婆羅洲的伊班、馬拉腦、比沙雅、慕祿、科拉必、加央、肯雅、普南族語文等）書寫的文學作品稱爲地域文學（Sastera Daerah）；至於以華文、淡米爾文以及其他種族語文書寫的文學作品則被稱作氏族文學（Sastera Sukuan），依斯邁胡辛並不否認它是馬來西亞文學之一員。但是他認爲這些作品只限於某些特定的讀者群，因此無法享有國家文學的地位。無論如何，他不排除地域文學和氏族文學對國家文學可以預見的巨大貢獻（1981：216）。從這個角度看，馬華作家以及其他非馬來語文作者確實享有運用母語創作的權利和自由，卻也批示了它的命運：無論創作成就與藝術水平如何，它始終與國家文學無緣。

至於爲何以華文或其他民族語言書寫的作品無法納入國家文學的範疇，他認爲這些外來語文有自己精深博大的文化與文學傳統。運用有關的語文寫作，無形中「我們」將活在外來文化的陰影中，並且無法自由地以自己的語彙塑造自身的文化，亦遏制了個人的創造能力。

從文化開放性的角度看，馬來文化被認爲比中華文化和淡米爾文化更開放。他以馬來文化脫胎自馬六甲海峽文化爲例，闡明馬來文化廣納各種外來元素的能力。比較之下，中華文化和其他民族文化被指爲封閉文化，且擁有具體、固定的特徵，若接受這些文化語言爲國家文學的基礎，「我們」將無可避免地成爲特定的民族——中國人或印度人。

此外，上述所謂的外來文化和過去有深刻的聯繫，因此有很強的牽制性。他以華文作家爲例，指他們經常受傳統文學和中國現代文學的樣式所左右，無形中削弱了其創造力。在鑒定作品水平時，華文作家往往以國外的典範爲參照，因而難免生活在自卑情境之中，因此對自己的能力毫無信心。比之馬來西亞和印度尼西亞的馬來語作家，他們從來沒有類似的情感包袱。他們彷彿運用一種全新的語言進行創作，並塑造一種新傳統。他們所具備的信念和自由如今已成功在東南亞締造了一種最引人入勝和充滿活力的文學（1971：218）。

他一方面闡述馬來語文作爲國家文學語言基礎的適當性與優越性，一方面對馬英文學的時空脫序／錯位／迷失[8]以及其他非馬來語文學（往往以華文和淡米爾文學爲鵠）大加批判，針對性很強。揚濁取清，若把他的觀點置諸今天馬華文

[8] 依斯邁胡辛名之曰「迷失文學」（Sastera kehilangan）（1971：219）

學的發展情境來看，不難發現他的某些觀點有一定的啓發意義，值得進一步探討。譬如如何處理馬華文學－中華傳統的距離，以及文學主體性的問題，如果我們接受馬華與中華在本質上可以區別。

另一方面，依斯邁胡辛從地緣政治（geo-politics）的角度切入，認爲國家文學必須以國內大多數人通曉的語文爲依歸，而馬來語文便是本邦人民的通用語（linguafranca）。在這既成的主賓／從屬關係的架構之中，「馬來西亞文學」便喪失了其具體的意義，形成一種非常曖昧的政治修辭（political rhetoric）[9]。相對於國家文學，馬來西亞文學成爲「他者」，是非巫人以外的各族裔文學的籠統名稱。這種論調，實際上馬來學界本身也意識到其弔詭性，因此近來學術／文學界開始少用 Sastera Malaysia；而 Sastera Negara 一詞，非不得已才用，取而代之的是 Sastera Kebangsaan／Sastera Nasional，這也是語文廳與藏書閣的文學政策，並通過屬下的國族文學發展組積極推展活動，以充實其內涵。

討論國家文學，無可避免將觸及族群文學（Sastera Etnik）和馬來西亞文學（Sastera Malaysia）。實際上，這兩個概念是國家文學理論架構的奠基石，具有相對與比較的意義。根據賽胡欣阿里的解釋，族群文學的標籤適用於某個少數社群以本身母語創作的文學（參 Syed Husin Ali 作，莊華興譯，2002）。馬華文學和其他少數族裔的文學都被納入此範疇之中。然而，既存的馬英文學導致賽胡欣阿里的族群文學的概念又無法成立，因而援引 R. Redfield 有關人類文明的理論，用以確立國家文學之名目。在他看來，興都教、佛教、基督教文明固然屬於大傳統（tradisi besar／great tradition），但置於馬來西亞的大結構之中，信仰伊斯蘭教的人口占大多數，因此馬來伊斯蘭文化可視爲大傳統。由文化推廣到文學，他認同在現階段「馬來西亞文學」是本邦全體國民經營的各文學源流的總和，採用哪一種創作媒介語並不是問題，只要是馬來西亞人的創作，並以馬來西亞社會爲主題即可。由於馬來語在本邦的使用人口最多，因此以馬來語創作的文學自然是大傳統，而其他語文的創作則劃入小傳統（tradisi kecil／little tradition）之中。當然，所謂大傳統文學便享有國家文學的名分了。馬華文學和其他少數族裔文學

---

[9] 他在接受吳恒燦訪問時說：「我們承認馬華文學是馬來西亞文學」的一部分，但，並非是那能溝通全民的『國家文學』，因爲馬華文學不能讓全民所了解，馬華文學只限於華人社會罷了。」（吳恒燦，1989：56）

在他的理論框架下則無可避免地被收編爲族群文學。

語文廳前總監哈山阿末在一篇名爲〈馬來文學？馬來西亞「國民文學」〉（參Hassan Ahmad 作，莊華興譯，2000）的文章中試圖深化馬來文學的意蘊，以鞏固它作爲國家文學的地位。他強調馬來文學在本邦的歷史悠久性（與馬來文明同步誕生），因此擁有堅實的土生傳統，並且在各民族文學中占主導地位或具有影響力。此外，他也強調今日馬來文學不單是馬來民族的文學而已。他以爲要使馬來文學獲得全民接受，它必須能負起作爲「聲音」、「心靈」、「議題」、「視野」、「生活觀」、「共同價值觀」和「生活奮鬥因素」的觸發媒介，並例舉烏斯曼阿旺雖以馬來文創作，但卻獲得各族群的敬愛與接受。

從馬來知識界的反應看，大體可以說明馬來文學要取得國家文學的實質地位仍須面對諸多主客觀的障礙。說馬來文學仍然在國家文學的大結構中尋求定位是毫無疑義的。一個缺乏各民族參與的國家文學，並不能使其擁有實質性內蘊與涵量。撇開語言媒介不談，馬來文學欲晉升國家文學，其思想之變革、觀念之態新，仍需要時間去孕育與完成。在一九八二年或更早，馬來作家協會聯合會主席依斯邁胡辛教授就已經意識到各民族的參與對馬來文學發展前景的重要性：「最重大的影響是突破現有馬來文學的單元同質性。它一直以來只侷限在馬來－伊斯蘭世界的思想脈絡之中。非巫人的參與，將使馬來文學或語文更趨多元化，以更開放的姿態闡述華族－佛教、淡米爾－興都教以及西方－基督教的思想世界。」（Ismail Hussein，1987：6）

馬來學界除了嘗試以各種論述爲國家文學理念奠定理論基礎，亦借助古典和現代文學資源，務求從各角度建構穩固的國家文學理念。莫罕默泰益奧斯曼（1981）探討民間文學對構築國家文學的作用，穆罕默哈茲沙烈（1985）談現代文學與國家文化的關係，依斯邁胡辛（1988b）論馬來文學、國家文學與國家文化的關係及在構築國家文學過程中面對的問題，卡新阿末（1991）談西方次文化對國家文學根基構成的危害等，都可視爲這方面的努力，從中顯示馬來學界對此議題的策略性思考。

3、國家文學：馬華文學的回應與反思

面對馬來文學與學界的國家文學論述，馬華文化與文學界的反映毋寧是招架

乏力的。無論從理論的闡發，到論辯形式，都顯示馬華批評界／思想界的積弱與貧血。因此，在面對馬來學界的理論構築工程，馬華文化人能做的僅僅是訴諸直接的情緒宣洩，或消極地擺出戰鬥性姿態。因此，對不斷出現的闡釋與立論沒法跟進，更遑論展開具有意義的對話和論辯。

獨立年代，語文政治隨著新興國家資源的爭奪開始激化。在文學領域，漢學家漢素音即意識到「有些英文和馬來文的大學教授和作家斷言馬來西亞的華文文學不能夠被承認是屬於馬來西亞的，他們認爲這種文學只不過是中國文學的一個支流，是『海外華僑』的一個現象，這是由於它沒有同化於本地的緣故。另外一些則說只有用馬來語來表達的文學方才能夠算得上是馬來西亞文學，其他任何的一種文學都不配稱爲『馬來西亞』的」（見於李廷輝主編，1970：16）。對此，她獨排衆議，以爲「在一個像我們這樣的多元語文的社會裡，以語言爲基礎來把文學分類，在這個時候幾乎是不可能的，或最少是非常狹窄和有點種族性的。分類的方法是應該以內容爲標準，而不應該以表達的媒介爲標準（同前）。漢素音以內容題材爲馬來西亞文學的標準，今天看來未免過於樸素、簡單，但就某種意義而言，確能發揮文學對社會建設的功能，而她也意識到，這對一個新興國家是何等的重要。其言論之意義或在於打破傳統論述格局，首先把馬華文學置於馬來西亞文學的大格局中來考察，並適時回應了馬來民族主義者和殖民主義即得利益者——受英文教育的「社會的優秀分子」的中國文學支流論，漢素音嘗試爲馬華文學身分屬性辯護，並爲之尋求定位的本意相當明顯。

馬華文學定位問題隨著時間的推移而愈形迫切。戰後初期的文藝獨特性的論爭標誌著本土主義的擡頭和中國派的失勢。馬華文藝之名目由此初步確立。「中國文學海外版」、「中國文學支流」等觀念面對最嚴峻的挑戰，卻沒有能力解決文學影響之問題。易言之，此時期馬華文學的定位是與中國文學相對而言的，基本上是縱向的反思。至上世紀八〇年代中期，張錦忠在《蕉風》提出「華裔馬來西亞文學」以及一九九〇年黃錦樹提出「馬來西亞華人文學」，出發點已不僅僅針對中國文學影響，更進一步指向後五一三時代馬來精英掌控國家機關下的官方意識型態和林建國所謂的馬來人血緣意識。這時候，馬華文學不得不面對馬來文學和本土其他文學源流的事實，並思考彼此的關係，以及在國家文學理念中的定位問題。馬華文學的定位與其在馬來西亞境內的命運息息相關，因此處理它與國家文學的關係便勢無可避免了。否則，被收編、化約（成氏族文學）即成事實，一如砂勝越和沙巴兩地的原住民文學一樣，最終將走入民族文化陳列館的陰暗角落。

獨立後，方北方是最早針對國家文學作出回應，也是最嚴正看待此課題的馬華作家之一。他分別寫了三篇文章，對國家文學概念進行批駁，亦間接闡述了馬華文學與國家文學的關係，充分體現馬華知識分子的憂族憂國的典型特質。早在一九七八年，方北方發表〈馬來西亞文學概念〉，試圖確立馬來西亞文學的時空座標。一九八〇年發表〈馬華文藝與馬來西亞文藝〉，進一步闡述馬華文學在馬來西亞文學大結構中的位置，直接面對馬來學界的國家文化／文學霸權論述。一九八六年，又發表〈馬華文學與馬華社會的密切關係：從「馬華文學」、「國家文學」、「華文文學」說開去〉，探討馬華文學與國家意識型態符碼的關係。總括而言，他認爲文學發展不能與時代的動向背道而馳，不能脫離本國社會環境的風格，文學作品必須具有精神意識，精神意識與時代面貌和人民呼吸息息相關。時代動向、社會環境、精神意識三大因素構成了方北方對文學認知，對馬華文學不啻如此，也適用於馬來西亞文學和國家文學概念之上。對於馬來文學現狀，方北方的見解堪稱一針見血。他認爲精通馬來文而能寫作的馬來作家所寫的是本族的人民生活與社會現象，可以說完全是一個種族的文化。因而對何以一個種族文化可以代表由三大民族組成的馬來西亞國家文化提出質疑（1978：65）。從文學的角度看，方北方的樸素論述雖然不無道理，但他並未意識到理論建構的可能作用。因此在面對馬來學界的理論陳詞，他的回應頗令人失望：

> 不論你具有如何高深的文學理論，甚至企圖強詞奪理，也找不出充分的理由適合邏輯，說明一個以綜合文化結成的國家，可以單獨反映一個種族文化作為代表這個多元種族的國家文學。（同前）

當然，方北方不會不曉得「國家文學」議題的政治意涵。他嘗試以馬來文學「侷限於反映一個種族的人民生活的作品」爲根據，挑戰國家文學的單元語文主義（mono-lingualism）的合理性，並試圖以這個理由讓文學擺脫政治的干擾：

> 因為反映華人社會的文學，只能稱為「馬華文學」；反映印人社會的文學，只能稱 「淡米爾文學」。那麼除卻政治立場，以文學的眼光透視所謂「國家文學」，也不過是「馬來文學」，因為它只是反映馬來社會而已。（同前）

馬華本土作家之中，不乏撰文抒發對「國家文學」的意見，惟理路思維，無法超越方北方，更談不上新見解。一九九五年。旅台作家張錦忠於《中外文學》發表了〈國家文學與文化計畫〉，這篇重要文獻從馬來西亞國家文化計畫的角度切入，透視國家文學背後隱含的政治動機，建立了初步的理論資源。

國家文學這個概念在提出的初始階段，一度在華社引起爭議，焦點是何以馬來文以外的創作都被排除在國家文學之外。鑒於關鍵在創作媒介語，因此它的確也促使馬華文學不得不重新思索自我身分的問題。

對於馬華文學，一般人的認知是以華文爲創作媒介語的書寫成品，故不能見容於以上的理論架構，因此有人提出馬華文學的本土化，一方面爲抵銷國家文學論者的語文與文化決定論，同時不無與中國文學劃清界線的意味，在某種程度上對主體性有了較明確的自覺。實際上，馬華文學自南洋意識的萌芽，馬來亞化、以致馬來亞文藝概念的誕生，說明馬華文藝主體性自覺的發端早在戰前已經濫觴，且爲特定歷史情境所觸發。獨立以後，馬華文學的身分屬性卻很少被提出來討論。事實也證明，馬華現代主義文學的勃興間接地導致馬華文學的身分屬性非議題化。七〇、八〇年代現代文學作家大量複製中國圖像與美感經驗促使主體意識日趨隱匿。黃錦樹借溫任平的詩句，生動地概括了馬華現代主義文學，尤其是神州與天狼星詩社同仁的侷限：

> 馬華文學的現代主義透過中國性而帶入文學的現代感性（雖然還談不上「現代性」）有其不可磨滅的積極意義：細緻化、提煉了馬華的藝術質地，重新以中國文化區（台灣）的現代經典為標竿，一洗現實主義的教條腐敗氣，然而卻也在毫無反省，警覺之下讓老中國的龐大鬼影長驅直入，幾致讓古老的棕葉包裹了南國「懦弱的米」。（1998：131）

自國家文學的概念被提出來以後，馬華文學界一直都回應乏力（因爲不力？），多少與這股非議題化的趨勢有關。這是馬華文學在確立主體性的過程中產生的迷惑：擯除中國性本質，馬華文學所剩下的還有多少？而這個要命的關鍵正是依斯邁胡辛等人大力伐撻的目標。

至九〇年代中期，黃錦樹嘗試從人類學的角度詮釋馬華文學，且企圖以之質疑／顛覆國家文學概念。按黃之詮釋，凡馬來西亞出生的華裔作家的作品都可涵括在馬華文學的範疇中，當然華裔英文文學、華裔馬來文學作品也就成爲馬華文學的一部分了。這種基本上以多元顛覆單元的邏輯思考，爲馬華文學的主體塑形開拓了嶄新的理論基礎。然而文學界普遍上並不表贊同，非議與責難也很凶，平白錯過了深入討論的契機。

異於黃錦樹的策略性考量，我以爲馬華文學要匯入國家文學主流，馬華作家何妨考慮朝華馬雙語創作的路向走，其作品一旦達致某種藝術高度，也就是單語符咒失靈的時候了。我堅信國民教育體制下成長的新生代作家有條件這麼做，至於其他以中文單語創作的馬華作家，把作品譯成馬來文是必須開展的迫切工作。事實也證明，馬來文壇對吳岸的接受程度與他的作品被譯成馬來文不無關係。

深入探討馬華新生代作家的作品，對於普遍上體現的中國性／中國情意結又應該如何處理呢？馬華文學的精神歸向在哪裡？處在多元文化的現實之中，馬華文學應更瞭解紮根塑形、跨越文化邊界的迫切性。筆者提出土生性馬華（文學）（indegenous Mahua literature）以取代本土性／地方性論述也是這方面思考的初步心得。土生性的宗旨是開拓馬華詩學，它是藝術創造的過程（creativity process），一種心靈歸向，一種跨文化資源的取捨與融合，一種獨特的語言結構與敘述方式，最終成爲具體的藝術形式（artistic form），那便是作家特有的文體，而它又能形成一種普遍的美學標準，在傳統中傳佈。

建立了這種脈絡之後，作者不得不思考如何貫徹的問題，可以說這是馬華作家在特有情境制約下的切身問題。面對歷史與未來、土地與家國，馬華書寫人如何與中文世界／漢語世界保持平衡對等的關係，實在是一項嚴峻的考驗。目前馬華文學的「境外營運」在中文世界已取得一定成果，然而一旦面對國內的實際情況和全體馬來西亞人，它的成果似乎無關宏旨。相對於國家主流文學，作爲一支隱形的書寫族群，馬華文學首先應跨出本族圈子，去書寫廣大人民與廣袤的馬來西亞天地，用彼等的方式思考，以他們的感情創作；這非關寫實或什麼主義，它是馬華文學人民性的基本內涵，也是馬華文學對國家文學的想象。

4、國家文學：內部癥結與盲點

現在已經非常清楚：語言是衡量國家文學的唯一標準。馬來文學的創作媒介語是馬來語，因此馬來文學具備成爲國家文學的條件。其他語文創作以非馬來語爲媒介，因此不能享有與馬來文學同等的地位。

但是，馬來語／文的語域（register）邊界在哪裡？它和印尼文學在本質上有何區別，還是互有交疊？仍然脫不了「阿邦－阿烈」（abang-adik）的關係嗎？[10] 如果按照依斯邁胡辛的馬來文學淵源整體說，馬來西亞的現當代馬來文學勢必和印尼、新加坡和汶萊的馬來文學發生聯繫，而印尼馬來文學又因閱讀人口龐大、文化資源深厚，坐大馬來文化圈，馬華文學作爲本邦文學系統之一卻被迫要向外國馬來語文學屈就，淪爲氏族文學，論述之荒謬性不辯自明。此外，馬來詞彙、語法等以什麼爲典範？馬來文學作品以怎樣的詞彙、語法爲標準？論者對這種種問題都略而不談。這似乎與馬華文學長久以來的問題本質沒什麼分別。現在我們看到的是有些作家開始以吉蘭丹方言入詩[11]，且和正統馬來語創作出現在同一本刊物中，這類作品又何異於伊班語、卡達山－杜順語詩作，甚至華文創作呢？若按照賽胡欣阿里的論調，把伊班語創作和卡達山－杜順語創作納入氏族文學的範疇，它的顛覆性勢必大大提升——無論在題材關照或語言符號的功能上，都能發揮更大的思考意圖。依斯邁胡辛若認爲塑造國家文學所必須跨越的難題是如何使馬來文學茁長成熟（mendewasakan kesusasteraan Melayu），我以爲上述結構性問題不是簡單通過鼓勵更多非巫裔作者參與馬來文學（充實馬來文學作爲國家文學的多元性），或呼籲作者們擴大視野（以表達全民願望）就能克服的問題。它涉及語言變質和意識型態影響的問題。從另一個角度看，這種現象是否印證儒思丹沙尼博士的隱憂：現有的馬來語已缺乏智性含量（isian intelektual）（1993：60-67）。這不是沒有道理的，例如對哲學、倫理、知識探討的匱乏。更明確的

---

[10] 一向以來，我國馬來作家對印尼作家都以 abang 招呼。除了歷史因素——五〇年代的馬來文學深受印尼新儒時代（Zaman Pujangga Baru）和 45 年作家群（Angkatan 45）的影響外，亦不無自認本邦馬來文學不如印尼文學的自我矮化心理。年輕作家 Faisal Terani 曾指出印尼不屑看本邦馬來作品的事實（詳參氏著，莊華興譯，2003）。

[11] 馬來社會管稱它 Bahasa Kelantan，是口語的書面化。目前有好些作家傾心於這種創作體式，其中包括獲第二十一屆東南亞寫作獎（SEA Write Award）的馬來文壇華裔詩人林天英。他自認寫了不少這類詩作，曾在非主流文學雜誌《根》（*AKAR*）第三期發表吉蘭丹馬來方言詩〈Hok Sengoti〉，藉以抒發他對晚近政治現象的看法，嬉笑調侃，極盡諷刺。至於第二屆國家文學獎得主／馬來小說之王 Shahnon Ahmad 以吉打方言辭彙寫小說。他首開風氣，後來者更趨之若鶩。如 Azizi Haji Abdullah 的吉打方言和 Fatimah Busu 的吉蘭丹方言，Zaen Kasturi 和 Marsli N. O.的印尼－爪哇化以及更多在網上流傳的顛覆性

指標是馬來學者參與運用、開拓馬來語文的意願，從馬來學者的馬來文和英文論文質地大略可以窺得梗概。一般馬來學者除了考量英文的學術市場價值以外，亦無法否定英文的承載和表徵能力。馬來文在此時此刻面對一個強勢語言的競爭和壓抑，難免要吃虧。因此，儒思丹的憂慮不是沒有道理的：馬來語所面對的問題又是否知識危機（krisis intelektual）這根本性問題？（同前）

就目前的情形看，馬來文學的詞彙系統和語言結構日益向阿拉伯－伊斯蘭化以及西化靠攏，這又是另一個令人關注的現象。馬來語從室里佛逝時代發展到今天，間中經歷興都－佛教、阿拉伯－伊斯蘭、西方－基督文明的影響而逐步鑄造自己的文化主體與形象。毋庸諱言，傳統馬來文化是一個包容性、涵攝性極強的文化實體。從語言影響的角度看，現代馬來語文中的外來詞以歐語爲最多，阿拉伯語次之[12]，梵語也不少。其他有漢族語言借詞[13]以及馬來群島各部族和支系語言[14]。馬來古典文學也是在如此多元複雜的語言環境中誕生，套依斯邁胡辛的

地方語言之作。

[12] 按 Ibrahim Ahmad 以語文廳（DBP）出版的 *Kamus Dewan*（1994 年第三版）作的統計顯示，馬來語中的阿拉伯借詞有 1,175 個，日馬協會執行總監 Arai Taku 先生的統計有 1,791 個（惟他並未說明使用的版本），加上英語借詞 2,381、爪哇語 1,482、荷蘭語 1,387、米南加保語 1,003、雅加達語 920、梵文 490、漢語 188、巽他語 90、葡萄牙語 83、波斯語 81、淡米爾語 57、興地語 57、日語 16、其他語言 36，總計 10,062 個，惟他並未說明使用的版本。自伊斯蘭教傳入馬來群島後，即改變了本區域人民的心靈與精神面貌，並通過大量的阿拉伯借詞把馬來語伊斯蘭化——mengislamisasikan bahasa Melayu（Muhammad Fauzi Jumingin、Ahmad Haji Hasbullah，2000：1）。單元趨向的語言發展勢不易被多元種族社會接納，社會的多元活力無法參與國家語言發展，其國語地位亦只能通過權力運作而得以支撐／維持一個小格局。國家文學走上這種語言困窘的道路自然無法吸引各民族的參與，依斯邁胡辛教授的願望——吸引更多不同種族寫作人參與馬來文學，以打破其單元同質性恐怕不易實踐。

[13] 根據北京大學東南亞文化研究所副所長孔遠志教授的統計，「馬來語中至少有 511 個漢語借詞（其中閩南方言借詞 456 個，占 89.5%）。如果將印尼語、馬來語的報刊，文藝作品和詞典中的漢語借詞加起來，至少有 1,046 個」（1998：118）。

[14] 除了被尊爲正統的廖內馬來語之外，另有巽他語、爪哇語、雅加達方言、武吉斯語、米南加保語和巴達語。其中計七千萬人使用爪哇語，遠遠超越馬來語使用者（一千萬）

話，是充滿了世界性的兼容特色。然而如今的情況是馬來語的日益伊斯蘭化日漸乖離了它兼容並包的特性。連帶地馬來文學過度強調其伊斯蘭傳統，導致文學不得不向宗教低頭，喪失了文學作爲反省／思考人類問題和自由創造的心靈。七〇年代以降伊斯蘭文學的勃興在某種程度上脫離了馬來文學的地緣性傳統，（外來）伊斯蘭傳統大有掩蓋（本土）地緣性傳統之勢[15]。晚近馬來文學的宗教化發展趨勢對國家文學內涵的充實不但作用不大，同時也破壞了馬來文學與各民族文學互動與交流的機制，對塑造真正的國家文學沒有任何作用。

追根究柢，問題的癥結在於馬來學界對馬來西亞多元主義和多元現實的態度

（Asmah Haji Omar，1993：1）。爪哇語使用程度之廣、文化優勢以及當下印尼方興未艾的爪哇化運用（Jawanisation）對馬來語作爲本邦國語和本區域通用語的地位未嘗不是一項威脅（爪哇化的結果是吸納大量的梵文詞彙和語言結構）。有鑒於此，馬來語言、文學與文化必須解除裝備，加速與本土各民族語言、文學與文化進行實質性的交融與整合，促發文化活力，才有望跨越民族文學小格局，進而爲塑造馬來西亞文學尋求可能的模式。這是現階段馬華文學與其他民族文學應努力的方向。馬來文化界都承認華文和淡米爾文是馬來西亞語言（Bahasa-bahasa di Malaysia）之一，可謂對塑造馬來西亞文學掃除了局部障礙。在當前環球化大潮的衝擊下，任何語言和文化傳統都無法避免接受文化實力的驗證。因此，馬華文學應掌握這個交融與整合的契機，以尋求更明確的自我定位。馬來文學亦然。當然，這並非意味任何文學源流必須割捨原本的創作媒介，改用其他語言寫作。

[15] 七〇年代至今，馬來文學的發展基本上是本土地緣性的世俗文學與新伊斯蘭複興主義文學的頡頏。以 Usman Awang、A. Samad Said、Muhammad Haji Salleh、A. Latiff Mohidin 以至 Anwar Ridhwan 爲代表的傑出馬來作家從來不以伊斯蘭傳統爲標榜。Usman Awang 對班頓推崇備至，認爲它是馬來人美感（keindahan）之所繫。Muhammad Haji Salleh 從 Usman Awang 的基礎上發展開來，並參考了俄國馬來學學者布拉金斯基（V. I. Braginsky）的理論，且深入馬來班頓及其他古典歌謠中尋求美學原理，以建構馬來詩學。這方面的探索以《馬來詩學探索》（1989）爲肇始，後來逐步發展成熟，寫成三部里程碑著作：《歲月的文字》（*Aksara Usia*，1998）、《横渡歷史》（*Menyeberang Sejarah*，1999）和《馬來詩學》（*Puitika Sastera Melayu*，2000）。他的世俗化詩學理論由始至終遭受伊斯蘭複興主義文學批評健將 Mohd. Affandi Hassan 的猛烈抨擊。後者甚至指他抄襲布拉金斯基的理論，幾近引發法庭訴訟。Mohd. Affandi Hassan 的部分相關批評收入《馬來書寫系統面面觀》（*Medan-Medan dalam Sistem Persuratan Melayu*，1994）。

曖昧不明。他們並不完全排斥吸納外來文化，馬來文化與阿拉伯－伊斯蘭文化的結合以及馬哈迪政府對東洋文化的擁抱足以證明。對於其他文化，態度卻明顯不同。譬如依斯邁胡辛追憶他於一九八六年印尼馬卡薩舉行的第五屆馬來群島作家大會上針對當時印尼語急速爪哇化的趨勢表示憂慮，咸認此將導致馬來語和印尼語的分離。易言之，他把印尼語的發展現狀視爲對建立鞏固強大而統一的印尼－馬來語文的致命性威脅，並預測最終將迫使馬來西亞向英語靠攏（見氏著2003：6）。依斯邁胡辛的言論不無弔詭地說明：

[1] 馬來語言只能持守一貫傳統，與阿拉伯－伊斯蘭文明結合，這就反證馬來文化與本土其他族群文化的交流與匯通是不重要的；[16]

[2] 印尼語的發展在在牽制著馬來西亞國語的命運。易言之，馬來西亞國語凡事以印尼語爲馬首是瞻，這就否定了本國其他民族文化參與建構國家語言與文化的貢獻，亦揭示他無視於馬來西亞多元文化、多元主義（pluralism）的現實；

[3] 論者這種偏執與僵化體現了國家文化概念的具體性格，亦直接影響馬來文化與文學的未來發展。

證之馬來文學自八〇年代以降的表現，除了一些思想薄弱、技巧拾西方後現代主義牙慧的所謂地下作品（karya-karya underground）之外，就是伊斯蘭教條主義文學，二戰後至七〇年代末的輝煌已不復見。無怪乎著名文化評論家卡新阿末要呼籲馬來作家協會聯合總會（GAPENA）、馬來作家協會（PENA）以及其他相關文化團體再一次召開國家文化大會，「探討和奠定未來三十年國家文化發展的指南與政策。這項大會的召開是非常迫切的，因爲我們仍然未有一套明晰，而且被多元族群接受的國家文化政策」（見氏著，1991：7）。我們也看到自上世紀九〇年代以後，馬來文學與藝術界針對國家文學概念進行檢討以及愈來愈頻密的異議，尤其來自年輕作者的聲音，與他們的前輩的立場形成鮮明的對立（部分相關中譯文章，參 Hassan Ahmad，2000；Shaiful Naszri Wahid，2000；Syed Husin Ali，2002；Abdul Rahman Embong 2003；Faisal Tehrani，2003；Amir Muhammad，2003）。

---

[16] 他在七〇年代初針對國家文學議題發表意見時，把馬華文化視爲中國文化的小裂片（serpihan budaya／fraction of the culture），馬華文化之渺小，其心態之傲慢，於此可見。

5、結 語

二戰之後紛紛建立起來的現代民族國家（nation-state），都傾全力在塑造現代民族的努力上。馬來西亞脫離殖民統治之後，要在建國至今短短四十年塑造真正的馬來西亞民族／國族（Bangsa Malaysia）誠然不是一件容易的事。因此，作爲國家文學具體意義而存在的「國族文學」實際上也是一個猶待確立的名目，亦爲各民族「想像的共同體」。馬來文學作爲其中一個組成部分如何定位將深刻影響／牽制著國族文學的生存機率。或許有人一廂情願地認定某個族群可以主導國家文學的內涵，但其所體現的審美深層結構與美學意趣終究擺脫不了其原初的面貌－－狹隘的本族中心主義。這就是文學最可貴的本質：不爲權力運作而轉移。

馬來西亞「國家文學」仍然是一個建構中的概念，一個未完成的虛構與想像，一個政治－社會學的學術論述或話語。因此仍存有很大的討論空間，我們也有理由相信馬來文學與馬華文學，或者馬來文學與非馬來文學將繼續針對此問題爭論不休。誠然，官方的排他性論述本質上是非文學、非學術的，是政治權力在文化場域內的干擾。黃錦樹（1992）指這是馬來民族「保留地意識」在政治、經濟、教育領域的延伸，不無道理。如果權力機構不干涉，有關國家文學的爭論未嘗不會轉成建設性的對話關係，爲建構具體的馬來西亞文學而奠基。事實說明，昔日認爲不能妥協的問題如今隨著客觀形勢的改變而有了轉機。馬華文學從最初的僑民文學到被接納爲馬來西亞文學之一員即爲一例。關鍵在於馬華作家是否願意擴大視野，走入各民族社會，以超族群的馬來西亞精神與意識進行創作。

綜而論之，「國家文學」概念實際上是馬來文學與知識界在擺脫長久帝殖禁錮之後的文化願景。它一方面通過國家機制仿效印尼青年宣言（Sumpah Pemuda）的做法，以「一個民族，一種語言」爲文化建設與建國綱領，另一方面卻掉進帝殖霸權的陷阱之中，以「一種語文，一個傳統」爲依歸，建構後殖民模式的「國家文學」。從依斯邁胡辛的地緣－語言通行論到賽胡欣阿里倡議的地緣－傳統決定論無不顯示馬來文化獨尊／大一統（以大統小）的用心。非馬來語文學被排除在國家文學場域之外，而馬來文學又無法從馬來西亞豐沛的多元文化傳統中汲取滋養，國家文學乃名不符實，走出國際更成問題。

【參引書目】

A〔中文論文〕

方北方（1978）〈馬來西亞文學概念〉，收入氏著（1981）《馬華文藝泛論》，吉隆坡：馬來西亞寫作人（華文）協會，頁 62-68。

方北方（1980）〈馬華文藝與馬來西亞文藝〉，收入氏著（1981）《馬華文藝泛論》，吉隆坡：馬來西亞寫作人（華文）協會，頁 1-4。

方北方（1986）〈馬華文學與馬華社會的密切關系——從「馬華文學」、「國家文學」、「華文文學」說開去〉，收入氏著（1987）《方北方文藝小論》，吉隆坡：大馬福聯會暨雪福建會館，頁 1-12。

吳恒燦（1989）《點滴彙成交流河》，吉隆坡：馬來西亞翻譯與創作協會。

李廷輝主編（1970）《新馬華文文學大系第八集（史料）》，星加坡：教育出版社。

林木海（1983）《國家文化備忘錄特輯》，吉隆坡：全國十五華團領導機構。

林建國（1993）〈爲什麼馬華文學？〉，《中外文學》21:10，1993/03，頁 89-126。

張錦忠（1995）〈國家文學與文化計畫〉，《中外文學》24：4，1995/09，頁 30-42。

黃錦樹（1992）〈馬華文學「經典缺席」〉，《星洲日報・星雲》，1992/05/28。

黃錦樹（1996）《馬華文學：內在中國、語言與文史》，吉隆坡：華資中心。

葉夏貴（1985）〈從馬華文學到國家文學——歷史與現實的探討〉，《大馬青年 3》，台北：大馬旅台同學會，頁 36-40。

劉介民（1990）《比較文學方法論》，台北：時報文化。

B〔譯文論文〕

Abdul Rahman Embong 作，莊華興譯（2003）〈國族與國家文學議題〉，《南洋商報・南洋文藝》，2003/03/01,04。

Amir Muhammad 作，莊華興譯（2003）〈答〈馬來文學 vs.英文文學〉〉，《南洋商報・南洋文藝》，2003/05/31。

Faisal Tehrani 作，莊華興譯（2003）〈馬來文學 vs.英文文學〉，《南洋商報・南洋文藝》，2003/05/27。

Hassan Ahmad 作，莊華興譯（2000）〈馬來文學？馬來西亞「國民文學」？〉，《南洋商報・南洋文藝》，2000/04/29。

Shaiful Naszri Wahid 作，莊華興譯（2000）〈「馬來西亞文學」的概念不貼切〉，《南洋商報・南洋文藝》，2000/04/18。

Syed Husin Ali 作，莊華興譯（2002）〈族群文學在多元社會中的定位與角色：馬來西亞的個案〉，《星洲日報・文藝春秋》，2002/01/06。

C〔外文論文〕

Asmah Haji Omar（1993）. *Language and Society in Malaysia*. Kuala Lumpur : Dewan Bahasa dan Pustaka.

Ismail Hussein（1971）. "Kesusasteraan Nasional Malaysia" in *Dewan Sastera*, September.

Ismail Hussein（1987）."Perkembangan Sastera Kebangsaan : Peranan Gerakan Masyarakat, Institusi dan Penerbitan" in Zaharah Ibrahim ed. *Perkembangan Sastera Kebangsaan*. Kuala Lumpur : Dewan Bahasa dan Pustaka.

Ismail Hussein（1988a）."Kesusasteraan Nasional Malaysia dan Beberapa Masalah Pembentukannya" in Ahmad Fawzi Basri, Abdul Rahman Aziz(ed.) *Ismail Hussein : Segugus Pandangan dan Harapan*. Alor Setar : Perbadanan Perpustakaan Awam Kedah.

Ismail Hussein（1988b）. "Kesusasteraan Melayu, Kesusasteraan Kebangsaan dan Kebudayaan Kebangsaan", *Ibid*.

Ismail Hussein（2003）. "Bahasa Melayu dalam Cabaran Globalisasi" in *Warta Gapena*. Kuala Lumpur : Gapena. Julai.

Kassim Ahmad（1991）."Fungsi Kesusasteraan Nasional Dalam 'Krisis Besar' " in *Dewan Sastera*, November.

Kementerian Kebudayaan, Belia dan Sukan ed.（1973）. *Asas Kebudayaan Kebangsaan*. Kuala Lumpur : Kementerian Kebudayaan, Belia dan Sukan.

Lloyd Fernando（1986）."Sectional and National Literature sina Multi-Cultural Context" in *Cultures in Conflict : Essays on Literature and the English Language in South East Asia.* Singapore : Graham Brash.

M. Noor Azam（1968）."Forum Kesusasteraan Malaysia" in *Dewan Bahasa*, Ogos.

Mohd. Taib Osman（1971）."Konsep Kesusasteraan Malaysia" in *Dewan Sastera*, Februari.

Mohd. Taib Osman（1980）."The Concept of National Culture : The Malaysian Case" in *Malaysia in History*, vol.23..

Mohd. Taib Osman（1981）."Sastera Rakyat dalam Pembinaan Kesusasteraan Kebangsaan" in Jamilah Hj. Ahmad ed. *Kumpulan Esei sastera Melayu Lama*. Kuala Lumpur : Dewan Bahasa dan Pustaka.

Muhammad Haji Salleh（1985）."Sastera dan Kebudayaan Kebangsaan" in Wan Abdul Kadir Yusoff, Zainal Abidin Borhan (ed.) *Ideologi dan Kebudayaan Kebangsaan*. Kuala Lumpur : Jabatan Pengajian Melayu, Universiti Malaya.

Yahaya Ismail（1972）."Persoalan Latar Belakang Sastera Malaysia" in *Dewan Sastera*, April.

作者按：本文綜合〈馬華文學與馬來文學：如何定位？〉（2000）和〈國家與文學的糾葛——對「國家文學」論述的初步思考〉（2001），再修訂增補而成。

原發表2000，2001；修訂2003

馬華文學：

政治和文化語境下的變奏

＊何國忠

一、中國意識和馬華意識

單就字面來說，馬華文學的「華」可以指華人，也可以指華文。從歷史的角度來說，由於和這個概念有關的討論都是集中在以華文創作的華人圈子裡，延續下來，「華」作爲華人和華文結合體，就成爲許多作家根深蒂固的觀念。

馬華文學的概念被提出來，是極爲自然的。中國作家南來，住了一段日子，不免會「把南洋的色彩，放入文藝世界裡去」[1]。「馬來亞文學」的用語在一九三四年到一九三六年間沒有刻意的情況下出現了[2]，但是較深入地討論馬華文藝獨特性的問題，即將焦點放在「馬」，則發生在一九四七年和一九四八年之間。在那次的大論爭裡，文人針對文學作者該關心中國或馬來亞大做文章。一邊是支持母國的文人，這些文人鼓吹僑民文學；另一邊則是對本區域漸生感情的文人，提倡以本土爲內容的文學[3]。在兩者不同的訴求間，爭論點與其說是文學的，不如說論者洩漏出他們的正統儒家心事，強調文學的作用和目的。也因爲如此，論者固然可以是和文學有關的作者，也可以是和文學無關的作者。由於論者在意的是創作者的道德動機，爭論點因此顯而易見不可能出現美學或理念上的典範性突破。

---

1 金燕〈浪漫南洋一年的「荒島」〉，《新國民日報．荒島副刊》，1928/02/02，收錄於方修《馬華文學大系．第10集（出版史料）》（新加坡：世界書局，1972），頁100。

2 楊松年《新馬華文文學論集》（新加坡：南洋商報，1982），頁14。

夏志清在其〈現代中國文學感時憂國的精神〉指出，現在中國的新文學作品極力表現道義上的使命感，無論小說家、戲劇家、詩人或散文家都把自己看作是人心和社會的改革家[4]。這種感時憂國的傳統，事實上可以在儒家思想中得到印證。[5]

雖然「五四」是一個反傳統的運動，但其內在精神卻和傳統處在一個「抽刀斷水水更流」的關係[6]。五四運動在現在中國文學史上所佔的重要位置是不可改變的，他是舊中國和新中國的歷史分水嶺，作爲現在中國研究中廣爲探討的課題，「五四」分期其實已成了中國現代文學的分期。這個分期強調中國的地位是通過現代化而得與「世界」並列。文學要現代化，必須用白話文寫作，並輔以嚴謹的布局、結構和人物描寫等[7]。「五四」理論家所呼籲的，嚴格說來並不是什麼新的文學定義，而只是將文學自傳統的從屬位置中獨立出來，他們要文學脫離「道」的束縛，以取得「文學就是文學」的回歸。

從今日的觀點來看，「五四」文人對文學的理解和西方現代的意義相去甚遠，「五四」文人的觀點雖然也包含西方文學的解讀方法，但滲透更多的是西方思潮中的人道主義。貼切地說，「五四」文學革命給中國帶來的不是唯美主義，而是將傳統的「道」重新解釋。以闡述傳統價值觀爲目的「道」換成另一個「道」，「五四」作品的特徵是文字中流露出愛國熱情。他們憂國憂民的熱情，對時局加以批判和暴露，爲被侮辱及被壓迫者說話。爲現實人生的不公不義而抗爭。對「五四」文人來說，文學是一種社會變革工具，文學是事業，不是企業。

這種功能的取向在一九〇二年梁啓超發表〈論小說與群治的關係〉以見端倪。在這篇作爲文學革命前驅的文章中，梁啓超指出小說具有感染讀者、移易人心、改造社會的功能[8]。這種實用的角度後來不斷地被深化，加上中國的內憂外

---

[3] 方修《戰後馬華文學史初稿》（吉隆坡：馬來西亞華校董總，1987），頁27-28。

[4] 夏志清《愛情．社會．小說》（台北：純文學，1970），頁79-106。

[5] 有關儒家思想再中國文學所扮演的角色，可參閱 JamesJ.Y.Liu：Chinese Theories of Literature（Chicago：The University of Chicago Press），p.106-116.

[6] 余英時〈五四運動與中國傳統〉，《史學與傳統》（台北：時報文化，1982），頁93-107。

[7] 胡適〈建設的文學革命論〉，《胡適作品集．3》（台北：遠流，1986），頁55-73。

[8] 梁啓超《飲冰室全集》（香港：天行，1972），頁271-276。

患一直都沒有停止過，這種信念的延續力就更強了。

也因爲如此，寫實主義成了中國的主流就不足爲奇了。三〇年代後，寫實主義這個名稱雖然由左翼作家改成現實主義，但是這個特色依然不變。寫實／現實主義作家信仰文字達意表象的模擬功能，他們力求客觀無我，爲人生而藝術，但一股原道精神總是呼之欲出。因此我們並不會覺得奇怪，在當時馬來亞的文人，不管是提倡中國意識的，或提倡本地文化的，都相信文字的無比力量。他們延續儒家的入世傳統，強調人道胸懷及控訴精神。只不過一個的道德感要文學創作者關心中國，另一個則是要創作者關心本地。究其極，他們都是五四時期「感時憂國」的傳人。

獨立以後，圍繞在「馬華作者和中國」或「馬華文學和中國文學」的問題還是很多。一九七二年賴瑞和在台灣發表一篇論述爲什麼許多留台生最後選擇長久定居台灣的文章。賴的文章觸發了認同轉向問題的討論，回應的除了留台的馬華作家，也包括許多不是來自馬來西亞的留台作家如翱翱（張錯）、劉紹銘等人。最值得注意當然是當時在西雅圖留學的林綠現身說法，他認爲他在「馬來西亞時是不成熟的，而且尙未定型，赴台後變成了另一人」。也就是從僑生變成一個「真正的中國人」，「因此演變下來，就漸漸淡忘馬來西亞文壇了」[9]。這時候的討論已經將馬華文學是否是僑民文學的問題，改成馬華文學是否能自成主流或只是中國文學支流的對立。當時年僅十九歲的賴瑞和有感而發地說：「我以爲，一個作者，如果真的要嚴肅的去搞中國文學，或者要在某種中國的傳統下寫作，他遲早會發現，馬來西亞實在不是一個適合的地方。我所持的理由是：『這裡的社會實在不是一個純粹中國人的社會』」[10]。後來，溫瑞安重提這個論點。溫瑞安的觀點更是斬釘截鐵，他的理由是沒有中國文學，便沒有馬華文學。而馬華作家使用的仍是標準的中國文字。如果一味強調馬來西亞化，必將不見利，只見其弊，結果是「喪失了原有的文化價值，又無法蘊含新的文化價值」[11]。

溫瑞安的觀點仍然是延續著馬來西亞華人文化和中國文化之間所引發的問

---

[9] 林綠《林綠自選集》（台北：黎明文化，1975），頁57-61。

[10] 賴瑞和〈文化回歸〉和〈自我放逐〉，收於溫任平等《馬華文學》（香港：文藝書屋，1974），頁154。

[11] 溫瑞安《回首暮雲遠》（台北：四季，1977），頁12-15。

題開展。溫瑞安的觀點顯現了政治認同和文化取向的問題一直困擾著許多人。在嘗試爲自己的存在找尋定點時，借用林建國在其極有啓發性的〈爲什麼馬華文學？〉中的話，溫瑞安以「無比的勇氣構築『鄉愁』和烏托邦」[12]。我們當然可以說這個定點是也一樣富有儒家色彩的，溫瑞安的儒家心態使他不能停留在「文學就是文學」的美學思考，文學最終溢出美學的範圍，大一統的心態使到許多作者強調文學的發展必然是百川匯海。

將馬華文學當作是中國文學支流的論述一遇到政治現實就不免碰釘子，特別是那些長期居住在馬來西亞，強調本地色彩的作家，對類似的觀點當然不以爲然。這種觀點容易受到攻擊，幾乎是想當然爾的事。[13]

但是強調本土化，顯然只是銅板的另一面，它只是大一統思想論述的變奏，嚴格說來都在同一個語境中展開論述。這個論述的弱點是將文學的建基點從實用的角度加以考量，結果是複雜的問題被簡單的二分法劃之，使它一開始就無法和在邏輯上相反的「中國文化」形成任何張力，許多議論沒有注意到文化發展的迂迴道路，忽略了兩者漸行漸遠但又相混雜的張馳關係，因此自然無法發揮其理論上的衝力。

這個問題到了九〇年代並沒有完全解決。九〇年代較爲突出的是斷奶課題。參與這個討論的作家包括黃錦樹、林建國、陳雪風、溫任平、安煥然、張光達等人。支持斷奶論的林建國、黃錦樹在論證這個問題，主要是希望馬來西亞可以離開大中國主義者論述，「因爲馬華文學不可能在概念上成爲中國文學的支流」[14]。這個學術議題，卻使許多人情緒失控，被看成簡單的「脫離民族性和文化性的淵源」[15]，林建國、黃錦樹因此成爲「眾矢之的」[16]。兩者從不同的認知角度論述

[12] 林建國〈爲什麼馬華文學？〉，《中外文學》，第21卷，第10期，（1993/03），頁110。

[13] 參閱協嘯〈抉擇一條要走的路：馬華寫作者所要認清的處境和歸向〉，《蕉風》，第303期（1978/05），頁34-38。

[14] 林建國〈再見，中國：斷奶的理由再議〉，《星洲日報．尊重民意》，1988/05/24，有關「馬華文學不可能在概念上成爲中國文學支流」的論述，另見林建國〈爲什麼馬華文學？〉，頁89-126。

[15] 陳雪風〈華文書寫和中國文學的淵源〉，《星洲日報．尊重民意》，1998/03/01。

[16] 溫任平〈與林水檬談「斷奶」與「影響焦慮」〉，《星洲日報．星洲廣場》，1998/03/29。

意見，沒有交鋒在所難免。但是引發兩者之間論爭的源頭仍然是中國——不管是作爲一個文化幽靈，或是政治象徵，中國仍然是許多馬華作家擺不開的形象。

因此一個問題很自然產生：馬華文學是獨特的，或是馬華文學有獨特的身分？這獨特的身分，它的功能是和誰劃定差異的界限？這差異的界限是否能夠劃定？在急於肯定肯定自己的獨特身分的過程裡，是否越察覺自己身分的不穩定？亦或在企圖劃定差異的同時又強化了同質？呈現了身分穩定但不獨特？

二、馬華文學的政治性

馬華文學一開始出現的時候，就開始受到歧視，英國殖民地政府不重視它，馬華文學作者一向以來就屬於默默耕耘的一群。獨立以前，當時作者並不需要解決政治認同的問題，因此題材是否本地化，純是個人的選擇。獨立以後，效忠的問題開始變得尖銳了。馬來西亞華人爲了要和中國劃清界線，避免讓馬來族懷疑，因此不斷強調自己爲馬來西亞的公民。在這種情況下，文學作爲文化的表現形式，不由自己地遭受一個被「定位」的過程。

自從馬來文化大會在一九七一年八月議決了國家文化概念以後，政府不將馬華文學當作是國家文學的立場就昭然若揭[17]。從官方的立場來說，馬華文學被排斥在外，在於其書寫語是華語而非馬來語。馬華文學作家看到馬來文學在語文局

---

[17] 國家文化大會在一九七一年八月十六～廿日在馬來亞大學召開，大會討論了六十篇論文，內容包括文學、音樂、舞蹈、繪畫、設計、戲劇、技藝、建築等，討論的內容專注集中在馬來文化，在參與者大約一千名中，只有幾位是非馬來人，作爲大會的點綴。這個大會議決了三項以後政府所依據的國家文化政策。這三個概念是：一、馬來西亞的國家文化必須以本地區原住民的文化爲核心。二、其他適合及恰當的文化元素可被接受爲國家文化的元素，但是必須符合第一及第三項的概念才會被考慮。三、回教爲塑造國家文化的重要元素。國家文化概念固然有許多含糊的地方，但整個立場卻一目了然：國家文化，就是以馬來群島原住民及回教文化爲主流。這個政策的重點是以單元消除多元。馬來精英顯然認爲，如果其他族群可以向馬來亞文化認同，就不會有族群糾紛，這和以後馬來人長提及的一種語文，一種文化，一種民族是一脈相承的。有關這方面的討論，見何國忠〈獨立後華人文化思想〉，林水檺、何啓良、何國忠、賴觀福編《馬來西亞華人史新編》(吉隆坡：馬來西亞中華大會堂聯合會，1998)，頁45-86。

的設立以及各種官方文學獎頒發的鼓勵下一日千里，對於馬華文學不被鼓勵，難免有不公平的感觸[18]。從這個角度來說，馬華文學稱號的確定可以促成一種整合意識，這樣的政治意義是不辯自明的，因爲只要政府承認馬華文學爲國家文學的一環，那政府就有義務推動馬華文學的發展，馬華文學也就可和馬來文學一樣並駕齊驅了。

但是這樣的提法背後卻有一種政治／審美二元對立的邏輯。何謂中國文化或者中華文化？何謂「馬來西亞中華文化」，用文字來說，馬來西亞華人應該有自己文化特色的論述表面上看來易如反掌，政治人物經常大言不慚妄自定論。但是在實踐來說，對中華文化的承受應該在什麼地方停止？在什麼地方增加馬來西亞化？文化的切斷點在哪裡？恐怕就不是文字可以說得清楚的。從文化的角度思考，一個作家南來，然後在本地定居，又或者一個作家定居馬來西亞，過後移居到國外，我們又如何將他們定位？倘若文學只有政治上的價值，這樣的提法當然是順理成章。但文化的發展本來就是自然的，強求不得。馬來西亞的中華文化和中國的本土文化之間有極大的模糊地帶，我們最多只能在已完成的作品中，作歷史性或文學批評式的檢討，沒有可能要作者創作前在中國性和馬華性之間做一個選擇。

這種文學政治化當然不是馬華作家自願的選擇，馬華作者內心隱藏了幾許無奈。雖然如此，處在被動位置的馬華作者迎接無力卻也是事實，學術的自省和反思成都不了氣候，整體給人一種感覺：作家們根本無力辯護。

獨立了四十多年，政府看來並沒有支持馬華文學的意圖和跡象。但是馬華文學中的「馬」卻在追求成爲國家文學的過程中不斷地被強調，身爲作協第二、第三任主席的方北方如此開藥方的結論是不足爲奇的。他說：「馬華文學……除寫作媒介工具的華文，其他如構成作品內容的思想感情以及事物的本質，已與發源地的中國無關了」[19]。身爲作協第五屆主席的孟沙說的更爲直接：「馬華文藝在三、四十年代已經擺脫中國文學的附庸的地位，是道道地地的國家文學」[20]。但

---

[18] 年紅〈從馬來文學高速成長中吸取經驗〉，《爲新一代開創文學新天地》（南馬文藝研究會，1986），頁63-72。

[19] 方北方《看馬華文學生機復活》（加影：雪藍莪魯冷岳興安會館，1995），頁10。

[20] 孟沙《馬華文學雜粹》（八打靈：學人，1986），頁26。

政治是政治，文學是文學，此岸是否有可能過度到彼岸？馬華文學是否有能力在一個事件的各種矛盾對立的描述之間來回遊走？又或者它只是一場政治辯論的附庸。

馬華文學是國家文學的提法當然值得諒解。但這種論述開展的同時，卻在無意中將馬華文學製造成一個刻意創造的、精心編碼過的的被動位置上。這種狀態使得馬華文學的命運更加撲朔迷離。馬華文學的最大問題是提者往往將問題以總體性或終極性答案一筆帶過。我們在不斷探索之後，似乎又回到了起點上進行追問：馬華文學是什麼？馬華作家是什麼？我們是誰？我們爲誰寫作？

當黃錦樹和林建國認爲馬華文學指的應該是馬來西亞華人文學，「以便和大馬華人史相契合」[21]，並使「馬華文學成爲更廣延，更具動力和顛覆力量的概念」[22]時，顯然希望在不利的政治語境中尋求突破。但是從馬來西亞作家的角度來看，這個觀念不容易被認可及實踐。原因是華人寫的非華文文學和華人寫的華文文學所面對的問題不盡相同，相對於國家文化，這兩者可能都是被排斥在邊緣的位置，兩者對國家的許多問題都有極大的不滿。但是文化認同方面，英文或馬來文作者接觸的書物都是非中文，他們的傳統中國文化情結絕對比不上中文創作者。兩者顯然別有懷抱，甚至是不相來往的[23]。因此，如果我們將馬華文學定義爲華人文學，那我們顯然還得將馬來西亞華人文學尋找另一個涵蓋語，要不然許多作家可能更飄搖無依了。[24]

但是不管如何，「馬華文學」的政治性已是一個不能擺脫的事實。較令人擔心是政治效應使馬華作者將這個問題化約成簡單的道德選擇。許多馬華作家已經

---

[21] 黃錦樹〈馬華文學全稱：初論馬來西亞的「華人文學」與「華文文學」〉，《馬華文學：內在中國、語言與文學史》（吉隆坡：華社資料研究中心，1996），頁26。

[22] 林建國〈爲什麼馬華文學？〉，《中外文學》第21卷，第10期（1993），頁109。

[23] 一九九七年七月二十五日晚在八打靈星洲日報總社由李歐梵、王潤華及李倬然主講的一個討論會上，談到馬來西亞華人的問題，李歐梵建議本地華文作家注意一下以英文創作的馬來西亞華人作家，作爲主持人的傅承得，回應了一句頗可以代表馬華作家心態的話。他說：「我們的問題太多了，無暇再去關懷英文作家的問題。」

[24] 現在作協主席雲里風就是一個堅持馬華文學「必須是以華文書寫」的人，見雲里風《文藝瑣談》（吉隆坡：馬來西亞華文作家協會，1991），頁31。

習慣將本地色彩特殊化起來，其地位更被誇大到走出文學的領域。

地域性的強調，使到中學課本在一九八六年修訂後，增加了許多以本地作為書寫背景的文章。這一點無可厚非，但是在課本編寫過程中，由於有本地色彩的經典不夠，以致許多課文是臨時抱佛腳請人撰寫，或是隨意編選進去的，水平值得懷疑的作品比比皆是，而另一方面，加強中學課程中的馬華文學的分量的呼籲，卻從來沒有停止過。[25]

我們知道，教育是集體意識的傳遞，事實上也是確立這種意識的最有效工具。本地化的強調無疑使到政治可以和愛國掛勾，這種喚起我們「效忠」的意識，一直以來都是馬來西亞政府所認可的論述方式，也是政府嘗試建構的歷史，它的功利主義是非常明顯的。

但是馬來西亞的現實主義和官方立場合流，所能解決的比不能解決的問題更多。一方面，馬華文學在種族思想彌漫之下仍然徘徊在國家文學的門檻之外。另一方面，劃地自限，將課本的水平降低，取法於下，故得其下下，這無疑使到提高社會華文水平的理想更難企達，長遠來說當然也破壞文學水平的提升。

三、馬華文學走入國際

在強調「本地化」的同時，馬華文學和當代中國文壇的關係究竟又出現怎樣的情況呢？出於政治的考慮，當代中國的作家也非常識趣地不將馬華文學當作中國文學的支流。一九八六年在中國舉辦的一個海外文學研討會裡，中國作家都有共識：雖然東南亞各國華文文學尤其是新馬華文文學歷史反映了五四以來的新文學運動，但現在已經不是中國文學的分支而是紮根當地的民族文學之一。[26]

這種為馬華文學「定位」的文章俯拾即得，我們不妨拿其中一次在吉隆坡舉辦的馬華文學國際研討會中的一篇文章作為參考：

> 自從馬華文學開始以「此時此地」為背景，反映當地各族人民生活，它就具有本土的個性，並逐漸形成自己獨特的文學傳統。尤其在主要的反應華

---

[25] 例如吳恒燦：〈華社的心有千千結〉，《南洋商報》，1999/08/08。

[26] 樂黛云〈從世界文化交流看華文文學研究〉，《台灣香港與海外華文文學論文集：第三屆全國台灣與海外華文文學論文選》（福州：海峽文藝社，1988），頁404。

族，以及華族在與其他民族融合過程中的各種遭遇，更顯著地體現出這種傳統的獨特性。馬華文學的本土意識，融合或浸潤在反對帝國主義、殖民主義、封建主義的反侵略反壓迫的愛國主義系統。堅持獨立、民主、自強的民族精神之中融合或浸潤在對中華文化傳統的尋根和承傳之中，同時又是為了建設這樣一種嶄新的獨特的文學：適合本國華族及其他民族人民需要，具有本國華族生活背景及異國風情特點，並能為馬來西亞國家文化建設服務。[27]

上述的論述告訴我們，馬華文學已經在國際上成爲一個約定俗成的稱號。但是建構的理由一再被重複之下，看來更有八股味了[28]。這樣的論述事實上不是批評馬華文學的優劣，探討的問題不是文章寫得好不好，而是基於另一種信念，作家若不能爲他的時代留下片紙只字的見證，才是真正的遺憾。這種確定馬華文學主體性的看法有許多值得商榷之處。「自從馬華文學開始以『此時此地』爲背景，並逐漸形成自己獨特的文學傳統」，我們首先要問的是：我們是否有必要確立「文學傳統」？把文學和「現實」緊緊地扣在一起，會不會和五四最喜歡的目標「文以載道」同樣守舊？如果「傳統」被確立起來，那作家會不會變成「中國現實主義」遺產中的另一個註腳？這樣做豈不消除了馬華文學眾聲喧嘩的可能？

這種非文學的觀點被認可，暗示了馬來西亞作家寫作的困境。他們把自身想像爲某種民眾的代言人，但問題在於這種「身分」的確定本身就是一個神話式的意識型態幻想，一種來自於對語言的幻覺。它使人在盲視中失掉了對自身的清醒認識。它把對語言的掌握視爲對現實的掌握。並沒有什麼人賦予知識分子代言的權力，所謂代言性的寫作不過提供了作者自身意識型態的表達而已。[29]

---

[27] 馬相武〈當代馬華小說的主體建構〉，收入戴小華，尤綽韜編《紮根本土，面向世界》（吉隆坡：馬華作家協會、馬大中文系，1998），頁19-20。【編按：此論文亦收入《赤道回聲》】

[28] 隨手再舉兩篇有類似語句的文章，黃萬華〈馬來西亞華文文學的本土特色〉，《蕉風》，第465期（1995/03~04），頁54；楊怡〈世紀之交的東南亞華文文學〉，《馬華作家》，第7期（1998/04），頁5。

[29] 這個觀點借自張頤武對池莉的小說〈熱也好冷也好活著就好〉的評論文字。張頤武〈人民記憶文化的命運〉，張京媛編《後殖民理論與文化認同》（台北：麥田，1995），頁250。

反抗這種敘述方式最力的，莫過於李永平《吉陵春秋》，這本書引起注目的原因極多，其中之一是作者提供了一個背景模糊的地方。李的小說背景只是一個符號，吉陵鎮既有南國情調，也富有北地風采。是台灣、是大陸、還是大馬？讓許多人充滿了好奇。李永平的寫法不可小覷，他顯然要跨越地域性的層次，一方面除了嘲弄原鄉情結的純粹性，另一方面又挑戰「馬華」文學的定義，李永平的作法，使到文學本身的特質得以呈現。在《吉陵春秋》裡，地域性的區分是毫無意義的，作者模糊了這個界限，這是一個典型的「唯有用文學的詞匯才能解決文學的問題。」

但是李永平只是一個少數例子，這種只能以「文學論文學」的思路並不足以動搖根深蒂固的「馬華」特性。而李永平的反抗，也在同時顯示他內在的焦慮，即使是李永平自己也擺不開地域性的觀點，他在接受記者的訪談時，並不否認《拉子婦》是馬華文學。更令人吃驚的是他給後來者的忠告：

> 不要走我的路，太痛苦……我希望他們以後回馬來西亞好好創作，寫馬來西亞的風土民情……不要像我一樣寫台灣。作家應該寫他們最熟悉的事，否則是自討苦吃。[30]

李永平《拉子婦》以後的作品是否已成功地擺開馬來西亞特性，我們可以不必在這裡討論。困擾我們的問題是，他為什麼要刻意不寫馬來西亞呢？李永平這番話讓我們免不了有這樣的聯想：「馬華文學」特性的形成，事實上也印證了馬華作家的邊緣心態。

李永平走入主流的方式是避開其馬華性，這種孤獨上路的方法，根據李永平的說法，必得「加倍努力」[31]，可見其過程的艱辛。事實上，邊緣和主流的形成，牽涉的是主導權和解釋權的文字遊戲法則，馬華文學批評圈子成不了氣候，因此也無形中失去了「解釋權」，向外尋找「認可」於是變成一個具體表徵。如果我們研究這十多二十年來「馬華文學走入國際」是如何組裝起來，我們即淸楚地發現，所謂馬華文學走入國際，只是馬華文主體在其介入主導文化時的「邊緣」化。

走入國際當然有其重要的歷史動力，這可以擴大馬華文學的閱讀人口，對許多長期感到受政府歧視的馬華作家來說，走入國際可以使他們得到「強有力的興

30 《光華雜誌》，1998年8月號，頁110。

31 同上。

奮劑」[32]。可是他所引發的問題卻讓人不安。這一、二十年來流行的後殖民理論並沒有很好地使到馬來西亞作家反省馬華文學應有自主性的敘述觀點，馬華文學的論述從沒有想要擺脫中國論述的修辭方式。恰恰相反，受中國作家的「指正」已變成一種光榮，而這一點也是馬華文學發展的悖論，一邊追求本土性，不願附庸中國，另一邊則不斷地希望得到他們的認可。

所謂的認可，值得我們進一步探索。無可否認，這一、二十年來，馬來西亞的華人作家常和台灣、中國等地的作家來往，這種交流，使到許多馬華作家的作品被注意。從一九九一年開始，每隔兩年的世界華文文學會議，都有馬華作品被提出來討論。極爲遺憾的是被討論的作品，有許多是極爲粗糙的，也因此才有人批評中國作家逢人就讚的現象。也就是說，馬華作家因爲這個「馬華」而得到特別的優待，被人過分「鼓勵」和「看重」了。這種現象，就連許多中國作家也覺得應該檢討。古遠清一針見血地批評許多中國批評家「資料掌握不全面」，「抓到什麼就評論什麼」。這位學者進一步指出馬華作家的論述影響了中國學者，馬華作家到中國研討會參加的論文，往往成爲中國論者的「第一手資料」，以致「表揚稿」處處可見[33]。我們可以再將問題推得更遠一點，即使有一些作品獲得認可，那只是這些作家的作品表現出色，與他人有什麼相關？爲什麼要突顯「馬華文學」？

的確如此，基本上，所謂走入國際，只是自我勉勵的話，確實的情況是馬華文學在許多國際評論家或作家眼中是一個無關痛癢的領域。在《亞洲周刊》所推選的「二十世紀中文小說一百強」中，除了李永平《吉陵春秋》這部還勉強有點馬華特色的作品名列第四十以外，名單中見不著「馬華文學」[34]。當然有許多人認爲不必對這個成績認真，因爲「大多數評審委員不太可能讀到東南亞的作品」[35]。就是這個「大多數評審委員不太可能讀到東南亞的作品」，恰恰證明了馬華

---

[32] 雲里風〈九十年代馬華文學展望〉，《蕉風》，第448期（1992/05~06），頁2。

[33] 古遠清〈馬華文學研究在中國〉，收入戴小華、尤綽韜編《紮根本土，面向世界》（吉隆坡：馬華作家協會、馬大中文系，1998），頁108-116。

[34] 《亞洲周刊》，1999/06/13。

[35] 新加坡《聯合早報．文藝城》，1999/06/20。這個由張曦娜所做的報導，訪問了余秋雨及新馬文學界人士對這個問題的看法。

文學走向國際只是一個夢幻。這種當頭棒喝，就如年輕作者鍾怡雯編輯《馬華當代散文選》時有感而發的話：「我們不需要任何批評的優惠，馬華散文必須在公正嚴苛的、與中國和台灣相等的標準下，接受研究與批評。這才是馬華文學加速成長的途徑」[36]。

四、苦惱的馬華作家

獨立以後，華人在各個領域節節敗退。特別是華人文化在自我發展方面受到百般刁難，使到許多華人之間出現了強烈的憂患意識。對於不公平的對待，華人有百般的感受。這種文學題材對我們來說不會陌生。

因此，溫瑞安到台灣去的時候，投入一個完全屬於中華文化圈子的新天地而雀躍萬分的心理是可以理解的。溫瑞安的作品，也許被批評為過分嚮往中國，但我們無須從政治的立場批判這樣的一種態度，甚至也不必沾沾自喜於溫瑞安在台灣建立神話王國的失敗。溫的表態並無礙於他投射馬來西亞新生代的想像氛圍。甚至前引的林綠也一樣，李永平放棄了馬來西亞的國籍也應做如是觀[37]。這種身分歸屬的探尋已跨越無數的年代，並且持續著。九〇年代受人刮目相看的馬華作家及評論家黃錦樹曾有這樣的反省：「就我這第一個出生地時屬於台灣宣傳中的隱形族群——『華僑』，在台灣求學時是僑生、辦證件時是外國人、打工時被逮到是非法外勞、假使入籍則變成『祖籍福建』的外省人第一代的『海外』留學生……」[38]。在八〇年代台灣出現「台獨」意識以及本省和外省的爭論，使到認同問題更是讀書人或知識分子難以避開的思考，這種思考的張力比馬來西亞和中國之間的二重思考更加複雜和更具挑戰性。文化認同問題因此變得更加尖銳。馬來西亞華人作家要如何找一個平衡點？

這個平衡點的探尋當然得置放在當前馬來西亞的時空才可顯現它重要的意義。對於馬華文化、政治發展的諸多不滿一直是許多作家處理的題材。潘雨桐、

---

36 鍾怡雯〈序〉，《馬華當代散文選（1990-1995）》（台北：文史哲，1996），頁12。

37 《光華雜誌》，1998年8月號，頁110。

38 黃錦樹《夢與豬與黎明》（台北：九歌，1994），頁3-4。有關黃錦樹在馬來西亞所引起的旋風，見何啓良〈黃錦樹現象的深層意義〉，《文化馬華：繼承與批判》（吉隆坡：十

小黑、傅承得、方昂、吳岸等作家都在這方面留下了許多值得我們注意的作品。不管怎樣，馬來西亞總是一個讓馬華作家魂牽夢掛的地方。李永平就有這樣的敘述：

> 我吃馬來西亞的米、喝馬來西亞的水長大，當然對那塊地方有感情，但是國家認同是另外一回事。[39]

在這樣的環境成長，心路歷程當然也特別起來。許多作者，尤其是年輕一輩作家的成長過程，大體可以用李歐梵論述魯迅時所用的「一連串的心理危機。充滿了困惑、挫折、失敗和心靈探索的徬徨」來形容[40]。林幸謙有以下的文字：

> 在追尋中，我發現人類原本就沒有家鄉，鄉園只是一種無可理喻的幻影；人生原本就注定了漂泊，本體論的流放就是這樣一種無法逃避的宿命。每個人原是一座孤島，我們注定無家可歸。[41]

這種暢談「無家可歸」的感情，絕對不會讓我們覺得陌生。雖然這種超越時空限制，觀照永恆的人性與歷史，常常會讓「本地意識」色彩極濃的作家覺得距離「現實主義」頗遠。但是我們不應該對這樣的論述視而不見。林幸謙的文章，借用王德威對原鄉題材的論述：「它更代表了作家（及未必與作家誼屬同鄉的讀者）所嚮往的生活意義源頭，以及啓動作品力量敘述的關鍵」[42]。林幸謙的作品，秉持了現代主義的精神，繼續與傳統對話。類似他這樣的作家不只要找回失去的文化鄉土，也要找回落地生根的鄉土。這種「文化鄉愁」本來就是馬華作家經常處理的題材。「現代」的定義眾說紛紜，但都指涉對時間斷裂的危機感，對主體失落的鄉愁感懷。馬華許多現代作家不斷在紙上重回鄉土，歸納各種可能的因素，解釋眼前的困境。很顯然的，當現代主義來到馬來西亞，已無可避免地被本土化了。從泗瑞安、溫任平，到辛吟松，都有這樣的意義蘊涵。[43]

方，1999），頁109-115。

[39] 《光華雜誌》，1998年8月號，頁110。

[40] Leo Ou-fan Lee：Voices from the Iron House：A Study of Lu Xun（Blooming：Indiana University Press，1987），頁35。

[41] 林幸謙《狂歡與破碎》（台北：三民，1995），頁35。

[42] 王德威〈原鄉神話的追逐者〉，《小說中國》（台北：麥田，1993），頁250。

[43] 以上的論述是從王德威分析台灣鄉土文學而得到的啓發。王德威〈國族論述與鄉土修

上述的討論說明在許多作家的血液理，中華文化無疑是他們精神的源頭。但在另一方面，我們也不得不正視這個事實，不管馬華作家是在中國、在台灣或在馬來西亞，其馬來西亞的經驗已是活生生的記憶，目前的所在地，只是所謂中文普及性環境強弱不斷易位的遊戲，並不能影響文學創作者的身分與作品的表現。

但是持續追求主流論述的心理，卻使到馬華作家受到無窮的干擾。馬華文壇的整體性表現和中國大陸及台灣相比，常常令許多作家覺得相形見拙，這一種對比是不是需要是一回事，但是馬來西亞華人文化在精緻化的表現卻讓許多作家耿耿於懷，這種從文學創作導致對整體文學的關心，對馬來西亞的作者而言是正常的事。

事實上，「馬華」作爲一個文化觀念有其重大的凝聚力。現實主義者在這方面的例子當然很多，文學對他們來說是改革社會的工具，因此文學在這裡發展不起來，當然使他們感觸良深[44]。即使是被批評爲不關心社會，和現實主義對立的現代主義者，也有許多類似的話。溫任平有這樣的評論：

> 回顧二十年來的馬華現代文學，竟覺憤怒之情膺腔。二十年了，我們在探索、試驗的混沌狀態跌撞向前足足走了五分之一個世紀。這二十年來我們僅僅擁有不超過二十位優秀的詩人，不超過十位有分量的散文家，不超過五位還算稱職（還不能算好）的小說家，我們的心情寧不悲憤？[45]

這種對文學的創作熱誠溢出對整體文壇的關懷，並且使到自己是文化批判者，是馬華作家的特色。即使到了九〇年代，這種現象仍然沒有休止。批評馬華現實主義最力的黃錦樹，也充滿了這樣的關懷。黃錦樹說他批評許多馬華作品，是一種「恨鐵不成鋼」的心理所造成的[46]。可見爲「馬華文學努力」是一個歷久彌新的思想紋路。

辭〉，《如何現代，怎樣文學？》（台北，麥田，1998），頁159-180。

[44] 例如見碧澄〈從寫作人的角度略談馬華文學的前景〉，傅孫中及賴觀福編《文化十年：華人文化大會十週年紀念活動論文專輯》（吉隆坡：馬來西亞中華大會堂聯合會，1995），頁77-84。

[45] 溫任平《憤怒的回顧》（安順：天狼星，1980），頁14。

[46] 黃錦樹《夢與豬與黎明》，頁4。

五、馬華作品走向一個不可知的未來

把某一個作家，按居住地歸並在一起，指認他們的寫作活動有某種相似性，對他們居住地的地緣文化特性進行一種縫合，如中國北方作品多豪放，而南方作品多纖秀之類的概括，是許多批評家慣常的做法。這當然並沒有什麼特別「必然」的根據，只是爲了方便批評家的工作，或者使其批評變得更系統化。當然，無可否認的，作家在置於相似的意識型態話語的作用之下，生存在相同的「文化空間」之中，作者的文本出現「共同點」幾乎是不容質疑的。這種歸納當然可以讓文學批評多一個面向度。

也因爲如此，我無意否定馬華文學作爲一個文化標籤，恰恰相反，這個標籤已是許多人認同的基礎。任何的批評都會依據重複的某種組合，這可能是專指內容，也可能純粹指涉及技巧。沒有這種共同點，不僅批評無法做，整個世界將是不可知的一片混沌。換句話說，批評家所做的只是釐清文學裡頭存在的問題。

只要馬來西亞目前的政治情況沒有改變，華人文化的發展應該也會維持相同的面貌，而華文文學進程大體也會如此：有人仍然非常投入創作，有人仍將文學當作生命的寄託。Richard Rorty 分析「團結」（solidarity）這個觀念時指出：

> 就以美國大城市裡年輕黑人無助和悲慘的遭遇為例。針對這個長期存在的問題，我們這群當代美國自由主義者會不會說我們幫助年輕黑人的原因是因為他們和我們一樣都是人類？我們也許這麼說，但是從道德上或政治上，更有說服力的方法應該是將他們描述成和我們同屬美國籍的同胞，這樣我們才會更加憤怒，何以我的同胞竟然活得如此絕望。這些例子主要是說明若要達到團結目的，我們一定要有「我們是屬於這一個群體」的觀念，而這個「我們」一定要指涉某種比「人類」更狹隘，更具地方性意義的東西，唯有如此，團結感才會達到最好的效果。[47]

隨著中國大陸、台灣政治和經濟的變化，加上影響馬來西亞文壇極大的台灣文學本土意識的快速成長，馬華意識只有膨脹，不可能萎縮。以後馬來西亞的華文作家，雖然將有部分仍然拋不開文化鄉愁，對本國政治不滿，但是「馬華」絕對是

---

[47] Richard Rorty：Contingency， Irony and Solidarity（Cambridge：Cambridge University Press，1998），p.191。

他們不得不重視或思考自己定位的一個重要座標。

三好將夫在〈反對種族中心主義〉中提到日本文學時有這樣的一段話：

> 日本文學正像其他任何國家或區域的產品，只是當它與時空的界限相聯繫時，才有可能加以界定。它也許十分顯而易見地是「日本的」的；但它構成並不存在本體論意義上的神聖與絕對的純而又純。[48]

「馬華文學」引起的歧義顯然比日本文學更多，但它的構成也一樣「並不存在本體論意義上的神聖與絕對的純而又純」。我們重新在歷史和政治語境中檢視馬華文學的處境，將馬華文學重新拆解，重新審視「馬」、「華」及「文學」，主要是指出馬華文學發展的一些盲點，但是這種做法與其說是文學的，不如說是文化或政治的，因爲它引起焦慮的原因更多是在文化或政治的認同上。

屬於馬來西亞國籍或是有馬來西亞經驗的作家，有許多自己獨特的問題，文學的題材當然因此千變萬化。而馬華文學概念的提出，除了解決政治和文化問題以及爲文學批評家尋找更多的研究題目，其他看來都不那麼重要。文學不必是文學史的總結，作家不必依照評論者的指示行動，恰恰相反，作家永遠都可以超出史家或政治家的見識。也因爲如此，本文雖然扣緊了兩個另馬華作家困擾的課題，即文學在政治的語境下所受到的干擾，以及馬華作者在本土化和揮之不去的中國文化之間的困惑。但本文最終的目的卻希望文學創作者可以把觀察世界的視域從一個狹窄一專的基點移動多重多元的視點。換句話說，文學創作者要注意的是多一點的「文學」，少一點的「馬華」。

原發表1999

---

[48] 轉引自周蕾《婦女與中國現代性》（台北：麥田，1995），頁11-12。

從反殖民到殖民者：

魯迅與新馬後殖民文學

＊王潤華

一、從魯迅榮獲百年小說冠軍談起：世界性的魯迅神話

今年（一九九九）六月，在二十世紀只剩下最後二百天的時候，《亞洲周刊》編輯部與十四位來自全球各地的華人學者作家，聯合評選出「二十世紀中文小說一百強」。魯迅的《吶喊》奪得自清末百年來，在全球華文作家中最重要的一百部小說的冠軍。魯迅的第二部小說集《彷徨》也登上第十二名的位置。生於一八八一年，卒於一九三六年，逝世六十三年後的魯迅，評選人都毫無爭議地推崇魯迅，給他的小說投下高票，一再肯定魯迅的重要性。[1]

魯迅爲何是世紀冠軍？當我們正要跨進二十一世紀時，這是值得思考的世界華文文學的共同性問題。百年來的華文文學經典作品，正如「二十世紀中文小說一百強」排行榜的作品所顯示，以三〇～四〇年代寫實的作品爲主導力量。所以魯迅、沈從文、老舍、錢鍾書、茅盾、巴金、蕭紅七人的代表作高居前十名榜首。百年來的小說，儘管隨文學潮流、美學經驗變化無窮，從中國大陸、香港、台灣到東南亞及歐美各地區，不論作者住在第一世界還是第三世界，獨立自主還是殖民地的國家地區，處處還是展現出清末譴責小說中逐漸形成的，在魯迅及其同代人所推展的現代文學作品的人文啓蒙精神，知識分子感時憂國的情懷與歷史使命感、國族的寓意主題。[2]

---

[1] 〈百年的〈吶喊〉，〈傳奇〉的世紀〉及其他報導，《亞洲周刊》1999/06/14-20，頁 32-45。

[2] 參考章海陵〈魯迅爲何是世紀冠軍〉及〈沉重時代中的緊迫感〉，見《亞洲周刊》，同

魯迅是中國採用西式文體寫小說的第一人，幾乎可以說中國現代小說在魯迅手中開始，在魯迅手中成熟。魯迅最早受到自由主義派的作家學者如胡適、陳西瀅的肯定。在一九二九年他開始向左派靠攏之前，左派批評家對他大力攻擊。可是在他最後的六年裡，成為左派文藝界的文化偶像。一九三六年魯迅逝世後，在毛澤東及中國共產黨機器的吹捧下，產生了魯迅神話。毛澤東在一九四〇年寫的〈新民主主義論〉，用盡了一切偉大的詞彙，塑造了他的偉大形象，於是魯迅神話便開始從中國大陸流傳到世界各地有中華文化的地方[3]：

> 在「五四」以後，中國產生了完全嶄新的文化生力軍，這就是中國共產黨人所領導的共產主義的文化思想，即共產主義的宇宙和社會革命論。……而魯迅，就是這個文化新軍的最偉大和最英勇的旗手。魯迅是中國文化革命的主將，他不但是偉大的文學家，而且是偉大的思想家和偉大的革命家。魯迅的骨頭是最硬的，他沒有絲毫的奴顏和媚骨，這是殖民地半殖民地人民最可寶貴的性格。魯迅是在文化戰線上，代表全民族的大多數，向著敵人衝鋒陷陣的最正確、最勇敢、最堅決、最忠實、最熱忱的空前的民族英雄。魯迅的方向，就是中華民族新文化的方向。[4]

毛澤東總結左右派文化界所肯定的魯迅，給予高度評價，這段話指出：（一）魯迅是共產主義的文化思想的偉大和最英勇的旗手；（二）魯迅是中國文化革命的主將；（三）魯迅是偉大的文學家；（四）魯迅是偉大的思想家和偉大的革命家；（五）魯迅是最具有反殖民主義的性格與勇氣。

本文嘗試以新加坡與馬來亞（Malaya）（一九五七年獨立後改稱馬來西亞 Malaysia）在第二次世界大戰前後的魯迅經驗，來解讀魯迅神話在新馬的遭遇。由於新馬是英國殖民地，曾受日本占領及統治三年零八個月，在戰後又遭受以華人為主的馬來亞共產黨與英國殖民政府爭奪主權的戰爭。新馬當年的華人移民，因為要反殖民主義，反帝國主義侵略，力圖以民族主義為基礎來抵抗殖民文化，結果中國文化所建立的威力，最後對落地生根的華人來說，也變成一種殖民的霸

上，頁 35；頁 38-39。

[3] 見夏志清《中國現代小說史》（台北：傳記文學，1979），頁 63-64；原著見 C. T. Hsia, *A History of Modern Chinese Fiction* (New Heaven, Conn. :Yale University Press), pp.28-29。

[4] 毛澤東《毛澤東選集》第二卷（北京：人民文學，1952），頁 668-669。

權文化。因此新馬後殖民文學的文化霸權，成為解讀這問題極重要的一把鑰匙。

二、領導左翼聯盟之後：魯迅打著左派與革命的旗幟登陸新馬

魯迅在二〇年代的新馬文壇，雖然已是知名作家，但他的知名度與地位並沒有特別重要，新馬逐漸抬頭的左派作家，反而嫌他思想不夠前衛[5]。因為從一九二三年前後到一九二八年，無產階級與革命文學日益成長，至一九二八年太陽社的《太陽月刊》，創造社的《文化批判》，陸續創刊，共同推動無產階級革命文學。這時候，郭沫若就比魯迅有號召力，因為他們宣告第一個十年的文學革命已結束，現在已進入第二個十年的革命文學。後期的創造社與太陽社攻擊魯迅、茅盾、郁達夫，向五四時期已成名的作家開刀[6]。他們否定五四新文學傳統之論，也引起了新馬左傾作家的回響。譬如在一九三〇年，《星洲日報》副刊上就有一位署名「陵」的作者對魯迅不夠前進而失望：

> 我覺得十餘年來，中國的文壇上，還只見幾個很熟悉的人，把持著首席。魯迅、郁達夫一類的老作家，還沒有失去了青年們信仰的重心。這簡直是十年來中國的文藝，絕對沒有能向前一步的鐵證。本來，像他們那樣過重鄉土風味的作家，接承十九世紀左拉自然主義餘緒的肉感派的東西，哪裡能捲起文藝狂風。[7]

另一位署名「悠悠」的作者也附和指責魯迅落後：

> 事實上很是明顯，魯迅不是普羅文藝的作家，他與普羅文藝是站在敵對地位的。是的，魯迅過去的作品很有一點底價值，但過去畢竟成了過去，過去的文藝只有適合過去的社會，當然不適合於現在的社會了。現在所需要的是普羅文藝，魯迅既不是普羅文藝的作家，我們只當他是博物院的陳列品。[8]

---

[5] 參考章翰（韓山元）《魯迅與馬華新文學》（新加坡：風華，1977），頁 4-5。

[6] 見錢理群、溫儒敏、吳福輝《中國現代文學三十年》（修訂本）（北京：北京大學，1998），頁 191-196。

[7] 陵〈文藝的方向〉，《星洲日報・野葩》，1930 /03/19，又見方修編《馬華新文學大系》第一集（新加坡：世界書局，1971-1972），頁 69-70。

[8] 悠悠〈關於文藝的方向〉，《星洲日報・野葩》，1930/05/14，又見方修編《馬華新文學

正如章翰（韓山元）所說，「把魯迅當作一位文藝導師與左翼文藝的領導人的人，在一九三〇年以前，畢竟是少之又少」[9]。新馬對中國文壇的反應，迅速敏感。一九二七至一九三〇年間，新馬的無產階級革命文學已取得主流的趨勢，其影響是來自創造社與太陽社的無產階級革命文學理論。上面提到的作者就是當時極力推動這運動的重要分子，由於無產階級及革命等字眼，不爲英國殖民政府所容忍，因此採用「新興文學」的稱謂[10]，而他們的言論完全是太陽社和創造社的批評的回響，錢杏村就認爲魯迅的阿Q時代已死去，沒有現代意味[11]。另一篇《星洲日報》副刊上發表署名「滔滔」的文章，說得更直接，他們要的文學是《文化評判》刊登的作品：

> 〈阿Q正傳〉可是表現著辛亥革命時期代表無抵抗的人生。〈沉淪〉、〈塔〉等類作品顯示出五四以後的浪漫主義的色彩。在《文化批判》等刊物上發表的或和它類似的作品，是五四以後的，或者較確切點說，是「轉變」以後的東西……。[12]

苗秀，一位在戰前已是很活躍的文學青年說：

> 中國新文學的每個階段的文藝思潮，中國文壇歷年來提出的種種口號，都對馬華文藝發揮著巨大的指導作用，都由馬華文藝寫作人毫無保留地全部接受下來。例如一九二八年後中國創造社及太陽社所提倡的「普羅文學運動」，首先就獲得許傑主編的吉隆坡《益群報》文藝副刊《枯島》響應，接著鄭文通主編的《南洋商報》版位發刊的《曼陀羅》，新加坡《叻報》副刊《椰林》等刊物也紛紛響應，在馬華文壇掀起一陣相當激烈的新興文學熱潮，一時間普羅文學作品的寫作，蔚為風氣。[13]

在一九二九年九月前後，中國共產黨指示創造社、太陽社停止攻擊魯迅，讓他們

大系》，同前註7，頁71-74。

[9] 同前註5，頁4-5。

[10] 魯迅也用這名詞，如〈現代新興文學的諸問題‧小引〉，《魯迅全集》第十卷（北京：人民文學，1981），頁292。

[11] 同前註6，頁194。

[12] 同前註7，頁80-81。

[13] 苗秀〈導論〉見《新馬華文文學大系》第一集（理論）（新加坡：教育，1971-75），頁7。

同魯迅以及其他革命的同路人聯合起來，成立統一的革命文學組織，對抗國民黨的文化攻勢，特別是國民黨對革命文學、無產階級文學的扼殺。這樣歷時兩年的論爭便停止。一九三〇年三月二日在上海成立中國左翼作家聯盟，魯迅與沈端先、馮乃超、錢杏村、田漢、鄭伯奇、洪靈菲七人爲常務委員。在大會上，魯迅發表〈對於左翼作家聯盟的意見〉的重要講話。魯迅在後來幾年的領導地位[14]，很快便在新馬產生新的形象：他不只是新文學運動第一個十年的重要作家，更重要的是，他是反資產階級的、左派的、屬於無產階級的革命文學的作家。

魯迅一九三〇年以後在新馬的聲望，主要不是依靠對他的文學的閱讀所產生的文學影響，而是歸功於移居新馬的受左派影響的中國作家與文化人所替他做的非文學性宣傳。在一九二七年北伐失敗，國民黨清黨期間，許多中國知識分子南度新馬。一九三七年中國抗戰爆發到一九四二年新馬淪陷日軍手中，又造成不少作家與文化人前來避難或宣傳抗日。第三個時期是一九四五年日本投降之後，中國國內發生國共內亂的時候[15]。如果只計在南來之前，就已成名的中國作家，這三個時期的南下作家就有不少：

> 洪靈菲、老舍、艾蕪、吳天（葉尼）、許傑（1927-37）、郁達夫、胡愈之、高雲覽、沈茲九、楊騷、王任叔（巴人）、金山、王紀元、汪金丁、陳殘雲、王瑩、馬寧（1937-41）、杜運燮、嶽野、夏衍（1945-48）。[16]

但是如果把「中國作家」一詞包含不只是著名的作家，還包括文化人，或南來以後才成名，甚至成爲本地作家的人，則多不勝數了，所以趙戎及其他學者也把丘家珍、陳如舊、白寒、丘康（張天白）、林參天、絮絮、米軍、李汝琳、王哥空、李潤湖、上官豸（韋暈）都看作中國南來作家。[17]

---

[14] 同前註 6，頁 194。關於魯迅與左聯的真正關係，參考夏濟安的論文：Hsia Tsi-An, "Lu Hsun and the Dissolution of the League of Leftist Writers", *The Gate of Darkness* (Seattle: University of Washington Press, 1968), pp.101-145。

[15] 參考林萬菁《中國作家在新加坡及其影響（1927-1948）》（新加坡：萬裡書局，1994，修訂本），頁 1-22。

[16] 關於這些作家在新加坡及其影響，參考前註 15，林萬菁的著作。

[17] 趙戎〈現階段的馬華文學運動〉，見同前註 13，頁 89-104；苗秀《馬華文學史話》（新加坡：青年書局，1963），頁 109-408；方修《中國文學對馬華文學的影響》，《新馬文學

在這些南下的中國作家中，尤其一些左派文藝青年如張天白（丘康），往往成爲把魯迅神話移植新馬的大功臣[18]。他甚至高喊「魯迅先生是中國文壇文學之父」的口號[19]。這些來自中國的作家及文化人宣揚魯迅的文章，有些收錄在《馬華新文學大系》的第一、二集（理論批評）及十集（出版史料）。[20]

三、紀念魯迅逝世活動：魯迅神話在新馬的誕生

一九三六年十月十九日，魯迅在上海逝世。《南洋商報》當天收到從上海拍來的電報，第二天便在第二版發布一則新聞，標題是《魯迅病重逝世，享壽五十六歲，因寫作過度所致》。新聞內容也很簡短平實：

> 〔上海電〕以〈阿Q正傳〉而名馳中外之中國名作家魯迅（周樹人），已於昨晨在上海醫院病逝，享壽五十六歲，他曾患肺病多月，迨至本月十七日因寫作過度，病況加劇一蹶不起也。[21]

《星洲日報》也在十月廿日在第一版上報導魯迅的逝世，標題是〈我國名作家魯迅在滬逝世，因在上星期著述過勞，以痼疾加劇遂告不治〉。因內容是上海拍來的電報，內容平實簡要：

> （上海）名作家周樹人（別署魯迅）已於昨拾玖日上午在滬寓逝世，遺下一母一妻及一子，周氏乃因在上星期內著述過勞，致痼疾加劇卒告不治。[22]

史論集》（香港：三聯書店，1986），頁 38-43。

[18] 章翰（韓山元）的論文〈張天白論魯迅〉認爲張天白（常用馬達、丘康、太陽等筆名）在三〇年代，爲文崇揚魯迅最多，見同前註 5，頁 50-56。張天白論魯迅的文章，分別收集在方修主編《張天白作品選》（新加坡：上海書局，1979），有兩篇附錄在《魯迅與馬華新文學》，同前註 5；張天白其他文章可見《新馬新文學大系》，第一及第二集。

[19] 丘康〈七七抗戰後的馬華文壇〉，同前註 5，頁 11；又見《馬華新文學大系》第一集，頁 505。

[20] 同前註 7。

[21] 章翰〈魯迅逝世在馬華文藝界的反應〉，同前註 5，頁 17-35。魯迅病逝寓所，不是醫院，這是誤傳。

[22] 同上，頁 20。

我想新馬文化界對來自上海的電訊，一定非常不滿意，因此新馬本地報紙在三天左右，快速作出了強烈的反應，各報不斷發表推崇魯迅的文章，而且都推出《魯迅紀念專號》，被認爲是新馬文化界追悼一位作家最隆重、最莊嚴的一次，也是空前絕後的一次。一九三七年十月十九日舉行的魯迅逝世一周年紀念，居然有三十四個團體參加。章翰在〈魯迅逝世在馬華文藝界的反應〉及〈馬華文化界兩次盛大的魯迅紀念活動〉二文中詳細分析了這些追悼魯迅逝世的文章[23]。當時新馬文化人對魯迅的推崇，特別強調魯迅的戰鬥精神，民族英雄形象，視他爲年青人的導師、抗日救亡的英雄。從下面常出現的頌詞，可了解當時左派文化人所要塑造的魯迅英雄形象及其目的：

1. 一員英勇的戰士，一位優良的導師（劉郎）
2. 這位為著祖國爭取自由，為著世界爭取和平的巨人，……他曾衝破四周的黑暗勢力；他為中國文化開闢了光明的道路；他領導了現階段的抗日救亡的文化陣線……在抗敵救亡的文化陣線裡指揮作戰……（曙明）
3. 魯迅先生是一個偉大的戰士……（陳培青）
4. 偉大的人群的導師（辛辛）
5. 新時代戰士的奮鬥精神……肩擔著人生正確的任務。——以魯迅先生為榜樣（紫鳳）
6. 魯迅先生可以說是真正的民族文藝家，普羅文藝英雄了。（二克）
7. 魯迅不但是中國新文學之父，而且是一個使我們可敬畏的「嚴父」（陳祖山）
8. 我們要紀念我們英勇的導師（俠魂）

從戰士、巨人、導師、嚴父，甚至「新文學之父」，其目的不外是製造一個萬人崇拜的神像。

一九二七年，因爲中國大陸國民黨清黨，中國左派文化人出走南洋，而新馬的國民黨也清黨。這些新馬左翼分子在中國共產黨派來的代表的協助下，成立了以新加坡爲大本營的南洋共產黨。一九三〇年南洋共產黨解散，成立以新馬爲基地的馬來亞共產黨。到了一九三六年，馬共活躍起來，到處煽動工潮，更滲透或控制主要報紙媒體，文化機構，已開始敢向英國政府挑戰[24]。共產黨在新馬殖民

---

[23] 同前註 5，頁 11-35；44-49。

[24] 崔貴強〈國共內戰衝擊下的華人社會〉及〈戰後初期馬共的國家認同（1945-1948）〉，

社會裡，爲了塑造一個代表左翼人士的崇拜偶像，他們採用中國的模式，要拿出一個文學家來作爲膜拜的對象。這樣這個英雄才能被英國殖民主義政府接受。所以魯迅是一個很理想的偶像，他變成一把旗幟、一個徽章、一個神話，一種宗教儀式，成爲左派或共產黨的宣傳工具。

魯迅逝世時，正是馬來亞共產黨開始顯示與擴大其群眾力量的時候，而新馬年青人，多數只有小學或初中教育程度，所以魯迅神話便在少數南來中國文化人的移植下，流傳在新馬華人心中。

四、戰後的魯迅：反帝國主義反殖民主義的戰鬥精神

一九四五年日本軍隊投降，英國軍隊又重新占領新馬，恢複其殖民統治權。在一九四一年至一九四五年日軍侵略新馬前後曾一度與英軍攜手聯合抗日的馬共，從一九四六年開始，公開提出打倒英殖民政府，建立一個「馬來亞民主共和國」。不過英軍政府（British Military Administration）初期，採取言論，出版與結社自由的政策，因此造成戰後馬共言論報章蓬勃發展[25]。日軍占領時期完全消失的魯迅，又重新出現，而且爲了推展新的政治社會運動，左派言論特別強調與發揮魯迅徹底的反帝國主義、反殖民主義的精神。所以當時左派名報人張楚琨的言論很具代表性：

> 學習魯迅並不僅是學習魯迅先生的行文措詞造句，主要的是學習魯迅先生那種潑辣的英勇的戰鬥精神。[26]

幾乎所有在戰後推崇魯迅的文章，都重複表揚魯迅的戰鬥精神。譬如高揚（流冰）也說：「我們現在需要的正是魯迅先生一樣的戰鬥精神」[27]。因爲在戰後，馬來亞共產黨除了以魯迅來左右群眾的思想行爲，更進一步用他來煽動群眾，以實際行動來與英國殖民主義與資本主義戰鬥。最明顯的轉變，便是在一九四五年戰後的魯迅紀念活動，不再停留在報章雜誌的文字上，而把魯迅帶上街頭。在一九四七年十月，新加坡紀念魯迅逝世十一周年的紀念活動，除了出版紀念特刊，更重

見《新馬華人國家認同的轉向 1945-1959》（新加坡：南洋學會，1990），頁 98-152；206-222。

[25] 崔貴強《戰後初期馬共的國家認同（1945-1948）》，同上，頁 210-212。

[26] 張楚琨〈〈讀了郁達夫的幾個問題〉附言〉，見《馬華新文學大系》第二集，頁 449-451。

[27] 高揚（流冰）〈我們對你卻仍覺失望〉，見《馬華新文學大系》第二集，頁 460-463。

要的是舉行擁有巨大群眾的紀念會及文藝晚會。主辦單位更不限於文藝及文化團體，連海員聯合會、職工總會、婦女聯合會都參與大搞特搞這類原來只是紀念文學家魯迅逝世紀念會，而且他已逝世十幾年了。來自中國的左派作家胡愈之、汪金丁都受邀說話，這也說明魯迅神話是由這些僑居的中國親共文人所移植到新馬的。請看這篇報導：

> 一九四七年十月十九日，星洲各界代表在小坡佘街的海員聯合會舉行了隆重而熱烈的魯迅逝世十一周年紀念大會。出席的人有幾百名，大會主席是當時著名作家金丁。在大會上講話的有著名政論家胡愈之、文化工作者張楚琨與吳昆華、職工總會代表謝儀、婦女聯合會代表伍亞雪及戲劇界人士楊嘉、教育界人士薛永黍等。胡愈之的講話強調：「魯迅不僅是中國翻身的導師，而在整個亞洲亦然，他永遠代表被壓迫人民説話，對民族問題（的主張）是一切平等，教人不要做奴隸。」職工總會的代表指出：魯迅也教育了勞苦工人，他呼籲大家以實際的行動紀念魯迅。婦聯代表強調必須面對馬來亞的現實。（根據一九四七年十月二十日《星洲日報》的報導）
>
> 這一天晚上七時，在大世界遊藝場舉行的「紀念魯迅文藝晚會」，表演的節目有十五個之多，歌、舞、話劇都有。二十一日同樣的時間與地點，又有同樣的晚會。這是馬華文化藝術界搞的第一次紀念魯迅的盛大演出。[28]

像這類動員廣大群眾的魯迅紀念會，在一九三七年就辦過一次，共有三十四個文化／學校／工人團體參加[29]。這些活動成功地把魯迅崇拜轉變成以新馬為重心的戰鬥精神，要利用魯迅的神話來實現本地的左派，甚至共產黨的政治目標：推翻英殖民地，建立馬來共和國服務。

---

[28] 〈馬華文化界兩次盛大的魯迅紀念活動〉，同前註5，頁47-49。

[29] 同上，頁44-47。章翰曾借我一個小本子《偉大的文學家．思想家》，沒作者，只印上表演藝術出版社，一九六九年十月十九日出版，共二十頁。這是提供給各種左派藝術團體、學校、工會中的學習小組學習的手冊。在城市、鄉村或森林中的馬共游擊隊，都以這方式學習魯迅思想。我在馬來亞讀中學時，也曾參加學習小組讀這類全是歌頌魯迅偉大的小冊子。

五、魯迅從反殖民英雄變成殖民霸權文化

今天世界上有四分之三的人口曾受過殖民主義統治，其生活、思想、文化都受到改造與壓制。這種殖民主義的影響，深入文學作品，便產生所謂後殖民文學。一八一九年一月廿五日，英國軍官萊佛士（Stamford Raffles）在新加坡河口登陸後，新馬便淪爲英國殖民地。馬來亞在一九五七年獨立，新加坡拖延到一九六五年才擺脫殖民統治。新馬就像其他曾受英國統治的國家如印度、巴基斯坦一樣，從殖民時期一直到今天，雖然帝國統治已遠去，經濟、政治、文化上的殖民主義，仍然繼續存在，話語被控制著，歷史、文化與民族思想已被淡化，當他們審思本土文化時，往往還不自覺地被殖民主義思想套住。「後殖民」一詞被用來涵蓋一切受帝國霸權文化侵蝕的文化。新馬的文學便是典型的後殖民文學。[30]

當我們討論後殖民文學時，注意力都落在以前被異族入侵的被侵略的殖民地（the invaded colonies），如印度，較少思考同族、同文化、同語言的移民者殖民地（settler colonies），像美國、澳大利亞、紐西蘭的白人便是這一種殖民地。美國、澳大利亞、紐西蘭的白人作家也在英國霸權文化與本土文化衝突中建構其本土性（indigeneity），創造既有獨立性又有自己特殊性的另一種文學傳統[31]。在這些殖民地中，英國的經典著作被大力推崇，結果被當成文學理念、品味、價值的最高標準。這些從英國文學得出的文學概念被殖民者當作放之四海而皆準的模式與典範，統治著殖民地的文化產品。這種文化霸權（cultural hegemony）通過它所設立的經典作家及其作品的典範，從殖民時期到今天，繼續影響著本土文學。魯迅便是這樣的一種霸權文化。[32]

新馬的華文文學，作爲一種後殖民文學，它具有入侵殖民地與移民殖民地的兩種後殖民文學的特性。在新馬，雖然政治、社會結構都是英國殖民文化的強迫性留下的遺產或孽種，但是在文學上，同樣是華人，卻由於受到英國文化霸權與

---

[30] Bill Ashcroft, et al, *The Empire Writes Back: Theory and Practice in Post-Colonical Literatures.* (London: Routledge, 1989), pp.1-11, 中譯本見劉自荃譯《逆寫帝國：後殖民文學的理論與實踐》（台北：駱駝，1998），頁 1-7。

[31] 同上，英文本，pp.133-136；中文本，頁 144-156。

[32] 同上，英文本，pp.6-7；中文本，頁 7-8。

中國文化霸權之不同模式與典範的統治與控制，而產生了兩種截然不同的後殖民文學與文化。一種像侵略殖民地如印度的以英文書寫的後殖民文學，另一種像澳大利亞，紐西蘭的移民殖民地的以華文書寫的後殖民文學。[33]

魯迅在新馬，由於被過度推崇，最後也被尊爲放諸四海皆準的中國文學的最高典範，一直影響著新馬的文學產品。從上述的論析中，我們認識到左派文化人，通過文學、文化、政治、社會、群眾運動，魯迅已被塑造成左派文化人、年輕人與群眾的導師、反封建、反殖民、反帝國、資本主義的偉大英雄，而負責發揚魯迅的偉大性的人，都是來自中國的左派文人，像胡愈之、汪金丁、吳天、許傑、巴人、杜運燮及其他著名作家，都大力建構魯迅的神化形象。但還有更多的文化人，名氣不大，他們更全心盡力去發揮魯迅的影響力。我前面提過的張天白就是最好的例子。他在三〇年代南下新馬，歷任中學教師與報紙副刊編輯。戰後回返中國。在第二次世界大戰之前，他除了自己對魯迅推崇備至，寫出很多魯迅風的雜文，更以行動來捍衛與宣傳魯迅精神[34]，稱魯迅爲「偉大的民族英雄」與「中國文壇文學之父」。[35]

從戰前到戰後，隔一、二十年，新馬都曾出現捍衛與宣傳魯迅偉大形象的作家或文化人。張天白代表三〇、四〇年代的發言人，到了五〇、六〇年代，方修（1921-）便是最虔誠勇猛的魯迅推崇者。他論述新馬華文文學的著作很多[36]，其論斷問題，多從魯迅的思想出發，他在一九五五至一九五六年間寫的魯迅式的雜感文集《避席集》，最能表現他對魯迅精神的推崇與魯迅神話的捍衛。他除了論述文學問題總要依據魯迅的言論，如闡述雜文的定義，他還因爲別人懷疑或不

---

[33] 同上，英文本，pp.133-139；中文本，頁 144-157。我曾討論新加坡作家受了兩種不同文化霸權影響下產生的二種不同的後殖民文學文本，見王潤華〈魚尾獅與橡膠樹：新加坡後殖民文學解讀〉，一九八八年在美國加州大學（UCSB）舉行世華文學的研討會論文，後來收入王潤華《華文後殖民文學》（台北：文史哲，2001），頁 97-120。

[34] 張天白的論魯迅的文章，目前收錄於《張天白作品選》，《魯迅與馬華新文藝》及《馬華新文學大系》等書中。

[35] 見《馬華新文學大系》第一集，頁 505-506。

[36] 歐清池《方修及其作品研究》新加坡國立大學博士論文，1997，頁 649。書後有方修著作編輯書目。

能接受稱頌魯迅爲「青年導師」或「新中國的聖人」，而想盡辦法爲魯迅辯護，最後不惜引用毛澤東〈新民主主義論〉的吹捧魯迅的話，作爲論證魯迅就是「具有最高的道德品質的人」[37]。這種宗教性的崇高信仰，正說明魯迅爲什麼在跨入廿一世紀前的二百天，還當選一百強之首。

因爲魯迅是「具有最高的道德品質」的「聖人」，所以他能產生一種道德宗教式的精神力量，每個人要按照他的教導辦事，照魯迅的話來分析問題，加強宗教的論證。章翰（韓山元）說：

> ……把魯迅當作導師，在寫作時不時引用魯迅的話以加強自己的論據，或以魯迅的話作為分析問題的指針。
>
> 馬華文藝作者在寫作時引用魯迅的話的現象也相當普遍，這不是為了趨時，而是表示大家要按魯迅先生的教導辦事。[38]

韓山元出生於馬來亞，在魯迅的文化霸權之影響下長大，而且成爲一個作家，我認爲他代表新馬最後一個最虔誠的魯迅信徒，或是最後一代之中最崇拜魯迅的信徒。如果方修代表五〇、六〇年代新馬推崇與發揚魯迅精神的代言人，韓山元則代表七〇年代，因爲他的兩本代表作《魯迅與馬華新文藝》與《文藝學習與文藝評論》[39]，最能說明魯迅霸權文化之力量：魯迅是所有新馬各門各類文藝工作者（從文學到視覺及表演藝術）、知識分子、工農兵學習的「光輝典範」，更是各種鬥爭（如反殖民、反封建、反資本帝國主義、爭取民主自由）的「銳利思想武器」，因此「向魯迅學習」「不僅是文藝工作者的口號，而且也是整個民眾運動的口號」[40]。韓山元下面這些話是他本人心靈歷程中的肺腑之言：

> 魯迅是對馬華文藝影響最大、最深、最廣的中國現代文學家。作為一位偉大的革命家、思想家，魯迅對於馬華文藝的影響，不僅是文藝創作，而且也遍及文藝路線、文藝工作者的世界觀的改造等各個方面。不僅是馬華文學工作者深受魯迅的影響，就是馬華的美術、戲劇、音樂工作者，

---

[37] 參考方修《避席集》（新加坡：文藝出版社，1960）中〈亦談雜文〉、〈魯迅和青年〉、〈魯迅爲什麼被稱爲聖人？〉，頁 37-44；67-71；77-81。

[38] 同前註 5，頁 6 及 11。

[39] 章翰《文藝學習與文藝評論》（新加坡：萬里文化企業，1973）。

[40] 同前註 5，頁 1-2。

> 長期以來也深受魯迅的影響。不僅是在文學藝術領域，就是在星馬社會運動的各條戰線，魯迅的影響也是巨大和深遠的。……魯迅一直是本地文藝工作者、知識分子學習的光輝典範。我們找不到第二個中國作家，在馬來亞享有像魯迅那樣崇高的威信。
>
> 魯迅的著作，充滿了反帝反殖反封建精神，……對於進行反殖反封建的馬來亞人民是極大的鼓舞和啟發，是馬來亞人民爭取民主與自由的銳利思想武器。[41]

韓山元（章翰）的《文藝學習與文藝評論》，共收二十篇文章，從第一篇〈認真學習語言〉開始，中間有〈改造自己，改造世界〉、〈向魯迅學寫作〉，到最後一篇，全是他自己所說「按魯迅先生的教導辦事」。無論是學語言、為人處事、思想、或探討如何搞表演藝術活動，都需向魯迅學習。從韓山元的這個例子，令人心服口服的說明殖民的霸權文化，即使在殖民主義遠去後，其文化霸權所發揮的影響力，還是強大無比。韓山元本地出生，其家族早已落地生根，但中國的優勢文化，還是抵制住本土文化之成長。[42]

六、魯迅的經典傳統：文學品味與價值的試金石

我在上面說過，在移民殖民地如澳洲、紐西蘭，英國及歐洲的經典作家及作品，依然成為文學品味與價值的試金石，繼續有威力地支配著大部分後殖民世界的文學文化生產。這種文學或文化霸權之所以能維持，主要是殖民文學觀念的建立，只有符合英國或歐洲中心的評價標準（Eurocentric standards of judgement）的作家與作品，才能被承認其重要性，要不然就不被接受[43]。魯迅作為一個經典作家，就被人建立起這樣的一種文學霸權。魯迅本來被人從中國移植過來，是要

---

[41] 同上，頁 1。

[42] 我曾從不同角度討論過這問題，有關馬華文學之獨立，見王潤華〈從中國文學傳統到本土文學傳統〉，收入《從新馬文學到世界華文文學》（新加坡：潮洲八邑會館，1994），頁 3-33；有關報紙副刊曾是中國作家之殖民地與本土新馬華文作家的獨立鬥爭戰場，見王潤華〈從戰後新馬華文報紙副刊看華文文學之發展〉，收入《世界中文報紙副刊學綜論》（台北：文建會，1997），頁 494-505。

[43] 同前註 30，英文本，pp.6-7；中文本，頁 7-8。

學他反殖民、反舊文化，徹底革命，可是最終為了拿出民族主義與中國中心思想來與歐洲文化中心抗衡，卻把魯迅變成另一種殖民文化，尤其在文學思想、形式、題材與風格上。

新馬戰後的著名作家兼評論家趙戎（1920-1998），雖然在新加坡出生，但他的文學觀完全受中國新文學的經典所支配，他雖不是最前線的魯迅神話的發揚與捍衛者，但他在中國中心優勢文化影響下，也一樣處處以魯迅為導師，無時無刻不忘記引用魯迅為典範，引用他的話來加強自己的論據或作為引證。他的《論馬華作家與作品》就很清楚看到魯迅及中國新文學前期的經典如何支配著他。在〈苗秀論〉（1953）中，在論述「苗秀底藝術和藝術風格」一節，趙戎馬上說：

> 比如魯迅、茅盾、老舍、巴金……等等，他們底藝術風格是各不相同的[44]

在討論〈苗秀底人生觀和創作態度〉，他一開始，就引用魯迅為例：

> 魯迅、茅盾們的小說……他們所以偉大，其作品所以不朽，都決定於作者的人生觀……[45]

趙戎論析苗秀的中篇小說〈小城之戀〉時，把小說中從事抗日鋤奸活動的文化青年歸類為會寫「魯迅風」雜文的文化青年，因為他在革命中愛上一女子，因此否定苗秀的描寫，認為這是大缺點：

> 而且，一個會寫「魯迅風」雜文的文化青年，當他底工作緊張的時候，總不致把愛當作第一義的吧！作者底的意思是寫戀愛悲劇，但可以不必這般寫的……[46]

我在上述已提起方修及其《避席集》，雖是向魯迅學習的心得之作，這本書使方修成為五〇～六〇年代魯迅精神的發揚與推崇的首要發言人。在他大量的論述新華文學的著作中，魯迅是非論及不可的，在〈中國文學對馬華文學的影響〉（1970）一文中，魯迅及其他作家是「學習或模仿的對象」：

> 學習中國個別作家的風格——中國著名的作家，如魯迅、郭沫若、巴金、艾青、臧克家、田間等人，他們的作品風格都成為馬華作家學習或模仿

---

[44] 趙戎《論馬華作家與作品》（新加坡：青年書局，1967），頁3。

[45] 同前註41，頁9。

[46] 同前註41，頁17。

的對象。[47]

在〈馬華文學的主流——現實主義的發展〉(1975)，方修認爲只有魯迅作品是舊現實主義中最高一級的徹底的評判的現實主義，只有魯迅作品達到這個高度。[48]

馬來西亞的資深作家方北方（1919-），即使在一九八〇年代論述馬華文學時，如在《馬華文學及其他》論文集中，處處都以魯迅的現實主義創作手法、魯迅的人格精神，魯迅的作品，爲最高的典範與模式。[49]

七、受困於模仿與學習的後殖民文本

當五四新文學爲中心的文學觀成爲殖民文化的主導思潮，只有被來自中國中心的文學觀所認同的生活經驗或文學技巧形式，才能被人接受，因此不少新馬寫作人，從戰前到戰後，一直到今天，受困於模仿與學習某些五四新文學的經典作品。來自中心的真確性（authenticity）拒絕本土作家去尋找新題材、新形成，因此不少人被迫去寫遠離新馬殖民地的生活經驗。譬如當魯迅的雜文被推崇，成爲一種主導性寫作潮流，寫抒情感傷的散文，被看成一種墮落、即使在新馬，也要罵林語堂的幽默，下面這一段有關魯迅雜文的影響力便告訴我們中國中心文學觀的霸權文化控制了本地文學生產：

> 雜文，這種魯迅所一手創造的文藝匕首，已被我們的一般作者所普遍掌握；早期的雜文作者如一工、孫藝文、古月、林仙嶠、景三、黎升等，他們的作品都或多或少地接受了魯迅雜文的影響；而稍後出現的丘康、陳南、田堅、吳達、之丘、山兄、蕭克等人的雜文，更是深入地繼承了魯迅雜文底精神，而獲得了高度成就的。不但是純粹的雜文，即一般較有現實內容，較有思想骨力而又生動活潑的政論散文，也是多少採取了魯迅雜文底批判精神和評判方式的。在《馬華新文學大系》的《理論批評二集》和《劇運特輯》中，有許多短小精悍的理論批評文章基本上都可以說是魯迅式底雜文，因為魯迅雜文底內容本來就是無限廣闊，而在

---

[47] 方修《新馬文學史論集》(香港：三聯書店，1986)，頁41。

[48] 同上，頁355。

[49] 方北方《馬華文學及其他》(香港：三聯書店，1987)，頁5。

> 形式上又是多樣化的。在《馬華新文學大系》的《散文集》中，則更有不少雜文的基本內容是和魯迅雜文一脈相承的。那些被魯迅所批判過，否定過的「阿Q性」學者、文人、幫閑藝術家等等，往往在一般雜文作者的筆下得到了廣泛反映。例如：古月的〈關於徐志摩的死〉一文，是批判新月派文人的；丘康的〈關於批判幽默作風的說明〉，是駁斥林語堂之流的墮落文藝觀的；丘康的〈說話和做人〉及陳南的〈黨派關係〉，是對汪精衛輩的開火；田堅的〈用不著太息〉，是揭發「阿Q性」在新時代中的遺毒的；而丘康的〈論中國傾向作家的領導〉，則是批判田漢等行幫分子的。諸如此類，都可以和魯迅作品互相印證。至於專論魯迅，或引用魯迅的話的文章，則以丘康，陳南，吳達，饒楚瑜、韋斧夫等人的作品為多。[50]

作者還很驕傲地指出：

> 總之，在馬華新文學史上，只有真正接受魯迅底教導，真正追隨魯迅的文藝工作者，才能堅持走堅實底文藝道路，負起新時代所賦予的歷史任務[51]

以上是戰前的新馬作家受困於模仿與學習魯迅的情形。到了戰後，很明顯的，尤其土生的一代新馬作家開始把左派的、霸權文化代表的魯迅文學觀進行調整與修改，使得它能表達和承載新的新馬殖民地的生活經驗。正如下述的雲里風、黃孟文、曾也魯（吐虹）的作品所顯示，企圖在拒絕和抵制下破除權威性（Abrogation），在修改與調整的挪用（appropriation）中，破除神化的魯迅的規範性與正確性。他們重新為中文與文本定位。[52]

最近古遠清發表〈魯迅精神在五〇年代的馬華文壇〉，是他讀了《雲里風文集》中十篇散文的評論[53]。他發現幾乎每一篇，「都能感受到魯迅精神的閃光。」他還說「不能說沒有模仿著魯迅散文詩《野草》的痕跡，但他不願用因襲代替創

---

[50] 高潮〈魯迅與馬華新文學〉，《憶農廬雜文》（香港：中流，1973），頁67-69。

[51] 同上，頁69。

[52] 同前註30，英文本，pp.38-115；中文本，頁41-125。

[53] 古遠清〈魯迅精神在五〇年代的馬華文壇〉，《新華文學》第46期（1999/06，新加坡），頁98-102。

作，總是用自己的生活實踐去獲取新的感悟」[54]。雲里風的〈狂奔〉情節與人物設置使人聯想起魯迅的〈過客〉、〈文明人與瘋子〉的文明人應借鑒過魯迅〈聰明人和傻子和奴才〉中的聰明人，〈未央草〉靈感來自魯迅的〈影的告別〉，〈夢與現實〉以「我夢見我在」開始，很像魯迅〈死火〉以「我夢見自己」開始，不過根據古遠淸的分析，雖然夢境、韌性的戰鬥精神，對黑暗社會的反抗、詩情和哲理相似，他還是可以感到一些作者改造與移置的痕跡：「雲里風注意改造，移植魯迅的作品，這一藝術經驗値得我們重視」。當然，作爲一位中國學者，古遠淸很高興看見中國文化的霸權在五〇年代還繼續發現著：「可看出魯迅精神在五十年代馬華文壇如何發揚光大。」[55]

其實從一九五〇年到今天，魯迅的作品所建立的經典典範還是具有生命力的，新馬的作家多多少少都曾經向他學習過。吐虹的〈「美是大」阿 Q 正傳〉，作於一九五七年[56]，模仿〈阿 Q 正傳〉，諷刺曾擔任南洋大學校長的林語堂（小說中叫淩雨唐）。孟毅（黃孟文）的〈再見惠蘭的時候〉作於一九六八年，它跟魯迅的〈故鄉〉有許多相似的地方[57]。林萬菁在一九八五年寫的〈阿 Q 後傳〉，又是一篇讀了〈阿 Q 正傳〉的再創作。[58]

在移民殖民地如澳洲、紐西蘭，白人移民作家首要使命便是要建構本土性。他們與侵略殖民地的印度作家不一樣。後者在英國殖民統治離去後，主要使命是重新尋找或重建本土上原有的文化，白人作家則要去創造這種本土性。他們爲了創造雙重的傳統：進口與本土（the imported and the indigeuous）的傳統，這些白人作家需要不斷採取破除權威與挪用（appropriation）的寫作策略[59]。新馬華文作家他們在許多地方其處境與澳洲的白人作家相似、他們需要建立雙重的文學傳統。[60]

---

[54] 同上，頁 98。

[55] 同上，頁 102。

[56] 收集在作者第一本短篇小說集，吐虹《第一次飛》（新加坡：海燕，1958），頁 29-48。

[57] 收入作者第一本短篇小說集《再見惠蘭的時候》（新加坡：新社文藝，1969），頁 1-12。

[58] 林萬菁〈阿 Q 後傳〉，《香港文學》第 6 期（1985/06），頁 38-39。

[59] 同前註 30，英文本，pp.38-115；中文本，41-125。

[60] 周策縱與我曾在一九八八年的第二屆華文文學大同世界國際會議上，發表雙重傳統

在上述作家之中，孟毅最成功的修正從中國移植過來的中文與文本，因爲它已承載住中國的文化經驗，必須經過調整與修正，破除其規範性與正確性，才能表達與承載新馬殖民地新的生活經驗與思想感情。〈再見惠蘭的時候〉在瓦解中國的經典（或魯迅經典）與重建新馬經典，成爲新馬後殖民文學演變的典範模式。

這篇嘗試以馬來亞經驗創造的一種新文本，根據麗鹿（王嶽山）的論文〈〈再見惠蘭的時候〉與魯迅〈故鄉〉〉[61]，具有主題共通性（悲傷兒時鄉下玩伴的貧困遭遇）、情節的模式（回到離別很久的故鄉，小朋友落魄，故鄉落後貧窮）、故事人物相似（我、母親、鄉土與我、母親、惠蘭對比）及四種相近的表現手法（第一人稱敘述法、倒敘手法、對比手法與反諷技巧）。孟毅雖然受到魯迅的〈故鄉〉的啓示與影響，作者把舊中國荒蕪落後的魯迅式的農村全部瓦解，放棄他的中國情節，重建英國殖民地的馬來亞一個橡膠園農村及其移民，從題材、語言、到感情都是馬來亞橡膠園，礦場地區的特殊經驗。小說中所呈現的因爲英軍與馬共爭奪馬來亞統治權所引發的遊擊戰而引發當地居民複雜的生活與思想情況，特別對當年英軍宣布的緊急狀態下集中營（新村）的無奈，都通過新馬殖民地的產品表現出來。那些鋅板屋、移殖區、甲巴拉、邦達布、水客、田雞、香蕉、讀紅毛書本身就承載著新馬人的新文化與感情。這邊緣性產生的後殖民文本，終於把本土性的新華華文文學傳建構起來。

八、「個個是魯迅」與「死抱了魯迅不放」到學術研究

魯迅如何走進新馬後殖民文學中，及其接受與影響，還有其意義，是一個錯綜複雜的問題。魯迅以其經典作品引起新馬華人的注意後，又以左翼文人的領袖形象被移居新馬的文化人用來宣揚與推展左派文學思潮。除了左派文人，共產黨、抗日救國的愛國華僑都盡了最大的努力去塑造魯迅的神話。有的爲了左派思

（Native and Chinese traditions）及多元中心論，參考王潤華編《東南亞華文文學》（新加坡：哥德學院與新加坡作協，1989），頁 359-662；王潤華，見王潤華《從新華文到世界華文文學》中第三卷〈世界華文文學的大同世界：新方向新傳統考察〉，同前註 22；頁 243-276。

[61] 這篇論文原是我在南洋大學中文系所授《比較文學》班上的學術報告，見《南洋商報．學林》，1981/01/15, 16。

想，有的爲了抗拒，有的爲了愛中國。魯迅最後竟變成代表中國文化或中國，沒有人可以拒絕魯迅，因爲魯迅代表了中國在新馬的勢力。一九三九年郁達夫在新馬的時候，已完全看見魯迅將變成神，新馬人人膜拜的神。從文學觀點看，他擔心「個個是魯迅」，人人「死抱了魯迅不放」。他說這話主要是「對死抱了魯迅不放，只在抄襲他的作風的一般人說的話。」可是郁達夫這幾句話，引起左派文人的全面圍攻，郁達夫甚至以《晨星》主編特權，停止爭論文章發表。攻擊他的人如耶魯（黃望青，曾駐日本大使）、張楚琨在當年不只左傾，也是共產黨的發言人。反對魯迅就等於反對「戰鬥」，反對抗戰，反對反殖民主義，最後等於反對中國文化[62]。高揚就激昂的說：死抱住魯迅、抄襲他的作風都無所謂，「因爲最低限度，學習一個戰士，在目前對於抗戰是有益。」[63]

把魯迅冷靜認真的當作文學經典著作來研究，目前方興未艾。也需要洋洋幾萬言才能論述其要。它的開始也很早。鄭子瑜早在一九四九就寫過〈〈秋夜〉精讀指導〉[64]，一九五二年的專著《魯迅詩話》及年青時的手稿，最近才出版的《〈阿Q正傳〉鄭箋》，後兩部專著已有陳子善及林非等人的專論[65]。如果說鄭子瑜代表新馬以修辭的方法來研究魯迅的開拓者。目前的林萬菁便是集大成者，他著有《論魯迅修辭：從技巧到規律》，另外也發表許多論文如〈試釋魯迅「絕望之爲虛妄，正與希望相同」〉，〈〈阿Q正傳〉三種英譯的比較〉[66]。王潤華則開拓從文學藝術與比較文學的角度與方法去研究魯迅的小說，主要專著有《魯迅小說新論》，及其他專篇論文如〈從周樹人仙台學醫經驗解讀魯迅的小說〉、〈回到仙台醫專，重新解剖一個中國醫生的死亡〉等論文。[67]

---

[62] 這些文章收集於《馬華新文學大系》第二集，同前註7，頁444-471。

[63] 同上，頁461。

[64] 〈〈秋夜〉精讀指導〉收集於《鄭子瑜選集》（新加坡：世界書局，1960），頁65-75；《魯迅詩話》（香港：大公書局，1852）。

[65] 見宗廷虎編《鄭子瑜的學術研究和學術工作》（上海：復旦大學，1993），頁61-66；67-71。

[66] 林萬菁《論魯迅修辭：從技巧到規律》（新加坡：萬裡書局，1986）；其餘二篇論文都是由新加坡國立大學中文系所出版，前後爲1983，26頁；1985，29頁。

[67] 王潤華《魯迅小說新論》（台北：東大，1992；上海：學林，1993）；〈從周樹人仙台

從目前的局勢看，魯迅已從街頭走向大專學府，作爲冷靜學術思考的對象，我自己就指導很多研究魯迅的學術論文，如《魯迅對中國古典小說的評價》、《魯迅小說人物的「狂」與「死」及其社會意義》、《魯迅小說散文中「世紀末」文藝思想與風格研究》、《魯迅舊體詩研究》等。[68]

原發表 1999；格式修訂 2003

學醫經驗解讀魯迅的小說〉，新加坡國立大學單篇論文，1996，22 頁；〈回到仙台醫專，重新解剖一個中國醫生的死亡〉，《魯迅研究月刊》，1995 年第 1 期，頁 56-58。

[68] 前三本爲新加坡國立大學中文系榮譽班論文，1988、1990 及 1995，後一本爲碩士論文，1996。

南洋論述／在地知識

——他者的局限

＊張錦忠

一、以在地知識論述南洋，以戈爾資（Geertz）為例

許多學者的詮釋活動，依憑的是一套自以爲放諸四海皆準的知識模式。這種情形，歐美學界尤其嚴重。來自第三世界社群的比較學者，談到這種有意無意忽視他者存在的現象，幾乎無法不滿懷敵意[1]。人類學家或民族誌學者所研究的，往往是殖民地前身的社會、文化與族群，或受新殖民主義宰制的區域[2]，更難免

[1] （一）廖炳惠教授也曾提及晚近若干學者的東－西論述「不自禁地透露出潛藏的敵意」，他並特別舉了張隆溪爲例。見廖炳惠 1991：64。文章原爲廖教授用英文宣讀的會議論文。廖文引述的張隆溪文章，見 Zhang Longxi, "The Myth of the Other: China in the West," *Critical Inquiry* 15.1 (1988)：108-131。（二）「潛藏的敵意」與他者的關係，其實也是相當具有巴赫金色彩（Bakhtinian）的。巴赫金「潛藏的爭論」說指出，作者言論在建構論述對象之際，其言辭往往給與他者言論中的相同論題「爭論性的一擊」，而他者的言論也藉此影響了作者的言論，遂產生雙聲言語。見 Bakhtin 1984：195-197。把他者的言論擺在巴赫金論述脈絡裡，雖非直接關涉南洋論述或在地知識，卻不失爲研究他者的光明大道。不過，那是另外一種讀法了，這裡無意致力於此。時下諸家的篇什，已蔚爲大觀，請自行參閱。添加此蛇足之意，僅在指出「敵意」與「爭論性」具凸顯他者的互動功能，值得進一步分析。

[2] 皮柯樂也指出「西方所謂的『人類學』，大多在老殖民地或新殖民地區進行，自是明顯不過」。見 Pecora 1988：249。何以「自是明顯不過」他並未申述。這其實也是地理政治

以自己的文化模式爲框框，硬套在他者的論述場域，藉之再現他者的歷史與社會。結果他者淪爲僅僅是論述（或扭曲）的對象，沒有主體性可言。易言之，他者即局限。人類學或民族誌既無法不詮釋或再現他者，也就難以避免他者的局限了。

但是，在主體與客體之間，他者是誰？誰又是自己？或者根本沒有他者，他者只是〔我們〕自己刻意的「發明」，就像歐洲論述中的「東方」（參閱 Said 1979：1）？他者之爲他者，是以時空的遠近、古今爲準繩嗎？還是以國家的大小貧富、種族的膚色、語言、宗教、性別、階級的高低來決定？究竟再現之內／外力量是什麼？以某一文學文本或歷史篇什爲言論或論述之所本〔是爲言本（text）〕，乃從內或外再現他者？或者根本沒有內外之分，因爲一切論述與言辭都「總已」是再現？本文不擬回答這些問題。他者的局限即〔我〕自己的局限。

他者即局限。或許我們大可進一步指出，他者的再現即他者的局限。透過自己的言論（本文交替使用言論與論述二詞來表示 discourse 之意），再現出來的他者，到底應具什麼面貌？這是一個認知或實證問題？或只是閱讀的寓言？恐怕也不易回答。但是書寫他者或閱讀他者的論述，卻不得不觸及這「不可觸的」。人類學家如戈爾資（Clifford Geertz）高談在地知識（Iocal knowledge），大有人類學知識不落實本土便非知識之意[3]。但是從他者與再現的觀點來看，戈爾資所謂的在地知識也只是局部知識，仍然是他者的局限。戈爾資的論述，是認知的問題，也是實證的問題，更是閱讀的寓言。透過他的文化詮釋，再現出來的他者，是逼真到什麼地步的他者？以描述他者的語言來替代他者的存在，展示的其實是語言的權威，再現的他者也只是局部的他者。

戈爾資的詮釋人類學，借用符號學觀念詮釋文化，他認爲符號乃有待詮釋的語言，符號學也並非只是研究符號系統或符碼與意義關係的科學，而是一種以社會成文（social contextualization）爲背景的思考模式。此外，他也大量借用文學典故來增強分析修辭和了解他者的本事。對他而言，文學論述與文化人類學文獻篇什的言論並沒有太大的差異。他舉了峇厘島（Bali）爲例說，我們詮釋或評論

學，裡頭自有其意識形態。

[3] 用戈爾資自己的話，則是「知識的形態總是無法避免在地」。皮柯樂則反過來，說戈爾資主張「人類學知識唯有在地的才能算是知識」。見 Geertz 1983：4；Pecora 1989：246。

峇厘人再現他們眼中的世間事物之方式，跟解釋珍・奥斯婷、哈代、福克納諸小說家筆下的生活面貌一樣，都是「同樣的活動，不同的只是進行方式」，其實都是「道德想像的社會史」（1983：8）。跟《傲慢與偏見》或《聲音與憤怒》這樣的英美文學文本不同的是，峇厘島是遠在他鄉的地理現象，因此需要一套在地知識來做詮釋的共謀。這套描述性的知識，包括對一個地方的語言辭彙、親屬稱謂、宗教、政治、民俗儀式、育樂活動的了解與據用。簡而言之，即把研究的社會現象置諸當地色彩或意識架構，彰顯其脈絡，讓他者自我再現出來，而非研究者閉門造車，大作因果分析文章（1983：6），或以化約處理一切問題。或者，用戈爾資自己的話，在地知識即「將自己置身他者之間」（1983：16）。這種說法，其實卑之無甚高論，只是馬里諾斯基（Bronislaw Malinowski）的「當地人觀點」舊調重彈。儘管比起傳統歐美人類學家以殖民地官員文獻、傳教士札記，或旅人遊記爲主要論述材料，研究視界大多爲充滿種族或文化沙文主義的整體性，戈爾資書寫的似乎是友善得多的文化異己關係，至少他願意讓自己「置身他者之間」，正視他者及其主體性，讓自己也成爲當地人眼中的他者，甚至藉詮釋當地文化或政治來批判西方人士對西方文化與政治的觀點，擺出他山之石、可以攻錯的態度。可是誠如柯勒邦察諾（Vincent Crapanzano）所指出，在峇厘「他的主體性跟〔當地〕村民的主體性與內延性混淆不分」，峇厘人「成爲戈爾資描述、詮釋與論述甚至自我表現的襯托」（1992：63）。

一九七三年，戈爾資的《文化詮釋》（*The Interpretation of Cultures*）一書出版，收入他一九五七年至一九七二年的文化論述多篇。文章以實證爲主，同時提出詮釋文化理論與文化象徵系統的說法。十年後出版的續編，便直接題爲《在地知識》（*Local Knowledge*），並以之爲詮釋人類學的理論架構。二書中若干論點，尤其是有關他者與再現的言論，更成爲八〇年代盛行美國學界的新歷史主義的其中一股源頭活水。新歷史主義的「始作俑者」葛林伯樂（Stephen Greenblatt）近年也常用「文化詩學」（cultural poetics／poetics of culture）一詞來指稱他們那一套文學或文化研究模式[4]。晚近文化批判或文化批評論述風起雲湧，人類學界也

---

[4] 葛林伯樂夫子自道說，七〇年代中葉他在柏克萊加州大學開「馬克思主義美學」等課，一日，有人大聲喝道：「你不是布爾什維克黨人，又不是孟什維克黨人——到底算他媽的什麼玩意！」說罷怒沖沖離去。從此葛氏諸課就改稱「文化詩學」等名堂。是否真有其

受波及，將二十世紀人類學納入文化批判的脈絡，而戈爾資及其詮釋人類學理論也順理成章成爲論述切入點。[5]

戈爾資的在地知識主要論述場域爲印尼的爪哇與峇厘。《文化詮釋》最後一章即以峇厘人的鬥雞文化爲題材。一九五八年四月，戈氏夫婦抵達峇厘島某村落。村裡約有五百人，但除了房東與村長，沒有人理睬他們。戈爾資覺得自己雖是闖入者，村人卻漠視他們的存在，似乎他們並非人類，只是肉眼看不見的空氣。這跟他在別地方受到熱情待遇大異其趣。一日，夫婦二人擠在人群中圍觀鬥雞，警察前往取締時，村人紛紛作鳥獸散，戈氏夫婦也落荒而逃。經此一「役」，峇厘人方才接納了他們的存在。戈爾資認爲自己有幸身歷其境，從內部深深體會「莊稼人心思」，十分難得，故文章題爲〈深戲〉（"Deep Play"）（1973：46）。文章接著詳細敘議峇厘人的鬥雞文化，結論指出一民族的文化即一套文本，有其自身的詮釋方式，他者應學習如何掌握文意，而非以功能論或精神分析法去探索（1973：453）。戈爾資用峇厘人的鬥雞文化「註釋」一九六五年四萬八千峇厘人遭殘殺（屠殺？）的十二月事件，指出鬥雞這類民間行徑更能詮釋村人對生命的態度。其實，峇厘莊稼人心思裡頭的異己關係，戈爾資的鬥雞敘事並沒法解釋。僅僅詮釋屠殺事件的象徵結構，也沒有揭示事件的肇因或真相。戈爾資所親身經歷的，是本地人與異鄉人的異己辯證關係。克麗絲緹娃（Julia Kristeva）在《吾本陌生人》（Strangers to Ourselves）中指出，「每個本地人都會覺得，在自己本身（own and proper）的土地上，自己差不多也是個異鄉人，因而深感不安，有如面對性別、國家、政治，或職業等屬性問題。這迫使他接著不得不跟他人認同」（1991：19）。戈爾資這位真正的異鄉人初抵峇厘小村時，村民因他的出現而意識到自己的異鄉性，認識到他者其實是「自己本身」的潛意識，故而他們保持沉默，或對他視若無睹。焉知他們內心沒有一番掙扎：「我們不該結合起來嗎？維持『我們自己』，驅逐闖入者，或至少要他安分守己？」（1991：20）鬥雞事件之後，主僕易位，在爪哇人警察的追捕之下，異鄉人與村人一道逃竄，結果本地

事，不得而知，不過新歷史主義學者喜歡引述小故事，此爲一例。見 Greenblatt 1989：2。

[5] 例如，馬珂思（George E. Marcus）與費詩（Michael M. J. Fischer）一九八六年出版的書，便題爲《作爲文化批判的人類學》（*Anthropology as Cultural Critique: An Experimental Moment in the Human Sciences*）。

人與異鄉人互相認同，從此彼此交往融洽。這位來自遠方的異鄉人對當地人的主體性顯然沒有威脅（有威脅的是他們身邊的異鄉人：爪哇人或華人）。至於一九六五年的十二月（「十月政變」二個月後）事件，據說是峇厘人互相殘殺，也不一定就是事實，恐怕還有別的政治因素，無關天地不仁。換個詮釋角度，即使不用其他政治或歷史文件來描述事件的外因，也可分析爲被侵犯的自我對他者殺機大起，要把闖入的異鄉人殺掉，以報復自我的被他者侵犯。這跟克麗絲緹娃的原意或許不太一樣，不過用來詮釋一些東南亞本地人排華事件的心理背景，正好可以證明華族在這區域遭受的敵意（又是值得詳加研究的「敵意」！），與華裔在歐美受到的種族歧視並不盡相同，並不是通過「反歧視法案」就可以諸族共和，水乳交融。

戈爾資視鬥雞或皮影戲爲文化符號，藉之詮釋再現的社會或族群之內部意識或力量。鬥雞或皮影戲乃成爲他用來「揭示、界定及強加諸文化思想中之可辨形態」的意象或象徵（Marcus and Fischer 1986：14）。《文化詮釋》論述的對象，除了印尼與摩洛哥外，尙有馬來西亞、印度、緬甸、黎巴嫩、奈及利亞等戰後獨立國家的社會與政治概況。在地知識的局限，見諸戈爾資選用象徵符號的視野問題及科學客觀性之外，也可以從他無能爲力處理這些新興國家的意識形態、民族主義、外國干預等政治問題見出端倪。《文化詮釋》一書探討印尼一九六五年十月事件的地方不少，但是，儘管有在地知識做爲後盾，戈爾資仍然無法再現他者的事件真貌。他的「意識形態之爲文化系統」或「政治意義」言論，箇中內容其實多爲一般常識，即使一般人類學家沒有在地知識背景，也可能提出類似觀點。就這一點而言，在地知識不但沒有幫助我們更了解當地本土或更接近真相，反而暴露出其局部性及戈爾資身爲他者的局限。我們甚至難免要問：到底有沒有在地知識這回事？柯勒邦察諾也指出，戈爾資根本沒有真正描述過一場鬥雞，「他只是建構了峇厘人的鬥雞，然後把他的建構詮釋爲：『峇厘人的鬥雞』。」（Crapanzano 1992：68）

誠如皮柯樂（Vincent P. Pecora）所提出，印尼一九六五年的十月事件，其實無法局部依據印尼當局或爪哇人的官方說法來詮釋[6]。蘇卡諾政府垮台，究竟

6 皮柯樂質疑戈爾資所謂在地知識的局限之外，也質疑戈氏理論在文學批評界的作用，同時矛頭指向新歷史主義。他甚至認爲，戈爾資一九七二年發表那篇關於峇厘人鬥雞的

是印尼共產黨（PKI）流產革命所致，還是蘇哈托等軍人奪權成功結果，或者是經濟蕭條、民心向背造成？恐怕不能單憑內部的象徵符碼或文化意象來詮釋，還得參照外面的大背景（grand texture）來呈現真貌，如果歷史有真貌的話。韓戰以後，南海的戰略地位日漸重要。法國勢力撤離中南半島後，美國的影響力乘虛而入，艦隊經常在馬六甲海峽、南中國海一帶巡邏。而在東南亞，一九五五年四月，二十九個亞非獨立國家在印尼召開萬隆會議（Bandung Conference），發起人之一的印尼總統蘇卡諾聲望如日中天。他強烈反殖民主義，與印共來往甚密，跟北京關係良好。儘管蘇卡諾的激進民族主義、印尼人的民族主義、印度尼西亞共產黨、親北京派（包括華人）及北京政府之間，其實是複雜的矛盾與辯證關係[7]，美國卻不得不擔心一旦印尼共產黨成功掌權，東南亞的後門大開，加上中南半島共產化所可能產生的骨牌效應，難免損及美國的亞洲利益。而美國維持其亞洲（及中南美洲）利益的方式或一貫作風，即是干預或左右當地政府的權力轉移，尤其是扶植軍人團體，或政變或推出右派強人取代左傾文人政府，以確保該地區的親美（或親〔資本主義〕西方）及非（反）共產主義立場。美國中央情報局一方面資助當地的「叛亂」活動（例如一九五八年的蘇門答臘及蘇拉威西等外島的反蘇卡諾活動），另一方面也在美國及海外（例如台灣）訓練「有志之士」以便他們在適當時機回國舉事。皮柯樂引了當年的《紐約時報》中央情報局報告書、前情報員麥格希（Ralph McGehee）及其他學者的話，證明美國的確插手印尼的十月事件（1989：250-57）。比較之下，東南亞國家中，似乎只有馬來西亞、新

文章，其實並非旨在闡明一套人類學方法，而在混淆西方人士視聽，以掩飾或開脫他們七年前在印尼的過錯。見 Pecora 1989：262。

[7] 早期被視爲支持印尼共產黨顛覆活動的是蘇聯，而非中共。中華人民共和國成立，對印尼民族主義者而言，代表了新亞精神，頗有鼓舞作用。到了五〇年代末期，印尼排華或反華事件惡化（如禁止華籍外僑〔yang bersifat asing〕在鄉間經營雜貨店），雙方關係進入低潮，印共處境也十分尷尬。北京當局甚至在電台攻擊印尼慘無人道，以納粹迫害猶太人的手段對待華人。一九六〇年大批身懷技術的知識青年返華。一九六一年陳毅訪印，雙方簽署雙重國籍條約，關係稍微改善。但一九六三年五月，西爪哇等地再次發生排華暴動，時值蘇卡諾政府經濟政策失敗，社會不安，華人財富更令人眼紅，反共右派分子擔心蘇卡諾太接近北京，遂不惜利用反華暴動表達不滿。一九六五年以後，局勢更是一面倒。詳見 Mackie 1976。

加坡、泰國的領導人能夠致力排除外來干預力量，以自己的意識形態建國，儘管這些國家也有相當程度的親美政策。就這一點而言，戈爾資視峇厘人的鬥雞爲「典範性事件」，因爲「鬥雞讓峇厘人看見自己主體性的一面，就像我們再三閱讀《馬克白》後之所得」（1973：450），其實意義不大。戈爾資以鬥雞註釋或詮釋峇厘十二月事件或印尼十月事件，並以《馬克白》或《李爾王》爲評點文本，凸顯文本互通的詮釋或細讀之道。但鬥雞這象徵符碼或系統所蘊涵的，其實是峇厘人在峇厘人之間的文本，主體性自在其中，他們到底看見了自己的哪一面？戈爾資看見的，又是他者的哪一面？分析到底，很可能他們並沒有看見他們自己，因爲他們一如所有的他者，已局限在自己文本的局部之內，成爲他人（如戈爾資）觀視的他者。故此，他者即自己的局限，「他者」即他者的局限。他者也是在地知識的局限，需要外延（outside，而非 extrinsic）知識來彰顯（他者及局限），尤其是歷史、政治，及經濟活動。而戈爾資的在地知識論或詮釋人類學，爲人（例如 Lentricchia 1989：242n8）詬病之處，即欠缺歷史與政治性（ahistorical, apolitical）。

一九九〇年冬，美國的文學期刊《新文學史》（*New Literary History*）刊出論述歷史與其他人文學科關係專輯，其中戈爾資一九八八年的文章〈歷史與人類學〉（“History and Anthropology”）重提異己關係，論及歷史（這門學科，戈爾資如是區分）與人類學（這門科學）的互動（包括反與合）功能。歷史述古，人類學道遠，有時古今遠近交會互通，其實都不外是再現他者這回事。文中提到有兩批人正在致力結合歷史與人類學，其中一派格外強調探索「意義在權力中的困境」，如國家建構與運作的象徵形式（Geertz 1990：329）。戈爾資自己顯然也屬於這一派。但是，他藉鬥雞探索印尼十月事件中權力運作的意義與象徵形式，似乎未能讓人類學與歷史真正交會。說二者交會，其實就是 anthropologized history 與 historicized anthropology 這回事，不過是賣弄交錯格修辭（chiasmus），一如新歷史主義學者所強調的後結構歷史觀：文本之歷史性與歷史之文本性的交會（參見，例如 Montrose 1989：20）。人類學敘事裡頭再現的現實歷史與政治秩序其實正好證明政治或歷史之難免被敘事化或文本化，史實與史筆（歷史修辭）已密不可分。換句話說，權力符號的涵義已無法抽離，敘事乃成爲助使政治成爲故弄亦虛（political mystification）的形式。戈爾資的詮釋人類學視意識形態爲文化系統，其實是把政治與歷史文本化、符號化。他在〈歷史與人類學〉文中引述了魏冷梓（Sean Wilentz 1985）論及象徵詮釋局限的修辭設問：「如果所有政治秩序皆受制於大敘事體（master fictions），找出歷史修辭與歷史現實的分歧點是否還有意義？」（1990：331）魏冷梓的意思是，所謂客觀現實，其實已被轉譯爲另一種虛構的敘事體了。戈爾資在八〇年代末期書寫〈歷〉文，看似重新肯定人類學與歷史的互動互補關係，其實仍然重蹈了前述二書中的局限。

人類學家或民族誌學者再現或「發明」他者的社會與文化，反映了西方學者致力建構一集體自我（collective self）及西方擴張主義傳統[8]。相形之下，他者是一個「渺小、稚幼得多，處於文化邊陲」的他者（Geertz 1990：334）。這局部解釋了何以西方人類學家研究的大多爲第三世界地區。就這一層意義而言，戈爾資強調「歷史與人類學」的「與」字，才有顛覆的力量與意義。不過，戈爾資顯然沒有這個意圖，因爲他的在地知識系統原本就重建構而輕（或反）顛覆或解構。

二、華族文化在南洋的重重問題，以馬來西亞為例

一九八六年八月間，台灣留美作家張系國到新加坡與馬來西亞一行，後來寫

---

[8]（一）例如「資本主義」、「自由世界」或「伊莉莎白時代世界觀」、「歐洲共同體」。西方學者建構集體自我意識自有其悠久的經濟傳統。沃勒斯坦（Immanuel Wallerstein 1974, 1980）的二冊《現代世界體系》（*The Modern World-System I: Capitalist Agriculture and the Origins of the European World-Economy in the Sixteenth Century; The Modern World-System II: Mercantilism and Consolidation of the European World-Economy, 1600-1750*）中的「世界體系」即以歐洲「世界經濟」爲中心，餘者分爲周邊地區與界外區域，爲典型的唯歐陸中心論。正如若干學者所指出，沃氏的理論在論述馬來半島及南洋群島時，顯然有所不足。參見 Lieberman 1990。不過，李伯曼的評論無意也無法建構東南亞主體性，僅旨在把南洋群島從界外拉進體系周邊，著重凸顯歐洲經濟影響的無遠弗屆，而非揭示帝國主義或老殖民主義者在這地區的侵略、掠奪或拓殖歷史。（二）相對於「資本主義世界」這類現代西方集體自我的集體他者，在冷戰時期，爲「共產世界」、「極權國家」、「華沙公約集團」（不過，他們相對地視歐美國家爲「帝國主義」或「殖民主義」他者）。「第三世界國家」也是一集體自我，然而往往被西方國家論述爲「貧窮、不民主、發展中（或未開發）、處於文化邊陲（或文化落後）」的他者。

了篇論述星馬華人社會問題的短文〈霧鎖南洋〉（張系國 1990），爲一個華族他者對他者的再現。東南亞與中國政經史地、文化、種族關係密切，南來或過境的中國人士著書立說，以南洋爲論述場域的頗爲不少。這些他者的詮釋活動，蘊藏了什麼潛在文本（subtext），再現了什麼局限，他們論述南洋文化時，中國文化的大背景或大敘事體的意義何在，在地知識與當地人的主體性又在何處？問題可以（而且勢必）衍生重重問題。張系國的論點有二：（一）星馬華人社會由於中文面臨英文與馬來文的威脅，中國文化傳統已難逃沒落的厄運；（二）南洋華族很可能不得不依靠傳統民俗活動維繫中華民族文化屬性。一九九〇年夏，我撰寫〈馬華文學：離心與隱匿的書寫人〉[9]一文時，順便借用了張系國文中的話，指出八〇年代的華裔馬來西亞作家多視文學爲象徵符號，藉書寫來表現「家國、社群、語言及文化面臨存亡絕續危機的悲劇」（我當時的例子是洪泉、傅承得，其實還可以加上宋子衡、菊凡與小黑）[10]。張系國認爲海外華人作家抒發這種歷史與文化悲劇感，正代表了「大陸邊緣地區的華人文學」（他也稱之爲「海洋中國文學」）的特質（張系國 1990：167）。顯然在他的問題範疇裡，傳統中國文化即文學、語言、書寫的成文化（contextualization），中文在南洋的沒落即中國文化傳統的解體（de[con]textualization），因而產生這樣的問題：「究竟什麼才是文化？三十年後的星馬南洋會是怎樣？」（張系國 1990：169）換個說法，則是：失去（或即將失去）傳統中國文化的華族，他們（現在／未來）的文化屬性爲何？他們（現在／未來）的文化特質爲何？

思考這些問題，一如戈爾資的印尼論述，單有在地知識並不夠，需要把思考對象擺在一個較大的外延知識脈絡，由外而內，方能找到進入這些問題的複雜結構範疇之途徑。易言之，再現的外部力量雖然仍無法避免他者的局限，卻可局限再現他者的上下文。因此，在論述南洋時，東南亞諸國的本土化政策、華族在這

[9] 即本書的〈書寫離心與隱匿：七、八〇年代馬華文學的處境〉一文。【編按：「本書」即指——張錦忠（2003）《南洋論述：馬華文學與文化屬性》（台北：麥田）】

[10] 拙文後來刊在《中外文學》19.12（1991）：34-46。撰寫時未曾閱讀小黑〔陳奇傑〕（1990）的小說集《前夕》（吉隆坡：十方）。當時引張系國的話也只求方便，如今從後殖民論述、小文學或複系統理論來反省，就不以爲然了，尤其是「家國文化存亡」這樣的論調。

些國家的處境等知識固然重要，東南亞國家與中國的複雜關係（包括彼此潛藏的敵意），中國如何再現這些國家與人民、甚至「中國」這名詞所指涉的具體與象徵對象（大陸？台灣？文學中國？文化中國？），也是重要的文本符碼。

張系國關於南洋中國傳統文化的言論，屬於「（中華）民族文化的危機與重建」的論述脈絡，其實也是東南亞華族知識分子老生常談的課題。以馬來西亞爲例，華族文化危機是什麼？張系國看到的「善才公廟」之類的民間廟宇或佛寺，香火鼎盛，百年後恐怕也不會斷絕，至於舞獅、舞龍、耍大旗、下象棋、功夫、中華料理這些較宗教儀式更容易流行的「中華文化」，恐怕也不會有人嫌它們有礙全民團結或違反國家原則而加以打壓。但是，這些就是馬來西亞（以及東南亞）華族的傳統文化嗎？《方言群認同：早期星馬華人的分類法則》作者社會學家麥留芳（1985）許多年前談論馬華文化時即指出，這些文娛活動「其實僅是華裔文化中次要的要素，要把這些納入任何文化體系中皆毫無困難。三藩市、紐約、溫哥華及倫敦等地皆有華人玩這些東西。……它們並不是中國文化或華裔文化的本質。它們只是一些文化本質的表現方式」（麥留芳〔劉放〕1979：55）。換句話說，這類娛樂活動或飲食文化即使在各族間廣受歡迎，也不表示華族文化復興，就像劉紹銘所說的，儘管美國說西班牙話的拉丁裔近年呈現一股「激盪的新精神」，也「僅是浮像，道理與在異邦喝功夫茶、穿棉襖、聽京戲一樣，僅是對主流文化之捕風捉影而已」，因爲文化的建立乃以語言文字爲本位（劉紹銘 1989：116-17）。而在馬來西亞，究竟什麼是華族文化，華族文化與國家主流文化關係如何，華裔大馬人（馬來西亞簡稱「大馬」，即馬來半島加上砂勝越與沙巴二州）是否有「失去自己文化的恐懼」（借用劉紹銘 1988：113 譯文措辭）？

這重重問題也勢必衍生更多的問題。這裡無意詳論，我的論點有三：

（一）儘管中國傳統文化已經（或即將）在南洋沒落，華裔大馬人仍〔應〕能建立自己的民族氣質（精神面貌）與文化特質（包括運作宗教、文學、哲學、教育、藝術、政治、經濟活動的方式）。我們不要再抽象或籠統地概念化文化這回事，而應結合歷史與人類學或社會學知識，實證地探討華裔大馬人的精神性格、民族經驗、工作風格、道德倫理、學術理念、生活模式及文學表現等記錄文化。華裔大馬人的表現文化，應〔能〕擺脫「家國、社群、語言是文化面臨存亡絕續危機的悲劇」的象徵符號與意識形態。中國文化傳統在異域的解體（如果已經解體）反而證明文化的變遷性。而促成一種文化轉變的主觀與客觀、內在與外延因素甚多，政治與經濟更是箇中關鍵。換句話說，中國傳統華族文化在南洋沒落，只是華族文化本質的演變或中華文化離開中國情境後的命運，並不表示華裔東南亞人從此就沒有文化。即使從語言文字本位出發，以英文（如馬來西亞的李國良、Wong Phui Nam，新加坡的林寶音、戴尙志、Robert Yeo、Arthur Yap 等）或馬來文書寫（如馬來西亞的張發、林天英）的華裔作家所呈現的仍然是東南亞華族特質的文學表現。再舉個例子，新加坡華裔作家 Fiona Cheong 以英文書寫、由美國諾頓出版的長篇小說《鬼香》（*The Scent of Gods*）仍然有別於湯亭亭、譚恩美等亞裔美國人的作品。同樣是用英文描敘南洋這樣的地方，張女士的書寫也有別於康拉德、葛林、毛姆、白吉斯（Anthony Burgess）或特若（Paul Theraux）關於南洋的敘事或報導文學。可見即使不用母語創作，也能寫出反映民族經驗的作品。美國猶太或非裔等少數族裔作家使用英文來抒情述懷，表達民族感情與生活，也一樣運用自如，不一定非用意第緒文或非洲文書寫不可。用英文寫小說的索爾・貝羅（Saul Bellow）與用意第緒文寫作的以撒・辛格（Issac B. Singer）的身分，一樣都是猶太裔美國作家，對猶太文化與美國文學的貢獻等值。中華文化或華夏文化的運作場域，自在中國本土，離開了中原，即使在台灣、香港、新加坡等以中華族裔爲主體的社區，從後殖民論述的角度來看，什麼是（或究竟有多少）中國文化傳統，已頗具爭論性，更何況是在多元種族社會的馬來西亞。

（二）華族的語言、文學、文化與國語、國家文學、主體文化之關係，我覺得並非水火不容。易文－左哈爾（Itamar Even-Zohar 1978, 1990）的「複系統理論」（polysystem theory）頗能用來詮釋這種關係結構，同時也可以解釋南洋華族文化與中國華族文化的關係。這一點自當另文詳論。[11]

（三）追究到底，與其高談華裔大馬人應如何建立文化自信，如何藉文化、翻譯、溝通消除種族隔膜，不如先消除華社各政黨、各方言群間的歧見，攜手齊心建構政治實力[12]。有了強勢政治力量作後盾，不怕文化沒有地位，一如十五世

---

[11] 我在一九九五年五月六日於東吳大學舉辦之第十九屆全國比較文學會議發表的〈國家文學與文化計畫〉一文，即以易文－左哈爾教授之理論闡述這種複雜關係結構。進一步的研究則見我的博士論文 "Literary Interference and the Emergence of a Literary Polysystem," Diss. National Taiwan U, 1997。

[12] 劉紹銘教授也指出：「看來馬來西亞華人社會當務之急，不是憑譯作與創作去溝通民

紀盛極一時的馬六甲文化。怕只怕華裔大馬人衣食足之後（華族早已沒物質上的後顧之憂）仍不談文化，更不用說思考什麼生命認知或「生存在這世界上的意義」這些劉紹銘（1989：115）認爲能提升生命的課題。而那時的馬華文化，也不一定是傳統中國文化。換句話說，「霧鎖南洋」的「霧」，並不是文化或語言，而是政治。

論點之（二）與（三）本文不擬申論。論點（一）的爭論性，牽涉的還是基本問題：他者與再現的局限。張系國或劉紹銘等華人〔籍／裔／族？〕海外學者論述或再現南洋華裔族群的文化時，他們掌握了多少在地知識？他們所掌握的在地知識，是擺在以「當地人觀點」作研究背景，或他們自己的中華意識與中國傳統文化的脈絡？論述東南亞華人社群的文學與文化，跟研究當地華僑或華人歷史其實頗有共通之處。通常南洋華僑或華人研究有幾種歸類方式，例如「劃分出屬於中國的『華僑』史部分和屬於東南亞的『華僑』史部分」、「把中國歷史擴大至甚至連華僑在東南亞的活動也包括進去」、「把大部分華僑史歸化爲東南亞歷史的一部分」（王賡武 1987：242）。東南亞華文文學（史）與中國文學（史）的關係，如果曖昧不明，恐怕和南洋華僑與華僑跟中國的含糊或微妙關係一樣，自有其歷史與政治因素。一九四九年，中華人民共和國成立，國民黨政府遷台。而在東南亞地區，先後獨立的國家有菲律賓（一九四六年）、緬甸（一九四八年）、印尼（一九四五／一九四九年）、寮國（一九五三年）、柬埔寨（一九五三年）、南越與北越（一九五四年）、馬來亞（一九五七年，一九六三年擴大成爲馬來西亞）、新加坡（一九六五年）。各新興國家的意識形態大相逕庭，華族在南洋各地的離散飄零（有如猶太人的 diaspora）而終於落葉歸根的遭遇也不一，甚至北京與台北的中國人政府跟這些海外華人建立的關係及對待他們的政策或態度也因時因利而異。另一方面，東南亞華族社群，已非旅居當地的「華僑」；這些入

族間的了解，而是團結一致，鼓勵英才出來參加競選，務使華人能打入政府的高階層，成爲華人的代言人」（1989：53）。其實，華裔大馬人組黨參政並不成問題，若干華教人士更加盟執政的國民陣線意圖「打入國陣，糾正國陣」，政府高階層也有華族部長與官員，但他們不見得能爲華族利益發言。目前馬來西亞的政治仍以種族政黨與土著政策爲主要結構，因此建國三十餘年，離「馬來西亞人的馬來西亞」目標愈遠矣。馬來西亞人也許要等到公元二〇二〇年才能實現這「後殖民」宏願。

籍、歸化與土生土長的華人，儘管不少人仍然使用中文閱讀與書寫，或至少說中國方言，他們身上的「中華屬性」或「中華文化特質」勢必因政治、社會、文化情境不同而日漸消減或轉化。更何況誠如已退休的台灣大學東南亞史教授張奕善所說，「除了越南之外，中國對南洋其他地區的影響，經濟方面遠超過政治，文化又次之」（張奕善 1969：2）。東南亞的華人文化、中華屬性或華人氣質（Chineseness）早已大異其趣或自成一體。因此，張系國認爲南洋華人作家抒發的是家國或文化生死掙扎的悲劇感，或中華文化在南洋沒落甚至絕滅，恐怕擺在當地觀點的論述來談，並不盡然如此，或其來有自。在南洋論述的範疇建構獨立於中國文學以外的中文表現文學，例如馬華文學，很容易回到「馬華文藝的獨特性」之類的歷史情境，但今天狹義的「馬華文藝」及「獨特性」的封閉系統，其現代性的論述脈絡與價值已非昔比，中文表現文學恐怕只是華裔書寫人的其中一種選擇，儘管選擇任何一種語言文學都不離政治性問題範疇。不過，這也正好反映了華裔大馬人（及東南亞華裔書寫人）的多元或多言面貌。

【參引書目】

Bakhtin, Mikhail (1984) *Problems of Dostoyevsky's Poetics*. Trans. Caryl Emerson. Minneapolis: U of Minnesota P.

Crapanzano, Vincent (1992). *Hermes' Dilemma and Hamlet's Desire: Of the Epistemology of Interpretation*. Cambridge, Mass.: Harvard UP.

Geertz, Clifford (1973) *The Interpretation of Cultures*. New York: Basic Books.

——— (1983) *Local Knowledge: Further Essays in Interpretive Anthropology*. New York: Basic Books.

——— (1988) "History and Anthropology," *New Literary History* 21 (1990)：321-335.

Greenblatt, Stephen (1989) "Toward a Poetics of Culture," *Veeser* 1989：1-14.

Kristeva, Julia (1991) *Strangers to Ourselves*. Trans. Leon S. Roudiez. Hertfordshire: Harvester Wheatsheaf.

Lentricchia, Frank (1989) "Foucault's Legacy: A New Historicism?" *Veeser* 1989：231-242.

Lieberman, Victor (1990) "Wallerstein's System and the International Context of Early Modern

Southeast Asian History," *Journal of Asian History* 24.1：70-90.

Mackie, J. A. C. (1976) "Anti-Chinese Outbreaks in Indonesia, 1959-68," Mackie (ed.) *The Chinese in Indonesia* (Honolulu: UP of Hawaii) 77-138.

Marcus, George E. and Michael M. J. Fischer (1986) *Anthropology as Cultural Critique: An Experimental Moment in the Human Sciences*. Chicago: U of Chicago P.

Montrose, Louis A. (1989) "The Poetics and Politics of Culture." *Veeser* 1989：15-36.

Pecora, Vincent P. (1989) "The Limits of Local Knowledge," *Veeser* 1989：243-276.

Said, Edward W. (1979) *Orientalism*. New York: Vintage.

Veeser, H. Aram (ed.) (1989) *The New Historicism*. London: Routledge.

王賡武（1981）〈中國歷史著作中的東南亞華僑〉。蔡籌康、陳大冰譯。姚楠（編）《東南亞與華人：王賡武教授論文選集》。北京：友誼。1987。226-247。

張系國（1990）〈霧鎖南洋〉。《男人的手帕》。台北：洪範書店。163-169。

張奕善（1969）〈譯序〉。王賡武：《南洋華人簡史》。張奕善譯。台北：水牛出版社。1-5。

麥留芳〔劉放〕(1979)〈華裔文化通訊談〉。《流放集》。八打靈再也：蕉風出版社。53-56。

廖炳惠（1991）〈閱讀他者之閱讀〉。翁振盛（譯）。《中外文學》20.1：63-75。

劉紹銘（1989）〈有關文化的聯想〉。《獨留香水向黃昏》。台北：九歌出版社。113-118。

原發表 1992

（八〇年代以來）台灣文學複系統中的馬華文學

＊張錦忠

以往馬華文學史書寫不是不太處理「不在」馬來西亞，而在台灣發生的馬華文學現象，就是大而化之視之爲「留台生文學」，而台灣文學史書寫也未嘗正視這些頻頻在台灣境內活動的外來寫作兵團和台灣文壇的關聯。倒是在台灣書寫中國新文學史者，往往將馬華文學視爲中國文學的海外篇章。例如尹雪曼於一九八三年出版的《中國新文學史論》中即有〈新文學與馬華文學〉一章，理所當然地將馬華文學收編爲中國文學[1]。然而，以往馬華文學史或台灣文學史不處理或無法處理的問題，在當今「重寫（馬華／台灣）文學史」的思考中，卻是不得不面對的課題。晚近的重寫文學史計畫，可分別以黃錦樹與楊宗翰爲代表。黃錦樹早在一九九〇年代初即以七〇年代中在台灣叱吒風雲的神州詩社爲例，思考馬華留台生作家從馬來西亞帶到台灣的「中華屬性」（黃錦樹稱之爲「中國性」）問題[2]，認爲神州諸人乃「海外華人的中國文化病症」之表徵（1998：39）。楊宗翰則斷言「馬華旅台文學本來就是台灣文學史的一部分」（楊宗翰 2000：99）。馬華文學的「中華屬性」離開了多種語文與多元文化的馬來西亞，來到與海外華人同文

---

[1] 尹雪曼在一九七四年出版的《中華民國文藝史》中則將馬華與菲律賓華文文學當作「海外華僑文藝」處理。

[2] 黃錦樹之外，何國忠、林春美、鍾怡雯等也撰有這方面的論文。我認爲在馬來西亞本土的馬華文學中的「中華屬性」，宜和在台灣的馬華文學中的「中華屬性」，及從馬來西亞帶到台灣來的「中華屬性」分開處理，這樣或更有助於釐清問題。

同種的台灣文學，究竟是繼續膨脹或萎縮，脹縮原因何在，非常值得觀察。另一方面，馬華文學的「中華屬性」與台灣文學的「中華屬性」他鄉相遇，是異性相吸還是同性相斥，也頗堪探討。不過本文旨在描述這種「不在」馬來西亞的馬華文學現象及其活動模式，不是酷兒論述。

馬華文學在台灣冒現，當然不是始自一九八〇年代。早在六〇年代初，留學台灣的華裔馬來西亞學生便積極參與台灣文壇活動，黃懷雲、劉祺裕、張寒等人已在這裡結社、出書。其中一個比較知名的例子是一九六三年成立的星座詩社。星座詩社爲一跨校園性文學團體，成員雖爲王潤華、淡瑩、翺翺（張錯）、畢洛、林綠、陳慧樺（陳鵬翔）等馬來西亞與港澳「僑生」，但也有若干本地詩人加入[3]，顯然他們並未自我標榜爲僑生團體。創社初期，台灣詩人李莎和藍采給予他們的助力最大，藍采不僅是《星座詩刊》創刊號編者，還寫了〈代發刊詞〉。編委之一的陳菁蕾則在創刊號撰文論現代藝術與現代詩呼應藍采的看法，文中提到詩刊宗旨乃「爲了解決今日中國現代詩的問題……建立真正的中國現代詩」（陳菁蕾 1964：1）。詩社成立次年四月開始出版詩刊與叢書，至一九六九年詩刊才停刊。一九七二年，星座舊人陳慧樺等和本地詩人李弦（李豐懋）、林鋒雄等創辦大地詩社，出版《大地詩刊》、《大地文學》，至八〇年代初停止活動[4]。從《大地詩刊》發刊詞中不難看出，詩社同仁以「現代中國文學的工作者」自許，提倡「重新正視中國傳統文化以及現實生活」，並期待「大地的創刊，是中國現代詩的再出發」（〈大地發刊詞〉201）。一九七四年底，馬來西亞霹靂州的天狼星詩社社員溫瑞安、方娥真、黃昏星等人來台升學，並在台北出版《天狼星詩刊》，一九七六年初宣布與天狼星詩社決裂，另組神州詩社，社員中不少台灣本地青年。神州詩社在接下來的四年當中，除了《神州詩刊》之外，還推出了由時報、四季、長河、皇冠、源成等知名出版社刊行的詩集、小說集、散文集、合集與武俠小說多種。溫瑞安等人並在一九七九年另組青年中國雜誌社，出版《青年中國雜誌》，鼓吹「文化中國」的理念。

星座詩社、大地詩社與神州詩社分別代表了六、七〇年代「僑生」或外來文

---

[3] 星座同仁中本地詩人有鍾玲、蘇凌等。

[4] 依據大地創辦人之一陳慧樺許多年後的回憶，他們原想籌辦的是一本叫《中國文學》的綜合性刊物，後來因故才改爲出版詩刊。見陳慧樺 1992：77。

藝青年的「中國（文學）認同」的兩種模式。在那些年代，台灣以（自由）中國自居，反映了國民黨的大中國意識形態。因此，視在台灣生產與出版的華文文學文本爲「中國文學」，視現代詩爲「中國現代詩」，也是順理成章或理所當然的事。例如，巨人出版社在一九七二年推出的文學大系書名即題爲《中國現代文學大系》；一九七七年，張漢良與張默替源成出版社編紀弦、洛夫等十家詩人選集，書名就叫《中國當代十大詩人選集》。在這些脈絡裡，「中國文學」爲有別於中國大陸文學的「（共產）中國文學」，實際指的是「台灣文學」。明乎此，我們大可說，星座諸詩人所說的「中國文學」或「中國現代詩」，不外也是台灣六、七〇年代當道論述的回聲罷了。其實，詩社同仁們致力耕耘的，還是詩藝（接受歐美文學理念的現代詩藝），目標爲實現藍采所說的「堅定真的表現，……做到純粹善美燦爛……」（藍采 1964：1）。他們詩作中「所展現的疏離、孤獨等……主要是思鄉、寂寞，更大程度，還是受到當時宰制文化（反共文學 vs.現代派、存在主義）與社會風氣的感染」（陳鵬翔 2001：121）。顯然王潤華等人在台灣成立星座詩社，或後來陳慧樺等人成立的大地詩社，以展開他們的書寫事業，除了表示他們認同台灣作爲「中國」的政治與文化符號外，也含有不依傍當時其他詩社或「無法忍受《創世紀》和《藍星詩刊》等對詩壇的宰制」（陳鵬翔 2001：103）的意味，同時更企圖藉此「取得進入文壇的通行證」（陳慧樺 1992：80），希望受到台灣文壇同道的認可。

討論馬華文學在台灣文學複系統中的位置，或台灣文學中的馬華文學現象，宜從文學接受研究著手，檢視這些作者是否受到台灣文壇同道認可，或其作品在台灣被接受或流通的情形。一九七二年，巨人出版社推出上述那套八冊的《中國現代文學大系》，分詩、散文、小說卷，爲一九五〇年至一九七〇年的二十年作品選集，相當引人注目。大系由余光中、洛夫、朱西甯、張曉風等九人組成編輯委員會，其中詩卷二冊，由洛夫與白荻編選，入選詩人有七十人之多。大系出版時星座詩社同仁林綠人在美國深造，寫了一篇書評表示他對「詩社同仁竟然無一人『當選』」感到失望與不解（林綠 1974：22）。事實上，林綠在六〇年代中葉的台灣文壇已相當活躍，其他星座同仁如王潤華與翺翔作品也早已入選一九六七年出版的《七〇年代詩選》，更早出版的《大學生詩選》（一九六五年出版）也收入王潤華作品，陳慧樺、鍾玲、蘇凌作品則入選一九七一年編選的《新銳的聲音：當代廿五位青年詩人作品集》（書在一九七五年出版），顯示馬華詩人王潤華與陳慧樺當年的文學表現已獲得相當的肯定，但在巨人版《大系》詩編者的台灣現代文學典律建構中，竟然成了遺珠。三十年後，陳鵬翔說他們在一九七二年倡立大地詩社，其中一個原因是同仁「無法忍受《創世紀》和《藍星詩刊》等對詩壇的宰制」，「是在挑戰既得利益者和主流論述……是在搞詩壇革命」（陳鵬翔 2001：121），顯然不是無的放矢。

夏志清在論文〈余光中：懷國與鄉愁的延續〉中提到，「余光中所嚮往的中國並不是台灣，也不是共黨統治下的大陸，而是唐詩中洋溢著『菊香與蘭香』的中國」（夏志清 1979：388-89）。這句話完全可以借來描述神州詩社的中國（文學）認同。對溫瑞安等人來說，「中國文學」等同「中國」。文學成爲想像中國或延續古典文化中國鄉愁的方式。或者說，文學取代了現實政治與地理實體，提供了神州同仁的「中國想像」空間。但是到了七〇年代中葉以後，台灣在聯合國的「中國」席位早已被中華人民共和國取而代之，失去了想像中國的空間，加上海外保衛釣魚台運動的發酵，本土主義（包括鄉土文學運動）和民族主義逼使生活在這塊土地的人們正視現實，漸漸無法藉唐詩宋詞或六〇年代現代詩等「中國文學」想像「中國」。「中國想像」成爲迷思，成爲《山河錄》中的假山假水。等到詩（文學）無法滿足這種逐漸被現實戳破的「中國想像」時，溫瑞安只好藉武俠小說來神遊「文化中國」。由於他所觀望與想像的世界是「中國」而非馬來西亞，溫瑞安在台灣那六年間，儘管著作頗豐，卻只有短短一篇兩千五百字的〈漫談馬華文學〉論及馬華文學，而且理直氣壯地視馬華文學爲中國文學支流[5]。溫瑞安與神州諸人中的「僑生」將「中國性」從馬來西亞帶到台灣，也在台灣結束他們的「再中國化」之旅。一九八一年初，溫瑞安與方娥真被台灣警備總部以「匪諜」名義判刑後驅逐出境，周清嘯、黃昏星、廖雁平等社員也先後返馬，百人結社的神州終於毀於一旦。

七〇年代末、八〇年代初，經過鄉土文學論戰後的台灣文壇，儘管高度現代主義文學風潮已過，鄉土文學並未獨領風騷。本土文化論述與黨外運動尚在醞釀中，要等到八〇年代中期才發酵。在這期間，文學漸漸朝多樣性發展，報章媒體透過舉辦文學獎，成爲文學的重要贊助者，甚至左右了文學風氣。在《中國時報》與《聯合報》的文學獎得獎名單中，商晚筠、李永平、張貴興、潘雨桐的名字經

[5] 對溫瑞安馬華文學觀的批判，可參閱林建國 1993：91-92。

常出現，他們的得獎作品也獲得批評家的讚賞。四人當中，商、張、潘三人得獎之後在台灣出版了他們的第一本書，而李永平雖然早在一九七六年便已在台灣出版短篇小說集《拉子婦》，但獲得《聯合報》文學獎之後出版的《吉陵春秋》更備受推崇，並爲他取得《聯合文學》的資助，先後在北投與南投專事寫作，日後乃有長篇鉅作《海東青》面世。這批馬華作家既未成立同仁文社（如星座、大地），也未再百人結社（如神州），他們各自活動，從參加文學獎起家。因此，我們不妨說，到了八〇年代左右，參加兩大報及其他文學獎已取代了結社或自費出版，成爲八、九〇年代馬華作家在台灣「取得進入文壇的通行證」的途徑或捷徑，也開啓了馬華文學在台灣活動的第三種模式。兩大報文學獎歡迎海內外華文寫作人來稿，並未限制非本國公民不得參賽，算是只認作品不認人。二十多年來，兩大報文學獎既「爲大馬留台生提供了一片不可思議的成長空間」（陳大爲 2001：33），提供這支被陳大爲稱作「外來兵團」的馬華寫作人一個相當良好的操練場域，讓馬華文學有機會在台灣大放異彩，同時也供應了台灣文學一批充滿域外風格或異國情調的文本，可謂兩全其美。

同樣的，拜兩大報文學獎之賜，七、八〇年代以來，這批得獎作家的作品也入選各種年度詩文選集，儘管入選比例不算特高，例如《九〇年代詩選》只收入陳大爲與陳慧樺兩位馬華詩人。和文學獎一樣，選集也是一文學系統中典律建構的重要工程。不過，和以往馬華旅台作家期待被收入各種文選的被動心態不同的是，九〇年代旅台馬華作家進一步主動出擊，在台灣出版、編選各種文類的選集，推銷馬華文學，既達到自我建構典律的功效，也將當代馬華文學風貌更清楚地展現在台灣讀者面前。一九九五年，陳大爲率先編輯《馬華當代詩選（1990-1994）》，第二年鍾怡雯編了《馬華當代散文選（1990-1995）》，黃錦樹在一九九八年跟進，主編《一水天涯：馬華當代小說選》，而陳大爲與鍾怡雯於二〇〇〇年合編的《赤道形聲：馬華文學讀本 I》更是典律建構大工程。我自己也在二〇〇〇年九月號的《中外文學》以特約編輯身分編了一個《馬華文學專號》，內容包括論述、創作、書目與訪問。顯然，這些選集與專號提高了馬華文學在台灣的能見度。

儘管文學獎只認作品不認人，揭曉之後作者身分仍然公諸報章，讀者也難免對登躍龍門者的外籍身分表示驚訝。黎紫書是誰？誰是黎紫書？就好像人們在一九六二年對西班牙將文學獎頒給祕魯的馬里奧・巴爾加斯・略薩（Mario Vargas Llosa）感到訝異。接下來是對得獎者的馬華背景感到興趣。馬來西亞在哪裡？

何謂馬華文學？對於最後一個問題，由於坊間書肆或圖書館並無法提供足夠的資料，誠如陳大爲所指出，「在台灣，『馬華旅台文學』幾乎等同於『馬華文學』」（陳大爲 2001：33），雖然在馬來西亞國內還有「馬華本地作家」群體，而且還是以當道、主流馬華文學自居的馬華文學。

將當代馬華文學分爲國內與旅台是一種分法。不過我倒傾向視馬華文學爲「流動的華文文學」、「跨國華文文學」及「新興華文文學」的例子，尤其是這群散居國外的華文作家。以新興國家的各族英文寫作人爲例，奈波爾（V. S. Naipaul）、魯西迪（Salman Rushdie）、穆歌季（Bharati Mukherjee）等人往往游離原籍國，在原殖民國或帝國中心如倫敦、巴黎、紐約或洛杉磯活動。拉丁美洲作家的流動傳統更爲顯著。略薩就曾在巴黎、倫敦、巴塞羅納之間流動。這些作家長年移居歐美國際都會（metropolis／cosmopolis），可能是自我放逐，卻不一定是文化回歸。他們以生花妙筆，將千里達、印度、巴基斯坦或祕魯等第三世界社會深層轉呈於西方資本主義社會文化媒體面前，他們既回返故鄉又超越故鄉。而馬華作家原始來台目的絕大多數是升學，正式身分是「僑生」或「外僑」。作家身分可能是延續未留台前的身分（如陳慧樺、李永平、張貴興），也可能來台之後才取得（如陳大爲、鍾怡雯、黃錦樹等）。留台，或者說，留學台北，等於他們的文學成長儀式之旅。一般僑生來台升學時間居留有限，最多四、五年。但是目前在台的這批馬華作家已非一般僑生，他們多半已在台居留至少近十年，或經已入籍台灣。不管自不自覺，他們以新興華文文學作家的業餘身分（他們在台灣的正業多半是教書）在台北與吉隆坡（或亞庇）之間往返（開會或省親），在台北與台北以外的鄉鎮（花蓮、嘉義或埔里）之間穿梭（教書、開會、生活或隱居寫作）。

過去我們往往從一個比較宏觀的角度，將這些流動的華文文學視爲離散族裔文學。來自中國以及中國周邊華人社會的華人，在上兩個世紀以來，花果飄零般散居五洲四海，也將華文書寫帶到世界各地，或乾脆以英文（如哈金）、法文（如程抱一）或其他外語書寫表意。但是，李永平、黃錦樹等馬華作家留學的是台北這個華人國際都會。事實上，不管他們移居台灣何處，他們的書多在台北出版。台北顯然是當代重要華文出版流通中心之一。除了文學獎之外，這個中心還具備平面與網路媒體、中西文書店、出版社等文化生產或市場建制，以及一定規模的文學活動與詮釋社群。這樣的文化環境正是維持台北作爲華文文學重鎮的條件與魅力。黃錦樹甚至認爲台北之於李永平等在台馬華作家，「猶如三、四〇年代的東京之於日據下受日本教育長大的台灣青年——以日語寫作的那些人⋯⋯」（黃錦樹 1998：28）。而馬華作家並非唯一在台北冒現、崛起的特例。六〇年代以來，菲律賓、香港、新加坡，以及其他世界華文作者早已在這裡出書[6]。而八〇年代末解嚴以來，當代中國大陸作家如莫言、蘇童、韓少功、賈平凹、張承志、王安憶、殘雪、余華等小說家頻頻在台北出書，占了台灣文學書市半壁江山，更彰顯了台北的華文文學國際都會色彩。我們甚至可以說，當代中國文學——尤其是新時期小說——蓬勃展顏，提供了二十世紀九〇年代馬華作者一個崛起的範式，一個亞洲版的「文學爆炸」模式。這批作家善用台北的優良文化環境，在這裡形成一個馬華文學風潮，擴散馬華文學：出書、編書，甚至舉辦研討會，只差沒辦分文學雜誌罷了。以《赤道形聲》的編委會來說，其成員幾乎包括了所有在台的馬華新銳作家，可說是馬華在台作家相互扶持的表現。

這個寄生在台灣的馬華文學風潮由李永平、張貴興、黃錦樹、黎紫書的小說／林幸謙與陳大爲的詩／林幸謙與鍾怡雯的散文所形成。同樣是馬華九〇年代作家，黎紫書屢獲聯合報文學獎，已在台北出版了兩本小說集，但她並非留台生。這幾個人之間，只有李永平來台前出版過一本中篇；黎紫書也屢獲馬來西亞《星洲日報》的花蹤文學獎，在吉隆坡出版過一本極短篇集；張貴興在七〇年代中葉來台念大學之前，常在馬來西亞的《學生周報》發表小說。但是他們的重要作品都是在台灣出版。過去十幾年來，他們的書由時報文化、遠流、麥田、聯合文學、九歌、洪範等出版社出版，可以說台北幾家主要的文學書籍出版社都出版過馬華文學，成爲馬華文學在台灣的贊助者。平心而論，以一個文壇來說，在同一個時期，有七位創作力旺盛的作家在努力實踐，已足以形成一股潮流。

十多年前黃錦樹還在台灣大學中文系唸書的時候，寫了一篇討論「旅台馬華文學特區」的文章（1990），將台灣，尤其是台北，視爲「馬華文學特區」，雖然他自己那時還不怎麼算「特區作家」，寫《治洪前書》的陳大爲也還在練法治洪。我自己在若干論文中則認爲台北作爲馬華文學的活動場域，乃「馬華文學境外營運中心」，借用的是一個經濟與政治作業用詞。黃錦樹與我的用詞可能不當，但

6 「海外」華文文學作家在台灣出書的情況，請參閱拙文〈流動的華文文學：世界華文文學論述在台灣〉，《文訊》ns 189 (2001)：44-49。

我們試圖解釋的是馬華文學在台灣文學複系統中的位置，以及在台灣的馬華文學在馬華文學複系統中的位置。顯然台灣文學擺脫不了馬華文學，儘管寫台灣文學史的人極可能不會把在台灣的馬華文學寫進台灣文學史裡頭，或以台灣文學「副」系統待之。馬華文學在九〇年代興旺蓬勃發展，馬華文學論述躋身學術殿堂，顯然馬華文學也受惠於這批留台作家，才得以以新興華文文學的面貌展顏。即使是發生在馬來西亞的本土馬華文學，多年來也有不少留學台灣的作家在努力打拼，例如陳強華、王祖安、與傅承得，他們多半在留台期間完成作家的「成長儀式」，然後返回故鄉，或教書、或在報館服務、或開書店，爲馬華文學發展做出貢獻。同樣的，商晚筠在一九七七年獲得聯合報文學獎，在台灣出版了第一本短篇小說集《痴女阿蓮》，儘管她回馬之後的發展並不理想，到了一九九一年才在台灣出版第二本小說集，卻是八〇年代馬華文壇重要女作家。而潘雨桐在六〇年代初即留學台灣，八〇年代由聯合文學出版了兩本書後沉寂至今，在台灣書肆名氣也漸漸消失，但他持續在馬來西亞發表作品，是頗受重視的馬華小說家。商、潘二人受台灣出版社青睞，在馬來西亞境外文壇表現搶眼，也提升了馬華文學的地位。

歸根究柢，如何描述這批在台馬之間流動穿梭的作家，其實是身分歸屬的問題。到底張貴興算是馬華作家還是台灣作家？究竟入選「中文小說一百強」的《吉陵春秋》是台灣文學還是馬華文學？略薩在九〇年代取得西班牙身分證，具有祕魯與西班牙雙重國籍，並成爲西班牙學院院士。但是在批評家筆下，他是祕魯作家，頂多是西班牙語作家。可見文學屬性不一定要跟作家的身分證一致。至於作家該在何處爲家，略薩說得更好，他在一篇題爲〈文學與流放〉的文章中寫道：「如果作家在故鄉寫作比較好，就該留在故鄉；如果流放他鄉寫得更好，那就該去國離鄉。」因爲忠於文學才是作家首要職責（Vargas Llosa 1998：77）。像黃錦樹這樣的馬華作家，由於馬來西亞華人與華文文學的處境，在故鄉書寫並不覺得自在，離開了故鄉，客居他鄉，又感到失鄉之痛（homelessness），這時他的故鄉只能在文學想像裡。基於同樣的邏輯，我們不必到古晉去尋找李永平的吉陵。

這批馬華作家在台灣的書寫風格技巧，細究起來，跟在馬來西亞本土的華文文學不太一樣，可以視之爲馬華小說或詩的跨國或國際化現象。但對在馬來西亞的馬華文壇而言，這支在台灣的馬華文學隊伍的文學表現可能是無根的、遠離本土的、非寫實主義的、甚至台灣化的。實際上馬華作家該怎麼寫，寫什麼，跟他們身在何處固然有關係，但關係不大。寫什麼，該怎麼寫，其實是作家一輩子的重要思考課題。李永平寫《吉陵春秋》的時候，替他寫序的余光中說此書空間曖昧，認爲「就地理、氣候、社會背景、人物對話等項而言，很難斷言〔吉陵〕這小鎮是在江南或是華北」（余光中 1996：311）。鍾玲到砂勝越的首府古晉去，卻斷言她到了李永平的萬福巷[7]。到了寫《海東青》的時候，李永平乾脆聲明他寫的是「台北的一則寓言」。張貴興短篇集《伏虎》中作品多屬鄉野傳奇，空間處理也頗曖昧其詞，不過到他寫《柯珊的兒女》中的〈柯珊的兒女〉與〈圍城の進出〉時，已擺脫這個說故事的舊傳統，台北成了他觀望的世界。但是，葉石濤在評這本小說集時坦言：「張貴興除提供動人故事之外，我們不清楚，他究竟要闡明什麼，到底要帶給我們怎樣的訊息？……這本短篇小說集的其餘小說……也同樣具有卓越的文字技巧，卻令人發生小說到底要訴求什麼的疑問」（葉石濤 1989：94）。不過，由《頑皮家族》拉開序幕，他「退回」故鄉，婆羅洲雨林成了《群象》、《猴杯》與《我思念中的長眠的南國公主》的主要場景。黃錦樹評張貴興的《猴杯》時說雨林書寫有淪爲（台灣）讀者的異國情調消費之虞，陳建忠則回應道：「這類雨林書寫其生活原非台灣讀者所能想像，而我們的馬華作家卻執意要在台灣寫其熱帶雨林經驗」（陳建忠 2001）。顯然陳建忠既不瞭解閱讀與想像的關係又不明白寫作這回事[8]。黃錦樹在他自己的兩本小說集中大書特書家鄉的雨季與膠園。橡膠、錫與棕櫚是馬來西亞三種主要天然資源，也是馬華作家的寫實符象。但膠園卻是黃錦樹恐懼、夢魘、挖掘心靈深層或政治黑區的源頭。李永平將古晉寫成吉陵之後，每一個馬來西亞鄉鎮都是吉陵了。不管是居鑾還是美里，到了說故事者筆下，都是既寫實又不寫實的鄉鎮。

馬華文學在台灣除了上述三種模式之外，還有另一種常爲一般論者所忽略的存在模式。一九八三年，若干馬來西亞留台學生在台北出版《大馬新聞雜誌》，關心國事，批評時政，試圖建立在台灣的「馬來西亞論壇」。次年，大馬青年社成立，出版《大馬青年》雜誌，標榜馬來西亞意識，並舉辦大馬旅台文學獎。在此之前，馬來西亞旅台同學會的台北總會已出版有《會訊》，裡頭也設有文藝欄。

---

[7] 鍾玲的尋跡之旅，詳〈我去過李永平的吉陵〉一文。也請參閱林建國的解讀〈異形〉，《中外文學》22.3 (1993)：73-91。

[8] 陳建忠甚至指責在台馬華作家「完全無法以書寫台灣生活經驗爲內容的作品」，這種說法很容易令人假設他沒有讀過李永平或張貴興的小說。

《大馬新聞雜誌》出版了「大馬新聞雜誌文學性叢書」多種，其中包括陳強華詩集《化裝舞會》。陳強華來台前已出版了慘綠少年時期的詩集《煙雨月》，大一那年即獲得政大長廊詩社的詩獎第一名，後來擔任詩社社長，主編《長廊詩刊》，積極推動校園詩運，畢業返馬後在檳城的大山腳創辦「魔鬼俱樂部」詩社。此外，大馬新聞雜誌社也出版了羅正文與傅承得的詩集。羅正文跟李永平、張貴興一樣，來自砂勝越，在台出版詩集《臨流的再生》及兩本被馬來西亞政府查禁的政論，返馬後任《星洲日報》主筆。傅承得的《哭城傳奇》預告了他下一本重要詩集《趕在風雨之前》的政治抒情基調。傅、陳二人留台期間曾獲大馬旅台文學獎。與《大馬新聞雜誌》、《大馬青年》一樣，大馬旅台文學獎也是留台大馬同學的重要文學活動場域。大馬旅台文學獎也曾經是黃錦樹、陳大爲與鍾怡雯在九〇年代初練筆的搖籃，更是擔任評審的台灣作家學者接觸馬華文學的另一管道。近年來，大馬旅台文學獎與《大馬青年》辦辦停停。我最近看到的《大馬青年》是二〇〇〇年出版的第十一期，刊載了一九九八年中舉辦的第十一屆大馬旅台文學獎作品，距離第十期的出版日期，已隔了五年之久。對於陳強華、傅承得、王祖安、羅正文、黃英俊等留台詩人，以及其他返馬的大馬旅台文學獎得主而言，台灣這「文學特區」提供了他們磨練與熱身的空間。例如，陳強華的長廊經驗對他日後在北馬經營詩社編詩刊、寫下一本重要詩集《那年我回到馬來西亞》當不無助益。除此以外，這些人的留台經驗跟台灣文學似乎沒什麼關聯。星座、神州諸人或八、九〇年代馬華得獎作家，或多或少還會有人論及，但是對於這些曾經留台而無意融入台灣文壇的書寫者及與他們類似的前輩，他們在台灣的書寫活動，其實是馬華旅台文學史重要的一章，但是由於在許多人的刻板印象中，馬華旅台文學不是星座與神州諸子的作品，就是得兩大報文學獎的馬華文學，這一批留台馬華寫作人已是漸漸被遺忘的一章。但是他們在這裡編雜誌、辦文學獎、出書、舉辦演講，一個文壇的活動其實也不過如此。

從馬華文學在台灣的第一、二種模式看來，這兩批作家的努力主要在於自我實現，或貫徹一己的「中國認同」。兩者與台灣文學的關係其實相當曖昧，既被認可又遭排斥。以第三種模式存在的馬華作家則在完成自己的精神或文學成長之後，以他們在文學大獎的優異表現，成爲留台馬華文學的表率或代言人，也成爲台灣文學認識馬華文學的途徑。由於第四種模式的留台生馬來西亞意識相當濃烈，相對的，他們在台灣文學複系統中也處於最邊緣位置，甚至並不存在。不過，即使是第三種在台灣的馬華文學活動模式，其在台灣文學複系統中的位置，也屬邊緣地帶，甚至是在模糊地帶：既在系統之內，又在系統之外。或如黃錦樹所說的：「不論寫什麼或怎麼寫，不論在台在馬，反正都是外人」(黃錦樹 1997：4)。換句話說，「在台馬華文學」或「馬華文學在台灣」非但「不在」馬華文學裡，甚至也「不在」台灣文學之內。它既是馬華文學史的一個缺口，也從台灣文學史中間爆誕。爆誕或爆破的目的是尋找出口，以便歸返馬華文學史，還是旨在由此缺口進入台灣文學史，有待觀察。事實上，爆破之後，在台在馬都已是混雜成一團、血肉模糊、面目全非的異形了。台灣文學（史）如何容納與描述這一支「外來寫作兵團」，其實是考驗楊宗翰所說的「台灣的文學界包容力究竟如何」(楊宗翰 2000：100)，或台灣本土文化是否具備多元主義能力。這也正是文學史需要重寫或重建的理由。

【引文書目】

Vargas Llosa, Mario (1998) [1968] "Literature and Exile." *Making Waves: Essays*. Trans. John King. New York: Penguin. 75-78.

余光中（1996）〔1986〕〈十二瓣的觀音蓮——序李永平的《吉陵春秋》〉。《井然有序：余光中序文集》。台北：九歌出版社。311-319。

林建國（1993）〔1991〕〈爲什麼馬華文學？〉。《中外文學》21.10：89-126。

林 綠（1974）〈評《中國現代文學大系》〉。《當代文藝》105：17-24。

夏志清（1979）〔1975〕〈余光中——懷鄉與鄉愁的延續〉。周兆祥（譯）。黃維樑（編）《火浴的鳳凰：余光中作品評論集》。台北：純文學出版社。383-390。

莫 言（2000）〈超越故鄉〉。《會唱歌的樹》。台北：麥田出版。161-191。

陳大爲（2001）〈躍入隱喻的雨林——導讀當代馬華文學〉。《誠品好讀月報》。13：32-34。

陳建忠（2001）〈失鄉的歸鄉人——評黃錦樹編《一水天涯：馬華當代小說選》兼及其他〉。《四方書網》。http://www.4book.com.tw。

陳菁蕾（1964）〈現代藝術與中國現代詩〉。《星座詩刊》。1：1。

陳鵬翔（2001）〈歸返抑或離散——留台現代詩人的認同與主體性〉。林明德（編）《台灣現代詩經緯》。台北：聯合文學出版社。99-128

陳鵬翔〔陳慧樺〕（1992）〈校園文學、小刊物、文壇——以《星座》和《大地》爲例〉。

黃錦樹（1997）〈非寫不可的理由〉。《烏暗暝》。台北：九歌。3-14。

黃錦樹（1998）〈緒論——馬華文學與在台灣的中國經驗〉。《馬華文學與中國性》。台北：元尊文化。27-45。

楊宗翰（2000）〈馬華文學與台灣文學史——旅台詩人的例子〉。《中外文學》29.4: 99-132。

葉石濤（1989）〈評張貴興《柯珊的兒女》〉。《文訊雜誌》ns 1: 92-94。

鍾　玲（2000）〔1993〕〈我去過李永平的吉陵〉。《日月同行》。台北：九歌出版社。19-29

藍　采（1964）〈詩的表現風格——代發刊詞〉。《星座詩刊》1: 1。

陳鵬翔與張靜二（編）《從影響研究到中國文學：施友忠教授九十壽慶論文集》。台北：書林出版公司。65-82。

原發表 2001；修訂 2002

從神州人到馬華人

＊楊宗翰

（一）

建構台灣詩史／文學史——不可諱言，這類意圖或書寫行動蘊含著對「中國性」複雜的迎／拒情感[1]。就算明知此一「中國性」不過是種文化想像／幻象（cultural imagination／phantasm）者，也罕能在歷史撰述間對那巨大魅影視若無睹。易言之，面對、交代與處理「中國性」問題居然成爲所有——不管是支持「在台灣的中國文學」還是「抵／後殖民的台灣本土文學」——台灣詩史／文學史家下筆前的第一原則（first principle）。殊途卻因此不得不同歸，豈不怪哉！

台灣詩史／文學史源「中國性」而生的種種糾葛，實皆與身分（identity）議題緊緊相繫。誠如 Hall（1992：287）所言，身分並非出生時意識中先天存在之物，而是在無意識過程裡逐漸形成的某種東西。它的統一性（unity），也總是夾雜著虛構或幻想的成分。它總是不完全，總是在進行中（in process），總是尚在形成（being formed）。不難發現，追尋、建構這「形成中」的身分認同，的確是台灣文學創作的重要主題。吳濁流小說《亞細亞的孤兒》男主角胡太明飽受「創傷」（trauma）的前半生，即爲一例[2]。姑且不論此作曖昧的結尾與其恰可「滿足」意識型態光譜上各方人馬「需求」的解釋空間；在台灣讀者眼中，胡太明對自己身分的疑問與追尋才是全書最令人動容處。與其相較，有一群（曾）在台灣生活寫作、與你我一樣有「台灣經驗」、一樣對「中國性」懷著複雜迎／拒情感、一

---

[1] 「中國性」即 Chineseness，也可譯爲中國特性、中國特質。

[2] 廖咸浩（1995：113-129）曾撰文分析台灣小說中身分觀的演變，可以參看。他討論的對象除了《亞細亞的孤兒》，還有陳映真〈趙南棟〉、宋澤萊〈抗暴的打貓市〉，以及林燿德《一九四七・高砂百合》。

樣在追尋與建構一己身分認同的「僑生」或「旅台」[3]作家，卻不幸被台灣眾多讀者視為異他（the other）輕易打發，更別提在台灣詩史／文學史上佔有何等位置[4]。這群創作者中又以馬華旅台作家及其作品成就最為耀眼，持續在台灣這塊土地與文學環境上發光、發亮[5]。筆者可以大膽地說：台灣詩史／文學史上沒有這群作者和作品的位置，絕對會是「台灣文學的損失」！不可諱言，馬華旅台文學是台灣文學史寫作有待填補的空白。這並不是說批評家從未著眼於此（王德威等人對部分小說家的討論就可證明），但這群旅台寫作者的確沒有獲得文學史家應有的尊重：中國大陸學者編寫的台灣文學史不予討論，台灣本土意識強烈的史家又不暇及此。而在馬來西亞以巫文創作為「國家文學」的政策下，既是旅台身分又以華文寫作，遂被迫變成雙重的邊緣。這些在台灣構思寫作、出版流傳的作品，早已形成一支龐大的隊伍，台灣文學史家實在沒有必要也不該再狐疑、排斥其存在與價值。筆者認為馬華旅台文學本來就是台灣文學史的一部分——此一聲稱並不因作者的身分是否入籍而異[6]。我們應該注意檢視的是作品的質量，而非

---

[3] 與部分論者用「留台」行文相較，筆者選擇「旅台」之因如下：「旅台」一詞可指這群作家旅居台灣的狀態，「留台」則指他們有留學台灣的經驗。「旅台」者就算後來離開了台灣，自然也還帶著「留台」的經驗。兩者間雖有部分交疊處，然因本文著重於討論這群作家身居台灣時的創作成果，故採「旅台」一詞行文。

[4] 陳鵬翔（2001）的論文即可視為一分港、澳、越、韓、新、馬等地「僑生」或「旅台」詩人名冊或導圖（map）。這群詩人的數量之多、成果之碩，不但是當地（出生地）文化界的光榮，也應該成為台灣的驕傲。

[5] 有趣的是：純就人數而論，來自馬來西亞的留學生顯然並非最多。他們的寫作成績與出生地極不理想的華文文學環境比較下更顯得可貴：「馬華文學在當地的發展受到華人人口及教育政策的局限，五百多萬的華人人口只能夠養活幾家華文報紙，以及幾家每年出版三、五本散文或小說集的文學出版社（大多是一人出版社），更糟的是華文教育只是三語教育中，比較次要的一環，因為它不是國語。書店呢？我居住的怡保市直到一九九〇年才出現第一家賣書的書店（以前都只有賣字典和文具），十年下來增加了『一倍』，前後兩家都屬於大眾書局的分店」（陳大為，2001a：32-33）。也幸好馬來西亞（當地）華文作家在這種惡劣情勢下堅持「苦苦耕耘」，終能「收穫」黎紫書、呂育陶等一大批優秀的書寫者及作品。

[6] 當然，馬華旅台文學也是馬來西亞文學史的重要部分。我絕不能同意僅憑所屬「出生

計較「他們」[7]究竟認同哪裡——但緣於後者所產生的創作既是愛恨交加、又見矛盾糾葛，恰是旅台文學精采之處，也是本章焦點所在。

台灣並不是沒有人談馬華文學，看看陳鵬翔、張錦忠、林建國、黃錦樹……，他們都在此接受大學教育並留台任教，多年累積下來的論文也極具分量與水準。但這些努力爲馬華文學發聲的思考者皆來自那多雨林的國度，除了他們的聲音外，台灣竟只有李瑞騰一人對馬華文學的發展投以長期、持續的關注。自八〇年代後期起，「台灣文學」的建構運動逐漸成爲論述場域的熱門焦點，不是「正名論」就是「興起與發展」，談來談去不論統獨都很有默契地避開了——不，應該說根本未意識到——馬華旅台文學的議題。儘管自七〇年代開始，這群人的名字就不斷在文學獎名單裡出現[8]；儘管他們曾百人結社，聲勢與「三三」集團不相上下，最後甚至還爲此冤枉坐牢、付出了慘痛代價；儘管他們的著作大部分都在台灣發表印行，頗受內行人好評；儘管他們的文章在副刊上一貫將中文用得精

地」、「國籍」或「認同」爲何來決定一個作家是否有文學史上的討論價值。況且拿得出好作品來的作家本應是所有文學史要極力「收編」的對象，馬來西亞文學史豈獨不然？這些話看似無甚高論，可是一旦面對許多後殖民國家複雜的族群關係與社會結構，文學史這方面的堅持往往會被各式大敘述與籲求切割得七零八落。

[7] 筆者此處用「他們」來稱呼馬華旅台作家，曾引起楊聰榮（2000：131）的批評。在他看來，筆者的發言位置方是最需檢討者。他指出，筆者在文中劃分出「我們」與「他們」且強化了「我們」對「他們」的排斥性——楊氏言下之意，似暗指本文依舊徘徊著「帝國之眼」的幽靈。對這樣的指控，筆者實在難以同意。我一向以爲，今日的馬來西亞與台灣既然同屬後殖民社會，在文學發展上應該就有許多可以彼此參照之處（特別是對「中國性」的抗拒策略與殖民時期歷史記憶的重建工程）。如果將馬華旅台文學置入台灣文學史中討論只是要展現台灣文學「終於」也有了這類「帝國之眼」，那絕非我的本意。前已論及，馬華旅台文學不只是台灣文學史的一部分，同樣也是馬來西亞文學史的重要部分。這類宣稱當然充滿了權力運作的策略與軌跡，但筆者還是相信它有助於讓原來的議題編寫空間（指《台灣文學史》或《馬來西亞文學史》）變更重組，而且無礙於（說不定還有助於）《馬華文學史》的生成建構。

[8] 文學獎似乎已成馬華作家「登陸」台灣文壇的最主要方式，「在兩大報文學獎的榮譽榜上，馬華作家一共得了二十八項次。如果把其他較『資淺』的公開性大獎也算上，那就得乘以二！這些數字代表馬華作家在台灣文壇的曝光度」（陳大爲，2001a：33）。

準、美麗又動人，遠超過其他眾所熟悉的台灣作家；儘管他們多留在台灣教書授徒，與此地新生的一代有著緊密的互動接觸……。其實仔細想想，台灣文壇對馬華旅台文學並不陌生。我們缺乏的是：一種真心想了解和對之進行學術討論的熱忱。譬如當他們在文學獎裡接連奪魁，台灣評論者的反應卻慢慢變成：「作者（引按：指寫《群象》的小說家張貴興）顯然來自東馬。雨林是作者個人寫作的主體，亦是大馬以華文寫作者全體所背負的共同記憶。雨林，長出生命，也消失生命；類似的故事內容，雨林成為一個書寫的道場，似曾相識，同樣長出作品生命，也混淆了創作者自主性。作者彷彿在轉述一個流傳在東馬華人間的傳說，使我們產生一種閱讀上的熟悉感，這是我對這篇小說質疑的地方」（蘇偉貞，1998：239）、「……在台灣寫一點蕉風椰雨，異國情調，在台灣文壇受到矚目，可是畢竟那是裝扮出來的蕉風椰雨，不是具體生活的題材」（陳映真，1996：62）。九〇年代居然還有這類懷疑與批判，台灣文學界的包容力究竟如何已可想而知——難道只有那些嗜寫水稻蕃薯的「台灣作家」才是真誠的嗎？

我們若仍持此類觀念去擁抱那個排外、純種、因而不免是神話（myth）的「台灣文學」，新世紀台灣詩史／文學史建構在視野上恐怕還不及日治時期寫〈台灣文學史序說〉的黃得時[9]。其實現今正是台灣讀者認真面對馬華文學的好時機：我們必須透過文本（text）與脈絡（context）的交互參讀以增進了解，並撇棄那種「本國／外邦」的僵化思考，由同處後殖民社會的角度去觀察這群作家如何釐清自身與那血緣、神話的來源「中國」（及／或「台灣」？）間錯綜複雜之關係。只有先了解馬華文學所面臨的處境，我們才有可能較貼近地談馬華旅台文學的相關議題，也才能推測諸多現象背後的真正原因。

（二）

所謂「馬華文學」，一般泛指華裔馬來西亞人用華文寫就的文學作品。這樣

[9] 這類「排外」或「純種」觀若發展至極端，最糟可能（但願別發生！）會將日治時期在台日本作家、來台第一代外省籍作家、所有「旅台」作家……的創作、活動和影響自「台灣文學」或「台灣文學史」中盡數刪除。這種製造假想敵（imaginary other）並將作家群體同質化（homogenized）的策略與手段，極可能是為了消除、掩飾「台灣作家」此一想像群體（imagined community）之內部差異與矛盾。

的定義看似十分平常，其實它背後滿是文化屬性與政治認同的緊張糾葛。「馬華文學」此一簡稱與意涵在新一代馬華作家眼裡從來就不是「簡單的」：黃錦樹（1990：88）即曾撰文指出「馬華文學」原具有的內在潛藏歧義性問題，並試圖將其全稱由「馬來西亞華文文學」修改爲「馬來西亞華人文學」；另一健筆張錦忠（1991：42）在質疑「馬華文學」定義之餘，建議改用「華馬文學」作爲華裔馬來西亞文學的簡稱[10]。台灣讀者可能認爲這些不過是一字之差，無甚可爭；但對馬華作家而言，這些字詞上的更替置換，每每都是重塑馬華文學史的可能契機。可舉黃錦樹說法爲例：黃氏揚「華人文學」而抑「華文文學」，其理由正在於文學史視野上的差異。「華文文學」特指以華文爲媒介的創作，的確無法容括以馬來文（巫文）或英語寫作的華人作家作品。但後兩種類型的寫作者逐漸增多是個明顯事實，新一代華人作家若能兼善三者也並非奇事。這可說是馬來西亞雙元教育體制（國立中學系統／獨立中學系統）在晚近因國中系統裡華族子弟數量不斷增加，使馬來文在華人中漸成強勢語言的結果。因此華人以馬來文創作「是歷史的必然，也無須以『民族大義』來加以非難否定，甚至還應該加以鼓勵」（黃錦樹，1990：91）。

黃錦樹對「馬來西亞華人文學」的相關論述並非全無問題（不流於意氣之爭又有見解的批判，見劉育龍，1996）；筆者於此提出這些主要在點明：既要研究馬華（旅台）文學，就不應將它們產生的歷史背景略過不論。必須先能掌握住歷史脈絡與流變，文本中那些複雜糾葛的情感和行動才能更爲台灣讀者所體會，並使後者開始反思自身的處境。

這些馬華作家的處境到底爲何？他們又面對著什麼樣的歷史記憶呢？在台灣的論述場域，這類問題經旅台學者們自覺而接續不斷地提出、檢討下，至今的思考與提問層次已達相當高度。這些成果正可提供我們較爲新穎的視野，以便對

---

[10] 後殖民論述將英聯邦文學（Commonwealth literature）視爲新興英文文學（new English literatures）的思考模式，也啓發了張錦忠（2000）將馬來西亞、香港與台灣等地的華文文學皆視作「新興華文文學」（new Chinese literatures）。正如其所言：「海外的華文，總已是一種在地化的話語，一種道地海外的聲音」、「新興華文文學的華文是『異言華文』（Chinese of difference），另有一番文化符象，走的是異路歧途，文學表現也大異其趣，這樣的新興文學才有其可觀之處」（頁 26）。

馬華文學史上幾個關鍵議題進行介紹與回顧。

從馬華文學史家方修開始，幾乎所有談論馬華文學史的論文或專書開頭都會來上這麼一段：「馬華新文學是承接著中國五四新文學運動的餘波而起……」。這種寫法似乎注定了中國新文學與馬華文學「密不可分」的關係，更被某些別有用心人士拿來斷定兩者間「源／流」、「上／下」的權力位階。事實上，馬華文學早期一系列的論爭（這似乎是馬華文壇最常用的「溝通方式」），可說就是在努力思考自己與中國新文學的關係。隨著二〇年代的「南洋文藝」、三〇年代的「馬來亞文藝」、四〇年代的「馬華文藝獨特性」、五〇年代「愛國主義的大眾文學」這一系列論爭，華人作家筆下增添了更多馬來亞本土的色彩與現實性。他們也逐漸體認到必須由當初移民作客的心態轉爲永久性定居的立場，並且還要學習跟馬來亞其他族群在同一塊土地上生活下去。譬如馬華作家於一九四七、四八年間發生規模龐大的「馬華文藝獨特性」與「僑民文學」（由於戰前提倡新文學者多爲中國僑民故稱此）對抗，不管結果誰輸誰贏，都代表了馬華文學界對自身歷史情境的重要反省[11]。戰後「馬華文學」概念發展出更加完整的內容，顯示中國新文學的「血緣」既經過了馬來亞現實的改造，它便產生了自己的歷史位置，早已不是前者可以支配、統攝的「一脈支流」了。

這些論爭背後的推動力量錯綜複雜，英國殖民地政府、馬來亞共產黨與華人作家間的合縱連橫到現在都還是馬華文學史家們一再思考的議題。不過可以肯定的是，左翼文學在戰前馬華文學界的確具有強大影響力。但隨著殖民地政府與一九五七年獨立後的馬來亞政府剿共不懈，馬華左翼文學早已衰退到僅存對現實主義的堅持。這一脈相承的「傳統」在現今馬華文壇雖不見有多少美學意義上的突破，但在其繼承者與信仰者仍大權在握情形下，這批掌控文壇產銷、分配機制的「大老」遂將現實主義建構成本土的、傳統的、不可挑戰且必然「萬流歸宗」的

---

[11] 論爭的兩方到底誰輸誰贏，至今仍有各種不同說法。不過張錦忠（1992：182-183、190）提出的質疑或許更爲徹底，頗值得參考：他懷疑「僑民文學」根本是個不存在的虛構對象，在那樣動盪不安的年代，譴責或清算這虛構對象，無非是要突顯某種跟以往不同的文化屬性，以緩和內心的認同焦慮與危機。但這並不代表就此否定了中國（文學）的影響；相反地，「馬華文藝獨特性」既突顯的是文化屬性之爭，更加肯定了中國（文學）的影響。因此他認爲，兩方到底輸贏如何也就不那麼重要了。

一種信仰與召喚。正如林建國（1993：106）所言，這些曾經激進過的寫實派，「已成為不折不扣的保守末流」。旅台作家在大馬期間既曾面對這類具強大壓抑力量的「傳統」，他們抵台後之所以一直努力尋求新藝術技巧，原因自不難想見。[12]

馬華作家的另一個壓抑來源是官方政策。一九六九年全國普選，結果公佈後執政黨雖仍獲勝卻喪失了三分之二的大多數優勢。選前各族在議題上原有的尖銳衝突加上有心人士刻意滋事，導致五月十三日反對黨人在吉隆坡的慶祝遊行竟演變為長達四天的種族大暴動，一個馬來西亞人民無法抹去的歷史記憶。待此「五一三事件」平息，新的馬來少壯派菁英接掌政權，開始重新設計整個官方政策：意識型態上的「國家原則」、經濟上的「新經濟政策」、文化上的「國家文化」……，這其實都在逐步落實土著化路線，使馬來人獲得在政治、經濟、教育等各方面的保障與主導權。在文學上也有相關的設計，稱為「國家文學」，下設「國家文學獎」，每年表揚一位優秀的馬來文作家，給予優渥待遇及出版方便。正因規定以國語（馬來文）寫作才有申請資格，「國家文學」政策在官方操作下遂使馬華作家成為「國家」文學場域永遠的邊緣分子——這已不是馬華作家要不要認同「國家」（官方意識型態／教育／語言政策）的問題，而是他們面臨著「不被認同」的困境。今日馬華文學界對官方「國家文學」政策大抵有兩種態度：積極爭取加入或據理解構批判。兩者分別可以吳岸（1993）與林建國（1993）為代表[13]。但無論如何，「國家文學」只算是官方諸多設計裡的一部分、更大的心靈與政經結構改造工程裡的一部分。在強勢的馬來官方眼裡，使用華文與身為華人——不管

---

[12] 這並不代表馬華文學的此類發展皆受台灣影響而生。較確切的說法應是台灣成了另一塊可供他們操演的場域，而非另一個如「中國」般難以抗拒的文學／文化「源頭」。不該忘記馬華作家與台灣的關係是有個別差異的，「早年《蕉風》作者如梅淑貞和陳瑞獻等，具備英文和／或法文原典閱讀能力，便開創了別具一格的中文文學風貌；溫任平雖屬他們一分子，但相形之下，承受了台灣較多的影響。可是此後馬華現代詩的進展，卻和來自台灣的輸入有很大的關係」（林建國，1993：119）。

[13] 林建國（1993：108）以峇峇文學（一種以馬來語法為根據，雜以閩南語彙和英語語彙而成的獨特地方語文）為例，說明它的存在「揭露了背後支撐『國家文學』和馬華文學的『陰謀』：純正語文、純正血統、並假純正之名維繫與虛構種族主義的正當性」。他將這兩個「敵人」並列，的確是看出了在他們的表面對立下，其權威／壓抑力量的來源卻如出一轍。

你已多麼土著化——就是永遠的「非我」，永遠「期盼」再分配與改造（譬如用表面平等、利益共享的法律）[14]。這些代表著「國家」的「官方」也不會忘記隨時察看子民是否有認同上的困擾或問題——儘管後者已一再申說：「馬華書寫人的認同屬性，其實並無不明之處。不明的是他者的視域。華裔馬來（西）亞文學在這視域內越模糊不明，越能彰顯他者在鏡像期自我審視時，清楚照映出來的馬來文學或國家文學的意象，儘管馬華文學在獨立前早已認同並建構了馬來亞主體性」（張錦忠，1992：189）。

（三）

我們知道，馬華文學界有一獨特的「字輩斷代法」：

> 以「字輩」為世代的劃分，始於一九八三年的一部文選《黃色潛水艇》的主題：「六字輩人物」；其後就被繼續沿用下來，凡是一九六〇~一九六九年出生的文學創作者，都約定俗成地歸入六字輩，漸漸成為一種「共識」。……字輩斷代法已成為馬華文學的特色（如同中國文學史以朝代斷代），它讓讀者能更有效地檢視各世代的創作情況，以及語言風格和題材的差異性。（陳大為主編，1995：9）

本文即自五字輩與六字輩旅台詩人中各擇兩位（溫瑞安、方娥真與陳大爲、林幸謙）加以討論[15]。說到溫瑞安，還有記憶的人應該都會想到由他當家的「神州」詩社。我說「還有記憶的人」，是因爲八〇年代中、後期起帶有台灣民族主義色彩的各式論述在文學場域已漸成主流，在它們勤於清算自身過往歷史的「中國性」之同時，因主持者被冤枉逮捕而星散的神州詩社（1976-1980），既不符合擁抱台灣意識者之胃口，又不爲國民黨官方所喜（才會被扣上「爲匪宣傳」的帽子），

---

[14] 馬來西亞一九七〇年採取的種族資本比例制即爲一例。此制度規定任何股分公司，馬來人股分應佔 30%、華人和印度人佔 40%、外國人佔 30%。類似的種族利益分配制度其實多是爲了增加馬來人的政經利益而設。

[15] 早自六〇年代起，馬華旅台作家就已在台灣文學界留下不少「足跡」。其間有一批具外文系背景的詩人組織過「星座詩社」（1963-1967），但其出版品中罕有涉及身分與文化認同問題者。筆者此處既以身分認同及「字輩斷代法」開展論述，舉溫、方、陳、林四人爲例說明當是較適宜的選擇。

遂成了兩方皆棄而不論的歷史空白[16]。加上當年「神州」的眾多出版品全數絕版，不少主要成員都已離開文學隊伍——他們的過去被人遺忘，未來與詩脫節，一切看起來好像什麼也沒發生過。很難想像七〇年代他們曾是文學刊物上最洪亮高昂的聲音，並與當時另一重要文學團體「三三」關係密切[17]。這兩個性質相近、互相欣賞又執著擁抱同一意識型態的團體，卻有著極為不同的命運：「三三」集團中的好手如朱家姊妹現已成為台灣小說史不可不談的大家，她們雖不時遭受某些論者有理或無理的質疑、批判，但這並無損於她們在寫作上的成就。近年來由朱家姊妹追索到「三三」集團的文章逐漸增加，一些與「三三」有密切關係的創作者（如楊照）也開始梳理、回顧自己的「三三經驗」；相較於此，台灣幾乎沒有人在談「神州」——是不是它與台灣作家、文學史完全無關，或者它只是一個青年僑生們組織的短命團體？這兩種想法都不對：要說台灣作家，如林燿德（在他還是「林耀德」的少年時期）對「神州」涉入頗深是不爭的事實[18]，至於在皇冠版《神州文集》上發表過作品的台灣作家數目就更多了。「神州」的組成分子的確大多數是僑生，但他們顯然並未限制台灣的文學愛好者參加，否則就不會有「十六歲的小神州人」林燿德了（見溫瑞安編，1978：268）。當時他們除了與「三三」

---

[16] 關於一九八〇年九月「神州」領袖溫瑞安、方娥真被捕下獄的冤案始末，可參見葉洪生，1997。

[17] 楊照（1998：181）將「三三」與「神州」視為右翼文學行動主義的代表團體：「他們的集團特性是非常年輕，他們的集團理念是『以文學救國』。在行動上，他們熱情地串連各地大學，堅決反對『鄉土派』，高舉文化民族主義的大旗；在文學上，尤其是小說的創作上，他們特別強調回歸到愛情上來化解抽象概念上對立所產生的齟齬衝突」。

[18] 林燿德與「神州」的關係是解讀他少年時期創作至為重要的關鍵。他後來會大量寫作長詩，可能都與當年的「神州經驗」有些許關係。除了參與「神州」的活動外，少年林燿德還是「小三三」的發起人（見朱天文，1988：31-32）。此外，林燿德對溫瑞安相當崇敬：從少年時期用「天人」、「天聽」形容溫氏（林耀德，1978：269-270），到九〇年代為溫瑞安籌備詩集出版，寫序時仍不改其仰慕之情即可見一斑。羅門（1997：225）在悼念林燿德逝世周年的研討會上談及：林氏向他披露年輕時期的自己「曾在溫某某的政治事件中，被人誣告入獄，接受折磨一段日子，非常痛苦」。據筆者瞭解，他身為「神州」一員，當然不無可能被牽連調查；但「誣告入獄，接受折磨」這種事，則可以肯定並非事實。相關資料亦可參考楊宗翰，2002。

集團相互唱和外[19]，文壇大老如齊邦媛、余光中對他們的提攜也不遺餘力。「神州」將文學與行動結合、文武兼修且深入各校園活動、結社成員最高達兩百多人……諸如此類特殊的「神州經驗」再加上他們努力創作、力求在報刊上發表作品（也的確寫出了自己的特色），台灣詩史／文學史若不去處理——哪怕只是嘗試去思考——「神州」現象或僅視之為「非我族類」，絕對會是一件憾事。

想要了解「神州」的組織與發展過程，溫瑞安主編的《坦蕩神州》（1978）應該是最好的選擇。這本由社員所合撰的詩社史對「神州」當然給了最高的評價。從八〇年代開始逐漸為眾人所淡忘的他們，十餘年間也罕見有人重提與重估。一直要到一九九一年馬華旅台作家黃錦樹發表〈神州：文化鄉愁與內在中國〉這篇長文（收入黃錦樹，1998：219-298），「神州」才算再度登上了論述場域。但此時的台灣文學界已非當年情勢，「神州」所擁抱的意識型態不再是島內主流，也使得他們的不受歡迎彷彿「順理成章」；黃錦樹代表的馬華新生代作家，在更加確立、珍惜自己的馬來經驗與認同之刻，對「神州」的批判成了清理、重建馬華（旅台）文學史的必要步驟。在可見的十年內，我想「神州」這種同遭兩面否定的情勢恐怕將繼續維持下去。我並非指「神州」是不可否定的，而是要思考在這種否定、批判中我們到底得到了什麼。黃錦樹透過他那篇長文的寫作，徹底檢討了前行代馬華作家（他自己是六字輩）著名的「神州經驗」裡的非現實性與極度誇張的文化想像／狂想／妄想。他認為這種「返祖」式的濃烈文化鄉愁，終將帶來僑民意識的復甦。不幸的是，「僑民意識恰恰符合中國（台灣）、大馬當地的官方意識型態（居住在外國的本地人——僑——居住在本國的外地人）」（頁275）。我想黃錦樹寫作此文，用心應不僅止於批判當年「神州」的位置，更是在為當下自己的認同選擇找到充足的（反面！）例證與理由。關於馬華作家們今後的發言位置該在何處，他顯然是深刻自覺的。

不過正因懷著此目的思考行文，遂讓作者在意圖得償之餘，也暴露出他觀照上的罅隙。在書寫過程裡，黃錦樹再次確立了自己所據位置的正當性與合法性，問題是：在他努力批判「神州」時，他錯誤地將「神州」等同於「溫瑞安」，兩

[19] 譬如《神州文集》第六號就刊有一篇陳劍誰（1979）的〈從神州看三三〉，把「三三」所倡的「士」與「神州」所提「詩天下」的「詩」等同。作者還不忘特別強調：若附以時代的意義，兩者便都成了「三民主義文學」。

者又一樣等同於他們所苦苦追求的「中國性」，於是這「神州」、「溫瑞安」、「中國性」的三位一體概念遂完全掩蓋了「神州」這團體裡女性成員的存在事實。女性成員面對社內男眾狂熱的中國想像與追求，她們作何感想？有何回應？……。黃錦樹的「『雄』辯長文」不僅不能掌握此文學社團裡的性別／權力關係，也根本未意識到這三位一體概念裡並無女性的位置。以方娥真爲例，她在黃錦樹的討論裡並非沒有出現過，只是她的出現都與溫瑞安「有關」，而非顯示兩者的「差異」：或是爲引出溫瑞安過往行徑的追憶，或是爲成就「溫、方」這帶有優劣次序的「並稱」（見頁255-256、260）。於是這篇批判「神州」、「溫瑞安」、「中國性」的文章，最少被提出討論的「方娥真」卻成了最大的犧牲者——作者的「性別盲」先使方氏失去了出場機會，再間接命令她必須「共同承擔」所有（男性）表演者的失誤。其實不單是「神州」，當史家或評論者要對文學社團及其成員的功過進行批判、估量時，「男女有別」通常只會淪爲生活口號而非論述原則。

不過黃錦樹對溫瑞安的批判我倒是都相當同意。此外，就詩而論，我認爲溫瑞安在這方面的寫作成績有被過度高估之嫌。不可否認他是個有才氣的快手，但這是日寫數萬字的武俠小說家溫瑞安[20]；詩人溫瑞安當然也有才氣（創作速度如何不得而知），卻不見得擅於遣才成詩。才力是寫詩的必要條件自不待言；但徒有才而無精細的梳理、設計、組構功夫，恐難以成就一首經得起考驗的詩作。溫氏詩作長於氣魄，這在評論者間已有公論（鄭明娳，1990a：265）。此一「氣魄」生自二處：一是自身內蘊的才力，一是表現於外的「想像中國」。後者這溫瑞安魂牽夢繫的愛戀「物」，說穿了不過是一個個「符號」，跟其他符號相較原無二致。但在彼時台灣的文化場域，經過意識型態國家機器數十年如一日的殷勤「指導」，「中國」及其相關符號群早已佔據了至高無上的神聖地位。這使寫作者有了錯覺，以爲使用「符號中國」（系統）就代表拉近了與「現實中國」的距離，甚至終會有疊合的一日。但這裡的「現實中國」卻一點也不現實：它不可能是共產黨掌控下的中國大陸，也不是國民黨退據的台灣島。它只能是一種彌補認同匱缺的想像物。溫瑞安試圖透過閱讀或書寫「符號中國」來認識、愛戀「現實中國」，但是後者其實在「現實」裡並不存在（早已成了永遠的「歷史」），純爲一個想像

---

[20] 溫瑞安（1977：215）在爲方娥真《娥眉賦》寫的跋中提到「……以我日寫二萬五千字以上的武俠小說速度」。

之物，一個永遠等待被符號塡充、解釋與生產的「符號」。於是在這種符號與符號的追逐中，真正的「現實」反被懸置不論——雖然溫瑞安自己肯定不會意識到這點。真正「現實」的空缺正好／只好由詩人生產的「符號」來補，也因爲這待補的空缺是如此之大，詩人作爲符號的生產者只有兩種方式可資應付：一是生產更大的符號，二是生產更多的符號。在他來台後出版的詩集《山河錄》（1979）裡，前者就是「長江」、「黃河」、「神州」等「宏大壯美型」符號群；後者則是通貫全書，動不動就冒出來、幾近氾濫的「武俠世界型」符號群。由兩種符號群混生而成的，就是筆者前面所說除了詩人自身才力外，「氣魄」的另一來源：表現於外的「想像中國」——或應稱爲符號建構出的「中國」、現實匱缺中的「中國」。

可是當「氣魄」被標舉出來，並視之爲溫瑞安詩作最大特色時，我們很可能輕易放過了它們在梳理、設計、組構功夫上的粗糙，而一味談論那些雄壯豪邁、氣象萬千的詩句。筆者當然承認這些詩句的審美價值，否則溫瑞安不可能成爲我討論的對象；但眾詩句若不經一番設計組織，離一首「好詩」尙有相當遙遠的距離。溫瑞安的長詩最易看出這方面的毛病，特別是十首〈山河錄〉[21]。評論者對溫瑞安的長詩多是讚揚聲大過批評聲，只有黃錦樹（1998：294）在前引文的注釋裡稍微點了一下：「溫詩……到了《山河錄》的〈少林寺〉，簡直成了分行的武俠小說；集子中的〈山河篇〉（引按：即十首〈山河錄〉）卻是抒情的。差別在於它的『演出』性格，似是爲朗誦而寫，因而在字裡行間不留餘地，窮盡讀者的想像空間，就詩而論，存其章節片斷可也」。其實十首〈山河錄〉一樣也缺乏剪裁與組織，雖不至於「存其章節片斷可也」，卻著實有大加修補的必要。在離台後出版的第一本詩集《楚漢》（1990）裡，十首〈山河錄〉作了些文字上的小幅刪修，但結果仍無法使筆者滿意，因爲文字並不是問題的重心。馬華作家在文字上的使用大多一流，是很多自命爲「中國作家」或「台灣作家」者所遠遠不及。溫瑞安的文字沒有問題，問題出在長詩內部空間的思考與設計。十首〈山河錄〉雖頗見溫氏才情，但檢視詩裡「宏大壯美型」符號群、「武俠世界型」符號群與現實生活／情愛三方面的接合、跳躍，可以發現此詩外貌雖如龐然大物，內部空間設計卻顯得十分混亂。詩人要在長詩內一次創造他心中「世界」（結合前述三者

---

[21] 林燿德（1990：6）對十首〈山河錄〉的評價與我全然不同。他將此一「中國抒情文體的大河詩型」視爲「七〇年代華文詩的最高成就之一」。

之理想境地）的企圖，在〈山河錄〉末三首〈少林〉、〈蒙古〉、〈西藏〉中得到最完整的展現與最徹底的失敗。試舉〈西藏〉爲例：此詩作爲十首之末，先是大量使用「宏大壯美型」符號群（邊疆、大漠、楚水、秦火……），又一下跳接介於古典與現實間的生活／情愛，隨後突然來上整段關於〈山河錄〉寫作問題的解釋、自辯，其中還間雜著「武俠世界」符號群的零碎。全詩最終結束於一種極度樂觀的想像氛圍：

我讓我曾經傲笑過三山五嶽
不留行於五湖四海
而我曾深烈地愛過
就讓我沉沒吧
再浮現時
又是另一次璀璨的圓！（溫瑞安，1979：312）

値得注意的是，在《楚漢》收錄的修訂版裡，詩人將最後一句改爲「又是另一次璀璨的圓。」——由樂觀的「！」到保守的「。」，這全詩收束處的異動，是不是也代表了溫瑞安在歷經冤獄（竟被他最信任的「中國─台灣」當局逮捕、驅逐）後，對自己原有期待與信仰的調整、修正？

（四）

溫瑞安在〈西藏〉裡不只行吟：「中國啊我的歌／透過所有的牆／向您沉悲的低喚」（頁 304），他也道出自己與符號「中國」的位階關係：

最後寫成西藏
彷彿離中原遠了
而我確實從邊塞而來（310-311）

這種將自我邊緣化，全心戀慕、追求中心（那想像與符號化的「中國」），無疑也是「神州」諸子的鮮明特徵。這一「邊緣／中心」架構又因替他們寫序的文壇大老筆下具體之「僑居地／祖國」、「異文化／中國文化」、「海外／漢魂」（分見齊邦媛，1978：15；朱西寧，1978：4；余光中，1977：1-2）對立，更得到了無比的強化與正當性。他們原來在馬來西亞的情形，可能正如其自述：「……我們聽著，彷彿一個南方的邊境人要傾聽中國的訊息。但中國在那裡，我一直沒見過」

（方娥真，1978a：28）；既自我命名爲「南方的邊境人」，當他們抵達想像裡的（替代）中心——台灣——時，不知是不是因爲洞悉此地只是一個「替代」，筆下對於「文化中國」的傾羨戀慕不但未見減少，反倒是更多、更濃。[22]其實寫作什麼題材純屬作家個人自由（筆者一向大力反對「政治正確」），但在一個組織嚴密的文學性團體裡，當某一特定題材由主流漸漸演變爲絕對的權威，其壓抑性力量甚至主宰了作家個體寫作自由時，這就非常值得討論了。溫瑞安在「神州」中的權力位階顯然是最高的，眾人對他的敬愛／敬畏在《坦蕩神州》裡也明白可見[23]。溫瑞安的寫作如同他的一言一行，對「神州」社眾無疑有著強大影響力——其實他們口中的「大哥」溫瑞安早已被視爲「神州」的絕對象徵。在這種權力結構下，「神州」社眾會在寫作題材上跟隨溫瑞安是可以想見的。加上「神州」所處時空正是鄉土文學論戰前後的台灣文壇，在喧囂揚沸的論戰氛圍裡，寫作是類題材更是再自然不過。[24]

也就是在此處，我們必須重新檢視女詩人方娥真的特殊性：「神州」男眾一直不斷追逐著「中國」（中心！），並企圖藉大量書寫來再現出自身對此一愛戀物的渴望；方娥真當然也對「中國」抱有嚮往，但此一情感並未在詩歌寫作裡成爲主導力量——它甚至沒有得到詩人的「出場許可」！此一現象應當這麼解釋：眾男性念念不忘的「中心」，對女詩人方娥真來說不見得有多麼重要。因爲無論男性們最後是否能接近或變成「中心」，她都還是前述那個「南方的邊境人」——所有「中心」爭奪戰裡的不變「他者」。正當同社的男詩人們在詩中努力表現出

---

[22] 「文化中國」此詞最早即由「神州」所提出。一九七九年「神州」創辦了一分新雜誌《青年中國》，繼第一期「青年中國」、第二期「歷史中國」後出版了第三期「文化中國」專號。

[23] 溫瑞安其實與其兄溫任平一樣，在社員心目中都是近乎「神」的領導者。關於溫任平對大馬「天狼星詩社」的領導方式，可參見程可欣，1998：71-72。

[24] 「神州」在鄉土文學論戰裡究竟扮演什麼角色，是一個非常有意思的問題。它在意識型態光譜上，無疑是相當接近「三三」的；但他們的特殊身分，畢竟與「三三」諸人有所不同。就手頭資料觀之，「神州」社眾對鄉土文學雖有零星批判，卻遠遠不到「激烈」的程度。倒是「三三」要角馬叔禮 （1979）在《神州文集》第五號有一篇猛力批判鄉土文學的文章〈我們往何處去〉，程度之激烈已超過「神州」所有相關文章的總和。

自己對國族認同的強烈渴求時，方娥真卻寫了一整本的情詩《娥眉賦》——不是什麼宏大崇高的愛國之情，只是（！）浮世男女間的小情小愛——這難道沒有什麼特殊的意義或訊息嗎？就算是那些一向認爲小情小愛無甚可觀的沙文讀者，恐怕也不得不佩服《娥眉賦》作者對男女情愛的窮極想像功夫吧？

可惜此點在評論家筆下從未曾被好好處裡。在余光中（1977：14-15）爲《娥眉賦》所寫的序文收束處，他先劃定了方娥真詩作的屬性：「這首『娥眉賦』也好，這整卷的『娥眉賦』也好，都可以說是第二人稱的怨訴文學」、「她的主題幾乎純屬愛情，可謂『新閨怨』，而表達的方式幾乎都是第二人稱，可謂『情書體』」；繼而對方氏詩作走向「魔幻之境」、「幽昧迷茫」地帶的探險評爲「未免狹窄了些」，隨後又補充「不過少女詩人的世界，一時也難求其富於知性與廣度了」。最後勸「敏感多情妙筆輕運的才女」方娥真，應該「發揮自己的潛力，走一條坦坦的征途」。余光中本篇對方娥真詩作的評析，在文本內緣分析上可說作得相當準確，他這方面的取徑與觀點也多爲後繼者（如鍾玲，1989；鄭明娳，1990b）承襲，應可視爲台灣詩評界對方氏詩作的普遍看法。但無論是男性或承其餘續的女性批評家都停留在閨怨情愛或用字遣詞間的討論，卻未能掌握外緣的性別與國族因子之隱伏／顯現，及其對方氏寫作上產生的重大影響。再者，余光中對方娥真詩作顯然有相當的期待，但當他使用「知性」、「廣度」、「坦坦的征途」此類標準去「期待」方娥真時，我們可以清楚看出部分男性批評家的困境：自我中心的雄性美學觀，在處理女性文本時常會不自覺地以己爲尺，去度量他未知或自以爲知的另一世界。余光中在此就犯了將「男性價值觀」毫無批判地自動外延爲「普世價值觀」的毛病。

余光中雖以「怨訴文學」、「新閨怨」、「情書體」來界定方娥真詩作，卻未曾對詩中男女主角性別／權力關係提出批判（這或許受限於他寫作此文時的時代背景與學術主潮），連鍾玲、鄭明娳兩位女性批評家亦未在此有何著墨。其實方娥真在這方面當然不乏可議之處：她對於詩作中僵化的男女性別／權力位階不但毫無自覺，更可說是在創作裡強化、合理化了此一關係。在這方面，我並不打算爲她辯護；但在國族議題上，如本文前處所述，她明顯地未與溫瑞安及「神州」男眾起舞。當後者狂熱於「符號中國」並不惜以文學寫作題材之多樣性作爲交換時，方娥真卻執著於其「樓」的世界（《娥眉賦》即有一輯題爲「樓詩集」），恣意想像著女鬼與情愛的萬千種可能。在那樣的「大時代」裡，這截然不同的追求，不正代表著女性對國族大敘述的反抗姿態嗎？[25]除了《娥眉賦》，方娥真的一首短詩〈小鎮〉也可解讀出此點：

我要怎樣寫出小鎮的樸素呢
小市民的家啊
有人在飯後哼小調
有人在門前話家常
山水在黃昏時共看幾度夕陽
小鎮嬌小，是大城市紮起的一束腰
寫在詩裡只能佔一段
我家的燈是太平盛世裡的一盞
但家喻戶曉
照著百姓的請安，握筆的我
想像戰爭在遠方（方娥真，1979：135-136）

此詩發表於《神州文集》第四號，在此書的〈神州編後〉論及：「文集第四號『夢斷故國山川』書成時，恰好是『美匪建立邦交』事件傳來的同時，神州社的人是關心人間的，立即在作品上有了反映，像周清嘯的『捐款』、徐家愔的『風沙路』都是。……我們決心與國家的行動配合，不是過於激情失卻理性，反而造成國家的動亂」（見周清嘯等著，1979：267-268）。在這人人激憤的歷史時刻，方娥真詩作卻仍如其故，不論在當時或後來都不見「在作品上有了反映」。至於這首〈小鎮〉最有意思的地方應是最後一句：「想像戰爭在遠方」。「我」（一個女詩人）爲何要「想像」（虛構）遠方有戰爭？七〇年代後半葉正是台灣社會的劇烈震盪期，

---

[25] 自然會有人批評本文在討論方娥真與「神州」時，忽略了兩者其實共享同一套美學意識型態。關於這點，筆者有不同看法：我之所以在文中特別提出方娥真的寫作有異於「神州」男眾，並不是要否認她／他們共享著同樣的美學意識型態。但後者不能等同於方氏的情愛書寫中沒有絲毫歪曲、戲擬、甚或是反抗（那怕僅是無意識的、待詮解與深掘的）同時代男性霸權大敘述的可能性。如果把方娥真對男女情愛的窮極想像／書寫一概化約爲溫瑞安英雄書寫「錢幣的另一面」，這樣一來恐將完全消抹了方氏這類書寫意義再生產的可能；二來也凸顯了父權社會中，論者已慣以「雄性之眼」來預設或期待「歪曲」、「反抗」這類詞彙必然有著強烈的戰鬥性質或氣質（特指 masculine）。

從文藝論爭到外交變局，舉目皆是殺伐之氣，女詩人爲何只寫太平盛世與樸素小鎮？關於這類問題，我們千萬不可採庸俗寫實主義者濫用、錯用的「反映論」橫加批評；反而應該去思考：爲何女詩人會如此書寫？這難道不是女性創作者對彼時現實界的諸般紛擾——例如「美匪斷交」、「漢亡國滅」之類——自覺或不自覺地表現於外的強烈疏離感？既然自己從來不是這類論爭、紛擾的肇始者或得利人，頂多是在其間扮演被動員者的角色，她們當然會產生與之疏離的感覺。明乎此，對方娥真詩作的解讀就更顯出必須超越「類余光中式讀法」的必要。

在此還需一提的是：筆者雖說不願爲方娥真詩中僵化的男女性別／權力位階現象作任何辯護，但這並不表示我認爲彼時女性寫作者必須爲自己沒有「性別自覺」這點，獨自擔負起所有的責任。以方娥真爲例，在散文〈倒影〉裡，她從照相開始寫起，寫到最後竟生出這般感慨：

> 每次我迷戀著照片中那彩色的笑靨，我的背後一定有著許多名垂不朽的美夢。只是，放眼望去，整個民國的時代那麼煊煊赫赫，歷史記下來，上面也只有　國父　蔣總統和一些偉人奮鬥的照片。只有這些偉人，他們有能力掌握住他們活著的那片時空，創造他們的一代。而我呢，微小的方娥真，我和他的合照總不能是一片空白的，但我要怎樣去留影呢。(1978b：199)

這段文字透露出彼時一個「少女」因爲對「偉人」如此崇仰敬畏，反使自己頓時生出一股茫然之感——這樣的對比，這樣的情感，應是方娥真爲何從未在創作中思辨、懷疑諸如「偉人」、「歷史」、「大中國」這些符號之正當性與合法性的原因。這些符號她來說都太過龐大（儘管我們現在知道那不過是虛假意識的產物），除了感到茫然，一個女性寫作者（還是「正當少女」）在那樣的環境裡也只有繼續寫那些不會挑戰男性／偉人／國家權威的題材。方娥真不是沒有自覺，她也曾說：「我寫著寫著，忽然對我的筆不滿了起來。它怎麼總是在小兒女的瑣事裡尋尋覓覓呢」(頁 216)。不過事實上，這只能算一閃而過的念頭。在她「神州」時期的寫作裡，其實從未超越過這些「小兒女的瑣事」。但如果批評者光會指責她題材重複、格局狹窄，那就太輕易放過了當時父權體制對女性寫作者身心的全面掌控與改造，忽略了「他們」是如何利用各種權力網絡壓抑女性自我意識至深不見底的潛意識區，也藉此圈定、限制了女性作家可思考題材的範疇[26]。不從此角

[26] 方娥真如此執著於男女情愛的想像世界，難道與彼時「男造」環境的無所不在毫無關

度觀察，女性寫作者的悲劇性處境只會再度被男性批評家（與那些內化男性審美判準的女批評家）忽視，從而使後者在志得意滿地批判之餘，更方便推卸身爲共犯結構一員的應負責任。

（五）

方娥真與溫瑞安兩人雖因性別差異，而對追逐「中國」大敘述一事有著或疏離或歡迎的不同態度；但在國族認同層面上，方、溫乃至整個「神州」無疑是強烈認同自己身上「華」的部分。但到了六字輩開始詩才外露之刻（八〇年代末到九〇年代初），台灣文化界業已經過「台灣意識論戰」洗禮，對於「台灣」與「中國」位置之差異也有了更清楚的思考[27]。同樣地，無論在大馬或旅台的馬華作家們也深刻反思著自身與大馬土地間的緊密關聯，並開始檢討旅台前行代的不歸、其與大馬文壇的疏離、「中國」之血緣霸權等等問題。大體而言，在國族認同問題上，這輩馬華作家已逐漸由全然傾慕、追逐（強調普遍性的）「華」演變爲對自身（突出差異性的）「馬」部分之珍惜、肯定，或可說是「本土意識」的再度確立及昂揚。但是這種轉變在六字輩作家身上並非人人皆然，而這少部分的「例外」（如林幸謙）不該被視作不值一論或全盤排斥，因爲這些人也有「轉變」：他們「認識『中國』的方法」與「神州」諸人可說是大相逕庭，千萬不可僅由表面

係嗎？女性書寫者縱有一絲想要抗拒的念頭，又豈易於此「男造」環境下直接呈現？遁入情愛或鬼魅之想像世界實是不得已的「被／選擇」；也只有在對它們的窮極想像中，彼時的女性書寫者才算得到了「自由」——一個無害於男性／偉人／國家權威的呼吸空間。但是，這會不會只是一種如同動物般的 mimic coloration 呢？而女性書寫者不去直接挑戰男性／偉人／國家權威，就應該被視爲毫無抗拒、無條件地繼承了後者的記憶嗎？不，該檢討的是在「男造」環境下，她們爲何會對男性／偉人／國家權威間的競逐鬥爭懷有如此強烈的疏離感。這難道不是她們在此環境下所能作的、也是我們必須挖掘的全部嗎？一向慣以「雄性之眼」評斷世事的批評家們，是否該嘗試用更謙卑的傾聽之心來面對這些事實呢？而把開掘這類呼吸／抵制空間的努力輕易劃入「女性主義技術派的修辭」者，是不是也同樣缺乏這種謙卑的傾聽之心呢？

[27]「台灣意識論戰」一役對「中國意識」的清理與「台灣意識」的確立助益甚大，此論戰相關文章已收於施敏輝（陳芳明）編，1988。

立判兩者皆屬一類，從而排斥甚或任意詆毀其寫作成績。

本文第三節曾論及：溫瑞安因爲十分嚮往「文化中國」，居然以爲使用「符號中國」（系統）就代表可以拉近自身與「現實中國」的距離，甚至終有疊合的一日。我雖已批判這不過是場符號與符號的追逐戰，溫氏當時卻肯定是把「中國」符號群安置在至高無上的神聖地位，文本裡的「中國」遂有了絕對的、不可懷疑的價值與權威。「中國」又是所有鄉愁／書寫的來源，也是鄉愁／書寫的最後歸宿——他如此以身爲「中國人」爲榮，在大馬時期的記憶與經驗在文本裡若不是爲了談論「中國」而存在，就是僅剩片斷而破碎的呈現。對「神州」時期的溫瑞安而言，「中國人」是他無可懷疑的身分，他雖「生於海外」，但終究到了中國的替代——台灣——留學，也算能「身在中國」了。既已「身在中國」，他的馬來西亞經驗更是遭到貶抑放逐：相對於「中國」的中心／廣博／文明，「馬來西亞」遂成了邊緣／狹窄／落後。

相較於此，六字輩的陳大爲更清楚確認自己是已經經過土著化洗禮的華人，「馬來西亞華人」就是他的身分與發言位置。無論是大馬或台灣，通通都是值得珍惜與尊重的經驗，也是他寫作上的現實來源[28]。據此，相較於台灣作家擁有的

---

[28] 關於陳大爲及其他旅台寫作者是否能把台灣社會當作創作泉源這個問題，同屬六字輩的辛金順（1997：79）以旅台詩人一分子之身分提出反思：「其實，陳大爲與許多大馬旅台的創作者一樣，他們的創作題材受到限制，原因不單只在於他們是生活在校園中，與台灣現實社會接觸少。最主要的還是，在這背後所隱藏的一個問題，即：他們在大馬十多二十年的生活經驗，並無法貼入台灣的社會內壁，再加上種種原因，使他們與這個社會產生一分隔閡感。這不免使他們的創作之筆划向虛構的場域，或通過回憶，去復活童年的生活經驗與場景，這形成了烏托邦文學的色彩。」相較於辛金順頗爲消極的看法，筆者毋寧是較樂觀的：這種「隔閡感」一來應會隨時間慢慢消退（看看那些早期旅台終而長居／定居的例子）；二來對一個創作者而言，此一「隔閡」也許正開啓了書寫的動力。陳大爲（1999：218-219）也曾忿忿不平地寫道：「有人說在我的詩裡找不到台北的蹤影，證明我無法融入這片土地。其實我寫過南京東路、新生南路、外雙溪和中壢，還有更多經過轉化的生活經歷與感觸。我在這裡生活了十一年，從大學生、研究生、雜誌編輯、兒童作文老師、業務員到大學講師；從台大男一舍、基隆極樂寺、新店美之城到中壢工業區。這些生活經驗都融入散文中，成爲明顯或隱約的背景。」不過，在新出版的詩集《盡是魅影的城國》（2001b）裡，陳大爲也開始用詩筆「讀出台北隱匿的身世」了（頁

「台灣經驗」或台灣文學傳統，像陳大爲般的旅台作家更增加了在那多雨林國度的生活經驗，或是以馬華文學傳統甚至馬來、馬英、馬印文學傳統作爲寫作的支援及資源。傳統「中國中心論者」的用語「海外」，顯然已不能定位這批馬華作家的戰鬥位置與廣闊格局。

就詩而論，陳大爲已出版的兩本詩集更有力地說明了這一切。從第一本詩集《治洪前書》(1994)開始，陳氏詩作中雖大量運用中國古籍、典故，卻總不忘要以現代的眼光重新省視（或以古議今、或推翻定說）。這也呈現出他追求「以詩疑史」、「以詩議史」的強烈企圖。此類企圖在九〇年代的台灣現代詩寫作裡相當罕見，況且他的努力在塑造出獨特風格之餘也取得了一定的成功。更值得注意的是：他雖然和溫瑞安一樣好援「中國文化」——其實不過是「指涉中國文化的符號」——入詩，甚至還比溫氏用得更多、更頻繁，卻決非像溫瑞安那般毫無批判或反思地將之安置成詩的背景，好滿足作者個人對「中國」的情感、想像與狂熱；陳大爲是把這種未經反思的背景移到可議論、質疑的前景，並一一歸還其原本的符號性。也只有當「中國」或「中國文化」回歸到「符號」層面時，才能再開展與生產出新的可能。相較於溫瑞安在此的封閉保守，陳大爲的確呈現了一種不可忽視的「認識『中國』的方法」。

陳氏第二本詩集《再鴻門》(1997)——其中收錄了多首《治洪前書》新的修訂版本——較第一本詩集更重視後設思維、寫作策略、敘事結構等等設計與技巧，至於創作者之整體關懷則多屬前者的延續。詩人依然擅長以組詩形式表達對歷史題材的思考（陳氏至此已企圖發展「以詩塑史」），詩作內容則由反思中國史籍寫作的可能（如〈再鴻門〉、〈屈程式〉中的鴻門宴與屈原）延伸到對馬來殖民史的解構與重寫（如〈甲必丹〉意圖顛覆史籍裡葉亞來的神聖與英雄形象）。由寫作〈西來〉(1993)的陳大爲（批判華人對西方的盲目狂熱與迷信）到寫作〈會館〉(1995)、〈茶樓〉(1996)、〈甲必丹〉(1996)的陳大爲（馬來半島殖民史的再現與重構），顯然可見詩人至此已自覺到建立主體性的迫切必要[29]。此一主體性的建立並非站在官方立場——無論是大英／大馬／中國／台灣哪一個「官方」

114)。

[29] 2000年年底，陳大爲終於完成了他構想多時的「南洋史詩」。這前後十五首南洋詩作，今皆已收入《盡是魅影的城國》(頁121-198)。

———發言與書寫，而是以一個後殖民地馬華知識分子的立場出發，深刻反省、重建個人經驗與族群記憶，挑戰官方（創造／虛構的）各式國族大敘述及歷史「紀實」。

至於林幸謙，我們不妨先看看新一代馬華作家對他的評析與批判：

林幸謙的詩整體上透露出政治身分的游移和文化屬性的衝突流放，顯示一種不安壓抑的破滅情境。詩人的文化鄉愁（中國屬性的）過度氾濫，形成本土現實被詩人放逐在他自己的思想之外，而民族文化情感（也是中國屬性的）卻被詩人的高漲意識大力宣揚吶喊，精神和肉體的雙重自我折磨方式令詩人自我流放，以不斷尋找自我的身分定位，因此也不可避免的被一再邊緣化。（張光達，1998：88）

林幸謙的大中國意識籠罩在層層龐大的歷史陰影中，顯得那麼孤絕淒厲，也充滿了疏離矛盾，這樣勇往直前的自我邊緣化／放逐形成綿密的夢幻、慾望、精神錯亂、顛覆扭曲的面貌，看不到本土鄉思的歷史具體存在意義，而這當然不在林幸謙的思考格局當中，證諸他的詩作和散文的開展層面，這樣的理解也是可以站得住腳的。但是身為林幸謙的詩思考者（不只是讀者），或許在他辛苦經營的沉悶格局當中，我們更期待他能夠從重重的陰影死巷中走出來，提出本土和中國的文化交互關係以及鄉土在其中所扮演的中介角色。（頁 89）

在意識型態上徹頭徹尾的想回歸中國大陸，應該算是馬華文學裡「中國情結」的一個較為極端的投射。近十年來馬華文學作品中絕少出現這種現象。而林幸謙的文字可以說是這個層面上最突出的例子。（林春美，1997：82）

林幸謙身上的「中國情結」是一個極端的「死結」，他選擇走上了無望的回歸之路，以致他的作品不時陷入濃郁自憐自傷的痛苦之中。（頁 84）

林幸謙在〈狂歡與破碎〉裡認為「海外人」「一代比一代更急於解構內心的鄉愁」。我想，這種心態對於他個人的情況而言可能是正確的，可是對於其他年輕一代的馬華作者而言，也許就構不成事實了。多數年輕一輩的馬華作者在族群與文化的定位上，意識到了自己作為「非中國人」的歷史

現實。(頁 85)

以上雖只是兩篇文章的摘錄，但他們的意見可說相當代表了新一代馬華作家對林氏作品的評判：流放、孤絕、疏離、邊緣、無望、自憐自傷……。總之，絕大多數屬於負面性評語。筆者前已論及新一代馬華作家多已確立了本土經驗／意識之可貴，他們會對「中國性」提出批判、檢討似也相當自然合理。但是這並不代表我贊成將七〇年代溫氏兄弟及「神州」、「天狼星」的馬華中國性現代主義和林幸謙任意等同（這類粗暴思考的例子見張光達，1998：88）——雖然他們表面看來如此相似，一樣戀慕著「中國」。不僅不能等同，我認爲前後兩者不但非「同出一脈」，更有著相當大的斷裂與差異。

相較於前述溫瑞安、陳大爲兩種殊異的身分認同，林幸謙走的是另一條路：以新一代的海外中國人自居（見林幸謙，1995：282）。這一身分代表他與溫瑞安民族主義式的「中國—台灣」認同拉開了距離，他追尋的方法其實也與溫氏相差甚大。溫瑞安的旅台經驗最後以遭政治力量驅逐出境告終；林幸謙雖未如此悲慘，他卻赫然發覺台灣和大馬一樣，都不是適合他肉體或精神久居之地[30]。在台的留學經驗已讓他清楚看出「外省族群在台灣，以及台灣在國際社會上的處境，正如僑生在台灣的處境一樣，既不被認可，亦得不到世界各國的尊重，如夢幻的泡沫般被排擠在世界一隅，雖力圖尋回失落的身分，卻在政權角力中，任憑扭曲」（頁 90）。但是「來到台北，正好給了我一個反思的機會，在文化鄉愁中意外地解構了漂泊與回歸的迷思，看破了民族主義的虛無與虛僞」。這趟留學行，終使他與民族主義式的盲目認同劃清界線；他要追尋的是不必本末倒置、無需矯媚作態的「根」（頁 204）。正如其所述：

> 原鄉神話，在本質上意味著樂園形式的家鄉，它喚醒人們尋找生命樂土的渴望。神秘的原鄉神話所帶來的疑惑，連帶也有了華麗輝煌的色彩。到了我這一代，我的樂園已喪失在歷史場景中。各式各樣的故鄉，反而成為一種符號，標誌著命運的開端，也標誌著追尋與喪失的歸宿，是一切記憶的根。(頁 201)

若強把此類追尋與七〇年代溫氏兄弟的追尋等同或說成是同出一脈，未免顯得太

---

[30] 在詩作〈離開民國〉中，林幸謙（1999：36）寫道：「離開一座孤島／被我僞裝成，故鄉的異國」。

過不通[31]。林幸謙提供給我們的，其實是另一種「認識『中國』的方法」。特別的是，這新一代海外華人再現出的「中國」更形曖昧模糊，似乎永遠只能以「原鄉」、「夢土」般的形象出現。林幸謙既已懷疑「現實中國」（大陸或台灣）實非真正「根」的所在，復又甘於以新一代海外華人的邊陲身分界定自己，無怨無悔地追逐那「理想的中國／故國」，他之所以會寫出這類句子：「我的書寫，總是一再從故國夢裡出發，進入內心自我的地獄，在狂歡與破碎的世界中千迴、百轉」（頁 203）就顯得相當「合理」，論者又何必非得給他扣上一頂民族主義的大帽子呢？不見尊重、包容的「主流價值」，無論它是新是舊，終不過是換一把尺來量自己的肚臍罷了。

若能暫先放下那些太過自我本位的評斷與批判，林幸謙的寫作至少可看出兩個特點：一是那種真實與虛幻不分、抑鬱與狂歡並呈的書寫，構成了他作品中獨具的魅力；二是他既已自我定位爲「邊陲」，卻又在書寫裡念念不忘「中心」，其間的壓抑、掙扎實頗有可觀之處。前者在他的散文裡較爲顯著，暫且不論；後者則可說是緣自他的書寫位置：既明白「邊緣」要親近／抵達「中心」是難上加難，只好藉由持續不斷的書寫去排解自身的焦慮與壓抑，哪怕是成了另一變形抑或轉換過的文本形貌亦在所不惜。以此觀點重讀林氏詩集《詩體的儀式》（1999），除了那些常被提出討論——應該說是被猛烈批判——以印證詩人確有強烈「中國情節」的〈邊界〉與〈中國崇拜〉等作，林氏詩中出現的女性角色也值得注意：〈生命啓示錄〉、〈宴饗人間〉裡的「母親」是原鄉、夢土之象徵，「她」顯然是書寫者賴以傾訴、求取慰藉的對象；至於〈處女〉、〈女色〉、〈男體〉這類詩作又豈止於談論性別、男女？其旨之所繫仍不脫林氏念茲在茲的身分議題。詩人在此可說是將自己身分認同上的焦慮轉換、變形爲詩中角色之行動／演出，而詩中各色女性或〈男體〉裡與父親猥褻的男子，都因爲他們的「邊緣性」而被書寫者選爲自身焦慮的排遣出口。

原是留港學生的林幸謙現已學而優則授，在香港——一個最不「中國」的「中國屬地」——教書的他不知今後還會展現出何種書寫或認同轉折。且套用魯迅論「娜拉」的句子一問：「但林幸謙畢竟是走了的。走了以後怎樣？」

---

[31] Hall（1990：226）曾指出，所謂的文化認同「並非本質而是『位置』」（Not an essence but a *positioning*）。林幸謙與七〇年代溫氏兄弟間的差距，置於此一脈絡就再明顯不過了。

（六）

正如張錦忠所言，「只要書寫人使用的是方塊字，即已落入政治範疇了」（1991：40）。馬華作家在華文頗受貶異的馬來西亞，依然努力思考著自身文化屬性與文學定位問題；旅台作家雖身在閩南語漸向北京話強力挑戰的台灣，短期內看來方塊字的權威地位應該還不會有多大改變。據此，旅台作家似乎多了一分便利、少了一層陰影，馬華文學史的改寫問題在他們這批人身上自會有更新穎的思考，甚至也不排除可能由他們各自的發言位置來獨撰或合撰文學史。新的台灣詩史／文學史正陸續誕生，可以想見一隊隊「台灣作家」或「中國作家」又要再次爭得你死我活，只不知旅台作家們流浪的命運是否仍會延續？無論如何，現今局勢已大爲改變：在新一代旅台作家還未竄起，「本土意識」尙待再興之刻，他們曾是被「台灣文學史」或「中國文學史」（故意？）放棄的一群；現在的旅台作家們已更加確立了自己的身分認同，體認到馬來經驗是他們生命中不可割捨的一部分，至於入不入台灣的文學史，早已不是太重要的事了。

台灣曾經或正在從事詩史／文學史編撰工作者大多早已注意到原住民文學的活力，並有意將之置於台灣文學史的脈絡裡討論。原住民文學到底應該置於「台灣文學史」還是「原住民文學史」，兩說各有其支持者，這裡不便妄下斷言；但這個吸納（其實也可說是一種「收編」）的工作，畢竟證明他們的寫作不但開始受到更多注目，甚至還可能重組了所謂「台灣文學」的星空——當然對許多原住民作家來說，這些恐怕非其本願也絲毫不具重要性。旅台文學呢？它難道不是被文學史編撰者視而不見、比原住民文學更加邊緣？同樣是在台灣發生／發聲的文學，這些作家精彩的創作成果難道不能進入「台灣文學」，繼而重組之？

此刻人們更該清楚地認識到：旅台詩人的「台灣經驗／創作」也是文學史的重要組成部分，不該再讓他們在台灣詩史裡「流亡」了。文學史家除了要精讀文本，尙需努力思考他們的適切位置；而非藉「台灣大敘述」尙未竣工、仍待補強此類理由，再度使這群旅台作家成爲被放逐者——若真是如此，逐漸成熟的新一代台灣作家與史家，難保不會也把這類殘缺的史著一起放逐。

【引用書目】

方娥真。1977。《娥眉賦》。台北：四季。

———。1978a。〈唱大江的人〉。收於溫瑞安（主編），《坦蕩神州》：15-34。

———。1978b。《日子正當少女》。台南：長河。

———。1979。〈小鎮〉。收於周清嘯等著，《夢斷故國山川》：135-136。

朱西寧。1978。〈萬紫千紅總是春〉。收於方娥真，《日子正當少女》：1-6。

余光中。1977。〈樓高燈亦愁——序方娥真的「娥眉賦」〉。收於方娥真，《娥眉賦》：1-15。

吳岸。1993。〈九十年代馬華文學展望——在第三屆亞細安華文文學研討會上的論文〉。《亞洲華文作家雜誌》38：178-187。

辛金順。1997。〈歷史曠野上的星光——論陳大為的詩〉。《國文天地》12.12：68-79。

周清嘯等著。1979。《夢斷故國山川》。台北：皇冠。

林水福（主編）。1997。《林燿德與新世代作家文學論》。台北：行政院文化建設委員會。

林幸謙。1995。《狂歡與破碎》。台北：三民。

———。1999。《詩體的儀式》。台北：九歌。

林明德（主編）。2001。《台灣現代詩經緯》。台北：聯合文學。

林建國。1993。〈為什麼馬華文學？〉。《中外文學》21.10：89-126。

林春美。1997。〈近十年來馬華文學的中國情節〉。《國文天地》12.8：74-86。

林燿德。1990。〈筆走龍蛇〉。收於溫瑞安，《楚漢》：5-7。

林耀德（林燿德）。1978。〈浮雲西北是神州〉。收於溫瑞安（主編），《坦蕩神州》：266-274。

馬叔禮。1979。〈我們往何處去〉。收於廖雁平等著，《今古幾人曾會》：241-254。

張光達。1998。〈鄉愁詩，中國性與現代主義〉。《蕉風》484：84-89。

張貴興。1998。《群象》。台北：時報。

張錦忠。1991。〈馬華文學：離心與隱匿的書寫人〉。《中外文學》19.12：34-46。

———。1992。〈馬華文學與文化屬性——以獨立前若干文學活動為例〉。《中外文學》21.7：179-192。

———。2002。〈海外存異己：馬華文學朝向「新興華文文學」理論的建立〉。《中外文學》29.4：20-31。

陳大為。1994。《治洪前書》。台北：詩之華。

———（主編）。1995。《馬華當代詩選（1990-1994）》。台北：文史哲。

———。1997。《再鴻門》。台北：文史哲。

———。1999。《流動的身世》。台北：九歌。

———。2001a。〈躍入隱喻的雨林——導讀當代馬華文學〉。《誠品好讀》13：32-34。

———。2001b。《盡是魅影的城國》。台北：時報。

陳映真講述，李賢麗整理。1996。〈我對馬華文學的觀感〉。《資料與研究》24：58-62。

陳劍誰。1979。〈從神州看三三〉。收於黃昏星等著，《細看濤生雲滅》：254-263。

陳鵬翔。2001。〈歸返抑或離散——留台現代詩人的認同與主體性〉。收於林明德（主編），《台灣現代詩經緯》：99-128。

程可欣。1998。〈天狼星詩社〉。《蕉風》484：66-72。

黃昏星等著。1979。《細看濤生雲滅》。台北：皇冠。

黃錦樹。1990。〈「馬華文學」全稱之商榷——初論馬來西亞的華文文學與華人文學〉。《新潮》49：87-94。

———。1998。《馬華文學與中國性》。台北：元尊。

楊宗翰。2002。〈誰能瞭解你的哀愁是怎樣一回事——從林耀德到林燿德〉。《台灣文學的當代視野》。台北：文津。頁137-143。

楊聰榮。2000。〈我們與他們——談馬華文學在台灣〉。《中外文學》29.4：128-132。

溫瑞安。1977。〈詩詞歌——「娥眉賦」跋〉。收於方娥真，《娥眉賦》：209-216。

———（主編）。1978。《坦蕩神州》。台南：長河。

———。1979。《山河錄》。台北：時報。

———。1990。《楚漢》。台北：尚書。

葉洪生。1997。〈回首「神州」遠——追憶平反「溫案」始末〉。《聯合文學》13.3：124-133。

廖咸浩。1995。《愛與解構——當代台灣文學評論與文化觀察》。台北：聯合文學。

廖雁平等著。1979。《今古幾人曾會》。台北：皇冠。

齊邦媛。1979。〈以一條大江的身姿流去〉。收於溫瑞安，《山河錄》：9-15。

劉育龍。1996。〈取經者回頭引路——《馬華文學：內在中國、語言與文學史》讀後感〉。《資料與研究》22：102-103。

鄭明娳。1996a。〈溫瑞安論〉。收於簡政珍、林燿德（主編），《台灣新世代詩人大系》：265-268。

———。1996b。〈方娥真論〉。收於簡政珍、林燿德（主編），《台灣新世代詩人大系》：307-310。

鍾　玲。1989。《現代中國繆司》。台北：聯經。

簡政珍、林燿德（主編）。1990。《台灣新世代詩人大系》（上冊）。台北：書林。

羅　門。1997。〈立體掃描林燿德詩的創作事件〉。收於林水福（主編），《林燿德與新世代作家文學論》：221-263。

蘇偉貞。1998。〈循著記憶的地圖〉。收於張貴興，《群象》：237-239。

原發表 2000；修訂 2002

卷二：文類綜論

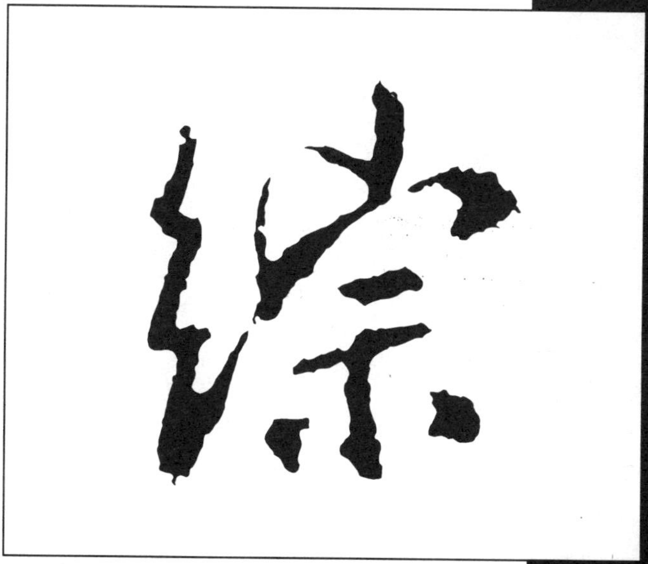

東晉　王羲之　集字聖教序

現代性與文化屬性

——論六〇、七〇年代馬華現代詩的時代性質

＊張光達

1、緣 起

溫任平在〈馬華現代文學的意義和未來發展：一個史的回顧與前瞻〉中說：「馬華現代文學大約崛起於一九五九年。那年三月六日白垚在學生週報137期發表了第一首現代詩〈麻河靜立〉。關於這首詩的歷史地位，最少有兩位現代詩人——艾文和周喚——在書信中表示了與我同樣的看法……」[1]（1986：2）。邁入六〇年代，馬華現代詩傾巢而出，大本營在《蕉風》月刊，形成馬華詩壇的第一波現代文學運動（包括創作、筆戰、專號等），一九七四年由溫任平主編的《大馬詩選》是這個時期的總體成績。馬華現代主義文學風潮，持續到七〇年代後期，已呈飽和狀態，開始停滯不前，一些作家猶在「現代性」中自我重複，另一些作家則陷入「現代—中國性」的泥深淵中不能自拔，更多的現代派詩人卻已經意興闌珊停筆掉隊了。

馬來亞在一九五七年宣佈獨立以來，雖然大部分的華僑都變成公民，然而華人在這塊土地上的基本權益卻節節敗退。首先是一九五七年所草擬的憲章，馬來人的特權從十五年的期限改爲永久性的特權，在語言文字的合法化方面則定馬來

---

[1] 關於馬華文壇第一首現代詩的爭議，陳應德不同意溫任平、周喚、艾文的看法，他在〈從馬華文壇第一首現代詩談起〉一文中舉了鐵戈、威北華數人的詩來反駁白垚的〈麻河靜立〉爲馬華第一首現代詩。陳應德與溫任平所持的不同意見容後日再詳談。筆者此處仍沿用溫氏的論點。陳氏論文見江洺輝編《馬華文學的新解讀》，頁341-354。

文爲唯一的官方語文或國語，而華文及淡米爾文被概括性指成「非官方語文」。一九六一年教育法令立下一個令華文教育寢食難安的陰影，就是華社家喻戶曉的第21條（2）條文：任何有必要的時候，教育部長有權命令任何一間國民型學校改制爲國民學校，走的是國家單一的馬來化教育政策。一九六二年國會修憲，重新劃分選區，增加鄉村選區的數量，保留城市選區的原來狀況，顯然是針對減低華人選民的投票能力而設計的（楊建成，1982：178）。一九六九年的種族動亂，是馬來西亞歷史上有名的「五一三事件」，被官方列爲敏感課題，政府制定「新經濟政策」，推行國家文化（土著化）政策，一切馬來人特權、官方語文、回教、土著、固打制（Quota System）等問題被列爲「敏感問題」，任何其他族群不能商談和檢討其合法地位。華人的政治權益和文化屬性過後只能退爲消極的保衛與防守（黃錦樹，1998：113）。

六○、七○年代的馬華作家詩人，由於面對政治現實和文化屬性的危機感日益深化，這些外在和內在的困境深深困擾著他們的思想觀念，久而久之形成某種情緒表現，他們又藉文學的表現形式表現出來，對此表現得最淋漓盡致的要數六○、七○年代的現代詩人群。活在「自我」屢遭挫敗的政治現實，對於現實敏感的題材不能抒寫，現實環境層層的政治禁忌，無形中某種程度上迫使詩人更進一步認同和接受六○年代開始輸入的西方和台港的現代主義文學。一反現實主義文學作品，爲了政治禁忌寫一些表面公式化的歌頌國家政策作品，馬華現代詩人開始走入內心世界，勇於發掘詩人的潛意識面，尋找一種內在的心理的寫實（溫任平，1986：2）。

西方和台港輸入的現代主義文學思潮，其時頗流行的象徵主義、存在主義、超現實主義和意識流技巧對馬華現代詩人來說，是一種全新的語言觀念。他們在厭煩於現實主義作品的膚淺表現，又在面對「自我」的政治權益和身分屬性的焦慮徬徨中有所期待，因此現代主義的出現正好彌補了他們精神上的失去指引。除了個別詩人有意識的仿習，《蕉風》月刊的有心引介也助長了這股趨勢。西方的現代主義作品，時常表現種種人類存在的「現代性」：虛無、苦悶、迷惘、孤絕、焦慮、徬徨、流離、荒謬等狀態，因爲西方現代主義思潮產生於西方經戰亂後，重建廢墟，人的思想價值混亂的年代，及後來興盛的西歐資本主義。香港學者劉小楓在討論西方現代性問題時指出：「導致西歐資本主義的興起，並非某種宗教理念及其建制型態，而是一系列經濟、地緣政治乃至生態條件的偶然聚集的綜合因素，是諸多歷史互動和制度因素的偶然性互動的結果……西歐資本主義起源於以奢侈生活原則爲基礎的高度世俗化的性文化，這種文化以城市享樂爲基本特徵」（劉小楓，1997：214）。基本上西歐資本主義是一個極其複雜的問題，現代性（modernity）有別於現代（modern），一般指的是西歐的啓蒙運動思想，以法國大革命爲政治標誌，以工業化及自由市場爲經濟標誌的社會生存品質和樣式（206）。

我們這裡對六〇、七〇年代的馬華現代詩的「現代性」解讀，其實無法含蓋整個西方的現代主義特質，因爲基本上當時的馬來西亞還是農業國家，社會也缺乏物質享樂的生活條件，馬華詩人雖然身處在一個沒有發展現代主義條件的環境，但內在的文化屬性被剝奪所形成的苦悶失落，正是現代主義文學所強調的心理的寫實、深入的挖掘人性和內在的必須表現，無可否認的提供了他們表達現實困境和文化情結的理想管道[2]。六〇年代的馬華詩人，和六〇年代輸入的西方（台港）的現代文學，一拍即合，他們書寫的隱晦文體構成了歷史的必然性，這類異化的文體語言是退而求其次的，爲了躲避官方的敏感課題，爲了躲避陷入現實主義的僵化文體，爲了心理表現上的需要，因爲詩句中的「現代性」是有策略的異化而求得委屈（曲）的自我。換句話說，「自我」的取經過程是（不得不）揚棄一部分的自我，而換取一部分的自我。今天我們後見之明，看到了兩個下場：一、自我在異化的過程中逐步被他者同化，失去自我，成爲「他者中的他者」。二、自我在異化的過程中，作出調整重新定位，與他者一起異化，成爲「他者中的自我」。

---

[2]「內在的心理的寫實」一詞引自溫任平〈馬華現代文學的意義和未來發展：一個史的回顧與前瞻〉：「確實地說，現代主義也是寫實的，它所著重的不僅是『外在的寫實』，更重視『內在的心理的寫實』」（1986：2）。我願在此作進一步探討這個課題，文學主義文化思潮的接受仿習有兩方面的可能：外在與內在。外在的影響是現實社會的發展條件所形成的，內在的影響則是文化身分的困境所造成的積澱心態，當然這兩者其實是互爲表裡的，很難把它們分開來談，只看到其中一種影響是盲點，本文花了不少篇幅談內在的條件，是爲了彌補馬華文評在這方面的不足。

2、西方文化病 VS.馬華文化屬性

向西方現代主義文學思潮取經，主要以引進西方思想和寫作技巧，爲六〇年代馬華詩壇注入一股新奇的聲音。西方思想最爲東方文化界詬病的是它的思維中所常表現的文化病，包括焦慮、緊張、反叛、自我懷疑、虛無、疏離、荒謬、歇斯底里等精神上的病態。如果以這些特徵來看六〇、七〇年代的馬華現代詩，詩語言文字所表現的情緒和氛圍可謂相當接近，究其實這也是一種橫的移植，一種西方文化霸權的後殖民產物（六〇年代的台灣文學就是一個極端的例子）[3]。但就馬華現代詩中所表現的文化病態語言文本，有一點是與西方或台灣的現代文學不同的：六〇年代的馬華現代詩不能單純地視爲西方的移植或異化，它與馬來西亞整個歷史時空的政治現實有很大的關聯。政治現實和華人傳統文化的困境，深深困擾著詩人的思想意識，爲了避免踩踏政治地雷，他們藉現代文學的象徵語言來隱匿文本的指涉，往個人內心世界深入挖掘，在現實主義橫行的馬華文壇，這

---

[3] 關於後殖民論述（post-colonialism），是第一世界與第三世界在廿世紀歷史現實洪流演變中所形成的語言支配／反支配意識形態，其中的觀點錯綜複雜，不是本文所處理的重點。這裡只簡要的說明，基本上第一世界（西方）通過語言控制，如科學、人類學、哲學、政治學等被強調爲世界性的普遍客觀知識，以及由此引伸出自由、民主、人權等思想觀念，重點推銷到第三世界（發展中國家），因爲這些話語知識帶有開放的容納性和客觀性，很容易爲第三世界所消化接受，無形中控制和支配了第三世界的話語思想形態。第三世界面對西方知識界的話語控制，在建構自己本身的文化屬性和知識形式時感到無力和焦慮，因爲西方的意識形態已經深刻地支配著他們的思想意識，換句話說也就是「思想被殖民化」，所有自身的文化知識只能被排擠到邊緣的位置。後殖民主體認識到無法表述自己獨立的主體性和歷史意識的困境，他們一方面從殖民者身上學習到社會建設和現代知識，一方面又要擺脫殖民者的語言文化來建塑自己主體的身份屬性，因此必須以反抗的形式來脫離對方的話語控制，但在反抗的過程中卻也免不了又要以殖民者的（預設）語言來陳述，事先已遭化解，很難突圍而出，多數的情形是殖民者和被殖民者陷入文化混生的模式，亦即 Homi Bhabha 所謂的 hybridity。以後殖民的觀點來解讀六〇、七〇年代馬華現代文學，是另一個很好的切入點，重點可以擺在後殖民和批判主體的曖昧關係之間尋求對證／對策。

種語言文字的隱晦性質卻反而帶來文學技巧表現的提昇，或者是一部分現代詩人所意想不到的[4]。以下我們將檢視《大馬詩選》中的詩例，來窺探六〇、七〇年代馬華現代詩對於西方文化意識形態和馬華文化屬性所產生混雜衝突的影響焦慮。

艾文的詩〈困〉首節就表現出一種神經質的面對莫名的恐懼感：

> 醒來的時候／聽到烏鴉在屋頂上／黑暗的陰影便蒙下來／／禪坐在那裡抖擻／同樣看得見聽得到／驅逐的辦法就轉不來／一部重卡車轟入門檻／隆隆的聲音怎樣也化不開　（溫任平編，1974：43）

詩人面對黑暗的陰影，產生一種受困的恐懼，異化的場景使這些詩句輕易地瀰漫著詭異的危機。詩第二節深化了作者受心理壓迫傷害的感覺，面對強弱懸殊的暴力欺侮而不知所措，「看得見聽得到」是詩人意識到這裡頭的問題是怎樣的一個問題，「一部卡車」的力量足以摧毀一切徒然與之對抗的動作，詩人的權益爭取和文化屬性問題只退爲護守，護守僅有的書寫身分。

同樣的表現在詩人黑辛藏的〈隔離症〉一詩中，受困於文化意識的壓抑，形成一種焦慮心態，在詩語言中化爲一種私有的隱晦影射的巫術語言：「有種種牢獄向你擲下／比嵌緊罪惡還要孤冷地結著／你底來路與去路」（187）。這一場隔離症是詩人面臨政治文化的危機病症，「來路」已經回不去了，「去路」也籠罩在層層陰影之下，不見得有絲毫的明朗化，詩人只能以隱晦象徵的語言文字來抒發心中的苦悶焦慮。對現實政治和傳統文化屬性產生焦慮失落的心境，因此他們的詩中也無可奈何的渲染著種種的文化病症，企圖尋找「自我」，是詩人當時最重要迫切的思考方向，但現實政治的困境格局，他們在尋找自我的努力過程中可以預見的面對各式各樣的挫折。

---

[4] 並不是所有的現代詩人都注重詩歌形式設計的技巧運用，艾文的詩更注重語言的試驗性和反傳統性，這種種的語言表現構成詩整體的隱晦性質，不明朗的意境構成一種非正規的美感經驗，讓讀者在某種狀況下感受異樣的真摯性，無形中提昇了詩的語言技巧表現。比如艾文在一場座談會上說：「我那時寫得很放，只要覺得有必要這樣子寫，就這樣子寫了，完全沒有考慮到讀者。」座談會記錄見《蕉風》427期，1989/06，頁4-9。

艾文的〈傳說〉也提到華人文化面對他者的困境：「他揹的皮囊／裂開陳年八卦／他迷離的網／張一口深淵」（40）。艾文的皮囊內所裝的是一個陳年八卦——古中國文化傳統的象徵，意味著詩人有意追溯文化屬性的源頭，但現實體制的壓抑就像一口深淵在等待他掉下去，他的文化屬性面對他者的異化／同化。在〈聲音〉一詩中艾文更以隱晦的語言和圖像來構築他內心世界的挫敗感，和追尋自我所面對的一道阻礙：圍牆。這座圍牆層層阻撓詩人的追尋意志力：

> 佈道的聲音／阿彌陀佛的聲音／蠟炬垂淚的聲音／腐草堆裡一灘血的聲音／枯堡上空黑蝙蝠哀慟的聲音／／存在冥冥天地間／說不出種類的胎兒們／於子宮殘廢的聲音／他都尊敬／用左手盛之右耳／右手盛之左耳／／這些的聲音　孤絕　衝刺／有一座圍牆　（49）

道盡追尋自我的種種努力和困境，自我被異化成他者的危機迫在眉睫，胎兒認不出種類，意味著文化屬性的混淆失落，子宮已經殘廢，再也沒有機會傳宗接代，護守文化屬性也成了問題。這些聲音幾乎遭到封鎖，對於文化屬性的最基本要求，與對政治權益的法定地位已經成爲不可能，因爲這些都是敏感課題，有如一道圍牆層層被封閉起來。

詩人走入內心世界，尋找自我，義無反顧勇往直前，他們忍受心理上的痛苦，他們受困於政治化因素而累積的文化焦慮情結，也因此異化了詩中的語言文字，甚至被他者同化而變成一種文化扭曲病，一種歇斯底里的病態語言，比如艾文的〈白災〉詩中所描述的：「午夜　午夜以後／憂鬱的唱詩班／唱一些殘廢的故事／唱一些斷髮人　空虛／可憐的瞳眸　瞳眸／唱一些念珠的／孤獨與寂寞／吾人臉色蒼白起來／接近死亡」（48）。越接近認同死亡也就是越有可能失去自我的定位，整首詩的語言文字都是病態的：「唱一些……」的重覆呢喃語調更加把讀者的思緒推向不快的愁悶。這種情緒化的巫術語言爲當時的現代詩人競相書寫。

3、尋找自我→失去自我→再（自我）定位

六〇年代的馬華人在追尋自我定位的過程中，隨時面臨失去自我的身分屬性的危機。他們擔心在政府所採取實行的政治化語言文化政策下，會喪失自己的族群語言和文化屬性，馬華文學也在一種不受官方承認的情況下自生自滅，堅持

寫作乃成為所有馬華作家對華文教育和文化屬性的最後「收復失地」的共識[5]。馬華作家知道，如果失去自己的語言文化，自己的身分權益也會消失殆盡。套張錦忠的話，便是「身分頓成隱匿的、妾身不明的書寫人——失聲導致失身」（1995：31）。為了時時警惕自己失去自我的隨時發生，詩人透過詩句文本表現出不斷反省自我的緊張掙扎心態。艾文的〈沙漠象徵〉強烈表露出一股失去自我的矛盾掙扎：

> 他那樣固執的傢伙呀／且燃著一縷枯黃的輕煙／在一座孤絕的碉堡／徘／徊／他沒有籍貫／騎在他背上的古老駱駝／始終要逼著他在沙漠行路／除此莽莽黃沙／他看到巨大仙人掌　小小土撥鼠／有時　一隻不老的野貓／疲憊的從仙人掌山峰掉下　總是／逃不掉流血而掙扎／掙扎／掙扎而流血／他　沒有指紋　（溫任平編，1974：50）

詩人追尋自我顯得固執和孤絕，意味著他的行動是義不容辭擇善固執，但是他所面對的文化屬性危機是那麼的強烈：他沒有籍貫，他沒有指紋。沒有籍貫和指紋令詩人失去身分，失去自我，這兩句的直接告白宣判了華族的死刑。

詩人從追尋自我到失去自我的焦慮掙扎，不單發生在艾文的身上，也同樣表現在其他現代詩人的詩句中，這是當時華人族群的切身感受。李有成的詩〈不快〉寫自我的身分追認，寫他者挑釁自我的定位命題：

> 你看見那些不快／他們附在你的靈肉上／一層又一層地繁殖／直到你變成枯草，或者一隻／難看的獸，他們／唉，就是他們　（55）

詩句中的他們，就是他者——自我的異化／同化收編者，詩人對於他們帶來的「不快」和「難看」感到不忿，但同時現實上卻是百般無奈，「你」的渺小孤單與「他們」的強大欺壓的形象形成鮮明的對照，表現弱者和強者的地位處境。詩第二節描寫自我的悲慘命運下場：

> 他們，那樣子向你推銷／如何去看見自己／如何去撕裂命運的外衣／然後，然後又如何讓他們／在你身上／一塊又一塊地剝下　（55）

---

[5]「收復失地」一詞引自黃錦樹〈中國性與表演性：論馬華文化與文學的限度〉：「週期性的文化活動與日常化的華教運動及『收復失地』的文化保衛活動共同構成了華人集體的儀式，一種具中國性的『華人』身分之再確認。」（1998：114）。

面對這樣愚弄的折磨方式，詩人的「不快」也只能是一種認命的姿勢，退而求其次的成爲「留得青山在，不怕沒柴燒」的心理，注定要（也只能）「在剝下與繁殖之間／睜著眼」，他者與自我的強弱懸殊，彼此的主客關係似乎已成定局。

沙河的〈停屍所〉哀悼一個軍人的殉職，這個軍人的身分大抵可以確定，因爲詩中描寫死者時提起「槍聲是他的陪葬品／他們在他身上裝飾／以鐵勛章的一層冷意」（92），死者是否華族，詩人沒有說明，我們不得而知。但是詩人憑弔哀悼死者，通常都帶有詠懷自比的含意，以示對自我的警惕作用，或感慨彼此的處境之相似。對於這個死者的保衛國土而犧牲殉職，沙河採用一種反諷的語調：「那人在謝幕之後／便如此躺著／躺出一頁空白／一頁不屬於自己的歷史」（92），透露出死者追求理想而最終卻失去生命，死者死後也沒有身分地位和文化屬性，這真是一大諷刺。自我的身分定位模糊不清，「一頁空白」和「不屬於自己的歷史」都是自我屬性被異化或同化的悲慘下場，詩人的體認是深切的：「踩過國家的泥濘／踩過壕溝的泥濘／如今／他要踩過他自己／身上的一團泥濘」（93），死者踩過自己的身體，詩人也將面對同樣的命運，泥濘的意象已暴露出情勢的無可挽回，「收復失地」的構想更是遙遙無期。

對自我的身分定位引起的破碎思維，最終感到一股巨大的絕望悲哀，六〇、七〇年代的馬華現代詩多有觸及，沙河的〈臉〉一詩中也隱約的自我哀怨：「嚼草根的嘴／咀嚼著絕望」（94），還有〈齒輪〉寫出生後即刻面對阻撓和挫折的身分處境：「一根臍帶／一個名字／給你一面欄柵／給你一座無法超越的橋」（95），這座無法超越的橋，正是與艾文〈聲音〉一詩的圍牆有著異曲同工的作用，把詩人／敘述者的族裔源頭隔離開來，無論是隔離或包圍，最終是無法保存名字，失去了自我的身分定位，詩人的絕望成爲整個族群的命運。從追尋自我到面臨失去自我的危機浮現，在他者與自我之間徘徊不定，有人企圖在兩者之間尋求一條折衷的定位路向，揚棄一部分的自我文化屬性而涵攝一部分的他者文化屬性，自我成爲異化的文化屬性，就是所謂的「他者中的自我」，而不是自我終結的「他者中的他者」。在焦慮徬徨面對失去自我之際，賴瑞和的〈渡河的人〉提供了另一種可能：

> 他是一個食月光的人／子夜裡還划著一艘船／叩訪並投宿於：河流的家／／沿岸的苔蘚和水草，已為他織就／一襲歲月的縷衣，披在他童年種在／

心中的一座果園，一排排／禿老的樹幹／／等到河流都漲滿了／他從果園裡砍下一排／可以漂泊的樹幹／編成一個木筏／／他終於遺忘了一條／古老的河／試探另一條河道的冷暖／他已在暗礁重疊的陰影中／熟悉了：河流的身世和年代　（245）

「河」在中國古典文學中是一個普遍的文化象徵，「渡河」是爲了尋找自我的定位，渡河的過程本身就象徵著一種「超越儀式」（rite of passage）。月光或月亮又是中國古典文學裡另一個普遍的象徵，詩人自許爲肩擔中國文化傳統和心懷文化情意結，「河流的家」一句道出詩人的文化屬性一脈相承，絕不輕易迷失。通過渡河這個象徵性的儀式，他「終於遺忘了一條古老的河」，從「古老的河」過渡到「另一條河道的冷暖」，並且「在暗礁重疊的陰影中」，「熟悉了河流的身世和年代」，宣示詩人不再認同古老文化中國，那是遙遠陌生而不切實際的，詩人開始爲自我尋找一個全新的定位：馬來西亞本土的華裔。雖然這個全新的定位仍然是危機重重，因爲國家實行單一政策，非馬來人的一切都是邊緣／非主流的身分定位。賴瑞和的〈渡河的人〉比艾文和沙河的尋找自我到失去自我又跨出了一大步，他不在尋找自我的過程中自怨自憐，也不在面臨失去自我的焦慮中被他者同化收編，他採取一個象徵性的超越儀式來試探另一種可能，另一種可行性。我們讀到詩人的語言情調是舒緩平靜的，沒有其他現代詩人所慣常帶有的神經過敏氣急敗壞心緒。我們看到詩人從追尋自我和失去自我的影響焦慮中，如何企圖突圍而出，不放棄自我的文化屬性，但也不得不失去一部分自我，將定位重新調整而盡最大努力尋回（一部分）自我。

4、鬼魂與死亡情境

對於死亡的觀念意識，對於死者的敬哀信念都是文化心理最基本的原型。對死者敬是因爲死者已矣，對死者哀是因爲節哀順變，更多的是對死者的哀痛轉化爲對自己的哀痛，因爲我和死者有著同樣的信念，同樣在追尋自我，同樣的分分秒秒在面對死亡的命運——失去自我。古代的人以某種禮儀形式的動作不斷重複，來袪除人們內心對於死亡的恐懼感，也藉此減輕對於死者的懷念和痛不欲生的情緒，幫助人們袪除內心不平衡與哀慟的意向，這些儀式通常表現在傳統的喪、葬、祭的形式規範上，統稱「超越儀式」。文化人類學研究學者認爲，通過超越儀式，我們可以找到一切「生」的價值信念和泉源。死亡作爲一個被感知、被體驗的對象，實屬精神活動中的表象性內容，具有非實體性和超越時空的存在形式。這就說明對於死者的認識、體驗、承受、全然存在，展開在人的精神意識領域之內，可以支配思想和情感，可以影響生存者的心態與意向。所以死亡觀不僅僅是文化模式、價值系統中的核心部分，而且也是人類確立自身意義世界，獲得自我理解的重要或主要的觀念形式（李向平，1997：10）。我們在這裡透過文化人類學的角度，探討了一些關於死亡的價值觀念，主要是爲了揭開六○、七○年代的馬華現代詩中的鬼魂意象和死亡情境得的謎題。

沙河的〈停屍所〉最可以成爲這一類詩的典型代表，通過一道超越儀式，詩人與死人在精神上產生某種共識，認同死者的死亡價值信念，也就是詩人自身將要走的路向，在精神上無懼於失去自我的危機，因此在這首詩中我們讀到的是嘲諷、冷靜而不錯亂憤怒。除此之外，沙河有很多首詩皆提到死亡和死屍，如寫給自己的生日的〈齒輪〉：「三月三日／母親的陣痛／或許給大地帶來一陣震撼／或許給荒冢添多一具棄屍」（溫任平編，1974：95）。出生（生日）與死亡（棄屍）的並置交替，正說明了超越儀式對詩人所擁抱的生死信念：以死生之間的非連續性還原爲連續性，把死亡的反文化轉爲文化性。死亡意味著失去自我的文化屬性，但也同時延續著自我的文化屬性，這一切透過詩歌文本來加以闡述。死亡乍看之下是文化體的毀滅，但透過書寫不斷強調和重複死亡的進行足以讓人透視死亡的再生意義，讓人看到超越死亡的可能性。

另一位詩人艾文也有同樣的死亡體驗，比起沙河，他的詩更多一層陰森寒顫的氣氛，渲染死亡予人一種恐懼的壓迫感。他寫〈煙〉，居然把煙幻想成鬼魂：「那年初秋的洛水／那抱枕寒凍的人／淒然看見縷縷煙魂／自水面裊裊升上」（39），另一首詩〈死結〉對死亡作出多層面的探討，全詩充滿冷酷陰森的氣氛，語言文字也佈滿病態的不可思議，試看此詩最後一節：

> 水腫的腳／且長滿片片磷光／且交疊於旋轉的賭盤／軋拉軋拉的滾動／直到黑驢馬和紅袈裟／拖著一箱小堡壘／到了陰陰的山腰／等煙火冥紙紛飛／他們的耳目已老／吾人／漩入紛亂的蟻巢　（艾文，1973：89-90）

艾文在一九七三年出版的詩集《艾文詩》裡大量提到死亡的題材，詩的主題離不開詮釋死亡及存在、戰爭陰影、物我及人生觀照、自我心緒的投射。往自我內心探索的結果，加上作者的人生觀念和現實政治無奈，形成了詩人以死亡來觀測存在生命的意義，甚至超越死亡來達到生之要義。這是艾文和沙河等人的企圖方向，我們今天以後見之明來檢閱，對於詩文本內在的藝術評價和政治文化因素互相印證，更能夠讀通這些隱晦兼含蓄的語言文字背後所潛藏的訊息。

江振軒的〈他要涉江而去〉藉涉江這個象徵符碼，來交代尋找自我的超越儀式，如同賴瑞和的渡河儀式，涉江與渡河都有著同樣的企圖，兩者取經的過程也頗相似：「危險因此必然／潛伏，如鱷之／靜待靈魂的到來／可是他要涉江／可是他要涉江／那必然美好的對岸」（溫任平編，1974：77-78）。對自我的追尋認同，明知危險因此必然，隨時葬身江水中爲鱷魚果腹，成爲一具沒有身分屬性的靈魂也在所不辭，詩人面對死亡的精神寄託令他不懼死亡。

政治現實和文化屬性的雙重困境，壓抑著詩人的文化思考，而死亡有意識或無意識卻成爲一種壓抑的工具管道。透過詩中的死亡意象，我們在《大馬詩選》中讀到最多的是神經質、不安定和死亡傾向的病態語言。周喚的〈短詩集〉渲染了濃厚的死亡傾向：「雖然他存在／左右手卻繫著死亡／死亡裡　看那些人在風裡舔血」、「斷臂後想毀滅自己　母親不允／因血肉要歸還她　雖然她已死」（104），詩人的思想意識充滿死亡的豐姿，死亡以各類面貌呈現在詩句中，死亡後回歸大地的中華文化傳統觀念在周喚筆下表露無遺，母親與大地之母的形象在死亡情境裡顯得格外悚目，透露出這是一條絕路。艾文的鬼魂更加匪夷所思，〈絕路〉一詩中的超現實的鏡頭加上殺傷力的語言暴力：「某人／從冷卻的灰燼／跳出／雙手緊捉／祖宗的辮子／在空中／你靈幡飄揚／紋身的手臂／流著／點點／血路」（1973：26-27）。這裡詩人換另一個角度，從「死」的角度來理解「生」，把人的有限生命放在任何人都有的死亡可能性中來感受，以死亡過程所帶來的文化價值作用，及其對於死後價值觀的設想來界說此在生存。透過對死亡現象的感知和體認，產生一種「置之死地而後生」的危機感和時代感。意識到死對生的威攝作用，因此在這些詩句中，我們看到詩人的死亡觀是自我感覺得以穩定的一個基礎，正視死亡而在死亡中自求生存，人的精神也會因其在死亡中的自覺和不死，突破自己的界限，由原有的領域（生）擴展到另一個超時空、超現實的領域（死），回顧原來存在的生命現象和現實世界，重新審視、嚴厲批判的知識意向。

對於艾文、沙河、周喚等人詩中的死亡情境，也可作如是觀。他們的詩已展現了從現實到超現實的異化場景，語言文字夾帶一層超現實的象徵意旨，但我們沒有在他們的詩句中讀到嚴厲批判的知識意見，因爲在政治現實上國家政體已經把文化政治化敏感化，他們只能在壓抑和禁忌的喘息夾縫中，以一種隱晦象徵的語言手法來表達那一代人的苦悶失落。他們面對自我存在的失落，意味著一個人孤獨在面對一切生與死的大課題，在現實上既然「生」已無法作出選擇，只好在「死」的形上索求方面剖析操縱，突出廢墟和荒墳的鬼魂幽靈。這些詩在六〇、七〇年代的馬華詩壇湧現，數量可觀，是各個詩人孤軍作戰的集體成果，也是時代性質的歷史產物。

5、異化的中國性

六〇年代後期溫任平把中國性帶到現代主義裡去，形成另一種現代文學的現代感性，與艾文、沙河、周喚等人的西化的現代詩風是截然不同的。中國性的現代主義文學，在溫任平的大力鼓吹實踐之下，一時風起雲湧，天狼星詩社諸詩人子弟周清嘯、黃昏星、方娥真、藍啓元、張樹林等紛紛景從，他們詩中的中國性／古典中國風濃得化不開，古典詩詞風格的詩句幾乎成爲一種陳腔濫調，才氣較高的詩人如溫瑞安、方娥真者也無法避免以上所說的弊端。關於馬華現代主義與中國性的血緣關係，黃錦樹對此有很精銳讀到的見解：「馬華文學的現代主義透過中國性而帶入文學的現代感性（雖然還談不上『現代性』）有其不可磨滅的積極意義：細緻化，提煉了馬華文學的藝術質地，重新以中國文化區（台灣）的現代經典爲標竿，一洗現實主義的教條腐敗氣，然而卻也在毫無反省、警覺之下讓老中國的龐大鬼影長驅直入，幾致讓古老的粽葉包裹了南國的『懦弱的米』，極易淪爲古中國文學的感性註釋」（1998：131）。這種中國性的濫調詩風在作者毫無意識之下，對中國性的文化符碼大量採用，而並不具備有實質的歷史具體性，是這些馬華文學作者的集體「不見」，其中的模仿心態與文學集團互相影響可謂歷歷在目。

有別於天狼星諸子的中國性現代主義詩風，語言異化／西化的現代主義的現代性卻一反傳統，代表人物是艾文、沙河、周喚、黑辛藏、李木香、紫一思、方秉達等，他們的詩語言一般上有以下這些特質：一、超現實語言運用，包括潛意識自由聯想，反邏輯思維；二、純粹通過感官的體察；三、晦澀艱深的語言文字；四、用眾所周知的事物爲象徵符碼，賦予個人色彩。

對於超現實的與語言運用和純粹感官的體會，女詩人李木香最能夠表現這一切，她的〈髮〉一詩的最後一節：「常欲越獄者／是一片赤裸自己的黑／濃濃地／髮黑乃背陽之植物／雪雪地在陽光下呼痛」（溫任平編，1974：67），這些詩句乍讀之下感覺上頗不合理，違反了傳統語言的運作邏輯，但我們再三的細讀之後，於不合理的組合中，也可發現些許脈絡，「髮黑」乃承接前節的「一窩雲」而來，背著陽光的地方通常指黑暗，剛好髮的顏色是黑色，所以「背陽之植物」與「髮黑」能夠拉上關係，這自然是一種超理性的運作。李木香採用日常生活中的普通事物和身體感官，賦予個人色彩，表現了強烈的超現實主義和象徵主義的西化現代主義色彩。

除了李木香之外，類似的超現實詩語言在艾文的詩中也俯拾即是，甚至中國性的傳統文化象徵符碼到了艾文筆下，也染上了異化和超現實情境的中國性：異化的中國性／中國性的異化（對照我們前面提到的：他者中的自我／自我中的他者）。舉一個例子，月亮是中國文學傳統中一個很普遍的文化象徵符碼，一般在古典詩詞裡象徵美滿團圓，或者是女性的溫柔冰清個性，和遊子思鄉情結的庇蔭所。在溫任平中國性現代主義的詩筆下，對於月亮的書寫還是很傳統的情感，〈懷古〉一詩中的月亮是古中國文學的月亮：「群燕已經不是王謝堂前的了／二十四橋的冷月在烽火中炎熱／點滴的雨猶似屈原的揮淚／歷史的沙灘，時間的潮汐／許多無形的足印啊」（1977：131）。典型中國性的月亮，交織著天狼星詩社的偶像人物：屈原。書寫屈原成爲這一類詩的典型，溫任平的〈河〉和〈水月〉，甚至他的散文集也題名《黃皮膚的月亮》，都是循著傳統古典的語言意境來發揮運作。然而在另一個詩人艾文的筆下，中國性的月亮意象卻成爲一種異化的語言情境，異國情調和現代病態緊密相隨，《艾文詩》集中有多首詩觸及月亮，甚至以月亮爲主題，包裝在現代性的西化病態的陰森氣氛中，月亮成了驚悚詭異的死亡意象：

> 濃茶／酒香／自疲乏的手／升起／一輪紅月／陰飄飄／露著／整座飢餓的牙齒　（〈月亮又升起來了〉，1973：13）

升起來的月亮居然是紅色的可怖場景，充滿著異化巫術的語言文字，與中國文學文化的普遍象徵意義大相逕庭。在〈貓〉一詩中貓和月亮的意象並置，產生奇異陰森的畫面，而月亮在貓叫的鬼影下，卻被處理成性愛的象徵影射：「頭髮都散光了／她還沒有走／有一個青青的月／有一個可愛的她／貓又叫／每逢月流／便有一束黑長的毛髮／梳著溪水」（22-23），這裡的月所象徵的不是中國文化傳統的月，而是西方文學中所慣常表現的意象。在〈驚夢〉一詩中，滿月的天空充滿鬼影，令人驚嚇：「他猛坐起／愕然望見／一幅磷光閃閃的古髏／就在滿月的天空／晃呀晃」（67）。艾文詩的病態語言在〈月〉中發揮到極致：「臉朝著／矮樹上空／殘廢的黃月」（74），「他乃跪月／乾吐／想吐／某一些空洞的／頭蓋」（75），「一整夜／月光下苦了／他就用手／剝自己焦黃的／臉皮」（76-77）。溫任平的「黃皮膚的月亮」到了艾文筆下，成了殘廢焦黃的怪物，意味著詩人的文化屬性已然失去，政治身分的定位又遙遙無期，詩人只能吐露一些空洞而無法實踐的思想感情，最後他唯有剝掉自己焦黃的臉皮，「自廢武功」，自己成了〈致黃昏〉一詩中所說的「從煮酒的太陽／至琴棋的月亮／依然不屬於什麼／什麼也不屬」（113）。「什麼也不屬」的艾文最終逃遁入現代主義的現代性（病）中去也。

除了艾文，其他詩人也有類似的傾向，翻開《大馬詩選》，類似以月亮爲暴力、驚悚、畸形、病態的象徵語言也不勝枚舉，這裡也不再多作舉例。中國文化傳統的象徵符碼，到了艾文等人手裡，居然一變成爲異化的中國性符碼，另一個中國文化符碼是燈火意象，這是中國傳統中一個最普遍的象徵，傳火和燭火燃燒意味著薪火相傳文化傳承，在古典文學中多得不勝枚舉，甚至在民間已經演化爲一種文化道德責任的儀式。天狼星詩人及其擁護者所走的中國性——現代主義常藉燈火的意象，以之表現出燈火不熄文化不滅的永恆信念，詩中的燭火「燃了又熄／熄了又燃」（1977：95），詩人「必須專注地在火光中煉詩」（40）。同樣的燈火意象到了艾文等人筆下，中國性被減至最低，甚至扭曲成了異化的景觀情態，試看黑辛藏的〈夜歸人〉的燭火意象：「打結的骨骼／那弱質的女手／已倦於幽怨膩於懶散／你睡了　有夜守著／夜冷時　有燭燃著／宇宙在一根彈得出淚的弦上彈奏／燭的身世／所有的雪與火的結局」（溫任平編，1974：185）。又如紫一思的〈流浪的孩子〉末節：「一隻野狗／舉腿射尿／射出兩盞紅燈籠／在你夢中」（1977：31），超現實的技巧手法巧妙的由野狗置換爲紅燈籠——古老中國文化的表徵。詩意盎然的文化符碼經由「野狗」、「射尿」等粗俗低層的事物介入而產生異化，產生一種非中國性的中國性，更接近於非文學主流的鄉野傳奇文化。燈火相傳的美感優越剎那間因爲「舉腿射尿」的衝擊而變得蕩然無存，燈火與月亮交織的畫面，在另一首〈月與哀愁〉中成了詩人心理不安惶惑的問句：

> 月亮升起／若一株哭的雨樹／一些散落的燈火／在煙霧沉沉的山村／若流落荒郊的幽靈／在黑夜的林子裡頭／是蟲泣和鳴禽的鬼號　（113）

異化的心靈景觀發展到最高潮，月亮的傳統文化形象顯得扭曲不堪、支離破碎，甚至面目全非：「月亮升起／若一張沒有眼睛的怪臉／窗外是流螢冷冷的叫喊」（114），那已經不是中華文化傳統的象徵符號，那是一個異化的中國性符碼，失去中國性的中國性象徵符號。

六〇、七〇年代的馬華中國性現代主義堅持純粹的中國性，在意識上陷入中國文化傳承，在詩句中一再召喚屈原的文化血緣關係（黃錦樹，1998：129）。屈原在天狼星諸詩人如溫任平、溫瑞安、黃昏星、周清嘯、藍啓元、張樹林的筆下集體表現出一個典型的形象：流放。黃錦樹認爲他們寫屈原的主題就是「自我流放」，堅持唱著傳統、古老、不合時宜的歌，彷彿承擔了整個文化的血脈。天狼星弟子謝川成把溫任平多首書寫屈原的詩總稱爲「屈原情意結」（謝川成，1981：94 -111），從溫任平鼓吹實踐開始，他的詩社子弟加以發揚光大，藍啓元的詩集《橡膠樹的話》和張樹林的詩集《易水蕭蕭》裡頭就有多首詩觸及屈原端午的主題或題材。這種現象隱隱成爲一股寫詩的風氣，詩人一提起筆就馬上想到屈原、端午、龍舟、粽子，直到八〇年代後期因爲另一場政治風波，一時詩人競相描寫屈原，企圖通過謳歌屈原來喚醒華族的傳統文化意識，不少年輕詩人也加入「屈原情意結」的行列，可謂把屈原的身價推到最高潮[6]。

---

[6] 此處指的是八〇年代後期華、巫種族衝突的政治局面，當時詩壇上湧現不少的「感時憂國詩」，詩人舉辦《動地吟》詩朗誦會巡迴演出，代表人物有傅承得、游川、小曼，其中不少詩作者書寫屈原的中華文化精神，抒發政治禁忌的敏感題材，尤其是游川和傅承得的《聲音的演出》中不乏觸及政治上敏感的題材，筆者當時亦曾目睹游傅二位詩人朗

屈原有詩〈九歌〉，艾文也寫了十首〈九歌〉，以楚辭名稱翻寫再鑄新詞，他的宗旨不在於原詩中的忠君愛國形象，他力圖扣合自我面對的欲望和死亡的精神面貌交織予以詮釋，全詩所採用的異化語言情調爲它鋪上一層西化病態的色彩，傳統古典的象徵色彩被消減到面目全非，忠君愛國的正義形象衍異爲性愛飢渴和模糊不清的身分屬性，充滿中國性的詩題，卻在詩人的超現實語境中成爲異化的中國性。由於此詩過長，茲引最後一節以見其異化景觀：「喝茶／吃飯／泥壺的黑影／水聲中／幽靈升起／總是濃濃的藥味／總是那雙面／枯槁的骨／橫過／手掌心／兩頭刺痛／雙親」（1973：46-47）。這樣異化的中國性，以書寫技巧的角度來說，是爲「隱匿主題」或「剝離主題」，無論是隱匿或剝離，都是一種異化的表現，中國性從主要的位置失落到邊緣的地帶（心態）。

6、結　語

六〇、七〇年代的馬華現代詩，論者一般上指責它爲異端、崇洋、晦澀難懂、沒有關心現實生活，這些評語只是觸及表面似是而非的現象，意味著說這些話的人看東西過於膚淺表面化，以語言文字的表象來論斷現代詩人崇尙西洋文化、詩人的關懷面向不夠大眾化、詩人關在象牙塔內雕琢文字而詩題材沒有現實社會性。今天我們以歷史的後見之明來閱讀《大馬詩選》，以及其他同時代的現代詩集，整體來說這些詩具有以下這些特徵：

[1]、詩人在特定的歷史情境下面對身分定位和文化屬性的雙重危機。

[2]、詩人藉西方文學、文化思潮的現代性入詩，包括技巧和思想觀念。

[3]、技巧的轉移和習仿豐富了馬華現代詩的文字表現，思想的汲取則影響了傳統文化的語言象徵符碼，帶來病態扭曲的語言異化。

[4]、詩人的處境和影響焦慮，從失去自我與尋找自我的複雜糾纏心態在詩文本裡顯而易見。

[5]、詩人面對失去自我的死亡焦慮情境，與鬼魂幽靈展開辯證對話。

誦詩作，配合音樂的氣氛撩撥醞釀，在場者無不對之動容，可謂三十年國家獨立以來詩界活動的一項突破。

[6]、詩人的傳統文化象徵系統產生異化，是現代性／西化的侵蝕結果，與外在現實的失去自我的焦慮錯亂的歷史演變的結果（內憂外患）。

馬華現代詩的「現代性」是西方／台港文學技巧和思潮混合的移植特性，交織著一些鄉野傳奇的本土特性，它有別於西方高度發達／腐敗的資本主義社會文化，也有異於中國性現代主義自我流放的現代感性。時間是無情的，歷史也是無情的，這些六〇年代早熟的現代詩人，以周喚、艾文、沙河、李有成、江振軒、黑辛藏、紫一思、李木香爲代表，在七〇年代後期即已紛紛停筆。他們的詩以大量超載的意象和隱晦的語言情境來表現文化心靈的失落，也藉此抗衡現實社會的教條化政策，和馬華文學主流的現實主義文學。七〇年代後期有不少年輕詩人開始冒起，這些年輕的一代非常引人注目，無論是在意象或語言的運作皆可看出變的跡象，比如《大馬新銳詩選》（1978）中的沙禽、子凡（游川）、張瑞星等。其中沙禽和子凡的詩風格儘管不相同，但他們採取一種對現代主義和現實主義兼收並蓄的語言轉化運作，終於爲八〇年代的馬華詩壇引出另一條可行的道路。今天我們看到六〇年代的現代詩人大都已經停筆，這些前行代詩人至今還有寫詩的不會超出十位，計有王潤華、沙河、陳慧樺、淡瑩、黃昏星（李宗舜）、溫任平，比較《大馬詩選》裡頭的二十七位詩人，在比例上少得可憐。還在創作的詩人的語言風格也出現很大的轉變，有者在現代和寫實之間孜孜經營，有者揚棄現代文學技巧，改用明朗淺白的寫實詩風。歷史後見之明告訴我們，這些前行代現代詩人在某個時期表現了那個時代的時代性質，雖然他們的整體表現是略帶生澀感傷的。

【引文書目】

艾　文（1973）《艾文詩》，美農：馬來西亞棕櫚出版社。

李向平（1997）《死亡與超越》，上海：上海文化出版社。

張樹林（1979）《易水蕭蕭》，美羅：天狼星出版社。

張樹林編（1978）《大馬新銳詩選》，安順：天狼星出版社。

張錦忠（1995）〈馬華文學：離心與隱匿的書寫〉，《大馬青年》10期，頁53-62。

陳應德（1997〔1999〕）〈從馬華文壇第一首現代詩談起〉，收入江洛輝編《馬華文學的新解讀》，吉隆坡：大馬留台聯總，頁341-354。
紫一思（1977）《紫一思詩選》，吉隆坡：馬來西亞學報月刊出版社。
黃錦樹（1998）《馬華文學與中國性》，台北：元尊文化出版社。
楊建成（1982）《馬來西亞華人的困境》，台北：文史哲出版社。
溫任平（1977）《流放是一種傷》，美羅：天狼星出版社。
溫任平（1986）《文學・教育・文化》，美羅：天狼星出版社。
溫任平編（1974）《大馬詩選》，美羅：天狼星出版社。
劉小楓（1997）〈現代性問題的累積〉，《思想文綜》第2期，1997/02，頁205-228。
謝川成（1981）《現代詩詮釋》，美羅：天狼星出版社。
藍啓元（1979）《橡膠樹的話》，美羅：天狼星出版社。

原發表1999；格式修訂2003

詩與政治的辯證式對話

——論八〇和九〇年代的兩本政治詩集

＊劉育龍

一、前言：詩與政治的辯證關係

早在大約二千四百年前，古希臘哲學家柏拉圖在著作裡塑造了他心目中的烏托邦——「共和國」。有趣的是，在他規劃的國度裡，詩人竟無立足之地，不配成爲「共和國」的子民。在柏拉圖的心中，詩人是無用之人，詩人的詩則是「靡靡之 音」，在富國強民方面毫無建樹可言。這可能是歷史上政治排斥詩與詩人的最早事跡。然而，到了一九六一年，事情卻有了一百八十度的轉變。當時的美國總統肯尼迪不但讓詩人佛洛斯特成爲他的就職典禮上的嘉賓，還邀請他誦讀了〈全心地奉獻〉這首詩，顯示了政治家對詩和詩人的肯定。從上述這兩個相反的例子，我們應可看出政治與詩的關係並不簡單，尤其是當詩人嘗試以詩來書寫政治時，箇中的關係就更爲複雜和耐人尋味了。

知識分子要表達他們對政治的看法有很多方式，賦詩論政非但難度極高，而且曲高和寡。政治是關乎大眾民生幸福的事，詩卻是精致而小眾化的藝術，兩者的結合有先天上的困難：考慮到政治的複雜性和大眾的閱讀水平，詩該寫得越清楚明朗越好；從藝術的角度著眼，詩貴曲折、含蓄，同時要兼具密度與張力，才稱得上是佳作。在橫向的廣度和縱向的深度之間，詩人不易掌握詩與政治的辯證式關係，一失手便是兩頭不到岸。

詩和政治有本質上的差異。政治是妥協的藝術，詩在藝術上卻不容許妥協。大馬是由多元民族組成的國家，其政治環境要比單一民族的社會如中、台、港複雜且敏感得多。在許多政治課題都還是人們心頭上的「地雷」的當兒，詩人「有話直陳」的勇氣令人佩服；在詩人明白寫政治詩極易「馬失前蹄」的前提下，依然踏上這條阻力奇大的文學道，他們不屈不撓的毅力令人讚賞。不過，作者既然選擇了以詩來抒發「政見」，論者也不得不就詩的本位來評定作品的優劣，不能因為「政治的介入」而予以「特別的優待」。

本文將會從傅承得在八〇年代出版的《趕在風雨之前》（1988）談起，以今時今日的後見之明去月旦作者在創作上的得失，接著要評析的是鄭雲城在九〇年代出版的《那一場政治演說》（1997），並把這兩本政治詩集加以比較，從中觀察華裔知識分子在這十年間的政治心態如何因應政治大氣候的轉變而產生的差異。此外，本文也會引用年輕詩人林若隱和呂育陶的兩首政治詩，以提出有異於傅、鄭的創作形式和重點。

二、《趕在風雨之前》：感時憂國者的悲憤與期望

《趕在風雨之前》（以下簡稱《趕在》）收詩四十九首，第一輯的十首詩以八〇年代中、後期所發生的一連串政治事件為主題或背景，傾訴作者的憂慮、悲哀與憤怒。其餘三輯的詩由於和本文的主題無關，因此不打算在此討論。

在那段「風雨飄搖」、政治氣壓沉重的八〇年代中期，作者甘冒風險寫下一系列的政治抒情詩，目的是什麼呢？也許我們可以從詩集的卷首詩〈為的，是把它交付未來〉得悉端倪：

月如，我會用我的一生
和著淚，經歷與悼祭歷史
憂傷，會盤据每一管血脈

但並非絕望，我知道
因為別人的呻吟中，我在
別人的憤恚裡，我也在

月如，我會用我的健筆
連著心，記錄與珍藏歷史
為的，是把它交付未來

五色混蒙的如今，不見光亮
五音雜亂，不聞正雅

未來，説不定黑白分別
聲調鏗鏘；説不定
會有一丁點的信心

是啊！月如，就算不多
我們總得留下，連同
一些不滿的文字
以及抗拒的疤痕
讓後代、學習、記取，和警惕　（1988：4-5）

詩的最後一段透露作者一心以詩記史，「讓後代，學習、記取，和警惕」，實際上是否能達致這個目標，筆者會在下文討論。筆者想在這裡闡明的是，這一首詩置於卷首是非常恰當的安排，除了因爲此詩具備「開場白」的內容，彌漫全詩的不安、憂慮以及那種患得患失，既有所期待又缺乏信心的心境更是第一輯裡其他詩作大同小異的基調，可見作者在創作這些詩時的心情始終是籠罩著陰霾或刮著風下著雨的。

在這一輯的作品中，作者應用了各式各樣的手法來創作：〈浴火的前身〉借古喻今，用楚霸王的悲壯事跡來襯托作者的熾烈感情，字裡行間隱隱然沾染了霸王的豪邁之氣；〈山雨欲來〉和〈濠雨歲月〉以風雨起興，也以風雨爲主要意象貫連全詩，題材和風格都相當典型，無法推陳出新；〈夜雨〉採取日記體來賦詩，並以幾個不同的敘述觀點來對照政治投機分子與憂國憂民者截然不同的想法；〈刪詩〉則借「刪詩」這個意象（政治鉗制言論自由）串起全詩，肆意地嘲諷政客；〈驚魂〉某士兵在都城的街頭開槍傷人的新聞引發靈感，流露作者心底的惶恐和忐忑。作者所書寫的主題是非常具歷史意義的政治課題，創作的手法靈活多變，中文系畢業的他也擅長駕馭繁麗、典雅的文字，這幾個條件合起來，是否意味作者的嘗試是成功的呢？

身爲讀者的我們若是在十年前讀到這幾首詩，會覺得作者道出了他們心中的不安、不滿和無力感，從而起共鳴和產生認同感。但是，今日我們重讀舊作，昔時的激情已冷卻，往日的記憶也已模糊，缺乏這些特殊的背景或「解讀條件」，詩就顯得失色了。換句話說，一首詩如果只能在特定的時空中引起讀者的共鳴，它就稱不上是一首自足、完整的詩。從文學的角度來審視，這樣的詩是「藝術未完成」（楊牧語）的作品，經不起時間的考驗。這幾首詩之所以會缺乏詩質和神韻，不是作者在創作時不夠用心或誠意不足，也非作者的詩藝或才華不高，而是他用在沉淀激情和悲憤思緒的時間太短，在情感和思緒上能入而不能出，以致作品顯現出受到起伏不定的心情「干擾」的跡象，降低了詩的內涵和層次。英國詩人華茲華斯曾說：「詩，來自沉靜時回憶所得強烈情感之自然流溢。」作者下筆時無法平息激昂心情，又怎麼讓詩「自然流溢」呢？

三、《那一場政治演說》：冷眼旁觀者的省思和嘲諷

比起《趕在》、《那一場政治演說》（以下簡稱《那一場》）的題材顯得更爲統一。全書共八十二首詩，除了有四首（〈兩岸統一的火花〉、〈兩岸〉、〈九六年六月四日〉以及〈釣魚風情畫〉)寫的是中台課題，其餘的都是以大馬政壇的大小人物、政治事件爲書寫對象，歸類爲「政治詩集」，稱得上名實相符。筆者細閱過《那一場》的全部作品後，發現這些詩有幾個共同點，分別是：

[1] 遣詞用字淺白簡潔——符合這個條件的詩作太多，這裡就不一一羅列。

[2] 具備微型小說及寓言的特色——作者好以寫小說或寓言的敘述方式來「抒發政見」，所以作品時而有微型小說的起、承、轉、合的結構，時而有寓言的以虛喻實。前者的例子是〈我們是要好的朋友〉、〈退休的念頭〉、〈電影事業〉、〈反對黨銷售經理的心聲〉等；後者的例子是〈狩獵〉、〈那是一條大魚〉以及組詩〈十二生肖〉。

[3] 篇幅短小——《那一場》裡的大部份詩都不超過廿五行，全書最長的一首詩也只得四十五行（即〈另類電台〉；若不把詩的副題計算在內，實際行數其實是卅九行）。筆者推敲箇中原因，除了因工作繁重（作者係電腦公司的總經理）而無暇且無心經營長詩，應該還另有緣由，筆者擬在下文另行分析。

[4] 「前衛」多變的創作手法——作者在創作時採用了「前衛」且多樣化的寫法，如隱題詩（〈隱題詩（一）〉和〈隱題詩（二）〉）、謎語（〈謎面：打一個政治人物〉）、語帶雙關的色情隱喻（〈他是我的男人〉和〈政治事業〉）、

第一人稱敘述方式（〈一個部長的話〉）、文字拼圖（〈選區劃分的基本精神〉）、改編其他詩人的作品（〈情詩三帖〉和〈道德與政治〉）、模擬電台廣播節目（〈另類電台〉）、童詩（〈童詩兩首（政治版）〉）、日記本（〈小女孩日記〉）、後現代的後設語言[1]（〈官方機密二十行〉），此外，當然還包括了作者在書中一再應用的小說體和寓言體的敘述方式。筆者會在「前衛」一詞加上引號，是考慮到上述手法其實已不算新穎，盡管這些手法不難在國內外的一些年輕作者的作品中找到，但用來寫政治詩倒是不多見，鄭在這方面的嘗試值得肯定。

正如《那一場》的序文作者祝家華和跋文作者小曼所言，鄭的詩「顯得太露太白」（祝與小曼都認爲只是「有些」作品如此，筆者的看法卻是「大部分」作品都有此弊病），不耐回味。鄭的詩之所以會失之淺顯、平面，主因應是他刻意要保持詩的「明朗」面目，想把詩寫得深入淺出，卻因力有未逮而變得「淺入淺出」。話說回來，鄭寫得較含蓄、深刻的作品也不是沒有，像〈有羊吃草〉即是其中一首佳作：

有羊吃草。無草，也還罷了
無燈，一扇窗對著夜晚發呆
有羊吃草。有草，也還罷了
無墨，一支毛筆咳嗽吐痰，堅持寫下
（我們都是一家人）　（1997：145-146）

其他較出色的詩包括：〈難忘的喬遷〉、〈巴貢水壩掠影〉、〈十二生肖〉、〈兩岸〉。

四、從《趕在》到《那一場》：從八○年代的憂慮與悲憤到九○年代的抽離與揶揄

拿《趕在》來和《那一場》作比較，我們可以觀察到幾個強烈的對比。首先，

---

[1] 後設語言（meta language）是對語言本身「即對象語言（object language）」加以詮釋、說明的語言，即語言中的語言。在這首詩裡，括號中的那一句「因爲課題敏感，編者一口氣刪掉十五行」便是後設語言。

《趕在》的第一輯《趕在風雨之前》故意用火辣辣的紅色字體來印刷，象徵著作者的熱忱和憤怒，而《那一場》的封面卻是黑底白字的設計，隱隱然暗示作者的冷靜和對政治不以為然的犬儒態度。傅和鄭在創作時，心目中也有不同的預設讀者。從〈為的，是把它交付未來〉一詩中，我們不難覺察傅「留下一些不滿的文字」，是要「讓後代學習、記取和警惕」，透露了「文以載道」的目的；鄭的預設讀者基本上是當時的大眾，其中又以那些受華文教育，既有一點文學修養又關心政治的華裔知識分子為主。縱觀《那一場》作品所展現的四大特徵，稍作推論即可明白是作者為了盡量吸引和迎合上述的讀者而設定的。此外，鄭讓一些詩作上網，採取積極的宣傳策略像把集子稱為「政治詩集」、黑底白字的封面設計、封底那三段用最高比較級來修飾的誇張廣告詞、揚言某些詩因「題材敏感」而無法發表以及自掏腰包搞推介禮，念茲在茲的不外是招徠觀眾。鄭應該也意識到，既然選擇了用詩這種精緻、含蓄的文類來創作，先天上即已限制了讀者的數量，畢竟比起散文和小說等文類，詩相對而言是比較難讀懂和心領神會的。弔詭的是，在大馬的政治環境中要以文學來問政論政，詩卻是最能去到敏感區的極限地帶而又「風險」較低的文類，容許作者痛痛快快地（曲曲折折地？）去聲東擊西、言在此而意在彼。在魚及熊掌之間，鄭選擇了後者，然而為了遷就讀者，鄭又忍不住把詩寫得露一些、白一些，以致減低了作品的文學特質。鄭的例子無疑顯露了政治詩的作者所面臨的兩難處境。

其實，《趕在》和《那一場》最大的差異是作者看待政治的心態。傅時而控訴、時而悲憤、時而失望、時而惶恐，卻始終對未來抱著一線希望。鄭的心態不似傅那麼激昂和情緒化，反而是相當內斂、犬儒地嬉笑揶揄，企圖以文學來「消遣」政治。他對政治局勢的未來發展是失望還是有所期望，我們難以直接從作品中得悉。傅的熱切、投入與鄭的冷靜、抽離固然是強烈的對比，然而這並不足以証明傅比鄭更感時憂國、更關心政治與社會。我們毋寧相信隨著時代的進步、社會思潮的演變，鄭表現的是新一代華裔知識分子更理智、成熟的一面，對政治的複雜性、種種虛實難分的表象以及「權宜」手段有更深一層的體會，不再以為吶喊式的控訴、語重心長的告白是表達他們對政治的看法的恰當方式。政壇上不乏文字遊戲，鄭也以文字「遊戲」了政治，從而批判了他看不過眼的一些人物和事件。

嚴格說來，傅和鄭所著的政治詩藝術成就都不高。傅的作品較富文采，可惜受亢奮的情緒所左右，能入不能出，失之在「隔」（王國維語）；鄭的作品一來欲明朗卻失了手，二來要遷就讀者，三來倉促成章（作者在〈自序〉中曾言：「專心寫政治詩，出版政治詩集，是一年左右的經營……」以一年之期成詩八十餘首，自然無暇細細地推敲琢磨了），失之在「淺顯」，令作品變得平淡，缺乏張力及密度，不耐久嚼。若容筆者大膽地「預測」，鄭和傅這兩本詩集應能在馬華文學史上占一席位，畢竟兩人各寫出了九〇和八〇年代華裔知識分子（至少是一部分）的政治心態，然而，能讓他們留名的主因是詩作所包含的歷史價值和意義，而不是由於詩作本身的藝術價值或文學本質。

五、結語：政治詩大有發展的空間

俗語有云：「有心栽花花不發，無心插柳柳成蔭。」傅和鄭花費了頗多心力來創作政治詩，卻因不同的緣故而交不出傑作。反而是一些偶而爲之的詩人，交出來的成績令人驚喜。他們的政治詩把文學和政治的「成分」調配得恰到好處，克服了顧此失彼的難題，令得詩作煥發動人的神采。譬如林惠娟（林若隱）的〈貓住在五十七條通的巷子裡〉（簡稱〈貓〉）借著「貓」與「鼠」的對抗情形來嘲諷我國政壇的一些「怪」現象，功力不弱：

「貓——
從神話到傳說到傳統
說到老鼠已經和悅許多
只要橫樑仍好好的
牆未破洞
偷吃一點點算什麼
一點點囂張算什麼

貓——剛要盹下又驚醒於風
於午夜的無所事事
一牆過一牆，追逐原是公道的
無聲無息，一檐過一檐
IN THIS

NEIGHBOURHOOD
謠傳跑得遠
生活走得慢」　（1989：80）

〈貓〉的最後一節結束得俐落有力，以事物並列來烘托出熱鬧的氣氛，與其他節形成明顯的對比，從而加強了諷刺的力道：「貓——／住在五十七條通的／巷子裡／那年的慶典／開得轟轟烈烈／那年的木槿花／那年的夜」（同上）。

另一位年輕詩人呂育陶也在作品〈在我萬能的想像王國〉（簡稱〈在我〉）裡借一個虛擬的寓言深刻、貼切地影射一些政治課題：

為了響應消費潮流
國王在晚間新聞宣佈
「可以入口鋼筆一千種
只要全用來歌頌和風。」

每一天，國王旋轉
思想的顏色筆
新聞自由配給率等於
記者寫稿手臂彎曲度加挺胸度
乘以版位面積
憂慮著國民健康教育課文內容的國王
唯有開除放映機內
和拳頭、嘴唇或衛兵貪污等
有關的風景
「為了，正義
為了愛
劇本必須與現實
無關。」

「為了打造
光的城池
夢的扶梯

啊為了公平與和平
親愛的子民
汝等必須時時忍受
一頭貓比另一頭貓更公平。」 （1995：135-136）

〈貓〉和〈在我〉對一般的讀者而言，不是容易解讀的詩，可見林和呂已拋開了遷就讀者的包袱，並且避免了激情和悲憤的「干擾」，清楚地意識到政治詩終歸是一小批知識分子才會關注和共鳴的「政治載體」，不再視「大眾」爲傾訴對象。他們憑著敏銳的觀察力，理智中又帶著幾分調侃的態度去書寫政治、反省歷史。他們高超的說故事技巧（〈貓〉是動物寓言；〈在我〉是童話）和文字功力，兼具了傅的文采以及鄭的省悟和嘲諷風格，從而寫出了超越前輩的作品。環顧世界中文文壇，精彩的政治小說爲數不少，相比下，出色的政治詩少得可憐，樂觀地說，這意味著各地的詩人仍然大有發揮的空間。本地的幾位詩人已跨出了踏實的一步，期望他們以及後來者能層樓更上，讓詩與政治展開更深入、更精彩的辯證式對話。

【参引書目】

星洲日報社編（1995）《花縱文匯2》，吉隆坡：星洲日報。

馬大華文學會編（1989）《掀一個浪頭——第三屆全國大專文學獎專輯》，吉隆坡：馬大華文學會。

傅承得（1988）《趕在風雨之前》，吉隆坡：十方。

鄭雲城（1997）《那一場政治演說》，吉隆坡：東方企業。

原發表1998；格式修訂2003

街道的空間結構與意義鏈結

——馬華現代詩的街道書寫

＊陳大為

小　序、一座都市的讀／寫角度

一座都市的天候及地理因素，無形中決定了住民的生活方式，也限制了產業的發展方向。再加上建築空間的規劃、資訊的發達程度等後天因素的影響，每一座都市很自然地發展出本身的住民性格，而住民性格又反過來主導都市的發展。以擁有四季變化的台北和終年暑熱的吉隆坡爲例，除了天候之別，還有族群文化及從中衍生的政治意識等條件之巨大差異，這兩座都市的文化性格就不相同。這個差異能否在都市詩裡獲得印證，完全取決於詩人的創作策略、對該都市的感情，以及透視社會表象的能力。

通常我們面對一首都市詩的時候，必然著重於單一文本的美學分析，宏觀的亞洲都市詩視野，極可能因爲無從比較而不存在。當這首詩安置在個人詩集中，我們唯有關注語言技巧和題旨方面的表現，或者進一步考證出某位強者詩人的陰影。若將它擺進亞洲現代漢詩的大區域裡，我們便發現它跟其他地區的都市詩相較之下，無可避免的出現了同質性（互文性？），以及某些自然形成的獨特性[1]。前者可視爲所有都市詩的共同元素，其中隱含了都市詩的某些創作成規、具有高度普遍性的生存境況與精神本質之敘述；然而，後者卻是它作爲該國都市詩的價值之所在。

且把焦點轉到馬華詩壇。近二十年來馬華現代詩深受台灣現代詩的影響，已

1　這裡所謂的獨特性，包含地域化的語言習慣，以及拼貼出當地都市形貌與性格的描述。

是不爭的事實[2]。我們不否定師法台灣的馬華都市詩，它在語言及題旨方面的表現，確立了它作爲一首都市詩的「詩學」價值；它一旦置入馬華都市詩此一宏觀文本的版圖，「馬華」成分便成爲另一個評價的準則。換言之，它能否深入探討本地都市的生活狀態，或勾勒出本地都市的立體形貌，是很重要的評價基準。

我們不妨將馬華所有的都市詩拼貼成一張都市影像的照片，看看究竟能判讀出什麼訊息？

作者的意圖與視野決定了影像的解析度，解析度的高低則決定了閱讀的內容和品質。鳥瞰吉隆坡只能獲得概念性的理解，止於總體內容的層面，只能滿足外行的讀者。我們實在無法從科幻化或未來化的虛擬語境，去發掘吉隆坡的都市化程度與問題、人文質量和都市性格；我們應當追求更細膩、更立體的書寫樣式，詩人必須對街道（生活境況的展示場）、大樓（居住及工作空間）、商店（消費文化的據點）作全方位的細部掃瞄，再透過時素與地素的錨定（anchoring），拼貼出一幅相對逼真的「吉隆坡影像」[3]。

街道，正是上班動線和歸家動線的起點與終點，就都市空間的解讀程序而言，它理應是第一順位的分析對象。在亞洲現代漢詩裡，我們讀到三種截然不同的街道：第一種是消費文化及頹靡精神的載體和產物，多半是抽象的、概念化、典型化的街道，其中只有少數有特定的指稱，譬如：新加坡的烏節路、台北的忠孝東路和西門町商圈的道路；第二種是傳統文化在現代都市的遺址——從吉隆坡的茨廠街、馬尼拉的王彬街、曼谷的耀華力路、香港的廟街和雀仔街，到台北的迪化街和武昌街；有的以唐人街的形貌，有的以某種特殊的社會文化內涵存在著；第三種則是偏離／歧出都市主題之外的，屬於詩人與街道之間的對話，有較濃厚的隨筆色彩。

在筆者蒐集的近千首都市詩當中，被描寫次數最多、解析度最清晰、空間場景和街道的立面樣貌最完整的街道，首推吉隆坡的「茨廠街」。

此外，武吉免登路、秋傑路、古晉路、安邦路、敦依斯邁路，以及許多不具名的街道，在馬華詩人筆下交織成一幅有血有肉的都市平面圖。每一條路的書寫

---

[2] 尤其台灣都市詩對馬華六字輩及七字輩詩人，在訊息組織及意象運用方面的影響，更是顯著。

[3] 「吉隆坡影像」不是筆者的主觀選擇，它是大部分詩人的具體描寫對象。

意圖都不盡相同，它們像手術刀劃開的切口，讓我們得以深入了解吉隆坡的生活面貌，窺探諸位馬華詩人的都市情感和書寫策略。

本文討論對象以 1980-1999 年間，發表於馬華當地各種平面媒體、個人著作和選集中，有關街道書寫的詩篇為主[4]，不包含張貼在網路上的詩作。本文將沿著馬華現代詩裡的街道切入，以人文地理學（human geography）的角度，就各種街道的「空間結構」（spatial structure）[5]，展開三個層次的論述。

一、街道：典型化的存在空間

街道是建築語彙的一個源泉，它鏈結起每一棟建築及其功能，構成一張巨大的生產／生活網絡。所以「建築沒有街道便不能存在，它們互相確定對方的地位，為對方服務」[6]。布賴恩・哈頓（Bria Hatton）認為：「街道是人與物之間的中介：街道是交換、商品買賣的主要場所，價值的變遷也產生在這裡。在街道上，主體與客體、觀看櫥窗者和娼妓、精神空虛者和匆匆過路人、夢想與需求、自我克制與自我標榜在不斷交替」[7]。換言之街道不僅僅是一個表現性系統，它更把日常生活中所有活動現象綜合起來，成為生活戲劇的展示窗口，同時也是消費文化的磁場。

所以用行人的尺度（而非鳥瞰）來觀察街道，是穿透都市現象直探其本質的最有效路徑。

亞洲現代漢詩對街道經常採取「普遍性／本質性？」的書寫策略，最常見的

---

4 本文著重的是詩中的街道書寫片段，詩本身未必是以都市題材為摹寫對象的都市詩；必要時彈性納入 1978 與 1979 年發表的詩作一併處理。此外，本文以全亞洲中文讀者為對象，故所有馬華本地專有名詞或譯名，皆附加說明。

5 「空間結構」原指空間在社會和（或）自然過程的運作與結果中，被組織起來與嵌入的模式。本文將之調整為空間在書寫過程中，被組織起來的模式。參見 Johnston, Gregory & Smith ed. (1988), *The Dictionary of Human Geography (2nd ed.)* Oxford: Basil Blackwell. pp.450-451.

6 見奈杰爾・科茨（Nigel Coates）〈街道的形象〉，收入約翰・沙克拉編，盧杰與朱國勤譯（1998）：《超物論：一些現代主義以後的設計思考》，台北：田園城市，頁：147。

7 《超物論》，頁 147。

「街道＝河流／車河」譬喻系統，由「流動」、「阻塞」、「擁擠」、「魚群」、「煙」、「霓虹」、「喧嘩」等視覺、聽覺及感覺元素所構成，其中又以負值者居多。這是一種放諸四海皆準的街道書寫模式。很明顯的，街道這個「存在空間」（existential space）的負面發展，其實是受到詩人主體意向性（subjective intentionality）[8]的強力主導，構成一條淤塞的聲光河床，詩人之靈視乃垂危之魚目，吐出的魚語句句刻劃著地獄。街道——這個存在空間可以說是受主體意向影響所形成的「景觀的傳記」。

馬華詩人唐林（1936-）站在〈街〉（1979）的中央，主體情感投入客體現象，主體意向朝著紛亂喧囂的視聽效果來編碼，高分貝且失序的空間符碼，正好印證了我們腦海中刻板的街道印象，尤其「順達升發，阿里沙林」等深具本土味道的店名招牌，就懸掛在敘事動線的兩側。於是我們「順暢」進入一首都市詩無比「阻塞」的內部：「那些喧嘩從這邊湧過去／又從那邊推過來／……／吊掛了許許多多字與圖／順達升發，阿里沙林／……／阻塞的街是沸騰的／羅里和巴士噴著黑煙／轎車吐著濁濁的廢氣／多元化的三字經處處泛濫」[9]。每當我們到任何一個陌生的地方，眼睛在掃瞄複雜或不熟悉的景象時，視覺經驗裡的「影像清單」（image repertoire）立即浮現，將環境迅速歸類及簡化，並重新規劃身體前進或後退的路線。每讀一首都市詩，如同進入一座陌生的都市，我們自然啓動生活與閱讀經驗中的影像清單，去掃瞄（文本中）這條街。很不幸的，〈街〉中所有的影像都與清單吻合，毫無衝擊力，或衍生其他思慮的歧徑。沒錯，「即使是深沉深沉的夜／也褪不掉那太多太多的色彩」[10]，那太多太多的色彩即是都市現象最表層的膜，朦住了觀察者的眼睛和詩筆。

這了無新意的街道書寫手法暴露了一個問題：麻木。唐林的敘述語氣是麻木的，將日常目睹的現象平鋪直述，鋪成一條沒有驚訝感的街道，儘管它是那麼紛亂——濃妝的女郎和太監穿扮的男人，襯著畸形的廣告四處搖擺——但主體早已麻木的生活情感，被本身習以爲常的現象化解了，字裡行間沒有活存的情緒，以

---

[8] 「意向性」是意識的本質，它能將有自明性（self-evidence）的客觀事物呈現出來，而主體在過程中賦予客體意義，便是所謂的「意向化」（intentionalization）作用。

[9] 唐林（1995），《夜渡彭亨河》，雪蘭莪：烏魯冷岳興安會館，頁 66-67。

[10] 《夜渡彭亨河》，頁 67。

及任何社會問題的誘餌。於是我們在刻板的陳述公式中順利前進，如入無車之地。

「流動是空間與社會辯證關係裡的一個特殊層面。都市的空間移動與訊息流動實際上都沿著街道進行，……流動是都市的基本『生命現象』」[11]，所以「阻塞」便成爲都市詩人最熱門的議題，也是最容易流於表象敘述的陷阱。龔偉成（1967-）的〈城市之死〉（1992±）[12]是一個將「阻塞」高度意象化的典型：

她吞了一條五彩巨蟒
就交通阻塞了
印弟安人熏起煙來求救
烏煙瘴氣在高壓之下流動
蛆蟲在體內游移
狂舞　歡呼
於晚間亮滿了燈的慶典，[13]

龔偉成既然以「死亡」爲題，主體意向便選擇了陰性的「她」來界定都市的空間特質，同時賦予街道空間——阻塞則亡——無比脆弱的生命能耐。「五彩巨蟒」也是陰性的比喻，可惜牠在第一行完成比喻作用之後，沒有深一層的角色發展，讀者的注意力隨即轉移到「蛆蟲」上面。蛆蟲可視爲焦慮和慾望的混合體，在這個被移動所奴隸的都市空間裡，因速度減緩或阻滯而引發的焦慮，足以誘出種種失控的行爲，使歸家動線充滿變數[14]。雖然作者的本意——不能流動等於死亡——確實切中都市的基本生命現象，「亮滿了燈的慶典」卻是生機盎然的景象（儘管它可能是頹靡的）。這是作者構思的瑕疵，還是都市本身的矛盾？

葉明（1955-1995）在〈靜寂的聲音〉（1992）裡，刻劃了下午五點三十分下班時的塞車情況：「車子哽塞在城市的喉道裡／吞也吞不下，吐也吐不出／／時間，就坐在速度錶上看我／……／時間，你就到郊外等我吧／等我挨過這截哮喘

---

[11] 王志弘（1998），〈都市流動危機的論述與現實〉，《流動、空間與社會》，台北：田園城市，頁 109。

[12] 舉凡未註明定稿或發表年分的詩作，皆以著作出版年分爲準，另以「±」標誌辨別。

[13] 龔偉成等著（1992），《舊齒輪 No. 6》，吉隆坡：第六步詩坊，頁 96。

[14] 在拙作〈感官與思維的冷盤——九〇年代馬華新詩裡的都市影像〉一文中，對此詩有更詳盡的詮釋。參《國文天地》152 期，1998/01，頁 72-73。

的心情／等我換過一副容顏才與你相見」[15]。這首詩跟〈城市之死〉不一樣，阻塞的車陣是都市吞不下又吐不出的難題、駕駛人進退不得的困境。敘述者用坐以待斃的無奈口吻，跟滯留在速度錶上的時間對話，好像急的是時間而不是他。在另一首〈城市速寫‧〔3〕塞車〉（1994±），他更明言：「一直想飛去的／不是那一群被困在車廂裡的眼睛／……／是一直站著旁觀的／整座城市」[16]。焦躁情感的嫁移，讓這條阻塞的街道充滿振翅而去的渴望。

李宗舜（1954-）則用〈手掌〉（1981），替這條下班的車河增添了疲憊的內容：「他撐起疲乏的腰身／從一天的工作站口中走出來／穿過街道像陷入湍急的流川／自上游向下游帶著沙石／一步十八翻的滾到深谷裡」[17]。疲乏的腰身不因流川的湍急而得到舒緩，回家的路是另一程的跋涉。於是車河有了相對深層的內容，帶著沙石的流動是一種沉重的流動，因爲所有的車輛裡坐著匆匆趕回家的疲憊腰身。名雖湍急，但文本中的街道讀起來卻是遲滯的、沉甸的，沒有絲毫川流之感，也許是作者本身生活境況不經意的投射結果。

街景的紛亂、受阻的急躁、脫困的渴望、疲累的精神，組成街道在下班尖峰時段，最具體的感覺內容。

無論如何，當街道可以順暢流動時，我們即可讀到許多組構成「車河」的意象叢，以及它的書寫模式。譬如龔偉成的〈在邊沿〉（1992±），就很僵硬地眺望霓虹燈下的吉隆坡，看那車潮在夜裡如同「一道河流來／流過繁華的心臟」[18]；唐林的〈都城行〉（1981）也是「一塊塊招搖的繽紛七彩／照映著浮動川流的車河／……／長長的，交錯貫串的街／面龐上有多少層變幻顏色？」[19]。這裡有兩個訊息值得注意：街道必然流經都市的繁華區，而那繽紛的光影即是夜晚的街道面龐。他們的敘述重點都是止於現象面的「流動」和「光影」，紛亂與阻塞的現象已不復見，都市因爲能流動而重新展現它的消費活力。不過他們的敘述卻又落入「車河」的窠臼當中。

---

[15] 葉明、李宗舜合著（1995），《風的顏色》，吉隆坡：凡人創作坊，頁 83-84。

[16] 《風的顏色》，頁 115。

[17] 《詩人的天空》，頁 82。

[18] 《舊齒輪 No. 6》，頁 90。

[19] 《夜渡彭亨河》，頁 108。

張光前（1972-）的〈午夜驅車回家的路上〉（1993）描述的是更深的夜晚：「累累的霓虹燈／是一排排／成果豐碩的緘默／……／而大道上奔馳的／冰涼、蒼白的悲愴／我指的是今晚的月光……」[20]。霓虹燈幾乎可說是從不缺席的重要街景，夜深，它們當然也累了，緘默地裝飾著街道空間。爲何驅車回家的敘述者眼中，一路上盡是「冰涼、蒼白的悲愴」的月光？張光前沒有交代悲愴的因由，短短十五行的篇幅中找不到可以支援的意象或訊息。或許有人會這麼詮釋：當街道卸去所有的繁華與喧囂之後，寂靜的街景便孤立起夜歸的路人，一股空洞的孤寂滲透到主體意識裡，產生了莫名的悲愴。但此詩的語言情感十分蒼白，入目的純屬視覺歷程的空洞符碼，無法轉換成心理歷程的的悲愴感。這種「深夜街景」摹寫上的空洞的孤寂感，正是新生代詩人作品中常見的——爲賦新詞強說愁的書寫模式。

除了上述諸多負面的街道觀感，李宗舜的〈節日〉（1989）呈現了截然不同的樣貌。同樣擠滿了人的車站、流動著車的大街，在過節的詩人眼裡，感受到的是「車和人都在談戀愛」，他竟然說——

防撞杆貼著方向燈
親嘴，外套挨著肩膀
在磨擦火花，在追趕
一年復一年
回家過節的路[21]

這裡雖然沒有高明的技巧，但詩人內心真實的喜悅卻突破了街道書寫的模式，整個情緒流程的敘述是輕快愉悅的，正因爲語意明朗，街道的空間意涵簡單且淸晰，有一絲淡淡的詩趣。

上述所有的成規陋習以及模式化問題，其實只是主體與客體的互動結果。存在空間是一種「部分空間」（partial space），它受到主體所賦予的價值內容，經過主體意向的抉擇、編碼、造型，才得以存在。而且它是經由主體的「參考情境」（situations of reference）的對照烘托而產生。主客體之間維繫著緊密的互動關係，真實的存在境況規範了創作意識，下筆投射出來的影像又回逆到規範的源

---

[20] 張光前（1999），《眼睛與星光的曖昧關係》，吉隆坡：千秋出版社，頁 57。

[21] 李宗舜（1993），《詩人的天空》，吉隆坡：代理人文摘，頁 102。

頭。就都市詩作者而言，主體的書寫習慣、創作信念、都市意識、情感反應都屬於參考情境。所以一位長期拖著疲累的腰身，在下班時段受困於車陣，唯有在夜晚在能享受都市夜生活的詩人，街道的空間結構在其潛意識裡很自然的區分成「日勞夜累（或夜縱）」的生活模式。一旦鎖定普遍意義的街道下筆，潛在的共同經驗便成爲先天的疆界，其內部雖有殊途，但終究同歸於一處。

從襲偉成、唐林、葉明、張光前，到李宗舜，我們目睹了空間結構如何受到主體意向的圈囿，因應不同的參考情境展開他們的敘述，並逐步逐步踏入固有的書寫窠臼當中。如果我們將之定義爲街道空間的本質性書寫，那麼突破性的創意就比探勘的深度值得重視，這類詩作畢竟是十分罕見的。

顯然普遍意義的街道很難開發出獨特的街道性格，更容易淪爲一條典型化的存在空間；看來只有時素與地素明確的街道，才能顯現出特定的文化性格。

二、造街運動：從茨廠街的感覺結構到地方感

從上一節的論述可以看出：諸位詩人對街道的普遍認識不免陷入「供車子流動的交通網絡」，其實「街道的功能和意義不止於『移動』和『一個經過的地方』，它基本上還是一個承載事物與活動的場所，是一個『停留』和『事物存在與發生的地方』。在一定的歷史社會脈絡裡，街道的形式（斷面樣式、附屬設備與兩側立面樣貌）、功能（移動、聯絡、承載、美化市容、展示權威、社會化……）與意義，都在各社會群體爲了不同原因，以不同方式生產、控制和使用街道的過程裡不斷變化」[22]。

街道並不等同於馬路，它包含了馬路上及其周邊所有的社會與經濟活動，兩側的建築構成街道的立面樣貌，商店的消費形態更決定了街道的性格。所以街道不僅僅是一條馬路，在某些人眼中它是一個「地方／場所」（place）。「地方不僅僅是一個客體，它是某個主體的客體。它被每一個個體視爲一個意義、意向或感覺價值的中心；一個動人的，有感情附著的焦點；一個令人感到充滿意義的地方。段義孚（Tuan Yi-fu）、瑞夫（Edward Relph）及其他相關學者強調：經由人的住

---

[22] 王志弘（1998），〈都市流動危機的論述與現實〉，《流動、空間與社會》，台北：田園城市，頁108。

居，以及某地經常性活動的涉入；經由親密性及記憶的累積過程；經由意象、觀念及符號等等意義的給予；經由充滿意義的『真實的』經驗或動人事件；空間及其實質特徵於是被動員並轉形爲『地方』」[23]。

在馬華現代詩中，有名稱的街道大多能夠發掘出「地方」的角色意義。茨廠街即是一條以人物和店舖組織起文化面貌與性格的街道，強大的文化魅力使它在眾多詩人的筆下，顯現出獨特的「地方感」（sense of place），一種經由親身經驗、傳媒見聞、視覺意象建造而成的自主心靈之產物，雖然它在一定程度上仍然維繫著與歷史和社會的關係。

茨廠街（即八打靈路，Jalan Petaling）[24]，是一條歷史悠久的百年老街，是今日吉隆坡的地標之一。早在十九世紀中期，當時的吉隆坡甲必丹（captain）葉亞來（1837-1885），在此開設了一間殖民地境內規模最大的茨（薯）粉加工廠，此後當地華人便通稱它爲茨廠街[25]。歷經了一百多年的發展，許多地標性的店舖（如成記茶樓）紛紛從地圖上消失，遺留下來的英殖民地時代的建築物，也因爲掛上雜亂無章的招牌而失去原有的風采[26]，再加上兩側流動攤販的林立，這條被旅客稱爲 China Town 的百貨老街，夾雜在高度現代化的吉隆坡市容中，顯得格格不入。說不定就因爲如此才保住它的文化性格。

不過一條街的文化性格恐怕得透過很多首詩的視野組合，方能拼湊出應有的層次與面貌。

林金城（1963-）的九行短詩〈茨廠街〉（1985）用印象式的筆法來刻劃茨廠

---

[23] 見艾蘭．普瑞德（Allan Pred）〈結構歷程和地方——地方感和感覺結構的形成過程〉，收入夏鑄九、王志弘編譯（1994）：《空間的文化形式與社會理論讀本》，台北：明文書局，頁 86

[24] 如今則泛指附近幾條同質性的街道。由於這一帶書店林立，故有「書館街」之稱。

[25] 見〈路名簡史：茨廠街〉《中國報》，1998/01/15；〈葉亞來在茨廠街設廠〉《星洲日報．副刊》第 2 版，1997/04/22。

[26] 在劉崇漢編著（1998），《吉隆坡甲必丹葉亞來》（吉隆坡：中華大會堂）一書中，共有七張不同時期的茨廠街照片，從十九世紀末的人力車和牛車時代（頁 12, 164）；二十世紀初／中期的腳踏車和古董汽車時代（頁 174, 174）；七〇、八〇及九〇年代末期的汽車時代（頁 125, 126, 164）。六張無比珍貴的檔案照片，忠實地紀錄了這條街道的歷史變遷。

街：

一疋刀光
往冷冰冰的古老建築
一　　　　　切
扯開一夜
囂煩的燈潮

不斷追趕的霓虹
終世守著
一小框框的
天　　　地[27]

如果我們抽掉「古老建築」，這可以是任何一條入夜的街道，「囂煩」、「燈潮」、「霓虹」等詞彙只能蜻蜓點水，太簡陋的印象陳述根本守不住這一小框天地。作者非但沒有對茨廠街作深入的觀照與分析，在行文中亦沒有驅動主體情感，替古建築營造出老感覺，好讓我們結結實實地踏上茨廠街的暮年。結果我們只讀到扁平的聲光，讀不到立體的人蹤和街道。那我們又能在唐林的〈茨廠街的變調〉（1987）裡尋獲些什麼？

此詩分三節，每節各十三行，相對於林金城的短詩，它所負載的訊息容量相當大，而且雜。首先作者把茨廠街定義爲「這一條生活的河／翻著泡沫的悲傷和歡樂」，店裡廊上盡是不穩定的生計；卻「有過多少眼睛尋覓／長長走廊上雜沓足跡／刻下的將近百年哀怨」[28]。作者在第一節前五行所營構的是店舖的走廊空間，宛如泡沫消逝的當下，與百年足跡刻下的哀怨在此糾纏，因爲眼睛的尋覓而深化了走廊的歷史感。

經由歷史記憶和個人情感的累積，加上社會觀念所給予的價值與意義，一雙充滿認同與關懷的眼睛，遂將走廊由一個「空間」，轉變成「地方」，它是主體意向與感覺的價值中心。茨廠街不再是一條街，而是一個華族文化的根據地。所以一條走廊的尋覓還不足夠，作者補上這麼一段：「不是傳說的傳說，祖先們／用

---

[27] 林金城（1999），《假寐持續著》，吉隆坡：千秋，頁5。

[28] 《夜渡彭亨河》，頁159。

淚用汗用血，砌做牆壁／建造樓房，鋪平街道，讓／年年月月雕出斑斑駁駁／……／這一百七十間店鋪／都在滔滔裡掙扎浮沉」[29]。我們不需要懷疑或實地去確認「一百七十間店鋪」的數目，重要的是它傳遞的訊息：這是一條長街，正因爲街長所以累積了更多祖先們的血汗，如此綿延地橫在眼前，任那時間的錐子在建築與記憶的表面上銘下痕跡。歲月斑駁，這一百七十間店鋪在現代都市的經濟形態底下，掙扎求存。茨廠街光輝的過去，對照著隨時可能成爲過去式的茨廠街，作者心中浮現了他的憂慮。

唐林的憂慮還不止於此，對於茨廠街的角色定位，他提出辯解：「驀然誰自作聰明吶喊／唐人街唐人街唐人街／忘卻了這兒不是倫敦／不是巴黎不是三藩市／綿綿歲月，長長故事」[30]。他認爲茨廠街並非「唐人街」，因爲這裡不是唐人移民的異邦（尤指英語社會），華人文化是國家文化的一部分，茨廠街的存在價值不等同於歐美唐人街的狀況。它背後有「綿綿歲月，長長故事」，祖先的血汗落在地基裡滋長成根，茨廠街是馬來西亞社會文化的一部分。這個辯解無意中將茨廠街置入整個社會涵構中，引出唐人街的文化問題。文本中茨廠街的感覺結構（structure of feeling）形成之契機，在唐林寫下「有過多少眼睛尋覓／長長走廊上雜沓足跡／刻下的將近百年哀怨」，和提出唐人街的辯解之際。可惜他沒有充分描述茨廠街的生活質感和文化內涵，也沒有交代反證的社會涵構，我們只能從「尋覓」和「辯解」中讀出一些零散的訊息。

第二個契機出現在〈書館街死了〉（1989）。當這條街的幾家別具意義的商店從吉隆坡地圖上消失，唐林便忍不住啓動詩筆，去追悼它曾經擁有的華風。此詩遠比龔偉成的〈城市之死〉更接近都市之死亡：「消失了／孫科先生題的『麥庭森』／還有更湮遠的衣香鬢影／殘餘的三塊被丟棄招牌／寫著『勝昌茶室』、『源源』、『友駕駛學院』」[31]。書館街死了！原有的生活和故事皆隨風而去，不管是誰悄悄翻過這一頁歷史，我們都感受到一腔澎湃的感嘆驅策著唐林，在過於平鋪直敘的陳述中，滿溢的情緒急急流經死去的街景。我們援引了五行，入目的皆屬原來街景之殘骸——「麥庭森」、「勝昌茶室」、「源源」、「友駕駛學院」，高度的

---

[29] 《夜渡彭亨河》，頁159-160。

[30] 《夜渡彭亨河》，頁159。

[31] 《夜渡彭亨河》，頁161。

記實性在閱讀進程中，產生歷歷在目的紀錄片效果；唐林一邊記述著它們的昔日餘輝，一邊感慨著此街「寂寞的僵臥在喧囂裡／陽光下沒有人理睬」[32]的命運。

然而太過急促的敘述，使得它的「死因」不明。這個死因不能光憑一句重覆了兩次的「僵臥在喧囂裡」，便草草敷衍過去。唐林必須在這個變革點上，論及其社會及商業因素，讓商店之「死」鏈結到客觀的社會涵構中。

我們回到關於茨廠街是否 China Town 的角色問題。許裕全（1972-）在〈一個ＫＬ詩人和他的詩生活·〔5〕逛茨廠街〉（1997）裡有不同的看法：「情慾的地圖／躺在十字路切割的四個角／折疊在旅人風滿的口袋／一攤開，所有的嘶叫、吶喊／統統跑出來，捲著古老的舌告訴你：／This is China Town」[33]。「情慾」的消費空間，是許裕全對茨廠街的構圖方向。此詩流露的地方感，導源於熟悉的知識、周遭環境的整體經驗，以及長久以來經由聽覺、嗅覺、味覺、觸覺所強化的主體與地方的關聯性[34]；這種得知的過程中，欠缺歷史與情感的累積，所以詩人以冷眼下筆。文本中呈現的是旅人與老闆之間的買賣行爲，「China Town」是這種次文化消費的成立因素，更是這條老街的存在價值。「古老的舌」忙著矮化當地華人的文化地位，以利販售那種經過僞裝的異國情調。不幸的是：他們在販售廉價的物資同時，這種行爲「造就」了茨廠街無比廉價的文化質感：

如果廉價，只能
像寂寞一樣背著陽光鎖在
暗房裡醃漬發酵
那麼除卻披著寂寞糖衣的人後
茨廠街，將
一無所有[35]

作者認爲茨廠街喧囂的表現底下，是空洞的寂寞，只能鎖在慾望的暗處醃漬發酵。相較於唐林那套「非唐人街」的觀點分析，許裕全狠狠揭露了茨廠街的消費

---

[32] 《夜渡彭亨河》，頁 162。

[33] 《星洲日報．文藝春秋》，1997/07/13。

[34] 這是段義孚（Tuan, Yi-Fu）對地方感導因的局部看法，參艾蘭．普瑞德（Allan Pred）〈結構歷程和地方——地方感和感覺結構的形成過程〉，頁 86-87。

[35] 《星洲日報．文藝春秋》，1997/07/13。

文化之本質。另一位年輕詩人周若鵬（1974-）則呼應／繼承了唐林的觀點，〈茨廠街不是 China Town〉（1998）作了一番邏輯推演。可惜那種過於情緒性的語言，削去理應存在的思辯味道，於是我們聽到作者如此單調地辯駁著：「他們用中文字塊／在紐約在多倫多在悉尼／建築黑髮黃膚的孤堡／走入 China Town，就走出紐約走出多倫多走出悉尼／茨廠街長在自己的國家／各族用熟悉的語言喊買叫賣／出入茨廠街／依然是馬來西亞」[36]。他的理由很簡單：所謂 China Town 是以次文化（subculture）的「孤堡」型態寄生在英語社會之一隅，茨廠街卻是「各族用熟悉的語言喊買叫賣」，裡裡外外都是馬來西亞。作者說得很明白：「茨廠街不是 China Town／我們不需要」[37]。這種以「世代」爲主的感覺結構的變遷，由於社會及歷史脈絡對空間認知經驗的衝擊，遂產生不同的感受與觀點。

在雷蒙．威廉斯（Raymond Williams）的描述下[38]，「感覺結構」是在特殊的地點和時間中，一種生活特質的感覺；一種特殊活動的感覺方式所結合成的思考和生活的方式。他並強調歷史涵構對個人經驗的衝擊，它不是主動心靈的產物，而是連鎖性的，我們可以透過印刷和影像等媒體的助力，透過非真實生活經驗的符號系統，來追憶感覺結構的存在[39]。從周若鵬的反唐人街態度中確實可以讀出世代變遷的觀感，馬來西亞本位的新世代視野，當然不態認同唐人街的定位；不過這首詩實在太短，「中文字塊」和「熟悉的語言」無法將茨廠街提昇到更高的討論層次，我們只能在感覺結構的理論邊緣提到它的觀點與情緒。李宗舜的〈茨廠街的背影〉（1989）也是如此。

李宗舜企圖從歷史情境的變遷中，尋找一種可供參考的觀點：「五十年前的茨廠街／繁華和熱鬧的背影／將深鎖在歷史的扉頁／供遊客追思／歸人徘徊不去／五十年後的唐人街／仰望摩天大樓／看不到盡處」[40]。八〇年代的茨廠街是一條被摩天大樓重重圍困的老街，「看不到盡處」暗示了它現代都市裡黯然失色

---

[36] 周若鵬（1999），《相思撲滿》，吉隆坡：千秋出版社，頁 87。

[37] 《相思撲滿》，頁 87。

[38] 'Structure of Feeling'一文，參見 Raymond Williams (1977), *Marxism and Literature.* Oxford: Oxford U.P. pp.128-135.

[39] 參顏忠賢（1996），〈地方感與感覺結構〉，《影像地誌學》，台北：萬象圖書，頁 62-63。

[40] 《詩人的天空》，頁 103。

的處境，以及悲觀的發展前景。詩人站在已經「淪為」唐人街的現實位置上，回顧三〇年代的茨廠街，五十年前的殖民地華風「將深鎖在歷史的扉頁／供旅客追思」。但五十年前的茨廠街究竟是什麼模樣？從單純的茨廠街到販賣文化形象與物資的唐人街，其中導致此一重大變遷的原因為何？作者皆沒有著墨[41]。單薄的空間符號，在時間甬道的移動中，實在喚不起我們的歷史想像。如果作者讓都市環境的整體生活經驗，介入到茨廠街的生態結構裡來，則能深化街道空間的討論層面。

上述幾位詩人繞著「唐人街」的議題，提出許多情感與理智的辯證，但他們對茨廠街的地方感之經營，還缺少兩種「活」的元素：（一）足以構成旅客眼中的唐人街文化景觀——那是茨廠街的文化特質；（二）街道的立面樣貌——這是細部的軟體（人事）與硬體（店舖）的記述。

段義孚認為：「一個城市經由禮俗、節慶的規模與隆重來提升本身的吸引力」[42]。一條街又何嘗不是如此，茨廠街的華人文化特質，除了常駐的物質條件，還需要節慶來強化它的體質。

田思（1948-）的〈茨廠街中元節〉（1995）首先替這條色澤沉重的街道添加了活力，「節慶」主題架設起地方感的全新內涵，使我們再次回到唐人街的思考天秤上：「在流行曲卡帶的震耳聲浪／與烤肉乾熱煙的夾縫中／拐入李霖泰菜市場／乍見路邊的龍柱香裊裊繚繞／三角旗在煙灰中獵獵飄揚／擠滿人潮的市場後空地／以汗酸和銅臭堆砌一個「盂蘭勝會」／罔顧許多車鏡上貼著的「三萬」[43]／入夜卻驚覺這裡竟成了戲園／粉臉花旦在麥克風下高唱粵曲／低音吉他取代了沙啞的革胡」[44]。讀者的視覺在華人民俗文化的節慶空間裡緩緩移動，作者捨棄「熱鬧」、「喧囂」等交代性詞彙，用官能寫實的白描筆法，將白天的盂蘭勝會和夜晚的戲班子演出，鋪述得十分熱鬧。「李霖泰菜市場」是一個重要的情事

---

[41] 即使唐林在〈茨廠街的變調〉裡，也同樣沒有交代何以變調，所變者何調。這關乎創作者在構思時的縝密度與企圖心大小的問題。

[42] 段義孚〈地方的塑造〉，收入季鐵男編（1992），《建築現象學導論》，台北：桂冠圖書，頁 183。

[43] 「三萬」（saman），意即交通違規的罰單。

[44] 收入陳和錦編（1996），《南洋文藝 1995 詩年選》，吉隆坡：南洋商報，頁 25-26。

節點（node），是茨廠街最大的人情聚集處，它構成街道空間的方向感基準。我們沿著作者的詳盡敘述，穿過聲光和香氣，一切都非常具體，尤其「拐入李霖泰菜市場」再走到「市場後空地」，視覺的推移讓整個街道空間很有方向感和現場感，街景層層疊疊卻有井井的條理，人聲變化中又有聽覺與視覺的交替，入目的訊息組織成一套相當完整的，屬於華人節慶文化的符號系統。

除了空間結構，另一個值得關注的是「音景」（sound-scape）。此詩的聽覺內容十分豐富，包含了常態的流行音樂和叫賣聲，節慶的花旦粵曲和低音吉他，在敘述進程中粵曲是深受流行樂和叫賣聲前後夾擊。至於那個取代沙啞二胡的低音吉他，則意味著傳統藝術的異化與質變。然而，危機往往被節慶的庸俗視野包容成合理的變革。

這種特殊活動的感覺方式是社會性的，不僅僅是個人的觀點，在一定程度上，這首詩填補了前述幾首詩在文化特寫上的偏失。不管從哪個角度去檢視，茨廠街終究是一條「絕對唐人」的街道。

論述至今，茨廠街的立面樣貌依舊模糊，主體情感往往隱沒在客體現象背後，這個書寫上的失衡，直到方路（1964-）先後完成三首茨廠街組詩之後，才廓清了茨廠街的生活情態與立面樣貌。

方路的語言擅長於古老事物或舊日情懷的經營，他總能夠輕易地將感情的附著在事物或地點上面，這麼一條百年老街，正是供他滋養情感、大展身手的所在。但方路的茨廠街系列並不是一蹴而就的，前後三年間，一次又一次擴充他的書寫規模與深度，形成一種有人情和生活氣息的地方感。

茨廠街應該有它獨具的、特殊本土風格的生活感覺與社群經驗，透過方路的體悟與揣摩，它變成一種似幻似真的住民生活。似幻，是因為語言的朦朧感，以及跳接、留白技巧的大量使用；似真，則基於空間質感的成功捕捉與營造，加上人物的特寫確有其獨到之處。方路的〈茨廠街〉（1997）算是暖身之作，他攤開茨廠街的時間地圖，神入（empathy）其中，去感受遺留在某些角落裡的痕跡。這首詩呈現一股有別於前述詩作的寧靜感，主體融入客體當中，主詞（我）亦消隱到敘述的背面：

一些過時的窗　堅持站在那裡
把時間也站成自己的庭院

仔細凝視
四周還掉下許多回音
撿起來是燙燙的往事
…………
有時裡面擠出一些光影
黑暗中老人在擦亮火柴
擦亮歲月的臉廓　點上生鏽的煙味[45]

這裡只有過時的人、事、物——黑暗中的老人、微亮的火柴、生鏽的煙味；以及衰老的時間——過時的窗、回音、往事。他企圖採集一些可供回味的素意象、舊感覺，形塑出茨廠街住民的生活感，樸樸素素陳陳舊舊，像一部線裝的宋版古書。他把「街上的喧嘩」，「交給闔眼的窗／安撫」，分貝下降到靜音的水平，於是我們讀到彷如無聲電影的氛圍。其他書寫茨廠街的詩作都焦聚在「空間」的熱鬧感，方路卻把「時間」牢牢抓在手上，再加上「住民／人物」的形塑，打造出具有舊時代味道的空間質感。

「舊」，真的是茨廠街全部的空間質感嗎？

從地方感，我們想起與其緊密相關的「場所精神」（genius loci）[46]，它包括了環境的品質情趣、性格、氣氛，李偉（Lewis, P）認爲某些地方有種無法觸摸的品質，令這些地方顯得特別，而値得護衛[47]。正因爲茨廠街値得護衛，所以它値得一寫再寫；而茨廠街的街廓地景，卻無形中限制了書寫的向度。方路感受到並加以詮釋出來的，是茨廠街某種不可觸摸的、陳舊的生活質感，以及介於樸實與廉價之間的文化性格（方路選擇了前者），它可算是地方感的內部組織，而喧囂的部分則是外部組織。佈滿時間皺紋的舊感覺，是茨廠街較迷人的部分。

---

[45] 《星洲日報．文藝春秋》，1997/09/14。

[46] 「genius loci」（或譯作「場所精靈」）是羅馬人的想法，他們相信每種獨立的本體都有自己的靈魂（genius）、守護神（guaraian spirit）。這種靈體賦予人和場所生命，自生至死地伴隨著，同時決定了他們的特性和本質。他們認爲和生活場所的神靈妥協，是生存最主要的態度，其實就是依照場所的天候及地理條件來生活。這種場所精神不但保存了生活的真實性，也飽含地景藝術的創造因子。

[47] 見 Lewis, P. (1979). ‘A Sense of Place’. *Southern Quarterly,* 17. p.27.

在〈茨廠街習作〉（1998）裡，方路安排了一場襯底音樂式的雨景，細膩地籠罩著娓娓敘述的詩句。全詩五十行，共分六節，句子像雨線般，長長短短稀稀疏疏，而作者輕描淡寫的筆觸看似蜻蜓點水，卻又把自己淋濕，潛入雨景之中：

雨比我先來　其實雨在我的前生
已來過

落在街上　小攤口　人群
舊牌樓 盲人的拐杖上

我站在雨中　街道上的眼睛
都向我靠攏　其實他們在我來之
前早已這樣靠攏[48]

這是第一節的完貌。敘述主體佇立於雨中的茨廠街，他沒有刻意預設任何視野，反而帶著一顆感受的心，在街上看雨，看雨落在小攤口、人群、舊牌樓和盲人的拐杖上。鏡頭安靜地移動、跳躍，從籠統的人潮景象到建築與拐杖的特寫，短短兩行，鏡頭裡的詩意卻十分飽滿。「其實雨在我的前生／已來過」，作者用很唯美的手勢，把雨和雨中的茨廠街推返歷史的初期——我的前生，也是所有讀者的前生。在前生，茨廠街就已經是這副模樣。描寫人潮的蝟集，他的寫法也很唯美；先說「街道上的眼睛／都向我靠攏」，再用「其實」兩句來個大轉折，把當下的、偶然的靠攏，擴大到本然性、本質性的靠攏。這兩個轉折非但拓寬了地方的歷史感，更把個體的地方感提昇成住民（店家）和路人的集體記憶。

方路接著在第二節提到「花燈　酒醉的漢子／在街道躺成潮濕幽靈」，很含蓄地暗示了情慾潛藏的狀態[49]。「潮濕幽靈」——道盡了醉漢的內心的頹靡和形軀的落魄。像幽靈——看似存在卻不存在；且潮濕——外部潮濕是否意味著內部長菌？這麼一個空洞、潮濕的所在，難怪第三節會出現如此聳動的街道生態評

---

[48] 《南洋商報．南洋文藝》，1998/06/13，以下所有〈習作〉之引文出處皆同。

[49] 相對於唐林隨筆寫成「三五個旅店買春出來的男人／喋喋爭辯自己才是好漢英雄」（〈變調〉），許裕全直接道出「但自從過境的流鶯，夜夜／棲宿枝頭啼叫春色」（〈KL詩人〉），方路的花燈和醉漢，確實來得含蓄且無損其詩意。

鑑：「在這裡適合流浪　狗也這麼說的」。所有路過的行人，在作者眼裡都是「遊民的後裔／或者只是一隻隻看慣人間冷暖的／狗」。流動的、不安定的因素，本來就是街道的生態結構，茨廠街當然依賴路人的流動和停佇（消費）而存在。

走累了也看累了，方路在第四節坐了下來，「我坐下來　那個茶餐室已快坐了／百年」，品嚐咖啡店裡太濃的歲月。除了形同蛇足的第六節，我們在第五節看到一則重要的描繪：

> 蹲在街上賣蓮花　掛上幾塊鹵味
> 街上行人　走過鋪上紅色的齒磚
> 走廊[50]

「重要」指的不是蓮花或鹵味，而是走廊地板「紅色的齒磚」。我們不妨回顧上述幾首詩，他們皆不曾明確地描繪過街道建築，詩人之眼何嘗會去留意人行的地面。「瀝青」已經是都市詩道路書寫的陳調，唯獨本詩的「紅色的齒磚」一新耳目，讓我們在腦海裡拼出走廊的樣子——紅色的地磚以鋸齒狀的邊，相互咬住。而行人、醉漢、攤販、蓮花、鹵味、龍眼、冷刹、葡萄牙燒魚、卑梨．肉粽、音樂攤、豆腐花、執法員和雨，林林總總的事物全都附著在齒磚走廊之上，它——儼然就是整個街景／畫面的底色。

這首詩流露出特殊的感覺方式，雨景豐富了茨廠街的地方感，如默片的靜音敘述取代了我們早已讀膩的喧鬧，但人物的形象與街道的立面樣貌仍舊是模糊的，而且隱隱迷漫著一股飄忽與疏離感。其主要原因是：茨廠街不是一個社區，而是一條街道，它的住民組織原則上並不存在，取而代之的是傳統商圈的作息生態，所以疏離是難免的。我們甚至可以這麼說：飄忽與疏離正是茨廠街的場所精神，基於它的流動本質，所以不斷驅逐在此停佇的心靈；狹長的舊式商圈之地形，更讓它的硬體發展停滯在歷史印象的宿命之上。長久以來，茨廠街的場所精神守護著、禁錮著這個街道空間的古老特質。

除了感覺的特質，茨廠街的視覺內涵其實也很豐富。段義孚認為當我們「注視一方全景時，視線只會駐留在我們感興趣的點上，每次停頓都充裕得足以產生地方意象」[51]。是的，這麼長的一條茨廠街，如果我們匆匆瀏覽，頂多看到川流

---

[50] 《南洋商報．南洋文藝》，1998/06/13。

[51] 《建築現象學導論》，頁 173。

的人潮與擁塞的車陣、聽到高分貝的噪音、感受到如夏的高溫。其實佔據視線很大面積的，是那紛亂的店舖招牌，以及店舖裡的人物生態（如果我們停下腳步細心觀察的話），它們都「足以產生地方意象」。

在方路的〈茨廠街店舖之書〉（1999）中，居然出現——廣耀興海味行、麗豐茶冰室、詩奇影相、南隆、添煺商店、廣彰金鋪、風月酒家、天如油燭紙料等八家「唐味」十足的華人店舖。這麼一羅列，立即架構起茨廠街粗略的立面樣貌。當然我們不能苛求詩像電影或照片一樣，一柱一瓦地勾勒出街道的建築形貌與色澤，不過這八面招牌在腦海中一字排開，已經大致廓出街景的影像，以及我們的視覺脈絡；再加上各店舖的內部描述，這已經是所有茨廠街詩篇裡最立體、最具有地方感的摹寫成果。

這首詩分八節，每一節特寫一間店舖，形同茨廠街不同時間與位置的橫切面。也許我們會忍不住婉惜：爲什麼方路不用連續性的時間和動線穿越這八家店舖，從早晨到夜晚，圓滿地組合出茨廠街的縮影模型。

無論如何，我們還是在「店舖浸了海水」的廣耀興海味行聞到沽售的魚腥，看牠如何「想從前潮濕的體味」；在賣鳥獸的添煺商店，看到客人「把自己的嘴巴　貼在籠子邊／彷彿在灑好的飼料味裡／找到自己適合的胃口」，享受著閒適的黃昏；在麗豐茶冰室的外頭，則目睹了「載冰的三輪車推到前面　掀開麻袋蓋住的／早晨」，接著是「搓麵的小販／也開始搓著自己／駝背的影」，掀開辛勞的清晨；在風月酒家聆聽「六十年代的風鈴」，「找回自己熟悉的／舊口味」，往窗外望去，則見南隆的「廣告招牌給風雨掛斜／豎立在很老的石柱上」。在最後一節的天如油燭紙料店裡，談到「老街的天氣」：

悶熱得像穿緊身衣的
女子

添油買紙的顧客走進門檻
過時的三寸金蓮
彷彿還站回樓板上
唱幾段老粵曲[52]。

---

[52] 《星洲日報．文藝春秋》，1999/06/13，本詩引文出處皆同。

方路對悶熱天氣的妙喻，十分傳神；這種販賣油燭紙料行業，也真像極了「過時的三寸金蓮」。而這一節敘述本身就是一段餘韻繞樑的老粵曲，充分顯現了構成地方感的感覺元素——落伍且陳舊。我們回顧上一段的引文與論述，八家店舖的生活情態各具神采，全是既寫實又細膩的人物特寫，包括了謀生的情況、消費的舉止、懷舊的心情、老石柱上的招牌、過時的行業，這些都不全然屬於自主心靈的虛擬圖象，方路在茨廠街進駐了感情，張開了慧眼，卻能讓影像自己說話，道出茨廠街的生活內涵，並且在整個馬華新詩的茨廠街書寫行為中，填補／建構了僅有的商店之立面樣貌。

雖然方路沒有將茨廠街置入整個吉隆坡的社會涵構中，彰顯它的老舊，討論它的感覺結構。我們甚至可以這麼說：他一開始就將茨廠街從大環境裡抽離出來，然後用身歷其境的心態（甚至神歷其境？），去感受、詮釋它本身蘊含的地方感。其次，由於方路不是匆匆路過的瀏覽和速描，而是較長時間（文本時間）的停佇，心靜之故，所以街道的空間結構相對寧靜——準備營業的清晨、賞鳥的黃昏、打烊後的夜晚，或選擇消音的雨景、封閉在老店裡的情境。方路極力避開尖峰的喧囂時段，不然就把鏡頭鎖定在局部街景，括弧（bracket）起紛亂的現象，存而不論。這是方路茨廠街系列的寫作策略。

上述十首約三百行的茨廠街詩作，可以說是一場相當成功的「造街運動」。每一首詩都是茨廠街的一個路段，一路走來（讀來），我們目睹了茨廠街的喧囂與寂靜、常態與節慶、唐人街的內涵與爭議，以及川流不息的車潮和人影，其中有概念性的交代，有詩化的心境與神情。這個近乎全方位的影像建造，以及地方感的經營，使茨廠街成為亞洲現代漢詩中最突出的街道影像。

三、意義鏈結的向度：文人情懷與生活隨筆

原則上街道的論述勢必與都市主題脫不了關係，街道的視域延伸自然是商店、大樓、工廠等內部空間的消費、生存情態。其實在亞洲現代漢詩的街道書寫中，仍有許多非常個人的情緒與情懷，游離在街頭巷尾，與都市詩維繫著若即若離的關係。本節以街道作為主客體之間的化合媒介，將依附在街道上的文人情懷、生活隨筆、社會／政治活動等元素，一一「鏈結」到街道書寫的主架構來。這此一來，更能深入觀察在都市詩僵化的空間書寫以外，主題創作之餘，詩人以

生活之眼所看見、以平常之心體驗到的街道面貌。

亞洲現代漢詩的街道書寫，當以文人情懷和生活隨筆爲最大的鏈結主題[53]。這個觀察結果讓我們了解到：一條街道除了承載制式化的空間符碼（如第一節），以及地方感和感覺結構的形塑之外（如第二節），它還有許多的可能。或經由敘述主體的主觀詮釋而產生特殊意義，或者成爲詩人本身的生活情調與雜感之載體。前者最有名的例子是台北武昌街的特寫，老詩人周夢蝶和他的舊書攤，往往成爲必然的街道地標，武昌街幾乎是基於老詩人的存在而獲得被書寫的價值。雖然在吉隆坡讀不到這樣的街道，但文人情懷的鏈結，讓馬華新詩裡的街道書寫產生另一番形貌。

方昂（1952-）的〈茨廠街——給傅承得〉（1997）根本就是一首借題發揮的詩作。我們不必求證於作者，是不是詩人傅承得路過茨廠街的身影誘發了詩興，才賦詩一首以贈友人。重要的是方昂如何借路寫人：

想起鷹搏長空……

想起遮蔽長空的煙塵
想起煙塵裡愈高愈近虛空的都市摩天大廈
想大廈蔭影下匍匐而過的都市人
想都市來去，你那容易受傷的黑布鞋
想敏感的黑布鞋踏過茨廠街的坑坑洞洞
想茨廠街頭賣刀有夢如刀的
一介書生

想起鷹搏長空九萬里……[54]

好一句「想起鷹搏長空」，在以茨廠街爲題的詩作前端，能產生像「黃河之水天上來」那種臨空而降的驚訝感，使我們期待中的空間描述變得不可預測，飽滿的聲情高高揚起此詩的氣勢。然而豁然開闊的鷹揚視野，在「煙塵」裡驟然暗了下

---

[53] 隨手拈來的作者有台灣的周夢蝶、葉維廉、張默、辛鬱；中國的侯馬、葉匡政、藍藍；港澳的飲江、智風、葦鳴；馬華的方昂、傅承得等多人。尤以台灣和中國爲大宗。

[54] 《星洲日報．文藝春秋》，1997/11/16。

來，摩天大樓使勁支撐著天地，它那宏偉且深具壓迫性的體積，壓得都市人不得不匍匐而行。忽而高樓忽而行人的鏡頭變化，大大充實了此詩的空間感。接著轉焦到「敏感的黑布鞋踏過茨廠街的坑坑洞洞」，我們幾乎可以感受到詩人腳下的脆弱與敏感，然而他的步伐卻是那麼從容且不懼，無畏於不適和可能的傷痛，毫不介意地踏著坑坑洞洞，在都市陰影底下來去。如此一介書生走在茨廠街，隱然有一襟入世又不拘，過污泥卻不染的氣度；有夢如刀的一介書生，就在方昂筆下走著，在作者的意圖語境裡如「鷹搏長空九萬里」，而讀者的心理語境同樣是「鷹搏長空九萬里」。

要充分感受這首詩，必須借助許多外圍文本——本文第二節所引述的諸首茨廠街詩作，在腦海中自行架設起擁亂的街景，再讓書生和黑布鞋朝著我們走來。因爲這是一首借景寫人的詩作，人景之間的比例要拿捏得十分準確，好讓茨廠街作爲回憶事件與詩人形象的載體，鏈結到文人情懷的層面去[55]。

游川（1953-）則寫了一首〈我在秋傑路看見繼程走在人潮裡〉。秋傑路與繼程法師的組合，會不會是一場異質空間與出世僧人的對峙？這首短詩只有十二行，游川卻花了十一行來寫入夜的秋傑路，有印尼小販跟馬來小販在起衝突，有回教堂的禱聲在空中堅持掙扎著方向，接著游川便陷入夜市書寫的亂象模式當中：「人潮聲叫賣聲車聲流行歌曲聲／伴著烤肉香炸香蕉煎魚香／和庸俗的脂粉香／隨風撲去／跟那和尚撞個滿懷」[56]。「撞個滿懷」是衝突，是前面十一行亂象與和尚的文化衝突。但游川沒有將之擴展開來，也缺乏後續情節的發展線索，和尚對秋傑路的感受如何，我們無從猜測。想必是游川在秋傑路看見繼程走在人潮裡，覺得突兀，然後用詩把畫面記述下來。但這種寫法反而令人覺得游川原想營造一個多重詮釋的，即入世又出世的「僧人行街圖」，任那亂象把讀者撞個滿懷問號，而詩的題旨就在問號堆裡尋找。可是這首詩主體情感的投射並不明顯，很難找出可靠的詮釋脈絡。

曾經在前一首詩裡頭，穿著敏感的黑布鞋踏過茨廠街的傅承得（1959-），在〈午後四點過古晉路〉（1990）的時候，流露出一股異於路過茨廠街的閒暇之情：「這時刻的吉隆坡／雨洗之後，灰塵很少／一條游魚／滑過快樂的街樹／還有安

---

[55] 正因爲如此，此詩沒有納入第二節的討論範圍。

[56] 收入社編（1991），《千帆過盡》，吉隆坡：南洋商報，頁 11。

安靜靜的高樓／／夕陽躺在回教堂塔尖／水珠仍在那裡閃爍晶瑩」[57]。這幕清新得令人感到陌生的雨後街景，在都市詩裡很少見，尤其是午後四點的繁忙時間。大雨之後，被刷洗過的空氣和心情，讓詩人享受到一刻如魚悠遊的閒適與寧靜；加上一顆躺在回教堂塔尖的夕陽，整個畫面產生迷人的質感（地方感），像一則短短的生活隨筆，即真實又虛幻。真實，是基於時素（午後四點）與地素（吉隆坡、回教堂塔尖）都很明確；虛幻，乃因爲太過閒適的心情，讓刻板印象中的街廓市容顯得很陌生。主體意向投映在吉隆坡的街道上，成就了這幅「辭與意會，意與景融」的，現代都市的清悠水墨。詩人如魚，夕陽跟水珠同樣晶瑩。

三個月後，當傅承得在〈黃昏路過敦依斯邁路〉(1990)時，卻是百感交集，滿懷的悠遊與從容刹時散盡。他目睹了長長一列板牆圍住的貧戶和衍生的社會問題，相對於路過的馬賽地（Mercedes-Benz）的防彈玻璃，貧富之間的對照與隔絕令詩人感到不平，不平則鳴：

偶爾，脫落一兩片木
立在雜草與積水中的破屋
覷見光耀滿路的銀花火樹
以及碩大無朋的廣告看板
　　熱愛馬來西亞！[58]

像一根穩定的手指按下快門，力求平和的語氣客觀地揭穿「熱愛馬來西亞」背後的殘酷事實。無人理會的貧瘠在偉大慶典的堂皇口號中，衝撞出強烈的嘲諷。傅承得在敘述進程中，依舊有效把持住情緒，將唯一出現的「！」安排在歡呼的位置上，由前述九行逐行累積下來的訊息，將歡呼的「！」自行轉換成悲嘆。文人對社會的諸多不平，也只能如此洩忿和抒懷了。

就馬華部分而言，這類型的詩作其實不多，能鏈結的主題也有限，所以才珍貴。

小　結、一條街道的讀／寫成果

即使不另行鏈結，「街道書寫」在馬華都市詩裡也算是大宗。

---

[57] 傅承得（1995），《有夢如刀》，吉隆坡：千秋出版社，頁 47。

[58] 《有夢如刀》，頁 59。

從「河流／車河」譬喻系統的實踐程度可以得知，在普遍意義的街道書寫上，馬華詩人沒有開發本身的技巧和視角；若跟台灣、中國等地的前驅詩人的寫法相較，立時暴露了高度的同質性（在此恕不例證）。這類模式化的街道讀／寫活動，實在令人擔憂。

所幸，馬華詩人對某些特定街道的關懷，無形中累積／儲蓄了一大筆文學資產。尤其茨廠街全方位的地方感之形塑，更是獨步亞洲現代漢語詩壇。在其他漢語國家，確實找不到如此集中、立體、完整的特定街道之書寫，這是馬華都市詩最有價值的部分。

最後，本文鏈結了文人情懷和隨筆的街道書寫，從側面豐富了此一主題的內涵。不過，還是有幾首涉及色情問題的詩作（花街之類），無法納入討論，只好留給下一篇有關都市消費文化的論文去處理。

原發表 1999

從遮掩到裸裎——馬華情色詩初探

＊張光達

1．甚麼是情色／情色詩？

情色（erotica）與色情（pornography）的分別，在於前者是兩性心理的複雜渴求透過性慾的表現，達到一種兩情相悅的程度，而後者純粹是兩性交歡的暴露畫面，沒有任何心理起伏的狀態可言。以如此簡易分明的定義引申出去，所謂的情色詩，傳統的說法是情詩滲入性慾和身體器官的描寫，比如美國詩人惠特曼（Walt Whitman）著眼於身體各部分的描寫，並渲染情慾的起伏波動，透過情色的畫面而產生美感[1]。在九〇年代世紀之交的馬來西亞，工商業文明的蓬勃發展，資訊媒體的影響無遠弗屆，地球村的趨型若隱若現，電子媒體無孔不入，現代文明正面臨空前的考驗。處在這樣瞬息萬變的時代格局當中，因此本文所指稱引用的情色詩，除了以愛情和性慾交織爲經緯的傳統的性愛詩，也涵蓋了那些涉及性行爲、性器官、感官刺激、肉體享樂等題材手法的詩，它可以是情詩，也可以不是情詩。對馬華文壇來說，將愛情與性慾熔於一爐的情色

[1] 在文學裡，情色與色情的概念並不截然界分，前者通常指 erotica，具有感情滲透情慾或身體感官的描繪特質，而後者則指 pornography，純粹的性器官或性暴力的展現。但也有人把 erotica 稱爲「唯美色情」，把 pornography 稱爲「暴力色情」，比如廖炳惠在〈色情文學：歷史回顧〉一文中便說：「暴力色情文學是刻意誇張性能力或器官，表達出某種性別（通常是男性）的濫用力量，去侵犯、強暴、侮辱、醜化另一個身體。唯美色情文學則把性器官視作身體與另一個身體達到圓滿溝通與解放的媒介，因此把作愛與愛撫鉅細靡遺的描繪，但始終保持身體的神秘、美妙，而且往往在色情之中透露出某種意識。」但他也同時認爲很難對這兩個文類作出涇渭分明的定義。廖炳惠論文見《回顧現代》，台北：麥田，1994，頁 269-273。

詩，雖然數量不是很多，但也有出色的表現。探討馬華情色詩的論述文章，就筆者的記憶中，似乎還沒有人以學術性的角度來處理過，馬華文學有成績可觀的情色詩而沒有論情色詩的評論文字，除了與馬華文學的評論風氣低落有關外，最大的原因乃是馬來西亞社會普遍上的傳統保守觀念，很多人還無法認同接受性觀念拿來公開討論，甚至很多作家也把情色和色情混爲一談，把「情色文學」當做單純的色情文字來看待，擔心這些文章會毒害青少年的思想意識。

的確，文學作品中的情色畫面包括了社會人士所暢談的帶有罪惡墮落的性慾舉動，尤其是衛道人士所憂慮和不齒的性愛挑逗，但它卻絕不只是這些表相門面的膚淺功夫，除了罪惡與墮落，情色文學所表現的旨意還有借色情的黑暗面來做反面教材，表達野性另類的美感，企圖顛覆權威中心體制的壟斷局面。透過情色書寫，詩人表現出一種生機勃勃的創造力，愛的熱情於坦誠中爆發，成爲個人或集體的心理慾望。如此的情色詩的飽滿含義，正是本文所著眼和嘗試加以討論的方向。以這樣一個廣義的角度來探討情色詩，會令我們更容易掌握詩人的書寫動機，觀察詩人們如何從傳統社會的性禁忌的遮掩閃躲過渡到近年的性觀念開放後的門戶大開，進而把情色赤裸裸的呈現出來。

2·政治隱喻的策略書寫

詩人書寫情色，以性愛和色慾爲題材，其出發點並不在於渲染色情、玩弄性事，更多的是在詩中表達道德良知的醒覺，或是對道德禮教世俗觀念的反駁。寫造愛的題材，卻頻頻在詩中顧左右而言他，大談關於社會問題和人權平等的政治制度，造愛或情色的議題只是一個幌子，詩人要批判的毋寧是平日現實社會中的一些敏感課題，卻只能藉造愛的隱諱／隱晦性質和社會禁忌來透露另一個現實社會的政治禁忌課題。詩人方昂展現其一貫嚴肅而不失詼諧的筆觸，寫下〈繼續造愛（淨版）〉，且看此詩第三、四節：

是的，關於平等的問題
棕皮膚在上，黃皮膚在下
誰，在欺壓誰
兩情相悅是造愛唯一的姿態
至極端的也得在寒夜尋求一溫熱的肉體

唯有造愛才能塑成完整的自己

是的，關於日益壯大的頹廢
在個性慣常早洩的今天
在自我已經陽痿的世界
獸性的激動提升　精緻的悸動
模糊的，形而上的，哲學的揶揄
在勃起中重塑夭折的雄性[2]

對詩人來說，造愛與華社困境的壓抑陰影已經融合爲一，一切在現實中無法實現的基本權利和身分屬性，只有遁逃去造愛的交媾裡得到補償與自我慰藉。詩人在「自我已經陽痿的世界」，因爲政治權力運作的不公平分配、自我隨時面對文化屬性和身分認同的焦慮危機，其中的心態扭曲成爲對造愛的無限佔有慾，企盼在「勃起中重塑夭折的雄性」，最後達到可能的臨界點，在高潮中大聲疾呼所有同路人：「造愛吧朋友，繼續造愛／乘造愛的意義還未模糊成隔夜的精液／且回到床上，在高潮之前／自慰：造愛是示愛唯一的方式／靈魂需要肉體的高溫融成一體／床褥的呻吟勝似戰場的呻吟」[3]。這首詩以造愛的情色舉動來反諷政治權力機制，對不公不義的國家政策提出抗議，情色在這裡卻成爲真理的代言人，正是我所謂的以情色手段來顛覆政治霸權的詩例之一。

另外一個詩人楊川的〈地獄變〉則透過求愛交媾的情色話語策略，來彰顯詩人自身對馬來西亞這塊土地的熱愛，雖然這個親愛的國家給詩人帶來重重的困惑傷感：「悄悄睡去／愛並不存在於交媾的慾望中／那晚上／誰在我睡夢中啄食那片暮色／沮喪的靈魂甚麼都不是／我高舉的山巒戀綣對岸的男子／透明是必須交還給顏色／無須悲哀或者／詫異／放肆的晃過空蕩的山徑／聽嬰啼的傷感／儘管骨骸繼續被想象捏碎／但請不要憤怒／不要掀起淪陷的記憶／不要遊行示威，或者／絕食抗議／在吻與吻之間／各自依偎在彼此的體溫吧／然後申請求愛的法定手勢」[4]。對情色性愛的困惑如同對國家政治體制的困惑，其中

2　《蕉風》427 期，1988/11,12，頁 50。

3　《蕉風》427 期，頁 50。

4　《南洋商報・南洋文藝》，1991/01/24。

的矛盾心態殊無二致，國家的動蕩不安局勢在詩人一再「不要」的期望聲中，生動委婉地表達出一種欲迎還拒的愛與不愛煎熬心理狀態，楊川同方昂的詩一樣遁逃到睡夢中、吻與吻之中以及彼此求愛的體溫裡去，如此的語言策略不只凸顯了政治的荒謬情境，也同時顯露出性愛情色的更加實質感和可靠性。

3．遮掩婉轉的情慾訴求

描寫情慾的詩歌和文章在一個性禁忌和保守傳統的國家社會裡，通常都以一種遮掩間接的訴求語言來呈現，一方面避開遭受衛道人士的責難，另一方面也爲詩歌意境的氣氛感覺鋪上一層神秘美感。張永修的〈化石魚〉寫一個「如魚得水」般的愛情，其中的愛慾纏綿婉轉的以一尾化石魚來傳達：

我在你赤裸的泥裡
掙扎成脫水的魚
吐納著生生死死的唾液
多想啊你覆蓋著我屍體的手
是水，撫我，淹我
以你所有的無情，守候
如墳上的墓碑
萬年以後
你我二合為同色的雕塑
竟難分難解
你當年的溫柔今日的頑固[5]

如此深情的難解難分，間接宣告至死不渝的愛情觀念，以魚和泥水的相濡以沫來交代出生生世世的定情，其中的性愛動作退爲隱約的層次，但讀者還是可以在充滿愛慾纏綿的詩行中強烈的感受到情色性愛的慾望。

陳強華的〈都是貓惹的〉則藉貓的行動表現來探討情慾的心理狀態，在詩行中貓的慾望也就是詩人／敍述者的慾望：「突然有火花在心中迸射／我是貓／跳出／伏下來怒視著黑夜／前方是飄浮的螢火／逗引著我／這個世界虛幻如

---

[5] 《蕉風》448 期，1992/05,06，封面內頁。

雲絮／而確實有／有說不出來的／如肉裡的細胞／蹲伏在心臟／靜默地／瘋狂地／卻圍困那顆火熱的心」[6]。一隻貓撩起的情慾令敍述者也隨著蠢蠢欲動，靜默和瘋狂兩面矛盾的心理掙扎，焦慮的心開始燃燒火熱。貓在西方文學傳統中多比喻爲性愛的象徵物，波特萊爾數首以〈貓〉爲題目的詩對此有令人激賞的發揮，詩句裡的貓容或沉默神秘之感、叫聲柔和幽深、傾訴仰慕之情、美眸和身段的視覺聯想，火熱的觸發感官氣氛，皆與情色和性慾有不可分開的關係[7]。失眠的人移情爲失眠的雄貓，對貓的神秘矛盾個性勾起詩人左右爲難患得患失的心情，因爲詩人面對著心理訴求和道德觀念的兩難折騰。陳強華寫雄貓的心聲：

這時候失眠
難免有些尷尬
鼓脹的慾流衝上咽喉
火熱的舌尖想席捲甚麼？
不禁挑剔起蚤子
撕裂夜紗，以銳利的趾爪
癢，癢，癢

隱匿在樹梢的月啊
為甚麼不沿著夜的背脊滑下呢？
響著煩躁的熱帶天空
緊貼著屋脊，有人問起
Mahu, tak mahu？[8]

馬來文的擬聲擬義頗貼切的表現出貓擺蕩在要不要性愛或現實需求的矛盾情境中，如此的困境也是身爲詩人的陳強華以及所有的馬來西亞華人所共同面對的

---

[6] 陳強華《幸福地下道》，吉隆坡：大馬福聯會，1999，頁 64-65。

[7] 詩人白靈在《一首詩的誕生》一書中也點評波特萊爾三首以〈貓〉爲詩題的作品，著重在貓的主意象與感官特性分析，與本文的側重點不盡相同，讀者可自行參考比較。白靈著《一首詩的誕生》，台北：九歌，1991，頁 171-172。

[8] 《幸福地下道》，頁 63。【編按：馬來文「Mahu, tak mahu?」意即「要，不要？」】

兩難。同貓的西方傳統象徵一樣，月亮也是情色詩中所常被引用的主意象之一。月亮的完美聖潔形象在文學家的筆下竟成爲性事交歡的象徵物，表面看起來很奇怪，其實認真思索是有迹可尋的，把月亮和性事拉上關係，因爲月亮盈虧與女人的月事有關，而在保守傳統的思想觀念裡，女人做愛懷孕都與月亮的上弦下弦有著極大的關係，男女做愛也被西方激進的女權運動人士當做是男性侵略女性的暴力手段。這一類以月亮或貓叫的情色詩在西方極爲普遍，在文學史的累積發展之下，隱隱成爲一脈相承。而在馬華文學，情色詩還不算非常普遍，以貓和月亮爲性慾主題的詩，數成績最可觀的詩人要推艾文在七〇年代出版的詩集《艾文詩》，詩集中有很多首詩觸及病態隱晦的性愛，並採用大量的月亮／圓月和貓的陰森詭異氣氛來表現。關於艾文在六〇、七〇年代的現代詩的情色性質與時代意義，我將會在另一篇評論文章裡對這一點深入的探討，這裡暫且略過不談[9]。

4．文明與自然的性愛辯證

情色的體驗範圍即是肉體上的，也是心理層面上的。大部分傳統的抒情詩或情詩，把男女交歡愛撫時的慾望訴求壓抑在語言表相的背後，尤其是在肉體上的生理需求，更加被作者有意避開不談，只表現心理感情的美好浪漫假面，真正的兩性心理起伏狀況比這些要複雜得多。從情色文學的角度來看，傳統的抒情詩語言無論如何情真意切，山盟海誓掏心挖肺，其實它充滿了虛僞空洞的假道德和世俗觀念標準。美國心理學家馬斯洛（A.H. Maslow）分析愛情的狀況時說：「這種想親近的願望不僅是肉體上的，而且也是心理上的」[10]。也就是說馬斯洛同時承認性愛是包括了肉體和心理兩個層面的意識狀況，一般上無論是肉體或是心理上的慾望，在動情的狀況之中最需要的是撫慰、擁抱、親昵、

---

[9] 關於艾文詩作裡的性愛隱喻與病態特色，我在〈現代性與文化屬性——論六〇、七〇年代馬華現代詩的時代性質〉略有提及，基本上艾文運用超現實語言和感官體驗來處理性愛的題材，形成一種異化的個人色彩，更與傳統中國的象徵符碼大相逕庭。筆者論文見《蕉風》488 期，1999/01,02，頁 95-105。【編按：此論文亦收入《赤道回聲》】

[10] 詳見馬斯洛著，許金聲等譯，《動機與人格》，北京：華夏，1987，頁 214。

示愛等刺激動作，靠著這些條件來尋求快感，繼而達到一種靈肉交融的舒適狀態。快感會帶來性高潮，而對於傳統兩性觀念來說，性高潮與傳宗接代當然是密不可分，這些都是人類生理上和心理上很自然的一部分，所以所謂的情色思想並不是什麼毒藥害物，本來就沒有甚麼好遮掩隱瞞閃閃躲躲般見不得人[11]。我們應該大大方方的表現描寫性愛色慾的語言文字，如果這是與文章內容或題材旨意有必要掛鈎的話，尤其是時時強調表現「真」的文學藝術，更是不必去在意世俗觀念或道德意識。但我們也不得不承認，文學作品既然是某個時代某個時期某個特定社會的產物，詩人作家無論如何灑脫超俗，那個時代的社會輿論和思想觀念或多或少侷限和引導了文學作品的趨勢和表現方式。

方昂的〈大廈 vs.河邊貧民區〉藉男性陽物的隱喻，諷刺了發展蓬勃的現代都市的陰暗面：

高高地勃起
那是都市的雄性
驕傲地抵著天空
宣佈：我
成熟了

他的尿道開始潰爛
梅毒日益擴散……[12]

都市文明的高度發展，一幢又一幢的建築物大廈競相朝著天空升起，這個驕傲的景觀與男性的陽物勃起，展現雄性的風光同樣值得驕傲？詩人方昂的意圖顯然是反面評價，因爲我們只看到男性／都市繁榮的一面，另一面不爲人知的墮落腐敗才是本詩的主旨。這首詩反諷了作爲一個充滿英雄氣概的男人其實也有

---

[11] 當然這是比較樂觀的說法，整個社會主流體制和道德批判依然穩固霸道，性與色情的禁忌污名深透民心，很多時候這些主流的意識形態觀念已經深深內化（internalised）於社會群衆的思想認知，成爲一種不辨自明理所當然的「普遍常識」。晚近的性別論述對這些議題有深刻精彩的剖析和批判，主流思想觀念的合理性和正當性正開始受到動搖。主要專書可參考傅柯著，尙衡譯，《性意識史》，台北：桂冠，1990。

[12] 《星洲日報．文藝春秋》，1991。

失敗黑暗的一面，大廈作爲男性的陽物崇拜情結，自有其象徵隱喻的普遍意義，它在短短數行中鞭辟入裡批判了都市情意結的男性沙文主義，顛覆了男詩人慣常表現的男權至上觀點。

同樣以都市景觀——建築物的意象語來描寫性愛動作，都市的發展和男性的性交動作交替翻騰，頗有電影蒙太奇的視覺效果，這是陳強華的〈震蕩〉：「那些建築／趁著我們睡眠時／明目張膽地勃起／一抽／一縮／緊緊地捶入椰林／一些椰林轉身，逃逸／椰子擊碎夢中的玻璃／想想廣闊的明天／除了歡呼／沒有其他選擇／那些建築／舉起勝利手勢／（你插得太深啊）／把頭挺得更高／閃出初夜的喜悅」[13]。在這裡建築／男性對比椰林／女性，男性的進攻侵略性質與女性的默默接受被動性質成爲一種宿命，椰林代表柔弱無力的女性軀體，對於代表男性的都市建築的侵略性（陽物的一抽一縮動作），她們顯得那麼無助，逃走或歡呼，都是沒有選擇的地步。最後的喜悅勝利是所有男性男權主義的勝利，女性只有淪爲男性的發洩物。這首詩的男性扮演主宰者的角色，卻巧妙的藉都市／椰林（文明／自然）的辯證關係遮掩隱匿了起來，情色的描寫常常不是處在兩性對等的地位，這點尤其在保守傳統的國家社會，女性的身體被佔有，男性處於主導地位，剝削女性的身體自主權。

在詩中描述性愛而曲盡隱晦之能事，都市建築發展侵吞田野椰林的大自然景色，成爲男性向女性性侵略的動作象徵，雙方的強弱實力高下立分，令情色性愛蒙上一層文化控制權爭霸的陰影，無疑是閱讀情色詩一件意外的收穫。除了文明破壞自然的隱喻批判，情色的隱喻也展現在山水的盡情醞釀中，比如張光達的〈山水・潑墨〉：「一場兵荒馬亂／踐踏我不住顫動的胸口／袒露的軀體輾轉成／四處奔竄的山水／／山水中／烽煙四起／花朵飄零／一點點殷紅／是最後一道淋漓盡致的／潑墨／／我在波濤起伏的白床單中／看到他正喃喃捲起／一張揉皺不堪的宣紙／一片片龜裂剝落的容顏」[14]。通過山水畫中的烽煙戰場來映射性愛交歡的激烈場面，渲染交疊性事和戰事的悲壯淒慘局面，到第二節的性事高潮，也就是山水畫的最後成敗的一筆，頗有對藝術感情抱著破釜沉舟的勇氣決心。此詩在描寫情色方面，不免也採取一種遮掩迴避的隱約美感

---

[13] 《南洋商報・南洋文藝》，1998/05/16。

[14] 《星洲日報・文藝春秋》，1991。

來呈現，詩中的山水畫就是表現美感的比喻手段，來達到性和藝術同步同理的目的。

5．靈肉享樂的情色快感

傅柯（Michel Foucault）說：「對真實的肉體享樂感興趣，瞭解它，介紹它，發現它，一心要看到它，講述它，把握住它並且用它去迷住其他人」[15]。由於社會不斷進步發展，傳統的性觀念也不斷受到衝擊修正，造成性在社會層面上不斷被提出來公開討論，報刊媒體也開放對性觀念問題的思考辯論，況且九〇年代的馬來西亞正邁向跨國際多媒體的世界潮流，網際網路電腦資訊時代的降臨更加令人們的傳統性愛觀念受到動搖，人們對性有更進一步的瞭解和新的詮釋，不再以躲閃遮掩的態度談論性和情色議題，男女雙方都勇敢果斷的對性愛暢談感受，對做愛的滿足享樂也不再羞以啓齒，而是如傅柯所言的講述它和把握住它。

看看張光達的〈愛情 1988〉如何講述和把握住肉體的享樂滿足：

在平坦的河床一隅
我們隨著流水
遊魚般滑入對方的體內
複流出體外
就是這般舒爽
雖然水的溫度是冷了些[16]

詩句中帶有一股喜悅亢奮的性生命力，如此自信滿足的做愛講述在八〇年代的馬華詩作中並不多見。這樣的性表達方式更是勇往直前永不言悔的：「你把蠟燭移過來：／一件完美的設計／必須在燃燒中形成／愛也一樣」[17]。蠟燭的陽具象徵並不是獨創，中外的詩人多有觸及，比如台灣的詩人羅智成的名句「一支蠟燭在自己的光焰裡睡著了」。這裡的引述不在於貼切的蠟燭意象，而是性

---

[15] 《性意識史》，頁 63。

[16] 《蕉風》421 期，1988/12，頁 38。

[17] 同上。

愛的動作顯得果斷俐落，性享樂成爲詩的意義核心。

兩性肉體交歡的激烈動作在夏紹華的〈末日前書〉有更直接奔放的描述：

骨骼在煙火裡爆裂的聲響，血，劇痛地狂嗥著
朝向鏽黃色的圓月，而他，遊蕩於她胸脯間的氣味裡
在黑夜猙獰的眼瞼下，用貞操射精，呢喃道：
我們將沿靠單行道遠去，為了叩悼昨日的眷戀
讓我們生個孩子[18]

詩句中的男女敍述者面臨一個歷史性末日沉淪的悲慘局面，在這樣危急淒慘的時候格局當中，造愛卻成了重要的一件事，唯有造愛的痛苦享樂矛盾心態，才能釋放一切重擔，傳宗接代更是性觀念的原始起點，這首詩的科幻語言運作使詩中的性愛描寫顯得詭異而深具爆發力。

夏紹華的〈末日前書〉的語言運作雖然顯得艱深異化，但對兩性之間的情感頗爲看重，字裡行間仍隱約透露感情的真摯保守。當情色的焦點不再凝集於「情」，而只是渲染「色」的誘惑時，性的動作表現得更爲詭異，如沙河的〈舞 2〉：

雄性的火開始在兩股燃燒
大理石地板的反光
在香水味中死去
多麼狡黠的旋律都會死去
當叛逆的酒精在體內計謀著
一張失貞的床
而沿著你傾斜的雙肩
必是我每一寸失守的
城池[19]

這裡詩人要探討的是現代都市資本主義中，軟性娛樂與色情意識的共謀關係，情慾在都市裡每一個空虛寂寞的心靈燃燒，人性存在的迷惘彌漫在每一個外表鬧熱的都市角落，詩裡行間對身體感官與情慾訴求帶有隱約婉轉的批判意味。

---

[18] 《南洋商報．南洋文藝》，1996/04/17,24。

[19] 《南洋商報．南洋文藝》，1996/09/18。

6．身體器官的顛覆力量

情色書寫，女體通常是被動的一方，男性主宰著一切滿足慾望的地位，比如上面提到的陳強華的〈震蕩〉裡男性對女性的性初夜侵略，女性根本沒有發言權，一切全由男性的觀點來看待性愛。但嚴格來說，馬華情色詩的描寫還是相當保守的，至少它在某個程度上還是講述傳統的浪漫情感的，又如夏紹華的〈末日前書〉中還是相當保守的，因爲它在艱澀詭異的詩句裡含有浪漫遐思和傳宗接代的傳統觀念。九〇年代馬華文學出現的後現代風格，基本上已經與上述的詩作有明顯的不同，雖然夏紹華陳強華等人也在詩中描寫情色性愛的激烈畫面。情色詩越來越露骨大膽，性器官不再是寫詩的禁忌題材，詩人正視情色的本質意義，不再理解爲生殖交易的傳統觀念，情色描寫的範圍包括了同性戀、偷窺癖、自戀癖、手淫、易裝癖、受虐／施虐等傳統上被視爲變態心理的戀情。許欲全的〈身體語言〉企圖顛覆傳統的性觀念和道德觀：

> 如果可以，手寧願選擇
> 削掉頭顱戮穿雙眼剁斷二足
> 連軀幹也嫌棄不要
> 顛覆大腦中樞操控的庸俗程式：
> 抽煙、愛撫、自慰、書寫
> 打揖、掌摑、挖鼻屎……[20]

詩人採用庸俗的程式來顛覆虛假的道德意識，用身體上的六個部分去挑戰和挑釁傳統的性愛觀念，以背德來反道德，以猥瑣來反清高，以冷靜的筆觸來解剖現代生活的情色困境，在〈唇〉一節中詩人這樣宣告：

> 唇說：卸下我
> 歇下我善變的糖衣
> 別在你不經意的脖子上，抑或
> 領角小小的腹地
> 這是我今夜盟誓予你甜蜜、堅貞的

---

[20] 《星洲日報．文藝春秋》，1997/02/16。

咒語：讓全天下妒嫉的媚眼

統統缺氧死去[21]

許欲全藉顛覆手法來正視肉體的意義與性愛的嶄新觀念，這首組詩可以情色詩的思考格局來看待，更能夠從各章各節中掌握其深層意義，其中有種種傳統上視爲病態的性愛情慾描寫，如唇裡大但刺激的感官享樂，乳房的享樂依戀，心臟的男同性戀心理錯亂病症，腳的思想和行動的分崩離析，都很自然而然的在詩句中流露出來，仿佛不費吹灰之力。

關於〈身體語言〉的深入探討分析，筆者在〈走出自己的跫音〉一文裡這樣說：「現代人的生活現象和感情性格被長久壓抑，心理上產生一種扭曲，精神上失去平衡，遂產生一種錯亂狀態，女人以性愛作爲填補這些空虛，男人則集體挫敗、萎縮、窘困、變態……。新生代的年輕詩人，身處現代／後現代高度文明的都市情境，面臨台北／吉隆玻滿目虛假墮落的情色困局」[22]。我是這樣覺得這首詩必須透過情色文學的觀點來論述，方能凸顯它的意義。陳雪風在〈讀詩的期待〉裡透過傳統保守的道德世俗觀念來看許欲全這首詩，無怪乎他會認爲整首詩顯得肉麻和低級趣味，掌握不到新生代詩人的後現代語言傾向和情色語言的顛覆意義，更使他失去讀〈身體語言〉的焦點所在，只能夠擺出道德禮教的思想意識斷言許詩粗俗錯亂[23]。〈身體語言〉的詩語言無疑具有後現代觀念的影響，尤其在最後一節〈腳〉中的思想和行動的嚴重分離，更是緊緊的把握住後現代所津津樂道的「無知覺的意念」[24]，把它單純的看作「詩想」非常錯亂反而暴露出讀者的僵化意識形態，捉不到詩作者／敍述者思想意識的核心深層意義。至於作者是不是有意後現代的問題，我倒不會感到有什麼問題，有時候作者閱讀寫作所受到影響在作品中不經意的流露出來，就連作者本人也是始料不及的。

情慾的解放是個人自由享樂的重要方向，這與個人追求自由自主有著極大

---

[21] 《星洲日報．文藝春秋》，1997/02/16。

[22] 張光達〈走出自己的跫音〉《星洲日報．文藝春秋》，1997/02/16。

[23] 陳雪風〈讀詩的期待〉《星洲日報．文藝春秋》，1997/02/16。

[24] 詳見馬樂伯撰，蔣淑貞譯〈處在邊緣上的後現代主義：衍異論宣言〉《中外文學》第17卷，第8期，1989/01，頁31-61。

的關聯，身體即是構成情色主題的一個很重要的部分，追求自由也意味著追求身體的解放和自主性，不受他人擺佈和控制，這本是女性主義的重要論述，今天的情色文學也挪用來指「身體的自主權」。控制他人的身體含有濃厚的政治權力爭霸意圖，性事和權力的糾纏不清會令身體的自主性消失，因此要求情慾的解放和權力脫鈎，就要從審視瞭解自己開始。傅柯討論身體權力的複雜關係時指出要支配和察覺自己的身體，唯有通過身體權力的審閱貫徹，最終導向對自己身體的慾望[25]。後現代出現的文學感性，賦予藝術趣味更勝於意義詮釋，佛克馬（Douwe Fokkema）認爲後現代無深度無崇高點並不表示就是沒有意義，如同其他文學主義觀念，後現代的遊戲方式在文學和藝術中都有其支援點，它們具有一種更廣泛的文化意義，其實是含有顛覆改造本質的深層意義[26]。類似的思想觀念可在趙少傑的〈那個濕潤的夜晚〉中透露一些「無意義」的意義：

在那一個夜晚
我驚然發覺實在而濕潤的
虛無感與挫敗
沒有父親在旁
沒有母親在旁
並且重覆像是支離破碎的鏡頭
高聳豐裕的誘惑以及
唾罵的成績單[27]

詩中的敍事者面對一個虛無與實在的矛盾情境，他手淫自慰只是心理和生理上的需要，以審視察覺自我來尋求性慾的解放，追求身體的自主性，詩句裡頗多對手淫詳細描述的感受和體悟，坦誠不猥瑣的支配了自身的慾望：「除了快感／以及餘溫／我彷彿跌入時光的防空洞／恍惚地越過了幾個散亂的年代／思想

[25] 詳見 Foucault. (1980)"Body / Power", *Power／Knowledge: Selected Interviews & Other Writings,* Colin Gordon. Ed. New York: Pantheon Books, 1980 . p.56

[26] 詳見佛克馬、義布思著，俞國強譯，《文學研究與文化參與》，北京：北京大學，1996，頁 96。

[27] 《南洋商報．南洋文藝》，1996/08/16。

情緒／我站在醒覺的大鏡子前／洗滌每一條牽動視覺的神經線／細察／自己的／每一部分」[28]。九〇年代的年輕詩人採取一種截然不同的態度審視自我，赤裸裸的絲毫不遮掩躲藏的敞開身體來與讀者坦誠面對，令那些假道德衛道人士感到無地自容，所有的身體權力歸還給身體的自身擁有人，撕破了虛假的道德謊言。

7· 嘉年華遊戲的多元性

性解放的意義在於顛覆傳統的虛僞道德觀，解構了以道德假面來霸佔他者的身體擁有權的謊言。新生代如許欲全趙少傑等人不再循規蹈矩，安分的接受主流霸權來擺佈自我的身體屬性。對傳統虛僞的道德觀念進行調侃，以及對同性與異性的情感慾望一視同仁看待，試圖打破傳統的二分法概念，張光達的〈一生〉有生動精彩的描繪：

他對我的愛顯得那般熱烈
俯下身動作小心翼翼
輕輕地吻舐我的乳房
我不是一個隨便的現代男子
對於忠貞的世俗觀念我有時堅持
配合他切入投射的角度
欣喜發現一片茂密的原始叢林[29]

這裡所謂堅持忠貞的世俗觀念，其實是反話，顛覆傳統的語言策略，把性愛情慾投射入大自然的和諧意象中。一種新的交合模式取代和解構了傳統的性交歡模式，糅合了遊戲、歌詠、調侃、抒情、辯證等嘉年華（carnivalesque）的多元化風格[30]。詩第三段：「他有時因此遷就我的愛／俯下身調整一些細節／改換

---

[28] 同上。

[29] 此詩寫於 1998/12/20，曾投寄給馬來西亞某大報，編者不採用所給予的理由是題材過於敏感和超越報館的色情界限尺度，過後未發表。

[30] 我嘗試利用俄國文評家巴赫汀（Bakhtin）的嘉年華會觀念來推銷給馬華讀者。王德威給嘉年華會的定義：「要求我們暫時拋棄或逆轉平常的繁文縟節和禮教秩序，是故癡騃卑賤者得於此時一躍而爲萬人之上的聖王，而諸般身體器官和性的禁忌亦成嘲謔誇耀

另一個全知觀點的位置／營築最奔放的水乳交融／在遼闊疲軟的原始叢林中心／四肢旋轉頭顱唱歌／兩顆堅挺的乳房毫無保留地攤開／我在上面移植逐日萎縮的盆栽／他在下面演習風水學／死亡是再生的唯一管道」。遊戲和開玩笑的書寫方式，比如詩第二段的「我想有些事必須交代清楚／以免天線的磁場遭受干擾」，忽然又一本正經的轉換嚴肅的口氣：「索取彼此豐饒的內涵本質／是兩個人一輩子的事」，迂迴轉折之間第三段的充滿自信快樂奔放的性愛場面：「四肢旋轉頭顱唱歌／兩顆堅挺的乳房毫無保留地攤開」，情色享樂的極限往往與死亡牽連在一起。情色和死亡的糾纏關係，古今中外的文學作品不勝枚舉，尤其是在小說中的佈局描寫，更是充滿著愛恨交織的情慾象徵。在這首詩中，情色性愛與死亡並時並存，但它在享受性愛的同時雖然意識到死亡的在場，卻沒有產生對死亡的絕望恐怖感覺。死亡對詩人來說是再生的唯一管道，人類經由情色經驗，體悟和通向死亡，再由意識死亡的意義而超越自身的存在意義，這種超越自身的存在形成一種「超自我」的透徹頓悟，也就是以情色與死亡去撞擊那道禁忌和生命的無限潛能，獲得充實和昇華的生命力。

〈一生〉最後一段把性愛的包容和解放通過身體快感的語言運作，表現得「任性盡情」：「我想有些話可以讓人銘刻在心／足以承載形體遭電擊間的震痹／他不是一個禁慾的現代男子／憂鬱的體味散發強烈的訊息／我在情慾高漲的風暴中理解純熟溫柔／那是他輕輕地吻舐我的乳房／我用一生一世的乳房佔據這片叢林／靈魂和肉體不斷解散複又迎合／一切顯得任性盡情／任一個陌生人輕輕吻舐一生」一生一世陪伴在側交歡裸裎的枕邊人竟是一個陌生人？如此荒謬的現實情境無疑是二十世紀末人類的集體真實感受，在自身與他者之間，我們只能任選其一，其他的都是不切事實的虛幻假像，成爲漂流在空氣中現實裡的陌生符號。事實證明，我們常引以爲榮的瞭解對方和通過意識形態來控制對方的身體權力，其實是一種片面的認知，一種普遍預設的強制性的教育機制。唯有以叛逆來把握自身的具體存有，否則在身體的權力操作中逆來順受失去自我，壓抑自我而喪失主體性和多元性。

的目標。嘉年華式的場面充滿了生命原始活力與光怪陸離的想象。」王德威論文見《眾聲喧嘩》，台北：遠流，1988　頁 244。

8．廿一世紀馬華情色詩的方向

檢視馬華文學近年來的情色詩，八〇年代的詩人對性愛情慾書寫採用大量的隱喻象徵，語言文字傾向保守含蓄，九〇年代後期的新生代詩人漸漸改變這種書寫方式，以截然不同的嶄新面貌較激進自信的語言策略來應對時代的變動和思想觀念的多元化格局。可以預見的未來廿一世紀的馬華七字輩和八字輩新生代詩人會把世俗保守的道德觀念揚棄，在詩中藉情色性愛的坦誠解放表達出一種嶄新的身體快感。當然一些詩人仍然會繼續採取政治隱喻的書寫策略，來反映政治政策的不公不義，社會資源的不均壟斷，教育文化的打壓變質，只要這些現象繼續存在的一日，詩人作家活在「失身恐懼」的焦慮心態裡，性愛無疑是詩人失去自我屬性心理上不得已的補償，或是採用更積極尖銳的語言來企待「收復失地」。從本文提到的六種情色詩的風格發展來看，有一點倒是令人欣慰的，雖然馬華情色詩產量比不上歐美或台港的情色詩，但它所呈現出來的多元化的觀念和風格，也算是涵蓋了情色詩的各式各樣的層面意義，包括了傳統和前衛的思想意識。又這篇論文沒有引用女詩人的作品作爲例子，倒不是我對女性帶有歧視，或是男權至上的因素作祟，而是很遺憾的說我手頭上找不到適合的女詩人情色作品，她們寫很多的抒情詩，但那絕不是情色詩，我想女詩人在這個議題上保持沉默，可能是保守的心態作祟，也或許是其他原因，希望這篇論文只是一個開始，能夠收到拋磚引玉的作用，來日還可以再加以擴充。

站在世紀之交的歷史門檻，如何從馬來西亞的本土來面對世界大潮流新文化，來建構情慾的新感受和新定義，繼而讓情色文學的「身體語言」與政治文本產生對話交會，這不僅是我本人的思考方向，也是所有馬華詩人可以發揮的書寫策略，向廿一世紀宣告一種文學詩歌的嶄新格局。

原發表 1998；修訂 2003

詩巫當代華文新詩
——以草葉七輯為主要考察對象

＊李瑞騰

1

由於特定的地理及華人移民墾拓的歷史條件，詩巫（Sibu）在二十世紀初已經發展成爲拉讓江流域的商業中心[1]；而今日之詩巫，這個屬於砂拉越州中部拉讓江畔的省分，其省會詩巫市，除了經濟繁榮，在文化方面也很活躍。[2]

根據一九九七年非正式統計，詩巫人口在二十萬之譜，約爲古晉一半，而市區人口即占七、八成[3]。這個被稱爲「小福州」或「新福州」的城市，根據《詩巫華人社團大觀》（砂羅越詩巫省華人社團聯合會，1995）的記錄，詩巫總計有七十幾個華團，文化性質的活動頻繁，不在其中的詩潮吟社、詩巫中華文藝社、砂拉越華族文化協會文學組則是文學發展的主要推手，共同營造詩巫成爲一個文學氣息濃厚的城市。

詩在詩巫究竟是一個什麼樣的景觀？回溯過去的史實，在抗日戰爭時期，詩巫報刊上即有抗戰詩歌，把劍悲歌，有激越之氣，和祖國抗戰詩歌步調一致，根據田農《砂華文學史初稿》（砂拉越華族文化協會，1995）及曳陽〈關於六〇年

---

[1] 房漢佳《砂拉越拉讓江流域發展史》，（詩巫：馬來西亞詩巫民衆會堂民族文化遺產委員會，1996），頁117。

[2] 同上，頁362。

[3] 砂拉越詩巫省華人社團聯合會在一九九七年曾出版《詩巫道路指南》，介紹詩巫市部分有〈砂拉越州各縣區人口統計表〉，其中有一九九一年的正式統計及一九九七年的非正式統計。另亦參考房漢佳前揭書，頁362。

代拉讓盆地文學活動〉(《馬來西亞日報》,1994/10/21)的記載,從戰後到六〇年代末,在動蕩的史脈中,詩巫以詩聞名的作家,至少就有砂耶、雨田、砂玲、于寧等人;而七〇年代初在詩巫誕生的《文藝風》(克風主編),更以《詩刊》專欄發表許多詩作,克風本人在當時即出版了詩集。[4]

這樣一條脈流,雖不能說浩大,但淙淙詩聲不絕於耳。八〇年代後期,詩巫中華文藝社不廢舊體,亦愛新詩,迄今爲止,出版了兩本舊體詩選,四本新詩集[5],而其以「草葉集」爲總名的常年文學獎作品合輯(七輯)以新詩最爲豐收,則詩巫不愧其以「詩」爲名了。

本文打算從詩巫中華文藝社七輯《草葉集》爲主要考察對象,來看詩巫當代華文新詩風貌,並窺其內質。

2

詩巫中華文藝社成立於一九八七年十月(次年六月註冊獲准),得本地兩家報社(《馬來西亞日報》、《詩華日報》)之助,先後於報上闢有《中華吟草》、《文苑》、《新月》三個版面(現只剩《文苑》)做爲社員的發表園地,並公開向外徵稿。從一九八九年開始,該社設「常年文學獎」,從所屬版面所發表的作品去挑選,再聘請專家評審[6],入選作品結集成冊,以「草葉」命名,到一九九七年已出版七輯,列入「拉讓盆地叢書」,分別是:

---

[4] 《文藝風》第五期有「敬告讀者」:「克風詩集《笑的早晨》,共收入詩歌卅首,……本書已經出版。」(文藝風雜誌社,1972)。

[5] 兩本舊體詩選是《春草集》(1988)、《心靈風雨》(1995),四本新詩集是藍波詩集《蝶變》(1992),晨露、萬川、雁程合著《拉讓江・夢一般輕盈》(1993),李笙詩集《人類遊戲模擬》(1993),萬川詩集《魚在言外》(1997)。

[6] 各屆評審名單如下:第一屆:黃生光、田農(以上散文);田思、徐策(以上新詩)。第二屆:黃少白、雷光中(以上詩巫);田思、融融(以上古晉);槐華(新加坡)。第三屆:田思、梁放、陳蝶(以上古晉);槐華(新加坡)。第四屆:田思、梁放、陳蝶、黃澤榮(以上古晉);孫春富、房年勝、蔡增聰(以上詩巫)、槐華(新加坡)。第五屆:田思、陳蝶、林國水(以上古晉);蔡增聰(詩巫);槐華(新加坡)。第六屆:田思、陳蝶、林國水(以上古晉);李笙(美里);黃國寶、蔡增聰(以上詩巫)。第七屆:田思、林武聰、林離(以上古晉);李笙(美里);蔡增聰、黃國寶(以上詩巫)。

[1]《草葉集》（1989）：分新詩、散文、舊體詩三卷，前二者皆十五篇，後者十首入選，有前三名及推薦獎。集前有田思序及〈編者的話〉（黃國寶）。

[2]《草葉集．第二輯》（1991）：分新詩、散文、小說，新詩收二十首，散文十六篇、小說四篇（入選而未收錄者六篇），不標名次，唯前四篇文後有評審評語。集後有〈編後話〉（黃國寶）。

[3]《花雨——草葉集．第三輯》（1993）：分輯同前，新詩有十八首，散文四篇（九篇未收錄）、小說六篇（四篇未收錄），不標名次，亦無評語。前有田思〈序〉，後有〈編後話〉（黃國寶）。

[4]《水雲——草葉集．第四輯》（1994）：有詩十七首，散文七篇、小說七篇。沒有未收錄情況，〈編後話〉由黃國寶執筆。

[5]《愁月——草葉集．第五輯》（1995）：有詩十七首，散文十一篇，小說六篇。藍波主編，執筆寫〈編後話〉。

[6]《磐石——草葉集．第六輯》（1996）：有詩十六首，散文十篇，小說五篇。藍波主編，有〈編後話〉。

[7]《綠苔——草葉集．第七輯》（1997）：有詩十六首，散文九篇，小說五篇。藍波主編，有〈編後話〉。

古晉詩人田思說第一輯《草葉集》的詩歌之成績「令人欣喜」，散文總的成績不如詩歌突出（〈序〉），又說第三輯「詩歌作品雖不見突出，但保留了前兩屆的水準。入選的許多詩篇，風格各異，體現了砂州詩壇在手法上力求探索，各闢蹊徑的精神」（〈序〉）。編者黃國寶說：「這陣子，新詩由繁入簡，再三捧讀仍莫名其妙的作品已不多見，散文還留連在緬懷故人舊事，不捨離去，小說卻上窮碧落下黃泉，努力地在探索。」（〈《水雲》編後話〉）這大體是可以相信的。以下先作一些統計。

七屆總計收四十四位詩人的一一九首詩（一個名字視為一人），入選的「人數／次數」及「人數／篇數」分別如下：

人數	3	0	2	3	6	6	24
次數	7	6	5	4	3	2	1

人數	1	1	3	2	0	1	9	6	21
篇數	13	9	7	6	5	4	3	2	1

七屆都入選的三位是藍波（十三首）、雁程（七首）、萬川（七首）；有二人在五屆中入選，李笙（九首）和田風（六首）；入選四屆的有三人，包括晨露（七首）、風子（六首）、桑木（四首）；三屆入選的六人是維譜、志向、魚子、林陽、虛然景、詩安，都是一屆一首；入選兩屆的也有六人，包括夢揚、逸蝶、楊粟、林離、李海豐、劉寄奴，也是一屆一首；入選一屆的計有二十四人。

詩寫得很好，卻寫得少，或是沒有在中華文藝社的媒體上發表，或是作品比較不被評審者喜愛等因素，都有可能影響入選。從另外一個角度來看，文藝社同仁當然發表得比較多，也容易入選。不過，不管如何，前面的統計應該已經浮現出在詩巫活動的重要新詩人，以入選四屆（含）以上的藍波、雁程、萬川、李笙，此其間都已出版有個人詩集[7]，晨露出有散文集，與萬川、雁程三人有一本新詩合集[8]，桑木以黑岩筆名出版過小說集[9]。

當然我們知道，有作品入選的這四十四位詩人，不一定都是詩巫人，像現住詩巫的藍波（1946-）生於沐膠，萬川（1965-）是民丹莪人，李笙（1969-）是美里人，而震露（1954-）雖出生於詩巫，一九九六年已移居美里，林離（1957-）則從詩巫去了古晉。不過，都還在砂拉越境內。

3

總的來看，「草葉七輯」這百多首詩，無異一部斷代詩選，除浮現一些當地的重要詩人，既可觀詩風，又可看風土民情，從遠距觀察，可以說頗為可觀。

大體來說，一般華文詩寫作的素材，也都會出現，不管山水物色，或是人文諸貌，詩人無不發言為詩，以節令來說，清明、端午、七夕、中秋皆有詩；以地理來說，神山、山都望、巴南河、拉讓江、砂拉越河、蘆仙渡、尼亞石洞等，都被敘寫；言動物則有魚、有蚊、有蟬、有鷹，說植物則有牽牛花、芭蕉、仙人掌、樹等，皆以「物」始而以「情」終，不脫寫物詠志的寫作模式。

論其形式，則全都是分行自由體，不見散文詩或詩劇；以長度言，十行以內

---

[7] 藍波、李笙、萬川詩集已見註 5，雁程有詩集《向日葵的囈語》（古晉：砂勞越華文作家協會，1996）。

[8] 晨露散文集《荒野裡的璀璨》（美里：美里筆會，1998），合著詩集見註 5。

[9] 黑岩小說集《荒山月冷》（詩巫：詩巫中華文藝社，1994）。

的小詩極少，但有近兩百行的敍事長詩，不過主要還是集中在二、三十行到五、六十行之間。

這裡面有比較傳統的寫法，也有一些非常現代；有委婉抒情，也有一些批判性強。從藝術性到思想性，其實和當代世界華文詩潮同步發展，但是做爲詩巫（甚至是砂拉越）的華文詩，其內涵自有異於以吉隆坡爲中心的半島，和港、台、大陸及其他地方的華文詩更有所不同，我認爲以詩巫爲活動中心的現役詩人群，共同開創了一個寬闊的詩世界，有深刻的內涵及自我的風貌。

首先値得注意的是，做爲移民的後代，詩巫詩人如何面對父祖從唐山南來的史事？我們發現，這樣的題材寫成的詩並不多見，但名翔的〈漂〉（第五輯），和田風的〈鄉間的泥土〉（第四輯）已足夠表達那樣的悲情及其轉化。〈漂〉是孫子向阿爺的呼喚，「你說舟是無極無底的愁」、「你說一則掏水史實」、「你說所有的過程／只屬於一種寧靜的生命」、「你說生命只有淒淒的動蕩」，從離鄉、越海航行、墾拓到眼眸合上、心窗閉上，孫子傳唱著阿爺移民的哀歌。

比較起來，田風雖不再回望過去，但在正視現實的當下和過去做了強烈的對比：金色禾浪逝去，打穀聲不再回盪，黑暗權勢在鄉土上擴展，「我不再是拓荒者的子孫」，只能在草墩下「親吻父老的遺風」，以筆代犁去耕耘，喚醒土地上的每一顆種子，終至「活了，是一行行黃金鑄成的詩疇」。

當異鄉已成故園，懷鄉變成文化的孺慕，土地之愛便擴大成爲一種族群的凝聚與社會、政治的參與，這是南洋華人共同的命運，也就成了東南亞華文詩歌的普遍性主題。從這個原點出發雙線發展，前者漸漸成爲一種旅行寫作，一種閱讀感受，或者成爲尋常生活的一部分，是相對於他族的一種我族（華族）文化，在這裡我們特別注意到藍波寫南方四季煦夏的島域之「塔」和「遙遠故國」的內在連續（《草葉集．塔》）；也注意到雁程引〈離騷〉之「長太息以掩涕兮，哀民生之多艱」寫〈痛〉（第三輯），風子引〈國殤〉之「身既死兮神似靈，子魂魄兮爲鬼雄」寫〈自悼之挽歌〉（第四輯），以及晨露的〈端午吟〉（第三輯），從汨羅江到拉讓江，屈原與楚王、知識分子與國族、粽子與食慾、龍舟與嬉戲、楚辭和拉讓江畔獨自行吟的現代詩人，是怎麼樣的一種千絲萬縷之關係，雁程以「痛」狀擊鼓之聲，一聲聲痛便成了那內在的聯繫了：

他把每條江痛成汨羅
他把每口心痛成泉源

痛成一種力量超然

痛成一種性格獨特

痛成一種可藉水復活的啟示

痛成一種不滅的光芒　（頁 17-18）

復活始能不滅，這是一種新傳，但是詩人對於象徵屈原精神的現代式端午文化是有一些意見的：

江面祭龍的競渡喧嘩

竟已幻化成犀鳥舟鳶鳶的昇平景象

嫋繞的粽香不絕嫋繞

竟是可大大方方端出

　　　　　　於午時

供與各民族痛痛快快分享的高尚情操　（頁 20）

我們當然知道，詩人並非反對這些習俗，而是要人們掌握真正的精神：端正、團結、堅固以及真愛。

4

至於土地之愛的擴大轉化則比較複雜。二十世紀初南來的艱辛已遠，從砂拉越國時期（1841-1946）、日本統治（1941-1945）、英國殖民時期（1946-1963）到馬來西亞計畫提出（1961）所引發的十年動亂（1963-1973），乃至斯里阿曼和談成功（1973），華族和其他各族人民在砂拉越走過艱辛的歲月[10]。從七〇年代開始，砂拉越可以說突飛猛進，以詩巫爲基點的開發，使得拉讓江流域迅速發展，但過度的開發造成自然生態的破壞，八〇年代後期以降的十年間，詩巫詩人的自然寫作集中地表達了他們的關懷，鋪陳了一片受傷的土地。

歷史如何反省？政治家和歷史學者通過他們的實踐和論述提供了許多的角度和方法，而文學作家則常以詠史詩、歷史小說和報導散文的方式去處理歷史素材，《草葉集》中回溯過去史實之作不多，桑木〈曾有過這樣一季風雨〉（第五輯）直指「犀鳥鄉的昔日」：

---

[10] 參考鄧倫奇等著《回望人聯三十年》（古晉：砂拉越人民聯合黨，1989）、黃建淳《砂拉越華人史研究》（台北：東大圖書公司，1999）及房漢佳前揭書。

那年
雨絲載著年少不知愁
妄想一煽火紅山林
豈知
夢也無法實現
曲折人生卻帶來了
歷史，搞風搞雨　（頁 39）

桑木在六〇年代是熱血青年，參與了當時的反帝反殖社會運動，這詩是自我追憶，面對的是那一段「歷史」。李笙寫於一九九三年的〈歷史〉（第五輯）卻是讀史，整整三十年前的事，一九六三年是砂拉越加入馬來西亞聯邦的那一年（九月十六日），也是砂州十年動亂（反大馬武裝抗爭）的起點，詩人是後生晚輩，事件發生時根本還沒有出生，但是「沉甸甸的史籍」告訴他：「大不列顛國旗如殘陽墜落時／激昂呼聲劃破日月衝飛激雨」，當「歷史自文字中還魂歸來」，我們彷佛看見：

砂羅越走在濕滑的十字路口
英殖反帝，多元政黨風起雲湧
反帝反殖左傾，草木顫慄
山河痙攣，佈滿彈孔的屍身，疑惑的眼神
共產黨虎視眈眈……
似明未明的地圖上
等待為一個國家的誕生命名　（頁 22-23）

全詩近百行，前二段的首句，一是「夜讀歷史」，一是「夜讀現實」，歷史與現實的相對，是這首詩的基本結構。過去爲什麼會那樣？這一路是怎麼走到現在的？而「我」今天又有什麼樣的想法？對於年輕的詩人來說，「歷史只不過是一堆已死的殘骸／虛構的故事、意識與幻覺」，那是「多麼遙遠而虛無的幻覺啊……」，他批判「政客」，反省「史學家」，義正辭嚴地爲「大街小巷所有的小小的我」指明他們的心願：「只希望擁有一個小小的夢想／擁有一片晴朗的天空／一則蘋果般的愛情童話」，簡單的說，他們只是希望「感覺生活美滿毫無缺陷」。

詩人當然不喜歡政客，春明的〈政客〉（第七輯）一詩充滿諷諭；雁程的〈擦機而過〉（第五輯）也不是如副題所示「敬祝一位政治人物」，其實也暗諷政治人物的特權；林離的〈另一種死亡〉（第六輯）也批得很露骨，「氣候多變的政治魔鏡裡／對與錯照不出界線／當美麗的口號越喊越堂皇時／所有的尊嚴皆可丟棄」，「人性」已經「死亡」，那還有什麼好說的。

愛深責切，就像面對自然之變——雨之酸、森林與江河之死，詩人究竟有何感觸？如何用詩來表現？草葉七輯中，第二輯有李笙〈黑河〉、晨露〈哀歌〉、藍波〈黑死河〉、萬川〈所以河死〉；第四輯有田風〈森林之死〉、藍波〈他在浮轎上瀏覽一鎮的歡騰〉；第五輯有田風〈那場雨是酸的〉；第六輯有林離〈水之劫〉、萬川〈魚〉、田風〈河死〉、雁程〈水如此說〉；第七輯有藍波〈釣一江泥流〉、莫榮發〈我從拉讓江畔的雨中走來〉。從詩類上來說，凡此皆屬自然寫作的範疇，從人與自然的關係出發，對於自然生態遭受人爲破壞的現象，表示痛心，有所批判。稽之現實，最大的問題是肆無忌憚地砍伐森林樹木，導致整條拉讓江水污濁不堪，森林之死、河死皆直指環境變貌，藍波的〈黑死河〉寫的就是林漫岸河及其母江拉讓江，他以女體喻河，從原生的「潔白豐滿」到被強暴、被佔有，終至「漸漸窒息」、「開始死亡」，具體彰顯江河黑死的過程。藍波在一首〈泣訴〉詩中把雨林、大地、河川的子民的過去與現在做了對比，「河已流成一條泥漿」堪稱形象貼切，正似他在另一首詩〈釣一江泥流〉中所敘，「河無聲在哭泣」、「一江混濁不歸路」，在泥流中，「魚蝦已窒息」。是的，當河已宣告死亡，「遊魚翻白要絕迹／水蝦生存更無望」（田風〈河死〉），就像萬川筆下的「魚」：

關於河流污染
我並沒抗議什麼
這偉大的課題
只有偉大的人類始能解決的

浮出水面
不斷的張闔張闔張闔著無舌的嘴
我，不是示威
是透氣　（頁 37-38）

第一人稱「我」是魚，因河流污染而致使魚浮出水面，「無舌的嘴」之不斷張闔，最終是要「透氣」，其實這時離死亡已近，等到浮屍河上，能瞑目嗎？

5

我們在重洋之外傾聽拉讓江畔的「雨聲／自上游一路怒吼而來」（莫榮發〈我從拉讓江的雨中走來〉），真的可以感覺得到詩巫草葉詩人群濃厚的鄉土之愛，屬於詩巫，也合當是砂拉越的資產。從遠距看來，這些詩敘寫了砂拉越，長屋和石洞的景況特具地域性，風子有〈長屋的哀傷〉（第六輯），藍波有〈尼亞石洞探足〉（第五輯），前者因一種特殊的人文現象而起，後首是面對自然的感觸。長屋的哀傷涉及當地原住民族的困境，「這個世界／一股慾望膨脹在無奈中／逐漸侵蝕自然／我們無法呼吸純樸／未來將否定過去」，此外也無可避免要觸及河之渾濁，彷彿那正是風之所以「乾癟」、塵土之所以「饑餓」的根源。而當詩人走向尼亞石洞，似乎也在翻閱歷史，「樹」如何變成「橋」，「溝」如何成「溪」成「河」，而更重要的是，原是生機盎然的鐘乳與燕，已「死」已「絕」，「殘缺」、「落寞」、「空蕩」的感覺，就只能寄托在那偶然撿拾起的「一角殘破瓷片」了。

自然與人文經常這樣的交融，前引藍波的〈泣訴〉是在參觀環保展覽時看到一老者爲訪客吟唱所觸發，荒巒叢林、寬廣大地以及河溪的扭曲變形，造成了這一代的巨大苦難。這首詩的「我們」，顯然是砂拉越的原住民族，在「河川」的部分有築水壩一節，其中透顯出的憂慮，和雁程〈水如此說〉（第六輯）的末尾所提的「計畫中的巴貢水壩」一樣，和近年來大陸長江山峽築水壩，台灣高雄建美濃水庫引發的議題相通，對此，不只是生命財產受到的威脅，預言毀滅發生，進一步也思慮文化問題，藍波這樣寫著：

哦　有一堵高大的牆
將要壩住我們的河川
大水要來淹蓋
十多個聚落
淹沒祖地
淹去長屋

移不走祖先遺骨

我們沒有記載的史詩
不曾被肯定的原始文化
竟要陪葬在水底
夭逝 （頁 23）

詩人的這種關懷超越族群，具有普世性，值得敬佩。大體來說，詩從自然而人文，緊扣那內在的關係。而如果是從人文做主訴求，當然也脫離不了那「天幕」，風子近兩百行長詩〈蒼茫暮色的血祭〉正是如此，這個令人驚心動魄的血祭，是真正的「原始文化」，詩人說那「傳統習俗是祖先的顏面」，以「迷迷糊糊」爲之定性，最後則以「血腥」如何「淸洗」？「創痕」如何「細細包紮／愛撫」作結，表示他重祭禮原始的意旨——「希望」，但對於「迷信」的部分則給予一定程度的指責。

6

以詩巫爲活動中心的草葉詩人群之所關心當然不只上述，譬如第三輯《花雨》中至少就有三首和波斯灣戰爭有關，（逸塵〈歲月何其荒涼〉、桑木〈另一種形式的戰爭〉、志向〈夜，太漫長〉）；夢揚的〈圍牆〉（第二輯）寫柏林圍牆之崩塌；李筌的〈卡拉ＯＫ〉（第四輯）、萬川的〈都市畸形圖．上班族悲情〉（第五輯）堪稱都市的浮世繪，描寫上班族的生活之點滴。其他一般性的生活感悟之作也有一些，讀來頗有親切之感。

本文以詩巫中華文藝社常年文學獎作品集爲考察對象，探討詩巫當代華文新詩，結論是當地詩人非常努力地扮演歷史思考者及社會觀察者的角色，已開創出一個頗爲豐美的新詩資産，值得珍惜，宜在這樣的基礎上大步邁進，我個人將持續觀察下去。

原發表 2000；格式修訂 2003

編按：位於東馬婆羅洲的 Sarawak 州，至少有四種中譯名稱：砂｛拉／勞／朥／羅｝越，目前以砂拉越最常用。

從追尋到偽裝

——馬華散文的中國圖象

＊鍾怡雯

對於生長在馬來西亞的華人而言，他們和中國的關係似乎是十分複雜的。在血緣、歷史和文化上，「華」與中國臍帶相連。他們的生活習慣已深深本土化，是「馬來西亞華人」（在馬來西亞過生活的華人族群）；就文化而言，華人卻與中國脫離不了關係，所謂的文化鄉愁即牽涉到對原生情感（primordial sentiment）的追尋，對自身文化的孺慕和傳承之情等。華人可以從文字、語言、習俗、節慶等共同象徵系統凝聚民族意識，並藉此召喚出一種強烈的認同。

對大部分華人來說，「中國」是一個牢固的集體身分（collective identity），它是一種集體文化記憶（或壓抑）。這個想像的共同體（imagined communities）誠如安德遜（Benedict Anderson）所說的，最初而且最主要是透過文字來想像的。創作者試圖去尋找這個記憶，描繪出心目中的中國時，他首先要面對的是文字。然而由文字構成的象徵系統是成串的符號，因此中國便成爲一個永遠無法企及的龐大符旨（中心），因爲「指示過程不過是這種從語言的一個層次到另一個層次的變換過程。意義不過是這種可能會出現的編碼過程」（特倫斯．霍克斯，1987：125）。於是每一種書寫都是從不同的角度去「想像」中國，實質的中國則無法被窮盡，這似乎說明了何以「中國」這古老的靈魂總是一再被延宕，不斷被追尋。

這篇論文處理的是以「中國」爲主題，或具有中國情結／視域的馬華散文。本文所論述的作者當中，以神州成員的中國認同最直接和熱烈。而神州又以溫瑞安的創作最豐，他是神州的領導者，中國想像在他的散文（詩亦然）得到最完整的發揮；大體上，神州成員的散文徘徊在古典詩詞和俠情之中，俠骨柔情是他們的共同特色。另一個特殊的例子是林幸謙，他認爲現實世界沒有故鄉，所追尋的故國是文化鄉愁。馬來西亞地處熱帶，但我們不時可以在赤道線上的散文中發現四季的描述，脫胎自古典詩詞的傷春悲秋想像。古典文學常被認爲中國文學的正統，散文出現大量古詩詞的意象，抹去（熱帶）時空背景，渲染一種典雅的情調，亦是一種中國文化的沉積。此外，或許是民族情感使然，在中國（大陸）旅行時，面對長城黃河這些典型的中國圖象，其內在（中國）鄉愁不免會被召喚出來，被喚醒的民族情感化成遊記，亦是另一種中國認同的呈現。

誠如 James Clifford 所說的，認同（identification），不是身分（identity），是關係的表現而非既存的形式：這個傳統是一個部分與歷史連結的網絡，一個不斷失位與時／空交會的再造（1994：321）。馬華散文對中國的書寫，亦是一種文化認同，本來尋找認同和故鄉，是人類的境況（human condition）本然的部分。然而現實中國已赤化，只有透過象徵符號與歷史連結才能發揮其中國想像，於是創作者以文學的磚瓦所建構的中國藍圖，必得避開真實／現實，或至少把真實／現實涵蓋到想像中，才能再造抽象／個人的中國。

一、神州：在古典與江湖中尋找失落的中國

以溫瑞安爲首的神州詩社高舉中華的旗幟，標榜「中華榮光」（神州詩社社歌），而他們正是使「中華榮光發皇滋長」的中國捍衛者。溫瑞安的中國化之路，必須從其運作神州的方式與作品兩個角度著手：「神州」是溫瑞安一手創建／打造的王朝，以溫瑞安爲首，是個組織完整的社團，活動和刊物都有濃厚的神話意味，它也是溫的中國藍圖，用以實現其中國想像。本節分成兩部分來論述：（一）．溫瑞安論——溫是神州的靈魂人物，神州以他的思想爲中心，而溫的作品在神州諸人中亦是最多的；（二）．神州其他成員，包括方娥真、黃昏星、周清嘯和廖雁平等，他們的作品數量不多，一致性頗高，而且受溫瑞安的影響。

（１）溫瑞安論

溫瑞安在初中一時創辦「綠州文社」（天狼星詩社之基礎，神州詩社之前身，黃昏星、周清嘯、廖雁平等具爲社員），爲的是要使中文（文字及以中文書寫的文學）得以傳承，因爲華文課每週只有三、四個小時。到初三時出版了六本《綠洲期刊》，其後他有計畫地辦活動，推廣刊物，甚而引起校方的注意與監視。五十年代由於華文教育受打擊，華文課停辦，檳城霹靂一帶的華文中學紛紛改

制，此一惡劣的外在環境促使溫更加速中國化。他在《坦蕩神州．仰天長嘯》這一篇辦社十年小記中說：

單就馬來亞教育方針，在一九五一年，華校已由三年級起，必須強制教授巫文，又由五年級起，必須強制教授英文，華校所用的史地教材，必須側重於亞洲方面（尤其是馬來亞者），當地華校教學的基本原則，是將馬來亞觀念，灌輸給華校學生，使他們效忠馬來亞，俾成為日後馬來亞國家的良好公民。隨著時間的推進，更是變本加厲，在數年內已把華文學校改變為國民學校，教科書以及教學皆用英巫文，所以一位馬來亞華人對中國歷史全然不懂，或一封中文信也不會寫，絕對不是奇事（1978：5）

這一段文字有兩個要點：（一）大環境不利中文的發展；（二）華人「讀」不懂中國歷史，不會「寫」中文，失去讀與寫的能力，是一種去華／失根的民族悲劇。或許我們要問，身爲一個馬來亞華人，不懂中國歷史何怪之有？讀得懂中文是一回事，懂不懂中國歷史又是一回事，懂中國歷史難道就表示符合中國人的名實？這樣的詰問純粹想指出，華人不一定非得如溫所要求那樣，必須讀「懂」中國歷史，何況「懂」的定義十分模糊。對中國的擁抱那是溫瑞安個人的選擇，選擇意味著創作主體對自身的定位，而且任何選擇都難逃意識型態的範疇。在文學的國度，無論選擇馬華或中國，邊緣或中心，甚或自我邊緣化，都是一種發聲的位置和姿勢，同樣都不離意識型態，認同可當作不同的立場（positionality）與詮釋觀（interpretation），既然如此，便無是非對錯的問題。我們可議論的，是溫的文學成就，他和神州的錯綜關係，以歷史後見之明來看，頗有利用社員完成小我的意味。

在溫瑞安的認知／詮釋裡，華人大概等同於華僑。「華僑」是國民黨泛中國民族主義意識型態之下的產物，以刺激中國認同，使之從過去以血緣爲中心的海外方言群，轉爲一個新穎的，以華語及中國文明的正統教義爲標準的「想像共同體」[1]。他在一九七四年負笈台灣，有「投身入祖國的熱血行列」（1978：10）之

[1] Overseas Chinese（海外華人）是通行的中文名詞「華僑」的英譯詞語。兩者通常都隨便用來表示住在海外的任何中國人，但是近年來，各屆政府（包括中國大陸）把華僑的含義縮小爲僅指生活在外國的中國國民。對於外國藉的華裔人士，現在另有用語：比較普通的是「外籍華人」，或者在識別國籍時，則用「緬華」（緬甸華人）、「馬華」（馬來西

嘆。一九四九以後，現實中國已赤化，「神州」成爲歷史裡的一個神聖符號，供人想像和憑弔。中國（其實是台灣）早已和國民黨政權所提倡的三民主義教條混合，成爲國民黨的反共復國神話基地。認同「祖國」的溫瑞安把國民黨那套教條當成教義，一心一意想「爲中國做點事」：

> 中國：這兩個我夢魂牽縈，蕩氣迴腸的名字。我知道我不顧一切寫下她的後果，也許引起別人的詫異、誤解或懷疑、但卻是我終生努力的方向。這些年來，無數個徹宵寒夜白晝酷暑，我無時無刻不為中國的問題在深思吟詠；中國的出發？未來的方向？找到答案時的狂喜！失去依憑時的悵惘！然而我深深感覺到我的生命我的作品與中國一齊成長著，一齊煎熬著，一齊追尋著，從來沒有間歇過。（1978：1）

認同的結果帶出一種爲中國做點事的實用（pragmatic）目的，以及主觀的肯定：我認同，所以我存在（I identify, therefore I am），於是他在台灣找到了安身立命的所在，由「原來要好好爲馬華文壇做點事」的志向（89）轉變爲「爲中國做點事」。「爲中國做點事」原出自高信疆的期許，說這句話時同時贈劍一把，「大俠」溫瑞安的形象呼之欲出。這是個頗有象徵意義的舉動，古代佩劍的士以身報國，以溫瑞安爲首的神州究竟爲中國做了甚麼？他要以甚麼方式報國？

溫瑞安組成了神州。神州是甚麼？

> 神州詩社是個培養浩然正氣、培養民族正氣，砥礪青年士氣的社團。它教你關愛這個社會，而不是唾棄它；它教你認識這個時代，以及你處身於這個時代的意義。對國家民族，更需要有一分剛柔正氣，捨我其誰的責任感，也就是知識分子的士大夫精神，或江湖中的「俠義」情操。（321）

和天狼星分裂之後的神州，因其在台的位置，對中國更加一往情深。由於意識到他們是來自「異域」，更加速他們的中國化。這段文字充分體現被自大化／理想化的中國意識。神州培養浩然正氣和民族正氣的崇高目標，其背後或是深厚的中國傳統孟子養氣說，但它被移植在七十年代的台灣，和當時的政治宣傳掛勾，名義上是和時代精神共鳴，實則是民間版本的國民黨反共復國神話，而且到後來，

亞華人）。至於英文詞語「Overseas Chinese」現在不一定譯爲「華僑」，而是按照字義譯爲「海外華人」，這是避免「華僑」這個詞的政治和法律涵義的一種方法。（王賡武，1994：302）

神州成員籌錢辦活動、打工賺生活費、交社費支持神州的運作，並且爲出書量最大的溫方二人賣書耗去太多時間，神州「發揚中華榮光」的理想早已蕩然無存。「捨我其誰」可以反諷的詮釋成「爲發揚神州的精神捨我其誰」，對象從國家民族變成神州，更正確的說，是爲溫方二人。

當溫瑞安到了台灣，發現祖國並不純粹，日本和美國的流行風充斥其間，台北洋人、大學生開口閉口邏輯學心理學比較文學，這使他認定／想像的中國意識更加速膨脹，要比本地生更中國，習武練劍是其一，希望身體和精神的雙重／徹底回歸，使神州成爲中國裡的中國。相較於同時期也十分中國的「三三」[2]，他們中國化的決心顯然更急切。有些神州成員由溫瑞安「賜」一個頗爲武俠或古典的名字[3]。他們住的地方稱爲「試劍山莊」，溫的住處叫「振眉閣」，方娥真的是「絳雪小築」。賣書叫「打仗」，「出征」是全社或部分社員代表詩社拜訪外面文學性或非文學性的社團及長輩。

這樣一再以各種方式顯示比本地生更中國的神州，不外想要證明：雖然我們是僑生，我們卻比你們（本地生）更中國。只不過這樣的舉動，加倍凸顯其華僑的身分或未可知。溫瑞安和神州成員的中國化之路一是習武，一是挪用古典，溫瑞安更闢武俠小說一徑通往中國。他以古典和武俠揉合成氣勢磅礴的散文，劍、江湖、山河、辛棄疾和岳飛的詩詞爲意象和骨架，溫瑞安不但語言是古典的、情感亦是古典的。但是對於那「借古典而還魂」的嘲諷，他似乎不以爲然：

> 如果你說我借古典而還魂，我說不如借中國吧，事實上我覺得每個人都應該借那麼一點，因為它是我們的傳統，我們幾千年來的心血與智慧。（1974：199）

對於俠，他則取其用世的風骨，因此才會想「爲中國做點事」，就好像誤認古典是通往中國的路一樣。因此他們練武（組織「剛擊道」，武術是國粹，他們視爲民族英雄的辛棄疾和岳飛莫不是文才武略之輩）習文，充分尊崇儒家先修身而後齊家治國的理念，俟機而動，以身報國：

---

[2] 「三三」的活動盛行於七〇年代，以朱天文、朱天心、丁亞民、馬叔禮、謝材俊、仙枝等爲主要成員，胡蘭成爲導師／精神領袖，出版《三三集刊》二十八本，以發揚中國「士」的精神和道的傳統。

[3] 如陳劍誰、戚小樓、曲鳳還等。

如果說神州是藉文的力量，求一筆掃千軍的長干行，書生報國以文章的橫槊賦，那「剛擊道」便是武的力量，習武以強身報國，「莫道書生空議論，頭顱擲處血斑斑」的身兼力行。如果文化以柔，那武則代以剛；如果詩社求養氣，此道則為修身，如果詩社是訓練人才，此道則行之天下。反之，如果詩社發揮的是武的力量，那「剛擊道」則輔之以柔，總之是陰陽互合，剛擊道乃輔詩社之不趨。(82)

這段文字充分透露出溫瑞安的誤認（miscognition）。首先，書生報國的定義是模糊的，除了爲中國做點事的雄心之外，至於如何做事，證諸溫的文章，並沒有明確的方案，簡而言之，這分使命感純粹美化／強化他們的中國意識，感染生命窘迫的其他神州成員心甘情願地爲詩社賣命。同樣的，練武以強身亦犯了同樣的謬誤，或受偏安的南宋詩人／詞人的影響，他們誤把當時也偏安的台灣當成南宋，而辛棄疾等文武兼備則成了他們的榜樣。因此溫瑞安的神州後來不是著重在詩社，也不是著重在文社，而是「著重在神州」(321)。被問及神州要達到甚麼成果才算完成理想，他只能答「等有一天神州都屬於神州人的」，已經走上和政治合謀的路——溫瑞安認爲他們的目的是救國和建國（322）：

神州陸沉，萬民同哀，光復大陸要靠海隅的一角寶島挑燈。中原淪陷，椎心泣血，反攻建國要仗我們寶島上中華民族的力量。光復神州，有一天中國人還歸中國人的世界，進而天下大同，也才是神州光采四射的時候。(321)

乍看之下，這段話簡直是如假包換的國民黨意識型態宣傳，而實則出自溫的大中國意識型態，依果頓（Terry Eagleton）認爲：一切成功的意識型態，它的運作殊少依靠明確的概念或刻板的教條，主要是依靠充滿感情和體驗的意象、象徵、習慣、儀式和神話；意識型態本身和人的潛意識深處盤根錯結，任何社會意識形態，如果不能和這種根深柢固地非理性的恐懼和需要連結，就無法持久（1992：23）。審視溫瑞安的大中國情結的形成，除了潛意識的血緣文化歷史認同之外，不利華文發展的環境，以及唯恐華人不識母語的恐懼等是主因。

到了台灣之後，國民黨用各種標語和宣傳，使反共復國的神話滲透到各個角落，與溫在馬來亞就已茁壯的中國情結共謀，充分體現想像性的政治共同體的社會文化涵構。溫的散文亦充斥和中國相關的符號，譬如：

我們只是千里外，離鄉背景的一撮五陵年少，堅持要發出我們的聲音罷了。因為我們恰巧生長在異域，我們就非承擔起這責任不可……不是我們選擇了她（中國），而是我們的心在那兒，我們的根在那兒，我們血液像黃河一般歌唱在那兒。(1974：115-116)

〈五陵少年〉是余光中的詩，這首詩的前半：

颱風季，巴士海峽的水族很擁擠
我的血系中有一條黃河的支流
黃河太冷，需要滲大量的酒精
浮動在杯底的是我的家譜（1982：26）

黃河是典型的中國圖象，亦是華夏文明的發源地，溫瑞安這段散文等於詮釋余光中的詩，其中所鋪陳的意象如黃河和五陵少年（年少）都遙指北方那塊土地，意味著離鄉背景的這群人終有一天會回到那兒去，然而現實中國既已淪焰，他們只好會回到偏安的祖國，重新再中國化。余光中的詩中浮動在黃河杯底的是家譜，而溫的散文則說我們的根和心都在黃河（而今誤植在台灣），這段文字特別明顯看出溫瑞安的大中國視域，以「離鄉背景」和「異域」指稱自己的身分，意味著自外於中國，認清（或誤認）自己異域的邊緣身分，更有助於重新中國化。

溫瑞安的詩文處處可見中國的地理和四季，這當然是因爲大中國的意識型態掛帥，胡蘭成很讚許神州的詩，說他們是繼楚辭元曲之後的正格（朱天文：102）。溫瑞安也毫不避諱的表白，要寫出這時代中國人的生活與意識型態的中國詩／文（1977：5）。但是他把古典文學視爲通往中國的必經之路，乃至中國的終點，則難怪溫瑞安要被同儕譏爲寫古典詩或武俠詩了。

溫瑞安的散文多記神州成員交往的過程，但不同於「三三」對中國的樂觀想像，他的散文極爲狂放，對中國的情感是沉重的：

我們是這樣的一群五陵年少；我們曾經是浮雲遊子，在天涯比鄰的日暮長城遠的背景裡，甘作泣血望神州的龍哭千里。然後我們來到這錦繡山河的寶島，正為還我河山而養精蓄銳，為氣壯山河而砥氣勵志……練武談詩讀書，懷中總有一股「莫道書生空議論，頭顱擲處血斑斑」的悲憤。(140)

這段引文幾乎字字中國，前半段雖然有語病，卻字字道盡他「胸懷中國」的意識，和辛棄疾的〈菩薩蠻〉「鬱孤台下清江水，中間多少行人淚，西北望長安，可憐無數山」相對照，所鋪陳的情感殊幾近之。

在〈龍哭千里〉有一段他讀余光中詩的經驗：

> 那天你還沒把余光中的「萬里長城」讀完，混身血液已沸騰，你在斗室中不斷地來往行走，手指顫抖地夾著那篇高信彊寄給溫任平，溫任平給他弟弟溫瑞安的剪報，腦海中現出的是巍峨無比，你一生都無能攀及的那象徵著龍族的光榮底長城。……她曾笑著説：「你揚眉的時候，就像……就像兩條昂然抬頭的龍。」你忽然心緒恍惚起來，小女孩啊小女孩，若自己真的像一頭龍，那只是一頭失翅的龍，一頭困龍，一頭鬱結萬載的龍！一頭鬱龍，你含淚走過星月下，你的命運將是化石，抑或成灰？（1978：17）

龍和萬里長城是中國的圖騰，而對於當時在馬來亞的溫，忍受著華族的不平等待遇，無可奈何的自稱是一頭飛不起來的、鬱結的龍，無力攀爬那崇高的長城，純粹是一種對華人命運的無力感。這種無力的憤懣情緒充滿了《龍哭千里》：

> 但是我能做些甚麼？我們能做些甚麼呢？我們仍然年少，仍然狂熱，仍然渴切著把自己的輝煌映照在別人的身上！怎麼能因為時間，空間與命運的汪洋便喪失了渡航的勇氣呢？如果有命運，如果真的有命運的話，命定了我現在要因恐懼而停頓我的步伐，我偏要走偏要走要走要走要走——如果有命運，命運那廝要我現在不能開口，我偏要開口開口笑：哈哈哈哈哈哈。這算是結命運的一種反擊？究竟是我敗了祂？還是祂敗了我？是祂本來要我沒來由地笑起來？還是我沒來由的笑已驚破祂的掌握？我不知道，我只知道我的伙伴因為我笑聲而放緩了腳步。我不能知道待那麼多了！我仍年青，我仍豪放，我的刀尖而利，我的簫並不淒涼！我是龍呵龍是我我是龍龍龍龍龍龍龍龍龍龍龍龍龍龍龍龍龍龍龍龍龍龍龍／龍龍龍龍龍……周遭還是無天無地無邊無際無岸無涯無遠無近無生命的黑暗。（46）

錄自〈八陣圖〉的這段文字對照〈龍哭千里〉的引文，可以看到溫對未知的徬徨和恐懼，大有壯志無處伸展，無語問蒼天的那種壓抑和苦悶，但身爲眾人的領袖，他卻不能率先抽身，於是一連串二十九個龍字喊出了龍子的悲憤，同時也對照出當時壓抑的大環境。溫瑞安的散文一再以中國符號顯示歷史記憶的無所不在，「歷史記憶可以滲透到民族意識中，除了體現族群特徵的歷史事件、人物、組織、方域等等，各種傳播往昔的象徵無不成爲記憶的對象，如：實物性的包括建築、用具、物品、服飾等；語言性的可以是俗語、成語、方言、傳說之類，藝術性的可以是民間戲劇、娛樂形式、工藝作品、審美習慣等；社會性的包括祭祀禮儀、人情風俗、節日聚會、大眾文化等；精神性的包括了宗教教義、道德信念、倫理規範、性格風貌等。」（郭洪紀，1997：51），因此黃河、長城、龍等具現爲溫的中國歷史記憶，一種孤臣孽子的悲憤，他把所有散居海外的華人都當成是蒲公英流散的種子，他們在很遠很遠的地方，有時溫會幻想他們「帶著赤鹿、洛書、河圖、玄鳥趕來」（1974：16），想像那風聲「它吹過堯舜以來它吹過夏商周以來它吹過秦以來它吹過吹過，吹過大呂拂過楊柳岸，摸過九鼎撫過布衣，伴過曉寒陪過殘月，魏晉以來唐以宋以來元以明以來清以來民國以來，掠過鐘鼎彝器送過荊軻聶政，終於來／送你」（27-28），堯舜是中國的聖人／聖君，楊柳岸曉風殘月是柳永〈雨霖鈴〉裡最有代表性的意象，鐘鼎彝器是古中國的器皿，荊軻刺秦王（聶政）亦是中國有名的歷史事件，加上一連串的朝代，這風終於吹到來到台灣，吹到溫的身上。這段文字裡面，風亦有象徵意義——它是一種和血緣一般的歷史傳承和使命，滲透到潛意識，提升到文化認同的層次。

或者譬如這樣的句子：「此際，風蕭蕭否？易水寒否？那股魂兮歸來般的離情，從遞遙的長城，從古昔的棲霞，從孤傲的桐柏，從悠柔的元宵，箭一般的疾射到我心坎之中。」（1978：104）風蕭蕭兮易水寒是荊軻刺秦王之前，燕太子丹在易水送別所吟之詩，而長城、棲霞是中國有名的地標；桐、柏亦是中國詩詞貫常出現的植物，這段引文頗有孤絕之情，這種情緒是他散文（詩亦然）裡常有的，在〈天火〉中有一段三人行的長夜旅程，一種前無古人後無來者的孤絕情緒彌漫整個文章，然而他們要到那裡並沒有明確的交待，只是在文章的最後，他和同行的人看到了一把火，那火亦十分具象徵性：

> 風來，火便全面張開的擺啊擺，雨來，火便全面上漲的昇啊昇。風像火的生命下像火的灌溉，而我始終不明白，這火，這把火是何時燃燒起，竟燃燒到今夜來！是誰，點燃這把火？是誰，最先看到這把火？是誰是誰，最吃驚的叫起來：你看那火，那半空的大火！是誰是誰，最後看到這把火，然後瘋狂地奔向荒漠的沙流，哭泣起來！我們，究竟是，最先還是最後？是誰呵，繼我們再看到這把火？車已不在，我們後頭，沒有東西。我們沒有方向，何處是南？何處是北？只有半空中的一輪大火，永遠照耀。（222）

這段文字幾乎就是他們對華文的前途一種宿命而悲憤的寓言（由「車已不在，我們後頭，沒有東西」可知），火在風中雨中惡劣的環境下起舞，而且不知這火種（華文的傳承）是由誰引燃的，這群人裡面他們究竟是屬於先來者或是後來者，誰也無法斷言，也許在他們之後，這火就再也無人看過也不一定。他們對華文教育有一種狂烈而激情，卻無力的孤獨感。接下來太史公、屈原、岳飛、楊家將的出場，是在追問永恆和死亡的意義，以及不朽的價值何在？因爲「只要一個時代失傳，一旦湮沒，一切一切，就在不朽中朽了」(223)，華文就處在這樣的一種風雨飄搖，隨時失傳的時代，而他們能做的，是使它流傳。

有時溫瑞安則是完全耽溺在浪漫的輕愁中，當他以古典詩詞一樣的句子寫他和方娥真的愛情時，所有的慷慨都成了繞指柔，譬如他寫雨絲，「愁絕了我們亮亮瑩瑩的年青」(149)：

> 忽然我們都老了，妳的髮垂落如長長的簾。妳的低泣與無助謀殺了我太多滄桑的心！長街的下落在長街，長街的盡頭仍是長街的雨。妳的髮泣落江邊，我是行不去的畫舫，載不起底蚱蜢舟：有一天，沉沒；有一天，飛航若五月的龍船。(149)

低泣、無助、滄桑都是從輕愁，畫舫、蚱蜢舟、龍船則是中國詩詞的典型意象，尤其是畫舫和蚱蜢舟，是爲賦新詩強說愁的宋詞(李清照「惟恐雙溪蚱蜢舟，載不動許多愁」最爲人熟知)最常使用的意象之一，〈振眉五章〉、〈振眉閣四章〉、〈聽雨樓二章〉、〈洛水五章〉和〈更鼓〉雖是散文，實則近似寫給方娥真的情書或札記，充滿小兒女的私情密意。有時他則是「貪得無厭的浪漫」(235)，浪漫的激情自然是指對華文／中國的一往情深，以及帶領「神州」義無反顧的走上不歸路[4]。

（２）神州成員

和溫瑞安一樣，方娥真的散文也常見辛棄疾的影子。她受了一點小小的挫折，便要想辛棄疾的詩句「將軍百戰身名裂」，想他空有一生抱負，也只換得這

---

[4] 溫瑞安和方娥真後來因爲「爲匪諜宣傳」而被捕入獄，台灣留不得，也回不了馬而滯留香港，溫幾乎等於歸根香港。神州成員因爲沒有畢業，生活一直都過得不好，這條通往神州之路，彷彿是條不歸路。方娥真在《龍哭千里．跋》說：「殷乘風和張筆傲不顧一切，全力要籌錢替你出版將軍令」(1978：253)，其他社員也常爲社刊奔走，或籌錢或賣書。溫瑞安因當時已在各重要媒體如《中國時報》、《現代文學》及《純文學》月刊開始發表作品，而且武俠小說帶給他不錯的收入，而神州大多的成員卻是三餐不繼的爲詩社賣命，爲溫和方娥真的書奔走，他卻說「我一直很寂寞，我志在江湖，背負功名，卻仍一身寂寞」(235)，卻不由得令人懷疑這番話言不由衷，或至少是身在福中不知福的話。

七個字的慨嘆來安慰自己。她也以辛棄疾的詞句〈愛上層樓〉（醜奴兒）為篇名，而實際上，方娥真就是那不識愁滋味的少女，「愛上層樓，愛上層樓，為賦新詩強說愁」。她的散文纖細多感，朱西寧在她的書序說她是神州詩社裡，最有中原女子氣質。其實所謂的中原女子，應是相對的說法，因為溫瑞安的中國氣質是一逕的陽剛，是楚人中的項羽，帶著霸氣；相對的，方娥真則顯得陰柔。她也自喻為虞姬，想像她心愛的人是亂世裡的英雄，「她也看到他失守，也看到他得志。她也害怕他有一天三宮六院，惹她妒忌，但又喜歡他的本領，驕傲他能讓世上的女子傾慕」（1978：66），這種小女兒的心態，使方娥真即便引用豪氣萬丈的詩句，也飛揚不起來。譬如蘇軾的〈赤壁懷古〉，或者岳飛的〈滿江紅〉，那些詩句嵌入她的散文，全都被她化成繞指柔。

在溫瑞安的散文和詩裡，方娥真時而是白衣、向陽，時而是俠女，有時則化身為古代驚才羨艷的女子，她是溫瑞安的未婚妻，早在馬來亞是即已是人人稱羨的神仙俠侶。在她的認知裡，中國也即是台灣，下面這段引文即是她的誤認：

> 詩社在馬來西亞很少拜訪人，只有一次任平兄去台灣參加世界詩人大會。一個月裡，他和瑞安，清嘯去拜訪台灣的文人。她們回來馬來西亞時說起。我們聽著，彷彿一個南方邊境人要傾聽中國的訊息。但中國在那裡呢，我一直沒見過。只知道小時候家裡常收到那兒的信，我便知道那兒住著我的親戚。他們等著家人寄錢去。只知道中國便是父母親和祖先出生的老家，也是哥哥口中那大得看不見的山河壯麗。（1978：28）

把台灣等同於中國是神州的共同誤認，溫任平等是到台參加詩人大會，然而方娥真卻把台當成小時候常收到信、等家人寄錢的中國，是「古詩中的江南」，「詞中的江山」，「曾經在長安城裡遇到李白『笑盡一杯酒，殺人都市中』，曾經簾捲西風，心比黃花瘦，曾經汨羅江前，曾經五月初五……」（181）那個讓她覺得親切的浩大中國，於是她自我邊緣化了，想像自己是南方邊境之人，中心在遙遠的北方。她亦認為中國志士不只是讀書，也要有「一指定中原」以身殉國的勇氣，我們無從證明這說法是否出自溫，但至少和溫的看法是相同的。她想像詩社裡練武的人只要一招既出，天地人都合成中國的士，而這背後亦有孔子撐腰——孔子是特重射和御這兩科的。這裡我們可以看出三三導師胡蘭成的影響，他認為中國只要有三千個士，日後的復國大業就沒有問題了，而方娥真則說：

> 孔子時代的士除了讀書之外，一定要會車馬戰的，這樣的士我多喜歡啊。

而我心目中的孔子，他佩劍周遊列國，帶著門生子弟，帶著救世的大志，栖栖惶惶（1978：182）

孔子的形象或可換成溫瑞安，他帶著神州諸人，帶著高信疆送給他的劍，以及挽救華文（或中國）的決心窩居台北的羅斯福路和木柵之間，在他認爲的孤獨感中，過著窘困的日子，一心想要復國。她在散文中不止記載自己的小女兒情懷，也記錄詩社的大事，有時則是以散文當日記，寫給溫瑞安，我們可以從這些文字裡讀到溫的形象：

但你自己呢。你立在人群中時最喜歡講述，最習慣引用武俠小說中的情節作為你的例證。那一刻，書中的精神像大鷹一樣遨翔入你的世界。令你氣拔，你不知覺地劍眉星目，唇薄卻英挺起來。不由自主地，你的本性放任了，平常的脾氣都在你的舉手投足之間。（1977：307）

方娥真的中國是古詩詞建構的，但由於溫瑞安對武俠的熱愛，她也不禁「迷茫在你嚮往的壯烈的情懷裡」（317），他的大俠形象也出現在方的散文之中，以上所引的俠者之行，就是從溫講述武俠故事的形態中來，氣拔亦可指項羽，方亦曾自喻爲虞姬，這段文字有方對溫的愛戀，亦有其心目中古典中國的投影。

黃昏星（李宗舜）是溫自年少即相識的手足，他是神州的老二，也是和溫情感最好的戰友之一，徹底奉行文武雙全的神州社旨，以下這段文字形同他的宣誓：

這黑溜溜的山路是多麼神祕，我們卻還能夠順利的回到樓台上，面湖欣賞夜景。有人想像這條路是大哥「鑿痕」上山的血路，至於鬼在那兒就不得而知，有時自己嚇自己，像玄霜、劍誰，但不管怎樣，可惜那半邊月亮是淡黃而不是青黃，一點也感覺不出那可怖的氣氛。有人認為這是人生中最艱苦的旅途，要你孤獨地攀爬而遍體是傷。有人覺得它本來就不是一條路，它是人應走過的風景區，是夜色中的一片有光的所在，卻不需要燈光，因為大家心裡雪亮。（1979：163）

走路只是象徵，這其實是一條通往中國之路，這條路所以是血路，一是溫瑞安帶領各人在艱辛中鑿出來的，就像溫一篇名爲〈鑿痕〉的找路小說，其實是想在不利的環境中摸索出一條在精神上可以往中國之路，自然這也是人生中最艱苦的旅途，因爲沒有人能夠證明這條路的終點在哪裡：

國父說：「革命尚未成功，同志仍須努力！」我們既和大馬的兄弟們抱著同一目標，回去還無法得到諒解。我們的路真是長，長得連我們也不知道

它有多曲折！有多少路要轉彎。(224)

那是神州復國大業的一種共同嚮往，爲了這「反攻大陸」的理想，他們求進步，也相信「因有神州而不斷進步」，因此他們練武，而黃昏星以爲「練武不是爲別人，而是完成了自己」(同上引)。

和其他神州成員一樣，黃昏星的散文裡也充滿「自由中國」，「祖國」，「苟且偷安」，或是「革命尚未成功，同志仍需努力」等大中國認同的意識型態，這些同質的語言之間建構的是中國認同，語言不只是一個外在權力與使用語言的人類之間的聯繫，而是由語言使用者在他們之間所創造，成就出來的一個內部場域(internal field)，神州成員亦有一套屬於神州的內部共同語彙，所謂的出征，打仗即是此類，他們以神州這一小圈子爲生活重心，但卻可以說服自己這是可以推及到整個民族的：

> 至於我如何會寫起散文，正如我為何和大哥、清嘯、雁平及娥真千里相隨，在海外，是維護中華文化命脈的一分子，回到祖國如何創辦神州詩社的事業一樣自然的道理。我始終覺得我的散文和詩社整個家有關連，是切不斷的一條線，而大部分作品皆為聚會時作的感懷。我覺得寫詩寫到最深時不知道自己在寫自己的感受，而是推及整個民族的憂歡之中；然而寫散文，寫到最深處，卻是「天下之大，莫過於兩邊的懷念」，不管這兩邊的懷念是寫男女之間別後眷戀之情，抑或是寫離開國家之後的思國之情，總是感覺到，天下再大，也比不上兩邊的懷念大。(279)

正因爲寫散文和整個詩社關連，我們可以從黃昏星以及其他神州成員的散文中，得以窺知他們的生活方式。詩社幾乎每天都有人拜訪，甚而人多吵雜，引起鄰居的抱怨，這樣的生活方式如何能夠讓他們靜下來心寫作、沉澱或反省自己的熱情所爲爲何？群體生活最大的弊病恐怕在其要求高度的合群和同質，即使有異質性的聲音只怕也曲高和寡，很快就會被湮沒。他們的作品除了溫方之外，都頗爲類似，這當然是因爲同爲記錄詩社生活的題材有關。因此有人批評他們的風格太接近，然而在溫大哥極具群眾魅力的影響之下，他們即便有反省，那不和協的雜音也總是很快被清除了。[5]

[5] 溫瑞安經常以個別談話和社員建立起感情，而柔情攻勢對溫來說恐怕是最好的凝聚社員的力量。有人批評神州處處以溫瑞安爲中心的行事原則，他卻反駁說，「我卻是以神州每

神州的認同與很「中國」的三三一樣，對國父和蔣經國都很尊崇。回到馬來西亞時，他們也急著告訴別人「自由中國」的事情：

> 在大馬，有小部分的人受到中共的統戰宣傳和人民畫報影響頗深，他們對自由祖國不了解，隨便亂批評，我們不知費了多少唇舌，每次把他們不正確的觀念糾正過來。我們回到馬來西亞，甚至面對面和共黨戰鬥，都是因為我們來台之後接觸了祖國文化及蔣院長給與許多精神力量之鼓舞。(172)

在這篇名為〈整軍待戰〉的散文中，黃昏星從橫貫公路寫起，首先感激政府開路的辛勞，通篇文章是以感激領導的語氣完成的，甚而到後面更類似國民黨的文宣「在蔣院長的領導之下，當能百折不撓的攜手共同奮戰到底，把共匪一切陰謀粉碎，建立一個強有力的自由基地」(174)這段文字充滿軍人教育的口號，國民黨的意識型態成功再教育這批充滿中國熱誠的青年，「蔣院長的領導」、「百折不撓」、「共匪陰謀」和「自由基地」都是軍方成功的反共復國標語，這些標語的背後即是國民黨和中國情結的共謀，儘管他們認爲「我們的歌不純粹爲流浪而唱，也不因痛苦和傷情而悲」(182)，實際上他們的選擇已經預言著，日後將因此付出痛苦和傷情的代價。

神州除了方娥真外，男性社員都和溫瑞安一樣，以江湖人物的身分自居，當然這跟他們練武有很大的關係。武俠提供一種想像的滄桑感，由此召喚出一種壯烈（不計一切奉獻）和講江湖道義的俠氣，同時幫助維持詩社的運作。周清嘯的散文就有這樣的敘述：

> 我站在陽台上，彷彿自己步了入中年，少年的路已走過在背後，晚年的路正在前面等著去走，此時正在某個山上的寺廟前廣場上，剛從棋局的搏殺中退了出來，背負著雙手踱到樹旁，抬頭，看見遠遠的山上，那天際如浪潮紋條的晚霞和那澹泊的夕陽。此生隨萬物，何處出塵氛？想起曾經是一書本中描寫的使劍的年少，策馬江湖動，不知浴血了多少次，手中寶劍收了又揮，在一次驚心怵目的搏鬥中，劍斷、人傷，從此便在寺廟，青燈書

一員爲中心，而神州的原則亦是中國人的原則，難道我們要放棄與中國共患難、共榮辱、共生死、共進退的默契嗎？」(1978：326）這樣把神州相等於中國人的說法，是溫一貫的說話方式。

經，守到了晚年，或者重出江湖訪武林同道，縱談武功；或者找一處深山，瀑布旁蓋一間小茅屋，日與山樹為伍，鳥獸為友，夜晚點燃取暖的爐火，聽屋外沙沙的水響，噠噠的雨聲，打在滿山的千葉萬葉上，如千萬根手指在撥動著無數的琴弦。中年依山看夕陽，老來仍傍水聽泉聲，一直我嚮往這種古人的境界。(1978：71)

這是武俠和古詩融而爲一的想像——自己是退出江湖的中年俠客，不再搭理江湖恩怨，從狂飆少年進入萬事不關心的中年。前半段是武俠小說或電影的鏡頭轉移，遠山、晚霞和夕陽爲背景，襯托出一個俠客孤單的身影；後半的敘述是隱居後的詩境，瀑布、茅屋、鳥與樹，一種老年聽雨僧廬下的滄桑和寂寞。或許這也是神州成員在忙碌的打仗和出征之餘，疲於生活的心理寫照罷！通常他們是激昂的，爲一股歷史民族的使命而奔走，爲「少年開始守起的一個信念」而奮鬥，胸中充塞的是家（中）國之情，譬如他記一次到國父紀念館的夜晚，他們一夥人在植物園中喝酒論劍，談余光中的詩，然後很努力的把眼光穿過厚玻璃，去看國父，遣辭用字都是景仰的：

國父，山一樣的坐著，碩大的影子投在高牆上給人一種很深的感覺。隔著一道玻璃門，兩個不同的世界，大家各在一端靜靜地，寂寞。後來沿著長廊走了一圈，揀一道石欄杆坐下來，心中感覺到一點點沉重，以及明天的別離。

如今到國父紀念館，不再只有一點點沉重，而是一股風暴後悲蒼荒涼的感覺在血液中激流或憤懣，有時想一個人大聲大聲地哭起來。國父仍然坐在大廳上，兩邊排列著國旗，而曾經流落他鄉的我已回來了，瞻仰時還是隔著一道厚厚的玻璃門。為甚麼是在兩個不同的世界中？為甚麼我不早生數十年，追隨您在大江南北捲起風雲？在那個動亂多變的江湖中，為甚麼我不能是您馬前執轡的小卒，給您分擔一丁點的苦難？我把臉貼在玻璃門上，看您坐在裡面，在一片幽靜中您坐著如整幅壯麗的山河。瞻仰您時便像瞻仰著整個中國，令人想起許多輝煌，像長廊上一系列的長明燈齊亮起，讓我們看清楚前面要走的長路……（41）

誠如依果頓所說的，意識型態的運作是依靠充滿感情和體驗的意象、象徵、習慣、儀式和神話，這一段引文對孫中山投射的情感，就是一種帶著英雄意味的神話崇拜，用以指涉銅像的措辭都充滿政治性，「山」、「碩大」、「深」都是內心情感的投射，因爲在周的心目中，孫中山是偉大的；而銅像位置較高，處在一種被仰望的角度，也在視覺上合於偉大的形象。這種情感衍生開來，便是個人與國家的情感結合，因此我們看到周狂熱的情感，甚而有時不我予之嘆，把自己的形象矮化，願爲馬前的小卒，以彰顯領袖的崇高／偉岸。在這裡我們不得不折服國民黨的政治策略／陰謀。銅像本身就是一種權威的化身，在台灣待過的人也許都已習於數量眾多的孫中山分身，解嚴之後，銅像的存在意義已改變，它可能作爲一種反權威／反專政的思考，但是對於七十年代的留學生／僑生，它卻是非常具體的中國化身，尤其對於神州成員，他們的大中國認同似乎因此具體化了些，瞻仰著孫中山彷彿瞻仰整個中國。

廖雁平的散文數量不及黃周二人，但我們仍可讀到不同方式的中國認同。七〇年代的馬來亞仍是簡繁體通行的時代，因此來台已兩年的廖雁平接到簡體字的家書時，不由得憂心：

> 來到台灣兩年餘，臨行時帶來的枕頭已陳舊不堪入目，第一次接到弟弟的信，竟然滿紙簡體字，有些簡體字連自己也不認得。由此可以推想而知，我們優美的文字落到怎麼樣的地步了，我們的文化也將逐漸愈來愈低落了。這怎不令人憂心忡忡呢？也許會有人如是想：別人都不擔憂，要你杞人憂天甚麼？正因為如此，所以我們更要大力的管了。管得了嗎？管得了嗎？我喃喃。此時，我的眼簾再也不受控制地垂下了。房間一片漆黑。（1977：185）

捍衛中文／華文的第一防線是文字，當這第一道防線受侵佔，難免令人擔憂，或許這是人情之常，不値評論，但「優美」二字暴露中華文化的優越感，亦是不爭的事實。只是如今再讀這段文字，不免有俱往矣之慨，簡體字早已行之有年，繁體字反而成考古學了。

我們今日重新看待神州詩社，或許思考的角度應該是：中國認同它會「變成甚麼」（becoming），而並非「是甚麼」（being）。神州諸人的中國認同最後變成三條糾纏的主線：一是練武；二是同質性極高的散文（詩）；三是形成中國境內的中國，而這個中國（神州）是自外於中國的，那是他們想像出來的武俠客棧，以義氣和向心力爲凝聚的力量。他們並未因當初對華文的熱誠而在藝術／文學上有所突破，亦即由神州轉化／昇華出一股實在的力量，譬如以文學的管道（編選集／辦文學獎／刊物等）去挽救／提升馬華的華文，卻成就了溫方二人在台的名聲，這恐怕是今日思之令人惋惜的。

二、流離：在中國的邊陲

同樣從馬來西亞到台灣，而今和溫瑞安一樣滯留香港的林幸謙，是另外一種類型。中國認同是一個向總體「意象」靠近的過程——相信那裡確實有一物存在，以我們的想像和方式去書寫它，傳達我們的慾望，一種意識型態，逐漸使它變成了我們的信仰。然而中國認同其實並不如表面上那麼單純，它內部蘊藏糾結、矛盾的情感，每一個人都以他自己的方式去想像，於是中國有了許多種不同的面貌。同屬是中國認同，溫瑞安體現一種完全感性的，以氣使才的書寫方式，他那由古典和武俠所建構的中國停格在七〇年代；而八、九〇年代的林幸謙則是理性駕馭感性，若以風格論，兩人都同屬雄渾（溫瑞安雖有類似公開情書的散文，然其基調仍是雄渾的），也都先後由馬來台，再留在香港，生命歷程有相似之處，中國認同則有所區隔。溫瑞安尋找身體和精神的雙重回歸，把台灣當中國，稱自己是華僑；林幸謙則是自我邊緣化，他以「海外華人」這稱謂取代華僑，以文化中國爲自己的故鄉，現實生活裡故鄉並不存在，身體所在之處都是異鄉，因爲他認爲「人類原本就沒有家鄉，鄉園只是一種無可理喻的幻影」（1995：35）。從這樣「本體論的流放」信仰出發，林根本上就否定了一實體的土地／家鄉可以指認：

> 自從祖先離家背景，他們就往回家的路上走，而不是往離鄉的路上走，卻永遠也回不了家，愈走愈遠，終其一生，恐怕都回不到故國（35）

引文出現一個悖論，離家如何會是往回家的路走？這意味著家要在離開的時候，鄉愁才出現，就精神層次而言，他們確實是在離家的時候才會意識到回家。而飄泊彷彿是中國人的集體命運，不僅在馬來西亞，許多海外華人終其一生背負著鄉愁，始終都回不了故國，故鄉成了生命中永遠缺席的存在，誠如霍米．巴巴所說的：「它（認同）在空間上的特徵總是分裂的——它使缺場的東西在場——並暫時延異——它是一種總是在別處的時間的再現，一種重複。這個意象不過是權威和身分的一個附帶物（appurtenance）；絕不能依詞形的相像而將其讀作某一「現實」的「表象」。接近身分的意象，只能通過總是將其表現爲一種閾限現實的移置和區分原則（缺場／在場；再現／重複）而否定任何意義上的創新或充足性，才是可能的。這個意象既是一個隱喻的替換，此在的一個幻覺，同時又是一個換喻，標誌其缺失和損失的符號」（羅綱、劉象愚主編，1999：210）。

鄉愁總在離去時才產生，因此當我們意識到故鄉時，總是在別的時空中，這是故鄉存在的另一形式。就林幸謙來說，馬來西亞是異鄉，到了台北，故鄉也不在場，他並不像神州成員那樣以爲回到祖國，一再被延異的故鄉遲遲沒有出現，那麼，他的故鄉在哪裡？以甚麼形式存在？

就林幸謙的例子而言，中國是一個形而上的存在，即霍米所說的此在的一個幻覺，它是一種身分的象徵，他的鄉愁是文化／文學的，是一種因爲血緣和歷史而生的，無關乎國界：

> 流放情境，曾經使海外人失去了他們的身分，渴望著回歸主流。在中國模式的歷史情境中，海外人最沉痛的記憶不外是這種流離的文化情感。由於歷史文化的牽引，加上個人的選擇，我也走上了尋找回家的路。(34)

由此，他十分清楚自己一生都要在失根和尋根中渡過，中國是不斷以書寫去接近的故鄉，「祖國便是人類心理上的文化故鄉」（51），在「文化鄉愁中意外地解構了飄泊與回歸的迷思」（74），溫瑞安重構他想像的中國，林幸謙則剛好相反。他不斷的解構及否定，以削去法尋找自己的中國，逼出中國是碎裂的，在每一個海外華人的體內；其次，他在書寫中試圖去探索海外中國人的集體潛意識：

> 我在書寫中力圖尋找海外中國人的某種集體潛意識，以期把自己融入整體幻想之中。對於集體感的追尋，內心殘存的原鄉神話的記憶，一點一點滲入意識層。集體記憶中殘存的痕跡，被理想化了的原鄉以其慾望的面目為我喬裝。我試圖揭開隱密的自我，卻一再受挫於繁瑣的壓抑體制中。(206)

意識型態和人的潛意識盤根錯結，而文字書寫實難再現／挖掘這裡面的複雜關係，尤其牽涉到集體潛意識的身分認同，林不斷尋找／書寫，卻總是發現自己落入相同的模式之中——身分意識的焦慮之感。他認爲自己尋找的是一形而上的文化鄉愁，實則民族身分、文化身分、集體身分以及自我身分的衝突彌漫字裡行間，大量的隱喻和暗喻使得身分曖昧不明，連帶文本也呈曖昧性。林在馬來西亞時異鄉感的來源，就其散文中所能得的訊息，主要是土著（馬來人）和華人在教育政策上的不公對待：

> 我暗自推度，數十年前，斑黛谷上這片寧靜的處女林如何在鋼齒下被逼改造；而一九六九年的新經濟政策又如何以種族配額制把成績優良的華裔學生拒於高等教育門外。沒有人反對以種族配額去援助較貧苦的土著子弟，

可以一些大學的土著配額竟這達九〇%或高達九五%，而全國土著人口卻不佔總數的一半，更何況全國還有專收土著的大專學院。自從高等聯邦院判決華人不能籌辦以華文為媒介語的獨立大學以後，必有懷著憂憤的詛咒的影子，曾在這片湖岸上嘶聲虐呼；有偷偷流淚走過的，也有無動於衷的來來去去。（69）

從引文我們可知，教育政策偏差所引發的疑慮是：同是這一塊土地上的人民，爲何待遇不公？既然待遇不同，意味著在權利分享上有主次之別，既有主次之別，則有主人和非主人的區隔，華人只有轉而認同／擁抱自身的文化和歷史。大環境促使人反省認同是甚麼，而這樣的思考到了台灣，更加弔詭。台灣在血緣和文化上都更接近中國，但是林對台顯然並沒有歸屬感，「南中國海的潮聲夜夜從小窗外傳來。福爾摩沙，北回歸線上的藍天沒有一片屬於我，而我生命中的大花園還遠在遙不可及的前方。」（268），馬來西亞既是異鄉（「我們猶同故國邊陲的客人，在自己的家鄉被貶爲他者，並在後殖民的論述中喪失了主體性」，10），到了台灣，本土意識已經茁壯，僑生不再像溫瑞安那時代備受禮遇，台灣成爲另一個異鄉，「僑生」的異鄉感可能更甚於馬來西亞。馬來西亞至少是成長的土地，親人都在那裡，若非不公的待遇，可能產生多重認同（multiple identities），如此華人流離（Chinese Diaspora）鄉愁就不會被召喚出來：

身為諸神的海外人，一生原就充滿了懷念，充滿迷思。外省族群在台灣，以及台灣在國際社會上的處境，正如僑生在台灣的處境一樣，既不被認可，亦得不到世界各國的尊重，如夢幻的泡沫般被排擠在世界一隅，雖然力圖尋回失落的身分，卻在政權角力中，任憑扭曲。（91）

林以其論述和抒情雜揉的散文風格反思華人的身分，包括海外華人、在大台灣本土意識高漲之後的外省人、台灣在國際舞台的身分，都是一重又一重的隱喻，以這樣的角度思考華人的位置，凸顯出一種被壓抑的存在，因爲被壓抑，便以敘事不休止地建構身分，不斷瓦解又不斷確認，把自我邊陲化，而實際上也只有邊陲化，才能安頓曖昧的身分：

從一個他鄉到另一個他鄉，從家鄉的異客到異鄉的他者，我們始終處於邊陲。邊陲的人生，不僅指原鄉的失落，也說出了身分的曖昧性。為了紓解禁忌的威脅，我們拼命地從社會邊緣往中心力溯，內心稍感過度的負荷，壓抑中自有不想啟口的感觸。個體和民族的壓抑，提早促成我們隸屬歷史

的寂寞。(11)

這段文字充滿邊陲性，身分邊陲化是不得不的選擇，如此在「精神祖國與現實家園同樣弔詭十足」(74) 的時代中，才能找到安身立命所在。不過，身分曖昧並無損於文化認同，因爲「文化的」就和「歷史的」一樣，帶有中性意味，但在凸顯自身的邊緣性時，文化和歷史被視爲主體的支柱，它亦必須被邊緣化，在馬來西亞時必須如此，在台灣，則反而要以馬來西亞華人的身分凸顯自外於台灣（而非中國），台灣在林的認知裡既是邊緣，和他的身分無異，因而他在台灣形成「邊緣中的邊緣」，與神州「中國裡的中國」形成兩極化的例子。邊緣化的身分讓他無論是在馬在台抑或今之香港，是一種合法化的不歸，因爲邊緣化解構了飄泊與回歸的迷思，既然處處是異鄉，處處都是他者，則亦意味著處處可以是故鄉。

三、辭藻化的中國

對創作者而言，文字是首要之務——甚麼樣的文學語言才足以達意？除了達意之外，甚麼樣的文字形式可美化修辭，也同時提升文學性／藝術性？這本來屬於修辭的範疇，但是修辭的選擇其實暴露了意識型態，語言洩露作者的慾望，正如巴赫汀（Mikhail Bakhtin）所說的，意識型態本來就顯現在對語言的追求（選擇）上，敘事永不休止地建構身分，去抗衡差異（1987：295）。而馬來西亞散文裡的中國慾望，往往體現於大量古典詩詞的挪用。相較於日常可習而得之，或使用的白話文，古典文學的文言文是書面之物——文字最精粹者，尤其是馬來西亞的華文，經過本土化之後，日常用語裡不免摻雜太多雜質[6]，因此挪用詩詞往往成爲許多散文慣有的現象。

對於有大中國視域的創作者，現實中國已經回不去，中國慾望只有投射到散文裡，最好的中國化方式無疑是古典／古裝策略——想像的維度透過各種詩詞的化裝而得到最好的發揮，亦可從自身的形像分化出一個想像客體，寄情於古典時空。何棨良在〈這種眼神〉裡所投射的感時憂國情感，就挪移自屈原：

---

[6] 語言混種（hybrid）是多元種族國家的現象，它可活化／現代化語言的運用，一些特殊稱謂和名物的使用在所難免，除非刻意避免，要求文字的絕對純粹，實際上，也沒有所謂絕對純粹的標準。

> 我已相忘於江湖，江湖落魄，壯志飄零，你我都是漂泊的族類，沒有故鄉，只有孤獨與唱不起的悲歌。……我已看到屈原底黝黑的靈，挾以霜風冷劍，從汨羅江嬝嬝昇起，披頭散髮，何奈憂國的人啊！屈原啊屈原，吾應擬汝？……我又能幹些甚麼呢，我自己再強也不能再寫一部無韻的離騷啊，再強也不能重演七步成詩的故事了。……昨夜我酩酊大醉，酒入愁腸，沒有相思淚，只有滴滴紅血。我哭泣了一夜，這十九生命！我右手握一截長劍，左手執著詞卷，迷惑而倦睡於蓮池邊，檀香裊裊，蟬聲悠悠，猛烈醒來，竟發覺每一朵蓮都已凋謝。(1974，《蕉風》259 期：60)

這段文字可以說是以白話文寫成的古典文學，情感和意象都十分古典，劍與詞是兩條主線：江湖（武俠）和古典的混合和溫瑞安殊幾近之，然而其孤獨之情究竟從何而來，散文並沒有交代。作者以屈原爲傾訴的對象，而屈原的憂國在這篇散文並沒有寄託，如果有，只是借屈原的愁以澆個人塊壘。「酒入愁腸，沒有相思淚」，是從范仲淹的〈蘇幕遮〉「酒入愁腸，化作相思淚」而來，其他如以紅血喻淚、蓮、檀香等都是從詩詞中來。這篇散文穿上古人的衣服，不見今人的情感和個人的意象，浪漫情懷漫漶。譬如走在冷風落葉裡，他把那些飄落的葉子想成是林黛玉的化身，「輕輕把古代的幽怨全部交給我們這一代人」（1983：3），想像他自己是「一個醉裡看劍的白髮書生」（6），「醉裡挑燈看劍，夢回吹角連營」出自辛棄疾的〈破陣子〉，這是把自己的個情懷古人／古典化。或者是從武俠小說裡得到觸發，譬如從古龍的小說裡挪用〈十年磨劍〉一句爲題目，繼而以「江湖秋水，何其滿漲，我的江湖，又何其影單魂孤。我寫下了我底濺淚的悲憤」（1975，《蕉風》273 期：56）模擬江湖的情境和感覺，抒發其孤獨之情。然而所謂孤獨，作者只以一種文藝腔說：「沒有練武，沒有名師，也沒有破缸救友的故事」（同前引）。另外一篇名爲〈愛蓮說〉亦然，開始第一句「這樣下去我會很快死的」（1975，《蕉風》268 期：42），彷彿爲這篇散文的浪漫基調做了最佳開場：

> 周敦頤說蓮是君子。你不是君子。你是，你是我整座東方的王朝。想起太白的藥酒，河西的船家，櫓聲隱隱，雙槳輕輕，足以代表整個東方民族，我的美，我的荒涼。你是我荒涼中的王朝。此刻只沉浸著太古的靜，我縱有情，亦不會學古人了。我畢竟是一條淨淨的漢子，雖半生殘廢，撫琴落魄，這都不足以阻我奔向盛唐之月。你我靜歌共飲，我酒醉紅顏，卻又怕情多累美人。(同前引)

東方（中國）是美而荒涼的，這段文字的意義表達較爲清晰，作者的中國情懷籍幾種意象透顯，蓮、盛唐、琴和月組成古典的時空，一漢子撫琴對月，文字中的「你」具歧義，可以是中國、亦可是蓮、或是以蓮爲名的女子，總而言之，是作者託以寄懷的對象，對象爲何並不重要，重點是作者使用了十分中國的意象和語言，甚至情感、思考模式，一言以蔽之，都是籠罩在古詩詞裡的。根據巴赫汀所說的，這種對形式和語言的追求，暴露了作者的大中國意識。

對古典的追尋同樣出現在陳蝶的散文裡：「我能對中文作無盡的禮讚和嚮往，對山野之趣作無限的追求與懷念，都是不作漁樵卻有漁樵之意的父母的影響」（1989：168）。引文有「對中文作無盡的禮讚和嚮往」，證諸陳蝶的散文，所謂的禮讚和嚮往的表達方式有二：一是她對詩詞多方的援引；二是她對隱逸的興趣。〈上山〉一文中她這樣寫道：

> 長長的三十年，沒有寒，而只有暑，只有赤道上炎炎的紅，日日輛迴，月月輪迴，我在頂著紅日的南國之夏，尋遍蓮根；我在許多相異的族類之中，不能忘懷一種語言，啊死也不能背棄的語言，死也不能相忘的文字！我在被允許的理智中，把相思刻在石上，把性情溶在墨裡，把胡琴跟禪師倒的語錄，放在老子同莊周的中間，啊我的笑與淚，都是那麼有跡可循，寒山子的智而哭，痴而笑，大醒的醒而淚，悲而吟，連我哭泣的戀愛，都不能例外地早早就註明在白香詞譜內，讓我讀著的時候，恍如手捧前世的遺書，憂愁得無以自制。（79）

陳蝶亦以蓮爲中國的象徵，尋找「蓮根」頗有尋根的意味，這根即是中華之根，更正確的說法是，古典文學的修辭——所謂「死也不能背棄的語言和死也不能相忘的文字」方是她所尋的根。引文中的相思是指對中文的相思，包含了禪和老莊，是隱逸詩人如寒山所宗者。把典麗的修辭視爲維護中文的根，這樣的確認其實是一種誤認，所移置的中國或只是其末枝。因爲把中國寄託在修辭上，很自然的把所讀過的古典詩詞移植，然而古典情境畢竟和馬來西亞格格不入，它有四季、有亭台樓閣，更有古人登高望遠以寄悲愁的行。陳蝶宣稱「這裡有溫柔了一個夏季之後便整裝等雨的蓮，這裡有禪音古寺，這裡有龍族的舞，有唐人街那裡最常播出的粵曲和民歌，啊也有最令知覺比較靈敏的人們經常引以爲憂的龍族名分的問題」（79），提到華人的處境，亦是輕描淡寫帶過，她寫馬來西亞仍然是以「中國」爲思考中心，馬來西亞常年如夏，何來「一個夏季」？而龍和粵曲所指涉的彷彿是一個破敗的時代，彷彿是西方眼中神秘而落後的「中國」，在陳蝶的散文中，這個中國既是前世的中國，也是作者所誤認的中國。

她認爲「究竟舊體詩的美是比較持久的」(164)，因此我們不難明白爲何她寫雨必得要引蔣捷的〈虞美人〉：

> 卻是雨綿綿的落在古代落在今朝肯定也落在未來的空中街道，雨是不受時空限制的，古人詠雨今人詠雨，少年中年老年對雨的感懷又是不同的境界。你聽雨又如何？「少年聽雨歌樓上，紅燭昏羅帳，中年聽雨客舟中，江闊雲低，斷雁叫西風，而今聽雨僧廬下，鬢已星星也，悲歡離合總無情，一任階前雨點滴到天明」。滴滴答答的雨，在山間在河上在人的心裡，在蕭條的午後在冷冽的清晨。(164)

引用古人的語言是一種向古典致意的方式，但在創作中，創意毋寧是最重要的，何況不是變化其文意而出之，而是全然搬用，自己的風格和語言同時也被古典征服和掩蓋了[7]。陳蝶亦不晦言好作古人吟，「我心中保有一塊土地，是古畫上江闊雲低的水邊，水邊有垂柳茅屋，屋旁有長衣人，亦有草鞋的挽魚簍釣者，那畫是無色的，無限的清遠，萬分的淡美。」(168) 這樣的想像令人聯想起柳宗元〈江雪〉中的釣者，獨釣寒江雪的畫面一片白茫茫，那種悠遠的畫境是屬於傳統山水詩和山水畫的美感經驗，對陳蝶來說，大概亦是老莊精神的轉化吧！

同樣的情況出現在梁紀元的〈梁紀元〉，那風景應該出現在唐宋：

> 側耳傾聽，有打更的跫音走過，還有一絲絲遠處的馬嘶，遙遠的蹄聲。今夜有唐朝的濃郁，有宋朝的纏綿我已躺在遠古的花燭裡。(《蕉風》278 期，1976：6)

打更、馬嘶、蹄聲和花燭都屬於古代，即使這是作者的想像，附著在想像背後的意識型態是中國古老的靈魂，至於唐朝是否濃郁，宋朝是否纏綿，那都是作者按自己的想像而任意再現的景況。古典修辭並不等於作者的文學素養，那是對自己

---

[7] 除了宋詞的直接挪用，此文更因襲了余光中〈聽聽那冷雨〉的片斷：「雨在他的傘上這城市百萬人的傘上雨衣上屋上天線上雨下在基隆港在防波堤在海峽的船上」。同時余文也援引了〈虞美人〉，但有變化：「一打少年聽雨，紅燭昏沉。兩打中年聽雨，客舟中，江闊雲低。三打白頭聽雨在僧廬下，這便是亡宋之痛，一顆敏感心靈的一生；樓上，江上，廟裡，用冷冷的雨珠子串成」。

的文字缺乏自信的裸露。

文字是創作者的利器，它的高度等於思考的高度和深度，倘若文字囿於古典，則其視野和思維模式必然受侷限，因此在向中國致敬的時候，或許也該爲創作主體尋找新的方向。對於在馬來西亞以華文創作的華人，除了身分的追尋和確認這複雜的認同課題之外，更重要的，恐怕是如何運用屬於自己的語言創造個人的風格吧！

四、中國映象：風景的召喚與僞裝

相較於曾經在中國大陸生活過的祖父或父親輩，馬來西亞第二、第三代華人最直接的中國經驗，就是到中國大陸去旅行或探親。那塊土地是中國文學的發源地，他們曾經在古典文學裡經驗過那未被證實的風景和地理，從長輩的口耳相傳之中對那塊土地及親人產生情感，或者經由文學而催生想像，因此從這些旅遊文學中，我們可以讀到被風景召喚出來的文化鄉愁，而最常出現的符號是長城、黃河和海棠。這意味著中國的情感都是從書本、長輩以及民族之情所引發的，他們因爲風景的召喚而突生激情式的認同。

這些遊記呈現的特質，特別突出文化和歷史記憶，那是民族記憶最重要的部分，他們不像出生於中國的祖先想回到那塊土地，這些第二、第三代的華人，在生活習慣上已深深本土化，其實已具備多重認同的身分，他們所認同的中國，純粹是以文化中國的形式而存在，尤其是在馬來西亞開放探親之後，它的神秘性已經解除，超越國家界線和政治規範之後，附身在海外的華人身上的，只是越來越老，越來越相似的中國幽靈。

潘碧華的〈我會在長城上想起你〉記述中國之旅，這篇散文的重點不在長城，而是一位來自中國大陸的老師和長城的辨證，由此而引發她的思古之幽情。她對這趟旅行的期待源於一位老師口中的文化／文學中國：

> 那幾年來聽你講課，從遠古的堯舜到近代的抗日，多少英雄人物你口中提起，而這些人物的活動範圍就在這一塊海棠葉上。上課的第一天，你在黑板上隨手就把中國的地圖畫了出來，黃河在北，長江在南。你在黃河之上縫了一條傷痕，你說，這條傷口，便是萬里長城。那時我只覺得你的形容很傳神，一張時時受傷流血的海棠葉。也是那時候起，我愛上了你的課，

愛你用神往的口氣說歷史的故事。(1998：152)

這段文字的最大特色在於使用非常典型的中國圖象，作爲引起中國情感的媒介。英雄人物、海棠葉、黃河、長江、萬里長城，都是最具代表性的中國符號，余光中的詩處理過黃河、長江、萬里長城，也以海棠譬喻中國，而眾所週知，余光中是一個非常「中國」的作家。這些符號並列的時候，一張中國地圖就顯現了，不必有準確的比例尺，稍有常識的人一看就知道，那是中國。也許我們會認爲，一張地圖並不具備中國的意義，但是把萬里長城喻爲一條傷口的擬人化比喻，是帶著情感的，萬里長城之所以是傷口，背後必然蘊藏著意義——老師是第一代的南渡中國人，十四歲離家，所有的親人都在廣東，早已失去聯絡，因此萬里長城就像心裡的那條傷痕，永遠無法痊癒。然而故鄉在廣東的老師，和長城實際上並沒有那麼密切的情感。只不過長城就和黃河一樣，是中國的象徵，因此自然把鄉土之情投射到最足有象徵意義的長城上。潘碧華不同，她是第二或第三代的馬來西亞華人，「我不是回故國的人，我帶著的是另一種情懷，一種期待與神交已久的土地相見的心情」(153)，她是去看那條老師心裡的傷痕，是去印證文學和歷史中的長城。因此當長城出現時，她並未急於去描述心裡的感覺，反而想起上課時長城和戰爭自古以來的緊密關係，以及老師對於戰爭的敘述。而整篇散文對長城的敘述，大都環繞著長城的歷史，因此其實是一種撫今追昔的緬懷，和歷史對話的過程。作者誠實的道出：「你（老師）的悲劇不在我成長的年代，我不能體會你的切膚之痛」(155)，但由於歷史和文化的民族情感，她仍有這樣的想像：

> 我，也像許許多多的遊客一樣，要踏上歷史的長城，站在長城上，讓歷史在我身邊呼嘯，流過……我會在長城上想起你，想起你的傷口，和長城一樣長……(156)

在身邊呼嘯的歷史，是由書本和長輩口中得來的。同樣的情況出現在〈西安向我攤開它的歷史〉，古舊的西安令作者想起唐朝、楊貴妃和李白，一種歷史的情感沉積再次出現。西安是中國多朝的國都，不但歷史時空深遠，人文背景也十分豐富，因此這篇散文與歷史的對話更頻繁，作者筆下的長安是整個中國文學史的濃縮版，它抽去了〈我會在長城上想起你〉現代人物（老師）介入的情感因素，完全由歷史知識／情感作爲骨架。

郭蓮花回到惠安，是爲了代替父親回鄉。她的父親在全球經濟大蕭條的時代，爲了生計而南來馬來亞，她是華人的第二代，對她而言，馬來西亞才是家鄉，

「父親若沒離開故鄉，我就沒有現在的家鄉了」(1999：58)，顯然她視自己爲馬來西亞人（或者更詳細的稱謂是馬來西亞華人），而她的到訪，純粹是爲了代替父親自離開之後再也沒有回去過的故鄉。她視那裡是根之所在，是血緣的起始，但是也清楚的知道，她現在的故鄉是馬來西亞，文化認同或國家認同並不等同或混淆。〈花崗石砌成的夢〉追溯家族離散的歷史，其實也是大部分南來華人的歷史，「離鄉背井漂泊到海外，尤其是遠渡到所謂的『蕃邦』，對傳統的中國人來說恐怕是一種生離死別吧」(57)，隨著這種流離歷史上演的，是故鄉妻子的苦苦等待，離家的則展開了永無止盡的鄉愁，許多人這一走就再也沒有回鄉，譬如作者的父親，就此埋骨他鄉；有的客死異鄉，卻希望屍骨可以回到故鄉。對於這些流離之子的後代，那塊被祖先稱爲故鄉的土地，旅遊的意義遠大於返鄉。

陳小梅在其〈缺角海棠葉迷人〉中，傳達的完全是一種局外人旅遊的心態，作者「帶著放逐式的心情，孤身一人揹著背囊，走向嚮往已久的古老王國」(1994：83)，雖然是嚮往已久的古老王國，作者的散文卻只是輕描淡寫的說：

> 一年的長征歷練中，心頭築起的記憶長城，還超過現實中殘垣斷墟的長城。早已在紙上推演多次的山水，一旦從平面成為立體，且深入其中，這期間的差異，有時感到貨不對辦，有時只想看一塊磚，卻意外得到整座宮殿。……一曲神州吟，看不盡淒迷山水，聽不盡琴箏悠揚，嘗不完酸甜苦辣；怡然自得，不覺風餐露宿之苦。(同前引)

引文對山水並無多少著墨，本來從前半段文章，我們期待會讀到關於風景和心情的長篇敘事，但是作者只交待了幾個不到現場也能敘述的片斷，這樣蜻蜓點水似的寫法，原因有二：一是表達失敗；二是情感是僞裝的，尤其作者在結尾的時候，借別人的口說：「你是不虛此生了」(84)，尤顯敗筆。

梁誌慶的〈長城，我來了〉一文，所傳述的情感是遊記中的另一種典型。一種景仰的角度使長城變高，而人變得渺小：

> 日影偏斜了，天也開始陰暗下來，長城，來，我和你拍張照留念。你一定笑我太認真了，怎麼還穿上大衣呢？是的，我是慎重了一點，你知道，我成長在遙遠的馬來西亞，我是掙扎著來的，我珍惜這分緣，以度我們還能夠不能夠再見面，那就很難說了。(1998：44)

這段文字雖是描述對長城的情感，但我們可以把這一點放大，視爲一種對中國的孺慕之情，作者口號式的題目「長城，我來了」已經提示我們，他的情感已經十分澎湃了，因此當作者遠遠的看到「遠山頂上有一條龍的脊梁」(41）時，長城便和龍的形象結合，它隨著距離的接近而變大，繼而使作者生出讚嘆之情：

> 你是一條不見首尾的神龍，飛竄於萬山之上，隱入蒼莽的天地間，山脈是陸地上靜止的波濤，你是堅固又綿長的防浪堤，掩飾著南方的中華兒女……長城，你創造了炎黃子孫的歷史，歷史也建造了中華文化的長城……多少海外的中華兒女，雖然落籍為異國的子民，但是他們仍然向著民族和文化認同，知道有這條母親的臍帶，曾經哺育過他們……（42）

我們可從意識型態的角度解讀這段文字。作者把長城視爲臍帶，那麼中國和華人的關係就是母子關係，以此推論，馬來西亞就是異國，而中國顯然是祖國了。因此象徵中國的長城被視爲創造炎黃子孫歷史的一廂情願說法，也就非常自然。一種立足於想像的身分連繫他和中國的情感，也連接起歷史，這種「想像」的身分認同（identity-as-imaginary）是在接觸長城這一「事實」才被激起的，其背後是集體文化記憶，讓作者確立自己是中華兒女。

以長城和海棠作爲象徵的中國遊記似乎說明了一個事實：馬來西亞華人對中國其實並不真的那麼「有感覺」，而是民族情感的普遍共鳴，就像戴小華在〈踏上中國的土地〉所說的「中國畢竟是一個既有親情又很陌生的地方……是爲了去認識那與我流著共同血脈的民族，是爲了去了解那與我有著共同文化的國家」（1996：17），這種簡單的理由和千篇一律的情感其實不算鄉愁，只不過作爲相同的族群，因而對中國大陸有一分親切的情感，則是不爭的事實。

結　論

認同是一種關係的表現，由以上所論述可知，馬來西亞的創作者由於使用中文創作，中文所牽連的是一整個文化，不只是單純的文字問題，因此極易與生產文化的那塊土地產生錯綜的情感在身分上，他們是馬來西亞華人，在文化認同這個層次，無論他們循著種族、文化、習俗、或是一些民間信仰去追索，中國仍然是根源所在。可是現實中國已赤化，他們只能以自己的想像／慾望去形塑心目中的中國，因此我們看到神州的誤認（在他們或是確認），把台灣當成中國，比本地生更加中國，甚而有反共復國的理想，無疑他們是國民黨政治教化下成功的歸來僑胞，他們所打造的中國藍圖是由武俠和古典構成的海市蜃樓；或者如林幸謙，處處是他鄉，中國早已幻化成碎片流動在每一個中國人／海外華人身上，因此把自己邊緣化，據此以發聲，亦是另一種中國化的姿態。對大部分身在馬來西亞的創作者，從課外書或中文課本所認識的中國是古典的，古典文學裡的中國是北方那塊土地，那是由春夏秋冬四季、亭台樓閣和馬車組成的古代，正如陳大爲在一篇題爲〈抽象〉的散文中所說的「季節是一個抽象的美麗名詞，只在寫作文的時候用來點綴天空，用來強說愁。對我們這些赤道的孩子而言，楓和雪的千百種風姿，都是唐詩和宋詞裡的畫面，只存在於文人寒冷的筆下，與高溫絕緣的地方」(1999：87)，最常出現的龍則是「龍呢？更抽象的龍，斜斜的躺成楓和雪的十萬種風姿，筆劃蒼勁，外帶兩分朦朧八分清晰」(同前引)。他們也可能從武俠小說／電影去指認，於是只能以十分古典的修辭去描繪有著古典情調的中國。當馬來西亞開放中國觀光，一批旅遊文學因應而生，原本是書本上的風景變得立體化，風景召喚出對中國的感情，來自相同的血緣和文化，卻不同於神州諸人亟於追尋的大中國情懷。無論是那一種中國圖象，所把握到的也只是碎片，這篇論文試圖從文本拼湊出馬來西亞散文裡的中國藍圖，或許也只得其中一隅而已。

【參考書目】

王賡武（1994）《中國與海外華人》．台北：商務。

方娥真（1978）《日子正當少女》．台北：長河。

（1988）《剛出爐的月亮》．台北：當代。

（1989）《何時天亮》．台北：皇冠。

朱天文（1989）《淡江記》．台北：遠流。

朱耀偉（1994）《後東方主義——中西文化批評論述策略》．台北：駱駝。

（1996）《當代西方批評論述的中國圖象》．台北：駱駝。

余光中（1982）《五陵少年》．台北：大地。

何棨良（1983）《另一種琵琶》．吉隆坡：人間。

（1974/09）〈這種眼神〉．《蕉風》第 259 期，59-61。

（1975/06）〈愛蓮說〉．《蕉風》第 268 期，43-43。

（1975/11）〈十年磨劍〉．《蕉風》第 273 期，54-56。

林幸謙（1995）《狂歡與破碎》· 台北：三民。

周清嘯、黃昏星合著（1979）《歲月是憂歡的臉》· 高雄：德馨室。

神州詩社編（1977）《風起長城遠》· 台北：故鄉。

（1978）《滿座衣冠勝雪》· 台北：皇冠。

特倫斯 · 霍克斯著 · 瞿鐵鵬譯（1987）《結構主義和符號學》· 上海：譯文。

梁紀元（1976/04）〈梁紀元散文〉·《蕉風》第 278 期，6-8。

梁誌慶（1998）《聽石》· 柔佛：南馬文藝研究會。

黃錦樹（1998）〈神州：文化鄉愁與內在中國〉· 收入《馬華文學與中國性》· 台北：元尊，219-298。

陳奕麟（1999/03）〈解構中國性〉·《台灣社會研究》第三十三期。

陳小梅（1994）《神州我獨行》· 吉隆玻：雪隆潮州會館。

陳大為（1999）《流動的身世》。台北：九歌。

陳清僑（1997）〈離析「中國」想像：試論文化現代性中主體的分裂構形〉· 收入簡瑛瑛主編《認同 · 差異 · 主體性》· 台北：立緒，237-268。

陳　蝶（1989）《上山》· 古晉：砂華作協。

郭紀洪（1997）《文化民族主義》· 台北：揚智。

郭蓮花（1999）《走月光》· 吉隆坡：千秋。

溫瑞安（1977a）《龍哭千里》· 台北：楓城。

（1977b）《狂旗》· 台北：皇冠。

（1977c）《回首暮雲遠》· 台北：四季。

（編）（1978）《坦蕩神州》· 台北：長河。

（1979）《天下人》· 台北：長弓。

（1980）《中國人》· 台北：四季。

愛德華 · W · 薩義德著 · 王宇根譯（1999）《東方學》· 北京：新華。

潘碧華（1998）《我會在長城上想起你》· 吉隆報：長風。

戴小華（1996）《深情看世界》· 河北：河北教育出版社。

霍米 · 巴巴（1999）〈紀念法儂：自我，心理和殖民條件〉· 收入羅綱、劉象愚主編《後殖民主義文化理論》· 北京：中國社會科學，202-217。

鍾怡雯（1999）〈台灣散文裡的中國圖象〉· 收入成功中文系編《孤獨的帝國》· 台北：行政院文化建設委員會。

.Althusser, Louis（1993）"Ideology and Ideological State Apparatuses" *Essays on Ideology*,London and New Yord:Verso.

Anderson, Benedict（1995）*Imagined Communities (Reflections on the Origin and Spread of Nationalism)*,London and New York: Verso.

Bakhtin, Mikhail（1981）*Dialogic Imagination* ed. Michael Holoquist. Trans. Caryl Emerson & Michael Holoquist. Austin: Texas UP.

Clifford , James（1994）"Diaspora" *Cultural Anthropology 9*,no.3

Eagleton, Terry（1992）*Literary Theory :An Introduction.* Oxford and Cambridge: Blackwell.

Said , Edward W.（1978）*Orientalism,* New York:Vintage Books.

原發表 1999

八〇年代校園散文所呈現的憂患意識

＊潘碧華

一、前言

一九八九年，馬大華文學會文集之三《坐看雲起時》封底的「宣言」，可作爲本文的序幕：

> 划過歷史的長河之後，涓涓細水應流向浩瀚汪洋。
>
> 然而我們如何在遼闊的兩岸搭起一座橋樑呢？這有待我們以一生的摯愛將綠意嵌入紮根的方土。紮根之後，豐盛的枝頭該往哪一方藍空舒展？或只安於傘下的庇蔭？
>
> 遠航的舵手們，當山窮水盡，你選擇與雲騰空抑或滯留水窮處？
>
> 或許，我們都應成為逆流而上的涉水者，在水湍風緊的年代颯然前航。[1]

八〇年代是大馬華社憂患意識特強的時代，無論是政治、經濟、教育，或文化，華人的權益如江河日下，維護母語教育和捍衛中華文化的堡壘，一一兵敗如山倒。招牌事件、茅草行動、政府機構行政偏差，華社人人皆能感受到勢不如人，任人左右而無能爲力改變的局勢。

八〇年代的華社，充滿頹喪黯然的情緒；作爲社會縮影的大專院校，華裔學生不免也有同樣的感受。他們通過正式與非正式的活動，力圖在劣勢中，傳達他們的憂患和期望。

---

[1] 見馬大華文學會編《坐看雲起時．宣言》（馬大華文學會89/90年文集），吉隆坡：馬大華文學會，1991封底。

這一個時期，大專院校前所未有的剛好雲集了一批文學愛好者，或結社，或出書，作者之眾與作品之多，造就風氣即盛的校園文學。處於風起雲湧的時代，在他們的作品中，也不免反映出社會的不安的面貌和人們焦慮的情緒。

這時期的校園文學所表現的題材多樣，從個人的風花雪月到大我精神的作品皆有。而最能夠和八〇年代脈搏相應扣的，便是本文所要討論的民族文化憂患意識。在各種文體中，散文是大專院校生擅長且成績不菲的一環，因此本文專以八〇年代的校園散文爲對象[2]，探討其中所呈現的憂患意識。

二、淑世情懷和文化使命

八〇年代期間，馬華文壇出現許多具有憂患意識的作者，其作品中常常帶有「孤憤」的情緒。溫任平在祝家華的《熙攘在人間》序文中，提到所謂「孤憤」之情，非八〇年代獨有，而是出自於作者「看到社會不合理的現象，有感而發的不平之鳴，字裡行間恆彌佈著一分淑世的關懷。也許由於作者意識到一己力量之有限，匡扶乏力，因此下筆行文格調偏於低沉，帶點孤憤意味」。溫氏又說：

> 這種孤憤之情，我並不陌生，因為家華的感受我也曾感受過。而在我早年的散文如〈暗香〉、〈朝芴〉篇有曾用另一感性形式表達過。我甚至要說，溫瑞安的〈龍哭千里〉、何啟良的〈那一抹眼神〉、方昂的〈烏權〉、游川的〈蓬萊米飯〉、傅承得的〈趕在風雨之前〉，加上祝家華、辛吟松、何國忠諸子近年來的作品，寖寖乎已足於形成馬華文學另一個獨特的憂患意識傳統。這些作家關心民族處境、國家命運，文化使命感強烈。[3]

從溫序中，我們大致上可以看到憂患之所以籠罩八〇年代文壇，是出於那時代的作者具有淑世的關懷，他們爲不公平現象而憤怒，也爲民族的權益和文化的傳承憂慮。由於不甘於現狀，心生「孤憤」之情；由於憂慮，行文不免有意識地注入

---

[2] 在籍大專生出版合集和個人專集的風氣始於一九八五年，即是散文合集《青色的衝激》，由麻坡朋友出版社出版。此後，書出不斷。但大專生創風氣卻早在一九八五年之前，本文引文來自已出版的書籍和雜誌，皆在八五年之後，但所收集文章，部分是八五年之前散見報章的創作。

[3] 溫任平〈懷念一個江湖的遊離與溫馨〉，收入祝家華《熙攘在人間》，吉隆坡：十方，1992，頁5-6。

沉痛的感情，以低沉的語調敘述族人的當前狀況，表達內心憂慮如焚，心痛如絞的感覺。這種感情不只是校園文學中顯現，實際上整個八〇年代的馬華文壇，都瀰漫著如此具有壓抑性的情緒[4]。

溫在文中所提到的幾位作者，都具有作爲知識分子的文化認知感，處於多變的年代，他們站在「關心民族處境、國家的命運」的立場，爲命運多舛的大馬華人1社會發出痛心疾首的呼聲。他們不但有深厚的文化根基，也備有感性的文學素養，作品中顯現出一股大我的「文化使命感」。

這種從個人的感知，引發出來對民族前途、文化危機、社會現象關心的情感，形成八〇年代馬華文學作品中獨特的「憂患」意識。而八〇年代的校園文學作者，良好的教育與惡劣的處境，很容易地讓他們與這一股意識達至共鳴。大專法令嚴格的限制，並不能阻止他們以文學地方式來表達內心的不滿和悲憤。

何國忠在一九八八年馬大華文學會文集《長廊迴響》中，以顧問身分發表的〈時代的眼睛〉，分析大專生憂患情緒的產生，和在文化覺醒方面的歷程：

> 十多二十年來在經濟、政治、教育等方面的節節敗退，華人的心理普遍上都存在著非常強烈的挫折感。大學生也看書讀報，對於外面的事不可能說是毫無知覺的。他們是社會的一分子，自然也很了解人民的生活，關心他們的希望和痛苦。我們常說大學是社會的縮影，這一句話一點都沒錯。在社會中所發生的一切事，裡面幾乎也在發生著。外面有行政偏差的事年，裡頭一樣也不能倖免；外邊有種族兩極化的現象，裡頭照樣不能避開。因此華社中一切不如意事，大學生是能心領神會的。[5]

此文的小標題爲，「以馬大華裔生爲例談大學生自覺的問題」，文中所提自然以馬大的現象爲主。但民族文化是與整個社群水乳交融，難以分開的，校園外面的社會固然如此，馬大和其他的大專院校也是如此情況[6]。大學生意氣風發，對自由

---

[4] 除溫序中提到的何啓良、方昂、游川、傅承德、祝家華、辛吟松、何國忠外，尚有小曼、鄭雲城、唐珉等人，創作量極豐。

[5] 何國忠〈時代的眼睛——以馬大華裔生爲例談大學生自覺的問題〉，收入馬大華文學會編《長廊迴響》，吉隆坡：馬大華文學會，1988，頁13。

[6] 本文題爲「校園散文」，實際上接下所討論的，卻以馬大的散文創作爲主，並非其他大專沒有作品，而是馬大的文學風氣最盛，作品較多，水準也較高，可讀可引用的比例也

民主充滿熱情，希望能夠在學期間，締造公平自主的社會。但是，大學行政上的偏差、大學裡種族的兩極化，讓他們面對錄取學生的固打制、及格分數不同標準、文化活動的阻礙，以及語言運用的限制等等，一一打擊華裔大學生的信心，使他們從積極變成消沉。

何國忠在另一篇文章中提到他在大學期間，所看到的一般大學生的心理和社會的巨變息息相關。他說：「根據我的觀察，大半早熟又有理想的年輕人的成長過程都是在憂患、挫折、不滿、迷茫中交集而成」[7]。 這些年輕人擠入大專院校之後，以爲學術環境可以給他們實現理想的機會，誰知他們的理想卻在現實的環境下受挫。

如同大部分有理想的學生一樣，校園作者群中也產生對現實的不滿以及對前景的迷茫，促使他們在思想方面的探索，也是許多校園文學作者創作的原動力。

三、民族危機與文化覺醒

比起同期的大專生，校園作者對於教育弊病和政治狀況，有著敏感的觸覺。他們在求知的過程中，更渴望能夠找到思想的出路。他們看到許多同學，對不平的現況麻木不仁，對民族的困境無動於衷，而心生憤慨。

大學教育原本有著提升思想深度的功用，但許多大學生表現得隨波逐流，只求一紙文憑，不作文化上的思考和進修。夏紹華在〈生命不留空白〉一文中，對自己的生命有一定的認識之餘，也提出對大學教育是否發揮功用的質疑：

> 「……所以我感到悲哀，失望，對這一群迷失、貧乏的大學，不禁使我對當今的教育制度感到迷惘，是哪兒出錯了，是那哪兒不妥當，誰又嚴謹認真地質問過呢？」[8]

當然，這批校園作者並不停在迷惘和失望的情緒中，他們積極參與校園文化活

比較高。

[7] 何國忠〈論大學生的思想困境〉，收入馬大華文學會編《馬大人》，吉隆坡：馬大華文學會，1991，頁1。

[8] 夏宇舒（夏紹華）〈生命不留空白〉，收入馬大華文學會編《大專青年系列之二：飛向九十年代》，吉隆坡：吉隆坡暨雪蘭莪總商會，1989，頁75。

動，努力創作，了解本身在社會上的定位，更重要的是他們對民族危機的關心，以及對文化方面的省思。

陳鐘銘的〈魘的延伸〉寫的是當時華社的困境和本身對文化傳承的省覺，讓我們看到一個華裔大專生在求學過程中，有著怎樣的理想：

> 跑著，跑著，似乎越跑路越長，也似乎越跑越無路。我的路呢？我的小徑哪裡去？沒有人回答，只隱隱約約的見到野草在前頭的、隱約可辨的小徑上狂野的在滋長，在冷笑。我的恐懼使我感到自己必須在它們抹去之前離去。我不能讓這些野草淹沒小徑、淹掉我的信心和勇氣。[9]

文中所提到的「野草」和「路徑」分別指惡劣的環境和民族文化路向。野草性惡和侵略性，有計畫性地大舉淹沒了族人前輩走出來的小徑，作者循著前人方向追隨在後，然而野草生長速度太快，以致淹沒了小徑，作者一時找不到他應走的方向。在慌張迷失的時候，作者恐懼前人的足跡就此絕滅，作者心中雪亮，絕不能讓「野草淹沒小徑、掩掉信心和勇氣」。這種繼迷失後「覺醒」，有意識地以傳承文化爲使命的主題，是校園文學表現的特色之一。

校園文學的作者基本上是有意識地把「使命感」帶入作品中的，他們將生活中的所見所感，有意無間與華社當前局勢掛勾，表層是說景物，實際是另有所指。讀八〇年代的校園文學或馬華作品，讀者需掌握八〇年代的時事知識，才能夠將他們的作品作準確的詮釋，探知其中含有暗示比喻的成分。

林幸謙的作品以晦澀但意象飽滿見稱，他常將文化感和憂患意識帶入文章。如在〈大地無告〉這篇散文中，他這樣寫眼前的河水：

> 一條河流在大橋底下的亂石間奔騰，向著雨霧和野煙處嘩嘩激滾，以墾荒的精神，唱起山林的暮曲，在野岩亂木間覓一條出山的方向，便毫不猶豫的往南中國海洋的方向前進；這一去，恐怕永遠都不能回返大陸了。[10]

描寫河水之餘，又「忍不住」借題發揮一番，是林幸謙作品的特色。他將一去不回頭的河水，隱喻早期南來的中國人，航向南中國海的時候，便有心理準備斷了中國大陸之心。他們化身南洋華人，在異鄉土地上披荊斬棘，開墾土地，把異鄉

---

[9] 陳鐘銘〈魘的延伸〉，收入馬大華文學會編《第四屆全國大專文學獎專輯》，吉隆坡：馬大華文學會，1990，頁25-26。

[10] 林幸謙〈大地無告〉，收入潘碧華編《讀中文系的人》，雪蘭莪：澤吟，1988，頁65-70。

視為國土的精神。此篇散文全篇皆是如此「情景交融」的寫法，借回家鄉（作者出生地）的路程，入眼所見皆是大好山河，強調大馬華人對土地的熱愛，但不受承認為土地之子的悲憤。文中每一場風景都另有對民族危機、文化沒落、國家認同的省思，全篇的民族文化意識非常明顯。

有意識性將文化憂患寫入作品中的情況，在這時期的校園文學作者群中，比比皆是。有的直抒，有的暗喻。比如陳湘琳在〈有一種聲音〉中，與音樂，又與文化掛勾，寫來情感深沉又令人深思，文化的使命感不能說不強烈的：

> 他們說音樂是一個浩瀚無垠的空間，不輟的心志卻絕對是種流電，可以一寸一寸的流過、穿過、越過歷史的距離，把空間充實豐富起來。（那麼我們是不是也可以把文化、以關懷、以及對祖國的大愛，一寸一寸地收拾我們散落零碎的舊山河呢？）
>
> 有一種聲音就是這樣響起來的，老師。在走路的時候，在一大群朋友爭論執著不願輕易放棄的時候突然響起來。也許不怎麼鏗鏘，但卻是清清晰晰的。像您呵，老師，像您訴說我們的先輩們，怎樣願意以生命和血汗，作上一代的見證——我們亦希望，我們會是這一代的聲音——可以是古箏，可以是二胡，可以山高流水，或者也可以是躍馬奔騰。[11]

「歷史」、「文化」、「祖國」、「山河」、「執著」、「不輕易放棄」、「先輩」、「生命」、「血汗」、「見證」等，都是憂患意識強烈的文學作品中常用的字眼，表明這一代的華裔子弟渴望受到承認和落地生根的願望。

再如何國忠的〈登山感懷〉，寫於「三保山事件」之後。證徵山發展的風波雖已平息，但登山時還是不免引發文化危機的感懷，和內心的隱憂：

> 眼前所見，只是墓塚處處，雜草叢生，偶見變色龍、蛇鼠類從前面跑過。眺眼遙望，天色茫茫，使我對民族事業前景的黯淡而感到觳觫徬徨。[12]

也許環境壓力，無時無刻困擾著大學生的思維。於是，不管虛實，無論動靜，觸目皆與民族文化有關。這是許多具憂患意識的校園作者的自然反應，也是共相。

由於有意識的呈現憂患，有些作品就不能顧及情景交融，在文章轉折上，不免讓人看到明顯的刻意帶出憂患的痕跡，造成這些文學作品使命感雖然飽滿，

---

[11] 陳湘琳〈有一種聲音〉，收入《飛向九十年代》，頁93。

[12] 何國忠〈登山感懷〉，收入《青色的衝激》，柔佛：朋友，1986，頁42。

美中不足的是，文學性無形中就被削弱許多。

四、風雨飄搖與山雨欲來

八〇年代的大專生在思想上，還深受七〇年代的大專法令的桎梏，陰影所及，連文學的表現力也爲其所制。加上八〇年代「茅草行動」大逮捕的震撼，許多作者都不敢向宗教、文化、政治敏感課題挑戰。偏偏在八〇年代的大馬國土上，最具爭論性的，除經濟問題外，就屬宗教文化和政治課題。

爲了不觸法律的禁忌和自保，各種象徵的符號大量的在文學上運用，以避開法律的羅網，而且又可宣洩內心的不滿和悲憤。其中，「風雨」和「燈火」是大專文學中常出現的象徵符號。

八〇年代，許多不利於華教的政策實行，如華文招牌事件、華小高職不諳華語事件，華文不列爲中學會考必考科目事件等，使政治立場已告分裂的華社雪上加霜。外在的壓力，內在的憂患交加，華社進入「風雨飄搖」的時代，文化危機更見明顯。

校園作者慣於用「風雨」比喻週遭的壓力，泛指不利於華社的政策，無處不在，無時不伺機壓境而來。作爲常受「風雨侵襲」的一員，校園作者時時表露出「山雨欲來風滿樓」的憂慮，語調不無準備面對「風雨摧殘」的悲壯。他們感嘆「風雨的無情」，也悲嘆「風雨的強暴」，壓迫在馬來西亞土地上無「擋風遮雨」的子民。比如以下這些「風雨交加」的文字：

> 在這麼一個安靜的世界裡，即有綠色的土地，也有灰色的大海，而走在長長路上的人群，只要盡過心力，每個人原都有權力分享這沿路的富足喜悅。是不是這樣的呢？（儘管落著與刮著風，烏雲在海上壓得海色變灰：一片灰色遼闊的大海）[13]
>
> 我不期然的想起國家的民主、自由、人權……這些人類浴血奮鬥的來共同價值，在新的抗議浪潮中浮沉、搖擺，就像中華民族在這塊土地上以血汗

---

[13] 陳湘琳〈人在風雨中〉，收入馬大華文學會編《有一座山》，吉隆坡：馬大華文學會，1989，頁68。

建立的家園，在風雨飄搖中不知往哪裡去……[14]

用過晚餐後，與也停了。人家常說，愈是急促猛烈的風雨，就會愈快停止。可是，在這塊同是用血汗賺取生活資本，卻獲得不同待遇的土地上，那時時摧毀所謂次等民族尊嚴的強暴風雨，它又將會到何時才能停止呢？[15]

如果說大學是一座象牙塔，那麼我們就是活在風雨屋檐下的一群。在憩靜的圖書館裡，當我正在知識海洋裡徜徉時，窗外偶而傳來雷雨聲，霎那內心的掙扎就如划過長夜的電光，時長時短，忽明忽滅，曲折而深刻。[16]

風雨之下，即使是安身在象牙塔中，也感受到風雨的威力。大專生一邊沉醉於風景優美，浩瀚書海之中，一邊接收來自校外的訊息。耳中所聞，眼中所見，親身所遇，無不叫他們憂慮難受。

所幸他們都是有機會通過學術的訓練，對文化的沒落、民族間的衝突、國家的前景，都能作出深刻的省思。他們對於「風雨」來襲的目的洞悉分明，因此憂患暗生。

大學裡行政的偏差，對非土著的不公平待遇，關於母語教育的運用以及有關文化活動受到的壓制，形成大專生不衡的心理。他們質問不公平的原由，他們自認已經把本土當作故鄉，卻得不到身分上的承認；他們因此感到無助和茫然。

但是，他們並不因此逆來順受，沉默地接受一切。在行動上他們是消極的，像他們在校園外的族人，在各種可以致人於牢獄的法令之下，成爲敢怒不敢言的一群；在思想上，這一批受過大專教育的年輕人，努力地通過文字，紀錄了他們年代不公平的現象。

五、憤怒控訴與薪火傳承

風雨雖大，許多作者內心更熾熱，抗衛文化之心形成一股風氣。這一類作品可以大量地在已結集的校園文學中看到，如當時大專生自組的澤吟書坊和文采出

---

[14] 祝家華〈江山有待〉，《熙攘在人間》，吉隆坡：十方，1992，頁27。

[15] 黃秀美〈那個午後的心情〉，收入《讀中文系的人》，頁59。

[16] 余月美〈這是一種怎樣的心情啊〉，收入潘碧華等合著《只在此山中》，雪蘭莪：澤吟，1989，頁11。

版社，便出版了一系列校園叢書，各大專華文學會出版的文集，這種憂患意識處處可見。我們甚至可以說，憂患意識是促使他們寫作、出書的重要動力。

馬大文集之三的《有一座山》，便是帶著這樣的使命感為出發點，此文集的序中的以下這一段話，可以作為他們的「使命」明證：

> 我們心中其實都有一座山。一座山在我們心頭重重壓著。當我們站在山上遠眺，看著我們許許多多的史實在我們腳下任人踐踏，再如雲霧飄散流失的時候，你甘心嗎？[17]

這時期的大專生，在憂患意識抬頭的大前提下，對本國的政治局勢、文化危機、種族兩極化、民主真諦有了深一層的認識。他們不再為表面上的和諧現象、團結一致所迷惑，而要求政府更誠意的改革。

以固打制大學錄取新生的不公平制度，造成許多有資格的華裔子弟望門興嘆。進入大學之後，校園作者看到許多成績遠遠不如他們的異族同學，充斥大學校園，自己慶幸之餘，忍不住為自己的同胞打抱不平，莊松華在〈風雨之路〉中如此控訴：

> 想到還有千百個充滿報復和理想的學子被拒於門外，心中若有所失……你能說還不是命運在作弄人嗎？多少人望穿秋水，望斷天涯。望瘦了日日經過家門的灰衣使者，結果該來的不來，不該來的卻來了。多少人申請了又申請，上訴了又上訴，最終還是一場空。都說了等待是永恆的答覆，都說了名額有限的固打制度是不可能改變的，都說了龍遊淺灘被蝦戲。仰天望天，陽光已燦爛。是的，陽光燦爛。[18]

也有看到校園裡面出現如校園外的種族對抗，彼此之間的隔閡和成見，在校園生活中更顯而易見。感於不應該在高等學府出現的愚昧現象，在馬大的許育華在〈抹盡一路的血淚〉寫道：

> 我在這片清幽的校園來去三年，無助也眼看種族關係惡化的趨勢不停加遽。在大多數的情況下，每個種族的大學生都趨向自我群居；即使不可避免的碰面了，也往往視對方而不見，態度冷漠。可是，事情本來就是這個樣子嗎？

---

[17]〈序・歷史等著我們去創造〉，《有一座山》，頁2。

[18] 莊松華〈風雨之路〉，收入《長廊迴響》，頁72。

> 歷史告訴我們，許多人類的紛爭無非都因此而起，可是老百姓之間究竟有什麼仇恨呢？許多時候，都是因為我們愚昧無知，慘遭野心政客的任意擺佈，結果，淪為他們登上仕途的晉身階。[19]

在理大，種族的偏見和歧視也不遑多讓。原以爲高級知識分子會有更寬闊的胸襟，來看待民族與國家問題，但是現實與理想往往背道而馳，祝家華在他的散文〈憂憂綠水〉中，表達了他的憂慮：

> 讓我們回頭看看大學這家園，原本是追尋真理、學術、知識的地方，如今卻是培養極端的種族宗教分子的溫床。就好比小學到大學，我們都被教導祖國是三大民族的國家，但是到了大學，我門精誠團結爭取獨立合作精神似乎被遺忘了，代之的是無數的種族偏見、歧視。[20]

在這些作品中，內容血淚交加，訴盡族人內心的悲憤，除此之外，連題目也取得異常的悲壯，爲族人不公平的待遇而鳴，爲自身文化的多波折而吶喊，爲四分五裂的社群而悲痛。他們希望族群能夠團結，寄望各政要爲族人爭氣，力求文化尊嚴得以建立，更渴望前人在這塊土地上披荊斬棘的歷史受到承認。

另一方面，他們也把關心放諸國家上，他們渴望民主、言論自由、種族和諧、在各領域裡得到自由競爭的機會，做一個頂天立地，真正的馬來西亞人。禤素萊的〈沉吟至今〉，便是要傳達這樣的訊息。

〈沉吟至今〉是參加大專文學獎作品，在決審的階段，曾引起評審員的爭論。作者以激烈的感情，吶喊出身爲馬來西亞人卻不受承認的憤恨。天安門六四事件時，她在歐洲，看當地中國人和外國人的遊行，作者想到的是在大馬發生不利華人的政策，她質問華文招牌事件、華小不黯華語高職事件、民主與大專法令等在大馬問題。文中的作者感於自己一心一意要成爲大馬人，卻不如願的悲哀。當外國人問她身爲中國人，六四悲劇令她傷心與否時，她說她「默默的看著前面舉標語而過的人群，感情失落在不知的方向」，然後她再次、一字一句的答：「I am not a Chinese！」[21]。那是非常觸目驚心的咆哮，非常有震撼力的一篇佳作。

可惜大專文學獎評審委員基於觸及敏感原因，不便讓此〈沉吟至今〉獲獎。

---

[19] 許育華〈拭盡一路的血淚〉，收入《長廊迴響》，頁12。

[20] 祝家華〈憂憂綠水〉，《熙攘在人間》，頁147。

[21] 禤素萊〈沉吟至今〉，《吉山河水去無聲》，吉隆坡：佳輝，1993，頁24。

所幸該篇文章做後獲得第三屆花踪散文推薦獎，不致滄海遺珠。

內憂外患，固然叫許多校園作者憂慮，同時也刺激他們維護文化的決心。「風雨」越大，抗衡之心越熱。在八〇年代，馬大中文系的學生一度達到頂峰，與這種傳承文化的意識不無關係。馬大中文系學生出版的一系列作品中，傳承薪火的意識非常強烈，他們都有意識地將傳承文化當作己任。邱美珠的〈讓煙和火傳承下去〉，正是表達這類感情：

> 長久以來，我們一直都在接受所謂優秀文化的薰陶，但我們的心到底能不能像火一般的不停燃燒呢？我不知道。我只知道我們該做好是把這煙和火繼承下來，再把它綿綿不斷的傳下去，直到子子孫孫……[22]

和「風雨」的作用一樣，「煙火」、「燭火」和「燈光」都是文章作品中常用的意象。「風雨」來襲會把「煙火」和「燈光」撲滅，「傳燈」成了一種傳承文化的儀式，也成了大專文化團體的信念。潘碧華的〈傳火人〉，把「中文系之夜」與傳承文化連結在一起，表達堅決的信念：

> 我已經記不得其他同學接過燭火的表情了，只記得大家的靜穆和激動，還有酸楚。明明我們只是在傳遞我們應傳的燭火，卻要加上一個委委曲曲的手勢，風應該是沒有機會越進來的呀！[23]

八〇年代的校園作者不甘於文化活動受到各種限制，他們在創作之餘，也積極參與推動校園文學活動。他們結社，辦文學活動、大專文學獎等，能夠看到中文和方塊語言在校園裡突圍而出，是他們最感到欣慰的事。

林添拱的〈一次歡愉的經驗〉便是寫出在馬大，可以看到揮春、文學雙週等中文性質的活動的興奮：

> 有一次，有中文字的宣傳海報貼在每一個學院的佈告欄上。有時候，從數學系的山丘走過來，經過早晨陽光可以曬到的理學院佈告欄上，看到圍觀的人群，我總是想：應該是這樣的啊！在馬大內我們退守到一角了，但我們是不甘於蟄伏的。[24]

---

[22] 邱美珠〈讓煙和火傳承下去〉，收入《只在此山中》，頁71。

[23] 潘碧華〈傳火人〉，《傳火人》，雪蘭莪：澤吟，1989，頁144。

[24] 林添拱〈一種愉悅的經驗〉，收入《第一屆全國大專文學獎專輯》，檳城：理大華文學會，1987，頁32。

八〇年代的校園作者有意識地將民族文化、國家社會和自己的思想結合，以文字，發出八〇年代年輕一輩的心聲，有憤恨有寄望，風雨之後，那是非常珍貴的材料，值得馬華文學研究者重視。

六、結　語

校園文學中的憂患意識在八〇年代下半年達到頂峰，進入九〇年代，憂患意識又有怎樣的發展呢？

步入九〇年代，大馬當權政府對中國和華人社會的政策有了改變。華人文化在這大氣候下，有了比較寬闊的發展空間。政府察覺，經濟效益明顯的比種族對抗更容易獲取人民歡心。

隨著政府政策轉變，經濟好轉，九〇年代的華社，憂患漸減，悲憤日淡，取而代之的是講求個人前途與經濟物質的保障，大專院校的學生意識也跟著這條經濟的路線改變。

另一方面，九〇年代的世界，轉而重視比民族、國家更爲宏觀的課題，和平和環保更令人類關心。這種轉變也在馬來西亞出現，傳媒給予大篇幅的報導，作爲「時代的眼睛」大專生，也不能避免地思考地球存亡和人類幸福的宏觀課題。

進入九〇年代，憂患意識不再是校園文學的主調，雖然如此，在八〇年代熾熱的憂患意識，在九〇年代初期還是獲得延續。當政策有了轉機，外患似乎漸遠的時候，內憂反而日益擴散。

一九九二年出版的馬大中文系學生的散文合集《鍾情11》哩，還可以看到憂患的成分，黃益村在他的作品〈峇峇情懷〉中這麼的擔憂：

> 四周非常寂靜，但檯燈仍舊亮著。在四周黑黝黝的映襯下，檯燈的光芒顯得那麼微弱渺小。我突然覺得恐懼，眼看著越來越多的家長不願送子女進華校；眼看著我們將舞獅為唯一的文化，會不會我們已開始步上另一條峇峇之路？[25]

在九〇年代初期的校園作者，看到的是另一種隱憂，他們並沒有因眼前華文教育的光景大好，而自我陶醉。他們了解到族人重經濟輕人文的觀念，在不久的將來，

---

[25] 黃益村〈峇峇情懷〉，收入《鍾情11》，吉隆坡：李志成出版社，1922，頁56。

將引發另一次的文化危機。

從八〇年代大專生的「孤憤抗衛」，到九〇年代的「低迷無助」，是一個值得注意的轉變。讓我們再度來看屬九〇年代校園作者的劉敬文怎麼說：

> 紅塵的撩亂因為對社會、文化的體會越深而擴大，續而覺得肩膀的無力和軟弱。在高談論闊中，我們皆感功利氣息充塞如黃沙漠漠，而眾人皆沉睡在狂流洶湧中。雲開之前，我們雖有信心，但恐懼並未遠離。還好我們還能執筆，低回心頭的鬱結，勝於把荒流困罩心頭，裝聾作啞，無疾而終。[26]

最能體現八〇年代憂患意識的校園文學，來到九〇年代，隨著時代的轉變，失去了澎湃的氣勢。即使是馬大中文系學生的作品，也少有描述憂患的情緒了。一九九二年出版的中文系師生合集《那人卻在燈火闌珊處》，除了少數幾篇觸及文化、民族課題，大部分作品類容傾向親情友情的描繪[27]，與八〇年代出版的《讀中文系的人》和《只在此山中》的內容呈現有很明顯的區別。

文學作品中的憂患意識，歷史久遠，既不是始於八〇年代，也不會絕滅於八〇年代，這種優良的傳統還是會繼續傳承下去。

原發表1997；格式修訂2003

---

[26] 劉敬文〈絮語二則〉，收入馬大華文學會編《文學多重奏》，吉隆坡：馬大華文學會，1991，頁59。

[27] 見何國忠編《那人卻在燈火闌珊處》，吉隆坡：佳輝，1992。

憂鬱的浮雕：

論當代馬華散文的雨林書寫

＊鍾怡雯

對非馬來西亞讀者而言，「雨林」或許是他們對馬華文學最粗淺而直接的印象。至少在台灣，論者慣以「雨林」概括馬華文學的特質。雨林，或熱帶雨林，是一種簡便／簡單的方式，用以凸顯馬華文學的特徵，也彰顯讀者對馬華文學的想像和慾望。雨林印象大多來自馬華小說，其中又以張貴興的小說爲大宗。神秘而傳奇的雨林，固然是小說的溫床，近五年來的馬華散文，雨林書寫也蔚然成風，彷彿雨林果然成了最具馬華風情的創作，也是本土建構的最好捷徑。相關的評論和想像，或許也回過頭來影響了創作者。放在盡是情慾流動，缺少傳奇的都市文學裡，雨林的奇花異草，生猛野獸確實引人側目，也很快爲創作者贏得一席之地。

評論者和創作者聯手打造的雨林，成了傳奇中的傳奇。特別是當雨林書寫出現在散文這種相對真實的文類，可能形成更複雜的問題。除了情感，雨林書寫必須處理知識，多識蟲魚鳥獸之名，洞悉雨林的雲雨變化，以及地理植被，委實是一個十分繁複的高難度主題。跟自然寫作一樣，它是專業，在台灣，投入自然寫作的隊伍不小，但是好「散文」卻不多。具自然觀察經驗者，未必是好的創作者，他可能更適合報導文學；相對的，創作者沒有積累實地的自然觀察，也無法寫出好作品。雨林書寫亦然，除了要動用複雜的知識，還必須經過「散文」的處理，它是「知性」和「散文」二者的融合，先天上，它是一種「難寫」的題材。

除了技術層次，雨林書寫還牽涉到書寫者的心態。首先，書寫，是揭開雨林神秘的面紗，或者使之更加神秘化？其次，它可能涉及全球化的議題例如環保，馬華文學的主體追尋和定位等問題，這個書寫位置亦可視爲有利的書寫策略，一種自覺的自我邊緣化，也十分方便評論者援引各種理論切入。其三，書寫者亦是旅遊者，既是遊客，卻也是在地人（馬來西亞籍），充分知道讀者的需求和口味，掌握了看與被看之間的角度，也知道拿捏書寫的虛實。雨林小說允許高度虛構，傳說和真實之間界限模糊，雨林散文則相對接受真實的限制。評論者如何看待這個問題？第四，地理上的雨林不變，書寫中的雨林卻是流動的，因此有心於此的創作者，可能需要長年的經營，投入心力和時間，在真實經驗上建構雨林想像。本文試圖探討雨林書寫的多種樣貌，並且在散文的框架下，思索雨林書寫可能展現的高度。

分別在一九九五及一九九六年，潘雨桐的〈東谷紀事〉和〈大地浮雕〉爲馬華散文開闢了一扇新的窗口，可視爲雨林散文的拓荒者[1]。潘雨桐的雨林書寫雖是首航，卻示範了一套繁複的美學，開拓混合環保、旅遊以及專業訓練的一種散文類型，乃至某種程度的小說性——兩篇散文的寫法和觀點，假設潘雨桐不是學農出身，至今仍在油棕園工作，時常因爲工作需要而出入雨林——我們可能以爲那是小說。尤其是〈大地浮雕〉的故事性頗強，意外死亡的阿祖、血和水妖的意象、傳說和禁忌、動植物、河流與沼澤，不停吹襲的風，以及被壓抑的低迷敘述，在在構成類小說的散文。濃稠黏膩的雨林，基調是黑與紅，敘述者是旁觀者，說故事者。穿插其間的說明，則是這篇散文最重要的環保主題：

> 野生動物保護局頒佈：每年大量砍伐熱帶雨林，象群的生存環境已遭破壞。由西南往東北遷徙的象群已來到沼澤地帶，生存將面臨困難。
>
> 濕地局宣布：天然沼澤經過人工調整後，整個沼澤地的生態已被徹底破壞。無人能評估這一生態的失衡所造成的巨大損失。（潘雨桐，242）

雖然直接嵌入新聞是寫法上的敗筆，但是環保議題卻是幾個最基本的要素之一。從現實的角度來看，砍伐雨林將破壞地球的生態；根據原住民的泛靈論傳說，破壞雨林會觸怒山神。阿祖的工作是電鋸手，是雨林的破壞者；此外，在雨林討生活的阿祖不相信鬼神和禁忌，敘事者試圖透過阿祖的死亡說服自己和讀者，雨林諱忌不可忤逆。阿祖的死亡原因敘事者沒有交待，僅在結尾時，敘述阿祖不僅鋸

---

[1] 就散文的藝術成就而論，潘雨桐的雨林之作遠在邡眉之上，相關討論詳後。在時間上，潘雨桐的雨林散文寫於一九九五及一九九六年，邡眉的雨林系列則發表於一九九八到二〇〇〇年間。兩年後，溫任平竟如此評價邡眉的散文：「這樣的題材似乎沒人寫過，邡眉作爲『拓荒者』，應該被鼓勵」（曾翎龍，2002/02/10）。

樹，而且把較小的林木連根拔起燒成灰燼。最後一組意象尤具詩性的暗示：

> 大火就這樣的在河岸水邊焚燒過去，留下一大灘一大灘的烙印，在殘存的巨大原木忽而燃燒忽而止熄中改變景觀。烙印是大地的淤傷，雨來時，淤傷淌著黑水，在風雨中哭泣。但在風和日麗的日子裡，巨大的原木下暗藏的火種會忽然爆發開來，起始則白煙直冒，在風中申冤，揚天告狀，直到火高高燎起。火是大地最好的清潔劑，火苗熄後，大地必然重生，猶似火浴的鳳凰──滿山遍野全種了作物，哺育蒼生。(242)

這段文字以強烈的黑紅二色交織而成，紅是歧義的，既是毀滅和死亡，同時也是新生（大火、鳳凰）。紅色的意象反覆出現：阿祖死時是一個血人，原木的大樹被砍倒後，樹脂赤紅，猶如凝結的血塊。以上所引用的這段結尾只是詩性的樂觀（或者只是美好的想望），接下來環保組織的呼籲，否定了樂觀的展望：「哺育蒼生的作物不能取代熱帶雨林，那將導致地球升溫，禁止砍伐！」（242）所謂滿山遍野的作物，並不能取代原始雨林，暗示雨林和人類的生命一樣，只有一次，消失了，就不可能再重來。

這令人想起李維．史特勞斯（或譯李維．斯陀，Claude Levi-Strauss）的《憂鬱的熱帶》。《憂鬱的熱帶》精彩之處在於作者結合洞識和想像，示範了散文和知識整合的可能，它是文學的，同時也是知識的。當然《憂鬱的熱帶》原初並非以文學爲出發點，它是李維．史特勞斯在亞馬遜森林做的人類學調查。但這部一九五五年完成的作品，卻有好文學歷久彌新的特質。它橫跨人類學和文學，帶著自傳性質，兼有環保和旅遊等要素，要視之爲旅遊文學亦無不可。雖然李維．史特勞斯一開始就說：「我討厭旅行，我恨探險家」（1999：1）。

李維．史特勞斯又說，他希望能活在真正的旅行時代，「能夠真正看到沒有被破壞，沒有被污染，沒有被弄亂的奇觀異景其原本面貌」（39）。然而，「沒有破壞和污染」的想望根本是烏托邦，世界永在壞頽中，當人類意識到環保，恆是破壞和污染經已開始之時，因而李維．史特勞斯所揭櫫的發現：「我在抱怨永遠只能看到過去的真象的一些影子時，我可能對目前正在成形的真實無感無覺，因爲我還沒有達到有可能看見目前的真象發展的地步。幾百年以後，就在目前這個地點，會有另外一個旅行者，其絕望的程度和我不相上下，會對那些我應該可以看見但卻沒有能看見的現象的消失，而深深哀悼」（40），這番話奇異的預言了潘雨桐，以及具環保意識的寫作者所書寫的林相，不必等到幾百年，五十年後，一批雨林散文便呼應了李維·史特勞斯的觀察。

相對於〈大地浮雕〉抽離時空，是一則神秘而沉重世紀寓言／預言，山神和水妖合寫的瑰麗傳奇；〈東谷紀事〉則較入世，空間感明確，除了清楚的交待地理位置在婆羅洲東馬外，寫法上離報導文學近而離小說遠，現實多而幻想少，易於解讀，卻缺少了雨林詭譎的氛圍。

東谷的野蕨和鯽魚都面臨死亡，失去了二者，食物取諸大自然的原住民是最直接的受害者。敘述者透過爲他準備午餐的原住民一再強調，失去大自然賜與的食物，得從現在起吃罐頭，「要甚麼有甚麼」（潘雨桐，231）。當然這是反諷。雨林被砍伐、使用農藥、燒芭、野生動物減少，終至生態失衡。馬來西亞有百分之五十八的森林地，敘述者最後無奈的結論：「要一個發展中的國家保存廣袤的森林並非易事」（236），結尾是失去水源的原住民四處奔走相告，呼應散文起始所說的野蕨和鯽魚逐漸消失。

文中以數則新聞直接說明雨林的快速消失，雖略顯生硬，卻也達到「救救雨林」的呼籲，《憂鬱的熱帶》有一段文字可互爲註腳：「在新世界，土地被虐待，被毀滅。一種強取豪奪式的農業，在一塊土地上取走可以取走的東西以後，便移到另一塊土地去奪取一些利益。拓荒者行動所及所利用的地區被稱爲邊緣點綴（fringe），是有道理的」（112）。

也許是雨林先入爲主的深邃神秘之感，讀者的期待視野總在預期雨林書寫能夠滿足好奇的眼睛，部分書寫者也難免預設隱藏讀者（implied reader）。傳奇性的雨林題材，如果我們視之爲感性書寫，很容易成爲「共相」，也即是放諸任何雨林皆可，筆隨意走，在感性範圍內滿足讀者的好奇即可。反正所謂「馬來西亞的雨林」，除了少數的植物學者或專業人士，沒有人瞭解它該具備哪些獨特的物種。因此雨林書寫也可以成爲傳奇之作，以其奇特招數吸引讀者。邡眉的「熱帶雨林手記」系列以東馬爲地理背景，手記形式記錄雨林。〈尋找白獸〉是這系列的第一篇。白獸是一隻靈獸，傳說曾經救過迷路的孩子，然而見過的人也說不出牠的樣子，只知道披一身白毛，行動如人，是熱帶版的喜瑪拉雅山雪人。雪人的存在是謎，這似乎早已預知尋白獸必然不果。

這趟雨林之旅十分平淡，除了被水蛭攻擊之外，一切平安。「奇花異草」用以概括所有無以名之的植物，顯見作者並未在知識的層次下功夫。如果我們視雨林書寫是專業，特別是邡眉一開始即以「系列」表明有志於此，更應該作點功課。

卡達山導遊柏特民蓋樹屋的經過不禁令人聯想起《頑童歷險記》的湯姆，他也蓋了一間以樹枝綁成的樹屋，敘述者以簡單數句交待柏特民神乎其技的技術，近乎不合理，此其一；其二，柏達民只懂卡達山語，簡單的英語仍拚不成句，但爲了說服讀者他蓋樹屋的專業，文中強調他曾協助外國林木學家入山。眾人夜宿樹屋，本是十分奇特的經驗，惜作者著墨不多，睡樹屋的感覺比睡平房更安穩，「我們不知不覺睡得如豬一樣」（1999/07/18，《南洋文藝》）。經過冗長的鋪敘至此，讀者本以爲傳說中的白獸終將在望盡秋水的等待下現形，然而白獸僅是驚鴻一瞥，連敘述者也說不清來者爲何：

> 這團雪白的物體在綠色中異常突出，完全無法偽裝或掩飾，會不會是傳說中的白獸？
>
> 在攝影機的廣角鏡中，物體雖然細小，仍然可以清清楚楚看見它一臉雪白的茸毛，鑲著一對靈活的黑眼珠兒。那是一張近似鼠科哺乳動物的臉，而身披長毛的四肢，又有點像猿猴，倒攀在一株樹上。（1999/07/18，《南洋文藝》）

這隻臉如鼠又如猿的動物形象模糊，而敘述者逕自以爲那就是白獸了。敘述者試圖說服自己，卻無法說服讀者，於是不得不安排「白獸」被朋友的大動作和大嗓門嚇走。「不過傳說最後終歸傳說，它蒙上神秘的輕紗並不容易卸下，白獸的存在只是謎一樣的故事」（同前引），白獸仍然是謎，狐猴乎？猿乎？如此，走入雨林和走出雨林的敘述者用意爲何？即使尋白獸不果，事後作者至少應該要翻書查出那隻驚鴻一瞥的動物可能爲何，然而，沒有。如果雨林書寫帶著旅行文學的特質，那麼，至少應是「深度旅遊」，而非「觀光」，〈尋找白獸〉僅是「到此一遊」的寫法可惜浪費了題材。

〈豐收〉則是「熱帶雨林手記」系列之二。〈尋找白獸〉寫傳聞中的奇獸，而〈豐收〉寫現實人間。地點依然是北婆羅洲，一個叫吉林當干（Kulin Tangan）的地方，卡達山人的豐收季節。不同於潘雨桐強烈的環保意識，邡眉的寫法比較接近旅遊文學，爲讀者閱讀一個鮮少在文學裡被注意的第三世界。在細節處理上，這篇比〈尋找白獸〉具說服力，卡達山人慶豐收時的嘉年華氣氛、狂歡的舞蹈、卡達山女人的嫵媚風情、風俗、食物、服飾和樂器，酒和節慶的關係，是〈豐收〉書寫最力之處，結尾尤其簡潔有力：

> 徹夜的 Tapai、Lihing 和蘇馬紹，加上整隻撕開來吃的鹿和馴牛，和著在田

裡剛採集的鮮菜與香氣騰騰的熱飯。(1999/09/05，《文藝春秋》)

這段文字概括性強，部落長宵達旦的歌舞昇平景象，徹夜的舞蹈徹夜的宴飲。其中 Tapai 和 Lihing 都是米酒，一烈一淡，盛在瓷瓮供眾人邊觀舞邊傳著喝。蘇馬紹則是慶豐收之舞，內容多爲栽種和收割的動作。食物取諸自然，一派的原始粗獷。這節小標名爲「豐收節」，卻只佔了全文三分之一，換而言之，前面的三分之二幾乎可以刪去，只著重在豐收的抽寫。這系列「手記」式的隨意寫法傷害了散文的整體結構。

系列之三〈傾聽河水〉則「介紹」毛律人（mulut）的生活，地點在北婆洲的山打根，採取報導文學和散文的混合寫法。毛律人善造獨木舟，喜食一種奇特的食物：生魚和飯混裝竹筒內，保留一兩個月之久。他們以收集樟腦、樹脂、蜂蜜和蜂蠟爲生。此文的結構和第二篇一樣鬆散，第三節的「高空金礦」分明寫的是採集燕窩，與題目相關的河水沒有任何關聯。「高空金礦」獨立出來成爲擴大爲單篇，是十分値得深耕的題材。

大抵邡眉的雨林書寫偏向旅遊文學，提供讀者現象界的描述，缺少深層的思索，對世界不夠好奇，以及人文訓練不足，使得這系列手記流於浮面。《憂鬱的熱帶》當然也可視爲旅遊文學，然而它深入當地民族生活，將這些部落放在世界的脈絡之中，呈現思考深度和人文關懷。邡眉既然有心於此，這樣的高度要求並不爲過。本文一開始，即提出雨林書寫不是感性文字，它要動用複雜的知識，否則極易變成雨林旅行文學，如果我們期許它成爲馬華文學的獨特題材，就不能以旅行的角度去處理它，而必需選擇一個「在地人」的書寫視角。

一九九九年三月十日，爲了解決巴生谷供水問題，雪蘭莪州政府發布將於二○○二年與建雪河水壩。莞然（郭蓮花）的〈一箋水書〉曾以此爲題，採散文和報導文學混合的形式，引用大量的報導和實際的數據寫成長文。此文前半是感性的書寫，在興建水壩消息發布後，輒分析水壩對雪河生態可能造成的傷害，以及兩造民眾和官員們的態度，看似冷靜，實則壓抑著巨大的憤慨。由於本文一開始即以在地人的身分，回憶雪河與其生命不可分割的情感，從童年、青年而壯年，雪河就像沈從文的《邊城》裡茶峒山城的那條水，作者稱之爲「思念的水路」（1999/05/23，《文藝春秋》)。早期人口稀少，紅樹林茂密，入夜之後螢火蟲漫飛，成爲觀光景點後，又稱螢河。作者卻不是以旅遊的角度切入，他選擇每一件與雪河相關的小事敘述，從小處見真情。譬如潮汐、月光和雨水如何影響螢火蟲的作息，河水與海桑樹葉如何提供食物養分；老家漸頹，作者不捨得把它賣掉，姐妹三人乃合資買下重修：

> 千金散去還復來，賣掉了祖屋就等於賣掉了你這條日牽夜縈的綠水，失去了你，我的沒有了家，沒有了家，我的歷史、我的身世將會失落。（同前引）

正因爲把河水視爲生命的一部分，〈一箋水書〉呈現了和邡眉的「熱帶雨林系列」旅行者迥異的角度，情感的處理也更細膩，河的歷史和身世承載了作者的歷史和身世，這是一個足夠說服讀者，何以下半篇作者用了那麼巨大的篇幅據理力爭，力陳建壩之不可行，動之以情，說之以理，甚而動用形而上的力量——神，來說服，或恐嚇破壞者：

> 得姆安人相信，他們在世上的任務是保護熱帶雨林和他們的家園。雪蘭莪河有一條龍和一條蛇保護他們，也堅信每一條河流、小溪、山坡、石頭和大樹都有守護神和靈魂。（同前引）

這段引文顯示了中國文化在馬來西亞的轉變，龍是中國，蛇則是熱帶雨林，泛靈論是面對無解或神秘的大自然時所產生的想像，同時也是環保的神話式說法。

鄭秋霞的〈河魂〉發表於同年的九月，同樣爲雪蘭莪河請命。河被擬人化，「河在哭泣」的意象並且貫穿全文。散文以原住民的歌舞開始，他們試圖禱告神明以化解災難。作者並未言明災難爲何，然則從本文發表的時間，以及散文所提供的線索來看，應與〈一箋水書〉所寫相同，即雪河建壩一事：

> 「我請土地的守護神阻止工程的進行。」美娜大姐，先前的歌手稍息時，請我們到屋子裡，向我們解釋歌曲的內容。「我們生於斯，死於斯，決意不搬！」談及當局將給予一筆賠償金，她忿忿然：「賠不了我們的生活！」（1999/09/28，《南洋文藝》）

從以上引文可知，土地神是人格神，求之可得神之庇佑，美娜即是儀式的歌者，剛抵達的作者，即從她的歌聲裡體悟到河的命運和原住民的命運合而爲一，那聲音具有穿透力，彷彿在召喚，在哀求。

雨林的破壞並沒有停止。沈慶旺於二〇〇一年發表了系列小品，地標銷定東馬砂勞越的拉讓江，〈當大自然不再沉默〉以憤怒的語氣控訴紅樹林遭砍伐，樹被放倒，鳥無完巢。處女林中尚有許多來不及命名的新品種動植物。這一切犧牲的代價，只爲興建兩間工廠。〈在我們那個年代的魚〉則是描寫拉讓江的部落老人們，如今只能回憶他們那個美好的年代：

> 每年樹枳成熟時，也是魚兒最肥美的時刻，一群群的魚兒，趁著月光追逐飄浮在水面的枳實，含高脂肪的樹枳果實，把這些魚兒一條條養得肥潤可口；清澈的江水清可見底，只要看看魚兒在哪就在哪下網，包管滿載而歸；每年十一、二月雨季來臨，河水可暴漲至河岸上甚至淹沒長屋二樓曬台。（2001/10/24，《星雲》）

這段文字可解讀成雨林的訃文，也是失去的桃花源和烏托邦，而今拉讓江遭濫伐，殘餘農藥流入河流，幼魚暴死，以及土石流。今昔形成強烈對比。「在我們那個年代」指的是五、六〇年代，也是《憂鬱的熱帶》完成的年代。四十年後，熱帶不只憂鬱，甚且是令人憂慮的。這篇散文沒有控訴，只有老人們對那已經瓦解的，舊的好東西的懷念。換而言之，雨林書寫可說是從新的壞東西著手。壞毀，形成書寫的動力，沈慶旺的〈都市與叢林〉因此有此有問：「如果至今人類還留在那叢林裡，這世界將會是甚麼樣子？是仍然荒涼？還是依舊自然？還是早已不復存在呢？」（2001/07/12，《星雲》）

大抵沈慶旺的散文環保意識強烈，少數如〈鳥兆〉等則是單純記錄肯雅人如何解讀「鳥的叫聲」。他們深信一種叫「伊夕」的尖嘴鳥和雜毛啄木鳥鳴聲皆爲不祥預兆，一種叫「貢」的鳥鳴宛如大笑，是他們深感畏懼的「死鳥」，表示隨時會遭遇不測。肯雅人的耕作、狩獵都由鳥兆決定。這系列散文提供一個「在地」的觀察角度。

另一「在地」的觀察者／書寫者是田思。〈加帛鎮之晨〉和〈長屋裡的魔術師〉分別爲讀者提供東馬的雨林圖景。加帛是拉讓江中游的一個小鎮，田思用寫意的筆法點染加帛的日常生活，華人和伊班人混雜而居，彼此相安無事。華人賣豬肉，伊班人賣鹿肉；街道上的「土著」臂上紋花耳上穿洞，亦有穿著入時的年輕人；華人的傳統建築和原住民的房舍相映。這些混血的圖象很可能成爲旅遊文學大書特書的題材，對於一個「在地者」，這些卻是再尋常不過的景象。〈長屋裡的魔術師〉也同樣呈現「華人和達雅人本來就是好朋友」（1995：24）的種族融和視角。亞武是華人，入贅而成達雅女婿。他是魔術師，以魔術娛眾爲樂，同時亦可視爲懂得兩族（華人和達雅人）和睦共處的魔術。亞武在晚會中跳舞，博得眾人喝彩，那喝彩亦可視爲不分種族的掌聲。田思的小品文以短筆處理砂勞越的雨林生態，〈蝙蝠陣〉、〈豬籠草〉、〈白背食人鱷〉、〈籐與竹〉等，大抵沿襲書寫生活，而非「呈現異鄉」的思考方式。

不能不論的創作者是楊藝雄。他在《星洲日報·星雲》版的《山野奇談》專欄的雨林書寫，所謂「奇談」者，乃以讀者的角度觀之，是誇大奇誕的傳奇故事。對於長期生活在雨林的說故事者而言，卻是平常無比的生活，因此我們常覺得某一事件實可大書特書，作者倒寥寥幾筆寫個大概，讀者的期待並未充分獲得滿足。「奇談」奇則奇矣，出之以閒談之筆，未免可惜。然而這系列「奇談」卻是雨林書寫的重要篇章，豐富的生活經驗佔了先天優勢，作者拋掉環保的包袱，免去說教的框架，以接近自然主義式的方式寫雨林，反而有殘酷的美感。〈穩快準狠〉、〈牽豬找老公〉、〈摸熟豬性〉三文可視爲野豬系列，作者充分掌握「豬性」，「野豬只差不會說話，視覺稍差，全身細胞都十分敏感，嗅覺幾乎出神入化，狗未必有那本事」（2002/11/26，《星雲》），因此而有「牽豬找老公」一事可爲文。野豬因爲嗅覺太靈，成了太太控制丈夫行蹤的工具，丈夫忍無可忍，遂野放之，成爲名副其實的「野豬」。

楊藝雄擅長處理雨林百姓和大自然之間的關係，特別是野生動物著墨尤多。〈蛇唬猴崽〉敘述農民和動物之間的戰爭。農民種水稻之前，爲免水稻遭龜噬，於是把好幾籮筐草龜活烤。果農則將農藥浸泡玉米粒，誘殺松鼠猴子之類。或以蛇驅猴子，猴子見之哀嚎，繼之則將其哀嚎製成錄音帶，成爲警告之聲。〈上當的四腳蛇〉和〈引鱉上當〉的人獸交戰，不只見證了雨林帶血的生猛生活，更爲好奇的讀者打開一扇窗，旅遊文學當以此爲鑑，方可知旅人和在地人的視野相比其差何止千里。

東馬始終是雨林書寫最主要也最重要的地標，催生了潘雨桐、邡眉、沈慶旺、田思、楊藝雄等人的散文。雨林可供書寫的角度是多樣的，除了樹林生態，尚有山城。前者寫大自然，後者寫人。雨林中的山城幾如世外桃源，作者們從尋常生活出發，把奇異的寫成尋常。梁放〈夢寄山城——閒記如樓〉從故鄉的角度去呈現如樓的寧靜安穩，數十年山中歲月和天光雲影相伴。文中提及一位朋友，除了幼時到過古晉，許多年再也不出遠門，寧可盡心維持創辦的咖啡店。這樣的人物彷彿是山城書寫的縮影，對山城居民而言，山中無歲月，時光凝結，從童年到中年，連回憶和情緒都是憩淡的，梁放寫來不慍不火：

> 談起湮遠的童年時代，時而有一些伊班父老，一身刺花，耳墜上與頸項戴著鳥冠獸牙製成的飾物，腰間裹著樹布皮，留著長及膝蓋的兩端，掩住前

後的重要部分，配著刀柄刀鞘精緻的巴冷刀，在鎮裡的黃泥路上出現，往往都會引起一陣騷動。(1997/09/26，《南洋文藝》)

這段純粹是白描，邡眉〈豐收〉亦有卡達山人的描述，和梁放相反，她呈現的是旅行者／觀看者的角度。在書寫策略上，邡眉拉開彼此的距離，強調「他者」的差異，提供觀賞的新鮮感，以文明和落後的對比，使之陌生化。梁放則相反。童年時他曾被冠上「如樓」來的，也即是混在伊班族中長大的鄉巴佬，被視爲當地的一分子，因此散文也呈現泯滅差等的特色，把一切生活化，平凡化。或許正如胡興榮在〈山中的日子〉所說的：「山中的日子，實則不如武俠小毫般富有傳奇性的色彩，所謂『傳奇』，許多時候只是可遇不可求罷了。」(1995/10/24，《南洋文藝》)。

對當地人而言，也許山林的傳奇在他們看來一點也不傳奇。雨川的〈母親．山林〉就充滿了比傳奇更奇詭的真實。三歲時，母親抱病爲他買奶粉，卻爲了躲日軍而浸在河裡，以致沉痾不起。懂事後，他溯水而上尋找母親，迷失山林，被發現時肛門還吸附著吃飽血的水蛭，村子裡的人斬釘截鐵的論定他被迷路鬼帶走了。紫茵的〈蝸牛的家〉敘述主軸雖是房子，蛇和敘述者如影隨形的關係，是全文的焦點。蛇在家裡蛻皮，卻無論如何也逮不著，牠神出鬼沒，有時出現在浴室的水缸，有時在廁所門口。有一回，竟在睡床的鋪蓋底下現身。終於搬離那蛇影幢幢的家，新家卻又潛入一條青花蛇。房子與蛇彷彿是糾纏的宿命。

碧枝的〈故鄉蛇〉則是寫盤結在意識深處的蛇。多少年後，蛇依然在夢境追逐他。從小住在山野，蛇與人的關係實在太過密切，常常在膠林裡走著，便有一條青蛇垂懸而下；在野地裡冶遊，也隨時遇上細紋花蛇。闖進家裡的毒蛇被打死，錦蛇則成爲食物。蛇也曾是寵物，可是太窮，連蛇也都餓死了。〈故鄉蛇〉裡的蛇是故鄉的象徵，作者認爲人們看到蛇總是把牠們打死，是源於無知的恐懼。

那些蛇若無害人之心而遭此橫禍，不知會否蛇魂不散？冤氣難伸呢？事隔多年，幾度春秋，蛇仍會在一個又一個夢裡追來，還好，是夢就會醒，醒來慶幸安然無恙(5)

那是作者潛藏的憂慮和不安，也是雨林的憂鬱和不安，砍伐和殺戮背後看似都有一個文明的理由，實則是人類無盡慾望的投射。這兩篇散文的雨林生活如此寫實，對所謂文明世界的讀者而言，卻十分魔幻。然而魔幻寫實終究敵不過「文明」和「進步」的浪潮。林陽〈綠色的呼喚〉其中一節寫年少時，每次芽草芭被燒後，他和死黨便去「尋根」——把茅根拔起，拿回去加黑糖煮來喝。「尋根」另有歧義，亦可指被文明的進步風暴一步一步推著前進，而臉仍朝向過去的這群雨林書寫者——他們仍在尋找那一片再也不回去的桃花源：「看來頑強堅毅的茅草，終究難擋文明的前進和摧殘。而我那一片失去的草浪，再怎麼呼喚都回不來了。」（1999/04/18，《文藝春秋》）

雨林書寫如果從感性出發，通常會出現美好時光難追，樂土難再的感懷，繼而追溯源由，環保意識生焉，此其一。然而也可能只是一種歸結於無力的感慨，並且對雨林發出批判，毅修〈山水有情〉寫入山之後的感想是：「於是，文明不外是另一種形式的森林，森林一族在明爭暗鬥的當兒，還虎視眈眈地伺機弱肉強食，可結果又落得兩敗俱傷的殘局」（1997/03/30，《文藝春秋》）；另一篇〈訪霧〉寫瘸一隻腿的大象無法爬坡，「牠吃力地爬了一回又一回，也不知從斜坡處滑下了多少回，才成功攀上斜坡，隱沒在叢林裡」（1998/09/02，《南洋文藝》），毅修以冷靜的筆調形容大象爬坡不成的模樣，並且透過馬來同胞的口轉述，大象因為破壞作物，被人開槍打傷，文章乃驟然結束，留下思索的空間。

綜觀以上所論，馬華的雨林散文有一個相同的特質：從新的壞東西著手，壞毀，是書寫的動力。我們悲觀的假設，再也沒有更好的狀況，此刻就是最好的，世界恆在壞毀中，因此目前的雨林書寫只是起點，更好的雨林書寫在未來。馬來西亞擁有面積廣大的雨林，雨書寫林無疑佔了先天的優勢。當日本、香港和台灣的文學創作者向都市靠攏，都市文學成為集體趨勢，雨林書寫可能成為建構馬華文學最重要的路徑之一。地理上的雨林不變，書寫中的雨林卻是流動的，因此有心於此的創作者，可能需要長年的經營，投入心力和時間，在實際經驗的基礎上建構雨林想像。雨林書寫不是異化自己，亦非旅行文學的變相，它應該是人文思索的起點，是「知性」和「感性」二者的融合，散文作為一種自由且跨領域的整合型文類，雨林書寫極可能是最好的示範。在環保議題全球化的時代，雨林書寫也適時的展現了它的道德意義。我們也許無法奢求散文拯救地球，但雨林書寫的環保意識，卻成為馬華文學在華文文學上的共時性議題。

【參考書目】

小　黑（2001/01/14）〈一座堤岸、兩棵樹〉《星洲日報．文藝春秋》。

王志明譯，李維・史特勞斯著（1999）《憂鬱的熱帶》，台北：聯經。

王弗棠（2001/05/03）〈湖之戀〉《南洋商報・商余》。

田　思（1995）《田思散文小說選》，詩巫：砂勞越華人文化協會。

田　思（1998）《田思小品》，新山：彩虹。

田　思、何乃健（1999）《含淚為大地撫傷》，吉隆坡：千秋。

田　思（2000/06）〈環保意識的三大支柱——談何乃健的環保散文〉，《新華文學》第 49 期，156-166。

何乃健（1996/02/09）〈年輪〉《南洋商報・南洋文藝》。

沈慶旺（2001/07/12）〈都市與叢林〉《星洲日報・星雲》。

沈慶旺（2001/08/29）〈命運〉《星洲日報・星雲》。

沈慶旺（2001/09/12）〈自然界的預言——鳥兆〉《星洲日報・星雲》。

沈慶旺（2001/10/24）〈在我們那個年代的魚〉《星洲日報・星雲》。

邡　眉（1998/07/26）〈火城的雨〉《星洲日報・文藝春秋》。

邡　眉（1999/07/18）〈尋找白獸〉《星洲日報・文藝春秋》。

邡　眉（1999/09/05）〈豐收〉《星洲日報・文藝春秋》。

邡　眉（1999/10/17）〈傾聽河水〉《星洲日報・文藝春秋》。

周錦聰（1998/07/05）〈山林走一回〉《星洲日報・文藝春秋》。

林　陽（1999/04/18）〈綠色的呼喚〉《星洲日報・文藝春秋》。

林艾霖（2001/10/04）〈當大自然不再沉默〉《星洲日報・星雲》。

雨　川（1998/09/05）〈年輪〉《南洋商報・南洋文藝》。

胡興榮（1995/10/24）〈山中的日子〉《南洋商報・南洋文藝》。

柴　茵（1999/08/01）〈蝸牛的家〉《星洲日報・文藝春秋》。

梁　放（1997/09/26）〈夢寄山城——閒記如樓〉《南洋商報・南洋文藝》。

莞　然（1999/05/23）〈一箋水書〉《星洲日報・文藝春秋》。

陳大為（2001/08）〈隱喻的雨林：導讀當代馬華文學〉《誠品好讀》第 13 期，32-34。

陳大為（2002/02/27,33）〈寂靜的浮雕：論潘雨桐的自然寫作〉《南洋商報・南洋文藝》。

曾翎龍記錄（2002/02/10）〈花縱文學獎馬華散文決審記錄：在雨林和書房中〉《星洲日報・文藝春秋》。

無　花（2001/05/27）〈尋找水的源頭〉《星洲日報・星雲》。

順　子（1995/09,10）〈河的風景〉《蕉風》第 468 期，41-43。

楊藝雄（2002/04/01）〈石蟾風味〉《星洲日報．星雲》。

楊藝雄（2002/10/22）〈穩快準狠〉《星洲日報．星雲》。

楊藝雄（2002/12/10）〈牽豬找老公〉《星洲日報．星雲》。

楊藝雄（2003/01/07）〈蛇唬猴崽〉《星洲日報．星雲》。

楊藝雄（2003/01/14）〈上當的四腳蛇〉《星洲日報．星雲》。

楊藝雄（2003/01/21）〈引鱉出穴〉《星洲日報．星雲》。

楊藝雄（2003/04/08）〈引鱉上當〉《星洲日報．星雲》。

楊藝雄（2003/11/26）〈摸熟豬性〉《星洲日報．星雲》。

碧　枝（1996/07,08）〈故鄉蛇〉《蕉風》第 473 期，03-05。

毅　修（1997/03/30）〈山水有情〉《星洲日報．文藝春秋》。

毅　修（1998/09/02）〈訪霧〉《南洋商報．南洋文藝》。

潘雨桐〈大地浮雕〉，收入陳大為、鍾怡雯編（2000）《馬華文學讀本 I：赤道形聲》，台北：萬卷樓，231-236。

潘雨桐〈東谷紀事〉，同上，237-243。

鄭秋霞（1999/09/28）〈河魂〉《南洋商報．南洋文藝》。

原發表／修訂 2003

詮釋的差異：

論當代馬華都市散文

＊陳大爲

在馬華文學各文類當中，都市書寫成果最顯著的首推新詩，小說和微型小說次之，都市散文的創作成果一直沒有獲得討論與重視。其主要原因並非都市散文的質量欠佳，而是馬華的文學評論大多集中在詩和小說；加上散文評論沒有合適的西方文學理論可以援用，整體的評論成果自然不及詩和小說。本文以馬華作家近十年來發表的都市散文爲對象，包括對都市空間（街道、公寓）的敘述、生活感受的表達、存在境況的分析、乃至於最根本的都市認同等等。

本文將討論兩個重點：（一）文類特質對都市文學創作的間接影響；（二）遊子身分與空間詮釋的差異。爲了增加一分不同的參照，本文徵引幾位國際有名的都市計畫專家和建築大師的都市學／建築學觀點，讓文人與建築師的都市觀在論述中對話。

一、文類特質對都市文學創作的間接影響

法國建築大師柯比意（Le Corbusier, 1912-1965）在一九二五年出版的《都市學》（*Urbanisme*）中，記述了一段他對大都市的基本觀感：「儘管沿著城市中的路程，靈魂評估著整體預測的品質或無效性，儘管它意識到協調且崇高的輪廓線，我們的眼睛，相反地，順從於視力範圍的有限能力，只能看見一個接一個的基本單元：斷斷續續、不連貫、多樣、複雜且使人精疲力竭的景緻；天空被撕碎而每棟住宅表現出不同的秩序直到產生鋸齒狀的邊緣線。喘不過氣的眼睛只能感受到疲憊與痛苦，而美麗的輪廓線在此初步的失敗之後，就只能吸引煩擾、疲憊

不堪且深感不滿的靈魂罷了」（柯比意：81）。這位目光敏銳的建築大師，之所以感到煩擾和疲憊，主要是因爲都市空間的碎裂所形成的壓迫感，並非來自都市生活的壓力。

柯比意寫下這段話的時候，正值現代都市建築史上的一個黃金時期。從一八九〇～一九三〇年代，芝加哥、紐約曼哈頓陷入一片摩天大樓的競建狂潮[1]，越來越成熟的鋼骨水泥建築技術，促使各大財團和建築師盲目追求視覺的崇高與雄渾。這場炫耀性的建築競賽一發不可收拾，「整個城市像是一個由街道分割的巨大與厚重結構物，街道純粹成爲行進通廊與通風管道」（Relph：68）。一九二五年柯比意所感受到的「超級都市」的空間壓迫，屬於硬體建築的感受，絕對適用於只有一棟摩天大樓的吉隆坡，和島國城市新加坡。

當年美國詩人桑德堡（Carl Sandburg, 1878-1967）面對芝加哥這座當時美國第二大城，以及全國主要的鐵路樞紐，他的詩沒有像柯比意那般焦聚在建築物所產生的壓迫感，他用詩的快門攝取了眾多市民的形象；其成名作〈芝加哥〉的前半首，他向詩中預設的抨擊者坦然承認：芝加哥是粗暴、邪惡、殘酷、險惡的。後半首卻筆鋒一轉，回敬那些抨擊者：「你們能不能給我看另外一座城市像這樣驕傲地昂首高歌而顯得如此有活力如此粗魯茁壯精明？」（飛白編譯：1325）。粗暴與粗獷、險惡與精明，或許真的是認知與受授的不同；經過一番簡單、具體的詭辯之後，他終究肯定了芝加哥無比旺盛的生命力。若要透過〈芝加哥〉來認識芝加哥，恐怕會失之淺薄與刻板。詩本來就不具備這樣的導覽功能。

詩這個文類在創作時要兼顧的條件太多，尤其具象與抽象的平衡，以致許多生活中真實的情境無法原汁原味收納進來，通常免不了一些必要的轉換，把情緒意象化、使情節濃縮得更有力而簡單、而且所有的敘述必須保持起碼的節奏感……。所以，要在詩中完整地呈現一幅社會學視野的都市生活境狀、仔細分析都市人口變遷的理由和結果、將人性的「功利」一詞擴展成一種「濃厚的計算性格」、或者想透過人物的對話、眼神和舉止來流露他們對未來的不確定感……。根本就是天方夜譚，除非有一手鬼斧神工。唯有大師，才有這麼一手鬼斧神工。

詩，是一個不宜太複雜的文類，因爲它必須再經過解碼。馬華詩人筆下的吉

---

[1] 1913 年落成的 Woolworth 大樓就有 52 層，並於當年被某個委員會票選爲世界上最美的建築物；1931 年完工的 Empire State Buiding 更高達 102 層。

隆坡，大多是簡單或負面的；除了一系列關於茨廠街的街道書寫，比較能融入主體的情感，其餘詩作的思考框架稍嫌固定，現象的陳述多於問題的探究。總而言之：缺乏一種學理上的縱深[2]。暫且不管馬華都市詩的質地如何，它畢竟累積了非常可觀的創作成果，堪稱馬華都市文學的地標。

桑德堡的都市景觀是詩的形式，所呈現的畫面是概念性的；柯比意的敘述則是論說性散文，視覺與感受獲得良好的共震。散文的文類特質跟詩不同，它更自由，可以從容地出入學理與抒情，可以在敘述中充分地表現主體情感對景物的共鳴，況且散文本來就具備論說的功能，是最接近學術論述的文類。所以讀者應該對都市散文在文化視野、敘述策略、情感和思想深度方面，比都市詩要求得更嚴格。從「理論」上來看，擁有高度「敘述自由」的散文，「似乎」比詩更適合都市題材的書寫[3]，雖然散文是一種易寫而難工的文類。

其次，散文的先天本質便是一個比較「真實」的文類。文本中的「真實」或許是生活情節和感受的剪裁，也或許是「虛構出來卻看起來非常真實」的事件與情境（其實只有作者知道甚麼才是「真實」）。不幸的是：長久以來讀者對散文的傳統認知和閱讀心態，讓這個文類擺脫不了「真實」二字（更精確的說法是：「真實（感）」三字）。這股潛在的創作／閱讀意識，在某個程度上影響了都市散文。

「敘述自由」加上「真實（感）」，已足夠讓都市散文和都市詩產生詮釋心態與策略上的明顯差異。

都市中的個人生活感受，遂成爲馬華散文作家最熱門的素材。

了無新意的「塞車」情節是詩和散文都少不了的，那是每一個吉隆坡居民的頭號惡夢（絕對負面的真實生活感受）。土生土長的陳富雄（1977-）在〈霖〉一文中對塞車進行了最典型的描述：「在這一刻，一切都似凝滯了。我在行駛與停頓間挪移而行，電單車就在車與車之間偏身而去。都是走在夾縫中，時間也是在縫隙中流連，但是坐在車內的我，像處於囚房的犯人，甚麼也抓不住」（2001/07/15，《文藝春秋》）。他設計了一場大雨，配上夜色，再用綿綿不絕的形

---

[2] 關於馬華都市詩的論述，詳見〈街道的空間結構與意義鏈結——馬華現代詩的都市書寫〉和〈感官與思維的冷盤——九〇年代馬華新詩裡的都市影像〉二文，收入於陳大爲（2001）《亞細亞的象形詩維》台北：萬卷樓。

[3] 這個現象可以在飲食、旅遊、自然寫作等主題的創作，獲得更明顯的印證。

容詞去描繪塞車的感覺，還有如何從車陣中突圍而出的思緒。要是這篇散文就這麼一路濕答答淋下去塞下去，不如乾脆別寫。

所幸陳富雄另有埋伏。當大雨隱去車外全部的畫面，便傳來一陣救護車的警鳴，「從倒後鏡上仍不見其影，但是遠遠近近地傳來，尖拔的聲音叫人心急」（同上）；警鳴活絡了淤塞的車流和意識，像一枚巨大的問號釣走大夥兒的好奇。文章的重點不在最後揭曉的車禍內容，而是都市人對這場不幸的心理反應：「這些人不會記得她，可是卻會記得曾經有這麼一場厲害的雨，耗費了他們的時間」，「然而，又會有甚麼會長駐於記憶中？報章上每天都有車禍罹難者的照片，一聲嘆息後還會殘留甚麼呢？」（同上）。從最常態的塞車所造成的「煩悶」（正），到車禍所引發的另一場因「好奇」（奇）而造成的堵塞，再轉折到事後的「冷寞」（正），這一系列「奇正互換」的情節變化，道盡駕駛人的道德心理，精準地印證，微妙的默認，假假輕嘆一聲。

這個在都市詩裡長期被眾多一體成型、陳舊不堪的塞車意象所統治的題材，或許因爲散文的篇幅較爲寬廣，讓作者得以在車陣中埋設起伏的情節，替大雨配上煩躁與好奇的背景音樂，塞車的心理不但細膩，還能產生階段性變化，最後再上一段力道適中的省思。對塞車題材的詮釋，〈霖〉表現得比一般典型化的都市詩來得深刻、多變，而且紮實。

馬華都市詩對生活／生存境況的描寫俯拾皆是，主要傳達某種概念化的感受：孤獨、冷漠、沉淪、茫然、絕望、支離（如：方昂〈KL 即景〉、周若鵬〈酒吧即景〉、張光前〈One Night Stand〉、李笙〈冷漠是一種傷〉和〈廢墟懷想〉、呂育陶〈末世紀寓言〉和〈你所未曾經歷的支離感〉等等）。這些詩作的敘述都很集中，題旨明確，情節簡單，不會像黎紫書（1971-）的〈遊擊一座城市〉那般多層次經營與繁複鋪陳。

〈遊擊一座城市〉距離柯比意的《都市學》七十三年，但兩者對都市的視覺感受沒有本質上的差別：「灰黑色的天空懸在這城市的井口，看來像一小片寒傖的碎布」（陳大爲、鍾怡雯編：479），「這城市的著色日益深沉，粗糙的線條壓抑著內在的動盪。即便是在炎陽灼人的正午，唯有炭筆和 8B 鉛筆可以利用畫紙製造出極強的光影反差，卻被處處聳立的高樓大廈投射巍峨的暗影，猶如昏鴉的巨翅遮蔽人們虛無又渺小的想像空間」（481）。可見，有些本質性的感覺是歷久彌堅，永續延伸的。不同的是黎紫書筆下的都市較柯比意多了幾分似幻似真的意境。

爲了有效突顯都市的灰黯與僵硬，黎紫書在「真實」的都市經驗中，「虛構」了一隻線條優美、色澤雪亮的白鴿，穿梭在現實與冥想的夾縫中，進行冷熱的比對，釋放壓抑在視覺底層的心靈訊息。透過這隻白鴿，以及「繪畫式」的敘述，她成功創造一幅充斥著巨大色塊的城市風景；白鴿之輕與建築之重，虛實交錯，忽而流暢忽而淤滯，產生對比強烈的視覺效果。在近四千字的散文版圖中，她充分利用鴿子和城市的「互動效應」，營造出極爲獨特的都市視野與心理景象。這種糅合了視覺與心理活動的「互動效應」，唯有較大篇幅的敘述方能承載。

散文較寬闊的敘述版圖，如劍之雙刃，並不保證一篇都市題材的成功，有時剛好足以鬆懈作者的自律，肢解主題、稀釋文氣。同樣是街道書寫，鄭世忠（另有筆名文征，1954-）在〈邊走邊看邊想〉就犯了「逛街」的毛病：「我看著這十分唐人的街道，心底不禁浮出許多大城中的唐人街，總侷促於一隅，偏安一時，也不強求甚麼，因爲都是平凡人的意願，不會讓人不安。走完那條街，前頭有幾幢摩天大廈，居高臨下俯看這個已漸漸沒落的地區」（1997/06/29，《文藝春秋》）。在都市文本裡「逛街」，不能走馬看花，要逛出價值、要有所「發現」。尤其這條文化特質十分鮮明的唐人街（茨廠街），它「是一條以人物和店舖組織起文化面貌與性格的街道，強大的文化魅力使它在眾多詩人的筆下，顯現出獨特的「地方感」（sence of place），一種經由親身經驗、傳媒見聞、視覺意象建造而成的自主心靈之產物，雖然它在一定程度上仍然維繫著與歷史和社會的關係。」（陳大爲：27）

這場歷時二十年的「造街運動」，可視爲馬華都市詩重要成果之一；如果將之化整爲零，逐篇細讀，其中大半「茨廠街詩作」不免失之單薄與簡略。都市詩好比廣告，突顯創意，直指核心；都市散文則像電影，對「地方感」和「感覺結構」的經營，對都市人性的刻劃，遠比都市詩來得從容。「每一個城市都曾經歷過興盛和衰敗的歷程。……每個時期的建築技術、都市設計和道路的規劃方式都不同。如果都市變遷過程的時期明顯，我們可以讀出一個城市的成長興衰規模和背後隱藏的故事」（胡寶林：90）。茨廠街儲蓄了大量都市變遷的痕跡，馬華詩人已經傳神地勾勒出它的歷史輪廓和空間質感，更細部的工作應該由散文（或都市研究論文）來完成。鄭世忠雖然很努力地去描述茨廠街的景象，並企圖營造出一種時間流逝的蒼涼，但他沒有凝聚出敘述的焦點，沒有展現他的都市文化視野，所以無從「發現」或「突顯」茨廠街的文化或社會問題。

另一位中生代散文作家陳蝶（1953-），在〈毒龍潭記〉裡用滿地的「痰」來焦聚關於茨廠街的文化批評。茨廠街不但「五步一小痰十步一大痰」，而且「有的新鮮熱辣，有的清有的濁，有的稠而粘有的白而泡，不論溝邊路面街中道左，我剛在心裡呸完，迎面而來的仁兄仰天吸納又吐一口！」（蕭依釗編：214）。陳蝶對痰的種種描繪，加上那位「仁兄」的神來一吐，非常有效地凝聚成一個令人作嘔的文化焦點。茨廠街的空間特質與文化形象，便由這遍地的，多元形態的痰，一口一口地建構出來……。從強烈的鄙視到無奈地接受，陳蝶還是忍不住反諷：「發現唐人街給人吐了滿地惡痰值得那麼大驚小怪嗎？沒有痰癮的街還叫唐人街嗎？」（215）

經過一番歷歷在目的噁心敘述，「痰」已成為「茨廠街低俗的市井文化」之象徵；但她並沒有就此打住，隨即又指出：茨廠街一帶共有五家中文書店，少說也有十幾萬冊書刊，加上印度人的書報攤，「絕浩瀚的文字和資訊居然教化不了一幫路過者去認識一個粗淺的公民意識——不可隨地吐痰！而我注意到多數吐痰者都是中年以上的華籍男人」（215）。「五家中文書店」跟「隨地吐痰」擺在一起，立即擴大且深化了問題，那口「痰」遂升級到「華社低俗的市井文化性格」的象徵地位，茨廠街變成一個把現象濃縮在喉，然後猛力一吐的舞台。

陳蝶花了近五千字的篇幅，多層次地鋪敘她對茨廠街／吉隆坡的文化批評、對國族的認同和感受、以及個人愛恨交織的都市情感。從文化批評的深度而言，〈毒龍潭記〉確實超過所有「茨廠街詩作」；不過詩人方路（1964-）筆下的三首「鬧中取靜」的〈茨廠街〉、〈茨廠街習作〉、〈茨廠街店舖之書〉，卻捕捉／營造了茨廠街的另一種空間質感：流動、朦朧、古舊、洋溢著飄忽如煙的襯底音樂，飄忽和疏離的場所精神躍然紙上（陳大為：37-44），這一點是〈毒龍潭記〉遠遠不及的。兩者一實一虛，各有千秋。散文和詩在文類特質上的差異，間接影響了詮釋策略、焦點、技巧的運用，連都市文化視野的傳達也有層次上的差異。不同的文類「很可能」形成兩個風貌相異的街道書寫。

在義大利著名建築師暨學者羅西（Aldo Rossi, 1931-1997）眼中，古老的建築是極其珍貴的作品，他指出：「有些作品在古老的城市組織中代表著某種原始事件，這些作品不僅能經得起時間的考驗並能表現出特性；雖然它們的原始機能可能已經改變或完全喪失。最後乃成為城市的『片段』，使我們不得不以都市的觀點而非建築的觀點加以探討」（Rossi：170）。茨廠街正是一件不可多得的「前賢遺作」，一個歷史的「片段」；作爲一條「唐人街」，它卻被吉隆坡大量的華人人口稀釋掉原始的角色，殘餘一絲隨時被湮滅的史料價值。但它奇特的文化地位／角色，有十分迫切的研究價值，和書寫價值。「茨廠街散文」是值得經營的方向，它會比詩更能探究吉隆坡的社會與文化變遷。

除了茨廠街，吉隆坡可以挖掘的事物--定不少。在吉隆坡定居多年的鄭秋霞（1963-）對首都的衛星市——八打靈再也（Petaling Jaya）——有相當深入的考掘，〈變身〉一文表現出不凡的洞悉力。相信沒有誰會去追查 Jaya 的詞源或本意，其實它源自梵文，涵蓋十四個意思：神的兒子、侍衛、征服、克制、勝利、太陽等等。她大膽想像當年路經馬來半島的印度商人爲何說出 Jaya 一詞，「爲成功登陸一塊淳樸的土地而慶幸？抑或爲讚嘆熱帶陽光的明艷燦爛？」(2002/10/27，《文藝春秋》）可是「變身另一種語言的『再也』，不再有如其原文般寬闊的胸襟，而小器寒酸地以單一意思現身——馬來文的『再也』，喻成功」（同上）。接著她花了另一半的篇幅去比對、去反省吉隆坡的今昔變化。鄭秋霞的長鏡頭捕捉到一些細微的事物，比如「那戰前流行的英式三角形樓頂」（同上），和它被強行現代化的怪模樣。當她赫然發現這座發育中的都市正吞噬古老的事物，也只能感嘆：「所謂的保護舊建築計劃，簡化成保護一面據謂足以代表歷史的牆」（同上）。吉隆坡該如何對待古建築的問題十分專業，超出鄭秋霞的能力範圍，她對建築風格背後的歷史意涵也所知有限；當然，那是屬於柯比意或羅西這種都會計畫建築師的本行。不過從她那心忡忡的敘述，誰都能感受到她對吉隆坡的關切。「探本溯源的關切」和「火力全開的抨擊」，乃都市散文和都市詩另一項重大差異。「對現象的（片面）攻擊」，早成爲都市詩的傳統性格，或許是狹小的篇幅壓縮了文本中的討論空間，詩人遂把思維導向重點式的抨擊。

除了街道，住宅生活是另一個重要的創作素材，鄭秋霞的〈城市鴿子〉是一個相當成功的例子。

她鎖定百無聊賴的公寓社區生活，安排了兩隻棲身在後房陽台的鴿子，來承擔全文的象徵大任。在文章的第二節，鄭秋霞再度展開她考據的功夫，替兩隻鴿子找出正式的學名：Stretopelia Chinensis（Spotted Dove）和 Geopelia Stiata（Zebra Dove）。爲何如此大費周章？每隻鴿子都是「咕咕咕」的，有加以區別的必要嗎？這個狀似蛇足的伏筆極爲重要。

第三節，原本一片死寂的公寓，E 座外，一輛菜車把悶了半天的主婦們統統召來，蝟聚成迷你的市集。「初時我百思不解，可後來，我從一張張興奮的面容--雙雙煥發的眼神中找著了答案：林叔的菜車，宛然是這些主婦們單調的公寓生活中難得的調劑之一。……三三兩兩圍攏比拚獨創廚藝或閒話他人家事，……譜成一首大都會特產的粵語交響曲。」（2002/09/01，《文藝春秋》）。鄭秋霞不直接描寫主婦在家裡的苦悶，反而透過一輛菜車來引爆壓抑的寂寞；這幾個段落的語言和節奏，表現出令人不禁掩耳的吵雜感，居然被一群主婦炒熱了文章。

更精采的設計還在後頭：「林叔的菜車咕隆咕隆駛開了去，統稱『主婦』的城市公寓區婦女心滿意足地挽著菜籃兜著袋子，噗啪噗啪走上樓。E座外馬路上，殘菜肉屑零落攤散。這時候，統稱鴿子的公寓區禽類，……噗噗啪啪飛降下來，落足點，恰恰是先前主婦們圍攏佔據的空間」（同上）。

鴿子們「噗噗啪啪」鼓翅聲，正好契合主婦們上下樓時「噗啪噗啪」的拖鞋聲；無需分類的「公寓區禽類」，和面目一致的「城市公寓區婦女」（同樣沒有加以區別的必要），都慘遭大環境的「統稱」。不斷咕咕咕的「牠們」，根本就等同於高唱粵語交響曲的「她們」。巧妙且準確的情節設計，加上生動的譏諷語氣，深化了本文的寓意。散文的文類特質容許鄭秋霞處處伏筆，層層鋪述，用「咕咕咕」的聲音貫穿全文，成爲電影般充滿暗示的背景音樂；最後再用「噗噗啪啪」和「噗啪噗啪」的聲音關係，把人鴿合一，完成所有的象徵和寓意。這種寫法在近二十年的馬華都市詩裡，不曾出現。很多有關公寓居住心理的詩篇，大都抽除了主體情感，並脫離真實的生活情境，改以某個既成的概念來驅動全詩，人物心理較平面、單一、模式化，「孤獨」、「疏離」等詞彙俯拾即是。都市詩的創作在自我設限的書寫空間裡，對公寓生活的詮釋策略，很容易導向概念性書寫。

用散文來處理都市的社會議題，會不會比詩來得周全呢？

鄭秋霞的〈城市電影〉輕輕碰觸過這個議題。它的篇名很容易讓人錯以爲是一篇關於看電影的散文，其實她透過都市捷運系統對空間的穿透力，暴露了吉隆坡市政建設的敗筆。本來鄭秋霞對自己「有緣在自己的國土乘搭最先進的公共交通工具而自豪」（1999/02/05，《南洋文藝》）。儘管這種輕運量的ＬＲＴ單軌火車的出現，比新加坡的ＭＲＴ晚了十幾年，這分遲來的自豪照樣在文中披露無遺。

單軌火車即是一間活動的電影院，把乘客帶到平時不會深入的城市腹地。當她自車窗望見：人造湖、回教堂、高尙豪宅、木屋區、中下層密集住宅區，「儼然是一齣絕不欺場的吉隆坡縮寫紀錄片。……所有美麗的謊言都無法掩蓋暴露眼前的事實，所謂的貧富懸殊、粗糙失策的發展；越是誇張的現代化設計，越突出落後的、受忽略的一群，這醜陋的一面」（同上）。原本美好的都市觀感和興奮的期待，立時被現實的黑暗面摧毀，「取而代之的，是一絲絲難以按捺的悲哀和無力感，為這座擁有世界最高大樓的城市」（同上）。可惜鄭秋霞沒有進一步延伸她的觀察，憤慨的思維僅僅停留在車上，停留這篇近千字的散文裡面。或許，用一首三十行的短詩，即可完成她的觀感與敘述；然而，真正導致〈城市電影〉深度不足的主要因素，並非文類特質，而是作者的創作意圖和生活經驗[4]。

從文類特質的差異，來評量散文和詩在都市題材上的表現空間，是一件危險的工作。所有的論點都是相對的，備受爭議的。所以暫時只能「相對而言」，散文「顯然」比詩擁有更自由、更廣闊、更接近都市社會學研究的敘述空間，作者能夠從容地敘述他的生活感受，去關切、分析都市社會及民生問題，或者主動吸收都市學者的研究洞見，強化本身對都市的觀察成果。這個觀點並不意味著詩不能適任於都市題材的書寫，只不過詩要兼顧的創作條件實在太多，比較適合進行思辯性、批評性、本質性、概念性的都市論述，把龐大的濃縮，把複雜的簡化，讓創意去驅動詩筆。

文類本身的特質和創作形態之差異，足以影響作者選擇詮釋的角度與策略，進而發展出兩種不同的都市文學風景。

二、遊子身分與空間詮釋的差異

展開這一節的文本分析之前，不妨再看看身為建築師的柯比意進入一座都市時，他的視覺和思考的方向——「讓我們進入城市的客觀事件中並暫時畫出視覺印象與視力的範圍，看看那些引起疲憊與舒適、喜悅或沮喪、高尚與自豪或漠視、憎惡與反叛的種種。城市都像一陣渦流：必須對它的印象作出分類，認出對它的感覺並選擇有療效且有助益的方法。」（柯比意：68-69）

一位初次踏入吉隆坡的外地學生，會如何調整、適應像一陣渦流的城市？

張慧敏（1978-）遠從檳城來到吉隆坡念馬大物理系，開始她〈一個人的城

---

[4] 都市社會問題在馬華散文作家和詩人筆下都沒有令人滿意的作品，主要原因是社會關懷之不足。新華作家蓉子以老人院裡的老人生存情境為題的「城事系列」，極具參考價值。

市生活〉。當她舉目無親地「走在人群裡，沒有人會理會你是誰，你來自哪裡。大家都走得急促，只有擦肩而過的眼神交會」（林茹瑩、溫麗琴編：8）。一股強烈的疏離感侵占了她的都市印象，但她沒有放棄對人群的觀察，遂「發覺大家形色匆匆，似乎沒有好好停下來看周圍的景物」（9）。這些趕路的眼睛，對吉隆坡的情感究竟是疲憊、漠視、憎惡，還是反叛？那可不是張慧敏能夠在彼此眼神交會的瞬間，所能判讀出來的。

或許她終將成爲吉隆坡的上班族，獻出一雙趕路的眼睛，「進入」眾多詩人筆下的情況：「模糊的臉孔讓煙霧／慢慢地燃燒」（沙河：51）、「靈魂都傷痕累累」（劉育龍：79），最後「時鐘的表面逐漸溶化成一張猙獰的臉」（呂育陶：69）。然而她還是學生，可以作出自主性較高的生活選擇：適性逍遙。她沒有強行擴大本身的交際範圍，反而「有時候爲了避免應酬似話題和空洞的笑聲參雜在食慾裡，選擇了一個人吃餐飯。一個人，不會寂寞，反而可以靜靜享受食物的味道」（林茹瑩、溫麗琴編：9）

張慧敏「認出對它（吉隆坡）的感覺並選擇有療效且有助益的方法」，所以她很輕鬆地在文末表示：「一個人的城市生活可以自得其樂」（10）。遊子只是都市的過客，不必永久面對一座都市的全部內容，況且她的生活仍然以大學城爲軸心，對都市生活的了解和壓力十分有限。不過，並非每個都市遊子都懂得去轉化這種孤立感；每逢周末鬧空城的宿舍生活，逼使韋佩儀（1974-）寫下〈城市孤兒的自白〉：「寂靜舉兵入侵我周末的領土，……置身空曠寂寥之地，正好細細品嚐叫天不應，叫地不靈這道美味佳餚」（1998/08/09，《文藝春秋》）。

同樣來自檳城的林茹瑩（1978-），在大二那年遷入離馬大不遠的一棟十六層公寓的三樓，這裡每棟公寓都十分相似，足以誘導年輕作者將都市觀感完全傾向典型化的負面書寫。她慢慢發現：「不同的是每一戶人家裝飾在家裡的燈是不一樣」（55），一亮起燈來「整座公寓似有了生命力，活了起來。有人影在屋裡走動。風扇奮力打轉而投影在天花板上。電視畫面不停閃爍。就如皮影戲。皮影戲需要燈光才能將故事呈現出來。而人在夜間室內的活動也因燈光的關係暴露出來」（55）。林茹瑩巧妙運用了「皮影戲」意象，間接地解讀出公寓生活的內在差異，化解了都市印象中的枯燥感和平面感。

接著她把「燈」推向記憶的上游，回想起在家裡睡覺時候，因爲怕黑，總是亮著一兩盞小燈，後來與同學共租公寓就中斷了多年的習慣。於是家和宿舍被一盞「燈」重新界定、區隔，〈公寓的燈〉便在視覺中融入一盞溫馨的鄉愁。

溫麗琴（1978-）的〈雙城記〉則把鄉愁放大，形成異鄉和故鄉兩座城市的對話。砂勝越河緩緩流過古晉的鬧市，有老廟和老街道，還有更老的布洛克家族時期的老城堡。「在這麼一個節奏慢得行走時可以觀賞兩邊風景的城市中，我於是用靜觀的眼神去搜索屬於這一座城市的歷史」（林茹瑩、溫麗琴編：178）。從靜觀的心態，和舒緩、細緻的描述，流露出她對家鄉城市的濃厚情感。幾年前她到吉隆坡旅行，當時的感覺「是擁擠，是喧嘩，是忙碌的」（178），直到她正式進駐這個僅有粗糙印象的都市，求學生涯豐富了她的視野，「它又讓我對它有了另一番詮釋，……（可以）細細的探賞躲在面紗背後的容貌」（178）。

溫麗琴迴避了吉隆坡的白晝（可能被課業佔去），她「喜歡夜晚的吉隆坡，它是迷幻中的小上海，是一個華麗的弄堂。在這霓虹燈閃爍的空間中，我常讓自己漫漫的遊走。民歌餐廳、咖啡館、街邊的大排檔、入夜才打烊的書店，……都讓我從簡單變成了豐富起來。於是，我開始變成依附在這一個城市命脈的一體，貪婪的吮吸著一切曾經被遺忘的精華」（179）；這種浪漫式的都市認同，十分罕見。比溫麗琴多了三年都市生活經驗的馬大學生蘇燕婷（1975-），在〈城市時間〉裡寫下她「和城市時間的拉鋸戰有多麼的絞心力瘁」（蘇燕婷編：31），白晝的時間永遠不夠用，最後她「開始享受夜晚的陌生生活。也開始體會到在城市裡偷出一片寧靜空間只有在夜深時刻」（27）。

遊子的生活形態、日常生活動線、逛街的時間，影響了她們對都市空間的感受和認知，自然避開了較黑暗、沉淪的一面。如此一來，她們的散文較能真誠地記錄自己在吉隆坡的生活感受，雖然它們缺乏一種思想性和深度。然而，不同的作者身分，所使用的都市空間與時間不同，因而產生詮釋上的出入。最好的例子莫過於陳蝶和鄭世忠（文征），前者曾經長期在吉隆坡工作，與茨廠街結緣二十餘年，對當地文化的了解自然遠勝於定居麻坡的後者，所以他們解讀茨廠街的角度和深度有別。

某些文人對都市的全盤否定令人很難接受，再差的都市也會有一些樂子，以調劑枯燥的生活。那些被文人「過人的洞悉力」定義成：沉淪於物慾之中的搖頭族、終日爲金錢打拚的上班族、沒有生活目標的菜籃族，說不定他們的日子過得比所有的文人更逍遙更快樂，天曉得？！知識分子的價值觀並不等同於真理，有時他們「內部」也會產生觀點的分歧。譬如「幾何線條」的出現，在都市詩裡一定是負面的，但柯比意卻認爲幾何學是「意味著完美與卓越象徵的物質基礎。……機械源自幾何學。因此所有當代的一切均完美地源自於幾何學」（柯比意：前言第三節，無頁碼）。都市生活應該是多元的，相對的，不同身分的都市人會接觸到不同層面的訊息；同樣的道理，其中必然有不同的痛苦和樂趣。

曾經留學台灣的張瑋栩（1977-），就用一種非常世俗化、物質化的消費者心態，去〈尋找 Orchard 的出口〉：「Cartier／TIFFANY & Co.／GUCCI／BURBERRY／LOUIS VUITTON／Hugo Boss。這些是與 Takashimaya 毗鄰的名字。從這些羅馬字母拼湊而成的符號，可以說明這座 Takashimaya 身處的義安城（Ngee Ann City）奢華與富貴的品德」，而且「每一個名字都熟悉地叫我進去探視它們」（2002/11/11，《文藝春秋》）。新加坡的烏節路，儼然就是一個夢幻的，消費文化的核心地帶，眾多名牌構成炫耀性的消費空間。「尋找新商店（及其新商品）來窮盡光陰，是一種城市人的生活特色。對不熟悉的事物的認識（訊息取得的一種型態），有時候是令人驚奇的」（詹宏志：98）。如果說茨廠街象徵沒落的唐人街移民文化，那烏節路則象徵徹底的現代消費文化。身爲旅客（深受期待的消費者），他確實無從了解這座島國城市的市民生活，所以他在消費中的「發現」變得重要起來。

張瑋栩的消費活動是直接的，全是念頭的起落，單純沉溺於各種物品的美感和價值感，沒有任何延伸或分析。他僅用自己的行動和赤裸的思緒，雕塑一個消費主義的活樣本。在這座物質之城，他發現一處不可思議的地方：「我從透明的落地長窗看進去，書架排列整齊，衣著入時的少女端坐在鐵椅上閱讀。我還不肯相信它是圖書館，直到我看見每本書上貼著的條碼與編號。我洩氣了，一點也不想走進去。可惡的新加坡人」（2002/11/11，《文藝春秋》）。充滿忌妒的語氣，正好突顯新加坡值得驕傲的閱讀風氣，爲這個物質都市添一股珍貴的氣質。新加坡人如何在名牌和圖書之間，取得最理想的生活比例？如何形成他們的價值觀？這些較深刻的問題，並非張瑋栩所能回答的。

然而，他面對都市的心態卻值得重視：「我想，我是喜歡城市的，因爲城市可以讓我買到快樂。實在。沉穩。美麗。不二價。的快樂，讓我（暫時）逃離人生的不安」（同上）。一如在柯比意眼中：「天空中房子的齒狀邊緣是都市美學中首要的元素之一；它於第一眼即映入眼簾，引發決定性的感覺」（柯比意：89）；那些映入張瑋栩眼簾的消費品牌，決定了他對新加坡的美好感覺。對張瑋栩而言，品牌才是都市美學中首要的元素。

最後要討論的，是跟物質消費一樣備受都市文學創作者批評的摩天大樓。

長期居住在吉隆坡的林春美（1968-），她在系列散文〈我的檳城情意結〉中，就有一種獨特的鄉愁，對摩天大樓的強烈鄉愁。她「是一個愛上回家的人，而每次回去，那種到了『光大』便快到家的感覺便會油然而生」（陳大爲、鍾怡雯編：397）。「光大」（Komtar）曾是亞洲最高的摩天大樓，矗立在老舊的檳城市區，獨一無二，自然成爲檳城人最引以爲傲的超級地標。自小在檳城長大的林春美（以及文中所提及的眾多市民）對 Komtar 的認同感，完全吻合凱文．林區（Kevin Lnych）對地標的定義：「真正的『地標』應是市民都認同且引以爲傲，甚至成爲精神象徵的傳家寶。」（轉引自胡寶林：86）。

在外地人看來，Komtar 只是一個兼具商務和娛樂功能的超級商業中心，極大部分的市民都不會去思考它真正的商業生產價值。換上一位建築師或都市研究專家，他可能會仔細地分析：「所有建築物的設計，其炫耀排場的目的大於獲得最大的商業回饋，而它們都是那些處於高度競爭性的保險業、報業、電信業的總部；他們了解高聳、壯麗、值得紀念的建築輪廓，對於建立商業形象或提升業績的價值」（Girouard：322）。

在林春美這個歸鄉的遊子眼中，看到的是：「它象徵檳城的繁榮與進步。外地人靠它指引迷津，本坡人在那裡解決生活瑣事，更有一代新人粘著它長大。他們名叫 Komtar Boy／Komtar Girl。『光大』培養了他們的氣質，也塑造了他們的形象」（397）。她的詮釋並不幼稚，即使在高度現代化的美國社會，「對美國人而言，摩天大樓具有象徵性的功能，作爲一個地標和進步的肖像」（Nye：33）；而且這棟摩天大樓儼然成爲一座「垂直的城市社區」，其中一定滋生許多社會問題。可能是愛鄉心切，林春美迴避了摩天大樓對都市的宏觀與負面影響，放棄了更值得探討的內部狀況，任憑情感凌駕於思辨之上，將心中的隱憂一筆帶過（雖然她略略提及可能跟光大有關的一些社會問題：賣淫、收保護費、曠課遊蕩）。林春美筆下的 Komtar，是美好的。

羅蘭．巴特（Roland Barthes）覺得：「四邊形、網狀的城市（例如洛杉磯）被認爲會使人深感不安：它傷害了我們對那個城市的通感（syneasthetic sentiment），我們嚮往的那種城市需要有一個可以往返的中心，它應該是一個完整的場所，讓人夢想著從那裡前進或撤離。一言以蔽之，讓人發現自己」（Barthes：

30）。雖然遊子或旅客不必永久面對一座陌生的都市，為了生活得更愉快，他們必須找到一個可以「發現自己」的場所，或者柯比意強調的一個「有療效且有助益的方法」。林春美、張瑋栩、溫麗琴等人的身分略有不同，當他們進入陌生或久違的都市，很自然地截取／節錄了該都市的某個面貌，然後注入個人的生活習性和情感，完成一幀簡單的都市名信片。

*

本文選取了十四篇發表於九〇年代後期至今的都市散文，分別出自馬華文壇5、6、7字輩作家之手，橫跨三個跟現代都市關係最為密切的世代。此外也旁徵了一些「非文學類」的都市觀點，作為參照之用。作為一項主題性的文本分析，論者必須同時評量都市散文的文學技巧（文學性）與都市視野（社會性），唯基於論述策略以及樣本素質的考量，本文第一節兩者皆重，第二節則較偏重後者。文學研究的立論是沒有絕對的，本文的「推論」基礎建立在論者過去八年對亞洲華文都市詩的研究心得，以及對台灣和馬華都市散文的閱讀記憶。限於篇幅，無法展開大規模的「都市散文 VS.都市詩」的文類辯證，以及「在地人 VS.遊子」的比較。馬華都市散文的創作，「因文類特質和作者身分的不同，而產生詮釋的差異」——這個論點本身很容易引起學者們的詮釋差異。希望這個差異得以引發更多關於馬華都市散文的討論。

【參引書目】

Barthes, Roland. trans. Richard Howard（1982）. *Empire of Signs.* New York: Hill & Wang.

Girouard, Mark（1985）. *Cities and People: A Social and Architectural History.* New Haven: Yale UP.

Nye, David（1993）. “The Geometrical Sublime: The Skyscaper”. *City and Nature: Changing Relations in Time and Space.* Ed. Thosmas Moller Kristensan et.al. Odense: Odense UP. pp.29-44.

Relph, Edward 著，謝慶達譯（1998），《現代都市地景》，台北：田園城市。

Rossi, Aldo 著，施植明譯（2000），《城市建築》，台北：田園城市。

呂育陶（1999），〈和日子閒聊〉《在我萬能的想像王國》，吉隆坡：千秋，頁 69-70。

沙　河（1994/09,10），〈悸〉《蕉風》第 462 期，頁 51。

林春美〈我的檳城情意結〉，收入陳大爲、鍾怡雯編（2000），《馬華文學讀本 I：赤道形聲》，台北：萬卷樓，頁 393-400。

林茹瑩〈公寓的燈〉，收入林茹瑩、溫麗琴編（2001），《6 個女生》，吉隆坡：嘉陽，頁 54-57。

柯比意著，葉朝憲譯（2002），《都市學》，台北：田園城市。

胡寶林（1998），《都市生活的希望》，台北：台灣書店。

韋佩儀（1998/08/09），〈城市孤兒自白〉《星洲日報．文藝春秋》。

桑德堡〈芝加哥〉，收入飛白編譯（1990），《詩海．世界詩歌史綱．現代卷》，桂林：漓江，頁 1323-1325。

張瑋栩（2001/11/11），〈尋找 Orchard 的出口〉《星洲日報．文藝春秋》。

張慧敏〈一個人的城市生活〉，收入林茹瑩、溫麗琴編（2001），《6 個女生》，吉隆坡：嘉陽，頁 8-10。

陳　蝶〈毒龍潭記〉，收入蕭依釗編（1996），《花蹤文匯 3 》，吉隆坡：星洲日報，頁 213-217。

陳大爲（2001），《亞洲中文現代詩的都市書寫（1980-1999）》，台北：萬卷樓。

陳富雄（2001/07/15），〈霂〉《星洲日報．文藝春秋》。

溫麗琴〈雙城記〉，收入林茹瑩、溫麗琴編（2001），《6 個女生》，吉隆坡：嘉陽，頁 177-180。

詹宏志（1996），《城市人——城市空間的感覺、符號和解釋》，台北：麥田。

劉育龍（1999），〈後現代主義的際遇〉《哪吒》，吉隆坡：彩虹，頁 79-80。

鄭世忠（1997/06/27），〈邊走邊看邊想〉《星洲日報．文藝春秋》。

鄭秋霞（1999/02/05），〈城市電影〉《南洋商報．南洋文藝》。

鄭秋霞（2002/09/01），〈城市鴿子〉《星洲日報．文藝春秋》。

鄭秋霞（2002/10/27），〈變身〉《星洲日報．文藝春秋》。

黎紫書〈遊擊一座城市〉，收入陳大爲、鍾怡雯編（2000），《馬華文學讀本 I：赤道形聲》，台北：萬卷樓，頁 479-482。

蘇燕婷〈城市時間〉，收入蘇燕婷編（1999），《月照滿條街》，吉隆坡：佳輝，頁 27-31。

原發表／修訂 2003

原鄉迷思與邊陲敘述

——從散文看馬華新生代作家的文化屬性意識

*朱立立

「緬懷從來就不只是一種內省或回顧的行為，它是個痛苦的重歸所屬(re-memory)，拼湊被支解割裂的過去，瞭解當前創傷的行為。」

——霍米·巴巴

「我是誰——真正的我——乃是與多種異己的敘述(other narratives)互動下形成的……屬性原本就是一種發明……屬性是在不可說的主體性故事與歷史、文化的敘述之不穩定中形成的。」

——斯圖特·霍爾

「將關懷放在作家身上，因為他們的關懷、思考和實踐，就是馬華文學的命運；他們身為歷史主體的命運，決定了歷史有沒有向前開展的可能。被遺忘和被操縱都是妥協，作為異質性空間的文學只有失去生存的條件。文學一旦失去對話和認識的價值，我們便永遠被放逐在歷史之外。」

——林建國

〔一〕

首先，來看看文化屬性概念的衍變過程。按斯圖特·霍爾的描述，屬性概念的發展經過了三個階段，一是啓蒙運動的主體，此乃個人主義且男性化的屬性概念；二爲社會學的主體，認爲屬性是在主體與有意義的他者(significant others)之互動關係下形成的；三則是後現代主體，缺乏固定本質即永久屬性，屬性遂成爲所謂「活動的饗宴」。對文化屬性的思考也有著兩種迥然不同的方式，一種強調屬性的恆定性、單一性、靜態性及持續性，「主要訴諸文學和文化研究中的民族本質特徵和帶有民族印記的文化本質特徵」[1]，這種思考明顯帶有本質主義色彩；另一種方式則萌生於全球化及後殖民語境中，認爲應以情境而非本質來界定屬性，強調屬性的流動性、差異性、斷裂性、習得性等，如〈多重小我〉一文裡霍爾就明白指出：「所有的屬性都是經由差異建構的。」因而屬性不再被視爲一種存在與思考的固定點以及行爲的依據，它不再是一種保證，「擔保世界不至於像它有時候看起來那樣迅速地崩潰」[2]。屬性受制於歷史、文化與權力的運作或操縱，因此不是固有的本質，而是形成的，它具有雙軸性，一軸是類同與延續，另一軸爲差異與斷裂。本文作者基本認同霍爾的屬性觀念，尤其是關於雙軸性的辯證認識。在置疑本質主義屬性觀的前提下，本文將對處境尷尬的馬華文學之文化屬性問題做一些探析。

對於主流或強勢主體而言，並沒有什麼屬性問題；存在身分危機或認同焦慮的，總是那些邊緣或弱勢群體。我們生活的這個世界上，移民、弱勢族群、文化差異已是全球性現象，屬性／身分認同的複雜多變及其由認同危機帶來的社會問題也越來越突出，亨廷頓指出，後冷戰時期，世界上「最普遍重要的和危險的衝突並不會發生在社會階級之間、貧窮之間，或者其他以經濟來劃分的集團之間，而是屬於不同文化實體的人民之間的衝突」[3]，亨廷頓的說法自然有其片面之處，但是，對於那些過分樂觀於全球化帶來的文化融合前景的人們而言，提示出文化衝突存在的現實性與嚴重性也許不無必要。喬納森・卡勒甚至認爲，「因此，對於不穩定的文化和文化屬性的研究便尤爲重要，這主要指那些少數族群、移民群體、婦女群體等。他們在與較大的文化群體認同時可能會有困難，而他們又置身於這個動蕩不定的意識形態的建構。」[4]

具體落實到馬華文學這個命題，從有關論述看來，在馬來西亞國家文學話語

---

[1] 王寧〈文學研究中的文化身分問題〉，《外國文學》1999年第4期。

[2] 引自何文敬〈延續與斷裂：朱路易《吃一碗茶》裡的文化屬性〉，收入單德興、何文敬主編《文化屬性與華裔美國文學》，台北：中央研究院歐美所，1994年，頁93。

[3] 王寧、薛曉源主編《全球化與後殖民批評》，北京：中央編譯出版社，1998，頁27。

[4] 喬納森・卡勒《文學理論》，沈陽：遼寧教育出版社／牛津大學出版社，1998，頁49。

裡，馬華文學處境堪憂。按張錦忠的說法，「幾十年來，馬華文學在國家文學主流之外自生自滅」[5]；而在華文文學／漢語文學的視野中，即便不再如溫瑞安那樣堅持主張它是中國文學的主流，亦難免將其放在「海外」的帽子下另眼相看。這雙重邊緣性的壓力下，馬華作家又能何為？新銳作家黃錦樹在九〇年代初就曾撰文質疑國家文學與以華文文學為主體的「馬華文學」概念，林建國在〈為什麼馬華文學〉這篇被稱為「企圖為新時代的馬華文學研究奠定理論基礎」[6]的論文中，提出了一系列發人深思的問題：馬華文學為何存在？為什麼我們要問「什麼是馬華文學？」馬華作家為何書寫？書寫是準備被遺忘還是被操縱？「我們」是誰？林文從海外華人知識分子的立場思考馬華文學合法化和自主性的途徑及困難，檢討了「中國本位」論述與大馬「國家文學」論述中的血緣觀念的本質主義，著力解構／顛覆馬華文學屬性與血緣的「虛構關係」[7]。與以往論者有所不同的是，新生代將對屬性的反思集中體現在對主體意識的強調和語言修辭的自覺上，重視作品本身的素質，且堅定地呈現經典意識，使得屬性危機論在黯淡霧靄中展露出一片光亮。從創作維面看，九〇年代馬華新生代的小說、詩歌和散文作品，都表現出對身分危機和屬性焦慮意識的積極回應。

難以迴避的是，文學身分的背後存在著複雜曖昧的社會、文化、教育、種族諸種問題，我所要做的並非釐清上述因素與馬華文學間的糾葛，這在張錦忠等人的論述中已得到比較充分的揭示。我想，言說一種文學，首先必得面對文本，在此我選取九〇年代的散文為切入點，以此觀察馬華新生代作家的文化屬性意識及其表達方式。其原因在於，我所讀的這些散文大多是優秀的漢語文學，與大陸港臺作品比較，它們並不遜色而別具特色，以一九九六年推出的《馬華當代散文選》來說，「表現出截然不同於傳統典律構建的眼光」[8]，編選的標準傾向於散文的美學質素和文化意蘊，作者都屬六字輩和七字輩，十位年輕作者的四十九篇散文更新了人們的馬華文學視野，編者充滿自信心及對話意願的聲明頗有意味：「我們

---

[5] 張錦忠〈馬華文學：離心與隱匿的書寫人〉，《中外文學》第19卷，第12期，1991/05。

[6] 黃錦樹〈緒論：在馬華文學的邊界〉，《馬華文學：內在中國、語言與文學史》，吉隆坡：華社資料研究中心，1996，頁5。

[7] 林建國 〈為什麼馬華文學〉，《中外文學》第21卷，第10期，1992/03，頁107。

[8] 黃萬華 《新馬百年華文小說史》，濟南：山東文藝出版社，1999，頁339。

不需要任何批評的優惠，馬華散文必須在公正嚴苛的、與中國大陸和台灣地區相等的標準下，接受研究與批評」[9]，顯示出馬華新生代從邊緣向中心突進的強烈慾望和期待。除了在語言、敘述、修辭等藝術層面上的自覺與提升，這些散文大多能表現馬華文學的獨特感性形態與文化內涵，揭示「差異文化與個別經驗交糅出的多重性」[10]，它們豐富了審視馬華文學「獨特性」的維度。所謂的獨特性或馬華經驗，不僅僅指涉地方色彩和南洋特色，也不單是抒寫傳統意義上的鄉愁，而是傾向於做多向度的文化探尋，以及個體與族群複雜纏繞命運的沉潛書寫。這其間，文化屬性意識得到了涵義豐富、方式多樣的表達。必須指出的是，這群活躍於當代馬華文壇的作者之中，有較大部分屬旅台群體，一些人則有留日旅歐等人生經驗，即便一直在大馬本土成長的作者亦受過良好的教育，這使得他們對身分（個體與族群、文學與文化、民族與國家）的思考有較高的起點和較多維的視點；此外，他們一般都已是第三代華裔，心目中的故鄉等概念與父祖輩不再完全相同，實際上東南亞華人研究專家王賡武早就指出：「現代的東南亞華人，與當今的大多數人民一樣，並不僅有單一的認同，而是傾向於多重認同」[11]。國家認同已不成問題，故鄉自然也就指涉生於茲的這片熱土，但一個多種族多元文化構成的國家，屬性問題不可能徹底解決，它必然隨著國家政策的變化及民族利益的得失而時隱時現。對於早先移民的華人而言，民族認同是其生存的情感源泉和精神支柱；至於後代華裔，雖可以在多重認同中自已選擇，但他們會更多地意識到，國家才「是生存於這危機四伏世界上的保障，它是現實的家園」[12]。因此立足於現實生存，就不一定要保持中國文化認同。我這裡涉及的第三代華裔作者先不論其種族文化認同，他們選擇了漢語作爲文學書寫媒介，而文學又是一種心靈活動方式，他們寫作的真誠投入就可被視爲一種文化姿態。深切一點看，漢語寫作成爲他們慾望泅渡的實驗與期待，也必然成爲他們紓解身分焦慮探觸生存可能性的飛翔與歌唱。漢語是他們飛行的天空，而記憶與遺忘的交織、融匯與自主的悖離、肉身世界與本真理想的衝突都已是他們今生命定的離散的歌謠。如若他

[9] 鍾怡雯《馬華當代散文選・序》，台北：文史哲出版社，1996，頁 12。

[10] 黃錦樹《馬華文學：內在中國、語言與文學史》，頁 9。

[11] 王賡武《中國與海外華人》，香港：商務印書館，1994，頁 235。

[12] 王安憶《漂泊的語言》，北京：作家出版社，1996。

們在本土寫作，由於國家語言及教育政策的限制，勢必將可能面臨失去與讀者共同分享集體信仰框架的根本困境，寫作如何可能？如果他們回歸漢語的母國，如李永平，實際上卻又意味著另一重意義上的自我放逐，正如他在《海東青》中塑造的靳五這個人物形象所承載的身分迷惘。黃錦樹認爲大馬華人書寫的前瞻性景觀必然是華裔馬來語及華人英文寫作；而另一方面，鍾怡雯等仍在漢語世界裡與語言修辭角力。顯然，起碼對於這一代大馬華人來說，漢語文學並未終結。未來尚難預測，我們所重視的是，馬華文學仍在繼續。

以上論述也算是呼應林建國文中的思路：「將關懷放到作家身上，因爲他們的關懷、思考和實踐，就是馬華／大馬文學的命運；他們身爲歷史主體的命運，決定了歷史有沒有向前發展的可能」[13]。 而對馬華作家文化屬性意識的辯析討論便也顯得十分必要了。

〔二〕

一九九五年夏秋之際，馬來西亞的《南洋文藝》發表了黃錦樹與林幸謙有關文化屬性的爭論性文章。黃文批評了林幸謙「過度的文化鄉愁」[14]，林幸謙則認爲有關「身分認同、文化衝突／差異、中國屬性，尤其是邊陲課題（periphery／marginality）等問題，對於海外中國人而言，是可以讓幾代人加以書寫闡發」[15]。黃錦樹的回應強調海外華人寫作應以海外全新的歷史經驗爲主體，而不能以中國性爲主體，否則就易沿著「天狼」的美學意識和情感趨向淪爲文化遺民。黃錦樹與林幸謙皆爲旅台馬華新生代作家，二人的論爭耐人尋味。從中可以看出，文化屬性問題早已浮出馬華文學的歷史地表，如何書寫，如何建構馬華屬性，已經成爲新生代馬華作家富有歷史性的命題。黃錦樹的憂慮和警覺不無依據，他的陳述實爲強烈的生存策略與自主意識之驅動，更多地屬於現實的理性話語；林幸謙的文學創作和文化反省則飽含個體情感化的生命體驗，放逐自我、在國家之外

---

13 林建國〈爲什麼馬華文學〉，頁 115。

14 黃錦樹〈兩窗之間〉，《南洋商報．南洋文藝》，1995/06/09。

15 林幸謙〈窗外的他者〉，《南洋商報．南洋文藝》，1995/07/25。

的書寫可視爲「個人的文化文體」[16]。尋求身分定位是黃錦樹、林幸謙都須面對的問題，前者急於走出中國文化綑縛的衝動，與後者充滿文化纏繞感的反復行吟並無根本對立。相對而言，林幸謙有意與華文文學文化傳統保持更爲親密的關係，且認爲這種聯繫的淡化與疏離必然是種創傷性體驗，並不是毅然決然轉身而去就可以完成得了的。他的出國留學（返回文化母體，離開肉身故土），文學研究（論白先勇、張愛玲的創作），以及散文和詩的寫作（散文集《狂歡與破碎》、詩集《詩體的儀式》等），始終貫穿著邊陲與中心、支流與母體的悖謬性思考。他的人生形式充滿著對命運不懈的叩訪與探尋，他的作品總是訴說著個體與民族國家間，解不開理還亂的荒誕情結。他對於自身生命位置和意義的悖謬性有著某種悲劇性的自我認同，把寫作「定位在抵抗失語和集體記憶的建構之間……避免把自已囹圄在某一固定位置上」[17]，與此相關，他的華文敘事如同滔滔不絕的悲情話語洪流，有一發不可收拾的無羈之感，原鄉的迷思成爲他無從掙脫的命運之網，身分的錯綜與懸浮總是爲其文本帶來濃郁的漂泊離散性質。

長篇散文〈狂歡與破碎：原鄉神話、我及其他〉可視爲這方面的代表作。這篇融論述、思辯、抒情爲一體的大賦「植根於原鄉神話中」，「話語中佈滿壓抑的墨水，」蒼涼的基調華麗而淒絕，密集的意象炫目又憂傷，抽象而逆動的術語象一群待捕的可憐獸物四處奔逃，獨有的縈繞迴旋鋪陳疊現的語言之網，悲愴的美感中騷動著緊張不安的氣息，這便是林幸謙式的敘事造成的美學或非美學效果。作者這既是自我折磨（也折磨讀者）又是自我慰藉的言說是自否果真陷入了黃文所言的「爛調」？我以爲不然。林幸謙文學敘事中的悖謬其實對應了海外華人個體和華族群體生存的部分真相。黃錦樹的不耐煩或在於他讀出了林幸謙思考模式的怪圈，其實也與他現實理性的生存建構策略相關。他急急欲出離這個徒增煩惱糾纏不休的怪圈，把視線投向大馬華人寫作的未來，因渴望一個多元文化交融的圓滿未來而不滿於花果仍自飄零不息的破碎現實。他急切地呼喚著自成中心的前景，儘管這前景似乎並不太可靠。他一面引述周策縱的「多元文學中心」說以支援其理論勇氣[18]，一面也深知馬華文學若脫離中國文學自成「中心」的話，還面

---

[16] 林幸謙〈寫在國家以外〉，《星洲日報．文藝春秋》，1998/07/06。

[17] 林幸謙〈寫在國家以外〉。

[18] 周策縱先生在第二屆「華文大同世界國際會議」總結辭中提出了「雙重傳統」及「多

對著馬來西亞國家文學這個中心，「沒有國家做後盾而想得到國際認可，恐怕也會有點困難（即永遠無法代表馬來西亞，至多代表本身的族群）」，因而馬華文學進退兩難。華文作者的屬性認同表面上看當然是多重的，不只周策縱所言的「雙重」（中國的和本土的）；但事實上，「雙重」或多重之間存在著「內在的緊張」。黃錦樹清晰地分析了這種緊張性，認爲華文文學對「本土傳統」缺乏深度關注，而對「中國傳統」的接續吸取又會導致思想文化上的中國化，甚至情感、行動的回流，如部分旅台作家已作出的選擇。他提出了一些具有參考價值的建議，如用馬來文創作，將中國文學傳統本土化，以便與馬來人在「國家文學」的園地裡爭一席之地。到那時，「馬華」便成了「華馬」——華裔馬來文學。但是不難想象，即便如此，馬來西亞國家文學內部仍勢必存在強勢話語與弱勢話語之差異、主流與邊緣之磨擦衝突，屬性問題依然會存在。參照一下華裔美國文學，正因爲眾多的華裔英文書寫仍走在邊緣，才有湯婷婷、譚恩美的打入主流令華人文化圈激動不已，而有關文化屬性與華美文學的論題在華人學術圈裡也漸成學術熱點。在解構主義與後殖民文化語境中，黃錦樹對馬華文學的思考雖然相對於他置身的國家現實而言顯得有些另類，也會對習慣於守持中國文化傳統的前行代海外華人帶來情感上的衝擊，卻未始不是在探討著大馬華族文學走出困境的某種方向。只是，對於包括他本人在內的目前用華文寫作的馬華作家而言，這樣的主張顯然還難以帶來真正的突破。

回過頭來再看林幸謙的散文，「近乎郁抑危悚、狂態略露」的文字裡，鄉愁的慾望確實如霧如瀑。寫於八〇年代末的〈溯河魚的傳統〉深情描述了鮭魚溯河回游找尋出生地的生命現象，借喻自我及海外華族「對中華文化母體一往情深的孺慕和回歸」，同時認識到新一代正處於政治分化及種族與文化裂縫的臨界點上，現實的壓抑與嘲弄強化了找尋原鄉的潛在情結，而旅台留學正是一條富有美學和文化意味的溯河魚之回游。九〇年代以後林幸謙的鄉愁書寫愈加斑駁詭異，意象紛紜了。認真讀其文，覺得並非作者故作深沉或天性濫情，而是作者對鄉愁

元文化中心」兩個觀念，前者指海外華文文學的兩重傳統，一是「中國文學傳統」，一是「本土文學傳統」；後者指可以在中國本國文學中心之外，同時存在海外各國的華文文學中心。這些理念現今常被海外華文文學所引用，具體詳細內容見於黃錦樹《馬華文學：內在中國、語言與文學史》頁 21, 24。

的多元性及其隱喻有了更深邃也更複雜的理解。在他筆下，充滿可以意會卻不便明言的痛楚。因爲政治、社會、國家、種族、文化與歷史之錯綜交雜遠非個體所能承擔，而他卻決意以個體的生命軌跡和文字書寫介入上述沉重複雜的大敘事，如他自道：「在內涵思想上，主要圍繞在（小我）個人身分的文化追尋與認同危機，而擴展到（大我）整體文化身分的追尋與認同危機：由個體命運朝向整體命運的探索。因此，我的作品並不只是意圖書寫個人經驗，同時也意圖書寫更爲廣大的集體意識」。其次，「在文化身分的思索中連帶也推動我對於文本觀念的省思」[19]，其結果便導致散文文體的轉變與拓展。自《狂歡與破碎》至《馬華當代散文選》中收入的作品，林氏散文表現出與傳統散文觀念形式迥然不同的追求，結構呈現出複調狂歡特色，敘述則容納了詩的隱喻與意象表達及小說化的虛構意境，且打破了敘事、議論與抒情的界限，爲漢語文學提供了具有實驗性價值的雜化散文文本。複調、對位或多聲部性一般指涉小說這一文體，在此我借用這一概念突現林氏散文的雜化特徵，主要指林文處處可見的內心對話，衝突與辯論，以及隱蔽著的強烈的與世界與命運與他者的對話意圖。林氏散文將主體激烈衝突，痛苦掙扎的內心世界，對應於獨特的複調狂歡式表達，作者並不提供清晰可辨的線性思路，而側重於在歷時性背景下展現共時性思緒的喧嘩，由於內在及外在的對話無休無止了無終局，以致於其結構文風往往給人山重水複的迴圈感，至今我尙未看出柳暗花明的跡象。十年離鄉令林幸謙獲得了廣闊多元的話語空間，然而終難擺脫那如同毒咒般的邊緣感和懸浮感，歸鄉或漂泊都將是困難的旅程，或許是一生的兩難。因爲，「有一點是可以肯定的：自我的消解的歷程會越來越複雜，甚至自相矛盾」[20]。張系國曾在《愛島的人》一文中談到海外華人用漢語寫作的境遇，他的困難在於弄不清哪一個世界對他更真實，他的幸運則在於他有同時活在兩個世界裡，「不能擁有任何一個世界，是他可詛咒的命運，也是他的幸福」[21]。然而在林幸謙的敘事裡，痛楚顯然遠遠大於幸福，我幾乎看不到同時活在兩個（或更多個）世界裡的幸福的蹤跡。從早先的尋尋覓覓到後來的解構鄉愁，從故國夢中出發到走出民族主義論述，都脫不出追尋、幻滅、反思、再追尋的回轉往復。

---

[19] 林幸謙〈寫在國家以外〉。

[20] 林幸謙〈寫在國家以外〉。

[21] 張系國〈愛島的人〉，《四海》，1994 年第 5 期。

他的鄉愁書寫其核心問題也就是馬華新生代所面臨的心理困擾之一，即「如何在多元文化中保持自身的文化身分。」

追問下去，林幸謙的鄉愁書寫雖更多地落在實處，關於祖先失落的原鄉或關於自身離開的故土，以及母體文化的誘惑與吸引。但在對自我及民族命運的不斷質問過程中，生命深處生髮出一種本體論／存在論意義上的鄉愁。海德格爾認爲現代人的存在境遇即「無家可歸，」思想不在家、精神不在家、情緒不在家，個體存在不在家，總之：語言不在家。語言並不言說自已，這便是本體存在性的流亡。林幸謙如是說：「一般流亡的話語形式是個體本身，而非個體言說總體……這種流亡本是一種逃避——避難，而本體論的流亡則是無處逃避」[22]，他的鄉愁論述每每沉陷於無處可逃的弔詭之中，且對此命運有著宿命式的認知和西西弗斯式的悲劇體驗，肉身漂泊對應於精神漂泊。漂泊於他，既是一個地域性或政治性概念，更是一種精神性概念。楊煉說過，漂泊提供了這麼一個清晰得讓人無法回避的現實：你除了靠自已在這條路上行走，別無所依；林幸謙也認爲，夢幻，是生命的鄉愁，是生命最真實的原始風格。漂泊離散的鄉愁書寫逐漸從文化、種族、政治範疇，上升爲存在本體論的認知。

〔三〕

本文開頭即描述了兩種身分觀，一種是視身分爲天生自然的本質主義論述，一種將身分看作社會化的結果，前者以排他和自閉的社群意識爲特徵，後者則側重於現實生存策略。在實踐中，這兩者並非只有對立而沒有交合重疊之處，廖咸浩就認爲：「身分其實是由文化情感與現實策略所交織而成。文化情感之中帶著一種無以名之恍若天生的固執，而現實策略則壓低包括情感在內偏向本質的因素，強調以福祉或利害爲依歸。因此，身分的形成，便是建立在這兩種態度的辯證發展上」[23]。在討論身分或屬性問題時，我們既須保持解構的警覺防止陷入本質論陷阱，同時也不可忽視在「想像社群」建構過程中的情感基實與本質論態度。對於馬華新生代而言，同樣須面對如何處理現實生存利益與文化情感的關係的問

---

[22] 林幸謙《生命情結的反思》，台北：麥田出版社，1994，頁 220。

[23] 廖咸浩〈在解構與解體之間徘徊〉，《中外文學》第 21 卷，第 7 期，1992/12。

題，實利與情感二因素則處於不斷互動與糾結的狀態之中。黃錦樹的現實理性與林幸謙的情意綿綿頗能反映出新生代屬性意識的複雜性。更多的新生代作家似乎在兩者之間保持了一種慎重的平衡，傾向於樸素而實在地表現自我及族群的歷史與現實生存境況，在富於歷史感的悉心追溯和細緻描摹中含蓄深沉地寄託情思。

閱讀馬華新生代散文，你會感覺他們的青春似乎是不純粹的，雖然其中也並非絕無明亮的篇章及片斷。熱帶的陽光和原始森林之間，青春在幽深曲折的記憶書寫裡染上了滄桑。苦澀和凝重，是我所感受到的敘述基調。歷史意識斑駁卻堅執地滲透在諸多文本內，喚醒族群與個體沉默或被遮蔽的記憶。

霍爾認爲，「過去不僅是我們發言的位置，也是我們賴以說話的不可缺失的憑藉。」並強調就弱勢族群而言，「建構歷史的第一步就是取得發言位置，取得歷史的詮釋權」[24]，我們以爲這樣的一種屬性建構意識也已在新生代文學創作中顯露端倪。從鍾怡雯等人的歷史敘事中我們看到：對緘默的往事、被消音的民間邊緣化記憶得到了新生代的普遍關注，不少篇章可以感受到作者對華人的歷史位置，以及對文化母體——中國（唐山）的思考與辯證。大馬華族作爲事實上的少數族裔，必須「重新發現過去……倘若要使現在饒富意義，過去不應只是沉思默想的物件而已。」「作爲具體的歷史事實，過去應被視爲揭露整體事實的過程中一個不可或缺的部分」[25]。召喚個體及種族壓抑沉默行將湮滅卻殘存於人民記憶中的「過去」，對於族群的屬性建構自有不容忽略的意義。華美作家趙健秀的作品《唐老亞》中父親告訴兒子：「你必須自已保留歷史，不然就會永遠失去它。這就是天命。」這也是所有少數族裔／弱勢族群的天命。或許就是這種對失聲乃至失身的命運的內在恐懼與焦慮，才有了年輕的馬華新生代沉重蒼涼的歷史敘事。

於是有了寒黎帶著「奇異的昏眩」的家世想象（〈也是遊園〉），有了鍾怡雯心目中不同於爺爺的神州（〈我的神州〉），有了古老會館前辛金順的惘然歎息（〈歷史窗前〉）……〈可能的地圖〉裡，鍾怡雯冒險般的追溯始源行程幾乎擁有了寓言的性質，按照祖父口述的地圖越過千山萬水去尋找一塊也許已從地圖上消失的地理，那便是祖父當初從唐山南渡最初落腳的小山芭——是馬來西亞的土地，卻

---

[24] 李有成〈《唐老亞》中的記憶政治〉，收入《文化屬性與華裔美國文學》，頁 121。

[25] 李有成〈《唐老亞》中的記憶政治〉，115。

也並非不再懷念更早的故鄉。作者非常擅長從瑣屑的生活細節摩挲和還原出她心中再造的歷史。爺爺那輩人「貧乏的辭彙無法表達複雜的情結，也羞拙泄露感性的情緒」，一路所見的老者幾乎同一種「本分得近乎木訥的表情」，是一群似乎沒有了個性的「產品」，是「一種安靜的存在」。在作者筆下，正因爲這些見證歷史的老者已然啞默失語，新一代的華人才特別應該回溯、書寫和重構，讓歷史縫隙及斷裂處的真相得以浮現。作者細緻入微地描摹祖父嗜吃鹹茶的故事，連鹹茶的製作過程及食用方法，她也作了津津有味的介紹；而那條磨茶用的沉甸甸的油亮茶杵，祖父保存了一輩子，在「我」心目中，它標誌著時代命定的流離，它也聯繫著這裡的故鄉和遙遠的原鄉。文中另一個值得注意的意象是水井，井水閃現著早先華人移居的最初生活場景，有溫暖的和平的，也有鮮血與死亡。作者深知她追蹤的是遺漏的地理，她挖掘的是「嵌在正史縫隙的野史」。〈我的神州〉正好回應了〈可能的地圖〉裡新一代的疑問：爲何祖父只字不再提起更早的故鄉？是因爲他的神州已成爲不可企及的夢。爺爺奶奶的對話雖簡單樸實，卻也真實地反映了華族移民的文化心理，爺爺的歎息是沉重而無奈的，「老家啊……」，面對這令人無限惆悵的懷鄉，奶奶用女性的實際和達觀阻擋著鄉愁的襲擊：「都在這裡過了大半輩子了，還老家？」兩位老人一輩子的爭執也正隱喻著海外華人心中永恒的衝突吧！對新土的認同與對故土的懷念同樣真實，而後裔們則隨著族群在居住國的長期適應與融入，漸漸消淡了先輩們已成創傷的原鄉情結。他們的痛苦或矛盾更體現在族性記憶的失落和邊緣話語的尷尬。

寒黎的追憶與回溯如同一組昏黃的老相片，母親情不自禁地把自已浸泡在回憶的福馬林裡，她的沉迷自囿感傷的敘述姿態如同塞壬的歌聲構成了一個象徵：母親是生命的來源，她的憂傷既是個人身世的詮釋又何嘗不是失根之痛的集體意識的流露？而母親那拒絕現實固守記憶的柔韌堅持，和由此造成的蒼白虛弱淒迷恍惚，也正是族性記憶沒落的象徵。下一代的聆聽與迷惑宣告了又一輪溯源慾望的開始，但本質已發生了變異，他們所尋覓的是自我形成之根源，因而沿著上輩朦朧的口述歷史向深處攀行，在家譜之內外梳理家族衍變漂移之脈絡，亦是爲自我於譜系內尋找一合適位置。然而譜系內之家之族、譜系外之國之現實生存仍是這一代人還不可能完全擺脫的兩難境遇，尤其在城市化工商化文明席捲全球的今天，一個現代人若失落了族性記憶和文化傳統，更難免須承受生命中難以承受之輕。在我看來，寒黎所寫的新生代華人的心理就不能僅僅看成一般意義上的好奇與探秘，而帶有不乏責任心或使命感的歷史尋根意味。

與黃錦樹的理論思辨及林幸謙的本體論或文化歷史敘事不同，鍾怡雯等人的書寫並不著意渲染困境體驗中的內心衝突，也避免簡單地撇下族性情感追求雜化（這裡所謂的雜化，下文將會涉及），她（他）總是儘量讓自已（及敘述者）處於相對平靜客觀的情感狀態和多維靈活的思維狀態，這使得她（他）們的敘述有著顯現而非表現的特點，不致被悲情的情感話語淹沒。細節化個人家族歷史，想象摹擬族性記憶，不能不說也構成了馬華新生代言說文化屬性意識的一種重要方式。值得一提的是，女性作者的這種特色更爲鮮明，如鍾怡雯，固然她也在文本中形塑一種深沉的尋根者形象，但尋根意念沒有成爲她感性表達的屏障。她長於對富有質感的日常生活情態的把握捕捉，宏大敘事隱隱如線，串起的卻是一則則情意飽滿的小敘事，細察民間化和原生態的場景或細節，撿拾一些散落於歷史隙縫間被忘卻了的斷片殘簡，暗示邊緣族群邊緣化的境遇（無名、無聲、無個性）。意常在言外。另一女作者林春美寫有〈我的檳城情意結〉等至情文字，柔韌而細膩的戀土情懷顯出孩子戀母般的純真，蘊藏著最原始純樸的忠誠，如辛金順〈江山有待〉中所言：「這片土地我祖先踏過的，我如何走得開呢？」她（他）們的書寫更爲切近日常生活和世俗人性的常態，應當也更易於爲一般華人及非華人（如果翻譯跟上）讀者所接受。

辛金順、林金城等作者的歷史敘事包含了對華族身分可能性的多元化思考，辛金順的文字有時與林幸謙相似，湧動著中國古典詩詞孕育出的文化情感，卻又克制了前行代常有的漂萍之感（文化情感和精神皈依），於是也同樣少不了內心的痛苦交戰，但理性上卻已經認同於非本質主義的身分觀念。〈會館老了〉一文就不只是爲華族傳統的式微所唱的挽歌，更多的卻是對歷史必然性的一種體認；〈歷史的盲點〉更明確地把歷史關注點投放在族群的本土發展上面，對於先祖在本土拓荒之歷史的空白深表痛心。林金城的屬性認知接近於雜化主體論，呇呇主張應強調雜種文化透過其生產創造方式顛覆種族純淨性與文化優先權[26]，他所說的「雜種化」落到實踐層面大概主要是指異族通婚與混血。林金城的〈三代成呇〉正好應合了霍米．巴巴的理論構想，「三代成呇」是一閩南民間用語，在此指大

[26] 有關霍米．巴巴的雜化主體論，可參見張小虹的〈雜種猴子：解／構族裔本源與文化承傳〉，收入《文化屬性與華裔美國文學》，頁 42-43。

馬的土生華人。十九世紀末葉以前，移居馬來西亞的華人多爲男性，他們多與巴塔克和巴厘女奴、後又漸與馬來女人通婚，形成峇峇和娘惹文化群，他們創造了峇峇馬來語[27]。林金城文中透露出擺脫中國中心的慣性思維構架的願望，直陳欲做一個現代峇峇的雜化理想。如果說當今海外華人存在著「向心派」和「離心派」兩大傾向的話，他應當屬於後者。有學者認爲，華人「採取新的價値的同時拋棄或調整華人的傳統價値是在所難免的」[28]，在國家論述的範疇裡，這種雜化或同化的思路之出現也不妨看作一種積極文化適應之途徑。但完全同化勢必喪失自我，大馬峇峇文化的沒落便是明證，林金城、黃錦樹、林建國諸人的雜化主體——現代峇峇如何既能保持自我又能雜融於他族，以及它本身是否帶有霍米·巴巴所謂的顛覆性意圖及實踐之可能性，俱可拭目以待。

〔四〕

對海外華人的文化屬性／身分認同問題的關注和討論能加深對海外華人文化的理解和認識，「華僑華人文化是一種世界性的現象，是華僑華人維持其民族性的主要表徵」。僑民文化已基本退到歷史幕後，而「一種日漸擺脫以中國爲中心的文化，一種紮根當地的少數民族文化，一種以中華傳統文化爲主體並融合當地文化或西方文化而形成的文化，在逐步形成」[29]。在此文化語境中探討海外華人身分認同之複雜性，其意義不言而喻。本文從馬華新生代成績突出的散文創作中考察作者的文化屬性意識及其表現樣態，力圖走近馬華當代知識分子，傾聽他們心底的聲音。對於身在大陸的華文文學（文化）批評者而言，我想，這樣的努力是必要的。

原發表 2000；格式修訂 2003

---

[27] 有關「峇峇」及「峇峇」馬來語形成的知識，參見王介南《中國與東南亞文化交流史》，上海：上海人民出版社，1998，頁 150, 259。

[28] 荒井茂夫〈馬來亞華文文學馬華化的心路歷程〉，《華文文學》1999 年第 2 期。

[29] 引自譚天星、沉立新《海外華僑華人文化志》一書的「內容提要」部分，上海：上海人民出版社，1998。

當代馬華小說的主體建構

＊馬相武

馬來西亞華文小說作爲馬來西亞華文文學的一部分，其主體建構在很大程度上與整個馬華文學一致。所謂「當代」，時間範圍較爲寬泛，包括一九六五年以來，但八〇、九〇年代的時間階段，更爲我們所關注。這是由於「當代性」的強調，也是因爲論述問題的需要。另一方面，對於當代馬華小說的研究，必然要求回溯馬華小說的發展演變的歷史，特別是各歷史時期的階段性特徵。由於馬華小說的社會文化屬性，考察角度不應僅限於小說史，還應擴展至文學史乃至文化史。

從一定意義上，在回溯中考察，帶有歷史逆向考察法的意味。我們不妨採取與馬華小說乃至馬華文學主體建構實際過程相反的方向，對這種建構進行考察研究。我們將這種主體建構看作一個過程。我們的考察，可以從這種主體建構發展過程中後面的歷史，即從主體建構的流向、結果甚至未來，對主體建構進行「倒過來」的考察。馬華小說乃至馬華文學本身，是在延續中發展的。後代馬華文學保存著前代馬華文學的遺產，發展了前代馬華文學的胚芽，充分展現了前代馬華文學中的某些性質、特徵和形態，因此，通過對後代馬華文學的觀察分析，能加深對前代馬華文學的認識。我們的考察仍然遵循歷史主義原則，避免用後代馬華文學出現的新的歷史條件，去衡量不存在這種條件的前代馬華文學的價值。實際上，任何科學的、有價值的文學歷史考察，都應當是順向考察與逆向考察的辯證結合。借助正確理論和合理的方法手段，對文學歷史發展趨勢作出的科學預測，提供了對當代文學歷史進行逆向考察的可能。

一、 歷史意識

當代馬華小說，特別是那部分歷史小說，或主題主旨明顯帶有反思傾向的小說，其歷史意識的主體當然首先是作家本人，但站在一定的時代高度，對歷史的思考代表一定的華人族群，也可以說以群體爲主體。馬華作家以小說的方式，認識或表達對於馬來西亞社會歷史尤其是華人社會歷史的看法，在九〇年代達到新的高度。這些看法，包括對一般歷史事實，對歷史發展的原因、動力、主要線索、發展趨勢，對具體事件、人物的作用、價值等一系列歷史範疇的看法。並從中引出經驗教訓、概念、思想，構成了馬華文學認識國家、民族和社會的重要方面。九〇年代馬華文學叢書之一，《白水黑山》（小黑，1993）這部長篇小說，是馬華文學歷史反思歷史的重要成果。其反思的深刻意蘊，作者本人以〈跋〉的形式，表達得最簡明扼要，也最清楚：「當白水未乾涸、黑山猶蒼郁，人的思想已起了巨劇的變化。」「不管多麼聰明的人，總有盲點。一些機智過人的梟雄，看準了人類的容易衝動，也容易被感動的弱點，大肆渲染自己的理想，贏取千萬群眾跟隨。在極短的有生之年，他因爲他的理想而掘起，叱吒風雲。在極長的人類的歷史中，他也因爲他錯誤的行爲而被人唾棄。」「一部人類的思想鬥爭史中，犧牲的永遠是無辜的百姓。」「自從人類有了思想，似乎永遠都是左右兩腳交替並用。」「人必得有一個選擇嗎？」「小人物永遠有被動的悲哀。」「某一個人的理想，是由許多人的血凝集而成的。某一個人到了最後修正了又修正他的思想（以致乖離了當初誘人口號），那許多人爲他而流的血已經風涼於山崗中。歷史上多的是。」「也許是時間太長遠了，有許多人經過四十多年的鬥爭，已經忘記當時是怎麼開始的了。」

小說氣勢恢宏，歷史跨度較大，起於三〇、四〇年代抗日鬥爭，止於八〇、九〇年代家庭生活。小說告訴我們，在歷史變遷過程中，人類社會（當然包括華人社會）已經發生巨大的主體分化，形成利益關係和觀念形態的重大調整。小說具有高度的歷史感，其反思和批判的依據，是半個世紀的華人社會的運動史實以及作者的價值判斷。其價值參照系是歷史選擇論。作者認爲歷史發展具有選擇性，試圖以此綜合、超越歷史決定論與非決定論。作者強調的是人在歷史中的主體性地位和作用，尤其試圖總結普通人在歷史中應有的位置，以及歷史運動中普通人的人格和理想。但作者並未深入研究人的主體性的根源和選擇機制的客觀基礎。作者認爲：雖然代價巨大，過程複雜，並且常常「被動」，歷史選擇說到底仍是作爲歷史主體的人民群眾的選擇。一切個人的選擇、階級的選擇、民族的選擇，都在歷史發展的長河中顯現出自己的地位和價值，通過後代（一代、幾代甚至幾十代）的人民來予以肯定和否定。只有那些順乎歷史潮流、合乎歷史規律、推動歷史前進的選擇，才能得到長久的肯定。與歷史選擇不同，歷史性的選擇是一定民族、階級在重要歷史關頭，對一些重大的事關民族階級發展前途的大事上的選擇，這些選擇可能會在一段時間內影響歷史的走向，它們同樣要經受歷史的考驗，其重要性、功過是非不以選擇的當事人，不以進行這些選擇的那個集團、階級的評價和宣傳爲準，而以它在歷史長河中的地位和作用爲準，以後代人們的肯定和否定爲準。作者貶斥了那種非凡人物的不斷「修正」理想目標的、八面玲瓏的人格形象和政治態度，同時既戲劇性地又深思熟慮地讓筆下的「英雄」、「領袖」人物總是死而復生。小說反思對象頗爲廣泛：「抗日」、「文革」、「冷戰」、英國殖民統治、宗族關係、「革命」婚嫁、「領袖」與群眾的關係、革命與犧牲的關係、利益與權謀的關係、理想信仰、人性、歷史選擇等等。

戴小華女士在論述馬華文學思潮時這樣總結：「八〇年代的馬華作家在受到國際民主思潮的衝擊及國內華族屢遭的困境後，到了本世紀的後期已開始嚴峻地反思民族的命運。而從這一時期的馬華作者的一些作品中，也反映出了這一時期人們特有的心靈震動」[1]。有論者認爲：「反映馬來西亞華人生活的首部系列長篇《馬來亞三部曲》在一九九四年出全，這是方北方對馬華文學與馬來西亞國家文學的一大貢獻」[2]。這部系列長篇分別出版於八〇、九〇年代之交的前後。方北方在《〈樹大根深〉後記》中，概括了自己新的歷史視角、歷史意識的形成：「我在馬來西亞，前後住了五十七年。從青年步入中年、進入老年；由僑民化爲公民；使我對這裡的鄉土有了感情，對建國產生熱切的寄望。」他的這番表白，也代表了一代人的心聲。僑民身分轉向公民身分，思想觀念也發生轉變。在這一代身上，原來抱定葉落歸根，效忠中國，自我定位爲異鄉過客，現在要求落地生根，效忠馬來西亞，決心成爲建設新國家的主人。這樣一種心路歷程，心理上、精神上、角色上的轉變何其巨大而充滿矛盾鬥爭。作家正是在這轉變中，獲得一種新的歷史視角或歷史意識。這就是華人在馬來西亞的生存奮鬥的歷史，已經不僅僅是一

[1] 戴小華〈八〇年代馬華文學的思潮〉，收入社編《台灣香港澳門暨海外華文文學論文選》，福州：海峽文藝，1993，頁 348。

[2] 蕭村〈待到山花爛漫時——戰後馬華文學發展梗概〉，收入陳遼編《世紀之交的世界華文文學》，南京：台灣與海外華文文學評論和研究編輯部，1996，頁 200。

部充滿辛酸血淚的豬仔史或華僑史，而且是馬來西亞華族創建多民族聚居的、多元文化融合共存的歷史。

同一作者的《馬來亞三部曲》，包括《樹大根深》、《枝榮葉茂》，（又名《頭家門下》）和《花飄果墮》。作家以大樹形象來象徵馬來西亞華族發展的各個歷史階段。他有意「從政治、經濟、文化各方面的發展和演變，表現華人社會的結構以及精神面貌」[3]。作家在這部宏篇巨制中，體現了強烈的史詩意識。他要從人民角度反映歷史風雲，展現歷史潮流，預示歷史趨勢。這種史詩意識，從一定角度，就是人民史詩意識。三部曲以《樹大根深》的史詩性最爲突出。它是一部馬來西亞華人創業史和拓荒史。作家表現華人對建設馬來亞的貢獻，華族已經扎根馬來亞大地的歷史變遷，以及愛國愛鄉的深厚情懷。小說以華仁創建仁義膠園爲主線，穿插其他華人經營錫礦、從事商業等經歷，展現華人先輩歷經自然環境的險惡生存條件以及社會政治事件的遭遇，艱苦創業的悲壯圖景。雖然華仁被殖民地政府逮捕入獄，夫妻雙亡，但已子孫繁衍，後繼有人，扎根於新的鄉土。華氏家族的盛衰榮辱，濃縮了馬來西亞華族的歷史變遷。

第二部《頭家門下》（即《枝榮葉茂》）以更爲完整的結構、豐富的情節、鮮明的人物、表現華人經濟的成長，描寫資本社會在金錢、物慾驅動下，充滿醜惡的一面，揭示了人性的惡，同時刻劃華族的有識之士關心母語教育，維護民族尊嚴，弘揚人性的善。它們通過史德林家族的命運變遷來表現。華族的成長，不僅是經濟的，而且進一步是文化上、教育上、精神上的。史放榮這個人物，寄託著作者的理想和華族的希望。當華人有了一定經濟實力，共同關心發展華文教育事業必然作爲歷史使命而提出。這是維持民族特性的歷史要求。作爲民族，華族需要具有共同的文化、語言、宗教信仰和共同的心理素質。第三部有較強的紀實和政論品格，歷史使命感貫穿其中。華族艱苦創業，開拓馬來亞，貢獻卓著，然而，馬來亞獲得獨立後，華族並沒有取得完全平等的待遇。只有團結一致，才能爭取民族應有的尊嚴和權利。但是，現實觸目驚心，作家憂憤深廣。小說在紀實性描寫中，展示華族文藝界、教育界、政界、商界和社團內部的各種矛盾和紛爭。「花飄果墮」象徵華人社會的困境。單行本出版前，曾以《五百萬人五百萬條心》爲題，在《新明日報》上連載，標題鮮明地體現了一種歷史批判意識，其深沉的時

---

[3] 方北方《樹大根深．後記》，吉隆坡：鐵山泥，1985。

代呼喚是：五百萬人一條心。

方北方更早對於史詩意識的追求，使得《風雲三部曲》氣度恢宏，雄渾悲壯。它更體現了一種人民史詩的文學理想。它以中國的抗日戰爭和內戰爲背景，但是幾乎都是對於一群普通知識分子的工作、愛情和生活遭遇的描寫。這樣的歷史意識，已經包含了普通人創造歷史的觀點，也就是說：歷史不過是追求著自己目的的、有著自己精神追求的普通人的活動而已。通過方北方前後兩大「三部曲」，可以看出：方北方對於馬來西亞華族發展的歷史評價，是由各階段的社會評價所構成，又不局限於每個具體評價，而是不斷地按照華族歷史發展的邏輯加以修正和發展的。從歷史角度，方北方實際上提出了這樣的歷史意識：華族的歷史價值，主要是普通華族成員的歷史價值。因爲正是他們，對華族的成長和馬來西亞的進步，產生了重要作用。方北方在《風雲三部曲》中對英雄顯要的回避，在《馬來亞三部曲》中對顯要的批判，以及兩大三部曲對人民的同情或謳歌，小黑在《白水黑山》中對英雄的批判，對人民（「無辜者」、「普通人」）的歷史犧牲的歷史價值（包括人民與理想的關係）的反思，構成了馬華小說歷史意識的重要內容，當然也是馬華歷史小說的重要思想成果。

方北方和小黑，在小說中體現的歷史意識，實際上也相當廣泛地、程度不同地存在於其他作家的許多歷史題材的或有歷史性、反思性的小說當中。

〈說故事者〉（黃錦樹，1996）藉一位「說故事者」的口吻，講述日軍支隊在進勦中血腥屠殺村民的暴行，中國移民以慘絕人寰的大量嬰尸，向侵略者表露絕望的悲憤，並最終發動一場自殺式的攻擊。在這個慘烈的「飛蛾撲火」式的戰爭故事的每一過程前，都有現實的關於「雜種」女孩棉娘的「感覺」和視聽。最後，「皇軍」化名的企業家退休懷舊，「重走一次年輕時的征旅」，同時爲了補充其回憶錄。但是，他更懷念著「那女人」以及他們的女兒。所有現實中人，都無法排斥不絕於耳的當年的「嚶嚶之聲」。

〈血肉砌成的太平〉（雅波，1990）雖稍欠精緻，但立意在於「能引發更多華人關注與重視先賢艱苦奮鬥的歷史與不屈不撓的開拓精神，進而豐富我國歷史及文化。」（雅波）作者寫早期華人移民的械鬥與和解過程，注重還原移民致力開拓大馬的歷史真相，在敘事過程中穿插史實說明。但是，促進民族內部和解的歷史意識，特別來自於移民在征服自然、拓荒墾殖、開發礦產的過程中的天然團結合作的社會關係，即「同一條船上的人」、血緣「親家」關係，小說將這種歷史意識和歷史關係，置於首要地位。小說思想考慮的值得肯定處，還在於將「開拓」與「和解」精神引向共同的國家建設，所謂「豐富我國歷史及文化」。這已是一種國家高於民族的國家精神。這也是九〇年代馬華文化的主導精神之所在。〈火的葬禮〉（夢平，1988）描寫老婦朱律婆蒙辱之後，還要長期遭受人間地獄和心靈創傷的雙重煎熬，最終在「日本種」兒子阿株出走並火燒日本電子廠並自殺後，引火自焚。小說把歷史的災難同現實的嚴酷結合起來描寫，藉悲憤的「火」在黑暗中祭奠無辜者的亡靈。悲苦與凝重，是許多這類小說的共同格調。在〈高林風響〉（端木虹，1988）中，作者悲淒地講述了一九五二年緊急法令下的「黑區」的平民故事，李煙與莎蒂尼之間異族男女愛情的痛苦，來自戰亂期間自由的喪失。

陳政欣認爲：「父老們南來的故事應該是我們小說作者掏不盡的素材寶藏，更是我們應該反映到文學上的史實。我們確實需要有責任的小說家向這方面開拓進軍」[4]。他在〈公孫倆〉中以兩條線索和對比手法，描寫祖孫兩代在面對離家謀生的共同人生課題時的不同態度和結果。他們都生發孤獨感，但前輩艱苦創業，勤勞奮鬥，精神樂觀向上，後代則靠算日子和等女友信來打發時間，環境舒適，心情失落無奈。

梁放在〈鋅片屋頂上的月光〉（1986）裡，以回憶的口吻和學生的視角，重新揭開了歷史的傷痕。母校劉老師因幫助戀人秦老師的地下活動而犧牲，多年後，秦老師已沉浸於美滿的家庭生活。「他彷彿自眼神告訴了我：以前的事，要老記掛嗎？雖然在那動蕩的年代，曾出現攜手走過一段崎嶇道路的同伴？」秦老師告訴「我」：「過去的事，過來人可沒有半個要刻意去記住。」而「我」「一直到現在，我才了解，是真的再也沒有人要提起。」「回顧，要招惹多少創傷。」結尾那棵孤獨的芒果樹，「它自發自落，一如許許多多故事的起落，在時間洪流中漂泊至沉澱，終究是不是要被人遺忘？」青春、愛情、生命，雖然普通，自有存在的詩意，一旦消逝，是否再無追憶和紀念的價值？〈一屏錦重重的牽牛花〉（梁放，1986）也是「湮沒」的記憶：馬共地下活動同普通百姓家破人亡的悲劇。前篇更富抒情氣息和象徵意味，後篇情節更加曲折，懸念迭出。但是，兩篇小說對砂州緊急狀態小人物之死，寄托的主要是歷史的人學理想。人尤其是普通人的

---

[4] 陳政欣《陳政欣的微型》，吉隆坡：馬華作協，1988，頁 146。

犧牲，具有重要的歷史價值，它高於歷史「事件」及其敘述和記憶，有關普通人的犧牲的歷史記憶和敘述不應輕易抹去。其「痕跡」有反思的價值。普通人的價值的毀滅，也是一種留有歷史「痕跡」的悲劇。這種「痕跡」應當成爲歷史的證據，提供「人」的起訴。韋暈的〈縷縷輕煙〉在一派朦朧中，浮現了抗日戰爭中的落難的流浪人與立志報復日寇的風塵女子的情感糾葛。一個「中年人」對於失落青春的尋覓，辜負知己「托付」的遺憾，似乎更重於戰爭的性質和勝負結果。

在突發流血歷史事件及其恐怖氛圍和悲劇情境中的描寫記述中，表達對於民族命運和個體存在價值的憂患意識，是當代許多馬華小說的共同特點。〈圍鄉〉（丁雲）、〈十・二十七的文學紀實與其他〉（小黑）等，頗有代表性。

二、 本土意識

在九〇年代，馬華文學的本土意識在總體表現形態上，可以這樣總結：以中華文化的優秀特質來豐富和發展馬來西亞的文化傳統，積極建設具有馬來西亞特色的華文文學，努力推動華文文學成爲「國家文學」的組成部分。這也是一個很有希望實現的文化目標，近年來的馬華文學，雖然大大加強了同中國文學的交流和聯繫，但是，自覺突出當地社會的本土特徵，體現出了更加強烈的本土意識，從而要求參與國家文學和國家文化的建設。由於馬來西亞近年的文化氣候有利於形成兼容性較強的文化土壤，馬華文學的某些看起來矛盾的特性和追求卻能夠共存。應當指出，近八十年的文化道路，已足以形成一定的文學傳統。自從馬華文學開始以「此時此地」爲背景，反映當地各族人民生活，它就具有本土文學的個性，並逐漸形成自己獨特的文學傳統。尤其在主要的反映華族，以及華族在與其他民族融合過程中的各種生活遭遇，更顯著地體現出這種傳統的獨特性。馬華文學的本土意識，融合或浸潤在反對帝國主義、殖民主義、封建主義的反侵略反壓迫的愛國主義傳統，堅持獨立、民主、自強的民族精神之中；融合或浸潤在對中華文化的尋根和承傳之中，同時又是爲了建設這樣一種嶄新的獨特的文學：適合本國華族及其他民族人民需要，具有本國華族生活背景及異國風情特點，並能爲馬來西亞國家文化建設服務。

對「八〇年代猗猗盛景」，孟沙描述：「這個時期的馬華小說，反映面較以往要廣闊得多。原因是八〇年代的社會瞬息變化，華社經歷幾場堪稱空前的大浩劫，像合作社風潮，千萬小民血汗錢付諸東流，社團政黨領袖因爲錢財官司而坐牢，華社出現的領袖信心危機。還有，國家經濟不景氣嚴重打擊各行各業，華小問題一波三折，華族各領域權益的繼續敗退，這一系列活生生的現實，都爲寫作人提供了上佳的創作題材。不少小說作者都以「關心自己」出發，把創作觸鬚延伸到社會各個角落，關心國家、人民和族群的前途。比較起來，那些關在象牙之塔裡作無病呻吟的所謂現代派作品，便顯得益發蒼白和相形見拙」[5]。馬華文學在八〇年代對自己有了更高要求，喊出了「爭取納入國家文學一環」的口號。饒芃子這樣概括：「七〇年代以後，隨著東南亞一些國家在經濟上快速發展，封閉的社會結構被打破，華人社會的傳統觀念也產生了很大的變化，昔日的『落葉歸根』變成今日的『落葉生根』。」「同西方華文文學比較，東南亞華文文學興起較早。過去，這些華人依然保持著華族的風俗習慣，語言文字，有自己的華人文化圈。五〇年代開始，這個地區的華人加入所在國的國籍，華僑意識慢慢淡化，華文文學也從過去的面向祖國，漸漸轉爲面對所在國的社會現實」[6]。

黃孟文在九〇年代初總結戰後二十年新馬華文學時，這樣評論：「本地的寫作人（不論是從中國南來或是土生土長寫作人）才普遍地具有這樣一個思想意識：馬華文藝不應該再是中國文藝的一個支流或是附庸，而應該是道地的馬華文藝；它不應該描寫幾千里外的中國的事情，而應該反映『此時此地』；它不應該唯中國文學的馬首是瞻，而應該要有自己的『獨特性』」[7]。

這是他對當年（一九四七）關於「馬華文藝獨特性」與僑民文藝的「獨」「僑」大論爭的總結，也表達了他對馬華文藝同中國文藝的關係的基本主張。

戰後的時代環境和政治形態，促使馬來西亞華人改變居住國的態度和文學觀念。他們揚棄了臨時觀點，過客思想，將民族和個人的命運維繫於居住國的命運。馬華作家正是在一九四七年提出了「馬華文藝獨特性」的理論主張。於是，有了「馬華文藝獨特性」與「僑民文藝」的論爭。爲適應新的時代環境和政治形勢，

---

[5] 孟沙〈馬華小說沿革縱橫談〉，收入戴小華等編《馬華文學七十年的回顧與前瞻》，吉隆坡：大馬作協，1991，頁 29。

[6] 饒芃子〈90 年代華文文學研究的思考〉，《第三屆世界海外華文女作家會議特輯》，頁 34。

[7] 黃孟文〈序：戰後二十年新馬華文小說研究〉，收入蘇菲《戰後二十年新馬華文小說研究》，廣州：暨南大學出版社，1991，頁 1-5。

本土文學意識必然強化，爭論的結果也是本土文學觀明顯占據上風，爭論本身也達到相當的深度和廣度。論爭結束後，確立「馬華文藝獨特性」，創造與建設反映與爲了馬來亞社會人生的，具有本地獨特性的文藝，已在文藝界基本形成共識。以「馬華化」、「本土化」的追求，建構「馬華文藝獨特性」的新文藝觀念，是這場規模較大的、探討爭鳴相當深入充分的、並且意義深遠的論爭的主要成果。「獨」「僑」之爭中的「獨」方認爲：「馬華文藝應該表現『此時此地』的社會現實生活和人民生活和鬥爭，手執報紙，眼望天外，決不是一個現實主義作家的創作態度」[8]。「馬華文藝不管在過去，現在，以及將來都不能也不應該擺脫『中國文藝』的影響，『馬華文藝』及『馬華作家』應該把『中國文藝』及『中國作家』看成同志，戰友及先生也自無問題，但如果在今天還要把『馬華文藝』附庸於『中國文藝』而存在，卻是萬萬使不得的」[9]。獨立發展馬華文學的理論主張和創作意識，也促使創作不斷取得成果。

中國抗戰的爆發，激發起馬來亞華人的社會情緒，同時也促使馬華文藝的振興。馬華文藝的本土意識有了新的生長條件。代表人物丘士珍、曾艾迪等，不滿於原樣照搬中國文學，要求文藝爲馬來亞社會現實服務。提出了「馬西文藝」的創作口號[10]。一礁（姚寄鴻）在方言論文〈關於馬來亞文學諸問題〉中，對「馬來亞文學」同「僑民文學」的論爭，作了中肯而充分的總結：「現實不容許我們作矯枉過正的論斷，各民族留居於此的僑民，大都有他們遠在他方的家，因之僑民的生活是游移不定的，然而，各民族的僑民都應該獲得這個認識：我們生活著的社會是馬來亞的社會，卻不是遠在他方的祖國。因之，我們應盡的社會任務，是對於馬來亞的，不是對於『祖國』的；只要我們在這裡生活著的一天，便得爲這裡的社會進化而努力一天。馬來亞華文文學工作者，只有這樣認識著，實踐著，才能脫出盲目地受引導中國文學運動的錯誤。」

二〇年代的馬華文學本土意識，首先是由《荒島》、《文藝周刊》和《椰林》等文藝副刊的編輯提出，最先是《新國民日報．荒島副刊》編輯朱法雨等，有感

---

8 周容：〈談馬華文藝〉，《戰友報．1948 新年特刊》，1948/01/01。

9 海郎：〈是僑民文藝呢？還是馬華文藝？〉，《民聲報．新風副刊》，1948/02/04。

10 廢名：〈地方作家談〉，《南洋商報．獅聲副刊》（1934/03）；曾艾迪：《馬來亞文藝界漫話》，1936/09。

於馬華文學同中國文學雷同，從而提出「把南洋色彩放進文藝裡去」的口號，認為「只要以南洋的生活，色彩為背景，努力描寫，大膽描寫，一定能使南洋的文藝放出異彩」[11]。一九二九年，《南洋商報．文藝周刊》（《文藝三日刊》）主編曾聖提再次主張創作具有南洋色彩文學：要在「萬里炎陽的熱國裡尋找一些土產土制的糧料」。「在高椰膠樹之下，以血汗鑄造南洋文藝的鐵塔」[12]。

《叻報．椰林副刊》主編陳煉青提出：「我憧憬於創造一種南洋的文化，所以應該提倡創造南洋的學術和文藝，那就會使它結晶。」「所登文字，一律以提倡南洋文化為標準，如有文藝創作，也一律以描寫南洋生活和景物者為限」[13]。

從一九四七年的「馬華文藝獨特性」的提出，到一九三四年「馬來亞文藝」的提出，再到一九二七年「南洋文藝」的提出，各次都相應爆發了論爭：四〇年代末的「獨」「僑」之爭，三〇年中期的「馬」「僑」之爭，二〇年代末的「南」「僑」之爭。按時間順序，論爭的範圍、規模、力度、深度，一次大過一次，馬華文學本土意識的建構，更加具有全面性、自覺性、理論性。馬華文學終於在五〇年代走上了一條獨立自主的、努力創新的發展道路。這符合馬來西亞華族作為民族成長的歷史要求，也符合馬華文學發展的必然規律。值得提及，四〇年代末的「獨」「僑」論爭的後期，遠在香港的郭沫若和夏衍也在《文藝生活》雜誌上發表文章，提出見解。在郭沫若的第一篇文章〈當前的文藝諸問題〉中，第一節「關於『馬華化』的問題」中，明確表示支持「馬華文藝獨特性」（作者使用的是「馬華化」這一提法）：「我是贊成『馬華化』的，也就是說贊成馬來亞的華僑青年創造『土生文藝』。」「馬來亞的中國人實際上是成為了另一個國家的主人」，「我們沒有理由要求馬來亞的中國人專門關心她的祖國中國」。「馬華化是絕對正確的路線，這樣倒並不是和中國文藝絕緣，而是中國文藝更加豐富了。」「我相信馬來亞的華語文學遲早是要獨立的，而且會發出馥郁的奇花，為華語文學別開一個生面」[14]。郭沫若在第二篇文章〈申述「馬華化」問題的意見〉中，對前文

---

[11] 撕獅：《南洋與文藝》。

[12] 曾聖提：〈文藝周刊的志願〉、〈醒醒吧！星城的藝人〉《南洋商報．文藝月刊》，1929/01/11。

[13] 陳煉青：〈編者第二次的獻辭〉，《叻報．椰林副刊》，1929/07/24。

[14] 趙戎主編：《新馬華文文學大系》第一集，新加坡：教育出版社，1971，頁214。

的觀點作了修正，認為馬華文藝對馬來亞的現實和中國的現實同樣都應該表現，「把『現實』局限在『此時此地』的題材上去了解，在我看來是走了偏向。因而把問題弄得更加紛繁了」[15]。夏衍在〈馬華文藝試論〉一文中，表述了同郭沫若大體一致的觀點。他提出馬來亞華人應該「負起對中國以及馬來亞的雙重任務。」正如有論者所總結：「這場論爭在馬華文藝史上發揮了繼往開來的導向作用」[16]。

當本土意識在馬華作家那裡獲得外化時，它便成為培養或保護華族特有的中華傳統文化同當地傳統文化融合的馬華文化。從一定意義上，它相對淡化中華傳統文化的表現特質，或將此種特質疏散和轉化在已被自覺強化的、已形成當地中心意識的當地文化或本土文化特徵之中。本土意識注重個人和族群居住國家／區域的本鄉本土，以本土的文化、風俗和習慣為先，本土觀念濃厚，重視本土區域社會關係。也表現為本土優越感，這同早期較為單純的中華文化優越感，已經有所不同。這種觀念也外化為以地域為組織中心的群體。以自然經濟為重要社會背景和以具有地域特徵的景觀為自然背景的文學作品，其本土意識更易於識別，也更為外在化。馬華文學的本土意識，不具有保守性和狹隘性，因而並非本土主義。它同馬來西亞社會的現代性能夠構成統一性。多種民族聚居和多種文化共存的多元互補關係，以及本土文化在社會現代化過程中的文化適應性，特別是馬來西亞華族在文化變遷和文化融合中逐漸形成的中華／當地的雙重文化傳統，使得馬華文學開放的本土意識能夠適應社會和文化的現代化建設要求。

當中華文化進入馬來亞生態環境後，已經逐漸在繼承與變異中，或反映或適應或對應於該地域內的生物形態、氣候條件、土壤條件、生物條件、地理條件，以及開墾、採伐、引種、栽培等人為條件，從而形成特定的、有地域特徵的文化分布、文化組合和文化面貌。這就是馬華文化生態，由於各種文化特質之間的界限具有相對性，因而其範圍為文化主體（在馬來西亞，就是當地華族）所調整和改變。如果仔細辨別，可以尋覓到分布在小說或文學中的中華文化或當地文化的特質。馬華文學中的本土意識，曾經歷經中華文化中心意識的轉變過程，它實際上也是華人先輩早先具有的華人種族中心意識的轉變過程。具體即華人／華族將本群體的價值觀念、信仰、生活方式、行為規範等視為最優文化的傾向，這種態

---

[15] 趙戎主編：《新馬華文文學大系》第一集，頁 214。

[16] 蕭村：〈待到山花爛漫時〉，《世紀之交的世界華文文學》，頁 197。

度將本群體的文化當作中心或標準，以此評價、衡量當地文化，雖然沒有達到懷疑以至敵視當地文化的地步，但文化隔膜和認爲當地文化具有文化差距是曾經客觀存在過的。在文化融合的漫長過程中，此種文化意識得以扭轉或改變。相應地，馬華文學的本土意識，則階段性地不斷獲得強化和自覺。最終成爲廣泛認同的、基本確立主導地位的文化意識。

馬華文化在本土化過程中，經歷了文化潛移。也就是在中華文化與當地文化之間發生了相互影響，這也是中華文化在與當地文化接觸後產生的文化變遷的過程。其中的文化接受，既有自願接受，也有被迫接受（尤其是在華族並不擁有足夠的政治權力與政治勢力的條件下），馬華文化的本土化過程，也是文化累積的過程。在這過程中，馬華文化逐漸地成長和發展起來。由於對當地文化中新的文化元素的接受和採納，使原有的中華文化中的文化元素的總和得到增加。文化累積作爲一種原動力，促進、增長和豐富了馬華文化。文化累積並不僅僅使馬華文化單純地增加了文化元素總和，也包含著質的突變的可能。馬華文化的文化累積屬於凝聚的累積。即在文化複雜性的同層次上，引進新的文化特質或元素，使原有的中華文化的特質或元素的總和增加；同時，在特定條件下，累積變成取代，即在增長性特殊文化變化中，導致中華文化的某些特徵，實際上爲當地文化特徵所取代，但其複雜性的程度仍然得到保持。

馬華文學中的文化景觀，是馬華文學本土化的必然結果和文學表現特徵。這是反映了馬來西亞本土區域地理特徵的地球表面現象的復合體，也是附加在自然景觀上的華族活動形態。它甚至包含了馬華文學作品中的氛圍和環境。馬華文化區別於「他者」文化的基本方面，包括突出特殊的山水、語言和技藝，確立特定的宗教教義（比如伊斯蘭教義）、社會觀念和政治模式（比如現代化目標、多元社會觀念、資本主義制度和相應國家體制）的信仰，因此，馬華文化的本土化，必然以景象作爲基礎，作爲當地社會所固有的特具景像，作爲同鄰近地區有所區別的標記。正好能夠解釋清楚：爲什麼充滿本土文化景觀的小說體裁在各種體裁中，能夠取得文藝界公認的「成果最豐」的創作實績。馬華文化本土化，實際上就是在兩種文化之間進行文化重組的過程。這個過程仍在繼續：需要進一步的文化整合，以使馬華文化以更加嶄新的風貌和更高的文化形態，走向廿一世紀的世界。

實現馬華文學的本土意識，特別是強有力地推動馬華文學及至馬華文化的本土化，需要一定的外部條件，包括時代氛圍和政治環境。一九五七年八月三十一日，馬來亞實現獨立；一九五九年，新加坡實行內部自治。馬華文藝界深受鼓舞，提出適應新時期的「愛國主義的大眾文學」的口號，這是「馬華文藝獨特性」的發展，其實質在於強調馬華文學創作必須面向馬來亞華人大眾，傳播「馬來亞是馬來亞華人的國家」的新觀念，深化華人「落地生根」的歸屬感促使馬華文學真正走上獨立發展之路。但是，當時的外界政治條件並不有利於這一路線的實現。華文教育和華文文學未能獲得一視同仁的對待，華語華文原已載入憲法的地位受到貶抑，在諸多限制措施束縛下難以發展；還受到經濟轉軌造成的暫時困難的制約，這個時期是「馬華文學低潮期」。

上述外部條件，同華人的社會政治意識以及政治態度有很大關係。我們可以繼續向前追溯至四〇年代末的那場關於「馬華文藝獨特性」的論爭。其焦點已經包含值得了深入反思的歷史經驗教訓，我們不妨完整引述文學史研究者的有關分析和結論：

這場關於「馬華文藝獨特性」論爭，雖然是在文藝領域進行的，但其焦點卻是政治問題。究竟華人應該效忠中國，還是效忠馬來亞？應該關心中國的政治鬥爭，還是關心馬來亞的政治鬥爭？在這些困擾著新馬華人的敏感問題上，雙方存在著較大的分歧。

華人向來有著十分強烈的民族觀念，「落葉歸根」的思想根深柢固。即使已接受新馬作為自己的永久故鄉，但仍不願意放棄中國國籍。《南僑日報》曾作過一項民意測驗，在接受調查的華人中，有95.6%的人選擇雙重國籍[17]。這種心態，造成大多數華人對當地政治採取一種超然的態度。在當時，新馬兩地華人的總數已超過了馬來人，但由於華人對政治的冷漠，馬來亞獨立後，政權卻操在馬來人手裡。這種政治上無權的狀況，使得華人的正當權益無法得到維護，要保持自己的民族特性和文化傳統，也受到各種各樣的限制。今天看來，「馬華文藝獨特性」的提法無疑是正確的，作為一個現實主義作家，當然應當關心當地的社會現實，更應當努力改變華人對政治的冷漠態度，強調獨特性，也必然會使馬華文藝更加

---

[17] 崔貴強：〈新馬華人政治認同的轉變（1945-1957）〉，《南洋學報》32卷，第1/2期；轉引自林水檺、駱靜山合編：《馬來西亞華人史》，吉隆坡：留台聯總出版，1984，頁101。

多姿多采，爲華文世界的文學百花園增添一株獨放異彩的香花。[18]

華文文學及其本土意識在馬來西亞當代獲得新的發展，其重要外部條件是政治環境的寬鬆，導致文化系統的開放。由於執政者區分開政治認同與文化認同，並對這兩種認同採取雙重標準，華文文學因而能夠在多元的、互補的、相互兼容的文化土壤上得以生長。

從馬華文學及其本土意識的歷史演變過程，可以看出馬華文學的本土化歷史，是各種歷史因素綜合作用的結果。有關本土化的不同觀點、願望，在對馬華文學領域產生各種影響的結果，構成了馬華文學本土化的歷史發展。我們不僅要看到馬華文學本土化的倡導者的願望和主張，還要綜合地看待有關方面和有關因素彼此的內在關係和相互作用。也就是說，應當進行歷史相關分析。正是馬華文學／文化的內部之間的，以及內外部之間的矛盾相互作用的全部合力，在推動著馬華文學／文化及其本土化的進程。馬華文學史可以證明，歷史發展的經驗和教訓，昭示著馬華文學當代和未來的發展方向。從馬華文學本土化的合力發展角度，來看待九〇年代馬華文藝界積極推行的「三結合」運動，相信會產生良好的文化效果。所謂「三結合」，就是文學界、企業界和新聞界的通力合作。雲里風先生的倡導，表明馬華文藝界在探索本土文學的發展道路方面，已經有了深刻的、自覺的認識。實際上，最終地，歷史地影響或推動馬華文學發展的合力範疇相當廣泛、甚至擴及相關意識形態、民族力量和政治勢力。

關於本土意識在馬華小說中的具體表現，將在下節「多元開放意識」有關部分論及。

三、 多元開放意識

我們基本同意這樣一種宏觀描述：海外華文文學分爲東西兩大版塊，東方大版塊以東南亞華文文學爲主體，包含東亞，具有濃郁的東方色彩，是多元文化的融合，並已與當地認同。西方大版塊以美華文學爲主體，包含南北美洲和歐洲地區，由於東西方的文化差異，其傳統文化價值在異已的文化環境中顯得格格不

---

[18] 陳賢茂等編著：《海外華文文學史初編》，廈門：鷺江出版社，1993，頁 28。

入，因而在文化性質上並沒有從中國文學中疏離或分化出去[19]。王潤華曾經以海外華文文學的「雙重傳統」和「多元文學中心」兩大觀念出發，探討了世界華人文學的形成及其一般規律，並預言「以語言和種族建立起來的圍牆，在廿一世紀恐怕會拆除」[20]。這種文化趨勢，在馬華文學中已經顯露。

八〇年代中期以來，馬華文學明顯出現振興勢頭。這一時期，馬來西亞的經濟持續發展，正向二〇二〇年成爲發達國家的目標前進，國民生活水平顯著提高，民族關係趨向和睦，華人經濟已經成爲馬來西亞民族經濟的一個支柱，包括實業界在內的華人有識之士，更加重視華文教育和華文文學的社會作用，給予積極支持。中國的改革開放和社會發展，也使得華語華文的商業價值和國際地位大大提高。這些有利條件，加上較早時期華文文學已有的理論、創作、組織和物質準備，必然推動馬華文學進入一個新的階段。

當代馬華文學在多元開放意識的引導下有了新的發展。

一九九四年四月，馬華作家戴小華應邀到中國廣暨南大學及南京大學講學，成爲馬中建交以來「馬華文壇第一個訪華使者」[21]。一九九一年六月，馬華作協首次組團赴華訪問，雲里風主席率領的主要由作協理事組成的代表團，與中國作家、學者進行廣泛交流，爲馬華文學「進軍」大陸文壇鋪平道路。近年馬華作家赴華訪問交流活動十分活躍，大量作品在華出版發表。馬中兩國的華文文學本是同根所生，血脈相連，如今更是迅速交融，雲里風認爲這種交流「對推展馬華文學活動肯定將產生積極的影響」[22]爲使馬華文學走向世界，擴大國際交流活動，在吉隆坡主辦有東盟各國作家代表出席的「亞細安文藝營」。從多元文化的國情出發，與友族馬來、印度作家建立固定聯絡方式，互譯作品，進行文化交流。

馬華文學從文化精神上偏重文化融合。從文學影響方面，早期在思想上主要受中國新文學現實主義影響，現實主義經過深變，一直在馬華小說乃至文學中占據主導地位。當然，從宏現方面考察，馬華文學同東南亞（所謂「亞細安」）華

19 參見王潤華〈從中國文學傳統到海外本土文學傳統：論世界華文文學的形成〉，《從新華文學到世界華文文學》，新加坡：新加坡潮州八邑會館，頁256-260。

20 王潤華：〈從中國文學傳統到海外本土文學傳統：論世界華文文學的形成〉，頁263。

21 潘亞暾：〈蛻變中奮起的新女性——戴小華〉，《後來居上》，新山：彩虹，1998，頁156。

22 雲里風：〈我和馬華文學〉。

文文學的創作傾向相當一致。可以說是在以現實主義爲主潮的備件下，採納吸收現實主義思潮。現代主義對馬華文學有一定影響，創作有實績，有一定地位，但不占據主導地位。馬華文學從傳統到現狀，基本格局是現實主義的主導地位未受到動搖。同時，現實主義，現代主義思潮比較自然地合流。小說體裁方面，這一文學格局尤其明顯。創作量大，成績顯著，但基本上都屬於現實主義。流軍曾這樣概括：「西方現代主義在六〇年代傳入新馬各地之後，新馬文壇就出現了許多現代小說（新馬文壇現代主義的作品是以詩爲主）。當時比較常見的小說作者有牧羚奴、謝清、英培安和南子等」[23]。所指六〇年代，現代主義在新馬文壇的影響比較明顯，但八〇至九〇年代，這種影響並不是特別顯著。相對於小說，詩歌中的現代主義作品要多一些。同新華、菲華作品相比，階段性的現代主義特徵不那麼顯著，在馬華文學發展中，現代主義的地位和影響似乎不如在新華文學和菲華文學歷程中那樣突出。在馬華文學創作中，現實主義同現代主義並非絕然獨立，往往出現融合情形。在這方面，馬華小說與整個東南亞文學也是基本一致的。兩種思潮反映在華文創作中，往往相互滲透或相互影響。我們認爲，在馬來西亞乃至整個東南亞，現代主義思潮並沒有獲得充分發展，也許是沒有適當機遇，也許是沒有來得及，也許是沒有充足的生長條件。因而，馬華文學中的現代主義，不具備一般現代主義的語言／文化顛覆能量。某種意義上，它是理想折光和批判傾向以文學方法的訴求。具體到有關作家，也會看到，所謂現代主義作家，有時也寫現實主義作品，甚至現實主義作品數量更多。

比如，陳雪風在評述小說新秀在一九九六年的新作時說：「而新秀李天葆、夏紹華與柏一等，則傾向於現代主義的流派。創作的意念，注重的是語言與情境的經營。對於作品的題旨，並不予以嚴肅的看待，有者甚至意識地將之放逐」[24]。其中提到的柏一，其小說集《粉紅怨》中的部分作品，還是屬於現實主義。

而定位於現實主義的作家，有時在作品中也會表現出某些現代主義的方法、手法，甚至觀念。在多元融合中開放，在開放中多元融合，這就是八〇年代中期以來，馬華文學的文化取向。當然，馬華文學在思潮、流派和群體意識上的不那

---

[23] 流軍：〈馬華文學的淵源與發展〉，《台灣香港澳門暨海外華文文學論文選》，頁 342。

[24] 陳雪風：〈傳統與創新——序南洋文藝 1996 年小說年選〉，收入陳和錦編《旱天花露——南洋文藝 1996 小說年選》，吉隆坡：南洋商報社，1997，頁 ii。

麼強烈、鮮明，也許恰好預示著文學發展的高度可能。

馬華文化的多元開放意識，同社會、種族和文化的多元性有內在聯繫。在由許多社區所組成的社會中，很容易出現多元化傾向。特別是當社會按照地方、地區、階級和民族劃分的時候。在多元文化的馬來西亞，重要的問題是維持秩序和自由。微弱的團結容易破裂爲對立的民族、種族和宗教群體。因此，在這樣的社會條件下，文化的多元化進程應當同文化融合一致。以華人和華文爲載體的馬華文化群體，其重要特色就是很強的融合勢能。多元文化從長遠觀點，還包括多元化的政治文化、法律文化和道德文化等範疇。多元化的進程任重道遠。馬來西亞如同東南亞，在文化的多元性上，並非絕對。因爲它的現狀以及發展目標，並非那種排除了特定的政治、意識形態、文化或種族集團居於統治地位的多元社會。但是，它又是存在著相當大的多元性文化的生存發展空間。在正常穩定的社會和文化條件下，不同的族群及其代表人物和集團，是能夠自由地、平等地相互競爭同時又相互融合的。

馬來西亞，如同東南亞，經濟持續快速發展，並且是最具經濟潛力的地區；又屬於多元種族和多種語文的國家，其華文文學也是源於中國新文學運動，在曲折艱難的發展中，承續了中華文化傳統。在馬華文學演變中，發生了「故土性」本位向「當地性」本位的轉折。以華族的優秀文化傳統來豐富馬來西亞的文化傳統，是馬華作家的一種自覺意識，同時，馬華文學已成爲多元文化的載體，而不僅爲中華文化之載體。馬來西亞文化包含著當地文化與中華文化和西方文化的融合。因此，這種文化融合在本土化的同時，又是開放化的。而馬華文學又經歷著從「僑民文學」的回歸意識向華文文學的世界意識的轉變。這其中，馬華作家也在推動馬華文學成爲「國家文學」的組成部分。

有的論者這樣描述華文文學的變遷：「若把中國文學比作浩浩蕩蕩的長江，早期的華文文學便是長江的一條條涓涓細流，隨著時間的推移，經歷了政治形勢的風雲變換，使這些支流在形體上脫離了母體。華裔作家越來越多，他們與居住國人民日益融合、南渡的老作家大都葉落歸根，留下的少數人都入了外籍，已不再是僑民了。華人的思想意識、感情心態逐漸產生變化，他們與居住國人民的風俗習慣互相滲透，於是他們的藝術視野自然而然地關注他們所扎根的新土的社會現實。」這一描述符合實際，也是研究者的共識。

由於在文化傳統上對「雙重」或「多重」傳統的認同，也由於這種包括馬華文學在內的東南亞華文文學對多元文化傳統的認同，適應了當地多元民族文化的社會環境，使得這種「認同」和這種「適應」，既作爲華文文學的重要特徵，也成爲華文文學在文化上的「活水源頭」。華文文學在馬來西亞乃至東南亞，由於華人人口相對集中，華人文化作爲強勢文化而存在，因而具有地域性民族集合特色，形成自己發展的獨有優勢。當然，本土化、多元化的文化趨勢，也需要有現實條件。這主要是指政治認同與文化認同要區分開來，對政治認同和文化認同要採取雙重標準。馬來西亞乃至東南亞的一些國家有幸在當今時代享有這一現實條件。

在馬華文學當代時期的許多優秀的或有代表性的或有特色的作品中，我們可以明顯看到多元開放的文學追求。

潘雨桐的〈分裂〉(1995)中有一種刻意的概括化的景物描寫。它適合一位學者寒冬中獨處自斟時的神思恍惚和心理流動。語言洗練，主觀感覺和實驗觀察融爲一體，但是不時簡練地出現的景物描寫的短句、短語、語詞，卻是有意識地主客觀難分。這位作家早先曾以紫凌的筆名發表小說於五〇年代。後期不少小說反映留美學生的生活和心理狀態。從〈分裂〉中仍可見到早先的風格留痕，但是，更加客觀、更加整飭，更加洗練。意識流動仍在繼續，表現形式已有改變。一方面，主觀在排斥客觀，心理在隔膜社會（包括新聞），另一方面，懷舊心理和人生閃回又撥動感覺的敏感之弦，幻覺似乎見證著深層的主觀分裂。「黃皮膚的東方人」骨子裡的「回去」的聲音穿越各種紛繁的感受和自然景象，使精神發生裂變。「今夜零時列車無終站」似乎又在結尾帶上虛無色彩。這是一篇典型的學者小說，主題隱蔽不顯。九〇年代的意識流，在他的小說裡，已經不那麼昭彰，東方格調的冷處理，使意識流簡練到幾乎成爲某種影視劇作品的「提示」，又似乎「西風瘦馬」的「詞」境。

〈瑪拉阿姐〉(1986)的作者梁放從「我」的視角，講述從兒童到少年的瑪拉阿姐的悲慘境遇，結構自然而又緊湊，在不長的篇幅中，主要人物和周圍群像都有生氣。同時，沙勞越地區的民俗風情和民族生活，使讀者印象深刻。那種自幼開始的「我」的視角和敘述，使少女的遭遇更加令人同情、難忘。作者寫不少這類小說。鄉土氣息和地方色彩分明告訴我們：梁放是個本土意識濃厚的作家。他的小說中的人物在生活故事中，往往沒有十分明顯的華族、伊班族等民族間界限。他看待友族的眼光，似乎同他看待華族的眼光並非各異。但是，梁放與潘雨桐同樣是小說，對照之下差異還是明顯的。這也說明了馬華小說世界觀點各異。

丁雲的〈圍鄉〉已獲佳評嘉獎。在「五一三」悲劇這樣的重大事件中提煉思想和歷史教訓，走的也是本土化的小說道路。包括〈看出歲月〉、〈控告〉等多篇小說在內，其現實主義的真實精神十分強烈。他的小說從華文譯成馬來文，形成友族讀者，這也對馬華小說的發展道路和社會影響方式有所啓迪。丁雲的〈螢火河的夜航〉（1991）除了情節動人，悲壯色彩，激情澎湃之外，還有作者自覺的民族文化溝通和民族歷史反思的創作動機。異族青年男女的戀情，似乎來自民族遭遇、社會變遷和抗擊天災、抵禦海盜的過程。在講述華巫族共同開荒拓土和患難與共的故事中，歌頌青年愛情和民族情感。雖然語言文字有粗礪之處，情節結構也可更其謹嚴，但製作的大手筆，不容置疑。丁雲在這篇小說的得獎感言中表示：「將華人與馬來人置於一特定的時空——暗礁遍布的河道上的夜航；置於歷史的褪銹的畫卷裡作反思。小說的功能，也許能在拉近種族疏離方面盡些棉薄吧？」[25]

實際上，青年男女及其愛情，有其歷史和民族的象徵意義，「暗礁遍布的河道」，有其歷史長河的象徵意義，「夜航」、「離散」、「海盜」、「風災」等描寫，也自有其一定的象徵意義。上升到「民族」、「歷史」的高度，講述兩個民族間的生活故事和愛情故事，具有歷史反思和文化交融的特殊意義。

現實主義在八〇、九〇年代，仍是小說的主潮。尤其在一些青年作者那裡，以小說體現自己對社會，民族和文化的現實主義觀察及思考。陳淑群在〈夢裡不知身是客〉中，以深切的同情和正直的精神，描寫到異鄉當佣工的菲籍婦女的悲慘遭遇，寫得平實但頗爲感人。吳錦華的〈爆竹煙花〉似乎試圖把鄉土氣息融匯在意識流之中，魚鄉變遷，家庭破碎，有感而發，表現獨特。〈新生變奏曲〉（黃利杰）以「無知」的胎兒眼光看現代新村華人「望子成龍」的心態，抗議上代加給下代的精神重負。

雲里風創作量相當大，但一以貫之的是強烈的社會責任感和歷史使命感，對馬華社會的命運的深切關注。他高度重視文學的大眾啓蒙功能，用小說爲武器，積極干預生活，特別是針砭時弊。〈望子成龍〉吳健民的蛻變，從外部環境到自

---

[25] 大馬福聯會青年團編：《第四屆鄉青小說獎優勝作品專輯：一根頭髮的故事》，吉隆坡：大馬福聯會青年團，1992，頁 73。

身的劣根性，都有其深刻的根源。〈卡辛諾〉中的賭場變成了展示人物性格的舞台。作者提示人們對於社會險惡和貪慾的警覺。〈醜小鴨〉、〈相逢怨〉中成功運用了對比藝術，人物貧富懸殊，但精神差異更令人深思。〈灰姑哈侖〉對於華巫民族親善關係的思考議論，體現強烈的時代精神。他在大量小說中，關注現實社會各個層面，反映人們關心的生活內容和社會問題，比如〈遲來的電話〉和〈望子成龍〉對華族後代教育的隱憂。愛情小說中絕妙的對話藝術，根基於他對人物性格身分和心態的準確把握和高度的語言技巧。總體語言風格是樸實無華，而又沉實老練。雲里風和韋暈、方北方等，都是馬華文學現實主義的傑出代表。雲里風小說擅長社會價值的評估分析，尤其是對道德淪喪的敏感觸覺，總是以小說的方式得以展示。小說情節藝術，在作者那裡達到相當高度，豐富多變，滲透理性意識，符合人物情感邏輯和性格特徵，是情節藝術成功的主要原因。

讓家庭倫理關係進入小說世界，並且得到藝術處理，是李憶莙所擅長的。對女性情感變故和大起大落的把握，更是她的過人之處。她以心靈的眼睛洞悉女主人公的情感微瀾和身心欲求，同時在有限的篇幅內，展示她能夠熟練駕馭的結構藝術，讓讀者沉浸於曲折故事中流連忘返。她的多篇小說，都有意在相當難度的情境下，寫出青年女性多乖的命運。筆下的人物，尤其是青年女性，常帶敏感多情的氣質，而作者又總能變換敘述角度和敘述人稱，讓小說各有千秋。《李憶莙文集》雖收小說僅五篇，但因上述特點，而變得頗爲耐讀。

陳政欣在八〇年代出版的短篇小說集《樹與旅途》（1984）和《陳政欣的微型》（1988），雖然現實針砭意識濃厚，觸角廣爲伸展，但爲了揭示生活中的深層意蘊，人性的隱蔽之角，作者常常借鑒西方現代派之一的魔幻現實主義的創作方法和手法。政黨和政治人物的鬥爭，現代人的孤獨、苦悶和無奈心境，工薪階層中的某些虛僞者和委瑣者，往往借用諷刺手法和心理刻劃方式。在進行生死轉換的時候，作者就借助魔幻現實主義手法，打破時空界限，情節富於魔幻色彩。誇張、荒誕手法的運用，更增添了小說的神秘色彩，這些小說結構也往往變化多端。鬼魂視角、鬼魂敘述者的安排，更使小說顯得幽秘，富有哲理色彩。也見出魔幻情節結構的東方色彩。〈他‧他‧他〉（高俊耀）以意識流手法表現生命力的堅韌。主人公行善而致重傷垂危，冥冥之間，與惡鬥爭。視角獨特、手法、語言、較爲成熟。

馬漢的小說多從生活經驗出發，並且敢於直面人生，真實地展示六〇、七〇年代的現實生活，重視描寫底層民眾和小知識分子，講究細節藝術，以生動刻劃人物性格，經常使用心理描寫和誇張手法，注意經營小說結構，語言富有諷刺幽默的色彩。總的來說，他是屬於比較完整地繼承了中國新文學現實主義小說風格的有代表性的馬華作家。他的小說是那個文學時期不可忽視的重要收穫。

馬華文學現實主義傳統深厚，但我們不難注意到馬華小說長期以來，存在一種也許根源於馬來西亞華人歷史的寫作慣性，即暴露黑暗，同情底層，並且少用亮色。一般作者的視角較低，總是一些小人物的悲喜劇，在牽動著作者或讀者同情悲憫的神經。取材家庭生活，日常瑣事，即使有一些生死鬥爭，也從平常平淡中見出。但是幾乎很難找到一篇不痛不癢，將肉麻當有趣的作品。《方北方短篇小說集》收的是五〇～七〇年代的短篇作品，不少篇目有著上述特點。依作家本人在〈後記〉中表白：「主要除滿足寫作興趣外也希望通過所寫的作品，給友好看到大家生活在怎樣的環境之中的一點情形。」「我的讀者對象主要是青年同學，而由於自己的生活圈子不大，反映的事物多局限在一定的範圍之內，所以沒有什麼獨特的內容，也沒有什麼最流行的情調，但是，反映時代動向、重視社會的本質，卻是每篇創作下筆的動機。」「在所謂文化沙漠中，首先該提高青年對母語教育的認識，進而使他們對馬華文學產生興趣。」「總算不負初志，爲百態的社會留下一些痕跡。」這樣一種爲社會爲人生的傳統，甚至浸淫於六〇年代的學生作者身上。比如薛嘉元六〇年代的短篇小說收於《榨乾油汁的煙葉》，其中多是下層工農的悲歌。有代表性的是〈拓荒者〉、〈龍伯出馬〉和〈榨乾油汁的煙葉〉。小人物的不複雜生活，寫來細節真實，人物語言生動而有個性。《碧澄文集》所收小說以八〇年代的居多，少數爲九〇年代和七〇年代的。這些小說的現實主義力量，主要來自人物性格以及這種性格所影響到的人物命運。這意味著藝術性明顯增大。作者在相當一些篇章中，將鋒芒指向正在或已經畸形發展起來的城市文明。那種更多地帶給普遍市民或工薪階層以厄運或沉淪的城市文明。作品中出現了一些異族青年，但走上康莊大道的卻很難找到。同情和善意的批評給予落難者、受損害者，無情的諷刺和批判是針對城市中的寄生蟲和墮落者。我們注意到碧澄小說中，明顯加強的人物主觀色彩和內心獨白。這是現實主義深度加大的進步。

四、 現代意識

這裡所謂現代意識，主要指馬華文學中創新的探索追求。包括對傳統主題、題材方面的突破，也包括對傳統形式和既定小說模式的突破。馬華小說作家顯然重視創新，尤其是在一批中青年作者九○年代的作品中。國外有人將現代主義劃分爲古現代主義和新現代主義，或現代主義與後現代主義。馬華小說雖然也受到現代主義影響，但似乎基本上屬於「古現代主義」。目前尚未出現強勁的反現代主義文化及其運動。即使是現代主義影響，似乎主要在於方法、手法範疇，也有某些觀念和意識的因素：

（一） 創新探索：對一般思想模式和經驗模式的突破

戴小華的長篇小說《悔不過今生》以具有東方美德的現代女性意識，爲馬華文學帶來清新爽健的形象。它被譽爲「新浪漫主義」，並提示「尋找現代人失落的原始的浪漫，以及對於愛與美的憧憬」。主要人物葉佳歷經情感坎坷，身心磨難，終於走出人生道路的怪圈，享受成功的喜悅和完全獨立的歡暢。情債情怨的最後了結，已經是以生命的體驗。沉重的代價，無悔的人生，也表明作家並不想以廉價的「浪漫」來取悅讀者。在沉重而真摯的浪漫之中，作家表達了嚴肅的人生思考。對於女性情感的真諦和女性獨立的代價，小說都以動人的形象給予闡釋。小說在嚴峻的磨難——來自所有最親近的人的磨難中，考驗著展示著一個青年女性的性格和意志。這是一隻從火燼和犧牲中飛翔的鳳凰。她喪失了幾乎一切，但她終於將得到新的一切。作家沒有一般化地張揚女性意識，對於貪慾、嫉妒、虛僞、庸俗、怯懦、麻木等等，毋論性別，一概批判。女性的美，愛情的真，都是從比較和磨練中見出。我們不會從中找到許多青春小說、浪漫愛情小說常有的造作的傷感和纏綿，作家表達了一種對於東方女性美、東方現代女性意識的見解。這種見解，是她獨有的，然而又是十分堅定的，因爲是經過人生和社會閱歷檢驗過的，在小說中，又不是滔滔議論渲泄出來的。作者向讀者奉獻了一位真實的、美好的現代都市女性形象。葉佳的形象，在馬華小說，尤其在容量和難度較大的現代題材長篇小說中，是一個重要收穫。作者語言文學功力不凡。特別值得注意的是她的散文化的明清筆記體式的文體和語體追求。一句就是一句地，十分練達地寫人狀物。雖不見大量擬古語詞句式，但是通透的古文修養在微妙的遣詞造句中流露出來。結構布局自然而獨運，恰好適於表現主要人物的人生磨難。作者有一種在現代普遍女性的命運變遷中提煉人生真諦和女性價值觀念的能力。字裡行間，透示出作者對情感奧秘和事業風雲的洞察。

梁放的〈觀音〉結構嚴謹，描繪細膩，充滿悲劇性。三個不同時代的女性的悲劇，身處沙勞越偏陋的異鄉，落地生根，無知善良，畸形生活，畸形性格，「活下去」就是一切，生存高於其他。性意識隱蔽不宣，性描寫詭譎玄秘。氣氛幽秘瑰奇，文字絢麗多彩。生存和生命力量撼人心魄。女性的自私報復泄憤的心態，以及主宰男性的慾望，表現十分真實。比喻比擬的多處運用，意象的設置，使題旨隱喻性強。宋子衡的〈熔岩〉(1971）描寫青年守寡的「嫂嫂」，內心對性慾與道德觀念的掙扎和衝突。作者站在現代人性理念的高度，真切地刻劃了「嫂嫂」的微妙心理，以及「我」的道德禮教束縛與生理上的性慾衝動，產生矛盾衝突的痛苦情態，隱喻和象徵運用出色。小說字裡行間充滿內在的張力。

年紅在〈愛的賭注〉(1982）中，講述了一個家庭教育與子女成長之間關係的故事。但是，其中包含的教育見解卻是新鮮的。教育向為華族所重。但怎樣追趕「時代潮流」，怎樣佔據社會地位和財富，以及為什麼追趕，為什麼佔據。面對這一系列問題，似乎家長居於無奈無助境地。持輔助關愛的態度，以子女為成長和教育的主體，卻是這對可敬可愛可憐的華族家長從情感波折中獲得的教益。在人生道路的方向問題上給予關注，才能使本質和能力俱佳的子女真正成長為健康的、正直的、向上的人。故事曲折，人物可愛可信，「河流」與「個性」，「山河」之美與親情之愛，同父母望子成龍的心態，兒子的半成熟狀態和堅韌性格，很自然地交織為一體。微風的〈犧牲〉(1978）中，有對蓄意的醜惡的批判，有對一念之差的軟弱的同情和蒙受欺辱的憤懣，也有對勢利價值觀和委瑣性格的針砭。讓讀者思考的問題在於受害者犧牲了什麼才是最重要的。人格、尊嚴、愛情不能以金錢和利益計算。善良再次遭受屈辱，醜惡再次罩上光環。一個似乎普通的故事，但經過曲折，而且平民教訓彌可珍貴。〈魔手〉(1988）證明作者韋暈是故事高手，也是人物特別是小人物靈魂奧秘的探求者。小人物似乎在覺悟，又總在受騙上當，某種命中注定的力量在左右著小人物（老書記）的境遇和結局。這種力量像魔手一樣，既來自外部，也來自內裡，它能夠排布和捉弄小人物。「都市流行病」和世態炎涼，人心不古，波及子女，這是原上草的〈生日快樂〉故事的含義。值得注意的是生活的反差和期待的反差。一個家庭日常生活側面，足以展示社會、族群和家庭關係的變化。從這樣的作品，可以看出老一輩作家的小說藝術爐火純青。韋暈的〈隕石原〉、原上草〈亂世兒女〉，都是八〇年代現實主義的優秀作品。李天葆的〈旱天花露〉(1996) 一個短篇，卻寫盡了一個叫金菊的女人一生遺憾。選擇片斷，看似隨意，內有玄機，但更讓人叫絕的，還是女人內心流動的聲音。雨川的〈老水牛〉，敘述人和敘述視角頗爲特別，人與牛，人與人，代與代，情深意切，相依爲命。勞動與生活的周而復始，勞動者艱辛與內在的價值，令人深切關注。老水牛的形象既是實在的，也是象徵的：有它要比無它，更有人性的深度和情感的厚度。

（二） 創新探索：對傳統形式和既定小說模式的突破

許友彬的〈一根頭髮的故事〉主要以形式結構的新穎獨特和人物心理的細緻展示取勝。小說有意借鑒魔幻現實主義和荒誕派的方法手法，虛幻與現實層層相揉，小說中套小說，兩篇小說同時演進，首尾相銜。結構顯得相當複雜，然而又有完整感，又因前後呼應，構成連環式。從生活現象與生活複雜，從一根頭髮展示女人嫉妒和愛情的內心矛盾和生活「歷險」。此外，雖然小說中的「兩篇小說」內容大致相同，但引申的結局不同。誤會、幽默、詼諧，造成閱讀相當暢快。實際上，換個角度看，小說已有一定後現代性，包括後設小說意味、意義深度削平以及文學閱讀的文化消費功能。雅波的〈赤軍過境〉是一篇紀實小說。有意從文體和新聞臨場感上尋求新意。敘述角度比較獨特，從不同人物的視角和觀點敘述同一事件，既有意「客觀」地展示人物的看法，又便於在從九〇年代初講述一九七五年的重大新聞的過程中滲入當代性。透示作者的思考和感受。赤軍的精神面貌和偏執黷武的歷史根源，在大量對話和內心獨白中客觀體現。表達乾脆俐落，行文簡練。在不動聲色、不作評議中有所針砭。特別是對社會政治、制度、民族文化、心理特徵，都是有意觸及，令人深思。真實事件的框架，人物和情節卻是小說性的，結尾饒有餘味：「一九八二年，大馬提出『向東學習』口號，風起雲湧，激昂，竟相追隨，而首要學習對象的國家—日本。」構成反諷效果。是提示人們有所警覺，不要忘記「學習對象」一九七五年以及更早的歷史記錄。本是以史爲鑒，但這篇紀實小說有意借鑒採納新聞色彩強烈的紀實體，讓歷史再度變成現實和新聞，讓人重溫，這本身的內含不言而喻，由於體式特別，造成偵探推理文學的懸念和緊張的閱讀感受，也使人物（特別是赤軍分子）的內心世界得以坦露。

年紅的小說集《最後一趟巴士》中大部分作品，都採用「我」作敘述人稱，直接效果是閱讀的親切感和現場感，主觀氣息較強。作者講究平中見奇，謀篇布局，結構精巧。開頭結尾，獨運匠心。對普普通通的下層勞動者，作者總是揭示他們爲人們有意無意誤解或歪曲的美好人性和閃光之處，把社會和「我們」的不公正以及參與罪惡，暴露在不複雜的情節安排之中。《三腳貓》和《最後一趟巴士》就是這類作品的代表。韋暈自覺地給自己的小說烙上「詩的直實」和地域色彩。《日安庫斯科》這部小說集中，有一篇頗爲獨特的〈無影族的落戶〉，講特殊時期逃離的異族青年卜吉淪入黑社會，成爲犧牲品的故事。詳盡的過程，寄寓著作者對一個普通青年被毀滅的同情和思考。人與非人在黑暗之中沒有分別。在罪惡的控制下，人必然走向非人，走向毀滅。青年作者莊松華的小說集《思想癌症》中，除個別作品如〈門外陽光燦爛〉等外，大部分篇章中，都充斥著病態人生、乖戾意象、狂放情緒，作者對現代人性醜惡和病灶的診斷，往往是帶有濃厚的主觀意識。這些都使莊松華成爲一個詩化的、獨特的小說家。不時突然冒出的「片面的深刻」式的哲理語句，使讀者不能粗心大意地閱讀。情節大致還是家庭、學校常見的。但它們更多爲作者隨心所欲地遣使。應當承認，他的小說屬於快讀系列，但速度似乎恰恰來自現代情緒的渲染，包括愛情追求的狂熱。〈電腦追夢〉裡的凶殺自己，當然是「科幻」情節構思，但它首先還是惡夢，造成的卻是閱讀歷險感受。此篇小說明顯帶有實驗荒誕色彩，尤其是內中電腦博士兼科學家還能爲「他」「用最新科學電腦儀器來探測你夢中的凶手」。似乎還帶點推理探案小說精神。結局既彷彿是自我發現：本人凶手；又似乎人機大戰，勝負難辨。一些青年作者已經做到了把小說寫得不像小說，其大膽實精神値得嘉許。陳映真僅在《南隆·老樹·一輩子的事》這部「1995 小說年選」中，就指出二篇不是小說的小說：「從嚴格的定義上說，黃錦樹的〈烏暗暝〉不能算是小說。」「雅波的〈花會不凋謝嗎？〉是一種『擬似禪』（Quasi-zen）的語絲、語錄。是不是禪、或宗教、或哲學無暇中論，但從文類而言，不歸小說，蓋可定論。」但實際上，這是兩篇好小說。〈烏暗暝〉在十分精練老到的文字中，營造戒備的氛圍。那是人們曾經歷的恐怖環境，也是今天心有餘悸的記憶，國家戒備中有著兩種等待：親人、打劫。構成一種嚴肅而溫情的滑稽。可是誰又敢笑出聲來！倘若不解禪意，也可從〈凋花〉中破解「花」和「笑」的深層意蘊，以及「花」和「笑」帶給「他」和「她」的潛意識。若果，則此篇小說不短。

曾沛寫過不少白領和藍領的故事，也塑造過「女性群象」，作者大部分作品，都有意作心理展示，連帶人物語言也是人物心靈的窗扉。喜歡「我」作敘述人稱，同小說的主觀色彩較強有關。〈阿公七十歲〉寫了代溝，也寫了華族老人作爲歷史的「主人」，對大馬土地的眷戀和對前景的憂慮，運用意識流，可以拓展時空，增添悲情。作者講究寫出各式人等的性格、神態、心理。〈敏娜〉等小說，對友族人物的描寫也體現了作者創作的本土意識。作者擅長揣摩人物心理，掌握人物情緒、性格。這在她《行車歲月》中的許多小說中都不難看到。其原因在於對相關生活的高度熟悉。小說人物的生活領域較爲廣闊，也是由於作者的視界較大。以生活寫小說，以小說寫生活，二者相輔相成，相得益彰。尤其是作者筆下的女性形象，鮮明生動，讓人難忘。是性倒錯，還是社會愚昧，導致墜樓悲劇？作者柏一在《粉紅怨》主要歸罪於後者。選材似乎冷僻，但作者看準的是蕭平先天不足與後天失調，共同合成了人物的毀滅。作者破除社會陋見，從人性深處和時代高處，解析特異人群的難言之隱的社會根源。在小說集《粉紅怨》中的一些作品中，作者顯露了自己的過人之處：感受敏銳，潛意識表達力強，喜歡以散漫沖淡的細節形成隱蔽的藝術觸角，同時適當增加概括性描寫。總的來說，敘述和描寫多於對話。性別意識常可顯現，表明作者思考人性重點所在。對社會偏見陋習以及醜陋庸俗男人的批判鋒芒，常見於心理獨白和敘述語言。

原發表 1997，書目資料增補與格式修訂 2003

時空中的超時空切片

——以《馬來西亞微型100》為例論析微型小說

＊劉育龍

前言：《馬來西亞微型100》「導論」之補遺

一九九八年杪，我自陳政欣手中接過《馬來西亞微型100》（以下簡稱《微型100》）[1]，從那一天起，這些日子以來我斷斷續續、來來回回地時而細讀，時而瀏覽這一本選集中的作品，除了仍然不時發現新的錯別字[2]，一直讓我耿耿於懷的其實是那一篇本該出現卻不知何故「缺席」的導論。少了這一篇東西，讀者無從瞭解編者的徵稿方式、遴選的要求與標準、入選作品的上下限（如篇幅和發表的年限）、選稿的範圍、對特例的處理方式，以及編者的文學觀、文學視角和美學觀點等。從那一篇「微型」序文中，我們只能約略知道入選的作品發表於七〇到九〇年代，其中不少作品係取自歷屆的南大校友會微型小說徵文比賽的得獎佳作，其他的資料大都一筆帶過，沒什麼參考價值。

暫時撇開《微型100》所收作品的水準不談（下文將會從各個層面詳論這一點），這本選集初次整理出近三十年來（姑且從一九七〇年算到一九九八年）大馬文壇所發表的微型小說中的代表作，向國內外的讀者和論者交出一分成績單，單單是這一點，已足以勾勒出這本集子的代表性和象徵意義。至於它的影響能否深遠，倒不是短短幾年後的今天能評定的，我也不在這裡妄作斷言了。

---

1 陳政欣編（1998）《馬來西亞微型100》，（吉隆坡：馬來西亞華文作家協會）。

2 作爲一部頗具象徵意義的文學選集，錯別字過多難免會影響讀者和論者對這本集子的印象和評價。

這一篇論文既以《微型100》爲主要的評論對象，未嘗沒有爲其補上一篇導論的意圖，稍稍彌補這一本集子的缺憾。以我一貫的評論風格，這一篇「導論」應該會比陳沒／未出爐的那一篇更嚴苛。除了秉性使然，其實也有另一方面的考量。在嚴肅文學和通俗文學這兩個極端之間，微型小說雖然具備「中間文類」的特質（下文會論及這一點），在大馬的發展卻有日益庸俗化的趨勢，似乎只要是具備文字書寫能力（而不是文學修養）的人都能下筆成文，且都汲汲於微型小說的「奇」和「巧」[3]，無意也無能顧及微型小說更根本的要求，即「新」、「精」、「深」。記得台灣某出版公司曾提出「全民創作」（微型小說）的計畫，出發點固然可敬，宗旨也很崇高，但真的實行起來，足堪一讀的作品恐怕少之又少。不論是哪一類的文學創作，定然有作者必須跨過的門檻，也許有人會把門檻設得低一些，但若完全鏟平，則會把文學之所以爲文學的本質一起清除。微型小說可以通俗，但不應一味往下庸俗地發展，以致淪爲一閱即棄的文化消費品。在這樣的客觀環境下，我反而期待和鼓勵有心於微型小說創作的人從多方面進行文學實驗，寫出既熱鬧又有門道的作品，大馬的微型小說才會有令人樂觀的發展前景。

一、內要「精」、「深」，外要「新」、「奇」、「巧」[4]

由於篇幅有限，大部分的微型小說都依循單一律[5]的要求來創作。在只能選擇單一人物、事件或情境來寫的情況下，作者總忍不住千方百計地構思奇情異事，或是把一個又一個的巧合串連起來，力求讓讀者體會到世事之奇詭、際遇之巧合，像嚴沬的〈霧罩〉，弟弟篤生向南下的火車拋石塊，竟然偏偏打中了姐姐篤愛，而他的姐姐卻又是爲了賺錢供他深造，毅然下海當舞女的唯一經濟來源。如此環環相扣的情節，在微型小說創作中可說是相當典型的模式。〈霧罩〉中的巧合事件，嚴格說來只有一樁：弟弟拋出的石子，打傷了火車裡相依爲命的姐姐。但程度這麼大的巧合，在情理上是否能讓人接受？人倒起霉來，走在路上也會被雷電擊中；走起運來，花三五元也能贏得六合彩的頭獎。「是福不是禍，是禍躲

---

[3] 這五個要求是參考了張春榮的見解，再加上筆者的看法而定下的。見張春榮（1999）《極短篇的理論與創作》，（台北：爾雅出版社），頁13-18。

[4] 見劉海濤（1993）《規律與技法》（新加坡：新加坡作家協會），頁30-44。

[5] 嚴格說來，這類作品的「奇」、「巧」也是相當表面和粗糙的。

不過」，我認爲這樣的巧合是勉強可以接受的，但評析一篇微型小說的優劣時，除了考慮其故事情節的發展是否在「奇」、「巧」外猶能合理，也得衡量在情境上是否有「精」、「深」且能扣人心弦之處。〈霧罩〉刻畫的姐弟情深頗具感染力，寥寥數段，己能不慍不火地勾勒出弟弟對姐姐的敬愛和怨懟，但本篇最值得留意的並不是親情的描繪之精細，反而是寓意之深刻。若把那一顆石子視爲命運對姐姐（和弟弟）的打擊（兼考驗），姐姐遭石子打中的偶然裡的必然反而更堪玩味。試想，姐姐若長期在夜總會工作，她的未來遭遇幾乎是不言而喻的：不是受不住誘惑而淪落風塵，就是所遇非人而人財兩失。由此推測，即使不讓弟弟的那一顆石子打中，姐姐遲早也會碰上命運的另一顆石子，因此，姐弟兩人若能因這一起意外而調整生活，毅然接受命運的考驗，並從跌倒處爬起來重新啓步，未嘗不是不幸中的大幸。微型小說中的精品就如一首好詩，總能提供可讓讀者思索、玩味的空間，使閱讀、體會的過程不會止於作品的最後一段，反而是從最後一個句點才開始。

可惜的是，《微型100》中類似〈霧罩〉這般「巧」、「精」、「深」兼備的佳篇並不多，較常見到的倒是巧合處處，情節之離奇一如電視肥皂劇的失手之作。試以因心的〈獵〉爲例，說的是父親當警長，兒子是勒索富商的歹徒，而父子都和同一個吧女有一手（有其父必有其子？）。結局是老子逮住兒子，混亂中還被老子無意發現吧女玩弄他的感情這一真相，又驚又怒，以致心臟病發作而喪命。我並不以爲類似〈獵〉如此俗氣的題材不能寫，其實若能「俗」題新寫，開拓另一番景象，或是在離奇、巧合的表面「故事」之外，另有精緻的描述或深層的寓意，這倒是作者值得嘗試去處理的「高風險」題材。另外，作者賜警長姓「齊」（暗喻父子倆共享「齊」人之福），富商取名錢百萬，擺明車馬「本故事純屬虛構」，一開頭已難以吸引讀者進入故事中了。

比起〈獵〉，方路的〈大水〉則是另一個相反的例子。〈大水〉既沒有峰迴路轉的情節發展，也沒有出人意表的巧妙佈局，在「雨」和「洪水」這兩個相關且貫穿全文的意象的襯托下，作者以寫實而精細的白描手法，間中穿插回溯不堪回首的往事，點染出水上人家靠天喫飯的無助和悲苦。〈大水〉氣氛低沉，卻能哀而不傷地道出兩代之間至死不渝的骨血濃情，頗能引人低回與玩味。〈大水〉的題材並不新奇，結構、形式和佈局也了無新意，卻是筆淡情深，憑著精細的描寫成就一篇震撼人心的精品，爲微型小說創作做出了別具一格且又成功的演示，是

《微型100》中不可多得的珠玉。

綜合上面的分析和比較，可見微型小說要寫得好，大前提是內容要「精」、「深」，題材或情節若能「新穎」、「奇特」、「巧妙」，固然更能引人入勝，但就文學創作的觀點而言，這些並不是必要的元素。

二、從傳統模式到另類的書寫實驗

一般上，《微型100》的作品形式是分成幾個段落的短文，按照小說起承轉合的規則，鋪陳內容和情事。除了從頭開始，根據情節發展的先後順序敘述的基本形式，微型小說的形式還包括以下幾種：

[1] 去頭式：省略開頭的段落，直接從中間的情節下筆，讓讀者在閱過中間和結尾的段落後，自行憑想像去填補／猜測故事的開頭，例子有小黑的〈黑〉、馬漢的〈一門俊彥〉以及莫澤明的〈迷路〉。

[2] 把開頭插入中間或結尾：這可說是基本形式的變體，也是極常見的形式，例子有江上舟的〈電話聲響〉、李國七的〈約定〉以及唐珉的〈黃梨．旺利〉。

[3] 斷身式：只交待事件的開頭和結局，但刻意省略事件的來龍去脈，以製造懸宕的氣氛和爲意外結局埋下伏筆，同時也爲讀者留下想像的空間。

[4] 掐尾式：作者故意把結局寫得十分簡略或模稜兩可，留下一些謎團和空間讓讀者去思索，供讀者參照本身的價值觀和人生觀，爲故事鋪下他們認爲合情合理的結局。

[5] 開放式結局：即同一個故事有多個結局，任君選擇，這當然是另一種邀請讀者參與創作的形式，但有時也是作者想借此形式來表達有些事情具多層面和多種可能的發展這一本質。

[6] 單段式：這一類的作品通常篇幅都較小，其實作品從頭到尾不分段落是相當冒險的做法，作者兵行險著，不外是想借此形式營造延綿不斷的思緒、沉重的氛圍或是東拉西扯的瑣碎感覺等效果。例子有小黑的〈開玩笑〉、沈洪全的〈發霉〉、〈迷藏〉等作品。

除了通過段落或情節的重組和省略，一些作者還嘗試放棄小說的傳統形式，改用其他文體或敘述模式來進行實驗，例如朵拉的〈唱片日子〉，用上了時間表、記事本和詩的分行格式，以突顯家庭主婦對繁重、煩瑣而又天天 機械式重複的家務的厭惡，頗能借著這般獨特的形式來增添閱讀時的印象。雅波的〈床〉運用了多角度的敘述法，以床板的獨白和關係混亂的幾名男女的對白來鋪展情節。作者匠心獨運的巧思全人耳目一新，文中角色的關係牽來扯去，作者同時也借此形式揭露他們各懷鬼胎的一面，以嘲諷這班人的陽奉陰違和虛情假意。可惜作者在控制情節方面力不從心，所謂的意外結局看似巧妙，恐怕早已在讀者的掌握之中，白白浪費了這一個挺特別的形式。而筆者以抒情散文體寫就的科幻微型小說〈最後的銀河列車〉，裡頭也用上了一些詩的意象，效果如何交由他人去評定，但卻是值得進一步嘗試的「另類」形式。

至於微型小說的文字，由於受到篇隔的侷限，作者得非常謹慎、巧妙地遣詞用字，力求文字的簡練、精緻和生動，才有可能臻達尺幅千里、言盡意不盡的境界。論對文字的濃縮及張力的要求，微型小說應只在詩之下，比（長／中／短篇）小說、散文都來得高。

以《微型100》爲例，能達到簡練、精緻或是生動的其中一個文字要求的作品並不多。小黑和方路的文字平實，但讀來自有一股綿綿不絕的魅力；野蔓子則好用比喻，且用得很有創意，爲她的作品增添了幾分神采：

> 「老楊的領帶使人想起狗的舌頭。」(344)
>
> 「老楊以紙巾包住領帶尾，像做人工呼吸那樣，吸吸吸，壓壓壓，急救多時，領帶顏色才稍微恢復正常。」(344)

上述的兩段文字引自〈老楊的領帶事件〉，這篇作品的文字生動、靈活，比喻也不時一「喻」雙關，值得讀者細細去品味。

三、要有「意」，也要有「情」有「理」

在開始討論微型小說的情節以前，我想先厘清「情節」和「故事」的關係以及相異之處，這將有助於讀者明瞭接下來的關於情節的闡析。[6]

簡略地說，「故事」是一篇作品的原始材料，「情節」則是處理並傳達這些材料的方式。因此，同一個「故事」，在不同的作者手中可以寫成大異其趣的「情節」。作者可以實寫、虛寫或側寫；作者可以順敘、倒敘或把今時往日的事件穿

---

[6] 關於如何區分「情節」和「故事」的討論，可參考《 規律與技法 》，頁77-78。

插交錯地描述……；運用不同的創作手法以及相異的敘述角度和層面，就會產生不一樣的「情節」，由此可見，「故事」不能等同於「情節」，充其量只能說是構成「情節」的基本成分之一。

明白了「故事」和「情節」的分別，我們便不難瞭解，從微型小說的創作觀點來看，「故事」無所謂新舊、好壞或雅俗，一篇微型小說的成敗，靠的是作者是否採用了恰當、精妙或新穎的「情節」。我在上文論因心的〈獵〉時，認爲他的作品係失手之作，主因便是「情節」處理失當，「故事」老套兼庸俗反而不是失敗的關鍵。如何舊題新寫、反俗爲雅，其實是這一類的「故事」向敢於冒險及勇於創新的作者提出的挑戰。

《微型100》裡的不少作品，看得出作者關注的是「意之不測」這項要求，他們極力經營離奇、曲折的情節，想取得入人意中卻又出人意表的效果。這一類的情節模式的至高目標是「意外結局」，即讓讀者閱至最後一段甚至最後一句時才豁然明瞭作品的真正目的或事件的謎底或真相，從而享受到閱讀的快感和高潮。例如石川的〈濁流〉，寫一名女子因墮胎時失血過多而昏迷，醒來後問起誰是捐血者，竟然剛巧是騙去了她的感情和身體的負心男友李逸才醫生。全文環節緊扣，層層推衍，不外是期望凝聚在真相揭露時所引發的震撼力。可惜的是，〈濁流〉的情節編得密不透風，反而讓熟諳微型小說情節發展模式的讀者預先猜到了可能的結局，以致大大減弱了結局的衝擊力。此外，〈濁流〉在護士道出捐血者的身分後，本應立即結束，作者卻唯恐這個高潮的力道不足，刻意花去一些筆墨來描述女主角的驚愕、憤怒及怨恨的複雜心情，如此畫蛇添足，只會進一步減弱作品的趣味。

反觀因心的另一篇入選作品〈手術室內外〉，寫的是一名青年因患上急性盲腸炎而被送入醫院，負責爲他動手術的林醫生對病人「流露出恐懼和絕望」、「喊著哭著」的激烈反應感到不解，畢竟一般人都知道，「割除盲腸只是小手術，很安全的」。手術完成後，他才從警員的口中得悉那名青年其實是這一兩天就要正法的死囚……。讀到這裡，林醫生和讀者才瞭解病人「救救我！我不想死，求求你救救我！」這句話的真正含意。一個年輕、美好的生命，從「垂危」到「重生」，結果才發現他一直在「等死」，如此往返循環，表現出作者精巧佈局的造詣，不但營造了出人意表的高潮，同時也婉轉地傳達在生之喜悅和希望的襯托下，令人倍感死亡的可怕和沉重的言外之意。本文除了做到「意之不測」的要求，也兼備了「情之幽微」(點出貪生怕死乃人之常情)和「理之乍顯」(一失足即成千足恨，再也無法回頭的啓示)，可謂佳篇。

結語：微型小說的「中間文類「特質

「微型小說」是在中國、新加坡和我國通用的文類名稱。從這種新興文類的特質這個角度來考量，我認爲台灣採用的名堂，即「極短篇」會更恰當一些。微型小說的獨特之處，在於它具備了「中間文類」的特質，這可以從兩個層面來分析：

（一）不同文學體裁的結合：依據小說的形式和要求來創作微型小說的作者固然不少，不過，也有好一些作者嘗試在創作中結合小說和散文、小說和詩，甚至散文和詩的寫法，寫出了相當「另類」的微型小說 。再細分下去，我們也見到了以書信體、時間表、寓言、童話甚至是訃告的形式寫就的作品，在在證明微型小說具備極大的彈性和實驗空間，可供創意充沛的作者盡情揮灑他們的靈思與才賦。

（二）通俗和嚴肅文學之間的橋樑：時值廿一世紀，通俗和嚴肅文學這兩大陣營已不再像以往那般壁壘分明，尤有過之的是，我們不時在商業廣告的文案中巧遇引人贊嘆的妙點子或警句，卻不小心在所謂的文學作品中讀到既濫又爛的東西。這種弔詭又有趣的情況也許會越來越容易碰上，無論如何，通俗文學及嚴肅文學之間還是存在著界線，而微型小說憑著可雅可俗的「中間文類」的特質，無疑能充當架設其間的橋樑，讓向來不親近文學著作的讀者從接觸平易近人、易讀好懂的微型小說開始，慢慢培養文學品味，他朝才會有可能更上一層樓，登上文學殿堂閱讀現代小說、散文和詩等等。

就和其他文類一樣，微型小說考驗作者對生活的觀察、體會和省思，以及在藝術創作上的機智和才賦，不同的是，微型小說也要求作者展現由小見大的聯想力，甚至無中生有的過人想像力，還有挑選形式、剪裁情節和安排 伏筆結局的才能。因此，要把一篇微型小說寫得「精」、「深」、「新」、「奇」、「巧」兼具，絕非易事。「輕」、「薄」、「短」、「小」只是微型小說的「皮相」，我們若因此而以爲微型小說都是易寫好懂的、可以一讀即棄的，未免小看這種文類的分量和潛力了。在漫漫茫茫的時空中，出色的微型小說是一方方細小的切片，承載著超越時空的「意」、「情」、「理」，爲我們呈現塵世凡人在抒發喜怒哀樂，抑或追求美感、永恆、真理的過程中所留下的紮實痕跡。其篇幅雖短小，分量卻一點都不薄，意義也一點都不輕。在廿一世紀，微型小說是大有可爲的文類，值得有志者去開拓嶄新和未知的領域，也值得論者如我繼續在燈下展卷細讀，一面臧否評鑒，一面對未來的作者和作品期待殷殷。

原發表2000；格式修訂2003

卷三：作家個論

東晉　王獻之　淳化閣帖

論吳岸的詩歌理論

* 陳鵬翔

吳岸在九〇年代中期寫了一篇叫做〈馬華詩壇的回顧與展望〉的文章，文末並未註明這論文到底是在什麼場合發表的；不過從文中語氣，我們可以判定它應是一篇講稿。這篇講稿對於馬華詩壇的發展做了一些經驗性現象性的描述，可是相當缺乏舉證及仔細論證。不過，從我拜讀過吳岸的三本論文集之後，我發覺這一篇卻是他對自己的文學傳承做了較多交代的一篇[1]。在這篇論文中，他不僅提到馬華詩壇在經過七〇年代的論戰後截長補短所開展出來的「兼容並蓄」的詩風，更重要的是，他第一次提到早年深受現實主義和浪漫主義的影響，而且也很喜歡超現實主義者伊呂雅和阿拉貢（請注意這第二和第三項是吳以前從未提及，可卻是我們可在他的詩中找到蛛絲馬跡的「營養來源」）。另一方面，他也第一次提到後現代主義，提到青年詩人及大專生受到後現代主義的影響，而且預言：「後現代主義對馬華詩壇的影響將會越來越大，甚至取代現代主義」（頁22）。

由於這一篇〈回顧與展望〉是我所拜讀過的吳岸的論文中最具前瞻性的文章，所以我就想從中抽取兩段文字，以作為我縱論其文學理論和詩歌藝術的起點。兩段文字如下：

---

[1] 當然，像〈詩的起步與躍進〉這樣一篇演講文（尤其頁33-34），他提到自己最早投稿校刊，然後是在一邊欣賞土耳其詩人希克梅特的社會詩時一邊寫下生平第一首詩，題為〈石龍門〉（刊於《南洋商報・世紀路》，當時該副刊主編是姚紫）；像在〈詩人與社會〉（1989）前段提到他早年創作時的社會政治背景以及自己積極投身反殖民運動以及因此被關入監獄十整年的生平資料；像〈永遠的紀念〉（1982）記載了六〇年代他受到《南洋商報・文風》和《南洋商報・青年文藝》版主編杏影的賞識過程以及杏影的「接班人」名單，這些都是研究吳岸創作生涯中非常珍貴的資料。

> 到了八〇年代的十年之中，我覺得馬華詩壇上是很熱鬧的，寫實的和現代的都表現得各有千秋，兩派在互相排斥的過程中，也各自作了自我調整：寫實派認識到對變化了的社會現實的陌生，表現手法與新的生活內容的矛盾。現代派在引進了新的審美觀念和新的技巧之後，也逐漸感到過分執著於自我的虛無性和貧乏性。（頁18）

> 我個人則選擇以傳統的現實主義創作方法為基礎（我的生活和經歷賜我以大量的生活題材），嘗試吸收現代的技巧，進行創作，並以此實踐的效果，來表達我對寫實與現代之爭的觀點和看法。這就是我在八〇年代初寫就出版《達邦樹禮贊》的創作思想背景。（頁20）

坦白說，吳岸是一位極有才情的詩人，他一出手就不凡，處女詩集《盾上的詩篇》（1962）一出版就受到當時的著名編輯杏影（楊守默）的讚譽，推薦《盾上的詩篇》爲當時「南洋詩壇上的一個收獲」（《盾上的詩篇》，頁15），詩人爲「拉讓江畔的詩人」（代序篇名，頁15也提到）——這種推崇就像說惠特曼是浪吟於美國原野的詩人的意義一樣。然後就是他在重出詩壇的獻禮《達邦樹禮讚》（1982），一本企圖在現實與現代兩派衝突、排擠、相互滲透中「尋求出路」（《馬華文學的再出發》，頁7）的集子，然後一直到近年出版的《生命存檔》（1998），他一共已出版了六本詩集，三本評論集，說他的作品是生活中滲出、擠出的精華瓊漿都不足以形容其內容的多樣性和形式的進展於萬一。然後，我才發覺〈回顧與展望〉這一講文所提供的訊息和理念是進入其詩歌和理論的最佳切入點。

吳岸一再強調他是站穩在現實主義這一邊的，不過，在理論上和詩歌創作實踐上，我一直覺得他往往都在其中「夾帶」了一些異質性的東西。甚至連他一再爲它辯護的現實主義都是綜合性的（包括了浪漫主義，也包括了社會寫實主義等東西在內）。因此他在上提這篇〈回顧與展望〉中所提供的訊息與觀念益形顯得重要，一來可澄清一般人對他表面的理解的錯誤，二來也可給專家學者提供一些較正確的探索方向[2]。正如他在其他論文篇章所做的一樣，他對兩派的缺失都有

[2] 其實，在我拜讀過的一些討論吳岸詩作的篇章中，陳月桂的〈經驗的波浪——論吳岸詩中由中國與西方傳統所構成的獨特思想〉是較有洞見的一篇；她不僅論述了吳岸《達邦樹禮讚》這本詩集的隱喻與抒情手法，也提到第三輯中的一些浪漫主義特徵以及此輯

指陳和批評，也有所期待；在實踐上，他不但汲取了現代主義的許多技巧（隱喻、象徵、超現實、意識流等等不一而足），他也從中國古典詩歌與繪畫吸取精髓，譬如意象並置演出的蒙太奇（可參見林臻的〈詩與蒙太奇〉）和類似潑墨的空靈手法。總之，他是一位不斷強調南洋地方特色同時不忘與時俱進不斷吸取新觀念新技巧的折衷派。上引第二段已說明，他是以現實主義創作方法當作「基礎」，現實主義就像一個容器，可讓他用來盛納許多東西的。總之一句話。他是「兼容並蓄」，並不想抱殘守闕，停滯不進[3]。

由於特殊的歷練與社會時代背景，吳岸一開始創作即抱持文學爲社會、爲人生服務的大原則，「走現實主義和人道主義的文學道路。在文學創作的實踐中，……追求的是藝術的真善美的境界」（〈佛教與文學〉，頁43）。一九八二年方修在爲吳岸的《達邦樹禮讚》寫序時，曾提到吳岸無意把他的詩論寫成文章，但要以創作實踐來宣述他的主張（頁 ii）；陳月桂一九八八年在新加坡宣讀她的英文論文〈經驗的波浪〉時，還說：「吳岸卻幾乎未曾著文論述其詩觀」（頁58），其實這些說法都未必正確。我在這一段開頭引錄的文字固然是寫於一九九一年，還有好幾篇討論砂華文學獨特性的論文，其他像〈馬華文學的再出發〉、〈馬華文學的展望〉和〈詩人與社會〉等固然都完成於這一年後；其他輯入《到生活中尋找繆斯》（1987年）中的〈詩的起步與躍進〉、〈到生活中尋找你的繆斯〉、〈馬華文學的創作路向〉和〈論詩意境中聲、色、光與動作的運用〉等都寫得更早，於一九八二～一九八五年間。而比所有這些論文和演講文更早的是收輯在《九十年代馬華文學展望》（1995）中的兩篇論文：〈談砂朥越的文藝事業〉和〈文藝與生

的中心意象（其實就是象徵），她的結論是，由於種種特色，吳岸的詩已具備了現代主義文學的特徵，因此可列入世界文學之林（頁76）。陳月桂這篇論文原用英文撰寫，在新加坡歌德學院與新加坡作協合辦的「第二屆華文文學大同世界國際會議」上宣讀，論文收入會議論文集《東南亞華文文學》：173-185。

[3] 同樣有所覺悟反省能力的例證也見於寫過《馬華新詩史初稿：1920-1965》（1987）的原甸；原甸於八〇年代中曾提及文壇上如有人想「用一種文學觀點一統天下」，那將徒勞無功（〈八十年代新華詩壇〉，頁236）。又，一九八四年年杪重返新加坡之前，他曾在大陸推出《詩與評論》，他自認是「最早出現的幾本宣揚不計風格流派的詩刊」（〈作者年表〉，頁619）。（非常弔詭地，原甸跟吳岸一樣，都是杏影所培植的「接班人」）。

活〉，前文寫於一九五九年十二月，刊載於砂勝越《新聞報》一九六〇年新年特刊，後文寫於一九六〇年八月十五日，吳岸在《九十年代馬華文學展望》的〈後記〉裡稱這二文的獲得是「出土文物」。換言之，吳岸在三十五年後喜獲友朋寄贈這些文章時可能早已把它們「忘了」。這樣說來，方修似乎還是吳岸一九八二年後不斷「生產」議論文字的催生婆！對於我們這些吳岸詩歌藝術的研究者而言，他在這兩篇論文所陳述的觀點不僅跟三十一年後的論點契合，而且顯得咄咄逼人，激烈多了。

〈談砂勝越的文藝事業〉引起我特別注意的是以下這一段文字：

> 在建立起愛國主義的砂勝越文藝事業的同時，我們要反對那些唯美的、灰色的、個人主義頹廢的文學。……我們呼籲這些作者嚴肅地對待生活，確立起正確的人生觀，克服自己的「痛苦」，走出個人的小天地，以砂勝越人民的利益為重，參加實際的生活鬥爭。（頁160-161）

在這裡，吳岸不僅反對寫頹廢的詩章，而且呼籲詩作者得走出個人生活的小圈子，積極投入生活的洪爐中去，「參加實際的生活鬥爭」[4]。像這樣洪亮的呼籲六〇年代前後曾在新加坡一些搞意識型態的雜誌上反覆出現過，也很能反映吳岸本身早年參與反殖民學生與社會運動的轟轟烈烈的經驗，以及反映了當時的宰執力量。吳岸不僅從開始就把自己定位爲一個愛國詩人，而且是一位投入「紅塵」獻身社會改革的詩人（a committed poet）（見《詩人與社會》，頁29, 30）。他的激進尤其表現在底下這段：

> 現實主義的文學藝術是通過藝術的形象的創造再（表）現生活，批判現實生活，改造現實生活。只是客觀地反映現實而不指出改造現實的方法的創作方法在今天已經是屬於過時的了。
>
> 生活是文藝的源泉，文藝直接地產生於生活，作家創作的作品的現實主義的程度決定於作家對客觀現實的干預與了解的程度。（〈文藝與生活〉，頁175）

第一段最後一個句子先告訴我們，詩人早已對早期現實主義粗糙的、照相式的反映現實感到不滿，「批判」、「改造」和「干預」現實這些詞語指證，詩人早在六

---

[4] 據我研究，吳岸還在〈馬華文學的展望〉中提到詩要反映社會、反映政治鬥爭（頁24）。此外，在他處幾乎已不再重彈像鬥爭這麼樣激昂的論調了。

○年代服膺的就是浪漫現實主義或社會主義現實主義，「批判（生活）」一詞在艾青的《詩論》中出現了兩、三次（頁44, 74）；跟「改造」的意涵有些關聯的「創造」或「改變」自己的生活以及「摧毀」世界的渣滓各在《詩論》中出現一次（頁74, 76, 79）；「干預」一詞則尚未找到出處。在〈文藝與生活〉這篇短文裡，吳又提到，爲了深入去挖掘生活，作家就得根據正確的社會學觀點去調查、研究、分析概括現實生活的各種繁複的事物。沒有這一層調查、研究、分析概括的工作，現實生活就不可能在作品中獲得正確與真實的反實。然後在下一段中，他又提到「作家需要干預社會現實生活，更重要的還需要具有正確的科學的對待這些現實生活的立場和觀點」（頁177）。先說「批判」這個詞，浪漫現實主義也叫批判現實主義，由於浪漫主義的一個特質就是「革命」，所以服膺浪漫主義的人，假使顯得很有「戰爭性」，那是一點都不會令人感到驚訝的事；至於「干預」和「改造」現實生活，那顯然已從浪漫現實主義更邁進一步，進入到社會現實主義的殿堂，文學的工具性特質在此已曝露無遺[5]。那就是爲什麼我在本論文前頭部分提

[5] 一九七五年，方修在〈馬華文學的主流——現實主義的發展〉中提到現實主義是在不斷發展中，此確爲的論。用他的話說，現實主義的創作傾向「從最低級的型態向最高的型態發展，從舊的現實主義向新的現實主義的方向邁進」（頁20）。接著他即把中國新文學的發展歸結成五種形態：[1] 客觀的現實主義作品；[2] 批判的現實主義作品；[3] 徹底批判的現實主義作品；[4] 新舊現實主義過渡時期作品；[5] 新現實主義作品。每一類型他都做了舉證說明，問題是，他這種分類（以及所用標籤）都是一廂情願、主觀地歸結出來的，當時大陸及蘇聯等並不採用這樣的歸類及「術語」，方修若不是缺乏資訊就是故意模糊，不敢採用共產國家的標籤。方修上面那段加上引號的文字，吳岸兩次引用在其〈馬華文學的創作路向〉（1984）中（頁6, 8），但吳卻巧妙地避開了上頭這種有問題的歸類。吳岸從早年向魯迅、艾青、高爾基等一直到後來向方修和方北方等理論方家學習皆是有脈絡可尋的。本地批評家這種隱晦不明常常教一般後學者掉落五里霧中，任何研究馬華文學論述者都得小心翼翼來對付這種文字障。順便一提，蘇聯的社會現實主義定義是由史達林本人所欽定，並由其御用文人日丹諾夫所推展而定於一尊，引介進入中共就變成毛澤東的「工兵文學」；依據馮雪峰的界說；「社會現實主義文學的使命是爲社會主義服務的」。又說社會現實主義文學的功用／工作是爲了「改造和教育」勞工階段。史的定義以及馮雪峰的話，請參見 Xudong Zhang, “The Power of Rewriting—Postrevolutionary Discourse on Chinese Socialist Realism,” 285-86。

到，不管是在理論的推展抑或詩歌創作的實踐過中，吳岸往往有「夾帶」或「偷渡」的動作出現。另一方面，吳岸主張要採用社會學的田野調查的步驟去了解現實生活這一點，那亦似乎不是樸素的、古典的現實主義的觀點（當年茅盾為了深入了解上海的股市活動，曾實地去調查研究了好幾個月才寫成他的《子夜》，他這種做法就被認為是自然主義的實踐）；至於要採取像自然科學那樣精細的檢證辦法來辨別生活的本質，那確實早已跨入自然主義的範疇了，讀者只要找出左拉所寫的《實驗小說》一文來讀一讀，即可理解我之所言不虛。

在了解吳岸的文學理論的發展與形成上，他早年這兩篇〈談砂勝越的文藝事業〉和〈文藝與生活〉就佔據著極為關鍵的位置；他後來所要探索的許多理念不僅這兒都有了雛形，而且是表現得相當激進，所以這兩篇論文的重要性就像本文開頭引用的〈馬華詩壇的回顧與展望〉一樣，都是切入詮釋分析吳岸的詩歌與理論的起點，多少也是他在這兩方面發展的濫觴和縮影。五○年代中期他開始寫詩時，他根本不需要考慮「詩應反映社會」或「詩人應參與社會生活」這一類問題，因為在未提筆寫詩之前的學生時代，他「就已經參與帶有反殖民主義的學生運動和社會運動」（〈詩人與社會〉，頁23），他的詩就是生活的表達，生活就是他的詩歌的源泉。在〈詩人與社會〉這篇講文中，他也曾提到世界上一些著名的詩人，他們的詩都曾跟其國家民族的命運結合在一起，像我國的烏斯曼・阿旺、南非的丹尼爾・布魯斯特、莫三鼻克的米凱亞和古巴的古拉斯・紀廉等等，這些詩人的積極參與社會改革運動，成為社會活動家。他只是一再強調投入生活與參與社會活動對一個詩人在擴展其經驗、深化其感受是多麼重要而已。

在處理了吳岸詩歌理論的源頭與對現實主義折衷性的理解之後，現在我們還得探討一下他對某些理念的堅持以及在八○年代之後他對現代派技巧的汲取。他本來就是非常堅持砂華、馬華文學得繼續發揚其現實主義的傳統，由於這種堅持和主張，他相信馬華文學所包孕的民族性、地方性與時代性才能受到維持和發揚光大。八○年代以來，由於受到台灣提倡鄉土文學的鼓舞，他更有理由相信，砂華文學的地方性特徵，「是由砂勝越特殊的地理環境、社會與歷史背景、民族組成及風土風情所決定的」（〈馬華文學的再出發〉，頁8），任何吸收外來的異質性的養分和技巧都得以自己的鄉土為立足點來進行的，這麼樣才不會使一個較為弱小的文化特徵喪失掉。跟地方性、獨特性相關的就是他在〈我的詩觀〉裡所堅持的「真摯性」；真摯與美密切相關，用他的話說，「真摯是感人的唯一因素」（頁

40），而真摰是詩人在感性體驗生活中得來的。而最後一個堅持似乎跟上述這些堅持並沒有太大的關聯，但卻是大馬這個多元種族社會裡特有的，那就是得堅持愛國主義。根據吳岸的說法，愛國主義並不是一個純政治化的口號，「而是一種基於熱愛這個國家、土地和各民族人民的鄉土觀念和國家意識、思想和感情。」更有甚者：

> 愛國主義應成現階段馬華文學的思想基礎，成為具有六十年傳統的馬華現實主義文學在當前這個新的歷史時期內之時代性與地方性，民族性與人民性的根據和出發點。(〈馬華文學的創作路向〉，頁6)

吳岸對於愛國主義的發言時爲一九八四年，我們當然知道八〇年代還是一個相當紛擾傾軋的時代，我們當然更知道，一個國家在凝積團結各族群時需要這股強大的力量；但是，我們更希望，馬來西亞在邁入廿一世紀之後，它應該已是一個有朝氣、有信心，各族群平等和洽相處的現代化國家，這樣我們就不必老是抬出這個大標籤來呼籲要求我們的作家，以免時代錯誤得太離譜。

本文第四段即已略爲觸及吳岸自現代派、中國古典詩歌與繪畫源頭汲取養分及技巧。先說現實主義與浪漫主義的結合，任何對西方文藝運動流派的發展略識之無的人士都曉得，現實主義的第二個階段性發展即是從浪漫主義汲取滋養，使得它更具人性關懷、更具「革命性」、更能給人類提供前瞻、憧憬（vision）和希望，如果僅從這一點來觀察，浪漫主義其實跟馬克斯思想一樣，永遠給人們提供希望和憧憬。現實主義跟浪漫主義的結合就構成了所謂的批判或浪漫現實主義。所以吳岸在〈馬華詩壇的回顧與展望〉一文中提到他早年深受浪漫主義（另一個是現實主義）的影響時，我是一點都不訝異的，用我們現在的話語說就是回歸基本面，有勇氣暴露事實真相，天真得可愛。在一篇檢討馬華文學的創作路向的講稿中，吳岸在提到我們應該怎麼樣繼承和發揚馬華文學的現實主義傳統時，他曾提到我們應該「結合使用浪漫主義手法」，而且又說：「浪漫主義和現實主義並不是互相排斥的，而且可以結合在一起運用的」，最後又說它可以給人類提供「美好的理想」（〈馬華文學的創作路向〉，頁10）。坦白講，這些理念的暴露都僅僅是回歸現實主義的一個重要的基本面而已，浪漫主義強調想像力、原創性，對自然景物的描寫和意象、象徵的運用等等，更重要的是要把人類從各種框框架架中解放出來，這些早已變成人類共同的遺產，進入到浪漫主義以後出現的許多理論中。可是，很遺憾的，在新、馬獨立前後，新加坡一些雜誌還曾爲了浪漫現實主義和社會現實主義兩者之間的優劣，還打了一陣子筆墨官司。之後，大家似乎都被「噤了聲」，一拖就是二十幾年，還有勞吳岸這位現實主義重鎮來解浪漫主義之「禁」！

吳岸對現實主義的採納是「兼容並蓄」，是折衷性的挪用與推展。他討論到馬華現實主義的文章有好幾篇，例如：〈文藝與生活〉（1960，輯入《九十年代馬華文學展望》）、〈馬華文學的創作路向〉（1984，輯入《到生活中尋找繆斯》，甚至像〈佛教與文學〉（1991，輯入《九十年代馬華文學展望》）等文俱是，不過，能條分縷析並舉證剖析現實主義的特色者只有〈到生活中尋找你的繆斯〉（1983，原爲《我何曾睡著》的代序，後輯入《到生活中尋找繆斯》）這一篇。這篇文章是他一九八三年八月十四日在南洋商報與大馬作協聯合主辦的寫作講習班上的講稿，講理論的高度並不怎麼樣，不過，由於他把個人實踐所得分成五部分來說明：（一）生活與技巧；（二）形象化與典型化；（三）舉證〈我何曾睡著〉的創作過程；（四）積極的主題；（五）馬華文學的主流。這樣倒是眉目清晰，條理清暢，我尤其讚賞他對〈我何曾睡著〉這首詩的坦誠剖析。

先說體驗生活的重要，這一點幾乎是抱持現實主義旗幟者的「真理」。吳岸說「生活是文學創作的源泉（頁17），艾青在《詩論》中幾乎持同樣的看法，例如他在〈詩與宣傳〉中說：「詩，應該盡最大限度的可能去汲取生活的源泉」（頁75），在〈生活〉中又說：「生活實踐是詩人在經驗世界裡的擴展，詩人必須在生活實踐裡汲取創作的源泉」（頁18-19），句構或略有差異，意涵卻是相同的。吳岸也非常講究創作技巧，不過他卻反對在脫離生活的情況下，「片面地追求詩形式的多變和新奇」(頁18)；艾青則時而把形式看成敵對的東西，時而拒絕把技巧「看做絕對的東西」，又時而說「詩人應該爲了內容而變換形式，像我們爲了氣候而變換服裝一樣」（〈形式〉，俱見頁22）。吳岸在第五段末尾就引了艾青的《詩論》的話，在這第一段末尾亦引了〈在汽笛的長鳴聲中——《艾青詩選》自序〉中有關形象思維的話（頁399），所以我特別把艾青與吳岸幾乎相關的話語並置，此一做法並非無的放矢。

吳岸認爲形象化與典型化是現實主義詩歌創作的兩項基本規律。吳說：「形象是詩的最基本的特徵，沒有形象，就沒有詩」（頁18）；「形象是呈現在詩作中的具體的、感性的，能給讀者以美感的自然或人生的畫景」（頁18）。艾青在《詩論》中談論形象或形象思維之處頗多，例如他說：「形象是文學藝術的開始」（〈形象〉，頁30），又說「所謂形象化是一切事物從抽象渡到具體的橋樑」（〈形象〉，頁31），然後在討論詩語言的功能時又說：「較永久的語言……是形象化了的語言，也就是詩的語言」（〈語言〉，頁35），這些言說多少都跟吳岸的說法有些微關聯。然後在討論到典型化時說，典型就是詩作品中最具概括性的形象，這種形象是從生活題材中抽繹出來的，即是所謂以個別來反映一般的方法（頁19）。

吳這種說法可能從魯迅那兒得到一些滋養，因爲接下來他即引用了魯迅的「借一斑略知全豹」的話來佐證其說法。然後在探討詩歌藝術的文字時，吳說：「詩人必須學會熟練地運用想像、意象、聯想、比喻、象徵來創造美的意境」（頁20）；提到想像和象徵即表示艾青和吳岸早已把現實主義跟浪漫主義銜接在一起而不自知。雖說吳岸並未對這五個技巧加以界說並說明它們是如何能達到創造美的境界；可是，除了「比喻」這一項以外，「意象、象徵、聯想、想像及其他」這個句子卻是艾青《詩論》中的一個條目（頁32）（跟吳岸不一樣，艾青當然給這些個別項目／策略做了直觀式的陳述）。

吳岸在給自已的〈我何曾睡著〉做剖析時，他提到自己運用了象徵、夢境（dream vision）、電影蒙太奇短鏡頭和典型等來獲致一個完整的藝術形象。其實，他未及提及的可能還有具象詩的文字排列、時間的壓縮和超現實的手法等。這樣說來，這可是一首虛實相間、寫實兼寫意或是寫實主義現代化的傑作。至於第四項的「積極的主題」，這可是相當富有爭議性的說法。吳岸的一些詩觀／理論都是從經驗中蒸餾而來，是頗爲規範性而非描述性的。每個社會現實主義者都要提倡健康寫實的作品，因爲這些作品都是要拿來「改造和教育勞工階級的」（馮雪峰語）。吳岸自從五〇年代中學時參加學生及社會運動開始，他一直都是一位誠懇、富有朝氣、有戰鬥意志的人，當他提出「現實主義的詩，應該有一個積極的鼓勵人們向上的主題」（頁27）時，我想我們應都可以理解。不過，主題的積極不積極必然牽扯到讀者的閱讀反應——主題意義都是讀出來的、詮釋出來的，這種規範性說法必然會受到當今受過後結構主義理論洗禮的人的挑戰。我這樣說明並不表示我完全反對他這一段的所有理念。當吳岸說到主題的表現要含蓄包孕在作品中，不是由作者外加進去的，「而是詩人站在熱愛生活與關心人類的立場上，在認識生活與塑造藝術形象的過程中，所注入的自己的思想，再通過美的的形象暗示給讀者」（頁27-28），他不僅照顧到藝術形象，而且有對人類的終極關懷，我想任何派別的理論家或作家都會洗耳恭聽的。

吳岸這篇論文的第五段討論了馬華文學的主流問題，跟他的精神導師方修和方北方所一再堅持的一樣，那必是現實主義無疑。姑且不論其主張對否，或站不站得住腳（他這篇講文的最後一句中有：「每一個人都可以自由地選擇他自己的寫作道路」，這，其實是相當充滿了妥協的話），他能這樣數十年如一日地堅持一個主義已屬不錯。還有，他終於能像原甸一樣（他們都是杏影的「接班人」）意識到，現代派的形成「是文學發展的必然現象，也是正常的現象」（頁29），這終究是彌足珍貴的覺悟。他在這一段所舉的兩個例證——中國與歐洲文學自古以來即是現實主義的發展——都有不少盲點。首先是如何定義現實主義這個標籤、寫作方法、思潮甚或意識形態的問題。如果像那麼爲寫實辯護的戴理斯（Raymond Tallis）都把綺想（fantasy）和文字遊戲排除在寫實主義外頭（頁190-191），那麼《楚辭》就不應屬於這一個文學系統，而歐洲的十九世紀（至少在前半世紀左右）是一個徹底的浪漫主義的天下。至於挖發「表現自我」（頁30）未必是現代主義的禁臠，我們只能說這是現代主義從浪漫主義那頭繼承下來的一種遺產／手法。

吳岸不是一個思想家，也不是一位純文學理論家，從早年的不太願意談詩論藝一直到八〇年代以來，他不斷受邀發表詩學言論而累積了不少這方面的論述爲止，我們發覺他是很肯汲取新知識、新技巧的詩人，所以他的詩藝和詩歌都是與日俱進的。他是某種形式的折衷派，或是現代化了的寫實主義者。一九九七年國際詩人節，張永修在《南洋商報‧南洋文藝》版爲他出了一個特輯，輯首題綱說他「一度占據了馬華詩國的半壁江山」（1997/06/06，C5），我想這個是可以接受的。在詩歌理論上，他也不斷墾拓，洞識與盲點並陳。我是非常肯定他的洞見與勇氣的，所以再引〈到生活中〉後段的一段文字來總結這篇論文：

> 現代派對現實主義傳統的對抗，客觀上也不是件壞事，它激勵了現實主義作家檢討本身的缺點，尤其是在寫作技巧方面存在的弱點，尋求新的突破，兩種不同的文學思想在互相排斥中相互滲透，促進了馬華文學的發展。（頁30）

【引文書目】

Raymond Tallis. *In Defence of Realism*. London: Edward Arnold, 1988.

Xudong Zhang. "The Power of Rewriting—Postrevolutionary Discourse on Chinese Socialist Realism." *Socialist Realism Without Shores*, ed. Thomas Lahsen and Evgeny Dobrendo. Durham: Duke UP, 1997, pp.282-309.

方　修〈《達邦樹禮讚》序〉，《達邦樹禮讚》，吳岸著。吉隆坡：鐵山泥，1982。頁 i-vi。

方　修〈馬華文學的主流——現實主義的發展〉，《馬華文學的現實主義傳統》。新加坡：洪爐文化，1976。頁20-31。

艾　青〈生活〉，《詩論》，頁17-19。

艾　青〈在汽笛的長鳴聲中——《艾青詩選》序〉，《艾青全集》，頁387-406。

艾　青〈形象〉，《詩論》，頁30-31。

艾　青〈意象、象徵、聯想、想像及其他〉，《詩論》，頁32-34。

艾　青〈詩與宣傳〉，《詩論》，頁74-79。

艾　青〈語言〉，《詩論》，頁34-38。

艾　青《詩論》，收入《艾青全集》第三卷。石家莊：花山文藝，1994。頁5-100。

吳　岸〈文藝與生活〉，《九十年代馬華文學展望》。頁175-78。

吳　岸〈永遠的紀念〉，收入《達邦樹禮讚》，頁 i-vii。

吳　岸〈佛教與文學〉，《九十年代馬華文學展望》。頁42-50。

吳　岸〈我的詩觀〉，《九十年代馬華文學展望》。頁40-41。

吳　岸〈到生活中尋找繆斯〉，《到生活中尋找繆斯》。頁16-31。

吳　岸〈後記〉，《九十年代馬華文學展望》。頁179-81。

吳　岸〈馬華文學的再出發〉，《馬華文學的再出發》。古晉：大馬華文作家，1991。頁1-13。

吳　岸〈馬華文學的展望〉，《馬華文學的再出發》。頁14-21。

吳　岸〈馬華文學的創作路向〉，《到生活中尋找繆斯》。吉隆坡：大馬福聯，1987。頁1-15。

吳　岸〈馬華詩壇的回顧與展望〉，《九十年代馬華文學展望》。古晉：砂華作協，1995。頁18-24。

吳　岸〈詩人與社會〉，《馬華文學的再出發》。頁22-30。

吳　岸〈詩的起步與躍進〉，《到生活中尋找繆斯》。頁32-40。

吳　岸〈談砂勝越的文藝事業〉，《九十年代馬華文學展望》。頁149-63。

杏　影〈拉讓江畔的詩人〉，序《盾上的詩篇》。二版。吉隆坡：南風，1984。頁1-16。

林　臻〈詩與蒙太奇——吳岸詩集《達邦樹禮讚》〉，收入曾榮盛編《吳岸詩作評論集》。吉隆坡：馬來西亞翻譯與創作協會，1991。頁38-44。

原　甸〈八十年代新華詩壇鳥瞰圖〉，《我思故我論》。新加坡：萬里，1988。頁200-36。

原　甸〈作者年表〉，《原甸三十年集》。新加坡：萬里，1990。頁615-21。

陳月桂〈經驗的波浪——論吳岸詩中由中國與西方傳統所構成的獨特思想〉，收入曾榮盛編《吳岸詩作評論集》。頁58-76。英文原文 "Waves of Experience." *Chinese Literature in Southeast Asia*, ed. Wong Yoon Wah and Horst Pastoors. Singapore: Goethe-Institute and Singapore Association of Writers, 1989, pp.173-85.

原發表1999

男性注視下的女性幻象

——從靜水到野店說潘雨桐

＊ 林春美

潘雨桐在他近年出版的兩本小說集——《靜水大雪》和《野店》——的〈後記〉裡一再「警告」讀者與論者別「自我設下陷阱」，以免對他的小說進行「任意的扭曲猜測，牽強附會，妄加論斷，甚至無中生有」——他強調：「我寫的只是小說」[1]、「那只是一種書寫方式」[2]。雖然 fiction（小說）本來就帶有非真實、虛構的意思，但是文學（小說）創作作為以語言符碼為中介的書寫（敘事）活動，卻無可避免的已經和意識型態之間建立了一種共謀關係，它不只傳達意識型態，而且還創造甚至結構了我們對於世界的感知[3]。作者由於對特定語言符碼與書寫形式的習慣或依賴，往往在自覺或不自覺的情況下反覆刻劃他自己或社會的思想文化。因此，作為讀者，對作品「扭曲」、「牽強」、「妄加」云云固然不需要，但對潘雨桐的勸戒，我們卻不妨做善意的消解。本文正式要「無中生有」，從上述兩本集子有形的語言與文字背後，尋找並詮釋隱於其中無形的——眼神。

《靜水大雪》和《野店》裡的多篇小說皆已男女情事為情節發展的主線，而在敘事中巧妙（與否）的穿插了作者對政治、社會文化與自然生態的關懷。

---

1 潘雨桐《淨水大雪・後記》，柔佛：彩虹，1996，頁287。

2 潘雨桐《野店・後記》，柔佛：彩虹，1998，頁318。

3 見格蕾・格林與考比里亞・庫恩編，陳引弛譯《女性主義文學批評》，台北：駱駝，1995，頁5。

雖然這些小說間中也以女性角色的視角展開敘事，或者也揣摩女性的心理、書寫開關懷女性的艱難處境[4]，然而我們並不能就因而將其語言所刻寫的意識型態歸納爲「女性的」。羅蘭・巴特（Roland Barthes）從法國婦女雜誌《她》所刊登的一組女小說家的照片和照片說明——「XX，X 個孩子，X 部小說」——中注意到：雖然男性在這些照片、說明文字乃至整本雜誌中缺席，然而男人像天空一樣無處不在，所有的方面都烙有他的印跡，他屬於「創造性缺席」，他「使一切存在」。《她》的女性世界裡沒有男人，但卻完全由男人的注視而構成，恰如古羅馬時代的閨房一樣[5]。巧合的很，潘雨桐小說的寫作地點，捨棄了通俗的有意無意的龜咯（Kukup），在他獨家的翻譯裡，正是典麗的、同時也暗示了他的美學和價値取向的「閨閣」。

在潘雨桐的閨閣書寫中，女性角色的形象通常都是藉由男性的眼睛觀照出來的。從泰國邊界人工營造的粉紅色撩人燈影，到東馬充滿水意的自然場景，到倫理家庭的私領域，作者爲他的小說女性安排的不論是哪一種活動空間，都難逃離男性俯瞰視線的宰制。作者給依莉設計的那一扇「沒有遮攔沒有窗簾」[6]的窗，或者可以視爲小說男性角色注視意象具體化的一個不小心的暗喻。

在多篇小說中，女性角色首先是以銘刻性別烙印的客體形式存在。對於桃樂珊、露嘉西雅和依莉等菲律賓南部群島來的女人而言，把紗籠高高結在胸口沐浴於山西河口，可能只是她們的鄉野習俗，可是在高若民、陳宏和葉雲濤的肉眼詮釋下，她們濕水的頭髮與身軀、她們斜斜睨睇的姿態，都被轉換成性的符旨。在這種視角的引導下，這些女性可以被去異存同、籠統爲一個共同形象——尤物——色慾的化身。異國情調與異姓肉體讓他們輕易地界定了她們的「他性」（Otherness）。而作爲與他們的主體相對的純粹的色與肉的存在，她們的物性（objecthood）也就順理成章的被確立了。作爲物，她們是經濟體系中

[4] 詳黃錦樹〈新／後移民：漂泊經驗、族群關係與閨閣美感〉《馬華文學：內在中國、語言與文學史》，吉隆坡：華社資料研究中心，1996，頁157。

[5] 羅蘭・巴特著，許薔薇、許綺玲譯〈小說與孩子〉，《神話學》，台北：桂冠，1998，頁41-43。

[6] 〈熱帶雨林〉，《靜水大雪》，頁255。

的商品，是私有制中的財產。高若民藏嬌的金屋恰恰是貨倉改裝的閣樓，這不能說沒有半點雙關之意，也不過是把桃樂珊視爲他所辦的一件（騷）貨罷了。陳宏月底結帳，意味著更新他對露嘉西雅繼續使用的效用性，產權既歸他所有，他自然可以宰制她的動向：「你少跟弗迪南在一起」[7]。

女性的物化不僅是在金錢交易中方才體現，實際上，男性霸權的強大支配力才是更根本的剝奪了她們主體性的因素。在父權制下，女性的物性被更徹底的強化，「她本身就是某個男人的世襲財產的一部分：最初是她父親的，後來是她丈夫的」[8]。她不屬於自己，她附屬於他們。蘇絲瑪被林阿成強行侵占肉體之後，整個的就成了「他的人」——歸屬於他的名下，服務於他的性與積累財富的慾望，生殖力和勞動力全歸他所有。高若民常常擔心海盜洗劫錢財的同時也會掠奪女兒的貞操，這分擔心裡頭有幾分是單純的父女親情實在令人懷疑。他十七歲的女兒慘遭強暴後，他首先關注的不是該如何去安撫這慘痛的際遇之於她的心靈創傷，反而是急急的托媒人爲她找婆家，似乎是要把這個自己不知該如何收拾的殘局推卸給他人。女兒往後的幸福不在他的考慮之內，他認爲「有人要她就已經不錯了」[9]。強暴的意義是與「女人是財產」這個觀念連結在一起的；它是戰爭的正常成分，被男人視爲對敵人的征服、對財富的占有[10]。而女性作爲財產——作爲物——從父親轉手給丈夫時，其「完整性」就可以作爲估量她的價值的尺度。——從父權制所闡釋的價值觀這一點上看，高若民和海盜其實是意識型態上的同路人。

根據凱特·米利特（Kate Millett）的理論，父權制通過誇張兩性的天生差異建構了社會性別（gender）觀念，劃清男女各自的氣質、角色、地位等性別身分，並通過學校、教會、家庭等建制合理化男尊女卑的意識型態。女性在其社會化的過程中認同了父權制的一系列觀念，儘量「女性化」以適應父權制的要

---

[7]〈逆旅風情〉，《靜水大雪》，頁142。

[8] 西蒙娜·德·波伏娃著，陶鐵柱譯《第二性》，北京：中國書籍，1998，頁94。

[9]〈東風殘月〉，《靜水大雪》，頁193。

[10] 顧燕翎編《女性主義理論與流派》，台北：女書文化，1999，頁126。

求，以免面對這種制度中無所不在的脅迫與威嚇[11]。由此看來，所謂的女性氣質（feminity），乃是父權制通過文化建制強加於所有生物女性身上的特定社會標準；女人如果不願就範，就會被貼上「非女性的」或「非自然的」標籤[12]。女性由於她們的劣勢處境，一直以來都接受自己被當成男性的他者（the Other）而被建構的客體存在方式；爲了作一個「真正的女人」，她們把父權制所構設的幻象內在化，熱衷扮演起他們爲她規定的角色[13]。如此一來，男性的注視未必就一定得出自男性角色的眼睛，即使在他的形體不存在的地方，通過女性角色對他的觀點的內化，他的目光仍無處不在。楊桓的母親「彷彿每天晚上點上那炷九點香，她就可通天地，和先人共商大計，如何的傳承基礎」[14]。即使把不忠的丈夫逐出了家門，但是宗族的男性祖先們在更高處的凝視卻規範了她對這個家庭不可變異的忠貞；在情感上她可以拒絕跟別的女人共享丈夫，可是在道德上她卻無法顛覆自己作爲必須爲他的種性繁衍負起責任的工具性角色——她拒絕的是負心的丈夫，不是丈夫與他的男性列祖列宗同盟所賦予她的社會身分和角色。被她拒於門外的張小燕其實和她一樣是這個制度的臣服者。明顯的重男輕女的家庭導致張小燕把卑劣感內化，爲了承擔兩個優越性別——她的哥哥和父親——在形體或神智失踪後所導致的潰散的家庭經濟，她情願放棄自己，在最沒有尊嚴可談的賣身行業裡變成一個可供消費的物。楊桓跪地求婚時，她在無法置信之外的反應是：「男人膝下有黃金——你會後悔的！」[15]張小燕毫無困難的就接受了傳統「父道」規範下的這種柔順、嫻淑的女性氣質的合理性，以致不需如何思索就把自己界定於附屬的、次要的地位。跟張小燕比較起來，露嘉西雅利用自己的「他性」來獲取物質上的利益顯然就不那麼無

[11] 米利特認爲，性別（sex）有生物學的屬性，而社會性別（gender）則是一種文化概念。參閱凱特・米利特著，鍾良明譯《性的政治》，北京：社科文獻，1999，第二章。

[12] 陶莉・莫依著，林建法、趙拓譯《性與文本的政治——女性主義文學理論》，長春：時代文藝，1992，頁84。

[13] 同上，頁117。

[14] 〈那個從西雙版納來的女人交蒂奴〉，《靜水大雪》，頁6。

[15] 《靜水大雪》，頁7。

奈，然而，她並沒有因此就成功作爲一個主體。相反的，由於她對自己的身體與衣飾等在內的那個形象的著迷，她漸漸的變成了她自己的物，這個意識更因她身邊的一些人——包括陳宏、那些朝她做猥褻動作的工人們以及用物（流行的衣裙和鞋子）取悅她的弗迪南——的態度而增強[16]。對身體過於執迷的裝飾致使露嘉西雅和自己疏離，變成了自己的客體。

女性既然被當作是肉的存在的客體來處理，那麼，讓她們智力缺席的意識型態於是也就可以被合理化了。潘雨桐這兩本集子裡的女性通常都是沒什麼頭腦、或者總是碰上比她們聰敏的男人的。蘇絲瑪幾次被林阿成用「蠢」字來形容，她不止沒有反抗的念頭，反而不知不覺的把他的輕蔑變成了對自己的「規範」，竟也幾番如此貶抑自己。李薔從馬來西亞到美國、從少女到寡婦不管歷經多少環境與年齡的變遷，都永遠不會明了吳怡南的「挪抱大漢江山」的所謂理想。吳怡南「是一個大男人，一個爲了理想可以四處流浪可以餐風宿露的理想主義者」[17]（雖然這種「海外華人建設組國」的理想背後也不過是歸順中心、乞望認同的美麗飄渺的潛意識作祟），甚至理想破滅後「毅然」的一州一州的流浪；而李薔則只能默默接受被逼婚的命運，丈夫死後又默默的接受他的遺產，然後庸庸碌碌的經營酒樓養活自己和那個「販賣」了她的母親。在這裡，作者把生活中必須承擔的所有瑣屑庸俗的小事從吳怡南的生命中剔除，讓他除了「理想」之外可以別無用心，如此，在「理想」的映照下，即使最後落魄與憂鬱，他的「華衣的浪人」[18]的形象，都隱隱散發高貴浪漫的光芒。至於李薔，作者賦予她溫柔、順從、「憑的是直覺」[19]的女性特質，讓她自幼只接觸戲班裡利慾薰心的小人物，及長被母親販賣到老邁的他鄉給富有老人爲妻，最後還必須無助的安於妻子這分職業以維持生活。還致使她對生活只懂作生物式存在的要求，從而剝奪了她也可以有理想的可能——可是，她的母親曾經在

---

[16] 關於女性緣何自視爲物這一點，可參閱羅思瑪莉・佟恩著，刁筱華譯《女性主義思潮》，台北：時報文化，1998，頁365-367。

[17] 〈靜水大雪〉，《靜水大雪》，頁108。

[18] 同上，頁97。

[19] 同上，頁117。

責備她時透露她「退了學那麼多年（按：李薔初中沒念完就退學，她母親說這話的時候她才「胸部漸漸隆起」[頁 109]，可見最多也不過十七八歲，再多再多也該只是二十出頭吧？），戲不學，終日還看些閒書雜書」[20]，這給我們提供一些線索：我們無以得知李薔看的到底是哪一類書——她母親所謂的閒與雜可以統指一切沒有實際功利價值的東西——但至少可以從中推測李薔畢竟是想而且肯學習的。然而，作者拒絕讓她挪有心智，甚至連小她七歲的吳怡南（那時應該幾歲？）都大談什麼「江山如此多嬌」的理想了，李薔卻連聽也聽不懂。雖然這裡明顯有著時間處理上的錯亂，但卻也就此無意的透露出一種男性觀點：男人胸懷大志是天經地義的，對於男人的理想，女人如果不理解那是可以理解的，因爲女性的本質相對於男性，原本就缺乏理性精神和大我情懷[21]。如果轉而印證於〈熱帶雨林〉，我們還可以再深入一層的看到，男性對女性質弱表示慣常（異常？）的寬容背後，是男性對女性智力的慣常歧視。

潘雨桐小說裡的男性角色未必就是作者本身的重像（double），在一些小說裡，他甚至還對男性角色進行刻意的貶損，在把林阿成隱喻爲食人的鯊魚、把陳宏寫成無能者的時候，作者的惻隱之心無疑是傾注於女性身上的。然而，對於一些理想主義者——如吳怡南和葉雲濤——卻不能不說潘雨桐沒有對他們投注主觀情感或表示認同。〈熱帶雨林〉從葉雲濤的視角開展敘事，並花了極大篇幅書寫他對雨林、生物、環保、科學等課題的關懷；這個被給予優秀的品質、其「讀書人」身分多番被強調的男性無疑是作者賦予正面評價的，他的觀

---

[20] 《靜水大雪》，頁112。

[21] 對這個觀點最好的注腳是李薔對吳怡南說的話：「我可做不來你的夢，我是個女人，憑的是直覺，只知道要吃飯，要睡覺，想把日子過得好一點而已。別的，我無所求。」（〈靜水大雪〉，頁117）令人驚訝的是，這句話所傳達的，竟和希特勒的意思那麼相近。希特勒認爲，「理智存於男人」、「女人就是情感」，他們是截然不同的種類，前者是以其遠見和勇猛開拓未爲人知、時刻變動的巨大領域，後者以其穩定的因素支撐家庭。而「婦女的平等權力在於 在自然爲她們安頓好了的那一生活的領域裡，她們體驗到了屬於她們的那一分尊嚴。」（轉引自米利特《性的政治》，頁251）這樣對照當然不是要說潘雨桐就像希特勒，而是要指出這種思想之普遍、之根深柢固，以致連女性都接受了自己被如此定義的真確性與合理性，甚少存疑。

點多少也透露了作者共同的意願。可是，就他對伊莉的看法上，我們會發現即使「讀書人」——明智的知識分子——也難免有如此的偏差。在葉雲濤的主觀意識裡，伊莉是一種虛迷飄忽、難以捉摸的神秘映象：她既是主動纏身的水蛇，又是一旁冷眼的幼狼：她是一粒芒白的種子，「飄落地時無聲無息，卻有一種風情，一種使人頻頻回顧卻忘卻前路遽陷斷崖的心驚」[22]；她可以看透並滿足他「房門虛掩」的動機與願望，可是一轉身也可以不留情的把叉子往他的手背插過去。對於她「逃家，逃婚，逃土地的貧瘠，逃家境的困窘」[23]的說詞的真假，他顯然沒有興趣——那些似假還真的話語在流傳的過程中對他而言毋寧更增添了她的神秘性，他更喜歡保持她作爲「隱隱約約的菲律賓蘇祿女人」[24]的朦朧神秘之感，這樣的幻覺更具誘惑力，更能迎合他自己既痛苦又渴盼的矛盾慾望。在本文裡，伊莉在字裡行間隱隱約約似乎就要有機會透露出一絲不接受馴服的性格（逃婚逃家等儘管可能只是謊言，但編織如此的說詞也顯示了一點不對命運屈服的反抗意志，更何況她實際上也有提起菜刀拒絕山狗的調戲的潑辣），可是作者藉葉雲濤的視角拒絕她的透明化。他們把她限定在一團神秘中——「他者始終是神秘的」[25]——他們把她貶謫到他者的領域，一個內在性的、身體的領域中去[26]。伊莉被設置於她圍著紗籠的肉體裡，她純屬「自然」——被文明開發前的一團混沌。她不僅理所當然對葉雲濤滿紙的理想無法理解，而且她作爲肉感十足的尤物，可能還會是他理想追尋途上的魔障——這就是葉雲濤對她既沉迷又有所恐懼的原因：「他想要終止，卻已無能歇息，往後的日子該如何面對？對著那樣的一個菲律賓蘇祿女人？他還能有抱負嗎？他還能有抱負嗎？」[27]傳統上都習慣於將男人抱負的失落歸咎於女色之邪惡，這當然是爲男性給自己開脫責任與逃避自責的焦慮開的一道方便法門，但是在文

[22]〈熱帶雨林〉，頁273。

[23] 同上，頁253。

[24] 同上，頁274。

[25] 西蒙娜・德・波伏娃《第二性》，頁295。

[26] 關於這點，可參閱羅思瑪莉・佟恩《女性主義思潮》，頁360。

[27]〈熱帶雨林〉，頁272。

學創作中若對這樣的觀點不表示一點懷疑，那只會導致人物塑造的刻板化與平面化。

潘雨桐的這兩本小說集中還有一組值得關注的女性形象：母親。作這藉一組母親角色的塑造，刻劃了母親形象的兩面：一類把孩子犧牲，另一類爲孩子犧牲。前一類母親在小說裡被置放在兒女與她們的婚戀抉擇之間，承擔著標準的丈母娘或家婆這兩種傳統身分。和我們所熟悉的「典型」丈母娘和家婆一樣，女方的母親總是掛著嫌貧愛富的嘴臉，硬是逼女兒嫁給她們不愛的人，男方的母親總是對另一名女性介入她與兒子之間懷抱著敵意；她們的一個共同點是：都被表現爲庸俗不堪、不近人情、不懂情爲何物。這些母親只是小說中的小角色，她們甚至沒有名字，只分別是楊桓的母親、李薔的母親、沈苓的母親；可能因爲她們「戲分」不重的關係，作者沒有顯示出揣摩她們心理的意圖，但是，他卻讓她們負起對主人翁命運決定性的（破壞）作用。他對她們進行的不是描述（description）而是規範（prescription）[28]。然而，這些毋寧更可視爲現實阻力的一種象徵的角色，爲什麼都是母親而不是父親？就像賈寶玉對王善保家的、林之孝家的憎惡一樣，潘雨桐對老女人似乎也存有偏見。只要我們稍微比較一下〈雨窖情事〉和〈靜水大雪〉這兩篇小說的主人翁分別對待老男人和老女人的態度，就可以得出一個大概：長庚的父親和李薔的母親同樣是被配偶拋棄，單憑自己一手一腳的工作辛辛苦苦撫養幼兒，到孩子開始知曉男女之情的時候，他們在另一方面也開始表現出自己的生理需求。長庚對父親臨老嫖妓「一時難以承受」，但他很快就對父親長期在道德與慾求之間掙扎的痛苦、「從年輕熬到如今形銷骨立才來作一次脫序的巡禮」的舉止表示理解和同情；作者藉長庚的深明大義對父親角色作出了人道的宣判：「那些無形卻如網絡般的道統已把父親束縛的太久，是該喘一口氣的時候了」[29]。可是與此相反，李薔母親的情慾卻被作者以穨靡與骯髒的意象加以書寫：她的姦情是發生在「那床萎敗了花花草草的被單裡」[30]，而在這枯草敗葉中點出的林師父赤裸

[28] 詳參凱特·米利特《性的政治》，頁142。

[29] 〈雨窖情事〉，《靜水大雪》，頁52。

[30] 〈靜水大雪〉，頁108。

的上半身肌膚呈現「如山神廟裡破敗的泥塑神像般的色澤」[31]。母親與林師父的姦情讓李薔覺得噁心，就連許多年後當她已遠在千里外的靜水，想起母親「撥著唐衫的下擺扇扇涼，時隱時露腰間的肉一團白」，對母親的肉體也一樣「突然覺得有點噁心」[32]。作者開釋了父親角色的情慾衝動，但卻否決了母親角色的生理需求——潘雨桐並不是全然扼殺女性情慾的虛偽的節道者，他在處理李薔和露嘉西雅等一些年輕女性角色的性事上表現得相當開明，只是很奇怪的偏對老女人的情慾無法寬容——他的人道思想並不施予後者。由此可知為什麼他總是把令人憎惡的任務指派給母親而非父親來執行。

另一類的母親則相反，她們是作者同情與讚美的對象：諾莎菲娜和伊狄絲都是為了孩子的生活和學業，一個下嫁願意養她們母子的侏儒，一個偷渡到他鄉為妓：在這種以經濟利益為依據的關係中，妻與妓都同樣是以自己的性作為商品進行交易。作為女性而言，這種交易是把她們作為人的價值化約成了市場價值[33]，對她們的尊嚴是一種嚴重的踐踏。可是，作為母親，她們這種不顧一切的犧牲，很容易就被昇華成無限美麗：

> ……伊狄絲一樣的笑臉盈盈：「先匯點錢回去，下個星期開學了，孩子——」
>
> 露嘉西雅聽她說著，說著，她的聲音變得柔柔細細，如平日裡的山犧，清澈美麗，而那張圓圓的臉，盈盈的笑，漸漸的幻化成天人菊，從展枝結蕾，綻瓣怒放，都在眼前一瞬間展開，最後成了甘露，點點滴滴，滋潤著家鄉龜裂的土地。[34]

作者對伊狄絲用上清流、鮮花、甘露等意象進行美化的用意，無需質疑是對母性的偉大作真心的禮讚。實際上，成為父或母是男女雙方各自生理上的性別差異（sexual difference），孩子對母親的需要不見得就大於對父親的需要。然而，父權制度長久以來就因女性能生能哺乳孩子，所以也將照顧、管教孩子的

---

[31] 同上，頁104。

[32] 同上，頁101。

[33] 參閱羅思瑪莉・佟恩《女性主義思潮》，頁107。

[34] 〈逆旅風情〉，頁145。

任務指派成母親的當然責任[35]。對母職的過於神聖化，也是父權制詮釋的結果，它致使女性不容易改變她們附屬於家庭的社會性別角色（gender role），甚至如果母親角色與女性自我發生衝突，她們肯定比面對同樣的兩難處境的男性背負更大的道德上的罪惡感。我並不是反對作者讚美伊狄絲，只是我認爲他過於容易美麗的意象構設裡，母性的光輝一下子消泯或掩蓋了女性在現實生活中的不幸及其不公平的處境，偉大的母愛以其永恆的感雜力向讀者灌輸父權制的意識型態，讓我們輕易地再一次對母親角色在「性權術」下所作的永恆的犧牲表示贊頌與認同，從而又一次把母親擺上自願被壓制的道德神壇。

與這兩個母親一樣，蘇絲瑪也是靠與男人維持關係來養活自己和孩子，所不同的是這個孩子是她所跟的那個男人生的。蘇絲瑪看起來似乎也在作出犧牲——至少，她沒有爲自己搜獲什麼實際的利益。然而值得探討的是：她爲了什麼犧牲？我們看不出她對林阿成有特別的感情，更遑論愛；而且她也顯然明白自己是被他利用來發洩性慾與勞作的工具，並沒有得到他在衣食住行或情感上相應的回報，可是，直到孩子已經九歲了，她還是跟著他。要說她是爲了孩子著想似乎比較可行：她可能想孩子跟著父親好認祖歸宗、將來有望承繼一分家產，可是她又有要孩子跟她回返本身原鄉的念頭；她極想孩子有求學的機會，但當林阿成騙她說是孩子自己不要再讀書，她既沒有堅持也不曾追問，甚至對孩子也像自己一樣被他當作廉價勞工使喚頂多也只發過幾句無力的牢騷。蘇絲瑪母子既然遭受那麼惡劣的對待，那麼她爲什麼不離開林阿成？蘇絲瑪從被強暴到同這個男人養大孩子，她對所有落到她身上的事情都是絕對被動的、懵懂的接受，她不曾有過個人意志選擇的自由——她甚至連意志都沒有。蘇絲瑪顯現出來的混沌與矛盾與其說是人物性格上的，不如說是人物塑造上的。潘雨桐只是藉她與林阿成及沙蘇曼的關係演義一段社會新聞背後的可能的故事：被劫掠的受害者當中可能也有像林阿成那樣面目可憎的剝削者，持械作亂的歹徒可能也會是沙蘇曼一般自詡一等良民、實際上也並非大奸大惡的人；儘管如此，侵犯他人財物無論如何都是一項社會罪狀。小說結尾那一則後記裡的報章新聞

---

[35] 參閱周健強編《西方女性主義研究評介》，北京：三聯書店，1995，頁2；及顧燕翎編《女性主義理論與流派》，頁120-123。

摘要其實才是這篇小說創作的主旨：作者的意圖是在反映非法移民威嚇地方安寧的社會問題——蘇絲瑪這個小女人所可能有的複雜性，其實是被作者充滿大我精神的陽性書寫意圖犧牲掉了。

從多篇小說對女性處境的書寫看來，潘雨桐對這個處於弱勢的性別的關懷是毋庸置疑的。他在敘述張小燕、露嘉西雅、秀蘭、桃樂珊、李薔、諾莎菲娜等女性的不幸時，其主觀意圖無疑是要對她們表示同情或悲憫。可是，由於固有的倫理原則與思想觀念的根深柢固，作者一不自覺反而就成了導致那些女性被壓制的意識型態的共謀。雖然儘管作者意圖同情，對於小說女性，有時卻反而變成再一次隱誨的無情——潘雨桐雖然知道張小燕父兄的自私須爲她的淪落負責，可是他卻把父權制下的剝削與歧視，輕易地轉化爲張小燕自我犧牲的美德；他用「孝」的光圈獎勵她繼續發揮父權制指派給她馴良的女性氣質[36]，而藉楊桓的眼睛把她描述成「純真得如一般清泉，奔流過山林，來到一片豐美的田莊，對每一樣東西都是那樣的新鮮好奇，對每一個人都是那樣的信任無私」（——用「無私」來描寫妓女，其實就是不自覺的對女性痛苦的無視），更進一步肯定了這種女性氣質的特有價值。潘雨桐意圖給在虛榮心驅使下自甘墮落的露嘉西雅一個回頭的機會；弗迪南用一雙鞋子表示他的細膩和體貼固然是爲迎合露嘉西雅的心意，但是作者如此無疑是和弗迪南同謀「陷害」了露嘉西雅，讓她繼續不斷的成爲自己的物，越來越和主體疏離。潘雨桐用「有情人終成眷屬」的美滿結局爲李薔長久以來的不幸作了補償，但是她最後緊握吳怡南的手，輕輕掉下了眼淚，流露的卻似乎是卑下者的感恩心情，作者在她的淚眼裡意欲映現的，倒更像是吳怡南這個落魄英雄情義兩全的映象。潘雨桐用跳動的燈花與被上繁花相互輝映的華麗景象來描寫秀蘭被凌辱後的睡床，這一段文字的修辭美則美矣[37]，但是這些符旨明顯揭示的卻是男性霸權的意識：床上的血跡由於「女人是財產」的觀念而起著「價值標籤」的意義，它對標明女性的

---

[36] 關於張小燕之被父權制馴服，見拙作〈女身境地——論九十年代潘雨桐小說的「女」「性」〉，《國文天地》，1997/12，151期，頁75-76。

[37] 對潘雨桐耽溺於美的批評，可參閱黃錦樹〈新／後移民：漂泊經驗、族群關係與閨閣美感〉，頁158-159。

貞潔與將來所生的孩子血統的純正而言具有某種神聖性，作者這種耽溺於美的手法在這裡暴露了一般對女性的物化看待，對處女神秘性的嚮往，以及把女性限定為客體加以征服的男性慾望。[38]

在某種程度上，潘雨桐不自覺的在傳統父權制思想的指引下，出於對女性憐愛／愛戀心理，賦予小說女性他認為美好的陽性氣質。而這種被主觀設置的氣質，恰恰就是波伏娃所謂的男性為女性構設的神話：「神話思想使唯一的、不變的永恆女性，同現實女人之分散的、偶然的、多樣化的存在相對立。如果這一概念的定義同有血有肉的女人的行為發生矛盾，那麼有錯誤的是後者：我們被告知的不是女性氣質是虛假的存在，而是有關女人不具備女性氣質」[39]。由於這樣，「女人神話用目不轉睛地注視幻象，代替了同自主生存者的真正關係」[40]。我們由此可以知道，在這些小說裡女性雖然被很善意的關懷，但是作者因為沒有擺脫父權制思想對女性的理解和詮釋、或用類似的意識型態把她們限定在特定形式的存在裡，她們作為小說角色沒有被給予主體性去開展各自可能的自我，而多多少少在作者或男性權威的注視下以其他性出現。在這些小說裡，女性角色多數被當作肉體而不是主體來處理，作者有意無意的就把女性的心智刻寫從略了。因此，尖刻一點的說，作為讀者的我們可以看到的，只是作者要讓我們看到的——被他削掉了一些細胞與神經的女性的那一些層面。從這層意義上看，這些被壓抑了主體意識的女性，只是小說家虛假構設的幻象。潘雨桐的後設小說〈我愛沈苓〉裡的沈苓，多年以後從他早期的一篇小說裡走出來，兩人的會面讓他認清了一個事實：殷以誠向他訴說沈苓，「用他那深情的目光，寬容的語言，塑造一個虛浮的女性。而我，卻在不知不覺中，賦予生命，一舉一動，一顰一笑，卻出自我內心深處——我從不曾和別人說起的委婉

---

[38] 蘇珊・格巴（Susan Gubar）對伊薩克・迪尼森的短篇小說〈空白之頁〉的評論對此處所提出的論點啓發極大。請參閱她的〈「空白之頁」與女性創造力問題〉，見張京媛編《當代女性主義文學批評》，北京：北京大學，1992，頁161-187。

[39] 西蒙娜・德・波伏娃《第二性》，頁291。

[40] 同上，頁300。

情事」[41]。他把他自己心裡的人影投射在沈苓身上，小說裡的「沈苓」不是沈苓，甚至還是後來爲沈苓所拒絕的「沈苓」。潘雨桐的這篇後設小說在這裡正可以給我們後設一個結論：就像他依據心裡的影像虛構沈苓一樣，他依據他自己的觀點思考和結構的，只是他認爲應當如此的女性。

原發表1999

[41]〈我愛沈苓〉，見《野店》，頁64。

漫遊者、象徵契約與卑賤物

——論李永平的「海東春秋」

＊黃錦樹

同樣身為台灣現代主義文字鍊金術一系的代表人物之一的李永平，雖然寫出了很厚的《海東青》，可是獲得評論市場青睞的程度，顯然遠遠不如他的孿生體王文興，雖然二者分居中文現代主義兩個基本型（中國性—現代主義／翻譯—現代主義）的兩個端點。原因很明顯也很直接，他（在政治上）太保守了，為《海東青》寫了個那麼要命的序〈出埃及第四十年——《海東青》序〉高聲頌讚蔣中正之將中華民國「避秦」來台，毫不保留的向讀者宣告他是那麼樣一個忠貞的老愛國華僑；他宣告的時機恰是台灣大中華意識型態鬆動、政經文化快速本土化的時刻，這麼的政治不正確不識時務，其下場可想而知。更要命的是《海東青》及其續集在巨量的漢字森林中，不時可見作者對相關事物——國旗國歌蔣中正銅像等——鞠躬致意，在在宣告了他是遲到的外省第一代，《海東青》及其續集則是遲來的反共文學，而他的現代主義，在時下的學術行情下，可能更只能是「國民黨現代主義」[1]的樣板了[2]。

集所有保守落伍、被「當下現實」唾棄的卑賤物於一身，李永平竟像是本雅明筆下十九世紀巴黎的拾垃圾者了。只不過他撿拾的並不是物質的垃圾，而是意識型態垃圾。雖然自《吉陵春秋》以來，他一直被定位為現代主義者，而論者往

---

[1] 此偉辭受教於許俊雅教授，親聆於政治大學主辦之「現代主義與台灣文學學術研討會」，二〇〇一年六月三日。雖然我並不知道這樣的命名其學術上的合理性是建立在甚麼地方。

[2] 可以預料在不久的將來，會遭到本土派意識型態打手們政治極其「正確」的凌遲。

往也同時注意到他極其強烈的傳統取向——活脫脫是個復古論者，甚至民族主義者、大漢文化主義者；有趣的是，在那篇坦露自己政治、文化立場、破壞自己政治行情的〈出埃及第四十年——《海東青》序〉中，他似乎又擔心讀者看不懂他寫甚麼而自洩其巨著之微言大意——「長篇敘說，嘮嘮叨叨，寫的也只是（上天有眼！）『道德』已被狠狠唾棄的自由猙獰金錢世界中的『人心』」（1992：4）——針砭酒飽思淫慾的人心之腐敗，甚至連關切都是非常古典的、非常之不「後現代」——甚至可以說是非常之「現實主義」的。奇怪的是，不論是他的現代主義還是他這一方面的嚴肅關切均未受「嚴肅」的學者專家們青睞，難道竟被視爲是不識臺北人間煙火的老華僑的大驚小怪？

這篇小文章試圖重新探討李永平《海東青》及其續集《朱鴒漫遊仙境》、尚未結集出版的《迌迌集》[3]似乎也可算是迌迌三部曲，從它們一些基本的形式要件、文體這些文學批評必須處理的基本要件，再連接到當代台灣小說界外省族裔的漫遊問題；最後再集中討論一個核心問題：卑賤物與歷史。

一、漫遊體與漫遊者

李永平的《海東青》令人印象深刻的不止是它的厚、文字古奧，更該令人驚奇的其實是：它其實不太像小說。或者說：它似乎小說化得非常有限。不過是散步逛街和吃飯而已，如此而寫上五十萬字，幾乎可以說是匪夷所思。換句話說，它既沒有編織千絲萬縷的情節、塑造各式各樣各行各業的人物來再現他所關切的現實或問題（如同十九世紀的寫實主義小說那樣），而只是讓人物和事件飄浮在表層呈現爲現象；也沒有透過意識流、內心獨白、多重獨白、多重敘事觀點、不同敘事體（如日記、書信、報紙新聞等[4]）的拼貼以操弄時空（所謂的現代主義或後現代主義的典型技藝[5]），和大陸新時期以來、台灣六〇年代經現代主義洗禮以後那種百花齊放的技藝頗不相類，而幾乎是單純的——甚至是單調的，或近於

---

[3] 此書後來於二〇〇二年九月正式結集出版時，書名定爲《雨雪霏霏：婆羅洲童年記事》（台北：天下文化）。

[4] 這並不意味小說中並沒有社會性雜語——確是有大量的他人的話語形象。

[5] 就這一點而言，李永平的現代主義其實是十分有限的。感覺下他似乎是刻意的和現代主義內傾的技藝做區隔。主人公的零度化（只具鏡頭功能、不介入）是最明顯的安排。

重複的，透過一個身分和作者極為貼近的敘事者靳五（出身南洋、客家人、在南洋有位母親）疏離的目光。對於這樣的事實，論者曾描述「(《海東青》）所重的不是情節，而是情境」(王德威，1992b)，而所謂的情境[6]，可以大膽的說，即是現象。於是最驚人的事件便是文字自身：字典般巨量的漢字凸顯了作者的大愛，構築了他的廟堂。一個大觀園。

其實從體裁來看，像《海東青》這樣的小說屬於所謂的漫遊體。李永平彷彿生怕讀者不懂，其續集便在書目標出漫遊二字；而第三部所用的「迌迌」是閩南語漫遊的同義詞。作者如此再三的反覆致意，可見它是個無比關鍵的關鍵字。

巴赫金在論述長篇小說的歷史類型時，依主要人物形象的構建原則進行分類，區分出來的第一類即是漫遊小說，它的特徵在於：

> 主人公是在空間裡運動的一個點，它既缺乏本質特徵的描述，本身又不在小說家藝術關注的中心。他在空間裡的運動——漫遊以及部分的驚險傳奇（主要指考驗型小說而言），使得藝術家能夠展現並描繪世界上豐富多彩的空間和靜態的社會（國家、城市、文化、民族、不同的社會集團以及他們獨特的生活環境）。(巴赫金，1998：215)

這段引文似乎是專為《海東青》而寫的，十分準確的描繪了它的文體特徵。在這一古老的長篇小說類型中，主人公不是小說關切的中心，他的目光、他所目擊的現象才是問題的核心；他只是個旁觀者，或者過客、流寓之人。再譬如巴赫金說這種漫遊小說的主人公的生物時間「本身不具有重要的意義和歷史的色彩」，主人公並不成長；接下來是巴赫金對這種類型的批判：「由於歷史時間的闕如，則只突出了差異和對立。本質的聯繫幾乎全然不在，對諸如民族、國家、城市、社會集團、職業等社會文化現象的整體性，也缺乏理解。」(1998：217）靜止的世界靜止的主人公，「時間範疇的薄弱」——欠缺歷史時間，敘事並不是沿著歷時軸展開——這樣的批判其預設的判準是現實主義，因此和盧卡奇(或譯作盧卡契）對現代主義文學的批評倒是十分相近。用盧卡奇的術語，漫遊體的特色正在於以描寫取代了敘述，他的批判則是：「描寫不但根本提供不出事物的真正的詩意，而且把人變成了狀態，變成了靜物畫的組成部分。」(1998：52)「人變成了狀態」中的「狀態」，也即是前引王德威所說的「情境」。

---

6 在京派那裡，便是意境。而京派的著力點一向在於造境——提煉出審美烏托邦。

把兩位理論家的預設懸置，捨其規範性意味，剩下的便是對李永平漫遊體（尤其是《海東青》）絕佳的文體概括。在第二部，漫遊的主人公退場，也即是：它不再是在場的主人公，然而它的目光（及一段留言〔1998：114〕）延續著；整個舞臺（連同視角）都留給了等待被獻祭的女孩們。另外，第二部做爲前部之續集，《海東青》只寫了三季（秋、冬、春），《朱鴒漫遊仙境》則整個寫夏季，女孩們最後的夏季。爲甚麼漫遊者要在女孩獻祭的那個夏季前退場？從《海東青》中處處的伏筆可以料想，女主人公的下場早已前定，她必定要成爲這一場漫遊祭的犧牲，甚至可以說，是靳五的目光把她推向那墮落的洞穴，他目送。非如此不足以完成他的寓言。她是被選定的羔羊。就這一點來說，他這個漫遊者竟是皮條客安樂新的鏡像。他的憐憫將會讓寓言破局。或讓書寫沒個了局。於是他抽身（也許還掩著面）離開，把經驗性的表現抽乾，形體虛無化只留下無形無質也許還哀悼著的目光。

到了蛇足似的《迌迌集》，因爲儀式已然完成，七個小女生已然從可辨識的社會身分墮落／昇華成非經驗的存在，進入超自然的、純符號的、不可觸的領地，進入了寓言的聖地，於是書寫就只能是悼祭。《迌迌集》於是呈顯爲禱文式的獨白、解釋、說明，因而原來在《海東青》中無深度、不介入只觀看（物色祭品）的漫遊者，他個人的時間範疇經由回憶也被帶出來了[7]。且我的聲音籠罩了整個敘事體，主人公朱鴒成了亡者，整個敘事呈現爲妳聽我說[8]。成了《遣悲懷》。在尋找朱鴒的過程中，李永平回顧了在敘述者生命中留下重大印跡的各個不同的少女、他和他的摩西的邂逅，一個又一個的說著故事。於是他的婆羅洲點點滴滴的回來了；於是他的朱鴒在敘述時間裡或幽或明的回來了。因而《朱鴒漫遊仙境》和《迌迌集》在敘事策略上可以說恰成對立：我不在場（但我的目光在）／妳們不在場（被超驗化爲象徵）。在這個意義上，《迌迌集》是必要的補充。補充一個哀傷的主體，他是永恆的局外人。原以爲在這富饒之島可以找到家，不料找到的

---

[7] 譬如《迌迌集》第一篇〈雨雪霏霏，四牡騑騑〉第一部分寫敘事者「我」初來台北的景致，活脫是《海東青》第一章的重寫，不少重複的場景。其中尤具指標的是，《海東青》中的艾森豪路還原成羅斯福路；靳五在後來的篇章中也被還原成李永平。

[8] 《海東青》第 854 頁靳五對亞星講的一隻狗阿烏的故事，可以說是最早的一篇《迌迌集》。

卻是心靈的廢墟。一個犧牲、獻祭的環墟。

在〈出埃及第四十年——《海東青》序〉中，李永平提到他的《海東青》是寓言也是預言，暗示說他所目擊的現象（世紀末臺北的人慾橫流、玩人喪德[9]、少女身體的拜物教）只是做爲舉例、舉證而已，只是他這個有生有死之人親身所見的有限現象而已。這多少可以解釋《海東青》何以自甘選擇一個較爲拙劣的敘事策略——似乎並沒負載甚麼敘事功能的漫遊者之在場——因他要為一個盟誓契約作見證。出埃及時和蔣摩西立下的神聖盟誓：毋忘在莒。所有的人都忘記了，甚至被現實磨掉了青春、身體和意志的老兵們。只有華僑、遲來的外省第一代李永平牢牢記得，他或竟是那赴該盟誓而來的遲到的青年。毀滅吧，他說。你們活該被詛咒。經由古奧的文字，經由文字這古老的召魂術，他的筆替代了蔣摩西的權杖，重申舊約，並以目光和文字讓現象石化成化石證據。你們看，就是這樣，而你們竟無動於衷。所以你們活該被棄絕。

從這一點，可以沿著《朱鴒漫遊仙境》中被論者譏評爲「有小覷讀者的理解力之嫌，一面也落得有如新聞報導一般。不，是舊聞再炒。」（李奭學，1998）的當代台灣政治社會亂象之狂歡展示做一點討論。從技術上來看，如前引巴赫金及盧卡奇文，漫遊體的特點正在於它棄情節而取現象，這顯然有其美學上的考慮[10]，即使我們不取現實主義著重歷時時間範疇的批判立場，純粹從形式主義的觀點看，仍可以清楚看出這些作品（尤其《朱鴒漫遊仙境》）可以說是陌生化得並不充分，犯了現代美學的大忌——彷彿是直接把讀者熟悉的擲向讀者，而不是以充分的陌生化來震驚讀者。這種愚行的代價只有一個，即被讀者唾棄。值得深思的不止是那形形色色萬花筒式的、擬真的、接近社會新聞式的末世亂象；當代讀者更熟悉甚至更易引起反感的，是那些黨國八股和戒嚴時代老百姓日常生活中的政治儀式（聽到國歌要立正，即使如廁）。讀到那些文字，讀者可能真的會說：天啊，這個老華僑是不是瘋了，老掉牙的臭八股嘛！對於社會亂象，他們也許會說：幹嘛，臺北不是一向就是那個樣子嗎？這或許正是作者憂思的根源：遺忘與

---

[9] 相對的，朱天心都市小說的世界比較上處理的是玩物喪志。

[10] 我們並不能據此假定作者技術太差，或乾脆建議作者採取另一種寫法（如六〇年代過度自以爲是的寫作班導師式的文學批評）。從詮釋學的基本倫理來說，還是必須嘗試給對象一個最好的立場，嘗試提出一分理解。

漠視。從整個文本的操演來看，那些八股對作者而言彷彿是被遺忘的神聖契約（就這一點來說，他簡直比老兵還老兵、簡直就是黃埔第一期的）；就後者，以近乎文獻寫實主義（documentary realism）的操作，隱然透露的訊息是：已經亂成這個樣子，大人先生們，你們還能無動於衷嗎？甚至更隱含著這樣的意思：這是個即將被天誅的世界最後的景象。他是留給後來的人看的[11]。不是寫給麻木不仁的當代讀者，而是準備留給後世的子孫們，這些現象對於他們就不再是熟悉的。一如今日的我們閱讀民初或晚清，或更早以前。換句話說，這是一個美學上的賭注，訴諸歷史的陌生化。在《朱鴒漫遊仙境》令當代讀者厭煩的敘事背後，其實一直有一個憂鬱的聲音沙啞著說：我們就是這樣被詛咒的。

一方面是中國傳統史學的鑑誡訴求，以末世的觀點看現世，卻又多了層基督教末世論的色彩；一方面承認自己是中華民國遺民，可是又強調政權的移易非關本質（〈出埃及第四十年——《海東青》序〉），這道出了他其實在執行中國傳統士大夫對「亡天下」的道德批判，一如明遺民顧炎武在《日知錄》中的界定：「有亡國，有亡天下，亡國與亡天下奚辨？曰：易姓改號謂之亡國。仁義充塞，而至於率獸食人，人將相食，謂之亡天下。」（1994：471）顧炎武著重的是異端思想的負面影響，而李永平著眼的是資本主義、商品經濟所延伸出來的「人相食」：少女身體的拜物化及食品化[12]。對於這樣的問題李永平所表達的痛切之深，當代台灣作家中，不做第二人想。他的憂思和焦慮可以用下列問題表述：為甚麼只有我在乎？這其實和同爲外省籍的朱天心的憂思十分接近：為甚麼只有我記得？

自《想我眷村的兄弟們》以來，朱天心即展開她的書寫漫遊，歷經《古都》和《漫遊者》，以漫遊者的身姿寫漫遊體。只是她的漫遊不論是文體還是空間地理，和李永平比較之下是複雜多了，也可說是更加切近臺北都會的現代性。李永平更關切（中國人的）普遍人性的問題（黑暗之心！），省籍問題相對的被邊緣化（商品沒有省籍，做爲商品的少女的身體亦然。性慾也沒有省籍）。另一方面，越發展到後來，抒情主體就越裸露，而且體現爲悼逝。差別僅在於，朱天心悼的

---

[11] 或者開玩笑說：是寫給他的蔣公看的。從陌生化的角度來看，也可以說是寫給非當地人看的（訴諸地理的陌生化）。於是似乎可以這麼說，經由寫作，李永平同時棄絕了當地—當代的讀者。

[12] 但也可以說是對資本主義的商品邏輯、對資本主義「思想」的批判。

是父之逝，李永平悼的表面上是沒機會好好長大的少女，但其實是父之契約之被毀棄。在象徵的意義上，朱天心的例子更易與大論述做連結（父親——法權的制定者、執行者——及國父、天父），可是那是朱天心三三時期大觀園時期的世界觀，而當前，非常弔詭的，那其實是李永平的世界。也就是說，李永平竟像是三三詩社的嫡傳，或其精神的實踐者——不管是那三三是賦比興的詩教、三民主義、還是三位一體。一點都沒錯，那即是他的大觀園。他比眷村長大的更像是活在眷村裡的。他其實是朱天心自幼失散的眷村兄弟們。他回來了，卻像是劉姥姥逛大觀園，飽受驚嚇，大開眼界。對他這個孤臣孽子而言，似乎只有那些銅像是最不成疑問的，乾淨的。

這還得細說從頭。《海東青》及其續集其實疊印著《吉陵春秋》（黃錦樹，〔1993〕1996）而李永平的寓言空間（大觀園[13]），在那個從南洋及〈桃花源記〉轉譯出來的《吉陵春秋》中其實已經建構得相當完備（詳林建國，1993：89-104），甚至還更為「純粹」、更中國；前者甚至可說是後者的重寫，而且二者的現實參照也雷同——當代台灣都會。甚至我們還可以乾脆進一步為前者重「正名」為《海東春秋》。而問題是，他幹嘛那麼費功夫大規模的重寫？為甚麼讓現實的參照更明朗化？

春秋之筆的先決條件：其文則史。它的起點需符合實證史學的基本要求。於是小說中描繪了巨量的社會人類學式的細節，彷彿是非虛構、可直接驗證、近乎實證的資料（而讀者的熟悉不耐反而論證了它的真實性）；似乎要以這種在美學上近乎笨拙的操作來清償歷史的債務：獻上被捕捉的現世客體。

而《海東青》及其續集另一個被質疑的更致命的問題是，少女和寓言之間的聯繫欠分明，似乎也不緊密（王德威，1992a/b；林建國，1993）。這涉及李永平

---

[13] 李永平哀悼少女的成長，終必毀於濁物臭男人的世間法則，與其說是源於西方相關母題，不如說是直接源於《紅樓夢》。八十回《石頭記》多愁善感的賈寶玉時不時會想到那些如花似玉的女孩終歸要嫁人生子、遠離大觀園的自在墜入滾滾紅塵而感傷。只是李永平的哀傷更沉重些；而後八十回大觀園散後的情況，八十回《石頭記》加上脂批其實已是不寫之寫；李永平卻似乎沒有不寫的理由。有趣的是，他也寫了個高鶚式的後四十回。做為預言，李永平費心建構的「人相食」的墮落桃花源——大觀園將是市場中國的總體隱喻。

《吉陵春秋》以來所建立的寓言的結構和邏輯、其問題的核心，值得進一步探索。

二、犧牲與卑賤物

李永平的小說世界自《拉子婦》以來一直是個無父的世界[14]，父親在敘事體裡常態性的缺席，總是孤兒寡母面對苦難的世界。到了《海東青》，生身母親淡化成一個空白的缺口，一個純索引性的引得（index），指陳敘述人之所從來，一個煙水迷茫之地，南洋。到了《迌迌集》，守候著他的南洋的母親被早夭的少女們給替代了，母親的屍骸代之以少女的屍骨。這其實是迌迌三部曲的核心問題：何以少女替代了母親？少女們和整個寓言架構的關聯到底是怎樣的？

羅鵬（Carlos Rojas）在一篇論文中嘗試聯結這兩者，他借用人類學家馬林諾夫斯基（Bronislaw Malinowski）從托布蘭島（Triobriand）原住民那兒發現的一種分裂的身體觀——母親提供孩子肉體上的母質（material matrix），而父親透過社會關係賦予孩子形／貌（form／image）——來試圖縫合《海東青》中備受論者質疑的寓言邏輯的罅隙，這樣的借用很可能是有問題的[15]，但卻很有想像力。尤其是注意到小說敘事者靳五有看一同漫遊之少女夥伴手錶上的時間的怪癖，聯繫至少女們的「失身時間」、小說中的戀童癖與戀母癖等等。但或許我們可以有不同的解釋。關於時間，前文已提過，《海東青》借用漫遊體的作用之一即是減低歷時範疇，把時間空間化——共時化。它的目的正是把歷史時間、社會時間定格（如攝影機的作用）於共時軸面，如此方可以投入永劫回歸的寓言時間，永爲鑑誡——做爲一種「其義則丘竊取之也」式的批判性歷史檔案。靳五不戴手錶，卻時不時要求看女孩手錶上的時間，這樣的設計，同時凸顯了一種時間即將

---

[14] 我曾經比較詳細的討論這個問題，見黃錦樹（1997）1998。

[15] 譬如說，作者並沒有論證這種借用在知識上的合理性，這彷彿假定了它是一種普遍有效的身體觀。（然而我們在諸如安德魯・斯特拉桑〔Andrew J. Strathern〕的《身體思想》（1999）就可以發現不同文化、部落形形色色的身體觀。）因而落實到作品的解釋上就有點不可思議：「小說最明顯的主題之一便是『國父』孫中山與『母國』中國大陸對當代台灣社會及其『特色』的不同貢獻。意即大陸做爲『母國』爲台灣提供其大部分的文化『物質』；而『國父』孫中山的思想爲它提供具體的政治與社會框架。」（羅鵬，2000：362）在《海東青》中，文化母國和國父的「鴻鵠之志」恰是一體的。

完結的時間意識，好像是在倒數計時。因為小說中少女們失身、墮落或淪為犧牲的時間彷彿早已被設定，她們的命運不過是不斷的向那時間終結點走去。於是小說的敘述不時漫漾著一股憂鬱，原因正在於她們在存有狀態上是「此曾在」，她們「曾在此」[16]，操控敘述的那個意識，一如注視著已逝者、至愛之人的照片，在芝諾悖論式的敘述時間的切割中，在那被紛紜現象填塞得滿滿的時間綿延中，那意識有時會自我警覺，意識到她們的時限，而哀慟[17]。

王德威認為《海東青》主要是用了上個世紀末頹廢作家王爾德筆下的莎樂美的典故（1992b），而在《海東青》內除了〈雨夜花〉、〈支那之夜〉、〈素蘭小姐要出嫁〉、〈天黑黑〉之外，也確出現一支〈莎樂美之歌〉。可是不論就《聖經・舊約》〈馬可福音〉第四章中那個為母出氣而讓施洗約翰慘遭希律王斬首的莎樂美，還是王爾德筆下那個因為愛施洗約翰被拒絕而設計斷其頭而愛之的莎樂美，似乎都不易和《海東青》中少女的命運做直接的聯想。做為誘惑者、復仇者、狂愛者？《海東青》中著力鋪演的都不是這些層面——具有強大而不可測的反擊、反抗力量的蕩婦淫娃或世故的少女，那都只是她們可能的未來，墮落之後的可能世界。李永平著眼的似乎是聖處女。但確實有一個段落易於給人莎樂美的聯想[18]，《海東青》中，女主人公朱鴒自訴的一個夢：

> 「告訴你，我做過一個夢！你猜全省的中小學總共有幾座國父銅像？五十座？嘻嘻，一千兩百一十四座！我那個夢就是：有天半夜，島上所有國民小學大門口的國父銅像，全都活起來了，一個個睜著眼睛，不聲不響提著

---

[16] 借用羅蘭・巴特談論攝影時間性的用語，見羅蘭・巴特，1995：96、97。

[17] 〈雨雪霏霏，四牡騑騑〉更明確的指出整個敘事動機源於「尋找朱鴒」。

[18] 最直接的讖語式的宣告出現在《海東青》第一章：「莎樂美，莎樂美，妖冶的公主莎樂美，妳那誘惑的身材使那荒淫的帝皇迷醉，莎樂美，莎樂美，酒中升起妳的蛇腰妳是勾魂的女妖看妳一眼就要死亡，死亡，莎樂美，莎樂美，妳害死先知約翰，妖冶的公主莎樂美蛇一般的公主莎樂美！」（1992：10）如果順著這個宣告展開，理應是直接進入雛妓的世界，可是小說往後的發展其實一直徘徊在那「失貞」的通過儀式之前，而不是之後。令人不禁懷疑：是否那莎樂美的世界不斷的被遲延了？或者，第一章陰濕沉重的佈局因遲延而致寓言結構跟著被調整，焦點也轉移了——因對莎樂美不忍譴責，而回到她們的前史（做為無奈被污染的少女），發出愛的呢喃？

> 菜刀，到處搜索那些打著他的旗號扛著他的招牌禍國殃民的大官，還有，蹧蹋小女孩作賤小男孩的大人，不論男女，全都捉拿起來，用菜刀活生生血淋淋割下他們的頭顱——」(1992：924)

這段引文充分表現出詛咒，作者借角色之口傳達其怨毒之微言大義。該注意的是，執行血淋淋的「私刑」的不是妖魔化的少女自身，而是現代中國國家藍圖的制定者，他的物質化象徵存在——法的制定者，立法者。另一個段落則借另一個角色丁旭輪的口直拈出聖經所多瑪的典故：

> 「嗳，社會不仁，不讓小女孩好好長大！短短一個夏季，三個月，相當於所多瑪城的一百天，足以讓八歲的小姑娘猝然長大成人，遍嘗人事。揠苗助長，把一個女孩子的成長期壓縮在短短三個月之內，這個社會在集體造孽哦！……」(1998：233)

兩部小說的基本關切，盡在這兩段文字之中。它道及的其實是禁忌：全書歷歷陳述的各種亂象其實都是對社會禁制（social prohibition）的違犯。明顯的，性的過度消費是核心問題，書中遍列諸種和性有關的消費訊息，從墮胎、精割包皮、壯陽……等廣告，到牛肉場秀中言詞及動作上對女人的揩油、本國嫖客及日本嫖客的口味……而以未發育的少女的身體爲其核心。這正是巴塔耶（Georges Bataille）著力探討的維繫個體生命及其生產活動之外的另一種經濟活動，另一種消費（expenditure）：

> 非生產的消費：奢侈品、喪禮、戰爭、祭儀、建造紀念碑、競賽、劇場、藝術、變態的性（譬如：與生殖分離）——均呈顯了一種至少原來就以其自身為目的的活動，至少在初民的社會。(1985：118)

在資本主義的物體系中，那是慾望的邏輯在操演它自身。從小說內容來看，以上的清單還可以做一些補充，譬如台灣官場現形記式的政治活動。就小說而言，相當明朗的，李永平的立場近於法蘭克福學派對物化（reification）的批判和控訴，且不求世俗的救贖，而代之以詛咒。

當他讓敘述者在心態上同情處於危機中的少女，卻絲毫沒採取任何可能的行動（譬如，組成掃黃義勇隊？或救雛義工？反雛妓運動的宣傳者？那似乎又變成了現實主義的自瀆），而只是近乎冰冷的觀察——頂多偶爾失控乞求小女孩不要那麼快長大——就相當清楚的表明了他這個（比小說中所有角色都）居於上位的漫遊者，是有著「鴻鵠之志」的。他就算不是個執法者、立法者，也是個見證腐敗、判定毀滅的悲觀的先知。他不爲救贖做見證，而是爲毀滅。在象徵的層次，他即是朱鴒夢中的銅像執法者，以筆爲刀，他是那無父的世界象徵父親的代理人。但如果只是那樣，仍然只是批判現實主義式的替代滿足。

前文約略提過，從寓言的象徵高度來看，李永平這三部曲是一次重新立法——重申與超越者（中國意志或其代理人，蔣公國父）立約的嘗試，是對實踐三民主義過頭了的「三民主義模範省」、「復興基地」的一趟大規模的象徵淨化，清除污穢。再現即獻祭：一次祓祭。於是他化悲憤爲力量，以文字收割、堆疊現象垃圾而爲柴火，其上奉獻犧牲品：身體及心靈均在污染邊緣的聖處女。所以沒有詩的正義，妳們沉淪去吧，我可憐的角色們。如此方能成就他的鴻鵠之志。

另一方面，在重申國族之父的世俗契約，同時也重申（文化之）父的象徵契約：關於中國文字。可是面對這樣污穢的現象，他的文字勢必也被污染而無法堅持高潔。圍繞著男女性生殖器，或是隱喻或是轉喻，許多一再重複的文字和場景，和其中的國父遺教相互角力的，正是污穢和卑賤物——如小皮條客安樂新的招牌動作「搔搔褲胯子」、二戰餘孽日本老嫖客「陰兵」和他們總是掏出來尿尿的老「遊戲銃」(「小學生似的一排站開了八個西裝革履的中年日子男子，腮腮酡紅，朝著滿弄堂人家，解開褲襠噓噓噓撮出一根根朘子來。」)、永恆的胳肢窩——「腋窩裡兩嫩黑葱葱兩叢子汗珠，幽幽漫漾了開來。一窩辛酸氣。」——在《海東青》和《吉陵春秋》藕斷絲連的第一章〈霧裡的姑娘〉中，透過漫遊者靳五久別重逢的目光，那對舞臺兼祭壇最初的巡禮，秋日、深夜、大霧、獨自個，時差的緣故，《吉陵春秋》裡的秋棠（「靳五想起了秋棠」，1992：3，即第1頁）還沒來得及轉換爲朱鴒、亞星等犧牲；符碼的轉換尚未完成，鏡頭呈現出腔腸或老娼膣般的夜之城市，少女的哭聲與呻吟，胳肢窩、下半身、屠體及排泄物的氣味；對比的場景：「穿過貞節牌坊……穿過肉市場黑浮浮一灘灘血腥」、「滿衖子低矮洞房滴瀝著血水簷，樓望樓户挨户亮著日光門燈，紅一閃紫一閃，照得家家堂屋宛如春雨夜的花塢。」、「霧裡迸濺出了輛天藍色五十鈴貨車，血漬漬，車上一胴胴掛起四五十副清冷的屠體，紅印印蓋著官府官防。」或是《吉陵春秋》典型的場景：潑出一盆污水。把屠宰場、祭場和舞臺混爲一體；世俗的災難，世俗的日常慾望和犧牲，是李永平《吉陵春秋》以來基本的書寫場景。《海東青》末尾，卑賤物更直指生殖器之排洩：

閃電下，狗兒抖盪起尾巴啣出了一隻保險套來，粘粘涎涎往亞星眼前招搖

了搖，……忽然拱起臀子又鑽進工寮，……啣出了兩片血腥撲鼻血漬如花的衛生棉。（1992：856）

做為她的轉喻，亞星的下場可想而知。她即將，已經、正在被卑賤化。一如《朱鴒漫遊仙境》第一章七個小女生被安樂新強押去打耳洞，「女孩耳朵開了花，落了紅」（1998：81）完成了類似的象徵處置。

為甚麼像李永平這樣一個漫遊者一面宣稱他超過同時代寫作者的超高道德立場，卻又彷彿耽溺於污穢？這涉及了怎樣的慾望機制？這涉及他搖擺不定的主體位置、始終倒退入前伊底帕斯的狀態——一個文化的被拋棄者，一個棄子。帶著婆羅洲之子的原初污穢。或許我們可以借朱莉婭・克利斯蒂瓦（Julia Kristeva）的話：

> 卑賤物賴以生存的那個人是個**被拋棄者**，他（自我）置放，（自我）**分離**，（自我）定位，因此說他在**流浪**。……**被拋棄者**是地盤、語言、作品的建築師，他不停地劃定自己的天地，那變化無常的邊界——因為由非客體，即卑賤物組成——總是對它的穩定性提出疑問，迫使他重新開始。被拋棄者是一個不知疲倦的建造者，總之是個「迷路者」。他是一位雲遊者，正在盡頭不斷逃逸的黑夜中旅行。他有危險感和迷失感，而吸引他的假客體就代表著這種危險和迷失，但就在擺脱困境的時刻，他卻不由自主地去冒險。再說越是迷路，他越能得救。（2001：11、12。原著強調）

做為一個淨化者、儀式的執行人，他一方面宣稱文字的高潔，卻著意於書寫卑賤物；重申禁忌的邏輯，卻無法不再現禁忌。在寫作之路上既尋母亦尋父，被遺忘的國父與置於污染邊緣——始終處於卑賤化中——的少女並置，而真正的悲劇或許在於，少女即本真的母親（亡者。必亡逝者。歷史因她而存有。借用羅蘭・巴特《明室：攝影札記》中對母親的本質還原），是以李永平一再嘗試命名她。在《拉子婦》她比較蒼老，是那個圍城中的母親，兒子且已經很大了；或者因其血統卑賤而被遺棄於叢林。在《吉陵春秋》裡她被還原為觀音般的美女長笙，被暴力摧折，留下了詛咒——一個逸出社會規範的復仇者。或再度命名為少女秋棠，她的下場是被逼良為娼，且死於非命。或者本質還原為朱鴒，或者亞星，或者張澌；或者那漫遊都市慾望洩殖腔般的「仙境」的七個小女生，或者再從回憶裡召喚那早殤者，田玉娘或翠堤。她且必將被污染。卑賤化。是以母親即是犧牲，還原為文字——書寫乃做為昇華儀式：

在儀式的內部，污穢被儀式從壓抑和倒錯的欲望中提取出來，成為身體本身最古老邊界的跨語言軌跡。在這個意義來說，如果污穢是那個掉落的客體，那它就是（源自）母親的客體。……似乎淨化的儀式通過已經在那裡的語言，可以折回來走向古老的經驗，撿起一個部分的客體（object partiel）[19]，不是它該是的客體，而僅僅像是一個先客體（pré-objet）、一種古老劃分的**痕跡**。通過建立象徵性的儀式，也就是說通過一個叫做儀式排斥的體系，部分的客體因此變成**文字**：成為界限的標示物，並通過能指本身的秩序，成為對（母親）**權威**的堅持，而不是對（父親）**法則**的堅持。（朱莉婭．克利斯蒂瓦，2001：104, 105。原著強調）

畢竟漫遊體是屬於異鄉人的，只有異鄉人才會對當地人已經見慣不怪的奇觀那麼樣的大驚小怪。然而外鄉人畢竟不宜做立法者；他連自我的界定都有困難，於是從一個小規模的奇蹟到另外一個小規模的奇蹟，強迫性的重複著莊嚴的命名的能指遊戲。如依依不捨的道別。而現實一直是如此——失落的父法與卑賤的母親——自從中國被捲入現代機器之後。於是滿腔的愛只能以自慾（self-eroticism）—自毀的方式賦形爲文字的誇富宴（potlach），石獅般守衛著新舊約的遊子李永平的大觀園因而便只是污穢物充斥的心靈廢墟。對於那麼總是不完滿的愛的對象物，書寫、再現均不過是——以文字施以詛咒。

如此而讓李永平的敘事呈顯爲一股不能自已的絕望哀傷，被時代廢黜的立法者的哀傷，預知毀滅沉淪而無能爲力的先知的哀傷——做爲一個目睹天下將亡而吶喊數十萬言而至口焦舌燥的士大夫，不止現代主義形形色色的特技（千變萬化的說故事技巧，甚至裝飾化了的技藝）被放下，只剩下最基本的：漫遊、目光、景觀（這不正是朱天心《古都》的世界嗎，他們可曾在這被詛咒的城市相遇？），他彷彿變成了一個批判的現實主義者（悲哀的是，對那些批判現實主義者而言，他卻是不夠格的，因爲放棄了歷史的縱深，闖入者似的平面化）；同時，李永平小說世界裡一度濃郁的中國性也自我癱瘓了，好像沒有太多心情在經營仿古的情調了（《海東青》的文字越往後就越淡了，《朱鴒漫遊仙境》就更不用說了），而

---

[19] 據《精神分析辭彙》對部分對象（object partiel）的解說：「部分欲力所針對的對象類型，這並不意味一整個人會被視爲愛戀對象。主要是真實或幻想的身體部分（乳頭、糞便、陰莖），及其象徵對等物。甚至一個人可認同，或被認同爲，一個部分對象。」（2000：316、317）

再度從一個較高的抽象程度（道德）來審視，拈出春秋大義——「貶天子、退諸侯、討大夫，而亂臣賊子懼」的古之春秋，以史誡世之大義轉化爲世俗的批判與憂思，而轉入了春秋的另一義——歷史演義。而歷史的線性卻早已被他有限的現代主義支離切割，被俗世現時的細節沖毀。於是被罷黜的自封的文化祭師便只有哀傷的漫遊，且憑弔他自己碩大的倒影了。在這裡，我們且將遇到上一個世紀的同鄉辜鴻銘，遙望他搖晃著辮子的背影[20]。

---

[20] 在我的認知裡，被目爲文化保守主義者的辜鴻銘甚至可以看作是中國現代性—現代主義的一個早期個案。辜鴻銘（1857-1928），出生於英殖民地馬來半島的檳榔嶼的華僑世家。曾祖辜禮歡曾任馬來半島首任甲必丹，其子辜安平被送回中國唸書，考獲進士後在林則徐部下爲官，後調職台灣並定居於斯。其孫即赫赫有名之辜顯榮，辜鴻銘在輩分上是爲辜顯榮之堂兄弟。辜鴻銘母親係洋人，故其目色藍。從小習洋文，可以說是典型的峇峇（土生華人），十三歲左右被養父 Forbes Brown 夫婦帶回英國，受完整的歐式教育，從英國、德國、法國到義大利，共待了十一年。故熟諳英、德、法諸語系之文學，精通英語（時人稱「精絕」）、德語、法語、義大利語、拉丁語、希臘文、拉丁文、馬來文。一八八〇年二十四歲返檳榔嶼，任職於新加坡海峽殖民地政府，是其時當地典型的上層階級的峇峇「高級華人」的出路。三年後，他在新加坡遇見精通中西學術的馬建忠（第一部用西方的語法概念來重新組織、建構中國語法的《馬氏文通》的作者），三日晤談，讓假洋鬼子辜鴻銘做了此生最大的一次轉折——走向重新中國化之路。蓄髮養辮，更衣易服，閉門苦讀中文。歷經了一番艱苦的歷程，從西方漢學家的論著入手，輾轉回到中國苦學中文及中國文化經典，入張之洞幕府，並以西文撰著在西方報紙上抨擊列強之侵略、宣揚儒家文化，爲晚清政府辯護。一九一〇年一月，清廷以其爲「遊學專門列爲一等」，賞給文科進士，同榜中有「晚清譯界第一人」之譽的嚴復居首，被孫文稱「英文第一」的辜鴻銘位在第二（以上種種皆參考黃興濤，1995：1-5）。而他的矛盾一如他的藍眼睛和黃皮膚，當時中國學界和政界主要是看中他非凡的西語西學，民國成立後，應蔡元培之聘任教北大，主講的也是英詩和拉丁語等，他的國學和古文時人多有保留，和其時比比皆是的舊學巨匠比起來，他當然稱不上出色。然而那是辜鴻銘會晤馬建忠後畢生學習和捍衛的一個最主要的場域，也是他情感之所寄。辛亥革命後，他成了遺老，至死堅持不剪辮易服，遂爲新時代之奇觀。同時代北大的同事或學生回憶北大時，總是會連帶的提到他那枯槁的形象。在五四反傳統主義的風潮裡，他和他所擁抱的一切——古文、國學、帝制、辮子、小腳、納妾、嫖妓、隨地吐痰……等等卑賤物和非卑賤物，都一概被目爲時代的卑賤物，甚至連同他那樣的存在本身。

【參考書目】

Bataille, Georges. 1985. "The Notion of Expenditure," in *Visions of Excess: Selected Writings, 1927-1939*. Ed. and trans. Allan Stoekl, et.al. Minneapolis: University of Minnesota Press, 1985. 116-29.

———. 1991. *The Accursed Share: An Essay on General Economy*. Trans. Robert Hurley. Vol. I. New York: Zone Books.

———. 1993. *The Accursed Share: An Essay on General Economy*. Trans. Robert Hurley. Vol. II & III. New York: Zone Books.

巴特，羅蘭（Barthes, Roland）著。1995。許綺玲譯。《明室：攝影札記》（*La chambre claire note sur la photographie*）。台北：台灣攝影季刊。

巴赫金（Bakhtin, M. M.）著。1998。曉河譯。〈教育小說及其在現實主義歷史中的意義〉。收入《巴赫金全集》（卷三）。石家莊：河北教育。頁 215-273。

克里斯蒂瓦，朱莉婭（Kristeva, Julia）著。2001。張新木譯。《恐怖的權力：論卑賤》（*Pouvoirs*

身爲海外華人，受完整的西式教育，在殖民地官僚體制中應該會有頗佳的前景，可是他放棄了，回到中國，希望「爲中國做一點事」（借用近一百年後在台灣的高信疆對溫瑞安等神州詩社大馬青年的期許之言），而恰逢老中國之被迫向現代的痛苦轉化，在殖民現代性的暴力——以戰爭、經濟、學術——對古老中華文化體系的強制除魅中，他自己選擇的文化身分讓他註定必須承擔那種難以言喻的巨額的痛。因而他對中國文化卑賤物的戲謔式擁抱可以說是帶著憂傷而自虐的。而針對十九世紀末、二十世紀初因第一次世界大戰而促發的德國學界、文化界的文化危機及對現代性的反思，辜鴻銘也注意到主導西方文化的基督教之被除魅所帶來的現代的意義危機，而倡導用那具有宗教功能而不必帶著宗教體制包袱的儒學來加以拯救。這便是其後梁漱溟影響一時的《東西文化及其哲學》的「儒學將興論」的先驅，其效應一直到當代，譬如新儒家第三代最主要的傳教士杜維明的「儒學的宗教性」論述。對於可能的亡國亡天下危機，辜鴻銘都祭以「春秋大義」（其代表著之一《中國人的精神》另一名即爲《春秋大義》）但針對的並非狹隘的民族立場（也可能是因爲滿清實際上是非漢族政權而無法操作「夷夏之分」），而是現代世界的人心——道德淪喪——問題，他的文化批判在相當大程度上是道德論述。他和李永平很像的其中一點是，雖都自居立法者而倡春秋大義，但卻也十分悲涼的都以自身爲老中國文化的獻祭。兩個相隔百年的個案均呈顯出如此類似的症狀，這或許指陳了中國現代性的一個重要面向。

de l' horreur: essai sur l' abjection)。北京：三聯。

拉普朗虛，尚（Laplanche, Jean）、尚─柏騰・彭大歷斯（J. B. Pontalis）著。2000。沈志中、王文基譯。《精神分析辭彙》（*Vocabulaire de la Psychanalyse*）。台北：行人。

斯特拉桑，安德魯（Strathern, Andrew J.）著。1999。王業偉、趙國新譯。《身體思想》（*Body Thoughts*）。瀋陽：春風文藝。

盧卡奇（Lukács, György）著。1998。陳文昌譯。〈敘述與描寫──爲討論自然主義和形式主義而作〉。收入《現實主義論》。台北：雅典。頁 15-65。

王德威。1992a。〈評《海東青》〉。《中國時報・開卷專刊》。1992/03/13。

───。1992b。〈莎樂美迫迌──評李永平的《海東青》（上卷）〉。《中時晚報・時代文學》。1992/03/23。

李永平。1976。《拉子婦》。台北：華新。

───。（1968）。〈拉子婦〉。收入《拉子婦》。頁 1-7。

───。（1970）。〈支那人──圍城的母親〉。收入《拉子婦》。頁 19-47。

───。1986。《吉陵春秋》。台北：洪範。

───。1992。《海東青：台北的一則寓言》。台北：聯合文學。

───。〈出埃及第四十年──《海東青》序〉。收入《海東青：台北的一則寓言》。頁 1-5。

───。1998。《朱鴒漫遊仙境》。台北：聯合文學。

───。1999a。〈雨雪霏霏，四牡騑騑〉。《聯合報・聯合副刊》。1999/08/11-14。

───。1999b。〈初遇蔣公〉。《聯合報・聯合副刊》。1999/12/27-28。

───。2001a。〈翠堤小妹子〉。《聯合報・聯合副刊》。2001/01/07-09。

───。2001b。〈支那〉。《聯合報・聯合副刊》。2001/05/24-28。

───。2002。《雨雪霏霏：婆羅洲童年記事》。台北：天下文化。

李奭學。1998。〈再見所多瑪〉。《聯合報・讀書人周報》。1998/08/03。

林建國。1993。〈爲甚麼馬華文學〉。《中外文學》第 21 卷第 10 期（1993/03）。頁 89-126。

───。2001。〈蓋一座房子〉。國立交通大學語言與文化研究所暨新興文化研究中心「離散美學與現代性──李永平與蔡明亮個案」微型研討會宣讀論文。2001/11/30。

黃興濤。1995。《文化怪傑辜鴻銘》。北京：中華書局。

黃錦樹。（1993）1996。〈在遺忘的國度──評李永平《海東青》上卷〉。收入《馬華文學：內在中國、語言與文學史》。吉隆坡：華社資料研究中心。頁 162-186。

───。（1997）1998。〈流離的婆羅洲之子和他的母親、父親──論李永平的「文字修行」〉。收入《馬華文學與中國性》。台北：元尊文化。頁 299-350。
辜鴻銘著。1996。黃興濤等譯。《辜鴻銘文集》（上、下冊）。海口：海南。
羅　鵬。（1998）2000。〈祖國與母性——李永平《海東青》之地形魅影〉。收入《書寫台灣：文學史、後殖民與後現代》。周英雄、劉紀蕙編。2000。台北：麥田。頁 36-72。
顧炎武著。1994。黃汝成集釋。《日知錄集釋》。湖南：岳麓書社。

原發表 2001

論小黑小說書寫的軌跡

＊陳鵬翔

這篇論文要探討小黑小說書寫的三個面貌／階段（英文裡的「phase」），這三個面貌／階段不僅能凸顯了作者藝術創作的連續性發展，而且也頗能契合、點出馬華文學發展的階段性特色和宰制。這三個面向是七○年代的現代主義、八○年代後期的後現代／解構和近期舒鬆自在或現代化了的新寫實傾向[1]。我這題目中的「軌跡」包括了「軌道」和「痕跡」，「軌道」當然指彈道或拋物線投擲、進行的路向，「痕跡」則暗指小黑自八○年代中期以來的書寫已隱約包孕了「即寫即塗銷」的對文字符號功能的理解[2]。採用「書寫」而不用「創作」或「作品」同樣表達了我對作者的現代性／後現代性理解。

小黑從現代主義起家，他的第一本小說集《黑》（1979）即是他這種流派／意識型態的具體呈現。在這本處女集子的〈序〉裡，他曾提到七○年代初他在馬

---

[1] 當然，我必須提醒大家，小黑近年來（以即將出版的小說集《尋人啓事》爲代表）的小說並不盡然類似王朔的嘻笑怒罵式膚淺輕鬆的新現實主義；他近年的發展確已達到舒捲自如，寫實之中又挪用了現代主義的象徵和意識流等技巧，故採用了「現代化了的新寫實主義」，是用得有些勉強的。另一方面，談到分類，其實作者小黑本人早在出版第一本小說集《黑》（1979）時即已感覺到他自一九六九年開始創作到一九七八年似乎「已渡過了兩三個階段」（《黑》序，頁 i）—指由現代主義「又轉回傳統」（可他並未確指第三種風貌是甚麼）。大陸學者郭建軍把小黑從《黑》到《白水黑山》（1993）的創作過程分成先鋒、現實主義精神和「既是現實主義的又是現代主義的」歷史反思三階段（請參〈世紀末回首——論作爲南洋反思文學的小黑小說〉，95）。

[2] 「痕跡」係由迻譯德希達的論文〈衍異〉（Differance）中的 trace 而來；德氏認爲利用符號所能捕捉、攫住的意義、概念或實有其實只是痕跡的痕跡，是一種不得已的認知手

大念數學時曾受知於當時《蕉風》的主編悄凌，讓他有「無限的自由」創作——即書寫他所認爲的現代派作品而不會受到干預，「嘗試用最簡短的文字寫繁複的小說」（i）。在接受潘友來的專訪時，他提到自己第一篇「真正含有小說素質的作品」應該是發表在一九七〇年九月號《蕉風》上面的〈黑〉（輯入《黑》，73-75），寫一對現代夫婦在停電時的笨拙混亂表現[3]；同時，他也提到他初中時很喜歡閱讀魯迅、周作人、郁達夫和沈從文等名家的作品，因此，他「早期的作品就多少有他們的影子存在。」不過，他還是強調他「寫小說純粹是靠自己的摸索」（133-34）。由於作者是這麼說的，因此我們很難在他的散文集或其他地方找到他其餘的根源，例如有否讀過英國的喬伊斯、美國的福克納、海明威、奧地利的卡夫卡、拉美的魔幻寫實小說如馬奎斯的《百年孤寂》或是大陸的韓少功或莫言等[4]，可是我們讀他的文本有時總讓人覺得他對這些作家（尤其是卡夫卡）應有些了解。

現代主義與寫實主義有一點是相通的，它們都寫都市，寫人在都市中的生活情境，強調文字的無限魅力（因爲文字能表現真理和現實）；一個重視挖發內心世界，一個看重客觀的反映。總的來說，現代主義在美學上要跟傳統切斷關係並重新建立感性和思維的方法，而表現在文本上的就是人類的疏離、虛無、消極、放逐和流亡等存在狀態，總之就是世界的荒蕪狀態。可是一般批評現代主義的人常常忽略的是，這些表象的抒發、書寫僅僅是手段，目的是要在這些表象之下追尋秩序和永恆，因此現代派作家的態度是批判的、不妥協的。一旦我們抓住了這

段。請尤其參閱這論文的第23-26頁。

[3] 小黑在接受潘友來的專訪〈小黑談小說〉（收入《黑》，131-37）中曾提到創作這篇小說的緣起（132）。在同一篇訪談中，小黑曾特別提到他父親和祖母對他的影響（132-33）以及他每一篇作品多少都染上自傳色彩（133，134），例如收輯在《黑》中的〈墓〉、〈父親〉、〈跳躍，還是在軌跡中〉和〈其實今天不是祖母的生日〉等篇。此外，他第一本散文集《玻璃集》（1983）中的〈摔角〉、〈爸爸〉、〈父親的字〉、〈落寞的父親〉和〈母親愛工作〉等等都透露了一些他親生父母的爲人和個性。

[4] 在〈紅樓夢〉這篇小品裡，小黑說他曾三次嘗試著要把《紅樓夢》讀完，但每次都是三冊只看完一冊就釋手不幹了，因此，他甚至懷疑《紅樓夢》的名聲是否就像張愛玲和魯迅是被捧出來的（《玻璃集》，77）。

些要素之後再來欣賞小黑早期的作品，我想我們應該有更大的收穫。

首先，我們在探討小黑的第一階段的文本《黑》時，我們無法確定他對現代主義是否已有了上述這一段論述的理解，但是可以確定的是，這時候，他的態度相當嚴謹，他「嘗試用最簡短的文字寫繁複的小說」。他的感性是現代的、技巧（例如應用意象群、象徵和意識流等手法）也是現代派的。《黑》中有些篇幅非常短，像〈黑〉、〈胃〉、〈開玩笑〉、〈他是媽媽的孩子〉和〈(貓）和小鳥和螞蟻和人〉等篇都是屬於大家到了八○年代大力提倡的一種文類—極短篇，可小黑跟許多極短篇作家大異其趣的是，他的手法是現代主義的，而且往往讀起來蠻有卡夫卡的味道。茲引《黑》這本集子中最短的〈(貓）和小鳥和螞蟻和人〉如下：

> 一隻小鳥斷了頭（貓咬的？貓咬的。)。許多螞蟻啃噬牠。一個人走過，拾起鳥屍丟進火堆。鳥屍和螞蟻都燒死在火中。地上還有亂竄的螞蟻。那個人用腳抹一抹，螞蟻都死了。(29)

像這樣白描、冷凝的書寫，平面化，沒有什麼衝突與高潮，完全破壞了傳統寫實浪漫小說的成規，這在二十世紀二○、三○年代之前根本不會有人認爲它是小說；卡夫卡當然寫了不少這樣平面白描的極短篇（那時人們亦未創制出這麼一種名稱／文類／標籤），故讀起來頗叫人聯想到卡夫卡以及六○年代初台灣《現代文學》上面發表的一些類似的現代小說。小黑這種冷凝亦表現在〈老人〉和第二篇題作〈黑〉的極短篇：他很冷凝地書寫、很冷凝地面對存在的荒謬境況，而且對人物心理的刻劃都極爲含蓄、簡要，簡要到會讓人忽略了他是在刻劃人物的心理活動。前一篇是老人執意挑釁年輕的兒子而被誤殺，後一篇書寫生活在地獄般黑暗的一群老人的怪誕心理，它們都只有兩百來字，有一個類似寓言的殼子。岳玉杰在評論小黑的兩篇同題的〈黑〉時提到，小黑「這兩篇小說都單刀直入，直奔人物心理」(71-72)，有評論者於是揣測，小黑爲什麼那麼喜歡黑色，「因爲黑色是一種幽邃深沉的顏色。從創作〈黑〉至今的二十餘年中，小黑的小說一直探尋著人的幽邃莫測的心靈世界，也一直追求著深沉渾厚的精神力量」(72)。《黑》中另外一個特色是，他擅於利用人物的意識流量來暴露他們的動機和心智狀態，並把這些意識活動與敘事交織在一起——此尤其是法國現代小說的一個特色；這種處理手法當然不會是寫實主義小說的技法。

在閱讀、詮釋小黑的小說時，往往我們會發覺，要從頭到尾利用一個標籤（例如「現代派」或「寫實派」）來框住它們是不太容易的。在出版第一本小說集的

〈序〉裡，小黑即已驚覺，在創作上他似已渡過了兩三個階段。他係以現代主義／存在主義小說起家，收在《黑》中的文本，「大多缺乏豐富的客觀社會內容，其意義既在於它們是一種主觀色彩相當濃厚的荒誕人生的寫照（這正是現代主義文學的核心特徵），又在於傳達出了一種少年人初次展望人生的落寞感傷、無聊而又無奈的悲觀情緒」（郭建軍：95）。其實，早在七〇年代末，他即已自覺「興趣又再轉回傳統，所以又再變換風格」（《黑》序：i），《黑》裡的一些篇章像〈走江湖的夏老頭〉，寫一個老夫少妻的辛酸生活，不過這個六十開外的夏老頭的種種際遇都經由敘事者「我」的眼光透露出來，語調雖然平緩，卻是非常感傷的一篇。這一篇短篇就寫得非常傳統，除卻夏老頭教唱的鳳陽花鼓頗能象徵其淒惻的身世之外，其他就別無甚麼現代派的花俏。同樣地，〈亞妹〉寫一個寬嘴、大眼睛、很庸俗的十五歲女孩思春的故事，這女孩顯然是看上了剛到一間山城雜貨店工作的「我」，一直藉機來找敘事者攀談。作者雖把引號祛除，讓對話跟敘事糾結在一起，可是讀起來，我們並未看到意象、象徵、反諷或是其他前衛的技法，只覺得它是一個非常平淡的少女思春的故事而已。《黑》這個集子最後一篇〈謀之外〉對比山下城市的慾望世界跟山上小鎮的寧靜，或者說表現物質的慾望淹蓋了親情。在這裡，小黑已改採第三人稱的萬能敘事觀點，很費精神地把一個猥瑣的山城腳踏車店老闆忐忑不住的猜想心理描繪得很生動，然後又是那些祛除引號的簡短談話。如果我們仔細觀察，我們就會發覺，這整篇都以主角福安的意識為中心點，整篇似都由他的意識所鋪展而成，既有心理的深度也有細節、對話的真實。小黑自己所說的第二個階段，應該就是這種過渡：從現代主義冷凝、冷寂的實驗性探索逐漸進入到對社會人生的關注；他創作的範圍不僅僅擴大了而且更為深刻了[5]。

小黑小說書寫的第二個階段／風貌應該包括三本小說集：《前夕》（1990）、《悠悠河水》（1992）和《白水黑山》（1993），它們的出版相距只有三、四年。在這裡，小黑創作的題材已從周遭事件、個人感觸擴大到社會國家的變異，例如

---

[5] 我這樣推論是有一點倉促的，輯入《黑》中的其他篇章雖然大都沿襲著以意識活動來鋪展情節，可它們多少都對現代社會的物化、異化、人與人之間的疏離（以致常常變形的慾望出現）、人生的虛無、荒謬和自我流亡等等有所探討，由於我這篇論文僅只意圖展現作者的創作「軌跡」而非每個階段的全貌，因此也就把許多個別分析、詮釋略過了。

《前夕》中的〈樹林〉再現的是「母親」和「父親」相繼走入「樹林」的敏感課題，〈十・廿七的文學記實與其他〉再現的是一九八七年十月廿七日大馬政府執行「茅草行動」大逮捕所造成的風聲鶴唳，《悠悠河水》中的〈黯淡的大火〉企圖重塑大馬獨立之前後華校改制為國中對後代的影響，《白水黑山》中的短篇〈細雨紛紛〉書寫一對母子到泰馬邊境的和平村去會見親人的愁苦，然後就是小黑唯一的中篇《白水黑山》再現楊家、陳家和白猴三個家族的興衰，而貫穿這個類大河小說（saga）的縱線是大馬五、六十年來政治、社會和經濟的演變（抗日、反殖民和東西和解）。這些課題所觸及的範圍都非常龐大、尖銳而且敏感，稍一不慎即會誤觸地雷區。可我們的小說家小黑卻秉持其一貫的敏銳、剛健和深沉，以無數小敘述來解構再現歷史「真實」，而他在這個階段所運用的技法是詹明信所說的「拼貼」（collage）和蓋斯（William H. Gass）所強調的「後設」技巧（見渥厄的論證，2-4；錢、劉譯文：3-5）。

先討論一下這三本小說集中其他較少採用拼貼與後設／解構的技法的篇章。《前夕》裡的〈遺珠〉寫敘事者「我」不斷追索「珍珠」（象徵希望和生命之源泉）的過程，《悠悠河水》中的〈如何建立一座花園的夢〉寫退休公務員漢魯西丁在墾拓屋後墳場／荒地成為城市花園遭逢到的奇特際遇，這兩篇都沿襲《黑》中的〈老人〉、〈黑〉和〈困〉等所發展出來的寓言式結構，既然是採寓言結構，時空壓縮甚至無限延伸、人物或變化或生死替換，這些錯雜、悖理等非常舉措俱都可視為「正常」。在這樣的透視底下，〈遺珠〉篇中的敘事者能沿著另一位主角所滑走的時間軌道 switch 一下「跳進他昨天已經啓程的道路」（94），然後在一瞬間抵達偶莫考古博物館（那是一座坐落在泰馬邊境的印度神廟廢墟，代表的是「古文明的發源地」（96））去進行他虛實相間、甚至荒謬怪誕的「探險」！實際上，作者所要表達的無非是：對一個族群所謂的希望的泉源、對另一個族群來說可能是災難[6]。同樣地，在〈如何建立一座花園的夢〉兩度「冒出來」的黝黑枯瘦的小孩之為真為假，其實已屬次要的課題，因為他完全是由男主角呼喚／虛構出來哄騙鄰里以達成他開發屋後荒地的「道具」，他當然談不上是甚麼精靈或神

---

[6] 小黑在這篇短篇裡所要表達的涵意非常繁複，其中包蘊了族群、文化、政治等衝突、華人與印度人的南遷、樂土的追尋等等，由於我的重點在探討小黑小說的營構技法，這些就只有略去了。

仙之類的超自然力量。

坦白講，這種寓言式結構確實給小黑的小說書寫開拓了一片天地，使他能把看似荒誕的情節或是有關族群的相互猜忌等這種比較「敏感」的課題都納入其虛構的世界中。尤其值得重視的是，他在〈遺珠〉中把科幻小說的技巧如壓縮、打散時空距離、人體變異等都應用上，使讀者進入到一個如真似幻又如幻似真的境界，這在大馬華文文壇，除了陳政欣在其極短篇裡不斷採用之外，其他小說家鮮少有這方面的嘗試及開拓。很可惜的是，小黑僅只有在這短篇中把這些技巧開拓得最淋漓盡致（《尋人啓事》中的〈回鄉〉僅只應用了時空錯置這一技法而已）。

比較而言，收輯在《前夕》中的〈樹林〉（後又輯入《白水黑山》之中）、〈前夕〉和〈大風起兮〉、收輯在《悠悠河水》中的〈Sayang, Oh! Sayang〉、〈黯淡的大火〉、〈悼念古情以及他的寂寞〉和〈悠悠河水〉以及收輯在《白水黑山》中的〈細雨紛紛〉這些短篇，表面看似大都寫得極傳統且又寫實，鄉土味濃厚，像〈樹林〉觸及華人走入森林當馬共，〈前夕〉描述一個家族對投入國會議員選舉的不同反應，〈黯淡的大火〉再現大馬獨立前後華文中學改制時的風潮以及〈細雨紛紛〉寫一個兒子陪同媽媽到泰南和平村去會見她恍如隔世的丈夫，像這些素材（尤其有關華人潛入深山投共而去的種種傳聞及真實場景），都是比較少有作家（黃錦樹算是其中的一個例外，但他跟小黑一樣，書寫時大都採取陌生化技巧來把距離拉遠，並且執意模糊場景等）願意去觸碰的[7]。小黑不僅僅膽量十足，最重要還是觀察力敏銳，不會爲了「政治正確」而預設立場，主題先行。經過了現代主義的洗禮，他跟馬華文壇上一批所謂的寫實派作家不同的是，他絕不會爲了標榜或投人們之所好而去書寫。像上提〈樹林〉和〈細雨紛紛〉這兩篇書寫華人投共的短篇以及再現華校改制的〈黯淡的大火〉，雖然作者都相當冷靜，並且採用了不少低調文字，但是主人翁的淒哀慘惻，事件對後人的深遠影響都能非常恰適地「表現／再現」出來。這些篇章尚應用到心理刻劃、意識流、象徵、陌生化、時空壓縮等技法，遽然評斷它們爲「傳統而寫實」亦不盡公平。近日出版的《尋人

---

[7] 其實，自大馬政府於一九八九年十二月二日與馬共代表陳平簽訂和平條約以來，英殖民政府於一九四八年頒發緊急法令以推行剿共對大馬人民所造成的創傷記憶，再也不是甚麼禁忌，如何用恰適的技巧文字把那些驚險的流亡／記憶再現，這才是對作家的最大挑戰。

啓事》當中當然還有三幾篇寫得極是精采，可就九〇年代初期出版的這三本小說集而言，前提這三篇再加上中篇的《白水黑山》，它們確是小黑這個階段的扛鼎之作，也應是馬華小說史上極爲難得一見的傑作。

就小黑的小說創作進展而言，我覺得八〇年代至九〇年代初期是他的一個重要高峰。他從現代主義跨入後現代，與時俱進，上面討論到的那幾篇（例如〈黯淡的大火〉已採用時空壓縮和拼貼技巧）並不是最能展現後現代主義技巧和精神的作品，最能印證文風遞嬗和時代精神的應是收集在《前夕》裡的〈十．廿七的文學記實與其他〉、收集在《悠悠河水》中的〈一名國中男生之死〉和〈悼念古情以及他的寂寞〉以及《白水黑山》中的中篇〈白水黑山〉。就東西方文學藝術的發展來看，我們發覺，伴隨著後現代主義盛期以來，歷史的大敘述和連貫性、文字作爲書寫藝術的客觀「表現」的功效以及詮釋的霸權暴力等等理念都受到了質疑，落實到小說創作的實踐上，那就是小說家對敘事技巧、文字指涉成效的高度自覺，也就是對書寫的自我暴露與解構，這即涉及所有的後設行爲[8]。就馬華小說家而言，小黑是最能攫住文壇宰執遞嬗的一位（另外一位應是在大馬的潘雨桐，其他兩位應是蟄居台灣的張貴興和黃錦樹了）。他的〈一名國中男生之死〉以社會新聞報導爲拼貼，探討的正好是詮釋與再現的問題。我們知道，即使是最普通平凡的一件新聞報導，其中即已涉及報導者角度的拿捏、報社老闆的嗜好立場等，所以到最後所有見諸報章版面上的文字言說都是經過不斷角力剪裁後的單面相「事件」，距離真正的所謂「真實、真理」都蠻遙遠的。〈一名國中男生之死〉牽涉到的比上提這些還要複雜，對這名與祖父相依爲命的優秀國中生何以會在一宗集體鬥毆中被刺殺，從警方的調查、讀者投書等管道中，我們發覺這麼一件單純的刑事案件竟然會牽扯到學校校長、董事會與家教會（以及它們背後所代表的黨派政治）的鬥爭，經過這樣滾雪球般的牽扯糾纏，這名含冤而逝的中學生的事實根本就無法得到昭雪。

總之，這短篇所具體展現的就是傅柯所強調的言談／論述（報導）與政治權力的掛鉤，一旦這種共謀一形成，連最單純的事件都可能被歪曲。在這裡，小說家小黑不僅藉由一位國中生之死來反映、批判社會、政治，更重要的應該是在質疑文字再現事實真相的效力。〈悼念古情以及他的寂寞〉不僅批判了文壇的冷漠

---

[8] 請參見渥厄對後設的精神和技巧的說明。

和無情，並且諧擬了大報給逝世作家做悼念專輯這種賣點。感覺敏銳的讀者應早已發覺，這個只有萬把字的短篇，作者竟把它切分成十三段，然後在第十段中竟然鑲嵌上四篇著名學者詩人的感性批評，而這之中又充滿了像「這是我國文壇的重大損失」這種陳腔濫調。總之一句話，拼貼加上諧擬，這不是後現代才有的技法又是甚麼？

〈十・廿七的文學記實與其他〉應是小黑這時期中寫得最真實（因爲書寫一個剛落幕的政治事件），且又最虛構（由於全篇充滿諧擬、嘲諷和拼貼等後設技巧，甚至自我諧擬及解構）的一篇短篇；它要真實捕捉／再現的是一九八七年十月廿七日大馬社會所暴發的一個政治大逮捕事件（即所謂「茅草行動」）。像這樣一個涉及政治現實以及各黨派精英被逮捕的事件，在許多國家要由代表社會良心的作家來呈現都會是滿佈荊棘的挑戰，更何況「再現」這事件時只是發生事件後的第二年而已，歷史的沉澱尚未能完全把其鋒銳磨鈍，故小黑在第二次把它收進《悠悠河水》中時，還不忘在〈後記〉中把它「輾轉於報刊雜誌間經年始（得）撥開雲霧見青天」的艱辛歷史（165）記上一筆。馬華批評家比較會注意到的是上提這些現實面，陳雪風在代表鄉青小說獎評審委員做總評時就說它對「『茅草行動』的前因後果作出了客觀的反映，」並且還不忘了提到它的藝術結構與表現形式「十分的新穎」（見《悠悠河水》附錄(一)，160）。問題是，小黑如何客觀「反映現實」？這篇小說的結構與形式如何「新穎」？

我的解讀是，〈十・廿七〉這個短篇是小黑小說中最最後設的，舉凡後設小說中最常見的技巧和後設語言、文類諧擬、作者干預、嘲諷、弔詭、再現 v.s.表現、歷史書寫與塗刮法（palimpsest）等等一概俱收。先說它的標題所潛藏的諧擬性和戲劇性。一個標題含有「與其他」或「及其他」這種雜項，作爲散文（尤其是雜文）的書名倒是蠻常見的，因爲它所輒住、所包括的異質性使得它可以包山包海，用在一本中短篇選集亦未嘗不可，可是像小黑這種用法顯然是蓄意輒突。照正常的邏輯思考，這個「與其他」所蘊含的異質雜項應是東西的瑣屑，可是我們的讀者一旦閱讀就會立刻驚覺，「與其他」一至四項可不僅是一張羊皮紙，俾把小說的內容／軀體包裹起來而已，「與其他」竟然包孕著象徵男主角的出路的「霧海」，然後往深層一探測，作爲這篇後設小說的楔子，「與其他」所包孕的竟然更爲複雜，它寫到探尋／報導事情真相的漢興——一個「自稱」是迷失了的男主角漢生教授的「弟弟」——竟然帶著一位攝影員去探訪以撰寫虛構故事（英文 fiction（小說）一詞原指「虛構」或「虛構的事物」）著名的「小黑先生」（《前夕》，132）！前面我們曾經提到新聞報導的片面性，對比於新聞，則小說所能體現／再現的當然更是痕跡之痕跡（另一個弔詭是，作為漢生的親弟弟都無法獲知「漢生」（這個詞本身亦充滿涵義，也是一象徵吧？）的下落，則僅是漢生的朋友的「小黑」，又怎麼能知道呢？即使他也知道，那更應該只是痕跡之痕跡了）。既然「與其他」都具有顛覆性和解構性，則題目中的要項「文學記實」具有這些特徵就更不足為奇了。「文學」與「記實」並置是蠻弔詭的，它們所企欲捕捉到的顯然有本質上的差別，不過不管是對本體抑或是對現象的鋪敘、捕捉，在我們現在這個受過後結構主義洗禮的時代來看，這些企欲都只能算是「再現」或痕跡而已，它們的嚴肅性絕對不會像在現代主義或更早的現實主義時期那麼重。

〈十·廿七〉這篇小說的主體同樣充溢著顛覆性和解構性。先說小黑用以再現「茅草行動」的文字。小說主體內容中有新聞報導（例如第一節裡的前兩段）、有文評（例如第一節第三段挪用了唐林評騭小黑的〈前夕〉那段文字）、有社會文化評論（例如第三節）、有何乃健以迄傅承得等人在大逮捕事件前後所寫而被小黑收編到小說中那些詩篇（其中還包括了作者自己所寫的那一首顛倒詩）、有小黑自己發表在《星洲日報·龍門陣》上的專欄文字（例如第七節後半部），當然更有作者本身所施展的敘事文體，所以純粹從文字的雜糅功能這個角度來看，這篇小說本來就是要營構一種多聲多語的表象，獲致一種眾聲喧嘩的效果。

次論小黑這篇小說的技巧。文字應用自然是一種高超的技巧，除此之外，象徵、心理刻劃、陌生化手法、嘲諷、弔詭、諧擬、拼貼和作者干預等技巧的應用，才促使這篇小說變成小黑短篇小說中最新穎而且最後設的一篇。對於這些技巧的應用我並不想個別地來詳論，只想略為討論一下諧擬和拼貼這兩種在後現代主義作品中最常應用的技法。題目中的「文學記實」不僅僅要質疑被小黑這個小說家挪用、拼貼到這篇小說中那些不同類型的文字／學的功效，而且更直指所有寫實主義文學的過分高蹈虛假——它們在現今看來僅都是一些小敘述，是作家「再現」（而非「表現」）現實萬花筒的「各說各話」而已。在推翻了寫實文學的高蹈虛偽之後，讀者就有了較大的詮釋空間，可以各說各話而不致被批判。這麼說來，小黑這篇小說最大的嘲諷和戲擬就蘊藏在題目之中。反之，諧擬除了造成這種顛覆性和戲劇性之後有沒有其嚴肅的一面？有的，我們在下面討論這篇小說的拼貼時再一起回答。

拼貼除了突破敘事成規造成唐突這種滑稽性之外，它也能促進情節的發表，並且做到強化主題的地步。在〈十・廿七〉裡，除了所挾帶的那些說明性和評論性文字（例如第三節整段）之外，小黑一共拼貼了自己的一段小說、唐林的一段文評、自己的兩段專欄文字和包括自己撰寫的一首在內的七首詩。拼貼當然有諧擬創作成規的意味在內；此外，拼貼不同類型的文字片斷當然也可以獲得眾聲喧嘩的效果。但是從整體效果看來，小黑在玩文字和創作技巧的遊戲的同時，他亦有其積極和嚴肅的一面。這裡只談小說第一節拼貼了另一篇叫〈前夕〉的短篇那段文字，以及第十一節拼貼了小黑自己所撰寫的一首顛倒詩這兩者的功能。

他的〈前夕〉發表於政府採取「茅草行動」四個多月以前，寫的就是當時大馬社會、政治的亂象，各族群在歷經你批我鬥的口水戰之後已是處於劍拔弩張的狀態，〈前夕〉所描述的華族家庭的政治分歧，無論從那個角落來看，它都是社會（尤其是華族社會）的縮影。非常嘲諷的是，由於政府在一九八七年十月廿七日採取逮捕行動，這篇小說亦因此擁有了「預言」的意味。小黑拼貼的那段文字見於〈前夕〉中腰（見《前夕》，38-41），寫二哥、三哥和小固的不同政治立場，可他們卻都能異中求同，爲族群的和諧、國家的進步而奮鬥，「這之中只有小固最有國際觀，順理成章，他當然就是作者的『喉舌』」。小黑的〈前夕〉發表後，同年七月一日竟引來唐林的評析文章〈沉痛的輓歌〉（附錄於《前夕》，175-89），在這篇評論中，唐林看出三哥和小固是這篇小說中的正面人物，並說他們是「走向新生的一群的縮影」（小黑《前夕》，183）。小黑在拼貼〈前夕〉的那段文字之前，可能早就覺得唐林的評析並不能充分突顯小固的重要性，竟然球員兼起裁判來，在〈十・廿七〉這裡說「小說中的幾個人物中，我寄以最大期望的是還在大學裡唸書的小固」（〈十・廿七〉，133）；這種做法就是後設小說裡最富顛覆性的「揭露」（lay bare）行爲，把自己的意圖暴露開來。接著，小黑就在小說情節的進展中一再拼貼文友及自己的各類文字，（在看似玩文字遊戲的包裝下）一來促進情節的發展，二來亦在凝積氣氛、彰顯題旨。

這樣一來，我們就不能不提到，小黑在這篇小說第十一節所拼貼的那首顛倒詩〈道理不是那人說的〉[9]的功用。一首探討有關說道理／真理的詩，它竟然是

---

9 此詩顛倒的形式極爲獨特，唯一正確的版本經作者親自校對後，收入陳大爲、鍾怡雯編《馬華文學讀本 I：赤道形聲》，台北：萬卷樓，2000，575-576。

顛倒排列的，除了諧擬，它真正要批判的就是有權有勢的人利用言談（discourse）在顛三倒四，製造無謂的混亂。從〈十·廿七〉的情節發展，從作者所拼貼的那些片斷或整篇文字中，我們發覺〈前夕〉前後的一九八七年，大馬的政治社會的確是混亂得無以復加了，沒有發生比「茅草行動」更加劇烈血腥的事故已是不幸中的萬幸了。這首顛倒詩從標題〈道理不是那人說的〉到第十行的「有道理也是那人說的」再顛倒一番到最後一行的「那也是有人說的道理」，不僅「道理」可以「轉口」，連方塊字也以拆組以達成這種反覆顛倒，足見作者的批判倒是費盡巧思。

就對後現代主義和解構技巧的襲用而言，八〇年代末的兩、三年實爲小黑的頂峰，收在《悠悠河水》中的〈一名國中男生之死〉拼貼了新聞報導和讀者投書，〈黯淡的大火〉末尾拼貼了三十一年前三月分群賢中學董事部三則會議記錄，〈悼念古情以及他的寂寞〉則拼貼了大報的三、四篇悼念文字，不過這些不同類型的文字都是出自作者小黑之手，因此，它們都只有拼貼的形式上意義而已。真正有實質意義就只有上面我花了不少篇幅來討論的〈十·廿七〉這一篇。所以純就技巧的實踐而言，這一篇應是小黑小說書寫的分水嶺，後設小說裡常見的技巧如諧擬、嘲弄、弔詭和拼貼等等俱都用上了，然後偃然而止，不再純粹玩這些種技法的遊戲。

小黑唯一的中篇《白水黑山》寫於一九九一年，在時間上來講跟寫於一兩年之前的〈黯淡的大火〉、〈紛紛細雨〉和〈十·廿七的文學記實與其他〉等篇並沒有太大的悖離，不過就小黑小說的創作歷程而言，它卻頗富承先啓後的意味。承先是說它的文字仍舊展現八〇年代以來所建立的洗鍊中包孕著思想性，佈局剪裁仍襲用了〈細雨紛紛〉和〈十·廿七〉等故事重心都以倒敘中穿插倒敘來進展，可又不缺乏心理刻劃、意識流、象徵和超現實等手法的應用，看起來頗有洗盡鉛華的味道，而收在《尋人啓事》中最傑出的篇章像〈太平湖遊記〉、〈人鼠〉、〈誤〉、〈回鄉〉和〈甜言蜜語〉等多少都能保持著這些特質及況味。我說《白水黑山》有承先啓後的意味是僅從小說書寫的技法這個角度著眼的。

《白水黑山》表面上雖不似〈十·廿七〉那麼後設、那麼後現代，其實骨子裡它仍是屬於這個脈絡的。它所包括的時空廣袤，其中有三〇年代白人的殖民、四〇年代的抗日、五〇年代的反殖民鬥爭到八〇、九〇年代以來大馬政府與中國較熱絡的政經關係，時間縱線貫穿了許多重要歷史事件，而織入這些真實歷史的是楊家、陳家和白猴這三個家族的興衰榮辱。作者所要彰顯再現的時空事故都極爲浩瀚雄奇，它是從〈樹林〉、〈黯淡的大火〉和〈細雨紛紛〉一路寫來針對大馬社會政治進展所做的歷史反思的頂峰與扛鼎之作，說它是頂峰一點都不爲過，因爲它篇幅最長，處理的事故又極繁複恢宏，在把複雜敏感的反殖民鬥爭、馬共叛亂等沉澱處理過後，收輯在《尋人啓事》裡的二十四篇極短篇和短篇，其中已無一再涉及這些題材，可見小黑這近十年來已暫停了對這方面記憶的挖掘。

《白水黑山》是以第一人稱「我」（叫「陳白水」）的有限視角來書寫楊、陳和白猴這三大家族的「家史」，而他們個別且又錯綜複雜的歷史又跟上提馬來(西)亞的社會政經進展糾結在一起，整篇中篇看起來頗有類似章暈的長篇如《淺灘》或《海無垠》那種大河小說的氣概。人物刻劃像陳立安（老三）和楊武（二舅）相對於楊文（大舅）和白猴本是黑白截然分明的對比，抗日戰爭結束後，楊武「決定繼續留在森林與高山」（《白水黑山》，151），其作爲非常類似〈細雨紛紛〉中的父親「刻意安排投奔森林」（見《白水黑山》，34），看似一位充滿理想的英雄，他在經歷慘烈的卡布隆山伏擊事件後，大家都以爲他是爲理想犧牲了，不過當他三十九年之後再出現時，他卻是「一個雍容華貴、氣色紅潤、臉頰圓滑、眼睛銳利的老人」（《白水黑山》，185），這時他早已自廣州某大學退休，是從中國到南洋探訪親戚，而跟楊武分道揚鑣走出森林的陳立安卻依舊那樣黑白分明，生活圈越縮越小，在歲月的摧枯拉朽之下，此時已「變成一個枯瘦偏激的糟老頭」（《白水黑山》，178），這麼說來，到底是造化戲弄人，還是歷史給他們開了玩笑？作者雖未明白點出，不過其書寫卻是充斥著譏諷和弔詭。在意識型態的巨大轉折下，作者和我們不禁都要問：甚麼叫做理想？相對於楊武、陳立安與其同夥企圖改造歷史，楊文和白猴等人卻都是典型的機會主義者，隨波逐流，可真是歷史洪流中的渣滓。既然英雄在不同的時空底下都會褪色，甚至變成滑稽的狗熊，那麼像楊文爲了政經利益而「犧牲」身分，「委屈求全」當白猴的女婿（《白水黑山》，138-39），然後年逾五十爲了獲取土著地位再娶六十歲的暹籍寡婦；白猴則是依靠「模擬」（mimicry），從一個典型的下屬僱員（subaltern）翻身成功，日據時又當了通譯員。他們這些人的行徑固然可議，可是在當今這種國際政治瞬息萬變的時代，誰所經歷的歷史最爲可靠？誰又有權給不同立場的人做詮釋？

《白水黑山》質疑的不僅僅是理想，而且是質疑歷史的真實。前頭提到這個中篇看似不像〈十·廿七〉那樣應用了許多拼貼及諧擬，其實骨子裡，這篇一樣是解構的，因爲它根本就質疑了歷史的宰執看法和吾人對歷史的傳統的機械性的解釋。這個中篇一開頭即以類似書寫武俠小說的手法來烘托楊武的英勇及神出鬼沒功夫，接著就是作爲小說家的「我」對自己書寫《白水黑山》做起檢討（亦即「暴露」）來，暴露的重點跟〈十・廿七〉開頭所要探索的是一樣的問題：作家到底是在「反映」抑或「再現」歷史真實？然後就是表現／再現的建構的範疇了。表面上看起來，《白水黑山》似乎比不上〈十・廿七〉那樣花俏（明顯地應用了那麼多拼貼，戲擬和弔詭等技巧），可是《白水黑山》卻是小黑唯一在其中不斷質疑歷史「真面目」（68）的一篇。大陸學者郭建軍在討論《白水黑山》這時期的文本所展現的歷史觀時提到歷史的當下性和作家心靈史[10]（見96-98），其實他從小黑文本中獲致的洞見已逼近了懷特所論述的：所有的歷史都是小敘述，都是史家因時因地因意識型態不同而「造構」出來的。

郭建軍說《白水黑山》中的「我」「直接扮演了歷史反思者的角色，實際上也是作家本人的化身」（〈世紀末回首〉，96）。在上一段小黑本人後設地跳出來質疑歷史事實時，其實他已提到時間推移對歷史真相的影響，亦已戲擬了作家本體太侵入小說人物的心靈世界所引起的逗笑境況。換言之，小黑這裡觸及的正是歷史的當代性（詮釋）以及作家心靈（史）的折射。《白水黑山》織入作者干預對歷史發表宏論的有還如下三處：

> 親扮演說書人角色導引出敘事者對歷史真相的質疑：「是她（母親），讓我緊緊地跟蹤二舅的行動，也因此比一般同年齡的孩子更早成熟，對歷史產生極濃厚的興趣，明白歷史原來就是人與事匯串起來的。至於歷史後來的真實性與可靠性，卻又因人的了解不同，而有了分歧，也是難免的事實。」（74）

> 陳立安在南園茶室當面質問白猴為何帶人馬去殺死自己人，兩人鬧翻之後，敘事者發問：「這又要怪誰呢？歷史本來就是朦朧的。白紙黑字記載的，尚且有可能被扭曲了，更不必說憑記憶與口傳的真實故事的真實性

---

[10] 但是郭氏把《白水黑山》（1993）與幾乎同時出版的《前夕》（1990）和《悠悠河水》（1992）隸屬於兩個階段、兩種書寫模式並不可靠，我上面的論述都把它們歸納入一個轉折前的後現代的模式，其間的手法、思考上的連續性已加以論述，茲不必贅言；倒是郭說小黑這時已進入一個「宏闊、豐厚、深邃」的境界（95），此確爲的言，值得重視。

了。」(175)

大舅楊文為白猴辯解說白未為奸細密告二舅楊武的行蹤之後，敘事者反覆思索歷史真實：「誰也不相信誰。誰說的故事才是真實的歷史？每一個說故事的人都相信他自己才是真正的目擊證人。歷史就有得看了。」(177)

所有的歷史都是當代人根據一定的線索（甚至立足點）詮釋建構出來的，這麼說來，都是「各說各話」，都是小敘述。就小黑小說書寫的整個進展過程來看，《白水黑山》應是他最後現代、後殖民的傑作，文字已呈現了一股洗盡鉛華的味道。如果可以採用禪宗的公案來比喻其心智、技法的進展／境界，那麼底下吉州惟信禪師的這一段話應是極佳的寫照：

老僧三十年前未參禪時，見山是山，見水是水。及至後來，親見知識，有個入處，見山不是山，見水不是水。而今得個休歇處，依前見山祇是山，見水祇是水。(見普濟著《五燈會元》，卷17，1135)

這則公案，施友忠師曾用來比喻人生歷練由迷而悟的三個階段（見〈二度和諧及其他〉，頁65），我引用在此旨在說明，小黑從現代主義技法入手書寫，此爲其見山水是山水的階段，及至他進階侵入後現代這個自我解構塗銷階段，他似乎是在經歷某種修練洗禮以進入九○年代以來的舒緩平和。如果從這個視角來檢索小黑小說的近日風貌，則他在《尋人啓事》的代序〈二十四段往事〉中所說的如下這一句話似乎頗有見地：「請你不要用十多年前現代派、寫實派的術語來批評它們，免得讓人（笑）掉了大牙」(viii)，對一位已創作出像〈十·廿七〉及《白水黑山》這樣前衛後設文本的小說家，我們當然不能也不必再套用寫實或現代這樣的標籤來框拴他。不此之求，那麼應以何種策略來詮釋它們？

我在前面已好幾次提到，收集在《尋人啓事》這本短篇極短篇集中的〈誤〉、〈人鼠〉、〈回鄉〉、〈太平湖遊記〉和〈甜言蜜語〉等篇章確實書寫得精采萬分。〈誤〉寫一個備受學生愛戴的中學教師尤興仁在榮升爲訓導主任兩三天內的情緒變化，虛實相間，又如幻似真，尤其他採取以毒攻毒「整」學生那一幕，對他自己以及學生心理的起伏描述確實寫得入木三分，表面似在刻劃一個人的尊嚴遭受到打擊而變形，次文本可是在突顯他受到壓抑的魔鬼般的欲望的蠢動。〈回鄉〉頗有韓少功〈歸去來〉和一點章暈〈白區來的消息〉的味道，小黑尤其採用了不少韓少功慣用的陌生化手法，把敘事者「我」與在故鄉邂逅的大頭一分爲二，有重疊亦有增衍，在科幻／虛幻中推演出故鄉八年來（他被囚禁監獄中的時間）的變化，或者說他記憶中空白的部分，以突顯他已略爲神經質的狀況。所有這些除了由這敘事者的感受呈現出來之外，最明顯的是，作者又再次採用早期現代主義階段所慣用的短句法，一來用以突顯主角焦慮、迷惘的內心，二來用以攫住其意識瞬息且雜亂的流動。大頭不僅僅是「我」的襯托，亦是「我」的異我／他我。一句話，這篇小說頗能像韓少功那樣營造一個瑰異的世界和迷離淒惋的氛圍。〈太平湖遊記〉寫一個生意失敗者蓄意投湖自殺的故事，小黑在此採用的是一慣的簡扼敘述文字、對話和低調文字，企圖在輕鬆中不斷製造懸宕；不過在他們驅車往太平湖的路上，爸爸一句「萬一我發生意外，你們有什麼打算？」其實已把其預謀表露無遺並且把家庭成員的反應以前敘（flash-forward）的方法預演了一遍。

然後我要略爲討論的是〈甜言蜜語〉這一篇，從標題到文字甚至人物的思想行爲，都充斥著陳腐、陳腔濫調，寫的是兩則緊密鑲嵌在一起的殉情故事—檳城某著名中學校長的十八歲女兒爲其老師蔡仁安撞車了結生命，而蔡的姐姐在二十幾年前卻是爲這位辛校長愛得瘋狂跳樓自殺；這篇短篇如果還有看頭主要在剪裁、在內容中所折射出來的愛慾、憎恨、妒忌等這些次文本，絕對不是篇中揭示的巧合或輪迴觀念。〈人鼠〉文字有些厚重，黑暗、黑影等意象頗有暗示、象徵的涵義，旨在突顯一個正趨沒落的行業（開雜貨店）以及代表這個行業的主人翁天寶的前景；不過這短篇確實要刻劃的是壓抑與慾望的宣洩。天寶和春花的情愛被天寶媽媽壓抑住，一個月只得宣洩一次，而且是在捕殺老鼠之後的那個夜晚。這樣一來，刺殺老鼠那一幕彷彿就變成夫妻倆床上翻雲覆雨的諧擬，既劇烈且又感人肺腑！

上述簡要的討論旨在指出，到了九〇年代以來，小黑的深刻、尖銳、辯證、深厚蘊藉仍不容置疑，因爲這些特質正是構成其風格的根本。受過現代、後現代主義洗禮的讀者一定會喜愛他這階段的〈誤〉、〈人鼠〉和〈回鄉〉，甚至一些被我略去的篇章如〈失落了珍珠〉等，可不一定會欣賞同樣輯入《尋人啓事》這本小說集中書寫胡青的那一系列少年小說[11]。臻至洗盡鉛華、舒緩平和是一回事，從一個層次降落到另一個層次是另一回事。上述這一大段探討無非只是在指出，

---

[11] 我這樣推論並沒有要勸阻（dissuade）小黑，叫他別去開拓少年小說，更何況多元論和眾聲喧嘩本就是後現代這個時代的特色，而且還有許許多多讀者迄今還搞不清楚後現代性、後現代主義是甚麼東西呢。

到了《尋人啓事》這個階段，小黑大體上（像〈尋人啓事〉這極短篇尙採用後設技巧純屬例外）已摒棄了他在後現代階段頂峰時所致力耍弄的那些花俏。令人大感困惑的是，他似乎有點太早就放棄衝刺、攀爬的勁道，舒緩是舒緩了，只是不免令人感到他是否在書寫上已遭遇到某種瓶頸？惟信禪師第三階段所臻至的那種回歸清明本然當然是人生／文學的最高境界，可是在創作上，小黑在實質上真的達到了嗎？抑或僅只是在外表上達到而已？

【引用書目】

Derrida, Jacques. "Differance." *Margins of Philosophy*. Trans. Alan Bass. Chicago: U of Chicago P, 1982，頁1-27。

Waugh, Patricia. *Metafiction*. London: Routledge, 1985. 錢競和劉雁濱中譯。《後設小說》。台北：駱駝，1995。

小　黑《黑》，八打靈：蕉風，1979。

小　黑《玻璃集》，八打靈：人間，1984。

小　黑《前夕》，吉隆坡：十方，1990。

小　黑《悠悠河水》，怡保：藝青，1992。

小　黑《白水黑山》，吉隆坡：馬來西亞華文作協，1993。

小　黑《尋人啓事》，新山：彩虹，1999。

小　黑〈二十四段往事〉（序），《尋人啓事》：頁 vii-ix。

小　黑〈紅樓夢〉，《玻璃集》：頁77-78。

岳玉杰〈小黑、朵拉創作論——東南亞華文夫婦作家的一個取樣分析〉，《華僑大學學報》（哲學社會科學版）1995年第3期。頁71-76。

唐　林〈沉痛的挽歌〉（附錄一），《前夕》，頁175-89。

施友忠〈二度和諧及其他〉《二度和諧及其他》，台北：聯經，1976，頁63-114。

陳雪風〈趕路是不分晝夜的〉（附錄一），《悠悠河水》，頁157-60。

郭建軍〈世紀末回首——論作爲南洋反思文學的小黑小說〉，《華僑大學學報》（社會科學版）1996年第2期。頁94-99。

普濟著，蘇淵雷校《五燈會元》，北京：中華，1984。

潘友來〈小黑談小說〉，《黑》：頁131-37。

原發表1999

商晚筠小說中的女性與情色書寫

＊陳鵬翔

這篇論文主要在探討商晚筠小說中兩個尚未受到深刻探索的題旨／書寫：女性與情色，這兩個課題跟作者自身的身分、性向與關懷隱隱然是有些本質上的關聯的，雖然作者在好幾次受訪時，都一再強調，作家在創作時，最好是能把自己的身分「隱去」，變成一個「中性人」。這麼說來，書寫之所出（即文本）顯然跟她的「剖白」是有些扞格的，這益使得我的研究有特別的意義。

商晚筠於一九七七年夏天自台大外文系畢業，那時台灣的女權運動在呂秀蓮和李元貞等前輩的推動下已沉寂了下來，而第二波（亦即是持續到目前的那股強大力量）根本尚未現端倪；這時她正在跟同班同學顏宏高（筆名凌高）在談戀愛，只是尚未論及婚嫁而已。這年十二月她的第一本短篇小說集《痴女阿蓮》在台北市由聯經出版，十二月八日她自台灣返回馬來西亞，翌年三月進入八打靈市建國日報任副刊助編。

在此，我們得正視一件文壇惡評對一位相當有才華的作家的傷害。話說商晚筠自一九七七年二月以〈木板屋的印度人〉這個短篇贏得了台北幼獅文藝社舉辦的台灣短篇小說大競寫優勝獎以來，之後又分別以〈君自故鄉來〉以及〈痴女阿蓮〉榮獲聯合報第二屆和第三屆小說獎，一九七七年杪第一本小說集又已出版，這些對一位年輕小說家來說都是非常大的肯定，不想一九七八年七月她發表在《蕉風月刊》第305期上面的一篇四萬餘字的中篇《夏麗赫》可卻幾乎擊倒了她。刊物主編理應是要找位文壇大老來爲這篇力作推荐、不想她竟找了位柳非卿（當然是筆名）寫了一篇兩千多字的〈評夏麗赫〉，從人物、對白、思想、內容、寫作技巧到宗教習俗等諸多層面，把商晚筠這中篇抨擊得體無完膚。爲此，商晚筠的未婚夫顏宏高還坦然坐不改姓寫了一篇四千餘字的〈「評夏麗赫」文中的幾點謬誤〉（刊《蕉風月刊》307期）來爲她緩頰辯護。坦白講，顏文確實寫得肯切理性，而柳非卿不僅不受教，還老氣橫秋寫了一篇〈反「反批評」〉，說「〔他〕的觀感依舊不變，〔他〕的立場還是一樣」（頁4），兩千多字已能擊中「要害」，他已「慈悲得像個老婆子」（頁6）。受到這麼一個莫名其妙的打擊，「商晚筠頹喪到極點，停了相當久的時間沒提筆；不巧，這時她的後天哮喘病發作，病了好長一段時間，只好辭職回老家」（楊錦郁，〈走出華玲小鎮〉：頁145）。引文所描述商晚筠的感受來自台北楊錦郁的事後採訪，最令商晚筠難以承受的是，這個文壇耆宿在隱約之中暗指她的文本書寫帶有「沙文主義色彩」[1]，這種酷評險些就奪去一位年輕作家的創作生命。

商晚筠的婚姻與就業道路亦佈滿波折。一九七九年元月二十日，她與顏宏高在檳城結了婚，四月離開飽受人事傾軋的建國日報副刊主任位職，五月轉入一個名叫「商海」的商業雜誌當記者，工作了將近一年。一九八〇年杪前往台灣，想報考研究所唸書不成，又因台灣的生活水平已比當年高出許多，應付不易，她只待了三個月，可說是「失望至極」地返回大馬（楊錦郁，〈走出華玲小鎮〉：頁144）。一九八一年六月加入《大眾報》，僅僅工作了三個月就因健康原因離職。更坎坷的是，她與宏高維持了四年多的婚姻於一九八三年結束。為了生計，她於當年八月進入馬華屬下文化協會所經辦的一分綜合性刊物《文道》工作，從採訪編輯開始，一直當到它的總編輯，然而於一九八六年元月辭去這個職位。浪蕩了一陣子，一九八七年她到新加坡來當廣播局電視台的編劇。

一九九一年，商晚筠的第二本小說集《七色花水》在李瑞騰的協助之下在台北由遠流出版。出版之後，我曾讀到一篇由李有成執筆撰寫的書評叫做〈女性關懷〉，這書評除了相當肯定商的女性意識與才華之外，還從集子中篇幅最長、分量最重的〈暴風眼〉這一篇看出，「商晚筠正擴大她的普遍關懷」（《時代文學》第十版），像這樣的溢美之詞，絕非無的放矢。

回到我論文的第二個主題「情色」來。「情色」英文叫做 eroticism，「情色」

---

[1] 事實上，柳非卿在〈評「夏麗赫」〉裡並未採用「沙文主義」或「沙文色彩」這些名詞，而是批她的人物對白「沒有一點民族特色」（頁109），她的第一人稱敘事者滲露了「種族優越感」（頁108）。倒是顏宏高在〈「評夏麗赫」文本中的幾點謬誤〉中搶先用了「沙文主義者」（頁6）來指稱柳。前頭兩個術語見諸楊錦郁，〈走出華玲小鎮〉：頁144，以及〈你會來道別嗎？——哀商晚筠〉：頁168。

並非「色情」，廣義上它雖包括了色情作品（pornography），可並不必然全等於色情。我在這篇論文中要突顯商晚筠文本中不太多的情色／慾書寫，目的是要在討論其女性主義意識。商的第一本小說集《痴女阿蓮》所收輯的十一篇短篇之中，其中〈木板屋的印度人〉和〈巫屋〉這兩篇寫的是國族建構中印度人和馬來人這兩個「想像中的族群共同體」，其他都僅僅涉及華族。在這些短篇文本中，我們看到的只有男性施暴於女性，或是華族相當根深蒂固的重男輕女觀念（如〈林容伯來晚餐〉裡阿婆對阿爹的疼愛）；如果真要勉強辯證說，這就是商晚筠小說文本展現了女性意識的雛型，這當然勉強可行。可是我們還是毋寧說，她一九七六～一九七七年的小說文本是極其質樸地反映了馬來西亞多元種族社會中的精神面貌，尚未「真正」跨入有意識地進行女性主義書寫。

商晚筠的女性（主義）意識應是形塑於一九八〇年前後，之前一九七二～一九七七年她在台大唸書時，她應該已略有耳聞或閱讀到台灣七十年代初期那些婦運／權先驅的論述，真正認真思索女性主義的議題應是她結了婚之後、一九八〇年杪再赴台灣想考取研究所這個階段，甚至更爲晚一些。

一九八七年終左右，我經由永樂多斯的聯繫，希望直接從她那兒獲得一些她發表在新馬報章雜誌上的作品，以支援我於一九八八年八月在新加坡發表的那篇長論〈寫實兼寫意——馬新留台華文作家初論〉[2]，商晚筠於一九八八年四月十五日即回了信並且寄來〈季嫵〉和〈茉莉花香〉等一共七篇小說以及兩首詩和一篇散文之影本，無奈這些資料輾轉寄到我家時險些過了「時效」，所以我在上文中拿她跟潘雨桐做比較時，我只觸及《痴女阿蓮》、一九八三年比賽獲獎的〈簡政〉，以及在這本小說集之後（一九八六年之後）所發表的〈蝴蝶結〉和〈七色花水〉兩個短篇。那次的會議是由新加坡哥德學院與新加坡作協所合辦，我記得會議期間有一晚曾在史坦福酒店見到商晚筠，見她跟兩三位瘦削、披長髮的女性擁簇在一起，而她剪成赫本／半男生頭，的確像永樂所說的「一襲襯衫一條長褲，她〔已〕拒絕再扮演依纏孅繞的菟絲」（頁205）；這麼一副打扮跟十幾年前我在

[2] 我當時想到要直接跟商晚筠聯絡，主要是我一直認爲她跟潘雨桐是留台後返馬中小說寫得最好的兩位，對於他們的文本不能較深入地探討根本是一件不可思議的事。另一方面，我在那之前有整十年較少關注與蒐集新馬華文文學的書籍。當時協助過我（聯繫及蒐集）的文友還有王祖安和李錦宗等人，在此理當誌謝。

台北所見到那副純樸小女生的打扮已完全不同，我正考慮趨前去跟她多說兩句話，可她已宛如一陣清風忽地消逝。很明顯地，商晚筠這時候的裝扮已儼然是一位同女男人婆慣常的裝扮[3]，有無「出櫃／現身」（coming out of the closet）[4] 作公然坦陳其身分／主體已不屬重要，重要的是我們可否在其文字書寫之中讀出一些或隱或顯的女性意識來。

經由對《痴女阿蓮》之後文本的閱讀，我當時即發覺商晚筠一九八六年之後所推出之文本已跟七八年前的文字在風格上已有改變；我當時曾這樣說過：

> 商晚筠最近的風格跟1976-77年的不太一樣，她的文字從冗長趨向短促簡潔，佈局變得嚴謹，加上象徵性的應用、意識流的應用（例如〈簡政〉末尾李安娘在市集人潮中見到先生簡政來探班那一幕），她是在趨向成熟的坦道走去。（頁282）

跟這種文字風格和技巧的進展的「發現」同樣重要、甚或更重要的是，我竟在〈七色花水〉這個短篇中之細膩描寫經營「看出」商晚筠有西方英美第二波女性主義者本質派（essentialist）所強調的「專長」，強調書寫女性經驗這是「『非我莫屬』的經驗領域，而男性作家只有依靠想像、靠感覺來投射描述了」（頁280）。對於我也跟六〇、七〇年代西方女性主義本質派觀念上有這種契合，當今想起來當然有點悚然而驚愧，不過，我卻由這麼一篇書寫姊妹情懷（一對姊妹花擠在一個木澡盆洗七色花水）的文本預推，她會走向堅實的女性主義甚或同性戀之道路。這麼說來，1986年商晚筠發表於台北《聯合文學》上頭這篇〈七色花水〉可構成她創作歷程上的一個分水嶺[5]——她已準備從〈簡政〉（1983）和〈疲倦的馬〉（1986）

---

[3] 同女中男人婆有一個特定造型，「她們」總是喜歡理短髮、穿著筆挺的襯衫西裝褲，甚至以很帥的姿態叼根煙。請參張娟芬《姐妹戲牆》：頁43。

[4] 「出櫃／現身」是上個世紀九〇年代以來非常重要的兩個酷兒術語，其根源請參莎菊維克（E. K. Sedgwick）的《衣櫃認識論》（*Epistemology of the Closet*, 1994）和弗斯（D. Fuss）編的《櫃內／櫃外：同女理論、同男理論》（*Inside／out: Lesbian Theories, Gay Theories*, 1991）。至於這兩個術語之間的一些隱微差異，中文可參考由馬嘉蘭（Fran Martin）撰述而由紀大偉譯成中文的〈衣櫃、面具、膜：當代台灣論述中同性戀主體的隱／現邏輯〉：頁136-139。

[5] 根據素來跟商晚筠多所聯絡的楊錦郁的「資訊」(頁169)，商這篇〈七色花水〉在書寫

等這些短篇中的異性戀要（或已正在）過渡到〈街角〉（收入《七色花水》）以及未及殺青的中篇《跳蚤》這樣兩篇有關同性戀的書寫。

一九八八年八月中旬我和李瑞騰夫婦在參加完在新舉辦的「第二屆華文文學大同世界國際會議」返回台北之後，李夫人楊錦郁即把她專訪商晚筠之所得，寫成〈趨向成熟的坦道走去〉一文，發表在當年十二月號的《幼獅文藝》上頭，這個標題即取自我在新加坡發表的那篇〈寫實兼寫意〉，楊與商提到我所指陳她文字風格技巧的成長應是話題之一，然後我們就看到楊文底下這一段商晚筠的自剖：

> 我從一九八六年開始到現在所寫的幾篇小說，都是從女性的觀點出發，在台灣這已經發展一大段了，可是在馬來西亞仍然沒有任何共鳴，所以我還會朝這個方向寫〔下〕去，因為如果我寫男性，受限於性別的障礙，我的刻劃可能不會那麼成功。當我們在寫小說時，都希望自己是一個小型的上帝，所塑造的人物都是赤裸裸〔的〕，男的會有怎樣的衝動，女的會如何反應，我都可以想像出來；但是如果據實寫出來，在馬來西亞的社會，會遭到很多非議和攻擊，對女作家來講就成了絆腳石。也就是說，你不能突破性別的障礙來寫作。我很希望能突破，不把自己當做女作家，如此我就可以坦然的把自己所想寫的東西寫出來。(《資料集》: 頁146-147)

這一段剖白之重要在於它是作家本人最早提到她小說創作重心之轉變——轉向書寫女性[6]，更重要的是它提醒我們，她對女性主義原質派這種「唯我獨尊／莫

過程中刪刪改改，一直到定稿(1986年發表)已費時三年。換言之，它應是跟〈簡政〉(1983年獲獎）先後期的作品，也應該是一九八三年她跟「Boy-boy」顏離婚時即已蘊釀或已在創作中的作品。這麼說來，在創作時間上，它跟收輯在《七色花水》中其它八篇在寫作時間上應是較早的一篇；書寫親密的姊妹情懷之較可靠必然會令人想到這主題跟她不幸離婚有刻骨的肌膚關聯。

6 1993年永樂多斯專訪商晚筠時，商也提到她的「女性使命感」，並對其「不刻意強調女性主義」並且「不自覺地往這方面走」的根源有所辯解（自小的目濡耳染、父親的大男人思想和女人的逆來順受等等），可並未對如何「受到西方女權主義的影響」有所說明，殊爲可惜。永樂這篇專訪題叫〈寫作，我力求完美〉，於商晚筠逝世之後分兩次刊於《星洲日報．文藝春秋》(1995/06/27，1995/07/01)，我之引文見《資料集》：頁139、140。

辨」的禁地／禁臠執著，她其實並不很贊同；她希望能突破，「不把自己當做女作家」而能達致做爲「一個小型的上帝」的境界[7]。至於她對台灣女性主義的發展，她的了解可說相當片面：因爲那些轟轟烈烈造成「移風易俗」的女性／女權主義再次運動這時還處在「風雨中的寧靜」階段，學界的研討還處在「啓動」階段[8]。

在楊錦郁這篇專訪中，商對馬來西亞父權社會體制對女性的壓迫感到憤怒且又無可奈何，社會大眾的無知與原質派的可能抨擊也令她感到痛苦，所以她在訪談中補了一句：「所以我只好從女性觀點來寫女性主義的小說，在我的作品中，男性倒成爲次要的角色」(《資料集》：頁147)。這種坦誠的交代對我們在同情地詮釋、分析她一九八六年之後發表的作品應有幫助，使我們能更深刻切入她作爲一位作家的主體甚至情慾的轉變。

我在下面要從商晚筠的文本中挑出數段來分析其女性意識的變化。任何閱讀過商晚筠〈七色花水〉這個名篇的人對下面這一段情色文字書寫印象都應會很深刻：

> 姐身子養得極白，頸項一逕白到腳板。她常年踩縫衣機踏板，鎮日不曬太陽，了不起晨早去一趟菜市；她底白和股憂鬱蓄養了好些年，越發不肯黑了。她嬌弱底薄身子積不出半斤力，可打撈那勁卻猛有一把，水桶一起一落，連帶渾圓小巧的奶，彈勁地顫動。
>
> 往年浴七色花水，總沒覺出與姐兩人赤身裸體有何怪異。而今瞥得緊。

---

[7] 類似的觀點也在翌年在新加坡聯合早報《文藝城》所召集的一個座談上得到發揮。這個座談係爲歡迎香港女作家林燕妮的蒞訪而召開，參與者除了林和商晚筠之外，還有尤今、孫愛玲、蔡淑卿和圓醉之，一共是六人。她們當然談到了創作經驗與社會，更談到兩性關係、女性主義以及同性戀等議題；商晚筠發言的一個重點是「作家寫作時」最好將自己當做一個「中性人」，而她這個發言頗能配合她當時頂個男式短髮並且穿著襯衫西裝外套這一「中性」裝扮。這一個座談叫做〈女性作家與創作題材〉，刊在1989/09/24《聯合早報．文藝城》，引文及商之照片見《資料集》：頁153、155。

[8] 我何以說台灣這第二波的女性／權主義運動還處於「啓動」階段，而能「蔚爲風潮」則是在八〇年代中期，見張小虹，〈性別的美學／政治〉：頁109、110；也請參見奚修君整理的〈台灣女性主義文學與文化研究書目〉，附在張小虹的著作《慾望新帝國：性別．同志學》後頭，頁202-244。

臉上驟地燙熱，怕她回身瞧見，忙覆臉膝頭上，一壁掬水拍打臉面。

井旁水聲一蓬一蓬退落。

姐坐進盆裡，水更溢出盆外。

她解開袋子往澡盆傾盡七色花水。水仍流失，數瓣菊花和大紅鳳仙正漂出盆沿。我放手去撈，不意姐抓著我底手腕，那般認真使了勁，捏疼了我，我不解地瞅姐。姐輕嘆：「不！流掉就流掉算了。」

我這下半年開始拔高，手腳長得快。澡盆原就不小，這會得猛收膝蓋才容下兩個女體，也的確，腳趾就尖頂尖了。

水間間緩緩流掉一半。

姐盡屈抱膝蓋，瘦伶伶的肩窩像挖空的兩個肉坑，啣接兩條白冽冽的胳膊。雪白的乳房給膝頭抵成兩墩肉團。姐承了媽一雙明眸，總有兩汪水色在眼瞳裡的溜溜地盈轉。從來，沒見姐快樂過，即使小小的喜悅也不曾。

姐怔怔地瞅著落在木澡盆外數瓣黃菊和淡紅秋海棠。(《七色花水》，頁195-197)

我在寫〈寫實兼寫意〉(1988)那個階段，由於跟商晚筠一樣太執著於女性原質派的主張，因此很強調這一段文字以及〈七色花水〉這整個文本之中滲露／暴露出來的那種細膩的心理反應，以為由這個十六七歲的敘事者所獲致的敏銳洞察(經驗)，「似乎比較不容易由男性作家『道』出，而〈蝴蝶結〉中那個知覺中心的『我』的感覺也極為敏銳」(頁281)。我當時做這種觀察時並未完全從女性主義的視角來探討商的文本內涵，對她一九八六年寫作重心的大轉變也一無所悉，更甭論對她本人有可能已轉換性慾嗜好有所了解。不過，不管怎麼說，現在再細細檢視上引這一段女性／情色書寫，我發覺敘事者的猛勁抖動「渾圓小巧的奶」，甚至無意間「認真使了勁」捏疼了敘事者，所有這些可能都已泄露了她的慾望——一種潛藏內心深處無意識的情慾！

跟〈七色花水〉一樣，〈季嫵〉寫的也是一對相互依存的姐妹，不過這一對同父異母，姐姐季嫵長妹妹季若六歲，小時非常疼愛住在城裡店舖裡的妹妹，高中畢業後在泰馬邊境跑單幫，業餘玩相機，在泰國勿洞街頭邂逅了美聯社記者肯尼迪而跟肯結婚，由於先生的職業關係，四處為家。小說情節從季嫵意外逝世第十天開始寫起，敘事者(妹妹)季若已從鄉下園坵搬回城裡，並答應母親要把生活過得好。這短篇所描述的姐妹情懷固然叫讀者感到刻骨銘心，可其中所觸及的一個主題「饑餓」——物質的兼情慾的雙重饑餓——卻跟底下這段情色／情慾書寫糾結在一起，讀後令人無以忘懷：

> 鏡子明澈中自有一番清新世界，那是一個謎樣的小千。伊看到一隻盲目撲燈罩的飛蛾，不忍牠盲目愚昧而揮手驅趕牠。轉向牆燈不經心的立姿，伊看到季嫵，從錯綜的時空，破千重繭而出，步子施然。那柔滑的肌膚泛著流動的蠟光，一片溜蠟，是不肯也不會留住任何事物，無止境地滑落，伊凹凸有致的肩膀，是更接近季嫵的形體了。伊幾乎無遺地展露伊內在的世界，那是一種刻意的浮雕，試圖表現伊內在的七情六慾。從伊蒼白的肌膚，那種未經世俗愛慾污染底最原始的女體，可以感覺到她軀體蘊藏著一股緩緩流動的憂悒，像一張糾結的網，禁錮著一朵待迸的情慾。(《七色花水》：頁226-227)

在這一段文字裡，如真似幻，敘事者「我」轉化為「伊」為「季嫵」，這無非要說明妹妹季若跟姊姊季嫵在形體上的酷肖；這個形體肌膚蒼白，正好要呼應這一段文字之前四段中那個三十五歲的女子，「裸赤中帶著一股無助和懦弱的蒼白」（頁226）的季嫵。然後該注意的是「最原始的女體」這一句；這當然是要指明季若這時是未婚的處女，可她軀體卻像一張緩緩流動著憂悒的網罟，「禁錮一朵待迸的情慾」。

如果說季若的情慾像一座正要爆迸的火山，那麼，上引這一段文字之後第三和第四段卻把季嫵的情慾塑造成「文明情慾後的不滿足，但絕不是非洲饑民裡憔悴不堪的年輕女子」(《七色花水》：頁229)。從情慾的正待開挖一直寫到開挖之後的饑渴不滿足，然後又由季嫵的兩個短鏡頭的操作安排，作者又把物質的匱乏也給扯上了。由此來看，商晚筠在〈季嫵〉的前段即已把「饑渴」此一主題經營得饒富韻味。在此我要特別指出來的是，商晚筠經由〈季嫵〉這一短篇之營構，她在不知不覺之間已闖入西方八○、九○年代以來女性主義同女同男以及酷兒理論之間在爭論不休的情慾（sexuality）以及身分／認同（identity）的情境；情慾是流動不居的，而身分卻跟個體有沒有斗膽現身有關，我們實在沒有甚麼道理非要書寫者都坦白一番不可。

商晚筠在上面我們討論過的兩個短篇中都把姐妹相互依存的情懷寫得極為溫馨，甚至可以說是瀝血銘心地溫馨，但是她甚麼時候要向這個「最原始的女體」

做正式的告別？我想任何拜讀過商的〈蝴蝶結〉的人，他們都不會忘了敘事者自從從回來奔生母的喪，卻變成一縷魂魄奔回來向養母溫熱的胸脯道別的那一幕：從從在「冷而僻」的黑暗中摸上了樓房，然後：

> 我跪在床側，輕輕愛撫媽媽的額、眼、鼻、唇。我無法揩去她眼角不知何時湧出的淚。
>
> 我發誓一輩子不傷害媽媽。我移開她底手，把報紙收藏在我旅袋包。
>
> 我解開媽媽胸前的鈕扣。第一次，也是最後一次仔細看了媽媽完美無疵的純潔乳房。
>
> 我珍惜地，輪流吮吸我孩童時候不曾吮吸的奶頭。那乳香清雅馥甜。（原《中時・人間》：第8版，見《七色花水》：頁223-224）

這一幕仍然是情色書寫，情懷溫馨而蘊藉，可卻充斥著儀式以及象徵意義。「媽媽完美無疵的純潔乳房」在這短篇裡當然是要指明養母的處女主體身分，這身分跟〈季嫵〉中的「最原始的女體」身分顯然是一脈相承。媽媽出污泥而不染，以聖潔對抗混濁，從從的魂魄來向這麼一個女體道別顯然是生命意義的完成。然而往深一層揣測，這一道別儀式是否也意味蘊含著作者商晚筠在潛意識中要向父權社會體制所強調的童貞情結道別？

跟父權社會錙銖必計的性／別差異說再見，這其間的象徵意義必然人言人殊；不過，商晚筠要突破性別的障礙以及要做「中性人」的發言，必然在這時已是她創作活動的驅逐力量，因此，在此期間，我們終於看到她寫成的第一篇同性戀小說〈街角〉[9]。〈街角〉是一篇寫得極維妙維肖的三角同女戀小說，主要地點爲「雅癖閣」，坐落在吉隆坡城中區一個隱蔽的街角，主要情節是過慣了波希米亞生活的敘事者我（席離）遊歐歸來後，她爲了打發孤寂苦悶而切入到一對叫紀

---

[9] 其實，過分敏感或激進的評論家可能早已在〈暴風雨〉這篇長短篇裡兩位女主角度幸舫和簡童童這對相互依賴甚深甚至到了「掏心掏肺」（頁20）的姊妹淘身上嗅到同女的一些「蛛絲馬跡」。例如簡童童當司機載度到北部邊鎮客地度年假，在路上由於抱怨及一句「你有才無貌」（頁46）強烈地刺傷後者時，度在「一隻巴掌揮過去了，竟神奇地停在童童俏麗恣意的臉頰，輕佻地反手背摩娑她」（頁46；加重爲筆者所加）。這麼一個親暱動作，在一般人看來可能只是一種姊妹淘親情的表現，可是在同女圈中看來，這之中已強烈地蘊含情慾的涵義。

如莊和任沁齡的同女生活圈中而激發了無數漣漪來。任沁齡相當注意敘事者，然而我在不知之覺之中就被任的細心和體貼所吸引住而催發出愛苗來。非常明顯地，在這篇小說中，敘事者席離和任沁齡扮演的是 T 與婆的角色。令我這個詮釋者感到好奇的，除了上提作者對同女的情感變化的維妙維肖的刻劃之外，更加好奇的不如說是想從其中讀出作者的主體性來。總之一句話，商晚筠在書寫這個三個同女戀文本時，她的心智（由其道德性用語看來）仍舊受到強大的父權社會體制的鞏固宰制。怎麼說呢？

〈街角〉是一篇充滿慾望甚至情慾的小說，但是在描述中，作者卻有意地含蓄或隱晦。先說敘事者「我」，她雖然在任的關懷和體貼下萌生了愛戀之情，可卻不敢對後者有直接的大動作撩撥親暱表態，相反地，她卻把「這股渴慕之情盡量壓抑心底」(《七色花水》：頁76)。她經常比任早到雅癖閣來，

> 然後固定在樓房後半爿窗側牆落。窗簾撩開，可以遠眺無窮黑夜裡盞盞燈火。我任由它大幅大幅垂落。清風徐來，伊們便無拘無束地悠閒曳擺，輕輕觸撫我，摩娑我底膚髮。我竟錯愕的渴想著那是任沁齡曳地軟綢的飄柔，撫拂我無以言喻的迷惘。我終於瞭悟我是為了內心一股不斷滋長的錯謬感情而尋求撫慰。(《七色花水》：頁76-77)

作者竟用移情投射的方式，把敘事者渴望獲致的體膚之摩娑藉由窗簾「伊們」來完成。這當然是情慾的具體表現，可作者卻說「我」跟任沁齡的感情是「錯謬的」！至於任沁齡和紀如莊的情慾互動則是赤裸裸地「現身」。〈街角〉文本第三節寫到「我」首次跟紀如莊碰面時，紀被描述爲反應冷漠，「臉無七情」，而任沁齡除了不以爲忤，還「伸手撩撩紀如莊腦勺短髮。紀仍無表情，任一點也不生氣，反還不時微笑地投注紀如莊，那種傾慕神態，蘊含一種特別的感情」(《七色花水》：頁73)。文本第四節有一段寫到任沁齡浴後，其一身清香，不管是鬈曲的濕短髮甚至「潔白完美的腳踝」等都蠱惑住了敘事者和紀如莊。紀雖對任的話不感興趣，在行動上可卻「索性靠攏任，用手指一遍一遍爲她梳頭，狀極親密，也許沒留意濕髮糾結一綹一綹，把任鬈曲的髮給扯緊了。任低低地噢了一聲，然後將紀的手輕輕扳開」(《七色花水》：頁78)。在這一個情節裡，任從浴室踏出來，然後又跟其男人婆紀如莊有如此這一幕親暱行爲，那當然是一種出櫃／現身儀式，有坦然昭告天下的象徵意義，這個場面當然叫另一位男人婆席離感到尷尬。不過當現身儀式完成後，作者還從敘事者的角度給補了一句：「我無法無視無聞，當一切透

明空無」(引同上，頁78)。單就此一情節而言，我們何嘗不可以說，作者商晚筠顯然是在利用此一情節演義出酷兒理論(queer theory)中同女出櫃／現身的儀式過程，雖然參與這個儀式的這時只有情節中的三位同女以及她們在雅癖閣的朋友。

最後，我們還是得回到作爲作家的商晚筠的主體來。單就〈街角〉這一個文本來看，這個文本敷演的當然是同女在新馬的境況[10]，由於新馬在女性主義(包括同男、同女及酷兒理論等)比起亞洲其他地區如港台來，可說還是較遲緩落後的地區(參見一九八八年楊專訪時，商直說「在台灣這已經發展了大段了」的話)，而又由於她要向社會做交代，所以她在〈街角〉中所塑造的三位同女戀愛，她們的主體意識與作者的一樣，那絕對不是波瀾壯闊的，而是深陷桎梏之中。〈街角〉第五「我」正在籌措返鄉數月時，有一天任沁齡直接了當問起她對任與紀間感情的事，敘事者不聞不問當然並不表示她不知情，然而任卻補了如下這一句：「我和紀如莊那種感情，從群體的道德準則和價值觀來看，是人世間一樁不對稱事件」(《七色花水》：頁85)，敘事者雖然有所辯解，說對稱或不對稱顯然是主觀的意識的投射，並非絕對。在〈街角〉最後一節，敘事者從北馬風塵僕僕地趕到都城去找任沁齡想賡續前緣，才發現紀如莊已遠離這個重視對稱的同女而去，離去之前還給任留下一筆錢；而在這個最最節骨眼時刻，飽受愛情挫折與傷害的任沁齡竟然「變得不敢再付出愛，害怕再落空」，因而「要求席離離去」(林雲龍：頁91)。根據林雲龍的說法，她們「這三人都是極度愛惜自己，不願意付出感情的人」(同前引，頁91)。我的看法是，作者商晚筠在敷寫〈街角〉這個文本時，她的心防或潛意識仍未突破新馬這一帶父權社會這一強大符籙的宰制。

話說商晚筠逝世前一、兩年要寫成三、兩個中長篇小說，其中有兩個是關於同性戀的(楊錦郁，〈你會來道別嗎？〉，頁109)，不過，我們從她逝世之後所刊出的〈南隆。老樹。一輩子的事〉和《人間・煙火》以及《跳蚤》這兩個未完成的長篇手稿之中，只看到《跳蚤》這個已完成了兩萬六千多字的中篇確實是處理了同女的情愛(其他還處理了愛滋病與死亡)，其他〈南隆〉這個兩萬餘字的長

---

[10] 依據檳城理工大學社科院阿里芬的研究發現，許多民間團體鮮少敢於堅持其理念，對於婦女施暴等議題也不敢提出強硬立場，在此情境底下，馬克斯主義或是激進派女性主義根本不可能在馬來西亞出現，請參其論文：頁420-421以及422。

短篇涉及的是愛與恨、進步與衰退等題旨，其中只有小片斷涉及情色，而《人間。煙火》處理的則是一個叛逆的女兒對一個執意「失蹤」而去的父親的愛恨交織。

依據商晚年堅決而又艱苦地改改寫寫而仍未殺青的這兩個中長篇及已完成的〈南隆〉這一篇來檢討，她的文字又有所突破，不管是對白或是描述，都顯得越來越簡潔。在人物刻劃方面，男性角色都僅居邊緣地位。例如《人間・煙火》，在她所草成的四十四小節裡，敘事者許典爾的風流父親許百洲在第十四小節之後即已「失蹤」，這一來，這個中篇幾已變成敘事者與其繼母這兩個女人的搏鬥。許百洲失蹤前已六十五歲，他迎娶了敘事者的高中同學陳謹治爲繼室，其實他們過的是無性生活；我們讀者只「聽到」許百洲如何風流倜儻，可就未見到任何有關的情色書寫，當然更甭談刻骨銘心的愛情場面。在所完成的將近三萬字之中，我們根本看不到任何有關同性戀的伏筆，由於小說家商晚筠已於一九九五年六月二十一日去世，她悶葫蘆中到底要賣的是甚麼藥可已永遠消逝了。

正如幾位評論者所指出的，商晚筠的小說文本就不太經營男歡女愛的場面，通常是：「性不是一種享受，愛也悽楚」[11]（李瑞騰，序《七色花水》：頁10）。由於我這篇論文著重在情色和愛慾這些較另類的文本上頭，因此對於比較屬於愛情這部分就都盡量略而不論，不過在進入探討另外一個未完成的中篇《跳蚤》之前，我們還是先引用〈南隆〉這約兩萬字的短篇中唯一的一段情慾書寫於下：

> 她23生日那天，柏年信沒來電話也沒來。她心情低劣，把柏年進大學之前送她的訂情戒指泡在啤酒桶裡。那個雨夜，出奇的燙熱。……
>
> 她只低喚他名字，卻除了鼻息，什麼也沒說。他想是不是應該送她回家，卻怎麼也開不了口。驀地她一個轉身面對他，阻擋了窗外景色。他的視線落在她略微撇開的衣領下，一片泛著晶亮汗水的桃紅肌膚，他已經沒有後退轉身的餘地。
>
> 半打啤酒膽給她壯了膽豁出去。人在懸崖，他不想勒馬，任她兩手勾緊脖子，往自己身上掛，他笨拙地移動她的身體，不敢正眼銜接她媚麗的眼光。他把臉埋在她桃紅色的胸口，緊緊貼著她小巧有勁的乳房。兩個人置身於局促低矮店舖閣樓，他不想再抽身後退。

11　類似的看法，至少請參林雲龍的〈商晚筠短篇小說中的愛情〉，收入《資料集》，頁88-89。林雲龍這篇論文是諸多談論商晚筠小說中「愛情」主題較好的一篇。

> 大半夜的，父親以為他醉酒跌床，上來叩了幾次門板。
> 「阿義，喝醉啦，別喝那麼兇了，早點睡，明早起不來了。」
> 兩人徹夜沒睡。水秀像一件貼身的軟綢，貼著他汗溼的身體。他興奮地將她反覆翻騰，在歡愉的吮吸中墜入她肢開的女體，同時承受她痛苦的噬咬。(《南隆。老樹。一輩子的事》：頁191-192)

在這個性愛場景裡，水秀之所以會跟青梅竹馬的玩伴楊正義纏綿在一起，理由非常簡單，她遠在新加坡就讀大學的未婚夫在她生日那天未來電致候，致使她「心情低劣」，甚至可能懷疑他對她感情已有變化，再加上酒精的激發，她就在這樣不由自主的情景下把自己「豁出去」。其實，在商晚筠好幾篇寫到男女的情愛部分，這一篇中的性愛書寫似乎還是較為「單純」一些的。不過，一旦等到水秀的未婚夫沈柏年回到鎮上並駕機車來向楊討回公道時，楊的懦弱與善良就完全暴露無遺，在水秀哭得死去活來的求情下，他竟然會把自己跟水秀的愛情結晶都可以「犧牲」掉；他所認為所要繼承的雜貨店以及店前的老樹不會倒，那都已是痴人說夢了。相對於水秀的冷靜與機會主義性格，他顯然是太優柔寡斷了；他最後為了拯救父親，在貨車上活活被衝過來的挖泥機的挖手打死，這才似乎是其「救贖」呢。有一位批評家說得好，「商晚筠短篇小說中的愛情，大多數都不是良好的關係，不是一種彼此成長的關係，而是一種讀來令人覺得悽愴、心靈痛楚、悲觀迷惘的愛情」(林雲龍，《資料集》：頁89)，水秀與楊正義的情愛確實就是這樣一種關係，互耗而不曾成長。

論文前頭已提到，商晚筠一直都希望能突破性別的障礙，在書寫時能臻至一個小上帝的制高點，証諸他八十年代中期性向轉移之後，她並沒有完全撒手不碰異性戀（〈南隆〉即是最佳例證）或其他議題。她似乎有點游走於女性主義中原質性與非原質性之間。她最後未完成的另一分手稿《跳蚤》處理的是名模公孫展雙染上愛滋病的故事，其中情色與死亡的意象／題旨反覆出現，令人讀來有窒息之感，根據商晚筠之摯友湯石燕寫給楊錦郁的信中說，商晚筠在逝世之前，為了處理好這篇中篇的各細節兼場面，她嘗一再修改，謄謄寫寫，越抄越亂，一共抄謄了六稿（信引見李瑞騰，〈商晚筠未結集作品略述〉：頁52）。她在在寫作這篇死亡之書時，自己也在走向死亡，其內心的掙扎應當殊為強烈。

《跳蚤》這一篇採用倒敘法和意識流技巧，時空不斷跳躍，背景從檳城寫到瑞士巴塞爾和德國海德堡等地，背景寬廣，全篇佈滿情色／慾的意象和暗示。既然說的是要寫一篇有關同女的故事，照說（或至少）應該有比〈街角〉這短篇更激越或是亢奮的同女情愛場面吧，或者說主角之一的公孫展雙這名模之感染上愛滋病應與她的性伴侶名記者榮世寧有關吧，讀者如果往這個角度思考，那就失之交臂了。她之患上愛滋病是來自於跳蚤，千真萬確，因爲在海德堡賣跳蚤給展雙的那個吉卜賽流浪漢已被證實是「死於愛滋病」(《跳蚤》手稿：頁51），而她在下海當東方美女跟尋芳客性交易時，曾被流浪漢的跳蚤叮咬了八、九次。另一方面，《跳蚤》雖只完成了四十五個章節中的二十五個，而從作者留下的故事大綱「天書」中，我們也未發覺她有意經營比已寫成的前半部更加勁爆的情愛書寫場面。

無論如何，《跳蚤》是一篇有關同女的情慾掙扎的故事是不容置疑的。它採用倒敘法和意識流，打從公孫展雙的死亡展開，然後是「未亡人」榮世寧的孤寂與近乎崩潰的情緒，她在獲悉這個晴天霹靂那時起就決定放棄工作來陪伴展雙。經由敘事的不斷跳躍，她倆的關係也由誤會、相識到進入了解，以至聯袂出遊，甚至惺惺相惜的階段，其間當然有她倆劇烈的爭執甚至情慾的暗示，可就沒有她們的性愛書寫。我們看來看去，最勁爆的情色文本應該是第十一節展雙「下海」充當東方美女這一幕：

> 展雙平躺床上，頸項到小腿肚包扎密實，除了兩條裸露在外的胳膊，在忍受凍僵的秋寒。……
>
> 端送到客人眼前這一道中國點心，是一顆肉香四溢的人肉粽子，等待一只跳蚤。
>
> 客人先是一怔：「天啊，木乃伊！」
>
> 大吉利是什麼木乃伊！你摸摸看，貴族的臉貴族的肌膚她眼睛還眨啊眨的，這道名菜還是正宗的帝王后裔呢。我當然心痛五十馬克把她給糟蹋了，祖先積德無奈子孫不肖，說來一言難盡，麻煩你先付押金五十馬克please。
>
> 客人一臉色豬簡直是上魚市場採購心態，左挑右揀，無非貪圖新鮮活猛。他好不容易點了一只肥大有勁上了白漆的跳蚤。我把蟲子塞入繃帶裡，展雙鎖眉沉吟，嗯哼一聲。
>
> 限時三十分鐘，這只白色跳蚤你抓了還我，活的算數，我立刻把押金外加五十馬克奉上，我包你穩賺，喂你還愣什麼愣上啊，這神奇小蟲吸飽了血

它就拍拍屁股溜了！

客人經我一疊聲吆喝催促，尋花問柳的心情早就兵荒馬亂。他亂無頭緒的摸索繃帶口，更沒時間解褲腰帶。（南方學院館藏《跳蚤》手稿：頁20-21）

這一幕全由敘事者榮世寧想出的點子而把展雙推上祭（妓）壇，就這樣讓她們賺夠盤纏，那年秋天才不致於餓死異鄉。如果故事的進展係到此一美女／跳蚤爲止，則出餿主意的榮世寧應是展雙之死的巨惡罪魁。問題是，商晚筠的「天書」大綱第三十九節中提到，展雙真正染上愛滋病的秘密寫在她朋友從海德堡寄來的一封信中，這封信才是《跳蚤》這個文本的最大轉折，可這帶動情節轉折的秘密卻已隨著作者的去世而永遠無法「真相大白」了。

總之，從商晚筠留下來不太多的小說文本裡，我們可以發覺，她是非常嚴謹的一位小說家；她的文字與技巧都能與時具進，女性意識與對女性的關懷也愈來愈顯著。令我們感到遺憾的是，新馬社會的父權體制彷彿一直對這個才女加壓，使她一直過得很窘迫[12]。

【引文書目】

Ariffin, Rohana. "Feminism in Malaysia: A Historical and Present Perspectives of Women's Struggles in Malaysia." *Women's Studies International Forum* 22.4 (1999): 417-423.

Garber, Linda. *Identity Poetics: Race, Class, and the Lesbian-Feminist Roots of Queer Theory.* New York: Columbia UP, 2001.

任芸芸記錄〈女性作家與創作題材〉《聯合早報．文藝城》，1989/09/24；收入南方學院馬華文學館編《商晚筠研究資料集》，士古來：南方學院馬華文學館，2000，頁

[12] 本論文於二〇〇三年二月二十二日早上，在新加坡舉辦的「當代文學與人文生態」國際學術研討會上宣讀時，承我以前師大的學生張錦忠博士提醒我其中一個時間點可能有錯誤，致使我回台北之後重讀檢索相關資料，加以改正過來，特此致謝。同時，我也特別參考了李錦宗發表在《星洲日報．文藝春秋》上那篇〈商晚筠年表〉，希望把商的一些行蹤以繫住年分，俾能提供較可靠的資訊。至於我對西方同女自六〇、七〇年代的本質派一直進展到九〇年代的酷兒理論的了解，主要參考了 Linda Garber 的 *Identity Poetics*（New York, 2001）一書。

152-155。

李有成〈女性關懷——評商晚筠的《七色花水》〉《中時晚報．時代文學》，1991/10/27：第十版。

李瑞騰〈《七色花水》序〉《七色花水》，台北：遠流，1991，頁5-11。

李瑞騰〈商晚筠未結集作品略述〉，1997/11/28-12/01在「馬華文學國際學術研討會」發表；收入《資料集》，頁49-60。

永樂多斯〈對成人沉默與孩子笑〉《新潮》366期（1992/05/01）；收入《資料集》，頁205-206。

永樂多斯〈寫作，我力求完美（專訪）〉《星洲日報・文藝春秋》，1995/06/27, 07/01；收入《資料集》，頁138-140。

奚修君整理〈台灣女性主義文學與文化研究書目〉，附在張小虹著《慾望新地圖》，台北：聯合文學，1996，頁202-244。

林雲龍〈商晚筠短篇小說中的愛情〉，1994/09/11在「馬來西亞華裔婦女學術研討會」上發表；收入《資料集》，頁87-93。

柳非卿〈評「夏麗赫」〉《蕉風月刊》305期（1978/07），頁108-111。

柳非卿〈反「反批評」〉《蕉風月刊》308期（1978/10），頁4-6。

馬嘉蘭撰、紀大偉譯〈衣櫃、面具、膜：當代台灣論述中同性戀主體的隱／現邏輯〉《中外文學》26卷12期（1998/04），頁130-149。

張小虹〈性別的美學／政治〉《慾望新地圖》，台北：聯合文學，頁108-132。

張娟芬《姐妹戲牆》，台北：聯合文學，1998。

陳鵬翔〈寫實兼寫意——馬新留台華文作家初論〉，收入王潤華和白豪士編《東南亞華文文學》，新加坡：新加坡歌德學院與新加坡作協，1988，頁277-311。

商晚筠《七色花水》，台北：遠流，1991。

商晚筠〈南隆．老樹．一輩子的事〉，收入王錦發和陳和錦編《南隆．老樹．一輩子的事》，八打靈市：南洋商報，1996，頁174-199。

商晚筠《跳蚤》（遺稿）。藏南方學院馬華文學館，一共54頁，另附8頁〈故事／分場天書〉。

黃梅雨（李錦宗）。〈商晚筠年表〉《星洲日報・文藝春秋》，1995/06/27；收入《資料集》，頁227。

楊錦郁〈走出華玲小鎮——訪大馬作家商晚筠〉《幼獅文藝》420期（1988/12）（原題〈趨向成熟的坦道去〉）；收入《資料集》，頁142-149。

楊錦郁〈你會來道別嗎？——哀商晚筠〉《南洋商報・商餘》，1995/07/18；收入《資料集》，頁168-169。
顏宏高〈「評夏麗赫」文中的幾點謬誤〉《蕉風月刊》307期（1978/09），頁4-9。

原發表2003

編按：上述論文原發表於二〇〇三年二月，商晚筠小說集《跳番》於二〇〇三年七月由南方學院馬華文學館出版，收錄小說五篇，包括已發表的〈南隆．老樹．一輩子的事〉、〈夏麗赫〉、〈小舅與馬來女人的事件〉，以及未完成的〈跳番〉、〈人間．煙火〉。

有關婆羅洲森林的兩種說法

＊林建國

Ein Gespenst geht um in Borneo — des Gespenst des Kommunismus.

台灣人徐仁修一九八五年冬天飛到終年是夏的沙巴州亞庇，前來接機的是個叫林瀚的華人；其人亦正亦邪、恩怨分明，廝混在黑白兩道之間，一出場便讓徐仁修題爲《赤道無風》的北婆羅洲「蠻荒探險文學」[1]有意料不到的轉折。林瀚的職業是替華人撿骨造風水，外兼其他奇怪的副業，接了徐仁修飛機隔天，便爲道上一件擺不平的事件，在海邊跟幾個白粉仔打架。徐仁修開車載他突圍，再經一番波折之後寫道：

> 經過這一場追逐後，林瀚對我也不再保留那麼多了，我才知道這傢伙是出生在砂拉越的客家人，年輕時當過混混，後來在一九六〇年代砂拉越欲擺脫大馬而獨立時，加入了游擊隊，在叢林裡與長屋諸族來往親密，後來在一場圍攻中突圍後，潛逃到沙巴，改名換姓，混跡江湖。（徐仁修：15）[2]

林瀚的身世雖然和森林有關，卻不是徐仁修此行到東馬「探險」的目的。他的目標簡單得多：一是去看紅毛猩猩，二是探訪原住民的長屋。這樣的「探險」理由繼承了一兩百年來白人在非洲的殖民餘緒，不是爲了搜刮便是爲著獵奇。徐仁修

---

[1] 徐仁修《赤道無風》（台北：大樹文化，1993），是他六部一起出齊的「蠻荒探險文學系列」中之第五部，文類定義上是一本「自然讀物」（見書首〈出版序〉，無頁碼）。系列中其他幾本分別是《月落蠻荒》（尼加拉瓜）、《季風穿林》（菲律賓）、《英雄埋名》（西爪哇）、《罌粟邊城》（金三角）、《山河好大》（中國大陸）。

[2] 本文所涉悉出《赤道無風》第 11-15 頁，除非引用的是其他地方，將不再註明頁碼。

一身白人老爺的獵人裝扮[3]，外揹幾部獵奇用的照相機[4]，並未對林瀚這種「文明」人產生很大的興趣。「文明」在徐仁修書中是個負面字眼，讓他一路上慨嘆長屋的居民沒有把「原始」的文化習俗好好留住，看來看去似乎只剩熱帶雨林的自然生態體系最讓他舒服，可以在婆羅洲大作他白人老爺的非洲夢：野性、蠻荒、探險，就算看不到「原始」的獵頭族，也還有「原始」的紅毛猩猩來應景。這時林瀚突從歷史的森林裡跳出來，似有意煞風景地暗示森林裡還有另一種不明的生態，留下了白骨之類的「文明」遺物。之前機場碰面時林瀚便對徐仁修透露了玄機：「你就是變成骨頭了，我也認得出，別忘了我是幹甚麼行業的！」他的話頭彷彿是：到婆羅洲來玩嗎？我帶你到熱帶雨林裡去撿我死難同志的骨頭。我，林瀚，徘徊於陰陽兩世之間，不論從事哪種行業，革命、逃命還是算命，都和厲鬼廝纏，不是流血和受傷，就是挖掘和埋葬。

一如所有的歷史真相，林瀚的出現像來去無蹤的游擊隊，如今儘管脫了隊去撿死人的骨頭糊口，在今天的歷史後見之明裡現身他同樣神不知鬼不覺。既然僥倖生存，這一番改名換姓也意味歷史真相有自我埋葬的成分，不可能全屍出土。任何違逆國法的亡命之徒都得如此戒慎，不論當初革命的理由多麼轟轟烈烈，執意打倒大英殖民帝國再行推翻資產階級專政，如果抓到，早年一律要吊死在李永平小說裡的電線桿上，除了烏鴉在附近徘徊，便不會有人前來收屍（〈黑鴉與太陽〉80）[5]。如今林瀚從李永平的小說裡脫逃，成了歷史幽靈之後，從事的是另一種游擊隊的工作，同樣要掌握地形、觀察星辰、配合風水、占凶卜吉[6]，否則一不留神，下場恐怕也會像當年革命一樣死無葬身之地，再次打成孤魂野鬼。如果陽間已經如此凶險，手上握住槍桿還不能保證幸福到來，他們就不能假設陰間的道路會更好走。這時如果沒有親人出來燒些紙錢，幫忙買通冥府裡的權貴和流寇，革命志士們就不再有翻身的希望。在資本主義取得空前偉大勝利的今天，他們在陰間上刀山下油鍋，只有具備陰陽眼的林瀚之輩才知道其中的慘烈狀況。面

---

[3] 詳《赤道無風》封面作者的畫像（徐偉繪圖）。

[4] 書中攝影作品屬於風景明信片的層級，沒有甚麼感情上的深度。除了作爲徐仁修書中文字的輔助說明，別無其他用途。

[5] 小說寫的是一群中國移（遺）民夾在官兵和砂共游擊隊之間求生存的故事。

[6] 按「卜吉」指喪葬。

對著黑壓壓的一群死靈魂，就算不被厲鬼欺身，單單是埋葬他們，也夠讓自己活像歷史的幽靈，空洞而虛無。

一如所有的歷史真相，林瀚身世的真僞沒有人可以斷定。台灣人徐仁修的歷史鑑定能力半通不通，外加可能的自我檢查，只把六〇年代冷戰時期砂拉越共產組織（砂共）發動的游擊熱戰，視爲單純是反抗馬來西亞計畫的獨立戰爭。[7]至少這是林瀚對徐仁修的說詞，可見連無所不談的林瀚也保留了關鍵的政治禁忌不談。於是就算徐仁修的話可以採信，我們還是無從確定林瀚對自己的身世有沒有虛飾的成分。似乎林瀚有意撒謊的假設比較有趣，表示他把自己的政治觀投射到那一片他可能沒到過的婆羅洲森林，寧可在裡面激烈地死去，也不要現在像中了降頭，幽靈般地在屍骨堆裡挖掘和埋葬。深藏在林瀚可能的謊言裡是股絕望的政治慾望，覺得生不如死，現在不如過去，撿死人骨頭不如活著如幽靈。這股慾望正抵禦著另一個可能的謊言、更大的謊言，即砂共只是一群流寇，他們並不存在。

---

[7] 一九六三年九月十六日，沙巴（北婆羅洲）、砂拉越和新加坡三個英國殖民地，正式加入獨立剛滿六年的馬來亞所提議的馬來西亞聯合邦，隔海的印尼隨即發動「粉碎」大馬計劃的軍事對抗行動，歷時兩年，詳 Andaya et al.（274）。當時印尼由蘇卡諾的親共政權統治，一九六三年初多次聯同存在多年的砂共，在砂拉越境內向大英帝國發動游擊戰，反對大馬計畫，同時尋求砂拉越的自治，詳田農（27-28）。亦詳徐仁修所記錄下的砂拉越華人對這段史實相當我族中心的「人民記憶」（149）。按華人是砂拉越最大的族群，各砂共組織也以華人爲主力，其中並包括小資產階級，這樣的鬥爭有多少華人民族主義的成分亦待考，田農說沒得到其他族群支持的確是砂共失敗的原因之一（78-84）。不過砂共組織一直要到一九六三年才以武力鬥爭爲重心（12,17）倒是有外在的因素（印尼），其武鬥勢力一度扶搖直上，可是兩個主要事件使砂共武裝勢力大衰：一九六五年九月的印尼政變造成蘇卡諾政權的倒台，從此馬印兩國聯手剿共（74）；另外是砂共走議會鬥爭路線的外圍組織砂拉越人民聯合黨（人聯黨），因爲各種因素產生質變，於一九七〇年大選組成州聯合政府執政後開始反共，使砂共迅速瓦解（43-47）。目前有關砂共起伏多變的細部歷史仍然不清不楚，可能和它還是政治禁忌有關。田農的敘述固然功德無量，可是屬於新聞寫作的範疇，原刊香港的《東西方》月刊，和學術上的政治史、思想史的史學寫作還有一段距離，更遑論口述歷史完整的採集。至於砂拉越人聯黨較完整的研究才剛在一九九六年出版，原爲紐西蘭威靈頓市維多利亞大學的博士論文，詳 Chin Ung-ho《砂拉越的華人政治》（*Chinese Politics in Sarawak*）。

這樣的謊言缺乏解釋效力，洩露了說謊的慾望，只讓說謊變得更不可能。當然如果說謊的慾望揮之不去，也就等於歷史的真相不會全屍出土。如果慾望是活人說謊的理由和秘密，大概只剩下亡靈才不會說謊；當我們在陽間大力掃蕩兼整頓這些歷史幽靈，只說明我們說謊的慾望何其強烈，又何其恐懼，擔心那些遊蕩的孤魂野鬼會甚麼時候上身，糾纏不去。

於是在有產階級布爾喬亞民主專政堅信已經把人民從厲鬼手中解放的今天，資本主義的計劃頃刻之間陷入了狂歡的末世學。一九九二年法蘭西・福山（Francis Fukuyama）宣佈資本主義是「歷史的終結」，靈感所本便是基督教的末世論（Derrida 60）。[8]令福山等人如此大喜若狂的事件，當然是包括蘇聯在內東歐共產極權國家的倒台，結果共產主義統治的終結，在他們眼中陰差陽錯地成爲歷史的終結。背後藏著的假設是資本主義不屬於歷史的一部分，作爲歷史的目的資本主義處於歷史之外；歷史本身有時而盡，而資本主義可以長生不老。當然福山更離譜的假設是把資本主義社會視爲基督教的天國，共產集團倒台，等於可以向子民宣佈：「天國近了，你們應當悔改……。」當神的意旨承行於地，萬喜年並連本帶利地兌現，人人似乎都得切腹自殺以謝資本家，活活地把歷史給終結。這種非關神學的詭詞辯語純是福山的神棍修爲，有意過度地解釋神學來僞造他天國的產權，用以週轉他末世福音的資本。這種躁狂的佈道行徑有其陰鬱的一面，彷彿在躁鬱症的兩極病癥之間激烈擺盪[9]。譬如，當他必須以異乎尋常的統一口徑，輸送「馬克思主義已死和必死」的教條，等於表示躁狂的背後是憂心忡忡，就算強詞奪理，也要爲資本主義的霸權強力護盤（D52 ,56）。福山這種教條作法

---

[8] 這部《馬克思的幽靈》(*Specters of Marx*）原是德希達（Jacques Derrida）於一九九三年四月受邀到加州大學河邊分校的演講，主要在回應兩個問題：「馬克思主義往何處去？」以及「馬克思主義是否正在死亡？」(下文凡是引用到本書之處，將只標寫頁碼，如頁 60 將在正文裡寫成 D60，不再另行加註。）他和福山的學術對決，包括對福山在《歷史的終結》(The End of History and the Last Man）裡誤讀黑格爾《精神現象學》細膩的批判，是德希達對新保守主義者哲學假設的解構和清算，超出本文所能再現的格局。

[9] 德希達書中徵引的是佛洛依德（Sigmund Freud）一九一七年的重要論文〈哀悼與憂鬱症〉(“Mourning and Melancholia”)。(下文所引佛氏論文的版本，悉出此部英譯「標準本」，簡稱 Standard Edition。)

的結果，便是把歷史性（historicity）從資本主義的思考中剔除（D69），一如他以爲民主政治的理型（ideal）已經實現一樣，可以置歷史性於不顧（D63-64）。福山的極右霸權論述和共產主義死硬派的思考邏輯並無兩樣，同樣在尋求激進的手段把歷史終結。如果共產主義（不僅是社會主義）完全實現的結果是一場災難，那麼我們就有理由相信資本主義的徹底貫徹也是一場浩劫，因爲發揮作用的是要把歷史給終結的末世學。於是德希達在《馬克思的幽靈》一書裡痛批福山之餘，便堅持真正有關幸福的承諾必須是非末世學的那種（D75）。沒有了末世學，資本主義便不能推翻、沒必要推翻、不具備被「推翻」的條件，而對資本主義的歷史本質和效應有準確掌握的馬克思主義，便不需要放棄、也不能放棄，從而把資本主義鎖定在它自己的歷史脈絡裡。這樣的立場非關任何形式的左右派「折衷」或「制衡」，而是爲歷史性的思考找出一條生路，斲斷任何可能的末世學，包括歷史終結的謬論。

這條思考出路說起來簡單，也有堅強的理論爲後盾，可是卻面對資本主義霸權論述處處的阻撓和檢查。西方主流傳媒當年大力吹捧福山的末世論，所遵循便是這種霸權論述背後的帝國主義邏輯（D53）。我們知道，相同的傳媒在更早的時候擁護過西方發動的波斯灣戰爭；那場戰事只是一宗買賣，是西方槍砲外交的延伸，目的在維護歐美國家一兩百年來的傳統經濟利益，和所謂的國際正義無關。西方傳媒擔負了統戰宣傳部的工作，把任何可能矮化這場戰爭的說詞（例如經濟利益的維護）排除或粉飾。集中精力鬥臭在資本家頭上動土的伊拉克當然可以激勵三軍士氣，把來自不同階級的軍人統一，在表面上人人平等的愛國主義之下，讓他們爲歐美資本家賣命或送命。可以想見，馬克思定義下的「階級」概念是西方傳媒禁忌的字眼，可是階級問題（特別在美國）畢竟太明顯了，主流傳媒對「階級」一詞的用法乃有細膩的控制，設法防止把馬克思從後門引進來。[10]於

[10] 這種控制，有如傅柯（Michel Foucault）在他的《性史導論》（*The History of Sexuality*）中所抨擊的西方資產階級社會對「性」這個概念的控制。他說從十九世紀開始，性並沒有正面地受到打壓，人們反而受鼓勵大談性話題，其中的陰謀是他們只許從一兩個有限的特定角度（如「衛生」、「健康教育」等）整齊劃一地談，結果是談了等於沒談，因爲談來談去其實是握有權力的知識霸權在幫大家談，談的過程就是這個霸權在控制每一個人的過程，談了比不談還糟糕（69）。基本上這次所謂自由民主國家控制所有禁忌話題的

是儘管西方傳媒和主流論述都和福山一樣，大力宣佈馬克思主義已死、共產主義已死，它們仍然止不住害怕這些在他們眼中已經失敗和破產的政治主張，擔心這些已經埋葬和腐爛的屍骨會隨時復活，像幽靈一般歸來，徘徊不去。於是德希達會說整個資本主義計劃躁鬱的背後，是一場趕鬼的法事，反諷地應驗了馬克思和恩格思《共產黨宣言》的開場名言：共產主義的幽靈蠱惑著歐洲，所有舊歐洲的勢力都組成聖戰聯盟，合力趕鬼[11]。今天整個資本主義的計劃仍然是這樣一個降神會（D99-100），解釋了資本主義變得霸權和極權的由來（D105）。

面對著這種對死靈魂的恐懼，資本主義的末世論開始在狂歡和抑鬱之間失調，並發展出一長串錯亂的論證來面對共產主義。這個論證是這樣進行的：

1. 共產主義已死，我們大家可以不再害怕；
2. 共產主義已經變成鬼，我們不必害怕；
3. 再說鬼並不存在，我們沒有害怕的道理；
4. 對於這個不存在的鬼，我們跟它唯一的關係是害怕或者不害怕；
5. 因為我們仍然害怕，仍然在肯定這個關係，所以鬼非存在不可。

結論是鬼存在，鬼也不存在；翻譯過來，意思也就是共產主義死了，所以我們不恐懼，於是我們也很恐懼。福山用來開降神會的末世學，面對這般局面似乎不太有辦法，所以變得極爲宗教性的躁狂。當整個資本主義體制變成一個人人都得參

方式，包括「階級」的概念在內。例子俯拾即是，例如一九九四年《紐約時報》上一篇提爲〈輸家階級的隱現〉（ "The Rise of the Losing Class" ）的專論，便開宗明義說馬克思的（被剝削的）工人階級概念已不適用，因爲這個階級現在得包括常春藤名校畢業的企管碩士，他們同樣覺得工作不保，人心惶惶，和美國其他更低階層從業人士的感覺沒有兩樣（Uchitelle 1）。有趣的是（或者一點也不有趣），這種觀察印證的恰恰是被剝削階級的存在，以及馬克思所發現的少數有產者（握有生產工具的人，包括資本）和多數無產者之間的矛盾，卻被該文作者用來模糊掉這種矛盾，從嚴解釋說傳統的階級敵人已經不存在。

[11] 這句開場名言是：「一個幽靈，共產主義的幽靈，在歐洲徘徊〔Ein Gespenst geht um in Europa-das Gespendtdes Kommunismus〕。舊歐洲的一切勢力，……都爲驅除這個幽靈而結成了神聖同盟」（D99）。這段中譯詳 1848 年馬克思和恩格思的〈共產黨宣言〉（250）（感謝黃錦樹提供）。這也是本文題記的出處，其中德文「歐洲」（Europa）一詞被換成了「婆羅洲」（Borneo）。

加的降神會，表示處處有鬼，人人皆可是鬼，不用點非常手段，便不能掃蕩牛鬼蛇神，徹底伏魔。可是就算這種資本主義的極權統治行得通，鬼在本質上是死不了的（D99）；當資本主義把共產主義打成鬼魅，只是叫它冤魂不散，四處遊蕩。這種鬼魅的本質已經超出海德格存在論（ontology）[12]所能掌握的範疇，因爲如德希達所言，幽靈（das Gespenst；the spectre）並非此在（Dasein）（D100），亦非存在者（das Seiende；the being），我們不能從幽靈那裡捕捉存在（Sein；Being）。德希達於是特爲幽靈的「存在」杜撰一個新的範疇，叫「魂在論」（hauntology）[13]，因爲幽靈的本質是蠱惑、糾纏、徘徊不去（hanter；tohaunt）。如果資本主義真如傳聞中是置共產主義於死地的魔鬼終結者，那麼也就促成了共產主義的魂在論。反諷的是，福山之流的資本主義論述並沒有掌握到這種魂在論的本質，神經兮兮之餘，乃受《共產黨宣言》開場白先見之明的嘲弄。也就是說，資本主義的邏輯，包括其論述邏輯上的漏洞，早就寫在各種馬克思主義的文獻裡。

我們在此無法贅述馬克思主義對資本主義生產邏輯的洞見，篇幅上和能力上也不能處理一個多世紀以來，環繞著馬克思主義而寫的各種臧否文字。眼前比較有意義的是循著德希達勾勒出來的魂在論理路，指出馬克思主義如何與資本主義論述一樣也淪爲末世學，分享同一個結構性的盲點。我們大體上知道共產革命的目的是建立共產主義社會，卻恐怕不曉得這也是激進的計畫要把商品消滅，成就另一宗趕鬼的法事。這點要從馬克思在《資本論》裡對商品的「使用價值」和「交換價值」的分野說起。德希達首先覺得，這個分野並不如馬克思本人所想的簡單，其中並有鬧鬼的成分。譬如一張桌子所謂的「使用價值」，其實不斷被桌子本身的商品性格（交換價值）蠱惑（D151），使得這張桌子的第一個「使用價值」竟然是它的「交換價值」（D161）。用形上學的話說，使用價值出自這張桌子的物自身（das Ding an sich，常譯成「自在之物」），桌子本身並處於其現象中的現象

---

[12] Ontology 常譯成「本體論」，海德格回到它的希臘字源，把它拆開成 onto（存在）和 logos（學說），稱之爲「關於存在的學說」，中譯爲「存在論」，海德格整部《存在與時間》便在探討這個問題，詳王慶節和陳嘉映〈附錄一：關於本書一些重要譯名的討論〉（579）。有關以下將提到的「此在」、「存在者」、與「存在」的定義亦詳同篇。

[13] 留意法文 l'ontologie 和 l'hantologie 的發音幾乎一樣，故有「存在論」與「魂在論」（筆者杜撰）之譯。

性（the phenomenality）（D149）。也即是說，對馬克思「使用價值」並沒有任何神秘的成分（D149）；然而如果真的如此，德希達說市場和交換價值的存在便被遺忘（D150）。當然馬克思是知道商品一點也不簡單，有自身的魔力，例如當一張桌子成爲商品，它就是一個感官性的超感官性的物（ein sinnlichun bersinnliches Ding；a sensuous supersensible thing）（D150）。《資本論》的中譯是：「一個可感覺又超感覺的物」（第一卷，87），嚴格說翻譯上有誤差。這句話真正的意思是這張成爲商品的桌子**只是**個「超感官性的物」（這點中譯沒交代清楚），儘管這「超感官性」可以被感官感覺。商品既然只存在於「超感官性」的範疇，那麼根據德希達，商品便得如鬼魅一般存在或「魂在」。既然此「物」處在這個範疇，我們若把「物」在德國唯心哲學中的語意重量考慮在內，那麼「商品便是不具備現象面的『物』」（D150）[14]，或者「商品將如鬼魅般蠱惑物自身，商品的幽靈並在使用價值裡運作」（D151）。如果使用價值可以成立，等於商品的交換價值先於使用價值而存在，將之「污染」，參與了「使用價值」這個概念的建立（D160-161）。德希達這番解構努力使他發現，使用價值不能只侷限在存在論的層面來理解，這等於說只有存在論並不足夠。既然蠱惑先於存在，我們一些基本的存在論概念如存在與時間，都必須從魂在論開始思考（D161）。

當馬克思的理論是建立在一個對交換價值和商品性質的批判上，著力於驅除商品的魔力，那麼德希達便認爲馬克思有意把他的批判或對幽靈擬像（spectral simulacrum）的驅邪〔工作〕建立在一套存在論上。這是一套——批判性的，可也是前於解構性的——有關在場（presence）的存在論，並把在場〔本身〕視爲實際現實和客觀性。這套批判性的存在論旨在展開各種可能性，如驅散魅影、〔……〕將魅影作爲主體的表象意識而驅除，並把這個表象（representation）帶回到勞動、生產和交換的世界裡、化約到它自己的條件上。（D170）對馬克思來說，作法就是改變資產階級的經濟生產模式，因爲這模式不生產別的，只生產商品。馬克思在《資本論》裡即寫道：

> 一旦我們逃到其他的生產方式中去，商品世界的全部神秘性，在商品生產的基礎上籠罩著勞動產品的一切魔法妖術，就立刻消失。（第一卷，93）[15]

---

[14] 文中德希達的引文皆是筆者的中譯。

[15] 詳德希達對這段話的評述（D164）。

換言之，馬克思要用他的存在論來對抗商品的超感官性、商品的魂在論（D161），並期待妖術、鬼怪和商品市場會同時消失（D164）。馬克思的驅邪術乃構成共產主義「解放末世學」（D90）的內容，並等待一個沒有「魔法妖術」的美麗新世界降臨，也惟其如此才能阻止人對人的剝削，去除幸福的障礙。

今天我們至少有兩個不無關連的歷史後見之明。一是哈伯瑪斯（Jurgen Habermas）論馬克思主義時所提出的疑問：「難道我們真的就不可能出現一個幸福沒有發生、願望沒有實現的解放？一如壓迫就算沒有被揚棄（Aufhebung），一個相對而言高水準的生活還是可能的一樣？」留意哈伯瑪斯謹慎的措詞，他並沒有說高水準的生活就和幸福等同，也沒有說壓迫沒有去除，幸福還是可能。他甚至爲他的問題加上一個但書，說它不是一個完全沒有陷阱的問題，可是提出來也並非毫無意義（57）[16]。哈伯瑪斯不斷使用雙重否定的修辭（「難道不可能出現一個……沒有……？」），表示他極其小心，警覺到這問題爲自己設下的陷阱，也就避開了福山式的躁狂和抑鬱，對馬克思主義的終極關懷始有較爲公平的評價。另一個歷史後見之明遠較負面，出自德希達。他說馬克思以降的歐洲政治史是共產主義和資本主義兩個驅邪陣營慘無人道的戰爭，前者大力驅除商品的蠱惑妖力，後者在今天的後冷戰時期仍在趕鬼，欲驅共產主義的邪，以致雙方都變得極權，不時以各種恐怖手段相互恐嚇（D105）。我們實際上並未脫離這麼一個荒謬的歷史情境，還在存在論和魂在論之間糾纏。

在今天歷史的後見之明裡，我們已不輕易提起哈伯瑪斯所談到的幸福，至少不相信共產主義的解放可以承諾幸福，然而也沒有相信福山式的驅邪法事就是幸福。如果共產主義不可能存在，德希達說那是因爲它是個幽靈，只有魂在論的本質（D175）。如此當我們重新看待馬克思的理論遺產（一個不放棄實現「幸福」的政治理論），只能有別於馬克思而採魂在論的角度，而非（福山或馬克思的）末世學，來面對冥界裡的具體存在，因爲正是在那裡留給我們一些前人思考幸福的蛛絲馬跡。這個工作還沒有結束，相關思考的成敗正繫於我們和冥界的關係、我們召魂和通靈的能力。

於是幾乎毫無例外，馬華文學幾篇重要的追憶和思考境內共產主義武裝革命

---

[16] 引文爲筆者中譯。

的小說，都和死亡有關，都圍繞在幽靈、遺骸和喪葬各個母題上[17]。如果有適切的「通靈」能力，我們從這些小說中「召」到的「魂」將大大超出我們的預期，直切政治和文學最根本的關係，甚至重新釐定這個關係。幾位小說作者中，梁放的風格和寫實主義最爲接近，寫實主義通常最著力的人際關係到了梁放手裡，突然被令人畏懼的國法制裁，變成了人鬼關係，使得梁放所著力的歷史場景，暗暗藏著希臘悲劇的力道，又帶著幾分現代主義式的孤絕。或許從這裡我們可以有不同的角度，一談馬華小說裡現代主義另一種沒人提過的起源，如何從寫實主義過渡，以及如何必須如此過渡。然而本文的關懷不在詮釋寫實主義和現代主義在美學風格上的落差，而在處理一個更重要的問題，即解釋政治的在場如何促成美學的誕生。回到古希臘，首先可讓我們面對「政治」（politics）一詞的希臘文字源（「城邦」，polis），向古希臘追溯我們今天所有對政治的理解；對於古希臘的先哲，政治也可以是悲劇的起源，並在悲劇裡（美學裡）逼迫我們重新思考我們和政治的所有關係。

就閱讀所及，梁放兩篇分別寫於一九八六年和八七年的「湮沒」系列〈鋅片屋頂上的月光〉和〈一屏錦重重的牽牛花〉[18]，是他「回憶」砂共往事最重要的小說。兩個姐妹篇前後呼應，題目同樣隱藏著殺機。「月光」指小學老師們被代表國法的軍人處決的晚上，軟禁在校園裡的敘述者（還是一名小學生），被機槍驚醒後所看到的窗外「瘡濃般的月色」（77）。至於另一篇的「牽牛花」則長在圍困著徐家的圍籬上，徐家當年暗中支援和掩護游擊隊（84），軍方乃在徐家四周圍上長著刺鐵筋的圍籬將他們隔絕，只留下一個出口，現在還沒拆除，反而長滿了牽牛花（88-89）。不論是月光還是牽牛花，都是活人的記憶，他們活在嚴厲的國法這頭，對這些記憶仍然沒有可以釋懷的解釋。當親人已被黑白分明的國法迅速的裁決和處決，活人仍在疑惑，仍嘗試理解真正的公理和正義的問題是不是應

---

[17] 除了前面提過的李永平《拉子婦》中的各篇小說，尤其是〈黑鴉與太陽〉（註 5），還有黃錦樹兩部小說集《夢與豬與黎明》（台北：九歌，1994）和《烏暗暝》（台北：九歌，1997）裡各篇，其中收於後者的〈魚骸〉的野心最爲龐大、意象最爲繁複、經營也最爲成功，只能另文詳論。張貴興的《群象》則是有關砂共題材的第一部長篇小說。

[18] 兩篇小說同收於梁放《瑪拉阿姐》。下文所引頁數悉出此書，不再另行註明。筆者在此感謝黃錦樹讓本人留意到梁放，並提供梁放的小說。

該就這麼了結。顯然在他們心中，國法的決斷再有說服力，也還不能取代人情的事理。與其說梁放要質疑國法的「恩威」，不如說國法被他看出還不是道德的最高綱領，而是另有一套公義法則處於國法之上。人和國法的關係到了梁放手裡，也就不能不變成一個緊張的道德關係。

於是當活人在問著一連串的爲甚麼，他們也在問被處決了的親人，當初爲甚麼竟和國法起衝突，而且似乎好人都必須在這樣的衝突中死去。〈牽牛花〉一篇的主角徐伯母，便是這樣追懷她參加游擊隊而被格殺的兒子徐子捷：

> 子捷與她之間，培育了他們生活中最基本的信念，那就是對醜惡的唾棄，對美好的要求。這麼些年來，徐伯母還是一直堅守不渝（80）。她於是無法對鍾可為的際遇感到釋懷。鍾可為是子捷從前在森林裡的醫師「同志」，為人精明幹練，如今存活之後改了姓名叫伍盛（88），剛剛當選議員（103）。

小說這樣寫：

> 徐伯母與伍盛，在同一個時代裡，他們曾攜手鬥爭過。今天，政勢是怎麼一回事了？由以往的激進到溫和，再由溫和到向另一面伸展，徐伯母自覺自己離得大夥兒越來越遠了（103）。可能覺得這個批判過於嚴厲，徐伯母稍後自我安慰說：「鬥志，伍盛還是一樣有的，只是已改變了方向而已（103）」。

可是批判已經造成，對伍盛的批判也隱然是對國法的批判，因爲國法容不下子捷，卻容得下伍盛。小說稍早時寫出了伍盛的死硬派性格，在村裡搞讀書小組時，極力反對組員「搞男女關係，忘了使命，忘了任務，忘了理想」，並一口否定別人愛看的書籍，說它們是灰色的（90-91）。伍盛這種鷹派形象，和同屬游擊隊的徐子捷恰好是強烈的對照，使小說裡親情與愛情的母題只能圍繞著後者發展（例如頁 99-100 徐子捷觸雷炸傷之後，從森林裡偷偷回來探望襁褓中的女兒曉雲。）如果在這情形下國法只容得下伍盛，對徐子捷做了不能再嚴厲的裁決，那麼國法所裁決的便還包括親情和愛情。我們現在的問題是：這種和國法的衝突是不是有它的必然性？若是，這必然性又告訴了我們有關國法的甚麼？我們必須理解，正是因爲國法的行爲邏輯有其可辯護之處（詳後），才使這些疑惑成爲困難的問題。〈月光〉一篇敘述者「我」不斷追問他善良的小學老師劉桂葉何以必須死去，正是同樣困難的問題。

可能避免踩到政治地雷，梁放的小說並未正面處理砂共的意識型態；既然連

「政府」、「砂共」的稱謂都沒使用，小說也就不志在交代砂拉越共產武裝革命的歷史原由。這樣的情形下，人民記憶[19]本身即成爲問題，並以闕如的方式成爲問題，使我們懷疑在場的到底是歷史現實，還是我們熟知的官方說法。更複雜的是，小說裡置身其中的「人民」個個都有意壓抑自己的記憶，例如梁放〈月光〉一篇裡的各個人物就說了不只一次沒有人要提起這些往事（79），就算要說也「不知從何說起」（80）。他們甚至很世故地對小說敘述者說：「人都死了，還提她做甚麼？」（79）。但是小說家梁放還是提起了他的記憶，刻意繞過不談砂共革命的理由，反而意外地讓他切入哈伯瑪斯的後見之明，正面地質問幸福是甚麼。他要「提起往事」，真正的理由似乎也就在這裡。一旦牽涉幸福，任何提出來的問題都變得殘酷，不輕易放過出現在歷史場景裡的任何一方，包括砂共在內。如果梁放對砂共的革命也有他嚴厲的質疑，那是因爲他背負了哈伯瑪斯的懷疑，而非天真地倒向福山以爲幸福已經到來。梁放彷彿也深深瞭解，當資產階級國法完全挫敗了砂共以武裝革命追求幸福的努力，這套國法不論願不願意，便在倫理上要承擔砂共這個對幸福的承諾。我們今天回頭只在梁放的小說裡看到國法的嚴厲，幸福與否的問題還沒有解決。當然在歷史的後見之明裡我們也可以想像，當年如果砂共革命成功，我們面對的只怕是更爲嚴重的災難，理由是這場革命——一如任何共產主義的末世學——承擔了太多幸福的承諾。這種政治上的後見之明，使我們對幸福有更審慎的理解，卻不動搖我們對幸福的信念；梁放的小說繞過砂共的政治意識型態不談，反而有他獨到的政治理由。

〈月光〉一篇正有意讓我們看清楚過度嚴厲的國法發揮效應之後，我們到底還剩下甚麼。一場大浩劫讓曾經走進森林去的人重新評價當年「鬥爭」的目的，讓他們思考當年是否遺漏了甚麼最重要的考量，梁放並從這裡作了他含蓄而細膩的批判。整篇小說是一個尋找墓地的故事：小說敘述者「我」（振達）回到鄉下的小學母校教書，遇到轉行成爲商人的秦老師，向他追問劉（桂葉）老師當年被政府軍格殺的真正原因，並有意尋找她的墓地。因爲是嚴重的政治事件，加上是亂葬，沒有家人敢來收屍甚或移靈，所以今天校園裡仍然鬼氣繚繞（70）。振達和秦老師是兩個被亡靈蠱惑的男人，尋找劉老師被亂葬之地也等於去挖掘事實的

---

[19] 「人民記憶」的概念出自傅柯，基本上和官方說法相對。詳傅柯〈電影與人民記憶：《電影筆記》訪傅柯〉，林寶元譯，載《電影欣賞》，第 44 期（1990/03），頁 8-17。

真相。對秦老師，整個搜尋過程尤其讓他痛苦：他和劉老師當年是同事也是情人，她反對他加入游擊隊，可是校園被軍方圍剿時，她卻因他而死，該死的人未死，不該死的卻死去。如今沒有墓地可以憑弔，本身已是殘忍的事，找到墓地也同樣殘忍，因爲亡魂未被撫慰，恐怕再也不能撫慰。「我」的出現對秦老師而言有如記憶的鬼魂，到處遊走；在劉老師的葬身地，他即被佇立他背後的「我」嚇了一跳，「一時間以爲是甚麼鬼魂出現」(80)。劉老師遭亂葬的河邊自然景觀已經改變，所能辨識的是一株長在那裡只開花而不結果的芒果樹，一年開一次「一樹磚紅色的花朵」(80)，就是不知是誰種的(68)。有小說閱讀經驗的人都知道，芒果樹是小說作者梁放種的，就像夏瑜墳上的花環是魯迅親自放上去的一樣[20]。因爲這樣一個動作—寫小說有如織花環，小說作者不免也成爲小說中的一個歷史幽靈。

我們要問：小說作者何以要選擇這樣一種存在—或更確切說，魂在？劉老師之死何以有那麼大的力道令小說作者作出這種倫理選擇？顯然劉老師的行爲有令人不解的地方，謎一般地困惑所有的生者，成爲小說中敘述者追究歷史的原動力，也是小說作者作這篇小說的理由。爲著解開這個謎，敘述者「我」乃要秦老師解答他的問題：剿共軍人到校搜索的那個晚上，劉老師「爲甚麼要逃呢？」(72-73)。她不是游擊隊員，卻跟其他也是無辜的老師們被「正法」，屍首第二天擺在碼頭，只用草席蓋上(77)。旁邊有人說道：「打到山豬」，而「那是那個時代的術語」(78)，事實上也是那個時代的犬儒，反映的也是對國法的嘲諷，因爲軍人是在校園裡而非山裡打到「山豬」。可是劉老師被擊殺的理由還是沒有解決，尤當她和秦老師是站在相反的立場，反對他參加政治活動，更遑論加入游擊隊(71)。然而劉老師還是容忍下來，在秦老師躲在森林裡革命的期間，仍像妻子一樣爲他洗衣服(74)；一個未過門的二十歲美麗女孩(69)，這時已經蒼老得把他當自己的男人看待。顯然有關幸福的定義，這對戀人也是站在相反的立場：對前者愛情才是幸福的保證，對於後者幸福繫於政治鬥爭的成敗。因爲這樣的差異，秦老師必須離開自己的戀人，讓劉老師在原地死守，護住彷彿已被她戀人遺棄的愛情。就算未被遺棄，這樁愛情也不知可以守到甚麼時候，這點已不重要，

---

[20] 魯迅〈吶喊・自序〉：「〔我〕有時候仍不免吶喊幾聲，聊以慰藉那在寂寞裡奔馳的猛士，〔……〕所以我往往不恤用了曲筆，在〈藥〉的瑜兒的墳上平空添上一個花環」(11)。

重要的是她已經擁有「永遠」的愛情，因爲守候而完整，也因守候而虛無，她甚麼改變都不能做，也不願意做，包括妥協。不幸在國法的眼中這是不能容忍的；爲著這樁愛情，她正等著最可怕的裁決到來。

我們可以想像事情可有幾種發展的可能，至少劉老師應該有其他的選擇，讓她保住自己的性命。例如她可以出賣、撒謊、合作、談判、以時間換取空間，做出只要是人都可以做出的事情，成不成功是一回事。然而她似乎連嘗試也沒有。可能在她眼中，任何讓步的嘗試都將危害到秦老師，都是對她幸福的條件妥協。她恐怕也理解愛情本身非常脆弱，只有靠人的堅強才有辦法保護。在嚴厲的國法面前，她處於一個艱難而又不可能的倫理位置—艱難，因爲她沒有甚麼可以妥協；不是不願意妥協，而是愛情和幸福沒有可以妥協的地方和條件，不屬於妥協的範疇。這說明劉老師不懂得政治爲何物，因爲政治講究妥協的方法和技術，連那群在森林裡鬥爭的人也沒有不明白這層道理。既然沒甚麼可以妥協，劉老師的處境就比任何人都困難，同時也回答了「我」的問題：軍人來的那天晚上，她爲甚麼要逃。答案是在國法和愛情之間她無處可去，對自己所堅守的也不可能解釋清楚；如果可以妥協的話，她就不用逃了。於是就算國法無意，她的抉擇仍然逼使國法做出嚴厲的裁決；如果國法殘暴，那麼她比國法更殘暴、更剛愎、也更絕情，是她逼迫國法對她動手。在這一刻，她把愛情最本質的意義釋放出來：那就是死亡；死亡永遠躲在愛情最深處，等著把愛情作爲最徹底的實現。

於是任何對幸福有所堅持的人，都會被迫逾越人所訂下的一切綱常，包括國法，進入一個由死亡管轄的界域而魂在。政治屬於生之界域，幸福並不能完全在那裡得到保證。我們前面引過的那段哈伯瑪斯對幸福極其謹慎的說詞，便在呈顯政治如果可以保證幸福的反諷，我們並從而理解何以德希達要建立一套魂在論，來挽救馬克思主義的幸福計劃。如果共產主義的武裝革命，可以理解爲一個實現幸福的激進政治手段，等於把幸福的計劃降格到政治的層面，結果因爲革命變成了末世學，幸福反而從那裡逃逸。這種停留在政治層面的革命，乃和敵對的資產階級國法成爲共謀，合力「做掉」了劉老師，一齊背叛了敵對的她。而她是唯一沒有背叛任何一方的人：面對國法她只不能解釋她對幸福的堅持，面對加入砂共的情人她不願意出賣。表面上是國法對她加害，事實上她對幸福的堅持方式，也不是砂共所能理解，至少不是她的情人所能理解，她也就沒有實際的革命用途，她被國法加害實際上是符合「革命」陣營的利益。當雙方都沒有嘗試保護過她，任何實際的政治抗衡，如國法和革命陣營之間的熱戰，也就很知趣地不再去想任何跟幸福有關的問題。生之界域開始和幸福不太有關係，一切在政治鬥爭裡存活的人都反諷地成爲幸福的叛徒。這句話並不意味我們通通得去死，得放棄任何政治上的努力，或者得召喚哪一種形式的末世學；恰好相反，如果我們以爲現在存活就是幸福的在場，可以像福山一樣狂妄地誇飾歷史已經終結，等於是邀來立即的災難，召喚躁鬱的末世學把我們覆沒。這種躁鬱行徑並不能叫做幸福。

於是當〈月光〉裡的兩個男人在劫後懂得哀傷，表示他們警覺到劉老師的魂在，開始隱約地領悟幸福真正指的是甚麼。當「我」不斷追問劉老師「爲甚麼要逃」，當兩個男人多年以後執意要找到劉老師被亂葬之地，表示他們在嘗試捕捉政治所不能承諾的幸福，並且似乎有意期待他們也能擁有相同的幸福可以守候。一個沒有人有把握的問題是：如果他們擁有劉老師當年的「機會」去堅守自己的幸福，他們守不守得下去？他們會不會出賣自己的戰友，顧左右而言他？這問題牽涉到兩性之間一個極爲關鍵的差異，容後申論。眼前梁放是毫不猶豫地展示他的道德立場：任何生者都必須有生者的愧疚；生存不是壞事也非羞恥，可是能夠生存表示我們具備劉老師所缺乏的「人性」，願意對幸福的問題讓步，容許自己的愛情打折，有時也願意安慰自己很幸福。〈月光〉裡的秦老師，前砂共游擊隊員，曾經以實現人民的幸福爲己任，最後竟然以無力保護劉老師爲終身愧疚，看著她因爲守候他們的愛情而死。武裝革命的失敗反而容許他有機會更親近幸福的課題，一些革命本身無法觸及的課題。或許他也應該死去，但是存活可以讓他不必全然否定革命的理由，一如他可以不必否定任何政治上的努力，當然可以否定的部分－劉老師之死－將讓他永遠愧疚。而那是和幸福有關的生之愧疚。

在這麼一個複雜的政治場景裡，還沒被解釋清楚的是國法的本質。如果我們之前對國法的描述稍嫌負面，那是因爲它也有不可妥協的性格。我們必須回到古希臘去思考這麼一種國法的本質，透過索福克勒斯（Sophocles）首演於公元前411 年，前於柏拉圖和亞里斯多德的悲劇《安蒂歌妮》（*Antigone*），以解釋何以國法的權威操作很容易引來悲劇[21]。法國精神分析大師拉康（Jacques Lacan）解

[21] 《安蒂歌妮》在當代西方劇場上的詮釋，都背了沉重的政治包袱，有過兩次有名的演出。依次事一九四四年二月法國人讓・亞努依（Jean Anouilh）在納粹佔領下的巴黎演出，當時蓋世太保將打死的反抗軍棄屍街頭是常見的阻嚇動作，《安蒂剛妮》演出時，不論是

讀《安蒂剛妮》時即說，一個就算是公認是公平的律法，運作起來並不簡單，仍然會引爆各種衝突（243）[22]。他指的是劇中繼承伊迪帕斯王位的王舅克里恩，訂下了嚴厲的國法禁止任何人，包括安蒂剛妮，安葬他戰死的親兄弟波里尼吉斯，造成國王和安蒂剛妮之間致命的對抗。之前底比斯王城發生內戰，波里尼吉斯向克里恩和俄多克里斯（安蒂剛妮另一個親兄弟）組成的聯軍宣戰，兩兄弟都陣亡後，克里恩只爲俄多克里斯舉行盛大的國葬，唯獨敵對的波里尼吉斯在國法的淫威下，屍體遭棄城門任禽犬吞食，並由駐軍留守防止有人出面安葬。只有安蒂剛妮一人敢於違抗克里恩的御令，堅遵守位階更高的神衹的法律[23]，站在血親角度爲國法眼中的叛徒波里尼吉斯入殮。然而安蒂剛妮區區一個弱女子真正能做的，只是在他兄弟的遺體上灑上薄薄一層土，實際上並無力安葬，然而這還是觸犯國法的禁忌。古希臘的觀眾，一如任何時代的人民，立即陷入了道德上的兩難：他們同情安蒂剛妮，但是也知道當國家正處在危機的時刻，克里恩的「御令」必須是人民的共識並且受到他們的擁護，因爲人民對元首的效忠是國家存亡的關鍵（Knox 38）。一但這效忠的象徵動作遭到違抗，整個群體的福祉便受威脅。換言之，按拉康的解釋，克里恩國王肩負了全國人民的福祉重任，代表的是全然而普遍的善（L258）。克里恩所犯的判斷錯誤是他以爲這個建立在善之上，以善爲目的的國法，可以沒有效力範圍，可以藐視安蒂剛妮所護著的安葬血親的不成文法、神衹之法[24]。一旦善本身（克里恩的國法）無限擴張，統籌一切，悲劇便不能不發生（L259）。

德軍、通敵的還是抗敵的法國人，都各有投射、各取所需，受到三方的歡迎。另一次是一九四八年來布萊希特以賀德麟改編的《安蒂剛妮》演出，把背景設在伊九四五年三月盟軍轟炸下的柏林，藉安蒂剛妮來象徵反抗希特勒的人民（Knox 36）。本文所引 Bernard Knox 的討論以及《安蒂剛妮》的劇中文字，都出自 Robert Fagles 的英譯本。

[22] 語出拉康《精神分析的倫理》（*The Ethics of Psychoanalysis*）。下文凡是引用到本書之處，將只標寫頁碼，如頁 243 將在正文裡寫成 L243，不再另行加註。

[23] 留意此處指的是希臘神祉，有別於希伯來傳統中基督教的神。

[24] 安葬血親的「不成文和不可動搖的傳統」（英譯 505 行，希臘原文第 456 行，頁 82）以及「神祉之法」（英譯第 1013 行，希臘原文第 921 行，頁 106）都是安蒂剛妮在劇中和克里恩對質時的用語。

幾乎不出古希臘人民的意外，克里恩國王立即如預言所示遭受了神祇的報復。首先安蒂剛妮在黑牢裡自殺，克里恩之子漢蒙，安蒂剛妮的未婚夫婿，刺殺父王不成也自殺；王后受不了愛子去世的刺激，也以一死來違抗克里恩。儘管克里恩的殘暴引發了一連串的悲劇，我們還是不能忘記，一如拉康所說，在國王和安蒂剛妮之間，只有國王才具備「人性」，他就算是個暴君，他所作所爲卻全都可以從人的角度去預期和解釋（L267）。真正沒有人性的是安蒂剛妮，因爲她失去懼怕的能力，面對嚴厲的國法無動於衷，這種逾越了人性藩籬的行爲和精神，使她成爲一個謎，無法從人性的角度去理解（L263）。拉康不只說她不是人，還說她是罪犯的守護人（L283）。我們知道安蒂剛妮是伊迪帕斯的女兒兼妹妹，伊迪帕斯在不知情下娶了自己的母親爲妻，犯了亂倫大罪，生下了安蒂剛妮等四個兄弟姊妹，遭了神咒，全家相繼死於非命。當安蒂剛妮執意要以神祇之法安頓「血親」的遺體，等於再次冒犯人倫之法，就算她不是罪犯，也是罪犯的幫兇，延續了她家族違逆倫常的「傳統」（L283）。她實際所延續的是對一切法的藐視，包括國法，使她以這種不知死亡爲何物的殘暴僭越了國法。拉康說安蒂剛妮之美便是這種神咒式的殘暴[25]；隨之而來的反抗精神，也就不屬於人或人性的層面（L286）。她的所謂殘暴，便不是我們常識裡只要是人都做得出來的殘暴（如各種殺人放火的罪行），而只能置於一切善的範疇之外、作爲一切善的外在對應來思考。

拉康的閱讀有意闡明亂倫禁忌在精神分析裡的理論地位，我們得徵引更多精神分析的理論脈絡才能把他的閱讀作週全的辯護。拉康有意要作的還包括解釋兩性之間的倫理差異，他後來對性別差異更爲深入的理解，可以回溯到此處他對《安蒂剛妮》一劇的分析閱讀，在此不能詳論[26]。於是當他說安蒂剛妮就是「美」的

---

[25] 拉康用了很多篇幅來談希臘文 At é（孽運）的概念：安蒂剛妮的「家傳」命運遭到神祇們無情的詛咒，命中注定地使她做出各種常人不會做的可怕行爲，包括漠視克里恩國王的威脅，遂爲安蒂剛妮的「殘暴」（L264）。這種要命的「孽運」是個極特殊的古希臘概念，沒有當代的對應，並感謝 Kalliopi Nikolopoulou 對筆者的解說。至於「美」的定義，拉康之援引康德的《批斷力的批判》至爲明顯（L261），在此且存而不論。

[26] 拉康對性別差異的討論，一如他對其他精神分析概念的分析，散見他所有的著述。不過他和弟子們幾篇重要的相關文字已經英譯結集，詳 Jacques Lacan and the école

本身（L286），有別於「善」，他的意思便超出我們一般常識裡（以及陳腔濫調裡）所言的「女性美」，因爲安蒂剛妮之「美」的謎樣性質，是以超出人界的殘暴爲內容。我們知道，單從兩性生理上的差異從來就不足以解釋兩性之間的各種差異[27]，特別是兩性間不同的倫理態度，所以拉康才有「善」「美」對質之議：在一端是父權制度，包括國法；在另一端是安蒂剛妮。梁放〈月光〉一篇裡的兩個男人，便對劉老師臨死不屈的態度大惑不解，反映在敘述者的問題裡，便是「她爲甚麼要逃」。國法當然不能忍受有人比它更堅持、更「殘暴」，於是毫不猶豫地展開報復。報復並未止於就地正法，更在曝曬「罪犯」的屍首：「那些死屍，擺放了一天一夜，招引漫天飛翔的蒼蠅，終於給全埋在同一個大坑裡，就在河口那個地方……」(78)。而我們知道劉老師的「殘暴」是爲了愛情，一如拉康所引安蒂剛妮的話：「我生而爲愛，不是恨」(L263)[28]。她一旦如此堅持，便註定也要爲愛而死。

當〈月光〉裡兩個困惑的男人回去尋找劉老師被亂葬之地，他們所理解的恐

---

freudienne, *Feminine Sexuality*。可以和拉康對《安蒂剛妮》的討論平行閱讀的拉康論，並注重在他性別理論的拉康論，可詳 Joan Copjec, "Sex and Euthanasia of Reason."

[27] 佛洛依德一九二五年的論文〈論身體構造學上的性別特徵所帶來的一些精神上的影響〉（Einige psychische Folgen des anatomischen Geschlechtsunterschieds），題目便取得極爲謹慎（英譯詳 Sigmund Freud, "Some Psychical Consequences of the Anatomical Distinction between the Sexes" ）。佛氏的意思是：兩性差異不是身體構造學（生理學）上的差異，生理學上有差譯是事實，但不是重點，也沒有太大的解釋效力；重點是在這個事實所造成的「精神上的影響」。精神（Psyche）在這裡含括了無意識（das Unbewusste; the unconscious）的內容和機制，並不能從一般我們熟知的、「我思故我在」的笛卡兒沈思主體的位置去掌握（這也同時解釋了精神分析和以藥物爲基礎的精神醫學的差別是在哲學上的認識論，不在科學與非科學之分）。「精神上的影響」在精神分析裡也就有更強烈的臨床意義，沒有停留在經驗實證的層次。拉康性別差異理論所遵循的便是這樣的思考理路。

[28] 詳《安蒂剛妮》一劇英譯第 590 行（希臘原文第 524 行），頁 80。這裡安蒂剛妮所說的「愛」，是和前面說過的「美」一樣屬於同個範疇，不能做普通常識上的理解。安蒂剛妮要安葬的是自己的親兄弟，所堅持的是「他是我兄弟」這個再也不能「簡單」的理由，但是這樣堅持就讓她送死，「愛」—手足之愛還是情人之愛—必須在這個層面理解，詳拉康論歌德在這個節骨眼上的困惑（L278）。

怕還不是這麼一回事；無論他們如何親近她的魂在，她在他們心目中大概永遠只是個謎。他們可能也只停留在政治的層面去理解整個事件：即一個後殖民的資產階級國法，將毫不留情地對付任何以行動——甚至只是言論——企圖動搖資本主義基本假設的人，於是對付革命分子及其同路人，就可能比對付銀行搶匪更爲殘忍。至少搶匪被格殺或處決之後，讓家人出面收屍還不致造成對國法的威脅。至於革命分子的情況就不一樣；在國法眼中，他們單單死掉可能還太便宜，他們還死得很難看，死後上刀山也好、下油鍋也好，就是不能翻身。那些革命的人如果死後有知，便須理解他們生前「鬥爭」的真正目的並不在推翻甚麼資本主義，也無意違逆代表一切善的國法，他們的死才具備安蒂剛妮的悲劇性格。這絕不是政治性的理解，甚至也是違反傳統馬克思主義的理解。可是這並不妨礙我們同時看到資產階級國法對付敵人時的殘酷，這種殘酷如果不是出於無知，便出於無法容忍任何不把政治放在眼裡的對幸福的堅持。資產階級國法真正害怕的是這種堅持；要對付那些拿起武器來叛亂的人反而容易得多。如果是秦老師，前游擊隊員，覺得國法只在懲戒他，誤殺劉老師讓他們兩人人鬼替換，他便等於錯過關鍵的幸福問題，讓他所代表的共產主義武裝革命變得毫無意義。如果容許我們把前面提過的性別差異放進此處的脈絡討論，則秦老師在劉老師「墓地」上的愧疚是國法所容許的那種，是在父權的掌控之下；既然是政治性的愧疚，它就相當妥協，沒有甚麼反抗的力道。

梁放另一篇「湮沒」系列小說〈一屏錦重重的牽牛花〉，便著墨在主人翁劉麗珠追懷親人之死時毫不妥協的反抗。〈牽牛花〉是〈月光〉的姐妹篇，意思是如果〈月光〉裡的劉老師有幸不死，她就會活如〈牽牛花〉裡的劉麗珠，和國法的困難關係將會繼續僵持。如果我們只採取政治角度把〈牽牛花〉讀成政治小說，全篇便將失去政治小說的力道，我們會把劉麗珠在追思裡的堅持視爲一個謎。表面上她只是在追懷過世了的姐姐麗珍和姐夫徐子捷，然而事情並未如此單純。這對夫妻當年相繼加入砂共游擊隊，被官方的剿共部隊擊斃後亂葬在一個大坑洞，最近政府鋪新馬路，將從亂葬坑上切過（94）。小說開頭時，年屆中年的麗珠遠自詩巫搭船到古晉，探訪子捷的母親徐伯母，因爲當天麗珠的外甥女徐曉雲將從英國留學歸國[29]。兩人言談之間圍繞著的仍然是當年的事件，徐伯母放心不下那

---

[29] 小說裡寫道曉雲是麗珠的姪女（82），實爲外甥女之誤。

個亂葬坑沒人祭拜，也不能確定當年麗珍和子捷「是不是死得很難看」(95)。麗珠的回答是：「不會，像睡覺一樣」(96)，然而在她的記憶裡卻不是這麼一回事：

> 男的仰躺著，向外垂的一隻袖子，乾硬了的血漿也撐不起原是虛空的內容。那個女的，頭側向一邊，臉色白得透明，長而曲卷的睫毛下，那半閉著的雙眼，潺潺不停地流了兩道鮮紅的血水。(95-96)

死去的麗珍像還在流著眼淚地流血，這樣的描寫完全不是違逆國法的叛徒醜陋的死狀，也不符合無產階級革命志士犧牲後的英勇形象。梁放壓得非常低調的筆觸，寫的毋寧是麗珠沉靜異常的哀傷情緒，如果她沒有過人的剛毅，當年絕不可能直視被國法擊殺的姐姐和姐夫遺體，並在多年以後把細節記得那麼清楚。那年她只有十四歲（89），屍體放在卡車上遊行示眾回來以後，是那個一直盯梢著她的中年情治人員趨前問她：「要不要看一看？」(95)。這是國法的偷窺慾望；情治人員和少女麗珠的關係一直是「看」的關係。姐姐和姐夫走進森林以後，幾個男性情治人員便曾經把她衣服剝光，輕佻地把她「換下的衣服，裡裡外外看了又看」，以看她有沒有夾帶信件（92）。隨後便將她軟禁（93）。情治人員所沒理解的是，她為姊姊和姐夫帶過的都只是情書和信物，曾經被她偷偷拆開來看，風花雪月的令她看不懂（92）。姐姐還透過她送給姐夫一盒密封的「留了大半年才剪下的長指甲」，讓她赫然發現為了愛情，「姐姐原來也有神經失常的時候」(93)。這樣的「信物」是不祥的徵兆，因為姐姐既然以自己的身體髮膚為信物，她和姐夫後來當然也可以用自己的遺骸當做給麗珠的「信物」。正是這樣的信物和情書構成她懷念姊姊和姐夫的最重要理由，使他們的愛情和死亡成為她精神價值的全部。於是來到徐伯母那裡，麗珠完全忘記自己的丈夫和小孩（86），不再提起，只一逕沉湎在她對姐姐和姐夫的懷念裡。事實上她追懷的是他們的愛情，在她心中的分量永遠超出自己的丈夫和小孩。於是當新馬路行將鋪過亂葬坑，對麗珠而言車輛「就要從姐夫姐姐的胸口輾過」，「彷彿車輛輾過的是她自己的胸口」(96)。在這裡我們看到國法的無限擴張，踩踏著麗珠心目中比丈夫孩子還重要的幸福化身。然而這化身現在只有恆常的魂在，像歷史本身一樣悠悠不絕。於是就算麗珠無意，她和國法之間已經誓不兩立；她已經沒有甚麼可以妥協，因為令她剛毅的精神支柱、令她從少女時代開始就堅定不移的幸福信念，現在將壓在那條馬路之下。這樣頑強的態度讓她失去畏懼的能力，面對國法她只有令旁人駭然的漠視。她如果有任何實際的對抗行為都還可以被國法打壓；她現在只是失去「人性」，成爲淒厲的幽靈，和那些歷史遊魂一起遊蕩，蠱惑著代表一切善的國法。令守護著忠義價値的國法最爲不安的竟然是愛情，以及和愛情成爲共謀的幸福。在這裡梁放再次把死亡從愛情的深淵裡釋放，讓愛與死一同劃出它們的政治位置。

然而資產階級國法還是毫不猶豫地動手了，將這些失去人性的勢力或可能的勢力徹底剷除，整座和歷史一樣無言的婆羅洲森林也就從存在論的界域裡連根拔起，剩下的只是它的魂在本質。無論如何哀傷，這座森林現在只能面對著兩個沒有交集的命運：一是淪爲感官性的超感官性的物，在市場經濟法則的操縱下，或遭砍伐來賣錢，或被開發爲休閒和環保的樣板，都有徐仁修之流來交易尋歡、探險作樂；另一個命運同樣是落在超感官性的範疇，效用卻在洩漏各種凶險的歷史玄機，包括放出林瀚這類厲鬼，活活地把徐仁修之流拖進森林裡去撿死人的骨頭。一頭栽進了這樣的鬼故事裡並和歷史的幽靈沖犯，徐仁修的熱帶雨林探險敘事也就不知不覺地唱著雙簧，使他有關婆羅洲森林的一種說法不得不變成兩種。像主持著一樁沉重的扶乩法事，他瑤搖晃晃地讓神靈附體，口中喃喃吐著深奧的咒語：Ein Gespenst gehtum in Borneo-das Gespenstdes Kommunismus。那些來去無蹤的游擊隊，開始像林瀚身世的真僞一樣不能捉摸，終於在四週幽幽的魂在。他們失去人性和人氣地來去自如，偶爾在歷史的後見之明裡現身爲撿骨的風水師傅，不過是在陽世附身的慣見伎倆。誰敢不知好歹來到這片瘴癘之地，這樣的厲鬼就一定上身，就像當年埋伏在森林邊緣一觸即發的地雷。[30]

一九九二年三個台灣人像命中注定，蒞臨徐仁修多年前被鬼魅欺身的婆羅洲森林，帶頭的簡媜天真無邪地寫道：

> 對於砂拉越，陳列與焦桐可能跟我一樣所知有限。或許這也是旅行的一種方式，因為無知無故不會從自身的侷限去預設態度或觀點，變成偏食的旅行者，反而轉向放縱想像力，使自己恢復了童稚。[31]

然後冥冥之中，似乎有第三隻手讓她誤打誤撞地寫道：「對於謙虛的旅行者、渴望走入人類的記憶尋思從原始到文明的悲愴之路，這兒像一首動人的敘事詩。」她當然不知道她談的是砂共。於是像所有的布爾喬亞，她和其他兩人盡情地消費

---

[30] 詳梁放小說裡寫到的地雷的恐怖效應（84,99）。

[31] 簡媜〈陽光照亮流璃沙〉，載《中時晚報》，1992/08/01。同時並刊有陳列的〈走過雨林邊緣〉和焦桐的〈精靈的家鄉：接近京那巴魯山〉。三篇文字都是遊記的體裁。

這片山水，把它當作感官性的超感官性的物、一個被鬼魅蠱惑的物，消費這個蠱惑先於存在的鬼魅。於是直到她動筆寫下她和這鬼魅一同魂在、耳鬢廝磨、相互撫弄的親密經驗，才越寫越不祥，開始胡言亂語、不知所云，像碰到了髒東西，像厲鬼已經爬上身，汲汲營營於她布爾喬亞的胴體，讓她口中唉唉哼哼地吐著童稚之語。只有那些雙眼流著鮮血而慘死的人們知道，只有那些陽壽未盡的幽靈知道。

【引用書目】

Andaya, Barbara Waston , and Leonard Y . Andaya. *A History of Malaysia.* London : Macmillan, 1982.

Chin, Ung-ho. *Chinese politics in Sarawak：A study of the Sarawak United People's Party.* Oxford：Oxford UP , 1996.

Copjec, Joan . "Sex and Euthanasia of Reason." *Read My Desire：Lacan against the Historicists.* Cambridge,MA and London:MIT,1994. 201-236.

Derrida,Jacques. *Specters of Marx: The State of the Debt, the Work of Mourning, and the New International.* Trans. Peggy Kamuf. New York and London : Routledge,1994.

Foucault,Michel. *The History of Sexuality. Volume 1: An Introduction.* Trans. Robert Hurley. New York: Vintage, 1990.

Freud, Sigmund. *The Standard Edition of the Complete Psychological Works of Sigmund Freud.* Ed. and trans. James Stracehey. London: Hogarth and institute of Psychoanalysis, 1953-74. 24 vols.

——. "Mourning and Melancholia." Standard Edition. 14: 243-258.

——. "Some Psychical Consequences of the Anatomical Distinction between the Sexes." Standard Edition. 19:241-258.

Fukuyama, Francis. *The End of History and the Last Man.* New York: The Free Press, 1992.

Habermas, Jurgen. "Consciousness-raising or redemptive Criticism: The Contemporaneity of Walter Benjamin"（1972）. Trans. Philip Brewster and Carol howard Buchner. New German critique.17（1979）:30-59.

Knox, Bemard. "Introduction〔to Antigone〕." Sophocles 35-53.

Lacan, Jacques. *The seminar of Jacques Lacan. Book VII. The Ethics of psychoanalysis 1959-1960*. Ed. Jacques-Alain Miller. Trans. Dennis Porter. New Work and London: Norton, 1992.

Lacan, Jacques, and the école freudienne. *Feminine Sexuality.* Trans. Jacqueling Rose.Eds.Juliet Mitchell and Jacqueline Rose. New York and London: Norton; New York:Pantheon, 1982.

Sophocles. *The Three Theban Plays: Antigone, Oedipus the King , Oedipus at Colonus*. Trans. Robert Fagles. New York: Quality Paperback Book Club,1994.

Uchitelle, Louis. "The Rise of the Losing Class." New York Times 20 Nov. 1994, Natel.ed., sec.4:1＋.

卡爾・馬克思《資本論》。(合三卷)，中共中央馬克思、恩格斯、列寧、斯大林著作編譯局譯。北京：人民，1975。

田　農《森林裡的鬥爭：砂拉越共產組織研究》。香港：東西文化事業，1990。王慶節和陳嘉映譯，台北：久大文化與桂冠圖書，1990，577-586。

李永平〈黑鴉與太陽〉。《拉子婦》。台北：華新，1976，69-93。

徐仁修《赤道無風》，台北：大樹文化，1993。

馬克思和恩格思《馬克思恩格思選集(第一卷)：共產黨宣言》，北京：人民，1997。

張貴興《群象》，台北：時報文化，1998。

梁　放〈一屛錦重重的牽牛花〉。《瑪拉阿姮》，詩巫：砂拉越華文作家協會，1989，81-104。

梁　放〈鋅片屋頂上的月光〉。《瑪拉阿姮》，詩巫：砂拉越華文作家協會，1989，67-80。

傅　柯〈電影與人民記憶：《電影筆記》訪傅柯〉。林寶元譯。《電影欣賞》。第 44 期(1990/03)：8-17。

黃錦樹《烏暗暝》。台北：九歌，1997。

黃錦樹《夢與豬與黎明》。台北：九歌 1994。

魯　迅《魯迅三十年集(第二卷)：吶喊・自序》。香港：新藝，1970，5-12。

簡　媜〈陽光照亮琉離砂〉。《中時晚報》。1992/08/01。

原發表 1997；修訂 1998

從個人的體驗到黑暗之心

——論張貴興的雨林三部曲及大馬華人的自我理解

* 黃錦樹

出生於婆羅洲砂勝越、定居台灣的中文小說家張貴興的兩部近著《群象》（1998）和《猴杯》（2000），都把主要的敘事場景設置在熱帶雨林，也都涉及華人移民史，但尤其令人矚目的是它們文字技術上的高度美學化——其徹底的程度，在白話文運動以來的小說家中，並不多見。本文準備聯結張貴興較早一部同樣以雨林爲舞台、同樣文字極端風格化的小長篇《賽蓮之歌》（1992）——恰好作者在《猴杯》的自序中對它做了必要的回顧——以討論此一身體和國籍都已遠離而精神卻頻頻回顧、進入詞的流亡的存有狀態的書寫者，做爲一個不自覺的代言／代理人，在其美學實踐中究竟再現了怎麼樣的大馬華人的自我理解？

凝視這樣的一種美學的回顧，那恰是遠離之後才可能產生的一種疏離的對象化。意識的假擬回歸究竟是否是詞的流亡，如果語言果真是存在的居所？或意識竟是真的回歸——以審美經驗的途徑觀之？書寫者肉身的所在地及意識投射之地，時空間距究竟拉出來一個怎樣的詮釋空間？馬華文學的地域困境——馬華的虛線地理空間——張貴興的美學實踐是否提示了可能的途徑？

《猴杯》在佈局策略上，很明顯和大江健三郎的《個人的體驗》[1]有著極親密的關聯[2]，而其關聯是直接而明顯的。《個人的體驗》主人公鳥是個二十八歲的青年男子，因爲妻子生下一個腦癱瘓的嬰兒而陷入精神上極大的困境，困擾於究

[1] 這裡用的是大江健三郎著，楊炳辰譯，劉碩良編，《個人的體驗》，（桂林：灕江出版社，1994）。引文據此。

[2] 二者間的關聯承駱以軍先生提示，謹此致謝。

竟是要讓那嬰兒動手術以解救生命危機，還是趁早結束其生命。整個小說便圍繞著這一核心問題展開，主人公因此而陷溺於酒精與情人的身體，想從這一困境中逃離，而文中一再出現他逃到非洲的幻想，卻終究未實現，最終還是回去面對原來的問題。《猴杯》的主人公雉，很明顯化自大江的鳥；兩部小說的主人公都是老師，都因犯錯而不得不辭職；而雉帶著負罪感而漫遊都市的那一部分描寫、主人公的意識狀態和鳥之不知所措的都市漫遊，也相當近似。《猴杯》中也有個初生的畸形兒；而兩部小說中的關聯性可以兩者對地圖的比喻描繪爲例，《個人的體驗》中的非洲地圖：

> 圍繞著非洲大陸的海是用催人淚下的藍色印製，像冬天拂曉的晴朗天空。緯度、經度都不是規尺畫出的機械線條，而是用令人感覺出畫家內心不安而又游刃有餘的粗線條勾勒出來的。那是象牙氣氛的黑線條。這個大腦袋男人，正憂鬱地垂著眼，俯瞰著考拉、鴨嘴獸和袋鼠的故鄉——澳大利亞。地圖下方標示人口分佈的小「非洲」，像個正要開始腐爛的死人頭顱；標示交通關係的小「非洲」，則像個剝了皮的受傷頭顱；它們都喚起一種活生生暴力的、死於非命的印象。(1994：4)

《猴杯》中的婆羅洲地圖：

> ……玻璃墊上殘留著雉大量汗漬，讓玻璃墊下的婆羅洲島又濕又滑像一隻眠息中的樹蛙。樹蛙頭部朝著東北，左肢和半個左腹是砂朥越，蛙頭和蛙脖子是沙巴和汶萊，其餘則是加里曼丹。蛙背分布著一串串肉瘤和斑紋，像中部密集的山脈和遍布全島的零星小湖、沼澤。……雨蛙抬頭，準備掠食，朝頭上的菲律賓蝶群、台灣蛹和日本蜻蜓吐出舌頭。雨蛙背後是像大蟒從亞洲大陸出擊的馬來半島，正張口吞吃新加坡蠡斯和虎視眈眈雨蛙。……（2000：24）

加上被省略的部分，極盡修辭比喻之能事，這也構成了兩部作品間第一個最明顯的差別——小說語言上的差別。最重要的不同在於在《個人的體驗》中由於主人公的非洲之行始終停留於意識的投注與想像，停留於做爲不完滿生活現實的可能逃離的出口，所以自始至終非洲只是做爲空白的符號停駐在作品的世界裡——它僅僅是幅空白的地圖而已。而在《猴杯》，地圖和台北城市只相當於是它的前言部分，故事的展開及大部分的篇幅都投注在主人公回歸雨林之後。換言之，在大江作品裡的空白地圖，卻是張貴興色彩斑斕的織錦雨林。同樣重要的是，構成《個人的體驗》敘事及主人公痛苦、反思、救贖核心的畸嬰，在《猴杯》中也被移位了：移到雨林的邊緣，之後再移到雨林黑暗的中心。地理的挪移之外，在《個人的體驗》那是正常婚姻的偶然產物，其不幸緣於機運、機率，是因為偶然才觸發主人公對生命的反思；而在《猴杯》，畸嬰之畸卻是歷史造成的，甚至可以說是典型的後殖民弱勢的極限存有：它肇因於它的弱勢母親（女性，原住民，抵押品，被強暴虐待者）因不堪虐待而退化（獸化，自殺似的胡亂吞食），它的畸形屬於非人、雜種、屈辱的見證，最終，它死亡。換言之，在大江那裡是人的處境的存在主義反思的個人體驗[3]，在《猴杯》那兒卻是複雜人際關係（族群、性別、階級）的歷史寓言。或許也可以說，除了華麗的美學實踐之外，《猴杯》的核心其實並非個人的體驗，而是黑暗之心。

《黑暗之心》是波蘭裔英國作家康拉德（Joseph Conrad, 1857-1924）的中篇名作，小說主人公馬洛沿著剛果河深入非洲的心臟，一路上聽到一個叫做庫爾茲的白人代理商的傳奇軼事：他彷彿在黑暗叢林的深處自組一個王國，土著將之奉若神明，也頗有一些西方年輕人前往朝聖，奉他為「為了指導歐洲託付給我們的事業」的「憐憫、科學和進步的使者」；他因為不可及而帶有神祕色彩，而被神祕化為彷彿是甚麼神祕意志的化身。然而庫爾茲其實是個理性已然崩潰的象牙掠奪者——他原就是殖民主義勢力深入非洲黑暗心臟掠奪象牙的代理人，雖然在被黑暗吞沒前是個頗受讚譽的有清新理想抱負的年輕人，卻因無法抑制慾望的蔓延而淪為殘虐的暴君，殘殺土人的奴役者，殖民意志更徹底的代理人，而陷入理性的對立面，而瀕臨瘋狂，陷於疾病和死亡。關於那人靈魂的狀態，用敘事者馬洛的話來說，因「那荒野沉重而無聲的魔法——它似乎在喚醒他已被遺忘的獸性的本能，讓他記起他那得到過滿足的怪異的激情，從而把他拉回到荒野自己無情的懷抱中去。……正是這個，而不是其他，誘使他無法無天的靈魂去超越那所能容許的靈魂的界限」（康拉德，1997：580）。於是顯現為「我看見了一個不受約束，沒有信念，不知懼怕的，然而又是在盲目的自我掙扎的靈魂中所隱藏的令人難以

---

[3] 一個較不重要但也令人感興趣的問題是，四十五歲成熟期的張貴興何以選擇與二十九歲時的大江對話？空白的地圖仍然是重要的原因，張貴興不止用他的夢土婆羅洲把它充實化了，更在那裡頭和諾貝爾獎得主大江健三郎，與及極少數在諸多世界文學舞台上公開稱讚過的大陸中文小說家莫言在美學上角力：婆羅洲雨林 v.s.東北高密紅高粱。

想像的奧祕」(580)。所以「他的靈魂瘋狂了。」整個故事充斥著黑人衰病和死亡的意象，被殖民剝削的慾望殘渣獸化的形象，和非洲叢林裡不可測的自然凶險和黑暗連成一氣；殖民主義無遠弗屆的掠食慾望和做爲人的個體對不可穿透的自然的恐懼，讓敘事帶有漸進的逼迫感。權力慾望與（文明）人的崩潰，讓《黑暗之心》成爲一則殖民主義下現代啓蒙理性主體崩潰的寓言。

有趣的是，敘事剛開始時，馬洛也提到非洲、南美洲的地圖，在他還小時，「地球上還有許多塊空白」後來都被填滿了；「它已經變成了黑暗的地方」，而關於非洲地圖：「但是其中特別有一條河，一條極大的河，你能夠在地圖上看到它，它像一條伸長的巨蛇，頭浸在海裡，身子一動也不動的躺在一片廣袤的荒野上朝遠方逶迤伸展，尾巴隱沒在這塊土地的深處」(1997：490)。《猴杯》的婆羅洲地圖沿用的是同類的隱喻：走獸爬蟲，在象徵的層次上也變成了黑暗的地方——雖然就修辭色彩而言是五色斑斕的。《個人的體驗》則是以人爲中心的，更強化了它是探討文明人在地的心靈處境，而並非以不可穿透的自然做心靈的處境和轉喻。

在張貴興成熟期的作品中，以雨林爲殘酷劇場鋪演華族移民黑暗之心的，在《猴杯》之前是《群象》。兩部小說在敘事策略上都設計了進入雨林的必然理由，都運用了尋找失落事物（不管是尋求問題的答案、了結恩怨，還是爲了救贖）的古老敘事模式[4]，《群象》建構了個婆羅洲大森林群象被英殖民主義者屠戮而留下大批象骸象牙的傳說[5]，做爲主導的象徵結構，做爲殖民主義對婆羅洲大自然強

4 兩部小說有若干模式上的相近性，進入雨林其一，和原住民的必然遭遇其二（雖然族別有異）。

5 這個傳說把亞洲象說成是鄭和帶來的非洲象的後裔，在生物分類學上可能是有問題的（亞洲象自有其系譜），在小說的論題上卻是合理的——文化的理由，它乃成爲中國性的隱喻，因生象在中國早已滅絕，而漢字最古老的起源正是象——對遠古時代曾在中國大地上漫遊的巨獸的永恆懷想——自秦以後漢字化圓爲方，象形名存實亡，於是文字上的生象乃成死象，此後的漢字大抵皆朝著象骸之路走去。大概只有在書法中保留了它的原始性。故而小說的雨林中充斥著群象絕跡後的字骸，而小說的文字也極盡窮形寫象之能事，也就不足可怪了。就本文的論述焦點而言，恰好經由象與象牙和「成堆的象牙，成垛的象牙。那間破舊的爛泥棚都快要被象牙撐破了」(553)的《黑暗之心》有了更緊密

迫開發、華人中國性的遷延和失落的隱喻；之後以華裔爲主體的砂勝越共產黨爲了尋找失落的象牙（以做爲革命反抗的資本）而深入雨林最深處；再之後敘事者爲了結家族恩怨（兄弟皆「爲革命而死」）再度深入雨林（沿途所見的恐怖景致和馬洛沿剛果河深入黑暗之心相仿：隨處陳列著腐敗的屍體，只不過從前者的黑人轉換成游擊隊員），和土著伊班人聯手對抗那個因革命實質上已徹底潰敗而把精神意志轉向無意義消耗（從獵象萎縮至獵鱷，及對老中國文化的自瀆式陳列）的毛澤東的影子、墮落了的昔日之革命前驅，而從小說中該傳奇人物對外甥（敘事者）的閒談（炫耀式的？）自白中，更可清楚的看出他不只該爲諸多革命同志的死亡負責，且以歡快的語調敘述了他對青春貌美的女同志身體掠奪式的享用。和庫爾茲相同的是，「他的靈魂瘋狂了」，雖然兩個作者所給予的致病條件不同，相同的是，在某種內外因的主導之下，理想主義走到了它的反面。他原來早已是一頭死象。從這裡可以看出，這部小說表面上是關於馬共的史詩讚歌，實際上卻是透過類型的操作，而揚棄了馬共的浪漫傳奇。

然而馬共其實是大馬華人史一道極大的傷痕。馬共（這裡的指涉包括東西馬）的歷史是大馬華人史中極具關鍵性的一個段落。純粹從華人的觀點看，它是馬來西亞國族國家建構過程中，華人惟一一次有可能以武力（或和平）的方式做該地域的主人（雖然馬共成員不止是華人，但華人居主導殆無可疑）。而和中國之間過度緊密的聯繫（中國意識、民族情感幾乎自然的超越了階級前提），也使得華人和中國之間的一體感經過國民革命以來的想像共同體的長期建構達致了空前的地步，達到了極致。英殖民者和當地政權聯手成功的把馬共和鄉鎮華人的可能聯繫切斷（以緊急狀態、反民主的內部安全法令、新村計畫等），細密的清剿，而把他們趕進大森林去，並讓其在那窮山惡水裡自然凋零。此後他們的革命乃成爲在地華人的原罪：會造反的、不忠誠的、不認同的、中共的間諜……等等污名的想像，乃成爲統治階級對具華人血統者、受華文教育者、捍衛華人中國性者結構性排斥的情感及意識型態根源。職是之故，對政府和華人都一樣，馬共必然會是禁忌，也必須是禁忌。

一九八九年馬共領導人陳平決定走出森林和政府協商結束馬共的鬥爭，可是它的效應早已不受已成往事的革命的主導。對華人而言，不管陳平畫不畫下那個

的聯繫——從此一基本的慾望象徵物正可以看出，亞洲的黑暗之心源自非洲的黑暗之心。

句點，革命都早已過去。早已在發揮效用、此後一直在發揮效用的，是那個集體經歷所留下來的創傷本身——死去的革命（死象）和不斷滋長轉化變形的傷痕（生象）。後者在政府的封口、同時代華人的自我檢禁中，已儼然遁入在地華人的集體無意識中。在華人自我表達的代現領域（field of representation）中，此一巨大的創傷要麼長期缺席，要麼以零星殘缺的形式碎片化的閃爍，彷彿無法被狀寫、被表述——被帶到意識的層面。也就是說，要讓它成爲華人自我理解的對象或主題，是極端困難的，至少在馬共宣告自身歷史的終結之前。這種自我理解的殘障狀態，其形式的效應直接體現爲馬華現實主義的徹底崩潰[6]。

在《群象》之前，關於馬共或砂共題材的小說，最早的里程碑當屬李永平《拉子婦》中的〈圍城的母親〉（1970），接續的有梁放的〈鋅片屋頂上的月光〉（1986）、〈一屏錦重重的牽牛花〉（1986），〔二文均收於《瑪拉阿姐》〕；小黑的〈白水黑山〉及筆者的〈大卷宗〉、〈鄭增壽〉、〈魚骸〉等。被惡夢般的歷史深深吸附著，以致看不到明淨的出路，李永平早期作品中受難的母親乃是歷史創傷的代罪羔羊，促成了孤子的離家出走，錯位歸返於漸漸去中國化的亞細亞的孤兒，不再回顧；或者像梁放筆下那麼深沉含蓄的憂傷，傷口在早已癒合的疤痕內隱隱作痛，而牽牛花無端燦爛；或者像〈烏暗暝〉裡意識驚醒於惡夢般深沉的夜彷彿是永夜，只有流螢是鬼火般的希望。那都是巨創永續的效應，讓生者恆存活於意識的殘缺狀態，即使在太平日子裡精神上仍晃漾著惘惘的威脅。

在這樣零星的系譜裡，惡夢般的經歷在張貴興的手上，卻被錦繡文字織成精緻華美的殘酷劇場。而小說中主人公的形象及其作爲，弔詭的十分接近砂共投誠者林廣民在〈我的聲明〉中對「特權人物」的描繪（抹黑）：玩弄女青年，吃好穿好，劫掠達雅克人……[7]。甚至可以進一步說，這一墮落的革命者形象，早已是文學的形象——不論是在那介於寫實主義與現代主義曖昧地帶的康拉德的《黑暗之心》中的庫爾茲，還是之後拉丁美洲現實（或魔幻現實）主義小說中常見的腐敗多慾的革命者。在這個問題上，《猴杯》中呼風喚雨、權大財大勢大令人畏懼憎惡的大家長曾祖父祖父的情況也類似：做爲開發過程中的剝削者，仿如殖民

---

6 筆者〈馬華現實主義的實踐困境——從方北方的文論及馬來亞三部曲論馬華文學的獨特性〉，1997：179-210。

7 附錄於田農，《森林裡的鬥爭：砂勝越共產組織研究》，1990：114。

主義者吸血鬼般，從男人的力氣到女人的身體，從金錢到人命，從本族到土著，都逃不開他的意志與慾望。這樣的大家長，就其文學形象而言，遠至拉美小說中遍在的獨裁者，近有大陸新時期小說中蒼老多慾的祖父形象（如蘇童家族史中必然腐敗好色的大家長），而如果回到馬華現實主義原有的認知譜系，在批判現實主義審慎選擇下的批判中[8]，那其實是華裔財主的典型形象——或者用他們的典型表述應是典型環境下的典型人物[9]。當作者強調《猴杯》凸顯了華人移民史的黑暗面[10]，十分弔詭的是，就華人的自我理解而言，其實是對馬華現實主義自我批判傳統精神譜系的回歸。就文學形象而言，它又是多重的回聲。在這一條件下，我認爲這兩部狀寫雨林華人黑暗之心的小說，並不如其表面所顯示的代現（represent）了歷史，而是藉由高明的文學技術運用，繞過了歷史，歷史在其中其實是以傳說的方式存在的，其確定性在美學中早已獲得了確認。於是這兩部小說便離史詩遠而離傳奇與神話近。就本文的修辭策略而言可以這麼表述：表面上的黑暗之心其實仍然是個人的體驗。前者乃是後者的延伸。或者說：後者的強度遠大於前者，以致後者很難開展它自身的存有。因此似乎可以說，就這一個案而言，華人的自我理解仍然是極其困難的——和馬華現實主義之毀於自我貧困化、刻板化不同，在張貴興這裡，似乎恰恰因爲美學上的過度豐饒——美學慾望的過剩。

關鍵點正在於張貴興的個人體驗。和大江源於存在危機的個人體驗不同，張貴興的個人體驗是徹底的審美體驗。它完整的體現於其雨林三部曲中的第一部《賽蓮之歌》。在《猴杯》的自序〈重返雨林〉中，張貴興即有意無意的聯結《猴杯》與《賽蓮之歌》，相當明白的點出二者都關聯著他青春期的雨林體驗、文學閱讀及美與愛與性的初萌，而這幾點都構成了他個人審美體驗的基本架構，且已

---

[8] 不論是國家獨立之前還是之後，馬華現實主義對現實的批判都明顯的極具妥協色彩——或許是因爲不論是對殖民者還是土著政權的批判都會引起麻煩，所以批判的矛頭總是指向華人自身，尤其是具權勢者。階級問題乃被族裔化。

[9] 七〇年代馬華現代主義的旗手溫任平對其時仍然聲勢頗大（雖然實踐早已破產）的現實主義的批判中，清楚的指出了這一點。

[10] 見潘弘輝的訪問，〈雨林之歌——專訪張貴興〉，《自由時報・自由副刊》，2001/02/21。此一資料承胡金倫先生提供，謹此致謝。

完整的體現在《賽蓮之歌》中。於是《賽蓮之歌》乃成爲張貴興個人的美學寓言與宣言。

《賽蓮之歌》一面以歡快的語調歌頌母親的富饒生產，主人公生於水因而做爲體驗者的我在起源上就和水有著淵源，且此後數度溺斃於水——水乃成爲母體的延伸，是愛之慾力與死之慾力永恆朝向的原始方向，爲避免主體的死亡必須被對象化爲他者，或轉化爲象徵以讓愛戀對象轉移。前者是性愛的起源，後者則是審美經驗，這雙重性正結合於做爲誘惑與死亡對象的賽蓮的神話[11]。這一強而有力的起源場景主導了往後的故事情節，其後小說開展了三段不同的青春情愛，因爲沒有實質的肉體關係，使得整個愛戀過程充滿了稠密的猜想和幻想，肉慾宣洩的阻塞使得它一方面收縮回自體性愛，同時在青春多愁善感唯美幻想的心靈狀態中，無法充分宣洩的慾望不斷的朝向隱喻及象徵轉移及轉換，愛慾乃被精神化、審美化，和主體生活世界中的雨林體驗結合，雨林中蟲魚草木走獸於是便負載了初萌的性愛的能量，再經由來源於文學作品中審美表述模式的形塑[12]，三者便完整的結合爲張貴興個人的體驗。也正是在這部歡快的唱著青春之歌的小說中，張貴興點石成金的詩語言技術已經有相當完美的展演，他對雨林物象（尤其是可以聯結三部曲的基本物象之一的大蜥蜴）的詩意狀寫及基本方向——情慾化雨林、雨林的文字化、文言化、文本化——做爲其個人審美體驗的表徵，基本上已經確立。

到了《群象》，「以文字爲群象」[13]；雨林的情慾化及文言化更形擴大，從侷限於雨林邊緣的《賽蓮之歌》更往內延伸，舞台加大，嘗試駕馭一個更大的對象：砂共與中國性；《猴杯》體驗的規模更大，調動的資源更多，視域也更大，深入到達雅克人的長屋裡去[14]，召喚華人移民史、華人與原住民族群恩仇愛恨，更多的要素與材料，然而其力比多經濟是類似的，在企圖轉化爲國族寓言的過程中，

---

[11] 賽蓮（Siren），荷馬史詩《奧德賽》（Odyssey）中的海妖，歌聲令水手著魔而迷失。

[12] 小說中大量引述優美感傷的英詩可以爲證。此外吟誦也是一種對象化的方式。

[13] 筆者的《群象》書評原題〈希見生象〉，《中國時報・開卷周報》1998/03/26。

[14] 關於東馬華人與原住民的文學反思，李永平的〈拉子婦〉（1968），梁放的〈龍吐珠〉（收於《煙雨砂隆》）與〈瑪拉阿姐〉（1986）、潘雨桐的〈逆旅風情〉（1991）等，都有相同動人的呈現，其力量常常顯得更爲集中而強大。

卻似乎受到了某種強力的遏阻，被拉向做爲物的文字自身，精神的居所、存有之家——幽幽的散發出它自身的妖異綺色的光芒。根本原因在於它的文字，與及被文字刻寫的物象，都被群象般的文字蠱惑了，一如聽到了海妖賽蓮絕美的歌聲。

這裡可以通向《群象》、《猴杯》中——各有兩處——或可名之爲美學策略的「主人公關鍵時刻的意識不清醒狀態」。在《群象》中首先是做爲敘事者的男孩隨舅舅等進入雨林尋找傳說中的群象，就在那目擊象之墳場的關鍵時刻：「第十二天，男孩發高燒」。而此後多日意識陷入迷離狀態，歷史或傳說的現場之可能的親歷或見證頓時異化爲夢境或想像，被轉化爲審美體驗，而文字也隨主體的意識狀態感覺性達到極致，因感官的極度舒放而意象驚奇狂舞；第二個關鍵時刻是主人公和墮落的革命者對決的時刻，主體再次陷於不清醒狀態（喝多了酒），再次清醒時已是事件發生的關鍵時刻之後：

> 舅舅的首級離開身體，懸空盪著。舅舅眼瞼閉闔，舌尖微露，彷彿正在熟睡。男孩用手電筒照射提首級的人。(1998：202)

所以敘事者可以合理的逃避實際發生了甚麼事，在那關鍵時刻他是否做了決定或參與了，都可以否認。讀者所知道的實際發生了甚麼事反而得經由在場的第三者告知，於是**「實際發生了甚麼事」**乃退爲**「可能發生了甚麼事」**。所以當第三者告知敘事者「我們終於聯手殺了他」，他的立即回答是：「我只殺了一隻蜥蜴。」（1998：207）這是典範性的操作，恰足以說明此一關鍵時刻意識迷離狀態的美學及意識型態功能——歷史範疇異化的機制——實事性向隱喻或轉喻移位，也即是替代。

在《猴杯》中情況也類似，有兩處（兩個關鍵時刻），足證這並非偶然的現象，而是重要的美學策略。兩處都是因酒醉而搞不清楚和他睡覺的女人是誰，第一個結果是因錯認（以爲是另一人，並非此人）而和未成年女學生可能發生了不該發生的事（竟是妳），而造成主人公處境艱難，必須離去；第二次是和達雅克女孩拯救者的許諾之夜，因意識不清懷疑被另一個女人——祖父性慾的受害者、一直同時扮演敘事者妹妹的角色、救贖的對象——替代了[15]。兩處在小說中都是決定性的。

---

[15] 具類似或同等功能的角色的不斷替代是此一小說重要的轉換機制。如小麒（鳳雛）—麗妹—亞妮妮—小花印之處於同一語義水平，做爲慾望的對象而被交叉替換。

而正是這種替代、轉換的策略造成了歷史的位移。就如同《賽蓮之歌》中那隻極其生動的大蜥蜴（其原型是張更早的短篇〈草原王子〉）之爲主人公初萌的愛慾的隱喻及位喻（其內涵可以轉換爲如下的述句：我的青春情慾就如同那隻無情的巨獸），可是牠並沒有撕毀吃掉做爲愛戀對象的女孩們，愛慾的齒輪昇華爲詩之頌歌；在《群象》中，歷史寓言的驅力被轉換——且爲後者吮吸殆盡——爲群象傳說、象骸、字骸及雨林動植物的情慾化意象，於是在主體的意識不清中，歷史只不過是死象之骨；在《猴杯》中替換的女人們生動的程度，不如父權慾望的代理人—拓荒者—曾祖與祖父，而這些人的形象其生動程度又遠不如走獸們——做爲他們的隱喻和轉喻，慾望的對象化——尤其是那隻喚作總督的犀牛，及那群聞腥而來漫山遍野不計其數的大蜥蜴（彷彿那不是四腳蛇而是可摩多），巨大豬籠草中嬰屍殘酷的瞬間——不是對於歷史的思考，更不是歷史哲學，而是這些審美物件的強度足以和拉美當代小說及大陸新時期小說中最蒼莽的形象、浩大的景觀角力。精神乃繞過歷史，位移向神話；小說移位向傳奇，精神對象化爲抒情詩、爲意象的呢喃吟唱。經由語言文字的意—象化，早已魂在的中國性乃如迷霧般穿過死象之骸而在能指上甦醒爲生象，在張貴興再三的美學回顧中，進駐了雨林，把它轉化爲美學劇場，且佔據了所指的位置。因美學上的過度充盈滿溢而讓歷史在其中自我貧困化。無疑它是聽到了海妖賽蓮的吟唱，迷失便是它的宿命。語詞著魔了——再度流亡。於是那隨著意識與精神漂流—回顧的存在者的肉身境遇而微微移動的馬華文學的虛線地理，其沿著海或甚至包容了海的邊界地帶便顫動著，因爲有一個巨大的既熟悉而陌生的事物在霧中撞了過來，倒影般的加了進去。那是馬華文學的昨日之島，一如李永平的《吉陵春秋》是先於它本體存在的倒影[16]。

---

[16] 李永平的《吉陵春秋》不論是在現代中文小說史上還是馬華文學史上，都無可質疑的是部探討黑暗之心的力作。做爲台灣中文—現代主義的經典之作，在美學意識型態上啓動了更爲激烈的符碼轉換，而設置了一個完全人工化、純粹的中國性—現代主義的美學空間來處理不同人際關係之間，尤其是男女之間性別上的權力不平衡的慾望與權力的支配和角力、性與殺戮的暴力，相當生動的展演出一個現代主義的殘酷劇場。然而正在於他是那麼潔癖偏執的進行符號的轉換，以致幾乎全然的廢棄了和他的出生地婆羅洲之間所有可辨識的具體歷史和自然指涉，也讓他的黑暗之心被抽離了具體的可能性，而淪爲

在這個意義上，張貴興的雨林三部曲，無疑的，是賽蓮之歌三重唱。

【引用書目】

大江健三郎著。1994。劉碩良編。楊炳辰譯。《個人的體驗》。廣西：灕江。

田農。1990。《森林裡的鬥爭：砂勝越共產組織研究》。香港：東西文化。

李永平。1976。《拉子婦》。台北：華新。

李永平。1986。《吉陵春秋》。台北：洪範。

林建國。〈穿越哀傷的雨林〉。《南洋商報・南洋文藝》。2001/03/10。

林建國。1998。〈有關婆羅洲森林的兩種說法〉。《中外文學》第 27 卷第 6 期（1998/11）。頁 107-133。

康拉德（Conrad, Joseph）著。1997。方平等譯。《青春：康拉德小說選》。上海：上海譯文。

張貴興。1992。《賽蓮之歌》。台北：遠流。

張貴興。1998。《群象》。台北：時報文化。

張貴興。2000。《猴杯》。台北：聯合文學。

張錦忠。2001。〈婆羅洲雨林的後殖民敘事〉。《聯合報・讀書人周報》。2001/01/15。

梁放。1989a。《煙雨砂隆》。古晉：砂勝越華文作家協會。

梁放。1989b。《瑪拉阿姐：梁放小說集》。古晉：砂勝越華文作家協會。

黃錦樹。1997。《烏暗暝》。台北：九歌。

黃錦樹。1998a。〈希見生象〉。《中國時報・開卷周報》。1998/03/26。

黃錦樹。1998b。〈馬華現實主義的實踐困境——從方北方的文論及馬來亞三部曲論馬華文學的獨特性〉。收入《馬華文學與中國性》。台北：元尊文化，頁 179-210。

黃錦樹。1998c。〈詞的流亡——張貴興和他的寫作道路〉。收入《馬華文學與中國性》。台北：元尊文化，頁 351-738。

完全歸屬於製作者主體意識的抽象。在這個意義上，這兩個同樣來自東馬、入籍中華民國台灣的作家的重要作品之間，可以看出某種表面上不易區辨的意識的一致性——群體自我理解的一種疑難：來自美學的廢黜。

黃錦樹。1994。《夢與豬與黎明》。台北：九歌。

黃錦樹。2001。〈雨林夢土，傳奇劇場〉。《南洋商報‧南洋文藝》。2001/03/10。

潘弘輝。2001。〈雨林之歌——專訪張貴興〉。《自由時報‧自由副刊》。2001/02/21。

潘雨桐。1996。《靜水大雪》。新山：彩虹。

原發表 2001

陳強華論：

後現代感性與田園模式再現

＊張光達

前言

評論家陳慧樺在〈大馬詩壇當今的兩塊瑰寶〉一文中說陳強華的詩風抒情而浪漫，從早期的詩集《煙雨月》的活潑開朗、青春稚嫩色彩，到《化妝舞會》中的都市現代化、文明與自然的衝突等大我主題，到八〇年代末期的《那年我回到馬來西亞》中的社會關懷和政治批判，陳慧樺一針見血指出：陳強華的抒情節奏甚至浪漫都還在那裡，仍那麼濃烈（陳慧樺，1999：70-75）。這是頗見勁道的說法，展讀陳強華從台灣負笈畢業返馬後的兩本詩集：《那年我回到馬來西亞》（1998）和《幸福地下道》（1999），詩中的語言文字無論是寫實明朗、後現代技巧或淺白溫和的鄉土語言，這個抒情而浪漫的本質始終不離不棄，如影隨形的隨著陳強華的「前中年時期」跨入詩人的中年時期作品中。

詩人陳強華，一九六〇年生於馬來西亞檳城州，台灣政治大學教育系畢業，出版詩集《煙雨月》（1979）、《化妝舞會》（1984）、《一天、一天》（與趙少杰、黃麗菁合著，1997）、《那年我回到馬來西亞》（1998）和《幸福地下道》（1999），曾創辦「魔鬼俱樂部」詩社，主編《金石詩刊》、《向日葵》文學雜誌等，曾獲星洲日報花蹤文學獎詩歌組推薦獎，是馬華詩壇上重要的詩人之一。我在這篇論文裡主要檢視陳強華於九〇年代出版的兩本詩集，探討詩人的語言文字特色從浪漫抒情轉向後現代主義觀念、社會關懷與政治批判的剖白式抒情語言、前中年時期的幸福生活浪漫色彩、童年與鄉土的緬懷浪漫想像。作為一個融合了現代詩技巧、後現代觀念與鄉土寫實的詩作者，陳強華詩中的後現代語言透過對鄉土家園緬懷、社會現象省思，表達出一種浪漫而抒情的本質，從中展現出後現代與本土性在現代詩裡的辯證式對話。陳強華詩在馬華現代詩的發展脈絡和文學史定位中的重要性由此可見一斑。

一、返馬時期：後現代遭遇本土現實

陳強華早期的作品明顯深受台灣詩人楊澤和羅智成的影響，尤其是他在語言文字和氣氛的經營上，詩裡行間的浪漫抒情、婉約修辭、現代知識分子的淑世襟懷，以及詩行中透露出來的文化鄉愁和生命告白都是他早期詩作的特色，也在在印證他深受楊澤、羅智成的抒情詩風格的模仿。

誠如陳慧樺指出，陳強華在八〇年代留學台灣時深受台灣現代詩人如羅智成、楊澤、苦苓和夏宇等人的影響（陳慧樺，1999：70）。我們幾乎可以這麼說，他的抒情浪漫風格深受楊澤、羅智成的影響，而他的後現代觀念和技巧手法卻深受夏宇的啓發，他的後現代技巧返回馬來西亞之後還有更極端的發展，例如他在《那年我回到馬來西亞》詩集中的「類似時期」部分的詩作，大都寫成於返馬後的一九八五～一九八八年間，其中的〈類似愛情走過〉直接表明詩人師承台灣後現代詩人夏宇，詩的語言文字很明顯的模仿夏宇的《備忘錄》：「你抄寫夏宇詩句／只是爲了安慰自己／「寫你的名字，／只是爲了擦掉。」／微笑，裝著是個好天氣／驚訝於這許多／來不及留意的雲霞」（陳強華，1998：65）。這些詩句一反傳統現代主義的力求博大精深，採用一種生活化／口語化／平庸化的語言文字，半開玩笑又似乎漫不經心的調侃玩樂，來面對日常生活中任何單調乏味的現象和事物，企圖捕捉心靈上一剎那間留下的意識痕跡。類似在漫不經心平靜的語氣中帶著一股隱約的嘲弄反諷式質疑與模擬，在陳強華這一輯詩集中俯拾即是。這種後現代主義反深刻反強調理性的美學觀念，投射到文字作品中變成口語般散漫零碎的思維意識，取代了傳統上視詩爲貴族血統文體的地位，在〈類似散文情懷〉中陳強華用白描明朗的文字來抒寫他對詩的嶄新觀念：

漸漸不喜歡濃縮的詩句
多層的含義
透不進閉塞的思維裡
隱藏著的目的斷翅

恐怕你不再喜歡詩
貴族血統的文體
逐漸消失，再過若干年
我們隨著歷史學家
在風中追尋殘缺的韻腳 （72）

陳強華的後現代技巧手法在〈類似詩的質料〉中更爲極端，這首詩企圖呈現出前衛詩的形式概念，其中有講求形式設計的具象詩，意象拼貼的後設詩和文類泯滅的語言形式。詩第一節中「筆記 1：書櫥」，左邊是「層層寂靜的塵埃，還有老掉的蜘蛛」，右邊是「螞蟻悠閒地爬過，成群的螞蟻」排成斜梯形，表現螞蟻在書櫥上活動爬行，呈現螞蟻的動態畫面，對比於塵埃和蜘蛛的沉靜寂寞，中間則以上直下排了大小詩人的名字，還有一些生活中的物體列於最底層。詩人很明顯的是在用文字來繪製書櫥的圖像狀態，陳慧樺說詩人陳強華企圖以文字直逼（approximate）現實（陳慧樺，1988/10：8）。這首詩表面上看來詩人是在以圖像入詩，利用詩文字的排列設計來表現描繪物體的外在形象狀態，這是第一層次的讀法。但是我們不要忘了，詩人選擇的材料無論是經過精心汰選或是任意並置，意象與意象之間的排列無論是有意或是偶然，我們在詩的名單裡面讀到一些潛在的訊息和暗示，詩句中浪漫主義的大詩人如拜倫、徐志摩高高在上，潛意識中彰顯出陳強華的浪漫主義傾向和師承其來有自。而台灣現代派大將余光中、楊牧、瘂弦緊接在後，與台灣的年輕詩人楊澤、羅智成隔開於一道屏風，表示文學典範的轉移和交替，詩人陳強華自己的名字處於羅智成和楊澤之後，暴露出詩人的傳承和對自我的定位。這種後現代觀念的物象任意並置倒不經意透露出後結構主義對權力話語在文本內的隱喻，絕不可單純視作傳統現代主義所主張的「純詩」（poesie pure），要求詩人「以詩思想」（Penser en Poesie），追求詩形式設計來達成一種完美獨特的純粹藝術效果爲主[1]。

---

[1] 純詩（poesie pure）是法國象徵主義詩派的觀念術語，於一九二六年伯雷蒙（Henri Bremond）發表《純詩》（La Poesie Pure）一書與論述，闡述關於純詩的思考。基本上伯雷蒙的純詩理論有以下幾點：[1]、詩是神祕的、一致的；[2]、詩外在於理性知識；[3]、詩外在於含義；[4]、詩是音樂。以這些觀點來對照陳強華的詩作，尤其是《那年我回到

〈類似詩的質料〉第二節「筆記 2：備忘錄」已不只是單純的圖像詩或具象詩了，西方的前衛詩把這種看似任意羅列名詞物件的寫作概念稱爲拼貼性格（collage），透過這些物件的羅列，打破內容與形式的藩籬，凸顯語言（文字排列）是一種不確定（uncertainty）的素材，具有多重指涉的功能，擺盪在虛實之間，要求讀者積極運用自我的意識感覺介入文本內。陳慧樺用後現代理論家哈山所提倡的副詩（para-poetry）或後設詩（meta-poetry）來指認這首詩（陳慧樺，1988/10：9）。我倒認爲後結構主義的語言詩（languange-poetry）也不失爲一種閱讀方法。語言詩派的先鋒麥尼克（David Melnick）和蕭笛雷（Raphael J. Schulte）認爲詩句的任意羅列造成詩句裡的敘事斷裂，形成許多障礙，有待讀者自由填補連接空隙，充滿各種可能的文本意義[2]。

同樣的詮釋角度也可引用在這首詩的第三節和第四節中，之所以在這裡大量引用後現代主義和後結構主義對語言敘事的斷裂拼貼性格，以及要求讀者參與創造文本意義，目的是想指出陳強華這個時期的詩作充滿了鮮明的後現代技巧和風

馬來西亞》的〈後記：出發〉裡的觀點，陳強華似乎頗認同這種純詩的詩觀念，但他在該詩集裡沒有提到純詩和伯雷蒙，我的這個觀察有待向本人求證。我這裡的意思是指詩的純粹性，如同伯雷蒙說的：「詩的純粹特性應在於一種神祕真實，即我們所謂純詩的存在、放射、變換而一致的行爲之上。」後來中國詩人穆木天由此發揮提出：「我們的要求是純粹的詩歌，我們的要求是詩的世界。」穆木天據此主張「以詩思想」（penser en poesie），詩人必須先找出一種詩的思維術，寫詩時得用詩的思想方法來作出形式上無限的變化。這些象徵主義詩人排除了寫詩（寫作）作爲一種社會文本參與活動，其中所可能與當代的政治語境和權力體制結構產生的互動性質與心理（無）意識。關於純詩的詳細論述，可參考金絲燕《文學接受與文化過濾》，北京：人民大學，1994，頁 281-289。有人在文學評審會議上強調說陳強華的詩多屬於以詩論詩的詩類，也就是作者純粹用詩本身的觀念來寫詩，在生活中思考詩的存在意義，然後用詩把它記錄下來。這個概念頗似我上面所提到的純詩，但它沒有象徵主義所具有的文化語境和意識，基本上來說並非這個看法不能成立，而是我更關懷的是詩人書寫的文學體制和文化語境，如何透過書寫行爲被滲透到所謂一個純粹性的文本內。

[2] 關於語言詩派的代表人物 David Melnick 和 Raphael J. Schulte 的論點，可參考焦桐〈前衛詩〉，《台灣文學的街頭運動》，台北：時報文化，1998，頁 88-91。

格[3]。陳強華在這本詩集的〈後記：出發〉中也透露出他對後現代觀念的執著：「後現代主義根本否認意義的存在，因而拒絕闡釋。後現代主義文學藝術文本強調表演和形式甚於意義和內容，拒絕對語言或其他元素作有意識的選擇，因而其作品力避首尾一致的安排，而訴諸感官的直接性。有時覺得自己在寫詩時，強調表演和形式，甚於意義和內容。現代詩一定要強調意義和闡釋嗎？這是見仁見智的問題。你讀不懂我的詩沒關係，請不要強硬闡釋。我的詩拒絕闡釋。」（129）拒絕闡釋的陳強華在〈類似鐵的柔情〉中模擬四種通俗音樂版本入詩，比台灣女詩人夏宇的〈某些雙人舞〉更大企圖心，他企圖把四種音樂，即抒情搖滾、重金屬搖滾、卡拉 OK 和狄斯可恰恰提煉成詩，讓詩的意象、形式、格律、節奏與歌的意境情感作出完美的結合，他在搖滾頹廢的語言文字中仍有嚴肅積極的一面：「唉，生活本是燒熱的熔爐／靈魂是不易熔化的物質」（85）因此他的後現代主義觀念本身竟也充滿了自我解構的行爲，在另外一首〈和 Blue 的電影記憶〉中存有戲謔嘲諷與認真嚴肅兩股相反的意圖，共時共存的自我解構傾向尤其強烈：

我沿著繽紛街景走下去
存著破壞性傾向
甚於創作衝動
規範、傳統、成見
踢向天邊的石子
褒揚是率性真情
我一直堅持的美德
運用黑色幽默
對神祕莫測事物多一分關注
維護那一切被侮辱的　（18）

詩中「維護那一切被侮辱的」的認真嚴肅與「存著破壞性傾向」的戲謔嘲弄同時並置存在於字裡行間，顯示陳強華的後現代主義雖然在形式技巧上可以去到盡頭，但是他的思想意識對後現代的虛無頹廢仍有所保留。

---

[3] 陳強華的後現代詩還可以包括：[1]、任意羅列名詞，例子有〈試擬己巳年計畫〉、〈預告〉。[2]、遊戲化的語言，例子有〈淺薄的規則〉、〈攝影進行曲〉。[3]、精神分裂式的平面化語言，例子有〈類似空白記憶〉、〈淚雨〉、〈現在〉。

當陳強華在一九八三年回到馬來西亞，其後幾年剛巧碰上和經歷國內一連串的政治風波與社會動蕩。在一九八五年至一九九〇年間，這段時期是馬來西亞國家社會捲入一連串政治風暴的非常時期，其中有政黨爆發激烈的黨爭、華社面臨合作社經濟醜聞、國家司法界面對一場司法權自主性危機、華文教育與文化的合法性地位受到沖擊、種族衝突和政治白色大逮捕。當陳強華帶著他那類似後現代主義的詩風回到馬來西亞，馬上面臨這塊土地國家的政治現實和社會公理問題，本土的社會現實議題沖擊他的心靈，也沖擊著他的後現代觀念視野，因此在這個課題的思考上他顯然調整了以往的前衛技巧手法，改爲一種抒發個人理想情懷、省思族群前途與嘲弄現實國家體制交織成的自我剖白的詩形式，即是說他以個人的抒情語言來思考心中所關懷的正義、公理、愛情、理想。這些種種有時因爲透過外在的現實社會政治現象來渲染和編織，形成這些詩作的寫實性強，關懷面向極廣，但是其詩想卻是靠著抒情語言的浪漫本質來支撐。

陳強華在《那年我回到馬來西亞》的「藍色時期」作品中自成一種獨特的抒情揉合寫實色彩，這些詩從陳強華把它編排放在詩集的第一個部分，就可見出詩人對這些作品的重視程度。這些「藍色時期」的詩都以抒情筆調寫給一個名叫 Blue 的女子，Blue 是陳強華筆下最忠實的傾聽者，以便他把自己慷慨激昂的陳詞、熱血沸騰的心和憂患愁苦的情緒赤裸裸掏出來。當然這個名叫 Blue 的受眾，並不一定指涉某個真正存在的女子，她（他）可以是任何一個與詩人一起生長在這塊土地上的大馬人。採用第二人稱的敘述對象，只是爲了方便詩人自我剖白其憤怒不滿和失落憂慮，這個自剖式的抒情語言，透過其感傷兼孤寂的氣氛裡很容易感染給廣大的讀者群眾，讀者頗能夠感染到詩人在字裡行間的情懷和理想，於整體上來說陳強華處理這些「藍色時期」的詩在氣氛的營造上可說是成功的。他在同名詩題爲〈那年我回到馬來西亞〉中寫道：「那年我回到馬來西亞，Blue／再開始策劃著另一次的遠遊／街上霓虹燈暗淡／在怒謗指陳的風雨處／正如預期使我理想冷卻的因素／／正如預期必須愁坐斗室／在稀疏的社會廣告分類版上／尋找繽紛色彩的遐想／而我熾熱的情緒／隨著鉛印的墨字高漲／經濟不景、黨爭、種族極化……」（15）。詩中的社會背景正是八〇年代中後期馬來西亞所面對的一連串政治風波效應社會動蕩非常時期，其中「風雨」一詞指涉的是當時華社在政經文教方面所面臨的集體挫敗與憂患意識。如同馬華另一個詩人傅承得在他的詩集《趕在風雨之前》裡藉大量的風雨風暴的意象，來經營他對馬來西亞近代這個非常時期的政治史提出控訴和批判，陳強華同傅承得一樣，兩者都是以一個忠實傾聽者爲敘述對象，來抒發詩人心中的苦痛和複雜情感，兩者同是以抒情語調來對這個社會現象作出省思。但不同於傅承得詩語言的激烈悲憤的深切痛苦，陳強華的抒情語言較爲溫婉兼流露一股無力感，帶有嘲弄現實且自我反諷的浪漫氣質[4]。

這個「藍色時期」的詩作糅合了現實觀點和浪漫抒情語調的表現手法，其詩語言的質地受到楊澤的啓迪可謂相當明顯，其他如寫生活沮喪與對現實不滿情緒的〈每句不滿都是愛〉、〈告訴你失業的況味〉、〈1990 年初寄給 Blue〉等詩溫婉地對現實作出抨擊，自剖了詩人內心的焦慮和無奈，在詩句的字裡行間流露出詩人內心衝突的愛（理想）與不滿矛盾心態。對現實體制和政治社會的不滿抨擊，在這幾首詩中有更爲直接表白的書寫形式，如〈他媽的不公平〉、〈繼續做愛〉、〈日益壯大的頹廢〉和〈讀《鳥權》直喊他媽的〉等詩中，直喊「他媽的不公平」的詩人用一種白描寫實的呼聲寫下如此散文化的詩句：

管它許多人是否在意
關懷社會，用詩見證
在卅歲後逐漸喪失勇氣前
仍有深深莫名的憂愁與憤懣
還時常提醒你
這真他媽的
不公平　（108）

但是詩人對這個國家這塊土地畢竟存有一分深厚的感情，因生活不斷擠壓受到挫敗而顯得空虛的詩人猶有如此的堅持執著：「生活停滯不前／要證實生命流暢，真的／讓我在無塵的風中舒發吧／像一朵雨後綻放的木槿花」（110）。詩人陳強華對於自己在現實與理想之間的衝突尷尬處境，有著一分自覺，就是這分自覺意

---

[4] 有關傅承得詩的評論與陳強華詩作的比較論析，參見陳慧樺〈大馬詩壇當今兩塊瑰寶〉一文，又評論傅承得詩集《趕在風雨之前》時期的感時憂國憂患意識的寫實語言文風，可參見：張光達〈風雨中的一枝筆——有關傅承得及其政治抒情詩〉，《風雨中的一枝筆》，吉隆坡：大將社，2001，頁 104-113；以及張光達〈馬華政治詩：感時憂國與戲謔嘲諷〉，《人文雜誌》第 12 期，2001/11，頁 101-107。

識支撐起他的愛和理想。他追溯現實人間與詩魂屈原的辯證關係，也是對這分愛與理想的堅持執著混雜憂患意識的必然結果，他藉端午節的典故來傾瀉他的文化憂思：「關於愛，詩人／一襲自溺的楚楚衣冠／甦醒後，靈魂仍舊感時憂國？／……／沿著露濕的路徑／日常迷你巴士，在紅綠間／反反覆覆地停止與前進／我穿過紛擾的唐人街流域／密集的軀肉，疏遠的心啊／吆喝起落，空洞如蟬鳴／找不到佩蘭帶玉之士／不死的詩心絞成一團痛」（37-38）。

唐人街名存實亡，在熙來攘往的人潮中，詩人遇不到任何一個可以溝通的人或管道，他的心情絞痛可想而知。在抒情語調的浪漫情懷背後，我們讀到詩人陳強華師承楊澤、羅智成的古典中國與文化憂思的唯美浪漫，這些原來不曾在陳強華的詩作裡消失，它穿越中國古典文化的凋零失落與現代感懷的惆悵失意，行吟於吉隆坡的巴生河流域和已然變質的唐人街角落。

陳強華在〈離騷七章〉中對詩人屈原愛國情操的憑弔與詠嘆，對詩人屈原被流放的心靈世界與政治語境的緬懷追思，其中所產生的文化意識和理想抱負凝聚爲一分愛，這分愛或感情正是陳強華在其詩中一再傳述和始終不變的信念。詩人這一分愛貫穿他的思維與詩維，護持他那於現實生活中的傷痛苦悶的意志：

關於我的愛，詩人
一雙疲憊的腳，還未停歇
一顆發燙的腦，仍須轉動
一團滾熱的愛，繼續流傳
五月的詩魂啊，我呼喚你
我傳述著你的真理
我繼續寫著我的詩　（39）

在這裡屈原（或楊澤等抒情浪漫詩人的代言人）成了傳遞文化薪火的重要管道，人陳強華抒情語調略帶傷感失控的情緒中，對本土現實和社會現象作出含蓄的嘲諷與批判[5]。

---

[5] 關於端午節慶與詩人屈原在現代中文詩裡的書寫現象，陳大爲曾對此母題作過詳盡的論析，他以「流放母題」、「殉國母題」、「召魂母題」、「節慶母題」四個面向來概括現代詩人謄寫屈原的內涵。基本上陳強華數首書寫屈原的詩作也不能跳脫出這四個層面範圍，侷限在傳統認知和價值觀裡的一種典型化摹寫（陳大爲語）。見陳大爲〈謄寫屈原—

二、前中年時期：幸福生活與公式化人生

陳強華出生於一九六〇年，邁入九〇年代剛好是三十歲了。這個時期以後的詩人把他自己的創作稱爲「前中年時期」，他在《蕉風》454 期的「陳強華詩輯」裡說：「面對著中年時期的到來／我已揚棄了青春的激辯／詩已經很少晦澀了。」（1993/05,06，封面內頁），但是這並不表示他不再堅持寫詩，他說：「人到中年，可是也不見得要寫好詩，因爲好詩句並不容易獲得。但我勢必還要努力去寫，窮一生去寫好詩」（同上）。

步入九〇年代，馬來西亞的政治局勢從動蕩尖銳演變到變革平和，政經文教表面上開放樂觀，詩人面對這樣的社會大環境，再加上結婚以後的生活和步入中年時期後，他的後現代語言技巧有漸趨寫實淺白的改變，嘲諷現實的書寫習慣也逐漸由幸福甜蜜和浪漫溫和的語言文字取代。閱讀陳強華在「前中年時期」的作品，在語言文字上給予人一種非常強烈鮮明的色彩，那就是詩句裡的幸福浪漫兼溫和淺白的遣詞用字，在主題的取向上有兩個重要的面向：[1]、幸福浪漫的生活影。[2]、對鄉土與童年生活的緬懷。

幸福生活的主題無疑在詩集《幸福地下道》中佔有舉足輕重的地位，除了書名取「幸福」一詞以外，詩集中多首詩都在抒發詩人的幸福生活片段，浪漫溫柔的筆觸洋溢字裡行間。他在〈你可以和我談詩〉中這樣積極看待生活：

或許你不見得要懂詩
感覺會長大成型
美、浪漫與愛情
請堅持積極生存下去
讓我知道你正喜歡詩
這樣可以嗎？　（1999：106）

詩中洋溢著一股溫柔甜美的浪漫語調，在日常生活化的語言文字裡，讀者很容易感染到詩人對平凡生活中一些感懷和省思。幸福的聲音在〈現在〉一詩中與敘述的妻子一致和諧，如此美好：

一管窺亞洲中文現代詩的屈原主題〉，《亞細亞的象形詩維》，台北：萬卷樓，2001，頁197-238。

我正準備寫首詩
捨棄繁複的後設技巧
編輯先生會喜歡的
近似於充滿生活氣息
全世界慶祝森林日
妻說：「我感到我們是一致的，
正確的心理表達，
是永遠幸福的理由。」　(122-123)

詩人在公園裡觀察植物和人生百態，內心充滿幸福的感覺移情投射到植物的身上，詩人所觀察的物象遂也有了幸福美好的色彩，如〈公園〉一詩第二節：「在薔薇叢林深處／隱藏著幸福的花瓣／露珠在百合的指尖上／三四個老人喝茶奕棋／放衣懸掛在竹叢裡／音樂把陽光隔開／植物們把臉朝向黃昏」(151)。這些詩行不單只是反映詩人的生活剪影，而且還透過詩人對生活的觀察思考來審視生命的意義。比起《那年我回到馬來西亞》詩集中的詩，這些詩少了一些前衛技巧手法的錘鍊，卻多了一分冷靜溫而不失浪漫甜蜜的色彩。國家政治現實社會的轉變，詩人個人生活的幸福安定，使到詩人逐漸對一切不公不義的現象有所保留，詩人陷入一種理想與現實的衝突困境，最終他寫下〈結構簡單的愛〉，企圖以一種冷靜抽離的心態角度來淡化這個現實體制的不滿：「面對著中年時期的到來／來唱一首抒情慢板的歌／（嗚，嗚，嗚）／我已揚棄了青春的激辯／在我日益晴朗的想法中／對不可切斷的血緣／對容易挫敗的族群／對逐日茁壯的國家／對永不完美的世界／已經／絕對／沒有／憤怒／／真的，／真的。」(104)

陳強華甚至直接以〈幸福〉爲詩題，把幸福擬人化：

我餵幸福
這豢養的幸福
日益肥壯
繞著房屋奔跑
汪汪叫
暴躁地踐踏庭院草地
嗅聞、抓搔、喘息
當風已退避

匿藏在青春期鼓脹的膀胱
幸福狠狠撒一泡尿
迷失在歲月圍築的欄柵
幸福終將衰老
生命也有孤獨無助的時候
我只想聽到幸福的聲音
幸福是一隻狗　（35）

幸福被詩人比喻爲一隻狗，在詩人的生活裡緊密跟隨，成爲詩人親密的伴侶。詩人的幸福生活被樂觀的形象化和浪漫化之餘，卻因爲詩中有意無意的疑惑，暴露出詩人對幸福甜蜜生活底下所潛藏的不安憂慮，現實體制的壓制從來就沒有在詩人那甜蜜幸福的生活裡消失不見，詩人在孤獨無助的時候只能發出一句微弱的聲音。此詩在追求和擁抱幸福生活的面向，把幸福比擬成一隻狗，字裡行間洋溢流露的甜蜜可愛語氣，反諷地卻因爲採用狗的譬喻而產生自我解構的可能。把幸福比喻爲一隻狗，無論如何都令人想到「寧爲太平犬，不做亂世人」的心理寫照。意味著詩人的生活雖然安定，家庭作業雖然美滿幸福，但是被詩人抽離排拒在生活重心之外的現實政治或社會環境何曾消失在詩人的視野內，詩人所面對的社會環境依然充滿了不公不義，在幸福生活的背後隱匿著另一種悲哀，他在〈床上詩〉中對此有所感觸：「夜晚真的很漫長啊／長久以來，姿勢僵固／這隻手應是風濕痛的俘虜／也許還另有未成形的象徵／隱匿在悲哀的枕裡」（61）。詩人的生活起居雖然充滿了幸福美滿的色彩，但是白天過去夜晚降臨時，詩人面對孤獨自我的省思，意識到現實社會有太多的束縛和壓制，對幸福的認識自也產生一種宿命的觀點，這種對幸福既嚮往渴望又猶疑害怕的矛盾複雜心理，在陳強華這個階段的詩句中多得不勝枚舉：「右手陳舊的睡衣已褪色／愛情學習腹語術／如果失手變不出白鴿／如此意外地到達幸福／總是宿命，我不敢推開」（61）。在床上睡覺的詩人猶自不肯放棄思考幸福生活與現實束縛的兩難處境，一方面他的家庭生活的幸福美滿近得伸手可觸及，另一方面他身爲一個現代詩人的敏銳思考和感受，又讓他體會到現代人生活在現實體制裡，雖然政治體制看似在家庭生活之外，但是這個外在世界的枷鎖卻無時無刻不反過來牽制束縛脆弱的幸福生活。幸福在這樣的大環境氣候下，自然是產生似近實遠的矛盾焦慮。這種對幸福充滿兩難困境的焦慮感受在〈沿著虛線〉一詩中有精彩生動的描述：

因握有虛無而逐漸壯大
與日膨脹的狂妄
沿著虛線
義無反顧地撕下
翻越過生活的斜坡
幸福是伸手可及的
幸福也是遙不可及的　(80)

陳強華的詩吸收了早期浪漫抒情的語調，因此他在書寫現實社會的題材時，常有對社會體制作出含蓄的嘲諷批判，更多時候呈現的是對現實不滿的焦慮無力感。在《那年我回到馬來西亞》時期的詩大致如此，雖如前文所述，有一部分的詩作已經對現實社會作出嚴厲激烈的控訴，但是這類的詩畢竟不多，而在《幸福地下道》裡的詩也大致如此，或者也因為其秉性使然，陳強華所擅長書寫的詩風格語言屬於較含蓄委婉，它的批判力道帶有反諷嘲弄的面向，而不是激烈的抨擊吶喊。他在〈魚群〉一詩中對幸福生活背後的環境社會束縛壓制有更為深刻的體認，詩中藉魚群的生活處境來影射現實社會中的人群，以及人作為現實主體的侷限和荒謬困境：「魚群快樂地生活／魚群誠實地生活／等待糧食定時投下／隔著堅實的現在／透過良好的打氣系統／看見透明的未來／在水缸中展開漫長的旅行／無休止地游動，翻身／滑過塑膠海藻／想看一看／望不到的海群」(1999：29)。生活在水族箱裡的魚群表面上看來似乎優遊自在，充滿了快樂和幸福，其實認真思考的話，這些魚群被水族箱的環境侷限在一個充滿束縛和壓制的處境，敏銳的詩人從中看到了自己的生活困境，在幸福生活的背後有著重重的限制和無奈，只能在其中有限度的重覆一種無聊的動作，流露出詩人面對無力改變的人生困局。詩人對現實人生的失望已是不言而喻，他並沒有在詩中作出沉痛的控訴或譴責，但是他的書寫行為本身已具體的表現出身為一個詩人的自覺意識和反思能力。

在面對公式化人生時，陳強華流露出另一種不同的態度來面對這個無力改變的現實困境，他在〈排列詩的碎片〉中說：

在如常的生活辦公室中
我常常暗自詛咒
每天來回同樣的路途風景
上班打卡下班打卡

上班打卡下班打卡

讓我出點差錯吧
期待一粒被拋出的石子
落入生命平靜的湖面
激起漣漪，無數漣漪

讓我出點差錯吧
讓我是一列前進的列車
在轉彎處意外出軌
偶爾誤班，遲到也好　（58）

詩人是刻意地期望出差錯來面對極度刻板的現實生活制度，甚至採取一種不同主流體制的觀點來抗衡這個人生公式化的無奈困局，這種書寫策略表面看來是一種逃避，實際上可算是一種「詩化的抗衡」（poetic resistance）。對現實體制含蓄的批判，採取另一種不同於主流的觀點態度去面對（或逃避）現實生活的束縛限制，類似「詩化的抗衡」反應在詩人陳強華的童年與鄉土的緬懷情境中，尤爲熾烈。

三、田園模式再現：童年歲月與鄉土情結

童年書寫可說是一種回到過去式的逃避，但同時也可看作是另一種抗衡，作爲前伊底帕斯（pre-oedipal）階段的童年，其所對抗的是成人那充滿理性、計算和制度化的世界。詩人作家藉童年經驗或回憶童稚歲月的純真可以凸顯成人世界的虛僞和現實體制的束縛，藉此批判了俗世體制運作的僵化意識形態和虛僞建制。從這個角度來看，童年書寫自也有其積極的一面，絕不是一般人所認知的消極的逃避。

張漢良在〈現代詩的田園模式〉一文中提出「田園模式」（pastoralism）的文學概念，他認爲田園詩可分爲狹義的與廣義的兩種，狹義的田園詩指田園的或鄉土的爲背景，以及謳歌自然的題材。廣義的田園詩還包括了詩人對生命的田園式關照與靈視，諸如對故國家園、失落的童年，乃至文化傳統的鄉愁。田園模式的追求，其立足點是現世的，詩人的觀點是世故的，他身處被科技文明摧殘的現

實社會，懷念被城市文化與成年生活取代的田園文化與童年生活，於是藉回憶與想像的交互作用，透過文字媒介在詩中再現一個田園式的往昔（張漢良，1976/08：81）。

採取這樣一個角度來閱讀陳強華的詩作，我們發現到詩人一再透過詩作來緬懷過去的浪漫歲月，其中隱含著一種渴望時光倒流的願望。他在〈稻米〉一詩中以童稚歲月的稻田土地來對照眼前疲累的城市生活，童年歲月在詩人的記憶和想像裡，充滿斑斕的色彩，而城市生活卻令人感覺疲累不堪：

行走在童年的阡陌上
在歲月與記憶之間
觀察打架魚斑斕的色彩
時間的嘴唇像水蛭緊貼傷口

月亮比較瞭解我們
我們還有美好的想像
如今我們比泥土還累
住在城市的情人還沒睡
眼前晃動著
故鄉起伏如浪的稻香　（136-137）

在上引的詩句中，童年歲月的稻田泥土、打架魚與月亮等景物充滿了美好可愛的回憶，是詩人用來對比成人世界生活的俗世沉悶公式化的映照面，童年的緬懷與鄉土的記憶想像交織融合在一起，顯然的是詩人陳強華以此來抗衡成人世界現實體制的書寫策略，詩句中沒有任何激昂或悲痛的控訴，卻處處流露一股對生活反思的含蓄語調。如同張漢良指出，田園模式反映詩人的回歸原始狀態，但它絕非逃避文學（escapist literature），田園詩清晰地照出詩人的存在危機，因此任何對現實的消極批判，都是詩人對田園理想積極的追求（張漢良，1976/08：92）。陳強華的詩句看似不對現實社會作出任何批評，實則以這個間接婉轉的修辭策略手法來提出詩人的反思。另外一首〈打架魚〉則更推前一步，把自己對童年歲月的回憶，全面投入耽溺在記憶與想像的世界之中，完整呈現出詩人二十年前童稚歲月的純真活潑：「時間的唇印／像水蛭緊貼傷口／童年滴下又積聚／流下的血／一定會撫慰／我的傷痛」（1999：124）。童稚歲月的純真美好有時也以少年的執著感性出現，效果其實與童年的心境相似，詩人寫他年少時期的理直氣壯和堅持自我的風采：「斑爛的色彩／因爲驕傲／通過憤怒的血管顯現／年少時／可以橫衝直撞／可以焦頭爛額」(125)。對比於二十年後的中年時期的詩人在現實生活中屢遭挫折：「二十年後／……／血淋淋的頭顱／在現實的輾轉下／垂頭喪氣／佝僂，頹廢／或再不信任自己」(126)。

詩人在這首詩的最後透過對童年的緬懷，寫出自己對少年時代理想的執著感性，以便讓自己永遠保持年輕的心態銘刻在書寫的當下時刻：

打架魚
魚打架
魚架打
這樣的下午把打架魚
組成幾個可能的排列
紀念那些遙遠的童年
我們曾是永不言輸的
打架魚　(127)

這種堅持永遠年輕和永不言輸的心態，可說是與上述以童稚歲月作抗衡的詩作相互呼應。童稚歲月或年少青春時期是詩人再現爲抗衡現實生活體制的精神泉源，也是另一種將過去理想浪漫化的方式，其詩語言帶有抒情浪漫的本質。在〈鬆脫的水龍頭〉一詩中詩人明知童年的歲月已消失，一如鬆脫的水龍頭滴達流失的水聲，逐日侵蝕詩人的記憶，但是過去作爲一種抗衡現存體制的精神泉源，卻時時提醒詩人這些美滿甜蜜的記憶，以便詩人能夠把這些過去浪漫化爲理想的狀態：

當告別新村的亞答屋時
都蹲在水龍頭下的印度婦人
已消失在黃昏中
這一路的街景
刻烙在我童年的心版　(100)

浪漫主義詩人常在他們的詩中呈現浪漫理想（romantic ideal），浪漫主義的代表詩人華滋華斯（William Wordsworth）便認爲通過回憶昔日童年的時光和鄉土自然的情懷，將現在已經失去的光輝（epiphanies）在詩中藉緬懷想像捕捉下來，形成一種浪漫主義的昇華（romantic sublime）。解構主義論者已針對此書寫現象作出諸多批評，他們認爲這些浪漫理想是對已失去的源頭的天真懷念。在解構主義論者眼中，浪漫主義者的做法是逃避現實兼自欺欺人，變成將理想永遠投射於不能重現的過去[6]。

的確，現實中的童年鄉土固然是永不再復返，然而在心靈上，它卻已被刻烙成永難磨蝕的版圖，因此在詩人心靈上童年永遠沒有消失，它可藉回憶來重建和保持永遠的年輕，並在一再重覆的書寫行動中，記憶的童稚歲月已含有某種程度的虛構想像成分在內，並非真實完整的過去。如同後現代主義論者詹明信（Fredric Jameson）所觀察到的那樣，「懷舊」（nostalgia）是後現代文化的通常現象，個人的記憶往往呈現支離破碎的狀態，因此詩人在回憶與想像的交織情形下，童年記憶無可避免會產生片斷與跳躍的現象，真實與虛構的敘述混合在一起（Fredric Jameson，1989：517-537）。這種田園模式的追求不是詩人記憶或童年往昔的恢復（restoration），而是一種再現（representation）。再現，對於後現代或後殖民（post-colonial）時期的文化批評理論來說，包含了再詮釋與再定位的政治立場，它有兩層意義，一是指政治上的「爲誰說話」（speaking for），一是指藝術美學上的「再呈現」（re-presentation）（Gayatri Chakravorty Spivak，1994：70）。從這個觀點來看，詩人的童年記憶與想像，就不是往事史實的復原，而是詩人爲了回應現實體制政治束縛，所採取的書寫策略，從中開發被壓抑的情慾、欲望、思想等價值觀，這些都具體的在童年往事的追憶中表達出來。於是我們讀到上面引詩中的「已消失在黃昏中」一句，其中透露出詩人在緬懷童年的純真歲月時，他清楚明白這些記憶中理想的一面已經成爲過去，這一切追憶只是詩人自身的回憶與想像再現的一種錯覺。

在〈翻閱舊作〉中，陳強華讓時間雙腳倒退回原點，然後開始沉緬入他的童年歲月和年少生活。這首詩寫詩人童年時期的生活片段，一再緬懷過去的美好日子，詩的語言文字如同詩人的記憶那般優美細膩、流暢鮮活，無論是寫景敘物，意象取喻或節奏氣氛的營造渲染，表現出詩人駕馭文字的巧思才氣，新穎貼切與抒情造境的書寫能力。我們看到詩人陳強華在意象和情境上的出色表達：

我穿著童年的雨衣

---

6 有關解構主義批評家對浪漫派詩人的批評分析，可參見 Harold Bloom, *Poetry and Repression*, New Haven: Yale U.P., 1976.

到草叢去亂嚷
煙霧裡堅挺的大鳥
飛翔
划過
淺藍單調的天空封面
我親眼看見
一顆索淨的露珠墜落
如一顆巨大飽滿的愛
暗藏著瘋狂，打嗝　（78-79）

詩中流暢優美糅合抒情浪漫的語言本質令整首詩充滿飽滿豐富的情感，也在詩人悠然自得出神的童稚視野內，將他那明淨理想的自我空間完整呈現出來。比克林（Michael Pickering）在談到西方民間音樂的發展時，指出民間音樂隱含著一種將過去理想化的傾向，但是其中也不是不可以帶出批評力量：

> 一個已經過去的世界的「回溯式理想化」會阻礙進入未來的建設發展而形成危機，但它同時也可以通過對當前現實施予更加迫切的壓力，幫助建構及維持一種帶抗衡性的自尊，藉以對抗支配階級體制的羞辱，而這本身已是創造思想和存在的努力方式的最好和重要部分。（Michael Pickering，1987：39-40）

換句話說，只要每一個人可以在現實社會中的壓制困境裡找到心靈理想的空間，形成一種肯定自我空間的思考方式，就可以如比克林所說的「抗衡支配階級的羞辱」，因此在詩人陳強華這些書寫童年歲月與鄉土緬懷的作品中，便是「一種帶抗衡性的自尊」，體現出比克林所說的抗衡成分。

童年歲月與鄉土情結的書寫，可以被視爲詩人開啓自我心靈空間的鎖匙，打通現實支配體制和理想精神泉源的橋樑，這些俱可以轉化爲面對現實桎梏的力量與自覺。可以肯定的是由此所產生的力量足以令詩人洞察社會現存的問題，進而在詩句中或含蓄委婉或強力批判既存體制的運作方式和意識形態。

結　論

在八〇年代中後期，剛從台灣返馬的陳強華帶著他的抒情浪漫感性與後現代主義風格的書寫手法，引起馬華詩壇的注目，頗受馬華年輕詩作者群的歡迎。這個時期的詩，前者主要表現在他以一個名叫 Blue 的傾聽者爲傾訴對象的一系列「藍色時期」的詩作，詩中的抒情浪漫與憂鬱敏感語調有著楊澤、羅智成的影子，而後者的後現代前衛藝術觀念可追溯上夏宇的聲音，主要表現在一系列「類似時期」的詩作。當然無論是後現代或是抒情感性，這本詩集《那年我回到馬來西亞》中的作品對於本土現實和政經文教的省思與探討卻又是那麼實在本土，詩中所潛在含蓄的憂患不安意識也是與上述台灣現代詩人不同的。這類揉合後現代與抒情浪漫的聲音，我在這裡姑且稱之爲「後現代感性」，乃是陳強華詩的一項特色。在其後的詩集《幸福地下道》裡這個特質透過幸福生活的片段抒寫、對童年與鄉土家園的緬懷表達得更爲凝練飽滿，形成馬華現代詩發展脈絡裡一種鮮明獨特的聲音。

詩人陳強華獨樹一格的後現代抒情感性語言色彩，以介入本土現實社會和文化憂患意識爲其詩想所在，力接九〇年代馬華社會的普遍舒朗的政治環境和生活態度，無不顯現出詩人陳強華書寫的時代訊息。陳強華是馬華詩壇上重要的代表性詩人之一，我們從他的詩作中風格與世界觀的變異，得以探測出馬華詩人作家與馬來西亞國家社會整個文化環境、政治變遷之際的互動關係，這也是馬華現代詩發展上值得考究的現象和意義。陳強華自有其不易的根本個性，那就是他那抒情浪漫感性的本質和後現代前衛藝術的觀物態度，在詩人的整體作品中道出了詩人與生活（世界）的辯證關係。

【引文書目】

Fredric Jameson, "Nostalgia for the Present," *South Atlantic Quarterly* 88.2 (Spring), 1989, pp.517-537

Gayatri Chakravorty Spivak, "Can the Subaltern Speak ?" in Patrick Williams & Laura Chrisman, ed. *Colonial Discourse and Post-colonial Theory: A Reader,* New York: Harvester Wheatsheaf, 1994, p.70.

Michael Pickering, "The Past as a Source of Aspiration." *Popular Song and Social Changes in Everyday Culture: Popular Song and the Vernacular Milieu.* Philadelphia: Open UP,

1987, pp.39-40.
張漢良〈現代詩的田園模式〉,《中外文學》第 5 卷，第 3 期，1976/08，頁 80-93。
陳強華，〈陳強華詩輯序言〉,《蕉風》第 454 期，1993/05,06，封面內頁。
陳強華《那年我回到馬來西亞》，吉隆坡：彩虹出版社，1998。
陳強華《幸福地下道》，吉隆坡：大馬福聯會，1999。
陳慧樺〈寫實兼寫意——馬新留台作家初論〉,《蕉風》第 419 期，1988/10，頁 8-10。
陳慧樺〈大馬詩壇當今的兩塊瑰寶〉，收入江洺輝編《馬華文學的新解讀——馬華文學國際學術研討會論文集》，吉隆坡：大馬留台聯總，1999，頁 70-75。

原發表 2002

壞孩子黃錦樹——黃錦樹論

＊王德威

以小說創作經歷而言，黃錦樹出道算是早的。一九九〇年當他那篇〈M 的失蹤〉引起馬華文學圈一片嘩然時，黃還是台大中文系的學生。之後他創作、評論雙管齊下，十年間贏得多項文學獎項，並且出版了兩本小說創作及兩本評論集[1]。與此同時，他又在清大拿了個中國文學博士。比起許多大張旗鼓寫作治學，嚷嚷了半輩子（或一輩子），而猶不見所成的同行，黃可算是後生可畏了。

但「後生可畏」一辭可能嫌輕描淡寫了些；在不少人心中，黃錦樹簡直是後生可恨。這個馬來西亞來的僑生還沒有出師，就得罪了不少師長同道——像他那樣，博士論文裡非但不感恩戴德，反而直指中文系傳統僞善僵化的學生，可真還不多見。而面向家鄉，他批評馬華文學界關起門來自我陶醉，加官晉爵，早已引來眾多撻伐之聲。不只如此，黃對當代兩岸四地（大陸、台灣、香港、星馬）的文學表現，也保持一貫高標準。能入得了他法眼的作品，實在屈指可數。

黃錦樹的小說與文論，厚實敏銳，在在顯得少年老成。但另一方面，他顯然不夠世故。他洞悉學界文壇的詭譎腐敗，卻又如此輕易的亮出自己的底牌，成爲眾矢之的。他的批判針針見血，但驚人之語下，難掩一絲惡作劇式的痛快。革命無罪，造反有理，黃的少作《夢與豬與黎明》開頭就大談「恐怖主義」之必要[2]。他的偏執、他的天真，還有他煽風點火能耐，使他成爲中文學界的「壞孩子」

---

[1] 黃錦樹已出版小說集《夢與豬與黎明》（台北：九歌，1994），《烏暗暝》（台北：九歌，1997）；評論集《馬華文學：內在中國、語言與文學史》（吉隆坡：華社資料研究中心，1996），《馬華文學與中國性》（台北：遠流，1998）。另編有馬華短篇小說集《一水天涯：馬華當代小說選》（台北：九歌，1997）。

[2] 黃錦樹〈再生產的恐怖主義（代序）〉，《夢與豬與黎明》，頁 1-5。

（enfant terrible），並不讓人意外。

壞孩子有理取鬧，令我們頭痛之餘，不得不正視他所占的「理」字，到底是些什麼。這是本文的重點。黃錦樹對馬華文壇的故步自封，有不能已於言者的義憤，這一姿態引來他對馬華文學／政治主體性的思考，及對留台馬華作者何去何從的關注。除此，他也有意檢討台、馬中文及中國文學教育的盲點，重理當代台灣文學創作的譜系。而追根究柢，他的問題又必須置諸他對中國現代性論述中，有關國學及國家想像的脈絡，才談得明白。議論不及之處，黃錦樹以小說現身說法。佳作如〈烏暗暝〉、〈魚骸〉等果然顯現其人言情敘事的才華。就這樣環環相扣，黃儼然要把一百年的問題趕在十年裡一次出清，野心不可謂不大。因此顯現的過猶不及之處，也難怪引人側目了。

一、「三民」主義，無黨所宗

黃錦樹來自馬來西亞南部的柔佛州。那裡膠園林立，是馬華移民墾殖謀生的寄託所在，也曾是馬共出沒的地盤[3]。膠林內外的所聞所見，自然成爲他日後小說的場景。就如許多馬華留學生一樣，黃錦樹高中後來台灣就學深造，一方面抱著親炙華語文化的憧憬，一方面也是馬來西亞崇巫抑華的政教體制下，迫不得已的選擇。也如許多「鄉土」作家一樣，一旦離鄉背井，那裡的一景一物都激起了黃回憶與書寫的衝動。一篇篇色彩斑斕，卻充滿憂鬱暴烈的文字，於是展現開來。

我在他處已經提過，馬華旅台或留台學生所生成的文學傳統，從六〇年代末以來未曾中斷，而且成績傲人[4]。論現代台灣及大馬文學的流變，都不能不提。但現實環境裡，「馬華文學在台灣」這一現象，只能算是聊備一格。黃錦樹嶄露頭角已是九〇年的事，論個人生活及寫作經驗，他其實比前輩安穩得多。馬來亞獨立前的殖民統治，於他應是遙遠的過去；六九年五一三事件爆發時，他還是小孩子。但既爲馬華知識分子作家，這些往事是他不能規避的題目。負笈台灣後，異國（或母國？）的文化衝擊想來更讓他反思自身尷尬的位置。然而當他翻檢史

---

[3] 黃錦樹〈非寫不可的理由（自序）〉，《烏暗暝》，頁 5。

[4] 見拙作〈在群象與猴黨的家鄉——張貴興的馬華故事〉，張貴興《我思念的長眠中的南國公主》（台北：麥田，2001），頁 9-38。

料、回溯馬華文學傳統時，他驚覺此一傳統的貧瘠保守，恰與檯面上的自吹自擂，形成強烈對比。他於是有話要說，而且說得一發不可收拾。

對黃而言，馬華傳統恆以中國性的追求爲前提。但在緬懷神州文化，遙想唐山遺產的過程中，「中國」早已被物化成爲一個著毋庸議的符號。這一「中國」符號內蘊兩極的召喚：一方面將古老的文明無限上綱爲神祕幽遠的精粹，一方面又將其簡化爲充滿表演性的儀式材料。「中國」既渺不可及卻又一蹴可幾，既是圖騰又是商標；折衝其間，馬華傳統的主體性往往被忽略了。而黃認爲，此一中國想像的癥結之一可以見諸於馬華作家對中文——優美的中州正韻——的戀物崇拜。如何體認中文及中國在馬華族群想像中的**歷史權宜性**[5]，善加操作，從而確立馬華文化本身的活力及多元面向，成爲當務之急。

黃錦樹的立論言詞激切，在相當意義上理論化了海外華人面對「三民」主義的洞見與不見。我這裡所謂的「三民」主義，指的是移民、遺民，及夷民論述間的消長互動。唐山子民，渡海南行，是近二百年來華族遷徙史的重要轉折。因爲政治或經濟的理由，移民遠走他鄉，意味著文化政治命脈的連根拔起，以及語言、敘事機能的另起爐灶。弔詭的是，行走天涯海角，移民逐客遙念故國母語，每每生出更強烈的追本溯源的動機。其極致處，當故國的一切已經改朝換代，海外的追隨者反而因爲時空睽違，成爲有意或無意的（文化與政治）遺民。他（她）們對中國的摩娑懷想，哪怕再與現實脫節，也必化爲永恆**真實**的底蘊。

問題是「遺民」不世襲，移民也不世襲。當移民者的子孫權把他鄉化作已鄉，失語及失根的恐懼隨之而來。時移事往，再固執的遺民也必須面對淪爲夷民的可能。從懷鄉者到異鄉人，他們被中國的大歷史「包括在外」。一種離散（diaspora）的命運週期於焉完成。

周旋在這三者不同身分間，黃錦樹明白其間的玩忽性。移民如果不能重找安身立命之地，勢將處於無家的漂流狀態。文化或政治遺民遙奉正朔，久而久之，把愛戀思念的對象僵化屍化，更有故步自封的危險。但被歸爲夷民的威脅才是情何以堪。唐山子孫一朝成爲「化外之民」，成爲襯托華夏之光的異國情調，所有的一往情深只能看作是表錯情罷了。

---

[5] 見黃於《馬華文學與中國性》的討論，尤其〈中國性與表演性——論馬華文學與文化的限度〉，頁 93-161，及〈神州——文化鄉愁與內在中國〉，頁 219-298。

黃錦樹看出馬華族群想像這「三民」主義的支絀，並以文字表述作為切入的面向。他在文論中攻擊前輩罹患「南方失語」症，強調試煉華文而非中文的必要。在小說操作中，他也不斷敷衍其間的糾結。現實／寫實主義與現代主義的對抗，是他評論中經常出現的主題。前者代表「文學反映人生」式的素樸寫作姿態，強調藉文字通透現實／真理／道的可能；後者則呼應二十世紀文學「語言的轉向」，探勘文字、現實與敘事再現間無休止的美學規則消長及其歷史動機[6]。黃對現代主義的強烈支持，已到了矯枉過正的地步。而他批評馬華語言文字的「墮落」時又（在某種程度上）一廂情願的預設中原語言的深厚活力，也引來識者的批評[7]。這都是值得持續思辯的問題。

黃錦樹的「三民」主義，可以見諸他熱中述說郁達夫的南洋流亡故事，如〈死在南方〉及〈補遺〉等。作為政治難民式移民，郁達夫所代表的五四正統飄流海外，花果飄零的宿命無可避免。如何存亡續絕，只能在紙上見功夫。但郁達夫本人的文字或敘述郁達夫的文字可靠麼？從何時起，郁的流亡變成了一則神話？黃錦樹對抱殘守缺，不知今世何世的遺民型創作心態，感慨兼嘲諷不遺餘力。〈膠林深處〉，猛翻《辭海》的「現實主義」寫手，或〈M 的失蹤〉裡查無此人的馬華經典作家，都是例子。到了新作〈大河的水聲〉裡，偉大的大河作家如茅芭（茅盾＋巴金？）等，生前如行屍，死後成標本。黃錦樹謔而且虐，以此為最。

但失語的恐懼，遺民淪為夷民的詛咒，終將成為「阿拉的旨意」吧？在同名

---

[6] 黃將二十世紀馬華文學論述簡化為現實／現代主義的對抗，當然難免抽刀斷水之弊。評者林建國於《馬華文學與中國性》序中剴切指出美學考量外，黃的二分法更富涵政治動機。現實與現代主義修辭學因此不只是「紙上文章」而已，也直指詮釋馬華歷史能動性（agency）的關鍵（見〈現代主義者黃錦樹（代序）〉，黃錦樹《馬華文學與中國性》，頁 5-25）。

[7] 黃於描述海外華裔失語症狀時，又隱隱標舉大陸文學語言上的活力與自足，雖然有其實證立足點，但理論上未必站得住腳。語言隨環境而改變其結構已是老生常談，更不論貌似封閉的結構內，巴赫汀（Bakhtin）式眾聲喧嘩的可能。大陸敘事的「言文合一」因此也是「修辭」的特徵之一而已。唯黃的另一層議論：「大馬華文的問題不在於它過於技術化，而是技術化得並不夠。」技術化／書面化的方向和途徑並不只一種。「中文只是其中的一種」則充滿辯證潛力。見黃〈華文／中文：「失語的南方」與語言再造〉，《馬華文學與中國性》，頁 53-92。

小說裡，被放逐荒島的馬華革命者，苟且偷生，自毀身分，改奉回教，與土著通婚。不過幾十年間，他原來執著的一切，包括華文華語，都煙消雲散。一切必得重新來過。而在〈開往中國的慢船〉裡，那追逐（鄭和下西洋時留下的）中國船舶的小孩，尋尋覓覓，流落海濱，居然被回教土著收養而改名換姓，從鐵牛成爲鴨都拉了。名與實已經不符，時空已經離散。開往中國的航期何在？六百年後的華裔子弟還趕得上麼？

二、小說病理與小說倫理

黃錦樹與馬華前輩的爭執，說穿了，聚焦在「離散」（diaspora）與敘事（narrativity）的弔詭上。如上所述，離散是棄離故土，肇生「三民」主義的危機。而敘事，作爲廣義的記憶、銘刻、串聯、傳播「意義」的手段，總已預設一深厚的言說基礎，政教機制。離散者被迫或自願放棄故土母語，因此架空了敘事的合法性及有效性。相對的，離散者獨立蒼茫，反而有了更多不能「已於言者」的衝動。如何在失語的陰影下，述說塊壘，付諸後之來者，永遠是艱難的挑戰。

另一方面，敘事行爲隨時間、空間推衍展開，原本就包含或武斷、或隨機的因素。語言象形擬聲、重現真實、真理的運作，總有後設的立場。從一個意義的停泊點到另一個意義的停泊點，語言及敘事的離心力與向心力因此形成辯證關係。由是觀之，離散者的發言位置雖遠離中原，卻不必妄自菲薄，因爲它恰恰體現了敘事機制中游移多義的面向[8]。

黃錦樹企圖用激烈手法教育他的前輩「離散」與「語言／敘事」的弔詭關係。他的小說大量使用後設敘述，影涉典故、拆解名作、穿鑿附會，令人眼花撩亂。比如〈死在南方〉典出龍瑛宗，寫的卻是郁達夫；〈少女病〉取自田山花袋，卻改寫川端康成的創作執念。〈開往中國的慢船〉則遙擬村上春樹同名小說。馬華（或是中華）文學傳統的寫實／現實主義以「文學反映人生」爲能事，按照時間線性發展，務求言文合一，再現真實。黃卻反其道而行。兩造相對，衝突自然難免。黃的批評者謂其現學現賣，猛拾西方「後設」、「解構」牙慧。黃則強調他的後設其實是有「預設」的。他同樣對玩弄語言、解構意義的小說作家嗤之以鼻：「後設形式本身始終不是我的目的，它是讓某些事物得以存在、顯現的一種權宜

---

8 亦見林建國的辯論，〈現代主義者黃錦樹（代序）〉，頁 7。

方便。」[9]見佛殺佛，黃的立場居然有了一層明心見性的層次。這裡暗含的證道、原道立場，下文將再論及。

黃錦樹對馬華文學的辯論及寫作策略，由他自己及學者如林建國等，已經作了相當細膩的闡述。我所要強調的，是他更把馬華的問題，納入廣義的中國現代性的語境中思考。黃學術研究的專長是近代國學之起源。他的博士論文綜論清末民初之際從康有為、章太炎、劉師培，到王國維等學者所建立的「國故」、「國學」體系，並從中推出中國現代性久為人所忽視的線索。對黃而言，康有為的「新學偽經」考證，以及章太炎的「古之經學」研究，並不僅止於故紙堆的辯證，而更在詮釋學及方法論上，開立新猷。在這些清末民初的學者手下，由經學所代表的傳統學術典範，以及其所內蘊的廣袤知識、意識形態被置於時間流程中，加以重構。從清初以來章學誠等人醞釀的「六經皆史」觀至此大底完成[10]。

黃尤其有興趣的是，這一學術方法的轉換，如何與方興未艾的國家論述及想像掛鉤。清末民初的知識分子力倡尊重國粹、重建國學。他們的呼聲也許聽來保守，卻已然間接回應了「現代」「中國」的時間與地理意識。不僅此也，當「國粹」變為「國故」，甚至與「國性」、「國魂」互為因果時，以往為士大夫耳浸目潤、居之不疑的道德文章，已被異化為「學」的對象。一種新的學術方法因此建立，一套時代思維譜系因之托出。而語言的鑽研成為與國粹接軌的符碼。藉此黃錦樹想要說明中國之進入「現代」意識，除了維新革命、啓蒙的除魅工程外，更以向過去召魂的方式來達成。這是一場否定辯證的演出。歷史被架空後，反而不斷「回來」，挑動原欲與過去劃清界限的現代心靈。「現代」的「當下真實」性，因此成為可疑的構造[11]。

但黃心繫大馬，他的國學考察引導他將現代馬華族群想像的困境與清末民初中國想像的困境，合而觀之。他甚至暗示，馬華對中國性的追逐，不妨就看作是康梁到王國維那一輩人具體而微的縮影。中國進入現代語境後漂泊無所屬的狀

---

9 見〈再生產的恐怖主義（代序）〉，頁 3。

10 見黃錦樹的博士論文《近代國學之起源（1891~1927）——相關個案研究》，新竹：清華大學中文系（1998 年）。亦見黃進興對近代史學變遷的觀察〈中國近代史學的雙重危機〉，《聖賢與聖徒》（台北：允晨，2001），頁 9-48。

11 見黃錦樹《近代國學之起源（1891~1927）——相關個案研究》，第六章。

態，因此竟然在海外離散者的移／遺／夷民情結中落實，也在這層意義上，現代中國人才有了共同的命運[12]。這是相當有野心的看法，黃「感時憂族」之思也躍然紙上[13]。黃的立論打著紅旗反紅旗，也再一次讓我們重思他與他批判的前輩間的爭議。如果馬華父老切切要以模擬方式，千里之外再現他們與華夏正統的複製關係；黃則採取「否定的否定」策略，間接說明兩者相互參差之處。如果前輩著重華夏正統音容宛在，黃則要強調陰魂不散。

我們現在可以重回「爲什麼是小說」的問題了。如黃所言，現代華人不論海內海外，「對傳統中華文化的承繼大體而言是一種『正文缺席』下的『述』：對空白正文的盲目引用，」[14]那麼由是觀之又有什麼樣的「述」比小說——虛構的敘述——更能表現「述」的語言離散特質？稗官野史、巷議街談，小說塑造、傳播小道消息，與道統文章形成對壘。而黃看到「小說是一種彈性很大的文類，可以走向詩，也可以侵入論文；可以很輕，也可以十分沉重。它的特徵是諧擬、模仿、似真的演出，且具有無可抵禦的腐蝕性和侵略性。」[15]

從盧卡奇（Georg Lukács）到巴赫汀（Mikhail Bakhtin），從塞凡提斯（Miguel de Cervantes）到昆德拉（Milan Kundela），西方有關小說及敘事虛構的省思，不知凡幾，黃錦樹的看法並不突出。倒是將他與梁啓超一輩學者並讀，我們可以得見百年來「小說學」在華文文學中的流變。梁啓超也採取了反文章經典的姿態，力倡小說「不可思議的」提振民心、鼓舞國魂的功能。後生小子黃錦樹雖也誇張小說的功能，卻要說小說之所以爲小說，在於其渙散民心、顛覆國魂的可能。黃

---

[12] 見黃錦樹論文〈魂在——論中國性的近代起源，其單位結構及（非）存在論特論〉，《中外文學》第29卷第2期（2000/07），頁50-51。

[13] 見顏健富的論文〈「感時憂族」的「道德」書寫——試論黃錦樹的小說〉，文訊雜誌社主辦，「第四屆青年文學會議」宣讀論文，台北：國家圖書館，2000/12/15、16。但顏刻意將黃與五四小說作者「感時憂國」精神作類比，可能忽略黃的否定辯證策略。作爲現實主義的批判者，黃的論證及創作與其說是重現原貌，不如說是玩弄魂兮歸來的「魂在」（hauntology）的修辭倫理學。

[14] 黃錦樹〈魂在——論中國性的近代起源，其單位結構及（非）存在論特論〉，頁51。

[15] 黃錦樹〈再生產的恐怖主義（代序）〉，頁2。

的理論推向極致，是將小說學等同於一種時代病徵，一種病理的剖白。

我們都還記得魯迅棄醫從文，首選的文類是小說。魯迅創作的動機是拯治中國人的心靈[16]。然而他日後的作品只透露事與願違的兩難：他越真實的描寫社會的弊病，越暴露了改造的無效，中國人心「病」的無可救藥[17]。到了黃錦樹這一代，則堂而皇之的將小說與病搭上關係。他告訴我們，馬華知識分子與晚清知識分子「分享了同一個病理結構」，兩者對「國性」及「中國性」的嚮往難掩戀屍的症候群[18]。康有爲一輩的「貢獻」是在既有的傳統內製造一個類似「腫瘤」的存在物，一個不可分割的，內在於傳統同時又指向外在的它者[19]。而小說，二十世紀「中國敘述」的帶原者，批判也示範了癥結所在。小說是「異形」，是「不斷增殖的病原體」，或更可怕的，就像「癌細胞式的，恐怖的再生產。」[20]寫小說無異於植毒放蠱。而作家如張大春等的創作最大的弱點竟是「免疫」性太強——而「『免疫』或許正是一種病徵」[21]。

追求文學真善美的作者讀者，必然要向黃錦樹這樣的真情告白怒目以視。但黃的小說病理只是他立論的一部分。他最終要說的應是，他的病理其實飽含倫理意義。這裡出現一個信仰的大跳躍，在不同的場合裡黃頻頻指出，在西方小說作爲一種文類，有其「精神象徵」，也必訴諸公眾性的協商。因此在技術層面之上，「剩下的便交付價値和信仰」[22]。在讀與寫的過程中，小說的作者與讀者分享了一種「契約」，藉以使我們對虛構信以爲真。「契約延續下來是閱讀的倫理學問題，基本的認識世界的問題。」[23]不只如此，認爲可以任意操弄語言的人，「最終必

---

16 見魯迅〈《吶喊》自序〉（北京：人民，1980），頁 3。

17 Marston Anderson, *The Limits of Realism: Chinese Fiction in the Revolutionary Period* (Berkeley: U of California P, 1990), chap. 2.

18 黃錦樹〈魂在——論中國性的近代起源，其單位結構及（非）存在論特論〉，頁 50-51。

19 黃錦樹《近代國學之起源（1891~1927）——相關個案研究》，頁 59。

20 黃錦樹〈再生產的恐怖主義（代序)〉，頁 3。

21 黃錦樹〈謊言的技術與真理的技藝——書寫張大春之書寫〉，收於周英雄、劉紀蕙編《書寫台灣：文學史、後殖民與後現代》（台北：麥田，2000），頁 254。

22 黃錦樹〈再生產的恐怖主義（代序)〉，頁 2。

23 黃錦樹〈艾柯的小說初體驗〉發言，《中國時報・開卷周報》，2001/01/14。

然遭到語詞無聲的報復。」[24]以毒攻毒，莫此爲甚。

在我們這個眾聲喧嘩、不知所云的文壇裡，黃叩問小說倫理，值得我們深思。他對敘事與倫理詮釋等量齊觀，呼應了呂格爾（Paul Ricoeur）的倫理敘事學[25]：「倫理學和道德形式已包含在故事的想像形式中了……文學故事中出現的關於美好的生活的想像變樣，構成了倫理道德大廈的基石。」[26]但細讀黃錦樹的小說倫理，「信仰」、「價值」、「契約」、「報復」等字眼的出現，畢竟要讓我們感到不安。有冤報冤，有仇報仇，像〈M 的失蹤〉、〈大河的水聲〉等作中，不負責任的作家都沒有好下場，豈僅偶然？

從小說病理到倫理，從文字後設到預設，黃錦樹的操練如此生猛，難怪患得患失。他在新作序裡自謂雖「玩笑之作，實憂患之書」，點明了鬱積胸中的塊壘。林建國說得對，黃錦樹玩弄敘事技巧，把「倫理推到極致，整個（敘述）行動關係到倫理之可能與不可能。」「處身這個臨界，我們一方面看見他後設裝置勇猛的操演，另一方面也看到這個裝置發揮到極限。」[27]閱讀黃錦樹因此是閱讀不安的經驗：形式的不安，內容的不安。他的小說倫理與小說病理間的緊張關係，還有待他未來作品來抒解。

三、玩笑之作，憂患之書

黃錦樹的小說至少有兩個面向值得注意。他對文壇陳陳相關陋習的不耐，對現實主義公式的厭惡，以及對後設書寫幻化衍生的迷戀，使他寫出一系列嘻笑怒罵的文字。〈M 的失蹤〉、〈大河的水聲〉不啻是重寫了錢鍾書當年有名的〈靈感〉。諾貝爾獎的光環，不論是真是假，照出文壇老少原來就是一群牛鬼蛇神。庸俗的、

---

[24] 黃錦樹〈再生產的恐怖主義（代序）〉，頁 2。

[25] Paul Ricoeur, *Interpretation Theory: Discourse and the Surplus of Meaning* (Fort Worth, TX: Texas Christian UP, 1976); "Life in Quest of Narrative," on David Wood, ed., *On Paul Ricoeur* (London: Routledge, 1991) , pp. 20-33. 又見 Tobin Siebers, *The Ethics of Criticism* (Ithaca: Cornell UP, 1988)。

[26] 引自李幼蒸《倫理學危機》（台北：唐山，1997），頁 112。

[27] 林建國〈反居所浪遊——讀黃錦樹的《夢與豬與黎明》〉，《南洋商報・南洋文藝》，1995/12/16、23。

投機取巧的作家文人只宜打下十八層地獄，或權充作家工廠的標本，或乾脆讓老虎吃了變成大便。又如〈傷逝〉改寫魯迅同名原作，老去的涓生懺情傷逝，但他最大的詛咒是不成功的書寫：「我發覺我越來越不能控制自己。那短篇，在我寫完後還一直不斷的在生長、繁衍、增殖，我對他完全無能為力……好恐怖，好像某種異形寄生在我身上。」[28]這是直指黃錦樹小說病理的核心了。

黃又經營了另一系列作品，在其中他回首家鄉人事，爬梳歷史傷痕。前輩的墾殖經驗，日軍蹂躪馬華村莊的血淚（〈色魘〉、〈說故事者〉），馬共興衰始末（〈魚骸〉），以及八〇年代印尼非法移民所造成的治安恐怖（〈非法移民〉），都成為筆下素材。膠林小鎮總是他構思的始原場景。潮濕凝膩的氛圍，簡陋質樸的市井人物，陰騺淒迷，而且時泛凶機。面對他的題材，黃錦樹是憂鬱的，但他「非寫不可」。就像沈從文訴說他的湘西故事：「我老不安定，因為我常常要記起那些過去事情……有些過去的事情永遠咬著我的心，我說出來，你們卻以為是個故事，沒有人能夠瞭解一個人生活裡被這種上百個故事壓住時，他用的是一種如何心情過日子。」[29]

但黃錦樹不是沈從文。沈從文面對天地不仁，卻能經營一種抒情視野；他把書寫與現實的差距逼到極點，懸崖撒手，反而成就一種意外的美學救贖——文字的魅力，可以若是。黃錦樹的作品隱有殺氣。不論諷刺白描或鄉愁小品，你都感覺字裡行間濺著血光。大馬華人的一頁頁歷史，充滿殺伐暴力，當然讓年輕的作家輕鬆不起來。而我也以為他躁鬱偏執的傾向，必得在文字間找出路。這倒令我們想起了魯迅的風格。「我以我血薦軒轅」，寫作是拚命的事業，閒人最好莫近。我們的文壇假情假義慣了，突然來了個拚命三郎，當然讓人瞠目結舌。而我們不曾忘記魯迅帶來的另一層教訓：太多的義憤及譏誚應是他提早叫停小說創作的原因之一。黃錦樹如果要繼續寫小說，套句大陸的辭兒，就得悠著點兒。

殺氣與亂離和死亡分不開。黃錦樹的作品大量處理失蹤、離散、凶死的題材，不是偶然。〈說故事者〉、〈色魘〉、〈山俎〉、〈血崩〉等作，分別處理了殖民時期，日軍侵犯馬華家園的暴行，及馬共起義的血腥結果。黃顯然體認傷痕書寫，不再

---

28 黃錦樹〈傷逝〉，《夢與豬與黎明》，頁 150。

29 沈從文〈三個男子和一個女人〉，彭小妍編《沈從文小說選 II》（台北：洪範，1995），頁 577。

能訴諸號稱一清二楚的寫實原則。他筆下的場景四下斷裂，人物的情緒與記憶分崩離析。歷史的見證不能像錄影般倒帶重播，作家的立場因此變得曖昧游移起來。〈血崩〉結尾日軍攻堅後，那逃走的馬共是誰？新生的嬰兒又是誰？〈說故事者〉裡舊時日軍重返馬來半島，如何面對自己曾主使的殺戮戰場？他所強暴的女人，或因之生下的後代，如今在哪裡？血腥的行徑與血緣的關係混爲一處。罪的痕跡，生殖的本能，混血的必然。黃錦樹把敘事與倫理的糾結，作了複雜的推衍。〈色魘〉裡的華裔少婦被強暴，因此引出了兩代四個種族（華人、馬來人、日本人、印度人）間的欲望與怨恨循環。而女性的身體成爲欲望角力的場地。這個故事結尾暗示了一個溫馨的轉折。在黃錦樹非死即傷的世界裡，即便是暗示，也算是難能可貴了。

然而失蹤、離散與死亡並不能代表故事的完結。當失蹤者、離散者，甚至死者「回來」的時候，敘述才更有看頭。〈錯誤〉、〈貘〉及〈烏暗暝〉、〈舊家的火〉都處理遊子返鄉的故事。更深夜靜，廢園舊鎮，離家的遊子僕僕風塵的回來。車上路上，多少煙塵舊夢浮上心頭，而老家中的親人安在？小屋裡一燈如豆，那個穹穹身影是母親麼？溫柔與感傷似夢似幻——這一切是「真」的麼？還是個陰陽交錯的「錯誤」，是個夜遊症者的夢魘？月暗星疏，這是要鬧鬼的時分吧。〈烏暗暝〉的高潮乾脆有了兩種平行結局，字裡行間，魅影幢幢，血水、死亡已在蔓延著。「近鄉情怯」式的故事我們看多了，但少有作者能把遊子心中的迷離恐懼寫得如此寒意襲人。

而黃錦樹經營遊子孤魂、輾轉歸來的情境，其實與他的後設敘事倫理息息相關。前面已經提過，黃認爲馬華（或中華）文學的現代意識，從來籠罩在一種召魂論述中。果如此，寫作無他，總已祭起了魂兮歸來的法事。「我們回不去了」，張愛玲的名言，豈只是曠男怨女的陳辭濫調？跨越時空，那是有關我們對「失其所以」的現代情境的啓悟。林建國對黃錦樹《夢與豬與黎明》一書的討論，提醒我們黃筆下憂傷的特質，以及「悼亡」的工程。林的立論大抵出於近年西方學界的悼亡論述，尤其是德希達有名的《馬克思幽靈》（*Spectres de Marx*）。如德希達所言，存在論（ontology）的時代已經過去，我們都生活於魂在論（hauntology）

的魅影中，與似已擺脫、但又幽幽回來的魂靈長相左右。哀悼是嗒然若喪，也是體認還魂附身（possess）的必要[30]。

我在他處曾企圖將世紀末中文小說納入一廣義的中國鬼魅敘述中加以討論。二十世紀的中國文學文化既然自詡爲（胡適所謂）的「捉妖打鬼」，迎向光明的歷程，何以在世紀將盡時分，港、台、大陸、馬華創作中新魂舊鬼，紛紛現身？《爾雅》有言，「鬼之爲言，歸也」。所謂的「歸」，原意謂歸向大化、眾生所來之處，而在現代語境中，「歸」也可解釋爲回歸，回到依依難捨的人間。鬼因此占有一模糊空間，在其中傷逝與召魂、已知與不知、記憶與幻象，相互交錯。而一種傳統靈異想像的重現「現代」世紀末，尤其耐人尋味[31]。

黃錦樹應是這一波鬼魅寫作的好手之一。經此，他召喚文學史與歷史的亡靈，以爲自己的位置作安頓。在〈新柳〉中，黃錦樹講述了個迷離曲折的《聊齋》式故事：書生鞠藥如夢中來到一神祕境界，受託於一位瞎眼老者探就人生命運。鞠驚醒，卻發覺自己名叫劉子固，娶妻阿繡；但他也證得在別的前世中他曾名喚彭玉桂、宮夢弼、陳弼教、韓光祿、馬子才等。熟悉《聊齋》的讀者當然會體認出來，這都是蒲松齡筆下的人物[32]。黃錦樹積累這些不同故事中的人物，創造了一個無限延伸的虛構之虛構，啼笑恩怨，糾纏不已。小說最後，劉子固回到鞠藥如的現實裡，而他又遇到一位名叫蒲松齡的老者。

〈新柳〉出虛入實，既似向《聊齋》致敬，也似對前人的諧仿。黃錦樹安排鞠藥如與蒲松齡相見，也托出自己的創作心事。他的蒲松齡力陳筆下角色雖然玄奇，卻也無非是歷史人物的反照，他幾乎像是在呼應卡爾維諾（Italo Calvino）或波赫士的創作觀。真正令人感動的是，（黃的）蒲松齡自述創作動機有如鬼神相尋，不能自已，而且前有來者。溯源而上，蒲松齡其實刻畫了一個「異史」的譜系學。這一異史譜系與正史相互對應。「披蘿帶荔，三閭氏感而爲《騷》；牛鬼蛇神，長爪郎吟而成癖。自鳴天籟，不擇好音，有由然矣……才非干寶，雅愛搜

---

[30] 有關此書的中文討論，可見林建國〈有關婆羅洲森林的兩種說法〉，《中外文學》第 27 卷第 6 期，頁 110-120。「魂在論」爲林的譯法。

[31] 見拙作 "Second Haunting: Phantasmagoric Realism in Late 20th Century Chinese Fiction," in *The Monster That Is History* (Berkeley: U of California P, to come)。

[32] 例如《聊齋誌異》卷 12〈鞠藥如〉；劉子固出現於卷 9〈阿繡〉。

神；情類黃州，喜人談鬼……集腋為裘，妄續幽冥之錄；浮白載筆，僅成孤憤之書，寄託如此，亦足悲矣。」[33]小說終了，蒲松齡遞給鞠藥如一支筆，囑他「以獨特的筆跡，填滿臆下的所有空白。」[34]

我們可以看出黃錦樹的用心所在。拋開令人目眩的後設小說技巧，他有意重開幻魅歷史的敘事學，作為賡續「異史」的最新傳人。而在二十世紀末寫異史，黃發現真正令人魂牽夢縈的題材不在大陸或台灣，而在他的故鄉，東南亞的華人群聚處。這些早期華人移民的子孫注定是正統中土以外的飄流者。儘管他們心向故土，在海外遙擬唐山手采，竟至今古不分，他們畢竟去國離家日久，漸成化外之人。時空的乖違，使這些華族後裔宛若流蕩的孤魂。當他們落籍的新祖國厲行歸化認同政策時，他們非彼非此的曖昧身分更二度凸顯出來。

因此在他得到大獎的短篇小說〈魚骸〉裡，黃敘述了個年輕旅台馬華學者的尋根奇譚。這位馬華主人翁落籍、任教於台灣，一心要追求華族文化的源頭。然而從馬來西亞到台灣，從一個（中華政治地理）的邊緣到另一個邊緣，他豈能實踐他的情懷？這位學者專治上古甲骨文字學，治學之餘，他自己居然效法殷商祖先，殺龜食肉取甲，焚炙以窺休咎。他甚至考證出四千年以前，僅出產於馬來半島的一種大龜即已進貢中土。當「深更人定之時，他就可以如嗜毒者那般獨自享用私密的樂趣，食龜，靜聆龜語，暗自為熟識者卜，以驗證這一門神祕的方術。刻畫甲骨文，追上古之體驗。」[35]

我們還記得，現代中文裡的「龜」音同「歸」。如果「鬼之為言歸也」，那麼黃錦樹的「歸」去之鬼可是已化成歸去唐山之「龜」？如此，主人翁寅夜殺龜卜巫之舉在在令人深思。在焚炙龜甲的縷縷青煙中，他重演殷人召喚亡靈的儀式。而他最難忘懷的是他哥哥的鬼魅；多年前在馬共暴動中，哥哥為了遙遠的唐山「祖國」犧牲一切，最後在圍剿中失蹤死亡。故事中的主角撫摸魚骸，也是餘骸，之際，可曾有如下之嘆：世紀末在台灣的馬籍華裔可仍在夢想那無從歸去的故土？黃的主人翁企圖重演三千年前的召魂式，其時光錯亂處，竟至色授魂予。悼亡的悲愴可以成為色相自為（與自慰）的誘惑，與性的亢奮合為一種強大的原欲驅力。

---

[33] 蒲松齡〈聊齋自誌〉，引自〈新柳〉，《烏暗暝》，頁154。

[34] 黃錦樹〈新柳〉，《烏暗暝》，頁157。

[35] 黃錦樹〈魚骸〉，《烏暗暝》，頁262。

其極致處，主角以龜殼「套在他裸身上兀自勃起的陽具，竟而達至前所未有的亢奮，脹紅的龜頭吐出白濁的汁液。」[36]

請鬼容易送鬼難。黃的主角刻畫龜甲，廢然的追求神祕的天啓神諭。而黃自己呢？客居台灣，寫作一篇又一篇回想故土不再，神諭消失的故事，他對自己的離散身分，能不有所感觸？這一銘刻龜甲／書寫小說的努力，最後會變成一種戀物、自瀆儀式——就像〈魚骸〉中的那個自閉的學者？或是一種超越的幻想——就像黃的〈新柳〉中的蒲松齡一樣？中原與海外，文化命脈與歷史流變，千百年來的華族精魂，何去何從？

四、壞孩子 VS.野孩子

在以上三節裡，我從三個方向討論黃錦樹的馬華書寫策略：一、他對馬華作爲移民、遺民，或夷民的多重身分，心有戚戚焉。這一身分的曖昧引發他對「離散」與「敘述」的弔詭思考。以華文書寫不只反映馬華存在的困境，也成爲演示書寫本身「不可爲而爲之」的手段；二、他視馬華文學之長懷「中國」爲一種病徵，而他的病理觀察必須置諸現代中國「國故」「國性」論述中參看；馬華與中原畢竟是「同病相憐」。黃認爲經史「大說」不再後，小說當道。小說既體現中國現代性的病徵，也投射祛除病徵的可能。小說的存在因此有其倫理學的前提；三、準此，黃的作品不以玩忽形式爲能事；形式本身總已負戴想像真實的方法及辯證。截至目前，黃的鬼魅故事結合了他的歷史感喟與形式實驗，最爲引人注意。

黃錦樹是相當自覺的小說創作者。因爲明白別人及自己的路數，拆招出招都看得出經營的痕跡。在自剖私淑的對象時，黃指出兩位有台灣淵源作家，郭松棻與宋澤萊，對他的影響[37]。這是令人驚喜的告白。郭松棻旅居美國多年，恐怕早爲多數讀者淡忘。但他不折不扣是六、七○年代海外現代主義大將。郭的筆鋒簡約凌厲，名作〈月印〉、〈月嗥〉等處理人間不義與荒謬，肅殺荒涼，在在托出彼時歷史環境的困頓，而又不損失美學精義。宋澤萊以極具現代色彩的心理小說（如〈紅樓舊事〉）起家，卻轉向鄉土寫實創作。即便如此，在他最好的作品〈如《蓬

---

[36] 黃錦樹〈魚骸〉，《烏暗暝》，頁 272。

[37] 黃錦樹〈再生產的恐怖主義（代序）〉，頁 6。

萊誌異》〉中，宋能見人所不能見，點染傷痕、敷衍怪誕，創造陰森淒麗的抒情風格。晚近的他在《血色蝙蝠降臨的城市》及《天國列車》中，想像恐怖天啓場景，集妄思譫語之大成，堪稱獨樹一格。

由郭、宋兩人的作品來看，黃錦樹確是有所心得。像〈貘〉那樣的切割、拼湊敘事蒙太奇，間接透露傷痕意識流動，就頗有與郭松棻作品（如〈雪盲〉）相通之處。但黃無意塑造荒謬英雄或反英雄式的角色，畢竟顯示他與當年現代派想像的距離。至於宋澤萊式的憂鬱或妄想症狀，或得見於黃的鄉土小說如〈烏暗暝〉、或得見新作如〈天国的後門〉、〈猴屁股，火，及危險事物〉等。

有趣的是，黃錦樹將後設、拼貼、諧擬等把戲玩得不亦樂乎，對檯面上的前衛作家卻殊少好評。他與張大春間的關係，尤其值得注意。黃與張都是右手寫小說，左手寫小說批評的能手，在台灣文壇絕不多見。兩人對歷史與虛構撲朔迷離的關係，對當代（台灣或馬來西亞）的政治荒謬現象，以及對敘事技術的刻意操作，也都有值得類比之處。當然，兩人所投諸大眾想像的寫作姿態，也絕不能忽視。張大春以「野孩子」系列走紅，他自己肆無忌憚，潑皮刁鑽的野孩子形象，早就不脛而走。黃錦樹如前所述，恃才傲物，嘲弄同道，顛覆現況而不計後果。素以輩分門系爲重的中文學界視他爲「壞孩子」，也已登記有案。

野孩子加上壞孩子，唯恐天下不亂。但在興風作浪的同時，我總覺得兩人都有強烈不安全的、易受傷害的一面——到底是「孩子」嘛。張黃在扮演他們的角色時，畢竟是有自知之明的。也正因此，兩人雖時常針鋒相對，卻也不乏惺惺相惜之處。他們最大的分野在於對小說技術與寄託間的看法。對張而言，小說推陳出新，誘得讀者進入虛構世界，就是它自別與其他敘述（如歷史、哲學）的法寶。張的評論集《小說稗類》一再申論此一觀點，而像《僞知識》／《本事》這樣的小說集書名，擺明了騙死人不償命，就是小說家的天職。黃基本同意張對技術的琢磨，但他認爲技術層面問題解決後，小說還是得面對「爲什麼」的詮釋學挑戰。「小說並沒有獨立在哲學問題之外，還是必須包含在人的基本認識論問題之下。」[38]換句話說，小說倫理的關口，我們無從迴避。

我以爲張黃對峙，是當代台灣小說論述可喜的現象。兩人的基本立場也許都不新鮮，但至少都再次提醒我們作爲現代文類，小說爲什麼可以是我們思考其他

[38] 黃錦樹〈艾柯的小說初體驗〉發言。

人文面向的起始點。黃回應了文藝復興以來，西方將敘事作爲啓蒙工具的得失，而張反倒回溯明清之前的傳統，視說部爲「稗類」，視小說家爲「大說謊家」。說得更淺白些，相對於張，黃錦樹斤斤計較原道負擔的必要——不論他的道是從多麼否定批判的方法下手。從這個意義上來看，黃錦樹縱然天生反骨，卻反而是晚清、五四傳統的意外傳人。

這也是爲什麼當野孩子大跑野馬，《城邦暴力團》寫得樂不可支、不知伊於胡底時，壞孩子還在坐在他那艘〈開往中國的慢船〉上，橫眉冷眼，盤算下一批整肅的對象。黃的新小說集《Dari Pulau Ke Pulau 由島至島》裡，除了前已討論的〈大河的水聲〉外，〈烏鴉巷上黃昏〉、〈天国的後門〉、〈猴屁股，火，及危險事物〉等影射時政、批評人物、諷世憤世姿態溢於言表。〈烏鴉巷〉揉合馬華政治愛情於一爐，頭緒太多，反而失了準頭。〈天国的後門〉直寫馬來西亞政治史，以現任總理馬哈迪與政敵安華的相互傾軋爲高潮。黃以一座名爲「天國」的監獄作爲一個高壓政權的隱喻。天國密不通風，唯有一扇後門開向可疑的過去與未來；門的材料可能來自中國。黃的用心不言可喻。小說最後安排《啓示錄》式的大水，沖毀一切。此作的嘲諷已經可以對號入座，未免太「寫實主義」些。黃如果能自宋澤萊作品再多攫取妄想，更誇張現實的可怕，讓人「真的」匪夷所思，應有較佳成績。

〈猴屁股，火，及危險事物〉與〈天国的後門〉異曲同工，卻是精采之作。小說諷刺李光耀的功業彪炳，將他的政敵放逐荒島，因而發展出一場一場各方爭逐「回憶」所有權的好戲。層層推衍，越出越奇，竟至人獸雜交。黃錦樹左右開弓，極盡調侃挖苦之能事。小說高潮，當披著猴皮的日本記者步步走向主子，「自薦枕席」時，我彷彿聽到黃錦樹詭異猙獰的笑聲。

〈阿拉的旨意〉與〈補遺〉都假設了一種華人孤絕的境況，思考語言存續的可能。這是黃錦樹一向關心的話題。在〈阿拉的旨意〉裡，被放逐荒島的華人政客既然簽了魔鬼般的契約，不再作華人，因此幾乎永世不得翻身。此作上綱上線到宗教的律令，黃錦樹對華族語言文化存亡絕續的憂慮，再次可以得見。〈補遺〉則延續他前此〈死在南方〉對郁達夫神話的書寫。黃對郁所代表的「三民」主義位置，還有郁海外文字的失落與尋覓，寫來得心應手。唯小說後半段加添郁生死之謎，甚至與南洋海盜搭上關係，情節轉變太快，人物突兀，未免前後不能銜接。

黃錦樹〈舊家的火〉則呼應〈烏暗暝〉式返鄉小說的模式。父親不在了，母親株守舊家家園，難以割捨，但究竟時不我予。回鄉的遊子百感交集，又能如之何。魯迅〈故鄉〉式的情境，這回搬到馬華膠林又演義了一次。〈槁〉與〈公雞〉則寫男性家長——父親或祖父——的死亡。林建國早已指出「父」的缺席、失蹤、死亡，是黃錦樹南洋想像的深層結構[39]。此二新作確可依此作出解讀。唯兩作都顯示黃希望注入風俗劇式的喜感。寫家人「等待」死亡發生的怪現狀，或逝者大去之前惆悵的反應，尚稱討好。我唯獨注意〈公雞〉的前言與後語：「二歲的兒子睡前的口頭禪：『明天公雞叫太陽起來。』」及「『給可各』」。這是一篇兒子悼念父親之作，也是一為人父的兒子寫給自己兒子之作。新的傳承已經開始，故事還是得說下去。但說什麼呢？曾祖母不肯正視祖父的死，寧可「認雞作子」，多作了幾年天倫白日夢。但該死的雞還是死了。這真是個給小朋友的童話麼？還是黃錦樹又寫了個家族崩散的寓言，也同時兼向張大春當年的〈雞翎圖〉致敬？

黃錦樹也有意開拓他的風格，寫了向王禎和致敬的〈老虎屎與萬字票〉，但止於不過不失而已。本集中最可讓讀者動容的，應是〈未竟之渡〉與〈開往中國的慢船〉。前者寫一個日軍侵馬時流落下的被徵台籍老兵。日久天長，當年失落南洋的孤獨戰士已是「最晚的一批中國移民」，而且是垂老的一家之主了。女兒失蹤，老父出尋，大雨滂沱，往事洶湧如氾濫的河水而來。在歷史的渡口上，他只能孤單的迎向彼岸。公無渡河，公竟渡河。小說的意外結局，包括自己的與女兒的，畢竟是意料中的事了。

而在〈開往中國的慢船〉裡，黃錦樹到底試著實踐自我期許，訴說了個簡單的故事。他回歸敘事的基本面，講述一個追尋與回歸的旅程。夸父逐日，奧底修斯回家。敘述的終點是意義歸宿的所在。故事中的孩子鐵牛聽說了鄭和下西洋時殘留的大船，因緣際會離家出走，開始了他的追尋之旅。傳說中的大船來往緩慢，故國與異鄉的線索若續若斷。行行復行行，我們的孩子在路上遍歷風霜，終於看到那艘朝思暮念的船。

> 到了港口，風更大也更涼，黃昏更深，只有鴉的形聲依然。突然，他看到了，或者說他覺得自己看到了，雖然看起來沉沒已久但仍可以見它的巨大，它讓整個港猶如一片死地。堵塞在港口、傾斜著，桅杆已歪斜或斷裂，

---

[39] 林建國〈反居所浪遊——讀黃錦樹的《夢與豬與黎明》〉。

> 朝天伸出屍骸的手臂，褪色破爛的帆已經看不出原來是什麼顏色。有的破布上還可以見著殘缺的漢字，殘缺的部首或殘剩的局部，在風中髒兮兮的呼呼抖動不已。風吹過船骸發出巨大的呼吼聲。上頭密密的棲滿了烏鴉，墨點般的，哀哀不已。他感到整個頭顱一陣天旋地轉的劇痛。好像那群埋伏的人突然割走了他的頭顱似的。[40]

然後呢？回家吧，但是回哪個家呢？到中國的慢船就要啓航，或永不啓航。未竟之渡要怎樣完成？回過頭去，舊家的火可曾熄滅？永劫回歸，永劫不歸！

而離散者的敘事還是得寫下去。寫著寫著，壞孩子猛然驚覺時光如水，自己怎麼都有了孩子，心情也已微近中年了。

原發表 2001；修訂 2002

---

[40] 黃錦樹〈開往中國的慢船〉，《Dari Pulau Ke Pulau 由島至島》，（台北：麥田，2001），頁 263。

貍奴的腹語

——讀鍾怡雯的散文

＊余光中

半世紀來台灣散文的世界，女作家幾乎頂住了半邊天。這一群女媧煉出的彩石，璀璨耀目而變化多端，簡直不用等「世代交替」了，大約每十年就可見新景登場。人壽以十年爲一旬，回顧半世紀女性散文的風景，琦君、羅蘭、林海音、張秀亞當爲第一旬，林文月當爲第二旬，張曉風承先啓後，當爲第三旬，廖玉蕙、陳幸蕙繼起，爲第四旬，簡媜翻新出奇，爲第五旬。至於第六旬輪到誰來出景，則目前尚無定論。

雖然論猶未定，有一個人的名字卻常被提起：鍾怡雯很可能就是那個「誰」。她和丈夫陳大爲是近年崛起於台灣文壇的一對金童玉女，在台灣與星馬三地所得的詩獎、散文獎——多爲首獎——超過了二十項；從學士到博士，所修的學位也都在台灣的大學取得，不論在文壇或學府都可稱一雙亮眼的駢儷。

這一對璧人不但同年出生，也同樣來自馬來西亞，而擅長的文體同樣是詩與散文。這樣的珠聯璧合，又像是兩鏡交輝，又像是對聯呼應，爲九〇年代的文壇平添了一道「鑽面」。

這情景，不由我不聯想到二十多年前的溫瑞安與方娥真：也是由赤道向北回歸的金童玉女。不過這兩對之間差異頗大，雖然同歸，卻成了殊途。當年溫瑞安與方娥真來台讀書，是把台北當成長安來投奔的，結果在這島上做了一場古中國之夢。他們組織了「神州詩社」，一面修文，一面練武，高懸李白與李小龍爲偶像，有意自塑爲巾幗才子、江湖豪俠。他們在台北也都進了大學，可是結社的活動遠多於求學。更不幸的是，他們來台仍在戒嚴時期，情治單位誤會他們的神州情結、民族主義是嚮往北京，竟將他們逮捕並囚禁了數月。於是「神州詩社」解散，他們的創作也隨之受阻。日後溫瑞安索性改寫武俠小說，方娥真也只見發表小品雜文。

陳大為與鍾怡雯一對，就幸運多了。十二年前他們來台，正好解嚴開始，言路漸寬。兩人對中華文化同樣嚮往，卻能定下心來，在中文系從大一認真研讀到博士，一面更認真創作，踏著文學獎的台階登上文壇。退則堅守學府，進則侵略文壇，這種穩健的持久發展，終於美滿豐收，成就了學者兼作家的雙贏正果。

方娥真的才情與文筆均有可觀，可惜未能在穩定中求進步，用學養來深耕，而且橫遭變故，未能重拾彩筆竟其全功。葉慈曾論柯立基，謂其「有天才而無毅力」。鍾怡雯似乎兩者得兼，不但力學之餘不廢創作，而且得獎之餘仍頗多產：在奠定聲譽的第二本文集《垂釣睡眠》出版兩年之後，緊接著就要推出這一本《聽說》。

《垂釣睡眠》的二十篇散文裡，有七篇曾獲獎金，〈垂釣睡眠〉那一篇更連得雙獎：命中率非常之高。她的藝術不但遍獲瘂弦、陳義芝、焦桐等詩人的肯定，更深得散文同行、也是女性傑出作家簡媜的賞識。焦桐以〈想像之狐，擬貓之筆〉為題，為《垂釣睡眠》作序，說鍾怡雯「常超越現實邏輯，表現詭奇的設境，和一種驚悚之美，敘述來往於想像與現實之間，變化多端，如狐如鬼。」(1998：5)

說鍾怡雯的文路筆法如狐如鬼，是言重了一點。不過她的藝術像回力球一樣，不斷在虛實之間來回反彈，倒真能入於詭異，引起驚悚。值得注意的是，她的獨創往往在於刷新觀點。例如在〈垂釣睡眠〉一文裡，她把失眠倒過來，說成是睡眠拋她而去，追捕不得，卻又不甘將黑甜的天機交託給召夢之丸，只有等它倦遊而知返。又例如在〈芝麻開門〉一文裡，本來是不慎掉了鑰匙，卻說是鑰匙自己逃走了，逃到電梯底層去尋夢，但底層只有一潭濁水，於是用蒙太奇的疊影，聯接上兒時的水井和奶奶的那串鑰匙。

創意首在造境之安排，境造好了，其他的技巧也就隨之而來。不過鍾怡雯所造之境多彩多姿，不盡是失眠或失鑰匙那麼天真。在新書《聽說》裡，至少有〈藏魂〉、〈失魂〉、〈凝視〉三文營造了超現實的意境。〈藏魂〉寫的是圖書館：「整齊有序的書本，宛如一個個編號的骨灰罈，罈子裡都裝載著作者的魂」(2000：162)。〈失魂〉寫的是作者的魂被詩人的麗句勾去了，竟而流連忘返，所以作者變得失魂落魄。這兩篇設計得都很好，但在施行時未竟全功，所以真正詭奇而達驚悚境地的傑作，仍推〈凝視〉一篇。

〈凝視〉全篇的張力，聚焦在祖孫兩代六目灼灼的對視之中。說得更清楚些，應該是曾祖父、曾祖母目不轉睛的逼視、監視、責視，正對著曾孫女敬畏而閃避的眼神。這一對祖先嚴峻的透視，穿入曾孫女靈魂的深處，令她的童年蠢蠢不安。她盡量避免與祖先的目光交接，但過年時全家要大掃除，家裡分配她清理祖先的供台和茶杯：

> 清掃供台必須站到桌子上，大人站上去不雅，又怕壓壞桌子，而我是老大，當時的身高正適合，只有硬著頭皮和兩老作最近距離的面對面，那感覺頗有些諜對諜的意味……把雞毛撢子刷到他們臉上時，我還微微的發抖，心裡不停的盤算，如果雞毛逗出了他們的噴嚏，我該往哪兒躲。(2000：123-124)

清理供台的這一幕，儘管我是節引，仍可謂全文的高潮，但是在恐懼的氣氛中卻透出滑稽：諜對諜，已經如此，雞毛搔癢而爆發噴嚏，就更可笑了。祖先的尊嚴維持了三代，竟然經不起一根雞毛的挑弄，這反聖像(iconoclasm)的手勢頗有象徵的意味。

緊張過久會帶來單調，就需要放鬆。幽默正是浪漫的解藥。激情、純情有如甜食，若要解膩，就需加一點酸。鍾怡雯最好的作品，就善於如此調味。例如《垂釣睡眠》裡的〈驚情〉一篇，浪漫的憧憬被一封神秘的情書挑起，卻因追求者現身而告破滅，自醉淪爲自嘲，舌頭上空留酸澀，反而比甜膩更有餘味。

又如〈聽說〉一篇，作者平白變成了謠言的苦主，煩惱之餘，悟出反應過度實爲不智，不如等待塵埃落定，因爲「再耐嚼的口香糖，經過長期咀嚼之後，總會甜味盡失」(2000：179)。到了篇末，作者正要就寢，朋友忽然來電話說：「告訴你一個消息，你一定要答應保密……」(179) 作者立即的反應竟是：「說也奇怪，頹累的精神立刻振作，謠言果然和口香糖一樣，具有鬆弛神經的功用。」笑他人愛嚼舌傳話如嚼口香糖，輪到自己的時候，也一樣是愛嚼的。

焦桐在《垂釣睡眠》的序言裡，強調鍾怡雯慣用的譬喻是一種「擬貓法」(1998：6)。她確是一位非常耽於感性的作家，而在感官經驗之中又特別敏於嗅覺、味覺。在《垂釣睡眠》的後記裡，她自己也強調：「我學會了以氣味去記憶。每一個人每一樣東西都有它的氣息，只要記住了那獨特的味道，就等於擁有，我不需要霸佔一個容易改變和毀滅的實體。我發現貓咪也有這樣的怪癖，難怪我和牠們特別投緣，貓咪對我也特別親密。」（1998：243）

鍾怡雯頌貓如誦經，在這本《聽說》裡仍喃喃不休：〈跩〉、〈懶〉、〈祝你幸福〉、〈擺脫〉四篇，字裡行間盡是貍奴妙妙之音。〈祝你幸福〉裡對那頭有六年之緣的雄貓，憐惜時說她像戀母的孩子，縱容時又說她像魏晉的名士，恨不能人貓「終身廝守」（2000：157）。

〈擺脫〉一文說巷子裡的貓全給人毒死了，作者流淚安葬之後，思念過度，竟說：「貓咪的影像和聲音一直糾纏，我告訴自己，那一定是幻覺，可是卻擺脫不了。甚至夢見死去的貓咪又復活了，牠們扒開泥土，抖去身上的泥，互相舐淨對方的身體，然後全都跑到樓下叫我，喵喵喵，喵喵喵。」（2000：207）

在同一篇裡作者難遣貓亡之哀，又忽發奇念，想把貓軀「製成標本。這樣半開玩笑的想法嚇壞了周遭的朋友，我卻認真起來。然而轉念一想，標本貓徒留軀殼，或許更易提醒我那只是生命的假象，它們不會叫不會跳，也不會跟我撒嬌，藏在僵硬身體裡的，其實是永恆的死亡。」（208）

凡讀過鍾怡雯作品的人，都不免會惑於她的「貍奴情結」（feline complex）：她自己就再三「從虛招來」了。首先，她強調自己嗅覺之敏銳與貓相似。其實狗的嗅覺也許更尖，只是她愛貓遠甚於愛犬，因爲貓懶散無爲，經常貪睡，又有潔癖，跟她一樣，而狗呢正好相反，勤快、警醒、也不怕髒。只要看〈浮光微塵〉裡作者如何奮力擦灰洗塵、清理房間，就會想到貓如何舔爪淨臉。更有一點，貓爪軟中帶硬，頗似作者的散文風格，在深情之中也暗寓叛逆。她與家庭的關係不免緊張：曾祖父、母似乎永遠在監視她，甚至有「諜對諜」之情勢；父親和她性格相似，所以互相要把貓爪收好；而母親在長途電話彼端的諄諄叮嚀，她不是回嘴，便是腹誹；只有鑰匙串響叮噹的奶奶像是例外。

狗勤快而外向，貓優閒而內傾。作者的散文風格也多爲內心的獨白。狗吠如直言，貓叫如嬌囈。作者的散文多爲獨白而絕少對話，難見她與世界直接交談。所以鍾怡雯的散文遠離戲劇與小說，而接近詩：畢竟她本來也是詩人。也所以她的語言像貓：貓愛獨坐打盹，呼嚕誦經，喉中念念有詞。她的獨白喃喃，也有「腹語」（ventriloquizing）的味道。

鍾怡雯綺年麗質，爲繆思寵愛之才女，但她的藝術並非純情的唯美。她對於青春與愛情，著墨無多，更不論友誼。相反地，生老病死之中，她對後三項最多著墨，筆端的滄桑感逼人如暮色。她當然也能夠寫實，不過更樂於探虛。像〈熱島嶼〉、〈雪，開始下了〉、〈候鳥〉一類的寫實敘事，在她筆下固然也生動可觀，但其他的優秀女作家也能稱職。倒是像〈髮誄〉、〈癢〉、〈傷〉、〈鬼祟〉、〈換季〉、〈忘記〉一系列的作品，由個人的感性切入，幾番轉折之餘，終於抵達抽象的知性、共相的本質，不是一般女作家所能把握。這種筆路由實入虛，從經驗中煉出哲學，張曉風是先驅，簡媜是前衛，而其後勁正由鍾怡雯來發功。

令我印象最爲深刻的，卻是鍾怡雯對滄桑的魂夢糾纏。最祟人的一篇是〈漸漸死去的房間〉，記年近百歲的曾祖母老病而死的一幕，把現實的陰鬱、醜陋、厭惡化成了藝術之美，令人想到羅特列克與孟克的繪畫。這篇散文富於辛烈的感性，對於久病惡疾盤據古屋的重濁氣味，發揚得最爲刺鼻錐心。「那混濁而龐大的氣味，像一大群低飛的昏鴉，盤踞在大宅那個幽暗、瘟神一般的角落」(1998：193)。這樣可怕的反風景，對於有潔癖的鍾怡雯說來，該是倍加難受。〈凝視〉一文中對曾祖父、母遺像的畏懼，想必是上承〈漸〉文而來。

讀她的散文，每到返醜爲美的段落，我就會想到李賀與愛倫坡，想到這兩位鬼才滿紙的狐、鬼、鴉、貓。

鍾怡雯的語言之美兼具流暢與細緻，大體上生動而天然，並不怎麼刻意求工。說她是一流的散文家，該無異議。她的藝術，到了《垂釣睡眠》火候已經九分有餘了，但要「純青」，似乎仍需加煉。

目前流行的中文，常有西化之病，就連名學者名作家下筆，也少見例外。西化之病形形色色，在句法上最常見的，就是平添了尾大不掉的形容子句，妨礙了順暢的節奏。〈垂釣睡眠〉一文有這樣兩句：

> 晝伏夜出的朋友對夜色這妖魅迷戀不已，而願此生永為夜的奴僕。他們該試一試永續不眠的夜色，一如被綁在高加索山上，日日夜夜被鷲鷹啄食內臟的普羅米修斯，承受不斷被撕裂且永無結局的痛苦。(1998：41)

第一句極佳。第二句就不很順暢了，因爲中間橫梗著一個不算太短的子句：「被綁在高加索山上，日日夜夜被鷲鷹啄食內臟的。」此外，從「承受」到句末的十五個字，也因動詞「承受」與受詞「痛苦」之間，隔了有點犯重的兩組形容詞，而顯得有點費詞。「不斷」與「永無結局」乃不必要的重複。

> 他們該試一試永續不眠的夜色，一如普羅米修斯被綁在高加索山上，日日

夜夜被鷲鷹啄食內臟，承受不斷被撕裂的痛苦。

當初這一句如果這樣遣詞造句，當更清暢有力。「被綁」、「被啄食」放在子句裡，只能算「次動詞」或「虛動詞」；如今從子句裡釋放出來，匯入主句之中，變成了「主動詞」，便有力多了。我並無意倚老賣老，妄加他人文句。這些文詞都是原句所有，不過更動了次序，調整了句法而已。

〈浮光微塵〉裡有一句說：

有時我在儲藏室的鏡子裡看到一張沉穩冷靜，接近職業殺手的臉；有時遇見一個頭髮散亂，神情詭譎，呈半瘋狂狀態的女人。(2000：57)

這樣的句子淸晰而完好，已經無可挑剔。但其排列組合仍有求變的餘地，更精的可能。只要把兩個關鍵字眼略加移位，節奏就全面改觀了：

有時我在儲藏室的鏡子裡看到一張臉，沉穩冷靜，接近職業殺手；有時遇見一個女人，頭髮散亂，神情詭譎，呈半瘋狂狀態。

「臉」和「女人」移前，可以緊接所屬的動詞與量詞，讀來比較順暢、自然，不像隔了一串形容詞那麼急促、緊張，一氣難斷。形容詞跟在名詞後面，可長可短，就從容多了。西化句法多用名詞（身份常爲受詞）收句，可謂「封閉句」；中文常態的句法則多以述語（常爲形容詞或動詞）結尾，可謂「開放句」。目前有許多作家，包括不少名作家，都慣用「封閉句」，而忽略了更靈活也更道地的「開放句」，非常可惜。

再舉一例來說明我的觀念。〈垂釣睡眠〉一文訴說失眠使人恍惚，容易撞傷：「那些傷痛是出走的睡眠留給我的紀念，同時提醒我它的重要性」(1998：35)。後半句是流行的西化想法，用英文說就是 remind me of its importance.不過英文愛用抽象名詞做受詞，不合中文生態。我從四十多年翻譯的經驗，學會了如何馴伏這些抽象名詞。如果要我翻譯這樣的說法，我會把抽象名詞化開，變成一個短句。我會說：「同時提醒我它有多重要。」

陳義芝在《散文二十家》選集的編者序言裡，說明他取捨的原則時，有這麼一句伏筆：「至於鍾怡雯、唐捐等年輕新秀，近幾年以精純之文質雖連奪散文獎，而寫作時間尚短，量尚不足以成一家氣象，留待下一世紀（只剩兩年了）再作評選」(1998：14)。陳義芝的史筆似乎向預言先掛了號，我相信鍾、唐一輩的新秀不會讓他的期待落空。這兩位中文系正科出身的學府作家，對於心靈與潛意識曖昧難明的邊疆僻壤，都勇於出實入虛、顛而倒之，向深處去探索。鍾怡雯巧於命題，工於運筆，已經儼然有一家氣象。她不像唐捐那麼敢於試驗，但可能也因此免於穠稠與鋪張。我慶幸這位低緯遠來的高才迄今尚未趨附流行的所謂「情色」，尚未參加世紀末文壇的天體營。我特別慶幸她仍保留了此一「負德」。三十年前我早就寫過〈雙人床〉、〈鶴嘴鋤〉一類的詩，引起過三兩外行的大驚小怪，其實在主題上我別有探討，其志其趣，不在「逸樂思」（Eros）。今日情色流行，儼然成了時興的前衛，取代了風光過的超現實、存在、荒謬。目前所謂的「全球化」，恐怕只是「美國化」再加「日本化」而已。有真風格的作家不必跟風。條條大道都能通「美」——美學之美，非美國之美——，也不必抄情色的捷徑。

但願鍾怡雯善用天賦的才情，發揮所長，向新世紀感性的洪爐裡，煉出五色的補天石來。

【引文書目】

陳義芝（1998）〈序：籠天地於形內，挫萬物於筆端〉，收入陳義芝編《散文二十家》，台北：九歌，頁 9-14。

焦　桐（1998）〈想像之狐，擬貓之筆——序鍾怡雯《垂釣睡眠》〉，收入鍾怡雯《垂釣睡眠》，台北：九歌，頁 3-14。

鍾怡雯（1998）《垂釣睡眠》，台北：九歌。

鍾怡雯（2000）《聽說》，台北：九歌。

原發表 2000；格式修訂 2003

歷史曠野上的星光

——論陳大為的詩

＊辛金順

（一）

陳大爲自一九九四年六月出版第一本詩集《治洪前書》後，其詩風的走向與詩旨的探索，一直是令我甚感興趣的事。畢竟，對此原創慾頗強並具有創作企圖心的詩作者而言，《治洪前書》中的許多作品或許只是他的試煉。然而在試煉中，卻不難窺見其詩所折射出來的光芒。無論是意象的淬礪、語言的掌握、節奏的調度、詩旨的佈置，及至結構的營架，已交疊成爲其詩的美學基礎。而他這段時期的詩作，最爲可貴的是保持了試驗的精神與原創的特質，且在歷史意識和知識體悟的貫注中，形塑一種粗獷奇幻的風格。如〈髑髏物語〉、〈尸毗王〉、〈治洪前書〉、〈堯典〉、〈明鬼始末〉、〈這是戰國〉及〈招魂〉等，很能代表他這一階段的創作特色。他不斷將思維探入先秦史略的腹壁之上，遊行於歷史人物的心靈之中，進而對歷史事件展開一系列的敘述和辯證；再加上詩中飽漲著靈動的意象所渲染出來的神秘氛圍，無形中拓殖了歷史的縱深感和提昇了詩的純粹度，這裡，舉其〈明鬼始末〉中第一節即可見其端倪：

霧裡神祇寥落，深山住著很巫
傳說；佛還沒聽過東土，蟬未
學會棒喝。夫子長燈亮不到這
陰墟，慾望可從容獸出原型。
想即使見龍在田，田夫與農婦
仍穿不進哲學皮靴…無法用劍

，更休想落款；墨翟只好提煉

他們骨子裡寄生的妖孽。 (陳大為，1994：51)

陳大爲的想像力，在原始玄思上做高難度的飛躍，用驚人的意象焠煉驚人的詩句，密集式的舖展開來，成就了他個人獨特的詩風與特殊的感性史觀。另一方面，他亦結合神話與傳說的特質，在詩中傳遞出一分奇詭的氣氛。就從這兩方面審視，陳大爲無疑比一些前行代詩人更特出。其詩在傳達古典神話或歷史事件時，並不甘降格爲傳統資料的堆積和演繹，而是立足於現實時代的精神上，進入神話或史中，參與辯證。如〈招魂〉中的屈原：

「反正，他很快又會投江」乾脆

省下陳膩的、道家的勸辭。…… (同上：36)

「我不必投江嗎？」「嗯。

雖然詩篇們都忍不住有這幕

安排，讀者們都在等待…」 (同上：40)

或〈治洪前書〉中「我問鯀」的那一節：

「沒有埋沒感？」提高聲量：「相對於

無限膨脹，禹收穫的贊美」「我很清楚

—自己的座標」「不需要補鑄銅像？」

「拯救本身，豈非更崇高……」 (同上：44)

拈此二例窺之，不難發現，陳大爲的詩，在處理神話的素材上，除了注意到美感意識的醞釀外，他亦常將個人的精神與理想挹注詩中，使歷史或神話在詩裡，鍊結出嶄新的意涵，而這分精神表現，在陳大爲的詩中，俯拾皆是。這也顯示出陳大爲作爲一個才氣橫流的詩人，所獨具的敏銳度和自覺性。而他這分敏銳與自覺，不斷推動著他去超越詩的高度，發揮詩內在的藝術潛力，展現一種創造的可能。

其實《治洪前書》中的大部分作品，最爲可觀與令人激賞的是其形式的設計策略，如：詩行的整齊、結構的均勻、語言的運作和音節的流亮等等，都緊緊扣住了詩的題旨。因此，從〈招魂〉、〈治洪前書〉、〈堯典〉、〈明鬼始末〉、〈這是戰國〉、〈美猴王〉、〈蘭陵王〉、〈太極圖說〉、〈摩訶薩埵〉這些詩裡，我們可以從中窺見陳大爲作爲一個詩人的企圖和野心。他捨棄了一般凡庸的技巧表現，掃除語言的慣性，以精煉獨特的語彙和飽滿鮮活的意象，去開創他詩中題旨的格局，並通過各種佈置，包括對話與獨白，組構出音色跌宕，氣勢磅礴的交響詩。如〈堯典〉中分爲七節：「黃土亂象」→「陶唐線裝」→「大篆封面」→「墨守危城」→「狂草顛覆」→「脫頁沉思」→「楷書再版」，詩中的時序遞層，由原始蒙昧進入文明的秩序，通過敘述文字的產生與演化，在想像中不斷營造恢宏的場景，層層逼入每一詩節之中，貫穿連鎖，體脈相牽的呈現出詩完整的結構來。因此，在形式技巧的操作上，陳大爲的自我焠煉，已經可以說是達到了相當純熟的階段。這對《治洪前書》以後所創作出來的詩，形成了一種模型式的延續。然而縱觀陳大爲這時期的詩作，可以發現他雖然塑造了一種獨特的表現形式，但形式所衍生的自我規律，無形中卻拘限了題材的拓殖和擴張，這如吳昌碩不能以寫老梅干那種鼓字筆法，去畫仕女的衣紋與頭髮那般。陳大爲的詩，也只能服膺於自己的形式設計之框，在神話和史料的素材中去舖張高妙的想像，以個人的氣格和卓越的才具，翻新神話，重組歷史。而比較難於在自己所設定的形式規律裡，逼顯出現實生活的場景和感悟，或呈現生命內在而真實的悲喜。套一句黃錦樹〈論陳大爲治洪書〉中的話：「泰半爲書卷之餘，產生於閱讀而非生活生命本身。」（《南洋文藝》，1996-07-05, 10, 12）但也必須在這裡指出，形式規律的自我形塑，往往都會反映在詩的本質上。而陳大爲這時期的詩，追求的是詩的純粹性，他所砥礪和戛戛獨造的，非現實的反映或社會的蜃影，而是詩之於爲詩的藝術營造。他此時所試煉的語言文字，目的也是爲了探索一套敘事或敘史的風格，一種屬於自己的詩的聲音！

至於要掌握《治洪前書》中的一些詩，如：〈風雲〉、〈尸毗王〉、〈招魂〉、〈治洪前書〉、〈堯典〉與〈明鬼始末〉等，首先必須要進入它的知識系統，然後再延入其語境，以透視詩意象背後的意旨。但如前所提到的，陳大爲的這些詩，意象密度高，形成了一種符碼，因此往往使讀者對詩產生了一分理解上的障礙。如〈堯典〉中的「文字很獸意象太禽」（陳大爲，1994：46）、「剛孵化的鱷扭動著狂草的身段，亂牙吐著驚蟄的新雷」（同上：48）、「風蝕的肋骨，似禿鷹蹲滿因果之音符」（同上：49）。〈這是戰國〉中的「黎明有點干將，晌午日徹底魚腸」（同上：54）、「鳳眼酒了曲阜，蛇腰肉了城樓」（同上：57）；以及〈太極圖說〉裡的「氫在語言裡燃燒，每個行動都是太陽」（同上：73）、「你耳垂下墜漸漸菩薩」（同上：73）等，縮結想像而飽蘊著其之意涵的美感，然而因爲符徵的疊套，以致讀來有點晦澀。

或許陳大爲也自覺到這一點，在他《治洪前書》後的一些作品，漸漸解除自己詩中某些獨特的符碼，而走出一條明朗精微的詩路。但可以肯定的是，《治洪前書》中的許多作品，已打開詩的某個特定視野，展現了另一種有別於羅智成等人結合傳說與神話所書寫出來的「史觀詩」。而不斷往詩的形式，包括語言、意象、音節、意旨之中探索，以形塑詩之美學特質，並呈現了自己的詩風。林泠在時報文學獎新詩評審意見中，針對〈治洪前書〉指出：「它提供了一個嶄新姿態的可能，也極其可觀地達成它對新的視角的追尋。」（楊澤編，1992：219-220）這句話若移用以品評陳大爲在《治洪前書》中的其餘作品，也是可以成立的。這顯見陳大爲做爲一個詩人所具有的企圖，即：「遠離當代大師們的餘蔭而另闢險徑」（同上：220）。在這方面，他的確表現得相當成功。

（二）

在《治洪前書》之後，即一九九四至一九九五年之間，陳大爲所發表的作品，大約可歸爲兩類：其一是仍以史料做爲詩的素材，並在詩中展現理性的邏輯辯護，或以解構的手法爲史中人物翻案。如〈曹操〉、〈屈程氏〉及〈再鴻門〉等。其二則是將詩筆探向生命內在的感性，挖掘記憶裡的經驗，而折射爲現實場域中一分對鄉土的思索與關照。此類的作品有：〈海圖〉、〈河渠書〉與〈世界和我〉。這兩類不同質材的作品，雖然仍不離陳大爲慣有的敘事手法，以及驅遣龐沛的想像營構詩中的情節與；但在意象、意境、詩行的節奏，甚至思想的向度方面，都較之《治洪前書》中許多作品更爲成熟和流轉圓美。這些作品無疑呈顯了陳大爲策足於現代詩創作上的另一層躍進，也展示了他在構造長詩這方面所獨具的才情。

以史入詩，是陳大爲最擅長的創作表現。他摒棄了一般平舖直述或交待歷史的書寫方式，而是對史事進行顛覆，或對史中人物進行辯證和翻案，以逆向思維揭示自己獨特的見解，這才是其詩最大的優點。至於以詩寫史，陳大爲無疑符合了李克特（Heinrich Rickets）認爲歷史知識是個人主觀的建構，或柯林烏（Robin G. Collingwood）所認爲的：「應以新的視角去體驗歷史人物的思想」（柯林烏著，陳明福譯，1994：291）之理念。歷史不是一張平面圖，在藝術的世界裡，史中人物可以重新融鑄成爲立體的超越；歷史事件也可以現代的視角去做多方的審思。如在〈曹操〉一詩中，陳大爲企圖通過歷史、文學、說書與舞台上曹操的形象做多方的辯證，以期由此爲羅貫中筆下所扭曲的一代梟雄翻案。詩中的時空盡在他的掌中翻轉，虛實互換。而且意象鮮活，音節浣亮，結構圓融，若與《治洪前書》中的一些詩作對照，明顯的是少了一分雕琢與匠氣。在此試引〈曹操〉「3：說書的秘方」第二段佐證：

像麵團，三國志在掌裡重新搓揉
拇指虛構故事，尾指捏造史實
代曹操幹幾件壞事講幾句髒話
讓聽眾咬牙，恨不得咬掉他心肝
再點亮孔明似燈發光，供大家激昂
啜一口茶，史料搓一搓
瞄準群眾口胃，掰完一回賺一回　（陳大為，1997：49）

詩中的語言雖然趨向口語化，然而卻是精簡洗煉且不損詩質的純粹。尤其他善於靈活運用語言，使其詩充滿著生氣活潑和表現出一分機智的特色。如「拇指虛構故事，尾指捏造史實」（同上：46）或「『歷史必須簡潔』／（是的，歷史必須剪接）」（同上）等，造成詩中一種詼諧卻內蓄諷刺的效果。其實，在陳大爲的詩中，對這類語言的經營，早在〈西來〉一詩已臻極成功的試驗。這種語言設計，在效果上，頗似漫畫的線條，使詩產生一分活潑的生氣。唯在以詩構史這一表現上，陳大爲的目的並不在此，而是對歷史人物或史事不斷進行自我的辯證，像〈曹操〉詩中描繪曹操面對野史的嘲弄卻不屑一辯的鮮明性格，或〈屈程式〉裡作者對屈原認知的過程，與〈再鴻門〉中對鴻門宴這一情節的解構，以及企圖以書寫去描繪書寫的策略，如：

但我只有六十行狹長的版圖
住不下大人物，演不出大衝突
我的鴻門是一匹受困的獸

在籠裡把龐大濃縮，往暗處點火
不必有霸王和漢王的夜宴
不去捏造對白，不去描繪舞劍
我要在你的意料之外書寫
寫你的閱讀，司馬遷的意圖
寫我對再鴻門的異議與策略
同時襯上一層簿簿的音樂……　（同上，36）

從〈曹操〉到〈再鴻門〉，皆表現出創意十足的詩想。這三首詩，不斷參雜著作者對史事的辯證，因此，我們可以在詩中常讀到作者穿插其間的身影和聲音。像〈再鴻門〉的第一節「1．閱讀：在鴻門」中有：「你不自覺走進司馬遷的設定：／成爲范增的心情，替他處心替他積慮」（同上，33）延伸入第二節「2．記史：再鴻門」中書寫司馬遷對歷史的虛構與詮釋，由此揭露陳大爲以詩構史的操作方式和意圖：「『歷史也是一則手寫的故事、／一串舊文字，任我詮釋任我組織』」（同上，34）。這兩節，作者雖然以敘事者（或說書人）的角色在詩中進行敘事，可是在敘事中由於插入作者的議論，甚至作者亦現身參與歷史情節的發展，擾動了敘史的真實，而這種後設的書寫及至第三節「3．構詩：不再鴻」，則暴露無餘。也揭現了陳大爲「寫我對再鴻門的異議與策略」（同上，36）的企圖。這種遊移於「虛構」和「現實」的表現手法，在〈曹操〉與〈屈程式〉中可撿視得到。從後設的書寫策略審視，陳大爲無疑服膺了所有的文本，包括歷史的書寫均是由虛構而成，這也形成了其之以詩構史的獨特理念。

然而，在他創作的另一條主線，陳大爲卻摒棄史書中的知識材料，而以感性的詩筆，直探生命的真實，指涉出詩創作的多種可能。在這類詩中，他常會以童年做爲書寫對象，童年歲月中的經驗，更是他掘之不盡的創作題材。此外，值得注意的是，陳大爲的這些詩，揭露了他開始貼向鄉土的心向，而且在詩中也隱然表現著樂園失落的強烈心緒。像〈油燈不暗〉中「我的故事不是從神燈開始的／是從油燈」（同上：105）到「『我的世界並非從油燈開始的／是電燈。』孩子得意地插嘴」（同上：106），寫出了一個時代遞換的現實與無奈。這分童年鄉土世界失落的情懷，在〈老屋問候〉與〈童年村口〉的詩裡一再重複。作者不斷通往記憶，回到童年的家園，去探索與尋找生命的原鄉，只是在現實中，一切的人事景物都已轉換，唯一能做的，也只是「寫下濕漉的記憶我靜靜離開／帶著一群想遠行的草菇／離開奶奶生前最愛的膠林老屋」(〈老屋問候〉，同上：114)。因此，離開或遠行，以及藉由記憶的回歸，遂成了他這一類田園詩的主題。

陳大為在這些短詩中形塑了相當多的美好意象，如：「我家住址是一囪隱居的人煙」(〈油燈不暗〉，同上：105)、「籐椅一拐一拐地偎過來／老屋忍不住問候起奶奶……(〈老屋問候〉，同上：114) 及「許多老木屐蹬出來的綠色草香」(〈童年村口〉，同上：116) 等。藉著這些美好意象的發酵，還原了其對童年鄉土的依戀。唯個人覺得，陳大為以敘述的語調謀篇，造成這些短詩在行氣與節奏上沉穩舒緩，而缺失了短詩之於為短詩所應有的意境，或蘊蓄著意象為爆發力的明快特色。倒是其三首長詩：〈世界和我〉、〈河渠書〉及〈海圖〉寫得相當出色。畢竟，長詩空闊的版圖，才是陳大為聘馳的疆場。

其實，〈世界和我〉與〈河渠書〉的組構仍然是建基在田園的模式中。唯在結構和情節的安排上，更形周延與完整，它所具有清晰的敘事理路與明朗的語言，圓熟飽滿的為他的詩塑造了新的風格。就〈世界和我〉而言，它主要是寫「我」這主體對「世界」這客體的靈視與觀照。從兒童的視角寫起，以童言童語表述了對成長世界的熱望，然而當童年的田園世界失落後，「我抵達這具叫社會的胃臟／它先消化掉我策劃多年的烏托邦／再告知我作為一尾生魚必須把握時機／為了房子的坪數孩子的磅數／必須一片片刨掉自己的記得要用力」(同上：69) 具體且深刻的描繪出活在城市世界中的成年狀態。現實中殘酷的磨難，使「我」無時無刻希望回到童年的樂園，這分憧憬和夢望，卻只能在老年時通過記憶來完成：

昨晚，早走的老伴來探我
我躺在醫院的床上
兩很大雨淒美著咱們的對話
兩支牧笛在聽覺裡萌芽
把我吹回生命的丹田竹馬的歲月
世界還是兩個生字熱騰騰的包子……　(同上：72)

全詩指涉出生命在自我追求中的空幻與虛無。一、二、三節交互連鎖，呈現了一首結構相當嚴謹的佳構。〈河渠書〉卻寫出農家子弟的宿命：「土地是男人的靈魂男人的肉體／爺爺這麼告訴阿爸這麼告訴我／阿爸只好貓著腰去服侍一輩子野草／我知道我將繼承這畫面並擔任主角。」（同上：63）或是「我們都是注定耕田的水牛」（同上：66）。而這種宿命在〈海圖〉一詩中亦同樣出現：「悲慟的海葬怎也葬不掉悲慟本身／而你卻把世襲的宿命逐字重謄……」（同上：56）這些詩均是探索生命與鄉土的深層關係，詩的每一環節，也在有機延伸與發展中拓殖詩的深度內涵。陳大為在這一系列的詩裡，或以想像與回憶，或以個人具體的生活經驗，去關懷生命本身的真實和虛幻，並對人生做一反思與觀照。至於他的立足點卻是他生命的原點，即童年的鄉土和家園。因此，個人認為，這一類詩在陳大為的創作裡，可歸名為「鄉土詩」。雖然這個「鄉土」，經過詩人的想像粉刷後，帶著一點虛構和烏托邦的色彩，但在抽離具體的時空後，這類鄉土，自有它隱喻的世界，並在詩中，形成多方的指涉。此外，也可從這些詩的創作中，窺探出陳大為正一步步跨向以結合歷史和鄉土為創作的新場域。這亦揭示著他對自我生命的另一種關懷。

（三）

自一九九五年十二月至一九九六年七月間，陳大為創作了三首相當重要的作品，即〈會館〉、〈茶樓〉與〈甲必丹〉[1]。這三首詩之所以重要，是因為它不再盡全沉溺於歷史知識的拆解，或完全產生自閱讀本身。就創作的意義而言，它不再掛空於史料的處理上或獨抒個人小我的情懷，而是延伸入族人集體的潛意識裡，以詩去書寫馬來半島上華裔民族歷史文化的生命情景，詩中所審思的，直逼現實的課題。這正是此類創作的價值所在。

在這三首詩中，〈會館〉無疑是壓底卷。它主要是通過曾祖父，父親與我去見證會館的興盛與沒落史，從中反映出一個時代滾滾煙塵而去的蒼茫。「會館」這一符徵，投射出一個極其龐大的南洋華僑歷史處境，鑑照了華僑在南洋落地生根的過程，及其下一代在時代遞更與社會轉型後所必須面對的困局。原詩共分三

---

[1] 陳大為的〈會館〉曾獲八十四年度教育部文藝創作獎（現代詩組）第一名。而〈茶樓〉與（甲必丹）則先後入選聯合報（第十八屆）與中國時報（第十九屆）文學獎的決審中。故可從這方面窺出他這時階的創作表現與成績。唯個人認為，由於歷史背景的因素，使〈茶樓〉與〈甲必丹〉終究要在評審中吃上一點虧，這也是無可奈何的事。

節，遞層刻劃出在時代遷移上會館所扮演的三種歷史角色。第一節是以曾祖父向父親口述「豬仔」[2]南來的心理演化與會館的形成史。從「汗衫鼓成頻頻回首的帆／但季風斧斧，從東北劈來／把眺望的虛線統統劈斷！」（同上：21），到「汗水暗暗構想一座熱帶的唐山」（同上）和「他和他們平靜地坐下／坐成幫派，坐成會館」（同上：22），會館在這一時期帶著幫派的色彩。可是到了第二節，通過父親童年經驗的認知，會館幫派的色彩已淡化，它只成了綰繫族群習俗與情誼的中心。上一代所沉浸在「廣西位『南』，黃河居『北』／手裡的十三張，張張思鄉」（同上：23-24）的情緒，與「父親把會館幻想成無比宏偉的燒豬」（同上：23）形成強烈的對比，映照著鄉愁或桑梓的觀念已在父親那一代淡釋。轉入第三節，以作者本身陳述對會館的感觀，上一代都已作古，他們的「每張遺照都像極了霍元甲」（同上：24），而且還會「越來越多枴杖，越多霍元甲」（同上），甚至「連麻將也萎縮成一盒遇潮的餅」（同上：25）。會館的老去，正表徵著它在族群中的社會功用與價值已告消解，一個時代已經過去。然而作者卻不甘在此劃上句號，在全詩最後的兩行，他巧妙的點下：「南洋已淪爲兩個十五級仿宋鉛字／會館瘦成三行蟹行的馬來文地址……」（同上：26）喻指這一代在南洋的血緣與地緣性已漸趨淡化，而且正面臨著當地政策同化的隱憂。讀來令人覺得娓娓之音不絕。〈會館〉所呈現的史觀宏闊，以人事的變化爲經，以時空的遞嬗爲緯，展現了一頁南洋華人史的蒼茫和荒涼。

此詩結構圓融，情節與意象交融運轉，舒放自如，並能扣緊主題，完成詩中的中心意旨。就語言的鑄造上，更是常能翻陳出新，如：「季風斧斧，從東北劈／把眺望的虛線統統劈斷」（同上：21）、「榴槤的魅力蠟染了黑白的南洋」（同上：21）、「籍貫如磚，築起各自的高牆與磁場」（同上：22）、「草草沖涼虎虎吞飯」（同上：24）等，寫來鮮活生動，由此可以窺見陳大爲驅遣文字和鑄融語言的能力了。

而陳大爲的另一首詩〈茶樓〉，無疑是〈會館〉的翻版，即通過茶樓的變遷

---

[2] 「豬仔」這名詞，主要是指那些被契約所招募及束縛的勞工，它也包括被一些買辦拐騙或綁架，並被賣到南洋當苦工者。至於，與在契約外，主動南移到南洋討生活或依親的「新客」，是有其實質的差別。故不可同一而論。

去審思馬來半島上華裔文化的處境。從十九世紀受大英帝國的殖民，到獨立後二十世紀未受到強勢西方文化的殖民，逼顯出海外（馬來西亞）華人文化的尷尬處境。尤其在第二節「2：舊粵曲」，直接剝顯了這種現象：

耐心坐下去，坐到易開瓶的一九八八
茶冷的速度裡有五百ＣＣ的可樂冒起
肯德基與麥當勞是瓜分食慾的暴龍
沒有誰再關心粵曲，只知道十大歌星
只呼吸經歐美殖民的空氣」　（同上：17）

由此而反襯出其第三節「3：樓消瘦」的淒涼與冷寂的景況：

茶樓消瘦，十足一座草蝕的龍墳
白蟻餓餓地行軍，飛蠅低空盤踞
穿過一樓感同穿過廢棄的宇宙
又像胃臟殭死仍有太多壯烈的酸痕！　（同上：18）

氛圍的低沉與慘澹，正表徵著華裔文化在馬來城邦的情景。唯因有〈會館〉珠玉在前，又由於陳大為在創作〈茶樓〉時受到行數的限制（此詩是為參加聯合報文學獎而作，故受限於六十行之內的規定），而他創作的意圖又太大，企求做多面的涉及：歷史、教育、文化等，為了統攝於這六十行之中，因此敘述的節奏與時空的演進必須加速，以致一些敘述點枝蔓而不夠集中，這現象在第二節「2：舊粵曲」中最為明顯。此外，〈茶樓〉的一些句子也有點拗口，如：「她縱觀辮子們以雁翼清脆骨折的愁眉」（同上：15）、「急著結痂被閹割的神州」（同上：15）等，使得〈茶樓〉與〈會館〉比較，是稍為遜色。唯就整體而言，〈茶樓〉仍還不失為一首佳構。

至於〈甲必丹〉一詩，則是陳大為企圖以逆向思維來顛覆甲必丹（Captain）葉亞來在教科書中的偉大形象，並對他興建吉隆坡而被人約化為偉大的刻板印象予以全面的反思。整首詩由夜讀切入，還原葉亞來做為一個幫會首領的真貌，並一層層去剝開葉亞來成為偉人的神話迷思。詩人以「山豬橫行」、「狂野的馬」、「猛虎巡弋」、「七頭巨象環伺」、「黑幫土狼」、「鱷」、「鷹犬」去勾勒出那個弱肉強食的社會，而葉亞來在那充滿掠奪與火拚的世界，在歷史的迷霧中浮現出殖民帝國幫凶的面貌：

殖民政府沒有提供足夠的鷹犬
他不得不畜養黑道的龍蛇
鐵打的手腕有了一種凶狠的陰柔
足以鑄造龐然的夢，鑄造像上海的城邦　（同上：11）

建邦的過程，是否有他的私心在？歷史的書寫不會探入偉人內心根盤錯結的意識形態上，而只做表面的繪色，因此，面對歷史，沒有多少人會去探索葉亞來「黑回來的土地、舖子和礦湖」（同上：12），因爲「對英雄／歷史自有一套刀章，削出大家叫好的甲必丹」（同上：12），諷喻了歷史也是存在著另一種虛構，陳大爲企圖去解構建邦功臣葉亞來在歷史上的神聖性，以及在教科書裡永恆的印象。全詩寫來，辯思十足，而且帶著一分學術性的思考。就題旨而言，極爲鮮明。尤其詩的最後一節「5：傳奇的刪節號」，正是爲讀者留下申論的空白。此外，這首詩的意象精準、節奏細膩且錯落有緻，結構嚴謹縝密，因而，在詩的表現上，可謂是詩的批判功用與藝術追求終於在此碰上了頭。

這三首回歸自身鄉土歷史的詩作，正也表徵著詩人對自我生命的回顧與省思。從故紙堆裡抬出頭來，陳大爲將他的創作視域移向南洋／馬來西亞華裔歷史文化的關懷和詮釋上，也開拓了他詩創作另類嶄新的主題場域，但陳大爲甘於沉溺於這個場域之中嗎？我想，對於陳大爲這個不斷尋求自我超越的詩人而言，沉溺即表示死亡。他還是會繼續去追求詩的高音和創作的飛揚的。

（四）

自一九九〇年陳大爲初次打開新詩創作的練習簿，迄目前出版兩本詩集《治洪前書》（1994）與《再鴻門》（1997）止，六年內，陳大爲以跳躍的速度，展示了他在新詩創作上那令人耀目的才華。在台灣新生代的詩人中[3]，他與唐捐二人，是獲獎最多的詩作者。他的作品，泰半是用來叩探文學獎之門，並獲得相當輝煌

[3] 關於「新生代」這定義，見陳鵬翔〈跨世紀的星群——新生代詩人論〉一文（《國文天地》141期，1997年2月），也將新生代定位在一九六六年出生以後的作者，即年齡局限在三十歲以內的層次而言。這定義仍具有一些爭議性，唯在這裡姑且不論。

的成就。而在總結陳大為這六年來新詩的創作成績[4]。我發覺到他對敘事特別偏好，縱是在短詩的創作上，亦可梳理出小小的情節來。另一面，以史料做為素材的處理，也是他詩創作的特點，而其兩本詩集的書名，可在這方面做最好的注腳。

陳大為對素材的萃取、鑽究與探入，在縱面而言，已取得相當深沉的挖掘，但在題材多元的橫面上窺視，則其視野仍不夠廣闊，這或許與他長久來生活在學院中的環境有關[5]。因與社會現實面直接碰觸少，以致他的創作中較少去處理現實生活中或社會現象裡所浮顯的種種問題和情景，因此，在他的創作中較少涉及到對現實的關懷。唯陳大為仍然年輕（二十九歲），再加上他具有飽滿的想像力與創思，以及他對環境的敏感度，我想，這類題材遲早也將會被他引入，並轉化為詩那精緻的聲音。

從《治洪前書》跨向《再鴻門》的創作過程中，可以發現，陳大為企圖不斷將新的語彙組合，意象淬煉、語意構成乃至形式的突穿和創想納入一個日益成長與穩定的詩系統中，然而在某方面而言，這種漸趨穩定狀態勢必也會形成創作上的瓶頸，唯以一個充滿詩思與精擅駕馭語言的詩人，瓶頸何嘗不是另一個寬敞遼闊的原野？可以讓他放馬聘馳，並向自己的意志和才情挑戰，由此而跨向另一個創作的高峰。

至於對陳大為自《再鴻門》後的創作趨向，我仍在此拭目以待！

【參引書目】

林泠〈敏感的革新〉，收入楊澤編（1992）《第十五屆時報文學獎得獎作品集：異鄉人》，

---

4 陳大為還有一些詩作未收入《治洪前書》與《再鴻門》這兩本詩集裡，所以本文亦略而不談。

5 其實，陳大為與許多大馬旅台的創作者一樣，他們的創作題材受到限制，原因不單只在於他們是生活在校園中，與台灣現實社會接觸少。最主要的還是，在這背後所隱藏的一個問題，即：他們在大馬十多二十年的生活經驗，並無法貼入台灣的社會內壁，再加上種種原因，使他們與這社會產生一分隔閡感。這不免使他們的創作之筆划向虛構的場域，或通過回憶，去復活童年的生活經驗與場景，這形成了烏托邦文學的色彩。唯這文學現象產生的原因頗為複雜，本人將另撰一文討論，故不在此贅言。

台北：時報文化。
柯靈烏著，陳明福譯（1994）《歷史的理念》，台北：桂冠。
陳大爲（1994）《治洪前書》，台北：詩之華。
陳大爲（1997）《再鴻門》，台北：文史哲。
黃錦樹（1996/07/05, 10, 12）〈論陳大爲治洪書〉《南洋商報．南洋文藝副刊》。

原發表1997

慾望伊甸園

——解讀黎紫書的〈天國之門〉

＊胡金倫

人的所有慾望都是被決定的，
自由意志純是子虛烏有之事。
——佛洛伊德，1993：1

前言：

自本世紀初奧地利心理學家佛洛伊德（Sigmund Freud,1856-1939）提出精神分析學（psychoanalysis）後，奠立了現代心理學的基礎，影響遍及與心理學有關的科學研究領域，並且滲入文學、藝術、宗教、人類學、法學、社會學、犯罪學、神話學、文化學等各領域，成爲二十世紀的主要社會思潮之一。佛洛伊德的思想學說，被認爲是「代表了西方文學中自左拉以來從生理學、病理學和遺傳學的角度探索人物內心世界、研究人類（包括文學人物）的行爲動機、尋找行爲動機根源的傾向，試圖從人的內在本質上解釋複雜的社會現象、複雜的人性、以及人與自然、人與社會、人與人、人與自我之間的關係」（林驤華，1987：92）。

佛洛伊德的精神分析學，主要是研究人的心理活動及其運作機制，包括潛意識論、本能論、泛性論、夢論、人格論等。佛洛伊德從無數次的臨床經驗和觀察中，發掘出「潛意識」和「原慾」這兩大領域在人類的行爲中所潛藏的奧秘，以及如何影響人類的思想活動。他的精神分析學可謂揭開人類心靈中隱秘的一面，引起世人的矚目。由於精神分析學的影響力深遠廣泛，跨越不同的人文科學範疇，也啓蒙了寫作者在文學創作的過程中有意或無意地運用此一學說。因此研究者在一些文學作品中，往往可以尋找到精神分析學對作者在文學主題、故事情節、人物的性格心理刻劃所產生的影響和作用，而精神分析學也成爲研究文學和文學批評理論的另一重要途徑。這是基於人的心理屬於一切科學和藝術賴以產生的母體，人類可以用心理研究來解釋藝術作品的形成，同時揭示使人類具有藝術創造力的各種因素（榮格，1990：111）。本文嘗試沿用佛洛伊德的精神分析學，解讀馬來西亞青年小說家黎紫書的短篇小說〈天國之門〉。

一、開啟後園的禁門

黎紫書（1971-），原名林寶玲，目前已經出版微型小說集《微型黎紫書》（1999）及短篇小說集《天國之門》（1999）、《山瘟》（2001），曾獲多項國內外重要文學獎。〈天國之門〉原發表在馬來西亞《星洲日報·文藝春秋》（1998/02/15, 22），後收入於同名短篇小說集（台北：麥田，1999，87-112）。[1]

在〈天國之門〉這篇小說裡，作者採用意識流小說的敘述方式，以大量的內心獨白、回憶、時空交錯等技巧，鋪陳出第一人稱敘述者「**我**」——林傳道、母親、彈鋼琴的女人和教主日學的女孩，這四個人之間的關係。**我**雖是一名聖職人員，卻假「奉天父之聖名」（111），終日眷戀於肉體的歡愛，與教主日學的女孩、彈鋼琴的女人發生多次性關係。**我**的行爲，相對於本身屬於虔誠信徒的身分，無疑是非常大的諷刺。小說的結局是教主日學的女孩懷著**我**的骨肉，割脈自盡，而彈鋼琴的女人也選擇離開**我**，回到其丈夫孩子的身邊。宗教與性慾望同是〈天國之門〉的故事主軸，漸次推進全篇小說情節的發展，表現了世紀末現代人沉迷情慾歡愛的墮落。

佛洛伊德認爲人類在幼兒時期就有與生俱來的性衝動（佛洛伊德，1991：63）。性是人類慾望的組成部分，屬於一種本能的追求，以達到滿足爲目的，但也能夠誘使人走向罪惡之途。由於慾望而產生罪惡，背叛人性，這相等於《聖經》所指的人有原罪（original concupiscence）。人要擺脫原罪的方法就是借助宗教的力量，換取救贖的機會，擺脫罪惡的枷鎖，求得永生。〈天國之門〉中的主要人物如「我」、教主日學的女孩、彈鋼琴的女人都有無法卸除的原罪，一面肩負天職，一面沉溺在色淫的慾海裡。因此〈天國之門〉隱含了如此的訊息：宗教真的

[1] 以下引文均出自該書，不再另註明出處。

能救贖一個人的原罪嗎？信者真的得救嗎？本文下節將沿著原罪的脈絡，進行文本式的解讀，並以精神分析學的潛意識論、本能論、夢論等，剖析慾望如何影響人類的心理活動及行為，導致人走向罪惡的淵藪。

二、蘋果結成慾望的種子

根據《聖經．創世紀》記載，人類始祖亞當與夏娃受到蛇的誘惑，違反上帝禁令，偷吃伊甸園的禁果後就開始犯罪，後來他們被上帝逐出伊甸園，貶謫到人世間。從此以後，亞當與夏娃便把這個罪傳給後代，成為人類罪惡和災禍的根源，故稱「原罪」（馮契主編，1992：1332）。這裡的原罪帶有兩個很重要的涵義，一是亞當與夏娃違背上帝的旨意；二是亞當與夏娃不安於原有地位，聽從慾望的支配（1332），透過肉體的情慾和眼目的情慾，表現犯罪的形式（殷保羅原著，1992：39）。由於亞當與夏娃吃了禁果後，有了一雙明亮的眼睛，發覺自己是赤身露體的，產生羞恥之心，而事前他們是沒有這種意識的（39）。這可以理解為當時亞當與夏娃心裡產生一種慾望，最後表現在行為上或外表上，就是所謂的「性」。因此原罪被視作導致一切的本罪，點燃罪惡的火引（fomes peccati），是謀殺、姦淫、掠奪的來源（210）。根據上述推論，可以做出如此假定：慾望是因，產生了原罪的果。這裡顯見原罪與人的慾望有很大的關係。

〈天國之門〉中的**我**是一名聖職人員，身負傳道的天職，卻對工作「感到疲憊已深入骨髓」（黎紫書，1999：90），時常要「面對自己的虛偽」（96），「神情麻木猶如屍體」（91），「無法不通過謊言去獲取期待中的圓滿」（96）。雖然**我**有一雙「每天日裡夜裡都在翻動《聖經》的手」（90），依然無法逃避沉重的原罪負荷，「如同揹負著笨重的十字架」（109），「滿身罪孽」（108），墮落的心靈「像野獸一樣原始而焦慮的喘息」（87），「而羞恥與嫉妒」（97）正是**我**體內潛藏的罪惡，「一點一滴地腐蝕著我積存多年的理性與信仰」（97-98）。

我會感覺到罪惡，是因為自己深陷在性慾的歡愛裡而無法自拔。**我**曾接受神學訓練，本來應該成為眾信徒的楷模和典範，用「言語來洗滌他們的罪性」（96）。可是**我**的行為不僅背叛母親的意願，也背叛了上帝。**我**的始亂終棄之行徑，使教主日學的女孩割脈自盡，「讓一個愛我的女孩帶著怨恨、悔疚、自憐與腹中哭泣的生命，墜入無底的火獄」（109）。所以**我**也背叛了感情。因此日後的**我**時常陷入痛苦的回憶中，哭，兩手的指縫「溢出了眼淚和涕水」(101)，時常向上帝「一次又一次祈禱和求赦」(108)，希望用「更多力氣去搓弄那一塊肥皂，潔白的泡沫透發著蘋果的芬芳，包裹我潔淨的形體，污穢的靈魂」(99)，洗去身上的罪惡，藉此得到心靈和精神上的寬恕，重獲救贖。**我**明白身為上帝的兒女，只是被祂「用泥捏製的玩偶」(99)，終其一生無法卸下原罪的宿命，一再的放任自己背叛上帝賦予的使命。

相對於**我**向上帝發出深沉的救贖聲音，母親在〈天國之門〉中同時扮演了被救贖者和救贖者的角色。她並不是**我**的親生母親，只是父親皮包裡「照片中的女人」(92)。她的存在，使**我**的父母不和。後來**我**的父母在一場車禍中雙雙去世，「照片中的女人」便領養了**我**。雖然〈天國之門〉中沒有明確交待**我**的父母因車禍而逝世，是否和「照片中的女人」有關，讀者可從母親領養**我**這一舉動中，了解到母親因內疚而心生罪惡感，想要自我救贖，彌補當時尚年幼的**我**失去父母後的孤苦無依，便不斷要求**我**叫自己做「媽媽」(88, 94)，希望能得到**我**的認同，取代**我**心中原先的「媽媽」。基於罪惡感之故，母親在臨終前不再碰《聖經》，擔心會褻瀆宗教，準備了「進入地獄的決心」(95)。

為了減輕心靈上的罪惡感，〈天國之門〉一文中的母親決定把**我**「交給上帝」(94)，一是希望救贖自己；二是藉著救贖者的身分，既領養**我**同時也讓**我**得到救贖。很明顯的，作者黎紫書暗示**我**也像母親一樣擁有原罪，而母親則希望藉著上帝之聖名能為**我**「保存一分純真」(98)，因為她覺得「讀神學的男人不會沉溺於酒色」(92)。作者在此處帶出了一個重要訊息，就是質疑宗教對一個人的救贖作用，尤其面對性的慾望的誘惑時，兩種不斷交戰的力量如何在一個人的內心取得平衡？〈天國之門〉中不止**我**的內心充滿性的慾望，教主日學的女孩或彈鋼琴的女人也是如此，三個平日最接近上帝的信徒在性慾望的引誘下，也無法克制自己的本性，更何況是凡夫俗子？作者通過這三個角色，揭穿了人在罪惡的慫恿下，完全瓦解了平日道貌岸然的假面具，讓虛偽的一面表露無遺。黎紫書批判人因性慾望而犯下背叛的行為：背叛信仰的宗教、背叛宗教對人的存在意義；放縱情慾則是背叛後的派生物（許文榮，1998/04/12）。不過，作者也說明了宗教是無罪的。宗教只是人性的背叛所利用的藉口或工具，人之初才是罪惡的源頭，而性慾望則是除不掉的孽根。借小說中彈鋼琴的女人的一段話，印證了上述觀點：

她說自己是生下來注定要一輩子侍奉神的聖民後裔，可是她的身體內流

著夏娃的血，多少年來一直潛伏著犯罪的衝動。(102)

在作者的眼中，宗教依然是神聖純潔的，能夠對信仰者許下救贖的承諾，因為「在上帝的襁褓，我們安睡，甜蜜的夢裡芳草鮮美，主的大愛，永遠對我垂顧」(110)，而彈奏或聆聽聖曲會讓人忘記煩惱（96），暗示了宗教對人的原罪的救贖作用。

三、浮沉於深海的內心

「性」是〈天國之門〉的重要主題，是全篇小說的中樞，串聯起眾人的關係。「性」這一主題，突出了小說中各個人物角色的性格。譬如**我**和母親的關係，**我**「從來不在意把照片中走出來的女人稱呼為媽媽，並且可以匍匐在她的床沿，不斷呼喊她……是我永遠的媽媽」(93-94)。**我**和母親之間其實存在一種非常微妙的感情，甚至隱藏著曖昧的「性關係」。無疑的，**我**自幼遭逢父母的車禍去世對童年造成極大的打擊和陰影，影響了**我**日後的心理發展，結果**我**對母親表現出不尋常的幼兒般依賴／依戀。從精神分析學的角度來看，童年的任何遭遇都會影響人格的健全發展，是「心一性」全人格發展的關鍵時期。精神分析學家魯田貝克（H.M.Ruitenbeek）在佛洛伊德《性學三論》之引言中借用薩特（J.P.Sartre）的一段話，表示童年經驗對人的一生有如何重要的影響。[2]

在〈天國之門〉這篇小說裡，**我**自童年起和母親相處的親密經驗，雖無任何違背人常的亂倫關係（即使二人並沒有血緣關係），卻在**我**的成長過程中發展成戀母情結，或稱「伊底帕斯情結」(oedipus complex)。這種情結一直潛藏在**我**的內心裡。母親成為**我**最初的愛的對象。**我**藉著感官撫摸的刺激，和身體器官的接觸，滿足戀母情結中所反映的性渴求，以及追求肉體上的快感，尋找母親的形象。因此母親不斷出現在**我**的記憶畫面裡：

> 我的媽媽也曾經如此觸撫我的感官，主要是在臉部，稜角分明的輪廓，唇的弧線。那是我奇妙的童年記憶……媽媽妳擁我入懷，豐腴的胸脯隱隱透著淚的微鹹……她抱起我，凝視我渴望親吻的嘴唇。我突兀把頭埋

---

[2] 魯田貝克認為，只有精神分析學使人類得以深入了解當孩童在黑暗中，與成人世界之社會力量相衝突時的辛酸歷程；人的偏見、觀點、信念早已經決定在童年的經驗，佛洛伊德著，《性學三論・愛情心理學》，7-8。

入她的胸懷，哭……有時候我真會懷疑夢裡那一隻女性的手，是母親的手……我都會著迷入魔似地記憶著母親的溫柔……（88-89）

迷戀妳（母親）憂傷的眼神。(92)

我俯身，親吻病床上的母親的臉……（94）

眼神溫柔得似是道別的情人……渴望我的母親愛我比愛任何人更甚。（109）

我享受被妳(母親)的手撫弄我的臉頰與頭髮，更甚於暗中的自慰。(110)

由於**我**內心有很強烈的戀母情結，導致**我**會迷戀上年紀比自己大，身上長著贅肉，腹部有摺痕，而且已有三個孩子的彈鋼琴的女人，此一反常性的舉動是可以理解的。因爲**我**在彈鋼琴的女人身上找到母親的影子，即使在性愛的過程中也會想起母親，不否認自己有戀母情結的傾向：

彈鋼琴的女人常常強調我有戀母情結，我總是不語。(89)

她笑。「都說了，你果然是個戀母狂。」(90)

是你媽媽，你快被她逼瘋了。(93)

我和年輕的教主日學的女孩發生性關係，只是因爲**我**的母親說過這「是一個難得的好女孩」(95)。教主日學的女孩「沉著的表情竟相似我的母親」(111)。**我**不知不覺把教主日學的女孩投影成母親的形象。她只是**我**內心裡母親的另個分身。

我的內心其實也隱藏一股弒父情結或稱閹割情結(castration complex)。**我**和母親相依爲命的成長過程中，本來一直努力要記住父親的形象，只因怕「觸發母親苦苦壓抑的往事，瀑布般傾瀉的哀傷」(92)，便盡量忘記父親的存在。其實這是一種心理上刻意營造的壓抑效果，**我**擔心父親會搶走母親，想獨享母親的愛。所以父親在〈天國之門〉裡是一個模糊不清的影子，沒有具體形象可言。

佛洛伊德認爲人會產生戀母情結絕對不是偶然性的，而是源自於內心的本能。它是一種固定的力量，是長久的而不是暫時的衝擊。這種力量是一種需要，解決的辦法就是滿足。因此性可說是本能的刺激，源於體內的本能的力量。性本能也就是指與性慾望相聯繫的本能，一種分階段發展的內在力量，一種包含著對立面的鬥爭的自我矛盾力量（高宣揚，1993：271）。人的性本能既要達到滿足，又要尋求對象，是驅使人的活動乃至創造的一種潛在因素(陳小文，1994：170)。

在〈天國之門〉中，**我**的性本能／性慾望是其童年經驗的沉澱物，一直壓抑在內心深處，直到遇見彈鋼琴的女人和教主日學的女孩，**我**帶有戀母情結的性慾望才得以滿足。這也符合了佛洛伊德在研究人的性慾望發展過程中，所得出的重要結論：「原慾」，或稱「里比多」（libido）[3]。他發現人類的性慾望源於幼兒時期，經歷不同的發展階段後，才演變爲成熟時期的常態性慾[4]，而戀母情結就是發生於性蕾期，或稱之爲「伊底帕斯情結期」。

黎紫書在〈天國之門〉這篇小說中，相當重視各個人物角色的原慾，或說性慾望的表現方式，以及性變態行爲。母親和**我**的親密關係，已經發展成不尋常的階段，除了上述提及母親的心靈救贖狀態，另一個重要原因是**我**長得很像他的爸爸（98）。母親不自覺地把**我**想像成是他爸爸的替身，錯置了性對象。這顯然是一種性變態的表現。**我**的原慾也使自己在靈與肉之間掙扎徘徊。母親、彈鋼琴的女人和教主日學的女孩皆是**我**的性對象，目的是尋求性快感的實現，發洩性能量[5]。**我**可以和不同的女人發生性關係，得到性慾望的滿足，無疑同屬性變態行爲。彈鋼琴的女人也是如此，「有多年來在其他男人身上收集的經驗」（93），和年輕的**我**的性關係是一種「戀童癖」。教主日學的女孩錯將一個代表聖潔的傳道者視爲性對象，其實也可看作是性變態行爲。〈天國之門〉中四個人的性對象和性目的，一如佛洛伊德所說屬於失常的表現，是性衝動在發展過程中的故障引起的（高宣揚，1993：277-80）。

四、潛泳在黑暗的原身

佛洛伊德通過精神分析學，認爲人們生活在充滿性象徵的世界。許多現象與

---

[3] 「原慾」一詞是佛洛伊德從拉丁文中借用的一個詞語，包括強烈的願望、貪圖、性慾、色情的作品等意義。雖然佛氏在不同時期對原慾有不同的解釋，基本上仍以性爲主旨，佛洛伊德著，葉頌壽譯，《精神分析引論．精神分析新論》，303-321；陳小文，《弗洛伊德》，172。

[4] 佛洛伊德把原慾分爲五個不同時期：一、口慾期；二、肛慾期；三、性蕾期；四、潛伏期；五、性器期。佛洛伊德著，葉頌壽譯，《精神分析引論．精神分析新論》，310。

[5] 佛洛伊德把性本能分爲性的對象、性的目的、性的表現等幾個方面，佛洛伊德著，葉頌壽譯，《精神分析引論．精神分析新論》，289-290；陳小文，《弗洛伊德》，171。

事物表面上好像沒有性動機和性意識，卻往往隱藏著潛意識（unconsciousness）的原慾。他相信人類的現實生活是充滿潛意識行爲和語言的，其中大部分潛意識的象徵都和人的原慾有關。因爲自古以來，人類始祖已大量運用各種隱意和顯意的象徵語言，表現人的原慾行爲和潛意識願望（佛洛伊德，1993：150-67）。佛洛伊德如此強調潛意識對人的性慾的重要性，是要說明潛意識對人的心理發展有非常巨大的影響。潛意識是人類精神活動中最神秘的，占有的空間比前意識和意識廣大，以不爲人類所知的方式控制人的行爲思考，充滿了被壓抑的，不容於社會的本能和慾望，包括善與惡。人類心理活動的原始動力即來自潛意識，特別是性本能衝動（杜聲鋒，1988：90-91）。潛意識和壓抑，即是人類心理一種基本的防衛機制，彼此間有互相聯繫的關係。戀母情結也同樣是被壓抑的，是通過意識傾向的反動效果轉移到潛意識層（榮格，1989：74-75）。換句話說，壓抑操作也是潛意識的，潛意識是由被壓抑的心理內容所構成的（杜聲鋒，1988：92，93）。從以上有關潛意識和壓抑的論點來解讀〈天國之門〉，就可看出作者黎紫書在這篇小說中充分運用了潛意識的象徵語言，刻劃出現代人在文明社會中被壓抑的心理狀態和性慾望表現，尤其當心靈面對宗教與性慾望的交戰。

我這個角色在〈天國之門〉裡有非常強烈的潛意識，而壓抑在潛意識底層的就是源自於戀母情結的性慾望。由於**我**是一個揹負天職的傳道者，已經被定型爲「代表聖潔的天父」之符號。因此**我**應該對性慾望有所約束，甚至是奉行禁慾主義。可是，由於性慾望是人的本能的一種衝動，屬於內心的原慾。一旦無法得到適當的調整或克制，就會浮上意識層面，做出違反常態的行爲。**我**在意識層面上，徹悟自己是上帝的代表，肩承洗滌人的罪性之職責，屬於理性的表現。但是在潛意識中，**我**察覺自己也是魔鬼派遣的使者，深受慾望的蠱惑，誘使自己和他人共同放縱情慾，背叛了上帝救贖世人的旨意。於是，**我**會懷疑自己是否「還有靈魂」（88），是否身體「豢養惡魔，還是亞當吞下了壞蟲的果子」（102）？

在〈天國之門〉裡，死亡也可視爲離去的象徵。母親因病死亡（離去），教主日學的女孩因自殺死亡（離去），彈鋼琴的女人重回丈夫孩子的身邊（離去），**我**生命中最重要的人相繼死亡／離去後，潛意識裡便懷疑死亡／離去是否上帝的刑具（意指懲罰），抑或是魔鬼的蘋果（意指獎賞）（95）。這裡隱含兩個訊息：一是質疑上帝對世人的救贖；二是相信魔鬼對世人的愛護。職是之故，魔鬼對**我**的誘惑「彷彿有一條蟲蟲在噬咬錯亂的神經」（102），致使**我**在性慾望面前「徹底崩潰」(90)，「所追求的只是更多隨心所欲的幻想」(94)，甚至在**我**的夢裡都出現「魔鬼的獰笑」(100)。結果**我**會信任彈鋼琴的女人（代表性慾／罪惡），更甚於信任自己（代表上帝）(102)。因為上帝在**我**的靈魂深處留下傷痕（代表痛苦），彈鋼琴的女人（代表性慾／罪惡）卻可以用舌頭治療傷痕，令**我**在魔鬼面前完全崩潰(102-103)。基於禮教之故，**我**隱藏在潛意識層的性慾望無法衝破意識層獲得正常的紓解，導致**我**只能在黑暗裡「體悟到所謂的『釋放』」(96)。作者在此段情節要說明的是，罪惡代表各種慾望，緊附在人的身上，是一個活生生的旺盛原則（active principle），攪動人類去犯罪（212）。而人類的罪惡是潛意識的，埋藏在心靈看不見的某個地方，等待時機破牢而出。更重要的是，當罪惡的感覺在期許中出現（96），人有了罪惡才會使「生命圓滿」(96)。

從上述論述中，顯見**我**——林傳道這個第一人稱敘述者的角色，呈現了分裂的性格，也就是在本我（Id）、自我（Ego）、超我（Superego）之間相互制衡而產生的三重性格。本我在人的心理人格中才是真正的「內在真實的我」，完全擺脫了自我的偽裝、保護和面具效應。它充滿了能量活力，從本能中獲得能量，帶來屬於快樂原則的本能需求之滿足（佛洛伊德，1993：503)。本我的表現是缺乏邏輯的，屬於深層心理中願望的表達，潛意識的一種外化、精神上的一種裸露，不受理性邏輯的約束，只受快樂原則和慾望的驅使（高中甫，1989：194)。所以本我是壓抑的根源，壓抑的力量來自本我，壓抑的本我就是處於潛意識的自我（陳小文，1994：145-146)。

小說中的**我**在〈天國之門〉這篇小說裡呈現分裂的性格，源自於潛意識的本我與超我的互相衝突。**我**的超我是要盡職於天父賦予的使命，屬於善的表現，其道德原則是薄弱的；**我**的本我卻有旺盛的原慾，是罪的一面，驅使**我**去追求更多的滿足。這種分裂的性格，構成了**我**是介於神魔之間的結合物。當本我浮現時，**我**會覺得翻動《聖經》的手（善）不屬於自己（罪）；「我不屬於誰，也不屬於我自己」(93)。隱藏在本我的慾望使**我**背叛上帝，屈服於本能的追求；當超我成功抑制本我，**我**會領悟自己不是神魔的棋子，要讓生活「還原為一草一木」的最自然狀態（110)，在這一瞬間，超我顯然對**我**的慾望起著昇華作用（sublimation）的防禦機制（朱立元，1996：374)，但卻違背了本能的意願。所以**我**的性格是極富矛盾性的，內在的矛盾使**我**產生羞恥，不能自由自在地面對自由。**我**自覺屬於上帝的，原罪卻使**我**不能接受這樣的身分，剝奪了自信心和自我接受的能力（米爾恩，1992：165）。

彈鋼琴的女人也和**我**有著相同的分裂性格。她的意識是演奏聖詩的神聖人員，「端莊的儀容浮著淺薄的慈悲與快樂」（98），在潛意識裡卻是尋求性慾的滿足，毫不羞恥於在**我**的面前「堅持赤裸」（96），「把溫暖的身體壓在**我**的胸膛」（93），有一副令**我**依戀的「淫蕩」模樣（102）。彈鋼琴的女人既要得到性慾望的滿足，可以在性愛的過程中忘記自己，不提「丈夫與兒女」（98），表現了本我的慾望，另一方面又可以在滿足性慾望後，回到丈夫和孩子身邊，履行理所當然的妻子／母親的角色（97），尾隨丈夫遠去另一座城市（104）。教主日學的女孩也是如此。一個經常朗讀〈路加福音〉，極虔誠地面對天堂之約的女孩無法約束本我的慾望，也是潛意識裡對性慾望不可抗拒的誘惑之故。〈天國之門〉中三個主要人物對於性慾望的追求，導致了無法／不能除去的原罪。這裡顯見作者的創作意圖，是要表達其對人性的醜惡與墮落的批判意識（許文榮，1998：第四及第五版）。換句話說，潛意識的惡，即是原罪的象徵，形成**我**、彈鋼琴的女人、教主日學的女孩，這三者的人格自我分裂，自己與自己作對，處於一種內在的爭戰與分裂狀態，常受著無數自相矛盾的衝動所驅使（米爾恩，1992：165）。

五、看不見模糊的自己

〈天國之門〉一文中多次出現夢的場景，其實是很重要的隱喻和象徵。佛洛伊德認爲夢是一種願望的表達，即指表達潛意識的性慾望。他對夢的解析，就是要揭露隱藏在經過化裝了的夢背後的真正意義——本能慾望，挖掘人的潛意識深處的奧秘。佛氏認爲，夢充滿著象徵意義，尤其是性象徵（朱立元，1996：374）。因此夢是壓抑的結果，任何不能在現實生活中實現的慾望或願望，最後通過夢而得到滿足。在〈天國之門〉中，**我**時常做著「冶豔的夢」，看見一扇打開的門，一個女人伸出「皎潔而精緻」的手掌，托著一粒「血紅的蘋果」（87）。由於**我**的本能對性慾望有極度的渴求，但是這些慾望都是被壓抑在內心裡。因此**我**的潛意識通過夢中出現的事物幾乎和性有關。無疑的，夢中出現的女人是性的隱喻，而打開著的門也同時象徵女性的性器，都是**我**的性對象。另一方面，**我**也會「懷疑夢裡那一隻女性的手，是母親的手」（89），甚至「母親的影像常常在每一扇門後出現」（88）。因此**我**的原慾對象，一個女性的化身，就是不斷追尋的母親原型。

蘋果是《聖經》裡亞當與夏娃所吃下的禁果，被視爲人類原罪的源頭。從宗教的角度來看，蘋果常被定義爲性慾望和罪惡的象徵。在〈天國之門〉中，作者黎紫書用蘋果這一意象貫穿整篇小說的情節發展，標明了小說中的各個人物的原慾與罪惡，皆與性慾望有相連關係。血紅的蘋果作爲小說的開頭與結尾，起著前呼後應的藝術效果，象徵〈天國之門〉中各個人物的生命從罪惡開始，直到死亡，罪惡依然沒有結束。這也諷刺了活在文明社會的現代人，在物慾橫流的引誘下，完全暴露了埋藏在潛意識裡的原罪，即是性慾望。更重要的是，一個嬰孩的誕生屬於新生命的開始，應該純潔如一張白紙。不過，**我**領養的女嬰失去母親的安撫，卻因爲一粒紅蘋果的逗弄而停止不哭，暗示了嬰兒先天上已認同蘋果的誘惑，即使新生的嬰兒也有與生俱來的原罪。作者顯然將《聖經》裡夏娃的故事重演一遍，表示每個人都有潛意識的性慾望，無法擺脫本我的罪惡因子。一旦受到罪惡的引誘很容易會墮落，開始了最原初的背叛，讓罪惡不斷繁衍下去。

結　論：

佛洛伊德的精神分析學爲文學研究帶來新的觀念，使文學研究的工作更注重潛意識心理和文學作品的關係。用精神分析學的各種論點，包括潛意識論、本能論、泛性論、夢論等來解讀黎紫書的小說〈天國之門〉，顯見人的心理活動之複雜性，進而挖掘出人因爲原慾的操縱影響，結果違反道德常理，甚至背叛宗教這一事實。精神分析學原以性和慾望爲主題，而宗教裡的原罪與慾望有緊密關係。因此用精神分析學討論這篇小說裡的宗教原罪與人的慾望是有其意義的。作者選擇宗教與性慾望作爲〈天國之門〉的中心思想，並以細膩但鋒利的筆觸描繪人類對慾望的無限貪婪，顯示了**我**、教主日學的女孩和彈鋼琴的女人，三人即使揹負天職，空有潔淨完美的形體，但卻無法掩藏深層內擁有一具污穢的靈魂。黎紫書在小說裡顯然有意圖顛覆前面所提到的假定，即原罪才是因，慾望是其後果，否定「慾望爲因，原罪爲果」之說，達至反諷的美學效果。除了〈天國之門〉，黎紫書的其餘小說對原罪與慾望的描寫雖不多著墨，事實上已經隱藏在性與慾望的書寫裡[6]。反而在其散文〈畫皮〉[7]則見延續討論原罪與慾望的課題。這是基於人

---

[6] 黎紫書多篇小說也述及性、慾望與人性的關係，如〈蛆魘〉、〈推開閣樓之窗〉、〈某個

與性慾望有深層關係是存在的事實，也是作者試圖挖掘人性最隱藏、黑暗和不爲人知的一面。

〈天國之門〉的三個主要人物對性慾的追求和表現方式，說明了慾望是人的本能，深埋在潛意識層底下，一直蠢蠢欲動，藉著本我找到釋放的隙縫，便衝破意識層的束縛，做出違反人情常理的行爲。由於慾望是與生俱來的，人無法逃避性慾的追求，故而性慾使人類產生罪惡感。罪惡原屬於隱藏的本我，埋伏在潛意識底層下。如果追溯至源頭，可以發現那就是使人類永遠揹負的原罪，因爲它是罪的集體性責任，有數不盡的表達方式，包括悖逆上帝的行爲、姦淫、污穢、邪蕩等（喬治．W．傅瑞勒，1997：166-68）。

意識流是〈天國之門〉的主要創作手法，隨著第一人稱敘述者**我**的心理活動，呈現小說中過去和現在的時空轉換畫面，以及各個人物因爲性慾望而建立的關係，說明了人的潛意識層裡的衝動，會以各種幻想和幻覺的形式表現出來，目的是要使潛意識裡被壓抑的各種願望與衝動能夠得到滿足。黎紫書藉著意識流，深入地描寫了**我**、彈鋼琴的女人、教主日學的女孩，甚至是母親的真實內心世界和心理狀況，表現了故事的中心人物的意識，及與其有密切關聯的觀察、回憶和遐想的全部場景、事件和思想，將各個人物的感覺及意識的、潛意識的思想、回憶、判斷、願望、情感以及聯想，混合在一起，描摹人的心理的真實（林驤華，1987：118）。〈天國之門〉通過意識流，再現了**我**、彈鋼琴的女人、教主日學的女孩，這三個人的性格意識的狀態和發展，無非表現了佛洛依德所說人的心理人格中的「本我」。因爲本我才是人類內在真實的現實。小說中**我**的內心獨白就是人格中的本我的獨白，是心理潛能的一種釋放（柳鳴九，1989：195），屬於**我**的潛意識裡本我的告白。這種告白，卻充滿性的慾望。

〈天國之門〉中所揭示的人性罪惡和原慾，與慾望這主題意旨是互相對應的。黎紫書以小說中各個人物對性慾的貪婪追求，昭示了人類靈魂深處一直隱藏的本能慾望，以及借助宗教的力量才可得到的救贖。但是，〈天國之門〉中的主要人物，包括**我**、彈鋼琴的女人、教主日學的女孩都無法在宗教的救贖下，脫離

平常的四月天〉、〈樂園鑰匙孔〉和〈流年〉等。

7 〈畫皮〉爲第四屆星洲日報「花蹤」文學獎散文首獎作品，收入蕭依釗編，《花蹤文匯4：第四屆星洲日報「花蹤」文學獎專輯》，八打靈：星洲日報，1999，頁177-180。

性慾望這代表罪惡的符號，犯下十誡「不可奸淫」的淫罪。宗教作爲救贖或教化，竟然演變成虛僞濫俗的鬧劇（張貴興，1999/04/05）。因此黎紫書要向讀者表達的，到底是一扇天國之門，還是罪惡之門？而讀者不可忽視的，應是黎紫書本著基督徒的身分，在〈天國之門〉一文裡表達了對宗教的救贖作用的懷疑態度。作者不否認許多在宗教上無法叛逆的問題，可以藉由文學提出相關的疑問（徐淑卿，1999/04/15）。雖然這是一個非常具有爭議性的問題，黎紫書自己也在文中解答了這個問題。但無可否認作者通過對宗教和慾望進行多層次、多方面的反思，其最根本的目的，是對人在追求慾望的過程裡，完全表露了醜惡與墮落的真實面目，提出強烈的批判意識，相應地對文明進步的現代社會進行極大的諷刺。人自稱萬物之靈，有絕對的高等智慧，但在慾望的誘引下，迷失自己，扭曲人性，表現得與一般獸物毫無差別。這是閱讀〈天國之門〉所不能忽略的主要涵義。

【參考書目】

Thomas Watson 著，羅偉倫、錢曜誠譯，《系統神學》，台北：加爾文，1998。

朱立元編，《現代西方美學史》，上海：上海文藝，1996。

朱崇科〈暴力書寫：在得逞與狂放之間——以莫言《紅高粱家族》和黎紫書《天國之門》爲中心〉，「中國文學與馬華文學：中心與邊緣的對話」國際學術研討會宣讀論文，吉隆坡新紀元學院中文系主辦，2003/10/04-05。

米爾恩著，蔡張敬玲譯，《認識基督教教義》，台北：校園書房，1992。

佛洛伊德著，林克明譯，《性學三論．愛情心理學》，台北：志文，1991，再版。

佛洛伊德著，葉頌壽譯，《精神分析引論．精神分析新論》（二冊合訂本），台北：志文，1993b，再版。

佛洛伊德著，廖運範譯，《佛洛伊德傳》，台北：志文出版社，1993a，再版。

佛洛伊德著，賴其萬、符傳孝譯，《夢的解析》，台北：志文，1990，再版。

杜聲鋒，《拉康結構主義精神分析學》，台北：遠流，1988。

林幸謙，《生命情結的反思——白先勇小說主題思想之研究》，台北：麥田，1994。

林驤華編著，《西方現代派文學評述》，上海：上海人民，1987。

徐淑卿，〈黎紫書，用自己的心肝脾肺連接小說的血脈〉，《中國時報．開卷周報》，

1999/04/15。

殷保羅原著，姚錦燊翻譯，《慕迪神學手冊》，荃灣：福音證主協會，1992，再版。

高中甫，〈弗洛伊德的「自由聯想」和施尼茨勒的「內心獨白」〉，收入柳鳴九編，《意識流》，北京：中國社科，1989。

高宣揚，《佛洛伊德主義》，台北：遠流，1993。

張貴興，〈燒芭、腐食者和一頭叫黎紫書的貓〉，《聯合報・讀書人》，1999/04/05。

許文榮，〈潔淨的形體、污穢的靈魂——評〈天國之門〉的批判意識〉，《星洲日報・文藝春秋》，1998/04/12。

許維賢，〈「女人神話」在小說裡的演繹——論黎紫書小說集《天國之門》，《南洋商報・南洋文藝》，2001/11/17, 20, 24, 27。

陳小文，《弗洛伊德》，台北：東大，1994。

喬治・W・傅瑞勒著，吳文秋譯，《聖經系統神學研究》，台北：橄欖基金會，1997。

馮契編，《哲學大辭典》，上海：上海辭書，1992。

榮格著，鴻鈞譯，《榮格分析心理學——集體無意識》，台北：結構群，1990。

黎紫書，《天國之門》，台北：麥田，1999。

蕭依釗編，《花蹤文匯4：第四屆星洲日報「花蹤」文學獎專輯》，八打靈：星洲日報，1999。

原發表2000；修訂2003

卷四：現象與史料

唐　顏真卿　爭坐位稿

馬華文學的背後

——華文教育與馬華文化

＊安煥然

從王潤華、陳慧樺、林綠、潘雨桐、李永平、商晚筠、溫瑞安、方娥真，到張錦忠、賴瑞和、張貴興，乃至林建國、林幸謙、辛金順、黃錦樹、陳大為、鍾怡雯、黎紫書等等（還有那一位「流行作家」歐陽林），他們一次又一次地毫不客氣地攻入「台灣」文學中心領域。不論他們是在馬來西亞已稍有名氣，或是領取在台灣的文學身分證後才揚名回馬來西亞，我們仍不禁要驚訝，是什麼樣的力量、究竟是什麼樣的土壤培養出了這一批又一批的（馬華）文學才子。彼等文學的才情及華文文學的造詣，甚至毫不遜色於世界華文文學的中心地帶（中國大陸和台灣）的作家。

以上諸位，多是留台的馬來西亞人，但也有像黎紫書只是具有馬來西亞「本地」「中學畢業」水平的才女。我們認為，除了他們本身的文學天分或（有的）在台灣文學環境的浸淫之外，他們成長的地方，至少至中學畢業的時期，馬來西亞這塊特殊土地給予他們的哺育，亦是一個關鍵。

但是馬來西亞這塊能夠給予華文文學滋潤的土地，並不見得肥沃，甚至還是先天不足，後天失調。在馬來西亞國家文化／文學語境裡，無論是華文或馬華文學都是邊緣的；在世界華文文學的領域裡，馬華文學還是邊緣的。

然而，這塊邊緣的地帶，仍能開出幾朵奇葩。

要了解其中的原因，我們認為還應當從哺育馬華文學的「背後」：馬來西亞這塊特殊的「本土」去尋找。尤其必須了解馬華的這塊文化土壤的歷史背景和文化變遷，以及馬來西亞華文教育的發展。

1、南離敷教與華教運動

在亞洲大陸的南方地極，馬來半島南端的柔佛州新山市[1]，有這麼一座迄今百餘年的古廟，名曰「柔佛古廟」。其入門處有一面寫著「眾星拱北」的匾額。有人說，那是一種北望鄉愁的象徵。

廟裡內奉的神祇縱是中國之神（如玄天上帝等），但廟的名稱卻以本土的馬來地名「柔佛」（Johor）來命名，本土與傳統（中國）並存。而若再進入廟殿裡，另一面匾額則寫有「道德如南」，更是展現了當地華人欲把傳統優良的中華文化植根於本土的崇高心願。

早期華人的移民，除了經濟目的，他們在這塊土地建古廟、建宗鄉會館，更有意義的還是興學辦校、傳揚文化、推展民族教育。現代華文學校的興建，是「南離敷教」[2]的具體展現。

十九世紀末、二十世紀初是華人移民潮興勃的時期，也是「海外」華人文化民族主義肇始的時期。可以這麼說，當時中國政治流亡者（康、梁）及革命者（孫中山）的感召，喚起了華人的政治意識。縱然這種政治意識覺醒具有一種使海外華人「再中國化」的意涵，但馬華文化的發展亦有其本土化的歷程。

以馬華新文學爲例，其肇始雖是受中國五四運動的影響，但從一九二七年寧漢分裂，國民黨清黨，左翼文人南移，壯大了馬華文壇的隊伍並提倡新興文學之同時，張金燕等人主張「南洋色彩文藝」，一九二九年曾聖提主張「以血與汗鑄造南洋文藝的鐵塔」，一九三四年丘士珍提出「馬來亞文藝」的概念，一九三六年引發的馬來亞本位思想論戰，以及戰後初期「馬華文藝獨特性」的論戰，在在顯示了馬華文學在朝向本土認同的關懷及投注的向度。

此外，華人移民社會，是一個以商人爲主導的社會。華人從一個身無分文作爲起點的移民，通過白手起家，努力勤奮地工作賺錢，並克勤克儉地把錢積蓄起來，然後再投資在具有發展潛能的企業，並使業務多元化，進一步積累財富，就成了早期華人普遍的經濟策略遵行的基本模式。

---

[1] 新山市（Johor Bahru）是馬來西亞第二大都市，僅次於吉隆坡。

[2] 「南離敷教」一詞，引自民國六年，中華民國教育部贈給新山寬柔學校的一面匾額所題之字。

除此之外，不可忽視的是，移民社會的華人也並不能光靠「單打獨鬥」的打拚。華人的成功與否，還在於關鍵時刻如何善於對文化策略進行操縱的能力所決定（Sharon A.Carstens，1997：229）。尤其在文化策略方面，不論是在戰前還是戰後，華人社會必須面對馬來土著的既有權益及西方殖民勢力兩方面的夾攻。如何凝聚整體華人社會認同的力量、動員華社，以回應外在的挑戰，就常常成了華社最爲關注的要務。

所以基於馬來西亞的特殊環境，馬華文化的發展往往帶有「文化政治化」的性質（何國忠，2002）。尤其是在華文教育方面，其發展的歷程，實際上又常是掀起一次又一次極具政治性及群眾性的社會運動。

在馬來西亞，華文教育不僅是一個教育課題，同時也常被視爲爭取民族權益、訴求於公平正義的社會群眾運動。這是馬來西亞華教發展的一個相當獨特的現象。

此種淵源，早在英國殖民統治馬來亞時期就已經形成。華人社會興學辦校，丹心育棟樑，薪傳文化香火。這是早期華社先賢欲擺脫蒙昧，期待「道德如南」、「南離敷教」的單純願望。但自二十世紀二〇年代，由於華社裡的政治運動和「海外」華人民族主義在華文學校的滲透滋長，促使英殖民政府對馬來亞的華文教育進行蠻橫的壓制和干涉。尤其是學校註冊法令的衝擊，遂使華社與英殖民者之間經常展開文化的攻防戰。

誠如鄭良樹所認爲，「對華社而言，這場文化戰的意義卻非常重要。首先，它提供了一個良好的機會，讓華社學習如何產生一個『由小團結到大團結』的全民運動。」「在這段風雨如晦的日子，我們看到報社等文化團體向華教認同，也看到工商農經界向華教認同，更看到廣大民眾百姓向華教認同。」其所形成的社會群眾運動，數十萬人簽署請願書訴求，這種「完全符合民主程序的族群整編，及絕對有次序有組織的意志統合的全民運動，對本區華社而言非常重要。通過這次學習和實習，華社開始知道如何以民主的方式推動全民運動，表達統一的意志。」同時也讓「華社將華族文化的重心從『只圖三餐溫飽』的原初需求，提升到教育的層面上來。更爲華教本身的普遍化創造了一個『意外』機會。『華教是民族的良心，是華社的靈魂』的集體共識和認知，至此就不斷地在考驗著華社領導層的智慧，也再三磨練著華社普羅大眾的眼光。」（鄭良樹，1999：5）

由此可知，馬華文化的發展，尤其是華教，從英殖民地時代就已經具有其傳統。它是在秉持承傳中華文化，又在本土現實社會政經權力糾葛的交雜下，爲抗衡主流霸權勢力之宰控和抑壓，爲了爭取民族生存和公平權益，一種發自於憂患的自覺意識，從民間華社自下而上所掀起的一場接著一場的社會群眾運動和民族救亡運動。

戰後，乃至一九五七年馬來亞獨立，華社這種悲壯式的社會運動，並不因「當家」而獲得舒緩。狹隘的馬來民族主義意識高漲，教育政策傾向以馬來文（馬來民族）至上的單元教育政策的貫徹實施，反而使這種壓力從「由外來殖民地勢力轉變成爲內部民族對民族的擠壓，文化對文化的吞噬，而遭遇到前所未有的危機和災難。這種情形反映在現實上就是：教育報告書及法令發布得更加頻仍，其內容也愈來愈苛刻、嚴厲。」（鄭良樹，1998：256）

但亦如周聿峨所說，當權者的歧視、打擊，乃至要消滅華文教育，「華人起而捍衛，這就使戰後的華文教育從開始到現在，一直伴隨著華族的抗爭。戰後馬來西亞華文教育的歷史，也就是華人爲爭取母語教育權利不懈抗爭的歷史。」（周聿峨，1995：135）

一連串不利於華教的教育法令的頒布，華文中學改制問題，考試及教學媒介語問題的重重打擊及挑戰，反而激起了華社整體共同的憂患意識。在董教總（馬來西亞華校教師會總會和華校董事會聯合會總會）等民間組織的領導之下，遂而有「自力救濟」的華教運動的展開。

當年以銀彈攻勢，出擊華校，華校面臨改制（改用馬來語或英語爲教學媒介語，否則不獲政府津貼）的紛擾，華教人士絞盡腦汁去請願、去動員。此外，他們還必須參與各種社會運動，包括南洋大學的創辦及籌款、華校火炬運動的籌劃及其他和華人權益有關的政治課題。

因此，在國家獨立的前夕，華教工作者不但是忙碌的，而且是焦慮的（鄭良樹，1998：260-261）。相對於執政黨中的華基政黨領袖推銷華文中學改制的益處，華教鬥士林連玉的公民權被褫奪，教育家嚴元章被禁止永遠不准進入馬來亞，教育與政治的交雜，何其詭異。

二、憂患意識與華教

說到華人文化及華文教育的發展，我們不得不回到馬來西亞特殊的政經環境中去探查。

殖民地的經濟格局，政經資源的分配不均，迫使馬來土著長期處在經濟的邊緣，這是馬來西亞獨立以來種族政治糾葛的關鍵。一九六九年「五一三」種族衝突事件的爆發，暴露了馬來西亞獨立以來政經社會結構上的內在問題。華人雖不完全是馬來西亞經濟的主體（主宰者是西方資本），然而，不幸的是，由於華人在英資與馬來人之間所扮演的「中間人」角色，最易讓馬來土著錯誤地認爲華人具有經濟剝削的特性，華人的「賤民情境」使其在爭奪國家市場資源分配上成爲種族鬥爭的代罪羔羊。

自一九七〇年新經濟政策的推行，以及八〇年代以來，首相馬哈迪的長期掌政，馬來西亞的政經社會出現了結構性的巨大改變。

由此，透過巫統的權力鬥爭，新興馬來精英集團崛起。隨新經濟政策的推行，馬來官僚精英集團通過對國家機關這部機器的把控和強化，以強有力的自上而下的「信託制」型態干預和獨佔國內市場，同時積極參與了經濟活動，提升「國民」經濟自主性之地位，致力於扶植馬來人，增強馬來資產階級之力量。

簡言之，新經濟政策的推行，可謂是一場馬來官僚精英集團把控國家機關，並以國家機關的力量作爲主導，以馬來民族爲至上考量，夾雜政經資源及利益重新分配，提高馬來人的社會地位及民族自信心的重大改革工程。它不僅是經濟的，同時也是政治、社會甚至是文化上的改革工程。

從正面意義上看，它是一場馬來西亞國家現代化過程中社會結構重組、建構（以馬來民族至上）國家文化及（以馬來人爲中心）國民自尊心的宏偉建構工程。目的在建立及強化一個具有主權的現代「民族國家」。馬來人地位的提升，族群間貧富差距的逐漸縮小，它確實減緩了種族間（主要來自馬來土著的不滿和鼓譟）的緊張關係，避免了五一三種族衝突事件的再度發生。

但新經濟政策以來，以馬來民族至上的單元政策所帶有的偏差性，頓使華人社會陷入遭受挫敗的心理情境裡頭。

在如此的政策之下，華人經濟主體的中小企業的利益和發展，受到相當大的限制。加之於八〇年代初中期，受經濟不景氣的衝擊，華社的心情更爲沉重。華人在政治權益和經濟利益上逐漸被邊緣化之同時，在文化領域更是矛盾重重。種族固打制、教育國家化（實爲馬來化）的壓力，致使馬華社會在心態上陷入了屈原式悲愴而執著的憂患情境。

與其他東南亞國家不同的是，華人在馬來西亞的政經地位雖日漸趨向邊緣化，但從佔全國總人口30%左右的人數比重來看，相對馬來土著而言華人是少數，但卻又不能言是絕對的少數，而形成一種「少數中之多數」的特殊族群。因此華人這個族群成爲了馬來西亞政治權益鬥爭拉鋸戰中，爲政權主宰者時而欲壓抑，時而卻又不得不去拉攏的一股微妙力量。

而且，有意思的是，外在壓力愈大，華人內在的凝聚力量反而變得愈強，促使七〇年代中期以來，在華人社會裡頭亦展開了一場獨具個性，轟轟烈烈的馬來西亞「華人的傳統文化醒覺運動」。這是一場文化創造運動，而且是在外在壓力之下，處於憂患意識之中的建構。

這個源自受主流政經勢力壓迫的邊緣憂患之自覺，華社把維護及承傳「華人文化」作爲動員族群凝聚的一種意識型態的抗爭工具。華人傳統文化（尤其是華文教育）成了華人維護權益的最後一道不可退讓的「防線」及戰鬥的「堡壘」。

當馬來新興官僚精英集團提出以馬來人文化爲中心，企圖建構馬來西亞的「國家文化」時，相對地，華人亦創造「傳統中華文化」的一套意識型態，企圖去抗拒馬來新貴們所主控下的國家機關對國家文化政策所推行的「馬來化」之順暢運作（林開忠，1999）。

在這場華人傳統文化的醒覺運動之中，最令人關注的是華文教育問題。在維護民族母語的共識下，馬來西亞華人社會對華文教育堅持的韌性，是令人吃驚的。

從華文獨立大學的申辦（雖然最終失敗）、獨中復興運動的展開到對華小問題的關注，不論是挫敗還是哀傷，在這一連串爲華教而奮鬥的社會運動過程中，華人社會反而變得更爲緊密的凝聚。華社普遍上更認同母語教育，更認同華人傳統文化的承傳意義。

一九八〇年代初，在所謂「三結合」與促成華人社會大團結的理想概念下，希望借「裡應外合，內部爭取」，「打入國陣，糾正國陣」，來糾正政治權力核心的政策性偏差，維護華人的平等權益，因此有所謂的華教人士知識分子參政之倡議。從今天的角度看，不論他們是在「默默做事」，還是華教「賠了夫人又折兵」，反「被國陣所糾正」，當初這一切行爲都頗具敏感的政治動機。

八〇年代中期全國華團聯合宣言及民權委員會的成立，幾乎動員了全體華社華團共同肩負起華教發展的使命及承傳華人文化的事業。

一九八七年華文小學高職事件（委派不諳華文的人士擔任華小高職），引起華社強烈反對，認爲這是華文小學變質的前奏。華小示威抗議和罷課，華基政黨也一致反對這種不恰當的做法。但這場教育課題卻引發成種族性的敏感對峙，遂有茅草行動大逮捕，董總主席林晃升、教總沈慕羽、莊迪君，華資中心主任柯嘉遜等均被捕入獄。

數年之後，爲制衡主流政權，促使「兩線制」更能有效的發揮，一九九〇年林晃升、柯嘉遜、李萬千、吳維湘、楊培根、饒仁毅等二十七名華教人士加入反對黨（民主行動黨）。沈慕羽更視此爲「象徵一種民權的起義，一種民主的革命」（張應龍，1998：93-99）。雖然，他們後來有的失望的離去，這一切爲的又是什麼呢？

所以，華教作爲一場社會運動，它不僅僅是「教育」的，同時也是抗衡單元政策，強調多元開放的政治性鬥爭。母語教育的強調，攸關民族文化救亡、維護民族尊嚴，及要求獲得公平合理的國民權益的長期鬥爭。也因而華教運動的社會群眾性與堅持傳承民族文化，一直以來成了華教的兩大特徵（詹緣端，2000/01/23：D3）。而這一切的原始動力，均來自於那股憂患意識。

此外，華教的發展不能光只是爭取華人民族權益的政治鬥爭工具，華教本身內部實質的教育工作，必須充實。

在中學改制期間，那些不願改制（亦即不再獲得政府津貼）的華文獨立中學面臨了極大的困境。尤其是在中、北馬一帶以華文華語爲教學媒介語的獨中，學生人數急降，經費成問題，甚至淪爲專收落第生、「補習班」的窘境。

然而，就在七〇年代以後，馬來西亞的華文教育推動者和工作者秉持熱愛母語（華文）、傳承中華文化的憂患使命，促使了華文教育的復興運動。

華校復興，不僅僅在於宏揚文化、宣揚華教之偉業，它同時還在於教育本身內部的改革及建設。

在這裡，董教總確是發揮了相當大的作用。從一九七三年公布的《獨中建議書》，強調獨中的使命及辦學方針，對華文教育進行正確的定位，並指明了華文教育的發展路向。故《獨中建議書》的發表是具有劃時代意義的（張應龍，1997：136）。它強調了母語教育、母語教學的重要性，在不妨礙母語教育的原則下，加強對國語（馬來文）和英文的教學，以配合國內外客觀條件的需求，吸收國內外的文化精華，融會貫通，爲創造我國多元種族社會新文化而作出貢獻，同時強調華校數理科的優越性，均充分顯示了華教辦學，所應具有的母語教育辦學精神及多元開放的個性。

而董教總從規劃辦學總方針，擬定共同課程、舉辦統一考試、編纂統一課本，進而主辦行政人員研討會及在職訓練班等等，更是促使「獨中運動從社會運動走向學術運動；華社通過這次的運動，除了振興華文中學之外，也將華文中學推向更高層、更專業化的水準去。這個水準不但使華文中學就讀學生人數逐年增加，不但使華社家長充滿信心復辦了一些經已淪陷的中學，而且，更重要的也使華文中學的學術水準與政府中學並駕齊驅，甚至超越許多政府中學，成爲國內優秀的中學的一分子」（鄭良樹，1998：275-276）。

在獨中統一考試的統籌及努力耕耘上，董教總更是居功厥偉。從一九七五年開始，統考對保證教學質量，檢驗教學效果作用上發揮甚大的作用。它爲獨中的教學工作樹立學術水準，成爲評估獨中畢業生水平的依據。獨中統考文憑不僅受台灣當局承認，同時也廣獲歐美等諸多大學的肯定。至今已成爲世界各國四百多家大專院校入學錄取標準之一。「實踐證明，教學質量高低與學校生存相關，兩者是一種互動關係」（張應龍，1997：137）。

而華文小學則是馬來西亞華文教育的基盤。令人鼓舞的是，至今仍有80%以上的華裔子弟就讀華文小學。這是馬來西亞華人社會對華文教育強烈認同的體現。

此外，除了馬來亞大學中文系是馬來西亞漢學研究的傳統重鎮之外，近十年來，南方學院、新紀元學院及韓江學院這三間由華社民辦的高等學府之相繼成立，三所院校均設有中文系及重視華文華人文化的教學和學術研究傳承事業。

再加上馬來西亞至今還保存了六十間以華語作爲主要教學媒介語的獨立中學，一些政府中學還有華文母語班的開辦，致使馬來西亞至今成爲了全世界除了中國大陸和台灣地區之外，擁有最爲完善華文教育體系的一個國家。

馬來西亞華教發展並沒有獲得官方政府太大的資助，反而主要是靠華人社會的熱誠捐助。華人文化的生命力，很明顯是來自民間、來自華人社會群體的自覺。

三、文化與文學

馬來西亞華人對華文教育看得是如此的珍惜，發揚傳統文化成了華社動員的神聖使命。

馬來西亞華人學習華文華語，並不是單純爲了「考試」。畢竟在政府的文憑考試中，華文科是可有可無，不具有重要「升學」的考量地位。然而姑不論那六十間華文獨立中學的影響力，即使是從華小升到政府中學，華社仍在不斷呼籲華裔子弟應報考華文，報讀華文母語班。而且每年還有數百名學生報讀馬來亞大學中文系，熱愛華語華文的赤誠，由玆可窺。

究其原因，還是那股揮之不去的憂患意識使然。馬來西亞華人學習華文，並不僅把它當成是工具語言來學習，而更重要的是把它當成是民族「靈魂的語言」來學習。這是馬華文化及華文教育很關鍵的一個特質。

所以馬來西亞華人辦華教，是華社全體總動員，不奢望官方支援（只求政府不要過度干預）的民間自覺。華人接受母語教育，有著濃厚的情感。而這華教情，亦是憂患之深情，有其執著的一面。這分很特殊的苦情之戀，恐怕是其他華文世界（包括中國大陸和台灣）一般上難以領會到的。

在華文的教學方面，華文小學除了國語（馬來文）和英文之外，仍是以華語爲主要教學媒介語（惟近來數理科以華英語雙軌教學）。

在華文獨立中學，華語當然是主要教學媒介語，並強調三語並重。即使是在一些政府中學，尤其是一些改制後的國民型政府中學，據了解它們仍保留有一些華文教育的遺風，有的學校每星期還有五堂至六堂的華文課。

在中學課程方面，有關當局也費了不少心思。以獨中爲例，八〇年代以前的華文課本，主要還是以中華書局或商務書局的課本爲主，文言古文接觸仍很多，古文根底的訓練很扎實。後來隨著配合董教總統一課程的編定，獨中生的華文課本有了一些調整。雖然文言古文的篇幅減少了，卻插入了梁志慶、何乃健、杏影、年紅、方修、原甸、吳岸、梅井、林連玉、孟沙、戴小華、張碧芳、雲里風、柏一、甄供等馬華作家具有本土特色的馬華文學作品。即使是在中國白話新文學方面，課程的安排，除了選用魯迅、朱自清等五四作家的作品，也加了一些如劉心武等當代作家的文章，而且還包括了台灣現代文學如白先勇、三毛、席慕容甚至是龍應台的文章。

對於新編華文課本所選文章的素質，縱然有人有意見。唯若從對華文世界的多元開放視野來看，馬來西亞華校獨中生對華文世界的文學接觸面是更爲寬廣了。這一點反而是處居華文世界核心（中國大陸或台灣）的學子們在中學階段恐怕也還不能感領到的。對文學深度的認識是可以靠後天努力學習的，但文學要具有開放視野則更是重要的。

再者，政府中學的母語班華文課本也進行調整。爲了符合國情，也加入了吳岸、原甸等馬華文學作品。但是，近來國民中學華文課在對文本的導讀方面實在不足。國中華文偏重於名句欣賞和文法應用的取向，實令我們有些擔心。

但是國中華裔生學習母語的精神還是令人敬佩的。畢竟他們學習華文，毫無升學考試的功利考量。而且要在政府中學開辦母語班也要面對諸多困難，例如需至少十五人以上才可開班，華文課不列入正課，甚至有時還要面對校方行政人員的無理刁難。況且尤其令人感佩的是，在國中裡頭有一批對華文文學很有熱誠的老師。據了解，如今馬華文壇不少年青寫作人，很多都是受到中學時代老師的鼓勵和激發而對華文文學產生興趣的。

至今，各大專院校中文系，如馬大、博特拉大學、新紀元學院、南方學院、韓江學院等，都開設有馬華文學的課程，致力於馬華文學的教學和研究工作，致力從本地大專培養文學新生代。

再者，文學興趣的培養還在於整個大環境下的文化氛圍。

除了華校復興運動是這股憂患意識底下華人傳統文化醒覺運動的重要一環之外，馬華文化的塑造的內容還相當豐富。

尤其在文化活動方面，表演文化非常興勃。舞獅舞龍、相聲、猜燈謎、唱民歌、揮春等文化活動極爲盛行。而舞獅的狂舞，經多年之經營，馬來西亞的舞獅代表隊，至今更是連奪多屆「世界冠軍」榮銜。

此外，華團華人文化節、中秋園遊會的常年主辦，各項文娛活動的舉行，都促長了馬華文化的發展。而且這些文化活動的動員，是華社華團華校子弟自發性總動員的。

而各中學及大專院校華裔學生團體活動亦極爲活躍。即使是政府中學裡的華文學會的創辦或復辦也有如雨後春筍般的成立，華人文化壁報展、華文母語班、華語辯論比賽等的熱絡舉辦，都是這股憂患意識，強調華人文化醒覺運動下的產物。

就以華語辯論比賽爲例，在各華團及各中學華文學會積極的籌辦參與和推動下，從中學到大專，從區域到全國，每年大大小小的華語辯論比賽至少二百餘場。十餘年之經營，馬來亞大學華語辯論代表隊（在不受校方支助下）竟能以「黑馬」姿態，一舉擊敗多支華語世界裡著名的高等院校（包括中國大陸和台灣代表隊），奪下數次國際大專華語辯論賽的冠軍榮銜（1997和2001年度），這都不是偶然的。

總的來說，從獨立至今，馬華文化及華文教育縱然其步履艱辛，但那股揮之不去的憂患意識所促成的馬華文化和華文教育的根基卻是相當堅實，這是馬華的一項特色。

此外，華人報章媒體，毅然秉持傳承文化之使命，一直以來文藝副刊都扮演著相當重要的角色。

此外，雖然我們的華文書店的「素質」遠遠不及中國大陸或台灣，想找幾本學術性的書籍都很困難。但是在馬來西亞，我們從小就能接觸到來自中、港、台，甚至是極端不同觀點、不同論述、不同寫作手法的華文讀物。從小朋友的漫畫公仔書到著名的白話新文學經典，不論左派或是右派，現實主義或是現代主義乃至後現代的文學作品，還有本地的馬華作品，都能在本地的華文書店買到。這倒也是一個多元的慶幸。

當台灣還處在戒嚴，讀「五四」只知徐志摩、林語堂、蘇雪林或張愛玲，而中國大陸還只會一味高舉魯迅，批判鴛鴦蝴蝶時，馬華的中學生不僅認識徐志摩，而且魯迅、巴金、茅盾的作品更是被列爲華文課的必讀課外讀物，同時一些留台回來的老師還會爲同學們推介余光中、鄭愁予的詩，介紹白先勇的小說。

馬華文學活動活絡，從自由結社到文學研討營；從兒童文學的提倡到文學獎的興辦；從單純的文學愛好到文學的鑽研；從小學老師的啓發到中學乃至大專對文學的熱愛和研究。幾個本地長命或短命的文學團體、幾本文學刊物、幾分報章文藝副刊都成爲了文學的滋養地。

時代青年亦在當時扮演了積極的角色。不論是在本地大專還是留台同學，當時的大專校園（尤其是八〇年代）華裔學生群，普遍彌著一股「憂患文學」的寫作熱潮。所謂《今我來思》、《城裡城外》均是當時的代表作品。馬華文學的個性裡頭多了一分憂思，多了一分執著的使命。

當然，馬華文化和馬華文學的發展亦有其不足的地方。憂患只是情緒的動力，並不是內涵。如何深化華文造詣及充實馬華文化內涵，還是個大學問。華文土壤不如台灣及中國大陸的肥沃，這是先天不足的事實。而且馬來西亞華裔子弟一開始就要學習至少三種語文，很難專精。再加上表演文化淪爲文化表演的浮華現象，同時馬華文化和華教的發展又存在太多文化政治化的因素干預，消耗了太多精力，若純從文化的深化和提昇角度講，也有後天失調的堪虞。

總之，馬華文學的背後，你會看到一幅令人感動的文化景觀，同時你又會深嘆它的局限、它的包袱、它的外在干擾和內在蒼白。

四、結　語

本文目的並不在於闡述什麼是馬華文化，也不是在論述馬華文學的發展有那些成就。本文只是以憂患意識作爲貫穿全文的主旨，論述馬來西亞華文教育及馬華文化的發展。

如果沒有馬來西亞華文教育那種充滿憂患的特殊情境及馬華文化的塑造，馬華文學的「背後」，恐怕很難有前仆後繼的新力軍。

而且，這股憂患意識的蘊釀和延伸，是馬來西亞特殊情境下的產物。有其蒼白悲壯的一面，亦有其邊緣創造的一面。它是馬華文學的背後，那個既貧瘠卻又急欲衝決的環境土壤上的吶喊／悶聲。

馬華文學的背後，像不像亞細亞的孤兒那位最終發了瘋的主人翁？又會否讓我們聯想到台灣日治時期龍瑛宗那植有木瓜樹的小鎮？或許仍有比對的饒味。

米蘭・昆德拉曾說：「布拉格—這個西方文化命運戲劇性的受難中心—已經逐漸消失在東歐的迷霧，然而它從來就不屬於東歐。」「我時常感到：我們所瞭解的歐洲文化之內還包涵了另一個不爲人熟知的文化，是由一些小國家和它們特殊的語言所構成的，譬如波蘭、捷克、西班牙境內的卡塔蘭和丹麥的文化。一般人認爲這些小國家一定模仿大國家，然而這是一個幻覺，其實它們非常不同：一個小人物和一個大人物的觀點是不一樣的。由於這些小國家組成的歐洲是另一個歐洲；它提供的是另一個視野，它的文化是和大國的歐洲時常大相逕庭的」（米蘭・昆德拉著，李歐梵譯，1989：21, 22）。

馬華，這個夾處並遊離在本土馬來西亞與內在中國之間，無論如何都處於雙邊緣的小族群，他們生長的土地是貧瘠的。他們一方面渴望獲得主流的認同，一方面卻又不願全然模仿中心，不干於強被主流文化所同化。於是他們憂患，於是他們特別珍惜一些屬於「自己」「靈魂」的東西。

除了個人的天分，如果沒有曾經吻過馬來西亞這塊土地，又對（內在）文化的「中國」存有痴戀，或許也就沒有這麼多古怪的創造力吧！橡膠林、紅樹林、紅螞蟻、大笨象、鱷魚之所以變得奇幻，還有那個記憶的城鎮……

每一條河是一則神話，每一盞燈是一脈香火……這是每逢中秋節，馬來西亞華社子弟都愛唱的一首現代創作民歌（雖然歌曲創作者是新加坡人，但歌曲卻唯獨流行於馬來西亞）。

十多年前，一位中國大陸著名作家訪問新馬。在從新加坡要越過新柔長堤來馬的途中，塞車。車內陪同的馬華文化人滔滔不絕地向這位中國作家講述「馬華」與「新華」的不同：「我們馬華就是因爲受到外在壓迫而產生憂患的反抗，所以才保留有今天的華文教育，才有今天馬華文化這樣的果實……」

說著說著，那位中國作家反幽了一默說：「如果馬華沒有了那分外在壓力，不用憂患了，你們還會那麼珍惜華文華語嗎？」

【參引書目】

Sharon A.Cartens 著，賴順吉譯，1997：〈19世紀馬來亞華人文化與政體—葉亞來個案研究〉收於李業霖主編《吉隆坡開拓者的足跡——甲必丹葉亞來的一生》，吉隆坡：華社研究中心，頁214-257。

米蘭．昆德拉著，李歐梵譯，1989：〈布拉格，一首即將消失的詩〉，收於鄭樹森編，《當代東歐文學選》，台北，允晨文化，頁21-40。

何國忠，2002：《馬來西亞華人：身分認同、文化與族群政治》，吉隆坡：華社研究中心。

周聿峨，1995：《東南亞華文教育》，廣東：暨南大學出版社。

林開忠，1999：《建構中的華人文化：族群屬性、國家與華教運動》，吉隆坡：華社研究中心。

張應龍，1997：〈論馬來西亞華文獨中在東南亞華文教育史上的地位〉《第二屆東南亞華文教學研討會論文集》，吉隆坡：馬來西亞董教總教育中心，頁135-139。

張應龍，1998/12：〈八十年代馬來西亞華人的政治理想與實踐〉《南洋學報》第53卷，頁93-100。

詹緣端，2000/01/23：〈爲什麼要華文教育？——爲華文教育180周年而作〉《南洋商報．南洋論壇（D3）》。

鄭良樹，1998：〈獨立後華文教育〉，林水檺主編《馬來西亞華人史新編．第二冊》，吉隆坡，馬來西亞中華大會堂總會，頁255-288。

鄭良樹，1999：《馬來西亞華文教育發展史（第二分冊）》，吉隆坡：馬來西亞華校教師會總會。

作者按：本文綜合〈華教運動與華校素質〉（2000）和〈論馬來西亞國家發展過程中的華人文化〉（2001），再修訂增補而成。

原發表2000，2001；修訂2003

馬華通俗文學普及化探析

＊魏月萍

自八○年代起，台灣作家在創作方面嶄露兩種新興現象，一爲修正純文學曲高和寡的型態，使文學走向更能投合大眾嗜好的路線，或把文學改編成電影；二爲大眾文學的提倡，把大眾文學的範疇，從言情小說、武俠小說擴大至推理、科幻等新的文學領域[1]。馬華的文學讀者群，一向以中港台三地華文文學馬首是瞻（特別是台灣文學[2]），視其爲奶水滋養之源，所以在探討馬華通俗文學盛行這一現象，無法脫離這三地的文學發展機制與衍變，如何直接衝擊本地文學發展及讀者閱讀口味，尤其是台灣與香港「文學通俗化」演變過程，是馬華社會文學發展及閱讀口味走向的風向球。

馬華社會的通俗文學風潮，在九○年代末以異軍之姿態崛起，無論是本地創作風潮抑或外來文學，都傾向通俗性強的大眾文學。尤其是經由大眾傳播、書店或出

---

[1] 詳論可參蔡詩萍著《騷動島嶼的論述反抗》，台北：聯合文學，1995，頁 143。

[2] 筆者在一篇短文〈台灣是馬華文化知識轉播站？〉曾就「台灣在馬華意味著什麼？」問題思索中提到：「我們不禁得思索『台灣在馬華意味著什麼？』從文化上而言，它是一個文學、音樂的輸送站，還是西方文化轉播站？更何況台灣出版類別，仍以翻譯書爲主。換句話說，如果我們純粹依賴台灣出版市場，那我們只是處於一種「被動性」的接收，事因我們乃是通過『台灣』這個系統的篩選與過濾，作爲知識與文化養分的吸收。嚴格來說，我們對西方的認識，也可能是透過台灣這隻眼睛去認識，無法不受台灣意識所影響。」馬來西亞自六○年代起開始台灣留學潮，台灣豐沛的文學土壤，造就了不少旅台作家與學者，此已多人論述，不再贅言。但筆者認爲，仍未見有對人以系譜學方式，追溯各代表性作家／文學評論學者所受到的文學傳統的影響，這樣或能更清楚看見他們文學思想的座標。或許對他們而言，「台灣」依然是個轉播站？

版社刻意製造出來的明星作家、暢銷排行榜、十大作家及十大好書等，不斷在刺激並控制著讀者的味蕾。在踏入二〇〇〇年之際，專欄作者、時評作者或各專業領域人士出書現象蓬勃，夾議夾情的評論文章，或訴諸個人工作經驗的感性文章，或結合音樂與文學的另類文學型態，一再撞擊正統文學的邊界。何謂「文學」？何謂「作家」？彷彿都必須重新嚴格定義。

本文嘗試經由對馬華通俗文學盛行現象的把握，檢視大眾對通俗文學接納的社會、文化及心理因素[3]，尤其是在消費社會形成當中，如何催化了後現代現象中[4]文學市場商品化體制的運作，窺視大眾文化如何在無意識中控制大眾的文學趣味。法蘭福克學派如霍克海默、洛文塔爾、馬庫色及阿多諾等人就一致認爲大眾文化的產品是作爲商品供人消費，爲市場而生產，以市場爲目標[5]。但須說明的是，本文非采取「純文學／嚴肅文學」與「通俗文學／大眾文學」二分法的架構，褒前貶後，而是藉以社會學方式，試圖揭露通俗文學風潮中隱含的「虛幻」與「僞飾」，如何借助商業價值轉換個人的閱讀消費慾望。究竟是怎麼樣的社會文化機制支撐通俗文學的長銷不墜[6]？所以本文並不著重於文學本身內在形式的分析，而是擴大至文學外在的社會文化的意義。

一、純文學與通俗文學分際的模糊化

「通俗文學」意指大眾文學，爲社會大眾所喜歡的文學作品，通常也正是中下

---

[3] 散文評論家鄭明娳在〈通俗文學與純文學〉一文中，曾言「研究通俗文學實爲讀者接受的研究、時代及地域的文化生態、社會學研究範疇。通過通俗文學可以讀取特定時代的需求、風尚，以及人心的匱乏。」見林燿德、孟樊編《流行天下——當代台灣通俗文學論》，台北：時報文化，1992，頁50。

[4] 中國評論家許紀霖曾指出說：「後現代現象指的是兩個層面的東西，一是先鋒性、實驗性的後現代文學藝術。另一個是指大眾性、通俗性、商業性的流行作品。」

[5] 洛文塔爾在《文學，通俗文化和社會》就曾說到：「不管通過什麼媒介，通俗文化處處證明了它真正的特性：標準化，陳腐，保守主義，平庸，操縱化的消費商品。」

[6] 世界文學理論的興盛發展，早已走向科際整合的路向，許多文學批評家走出「文學論文學」的模式，與社會、文化範疇結合，採取文化批判方式，檢視社會文化機制如何影響文學內部的發展，很可惜這一類文章仍不多見。

層文化的具體呈現。它不以文類、作者階級來區分，而藉由作品與讀者反應來判斷。而「純文學」意旨嚴肅的文學作品，對思想深度、語言結構與審美觀尤為看重。這是兩者最簡略的分野。馬華社會向來缺乏嚴謹的專業概念，對待文學的態度亦是如此，我們缺乏對純文學與通俗文學進行嚴肅的思考與討論，或對這兩種不同文學載體進行判斷與鑒賞，藉以形構出其形式與精神內涵的差異，建立馬華文學的審美經驗，或進一步釐清文學走向大眾化及商品化的內在及外在因素。這不但造成「文學」面貌模糊不清，也使讀者的文學觀念過度的狹隘或單一化，通俗文學與嚴肅文學概念的「混合」（mixed），使一般讀者很難在文學欣賞層級上有所提升。

仔細反省，癥結乃在於社會對文學書寫要求不夠精細，馬華文學評論界前進步伐緩慢，無法在學理上起引導作用；大眾的文學欣賞能力也跳不出「容易消化」、「容易看得懂」低層次的要求[7]，這種現象在以圖象為主的青少年身上尤為明顯。其次，馬華文壇消耗太多的心力在於爭取「馬華文學的詮釋權」。「斷奶」、「經典缺席」、「燒芭」論戰的相互扞格，原有助於釐清個人的文學觀念、創作理念與模式，但可惜的是從文學論戰演變成文學謾罵，甚至在對話中進行人身攻擊，導致幾場文學激辯的餘波，最後卻是「破」多於「立」，從此馬華作家與旅台作家也有了分道揚鑣的意味[8]。不過以上「走調的論戰」雖少涉及文學實質問題，卻意外形

---

[7] 我想這問題，一些報紙副刊或須負些責任。有些報紙一直在低估讀者的閱讀能力，儘量淺化文字，或大量選擇通俗文學作家的作品，加上讀者對報紙依賴性強，恐造成「災難性的影響」，使讀者文學視野大為受限。報紙副刊的文藝／文化版，應是扮演一扇窗的角色，讓讀者能躍窗而飛，並非是一口井，使人掉入封閉的深淵。

[8] 陳大為及鍾怡雯等旅台人所編輯的《馬華當代詩選（1990-1994）》、《馬華當代散文選（1990-1995）》、《馬華文學讀本 I：赤道形聲》及黃錦樹所編的《一水天涯——馬華當代小說選》，都顯露出欲為馬華文學樹立新標竿之意圖。最近台灣著名的文學雜誌《中外文學》第 29 卷第 4 期則是「馬華文學專號」，由旅台評論家張錦忠負責組稿，更企圖創造新的馬華文學論述（如倡議建構「新興華文文學」理論），並發出重構馬華文學史的呼聲，張錦忠更聲稱台灣已成為「馬華文學境外營運中心」。（見《中外文學》〈編輯前言：烈火莫熄〉，頁4）。

成另一種社會意義，論者背後多隱藏各自的文學意識形態與美學信仰，劃分出世代文學觀的差異與分歧。

純文學與通俗文學是否應有清楚的分際仍存爭議，台灣著名小說家張大春與已逝小說家兼評論家林燿德曾力破對「嚴肅作家」與「通俗作家」作傳統二元分法。他們強調反對歷來對於「嚴肅文學」與「通俗文學」的割裂劃分，經典性正文實上和通俗正文一樣尋常，一樣受到既定的觀點和被放縱品味所操縱。林燿德與孟樊以中國青年寫作協會的名義，舉辦了一場「當代台灣通俗文學研討會」（1991/10/25-28），會後論文結集成《流行天下——當代台灣通俗文學論》一書，企圖顛覆大眾對文學的一貫思考。香港的梁秉鈞（筆名也斯）對香港文學的「雅」、「俗」，也有所謂「腳踏兩條船」之論，在高度商業化的香港，許多文人是一邊寫商品，一邊寫自己想寫的小說，展露的是另一種妥協心態。但他縱然「融匯雅俗」，或有妥協，仍極力捍衛文學的立場，提醒說「寫出有所妥協然而水準不差的作品」。

反觀馬華文壇所生產的通俗文學，究竟是建基在怎麼樣的文學觀上？通俗文學作家是以怎樣的態度看待自己的文學，以及龐大的商業市場？梁秉鈞對香港通俗文學的研究，特別是李碧華的小說，透視出文學與市場的拉鋸，反思出通俗作家採取的社會姿態，通俗其實只是一種手段，值得我們思考。最令筆者擔心的是，我們的通俗作家，最初的立足點是在市場而非文學，甚至連「進口文學」也一樣市場導向，「通俗」反客為主成為最一義的文學觀念，將轉化文學的意義及其具有的多重的內在指涉含義，讀者的口味成為最終的指向。

二、「專欄作者」與「作家」角色互為倒置

另一不可忽略的因素，各報章的文藝副刊、評論廣場，或一些休閒式的雜誌如《風采》、《婦女》等開闢大量的專欄，培養了大量的專欄作者，如 Echo 許慧珊、曾子曰、許友彬、施遠、悄凌等。這些專欄一般介於八百至一千字以內，內容涉及政治、文學、電影、音樂等流行文化，由於專欄眾多，文字競爭性強，一些專欄作家為吸引讀者，難免須在語言文字或內容多樣化，造就一種遊戲個性的消費文

字，紛紛向大眾文學靠攏，形成如陳蝶所說「隨筆派通俗組」[9]。專欄作者長期盤踞副刊，累積了聲名後，就將專欄文字結集出版，所以不少專欄作者自然而然掛起「作家」名號，無真正文學著作的作家頓時「泛濫成災」。不少作家也受邀執寫專欄文章，但礙於報紙篇幅所限，只能朝輕薄短小方向，遂使兩種身分互爲混合，也使讀者難以釐淸其角色定位。究竟時評作者可否稱爲作家？作家之定義是否有一定的標準？或許專欄文章不缺其文學性（literariness），但可否稱之爲文學作品，仍有諸多爭議。像美國文化評論作者兼小說家蘇珊．桑塔格（Susan Sontag）認爲自己是一個喜歡以多種形式寫作的作家，所以把自己定位爲文章作家（essayist）[10]。另外，文學史料編者馬崙曾編輯一本《新馬華文作家風采》，資料豐富，用心極深，但裡頭人物身分界定模糊，作家、專欄作者、時評作者之間缺乏明確的依據，有者只寫過幾篇文章即被稱作家，恐屬不當。

羅蘭．巴特曾把「作家」（writer）與「作者」（author）的身分作一區分，他把「作家」定義爲企圖通過寫作追求永恆價值的文學家，他不爲任何目的而寫，除了自我的存在，所以說其「只顧寫」；專欄作者卻通常爲某個主題而寫，是刻意要「寫出某事某物來」。所以，兩者在價值意義終極追求上，還是有所分別。嚴格的說，專欄文章因篇幅所限，加上受囿於專欄的定位，多朝往「輕薄短小」方面經營，較難臻高的藝術成就。「專欄作者」與「作家」角色互爲倒置的危機在於，讀者對作家及文學作品產生錯誤的認知，削弱了文本承載的嚴肅意義，比如文學的目的、美學的欣賞及作家所承擔的社會責任等。

三、文學與大眾傳播的結合

九〇年代末起，廣播人寫書風潮，嶄現了另一種通俗文學的興起，李觀發、鄧麗思、紀展雄，提筆晉身作家行列，結合知名度展開巡迴演講推銷書本的「文學促

[9] 陳蝶《閒看荊草蔓歌台——縱觀九〇年代馬華散文》，此文收錄於《扎根本土．面向世界：第一屆馬華文學國際學術研討會論文集》，吉隆坡：馬華作協，1998，頁 259。

[10] 詳論可參蘇珊．桑塔格訪談錄，收入黃燦然譯《蘇珊．桑塔格文選》，台北：一方，2002，頁 71。

銷」活動，獲得普羅大眾的熱烈反應。加上有些巡迴活動聯合了一些著名的純文學作家，打破純文學作家與通俗文學作家的壁壘，也模糊了彼此間的分際。其實通俗的不必然是壞的文學，只是過於包裝化的文學雖有助於文學推廣，卻無法在內容上提高文學的思想內涵及讀者對美的欣賞。

廣播人李觀發從《一個廣播人》與鄧麗思的《把話說開》可說是文學與大眾傳播結合的先例。之後，李觀發出版的《觀發爬格子》至與另一名廣播人紀展雄合寫的《早上講故事》，都獲得不俗成績。紀展雄的《藍色時刻——紀展雄的反省日記》如今更配合 CD 套裝，準備進軍台灣市場。廣播人或電視主持人寫書，在台灣早已形成風潮，如光禹、陶晶瑩、陳樂融、吳淡如等，是暢銷書排行榜上的常客。跨入二○○○年，李觀發等人進一步把古典詩詞「流行化」，不只辦了一場「少年聽雨歌樓上」唐詩宋詞的現代演繹會，也聯合學院講師潘碧華、孫彥莊、永樂多斯，編輯一本具現代詮釋的《古典詩詞》及出版《少年聽雨歌樓上》宋詞有聲書。由 37.2 度雜貨店出版的文字加圖片加聲音紀錄的《我的創作態度——彪民的書》也被排列在書局醒目的位置。其實，文學若不是經由文字書寫形態來表現，能不能算是文學？這恐又得引起唇槍舌劍的論爭了。

四、誰撐起了通俗文學的明星作家？

與此同時，若回顧馬華近兩年來曾經舉辦的文學講座，即可發現通俗文學作家仍佔最大的比例。如張曼娟、劉墉、歐陽林、吳淡如、吳若權、吳娟瑜、陳慶祐、谷淑娟等。其中張曼娟、劉墉、歐陽林可謂三強鼎立。進口的通俗文學，對讀者的閱讀口味影響極大，通過媒體的傳播力量，它甚至主導／壟斷了整個社會的閱讀取向。

張曼娟、劉墉旋風及群眾心理

在台灣，張曼娟作品的暢銷[11]，是靠出版商的市場行銷與金石堂暢銷書行的炒作，轉至我國，「張曼娟旋風」從九○年代颳至二○○○年，甚至連她在紫石工作

---

[11] 張曼娟的作品，在台灣評論家的眼中，一直是擺盪在純文學與通俗文學當中，也有人把她形容為「鴛鴦蝴蝶派」，認為她後期的作品，已脫離早期《海水正藍》、《緣起不滅》、

坊的培育的新生代作家，也一樣在年輕讀者中大受歡迎，這其中媒體起了很大推波助瀾的作用。我們可發現，凡張曼娟的演講，報館皆以大篇幅來報導，圖文並茂突顯張曼娟的魅力，並把她塑造一個極懂愛情的「天使」的形象，像是天使派來的邱比特，為人間散播愛與幸福。借用班雅明對「光暈的依戀」的詮釋，張曼娟所凝聚的「光暈」（aura）是一種愛情烏托邦的原始夢想。這也反射出大眾的集體心理，渴望尋求一種情感共同體，彼此慰藉，在演說及作品中獲得暫時的幻想滿足。

劉墉的書，以生活哲學為多，往往在故事當中激發一種積極力量，讀了令人精神倍加振奮。在媒體聚光燈下，他如精神及心靈治療師，治好不少人的心理傷痛；又如吳娟瑜、吳淡如和吳若權，總被冠上某某「奇難雜症」的專家，他們的書，正是一帖良藥，能使讀者暫時消解現實中的痛苦與矛盾。由此，我們看見在通俗文化中形塑的集體意識。從表面來看，這種集體意識在大風潮中獲得一種情感上的相互依賴與支援，但若依據阿多諾的分析，他則認為這是一種「自主性的喪失」，讀者將屈服在明星作家的偶像化，繼而膜拜成為文化接受者。阿多諾是首位把大眾文化生產稱為「文化工業」（CultureIndustry)，他認為大眾文化將成為一種謊言，使人忘掉真實的、現實的困境，陶醉到虛假、外在的幻覺中，在這樣的幻覺當中，人們忘了種種的苦難。對我們來說，這也許是一項啓發，文學市場所製造出的文學商品同樣具有「操縱的功能」，若檢視大眾書局的暢銷書排行榜，可以發現排列高位的正是常常受邀前來我演講的作家。

「十大」具支配市場作用

其實，所謂的「暢銷書排行榜」原就具爭議性，有些讀者對之抗拒，是因為這種模式作用在無意識中成為權威，操意識與行為的權威。大眾書局在一九九八年與星洲日報開始設立十大好書與十大作家排行榜，紛湧投票的讀者，成為奠定暢銷的基礎。但這種銷書的方式，是經由書商、市場行銷者和消費者來支配整個評價系統。讀者的參與度也僅是參與最後階段的投票而已，因為有關最初的作家及好書的遴選早已被設計好，換句話說，讀者在開始已是處於被動的位置，這樣的「十大」

《百年相思》等文學風格，而《女人的幸福造句》、《喜歡》、《愛情河流域》、《時光詞場》在文字文語言上已趨平淡淺白，通俗性強。

活動，可說是挾持了讀者的文學喜好，強制性把讀者設置在一個標準化的框架之中。

結　語

文學力求大眾化，作爲文學推廣的手段原無可厚非，但一個社會若以「通俗性」成爲其主導文化與文學力量，必將許多崇高的價值簡化。不過，我們也不必要過度貶抑通俗文學的存在，只要不把文學趣味定於「一尊」，雅俗共賞，未嘗不可，但有一前提，先弄清楚怎樣的文學作品才是所謂的「通俗文學」，須知通俗文學也有等級之分。

原發表 2001；修訂 2003

天狼星詩社與馬華現代文學運動

＊溫任平

一、緣　起

上述課題，本來不太適宜由我來談。我是天狼星詩社的前任社長，談天狼星詩社和大馬現代文學的關係，分寸拿捏得不準，難免有往自己臉上貼金之嫌。

另一個顧慮是「不識廬山真面目，只緣身在此山中」。當局者迷，旁觀者清。我是天狼星詩社的當事人，要跳出當事人的框框做出旁觀者那樣客觀的分析，並不容易。

不過作爲天狼星詩社的領導人（我擔任詩社社長長達十二年），最大的方便是較易拿到第一手的資料，免去了局外人分析天狼星所不可能完全避免的臆測部分。我看我能做到的是，把詩社的各類文學活動盡可能如實地記載下來，至於這些活動對馬華現代文學所造成的影響，我會作些事實的敷陳與析論，供作日後研究馬華現代文學的有心人參考。

二、一個有擴張企圖的神話王國

天狼星詩社大抵可分爲五個階段或時期。

第一個階段是一九六七年到一九七二年的萌芽／草創時期。如實地說，一九六七年成立的是綠洲社，而非天狼星。綠洲社是天狼星詩社的前身，主要成員是溫瑞安與他的同學黃昏星、藍啓元、休止符（周清嘯）、廖雁平、葉遍舟、余雲天、吳超然等「七君子」。活動的主力以編壁報，「出版」手抄、油印本《綠洲期刊》爲主，並且每年都舉辦兩三次的文學聚會。《綠洲期刊》一共出版了三十多期，以手抄本居多。手抄本只能傳閱，油印本（一百冊）則有些餘裕郵寄給各地文友看看。綠洲以那麼原始的形式「出版」，但內容居然包括了余光中、葉維廉、葉珊等台灣作家的特輯／專題，真的有些「膽大妄爲」。後來相繼於一九七二年、一九七三年成立的各地分社（都是以「綠」字排前），不少亦仿傚以這種手抄、油印本出版刊物（張樹林任社長的安順「綠流」分社，曾出版二十多期的油印《綠流期刊》），我想這種滿足感來自精神上的居多，實際的行銷流傳則談不上，可以說是一種高度理想主義的表現。

針對這種高度理想主義的表現，一九七三年六月號的《學報》（869期）賴瑞和寫過一篇有關詩社的訪問：〈一個神話王國——天狼星詩社〉曾客觀地指出詩社的動力來源。「這種幹勁，得有一種自以爲是，牢不可破的信念來支持。這種信念，多少有點 youthful，romantism，idealism，不理會現實考慮的意味」，並且認爲「天狼星詩社是向外面的世界擺一個『神話的姿勢』」。

說起來天狼星詩社在一九七三年開始，便進入所謂成長鼎盛時期。詩社的第二個階段應該從這年算起。在此之前，由於瑞安的策劃，黃昏星、周清嘯、藍啓元三人的大力輔助，他們除了出版刊物，還經常到國內其他城鎮往返，與文友見面認識；住得較遠的文友則通過書信聯繫，建立／加強彼此的聯繫。這些活動替詩社奠下相當廣泛的人際網絡，爲詩社羅致到不少人才，寥湮（方娥真）、陳美芬、何啓良、許友彬大概都是於一九七二、一九七三年先後加入天狼星詩社的陣營的。

就我所觀察與實際體驗到的是，一九七二、一九七三年是詩社相當重要的年分。我替香港《純文學》雙月刊彙編的《大馬詩人作品特輯》分兩期刊登於一九七二年十月號與十二月號，我相當自覺地嘗試把現代詩的力量擴展出去，「爭取」國內與國外的認可。一九七三年正月我個人也開始在台北《幼獅文藝》撰寫《談文論藝》專欄。一九七二年十一月瑞安與周清嘯、藍啓元赴首都拜會姚拓、白垚、悄凌、周喚、雅蒙、賴瑞和、思采、沈鈞廷、李憶莙、凝野諸人，與《蕉風》、《學生週報》建立較密切的聯繫。一九七三年二月我與瑞安聯袂赴北馬訪艾文、宋子衡、游牧、菊凡、溫祥英、麥秀、蒼松等人，加強與北馬文友的聯繫。這些「動作」都是爲了擴大詩社的影響力，可以說是「進軍」文壇的先聲。

而一九七三年我從彭亨調返霹靂冷甲任教，住在美羅老家，我與瑞安兩股力量匯流，力量倍增，大家於是決定把一九七二、一九七三年相繼成立的九個分社聯成一體稱爲「天狼星詩社總社」。我個人任總社長，瑞安任執行編輯，黃昏星任總務，周清嘯任財政，藍啓元任文書，另設委員數人，輔助社務之推展。前面提到的九個分社除綠洲外，它們分別是「綠林」(霹靂巴力，社長陳美芬)，「綠原」(霹靂宋溪，社長陳采伊)，「綠風」(彭亨文德甲，社長楊柳)，「綠湖」(吉隆坡，社長何啓良)，「綠野」(霹靂冷甲，社長殷乘風)，「綠流」(霹靂安順，社長張樹林)，「綠叢」(吉打亞羅士打，社長許友彬)，「綠島」(威省大山腳，社長陳中華)，由謝川成擔任社長的「綠園」則遲至一九七六年始成立，成爲天狼星詩社的第十個分社。這個時期的天狼星不僅規模壯觀，而且拿的出來的成果亦不俗，已不僅囿限於草創時期那種出版壁報、手抄、油印本期刊的活動框框而已。(從一九七三年到一九七六年的詩社大事請參考《憤怒的回頭》一書附錄的資料：〈天狼星詩社：七〇年代大事記〉。一九八〇年的資料則參考《天狼星詩社成立十週年紀念特刊(1973-1983年)》)

詩社從一九七三年到一九七六年年杪瑞安一眾退社，在台另組神州社，便進入第三階段：「溫瑞安缺席」的天狼星詩社在許多方面都不同，這是必然的事，也是詩社必須面對的事實。神州社的成立，也使留在大馬的社員自然萌生一種競爭的心態，包括已經三十歲出頭的我，都不願意看到詩社在溫、黃、周、方、殷、廖諸人離社之後而陷入委靡不振的局面，爲人恥詬。「世紀文化公司」便是在這種心態下成立，我們知道一定要搞好出版、行銷，我們才能與瑞安一眾「較量」。這個時期，張樹林、黃海明、沈穿心、孤秋、謝川成、林秋月實際上已代替了退社成員所留下來的空間。

三、出版書籍才是最雄辯的

從一九七七年到一九八〇年詩社邁入第三個時期，也許我應該把這個時期稱爲詩社的出版／收穫時期，相對於詩社第二個時期僅能出版《大馬詩選》與《將軍令》書籍兩冊，詩社於一九七七年至一九八〇年共出版個人結集及合集多冊，它們是《大馬新銳詩選》(張樹林主編)、《流放是一種傷》(詩集，溫任平著)、《易水蕭蕭》(詩集，張樹林著)、《眾生的神》(詩集，溫任平著)、《橡膠樹的話》(詩集，藍啓元著)、《傳統的延伸》(論述，沈穿心著)、《走不完的路》(合集，風客等著)、《千里雲和月》(散文，張樹林著)、《天狼星詩選》、《憤怒的回顧》(論述，溫任平、藍啓元、謝川成編)、《文學觀察》(序文，溫任平著)、《青苔路》(合集，千帆等著)、《風的旅程》(合集，程可欣等著)、《晨之誕生》(詩集，川草著)共十四種，均由天狼星出版社出版。我個人也在台北出版散文集《黃皮膚的月亮》、詩論《精緻的鼎》，大馬華人文化協會出版我的論述《人間煙火》，加上朝浪的詩集《漁火吟》、陳強華的詩集《煙雨月》，天狼星詩社成員從一九七七年到一九八〇年這四年內共出了十九本書，以當時詩社成員物力財力之匱乏，這成績算得上是斐然可觀的了。

也許有人會以爲一九八四年開始，詩社逐漸沈寂，生力不繼，資料自然闕如，揆諸實況，又非如此。因爲一九八四年詩社的多位成員通過大馬華人文化協會霹靂分會之便參與「馬華現代文學會談」，爲馬華現代文學運動慶祝二十五週年，文學熱忱何其熾勝！一九八四、八五、八六年詩社都有文學聚會，並於每年六月六日的詩人節聚會出版，分發年度詩人節紀念特刊。從一九七六年開始到一九八六年，詩社共出版印行了十一年的詩人節紀念特刊，從未間斷。詩社活力的萎化，大概始於一九八七年，最明顯的「凶兆」是詩人節紀念特刊不再刊行，而一九八六年我從金寶搬去怡保，離開了金寶培元國中這個「基地」，局面變化甚大。一九八七年詩社年輕一代的中堅分子包括程可欣、林若隱、徐一翔、張嫦好都在馬大唸書，首尾不能兼顧，我與樹林、川成諸人都有點意興闌珊，無心戀棧。一九八七年以迄於一九八九年可以說是詩社趨於沒落的衰微期。

換言之，詩社在進入八〇年代，還可以分爲轉型／中興時期，那是一九八一年到一九八六年的事，一九八七年到一九八九年年杪則是詩社的衰退／殞落時期。這麼籠統的說法，自然過於簡化、粗糙，下文當就個人記憶所能及與收集到的資料作些補充。

四、一九八一年，詩社的中興、轉型時期

「天狼星」進入八〇年代便開始看到蛻變的痕迹。

《天狼星詩選》於一九七九年出版，收入三十七位詩社成員的作品，可以說記載／反映了天狼星詩社社員在七〇年代的大體表現。我在《天狼星詩選》所撰寫的序文〈藝術操守與文化理想〉把詩社的工作與宗旨歸納爲六項：

[1] 繼承《海天》、《荒原》、《銀星》等刊物的未完成使命，繼續推廣弘揚現代文學。

[2] 栽培文學的新生代，盡可能獎掖提攜後進，爲文學界提供新的血輪。

[3] 建立一種以文學藝術爲事業與職志的生命信仰。

[4] 在文學界矗立一座不顧現實的考慮，孜孜於文學藝術的追尋之典範。

[5] 在我們能力做到的範圍內，盡可能普及文學教育，使文學在文化格局中發揮更大的潛移默化的功能。

[6] 維護文學作爲一門藝術的尊嚴。文學並非政治的附庸，作家的任務不是充當某種政治教條的傳聲筒，而是客觀的、忠實的、全面而深入的去探究現實與人生。

一九八三年十二月三十一日當詩社出版十周年紀念特刊時，我們再把上述六項宗旨印在頁首，這樣做不是要把它們奉爲教條，而是自我惕勵，用意是讓大家對於自己投身其間的事業底意義有一種「自覺」。

一九八〇年是詩社的一個重要分水嶺，不是因爲年載的嬗遞（從七〇年代邁入八〇年代），而是因爲詩社的許多分社在七〇年代下半葉漸漸熄火停工，除了張樹林領導的綠流分社，其他的分社已名存實亡。《天狼星詩選》收入的三十七位社員，逾半已輟筆不寫或失去聯絡。我與詩社其他重要成員意會到與其分散力量，零零碎碎搞活動，何不化零爲整，以詩社爲總體，把所有的人力、能量都灌注進去，成果或更可觀。

一九八〇年年杪，我從冷甲調返金寶培元國中任教，局面頓而一變。過去八年來（一九七三年到一九八〇年）我是從冷甲拿督沙咯中學發掘文學新銳。通過華文學會的活動，壁報的寫作培訓，時機成熟，便把有文學潛資的學生帶進詩社。殷乘風、黃海明、林秋月、淩如浪、葉錦來、歐志仁、志才昆仲、陳月葉（堤邊柳）都是這樣吸收進來的。一九八一年我調返金寶任教，發掘人才自然從培元國中的華文學會成員去物色。說起來，謝川成、文倩、張麗瓊以及稍後的程可欣、林若隱、徐一翔在我還未去培元國中教書前，便已加入詩社，因爲楊柳早在我之前便在培元任教，川成等人都是她的學生，上過她的華文課。等到我調返培元，更著意發掘「文學資源」：張嫦好、丘雲箋、吳緩慕、吳結心、鄭月蕾、張允秀、胡麗莊、張芷樂、陳似樓、朱明宋、游以飄、袁鑽英、廖牽心、吳想想、張秀瑾、張啓帆諸人，名單頗長，蔚然可觀，他們是文學的生力軍，也是天狼星詩社跨進八〇年代所吸收進來的新血。

一九八一年實在是十分令人振奮的一年，一九八〇年我們與音樂家陳徽崇聯繫頻仍，籌備把現代詩譜曲製成唱片、卡帶。一九八一年年杪由陳徽崇指揮，百囀合唱團演唱的唱帶《驚喜的星光》終告面世。《驚喜的星光》也是天狼星詩社的社歌。一個文學團體居然擁有自己的社歌，我想這是港台新馬都罕見的吧！《驚喜的星光》共收入八位詩社成員的十三首作品，唱片有些滯銷（那時唱片已不甚流行），卡帶卻迅速售罄。現代詩譜成曲、公開演唱，還製成卡帶廣爲流傳，稱得上是馬華文壇大膽的創舉。

於此同時我發覺詩社的新人程可欣、林若隱、廖牽心、胡麗莊、吳緩慕、吳想想除了能詩能文，音樂素養亦佳，尤以前二者作曲的質與量最爲可觀。於是我便多方面鼓勵她們創作詩曲。雖然她們譜的曲調與陳徽崇的正統藝術歌曲迥異，唯校園民歌式的輕吟短唱，清新自然，不落陳俗，我個人對這種現代詩曲的表現與「受落程度」十分看好。恰巧稍微後進的張嫦好、胡麗莊、張允秀、吳結心等人都非常喜歡唱歌，詩社的活動於是也侵進了音樂的範疇，變得較活潑也較多元化。一九八二年我以大馬華人文化協會語文文學組的名義邀得余光中首趟來馬在三春禮堂演講，我特別囑咐可欣譜了余先生的〈風鈴〉聯同陳徽崇的高足陳強喜等，在演講會結束時來一個「唱詩娛賓」。限於時間，他們只唱了四首現代詩，看的出來，台下的聽衆都意猶未足。這個「印象」（也不知道對不對），使我在當時便暗地裏決定日後有機會要搞一個有規模的「現代詩發表會」。

一九八一年是一個活動多，頗爲豐收的年分。是年六月詩社於邦咯島慶祝詩人節，並主辦文學聚會，會上由張樹林講〈談詩與人生〉。十二月在金馬侖高原大聚，主辦文學研討會，張樹林提論文〈文學創作的動機〉，謝川成談的是〈一條拔河的繩子——談溫任平散文中的憂患意識〉。值得一提的是謝川成於同年十二月榮獲大馬華人文化協會主辦的文學評論獎，獎金馬幣一千元。那年對謝川成而言，我想也是特別有意義的一年，因爲同年他出版了第一部集子《現代詩詮釋》（出版總目18）。詩社同時也出版了徐若洋（即徐若雲）等人的合集《愛蓮說》以及《詩僧》、雷似癡的詩集《尋菊》。記得我還替在馬華現代詩壇備受忽略的雷似癡的詩集寫了一篇序文〈禪機與生機〉，把學佛的雷似癡的作品與《孤獨國》、《還魂草》的作者周夢蝶做了一些平行比較與分析。

一九八二年可謂「多事之秋」，這兒的「多事」取其正面的意義也。那年天狼星出版社第二度奪得大馬華人文化協會的團體獎，獎金二千元，而且「雙喜臨門」，樹林又榮獲是年文協頒發的詩獎一千元。一方面我們忙著籌備余光中來馬演講事宜，那是大馬華人文化協會總會語文文學組的活動；一方面我又與樹林、川成、穿心、錦來、孤秋聯同其他霹靂州文化界的二十多位好友在霹州成立大馬華人文化協會霹靂州分會。分會於一九八二年三月十四日舉行成立典禮，會場的「書展」，展出的全是天狼星詩社的藏書，列爲非賣品，供與會者瀏覽。即使在那麼緊湊的事務壓力下，詩社於六月詩人節仍如往常那樣在金馬侖高原主辦文學研討會，由我談「分段詩試探並舉例」，樹林講「馬華現代散文的特色與前景」。

詩社的轉型大約始於一九八三年，我於是年與樹林、川成、穿心商議，決定在六月的詩人節聚會上完全由詩社新銳在文學研討會上提呈論文，我們幾個「老頭子」退居顧問。記得那年林若隱提的論文是〈欣賞的起點：談現代詩的具體表現〉，程可欣提的是〈馬華新生代作者的現代散文風貌〉。她們的演說緊張了些，但大體上仍能講析得有條不紊。我認爲評論的訓練不僅要能條分縷析，寫成文章，還要能在台上侃侃而談，讓聽眾聽得明白。我想程可欣、林若隱的評論根底就是這樣逼出來的。一九八三年七月，我個人受商報／大馬作協之邀，擔任寫講習班的講師，談〈現代詩的欣賞〉。

一九八四年我與詩社同仁決定主辦「馬華現代文學會議」，以具體的行動來紀念馬華現代文學的二十五週年，天狼星沒有這樣的物力、財力、人力，但大馬華人文化協會霹州分會有這分能耐，雖然在怡保怡東酒店主辦的兩天的大型研討會耗費近一萬五千零吉，但大家都認爲「此事可行，而且值得去做」。於是我們四處籌款，出版特刊，徵求廣告；另一方面是爲馬華現代文學的詩、散文、小說三種文類的作家「點將」，擬出一分名單來，決定邀約六十位作家。詩人、散文家、小說家的人數大概都以二十人爲限，以求均衡，會議除提論文外，還分成三個小組討論二十五年來馬華現代文學在詩、散文、小說三個範疇內的成績，每組都有正副組長，總結的工作由組長負責。老實說在節目緊湊、時間緊迫的情況下，各組的討論都難免流於表面，各組組長在匆忙中整理出來的總結也有急就章之嫌。錢花了不少，熱鬧也夠熱鬧，對馬華現代文學二十五週年的成果，處境、困擾觸及的層面卻不夠深入，不無遺憾。就這個意義而言，一九八〇年爲了紀念馬華現代文學踏入二十一歲的成年期而彙編出版的《憤怒的回顧》反而要比馬華現代文學會議來得有分量，也更重要，下面當專題討論之。

不過我自己幾年前的心願，要搞一個像樣一點的現代詩發表倒是實現了。詩社的歌手可欣、若隱，連同張嫦好、徐一翔、吳結心、朱明宋、張允秀、胡麗莊、吳緩慕與陳微崇的百囀合唱團團員在文學會議過後唱了近二十首現代詩曲，唱的人與聽的人，台上台下都十分過癮。一九八四年的重要事項，有謝川成的第二度獲得大馬華人文化協會頒發的文學獎。一九八一年他拿到文學評論獎，一九八四年他奪得詩獎，文學理性與感性的發揮都見到成果，不僅川成竊喜，我這個啓蒙老師也為他雀躍。

剛才我提到詩社的轉型，讓詩社新銳出來主持大局，一九八三年，程可欣、林若隱二人在評論／演講方面已漸具大將之風，一九八五年我與樹林、川成等人決定在社務方面完全退下來，由程可欣擔任代理社長，林若隱擔任代理署理社長，秘書由張嫦好代理，財政由徐一翔來管。我不知道這一步棋走得對不對，但我個人為大馬華人文化協會的事而忙，樹林與川成又參與青運霹州分會的活動，不久即擠身領導層，我們三人都有分身乏術之感，而且當時我正在籌編四巨冊的《馬華現代文學選》，計畫每冊五百頁左右，收入現代詩、散文、小說及評論四部分，心已不能旁騖。我與川成又想出奇招出版一冊中、英、巫三語對照的天狼星詩社社員詩作合集（我們兩人是瞞著大家進行的），並選在一九八五年六月六日詩人節出版，準備給大家一個意外的驚喜。現在回想起來，一九八五年我與樹林、川成把詩社交給可欣、若隱、一翔、嫦好「管理」，在佈署上可能有欠思慮，因為她們在一九八五年開始先後進了馬大唸書，功課的壓力，使她們無法顧到詩社頗為繁瑣的事務。不過她們這幾個人在馬大，也是不甘寂寞的，林若隱聯絡駱耀庭，可欣聯繫另一位詩社社員林添拱（比她高一屆的中文系同學），加上一翔、嫦好與張允秀與當時中文系的文學同好（如林雲龍、張玉懷、莊松華、潘璧華、陳全興、朱旭龍）在馬大成立「文友會」，並於八五年籌辦第一屆「文學雙周」，接下來的幾年（一九八六、八七年），馬大「文學雙週」都是「文友會」在推動。而文友會後面的動力來自天狼星成員的「推波助瀾」，就這一層意義來看，她們是把現代文學的種籽散播到大專學院裡，是把現代文學普及化的具體表現。

一九八五年六月六日，由我策劃、謝川成主編的《多變的繆斯》（天狼星文萃5，出版總目22）剛好趕得上在詩人節聚會上出版並分發給大家。這部三語詩集，巫譯者潛默、張錦良，英譯陳石川，都是學有專長之士。收入的社員包括溫任平、張樹林、謝川成、藍啓元、孤秋、風客、葉錦來、程可欣、雷似癡、林秋月、徐一翔、林若隱的作品，這部三語詩選有它一定的分量，不僅因為它是天狼星詩社的一個重要突破，而且以三種語文來出版詩選也「可能」（我用「可能」，因爲我不太確定）是大馬詩壇的創舉。

一九八五年九月還有一件頗爲重要的活動，應該記載下來。那就是我個人受檳城中華大會堂之邀前去講五四的新詩與現代詩，隨行的程可欣、林若隱、張嫦好，加上陳輝漢在文學講座過後的當晚唱她們新譜的歌。這時的可欣、若隱已在唸大一，譜曲的功力已非當年譜〈初翔〉的稚嫩，他們一組四人，分別以獨唱、二重唱、合唱的方式唱出方旗的〈江南河〉、瑞安的〈華年〉、方娥真的〈歌扇〉、吳結心的〈神話〉、林若隱自己的〈過客〉以及我的一首小品〈一九八四年的注腳〉以及我的另兩首較繁複的詩〈格律〉與〈一場雪在我心中下著〉，聽眾的反應相當好。這是天狼星詩社在北方第一次亮相，並且真個露了一手。那晚與陳應德、傅承得、賴敬文諸人相聚甚歡。接下來的一兩年，我便藉此文學淵源，先後邀請陳應德、傅承得前來大馬華人文化協會霹州分會主辦的文學研討會演講。只有賴敬文似乎真的全面淡出文壇，無法邀約得上。

上面的活動固然頻仍，文字的事功則以文學選的付梓最重要。《馬華當代文學選》的散文、小說部分在一九八五年先後由大馬華人文化協會出版面世。我對這部大部頭選集的出版，感受頗複雜。一方面是詩部分、評論部分因爲文協面對財務困難無法印行，而文學選與我當年的構想也頗多出入。

這部一九八一年就開始籌編的《馬華當代文學選》原來的名稱是《馬華現代文學選》。我在邀稿信上以及在提呈給文協的計畫書上都用「現代」這個詞。但當時任文協執行主任的周福泰最後通知我理事會決定把名稱從「現代」改爲「當代」，使我十分震愕。我原意是要把六〇年代到七〇年代末前後二十年的馬華現代文學作家／作品作一斷代匯集，目的是爲二十年來的馬華現代文學保存一分珍貴的成績或者說文學遺產。可惜事與願違，我的計畫到頭來功虧一簣。理事會還要我在文學選的編委成員裡多邀「中間派」與「寫實派」作家各一人，「以求平衡」。「現代」是 Modern，現代主義是文學的一種派別或表現方式，有其精神面貌與特色；「當代」是 contemporary，完全是一種時間的標誌。我權宜輕重，決定函邀資深作家翠園（彭士麟）與風格傾向寫實主義的馬崙（夢平）加入編委陣容。散文仍由張樹林編、謝川成、沈穿心分別負責評論與詩的編選，馬崙則負責小說部分。由於文學選書名的更動，我特別囑咐樹林、川成、穿心等人選稿得現代、寫實兩者兼容並蓄，以求名符其實，當然我原來要替馬華現代文學（1960-1979年）留下一分實錄的構想是無法實踐了。這是我平生最大的一件憾事。

五、衰微時期與新生代的崛起

一九八六年天狼星詩社又再改組，這次是由謝川成擔任社長，由原班人馬：可欣、若隱、一翔、嫦好輔佐他。那時川成從馬大畢業出來已兩年，在安順蘇丹阿都亞茲中學任教。他從該校吸收到一些人才，但我在那年移居怡保，在育才國中任教，地理距離越來越遠，搞活動已力不從心。一九八六年徐一翔主編的詩人節紀念特刊如常出版，我們也在金馬侖高原有文學聚會，提呈的論文現在已追想不起來了。一九八七年詩社的活動十分沉寂，一九八八年川成不甘雌伏，我們再度選擇在高原大聚，邀得祝家華、沈鈞庭、潛默在文學研討會上分別提論文，這次提論文者均非詩社成員，乃前所未有之舉。可惜這竟是詩社最後一次文學聚會。

一九八六年我個人出版《文學・教育・文化》，收入個人從一九七八年至一九八五年十月於不同性質的研討會上提呈的十六篇工作論文。一九八八年十月謝川成出版他的第二本個人詩集《夜觀星象》。一九八九年五月天狼星出版社印行了潛默的《焚書記》，「末代社長」謝川成仍企圖在具體的書籍出版方面維繫詩社的聲名於不墜。一九八九年八月，在近打師訓學院任講師的川成鼓勵他的學生謝雙發出版詩集《江山改》；一九八九年十一月我離開怡保遠赴首都找尋生計，「爲稻粱謀」，不再過問詩社事務。天狼星詩社從綠洲的萌芽，到一九七三年的正式成立，在「風雨飄搖的路」（這恰好是我的第一本書的書名）上顛簸行走了十七個年頭，終於宣告完成了它的歷史任務，停止活動，「結束所有營運」。撰寫此文，走筆至此，不禁泫然而淚下。天下無不散的筵席，原來是有其至理的。

詩社散佈於各地，各個不同工作崗位的前詩社同仁，只能用「各有造化」形容之。一九八七年若隱、可欣、嫦好、陳強華連同剛從台灣留學歸國的林金城（他不是詩社社員）組成了「激蕩工作坊」，從事譜曲，也作了好幾場受人矚目的演唱。林添拱則擔任三家雜誌的出版人，川草是雜誌總編輯，陳美芬、藍薇、冬竹、沈穿心、綠沙、凌如浪都服務於雜誌社與報界。詩社的最後一位社員陳鐘銘曾於不同年度先後獲得大專文學獎的散文與新詩主獎，而詩社年輕一代的新血游以飄則曾囊括大專文學獎的散文、小說、詩三個項目的主獎，這個表現稱得上殊勝了吧！李瑞騰教授認爲七字輩的文學新人當中，游以飄的表現最是突出。事實上游以飄也不負眾人之期望，奪得了由星洲日報主辦的第三屆花蹤文學獎的新詩主獎，獎金五千元。特別要一記的是第二屆花蹤文學獎新詩主獎得主也是詩社成員，她就是林若隱。一九九七年的今天，謝川成，程可欣都已是文學碩士，都任職於教育界，若隱也在教書，目前正在寫著碩士論文，照我看，她的碩士學位考到之後便是她東山再起之時，在教育界服務的前社員，據我所知，還有淡靈、桑靈子、藍雨亭、林秋月、藍啓元還是校長呢！黃昏星、周清嘯服務於文教機構，前者還以李宗舜之名重新馳騁於大馬現代詩壇呢！在這個階段，我無法估計這些「滲透」（我想不到更好的字眼）或分布在各行各業的前詩社社員會發揮怎樣的作用，文學雖不一定是經國之大業，卻一定是不朽之盛事，通過這些分布於各地的社友的影響，會潛移默化出怎樣的文學新生代來，那是要假以時日才能看到的眉目的。不過八〇年代，尤其是九〇年整個大馬文壇的「文學生態」已與七〇年代不同，六〇年代的現代文學篳路藍縷，處境頗苦，除了《蕉風》、《學報》幾乎找不到什麼園地可以發表他們的作品，偶在報章文藝副刊出現都帶些點綴意味，非「主流文學」。七〇年代是一個重要的過渡期，充滿了矛盾、疑惑、不安。「現實」、「現代」兩派的關係，一言以蔽之是「口和心不和」，經常鉤心鬥角，不僅報章副刊仍不時刊出攻擊現代文學的文字（七〇年代大事記曾多次記下詩社成員參與文學論爭，且一辯數月的事，今天來看，實在不可思議，我個人也曾多次成爲攻擊，批評的對象），即使在情況較改善的七〇年代，現代文學作者與在大學任教的學者對現代文學的看法也人言言殊，從《憤怒的回顧》的十人訪談／筆談裡，大家不難窺見這種不協調的現象。

六、《憤怒的回顧》：有人樂觀，有人悲觀

《憤怒的回顧》這部書由藍啓元、謝川成聯合主編，書名特別注明「馬華現代文學運動21週年紀念專冊」副標題，封底用英文寫上 This book is published to commemorate the 21st anniversary of the Malaysian Modern Literary Movement。專冊收入論文六篇，包括我本人的〈馬華現代文學的幾個重要階段〉及〈馬華現代文學的意義與未來發展：一個史的回顧與前瞻〉、張樹林的〈馬華現代文學三重鎮〉、藍啓元的〈馬華現代文學新生代作者的困擾〉、沈穿心的〈馬華現代詩的中心主題試探〉、謝川成的〈以宋子衡、菊凡爲例，略論馬華現代短篇小說的題材與表現〉，不僅從歷史的角度談馬華現代文學，也探討現代詩、現代散文、現代

小說這三個重要文類的表現，以及現代文學新銳面對的難題，天狼星詩社關心的不只是現代詩，也關注現代文學的整體表現，包括現代散文、現代小說的成果。

這部冊子也訪問了馬華文學的十位知名人士，包括作家、詩人、教授學者、文史家、報章文藝副刊編輯人，他們是姚拓、鍾夏田、王潤華、吳天才、鄭良樹、楊升橋、陳輝崇、葉嘯、李錦宗、宋子衡，訪問以面談／筆談的方式進行，提出的問題包括：

[1] 一九七九年是馬華現代文學萌芽以來的第二十個週年，你是否贊同廿年來馬華現代文學的發展已取得一定的成就？

[2] 您認爲廿年來的馬華現代文學，已哪一種文類的創作最豐收？原因何在？

[3] 對於馬華現代文學的創作與取材方面，你有何意見？

[4] 在你所接觸到的馬華現代文學作品當中，你認爲馬華現代文學的優點和缺點在哪裡？

[5] 無可否認的，在馬華現代文學的發展過程中，曾有過不少的阻礙與抗力，您認爲這些阻礙與抗力的癥結在何？

[6] 在可預見的將來，從事現代文學創作之作者，應該採取什麼方法去克服上述癥結或難題？

[7] 我們當時可以聽到「文學大眾化」的呼聲，就當前現代文學的趨向來看，您對這問題持何見解？

[8] 依您看，馬華現代文學的前景如何？

我們得到的答案相當分歧，即使針對第一個問題，小說家宋子衡的答覆是：「我不能講美麗的謊言，如果說馬華現代文學已有了一定的成就，那只不過是自我安慰。」《讀者文藝》主編和當時擔任作協副主席的鍾夏田的意見是「我不認爲已取得了一定的成就，比起一些現代文學興盛的國家，例如台灣，我們的作者顯得仍不夠成熟。」在馬大任教的吳天才副教授的觀察是「由於作者多年來的辛勤耕耘，馬華現代文學的發展是已經取得了一定的成就，就作品而言，各種文集的數量自是可觀；在質方面，也有很大的突破，這都是令人欣喜的！」而吳天才的樂觀與雜誌主編葉嘯的悲觀剛好形成一個強烈的對照，葉嘯認爲「當我們回看馬華現代文學二十年來的『量』與『質』的時候，我們卻無法拿出具體的成績來！這一點，是教人失望的。……我們還沒有一部像樣的文學大系或選集。」專事收集文學史料的李錦宗卻謹慎地判斷：「已經取得了一些成就。只要大家回顧馬華文學的發展過程，我們不能夠否定現代文學的存在。」

這種意見的歧異在相當程度上可以說反映出了馬華現代文學七〇年代根基仍不夠穩定，它的映像界乎清晰與模糊的灰色地帶，所以才會出現上述人言言殊，見仁見智的現象。

就馬華現代文學所面對的抗力與癥結所在，大家的意見則較爲接近，馬大的鄭良樹副教授的觀察是「現代文學在馬華文壇扎根的初期，本地的刊物（如《蕉風》月刊）曾大量刊載外國作者（尤其是台灣作者）的詩文，這有點像是憑空殺出的奇兵，很令一些年輕的作者興奮，而視爲其模仿的對象。但在同一時候，保守派的作者卻視其爲異端，指其爲舶來品，而不是本地的文學傳統。於是，馬華現代文學有它的倡導者、追隨者，卻也有排擠它的人。這種現象一直持續，到今天爲止，我們還不時聽到看到兩者之間的紛爭。」鍾夏田認爲馬華現代文學受到的阻力與抗拒，原因是「就客觀而言，是在思想意識和現實主義者有所衝突；就主觀而言，現代主義者的氣焰，是令人反感的一個主要因素。」葉嘯的看法是阻礙與壓力「最主要的還是來自在馬華文壇享有傳統地位的寫實派，由於寫實派的作者深受五四文學的影響，對於一些表現手法較新，曲折深蘊的寫作技巧難以接受，故加以排斥和抨擊，更多是以敵視的眼光加以謾罵，很少有中肯的批評和善意的建議，因此造成了現代文學和寫實派形成了對峙之勢。」吳天才則指出「馬華現代文學有今天的成果，可爲歷盡艱辛。在其發展過程中所遭遇的阻礙與抗力，據我看，最主要的是派系之爭。現代文學在大馬植根的初期，新技巧新手法的運用，頗引起一些前輩作家的非議，及至後來雙方成見加深，更是水火不相容。這種對峙的局面，造成現代文學本身的發展屢遭逆境。從當時文藝園地幾乎全受壟斷的情形，就可看出馬華現代文學發展是多麼困難。」

這幾段談話裡面有幾個重點，一是大馬的現代文學引自外國作家，尤其是台灣作家的詩文，管道是《蕉風》。現代文學在草創階段，文藝園地幾乎被現實派所壟斷，現代文學幾乎沒什麼園地可以發表作品（除了《蕉風》），我想吳天才指的是六〇年代當時的「文學生態」。寫實派一向來享有傳統的主流地位，不能接受新手法，新技巧的現代文學表現，因此加以排斥，於是便演變成對峙之勢的意氣之爭，這點觀察葉嘯與吳天才幾乎一致，想來也是事實。鍾夏田則隱約地提到了「現實」與「現代」後面的思想意識衝突，還有現代主義作者的氣焰「令人反感」。我想當年的天狼星詩社的行事作風，擁護它的人大概會覺得它充滿生機，「創造神話」（賴瑞和語）；不過詩社擴張迅速，總難免令人有些側目。包括楊升橋，我本人在內的現代文學作者在七〇年代的一些言論也可能不太中聽，甚至令人反感。不過這都是二十年前的事了。白頭宮女話當年，大家是平心靜氣地去回顧／檢視過去，重提往事絕無揭發舊日瘡疤讓大家再來疼一次的意思。

至於馬華現代文學的前景會如何，小說家姚拓認為「有賴於新一代作者的耕耘，有了踏實的創作，才可看見前景的曙光。」音樂家陳徽崇的看法是「肯定有的，路走對了，那怕不到目的地。」李錦宗觀察到的是「最近已有跡象顯示，一些作者在取材與表達方面，都有某種程度的改變和突破。他們嘗試以最淺白的文字，寫出內涵最深刻的作品，同時內容開始瀰漫著人間煙火。就此跡象而言，馬華現代文學的前景，是令人感到樂觀的。」文學批評家的楊升橋則從具體的例證作出推斷「儘管諸多阻礙和誤解，馬華現代文學中將取得主流地位，這很明顯地可從《新馬華文學大系》看得出來。翻開該大系，閱讀到詩的部分，越是後期就越多形式，實質均有現代精神的現代詩。」鄭良樹是「寄以厚望，……但並不樂觀。」吳天才則比較肯定：「我預期它的未來更有表現。」鍾夏田是有條件的樂觀：「若能不落窠臼，擅用本身長處，超越前輩境界，前景自然豁然開朗。」陳徽崇則「希望馬華現代文學能出現大氣魄的作品使其影響深且廣。」楊升橋提醒馬華現代文學作者「不要喪失可貴的『獨立性』和『民族性』」。宋子衡是最悲觀的了，他說「現代文學在沒有足夠營養的條件下尋求生存。」

其實有關馬華現代文學前景的估測，大家意見紛紜，莫衷一是，與問卷第一項「現代文學是否已取得一定的成就」是首尾相關的。在七〇年代，馬華現代文學阻力不少，進入八〇年代的發展如何實在不易估衡。在九〇年代的今天，大家可能會對我們當年的迷茫、不安覺得奇怪；歷史真的是充滿吊詭的。人馬作協在一九七七年籌組時，我曾在是年八月與楊柳、藍啓元、楊升橋、鄭菁蘭前去首都與游川、葉嘯、川谷、潘友來、川草、梁紀元、張瑞星、周喚、張宇川等在建國日報總社會議室（除了川草，其他文友均非詩社成員），商討作協成立之後現代文學的處境與應對之策，這種過敏反應，在相當程度上反映了現代文學作者群當時的危機意識，有誰想到八〇年代的思想意識之爭會逐漸淡化，進入九〇年代的今天，「現實」與「現代」幾乎熔冶於一爐，共存共榮？我在「馬華當代文學選」的總序中曾寫過一段這樣的文字，或可作為九〇年代馬華文學的寫照：「由於這兩股文學思潮的相激相蕩，有競爭才有進步，對雙方面作品素質的提高倒有一定程度的幫助。在彼此企圖說服或駁倒對方的過程中，現實主義的作者群意識到加強文學技巧的需切，以減輕來自彼方的詰疑；現代主義的作者群也努力在思想主題方面從個人走向社會，以消弭來自對手的責難。這麼一來，兩方面都在不同的文學考慮下改善了自己。」

七、強人式領導：文學直銷

天狼星詩社作爲一個同仁團體，其組織頗嚴密，活動頗「軍事化」。其實軍事化是守紀律、守時，「服從」訓練之意。因爲我個人比詩社其他同仁年長許多，瑞安還在詩社那段時期，他與他同窗好友黃昏星、周清嘯、藍啓元諸人都比我小十歲，後進一些的樹林則小我十二歲。川成比我小十四歲，可欣，若隱，一翔諸人比我年輕二十歲，游以飄大概比我小二十六歲，加上他們都是我直接或間接的學生，都稱我爲「老師」，所以在詩社我便形成「馬首是瞻」的一個人物。說來也真慚愧，這種「強人式的領導」，使我爲詩社策劃的一些活動能「一以貫之」，弱點是一般詩社成員年紀都輕，沒有事業基礎，更談不上任何經濟基礎，所以在推廣詩社的各項活動經常都會面對各種阻力，很多問題都得由我加上已經出來做事的樹林等人承擔，我又有一惡習，幾乎去到每一間學校教書都會「自動自發」去發掘人才，而學生家長認爲「寫作會影響子女的功課」，所以我曾面對過的詰難，十多年來實在數不勝數。

「天狼星」作爲一個同仁團體，好處是社友彼此互爲激盪，互相鼓舞，大家的創作熱忱不易衰竭。怠慢下來。不過寫作畢竟是一件十分個人的事，有些文學潛質優異的社員像何啓良、許友彬、林濟、李木真（還有其他的，無法一一枚舉），性情氣質可能傾向獨來獨往，不太可能適應天狼星詩社的氣候，逗留了一、兩年後便離去，當啓良讚賞藍薇、冬竹、飄雲、林秋月爲未來的 Emily Dickson 的時候，那是在一九七八年，那時他已離開詩社好幾年了，所以上述讚譽應該不是「自己人捧自己人」的場面話，而詩社嚴酷的文學訓練，包括限時創作，通宵不眠參與文學討論／辯論這樣的活動，也許太過於嚴苛，已經拿到 M.B.B.S.掛牌行醫的陳質彩便曾埋怨過這種訓練「相當不人道」，可能有不少社員與她有同感。但，在馬大中文系任教的何國忠有一次在我召集的一項校園文學討論會上和我說，他自己在中學時代十分嚮往「天狼星」，很想加入詩社，只是一直沒有助緣促成此事，他對詩社嚴格的文學訓練反而流露出孺慕之情，無論如何，我想我那些年一定是被某種 obsession 或者是某種業力（Karma）的牽引，在文學上把自己和他人都逼得那麼厲害。至於這樣做的是非功過我當然是無法自我評估的。

有一點我應該要在這兒特別指出的是，詩社的所有活動都不曾與政治掛勾，事實上我在「天狼星詩選」前面那篇序裡說得很清楚，文學不能成為政治的附庸，不能為政治服務，而這種立場或原則也正是七〇年以迄八〇年代上半葉詩社被人抨擊為「不食人間煙火」、「吟風弄月」、「搞的都是與社會無關的純文學」的主因。

詩社能從一九七三年撐到一九八九年，或者以溫瑞安時代算起，從一九六七年支持到一九八九年，稱得上是一個不大不小的奇蹟。我們在沒有經濟外援，國內文壇又不太接受我們這群異端的情況下「打拚」了這許多年，靠的是年輕人的激情與理想的力量，我去到每間中學都在做「文學直銷」（如果當年我做的是其他產品的直銷，今天可能是「直銷之神」了，一笑），即使調去怡保育才國中的一九八六年，我對詩社已有些意興闌珊，但我仍栽培一批文學新血出版《傲雪》期刊（共出版十六期），一九八九年詩社結束，我在吉隆坡尊孔國中也發掘了十多位寫作新人、搞壁報、不斷借書給學生們閱讀和鼓勵他們寫作，只差一件事沒做，我不再招攬這些新人進「天狼星」了。至於怡保育才國中和尊孔國中的文學新血，在我離開教育界後，他們的文學探索是不是還持續下去則不得而知。一九九七年的今天，論析「天狼星詩社」真有點驗視／剖驗一個文化遺體的意味，寫到這裡，只能用弘一法師的「悲欣交集」來形容我的心情。

原發表1997

雨林文學的迴響

——1970-2003年砂華文學初探

＊沈慶旺（綜合整理）

一：緒　言

砂華文學這一個名詞的出現是始於五〇年代中期。[1]

一九六三年砂拉越與沙巴加入馬來亞聯合邦組成馬來西亞，砂華文學創作便成爲馬來西亞華文文學（馬華文學）的一部分。砂拉越華文寫作人在整體上，也認爲砂華文學是馬華文學的一支流系。砂華文學如何融合又如何成爲馬華文學的支流，並沒有具體的導線；在文學統合上的立場，既然兩地政治已合爲一家，砂華文學的發展也應屬於馬華文學一部分，在馬華文學的發展史上也應合爲一脈。

從整體來看，兩地寫作人有一定程度的文學淵源及相似之處，比如戰後兩地寫作人的創作都在反侵略、反封建、意識型態傾左、文學創作基本題材都與當時的社會運動配合。這時期的作者和作品，直接或間接體現的主題，都是反對殖民統治、要求獨立、支援亞洲各地民族民主運動。六〇年代以後，兩地文藝青年在接受中國、台灣、香港文學思潮，同時期歐美文學理論又被引進大馬。然而這段時期的砂華文學的創作課題一樣傾左。馬來西亞成立前後十餘年，砂拉越獨有的文學主題，即「反對成立馬來西亞，要求獨立」，這股洪流演變成政治鬥爭；文學創作被當作政治工具，引發馬來西亞中央政府對寫作人的鎮壓，「鬥爭文學」因而轉入地下；正當反殖民爭取獨立的民族主義運動，

---

[1] 黃妃《反殖時期的砂華文學》（詩巫：砂拉越華族文化協會，2002，頁 2）

激發各族人民的政治意識而掀起高潮的時侯，抱著信仰與理想的年輕文學工作者，在這時期紛紛湧現，並發表了許多反映當時社會水深火熱的作品。然而，也因著當時的年輕文學工作者，屢遭變故與叵測的人生際遇，致使其中許多的文藝青年不得已放棄文學活動，無奈地告別砂華文壇。

溯源砂華文學的成長歷史，砂拉越華文報的文藝副刊是最主要的推動媒介，要探索早期砂華文學，唯一途徑就是從報刊著手。一九二七年砂拉越第一分華文日報《新民日報》出版，隨著當時的反帝反殖運動，當時的文學活動與作品也與此運動相互呼應。繼後創辦的華文報章也延續了「反映時代思潮」的傳統。而砂華文學的歷史就經由這些前扑後繼的華文報刊文藝版斷斷續續地貫串起來。三〇年代中期，砂華文學仍然顯現僑民文藝和抗戰文藝的內容。一九四九年之後，砂華文學的內容又有了改變，慶祝新中國的成立催促了民族主義情緒的再次勃興，同時也激發了本土意識的萌芽。[2]

一九五六年至六二年，是砂華文學的啓蒙期。直至一九六二年，「汶萊事變」後，英國殖民政府遂利用這個時機，大批追緝砂州政壇上的左翼領袖與幹部，並以高壓手段控制了當時的緊張局勢，竭力維持地方上的安定。在這種情況下，任何敏感的刊物皆成了反政府的憑據。不安的時局，促使許多華文寫作人皆紛紛棄筆，造成了文學活動的低潮期，文學書籍的出版也遠較前期少，砂華文壇也在這段期間沉寂下來。然而，回顧五〇年代中期到六〇年代初期的砂華文學作品，它已強調地方和本土色彩，鄉土文學的精神面貌正在開始萌芽。

時至今日，砂拉越只剩下華文獨中十四間，華文小學二百餘間。華文報則有日報五家、晚報兩家。從平面媒體留下的資料來說，砂華文學主要於二次大戰後收穫比較豐富，而以六〇年代末期文學創作最爲活躍。

進入七〇年代後，砂拉越的政局也隨著砂共結束武裝鬥爭而開始穩定，文學題材於是有了新的發展，「現代主義」在這時期帶起了勁風。七〇年代初期，台灣「現代主義」時興，同時影響部分砂華文藝青年，砂拉越文壇出現「現實主義」與「現代主義」之爭，文學題材與表現手法開始變化。

穩定的政局，促使砂州的文藝副刊，在接下來的十年中，如雨後春筍般出現。在這些文藝副刊中，較具水準的有《國際時報》的《熱風》、《黎明》、

[2] 同上，頁3。

《召喚》、《激流》、《學園》，《詩華日報》的《烈火》，《前鋒日報》的《青年園地》及《星座》，《中華日報》的《文藝陣地》、《綠網詩蹤》及《椰風》，《砂拉越晚報》的《路》、《學園》和《原野》，以及《前鋒周報》的《圓圈圈》，《砂拉越晚報》星期特輯的《悲喜》。

七〇年代出版的書籍約有數十多本，顯然的比六〇年代多，在這些作品中有由砂拉越星座詩社所出版的《砂拉越現代詩選》（1972）、謝永就的《悲喜劇》（1973）；婆羅洲文化局共出版了三十八本有關文學與民俗的著作；在小說方面，則有魏萌的《紅毛丹成熟時》（1970）、《狂風暴雨》（1973）、《聞人》（1976）；砂拉越寫作人協會也出版了徐毅的《遇》（1978）和方秉達的《趾外》（1978）；作者自行出版的文集，則包括東門草四郎兄妹的詩集《顧影集》（1970）、克風的《笑的早晨》（1973）、謝水旺的遊記《北京去來》（1973）、阿鵬的《奮鬥》（1979）、黛娜的《黛娜園地》（1979）、魯鈍的《沙漠之歌》（1979）、閨土的《屑塵集》（1979），以及一些文史類的著作等，整體上不論是數量還是質量上，都取得較前期更爲不俗的成績。

一九七一年，砂拉越星座詩社成立，它是砂拉越第一個合法註冊的文學團體，間接帶動了砂華現代詩的創作浪潮，開創砂華文學的新里程碑。不同流派的寫作人曾在這個年代展開一陣論戰。

八〇年代，數個文學團體陸續成立，帶動了砂華文學及文學源流開枝散葉。「砂拉越作家協會」和「詩巫中華文藝社」相繼成立於一九八六年及八八年，當時砂華文壇的各種文學活動也日趨頻繁。

生活水平不斷的提高，除了接受較高的教育之外，出國留學的海外留學生接觸了層面更廣的文學領域，這種域外文化／文學的接觸也改變了砂華寫作人的文學觀，使他們意識到藝術表現手法的重要性。這時期，通過報章上的文藝副刊，年輕寫作人致力於文學創作上的探尋。當代的文藝副刊不僅擁有驚人的數量，同時在內容方面也呈現百花齊放的局面。各派寫作人當中，以藝術表現手法著稱的現代派作者，都喜歡把稿件投到《砂拉越晚報》的《星座》和《詩鄉》，《世界早報》的《田》和《小黃花青草地》；而一些寫實派的作者們，則在《國際時報》的《星期文藝》和《新激流》，發表他們的作品；而由詩巫中華文藝社在《馬來西亞日報》主編的《文苑》和《新月》副刊，則容納各流派的作品。此外，尚有一些報社自辦的文藝副刊，其作品質量雖然不高，但在砂華文學的發展史上也不應抹殺其功勞，這些報紙副刊包括：《美里日報》的《竹園文藝》，《詩華日報．美里版》的《長虹文藝》和《油城文藝》，詩巫《馬來西亞日報》的《青年文藝》和《學園》等。

除了愛好寫作的砂華作者個別組成文學團體之外，受過華文教育薰陶、喜好華文文學的在籍學生，不論是獨中或國中，也紛紛在校內成立了華文學會。這些在校內及校際活動中均表現得非常活躍的學會，也在報章上開辦了學生文藝副刊。其中包括《國際時報》的《一中園地》、《詩華日報》的《少年筆耕》及《馬來西亞日報》的《學生園地》和《培苗文藝》等。

在出版方面，這時期的出版數量和素質也隨著整個砂華文壇的發展而有所提升。除了「砂拉越星座詩社」、「砂拉越作家協會」和「詩巫中華文藝社」編輯出版的華文作品之外，有許多的出版是通過商家、社團及社會人士贊助出版，如「田思的《長屋裡的魔術師》（1982）、《竹廊》（1982）、《犀鳥鄉之歌》（1986），田思編的《牛車與輪子》（1982）、《磚瓦集》（1982），巍萌的《青春的痕迹》（1980）、《微波》（1983）、《遲暮》（1985）和《巍萌小說選》（1987）；梁放的《煙雨砂隆》（1985）、《暖灰》（1987）、《瑪拉阿妲》（1989）；雪凝的《飄風拾零》（1980）、《雪凝選集》（1982）；吳岸的《達邦樹禮贊》（1982）、《我何曾睡著》（1985）《到生活中尋找繆斯》（1987）《盾上的詩篇》（1988，再版）；沈強的《微風細雨集》（1980）；王繼曾的《遺穗集》（1982）；魯鈍的《生命總要燃燒》（1983）、《魯鈍選集》（1985）；田農的《文學與社會》（1983）；黃楨祿的《黃楨祿詩集》（1984）；英儀《璀璨的人生》（1985）；杜明《魯巴河之戀》（1987）、《串串回憶》（1989）；李采田的《馬鹿山下》（1987）；葉誰的《1964》（1988）；黃國煌的《一千個日子》（1989）；廖升的《廖升詩集》（1981）」[3]。其中包括了詩集、小說、戲劇、散文集、札記和文史、遊記等其著作，其他的則爲各項文學獎優秀作品選集。

美里筆會成立於一九九三年。至此，砂拉越各主要城市都個別擁有文學團體發展和推動當地的文學事業。在這些文學團體及不記名的文學結社與寫作人帶動下，砂拉越華文文學百花齊放。這時期的砂華文學創作最爲活躍，而且平

---

[3] 詳見：蔡增聰編《砂拉越華文書刊目錄彙編》（詩巫：砂拉越華族文化協會，2002）

面出版發達，文學作品如雨後春筍，尤其在網路通行之後，砂華文學創作更在網路之間迅速發展。

九〇年代以後，砂華的文學作品逐漸顯現本鄉色彩，寫作人從本鄉地理環境、歷史、多元種族社會的結構、社會背景發掘大量的創作題材，這些作品的特殊題材造就了砂華文學的獨特性。

砂拉越華族文化協會於一九九〇年二月正式獲得社團註冊局予以批准成立，成爲砂華文學的另一個甚爲重要的組織。它是砂拉越華社文化事業的最高機構，設有一文學組，組員多爲寫作人和文教界人士；這小組的工作是收集文學史料、出版書籍、籌組大型文學活動，並與各地文學團體攜手合作，收集和整理砂華文學史料編印成冊，爲砂華文學的進展增添了一支生力軍。

礙於有關資料的匱缺，砂華文學至今尙未有完整史料，縱有局部片段的敍述文章，也頗具主觀成分，欠缺完善。然而由七〇年代至九〇年代末這三十年來，砂華文壇的收穫，不止令人鼓舞而已，在這段期間所成立的文學團體，肩負著領導砂華文壇的重任。邁入了二十一世紀的砂華文壇，其領導趨勢仍然掌握在文化團體中。在未來的幾年，由各文學團體和出版社推動一項名爲「書寫婆羅洲」的文學創作系列，將是一項重要的活動。類似的活動對砂州寫作人而言是非常重要創作考驗，因爲砂拉越給人的感覺仍然非常陌生，而廿一世紀砂華寫作人要以熟悉的社會環境、風土民情特色，把砂華文學推向另一個高峰。

二：砂華文學團體三十年[4]

三十年來影響砂華文壇比較深遠的文藝社團有五個：砂拉越星座詩社（1970-）、砂拉越華文作家協會（1986-）、詩巫中華文藝社（1988-）、砂拉越華族文化協會（1988-）、美里筆會（1993-）。它們憑著本身的強大活力，結合華社的贊助與支持，以節慶式的大規模文藝活動、長程的叢書出版、常年文學獎或各種徵文比賽，推動並主導了當代砂華文學的發展，爲馬華文學史立下一座東馬文學的耀眼豐碑。這些文藝社團的理念、活動與創作成果，對日後馬華文學史的撰述是一項必要的參考史料。

---

[4] 本節根據周翠娟《砂華文學團體簡介》（詩巫：詩巫中華文藝社，1996）校訂、增補。

（1）砂拉越星座詩社

文學創作意識受時代思想的影響極大。文學是時代的反映，其思想意識決定了文學的生命和延續。每一種思潮的產生和演進與其歷史因素和社會背景是緊密相關的。六〇年代以前砂拉越受英國政府統治，不自由與被殖民統治的人民普遍地對殖民政府表現了一種強烈的反抗意識，這種意識在創作者的心路歷程中產生了一個共同的創作目標，作者們以現實生活的基礎、以熟悉的環境爲創作內容，遵循現實主義的道路，作品反映整個社會現實，反映當時大多數人對社會變革之要求，這時期的創作爲砂華文壇留下許多感人的作品。

六〇年代末期七〇年代初，砂華文壇出現了另一群執著於藝術的寫作人，他們不認同平鋪直敍的寫實主義；他們認爲社會環境的改變產生了新的社會內容，許多因素改變了人的思維方式、價值觀念和心理結構，人與人、人與社會的矛盾，產生虛無的思想和悲觀情緒，傳統的寫作手法已無法反映新社會的現象，他們推崇創作應發掘人的內心深處和無意識領域，強調藝術和想像的創造性，這思潮便是二十世紀六〇年代在西方發展起來的現代主義。一九六六年砂華文藝青年搭上了現代主義列車，他們認爲作品必須提供足夠的想像空間才有價值。雖然這批崛起於六〇年代的砂華寫作青年，在接觸了現代主義文學作品後，間接刺激了他們的文學視野，不過砂拉越地處偏遠，當時的資訊和書籍十分匱乏，這批文學青年只能從可得有限的台灣文學書籍中，去模仿創作所謂的現代主義文學。然而，值得欽佩的是這批青年大多不是純粹接受華文教育者，他們多半是接受小學六年華文教育，中學則多在津貼學校就讀，有者則在政府中學，中學後有部分轉入師訓學院，畢業後便往各中小學執教有者則投入新聞界；中學時期的英文教育和六年小學華文的雙語教育下，使得這批年輕的寫作人比純粹接受華文教育者，在捨棄寫實文學後更能接受來自西方的現代主義作品。他們對於華文文學的執著都是藉著一股熱愛與自修，通過留學台灣的朋友，開始接觸剛在國外萌芽的現代派文學。一九六六年，這批文藝青年在古晉的《中華日報》開闢標榜著現代主義文學的副刊《綠蹤詩網》，砂華文壇才開始出現新的改革。儘管當時他們的作品未臻成熟，《綠蹤詩網》仍被認爲是砂華文學現代主義文學副刊的先聲。這項嘗試後來引起傳統寫實主義寫作人的不滿，在砂拉越的華文報章上引發爲期三個月的筆戰。各方面激烈的聲討令這群剛在文壇起步的年輕人爲之疲憊不已。筆戰結束後，當中有不少人爲了升學和就業，離開了活動中心古晉。現代文學的活動曾經中止過一段時間，儘管如此，他們所播下的種子，卻在砂華文壇悄悄的萌芽；有數名新崛起的寫作人便在前鋒日報上編了另一個現代派文藝副刊《青年文藝》，主張摒棄「爲社會而文學」的觀念，力爭「爲藝術而文學」的嶄新理念。

一九六九年，當時爲生活而離開古晉的年輕寫作人紛紛回來，爲了繼續追求現代文學的理念，遂在《前鋒日報》上編了一個現代文學副刊《星座》。這就是「砂拉越星座詩社」的雛型。

在當時面對寫實派與社會壓力的艱鉅形勢下，以劉貴德、呂朝景等人爲首的這群文學青年遂萌起了將現代文學愛好者組織起來成立一個文學團體的概念。一九七〇年，「砂拉越星座詩社」便在這些現代主義文學帶動者的策劃下，正式宣告成立，成爲砂華文壇上的第一個現代派文學團體。與其他活躍於砂華文壇的文學團體比較，砂拉越星座詩社顯然擁有最悠久的歷史。詩社的創辦人在當時全都是血氣方剛的年輕人，這時期的作品的確不夠成熟，也缺乏文學理論的根基，然而在當時卻是一項大膽的突破。正因爲他們的大膽嘗試，砂華文學才能邁入一個新的里程碑。在這群年輕的寫作人之中，以劉貴德、陳從耀、謝永就、呂朝景、李木香最爲積極。

砂拉越星座詩社既稱爲詩社，早期的確傾向於現代詩的創作，但並不侷限於現代詩創作而已，除小說、散文之外，也嘗試帶動戲劇及現代詩、散文朗誦、演繹現代詩的潮流。

從三十三年的活動記錄來看，砂拉越星座詩社與其他偏重出版書籍的文學團體的作風有些不同。他們的活動不限於任何一種形式，他們時常隨著時代的轉變而不斷地革新自己；唯一持續不變的便是在報章上編輯文學副刊，讓砂華寫作人擁有發表的空間，並主辦常年文學獎。除此之外，他們也曾企圖通過大型的舞台活動來推廣新的文學訊息。

因熱愛現代文學與藝術而成立的星座詩社，歷年來在籌辦活動方面的成就是令人鼓舞的。他們是現代文學在砂華文壇的墾荒者。除了致力於現代文學的創作外，他們亦將現代文學作品以全新的概念呈現出來。

一九七一年，爲了配合詩社的成立典禮，他們以一個別開生面的現代詩畫展爲砂華文壇掀開新的一頁。把一貫只以文字形式表現的現代詩，配合現代畫的藝術，成爲視覺的混合藝術品展現在讀者面前。一九七九年，他們再次舉辦了類似的詩畫展，並受到了熱烈的歡迎。這個由震撼變爲通俗的演變過程，見證了他們的奉獻，現代派文學終於納入砂華文學中。

標榜著現代主義文學的星座詩社，肩負著發展犀鳥鄉現代文學的使命。一九八六年，再次進行了一項新的嘗試，主辦了一項現代詩朗誦比賽。這項題爲「走進繆思的心靈」的比賽中，他們以音韻的方式演繹現代文學，再度證明了沒有舊體詩押韻的現代詩，也有其內在的韻律美，也適於朗誦。

一九八九年，星座詩社以一項大型的舞台綜合藝術「詩的演繹」革新了現代文學的面貌。在這項活動中，他們企圖將詩的藝術揉合在舞蹈、音樂、歌唱、圖畫、書法等藝術中傳達詩的訊息，實現了將文學立體化的夢想。事實上，在這之前星座詩社亦進行了一項盆栽展覽，稱爲「立體的畫，無字的詩」。

一九九一年，對星座詩社來說，是最活躍，也是最有意義的一年；這一年星座詩社步入了它的第二十個年頭，爲了配合這項紀念慶典，他們舉辦了一系列名爲「文學激盪」的活動，在這項大型活動中的新嘗試，他們舉辦了一項以華語與國語的雙語現代詩朗誦會。所有的作品皆出自星座社員的創作或譯自當地馬來作家的作品。在這項題爲「活出詩來」的活動中，砂拉越星座詩社不僅在砂拉越文壇掀起了詩的熱潮，同時也縮短了馬來文學與砂華文學的距離。

一九九三年，砂拉越星座詩社再次以嶄新的姿態舉行了一項震撼人心的活動。這項活動基本的文學作品仍是現代詩；然而，這一次的活動卻配合了相聲，二十四節令鼓、舞蹈、歌唱、結合成一項大型的舞台藝術「族魂」。「族魂」由星座詩社策劃，配合本地七間中學華文學會參與，在古晉演出時，引起相當的悸動。至此星座詩社可說已經落實了他們的理想；在作品的圓熟方面，砂華現代文學或許是還不夠理想，然而，至少砂拉越星座詩社也曾讓這現代文學的馨香沁潤過這片土地。以星座詩社一貫的作風，在未來的日子裡，砂華文學會不斷的從舊框框中與日更新。

從下列歷年重要活動紀錄，可以看出星座詩社的理念與貢獻：

＊一九七〇年八月廿日，正式獲得社團註冊官的批准，爲我國最早註冊的文學團體。

＊一九七一年，詩社慶祝成立慶典上，舉辦砂州歷史性的現代詩展，把現代詩

特有的意境與內涵訴諸予視覺。

*一九七四年，首次主辦全州性徵詩比賽，爲現代詩尋找定位與肯定。

*一九七九年，再次主辦現代詩展，進一步尋求現代詩的價值與認同。

*一九八一年，設立砂州第一個文學獎，鞏固現代文學的價值觀。十二月廿一日至廿七日與砂拉越寫作人協會聯合籌辦古晉歷史性的文學週，以「文藝豐富生活」爲主題的一系列活動包括文學座談會、專題演講，及首屆星座文學獎頒獎典禮。

*一九八四年，主辦盛大盆栽會，把「立體的畫，無字的詩」這株中華藝術介紹及推廣到各階層。

*一九八六年，配合詩社晶禧年，以「走進繆思的心靈」爲主題，主辦砂州現代詩公開朗誦賽，打破現代詩被指爲晦澀與不能吟誦的玻璃框子，將現代詩的晶籟抖出，訴諸於聽覺。

*一九八九年，星座詩社舉行了一項題爲「詩的演繹」的綜合性表演，以舞蹈、音樂、歌唱、圖畫、書法配合現代詩朗誦，進一步把文學立體化。

*一九九一年，星座詩社爲慶祝廿周年紀念，在十二月推出「文學激盪」系列，期望能激盪出更蓬勃的文學景觀，同時舉辦華、巫雙語詩歌朗誦賽，出版華、巫雙語詩冊。

*一九九三年，回應文學傳薪的號召，集合晉漢省七間中學華文學會呈獻大型晚會「族魂」的演出，將文學通過舞蹈、朗誦、歌唱、廿四節令鼓，再次把文學搬上舞台演繹。

*一九九六年，再次舉辦全國性徵詩比賽，慶祝廿五周年，企圖讓已趨向成熟的星座詩社跨出砂州，探索更廣闊的天地。

*一九九八年，星座詩社大改組，由砂州一批年輕寫作人接棒，提出「星座走入人間」的概念，力圖將九〇年代與人群越走越遠的文學重新帶回人群。星座詩社舉辦了「現代詩句重組比賽」，賦以創作新的路向，同時舉辦「文學下鄉系列活動」。十二月舉辦「天使之詩談唱會」，將詩與音樂結合。

*一九九九年，星座詩社將文學活動帶入鄉區，在小鎮石隆門碧湖首度舉辦「碧湖畔，文學心」，得到許多鄉區中學生的積極參與。

*二〇〇二年，星座詩社再度舉辦趣味性的「填詩比賽」。同年九月，舉辦了「小朋友讀詩」活動，將古詩推薦給小朋友，鼓勵家長與小朋友一起讀詩。

* 二〇〇三年，強調文學與閱讀的相關性，星座詩社與國麗藝術中心聯合主辦「書店尋寶比賽」把民衆帶入書店沾染書香。同年也開始辦茶會，推動「以茶會友談文學」的文學交流風氣。

三十三年來砂拉越星座詩社留下的文化步履不只這些，尙有文學講座會、文化交流會、座談會、文學營及各項小型文學創作賽，同時也曾在本地報章編輯過多個文學園地，包括《前鋒日報》的《星座》、《世界早報》的《創世紀》和《田》、《砂拉越晚報》的《魔笛》、《星座》和《石在》、《詩華日報》的《煙火》及《中華日報》的《風起》等。

歷經三十三年的歲月，砂拉越星座詩社已成功的在砂華文壇埋下現代主義文學的種子，同時並達致當初成立的宗旨，推動砂州的文化發展，鼓勵青少年參與文學交流、文學刊物、音樂、舞蹈、戲劇及其他健康文藝活動和促進各族間的聯繫；這使得砂拉越星座詩社不侷限於文學創作，且在其他的文化活動中有所涉獵，甚而成爲個中翹楚，引爲各文化活動的先驅者。

回首過去、前瞻未來，砂拉越星座詩社嚮往的是立足於砂州本土，依循著北斗星的指引，在文壇上，尋求現代派與寫實派之間共存的信念，致力於塑造砂華文壇創作源頭不斷的綠洲，進而面向世界。

爲了能符合砂州文化背景，砂拉越星座詩社的宗旨涉及各種健康文藝活動，如：（一）促進本州文化發展、（二）鼓勵青年人參與文學、雜誌、音樂、舞蹈、戲劇及其他健康文藝活動、（三）促進砂拉越各民族間的諒解、親善及友誼。雖然砂拉越星座詩社已成長爲一個成熟的團體，不過它對於申請入會者仍抱持著嚴謹的態度，所以他們的成員並沒有隨著歲月的增長而激增；會員申請書仍須交由執委會審核、確認申請人是文學創作者，才予以入會。所以三十三年來會員人數並不可觀，包括謝永就、藍波、楊錦揚、鞠藥如、石問亭、淡眉、蔡明亮（默默）等，大約六十餘人。其出版叢書主要爲現代詩選集：《星座紀念刊1》（1972）、《星座紀念刊2》（1972）、《砂拉越現代詩選（上集）》（1972），以及星座文學獎的得獎作品集，此外還有鞠藥如的短篇小說集《貓戀》（1992）等。

在所有星座詩社舉辦的文藝活動當中，先後舉辦過十屆的「常年文學獎」是最突出的一項成果。從下列十屆的得獎名單，可以大略讀出當代砂華文壇各文類的創作概況，以及文壇新勢力的崛起：

星座詩社常年文學獎十屆得獎名單（1981-1990）

一九八一年・第一屆 詩：莫寧（官有榮）〈金門橋〉；散文：小玨（黃澤榮）〈蝴蝶〉；小說：從缺；踴躍寫作獎：安哲拉〈廖玉櫻〉。
一九八二年・第二屆 詩：呂禪〈一株舒放的思想〉；散文：流嫣〈情〉；小說：從缺。
一九八三年・第三屆 詩：藍波〈變蝶〉；散文：淡眉〈守候〉；小說：淡泊〈人生小小一插曲〉。
一九八四年・第四屆 詩：藍波〈哭龍傷〉；散文：黃藍白〈九月花臘〉；小說：從缺。
一九八五年・第五屆 詩：謝永就〈五只姆指〉；散文：武聰〈峰想〉； 小說：從缺。
一九八六年・第六屆 詩：武聰〈翩翩靈兮〉；散文：遲菊〈三月・致蝸牛〉；小說：勉之〈星期日晌午〉。
一九八七年・第七屆 詩：謝永就〈山，他們俯耳說些什麼？〉；散文：勉之〈我想寫篇童話〉；小說：黃澤榮〈奴英的抉擇〉。
一九八八年・第八屆 詩：李笙〈水之七變〉；散文：梁放〈四月〉；小說：鞠藥如〈踏在草尖上的腳〉。
一九八九年・第九屆 詩：李笙〈星的聯想〉；散文：艾莉〈夜半的貓〉；小說：從缺。
一九九〇年・第十屆 詩：李笙〈明天，我想用醒目的黑體字寫一首詩來抗拒你的飄忽〉；散文：楊粟〈花鳥序〉；小說：鞠藥如〈一塊二〉。

（2）　砂拉越華文作家協會

砂拉越華文作家協會成立於一九八六年八月三十一日，成立目的在於團結砂拉越華文寫作人，推動及促進砂拉越華文文學之創作與研究。其他宗旨包括促進砂拉越各民族文化交流、出版與刊行文學著作，以及設立文學基金等。協會籌組工作始於一九八六年一月間，籌委會主席爲吳岸，副主席則爲魏萌。一九八六年六月間，該會正式獲得社團註冊官批准註冊，惟籌委會副主席魏萌卻於當年五月廿三日清晨車禍中傷及頭部不治逝世，震驚砂華與全馬文學界，砂華文作協同仁尤感悲痛。魏萌爲砂拉越最資深的作家之一，組織作家協會爲其平生之願望。該協會在成立典禮暨第一次大會上，著名詩人吳岸被推舉爲首屆會長。

雖然遲至一九八六年，砂拉越華文作家協會才正式申請成立，但是實際上，砂拉越華文作家協會的實質早已存在；該會三十幾位會員中，大部分都是活躍在砂華文壇的資深寫作人。例如李采田、吳岸及田思等，皆曾爲砂拉越第一省華人社團總會屬下文教組的成員，同時也在獨中與報界服務。砂華作協成立之前，他們也曾以華團的名譽舉辦了徵文比賽、文學講座等推廣砂華文學的活動。「本著對民族文化的熱愛，對文學藝術的執著以及對社會生活的關懷」，他們意識到有必要成立一個純文學的團體來發展砂華文學，砂拉越華文作家協會便在這概念下成立。

砂拉越華文作家協會在成立宣言中宣稱：「砂華文學在經歷其初創階段之後，即因客觀環境的變化而遭遇挫折，許多寫作人先後輟筆，但仍有一些作者包括後起之秀鍥而不捨地堅持寫作。砂華文學自開始即循現實主義的創作路向。因此，其作品在不同程度上反映了砂拉越的社會現實，各族人民的生活面貌及本地的自然色彩，具有強烈的地方特色，這一特色已成爲砂拉越華文文學在馬華文學中獨具的特徵。八○年代的砂華文學，正面臨華文教育式微，讀者減少及社會反應趨向冷漠的慘澹前景，與此同時，寫作者也面對思想意識與創作技巧上的種種考驗。儘管如此，身爲砂華文學的耕耘者，並沒有失去信心，他們繼續本著對民族文化的熱愛，對文學藝術的執著及對社會與人生的關心，在逆境中探尋前進的道路，爲砂華文學開拓新的境界。生活是文學創作的源泉，砂拉越各民族人民的生活，多采多姿的風土人情及壯麗的自然風光，是砂華文學取之不盡的源泉，也是創作靈感的源泉。作家應關心社會與人民，在這個多元種族的社會中，作家也負有促進各族人民親善與團結的職責。爲了使文學形式適應表現變化多端的現代生活內容，在尊重傳統的基礎上，同時放眼國際文壇努力探索各種新的不同的手法，在形式上求創新與突破。砂華文學『應具有民族特徵，時代性與地方特色，具有鼓舞人們向上的思想性以及盡可能高的藝術境界』。作爲馬華文學的一部分，砂華文學應作出貢獻，以豐富馬華文學乃至馬來西亞文學的內容，重視華、巫、達各民族文學的交流與譯介工作；同時號召更多的作者，尤其是青年作者，加入砂華創作的行列。砂拉越華文文學的前途是光明的。」[5]

雖然砂拉越華文作家協會的成員皆是經驗豐富的資深寫作人，但是他們並不滿足於彼此間的交流而已，他們強調砂華文學的寫實傳統和砂華文學的獨特性。他們所主辦的活動幾乎都抱著提高砂華寫作風氣的宗旨，讓年輕的文學愛好者參與，也扮演導引明確方向的引導者，讓那些還在文學道路上摸索的後來者有迹可尋。由於砂拉越華文作家協會是由一群志同道合的寫作人組成的，因此他們並不在乎成員的多寡，新會員的參與只需通過一般的申請手續即可。

在促進文化交流的宗旨下，砂華作協積極的參與了砂拉越及全國性的文學活動。一九八六年，協會才成立時，其會員即受邀請出席一項由砂州馬來人寫作協會所主辦的晚宴，不但接觸了其他的文學，也將華族的文學介紹給其他民族。之後，他們也多次受邀出席在亞洲各國所舉行的「亞洲華文作家會議」。外國的一些著名作家到訪時，他們亦以東道主身分加以款待交流。

砂華作協所達致的，不僅爲砂華文藝界所共識，同時得到砂州政府認同。一九八八年，砂拉越圖書館爲配合「讀者年」，舉行了一項當地寫作人作品展，這項於古晉民事中心所舉行的展覽會中，當選的作家皆獲得「犀鳥鄉作家」的榮銜。砂華作協的吳岸、李采田、梁放、夢羔子、英儀、閏土及已故巍萌的作品皆獲得展出。州圖書館當局也隨後將這項展覽列爲永久性展覽，以示對作者的褒揚。

砂拉越華文作家協會的活動，大約可分爲五種：出版文藝書籍「犀鳥叢

---

[5] 李采田《國際時報・砂華文藝》（1997/12/28）。

書」、出版文藝雜誌《拉讓江》、舉辦徵文比賽「東馬文學獎」（此獎從一九八七～九〇年，只辦了四屆便因許多獎項經常從缺而停辦）、文學營及集聚愛好文學的青年。在短短的十幾年內，「犀鳥叢書」已出版了四十餘本會員的著作，在促進寫作風氣和培養新的寫作人方面，起了積極的作用。

（3）詩巫中華文藝社

詩巫中華文藝社創立於一九八八年，以砂拉越拉讓江流域盆地爲中心。其發展過程分幾階段。創立之初，較傾向於古典文學。創立人黃廣捷及黃政仁本身十分熱愛古典文學，在二人推動下，邀集一批志同道合者，開辦古詩研習班。一九八八年出版《春草集》，收集由一班愛好者所發表的古詩。到了九〇年代始，中華文藝社在大環境使然下改弦易轍，朝多方面發展，不再專注於推動古典文學，也積極向現代詩、散文、小說領域方面發展。雖然如此，中華文藝社仍秉著當初創立宗旨，爲砂華文學的推廣默默耕耘，定期在報刊主持文藝副刊、出版書籍、開辦「文藝寫作研習班」供在籍中學生學習和認識寫作，並舉辦「文學獎」，細心澆灌這片文化土地，使拉讓江變成砂拉越另一個充滿了文藝氣息的地方。

同其他文學團體一樣，詩巫中華文藝社的成立宗旨亦爲了推動砂華文學的成長。這個以詩巫爲活動中心的文藝團體，在最初階段，比較傾向於古典文學的推廣。其實，中華文藝社的產生，可以說是源自他們欲將古典文學推廣至下一代的覺醒，因此才興起了籌組這個團體的念頭及行動。雖然推廣古典文學爲這個文藝社的最初概念，然而，真正促成這項計畫的動機卻不止於此，而是加強華文語文在教育中的使用，致力於提高華文華語的掌握及促進華族文化與友族文化之間的交流。這些動機，是源自詩巫中華文藝社同仁覺悟到華文的前途危機，他們認爲在國家教育制度及國家語文政策之下，馬來文之外的語文都處於次等的地位，不可能獲得當局適當的關注，在這種情況下，這些語文的使用者實在有必要擁有尋求自我提升的覺醒。同樣的，如果華社不尋求自我拓展的話，那麼華文終有一天會從這片土地上消失。

在促進各族關係方面，中華文藝社強調文化交流在消除成見這方面的重要性。爲加強兩者之間的交流，他們認爲翻譯工作爲最有效的方法。有鑒於此，他們遂決定通過團體的力量負起這個重任，致力於推動母語與譯介的工作。

確定目標之後，詩巫中華文藝社即開始策劃了各項工作以落實理想；這些活動包括在各中學成立讀書小組、舉辦短期的文學講習班、徵文比賽、出版華文書籍、在報刊上編文藝副刊，以及與其他國內、外文學團體進行交流與交往。在成立至今十數年間，詩巫中華文藝社可以說已成功的達到了預定的目標。它在詩巫，民丹莪，泗里奎及加那逸拉讓江流域一帶的文學界儼然扮演了領導者的角色，他們所編的文藝副刊也廣受歡迎，每年至少出版一本書籍，至今它已出版了十八本拉讓盆地叢書。

文藝社的活躍分子並不侷限於詩巫地區的社員而已，還有一批爲數相當多的成員分散在砂拉越各地，包括美里、民都魯和古晉的寫作人，還有一群熱愛文學的在籍學生，通過中華文藝社，他們接觸了詩巫以外的文學世界，不但擴展了他們的視野，同時，也激發了他們向文學這方面發展的決心；這群學生也各自在校園內積極組織華文學會，爲參與砂華文學的發展而努力，也爲拉讓江流域的文學界展開一個新的領域。

《新月》副刊創刊於一九八八年七月三日，每周日在《詩華日報》刊出，爲中華文藝社的第一個文藝副刊。這個副刊早期的風格乃傾向古典文學，後逐漸地改爲刊登白話文學的文藝副刊，並且獲得砂拉越各地寫作人的擁護。可惜在出版數期後，被報社當局停止了。然而，這項挫折並沒有磨損了文藝社的士氣，相反的，他們把「新月」的精神轉化到另一分也命名爲《新月》的文藝雜誌上。經過一番申請後，這個新生的雜誌終於獲得當局的批准，每年出版一次。中華文藝社的第二個副刊爲《馬來西亞日報》上的《文苑》。這個副刊的特色乃刊登了大量的中篇小說及短篇小說。在砂華文藝副刊中，由於版位得來不易，因此大部分的編者都喜歡刊登小品文或新詩等占位原不多的作品，讓更多的人能夠參與。這種情況造成了砂州文壇上精於散文及詩歌的人很多，而能夠把小說寫得好的人卻不多。有鑒於此，中華文藝社遂作了如是的嘗試，以便提高當地的小說創作風氣。《文苑雙周刊》於一九八八年八月在《馬來西亞日報》創刊，共出版了五百期。中華文藝社另一副刊爲《中華吟草》，於《詩華日報》及《馬來西亞日報》每兩月刊出一次，可惜只維持數期。

進入九〇年代，「互聯網」的成立爲中華文藝社掀開新的紀元。《犀鳥文藝》互聯網於一九九八年一月廿四日正式上網，由石問亭獨力負責；並於一九九八年五月廿四日由砂拉越州基本設施發展及交通部長拿督黃順舸主持上網儀式，以作爲中華文藝社十周年慶典活動之一。

《犀鳥文藝》互聯網（http://www.sarawak.com.my/org/hornbill）旨在建立一個資料庫、一個屬於詩巫中華文藝社的主頁。除了庫存「詩巫中華文藝社」歷年來主編的文藝副刊，《新月》、《文苑》和出版了三期的《新月文藝》，以及所有出版過的書籍外；也遴選社員文友的作品上網庫存，並將出版過的書籍製成電子版和電子書。網站內容還包括完整的中國文學史、當代文學、外國文學、本鄉文學、新到資料、犀鳥巢、網友作品、文學連環畫等。其網站也與世界各地的華文文學網站建立鏈結，公開接受世界各地文友投稿，達到真正以文會友的目的，給閱讀或做研究的讀者帶來諸多的方便。

中華文藝社第二個互聯網《犀鳥天地》（http://www.hornbill.cdc.net.my）於一九九九年十月十日正式上網，由中央資訊中心（Central Data Centre, Kuching, Sarawak, Malaysia.）贊助，由沈慶旺獨力維持。此網頁主要是鏡像《犀鳥文藝》互聯網資料，並增設砂華文學團體史料、砂華、汶華、沙華文學作品、砂拉越原住民研究、砂拉越風土、宗教哲學、精美文選、外國文學、科普文集，古典詩詞、古典文學、漫畫、e-課、犀鳥叢書等等，另設「鄰居不設防」一目串聯世界各大文學網站，以方便網友瀏覽。其電子書庫得中國 e-書時空網站授權，庫存其電子書三千多冊，以加速南半球讀者下載速度；唯詩巫中華文藝社兩個網站皆由個人獨力製作，因此仍有許多電子書及文獻尙未上貼。

詩巫中華文藝社「常年文學獎」的設立，也爲砂華文藝的發展作出很大的貢獻，不但從十屆得獎名單（1989-1998），可以看出當時活躍於砂華文壇的作家群，如果我們進一步將此名單，跟星座詩社常年文學獎（1981-1990）進行「銜接」，便能呈現長達十八年（1981-1998）的砂華文學（獎）鳥瞰圖（如果加上四屆東馬文學獎，砂華的文學〔獎〕版圖就更完善）。

雖然這兩個「常年文學獎」的參賽作品，必須先發表在該會的刊物上，實有某個程度的封閉性；但從另一個角度來看，常年獎的設立正是吸引砂華文壇年輕創作者投稿兼參賽的最大誘因，在「投稿＝參賽」的情勢下，足以消解徵文機制上的封閉性。透過類似徵獎活動的得獎名單，各時代年輕作家的崛起，在此一覽無遺：

詩巫中華文藝社常年文學獎十屆得獎名單（1981-1990）

一九八九年・第一屆

【新詩】第一名：李笙〈廢墟懷想〉，第二名：藍波〈塔〉，第三名：雁程〈蘆仙渡口〉。 推薦獎： 應劍〈望鷹〉、藍波〈荒城之夜〉、〈中秋〉、〈情癡〉、維善〈少年遊〉、李笙〈昨日之歿〉、張新訓〈揮別歲夕〉、夢揚〈星戀〉、飄風〈魚尾獅的歎息〉、美祥〈七夕〉、雨林〈十三月的聯想〉。

【散文】第一名：淡泊〈暖流〉，第二名：田萌〈塔〉，第三名：冰壺〈一分快樂〉，推薦獎：情子〈七角錢的乾拌麵〉、金聖〈寫給吾女〉、田萌〈龍〉、 林楚盛〈已經改變〉、泥豆〈想飛〉、思思〈牽不到的手〉、牧林〈過客〉。

一九九〇年・第二屆

【新詩】第一名：李笙〈黑河〉，第二名：藍波〈母親的手〉，第三名：晨露〈哀歌〉，推薦獎：夢陽〈圍牆〉。

【散文】第一名：逸蝶〈潮州蕉柑〉，第二名：孤葉〈明月・故人〉，第三名：林陽〈走過七月〉，推薦獎：晨露〈外公〉。

【小說】第一名：柏隱〈蝴蝶〉，第二名：金聖〈黑井〉，第三名：牧林〈瘟神〉，推薦獎：水孩兒〈誰的錯〉。

一九九一年・第三屆

【新詩】第一名：晨露〈離愁〉，第二名：李笙〈我們在這遠離城市的山林尋找陸沉的童話〉，第三名：逸蝶〈歲月何其荒涼〉，推薦獎：田風〈土地的話〉。

【散文】第一名：拓〈歷盡滄桑林曼岸〉，第二名：金聖〈心有白玉蘭〉，第三名：逸蝶〈那一條街叫海唇街〉，推薦獎：黑岩〈四月晴空的風吟〉。

【小說】第一名：黑岩〈荒山月冷〉，第二名：林芳〈勾心鬥角〉，第三名：鑽石子〈玫瑰花季〉，推薦獎：丁町〈廿年〉、金聖〈獵蝙蝠〉。

一九九二年・第四屆

【新詩】第一名：風子〈我蹲踞在那柱孤單頂端挖空心思放置明朝繁華的甕中〉，第二名：田風〈森林之死〉，第三名：志向〈情祭〉，推薦獎：蔡羽〈芭蕉〉。

【散文】第一名：拓〈繁華走過似雲煙〉，第二名：逸蝶〈獸困〉，第三名：晨露〈舊地遊〉，推薦獎：金聖〈細細長長的夜雨〉，金戈格〈祖母的畫像〉。

【小說】第一名：黑岩〈心頭與豆豆〉，第二名：藍波〈斤兩〉，第三名：林芳〈歡迎來到瘋人院〉，推薦獎：鑽石子〈走出一個下午〉。

一九九三年・第五屆

【新詩】第一名：藍波〈尼亞石洞探足〉，第二名：名翔〈在牆角與鷹架間印證那年吹號的顏色〉，第三名：李笙〈歷史〉，推薦獎：風子〈月暈薰醉的〉。

【散文】第一名：魚子〈生命的缺口〉，第二名：無戈〈讓方糖繼續在杯底沉澱〉，第三名：亞楊〈花與友情的芬芳〉，推薦獎：林陽〈曾經・如今〉。

【小說】第一名：黑岩〈小鎮風采〉，第二名：逸蝶〈血染春暉〉，第三名：藍波〈一棵達邦〉，推薦獎：田風〈辛河〉、秀敏〈三根火柴〉。

一九九四年・第六屆

【新詩】第一名：風子〈蒼茫暮色的血祭〉，第二名：藍波〈泣訴〉，第三名：林離〈水之劫〉，推薦獎：李海豐〈新俠客行〉。

【散文】第一名：無戈〈傷心焚燒的儀式〉，第二名：貽思〈曉夢蝴蝶舞翩翩〉，第三名：萬川〈顏如玉〉，推薦獎：陳偉賢〈愛與關懷〉。

【小說】第一名：田風〈麻麻〉，第二名：無戈〈這次不是遊戲〉，第三名：順子〈天地悠悠〉，推薦獎：夏秋冬〈上台獻詞〉、禹穗〈叫你擡不起頭〉。

一九九五年・第七屆

【新詩】第一名：林陽〈夢斷天涯〉，第二名：李海豐〈簾下〉，第三名：春明〈政客〉，推薦獎：萬川〈魚之四〉。

【散文】第一名：百合〈昨日盛綠依稀流瀉〉，第二名：藍波〈尋找一座墳〉，第三名：莫榮發〈牽手〉，推薦獎：無戈〈今年榴連不開花〉。

【小說】第一名：魚子〈人與獸〉，第二名：田風〈藍空碇雲下的風吟〉，第三名：思安〈枷鎖〉，推薦獎：夏秋冬〈戰鱷〉。

一九九六・第八屆

【新詩】第一名：田風〈煙霧彌漫〉，第二名：春明〈遼闊與眼睛對話〉，第三名：藍波〈城市裡的樹〉、仁強〈春秋〉，推薦獎：桑木〈山麓有個切口〉，佳作十四首。

【散文】第一名：百合〈一株耐冬的樹〉，第二名：藍波〈野鴿子的黃昏〉，第三名：崧〈船說〉，推薦獎：莫榮發〈除夕的園〉、火孩兒〈夕雨〉，佳作六篇。

【小說】第一名：田風〈紅箱子的秘密〉，第二名：夏秋冬〈年獸〉，第三名：淺香惟〈肉粽煮熟時〉，推薦獎：筆軒〈選舉〉，佳作六篇。

一九九七年．第九屆

【新詩】第一名：李笙〈有人到我的腦袋裡隱居〉，第二名：春明〈某天我來到理髮店〉，第三名：蔡羽〈河的固體化〉，推薦獎：藍波〈黑欖賦〉、田風〈我再一次修改夢的構造〉，佳作六首。

【散文】第一名：蔡羽〈山林寄情〉，第二名：金戈格〈寄居蟹偶思〉，第三名：藍波〈面對南海述說沙灘的童年〉，第三名：林陽〈我在校園看見一對犀鳥〉，佳作五篇。

【小說】第一名：夏秋冬〈心獸〉，第二名：楊善〈飄泊的心擱淺在玻璃港〉，第三名：藍波〈清道夫之死〉，推薦獎：田風〈走在風雨中〉，佳作三篇。

一九九八年．第十屆

【新詩】第一名：夢揚〈親親，你回不回來共赴時難〉，第二名：蔡羽〈邂逅鐘乳石〉，第三名：田風〈呵！這不過是拙劣的遊戲規則〉，推薦獎：林陽〈關注〉，佳作八首。

【散文】第一名：藍波〈蟬聲灼燃的夜〉，第二名：春明〈悲情時光〉，第三名：林陽〈LB 我早已漸有離意了〉，推薦獎：晨露〈一帖返老還童的靈藥秘方〉，佳作九篇。

【小說】第一名：夏秋冬〈黑幕〉，第二名：楊善〈一輩子過不了街的狗〉，第三名：黑岩〈他售買小說〉，推薦獎：晨露〈喜〉、山倪〈季節不再盛開玫瑰〉，佳作兩篇。

按：「推薦獎」實為前三名之後的得獎作品，獎項位階僅高於佳作。

中華文藝社將各屆文學獎的優秀作品編輯成書，以鼓勵熱愛寫作的青年文友；書名定爲《草葉集》，取其柔而不弱的生命力，期望這批後起之秀亦能像綠草一樣，不論在怎樣艱鉅的困境中，皆不放棄自己的理想。第三集以後才取名《花雨》以示有別於其他文集。詩巫中華文藝社一九八八年成立之時即出版第一本合集《春草集》，其特色在於其作品皆古典詩詞，是文藝社早期主辦的古典詩詞寫作班學員作品，這些作品都曾刊登在《中華吟草》副刊。翌年出版《草葉集（第一輯）》分新詩、散文、舊體詩三卷。九一年出版《草葉集（第二輯）》分三卷，全是現代文學作品；新詩廿首，散文十六篇、小說四篇。《花雨：草葉集（第三輯）》（1993）：詩十八首，散文四篇、小說六篇。《水雲：草葉集（第四輯）》（1994）：詩十七首，散文七篇、小說七篇。《愁月：草葉集（第五輯）》（1995）：詩十七首，散文十一篇，小說六篇。《磐石：草葉集（第六輯）》（1996）：詩十六首，散文十篇，小說五篇。《綠台：草葉集（第七輯）》（1997）：詩十六首，散文九篇，小說五篇。

成立至今，詩巫中華文藝社已成功的培育了一群有潛質的青年寫作人，這些青年寫作人包括李笙，雁程，柏隱，金聖，萬川，晨露，田萌，維善，漁子、牧林、田風、虛然景及金戈格等。其中數人已在文藝社的協助下，出版了他們的專集。該社的資深寫作人亦受邀在報上撰寫專欄，如《馬來西亞日報》「茶餘飯後」的黃政仁（胡言），候越英（由衷），王政賢（啞牛），黃國寶（阿土）。其餘如藍波、石問亭、西門亭、雨田、黃國寶等，也在《國際時報》、《星洲日報》、《詩華日報》寫過固定的專欄。

（4）砂拉越華族文化協會

砂拉越華族文協之創會宗旨，主要在於推動及發揚砂州華族文化，進而促進砂州華族與其他族群之間的文化交流。一九八八年砂拉越州政府為慶祝參與建立大馬聯邦廿五周年紀念，特於州內推動舉辦砂州各大民族文化研討會，以徵詢各族對有關州內文化建設的意見，俾供政府制訂政策之參考。華族文化研討會在州政府及全砂華總的配合策動之下，於是年七月十九至廿一日假詩巫民衆會堂隆重舉行。在會上有關創立華族文化協會的倡議首次被提出，並在總結會議上獲得一致通過。

在全砂華總的規劃領導下，一個包容有各省華總的籌備單位宣告成立，以負起籌設文化協會的重任。在各方的努力之下，砂拉越華族文化會於一九九〇年二月正式獲得社團註冊局予以批准成立，同年底本會正式設立辦事處，並擬訂各項計畫，積極展開活動。

該會每年除舉辦各種文化及學術活動之外，也蒐集華族文化及歷史資料列為工作要項。目前設有華族研究資料室一間，收藏書籍、剪報、專刊、歷史文獻等資料。

在砂拉越，有計畫在進行蒐集華人文化歷史方面資料的組織，目前僅有砂拉越華族文化協會。有鑒於過去砂華族資料的蒐集及保管工作，一直未得到應有的重視，導致許多珍貴的資料或隱藏民間，或散佚湮滅，該會自一九九一年始，即將資料蒐集列爲首要的工作。目前的重點是儘量搶救遺落在全砂各處的文獻資料，對近期新出版的書刊，則要求編者或出版者寄贈一分，以供永久保存。該會長遠的目標是建立一間設備完善，管理先進的砂華族資料中心，以便提供有志於砂華人研究者及一般公衆參考及使用之便利。

經多年的努力，該會所收藏的資料，已具規模。在資料室的現藏資料，專案包括珍貴文獻、早期華文報章、剪報資料（共有三百五十餘個類目，約一千五百個檔案夾。主要以歷史文化爲主，其他社會、經濟及政治等課題的剪報）、歷史圖片、特刊、書籍等；儘管蒐集範圍及類別是以砂拉越本土占多數，但與東南亞華人相關的資料（信涵、手稿、日記、回憶錄、傳記、相片、圖件、證件、徽章、碑文、譜牒），該會收藏的數量也不少。砂華文協資料蒐集工作的目標，是逐漸建立起其作爲砂華人民間檔案研究中心的地位，使各種有關砂華人資料，能流入該會以便永久收藏。

砂華文協幾乎每年都會透過本地華文報章，籲請砂州華社保存華人歷史與文化方面的資料，或將珍貴歷史資料，移交予該會保管。該會也盡力嘗試建立其作爲砂華人民間檔案館的地位，要求團體或個人將所出版的書刊寄贈該會資料室，以供永久收藏。近年來，一些私人收藏家慷慨將所藏資料捐出，已使該會的資料蒐集工作獲得一些令人鼓舞的成果。其中值得一提的是著名歷史工作者劉子政，劉氏自五〇年代始，即進行個人的資料收藏工作，其個人所藏各種文史資料，數量繁富，數年前在砂華文協的爭取下，劉氏終於決定把畢生所積心血，悉數捐獻予砂華文協，此舉不僅充實了會內的資料收藏，也惠益了有志於砂華研究的人士。類似劉子政個人所藏如此龐大數量的資料，在砂拉越恐難再找到第二位，然零星散佈在民間的歷史及資料仍然相當可觀，累積起來，對砂華研究及華人文化遺產的保留，具有十分重大的意義。歷史資料的蒐集、保存及管理，涉及的層面極廣，砂華文協所肩負的工作雖然艱辛，但對整個華社而言，意義卻極爲深遠。該會也進行建立本身的會所，以便有一個永久性的場所，供長期推行會務之用。新會所也將預留寬敞空間，以充作資料收藏中心及文物展示館。

砂拉越華族文化協會出版的叢書，可視爲砂華文學史及文化史的重要資產。其中包括：《砂華人文化研討會報告書》（1991）、《第二屆砂華文化研討會報告書》（1995）；饒尚東、田英成合編《砂拉越華族研究論文集》（1995）——探析砂州華人在政治，經濟，歷史及社會各層面的過去及現狀；蔡存堆等編《詩巫華族歷史料集》（1992）——以圖文並列的方式，記錄了砂拉越中區詩巫華族社會演進的過程；田農著《砂華文學史初稿》（1995）——概述了自戰前發軔期始至六〇年代末止，砂華文學發展過程及各階段文學特色代表作家及代表作品；劉子政著《砂拉越百年紀略》（1956，中華日報初版／1996，砂華文協三版）；劉子政《婆羅洲史話》（1964，拉讓書局初版／1997，砂華文協再版）——對婆羅洲歷史演進，風土人情，遠古與外界的交往，均有加以探析；田英成著《砂拉越華人社會變遷》（1999）——結合了歷史及社會人類學的調查研究方法，對砂華人社會的結構及型態進行了探討，包括對砂最大華族方言群福州人的個案研究，以及對華人鄉鎮及社區社會的變遷所作的析論；以及最重要的文學史資料——蔡增聰編《砂華文協現藏砂拉越華文書刊目錄彙編》（1999），收入了從戰前迄今，數百種砂拉越華文書刊的目錄，包括個人著作、社團特刊、年鑒、族譜等專案，乃目前最完善的砂華文學出版總匯。此外，砂拉越華族文化協會也贊助出版文學創作、文化史料論述著作十餘部。

（5）美里筆會

美里筆會成立於一九九三年，是砂華文學中最年輕的團體。一九九〇年十二月十九日，由謝名平、蔡宗祥、張猷疋、蔡素嬌、貝南杜、楊建華、吳崇海、蔡宗良、駱曉微、駱詠微、李佳容、黃文柏等十二人召集成立一個以謝名平爲首的籌委會進行申請註冊，一九九三年八月十六日獲批准正式成立。

在美里筆會成立之前，美里文壇曾經蓬勃過一陣子，尤其在六〇年代初期；其實筆會的許多成員在砂華文壇上從事創作已久，只是未曾凝聚他們的力量而已。砂拉越廣闊的土地與交通不發達的因素，造成各地的聯繫不便。砂拉越大略可分爲三個區域，分別集中在三個較大的城市：包括古晉、三馬拉漢省的西區；詩巫、泗里奎、民丹莪及加拿逸的中區；以及美里、馬魯帝及民都魯的北區。在砂拉越的東北區，美里筆會是最活躍的文學團體。

美里筆會的領導人之中，不乏成就斐然的寫作人。蔡宗祥，便常以山椰爲筆名，撰寫有關原住民生活的作品，如《依班族與拉者王朝戰史》，以及《依班族歷史與民族》。謝名平自息教鞭後，已出版了兩部作品《腳印》及《邵安小品》。李潔容則以煜煜的筆名，在砂華文壇持續創作了二十年，它曾出版過兩本短篇小說集《溫馨的日子》及《荆陌》。蔡素嬌於七〇年代編過《新聲》，現爲美里筆會副刊《筆匯》的主編。

由於成立時段很短，美里筆會尚未有持續的活動。只在報刊辦文藝副刊、徵文活動，以及不時舉行寫作人交流會。《筆匯》副刊除了刊登美里寫作人的作品外，也廣受鄰國汶萊及馬魯帝寫作人的作品；並協助汶萊寫作人在美里日報上編了一個副刊《汶中學習作班》。美里筆會在這幾年來積極地爲他們的理想而努力，期望能達致美里這唯一文學團體的宗旨與目標：提升當地寫作的風氣、促進寫作人的聯繫交流彼此的寫作心得，並協助當地寫作人作品的出版。

（六）其他團體

犀鳥鄉在椰風飄搖中，曾孕育了無數文藝、文學、文化團體，在這些團體之中，有的因著穩健的步伐壯大了，有的因不健全的組織而消失；也有的因著時代的衝擊而解散。在這些起落不定的團體中，有幾個特別的團體曾經對砂華文壇貢獻一點綿力。

A．詩潮吟社

詩巫的「詩潮吟社」是最獨特的一個文學團體，在詩巫文壇浮沉了超過半個世紀，至今因爲鑽研的冷門藝術不再爲時下青年所鍾愛，而面臨停滯不前的危機。他們鑽研古典詩詞的創作，在格律方面的要求非常嚴格，因此會員幾乎都是上了年紀，受過傳統教育的文壇前輩，他們大都移民自中國，傳承古典文學的教育薰陶，對於古典詩詞的格律，自是駕輕就熟。

四〇年代初，在劉賢仁及黃仁瓊的領導下，詩華教師協會屬下成立了一個文藝小組。一九五一年，這批古詩詞愛好者正式註冊成爲一個合法的組織。由於古典詩詞在格律方面的要求，因此從事這類創作的人並不多；「詩潮吟社」的成員也因此只能維持在三十人左右。然而，他們仍定期舉行活動，每月一次的集會爲該社的主要活動之一。他們的宗旨，即在於將古典詩詞文學的愛好者組織起來，因此十分重視每月一次的集會。在這項稱爲「月課」的活動中，他們常定下一個題目各自進行創作，繼而進行有關詩作的品嘗，通過這樣的交流提高彼此的創作能力。

詩潮吟社目前已出版了五輯的《詩鐘選集》，他們也在《馬來西亞日報》上編了一個由陳立惠主編純古典文學的副刊《詩潮之聲》。雖然「詩潮吟社」已日漸式微，然而從它悠久的歷史來看，只要還有人願意繼續下去，這點火光便不會熄滅。詩潮吟社的貢獻，不只在傳承了古典文學，同時更鼓舞了一批文學的愛好者，以致衍生出詩巫中華文藝社這個文學團體。

B．砂拉越寫作人協會

一九七八年成立的砂拉越寫作人協會，如今雖已消逝，但是它曾經在砂華文壇燃起了火花。這個協會是由新聞從業員籌組的，其成員爲沈北中、賴城、陳從耀、楊謙俊、林美鳳、沈慶旺等。

七○年代，這個文學團體曾主辦過多次的徵文比賽，以及出版過兩部文學作品，第一部是一九七八年出版徐毅（徐麗華）的小說集《遇》，第二部是方秉達（劉貴德）的詩集《趾外》（1979）。此外砂拉越寫作人協會也於成立時出版了紀念刊，收集砂華文壇活躍創作者的作品。另外砂拉越寫作人協會也曾以招徠廣告贊助的方式，出版過兩本古晉記者的採訪文集《四個女記者採訪集》（1979）、陳金藏的《方向線》（1980）。一九七九年，他們亦和星座詩社聯辦過一次作品展。他們也曾在世界早報編過一個文藝副刊《寫作人》。可惜光華乍現，便已消逝。

C．砂拉越留台同學會

砂留台同學會在砂拉越各大省分也都設有分會，各分會除會務外，也注重文化學術的交流，在推動砂華文學方面，專題講座會和徵文比賽及出版文學著作方面也頗積極。至今已出版了陳瑞麟的《鐸聲小品》（1995）、黃生光的《凝思集》（1995）、黃祥光的《筆影留痕》（1997）、風生的《昨日的風采》（1997）、蔡增聰的《歷史與鄉土》（1998）、房漢佳的《文化與教育》（1998）、黃國煌的《濃霧後的晨曦》（1999）、林煜堂的《文穗采趣》（1999）、張永慶的《屋檐下的青青草地》（1999）等十餘部著作。

D．詩巫漳泉公會

詩巫漳泉公會是籍貫性質的會館組織，然詩巫漳泉公會附設文學組，乃受詩巫熾熱的文學風氣感染，在衆執委齊心合力帶動下，該會文學組的發展也獲得非凡的成績。短短幾年便出版了：蔡存堆《百年滄桑話詩巫》（1994）、宋志明編《林寶昌影藝作品集》（1995）、雨田《闊別》（1995）、蔡存堆《漳泉人物小傳》（1996）、蔡宗賢《在老街五腳基上看夕陽》（1996）、蕭如意《姚景水文集》（1996）、蔡存堆《漳泉文苑》（1997）、蔡存榮《故鄉的路》（1997）、王全春《涓流十年散記》（1998）、王保慶《火的道路》（1998）、黑岩《各舉門神的風采》（2000）等多部會員著作。

三：砂華文學所面對的問題[6]

生命在自身的生長進程中總是要遇到種種令人悲哀的事情。人的生活中充滿了偶然性的因素卻又因爲人性中嚴重的欠缺感，難免令人陷入痛苦和不安的局面。文字是文學僱用來使人沉默使人表達無限使人在歷史肌膚上滯留無可詮譯的「刺青」。

華人自飄洋過海並落地安居而始，就緊緊面對文化思想不能縱橫發展的困境。砂拉越華人自南來伊始至今，尚不能逸出此侷限；不僅砂華人如此，我們甚至可說過去大馬華族的文化亦深陷於所謂「五千年優良文化」的陳舊包袱，故步自封，缺乏「有容乃大」的進取與涵攝胸懷，以致無法萌生多元生態的活潑而具有時代意義的深層文化。

砂華文學自戰前延續中國新文學主流，不論在表現手法、形式、體裁，甚至在流派主義風格，都有相當共同之處。五〇年代始，是砂華文學醞釀與萌芽期，至六〇年代初，砂華文學趨向反殖反帝時期，此期作品常帶有濃厚政治色彩與懷念歌頌祖國（中國）之風，一九六二～六三年因政治因素，許多砂華寫作人都沉默下來。致使六〇年代後期砂華文學顯得淒冷。到了七〇年代初期，標榜著現代主義流派的文學作品與活動湧現砂華文壇，此時期的砂華寫作人，

---

[6] 本節文字原出：沈慶旺〈尋找砂華寫作人的「刺青」（TATOO）〉，《國際時報》（1998/03/01），在此略加修訂。

大多是僑民第二代，其本土歸宿感漸漸與中國隔離；緊隨著八〇年代的來臨，砂華寫作人大多是大馬獨立後出生的青少年，這一批寫作人至少都接受了十二年的「三種語文」教育；砂華文學在此時段，可說是穩健成長時期。文學團體的成立與文學獎的設立以及文學活動的頻繁，無形中刺激了砂華寫作人口的增長。

縱觀砂華文學的歷史，如果要給砂華寫作人的特色定位，我認爲不能以現今砂華寫作人的標準來界定過去各個時期砂華創作人的特色。因爲僑民南來時所承受的文化傳統必須在紮根本土之後才有力量，不然則只是徒具形式而已。這裡所謂的傳統文化當然是指傳承自中華的傳統文化，此傳統文化是作爲文化或文學發展應具有的依循根本，依此根本再吸納其他的文化資源而自成一格，形成砂華文學的本土特質。

砂拉越是個多元民族多元文化的土地，多元文化已成了人們生活中的一部分，再加上砂拉越因地理關係，砂華寫作人具有創造屬於砂華文學的獨特性的先天條件。我個人的論點是，砂華寫作人的特色應是嘗試跳出原有的框框，嘗試跳出「傳承」自派別、主義的思想桎梏，把身心融合在砂拉越的本土性去創作融合世界性的文學作品，這才是砂華寫作人應有的特色。

然而，砂華文壇面對許多客觀環境的侷限，諸如書籍的匱乏、文學資訊的封閉、文學交流的不足等，砂華寫作人在這樣的情況下，該如何掙脫困境？該如何尋求定位？該如何進一步提升作品素質？

溫任平在〈家書論學〉中曾表示：「文學創作是件十分個人的事。學術研究與藝術創作則不僅是個人的事而且還是十分寂寞的事。當許多人都在湊熱鬧、趕文化的墟集之際，你得回到書房裡苦思、創造。……爭取多些時間給自己讀書、思考、寫作，只有這樣寫作才不是『玩票』……」（《星洲日報·星洲廣場》，1997/11/30），我覺得他不僅道盡寫作人的心聲，同時也說出寫作人應具的治學態度。由此，我們來看砂華文壇所面對一些客觀侷限是否真的使砂華寫作人陷入困境？

（A）書籍的匱乏

砂拉越三大主要市鎮古晉、詩巫、美里，自七〇年代我開始學習寫作時，古晉就有數家書局如：古晉書局、國際書店、時達書局、大同書店、大光書店、光華書店、青天書店等。而詩巫則有拉讓書局、前鋒書店、大衆書局等，這些書局都有售賣許多港台大陸文學書籍，當時在古晉數家書局就找到了水牛文庫、仙人掌文庫、三民文庫、 向日葵文叢、文星叢刊、萌芽叢刊、三山文庫、牧原叢刊、純文學叢書、新潮文庫、蘭開文叢、小草叢刊等出版品，以及其他港台中名家和歐美的翻譯名著。但是這些文學寶庫的經營者卻慘澹經營數十年。九〇年代以降的砂拉越，雖說大部分的書局已變更他們的營運方針，但是其中仍有許多文學書籍，只是砂華寫作人甚少問津。再者，如今資訊、交通都很發達，時代的進步已把世界距離縮短，許多文學出版訊息皆可在報章雜誌獲得，郵購已不再是一種累人的事。

（B）文學資訊的傳播

自九〇年代初始，大馬報社及文化機構都頻密舉辦有關政經文教的大型研討會，邀請海內外名家學者作專題演講。而每年國內外所舉辦的文學活動，講座會都不計其數，這些訊息都一一刊載報端，有者甚而連續雙月刊登活動系列報導等。我不認同砂華文學的資訊是封閉的狀態，只是我們的寫作人沒有自發自覺的去參與。當然，我們不否認，大馬許多活動都集中在都門吉隆坡，這是因爲西馬的文學人口比東馬多的原故。但是，如果砂華文學團體、文化機構真的體認砂華文壇已面臨困境，那麼扛著砂華文學旗幟的砂華文學團體和文化機構就應趁著國外學者在西馬作完文學活動之際，隨後延聘至砂拉越作同樣的文學活動。但是往往就因各團體的經濟能力和人事問題而作罷，此點才是砂華文學的真正困境。

再者，如今資訊發達，網際網路日益普及之際，在浩瀚的網路中，有無盡的文學資訊和作品。世界已開始邁入無紙張的時代；網際網路中的文學作品，即使窮我們一生的時間亦閱讀不盡。砂華文學團體中，詩巫中華文藝社已在一九九八年一月廿四日上網，其主頁爲《犀鳥文藝》，目前已把該社出版的「拉讓盆地叢書」及其副刊《文苑》、《新月》中刊登過的作品編排上網。另一個純文學網站《犀鳥天地》也於一九九九年十月十日設立，詩巫中華文藝社在砂華文學史中雖不是一個歷史最悠久的文學團體，但卻是第一個將砂華文學以網際網路推介到世界各個角落的「文學團體」。因此我還是堅信，砂華文學資訊的推廣傳承而或承受的缺失都不是客觀環境的封閉所致。

（C）文學交流的不足

誠如以上所說過的，砂拉越地理因的侷限對文學交流有一點負面的影響，但是砂華寫作人還是不乏以私人或組團到港、台、中觀光參加文學活動，也受到當地作家學者的接待，從而建立某種關係。這種交流原本是正常的，健康的，有益砂華文壇的發展。但是，它的流弊常就因當地作家學者以爲他們接待的幾位砂華（當然也包括馬華）寫作人都是頂尖人物（如果這些人再襯以某文學團體作背景），而國外作家囿於接觸面的侷限，一旦受邀作序，寫評論或在研討會，交流會發表論文，便一味讚好，以期賓主皆歡。但是如果稍有留意馬華文學訊息的話，並不難發現這些國外學者的評論不僅資料不足，對馬華、砂華作家的定位有者甚而本末倒置。資料不足這點我們可以諒解，但是如因情感因素而壟斷文學訊息，造成錯覺，試問這種文學交流是否值得繼續提倡？

（D）砂華寫作人的定位及作品素質的提升

砂華寫作人尋求定位的主要關鍵，就是作品的素質。一個寫作人，最重要是以「作品」示人，而不是靠外在的「名氣」來肯定自己在文壇的地位；舉凡有好的作品自然能流傳百世，沒有好作品的「名氣」總是經不起時間的磨蝕。一個從事文學創作的寫作人的地位是「質與量」都必須要衡量的。我們不要砂華文壇癌化出一種病態：即寫作不及一兩年，創作量不足以出版一部集子的寫作人，被某些「名作家」、「學者」彈讚得不成「人形」。 如前所說，創作是件十分寂寞的事。砂華寫作人在教育過程中大多得面對同時學習三種語文的困擾，但是此困擾在今天卻是提高砂華寫作人作品內涵與素質的最有利條件。其一，可涉獵於本國巫文和英美等語文文學，開拓文學視野，讀出馬來文學與中西文學創作手法、語言文字技巧的運用，讀出各語文文學的味道，再進一步跟華文文學作品作比較研究。文學作品本來就必須突破意識型態的鎖銬、文化的斷層和時間的差距。我們不應再浪費寶貴的思維去標榜「寫實派」還是「現代派」，更不應自我歸屬於「後設」、「後現代」、「結構」、「解構」主義之流。文學創作這條路是崎嶇的一條路，沒有捷徑可尋。外在的我唯有不斷地努力探索和充實自己，內在的我必須時時刻刻發掘心中的自我，這樣才能提升作品的素質。如果無法尋獲內心的自我，那創作也將會暫滯於某一形式。

九○年代砂華寫作人最大的危機無非在於後繼者日愈減少，而有志參與砂華文學行列的又苦於對華文文學的生疏，此乃教育制度幾十年來的變更所造成的後果。許多中學畢業以後，有志於創作的寫作人對於華文的運用與文法都不能掌握，但是只要肯在中國古典文學和古詩詞下一番苦功，並多閱讀海外華文著作，此病例應可根治。無論寫詩或散文，作者的文字必須控馭自如，基本文法是溝通最起碼的要求。但是有些寫作人，辭彙運用模棱兩可、段落散漫、章法零亂，意念的表達因語言的未逮而模糊曖昧，表現自己屬於「現代主義」、「擬前衛」等等屬性，這些都可能只是一些呢喃如夢囈咒語的作者個人病態的顯露而已。

再者，致使砂華寫作人囿於故步自封的一個事實是文學派別主義的衝突。此一衝突自六〇年代末至今仍有許多砂華寫作人各執一詞，無形中對砂華文學的進展產生羈絆作用，以至部分有成就的砂華寫作人停留於定點上，原地踏步，這可謂是砂華文學的一大損失。

其實文壇可藉文學派別的歧見互相刺激，互相影響，甚至對話交流，進而豐富砂華文學的內涵。但是砂華文壇「寫實主義」與「現代主義」兩派文學陣營間的隔膜在七〇～八〇年代都是很深的。九〇年代以降的新生代砂華寫作人，卻能融匯彙「現代主義」在形式技巧方面的長處，結合「寫實主義」的社會關懷而融成一股綜合體。由此點來看，我認爲那些老一輩的寫實和現代主義砂華寫作人有必要適時調整自己的步伐。寫實與現代已不必劃清界限，應爲砂華文學作出貢獻而互補有無，融匯共存。

目前，「地球村」的概念在資訊領域常被提及，人們大力提倡「面向國際」。「地球村」與「全球化」是一體之兩面，全球化意味著的是開放性、現代性、擴充性及充滿活力的體制。現時網際網路日益普及之際，通訊技術一日千里；個人、社群、國家的活動，幾乎可以瞬間傳送到地球任何角落。這是人類文明的躍升。資訊、經濟、政治、文化等的全球化，將使人類養成「地球公民」的意識。整個世界的文化將走向融合的趨勢，文化全球化將成爲生活的要素。砂華文學如不願故步自封於砂拉越本土，就必須面對事實，走向國際，這是無可否認的事實。

那麼我們將如何去落實砂華文壇「面向國際」呢？除以上各點必須調整外，我認爲砂華文學團體應向詩巫中華文藝社看齊，設立屬於砂華文學的網頁或網站，把砂華文學作品呈現於國際文學網路，這是砂華文學融合世界文學的最基本工作。再者，砂華寫作人也必須及時適應時代，開始學習資訊科技知識，以應付即將來臨的砂華文學高科技資訊時代。

四：砂華文學未來的走向——書寫婆羅洲[7]

「書寫婆羅洲」的願景，似乎想確立「婆羅洲文學」的書寫範圍和內涵，其實它並非和砂華文學團體分庭抗禮，也不是標新立異，而是考慮到儘量擴大本土文學的特色，以及它今後可能在世界讀者心目中所帶來的觀感與閱讀位置。（下略）

在政、經、文化等方面，東馬砂沙兩州被「邊緣化」是我們長期以來深覺不平的感受。在文學方面，由於文藝作者的互動與交流，近年來的情況有所改善。一九九八年吉隆坡大將書行主辦「鏗鏘十年——馬華文學出版展」，其中砂州四個文學團體所出版的書籍便成了最大的展覽單位。由馬華作協所編纂的《馬華文學大系》，其中便收錄了不少東馬作者的作品。以比較冷門的「中長篇小說」爲例，砂州作者有七篇，占總數的五分之一強。其他短篇小說、散文、詩歌方面的比率也很可觀。在二○○二年十二月十五日舉行的「馬華文學之夜」受表揚老作家名單中，砂州作家也有三位。過去，我們常抱怨西馬作者在大談「馬華文學」時忽略了東馬文學，今後這種抱怨應可以減少，反而需要更多的反躬自省：我們是否已寫出質量俱佳、引人注目的作品？我們是否有更多可與西馬較優秀作家相頡頏的作者群？我們的文學團體與文學活動是否能發揮積極的作用，沒有傳承上的隱憂？我們有否寫出風格鮮明而深具普遍價値的本土文學？我們的作品水準是否能在馬華文學中脫穎而出？它在世界文學中應占怎樣的位置？

（A）誰來書寫婆羅洲？

婆羅洲是世界第三大島，在這個島上包括東馬砂沙二州，還有汶萊王國和印尼加里曼丹的領土。一般上，提起婆羅洲就讓人想起「熱帶雨林」。過去這片廣袤的熱帶雨林，確曾爲探險家與生態學家帶來無比的吸引力，但文學方面真正能反映出它的神秘性與豐富多彩面貌的，除了獵奇式的英文著作，以華文書寫的並不多。李永平的《婆羅洲之子》開了文學上描寫婆羅洲民俗生活的先例；這本書雖是李永平的「少作」，但寫得頗有看頭。接下來的《拉子婦》成

[7] 此節文字原出：田思〈書寫婆羅洲〉，《星洲日報．文藝春秋》（2002/11/25），在此略加修訂。

爲他的成名作，處理異族婚姻與種族關係的題材，在台灣文壇很受重視。奠定他成爲重要中文小說家的是《吉陵春秋》，「吉陵」之名據說是取自古晉的印度街，但這部小說是以文字風格取勝，其情節、人物都是抽離時空背景，以刻劃人性的「原罪」爲主，與婆羅洲沒有直接關係。劉其偉與徐仁修是台灣的兩位探險家，他們曾先後深入婆羅洲雨林作實地考察並寫出圖文並茂的探險筆記。劉其偉的有關著作是《婆羅洲熱帶雨林探秘》，從人類學的角度來探討原住民文化。而徐仁修的著作是《赤道無風》，以獵奇性的描寫爲主，摻雜不少道聽途說。由於他倆都是匆匆的遊客，其著作難免給人浮光掠影的感覺。

另一位落籍台灣的小說家張貴興也寫了幾部以婆羅洲爲背景的小說。他那部入圍「中國時報百萬小說獎」決審的《群象》，我認爲是失敗之作。失敗的原因是扭曲了婆羅洲的真實面貌，文字與佈局也無甚可取之處。（略）《象群》書中有些「離譜」的描寫比比皆是，有時到了令人難以卒讀的地步。

由外國人來書寫婆羅洲，讀起來總有一種「隔了一層」的感覺（李永平與張貴興出身砂州，長期定居台灣）。真正的婆羅洲書寫，恐怕還是要靠我們這些「生於斯、長於斯、居於斯」，願意把這裡當作我們的家鄉，對這塊土地傾注了無限熱愛，對它的將來滿懷希望和憧憬的婆羅洲子民來進行。文學允許想像和虛構，但太離譜的編造與扭曲，或穿鑿附會，肯定不會產生愉快而永久的閱讀效果。我們要求的是在真實基礎上的藝術加工。

（B）「書寫婆羅洲」的實績

「書寫婆羅洲」不是一個空洞的口號，其實在這方面我們不少資深作者已做出相當不錯的成績，奠定了良好的基礎，爲未來的書寫範圍開拓了多方面的前景。

在史學方面，兩位過世的歷史學家劉伯奎與劉子政已爲我們作出良好的典範。劉伯奎對石隆門華工事件的撰述與華人民間信仰的考察，已成爲扛鼎之作。著作等身的劉子政，對於婆羅洲史料的蒐集與考證，迄今仍是最完整的。他的著作涵蓋了砂拉越、沙巴、汶萊三邦的歷史，真正體現了婆羅洲歷史的完整性，也可看出他治史視野的開闊與遠見。近年來孜孜於砂州史學撰述的房漢佳，更接連推出《砂拉越拉讓江流域發展史》（1996）與《砂拉越巴南河流域發展史》（2001）兩部巨著。他所撰寫的人物傳記《世界著名攝影家黃傑夫》，其中牽涉到砂拉越風土人情的地方很多。另一部《英雄的故事》，寫抗戰機工的英雄事蹟，頗具史料價值。目前他除了在報章副刊定期撰寫地方掌故的專欄與刊登《愛國學者田汝康博士傳》的鴻文之外。也在籌備有關二戰史實的撰述，尤其是描寫加拉畢高原少數民族對日軍展開游擊戰的《高原游擊隊》，預料出版後將是一部轟動性的著作。

文學史也是文學研究的一環，在砂拉越華族文化協會的催生下，我們已有了田農的《砂華文學史初稿》（1995）與黃妃的《反殖時期的砂華文學》（2002）兩部論著。不過他們都只寫到六〇年代，七〇年代以後的砂華文學史，正等待有心人進一步去整理與撰述。

在文學方面，所涉及的層面頗廣。例如楊藝雄（雨田）目前在報章陸續刊載的《山野奇談》，是寫婆羅洲的漁獵故事，甚受一般讀者的歡迎。沈慶旺以一部反映原住民處境的詩集《哭鄉的圖騰》，引起國內外詩壇的重視。他所寫的有關砂州二十九個種族的民俗介紹專欄《犀鳥天地》，相信是讀者所見刊期最久的專欄之一。目前他正在構思一部以巴貢水壩爲背景的長篇魔幻小說；以創作手法而論，當可爲砂華小說另創局面。另幾位擅寫民俗介紹文章的作家，如石問亭、蔡宗祥（著有《伊班族歷史與民俗》、《本南人文化的變遷》）等，過去都曾有過不俗的表現。婆羅洲的民俗文化非常豐富，這是一個可以大開拳腳的天地。石問亭主持《犀鳥文藝》網頁，把砂州文學介紹給全世界的網友，功不可沒。他目前正在整理一篇描寫砂州異族通婚的愛情故事〈夢縈巴里奧〉。

詩巫資深記者黃孟禮近期出版的《24甲——尋訪拉讓江、伊干江福州人村落》（2001）與《情繫拉讓江》（2002），是一位拉讓江之子對母親河的眷顧，寫出拉讓江的美麗與憂患，富有鄉土情調。

古晉資深記者，曾得過首屆「花蹤」報告文學獎首獎的李振源，除出版《後巷投影》（包括《蛻變在盛祭中的投影》系列得獎作品）之外，今年更花了不少時間，到古晉、三馬拉漢、斯里阿曼各省內的大河流域考察，寫出鮮爲人知的地理景觀，原住民聚落概況與生活現狀，甚至旁及風俗與神話傳說的各種記錄。李振源應是最傑出的婆羅洲采風作者。

在小說方面，黃澤榮的〈奴英的抉擇〉與夏秋冬的〈刺青〉，分別寫出水壩建設與社會轉型給原住民生活帶來的衝擊。而老作家貢順柳過去曾寫過黃乃裳的墾殖故事，最近更以恢宏的結構在報上連載有關實文然煤礦開採的〈炭山風雲〉中篇小說，這是上世紀初的婆羅洲故事了。

散文方面，藍波所寫的鄉鎮生活點滴，各族傳統食物以及砂州花木與草藥介紹，都富有道地的婆羅洲風味。

有關南洋地方不同籍貫的華人風俗和先輩南來拓荒故事，我們可從許多先賢的傳記和回憶錄中讀到，如《許如玉博士的傳奇故事》、《卜通叔傳》（黃俊賢著）等，爲婆羅洲的多元文化提供了古舊的畫面。

最後要提到從忌諱中逐漸沉澱爲歷史評估的砂共鬥爭史，從事這方面的資料蒐集與整理的有心人，先有田農、房漢佳，接著有白羚；他們將爲這段曲折的歷史勾勒出較清晰的脈絡。一些前游擊隊員的森林生活回憶文字，也不應被忽略。

講婆羅洲文學不能遺漏沙巴和汶萊方面的書寫。就我個人的閱讀範圍所及，西馬小說家潘雨桐與詩人冰谷(他倆曾長期在沙巴從事園丘管理工作)，都寫過不少有關婆羅洲的東西。潘雨桐的「大河系列」等小說，以木山砍伐爲背景，織入許多原住民信仰與傳說，賦小說以環保的主題。冰谷的詩集《沙巴傳奇》，除描繪沙巴的景物之外，也處處流露環保意識（近年來有關砂沙二州環保題材的作品的評論，皆收入田思所寫的《馬華文學中的環保意識》這冊論文中）。

另外，文筆清麗的邡眉，寫過不少描述沙巴山林與原住民生活的散文。在汶萊的一凡（王昭英）所寫的有關馬拉奕小鎮的文章，也頗耐讀。

凡此種種，都構成一個婆羅洲文學的特色，值得加以肯定。

書寫婆羅洲的最大資源是熱帶雨林的自然環境與多元文化的社會背景。這些有關歷史、地理、政治、人文、民俗等方面的資料，只要書寫者肯下一番功夫，加上本身作爲「婆羅洲子民」的真實體驗，是不難找到好素材的。砂拉越擁有一個東南亞最大的博物館，也有收藏豐富的檔案局，州政府也一向來對各族文化予以重視和扶掖（例如各民族文化大會的召開便是一個例子）。如今砂州華社也有了自己的「砂拉越華族文化協會」積極推動文化的研究風氣，並出版了一系列研究成果。再加上砂州華人社團衆多，各會館所收存的資料大都具有參考價值。可以說我們身在寶山之中，在書寫鄉土、進而與世界接軌的文化事業上，我們具備了甚爲優越的條件。好好利用這些條件，不斷提升自己的書寫能力，便是我們文化工作者的當務之急。

（C）對「書寫婆羅洲」的展望

要在世界文學中占一席之地，要引起國內外讀者普遍的興趣和關注，要爲書籍作品開拓更大的市場，就必須在內容上具有鮮明的特色，在書寫與呈現方式上精益求精，在書籍出版方面講究策略和包裝。這就是我提出「書寫婆羅洲」這個概念的動機。

一九九八年六月，文化創業者傅承得以他所主持的大將書行籌辦了一個「十年鏗鏘——馬華文學出版展」。當他看到砂州文學團體的活躍與出版作品的豐富，便對東馬文學留下了深刻的印象。這些年來他與東馬文藝作者交流頻密，對婆羅洲三邦的文化資源與內蘊有了較多的認識，遂萌生另組出版社，專門出版婆羅洲文學著作，並行銷至世界廣大華文市場的念頭。他曾草擬一分計畫書，徵求東馬友人的意見。在「出版契機」這一項他這麼說：「近十年中國經濟實力的躍升，中、台、港兩岸三地出版朝向統合趨勢發展，『中文單一市場』逐漸形成。比照『英文單一市場』，非主流地區如印度或新加坡之英文作者亦有機會浮現『英文閱讀世界』，甚至各類型閱讀亦變成可能。因此，『中文單一市場』的出現，就出版而言，正是馬來西亞／婆羅洲／東南亞內容生產和輸出的契機。也只有成爲具備核心內容和專業的主題出版社，才有可能建立『中文閱讀世界』別人無可取而代之的位置。婆羅洲是世界第二大原始森林，就『閱讀生態』言，至今仍是中、英文讀者極其陌生的神秘處女地。然而，正因爲『陌生』與『神秘』，其自然生態、叢林故事與人文環境的異國因素，深具市場潛力。就歷史言，除沙、砂、汶三地之歷史故事，加里曼丹及南接馬來群島之香料群島，自十五至十九世紀亦與葡萄牙、荷蘭及英國等殖民爭奪戰相關。以上閱讀因素，倘能深耕並與中文世界接軌，必然更具備閱讀動力和內容競爭力。」

這個出版概念目前還處於研究的階段。我個人認爲，「書寫婆羅洲」必須從「寫手」的努力開始。我們已作出了一些成績，但還需要更多有心人的投入。除了砂州文學團體與文化協會的推動之外，我們極需工商界俊彥與州政府的鼎力支持。巧婦難爲無米之炊，只有先解決經費問題，我們才有可能開展大規模的寫作計畫與出版計畫。爲了深耕細作，主辦文藝營、寫作坊，出版期刊，成立出版基金等，都是切實可行的辦法。只有在州政府、文化機構、文學組織、社團、學校、出版商與書商、寫作者等各方面的配合下，我們這個「書寫婆羅洲」，讓婆羅洲進入「中文閱讀世界」的願望才能早日實現。

五：小　結

砂華文學自一九七〇年至二〇〇三年，大約可分爲三個階段；即七〇年代至八〇年代初，是由砂拉越星座詩社引領，該社標榜著現代主義與現代詩，積極在砂華文壇發表作品與推行文學活動。雖其活動範圍侷限於古晉，但是也培養了許多來自全州各地的年輕寫作者。

自八〇年代中至九〇年代初，砂拉越作家協會在發掘本州寫作人與出版單行本方面交出可觀的成績；在推動文學交流方面也帶領著砂華走向國際。

八〇年代末至九〇年代末，主導砂華文學的是詩巫中華文藝社。不論在文學活動、創作、交流、或培養新青年寫作人方面，都涵蓋砂拉越全州。

砂華族文化協會的成立文學組雖也作出貢獻，但在真正代表砂華文學的推手方面，仍因各社團所囿，不能發揮盡致。

進入二〇〇〇年，一批從文學團體卸下職務的寫作人，有更多的時間閱讀進修，並不斷吸收各國名家作品，不時又聚集一起互相討論心得，而後創作，力求更進一步推展砂華文學的新紀元，把砂華文學帶入國際文壇。尤以「書寫婆羅洲」，把婆羅洲風土文學介紹給世界，爲二十一世紀砂華文學的創作目標。

【附錄】

砂華文壇三十年來，其作品具代表性與特殊性，並對砂華文學推廣活動作出一定貢獻的作家：

劉伯奎，一九一四年生於廣東河婆，一九九六年逝世，六歲南來古晉，後返大陸求學，廣東中山大學史學系畢業。曾任重慶南洋研究所副研究員，及古晉中華第一中學校長，退休後專心華族歷史研究，曾出版著作：《馬來人及其文化》、《河婆史話》、《抗日時期砂拉越華僑機工回國服務實錄》、《砂拉越古晉華文學校發展史略》、《十九世紀砂拉越華工公司興亡史》、《砂拉越河畔的華人神廟》等多種。

洪鍾，原名蔡鍾英，一九一六年生於福建省莆田縣，四一年上海美專畢業後即南來砂拉越，歷任砂拉越美術協會主席、砂拉越書藝協會顧問，爲砂作協會員，二〇〇三年過世。著有詩集《海潮集》、《池畔集》與《塑像集》。

劉子政，一九三一年出生於中國，二零零三年逝世；砂拉越著名史學家，爲婆羅洲保存史料、報刊最多最完整的史學研究者。曾出版著作《詩巫劫後追記》、《砂拉越百年記略》、《福州音南洋詩歌謠》、《砂拉越散記》、《婆羅洲史話》等。

魏萌，原名魏國芳，一九三二年出生於砂拉越，於一九八六年五月廿三日遇車禍不治。曾出版小說，散文、廣播劇、等十數種，以小說成就最高，《晨光照耀著山村》、《狂風暴雨》、《遲暮》等八部，是砂華文壇七〇－八〇年代重要作家之一。

房漢佳，一九三六年生於砂拉越古晉。一九六三年獲台灣師範大學教育學士學位，六八年獲美國夏威夷大學教育系碩士、美國伊利諾大學高級研究生。六九年起先後出任師範學院講師、主任及副院長等職。著有《砂拉越拉讓江流域發展史》（中、英、巫文版）、《砂拉越巴南河流域發展史》等著作。

吳岸，本名丘立基，一九三七年生於砂拉越州古晉。一九五八年至六二年任職砂拉越華文日報，主編文藝副刊《拉讓文藝》，致力推動當地華文文學。六二年出版第一部詩集《盾上的詩篇》，被譽爲「拉讓江畔的詩人」。六六年，因參與砂拉越獨立鬥爭，被監禁達十年之久。重返社會後即恢復文學創作，至今仍筆耕不輟，作品以詩爲主，兼及文學評論、散文、歷史研究等。九六年獲砂拉越州政府頒發華族文學獎，九九年六月大馬董總主辦《吳岸作品國際學術研討會》，高度評價其詩歌思想內容、藝術成就。著有《盾上的詩篇》、《達邦樹禮贊》、《榴連賦》、《九〇年代馬華文學展望》、《生命存檔》等。

徐然，原名徐元福，一九三八年生於詩巫；南洋大學畢業，歷任美里筆會主席，帶動北砂文學活動。著有《牛場村雜筆》、《談新懷舊》。

黑岩，原名宋志明，筆名桑木，一九三九年出身於詩巫，現爲詩巫中華文藝社會長及砂拉越華族文化協會文學組組員。著有小說集《荒山月冷》，散文集《各舉門神的風采》及詩集《一次橫渡的聯想》等。

侯越英，一九四零年生於詩巫。詩巫中華文藝社創社元老，先後擔任該社副會長及會長多屆。擅長古典文學與雜文創作，曾指導多屆該社的古典詩詞研究班，也曾長期在《馬來西亞日報》撰寫專欄。一九九六年病逝，其遺著《上谷齋詩文集》即將出版。

雨田，一署田石，原名楊藝雄，一九四三年生於砂拉越詩巫拉讓江河口伯拉威，六〇年代初反殖運動時期的重要詩人，曾停筆多年，九〇年代後期復出文壇，出版早期詩歌作品結集《闊別》。反映了動盪年代知識分子的激情和憂鬱的寫照。其有關婆羅洲山野生活的專欄文字，現由《星洲日報》連載，甚獲好評，已結集出版成《獵釣婆羅洲》。

藍波，原名沈若波，一九四六年生於沐膠。小學後即接受英文教育，七〇年代開始創作，擅長詩與散文，曾多次獲得國內詩、散文、小說獎。曾任星座詩社秘書、中華文藝社主席。出版詩集《蝶變》。

黃國寶，署名鐵箏，一九四八年生於古晉。任公務員，爲詩巫中華文藝社發起人之一；曾任該社祕書與會長，並主持該社的學員講習班多屆，對策劃與推動會務貢獻良多。曾主編《新月》副刊，也曾在《馬來西亞日報》《國際時報》寫過專欄，散文作品《一隻龜兩隻龜》被收入《馬華文學大系》散文二集中。

田思，原名陳立桐，一九四八年生於砂拉越古晉，畢業於南洋大學中文系，歷任獨中語文教師。從六〇年代末開始寫作，著有詩集《赤道放歌》、《犀鳥鄉之歌》、《我們不是候鳥》、《給我一片天空》、《田思詩歌自選集》，散文集《長屋裡的魔術師》、《田思小品》，評論集《六弦琴上譜新章》、《找一條共同的芯》、《沙貝的迴響》以及《田思散文小說選》等。一九九九年獲沙拉越州政府頒發各民族文學獎。

石問亭，原名吳崇海，一九五二年生於古晉，爲早期砂拉越星座詩社成員，擅長比較文學、短篇小說與隨筆。爲美里筆會發起人之一。

梁放，原名梁光明，一九五三年出生於砂拉越砂拉卓，畢業於吉隆坡工藝大學，九〇年代負笈英國。曾獲國內多項文學獎，作品被編入世界中文小說選及中學教科書。出版著作多部，爲第一屆砂拉越民族文學獎華文組得主。

夢羔子，原名鍾濟源，一九五五年生於砂拉越古晉，高中時代即開始創作童話、散文而後致力於新詩創作。著有詩集《你那邊的夜色黑不黑》、《日子曾經鋒利》。

李振源，一九五五年出生於砂拉越古晉，一九七三年中華第一中學高中畢業後即進入報界，九〇年代出任主編，近年專事報導文學，爲第一屆星洲日報報導文學獎得主。已出版《後巷投影》。近期更深入砂拉越各地域報導原住民概況與砂拉越河流域報導。

沈慶旺，署名風子、偶然、七月、CANCER、西門、西門亭等，一九五七年生於砂拉越古晉，七六年中華第一中學理科畢業，七〇年開始創作，擅長現代詩即散文，七三年即在報館兼職並主編文學副刊至八八年。七一年加入星座詩社，曾任該社總務、祕書及副社長。八九年加入詩巫中華文藝社，八九年開始創作原住民系列作品，出版詩集《哭鄉的圖騰》。二〇〇一年起在《星洲日報》長期連載原住民生活習俗系列專欄，即將結集出版。

默默，原名蔡明亮，一九五八年生於砂拉越古晉。七〇年代初開始創作新詩、小說、散文、廣播劇本，並在古晉電台演繹話劇。早期編寫的《小逃犯》、《風車與火車》、《策馬入林》已在台灣拍成電影。現爲國際著名導演，所拍電影《愛情萬歲》、《青少年哪吒》、《洞》、《河流》、《你那邊幾點》等多部，作品屢獲國際獎項。

田風，原名王振平，一九六六年七月三十日生於詩巫。小學教師，現任詩巫中華文藝社秘書，其小說與新詩曾多次在該社的常年文學中掄元，作品內容著重環保題材。

李笙，原名陳禮生，一九六九年生於砂拉越美里，曾獲多屆星座文學獎及中華文藝社常年文學獎詩獎。爲詩巫中華文藝社與美里筆會會員，擅寫新詩與文化評論。現任《美里日報》總編輯。著有詩集《人類遊戲模擬》。

楊錦揚，筆名楊熾，一九六九年生於砂拉越古晉，畢業於吉隆坡拉曼學院土木工程系。砂拉越星座詩社社員，曾獲星洲日報花蹤文學獎小說佳作。

楚天，原名江澤鼎，一九六九年生於古晉。台灣國立政治大學中文系畢業，爲砂拉越星座詩社社員，現執教於古晉中華第一中學。曾獲首屆文華文學獎小說獎、美里筆會第四屆微型小說首獎、馬華文學節短篇小說比賽首獎。

夏秋冬，原名許爲青，一九七零年四月二十七日生於詩巫，從事船務工作。其小說曾多次在詩巫中華文藝社的常年文學獎中獲獎，並獲首屆文華文學獎小說第二名。

蔡羽，原名蔡吉祥，一九七六年生於古晉。曾任《國際時報》副刊主任，現爲砂拉越星座詩社主席與砂拉越荒野保護協會執行秘書。曾多次獲得詩巫中華文藝社常年文學獎的詩與散文獎，以及花蹤文學獎新詩佳作。

李海豐，一九七六年生於古晉；畢業於台灣師範大學歷史系，為砂拉越星座詩社社員。現執教於古晉中華第一中學，擅長歷史小品與哲學隨筆，專欄《擺渡今夕》長期在《古晉時報》副刊連載。

編按：本文由沈慶旺為主要撰述，田思和石問亭協助資料匯整與校正。

資料匯整、格式修訂2003

璀璨年代文學的滄桑

——拉讓文學活動的回顧與探討

＊阿沙曼

砂華文學是馬華文學的一個重要部分。砂拉越加入馬來西亞之前，它的播種、成長與茁壯，均有它特殊的環境，包括人文社會與獨特的發展過程。尤其在某個發展階段，突出的時代感與強烈的思想性——即是砂華文學的獨特性，儘管這樣的歷史時期是短暫的。

儘管砂華文學在馬華文學中佔有一定的地位，也有它獨特的發展過程，惟至今未見砂華文學的完整史料，縱有局部片段的論述文章，也不免以偏蓋全，主觀成分濃厚，且不完善。之所以如此，主要是因爲早期的作家若非已經作古，也因時移勢易而物非人非，加上其他種種因素，他們對砂華文藝已興趣索然，往往只是聊表關注而已。目前砂華文學史料的工作者，都礙於資料的匱缺而無從著手，心有餘力不足。

1、整理砂華文學史料的重要性

以時間而言，砂華文學的發展歷史不算很長，卻有它的發展環境、一定的發展規律與本身的獨特性。尤其是五〇年代中期至六〇年代初期的這個歷史階段，許多文學工作者都通過文學與社會運動相結合，而突出砂華文學的特點。他們的熱情洋溢，激情與深沉濃厚的感情，透過各種文學形式，反映出當時誰都無可避免的，在大時代的社會衝擊下的現實，以及殘酷現實中的各種最真實的感受，而現實主義文學即成了當代文學路線的自然產品。正當反殖爭取獨立的民族主義運動，激發各族人民的政治意識而掀起高潮的時候，凡有信仰理想與正義良知的年青文學工作者，都不能對此現實無動於衷而置身事外。當然，也因其時的年青文學工作者事後橫遭變故，與叵測的人生際遇，致使他們中的許多人不得已放棄文學活動，非常無奈地告別文壇。即使今日能夠執著於文學而飲譽文壇的著名詩人吳岸與社會學者田農，也不過是絕無僅有的異數。

談及砂華文學，大家都肯定它的獨特性。惟這獨特性究竟爲何？事實上，除了多元化民族而構成的特殊人文社會外，經由長期的殖民主義統治，直至民族主義思潮產生巨大衝擊，最終導至社會經由量變（抗日、反讓渡、反人頭稅、反麥米倫教育白皮書、反大馬）至質變，地方議會直接選舉，加入大馬之社會變革的整個歷史蛻變過程，應該是這個獨特性的重要方面。

歲月無情，歷史的滄桑轉眼間即逾三十年，到今日時移勢易而人非物也非！

以上這些不是目前新一代的文學工作者所能理解和體會的。因爲所處的時代不同，鉅大的社會變化的情況下，所接觸到的人與物，與所看見的社會景象，都與當代的一切截然不同。可是砂華文學要得到承先啓後的發展，卻需要新一代的文學工作者，對砂華文學的發展歷史，有所瞭解與認識。對待砂華文學的正確態度應該是，除了目前的認真寫作之外，也應該對過去的情況有所瞭解與認識。換句話說，不應該割斷歷史的臍帶，而僅看眼前的砂華文學及其成就。

另一方面，許多人或有同感，此即大馬文壇一提及馬華文學，往往即將西馬的文學，及其歷史背景、目前的發展情況，當成整個馬華文學。換句話說，西馬文學代表東馬文學（包括砂拉越），也等於馬華文學。此種現象，尤其是對一些馬來西亞以外，有興趣或從事馬華文學研究的作家或學者而言，可能會因此產生錯覺。此種錯覺的可能性是只知道西馬的文學狀況，錯誤地認爲這些就已代表了一切，砂華文學因此被忽略，失去它在馬華文學中的地位。對於砂華的文學工作者而言，這是頗令人遺憾的。

惟從另一個角度而言，這是他們對砂華文學，尤其是它的發展歷史缺乏了解。事實上，有關這方面的資料，因爲多方面的因素而顯得非常貧乏。儘管目前資訊傳媒設備已臻完善，可是西馬華文報章與國家電視台尚且會將砂拉越誤當沙巴，更何況是文學的資訊？

因此我們不只要目前年輕一代的文學工作者，明瞭本身文學發展的歷史，也要讓真正的馬華文學工作者，與外來有志於馬華文學研究的學者，真正、正確與較全面的瞭解構成馬華文學的砂華文學。因此，從各方面蒐集材料，以整理砂華文學的歷史，不僅有它的積極意義，而且有其重要性與迫切性。

2、觀點與態度的商榷

砂拉越華族文化協會已著手這方面的計畫，這是令人欣慰的。砂拉越華族文化協會於三月十一日在馬來西亞日報，刊出其文學組專刊第一期，題爲〈六十年代拉讓盆地文藝概述〉（作者田紀行），在一定程度上，反映了砂拉越華族文化協會對於砂華文學中「拉讓盆地」文藝活動的歷史觀點與態度。砂拉越華族文化協會自從成立以來，是一個備受重視並在華族中頗具代表性的文化團體。它在推動華族文化活動方面，確實做了不少工作。例如：舉行歷史文物展覽，主催有關砂華文學的專題講座，資助出版叢書；現在又策畫整理有關砂華文學史料。這些都是頗令人讚賞的文化活動，而對砂華文學史料的整理，尤令人關注與重視。

砂拉越華族文化協會對文化活動的良好出發點與積極性，應該獲得肯定。惟對於整理砂華文學史料過程中，所涉及的歷史觀、政治觀點與文學觀點，卻有商榷的必要。

有關砂華文學史料的整理，應該持著嚴肅、認真與盡可能全面深入的態度，否則草率與主觀片面可能帶來歷史的後遺症，以致後來者以訛傳訛，以錯誤當爲史實，則其後果所導致的不良深遠影響，實是不容忽視的。這也是對歷史與後來學者負責任的態度，即使研究與整理馬華文學史料，也應該持著同樣的態度。因此，對待砂華文學史料的觀點與態度，是一個原則性的問題。

社會的演變與發展，有它的一定的規律，因此看歷史必須客觀。所謂客觀即是在一定的歷史條件下與社會情況下，看待當時的人、物和一切社會現象；而非在今日的歷史條件與社會情況下所持有的標準及眼光，去看昨日的歷史現象。正如處於尖端科技高速發展的今日，當人們普遍享用微波爐的時候，你不能也不應該認爲人類原始社會發展時期的鑽木取火，是幼稚可笑的！因爲在社會的一切都處於原始的歷史條件下與情況下，懂得鑽木取火已經是人類的一大發展，與智慧的重大進展；方法雖然簡單，但影響深遠。

看砂華文學的歷史與整理，有關的史料也一樣，切勿以九〇年代的社會眼光，來否定五〇與六〇年代砂華文學作品的某些方面；尤其是當時的歷史與社會條件下，這些文學作品所表現的時代感與強烈的思想性。有鑑於此，作爲砂華族文化協會文學組成員的田紀行先生，在他的〈六十年代拉讓盆地文藝活動概述〉一文中，形容在詩巫出版的《民眾報．赤道文藝》副刊：「在拉讓盆地文壇上並不能形成氣候」，並謂「今天看來，反殖時期的堅持現實主義的文學創作手法的文藝作品是有些幼稚膚淺」，這些觀點是值得商榷的。

《赤道文藝》的「不能形成氣候」，所指為何？而反殖時期的六〇年代的「文藝作品有些幼嫩膚淺」，所指的不知是內容或是創作技巧？我認為田紀行先生的這些文字有欠恰當。

3、赤道文藝與民眾報

提及《赤道文藝》不得不提及《民眾報》之創刊，及當時的歷史背景與社會情況。五〇年代末期，是亞非拉民族主義運動最蓬勃的時期，尤其是鄰近地區聲勢浩大的左翼運動，直接刺激了當時作為英國殖民地的砂拉越激進民族主義思潮的迅速擴散與發展。學生運動、職工運動與農民運動因此應運而生。砂拉越殖民地的第一個標榜社會主義的左翼政黨，便是如此背景下的產物。六〇年代開始，左翼政黨的公開引導，加之左翼統戰勢力的公開配合，遂使當時反殖運動猶如星火燎原，推向了高潮。在這樣的殖民地社會情況下，一九六一年《民眾報》在詩巫創刊了（它的直排報頭提字，還是特請當時任工會座辦的盧鏡川老先生書寫的）。它的董事長為政壇紅人兼職工運動領袖趙松勝，主編陳景益，編輯張宗利，劉增勤，副編輯鄧裕強，記者李岩水、林如化、丁家詹，而經理先後為劉本文與吳慶利。這是政黨、工運與知識分子為公同理想的結合。

《民眾報》與第一省古晉的《新聞報》，及翌年稍後在第四省美里創刊之《砂民日報》一樣，報紙立場鮮明：為殖民地人民伸張正義，與喚醒殖民地人民的自治獨立意識。因為這樣的立場與報章的大膽言論，遂使它暢銷拉讓江流域，儘管其時不論陸上交通抑或內河運輸都非常落後。《赤道文藝》也是遵循著同樣的立場和目標而創刊（事隔三十三年創刊確實日期無法記憶，手頭又缺乏當年報紙資料可考）。《赤道文藝》是周刊性質，每周一期，本人負責主編。自它創刊至一九六二年十二月九日汶萊事變，而後遭殖民地政府引用有關法令加以封閉，前後出版逾百期。《民眾報》後來出版了另一個周刊性質的文藝副刊《新旗手》。與《赤道文藝》比較，《新旗手》水準較低，顧名思義是供初學寫作者的園地。在拉讓江流域，這些文藝副刊是普遍受到歡迎的。尤其是《赤道文藝》所刊載的作品內容多能反映當時的社會現實，與存有強烈的思想性。

璀璨的年代反殖運動已達高潮，處於那個時代的社會情況下，凡有理想的人，都不會對社會現實視若無睹，許多年青作者在此種情況下，通過現實主義的創作，抒發他們的內心感受與「母親的土地」共脈搏與共呼吸，並且強調文藝應反映社會現實，與作爲社會上層建築之一的文藝，應爲人民服務的觀點，是完全可以理解的。

主編《赤道文藝》時，曾經有人批評它的水準不及古晉《新聞報》的《拉讓文藝》，我認爲《拉讓文藝》創刊已有年，它能維持水準與它在推動砂華文學所扮演的積極角色乃可肯定，惟欲將草創時期的《赤道文藝》與它作比較，則是有欠客觀與恰當。而我也認爲，文藝創作的水平應該而且可以通過作者本身不斷體驗生活，與不斷進行文學創作來逐步提高。同時文學作品中的思想性，實比技巧的應用更爲重要，這是現實主義文學最重要的方面。因此，我始終認爲，《赤道文藝》的水準問題並不重要，而重要的是《赤道文藝》中的作品，能否反映當時的社會現實，使讀者從中得到共鳴。同時通過這些作品的思想性，配合社會運動的需求，《赤道文藝》，《拉讓文藝》與砂民日報的《赤道風》，都負有同樣的歷史使命與任務。

這也是當時的文藝創作方針。《赤道文藝》生存期間，它所發表的小說、散文、雜文與詩歌，均反映了這方面的文學特點。它們描繪農村的生活、工人的願望，及巧妙地反映反殖運動。這些作品嚴格來說尙未能臻至成熟，惟基本上仍能生動反映當時的社會現實，不失它的感染力。其中不少作品，也獲《拉讓文藝》的轉載。

《赤道文藝》的作者多來自第三省（拉讓江流域）。諸多作者中，寫得相當勤快的有砂海（孫春德醫生），他寫小說，也寫詩歌。一九六二年《赤道文藝》的文藝總結，乃由他執筆；目前這些資料皆蕩然無存，殊爲撼事，否則可令人窺探六〇年代初期拉讓文藝活動。田石（揚藝雄），另筆名雨田、山，也是其中一個，他的詩歌風格近似中國著名詩人聞一多的唯美主義。作者中甚至還有一位遠自毛里求斯島的梅先生（梅先生的名字與筆名無法記起。其時毛里求斯島是英國的殖民地，現已獨立，梅先生爲該島國一家華文報的總編輯。我們曾經通過信，後因時局突變而聯絡中斷）。這些作者與我一樣，皆因客觀的原因均無存稿，或發表過的作品剪報。雖然如此，田石兄仍珍藏著他寫於那個年代而又從未發表過的僅有手稿。這裏僅引述其中兩首：

甦醒的土地
人聲沸騰
但海洋熱烈翻浪
一聲比一聲擁起得更緊
在這塊經過抑鬱的土地

為盼望一個新的明天
為明朝一個美麗的太陽
再暴出一陣震空的朗笑

這是作者於一九六二年八月寫於美里的一個群眾大集會後，題爲〈獨立之聲〉。

以下是另一首題爲〈當我要離開你，土地！〉的詩：

這樣不平凡的日子
一切都像激動的海面
我應了這個號召
離開了你
別了故鄉
來到這個遙遠的祖國邊疆

一切回憶會帶給我們無限幸福
而空虛和惆悵
有時緊緊依著我們的心坎
尤其在這樣靜靜的晚上

但這一切會漸漸消失在我們的心間
痛苦將會被理想與戰鬥的熱情戟散
一切都變得很正常

又是一個靜靜的夜晚

烏雲滿天狂風大作
憂鬱的祖國沉重地走著

遙遠遙遠的地方
已經傳來了戰鬥的聲音
隨著空氣在震蕩
它使我的心頭又一次掀起波濤

我懷念我生長的地方
當我須要去向更遙遠的地方
呵，故鄉啊
可愛的地方

我渴望並且熱烈盼望
這裡美麗的春天
讓我興奮把痛苦甩開
讓幸福和理想佔有我心懷

田石的詩足以反映那個不平凡時代許多滿懷理想的青年的激情與憂鬱。惟這些也只有經歷過那樣年代的人，才能理解與體會。今日要欣賞類似田石這樣的詩，就要讓時光倒流三十年，去回顧那不平凡，而又令人苦澀的年代。了解那時的歷史背景，社會情況與身懷遠大理想抱負的熱忱激情，以及結果在殘酷現實的重重挫折下，無語問蒼天的悶鬱心情。倘論年齡，當時許多年青作者與田石一樣均於十七至十九之間，而他們作品所抒發的思想感情，無疑近乎早熟，惟如此現實主義作品又何其自然！

4、《赤道文藝》、《拉讓文藝》、《赤道風》的文藝統一戰線

第一省古晉《新聞報》創刊於一九五六年八月一日。
第三省詩巫的《民眾報》創刊於一九六〇年四月二十五日。
第四省美里的《砂民日報》創刊於一九六一年二月十一日。

六○年代開始，英屬殖民地砂拉越的反殖運動進入高潮之際，這三家華文報章即在共同的目標與社會道義上，形成文化上的共同陣線。它們所屬的文藝副刊即《新聞報》由吳岸（丘立基）負責主編之《拉讓文藝》，《民眾報》由阿沙曼（鄧裕強）主編之《赤道文藝》，及《砂民日報》先後由餘明光與田石（楊藝雄）所主持之《赤道風》，也自然形成了統一陣線，經常互相轉載有分量的作品。倘若說這些作品，能即時通過文學的形式，生動地描繪出當時的社會運動情景，或反映作者對社會現狀的強烈愛憎思想與感情，則不能不說這些思想性強烈的作品，有它當時的典型性與代表性。一九六一年《民眾報》曾經發表的一篇有關砂拉越人民聯合黨成立二周年慶典盛大文娛晚會及大集會的報導文學，及《赤道文藝》中一篇沉痛非洲大民族主義者剛果共和國總理魯孟巴遭受殺害的詩篇；另有一首反映在寒夜中張貼反殖標語的短詩，（這些作品的標題，因手中沒有資料而忘了），應該被視爲這類作品。

英殖民地政府並不喜歡這三家華文報章的左傾與反殖言論，當然也不喜歡這三家報章文藝副刊中所發表的內容現實、思想性強烈、主題鮮明，極易令人產生共鳴的一些文學作品。一九六二年殖民地總督亞歷山大。華德爾發表聲明警告華文報章遭「滲透顛覆」，被利用爲鼓吹暴力的工具，其中他引述了《赤道文藝》發表過的一首題爲〈我是詩〉的短詩，這首詩好像只有兩段，開始的一段好像是：

我是詩，
我是子彈
我知道在那裡開花
射向敵人的心臟

那段期間，文藝的統一陣線致使我們聯繫密切，互相鼓舞與遙相呼應。一九六一年中旬，鑑於當時承印《新聞報》的婆羅洲印務公司將購置鑄字機鑄造鉛字。於是吳岸提了個建議，此即第一省方面由他整理其作品，第三省由我整理我的作品，以及第四省由雷皓明整理其作品，並交由婆羅洲印務公司印刷出版（吳岸、阿沙曼、砂耶）三本詩集。我贊同此項計畫，且即刻著手整理自己發表過與未發表過的詩稿；同時也協助蒐集與整理了雷皓明發表過的作品。「砂耶」爲雷皓明常用的筆名，作品散見當時新加坡出版的《南洋商報》、《星洲日報》、《新報》、《耕耘》、《人間》雜誌，只是世事變幻叵測，天難從人願，一九六二年九月二十八日古晉《新聞報》與詩巫《民眾報》皆因刊載一篇評論〈反殖火炬，永撲不滅〉，而遭控煽動罪；與遂後頗爲動蕩的時局，以致上述出版詩集的計畫突告夭折。吳岸事後將他的作品，寄往新加坡的杏影（《南洋商報》主筆）處理，歷經相當長的時期了無下文，卻又不只爲何展轉帶至香港，由香港某一個出版社負責出版。這本詩集即爲令人重視與激賞，也是六〇年代，現實主義砂華文學的第一本詩集《盾上的詩篇》。而我經整理好的詩集，及一九六三至六四年中在比安定的日子所寫的，而又未發表的另兩本詩集，連同代爲整理的砂耶詩集，也因時局關係托友人代爲收藏，卻也遂一過手不知它歸何處，以致最後不知所終了。

此外，砂玲（沈澤枝）也受鼓勵，將她的作品整理成集，交由上述印刷公司出版，因同樣的原因出書計畫作罷。而已整理妥當的手稿，在當時的白色恐怖時局下難以保存而無奈燒毀。我們這一代的文學工作者命運特殊，誰料竟連手稿也這麼滄桑，今日想來造化弄人，難免感慨萬千。

5、砂耶與拉讓文學活動

目前年青的寫作人，可能對砂耶（雷皓明）相當陌生，惟在五〇年代至六〇年代，卻爲拉讓江文學工作者所熟悉。因爲他不只是一勤於寫作的文學工作者，而且拉讓江流域的文學活動，由他的推動而產生深遠的影響。他原爲美里人，祖籍湖南，一九五一年前往詩巫中華中學升學，稍後轉校敦化，並在衛理中學高中畢業。

中學時期，雷皓明即已投稿香港之《華僑學生》雜誌，與新加坡之《南洋商報》、《星洲日報》、《新報》、《荒地》、《耕耘》、《人間》月刊。他與拉讓江文學有過直接淵源關係的兩件事是：

（一）五〇年代初期至中期，他主持過詩巫《詩華日報》的文藝副刊《學生園地》（其時主筆爲已故的許來夫先生）。這文藝副刊對當時的拉讓江文學的推動，確實起了極積的作用。同時，這文藝副刊也湧現了一些令人矚目的作者；諸如詩寫得不錯的日南（原名丘長逢，他當時就讀於天主教會的聖心英校，曾服務於教育部），及全應（原名陳全應）等等，是這時期寫作極積的作者。

（二）同個時期，他創辦與主編過一分未經註冊的地下刊物《草根》，這是一分以原始的印刷技術，即以手工刻蠟紙，然後用手推滾筒印在八開紙上，雖然粗糙，卻是當時拉讓江流域普羅大眾文學的啓蒙刊物，內容以反英殖民主義爲主；當時，許多激進的學生與知識分子，皆看過這分地下刊物且深受其影響。

雷皓明於一九五五年返回美里，曾往汶萊執教華校，稍後返回美里在《美里日報》擔任記者。一九六二年《砂民日報》創刊，他出任總編輯。一九六二年中，他開始遭到英殖民主義的種種對付，這是後話。砂耶寫小說、散文、雜文、評論，尤其擅寫長詩。他曾在《耕耘》月刊發表過兩首詩：〈給一位馬來兄弟〉，與〈砂拉越，我回來啦！〉，感情豐富真誠（《荒地》、《耕耘》與《人間》是當時深受歡迎的刊物）。顯然的，六〇年代的拉讓江文學活動中，砂耶（雷皓明）是一個影響頗廣的重要文學工作者。深受其影響者中，包括沈辛（張宗利），其作品多數發表於新加坡《新報．心園》，及《詩華日報．野草》。還有使用筆名蚯蚓與了二的丘道惠，其作品散見於新加坡華文報刊，如《荒地》、《耕耘》、《人間》等刊物。另外，筆名苗夫與阿然的徐源福（曾任《詩華日報》、《砂拉越商報》之主編，其詩歌常發表於新加坡《新報．心園》，及《拉讓文藝》，其中一首〈胡椒之歌〉頗具現實意義。以上三人於一九五七及五八年間，曾組成編輯小組負責《詩華日報》的文藝副刊《野草》。（已故的劉杏村先生爲當時該報的主編）。

同時期的尚有拾一老（謝國文），其小說常見《南洋商報》；沈思（蔡諸城），擅長寫短篇小說，後期在《新聞報》，與另一作者林明（林廣民）一樣，發表了許多有關達雅族歷史與民俗介紹的翻譯文章。

此外，頗值一提的作者尚有：

史武（蔡存堆），另筆名史潔，文章多發表於新加坡《新報．心園》，古晉《新聞報．拉讓文藝》，也是《民眾報》的基本作者。

舒平（蔡存榮），另筆名預聲、舒然，擅常寫散文，曾任《詩華日報》、《砂羅越商報》編輯。砂玲（沈澤枝），在《新聞報．拉讓文藝》發表過不少小說與詩歌，曾有一首旅行布拉威感懷而作的詩歌，感情豐富予人深刻印象。她對文學理論，尤其對中國文學理論家巴金的《文學概論》頗有研究心得。

於甯（宋志明），擅寫詩歌與小說，作品多發表於《拉讓文藝》。九〇年代的讀者對他的筆名「桑木」、「黑岩」並不陌生。

以上大多數作者，後來皆因現實環境或不幸的人生遭遇而告停筆。

自五〇年代至六〇年代，可謂拉讓江文學的活動中，現實主義文學最爲活躍與思想性最強烈最突出的時期，這是由於社會形勢所使然。《新聞報》、《民眾報》與《砂民日報》被封閉後即呈現空間。自七〇年代開始，現實主義文學獲得填補空間而發展起來。

拉讓文藝活動的活躍時期，應該是在一九五七年至一九六二年間，因爲許多作者除了擁有機會向外地報章投稿之外，本地報章的文藝副刊，也是他們的天地。這些報章之中，除了《詩華日報》，尚有《越華商報》（主編徐源發，文藝副刊《螢光》，及《民眾報》。尤其是一九五八年至一九六二年間，此種文化活動與當時的職工運動、農民運動、維護華教運動及政治運動等社會運動所形成的形勢息息相關。一九六二年砂拉越殖民地社會的民族主義運動達至了最高潮，而現實主義的整個砂華文學活動也隨之達致最蓬勃的時期。

拉讓文學從啓蒙至發展，有它本身的基礎和動力。所謂基礎即是長期以來報紙皆能提供有限的空間，種植文學的幼苗，以致文學活動能夠不間斷地進行。而動力即是這些對拉讓江存有濃厚感情，與有著強烈鄉土意識的文學工作者，他們曾經以理想和抱負，所發揮的熱忱與衝動，辛勞地默默耕耘。雖然他們曾經迫於無奈而封筆轉行，畢竟在拉讓文藝的土壤裏，有他們流過的汗、滴過的血，與他們踏過的沉重足跡。文學原本就是社會的上層建築，因此在那不平凡的時代，它反映社會的現實極其自然。

回顧歷史，田紀行先生所稱的「拉讓江」三大詩人，以及他提及的相關人物，肯定是史料上的錯誤。因爲所提的有關人物，除吳岸（丘立基）及雷皓明外，其餘均與拉讓文藝根本沾不到邊，扯不上任何關係。而將並不全面的第一省文學活動與拉讓江文學活動劃上等號，尤其錯誤。同時，將田柯、魯鈍及其作品，列爲這時期的「代表作家與作品」，實屬不當。

6、文學史料整理的一些建議

整理拉讓文學具有極積的意義與迫切性，因爲它是構成砂華文學的重要部分。它的正確史料，也給砂華文學提供了重要的基礎。沒有它，砂華文學的歷史便不夠完整與全面；沒有正確與全面的砂華文學史料，馬華文學史一樣是殘缺不全的。有鑑於此，僅向有志拉讓文學活動與砂華文學歷史研究的文學工作者，提出以下幾點建議：

（一）循正確的軌道，尋找史料源頭，五〇年代至六〇年代，甚至追溯得更早。砂拉越社會一切皆落後，本土文學活動的唯一依賴媒體即是華文報章。因此，不同歷史時期華文報章的文藝副刊，實是拉讓文學甚至砂華文學的第一手資料的正確來源與根據。既然如此，它即為史料源頭鋪設了明確的軌道。換言之，這些媒體是：五〇年代在詩巫前後出版與發行的《僑聲報》（1950/08/09~1952/08/01），《詩華日報》（1952/04/01~），《大同日報》（195?~1962）、《新民報》（1956/11/17~1957/08/05），《民眾報》（1950/04/25~1962/12/12）、《越華商報》（1958~196?），古晉出版的《新聞報》（1956/08/01~1962）。這些文學媒體中，創刊迄今已有四十年的《詩華日報》對研究與整理拉讓文學是頗為重要的。它的文藝副刊從開始至今，反映了不同時期的文學內容，與各個歷史階段的文學流向。

（二）五〇年代至六〇年代的拉讓文學，甚至砂華文學史料的蒐集與整理，應該全面進行。除了現實主義作品之外，尚應包括現代派的創作與傳統舊體詩。

社會演進已改變了人的思想意識，目前意識型態鬥爭尚且已過去，更遑論文學流派之爭。事實上，今日砂華文學甚至馬華文學的作品中，現代主義與現實主義已經自然融合，無以分別，惟此種趨勢並不阻礙文學的發展與水準之提升。這是好的健康的現象。李笙、風子、藍波的作品，足以反映兩者的結合，兼具時代感與民族感情。即使有現代派大師余光中的詩，何嘗不令人有同樣的感覺。

「詩鐘」舊體詩一直是拉讓江儒雅文人堅持已久的文學特色，在拉讓江本土文學活動中，他們承前啓後，數十年如一日，比現代詩尤具延續力與持久性。即使是目前它的詩風仍方興未衰，和對有聲，自成一個文化圈。

拉讓文學甚至砂華文學的整體，應來自以上三個方面。萬流歸宗，它們來自中華文學應該是無可爭議的。因此史料的蒐集、整理與歸納，應能擴大至更大的層面。

（三）對待史料的態度，應該客觀嚴肅與謹慎，切忌主觀偏見與道聽途說。有兩個問題頗值得探討與重新定位的是：[A] 砂華文學中是否真有「僑民文學」？「僑民文學」可予肯定，可是，對「僑民文學」迄今無任何史料可予佐證，因早期並無文人著書立說，或可短暫反映僑民意識的痕跡，僅見於五〇年代初期的報章言論，卻未得如此的文學作品。[B] 北歸中國是一九五一年至五三年的思潮，過後，「北歸」與「留下」的方位問題，有了更廣泛，更深入的思索與探討，並獲得了明確的定位。在五〇年代中期開始，我們的詩人稱呼砂拉越為「母親的土地」，即是定位後文學意識的轉捩點。

（四）「拉讓盆地」是指詩巫的地理名詞，把拉讓江流域的文學活動侷限於詩巫的地理範疇內，未必恰當。而以「拉讓盆地」來概括所有的文學活動也未必適合。拉讓江的文學活動淵遠流長，倘以「拉讓」更能襯托出它的意義與特徵。「拉讓文學」實比「拉讓盆地文學」更有代表性。

小　結

砂華文學的歷史發展經已逾半個世紀，該是發掘、整理、總結這方面的史料的時候了。當「犀鳥之鄉」的詩人吳岸與田思登上國際詩壇之際，我們仍未能有完整的甚至最簡單的砂華文學發展史，這是何其尷尬的事！發掘史料與編寫歷史，是一項要動用人力與資力的文學工程。因此，砂拉越華族文化協會現在擔負著推動文化的使命，而毅然負責這項深具意義的工程，這是值得關注，支援與給予實際協助的。

原發表 1993；格式修訂 2003

「歷史」與「現實」：

考察馬華文學的一種視角——以《赤道形聲》為中心

＊劉 俊

「馬來西亞華文文學」（簡稱「馬華文學」）這一概念本身至少包含了這樣兩個方面的含義：（一）就屬性而言，它是馬來西亞文學；（二）就語種而言，它是華文文學。前者意味著它是馬來西亞文學之有機組成，後者則表明它是世界範圍內的以華文爲創作載體的華文文學家族中的一員。「馬來西亞華文文學」與生俱來地具有的這種「雙重性」——即它既有世界範圍內所有華文文學共有的「普遍性」（都是用華文進行創作），同時又有它自身的「特殊性」（這一文學是「馬來西亞」的，它主要表現的是馬來西亞人的思想、生活和情感）——導致了它具有著跨越不同文學領域的功能：當言及「馬來西亞文學」的時候，當然不能忽略「馬來西亞華文文學」的存在，而當談論世界性的「華文文學」的時候，無疑也不能把「馬來西亞華文文學」棄置一邊。

既然「馬來西亞華文文學」兼具「馬來西亞文學」與「華文文學」的雙重身分，那麼對它的認識，就既可以從「馬來西亞文學」的角度切入，也可以從「華文文學」的視野展開。本文對「馬華文學」的論述，聚焦在「華文文學」視域，試圖通過對《赤道形聲》的分析，實現對「馬華文學」的某個方面的考察——之所以選擇《赤道形聲》作爲論述的中心，固然有受限於獲取資料範圍的因素，但更主要的原因則是，在論者看來，這個「馬華文學讀本」因其突出地體現了某個階段（二十世紀九〇年代）「馬華文學」的文學成就而具有著代表性。以它作爲論述物件，應該可以成爲看取馬華文學的一種有效視角。

收集在《赤道形聲》中的一百八十二篇作品，均創作於二十世紀九〇年代，四十歲以下的作者群構成其寫作主體。在這個由極具才情和銳氣的「馬華文學」作者群用文字（華文）所構築的世界裡，對「歷史」的不斷回視，對「現實」的深度介入，以及「歷史」和「現實」之間不易剝離的複雜關係，成爲了這一文學世界中的廣泛存在，並在很大程度上決定著《赤道形聲》的基本風貌和主要旋律。由是，經由對《赤道形聲》中「歷史」、「現實」以及兩者之間關係的分析，形成對「馬華文學」的某種認識，也就成爲本文的基本思路。

歷 史

「歷史」是一個相對於現在（當下）的概念，它的基本而又核心的構成元素是「過去」。 在《赤道形聲》中，「歷史」主要以如下三種型態存在：（一）傳統文化；（二）歷史風貌；（三）歷史想像。

（一）傳統文化。這裡所謂的「傳統文化」，主要是指存在於漢語（華文）中的業已固定乃至經典化了的文字意象、特定情境和典型心緒，由於「馬華文學」是一種「華文的」文學，因此，寄託於這種文字中的文化資訊，也就成爲馬華文學無法繞避的承載，只要使用的是 「華文」，那麼在使用這種文字（能指）的同時，文字背後的文化資訊（所指）自然也就被認可、接受和使用著。而在運用華文時，對文字背後文化資訊的接受和使用，既可能是不自覺的習慣成自然，也可能是自覺的刻意強化。在《赤道形聲》中，後者無疑是一種強勢，書中作者們卓越的華文修養，突出地體現在他們對中國古典文學的稔熟和得心應手的點化。在許多作品中，可以看到大量積澱著傳統文化蘊涵的字、詞、意象、情境、心緒在其中閃爍，典型者有：殷紂的宮殿、大觀園的歡宴、聊齋的魅影、黃鶴樓的晨昏、除妖的桃木劍、辟邪的八卦鏡、騰雲駕霧的龍、阿房宮的大火、哪吒的風火輪、項羽的鴻門宴、《西遊記》中的師徒、《世說新語》中的風神、盤古開天地、夸父逐日、鯀禹治水、女媧造人、結繩記事、屈原投江、曹植七步、武松打虎、甲骨文、山水詩、李白的〈將進酒〉、嵇康的〈廣陵散〉、向秀的〈思舊賦〉、出淤泥而不染、清明時節雨紛紛、秋風秋雨愁煞人、風蕭蕭兮易水寒、雨雪霏霏、四牡騑騑、渭城朝雨、長河落日、關山明月、古道天涯……，至於中國古典文學（文化）中的典籍，如《詩經》、《左傳》、《史記》、《淮南子》、《世說新語》、《西遊記》、《紅樓夢》、《爾雅》、《說文解字》等，在書中更是被重點提及，而在所有這些意象、情境和名詞的背後，都意味著特定的「典故」的存在。《赤道形聲》的作者們對這些「典故」的大量使用，正表明了他們對中國古典文學（文化）的沉浸之深和迷戀之情，於是，播撒於不同篇什中的「典故」所構成的中國古典文學（文化）投影，就成爲彌漫在《赤道形聲》中的「傳統文化」式的「歷史」型態。

（二）歷史風貌。這裡的「歷史風貌」，是指在《赤道形聲》中對「過去」曾經存在過的社會型態、生活風俗、人際關係的涉及、記述和呈現——它構成了《赤道形聲》對「歷史」回視的主要型態。相對於「傳統文化」濃重的「古典」色彩和背景襯托，「歷史風貌」更多地體現爲一種「近現代」氛圍和直接表現。這其中，有對會館的深情回望（陳大爲〈會館〉），也有對獨立日的詩形書寫（呂育陶〈獨立日〉），有對各式記憶的拾掇（辛金順〈破碎的記憶〉、方路〈記憶的請柬〉、劉國寄〈香草的記憶〉），也有對家族血脈的尋覓（莞然〈花崗石砌成的夢〉、寒黎〈也是遊園〉），有對華人移民南洋、紮根本土的歷史咀嚼（陳大爲〈在南洋〉、劉國寄〈遺落在南方〉），也有對三代成峇的理性反思和對傳統技藝不受重視的焦慮（林金城〈三代成峇〉、〈繪龍的手〉），有對童年、親人、家鄉的反覆品味（鍾怡雯〈茶樓〉、陳大爲〈茶樓消瘦〉、劉國寄〈樓廊私語〉、林春美〈我的檳城情意結〉、寒黎〈年年蓮花的顏色，依舊〉、劉國寄〈煙〉、林惠洲〈傷逝〉、〈鬼雨荒年〉、黎紫書〈是爲情書〉、〈圖騰印象〉、許裕全〈夢過飛魚〉），也有對左翼青年和馬共遊擊隊慘烈過去的難以忘懷（李永平〈雨雪霏霏，四牡騑騑〉、黃錦樹〈魚骸〉），有對政治事件的正面敘事（小黑〈十・廿七的文學記實與其他〉），也有對過往人物的多元形塑（李天葆〈州府人物連環志〉）……，眾多作品對「過去」時空和記憶世界的描繪，從總體上勾勒出馬來西亞華人在南洋曾經經歷過的生存史、情感史和心理史，向讀者展示了作爲「歷史」存在的馬來西亞華人生活的各個方面。

（三）歷史想像。「歷史」無法還原，因此，通常所說的「歷史」其實是敍事爲歷史後的「歷史」——很難確保其中沒有變形、想像的成分。《赤道形聲》的作者群主要集中在四十歲以下年齡段，他們對「歷史」的觸摸方式，在書中大多表現爲對自己童年生活的追憶，以及對父母輩、祖父母輩的探詢，假使說童年追憶是對一種親身體驗的反芻因此還較為「實在」的話，那麼對父母輩、祖父母輩的探詢就難免混合著對自己沒法介入的時空的想像——「歷史」本身尚且無法精確描述，何況是文學創作。借助這種「想像」的介入，《赤道形聲》的作者們彌合了他們與父母輩、祖父母輩（也就是華人移民南洋歷史）之間的時空罅隙，並在其中重現出馬來西亞華人生存處境的圖景，滲透進對先祖的思念渴慕之情。陳大為的〈會館〉一詩是對馬來西亞華人移民過程和移民後生活的藝術寫照，全詩用詩化的語言，精練的意象，將唐山祖先下州府的悲壯、艱辛以及立足南洋時代代不同的滄桑，表達得充沛而又酣暢。寒黎和劉國寄的散文〈也是遊園〉、〈遺落在南方〉，則將對先人的懷想化為一種「想像」：鴉片的馨香，官服的絢爛，祖宗的神牌位，以及外祖父的唐山衫，應了作者的「猜想臆度」和「不斷尋想」，終於與後人的血脈成功對接，於是，祖先在後人的感覺中成為「很真實的存在」、「流離的家世」和「家族的變遷」也有了世代維繫的可能，書寫者們由此找到了身世安身立命的踏實感：「歷史」到底有了它的完整和圓滿，他們也可以「對祖先、對鄉愁做一個感天念地的回歸和交待」。運用「歷史想像」將自身和祖先融為一體，完成對自己「怎樣生來的，來自哪裡」的歷史追問，是《赤道形聲》中「歷史」存在的又一種方式。

現　實

相對於「歷史」的「過去」回望，「現實」無疑首先表現為對「當下」的注目——但又不限於此，立足當今的社會人文和歷史文化思考，也構成了《赤道形聲》中「現實」的有機組成，基於此，本文所說的「現實」，主要以如下三種方式存在於《赤道形聲》中：（一）社會型態；（二）人文立場；（三）文化反思。其中「社會型態」屬於「物質」意義上的「現實」，而「人文立場」和「文化反思」則在「精神」層面上被歸入「現實」的名下。

（一）社會型態。這裡所說的「社會型態」，是指作者們筆下當今的馬來西亞社會現實。這種現實主要由這樣一些因素組成：熱帶、蕉風椰雨、都市、沼澤、膠林、榴蓮、支離感、資訊、興奮劑、保險套、推土機、開山機、高樓大廈、電腦、環保、砍伐森林、功利、虛偽、人際操作術、工業廢水、大氣污染、咖啡館、電影院、超市、健康運動、暴露狂、潮流、時尚、購物中心、辦公室、公寓、人流、車陣、失眠、心理健康、紅綠燈、電梯、憂鬱症、頹廢、情慾、二十四小時營業的迷你市場、觀光事業、色情業、黑社會、後現代觀念、孤獨、寂寞、疏離感、身分確認、酒店、銀行、高爾夫球場、金融公司、貸款、網路、大衆傳媒、支票、政客、族群、就業率、貿易、手提電話、電子郵件、高速公路、天橋……。在寒黎的筆下，馬來西亞的社會現實具體化爲「我」在厭惡現代都市和「學習去適應／去愛這座大城」之間的掙扎（〈塵事浮想〉）；到了鍾怡雯那裡[1]，「社會型態」則變爲現代人丟失鑰匙（睡眠的鑰匙、釋放憂鬱的鑰匙、住家、辦公室、汽車、信箱的鑰匙）的煩惱（〈垂釣睡眠〉、〈芝麻開門〉），全社會話語慾望的膨脹（〈話語〉）以及高速生活節奏對人的壓迫（〈節奏〉）；而黎紫書則通過對都市上空飛翔著的一隻純美白鴿的禮贊，突出了城市的污濁與猥祟，描畫了現代社會型態的又一方面（〈遊擊一座城市〉）。在虛構的小說世界裡，展示的社會型態則有：現代工商業和新型人際關係對舊式小店和淳樸人性的取代（商晚筠〈南隆．老樹．一輩子的事〉）、充滿原始生命力的原住民生活（張貴興〈巴都〉）、政治後遺症的當代投影（黃錦樹〈魚骸〉）、神職人員信仰和慾望的分裂（黎紫書〈天國之門》）。種種的「因素」和「形貌」，多元雜陳、縱橫交織出當下馬來西亞社會的「現實」型態。

（二）人文立場。一般而言，人文立場決定於知識分子作爲社會良知對社會的看取姿態、介入方式、價值評判標準和意識型態取向的綜合。體現在《赤道形聲》中的人文立場，因其是知識分子（作者們）對當下社會的態度和「發言」，而將之納入「現實」的範疇，其具體內容主要表現爲對人道精神的宣揚、對生態環境的關注、對自我身分的追問以及對人類生存處境和價值的思考。對「人」的重視和尊重是《赤道形聲》中衆多篇什的主題，而對這一主題的揭示則常常以反感現代社會 「吞噬」「人」和「異化」「人」來呈現。〈塵

[1] 有些馬來西亞作家在作品中描寫的場景和感受牽涉到僑居地，表現的不完全是馬來西亞的社會「現實」，但考慮到他們的馬來西亞作家身分和文化背景，因此在本文中將這一複雜的問題暫且做簡單的處理，即仍將他們作品中所涉及的內容視爲是馬來西亞「現實」。

事浮想〉（寒黎）如此，〈說話〉、〈芝麻開門〉、〈節奏〉（鍾怡雯）亦如此，〈南隆·老樹·一輩子的事〉（商晚筠）是這樣，〈被遺忘的武士〉（廖宏強）也是這樣。由於社會的發展，自然和人文生態在被開發的同時也受到某種程度的破壞，爲此，在發展人類自身的同時注意保護自然和人文環境，就成爲有識之士的自覺追求，潘雨桐的〈東谷記事〉、〈大地浮雕〉和張貴興的〈巴都〉就強烈地表達了他們對生態環境（自然的和人文的）受到破壞的焦慮，顯示出對生態環境的高度關切。對於馬來西亞華人的身分歸屬（是 Malaysian，不是 Chinese；是 Malaysian，卻也是 Chinese），禤素萊在他的〈沉吟至今〉中有著相當痛切地直陳：馬來西亞華人不是中國人，是馬來西亞人，可是在馬來西亞他們又是區別於馬來人的華人，這種身分上的雙重性使馬來西亞華人在現實政治中常常遭遇著不平等乃至受迫感，面對這樣的現實處境，知識分子當然會對自我身分有所追問——同樣的追問在小黑的小說〈十·廿七的文學記實與其他〉中可以再次發現[2]。雖然有關身分的追問對於改變馬來西亞華人的現實處境難有實質性的幫助，但這一追問本身體現了馬來西亞華人知識分子渴望民主和平等的人文精神。與此同時，另一些作家則從更廣闊的角度對人類生存處境和價值進行著自己的思考。有人把生命歸結爲「一種陌生的驚慌，坦然呈露於世紀末的洪荒裡」（寒黎〈搖滾靈魂〉），也有人把生命視爲「是漂泊的曲線，隨時間的河漸漸消失」（林惠洲〈傷逝〉），有人把生存等同於死亡——「明天，一切等待將在床上預見死亡」（辛金順〈死亡〉），也有人在死亡的氣息中「陷入一片茫茫的生命探索」（ 林惠洲〈傷逝〉），有人在宗教裡尋找「數算一生的年日」的智慧（禤素萊〈求祢教我數算一生的年日〉），也有人在肉身的誘惑和限制與世界的包裹和擠壓中，感受到人的扭曲和膨脹（黎紫書〈畫皮〉）。這類關於人的生存處境、意義、價值（慾念、成長、死亡）的形而上思考，構成了《赤道形聲》中最富哲學意味的人文立場內容。

（三）文化反思。立足當下，對古往的文化成果進行深入反思，是《赤道形聲》中「現實」內涵的又一組成。書中文化反思的基本型態，突出地表現

---

[2] 這兩篇作品都或間接或直接地提到一九八七年馬來西亞教育部安插不諳華文的人士擔任華小行政人員一事。

爲對漢字的文化剖析，對文化成果命運的理性認識、以及對傳統文化觀念的顛覆和改寫等方面。陳大爲的〈木部十二劃〉、〈從鬼〉通過對漢字的筆劃字型拆解和讀音部首聯想，將漢字的文化蘊涵與「我」的成長歷程結合在一起，以對漢字的文化深入和現代解讀，完成漢字與「我」的生命辯證——漢字活在「我」的生命裡，「我」的生命也將因漢字而延伸。林金城在〈三代成峇〉中，既對華人的「三代成峇」完全包容認同，同時也對現代不少華人對「馬華移民史，甚至最基本的一些大馬歷史、文化等等」，「一片模糊，整理不出個概念來」深感不解，遂明確提出「我們不可能要求自己保持百分之百的文化傳統，但絕不能數典忘祖地做個沒有文化根源的民族」，而要在「維護傳統的同時」，「放開胸懷，真切地關心發生在這片土地上的一切，做個實實在在的第三代『現代峇峇』」。〈繪龍的手〉則對「華社普遍上對古蹟觀念的不夠，在修復上經常犯上捨舊取新，只求壯觀浮麗的『庸俗美』，不惜大動土木地把舊有的古跡摧毀，去重建那所謂『氣勢磅礡』的『水泥宮殿』」倍覺憂慮。對於華人廟宇屋脊上的畫龍點睛工作竟然由印度工人來完成，他感到不可思議，認爲「這並不表示文化融合，而是草率，充分地反映出對文化傳統、古蹟文物的無知與冷漠」。伴隨著時代的發展，傳統文化中的一些舊有觀念被現代人賦予了新的理解和意義。古人對「風水」的迷信在現代人這裡已完全改觀：「我動土不向鬼神請示／我不卜而居／禍害由我招惹／災難自然來／與運數無關」（黃遠雄〈風水〉）。而「鴻門宴」的典故在陳大爲的筆下也被重組和顛覆，從「在鴻門」到「再鴻門」再到「不再鴻門」：「不必有霸王和漢王的夜宴／不去捏造對白，不去描繪舞劍／我要在你的預料之外書寫／寫你的閱讀，司馬遷的意圖／寫我對再鴻門的異議與策略／同時襯上一層薄薄的音樂……」（陳大爲〈再鴻門〉）。以現代的立場和不同的身姿投入對傳統文化視角各異的反思，無疑使《赤道形聲》中的「現實」世界更爲豐富。

「歷史」與「現實」

從以上對《赤道形聲》中「歷史」和「現實」的概括中不難看出，其「歷史」的一面常常與「馬來西亞華人」和「馬來西亞華文」中的「華人」、「華文」屬性密切相關，而「現實」的一面則更多地與「馬來西亞華人」和「馬來西亞華文」中的「馬來西亞」特徵相連。應當說，正是「馬來西亞華人」和「馬來西亞華文」的特殊性導致了他們文學中的二重性：「馬來西亞華人」使他們既擁有著馬來西亞的「此在」（因爲是馬來西亞人），同時也割不斷與華人先民的「歷史」聯繫（因爲是華人）；「馬來西亞華文」則使這種文學在表現當下的馬來西亞生存經驗和審美感受的同時（因爲是馬來西亞文學），也在承載和傳遞著華文文字中的「歷史」文化資訊（因爲使用的是華文）。

如同「馬來西亞華人」和「馬來西亞華文」中的「馬來西亞」成分和「華人」、「華文」成分水乳交融、密不可分一樣，《赤道形聲》中的 「歷史」和「現實」也是糾結纏滲、互爲因果的，「歷史」與「現實」之間你中有我、我中有你的連體關係，大致同構並對應於「馬來西亞華人」、「馬來西亞華文」中的「華人」、「華文」 成分和「馬來西亞」成分，也許可以被視爲是《赤道形聲》中「歷史」和「現實」關係的基本型態。

在基本確立了「歷史」和「現實」的關係型態之後，進一步的追問應該是：《赤道形聲》的作者們爲何會有如此濃烈的「歷史」情結[3]？「歷史」又是如何和 「現實」產生聯繫的？從總體上來講，「歷史」情結的產生是由於作者們自身切不斷、揮不去的「華人」、「華文」之根，這種宿命式的關係決定了他們永遠走不出這兩個名詞的世界：只要他們是「華人」，只要他們運用「華文」，當他們面對「我怎樣生來的，來自哪裡」（劉國寄〈遺落在南方〉）的發問時，他們就先天地要承載「華人」和「華文」的「歷史」，並讓這一「歷史」流淌在他們的血液裡和墨水中。然而，作者們與「華人」、「華文」之間的宿命關係，在決定著他們頻頻回眸 「歷史」的同時，並不妨礙他們是站在「馬來西亞」 華人的立場，來反觀「華人」、「華文」的歷史——而恰恰正是在這一點上，《赤道形聲》中的「歷史」和「現實」，產生了實質性的聯結。

於是，《赤道形聲》中有關「華人」的「歷史」書寫，在本質上就是一種「歷史」與「現實」的統一。無論是關於華人移民南洋「故事」的深情回憶——如通過對先人形象（祖父母、父母）的描寫和對尋根回憶（樹、墳墓、葬禮、河流、唐山等意象的不約而同存在）的捕捉，來表達對自己「來歷」的肯

[3] 據不完全統計，《赤道形聲》中以「歷史」爲主題或與「歷史」相關或涉及「歷史」字樣的篇目，至少有六十篇左右，占全書的三分之一。

定；還是對華人在州府生存的艱辛的描寫——以〈州府人物連環志〉最典型；無論是對馬來西亞社會出現過的政治暗流的觸及——如對華人遭受不公正待遇的揭示；還是對過去華人政治（馬共）的解構和反思，其出發點和立場都是以「馬來西亞」 華人爲本位的，這樣的一種看取角度和思考方式，提供的無疑是一種有關「華人歷史」的馬來西亞「現實」——「歷史」在這裡既展示了它「歷史」的一面，同時又和「現實」合爲一體——一如馬來西亞的華人既是馬來西亞人也是華人一樣。

同樣的情形也出現在「華文」的領域：「華文」在某種意義上講是馬來西亞「華人」的標誌和生存方式之一（人都是生活在自己的語言裡），而「華人」對「華文」的使用實際意味著對這樣的約定的遵守：有關「華文」的所有「歷史」（語言發展累積、文化資訊積澱）都將在運用這種語言時被全盤襲用——這也就是爲什麼在《赤道形聲》中會出現大量漢文化（文學）典故的原因。華文中所內蘊著的豐厚的文化承載、繁富的結構體系、細緻而又龐大的辭彙容量以及極具美感的表達能力，對華文使用者無疑會產生一種不可抗拒的吸引力——《赤道形聲》本身已充分證明了這一點，湧動在書中的那種強烈的熱帶生命力和作者們那逼人的才氣，在很大程度上正得力於對「華文」出神入化的運用。然而，作爲馬來西亞華文文學的實踐者，《赤道形聲》的作者們在接受「華文」的「歷史」並對之予以爐火純青的運用的時候，並不意味著他們放棄了他們在使用「華文」時的馬來西亞立場：在他們的筆下，既有對華文文字的摯愛之情（陳大爲〈木部十二劃〉、〈從鬼〉中對華文文字的鑽研之深可見一斑），也有對華文現實地位不平的感慨（林幸謙〈中文系情結〉中對中文的女性化虛擬），以及隱然可見掙脫傳統束縛、另造華文新境的努力（黃錦樹〈魚骸〉中對甲骨的象徵性處理）——而所有這些對「華文」的感情、感受和態度，都是馬華文學中的作家從自身馬來西亞的立場對「華文」的獨特認識和體悟。「華文」與他們的聯繫是「歷史」的結果，而他們對「華文」的認識卻是「現實」的，帶有獨特的馬來西亞色彩——「歷史」與「現實」再次得到了統一。

從總體上講，《赤道形聲》中的「歷史」大致可以分爲兩種：與華文（文化）相關的「歷史」和與華人相關的「歷史」，「現實」也基本可以分爲兩類：側重表現社會的物質「現實」和側重人文思考的精神「現實」。「歷史」

和「現實」相互間的關係，則呈現爲既是分屬——「歷史」更多地對應著「華人」、「華文」，「現實」主要與「馬來西亞」特性相呼應；同時又是一體——如同「馬來西亞華人」和「馬來西亞華文」中的「馬來西亞」與「華人」、「華文」密不可分一樣。由於《赤道形聲》中的「歷史」和「現實」景觀是由四十五位頂尖作者集體參與繪製的，因此，其體現出的型態，應該可以被視爲代表了馬華文學的一種特質。

原發表2003

附錄

漢　崔瑗　淳化閣帖

馬華作家歷年「在台」得獎一覽表（1967-2003）

本表收錄三十七年來馬華作家在台灣各種公開性文學獎所得獎項，並區分成四大文類，共八十六項次。主要包括：各大媒體主辦的公開性文學獎、具有高知名度的大型徵文比賽、年度十大好書獎，以及聯合文學新人獎、優秀青年詩人獎等歷史悠久的新秀獎。所有地方性文學獎、大專文學獎，以及國家文藝基金會和文化建設委員會的圖書出版獎助，皆不包含在內。雖然近十年來林幸謙、黃錦樹、鍾怡雯、陳大爲、黎紫書等人先後在香港、新加坡、中國大陸等地，贏得香港中文文學雙年獎、新加坡金獅獎、世界華文優秀散文盤房獎、冰心文學獎等十餘種獎項，但始終無法掌握最完整的名單，無從製表統計。馬華作家在台灣得獎的情況，對相關議題的討論有一定幫助，故有製表之必要。

本表以該獎項正式揭曉的年分爲準（所以教育部文藝獎和新聞局圖書金鼎獎，在徵獎和揭曉時間上產生較大的落差）；下列得獎者當中，呂育陶、黎紫書、周若鵬、賀淑芳、冼文光等六人爲馬華本地作家。

【新詩獎．26 項次】

1967	五十六年度優秀青年詩人獎	林　綠 [丁善雄]
1968	五十七年度優秀青年詩人獎	陳慧樺 [陳鵬翔]
1991	台灣新聞報文學獎．首獎	鍾怡雯〈我這樣素描一鎮山色〉
1991	台灣新聞報文學獎．佳作	陳大爲〈回鄉偶詩〉
1992	第十四屆聯合報文學獎．佳作	陳大爲〈尸毗王〉
1992	第十五屆中國時報文學獎．評審獎	陳大爲〈治洪前書〉
1993	八十一年度教育部文藝獎．佳作	陳大爲〈堯典〉
1994	創世紀四十周年詩創作獎．優選獎	陳大爲〈西來〉
1995	第三屆台灣新聞報年度最佳作家獎．副獎	黃暐勝〈惶恐灘頭〉等
1995	第十七屆聯合報文學獎．第三名	陳大爲〈再鴻門〉
1996	八十四年度教育部文藝獎．第一名	陳大爲〈會館〉

1996	中國時報情詩徵文・佳作	吳龍川〈城市考古〉
1996	中國時報情詩徵文・佳作	呂育陶〈你所未曾經歷的支離感〉
1998	八十六年度新聞局金鼎獎・推薦優良圖書	陳大爲《再鴻門》
1999	第十一屆中央日報文學獎・第一名	陳大爲〈在南洋〉
1999	第二十一屆聯合報文學獎・第一名	陳大爲〈還原〉
1999	第二屆台灣省文學獎・佳作	陳大爲〈僵硬〉
1999	第二屆台北文學獎・台北文學年金	陳大爲《在南洋》
2000	第二十三屆中國時報文學獎・第三名	呂育陶〈只是穿了一隻黃襪子〉
2001	九十年度優秀青年詩人獎	周若鵬
2001	第一屆乾坤詩獎・第二名	辛金順〈寫詩〉
2001	第十三屆中央日報文學獎・評審獎	辛金順〈過阜城門魯迅故居〉
2001	中國時報「網路票選 2000 年十大好書」	陳大爲《盡是魅影的城國》
2002	第二屆乾坤詩獎・佳作	木焱〈旅遠〉
2003	九十二年度優秀青年詩人獎	木焱
2003	第二十五屆聯合報文學獎・大獎	冼文光〈一日將盡〉

【散文獎・30 項次】

1981	第四屆中國時報文學獎・推薦獎	王潤華〈天天流血的橡膠樹〉*
1982	第五屆中國時報文學獎・佳作	張貴興〈血雨〉
1989	第十二屆中國時報文學獎・甄選獎	林幸謙〈赤道線上〉
1989	第六屆吳魯芹散文獎	林幸謙〈赤道線上〉
1991	台灣新聞報文學獎・佳作	鍾怡雯〈天井〉
1993	第五屆中央日報文學獎・甄選獎	鍾怡雯〈人間〉
1993	第一屆台灣新聞報年度最佳作家獎・副獎	鍾怡雯〈尸毗王〉等
1993	八十一年度教育部文藝獎・第三名	鍾怡雯〈迴音谷〉
1994	第十七屆中國時報文學獎・評審獎	林幸謙〈繁華的圖騰〉
1995	第一屆中央日報海外華文文學獎・第一名	鍾怡雯〈門〉
1995	八十四年度新聞局金鼎獎・推荐優良圖書	鍾怡雯《河宴》

1995	八十三年度教育部文藝獎・第二名	鍾怡雯〈亂葬的記憶〉
1996	第八屆中央日報文學獎・第二名	鍾怡雯〈漸漸死去的房間〉
1997	第一屆華航旅行文學獎・優等獎	鍾怡雯〈蟒林・文明的爬行〉
1997	第十九屆聯合報文學獎・第一名	鍾怡雯〈給時間的戰帖〉
1997	第二十屆中國時報文學獎・首獎	鍾怡雯〈垂釣睡眠〉
1997	第十屆梁實秋文學獎・第三名	鍾怡雯〈說話〉
1997	第九屆中央日報文學獎・第二名	陳大爲〈會館〉
1998	八十六年度教育部文藝獎・佳作	陳大爲〈茶樓消瘦〉
1998	第一屆台灣省文學獎・佳作	辛金順〈土〉
1998	九歌年度散文獎	鍾怡雯〈垂釣睡眠〉
1998	第二屆華航旅行文學獎・佳作	鍾怡雯〈熱島嶼〉
1999	第二十一屆聯合報文學獎・第一名	陳大爲〈木部十二劃〉
1999	第二十二屆中國時報文學獎・評審獎	陳大爲〈從鬼〉
1999	第二十二屆中國時報文學獎・評審獎	鍾怡雯〈芝麻開門〉
2000	八十八年度新聞局金鼎獎・推薦優良圖書	陳大爲《再鴻門》
2000	第四十一屆中國文藝獎章	鍾怡雯
2000	中央日報「出版與閱讀 2000 年十大好書」	鍾怡雯《聽說》
2001	八十九年度新聞局金鼎獎・推薦優良圖書	鍾怡雯《聽說》
2001	第十八屆吳魯芹散文獎	鍾怡雯

【小說獎・28 項次】

1977	幼獅文藝全國短篇小說大競寫・優等	商晚筠〈木板屋的印度人〉
1977	第二屆聯合報小說獎・短篇小說佳作	商晚筠 [黃綠綠]〈君自故鄉來〉
1978	第三屆聯合報小說獎・短篇小說佳作	商晚筠〈癡女阿蓮〉
1978	第三屆聯合報小說獎・短篇小說佳作	李永平〈歸來〉
1978	第一屆中國時報文學獎・短篇小說佳作	張貴興〈俠影錄〉
1979	第四屆聯合報小說獎・短篇小說第一名	李永平〈日頭雨〉
1979	第二屆中國時報文學獎・短篇小說優等	張貴興〈伏虎〉
1980	第三屆中國時報文學獎・短篇小說佳作	張貴興〈出嫁〉

1981	第六屆聯合報小說獎．短篇小說獎	潘雨桐 [潘貴昌]〈鄉關〉
1982	第七屆聯合報小說獎．中篇小說獎	潘雨桐〈煙鎖重樓〉
1984	第九屆聯合報小說獎．短篇小說第三名	潘雨桐〈何日君再來〉
1986	第九屆中國時報文學獎．小說推荐獎	李永平《吉陵春秋》
1987	第十屆中國時報文學獎．中篇小說獎	張貴興〈柯珊的兒女〉
1993	第七屆聯合文學小說新人獎．推荐獎	黃錦樹〈落雨的小鎮〉
1995	第十七屆聯合報文學獎．短篇小說佳作	黃錦樹〈說故事者〉
1995	第十八屆中國時報文學獎．短篇小說首獎	黃錦樹〈魚骸〉
1995	幼獅文藝世界華文成長小說獎．首獎	黃錦樹〈貘〉
1996	第十四屆洪醒夫小說獎	黃錦樹〈魚骸〉
1996	第十八屆聯合報文學獎．短篇小說首獎	黎紫書〈蛆魘〉
2000	第二十二屆聯合報文學獎．短篇小說大獎	黎紫書〈山瘟〉
2000	第三屆皇冠大眾小說獎．首獎	張草〈北京滅亡〉
2001	中央日報「出版與閱讀 2000 年十大好書」	李永平《雨雪霏霏》
2001	聯合報．讀書人 2000 年最佳書獎(十大好書)	李永平《雨雪霏霏》
2001	第二十四屆中國時報文學獎．推薦獎	張貴興《猴杯》
2001	聯合報．讀書人 2000 年最佳書獎(十大好書)	張貴興《猴杯》
2001	中國時報．2000 年開卷好書獎（十大好書）	張貴興《猴杯》
2001	中央日報「出版與閱讀 2001 年十大好書」	張貴興《猴杯》
2002	第二十五屆中國時報文學獎．評審獎	賀淑芳〈別再提起〉

【評論獎．2 項次】

1975	第五屆中山文藝創作獎．文藝批評	林　綠 [丁善雄]《隱藏的景》
2002	第十四屆中央日報文學獎．佳作	胡金倫〈論舞鶴小說〈拾骨〉與〈一位同性戀者的秘密手記〉之「性狂歡嘉年華」〉

---

* 原籍馬來西亞的王潤華，在一九八二年入籍新加坡，後來出任新華作協會長，故其「馬華」得獎身分，僅止於一九八一年。

星洲日報花蹤文學獎歷屆得獎名單（1991-2003）

1991 年・第一屆

散文推薦獎：禤素萊〈吉山河水去無聲〉、〈苔痕依舊〉、〈沉吟至今〉等三篇
首獎：莎　貓〈台北雙眼皮〉
佳作：鍾怡雯〈島嶼紀事〉、若　遠〈因爲有愛，天心〉、文　征〈漫漫長路〉
新詩推薦獎：方　昂〈一個北大學生的話〉、〈古堡〉、〈賣刀〉等十三首
首獎：龍　川〈工具箱〉
佳作：葉　明〈新詩五首〉、碧　枝〈滿街鄉思〉、李國七〈1990 我回到半島〉
小說推薦獎：小　黑〈十・廿七的文學紀實與其他〉等四篇
首獎：莊　魂〈夢過滄臺〉
佳作：北淡雲〈綿延〉、岩　沫〈聖潔娃娃〉、曾麗連〈繭裡哭聲迴響〉
報告文學首獎：李振源〈蛻變——在盛祭中的投影〉
佳作：翁詩傑〈競選十日〉、林艾霖〈青山，總該有個答案〉

1993 年・第二屆

世界華文小說首獎：西　飀〔中國〕〈平常心〉
佳作：張曦娜〔新加坡〕〈任牧之〉、張國擎〔中國〕〈蔥花〉
馬華小說推薦獎：潘雨桐〈那個從西雙版納來的女人叫蒂奴〉等三篇
首獎：李天葆〈州府人物連環誌〉
佳作：毅　修〈流亡的悲沙〉、莊華興〈扁擔的身世〉
散文推薦獎：寒　黎〈年年蓮花的顏色，依舊〉、〈墳・墜魂人〉等九篇
首獎：柏　一〈歌聲飄過一條街〉
佳作：劉慧樺〈兩岸山水〉、因　心〈綠禾以外〉
新詩推薦獎：小　曼〈柔佛古廟・中秋夜〉、〈問情〉、〈除夕〉等十一首
首獎：林若隱〈在黃紅藍白色如夢的國度裡〉
佳作：葉　明〈靜寂的聲音——記生活中一些無奈的感覺〉、
呂育陶〈在我萬能的想像王國〉
報告文學首獎：（從缺）
佳作：許心倫〈一輪明月照他鄉〉、李寶鑽〈南國的烏衣巷〉、
曾毓林〈陰陽界接觸〉

1995 年・第三屆

世界華文小說首獎：馬毅傑〔中國〕〈三寸金蓮〉
佳作：嚴嘯建〔英國〕〈天下沒有免費餐〉、流　軍〔新加坡〕〈石龍岩〉
黃淑貞〔澳洲〕〈我的流氓朋友〉、

馬華小說推薦獎：潘雨桐
首獎：黎紫書〈把她寫進小說裡〉
佳作：陳紹安〈古巴列傳〉、林艾霖〈天堂鳥〉、李開璇〈錯亂的腳步〉
散文推薦獎：林幸謙
首獎：鍾怡雯〈可能的地圖〉
佳作：林幸謙〈破碎的話語〉、陳　蝶〈毒龍潭記〉、蘇旗華〈蝸牛的聲音〉
新詩推薦獎：方　昂
首獎：游以飄〈乘搭快樂號火車〉
佳作：陳大爲〈屈程式〉、莊　若〈PJ & Bear〉、夏紹華〈聽風的歌〉
報告文學首獎：張玉雲〈鳳凰重生——南方之路〉、歐陽文風〈我們要活下去〉
佳作：呂堅強〈記住，我們要記住這天〉
新秀獎小說首獎：林忠源　　佳作：陳利威、劉吉祥、李慧敏
散文首獎：陳志鴻　　佳作：黃翠燕、周若濤、王彪民
新詩首獎：張惠思　　佳作：劉吉祥、黃麗詩、劉進漢

1997 年・第四屆

世界華文小說首獎：黃碧雲〔香港〕〈桃花紅〉
佳作：謝芷霖〔台灣〕〈一則關於F與M的故事〉、
楊　邪〔中國〕〈小說〉、鍾松君〔中國〕〈張望城市〉
馬華小說推薦獎：黎紫書
首獎：黎紫書〈推開閣樓之窗〉
佳作：劉國寄〈人水〉、林俊欣〈樹〉、尼　雅〈微笑〉
散文推薦獎：鍾怡雯
首獎：黎紫書〈畫皮〉
佳作：許裕全〈招魂〉、邡　眉〈素人自畫〉、胡金倫〈陽光紀事〉
新詩推薦獎：陳大爲
首獎：游以飄〈南洋博物館〉
佳作：劉育龍〈當死神和愛神並肩漫步在薩拉熱窩〉、林健文〈蘋果・牛頓〉
莊　若〈給卡夫卡一點信望愛〉

報告文學首獎：（從缺）
佳作：歐陽文風〈紅太陽下的哭泣！——孟加勞外勞採訪記〉、林艾霖〈同條藤上的苦瓜〉、劉明珍〈窮鄉僻壤走一回〉
新秀獎小說首獎：房斯倪　佳作：許世強、陳富雄、陳志鴻
散文首獎：施月潭　佳作：房斯倪、陳志鴻、陳莉菁
新詩首獎：許世強　佳作：劉藝婉、洪江苓、高淑芬

1999 年・第五屆

世界華文小說首獎：黃燕萍〔香港〕〈又見椹子紅〉
佳作：廖宏強〔馬來西亞〕〈諒解〉、楊雪萍〔加拿大〕〈迷途羔羊〉、鄭秋霞〔馬來西亞〕〈熱帶魚〉
馬華小說推薦獎：黎紫書、陳志鴻
首獎：黎紫書〈流年〉
佳作：劉國寄〈穿過雨鎮〉、陳志鴻〈鐵馬冰河入夢來〉、楊錦揚〈晨興聖歌〉
散文推薦獎：陳大爲
首獎：許維賢〈棄物祭文〉
佳作：鍾怡雯〈凝視〉、黃靈燕〈兩岸的樹〉、陳紹安〈又馬又華人〉
新詩推薦獎：陳強華
首獎：莊　若〈松鼠〉
佳作：許裕全〈異鄉的查齊爾〉、呂育陶〈造謠者自辯書〉、周若鵬〈速讀〉
兒童文學獎新詩首獎：鄭秋萍〈搬家〉
佳作：梁志慶〈我們的紅樹林〉、程可欣〈城市小子的月亮〉楊世康〈風中的歌〉
報告文學首獎：（從缺）　佳作：（從缺）
新秀獎小說首獎：黃數涵　佳作：謝祥錦、侯湃丹、林艾妮
散文首獎：施月潭　佳作：陳富雄、房斯倪、曹賢偉
新詩首獎：孫松青　佳作：魏永傑、葉常泓、陳思銘

2001 年・第六屆

世界華文文學獎：王安憶〔中國〕
世界華文小說首獎：黎紫書〔馬來西亞〕〈國北邊陲〉
佳作：楊　邪〔浙江〕〈弟弟你好〉、褚俊虹〔中國〕〈生〉、廖偉棠〔香港〕〈唐柯，或那一年夏天的故事〉

報告文學首獎：劉明珍〈忘記不是瀟洒〉
佳作：鄧麗萍〈只問歷史的人——三代政治扣留者的故事〉、林青青〈童星、童心〉、林楚蓮〈浪子的生與死〉
馬華小說推薦獎：黎紫書
首獎：梁靖芬〈水顫〉
佳作：陳紹安〈禁忌〉、翁弦尉〈上邪〉、梁偉彬〈夢境與重整〉
散文推薦獎：鍾怡雯、邡　眉
首獎：黃靈燕〈畫在張望的縫隙〉、龔萬輝〈石化的記憶〉
佳作：黎紫書〈夢見飛行〉、鄭秋霞〈語惑〉
新詩推薦獎：林健文
首獎：陳耀宗〈食蟻獸〉
佳作：游以飄〈地球儀〉、蔡吉祥〈壯士的後裔在繁華街頭昏迷不醒〉、呂育陶〈和 ch 的電郵，網站，電子賀卡以及無盡網絡遊戲〉
兒童文學首獎：（從缺）
佳作：劉育龍〈小叮噹的百寶袋〉、駱雨慧〈睡蟲〉、王振平〈風姐姐要梳頭〉
新秀獎小說首獎：紀露結　　佳作：林艾妮、陳愛思、劉世欣
散文首獎：謝祥錦　　佳作：林韋地、勞慧儀、鄭慧卿
新詩首獎：陳海豐　　佳作：林韋地、鍾麗芬、陳欣瀛

2003 年・第七屆

世界華文文學獎：陳映真〔台灣〕
報告文學首獎：曾美雲〈無人信高潔，誰會表餘心〉
佳作：郭碧容〈暗巷〉、關悅涓〈她們是我的姐妹〉
馬華小說推薦獎：黎紫書
首獎：夏紹華〈夜霧〉
佳作：翁弦尉〈昨日遺書〉、梁靖芬〈土遁〉
散文推薦獎：林幸謙
首獎：施慧敏〈照亮〉
佳作：黃靈燕〈愛，始於足下的遠行〉、方　路〈三十九歲的童年〉
新詩推薦獎：陳強華
首獎：呂育陶〈一個馬來西亞青年讀李光曜回憶錄——在廣州〉
佳作：劉慶鴻〈相似，太极〉、邢詒旺〈出路〉
兒童文學首獎：（從缺）
佳作：周錦聰〈星期天的早上〉、鄭秋萍〈國慶日〉、邡　眉〈爸爸的童年〉

新秀獎小說首獎：葉舒琳	佳作：陳繼文、鄭麗華
散文首獎：黃加豪	佳作：謝明成、陳韋茜
新詩首獎：（從缺）	佳作：葉觀蓮、蘇毅超、羅易超

作者簡介

（以下簡介皆由編輯部整理，按出生年分排序）

余光中（1928-） 美國愛荷華大學藝術碩士，現任台灣中山大學講座教授。著有評論集《掌上雨》（1964）、《分水巔上》（1981）、《從徐霞客到梵谷》（1994）、《井然有序》（1996）、《藍墨水的下游》（1998）等。〔台灣〕

阿沙曼（1940-） 曾任詩巫《民眾報．赤道文藝》副刊主編，先後任職美里《美里日報》及古晉《國際時報》，現爲政治工作者。

王潤華（1941-） 美國威斯康辛大學文學博士，現任台灣元智大學中語系教授，兼系主任暨文學院院長。著有論文集《中西文學關係研究》（1978）、《司空圖新論》（1989）、《魯迅小說新論》（1992）、《老舍小說新論》（1995）、《從新華文學到世界華文文學》（1994）、《沈從文小說理論與作品新論》（1998）、《華文後殖民文學》（2001）。〔新加坡〕

陳鵬翔（1942-） 台灣大學外文所比較文學博士，現任台灣世新大學英語系教授。著有學位論文《高汀《蒼蠅王》的批評性研究》（1972）、《中英古典詩裡的秋天：主題學研究》（1978），評論集《文學創作與神思》（1976）、《主題學理論與實踐》（2001）。

溫任平（1944-） 天狼星詩社創辦人兼社長。著有評論集《精緻的鼎》（1978）、《文學觀察》（1980）、《文學．教育．文化》（1986）、《文化人的心事》（1999）。

李瑞騰（1952-） 台灣中國文化大學中文所博士，現任台灣中央大學中文系教授兼主任。著有論文集《六朝詩學研究》（1978）、《詩的詮釋》（1982）、《台灣文學風貌》（1991）、《晚清文學思想論》（1992）、《老殘遊記的意象之研究》（1997）、《新詩學》（1997）。〔台灣〕

王德威（1954-） 美國威斯康辛大學比較文學博士，現任哥倫比亞大學東亞系及比較文學研究所丁龍講座教授。著有論文集《從劉鶚到王禎和：中國現代寫實小說散論》（1986）、《眾聲喧嘩：三〇與八〇年代的中國小說》（1988）、《閱讀當代小說：台灣、大陸、香港、海外》（1991）、《小說中國：晚清到當代的中文小說》（1993）、《想像中國的方法：歷史、小說、敘事》（1998）、《如何現代，怎樣文學？：十九、二十世紀小說新論》（1998）、《眾聲喧嘩以後：點評當代中文小說》（2001）、《跨世紀風華：當代小說 20 家》（2002）、《晚清小說新論》（2003）。〔台灣〕

張錦忠（1956-） 台灣中山大學外文所博士，現任中山大學外文系副教授。著有學位論文《中古敘事詩《皮爾斯》中夢者的自我救贖》（1988）、《文學影響與文學複系統之興起》（1996）、論文集《南洋論述：馬華文學與文化屬性》（2003）。

沈慶旺（1957-） 曾任砂拉越星座詩社副社長，主持砂華文學網頁《犀鳥天地》，著有詩集《哭鄉的圖騰》。

馬相武（1958-） 北京大學中文系博士，現任中國人民大學華人文化研究所所長、中國人民大學台港澳研究中心特邀研究員、中國世界華文文學學會理事。著有論文集《海外華文文學綜論》（與趙遐秋合著，1995）、《亞洲華人文學發展概觀》（與金戈合著，2001）。〔中國〕

莊華興（1962-） 馬來亞大學中文系博士研究生，現任馬來西亞博特拉大學中文專業講師、大馬翻譯與創作協會祕書。編譯《寂寞求音：林天英詩選（1973-1998）》（2000）。

何國忠（1963-） 倫敦大學亞非學院中國研究博士，現任馬來亞大學東亞系副教授兼主任。著有論文集《馬來西亞華人：身分認同、文化與族群政治》（2002）。

辛金順（1963-） 台灣中正大學中文所碩士，現為該所博士研究生。著有學位論文《錢鍾書小說的主題研究：知識分子的存在邊緣》（1999）。

劉　俊（1964-） 南京大學中文系博士，現任南京大學中文系副教授、南京大學台港暨海外華文文學研究中心主任、中國世界華文文學學會理事。著有論文集《人性的黑洞：精神分析學與文本解讀》（與劉艷合著，1996）、《悲憫情懷：白先勇評傳》（2000）。〔中國〕

朱立立（1965-） 福建師範大學中文系博士，現任福建師範大學中文系副教授。著有學位論文《五四文學中的母性意識》（1989）、《台灣現代派小說研究》（2002）。〔中國〕

林建國（1964-） 著有學位論文《論佛洛依德《失語症研究》中的「字詞表象」》（1991），另有論文集結集中。

張光達（1965-） 馬來亞大學工程系學士，現職為工程師。著有評論集《風雨中的一支筆》（2003）。

潘碧華（1965-） 馬來亞大學中文系碩士，現為北京大學中文系博士研究生，馬來亞大學中文系講師。著有學位論文《先秦道家的文學觀》（1992）。

黃錦樹（1967-） 台灣清華大學中文所博士，現任台灣暨南國際大學中文系副教授。著有學位論文《章太炎語言之學的知識（精神）譜系》（1993）、《近代國學之起源（1891-1921）：相關個案研究》（1997）、論文集《馬華文學：內在中國、語言與文學史》（1996）、《馬華文學與中國性》（1998）、《謊言或真理的技藝：當代中文小說論集》（2003）。

劉育龍（1967-） 馬來亞大學物理系學士，現任出版社總編輯。評論集《在權威與偏見之間》即將出版。

安煥然（1968-） 台灣成功大學歷史語言所碩士，現任馬來西亞南方學院中文系講師，兼學術組主任。著有學位論文《琉球、滿剌加與明朝貢體制的關係：明代前半期（1368-1505）兩個朝貢藩國的崛起》（1994）、論文集《本土與中國》（2003）。

林春美（1968-） 新加坡國立大學中文系博士，現任馬來西亞博特拉大學中文專業講師。著有學位論文《內地獄與外地獄：王蒙長篇小說《活動變人形跡可疑評析》（1997）、《海派都市小說作為流行與先鋒的讀本：從張資平到張愛玲》（2003）。

鍾怡雯（1969-） 台灣師範大學國文所博士，現任台灣元智大學中語系助理教授。著有論文集《莫言小說：「歷史」的重構》（1997）、《亞洲華文散文的中國圖象（1949-1999）》（2001），另有論文集即將出版。

陳大為（1969-）　台灣師範大學國文所博士，現任台北大學中文系助理教授。著有論文集《存在的斷層掃描：羅門都市詩論》（1998）、《亞洲中文現代詩的都市書寫（1980-1999）》（2001）、《亞細亞的象形詩維》（2001）。

胡金倫（1971-）　台灣政治大學中文所碩士。現任職於台北麥田出版社。著有學位論文《政治、歷史與謊言：張大春小說初探（1976-2000）》（2001）。

魏月萍（1971-）　台灣大學中文所碩士，現爲新加坡國立大學中文系博士研究生。著有學位論文《羅近溪破光景義蘊》（2000）。

楊宗翰（1976-）　台灣靜宜大學中文所碩士，現爲佛光大學文學所博士研究生。著有論文集《台灣文學的當代視野》（2002）、《台灣現代詩史：批判的閱讀》（2002）。〔台灣〕

編按：「論文集」或「評論集」皆屬正式出版品，「學位論文」指未正式結集出版的碩士或博士畢業論文集。

國家圖書館出版品預行編目資料

赤道回聲 ／陳大為,鍾怡雯,胡金倫主編. --
初版 -- 臺北市：萬卷樓, 2004[民 93]
面； 公分. -- （馬華文學讀本；2）
參考書目：面
ISBN 957－739－463－9 (平裝)
1.馬來文學－論文,講詞等

868.707 92022792

赤道回聲

—馬華文學讀本 II

主 編：陳大為、鍾怡雯、胡金倫
發 行 人：楊愛民
出 版 者：萬卷樓圖書股份有限公司
臺北市羅斯福路二段 41 號 6 樓之 3
電話(02)23216565．23952992
傳真(02)23944113
劃撥帳號 15624015
出版登記證：新聞局局版臺業字第 5655 號
網 址：http://www.wanjuan.com.tw
E-mail：wanjuan@tpts5.seed.net.tw
經銷代理：紅螞蟻圖書有限公司
臺北市內湖區舊宗路二段 121 巷 28 號 4F
電話(02)27953656(代表號) 傳真(02)27954100
E-mail：red0511@ms51.hinet.net
承印廠商：晟齊實業有限公司
定 價：600 元
出版日期：2004 年 1 月初版

ISBN 957－739－463－9